Danza de dragones

Danza de dragones

Canción de hielo y fuego V

GEORGE R. R. MARTIN

PLAZA JANÉS

Danza de dragones
Título original: *A Dance with Dragons*

Primera edición en España: julio, 2012
Primera edición en México: agosto, 2012
Primera reimpresión: marzo, 2013
Segunda reimpresión: octubre, 2013
Tercera reimpresión: marzo, 2014
Cuarta reimpresión: agosto, 2014
Quinta reimpresión: septiembre, 2014
Sexta reimpresión: octubre, 2014
Séptima reimpresión: enero, 2016

D. R. © 2011, George R. R. Martin

Traducción: © 2012, Cristina Macía y Eva Feuerstein, cedida por Gigamesh, S.L.

Mapas: Jeffrey L. Ward

Símbolos heráldicos: Virginia Norey

D. R. © 2016, derechos de edición para América Latina
        en lengua castellana excepto Puerto Rico:
        Penguin Random House Grupo Editorial, S. A. de C.V.
        Blvd. Miguel de Cervantes Saavedra núm. 301, 1er piso,
        colonia Granada, delegación Miguel Hidalgo, C. P. 11520,
        México, D. F.

www.megustaleer.com.mx

Comentarios sobre la edición y el contenido de este libro a:
megustaleer@penguinrandomhouse.com

ISBN 978-607-311-087-7

Impreso en México/*Printed in Mexico*

Este va para mis seguidores.
Para Lodey, Trebla, Stego, Pod,
Caress, Yags, X-Ray y Mr. X;
para Kate, Chataya, Mormont,
Mich, Jamie, Vanessa y Ro;
para Stubby, Louise,
Agravaine, Wert, Malt, Jo,
Mouse, Telisiane, Blackfyre,
Bronn Stone, Coyote's Daughter,
y el resto de los locos y las salvajes
de la Brotherhood Without Banners.

Para los magos de mi web,
Elio y Linda, señores de Westeros;
Winter y Fabio, de WIC,
y Gibbs, de Dragonstone,
que lo puso todo en marcha.

Para los hombres y mujeres de Asshai, en España,
que nos cantaron sobre un oso y una hermosa doncella,
y para los fabulosos seguidores de Italia
que tanto vino me dieron;
para mis lectores de Finlandia, Alemania,
Brasil, Portugal, Francia, los Países Bajos
y todas las demás tierras lejanas
donde habéis estado esperando esta danza.

Y para todos los amigos y seguidores
que aún me quedan por conocer.
Gracias por vuestra paciencia.

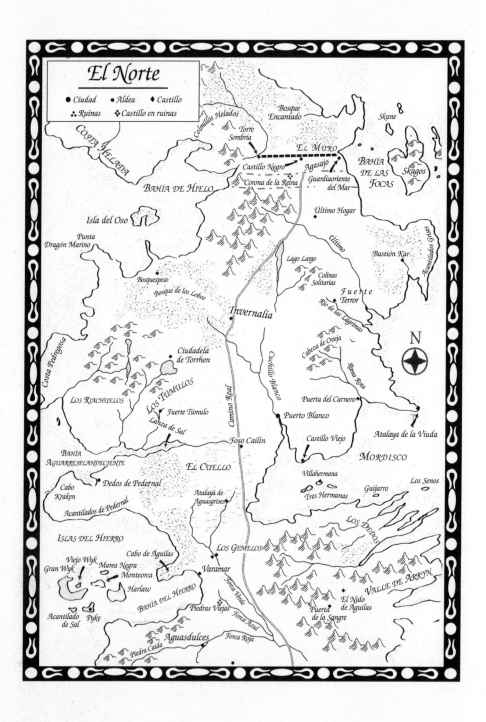

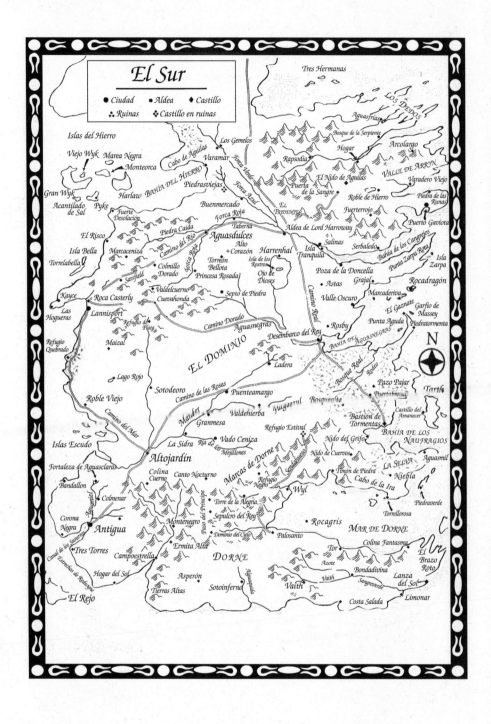

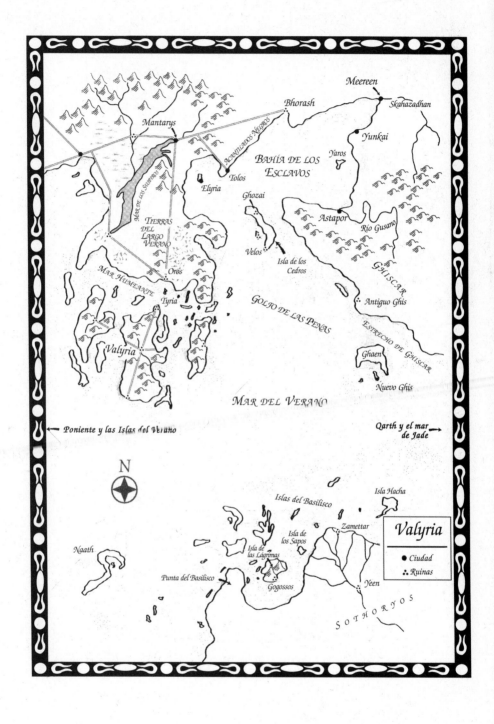

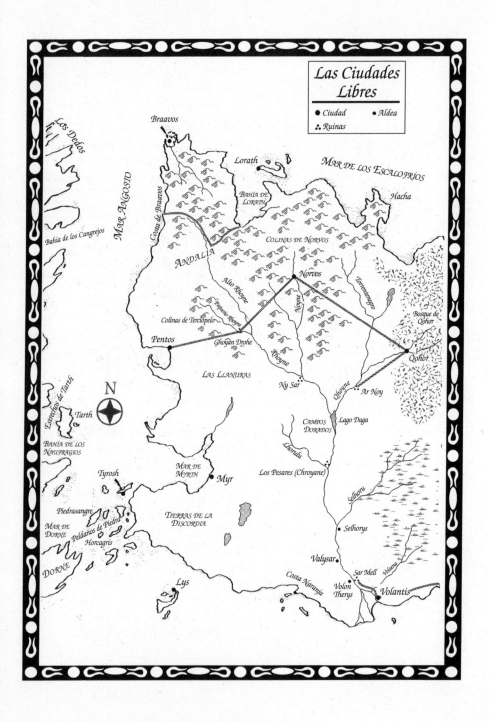

El anterior fue jodido. Este ha sido el triple de jodido y además un hijo de puta. De nuevo, mi gratitud a mis sufridos editores a lo largo del tiempo: a Jane Johnson y a Joy Chamberlain de Voyager, y a Scott Shannon, Nita Taublib y Anne Groell de Bantam. Su compresión, su buen humor, y sus sabios consejos me ayudaron en las partes más difíciles, y nunca podré agradecerles lo suficiente su paciencia.

Gracias también a mis agentes, igual de pacientes y de gran ayuda: Chris Lotts, Vince Gerardis, el fabuloso Kay McCauley, y el difunto Ralph Vicinanza. Ralph, ojalá estuvieras aquí para compartir este día.

Y gracias a Stephen Boucher, el australiano trotamundos que me ayuda a mantener mi ordenador engrasado y a punto cuando se pasa por Santa Fe a desayunar un burrito (en Navidad) con bacon y jalapeños.

De vuelta al hogar, también me corresponde dar las gracias a mis queridos amigos Melinda Snodgrass y Daniel Abraham por su apoyo y su ayuda, a mi webmaster Pati Nagle por mantener mi rincón en Internet, y a la maravillosa Raya Golden por los almuerzos, el arte, y ese inquebrantable buen humor que ayudó a iluminar hasta los días más oscuros cerca de la estación Terrapin. Aunque intentara robarme el gato.

Me ha llevado mucho tiempo danzar esta danza, pero seguro que me hubiera llevado el doble si no hubiera sido por la ayuda de mi leal (y mordaz) acólito y a veces compañero de viaje Ty Franck, que se ocupa de mi ordenador cuando no está Stephen, mantiene a las hordas voraces lejos de mi puerta virtual, corrige mis errores, archiva mis cosas, me hace cafés, camina el camino, y cobra diez mil dólares por cambiar una bombilla... Todo esto mientras escribe sus propios e increíbles libros los miércoles.

Por último, pero ni muchísimo menos la última, todo mi amor y mi gratitud a mi esposa, Parris, que ha bailado cada paso de esta danza conmigo. Te quiero, Phipps.

GEORGE R.R. MARTIN
13 de mayo de 2011

Aclaración sobre la cronología

Ha pasado mucho tiempo entre libro y libro, ya lo sé, así que quizá se imponga recordar unas cuantas cosas.

El libro que tenéis entre manos es el quinto volumen de *Canción de hielo y fuego.* El cuarto fue *Festín de cuervos,* pero este libro no es una continuación en el sentido tradicional, ya que la acción es simultánea.

Tanto *Danza* como *Festín* retoman la trama inmediatamente después de los acontecimientos narrados en *Tormenta de espadas,* el tercer volumen de la serie. *Festín* se centra en lo que sucede en Desembarco del Rey y sus alrededores, así como en Dorne y las islas del Hierro, mientras que *Danza* nos transporta al norte, hasta el Castillo Negro, el Muro y más allá, y también al otro lado del mar Angosto, a Pentos y la bahía de los Esclavos, para retomar las vivencias de Tyrion Lannister, Jon Nieve, Daenerys Targaryen y todos esos personajes que echasteis de menos en el volumen anterior. Son dos libros paralelos, no consecutivos, que no se dividen por la cronología, sino por la geografía.

Aunque solo hasta cierto punto.

Danza de dragones es más largo que *Festín de cuervos* y cubre un periodo mayor. En la segunda mitad de este libro veréis que reaparecen personajes de *Festín de cuervos.* Eso significa exactamente lo que significa: que la narración ha avanzado más allá del punto en que terminaba *Festín,* y los dos hilos han vuelto a unirse.

A continuación llegará *Vientos de invierno,* donde espero que volvamos a temblar de frío todos juntos.

GEORGE R. R. MARTIN
Abril del 2011

Prólogo

La noche apestaba a hombre.

El cambiapieles se detuvo al pie de un árbol y olfateó el aire, con el pelaje pardusco moteado de sombras. Una ráfaga del viento que soplaba entre los pinos llevó hasta él el olor del hombre, por encima de otros más sutiles que hablaban del zorro y la liebre, de la foca y el venado, incluso del lobo. Sabía que estos también eran olores del hombre: el hedor de pieles viejas, muertas, agriadas, casi sofocado por otros más intensos: los del humo, la sangre y la putrefacción. Solo el hombre despojaba a otras bestias de su piel y usaba sus cueros y pelajes para vestirse.

Los cambiapieles no temían al hombre como lo temían los lobos. El odio y el hambre se le agolparon en el vientre, y dejó escapar un gruñido grave para llamar a su hermano tuerto y a su hermana menuda y astuta. Se lanzó corriendo entre los árboles, y su manada lo siguió de cerca. Los otros también habían captado el olor. Mientras corrían, veía por los ojos de sus acompañantes y se divisaba a sí mismo al frente. El aliento de la manada se alzaba en bocanadas cálidas y blancas que brotaban de las alargadas fauces grises. Se les había formado hielo entre los dedos, duro como la piedra, pero había empezado la cacería; la presa aguardaba.

«Carne», pensó el cambiapieles.

Por sí mismo, el hombre era poca cosa. Grande y fuerte, sí, y con buena vista, pero duro de oído y sin olfato. El ciervo, el alce y hasta la liebre eran más veloces; el oso y el jabalí, más fieros. Sin embargo, en manada, los hombres eran peligrosos. Cuando estuvieron más cerca de la presa, el cambiapieles oyó el berrido de un cachorro, el crujido de la nieve caída la noche anterior al quebrarse bajo las torpes patas del hombre, el tableteo de las pieles duras y las largas zarpas grises que llevaban los hombres.

«Espadas —le susurró una voz en su interior—. Lanzas.»

A los árboles les habían salido dientes de hielo que los amenazaban desde las ramas desnudas. Un Ojo avanzó veloz por la maleza, levantando la nieve a su paso. La manada lo siguió colina arriba, ladera abajo, hasta que ya no hubo más bosque y tuvo a los hombres ante sí. Uno era hembra, y el bulto envuelto en pieles al que se aferraba era su cachorro.

«Déjala para después; los peligrosos son los machos», le susurró la voz. Se rugían entre sí como era habitual en los hombres, pero el cambiapieles olió su terror. Uno llevaba un colmillo de madera tan alto como él mismo. Se lo lanzó, pero le temblaba la mano, y el colmillo le pasó volando por encima de él.

La manada cayó sobre ellos.

Su hermano tuerto derribó al lanzadientes contra un ventisquero y le desgarró el cuello mientras se debatía. Su hermana, sigilosa, se situó tras el otro macho y lo atacó por la espalda. De esa manera solo quedaron para él la hembra y el cachorro.

La hembra también tenía un colmillo, pequeño y de hueso, pero lo soltó en cuanto las fauces del cambiapieles se le cerraron alrededor de la pierna. Cayó rodeando con ambos brazos al escandaloso cachorro. No era más que piel y huesos bajo la ropa, pero tenía las mamas llenas de leche. La carne más tierna era la del cachorro. El lobo guardó los trozos más sabrosos para su hermano. La nieve helada fue tiñéndose de rosa y rojo en torno a los cadáveres a medida que la manada se llenaba la barriga.

A leguas de allí, en una choza de adobe y hierba seca sin paredes interiores, con suelo de tierra prensada y techo de paja con un agujero para el humo, Varamyr se estremeció, tosió y se humedeció los labios. Tenía los ojos enrojecidos, los labios agrietados y la garganta seca como la arena, pero el sabor de sangre y grasa le impregnaba la boca aunque su vientre hinchado pedía comida a gritos.

«Carne de bebé —pensó acordándose de Chichón—. Carne humana.»

¿Había caído tan bajo como para ansiar carne humana? Casi le parecía oír la voz gruñona de Haggon: «El hombre come carne de animales y los animales comen carne de hombre, pero el hombre que come carne de hombre es una abominación».

«Abominación. —La palabra favorita de Haggon—. Abominación, abominación, abominación.» Comer carne humana era una abominación; aparearse como lobo con otro lobo era una abominación; apoderarse del cuerpo de otra persona era la peor abominación posible.

«Haggon era débil y tenía miedo de su propio poder. Murió solo y lloriqueando, y no hasta que le arranqué la segunda vida. —El propio Varamyr había devorado su corazón—. Fue mucho lo que me enseñó, sin duda. Lo último que aprendí de él fue el sabor de la carne humana.»

Pero eso había sido como lobo. Nunca había comido carne humana con dientes de hombre. Aun así, no reprochaba a la manada el banquete que se había dado. Los lobos estaban tan hambrientos como él: flacos, helados, famélicos; en cuanto a su presa...

«Dos hombres y una mujer con un bebé; huían de la derrota a la muerte. De cualquier manera, no habrían tardado en morir de frío o inanición. Esto ha sido mejor, más rápido. Misericordioso.»

—Misericordioso —repitió en voz alta.

Tenía la garganta seca, pero era agradable oír una voz humana, aunque fuera la suya. El aire apestaba a moho y humedad; el suelo era frío y duro, y la hoguera proporcionaba más humo que calor. Se acercó a las llamas tanto como se atrevió, entre toses y estremecimientos. Le dolía el costado, allí donde se le había abierto la herida. La sangre le había empapado los calzones hasta la rodilla antes de secarse para formar una costra dura y pardusca.

—Te he cosido como mejor he podido —le había advertido Abrojo—, pero ahora tienes que reposar para que cicatrice, o se te volverán a abrir las carnes.

Abrojo había sido su última acompañante: una mujer de las lanzas, dura como una raíz recrecida, llena de verrugas, de piel curtida. Los demás los habían ido abandonando por el camino: uno a uno se fueron quedando atrás, o se les adelantaron rumbo a sus antiguas aldeas, o hacia el Agualechosa, o a Casa Austera, o hacia una solitaria muerte en el bosque. No le importaba gran cosa qué suerte hubieran corrido.

«Debería haberme apoderado de alguno. De uno de los gemelos, o del grandullón de las cicatrices, o del joven pelirrojo.» Pero le había dado miedo. Otra persona podría haberse dado cuenta, y entonces se habrían vuelto contra él y lo habrían matado. Las palabras de Haggon pesaban demasiado, y dejó escapar la ocasión.

Habían sido millares los que llegaron al bosque tras la batalla: hombres y mujeres tambaleantes, hambrientos, asustados, que huían de la carnicería del Muro. Algunos hablaban de volver a las casas que habían dejado atrás y otros de preparar un segundo ataque contra la puerta, pero casi todos estaban perdidos, desorientados, sin la menor idea de adónde ir ni qué hacer. Habían logrado escapar de los cuervos de capa negra y de los caballeros de acero gris, pero en el bosque los acechaban enemigos mucho más implacables. Cada día que pasaba dejaba más cadáveres a lo largo de los senderos. Unos morían de hambre; otros, de frío; otros sucumbían a la enfermedad. A algunos los mataban quienes habían sido sus hermanos de armas en el viaje hacia el sur con Mance Rayder, el Rey-más-allá-del-Muro.

«Mance ha caído», se decían los supervivientes con desesperación. «Mance está prisionero.» «Mance ha muerto.»

—Harma ha muerto y a Mance lo han capturado; los demás huyeron y nos abandonaron —le había explicado Abrojo mientras le cosía la herida—. Tormund, el Llorón, Seispieles, todos esos valientes... ¿Dónde están?

«No sabe quién soy —comprendió Varamyr en aquel momento—. Claro, ¿cómo iba a reconocerme? —Sin sus bestias no tenía nada de grandioso—. Yo era Varamyr Seispieles; compartí el pan con Mance Rayder. —Había elegido para sí el nombre de Varamyr a los diez años—. Un nombre digno de un señor, un nombre para las canciones, un nombre poderoso y temible.» Y aun así había huido de los cuervos como un conejo aterrado. El temible lord Varamyr se había acobardado, pero no estaba dispuesto a permitir que ella lo supiera, así que le dijo a la mujer de las lanzas que se llamaba Haggon. Más tarde se preguntaría por qué había elegido aquel nombre de entre todos los posibles. «Me comí su corazón y me bebí su sangre, y aun así sigue persiguiéndome.»

Un día, mientras huían, llegó un flaco caballo blanco al galope, y su jinete les gritó que tenían que dirigirse hacia el Agualechosa, que el Llorón estaba organizando un grupo de guerreros para cruzar el Puente de los Cráneos y tomar la Torre Sombría. Muchos lo siguieron; muchos más, no. Más adelante, un guerrero de gesto adusto cubierto de pieles y ámbar fue de hoguera en hoguera para instar a los supervivientes a que se dirigieran al norte y se refugiaran en el valle de los thenitas. Varamyr no llegó a saber por qué se suponía que el valle era un lugar seguro cuando sus propios habitantes lo habían abandonado, pero tuvo cientos de seguidores. Otros cientos fueron en pos de la bruja de los bosques, que había tenido una visión de una flota arribada para trasladar al pueblo libre hacia el sur.

—¡Tenemos que buscar el mar! —había gritado Madre Topo, y sus seguidores se encaminaron hacia el este.

De haber tenido más fuerzas, Varamyr habría ido con ellos. Pero el mar era frío y gris, y estaba muy lejos, y sabía que no viviría para verlo. Había estado muerto o moribundo nueve veces, y esa muerte sería la verdadera.

«Una capa de piel de ardilla —recordó—. Me apuñaló por una capa de piel de ardilla.»

Su propietaria había muerto, con la parte trasera de la cabeza destrozada, convertida en pulpa roja y astillas de hueso, pero la capa parecía gruesa y cálida. Estaba nevando y Varamyr había perdido la ropa en el Muro: las pieles con que se arrebujaba para dormir, las prendas interiores de lana, las botas de cuero de oveja, los guantes con forro de pelo, sus reservas de comida e hidromiel, los mechones de cabello que guardaba de las mujeres con las que se acostaba y hasta las pulseras de oro que le había regalado Mance... Lo había perdido todo; todo había tenido que dejarlo atrás.

«Ardí, morí, y luego hui enloquecido de dolor y de miedo. —El mero recuerdo hacía que volviera a avergonzarse, pero no había sido el único en huir. Habían sido muchos, cientos, miles—. Habíamos perdido el combate. Habían llegado los caballeros, invulnerables con sus armaduras de acero, y mataban a todo aquel que prefería quedarse y seguir luchando. Había que elegir entre la huida y la muerte.» Pero no había resultado tan fácil escapar de la muerte. Al encontrarse en el bosque con el cadáver de la mujer, Varamyr se arrodilló para quitarle la capa y no vio al niño hasta que saltó de su escondrijo para clavarle en el costado el largo cuchillo de hueso y arrancarle la capa de las manos.

—Era su madre —le explicó Abrojo más adelante, después de que el chico escapara—. Era la capa de su madre, y al ver que se la estabas robando...

—Estaba muerta —replicó Varamyr. Entrecerró los ojos cuando la aguja de hueso le perforó la carne—. Le habían machacado la cabeza; debió ser cosa de un cuervo.

—No fue ningún cuervo, fueron unos pies de cuerno, que lo vi yo. —Tiró de la aguja para cerrarle el tajo del costado—. Son unos salvajes. ¿Quién va a doblegarlos ahora?

«Nadie. Si Mance ha muerto, el pueblo libre está perdido.» Los thenitas, los gigantes, los pies de cuerno, los moradores de las cuevas con sus dientes afilados, los hombres de la orilla oeste con sus carros de hueso... Todos estaban perdidos, hasta los cuervos. Tal vez aquellos cabrones de capa negra no lo supieran aún, pero morirían igual que los demás. El enemigo estaba cada vez más cerca.

La voz rasposa de Haggon le volvió a resonar en la mente: «Morirás una docena de muertes, chico, y te dolerán todas, desde la primera hasta la última. Pero, cuando te llegue la muerte verdadera, vivirás de nuevo. Tengo entendido que la segunda vida es más sencilla, más grata».

Varamyr Seispieles no tardaría en comprobarlo personalmente. Notaba el sabor de la muerte verdadera en el humo acre que impregnaba el aire; la sentía en la calidez que palpaban sus dedos cuando se introducía una mano bajo la ropa para tocarse la herida. Además, tenía el frío dentro, un frío implacable que se le había metido en los huesos. En esa ocasión iba a matarlo el frío.

Su última muerte la había causado el fuego.

«Ardí.» Al principio, confuso, creyó que un arquero del Muro le había acertado con una flecha llameante, pero el fuego ya estaba en su interior, consumiéndolo desde dentro. Y el dolor...

Ya había muerto nueve veces. En una ocasión lo atravesó una lanza; en otra fueron los dientes de un oso en el cuello; en otra, la pérdida de sangre al dar a luz a un cachorro muerto. La primera muerte le sobrevino con solo seis años, cuando su padre le destrozó el cráneo con un hacha; pero ni aquello había sido tan atroz como el fuego en las entrañas, chisporroteándole en las alas, devorándolo. Trató de huir volando, pero el pánico avivó las llamas, que ardieron con más virulencia. Un momento atrás estaba muy por encima del Muro, controlando los movimientos de los hombres del suelo con sus ojos de águila. De repente, las llamas le transformaron el corazón en cenizas ennegrecidas y le devolvieron el espíritu a su propia piel entre aullidos. Llegó a perder la razón durante un rato. El mero recuerdo lo hacía estremecer.

Fue entonces cuando advirtió que se había apagado la hoguera.

Solo quedaban unos restos carbonizados de madera con unas pocas ascuas entre las cenizas.

«Aún sale humo; solo falta leña.» Apretando los dientes para contener el dolor, se arrastró hasta el montón de ramas rotas que había juntado Abrojo antes de irse a cazar y echó unos palos a las cenizas.

—Prende —graznó—. Arde, ¡arde!

Sopló sobre las brasas al tiempo que elevaba una plegaria muda a los dioses sin nombre del bosque, la colina y el campo.

Los dioses no respondieron. Poco más tarde, el humo también desapareció. La choza estaba enfriándose por momentos. Varamyr no tenía yesca, pedernal ni incendaja. Le resultaría imposible volver a encender la hoguera.

—Abrojo —llamó con la voz ronca, quebrada por el dolor—. ¡Abrojo!

Era una mujer de barbilla puntiaguda y nariz aplastada, con un enorme lunar en la mejilla del que crecían cuatro cerdas negras. Era un rostro feo, hosco, pero en aquel momento habría dado cualquier cosa por verlo asomar por la puerta de la choza.

«Tendría que haberme apoderado de ella antes de que se marchara.» ¿Cuánto hacía que se había ido? ¿Dos días? ¿Tres? No lo sabía a ciencia cierta. Dentro de la choza reinaba la oscuridad, y se había dejado llevar por el sueño en más de una ocasión, de modo que no podía estar seguro de si era de día o de noche.

—Espera aquí —le había dicho la mujer—. Voy a buscar comida.

Así que se había quedado esperando como un imbécil, soñando con Haggon, con Chichón y con todas las cosas malas que había hecho en su ya larga vida, pero habían pasado días y noches sin que Abrojo regresara.

«No va a volver.» Se preguntó si no lo habría traicionado. Tal vez supiera qué pensaba con solo mirarlo, o quizá él hubiera hablado en sus sueños febriles.

—Abominación —oyó decir a Haggon.

Era casi como si estuviera allí, en la choza con él.

—No es nada más que una mujer de las lanzas, y fea para más señas —replicó—. Yo soy un gran hombre. Soy Varamyr, el cambiapieles. No es justo que ella viva y yo tenga que morir. —Nadie respondió, puesto que no había nadie. Abrojo se había ido. Lo había abandonado, como todos los demás.

Hasta su propia madre lo había abandonado. «Lloró por Chichón, pero no por mí.» La mañana en que su padre lo sacó de la cama para entregarlo a Haggon, su madre no quiso ni mirarlo. El niño chilló y pataleó mientras su padre lo arrastraba por el bosque, hasta que lo abofeteó y le dijo que se callara.

—Tu sitio está entre los de tu calaña —fue lo único que le dijo antes de soltarlo a los pies de Haggon.

«Y era verdad —pensó, tiritando—. Haggon me enseñó mucho, mucho. Me enseñó a cazar y pescar, a despiezar un animal muerto, a quitar las espinas del pescado y a orientarme en el bosque. Me enseñó las costumbres y secretos de los cambiapieles, aunque mi don era mucho más fuerte que el suyo.»

Años más tarde había tratado de dar con sus padres para decirles que su pequeño Bulto se había convertido en el gran Varamyr Seispieles, pero los dos estaban ya muertos e incinerados. Ya formaban parte de los árboles y los arroyos, de las rocas y la tierra. Polvo y cenizas. Eso era lo que le había dicho la bruja de los bosques a su madre el día de la muerte de Chichón. Bulto no quería convertirse en un puñado de tierra. El niño soñaba con el día en el que los bardos cantarían sus hazañas y las mujeres hermosas lo cubrirían de besos.

«Cuando me haga mayor seré el Rey-más-allá-del-Muro —se había prometido. No llegó a tanto, pero estuvo cerca. Los hombres temían el nombre de Varamyr Seispieles. Acudía a la batalla a lomos de una osa de las nieves de casi cinco varas de altura, seguido por tres lobos y un gatosombra, y se sentaba a la derecha de Mance Rayder—. Por culpa de Mance estoy aquí. No debería haberle hecho caso. Debería haberme metido en mi osa para despedazarlo.»

Hasta la llegada de Mance, Varamyr Seispieles era un señor, en cierto modo. Vivía solo, servido por sus bestias, en la cabaña de barro, musgo y troncos que había pertenecido a Haggon. Cobraba tributo en pan, sal y sidra a una docena de aldeas, que también le proporcionaban frutas y verduras de sus huertos. La carne se la procuraba él. Cada vez que deseaba a una mujer, enviaba a su gatosombra a acecharla, y la muchacha en la que hubiera puesto el ojo lo seguía dócilmente a la cama. Alguna que otra llegaba llorando, sí, pero llegaba. Varamyr les daba su semilla, se quedaba con un mechón de su pelo para recordarlas y las mandaba de regreso a casa. De cuando en cuando, un héroe de pueblo se le acercaba lanza en ristre con intención de acabar con la bestia y salvar a una hermana, una amante o una hija. A esos los mataba, pero a las mujeres nunca les hizo daño. Incluso bendijo con hijos a más de una.

«Mocosos. Críos menudos y flacos, como Bulto. Ninguno de ellos tenía el don.»

El miedo hizo que se pusiera en pie, tambaleante. Se sujetó el costado para detener la sangre que le rezumaba de la herida, caminó como pudo hasta la puerta, apartó la harapienta piel de la entrada y se encontró frente a una muralla blanca. Nieve. No era de extrañar que el interior de la choza estuviera tan oscuro y lleno de humo: la nieve la había cubierto por completo.

Varamyr empujó la nieve, que se desmoronó aún blanda y húmeda. En el exterior, la noche era blanca como la muerte. Jirones de nubes pálidas rendían pleitesía a la luna de plata ante la mirada fría de miles de estrellas. Divisó los montículos de otras chozas enterradas en la nieve y, más allá, la sombra de un arciano con su armadura de hielo. Al sur y al oeste, las colinas eran una vasta extensión blanca donde lo único que se movía era la nieve agitada por el viento.

—Abrojo —llamó Varamyr con voz débil. ¿Cuánto podía haberse alejado?—. Abrojo. Mujer. ¿Dónde estás?

A lo lejos, un lobo aulló.

Un escalofrío recorrió el cuerpo de Varamyr. Conocía bien aquel aullido, tanto como Bulto conocía la voz de su madre. Un Ojo. Era el mayor de sus tres lobos, el más grande, el más fiero. Cazador era más esbelto, más rápido, más joven; Astuta, más taimada. Pero los dos temían a Un Ojo, porque el viejo lobo era indómito, despiadado, feroz.

Varamyr había perdido el control sobre sus otras bestias durante la agonía del águila. Su gatosombra había huido al bosque, mientras que su osa de las nieves se había vuelto contra los que la rodeaban y destrozado a cuatro hombres a zarpazos antes de que la mataran de una lanzada. Habría acabado con el propio Varamyr si se hubiera puesto a su alcance. Aquella osa lo odiaba a muerte; se resistía rabiosa cada vez que se metía en su piel o la usaba de montura. En cambio, sus lobos...

«Mis hermanos. Mi manada. —Había pasado más de una noche fría durmiendo entre sus lobos, que le proporcionaban calor con los cuerpos peludos—. Cuando muera, devorarán mi carne; el deshielo de la primavera solo encontrará mis huesos.» Curiosamente, la idea le resultaba reconfortante. Sus lobos le habían proporcionado alimento muchas veces en sus expediciones, de modo que era justo que él les proporcionara alimento a su vez. Hasta era posible que empezara la segunda vida arrancando a dentelladas la carne cálida y muerta de su propio cadáver.

El animal al que más fácil resultaba unirse era el perro. Vivía tan próximo al hombre que parecía casi humano. Entrar en la piel de un perro era como ponerse una bota vieja, un calzado de cuero ablandado tras mucho uso. La bota se adaptaba al pie y el perro se adaptaba al collar, aunque fuera un collar invisible para el ojo humano. Los lobos eran más difíciles: el hombre podía trabar amistad con el lobo, podía incluso dominarlo, pero no domesticarlo de verdad.

—Los lobos y las mujeres se casan para toda la vida —solía decir Haggon—. Si te metes en uno, es como un matrimonio. A partir de ese momento el lobo formará parte de ti, y tú de él. Los dos cambiaréis.

A otras bestias era mejor ni acercarse, le había asegurado el cazador. El gato era vanidoso y cruel, y se volvía contra el cambiapieles a la menor ocasión. El alce y el venado eran presas: hasta el hombre más valiente se volvía cobarde si pasaba demasiado tiempo en su piel. Haggon tampoco era partidario de osos, jabalíes, tejones ni comadrejas.

—Hay pieles que no te conviene usar, chico. Te convertirías en algo que no te gustaría.

Por lo visto, las aves eran lo peor.

—El hombre no ha nacido para despegarse de la tierra. Si se pasa mucho tiempo en las nubes, ya no quiere volver a bajar. He conocido a cambiapieles que probaron halcones, búhos o cuervos, y luego, incluso con sus propios cuerpos, se quedaban sentados, embobados, mirando al puto cielo.

Pero no todos los cambiapieles eran de la misma opinión. En cierta ocasión, cuando Bulto tenía diez años, Haggon lo llevó a una reunión de gente como ellos y similares. Los hermanos del lobo eran los más numerosos, pero los otros le parecieron más extraños y fascinantes. Borroq se parecía tanto a su jabalí que solo le faltaban los colmillos; Orell tenía su águila; Briar, su gatosombra. En cuanto le puso la vista encima, Bulto supo que él también quería un gatosombra. Además estaba Grisella, la mujer cabra...

Pero ninguno era tan fuerte como Varamyr Seispieles. Ni siquiera Haggon, tan alto y sombrío, con manos duras como la piedra. El cazador murió entre sollozos después de que Varamyr le arrebatara a Pielgrís y lo echara de su piel para apoderarse de la bestia.

«No tendrás una segunda vida, viejo.» En aquellos tiempos se hacía llamar Varamyr Trespieles. Con Pielgrís eran cuatro, aunque era un lobo decrépito, frágil y casi desdentado que no tardó en seguir los pasos de Haggon.

Varamyr podía apoderarse de cualquier bestia y doblegarla a su voluntad, apropiarse de su carne: perro, lobo, oso, tejón...

«Abrojo —pensó. Según Haggon, era una abominación y el peor de los pecados, pero Haggon estaba muerto, devorado e incinerado. Mance también lo habría maldecido, pero estaba muerto o prisionero—. Nadie lo sabrá nunca. Seré Abrojo, la mujer de las lanzas; Varamyr Seispieles habrá muerto. —Daba por sentado que su don perecería con aquel cuerpo, que perdería a sus lobos y viviría el resto de sus días con la forma de una mujer flaca y llena de verrugas... pero viviría—. Eso, si vuelve. Eso, si tengo fuerzas para apoderarme de ella.»

Una oleada de debilidad le recorrió el cuerpo. Cayó de rodillas, con las manos enterradas en un ventisquero. Cogió un puñado de nieve y se lo llevó a la boca, se lo frotó contra la barba y se restregó los labios para sorber la humedad. El agua estaba tan fría que casi no pudo forzarse a tragarla, y de nuevo fue consciente de que estaba ardiendo. La nieve derretida no hizo más que acentuar el hambre. Lo que su estómago pedía a gritos era comida, no agua. Ya no nevaba, pero se estaba levantando un viento que convertía el aire en cristal y le azotaba la cara mientras avanzaba como podía y se le volvía a abrir la herida del costado. El aliento se le condensaba en una nube blanca. Cuando llegó junto al arciano, dio con una rama caída que podía servirle de muleta y cargó todo su peso sobre ella para dirigirse, tambaleante, hacia la choza más cercana. Tal vez los aldeanos hubieran dejado algo atrás al emprender la huida: un saco de manzanas, un trozo de tasajo, cualquier cosa que lo mantuviera con vida hasta el regreso de Abrojo.

Casi había llegado cuando se rompió la muleta y le fallaron las piernas.

No habría sabido decir cuánto tiempo pasó allí tendido, tiñendo la nieve de rojo con su sangre.

«La nieve me cubrirá. —Sería una muerte tranquila—. Dicen que al final entra calor. Calor y sueño.»

Sería agradable volver a sentir calor, aunque lo entristecía pensar que nunca vería las tierras verdes, las tierras cálidas de más allá del Muro sobre las que tantas canciones cantaba Mance.

—El mundo de más allá del Muro no es para la gente como nosotros —solía decir Haggon—. El pueblo libre tiene miedo de los cambiapieles, pero también nos honra. Al sur del Muro, los arrodillados nos dan caza y nos sacrifican como a cerdos.

«Me lo advertiste —pensó Varamyr—, pero también fuiste tú quien me llevó a Guardiaoriente.» Por aquel entonces, Bulto no tendría más de diez años. Haggon cambió una docena de sartas de ámbar y un trineo cargado de pieles por seis odres de vino, una piedra de sal y una cazuela de cobre. Guardiaoriente era mejor que el Castillo Negro para el comercio: era allí donde atracaban los barcos cargados con mercancías de las fabulosas tierras de allende el mar. Los cuervos conocían a Haggon; sabían que era buen cazador y lo consideraban amigo de la Guardia de la Noche, además de recibir con gratitud las noticias que les transmitía sobre los sucesos del otro lado de su Muro. Algunos también sabían que era cambiapieles, pero eso no se comentaba en voz alta. Fue allí, en Guardiaoriente del Mar, donde el niño que había sido empezó a soñar con el cálido sur.

Varamyr sentía cómo se le derretían en la frente los copos de nieve.

«Esto no es tan malo como morir quemado. Me dormiré y no despertaré, y empezará mi segunda vida. —Sus lobos ya estaban cerca. Los sentía. Podría abandonar aquella carne débil, ser uno con ellos, cazar de noche y aullar a la luna. El cambiapieles se convertiría en un lobo de verdad—. Pero ¿en cuál?» En Astuta no, desde luego. Haggon lo habría considerado una abominación, pero Varamyr se había metido muchas veces en la piel de la loba cuando Un Ojo la estaba montando. De todos modos, no quería pasarse su nueva vida en aquel cuerpo a menos que no le quedara otro remedio. Cazador, el macho joven, le convenía más... Aunque Un Ojo era más corpulento y feroz, y Un Ojo era el que montaba a Astuta cuando entraba en celo.

«Dicen que se olvida todo —le había dicho Haggon pocas semanas antes de morir—. Cuando muere la carne del hombre, su espíritu vive dentro de la bestia, pero día tras día va perdiendo la memoria, y la bestia es cada vez menos cambiapieles y más lobo, hasta que no queda ni rastro del hombre, solo el animal.»

Varamyr sabía hasta qué punto era cierto aquello. Cuando se apoderó del águila que había pertenecido a Orell sintió la rabia del otro cambiapieles, que se rebelaba contra su presencia. A Orell lo había matado Jon Nieve, el cuervo cambiacapas, y el odio hacia su asesino era tan brutal que el propio Varamyr odió también al chico bestia. Supo qué era Nieve en cuanto vio al gran huargo blanco que caminaba en silencio junto a él. Los cambiapieles siempre se reconocían entre sí.

«Mance tendría que haber dejado que me adueñara del huargo. Esa sí que habría sido una segunda vida digna de un rey.» Y no le cabía duda de que habría podido. El don era fuerte en Nieve, pero no había recibido entrenamiento y aún se debatía contra su naturaleza en lugar de enorgullecerse de ella.

Varamyr veía los ojos rojos del arciano que lo miraban desde el tronco blanco.

«Los dioses me están juzgando. —Sintió un escalofrío. Había hecho cosas malas, cosas horribles. Había robado, había matado, había violado. Había comido carne humana y había lamido la sangre de los moribundos mientras les manaba roja y caliente de la yugular desgarrada. Había acechado a sus enemigos por el bosque y había caído sobre ellos mientras dormían para arrancarles las entrañas a zarpazos y esparcirlas por el barro—. Y lo deliciosa que era su carne.»

—Lo hizo la bestia, no yo —dijo en un susurro ronco—. Ese fue el don que me disteis.

Los dioses no respondieron. El aliento se le condensaba blanquecino y nebuloso, y sintió como se le formaban carámbanos en la barba. Varamyr Seispieles cerró los ojos. Soñó un sueño antiguo, un sueño en el que aparecían una cabaña junto al mar, tres perros gimoteantes y las lágrimas de una mujer.

«Era por Chichón. Lloraba por Chichón; por mí no lloró nunca.»

Bulto había nacido un mes antes de lo debido y era tan enfermizo que nadie creía que fuera a sobrevivir. Su madre esperó hasta que tuvo casi cuatro años para ponerle un nombre de verdad, y entonces ya era demasiado tarde. Toda la aldea se había acostumbrado a llamarlo Bulto, el mote que le había puesto su hermana Meha cuando aún estaba en el vientre de su madre. Meha también le había puesto el mote a Chichón, pero el hermanito de Bulto nació a término y llegó al mundo grande, rosado, robusto, mamando con glotonería de la teta de su madre, que iba a ponerle el nombre de su progenitor.

«Pero Chichón murió. Murió cuando yo tenía seis años y él dos, tres días antes del día de su nombre.»

—Tu pequeño está ya con los dioses —le había dicho la bruja de los bosques a su madre, que no paraba de llorar—. No volverá a sufrir; para él no habrá más hambre ni lágrimas. Los dioses se lo han llevado a la tierra, a los árboles. Los dioses están a nuestro alrededor, en las rocas y en los arroyos, en los pájaros y en las bestias. Tu Chichón ha ido a reunirse con ellos. Será el mundo y todo lo que hay en él.

Las palabras de la vieja se clavaron en Bulto como un cuchillo.

«Chichón me ve. Está mirándome. Lo sabe. —Bulto no podía esconderse de él, no podía ocultarse tras las faldas de su madre ni fugarse con los perros para huir de la ira de su padre—. Los perros. —Colamocha, Hocico, Gruñón—. Eran buenos perros. Eran mis amigos.» Cuando su padre los encontró olfateando en torno al cadáver de Chichón no tuvo manera de saber cuál había sido, así que los mató a los tres a hachazos. Le temblaban tanto las manos que le hicieron falta dos golpes para acallar a Hocico, y cuatro para Gruñón. El olor de la sangre impregnaba el aire y los estertores de los perros eran espantosos, pero Colamocha acudió cuando lo llamó su amo. Era el perro más viejo, y el adiestramiento pudo más que el pánico. Cuando Bulto se metió en su piel, ya era demasiado tarde. «No, padre, por favor», trató de decir. Pero los perros no hablan la lengua de los hombres, de modo que lo único que emitió fue un gemido lastimero. El hacha acertó al viejo perro en pleno cráneo, y dentro de la cabaña, el niño lanzó un alarido.

«Así fue como se enteraron.» Dos días después, su padre se lo llevó al bosque a rastras. Portaba el hacha consigo, así que Bulto pensó que tenía intención de acabar con él del mismo modo que había acabado con los perros. Pero lo que hizo fue entregárselo a Haggon.

Varamyr se despertó de repente, sobresaltado, tembloroso.

—¡Levántate! —le gritaba una voz—. ¡Levántate! ¡Tenemos que marcharnos! ¡Vienen! ¡Son cientos! —La nieve lo había cubierto con un espeso manto blanco. Hacía tanto frío... Intentó moverse y se dio cuenta de que la mano se le había quedado pegada al suelo. Se arrancó un buen trozo de piel al despegarla—. ¡Que te levantes! —le gritó de nuevo la mujer—. ¡Ya vienen!

Abrojo había regresado, lo tenía agarrado por los hombros y lo sacudía al tiempo que le gritaba a la cara. Varamyr olió su aliento y sintió su calidez contra las mejillas entumecidas por el frío.

«Ahora —pensó—. Hazlo ahora o muere.»

Reunió las fuerzas que le quedaban, salió de su piel y se introdujo violentamente en la de Abrojo, que arqueó la espalda y gritó.

«Abominación.» ¿De quién era el pensamiento? ¿De Abrojo, de Varamyr, de Haggon? No tenía manera de saberlo. Su viejo cuerpo cayó en la nieve cuando los dedos de la mujer lo soltaron. La mujer de las lanzas se retorció con violencia y chilló. Su gatosombra también lo rechazaba con fiereza al principio, y la osa de las nieves había pasado un tiempo enloquecida, lanzando zarpazos a los árboles, a las rocas, al aire. Pero aquello era mucho peor.

—¡Sal de mí! ¡Sal de mí! —oyó gritar a su propia boca.

El cuerpo de la mujer se tambaleaba, caía y volvía a levantarse, agitaba las manos y las piernas en movimientos convulsivos, como en un baile grotesco, mientras los dos espíritus luchaban por la misma carne. Inhaló una bocanada de aire gélido, y Varamyr vivió un instante de gloria en su sabor, en la fuerza de aquel cuerpo joven, hasta que los dientes de Abrojo se cerraron con fuerza y la boca se le llenó de sangre. Se llevó las manos a la cara. Él trató de bajarlas, pero aquellas manos, resistiéndose a obedecerlo, le arrancaron los ojos.

«Abominación», recordó mientras se ahogaba en sangre, dolor y locura. Cuando Varamyr intentó gritar, Abrojo escupió la lengua que habían compartido.

El mundo blanco se volvió del revés y se desmoronó. Durante un momento fue como si estuviera dentro del arciano y, a través de los ojos rojos tallados en la madera, contemplase al hombre que agonizaba en el suelo y a la demente que bailaba ciega y ensangrentada bajo la luna, llorando lágrimas rojas y arrancándose la ropa. Pronto, ambos desaparecieron y él se elevó, se fundió, su espíritu cabalgó a lomos de una ráfaga de viento frío. Estaba en la nieve y en las nubes; era un gorrión, una ardilla, un roble. Un búho real volaba sigiloso entre los árboles, en pos de una liebre; Varamyr estaba dentro del búho, dentro de la liebre, dentro de los árboles. Bajo la tierra helada, las lombrices cavaban sus túneles a ciegas, y también estaba en ellas.

«Soy el bosque y todo lo que hay en él», pensó exultante. Un centenar de grajos levantaron el vuelo entre graznidos al sentir su paso. Un gran alce berreó, inquietando a los niños que se aferraban a su lomo. Un huargo que dormía levantó la cabeza para gruñir a la nada. Antes de que volvieran a latirles los corazones, ya había pasado de largo en busca de los suyos, en busca de Un Ojo, Astuta y Cazador, su manada. Sus lobos lo salvarían, se dijo.

Aquel fue su último pensamiento humano.

La muerte verdadera llegó de repente. Sintió un golpe frío, como si se hubiera zambullido de súbito en las aguas de un lago helado, y lo siguiente que supo fue que corría por la nieve, bajo la luna, seguido de cerca por sus compañeros de manada. La mitad del mundo era negrura. «Un Ojo», pensó. Aulló, y Astuta y Cazador aullaron con él.

Cuando llegaron a una cima, los lobos se detuvieron.

«Abrojo», recordó. Una parte de él lamentaba lo que había perdido, y otra parte, lo que había hecho. Abajo, el mundo se había transformado en hielo. Las lenguas de escarcha reptaban y se unían subiendo por el tronco del arciano. La aldea desierta ya no estaba desierta. Sombras de ojos azules vagaban entre los ventisqueros. Unas vestían de marrón; otras, de negro; otras iban desnudas y mostraban una carne blanca como la nieve. El viento suspiraba entre las colinas y transportaba su olor hasta los lobos: olor de carne muerta, de sangre seca, de pieles que hedían a moho, putrefacción y orina. Astuta lanzó un gruñido y enseñó los dientes con el lomo erizado.

«No hombres. No presa. Estos no.»

Las cosas de abajo se movían, pero no estaban vivas. Una a una fueron alzando la cabeza hacia los tres lobos de la colina. La última en mirar fue la cosa que había sido Abrojo. Vestía prendas de lana, piel y cuero, y sobre ellas, una capa de escarcha que crujía cuando se movía y brillaba a la luz de la luna. De las yemas de sus dedos colgaban carámbanos rosados, diez largos cuchillos de sangre helada. Y en las cuencas insondables donde habían estado sus ojos brillaba una luz azulada que confería a sus rasgos bastos una belleza escalofriante que no habían tenido en vida.

«Me ve.»

Tyrion

No dejó de beber en todo lo que duró la travesía del mar Angosto.

El barco era pequeño, y su camarote, todavía más, y el capitán no le permitía subir a cubierta. El balanceo del barco le revolvía el estómago, y la puñetera comida sabía aún peor cuando la vomitaba. Pero ¿para qué quería tasajo de buey, queso duro y pan agusanado si se podía alimentar de vino? Era un tinto avinagrado y contundente, y a veces hasta eso lo vomitaba, pero siempre había más.

—El mundo está lleno de vino —masculló en la humedad de su camarote. Su padre siempre había despreciado a los borrachos, pero ¿qué importaba? Estaba muerto. Él lo había matado. «Una saeta en el bajo vientre, mi señor, toda para ti. Si llego a tener mejor puntería, te la meto por la polla con la que me hiciste, hijoputa de mierda.»

Bajo la cubierta nunca era de día ni de noche. Tyrion medía el paso del tiempo por las visitas del grumete que le llevaba comidas que no probaba. El chico aparecía siempre con un cepillo y un cubo para limpiar.

—¿Este vino es dorniense? —le preguntó Tyrion en cierta ocasión al tiempo que le quitaba el tapón al odre—. Me recuerda a una serpiente que conocía. El tipo era de lo más divertido, hasta que le cayó encima una montaña.

El grumete no respondió. Era un chaval feúcho, aunque sin duda más atractivo que cierto enano con media nariz y una cicatriz que le cruzaba la cara del ojo a la barbilla.

—¿Te he ofendido en algo? —le preguntó mientras el muchacho se afanaba cepillando el suelo—. ¿Te han dicho que no hables conmigo? ¿O es que un enano se tiró a tu madre? —También aquello quedó sin respuesta—. ¿Hacia dónde vamos? Al menos dime eso. —Jaime había mencionado las Ciudades Libres, pero ninguna en concreto—. ¿A Braavos? ¿A Tyrosh? ¿A Myr? —Tyrion habría preferido ir a Dorne. «Myrcella es mayor que Tommen; según las leyes dornienses, le corresponde a ella subir al Trono de Hierro. La ayudaré a reclamar lo que le corresponde, como sugirió el príncipe Oberyn.»

Pero Oberyn había muerto con la cabeza destrozada bajo el guantelete de ser Gregor Clegane. Y sin el apoyo de la Víbora Roja, ¿Doran Martell querría considerar siquiera un plan tan arriesgado?

«A lo mejor, lo que hace es cargarme de cadenas y devolverme a mi querida hermana. —Tal vez el Muro fuera mejor lugar. Mormont, el Viejo

Oso, le había dicho que la Guardia de la Noche siempre tenía necesidad de hombres como Tyrion—. Pero puede que Mormont ya esté muerto. Puede que, a estas alturas, Slynt sea el lord comandante. —Seguro que el hijo del carnicero no habría olvidado quién lo mandó al Muro—. Además, ¿de verdad quiero pasarme el resto de mi vida comiendo tasajo y gachas entre ladrones y asesinos?» También era cierto que el resto de su vida no sería muy largo. Janos Slynt se encargaría de eso.

El grumete mojó el cepillo en el cubo y restregó con energía.

—¿Has ido alguna vez a las casas de placer de Lys? —preguntó el enano—. A lo mejor es ahí adonde van las putas.

Tyrion no se acordaba de cómo se decía *puta* en valyrio, y en cualquier caso, ya era tarde. El muchacho echó el cepillo al cubo y se marchó.

«El vino me ha reblandecido los sesos. —Había aprendido de su maestre a leer alto valyrio, pero lo que hablaban en las Nueve Ciudades Libres... En fin, no era exactamente un dialecto, sino más bien nueve dialectos que no tardarían en convertirse en idiomas bien diferenciados. Tyrion sabía un poco de braavosi y tenía nociones básicas de myriense. En Tyrosh sería capaz de blasfemar, llamar tramposo a cualquiera y pedir una cerveza, todo gracias a un mercenario que había conocido en la Roca—. En Dorne, al menos, hablan la lengua común. —Al igual que sucedía con las leyes y la comida dornienses, el idioma estaba bien condimentado por el rhoynar, pero se entendía—. Dorne, sí. Lo mío es Dorne.» Se acostó en su camastro, aferrado a aquel pensamiento como un niño a su muñeco.

A Tyrion Lannister siempre le había costado conciliar el sueño; en aquel barco, la mayor parte del tiempo le resultaba directamente imposible, aunque en ocasiones conseguía beber lo suficiente para perder un rato el conocimiento. Por lo menos no soñaba. Estaba hasta la coronilla de sueños, aunque también era cierto que no tenía la coronilla a mucha altura.

«¡Y con qué tonterías he soñado! Amor, justicia, amistad, gloria... Tanto me habría dado soñar con ser alto.»

Todo aquello estaba fuera de su alcance; por fin se había dado cuenta. Ya lo sabía. Lo que seguía sin saber era adónde iban las putas. «Adonde quiera que vayan las putas —había dicho su padre—. Esas fueron sus últimas palabras. —La ballesta vibró, lord Tywin cayó sentado y Tyrion Lannister tuvo que anadear por la oscuridad acompañado por Varys. Seguramente había vuelto a bajar por el hueco, los doscientos treinta peldaños, hasta el lugar donde resplandecían las brasas anaranjadas en la boca de un dragón de hierro. No recordaba nada, solo el ruido vibrante que había hecho la ballesta y el hedor de cuando a su padre se le aflojaron los intestinos—. Hasta moribundo fue capaz de llenarme la vida de mierda.»

Varys lo había acompañado por los túneles, pero no cruzaron palabra hasta que hubieron salido junto al Aguasnegras, donde Tyrion había ganado una batalla y perdido una nariz. Entonces el enano se giró hacia el eunuco.

—He matado a mi padre —le dijo en el mismo tono con que habría podido decirle: «Me he dado un golpe en el dedo gordo».

El consejero de los rumores iba vestido de hermano mendicante, con una apolillada túnica marrón de tela basta y una capucha que le ocultaba las regordetas mejillas imberbes y la calva.

—No deberíais haber subido por esa escalera —le reprochó.

«Adonde quiera que vayan las putas.» Tyrion le había advertido a su padre que no repitiera aquella palabra.

«Si no llego a disparar, se habría dado cuenta de que mis amenazas no valían nada. Me habría quitado la ballesta de las manos, igual que me arrancó a Tysha de los brazos. Estaba levantándose cuando lo maté.»

—También he matado a Shae —confesó a Varys.

—Ya erais consciente de qué era.

—Sí. Pero no sabía qué era él.

—Pues ya lo sabéis. —Varys disimuló una risita.

«Tendría que haber matado al eunuco, ya puestos. —¿Qué más daba un poco de sangre adicional en las manos? No habría sabido decir qué detuvo su puñal. No fue la gratitud, desde luego. Varys lo había salvado de la espada del verdugo, pero solo porque Jaime se lo había ordenado—. Jaime... No, es mejor que no piense en Jaime.»

Para evitarlo abrió otro odre de vino y bebió ansioso como si fuera la teta de una mujer. El tinto le resbaló por la barbilla y le empapó la sucia túnica, la misma que llevaba cuando estaba en la celda. La cubierta se mecía bajo él, y cuando trató de ponerse en pie, se ladeó y lo lanzó contra un mamparo.

«Debe de haber tormenta —pensó—. O a lo mejor estoy más borracho de lo que creía. —Vomitó el vino y se quedó tendido sobre él, sin saber si el barco iba a hundirse—. ¿Esta es tu venganza, padre? ¿Es que el Padre Supremo te ha nombrado su mano?»

—Es el pago que recibe aquel que mata a la sangre de su sangre —dijo mientras el viento aullaba en el exterior.

No era justo ahogar de paso al grumete, al capitán y a toda la tripulación, claro, pero ¿cuándo habían sido justos los dioses? Aquel era el pensamiento que rondaba por su mente cuando lo engulló la oscuridad.

Cuando empezó a recuperar el conocimiento, la cabeza le ardía y el barco daba vueltas a su alrededor, aunque según el capitán habían llegado a puerto. Tyrion le dijo que se callara y se debatió sin energías cuando un corpulento marinero calvo lo cogió debajo del brazo y lo llevó a cubierta, donde lo aguardaba una cuba de vino vacía. Era pequeña y baja, con poco espacio hasta para un enano. Tyrion se resistió tan enconadamente que se meó encima, pero no le sirvió de nada: lo metieron de cabeza en la cuba y le empujaron las piernas hasta que las rodillas le llegaron a las orejas. Lo poco que le quedaba de nariz le picaba de una manera espantosa, pero tenía los brazos tan encajonados que no llegaba a rascarse.

«Un palanquín digno de un hombre de mi altura», pensó mientras clavaban la tapa. Siguió oyendo las voces cuando lo levantaron en vilo. Cada movimiento brusco hacía que su cabeza se golpeara contra el fondo de la cuba. El mundo giró enloquecido cuando hicieron rodar el pequeño tonel, hasta que se detuvo con un golpe que lo obligó a contener un grito. Otra cuba chocó contra la suya, y Tyrion se mordió la lengua.

Fue el viaje más largo de su vida, aunque no duró más de media hora. Lo levantaron y lo bajaron, lo hicieron rodar, lo amontonaron, lo volvieron del derecho y del revés, y volvieron a hacerlo rodar. Oía los gritos de los hombres por entre las duelas de madera, y le llegó también el relincho de un caballo cerca de donde estaba. Empezó a tener calambres en las piernas atrofiadas, que pronto le dolieron tanto que hasta dejó de notar los golpes en la cabeza.

Todo terminó tal como había empezado, con el barril rodando y deteniéndose de repente. Fuera, unas voces desconocidas hablaban en un idioma también desconocido. Empezaron a golpear la tapa de la cuba, que se rajó de repente. La luz entró a raudales, acompañada de aire fresco. Tyrion inhaló una bocanada con ansiedad y trató de incorporarse, pero lo único que consiguió fue hacer caer la cuba y quedar tendido en la tierra prensada del suelo.

Ante él se alzaba un hombre grotesco de puro gordo, con barba amarilla de dos puntas, que llevaba un mazo de madera en una mano y un escoplo en la otra. La túnica que vestía era tan amplia que habría servido de pabellón en un torneo, pero el cordón con que se la ceñía a la cintura se había desanudado, dejando al descubierto la enorme barriga blanca y unas tetas tan pesadas que oscilaban como sacos de grasa cubiertos de espeso vello rubio. A Tyrion le recordó a una morsa muerta que la marea había arrastrado hasta las cuevas de Roca Casterly. El gordo lo miró desde arriba con una sonrisa.

—Un enano borracho —dijo en la lengua común de Poniente.

—Una morsa podrida. —Tyrion tenía la boca llena de sangre y la escupió a los pies del otro.

Estaban en la penumbra de un sótano alargado, con techo abovedado y muros de piedra descolorida por el salitre. A su alrededor había cubas de vino y cerveza, suficientes para que un enano sediento pudiera beber durante toda la noche. O durante toda la vida.

—Sois insolente. Eso me gusta en un enano. —El gordo se rio, y las carnes se le agitaron con tal violencia que Tyrion temió durante un momento que cayera encima de él y lo aplastara—. ¿Tenéis hambre, mi pequeño amigo? ¿Estáis cansado?

—Tengo sed. —Tyrion se incorporó y logró ponerse de rodillas—. Y estoy sucio.

—Un baño primero, sí —asintió el gordo tras olfatearlo—. Luego, comida y una buena cama, ¿sí? Mis criados se encargarán de todo. —Su anfitrión dejó a un lado el mazo y el escoplo—. Mi casa es vuestra. Cualquier amigo de mi amigo del otro lado del agua es amigo de Illyrio Mopatis, sí.

«Y cualquier amigo de la Araña Varys es alguien en quien deposito una confianza muy limitada.» Pese a todo, el gordo cumplió su promesa de proporcionarle un baño. En cuanto Tyrion se introdujo en el agua caliente y cerró los ojos, se quedó profundamente dormido. Despertó desnudo en un lecho de plumón de ganso tan blando que se sentía como si se lo hubiera tragado una nube, pero tenía la polla dura como una barra de hierro. Rodó en la cama para saltar de ella, buscó un orinal y, con un gruñido de placer, empezó a llenarlo.

La habitación estaba en penumbra, pero entre las tablillas de los postigos se colaban haces de luz solar. Tyrion se sacudió las últimas gotas y anadeó por las ornamentadas alfombras myrienses, suaves como la hierba fresca de la primavera. Se subió como pudo al asiento situado bajo la ventana y abrió los postigos para ver adónde lo habían enviado Varys y los dioses.

Bajo su ventana, seis cerezos de esbeltas ramas sin hojas montaban guardia en torno a un estanque de mármol. Junto al agua había un muchacho desnudo en posición de ataque, con una espada de jaque en la mano. Era ágil y atractivo, de dieciséis años como mucho, con una melena rubia y lisa por los hombros. Parecía tan real que el enano tardó largos segundos en darse cuenta de que era una estatua de mármol pintado, aunque la espada brillaba como el acero auténtico.

Al otro lado del estanque había un muro de ladrillo de cuatro varas de altura con púas de hierro en la parte superior. Más allá se extendía la ciudad, un mar de tejados apiñados alrededor de una bahía. Divisó torres cuadradas de ladrillo, un gran templo rojo y una mansión en la cima de una colina. A lo lejos, la luz del sol resplandecía en las aguas más profundas del mar abierto. En la bahía navegaban barcas de pesca cuyas velas ondeaban al viento, y también alcanzó a ver en el horizonte los mástiles de barcos de mayor tamaño.

«Seguro que alguno va a Dorne, o a Guardiaoriente del Mar. —Lo malo era que no tenía dinero para pagar el pasaje ni estaba hecho para manejar un remo—. Siempre puedo enrolarme como grumete y dejar que la tripulación me dé por culo todo el viaje por el mar Angosto.»

¿Dónde estaba?

«Aquí hasta el aire huele diferente. —El gélido viento otoñal transportaba el aroma de especias extrañas, y alcanzó a oír voces lejanas que procedían de las calles, al otro lado del muro de ladrillo. Hablaban en algo parecido al valyrio, pero solo entendía una palabra de cada cinco—. Esto no es Braavos —concluyó—. Ni Tyrosh.» Las ramas deshojadas y la baja temperatura descartaban también Lys, Myr y Volantis.

Cuando la puerta se abrió a sus espaldas, Tyrion dio media vuelta para enfrentarse a su obeso anfitrión.

—Estoy en Pentos, ¿no?

—Claro. ¿Dónde si no?

«Pentos.» En fin, al menos no era Desembarco del Rey. Algo era algo.

—¿Adónde van las putas? —preguntó casi sin querer.

—Las putas están en los burdeles, igual que en Poniente, mi pequeño amigo. Pero a vos no os hacen ninguna falta. Elegid a la que queráis de entre mis criadas; ninguna os rechazará.

—¿Son esclavas? —preguntó el enano con ironía.

El gordo se acarició una punta de la aceitada barba amarilla en un gesto que a Tyrion le pareció de lo más obsceno.

—Según el tratado que nos impusieron los braavosi hace cien años, la esclavitud está prohibida en Pentos. Pero no os rechazarán. —Illyrio hizo una laboriosa reverencia—. Ahora, mi pequeño amigo tendrá que disculparme. Tengo el honor de ser uno de los magísteres de esta gran ciudad, y el príncipe nos ha convocado. —Le mostró los dientes torcidos y amarillentos al sonreír—. Recorred a voluntad la mansión y los jardines, pero no os aventuréis más allá de la muralla bajo ningún concepto. No conviene que nadie sepa que estuvisteis aquí.

—¿Que estuve? ¿Ya me he ido a otro lugar?

—Habrá tiempo para hablar de esto por la noche. Mi pequeño amigo y yo cenaremos, beberemos y haremos grandes planes, ¿sí?

—Sí, mi gordo amigo —respondió Tyrion.

«Quiere sacar provecho de mí.»

Los beneficios lo eran todo para los príncipes mercaderes de las Ciudades Libres, soldados de las especias y señores del queso, como los llamaba su padre con desprecio. Si una buena mañana Illyrio Mopatis llegaba a creer que un enano muerto era más valioso que un enano vivo, Tyrion estaría metido en una cuba de vino antes del anochecer.

«Más vale que ese día me pille lejos de aquí.» Porque no le cabía duda de que tal día iba a llegar más tarde o más temprano. Cersei no se olvidaría de él, y hasta a Jaime le habría molestado encontrarse a su padre con una saeta en la barriga.

Una suave brisa hacía ondular las aguas del estanque en torno al espadachín desnudo. Le evocó los momentos en que Tysha le acariciaba el pelo durante la falsa primavera de su matrimonio, antes de que él ayudara a los hombres de su padre a violarla. Durante la huida había pensado muchas veces en aquellos hombres, tratando de recordar cuántos eran. Cualquiera diría que era de esas cosas que no se borraban de la memoria, pero lo había olvidado. ¿Cuántos fueron? ¿Doce? ¿Veinte? ¿Ciento? No habría sabido decirlo. Sí recordaba que eran todos adultos, altos y fuertes..., aunque a ojos de un enano de trece años, cualquier hombre era alto y fuerte.

«Tysha supo cuántos eran. —Cada uno le había dado un venado, así que solo habría tenido que contar las monedas—. Una moneda de plata por cada hombre y una de oro por mí.» Su padre se había empeñado en que él también pagara: «Un Lannister siempre paga sus deudas».

«Adonde quiera que vayan las putas», oyó decir a lord Tywin una vez más, y una vez más vibró la ballesta.

El magíster le había dicho que recorriera a voluntad la mansión y los jardines. En un arcón con incrustaciones de lapislázuli y madreperla había ropa limpia para él, y se la puso no sin dificultades: obviamente, la habían hecho para un niño y era de telas buenas, aunque habría sido mejor que la airearan antes de dársela. Las perneras le quedaban largas; las mangas, cortas, y si hubiera conseguido abrocharse el cuello, la cara se le habría puesto más negra que a Joffrey. También había sufrido el asedio de las polillas.

«Por lo menos no huele a vómito.»

Tyrion empezó el recorrido por la cocina, donde dos mujeres gordas y un mozo lo miraron con desconfianza mientras se servía higos, queso y pan.

—Buenos días os deseo, hermosas damas —les dijo con una reverencia—. ¿Sabéis por un casual adónde van las putas?

No respondieron, de modo que repitió la pregunta en alto valyrio, aunque tuvo que decir «cortesanas» en lugar de «putas». A aquello, la cocinera más joven y gorda respondió encogiéndose de hombros. ¿Qué harían si las cogiera de la mano y las llevara a rastras a su dormitorio? «Ninguna te rechazará», le había asegurado Illyrio, pero Tyrion no creía que incluyese a aquellas dos. La joven tenía edad suficiente para ser su madre, y la otra parecía la madre de la primera. Ambas estaban casi tan gordas como Illyrio y tenían las tetas más grandes que la cabeza del enano.

«Podría ahogarme en carne. —Había peores maneras de morir. La de su padre, por ejemplo—. Tendría que haberle hecho cagar un poco de oro antes de que expirase. —Lord Tywin había escatimado siempre cariño y aprobación, pero el oro lo repartía a manos llenas—. Solo hay una cosa más patética que un enano desnarigado: un enano desnarigado y sin fondos.»

Tyrion dejó a las gordas en la cocina, con sus ollas y sus hogazas, y buscó la bodega donde lo había decantado Illyrio la noche anterior. No le costó dar con ella. Allí había vino más que suficiente para mantenerlo borracho cien años: tintos dulces del Dominio y tintos recios de Dorne; pentoshi ambarinos y el néctar verde de Myr; sesenta cubas del oro del Rejo y hasta vinos del legendario Oriente, de Qarth, Yi Ti y Asshai de la Sombra. Al final se decidió por una cuba de vino fuerte de la cosecha privada de lord Runceford Redwyne, abuelo del entonces señor del Rejo. Tenía un paladar lánguido y temerario a la vez, y era de un rojo tan oscuro que casi parecía negro a la escasa luz de la bodega. Tyrion llenó una copa, y también una frasca para no quedarse corto, y subió a los jardines para beber bajo los cerezos que había visto por la ventana.

Pero salió por la puerta que no era y no llegó al estanque, aunque tampoco le importó demasiado. Los jardines de la parte trasera de la mansión eran igual de hermosos y mucho más extensos. Los recorrió un rato mientras bebía. Los muros habrían dejado en mantillas a los de cualquier castillo, y las púas de hierro de la parte superior le resultaban extrañas sin cabezas que las adornaran. Tyrion se imaginó la cabeza de su hermana en una de ellas, con la cabellera dorada cubierta de brea y la boca llena de moscas.

«Eso, y la de Jaime justo al lado. Que nada se interponga entre mis hermanos.»

Con una cuerda y un arpeo sería muy capaz de salvar aquel muro. Tenía brazos fuertes y no pesaba demasiado, así que podría escalar y saltar, siempre que no se ensartara en una púa.

«Mañana mismo busco una cuerda», decidió.

Durante su recorrido vio tres puertas de entrada a los terrenos de la mansión: la principal, con su caseta de guardia; una poterna junto a las perreras, y una portezuela oculta tras una maraña de hiedra de color claro. La última estaba cerrada con una cadena, y las otras dos, vigiladas por guardias. Los guardias eran regordetes, con la cara lampiña como las nalgas de un bebé, y cada uno llevaba un casco de bronce con una púa. Tyrion reconocía a un eunuco en cuanto lo veía, y de aquellos conocía además la reputación: se decía que no tenían miedo a nada, que no sentían dolor y que eran leales a sus amos hasta la muerte.

«No me iría mal tener unos cientos —pensó—. Lástima que no se me ocurriera antes de quedarme en la miseria.»

Paseó por una galería flanqueada por columnas y pasó bajo un arco ojival hasta llegar a un patio de baldosas donde una mujer lavaba ropa junto a un pozo. Parecía de su misma edad, y tenía el pelo de un rojo apagado y la cara ancha cubierta de pecas.

—¿Quieres vino? —le ofreció. Ella se quedó mirándolo, insegura—. No hay otra copa, así que tendremos que compartir esta—. La lavandera siguió retorciendo túnicas para escurrirlas y colgarlas. Tyrion se sentó en un banco de piedra y dejó la frasca al lado—. Dime una cosa: ¿hasta qué punto puedo confiar en el magíster Illyrio? —Aquel nombre hizo que la criada alzara la vista—. ¿Tanto? —Soltó una risita, cruzó las piernas atrofiadas y bebió un trago—. Me resisto a representar el papel que me tiene preparado el quesero, sea el que sea, pero ¿cómo voy a negarme? Las puertas están vigiladas. A lo mejor tú podrías sacarme a escondidas bajo las faldas. Te estaría muy agradecido; hasta podría casarme contigo. Ya tengo dos esposas, ¿por qué no tres? Aunque claro, ¿dónde viviríamos? —Le dedicó la sonrisa más amable que podía esbozar un hombre con solo media nariz—. ¿Te he dicho ya que tengo una sobrina en Lanza del Sol? En Dorne, con Myrcella, podría hacer muchas travesuras. Podría enfrentarla a su hermano en una guerra. ¿A que sería tronchante? —La lavandera colgó una túnica de Illyrio, tan grande que habría servido de vela para un barco—. Tienes razón, debería darme vergüenza pensar esas cosas. Sería mejor que me fuera al Muro. Se dice que, cuando un hombre se une a la Guardia de la Noche, todos sus crímenes quedan borrados. Pero no te dejarían quedarte conmigo, preciosa. En la Guardia no hay mujeres, no hay ninguna linda pecosa que caliente la cama por la noche, solo viento frío, bacalao salado y cerveza aguada. Aunque a lo mejor el negro me hace más alto. ¿Qué opinas, mi señora? —Volvió a llenarse la copa—. ¿Qué te parece? ¿Norte o sur? ¿Debería expiar mis antiguos pecados o cometer otros nuevos?

La lavandera le lanzó una última mirada, cogió el cesto de ropa y se alejó.

«Las esposas no me duran nada —reflexionó Tyrion. Sin que supiera cómo, la frasca se había quedado vacía—. Parece que es hora de volver a la bodega.» Pero el vino fuerte hacía que le diera vueltas la cabeza, y los peldaños de la bodega eran muy empinados.

—¿Adónde van las putas? —preguntó a la colada tendida. Tal vez debería habérselo preguntado a la lavandera. «No estoy insinuando que seas una puta, cariño, pero a lo mejor sabes adónde van. —Mejor incluso, tendría que habérselo preguntado a su padre. "Adonde quiera que vayan las putas", había dicho lord Tywin—. Me quería. Era la hija de un campesino, me quería y se casó conmigo. Depositó su confianza en mí.»

La frasca vacía se le cayó de la mano y rodó por el patio. Tyrion se dio impulso para bajar del banco y fue a recogerla. Fue entonces cuando vio unas setas que crecían en una grieta, entre las baldosas: eran muy blancas, con el sombrero moteado por arriba y ribeteado de rojo sangre por debajo. Arrancó una y la olió.

«Deliciosa —pensó—. Y letal.» Había siete setas; tal vez los Siete quisieran decirle algo. Las cogió todas, arrancó un guante del tendedero, las envolvió con cuidado y se las guardó en el bolsillo. El esfuerzo lo mareó, así que volvió a subirse al banco, se ovilló y cerró los ojos.

Cuando volvió a despertar estaba de nuevo en su dormitorio, otra vez hundido en el lecho de plumón de ganso, y una chica rubia lo sacudía por el hombro.

—El baño os aguarda, mi señor. El magíster Illyrio cenará con vos en una hora.

Tyrion se incorporó y se sujetó la cabeza con las manos.

—¿Estoy soñando, o hablas la lengua común?

—Sí, mi señor. Me compraron para complacer al rey. —Tenía los ojos azules y la piel muy blanca; era joven y grácil.

—Y seguro que lo lograste. Me hace falta una copa de vino.

—El magíster Illyrio me ha dicho que tengo que frotaros la espalda y calentaros la cama. —Le sirvió el vino—. Me llamo...

—Eso es completamente irrelevante. ¿Sabes adónde van las putas?

—Las putas se venden por dinero. —La chica se había sonrojado.

—O por joyas, o por vestidos, o por castillos. Pero ¿adónde van?

—¿Es una adivinanza, mi señor? —No acababa de comprenderlo—. No se me dan bien las adivinanzas. ¿Vais a darme la respuesta?

«No —pensó él—, yo también detesto las adivinanzas.»

—No voy a decirte nada. Y tú devuélveme el favor y haz lo mismo.

«Lo único que me interesa de ti es lo que tienes entre las piernas», estuvo a punto de decirle. Pero las palabras se le atascaron en la lengua y no le llegaron a los labios.

«No es Shae, no es más que una tonta cualquiera que cree que hablo con acertijos. —A decir verdad, ni siquiera estaba demasiado interesado en su coño—. Debo de estar enfermo. O muerto.»

—¿Qué me decías de un baño? No hay que hacer esperar al gran quesero.

Mientras se bañaba, la muchacha le lavó los pies, le frotó la espalda y le cepilló el pelo. Después le aplicó un ungüento aromático en las pantorrillas para aliviarle los calambres, y lo vistió de nuevo con ropa de niño: unos polvorientos calzones rojo vino y una casaca de terciopelo azul con ribete de hilo de oro.

—¿Me querrá mi señor después de cenar? —le preguntó mientras le ataba los cordones de las botas.

—No. Estoy harto de mujeres. —«Putas.»

La chica se tomó el rechazo demasiado bien para su gusto.

—Si mi señor prefiere un muchachito, me encargaré de que tenga uno esperándole en la cama.

«Mi señor preferiría a su esposa. Mi señor preferiría a una chica llamada Tysha.»

—Solo si sabe adónde van las putas.

La chica apretó los labios. «Me desprecia —comprendió Tyrion—, aunque no más de lo que me desprecio yo. —No le cabía duda de que se había follado a más de una mujer que aborrecía su mera visión, pero al menos las otras habían tenido la amabilidad de simular afecto—. Un poco de desprecio sincero podría resultar refrescante, como un vino ácido después de beber demasiado vino dulce.»

—He cambiado de opinión —dijo—. Espérame en la cama. Desnuda, por favor. Estaré demasiado borracho para pelearme con tu ropa. Tú ten la boca cerrada y las piernas abiertas, y nos irá muy bien. —Le lanzó una mirada lasciva con la esperanza de que lo recompensara con un atisbo de miedo, pero todo lo que vio fue repulsión.

«Nadie tiene miedo de los enanos.» Ni siquiera lord Tywin se había asustado, y eso que Tyrion tenía una ballesta.

—¿Tú gimes cuando te follan? —preguntó a la calientacamas.

—Si mi señor lo desea...

—Puede que tu señor desee estrangularte. Es lo que hice con mi última puta. ¿Crees que tu amo me pondría algún problema? Seguro que no. Tiene cien más como tú, pero solo a uno como yo.

Sonrió, y en esa ocasión obtuvo de ella el miedo que esperaba.

Illyrio estaba tumbado en un diván, comiendo cebollitas y guindillas de un cuenco de madera. Tenía la frente perlada de sudor, y los ojillos porcinos le brillaban por encima de las gruesas mejillas. Con cada movimiento de sus manos refulgía una piedra preciosa diferente: ónice, ópalo, apatita, turmalina, rubí, amatista, zafiro, esmeralda, azabache y jade; un diamante negro y una perla verde.

«Sus anillos me darían para vivir años y años —pensó Tyrion—, aunque claro, tendría que quitárselos con un cuchillo.»

—Sentaos junto a mí, mi pequeño amigo.

Illyrio le hizo gestos para que se acercara. El enano se subió a una silla. Era muy grande para él, demasiado, un trono acolchado para acomodar las gigantescas nalgas del magíster con gruesas patas para soportar su peso. Tyrion Lannister había vivido siempre en un mundo demasiado grande para él, pero en la mansión de Illyrio Mopatis, las desproporciones llegaban a un nivel grotesco.

«Soy un ratón en la guarida de un mamut, pero al menos el mamut tiene una bodega excelente.» Solo con pensarlo le entró sed, y pidió vino.

—¿Habéis disfrutado de la chica que os envié? —preguntó Illyrio.

—Si hubiera querido una chica la habría pedido.

—En caso de que no os haya complacido...

—Ha hecho todo lo que le he pedido.

—Eso espero. La entrenaron en Lys, donde han hecho del amor un arte. El rey la disfrutó mucho.

—Yo mato reyes, ¿no os habíais enterado? —Tyrion esbozó una sonrisa malévola por encima de la copa de vino—. No quiero las sobras reales.

—Como gustéis. Comamos.

Illyrio dio unas palmadas y los sirvientes se apresuraron a acercarse. Empezaron con un caldo de cangrejo y rape, seguido por una sopa fría de huevo y lima. A continuación les sirvieron codornices a la miel, pierna de cordero, hígados de oca con salsa de vino, chirivías con mantequilla y cochinillo asado. Tyrion sintió náuseas con solo ver las fuentes, pero se forzó a probar una cucharada de sopa por pura educación, y aquello lo perdió. Las cocineras eran viejas y gordas, pero sabían lo que se hacían. En su vida había comido tan bien, ni siquiera en la corte.

Mientras mondaba los huesos de su codorniz preguntó a Illyrio por la reunión que había tenido por la mañana. El gordo se encogió de hombros.

—Hay problemas en el este. Astapor ha caído, igual que Meereen. Las ciudades esclavistas ghiscarias, que ya eran viejas cuando el mundo era joven. —Los criados trincharon el cochinillo. Illyrio cogió un trozo de la piel crujiente, lo mojó en salsa de ciruelas y se lo comió con los dedos.

—La bahía de los Esclavos está muy lejos de Pentos. —Tyrion ensartó un hígado de oca con la punta del cuchillo. «No hay hombre más maldito que aquel que mata a la sangre de su sangre, pero podría hacerme a la idea de vivir en este infierno.»

—Cierto —convino Illyrio—, pero el mundo no es sino una gran telaraña, y basta con tocar un hilo para que los demás vibren. ¿Más vino? —Se llevó una guindilla a la boca—. No, algo aún mejor. —Volvió a dar unas palmadas. Al momento entró un criado con una fuente cubierta y la puso delante de Tyrion. Illyrio se inclinó sobre la mesa para quitar la tapa—. Setas —anunció al tiempo que se elevaba el aroma—. Con un toque de ajo y bañadas en mantequilla. Me han dicho que tienen un sabor exquisito. Tomad una, amigo mío. Tomad dos.

Tyrion ya había pinchado una oronda seta negra y estaba llevándosela a la boca cuando detectó en la voz de Illyrio algo lo hizo detenerse en seco.

—Vos primero, mi señor. —Empujó la fuente hacia su anfitrión.

—No, no. —El magíster Illyrio volvió a empujar las setas hacia él. Durante un brevísimo instante, los ojos de un niño travieso parecieron asomar de la mole de carne que era el quesero—. Vos primero. Insisto. La cocinera os las ha preparado especialmente.

—¿De verdad? —Recordó a la cocinera, sus manos llenas de harina, los grandes pechos surcados de varices—. Qué amable por su parte, pero... no. —Tyrion volvió a dejar la seta en el estanque de mantequilla de donde la había sacado.

—Sois muy desconfiado. —Illyrio sonrió tras la barba amarilla. Tyrion supuso que se la untaba con aceite cada mañana para que brillara como el oro—. ¿Sois cobarde? No es eso lo que tenía entendido.

—En los Siete Reinos, envenenar a un invitado durante la cena se considera una pésima muestra de hospitalidad.

—Aquí también. —Illyrio Mopatis cogió su copa de vino—. Pero cuando es tan obvio que el invitado quiere acabar con su propia vida, el anfitrión debe acomodarse a sus deseos, ¿no? —Bebió un trago—. Al magíster Ordello lo envenenaron con setas hace menos de medio año. Por lo que me han contado, no duele mucho: unos calambres en el estómago, un pinchazo repentino detrás de los ojos y se acabó. Es mejor una seta que una espada en el cuello, ¿no? ¿Por qué morir con la boca llena de sangre, y no de ajo y mantequilla?

El enano clavó los ojos en la fuente. El olor le hacía la boca agua. Por un lado quería comerse aquellas setas, aun sabiendo qué eran. No tenía valor para clavarse un acero frío en el vientre, pero no le costaría tanto comer un trocito de seta, y cuando se dio cuenta sintió un miedo atroz.

—Os equivocáis respecto a mí —se oyó decir.

—¿De verdad? No estoy tan seguro. Si preferís ahogaros en vino, solo tenéis que decirlo y os complaceré al instante, pero ahogaros copa a copa es un desperdicio de tiempo y de vino.

—Os equivocáis respecto a mí —repitió Tyrion en voz más alta. Las setas barnizadas de mantequilla brillaban oscuras, seductoras—. Os aseguro que no quiero morir. Tengo... —La voz se le apagó en un mar de inseguridad.

«¿Qué tengo? ¿Una vida que vivir? ¿Un trabajo que hacer? ¿Hijos que criar? ¿Tierras que gobernar? ¿Una mujer que amar?»

—No tenéis nada —terminó el magíster Illyrio por él—, pero eso puede cambiar. —Sacó una seta de la mantequilla y la masticó con deleite—. Exquisita.

—¿No son venenosas? —se enfadó Tyrion.

—No. ¿Por qué iba a desearos mal alguno? —El magíster Illyrio se comió otra seta—. Vos y yo vamos a tener que empezar a confiar más el uno en el otro. Venga, comed. —Volvió a dar unas palmadas—. Tenemos trabajo por delante. Mi pequeño amigo debe conservar las fuerzas.

Los criados llevaron a la mesa una garza rellena de higos, chuletas de ternera blanqueadas en leche de almendras, arenques en nata, cebollitas confitadas, quesos hediondos, fuentes de caracoles y mollejas, y un cisne negro con todo el plumaje. Tyrion no quiso probar el cisne porque le recordaba una cena con su hermana, pero se sirvió generosas porciones de garza y arenques, y también unas cebollitas. Cada vez que vaciaba la copa, un criado volvía a llenársela.

—Bebéis mucho vino para vuestra estatura.

—Matar a la sangre de la propia sangre es un trabajo duro; da mucha sed.

Los ojillos del gordo brillaron como las piedras preciosas de sus dedos.

—En Poniente hay quien diría que matar a lord Lannister no fue más que un buen comienzo.

—Pues más vale que no lo digan muy alto, no sea que los oiga mi hermana; se quedarían sin lengua. —El enano partió en dos una hogaza de pan—. Y tened más cuidado con lo que decís de mi familia, magíster. Puede que haya matado a mi padre, pero sigo siendo un león.

Aquello le pareció graciosísimo al señor del queso, que se palmeó un enorme muslo.

—Los ponientis sois todos iguales: bordáis un animal en un trozo de seda y de repente os convertís en leones, dragones o águilas. Si queréis puedo mostraros leones de verdad, mi pequeño amigo. El príncipe está muy orgulloso de su pequeño zoo. ¿Os gustaría compartir la jaula con ellos?

Tyrion tuvo que reconocer que los señores de los Siete Reinos se ufanaban demasiado de sus blasones.

—De acuerdo —admitió—. Los Lannister no somos leones, pero sigo siendo hijo de mi padre, y a Jaime y a Cersei solo los puedo matar yo.

—Qué curioso que mencionéis a vuestra bella hermana —comentó Illyrio entre caracol y caracol—. La reina ha dicho que otorgará un señorío a quienquiera que le lleve vuestra cabeza, por humilde que sea su linaje.

Tyrion no habría esperado menos.

—Si estáis pensando hacer que cumpla su palabra, pedidle también que se abra de piernas para vos. Es lo justo: la mejor parte de ella por la mejor parte de mí.

—Preferiría mi propio peso en oro. —El quesero se rio con tantas ganas que Tyrion pensó que se le iba a reventar la barriga—. Todo el oro de Roca Casterly, ¿por qué no?

—El oro os lo garantizo yo —dijo el enano, aliviado al ver que no le iba a caer encima una tonelada de anguilas y mollejas a medio digerir—, pero la Roca es mía.

—Claro. —El magíster se tapó la boca y eructó—. ¿Creéis que lord Stannis os la entregará? Tengo entendido que es enormemente legalista, y vuestro hermano viste la capa blanca, así que según las leyes de Poniente sois el heredero.

—Sí, Stannis me entregaría Roca Casterly si no fuera por esos asuntillos del regicidio y el parricidio; pero dadas las circunstancias, me cortaría la cabeza, y ya soy bastante bajito, gracias. ¿Por qué creéis que querría unirme a lord Stannis?

—¿Por qué si no pensabais ir al Muro?

—¿Stannis está en el Muro? —Tyrion se frotó la nariz—. Por los siete putos infiernos, ¿qué hace allí?

—Me imagino que tiritar. En cambio, en Dorne hace más calor. Tal vez debería haber puesto rumbo hacia allí.

Tyrion empezaba a sospechar que cierta lavandera pecosa dominaba la lengua común mejor de lo que aparentaba.

—Da la casualidad de que mi sobrina Myrcella está en Dorne, y me estoy planteando la posibilidad de coronarla.

Illyrio sonrió mientras los criados les servían cuencos de nata dulce con cerezas.

—¿Qué os ha hecho esa pobre niña para que le deseéis la muerte?

—Ni aquel que mata a la sangre de su sangre tiene que matar a todos sus consanguíneos —replicó Tyrion, ofendido—. He hablado de coronarla, no de matarla.

—En Volantis tienen una moneda que lleva una corona en una cara y una calavera en la otra. —El quesero cogió una cucharada de cerezas—. Pero es la misma moneda. Coronarla es matarla. Dorne podría alzarse por Myrcella, pero con Dorne no basta. Si sois tan listo como dice nuestro amigo, ya lo sabéis.

«Tiene razón en las dos cosas. —Tyrion contempló al gordo con renovado interés—. Coronarla es matarla. Y yo lo sabía.»

—Solo me quedan gestos fútiles, y al menos este haría llorar lágrimas amargas a mi hermana.

—El camino de Roca Casterly no pasa por Dorne, mi pequeño amigo. —El magíster Illyrio se limpió la nata de los labios con el dorso de una mano carnosa—. Tampoco pasa por debajo del Muro. Pero os aseguro que hay un camino.

—Me han declarado traidor; soy un regicida y he matado a la sangre de mi sangre. —Tanta palabrería sobre caminos le molestaba. «¿Qué se cree que es esto? ¿Un juego?»

—Lo que un rey hace, el siguiente lo puede deshacer. En Pentos tenemos un príncipe, amigo mío. Preside los bailes y los banquetes, y se pasea por la ciudad en un palanquín de oro y marfil. Siempre lo preceden tres heraldos que portan la balanza de oro del comercio, la espada de hierro de la guerra y el látigo de plata de la justicia. El primer día de cada año debe desflorar a la doncella de los campos y a la doncella de los mares. —Illyrio se inclinó hacia delante con los codos en la mesa—. Pero si hay una mala cosecha, si perdemos una guerra, le cortamos el cuello para apaciguar a los dioses y elegimos a un nuevo príncipe entre las cuarenta familias.

—Recordadme que no ocupe nunca ese cargo.

—¿Tan diferentes son vuestros Siete Reinos? En Poniente no hay paz, no hay justicia, no hay fe... Y pronto no habrá tampoco comida. Cuando el pueblo tiene hambre y miedo, busca un salvador.

—Puede que lo busque, pero si lo único que encuentra es a Stannis...

47

—No me refiero a Stannis. No me refiero a Myrcella. —La sonrisa amarillenta se hizo aún más amplia—. Hablo de alguien diferente. Más fuerte que Tommen, más afable que Stannis, con más derechos que Myrcella. El salvador llegará desde el otro lado del mar para limpiar la sangre de Poniente.

—Hermosas palabras. —Tyrion no parecía nada impresionado—. Pero las palabras se las lleva el viento. ¿Quién será ese salvador?

—Un dragón. —El quesero vio su expresión atónita y se echó a reír de buena gana—. Un dragón con tres cabezas.

Daenerys

Oía al muerto que subía por las escaleras. Lo precedía el sonido lento y acompasado de las pisadas que resonaban entre las columnas violáceas del vestíbulo. Daenerys Targaryen lo aguardaba sentada en el banco de ébano que había designado como trono. Tenía los ojos cargados de sueño, y la melena de oro y plata, revuelta.

—No hace falta que veáis esto, alteza —dijo ser Barristan Selmy, lord comandante de la Guardia de la Reina.

—Ha muerto por mí.

Dany se apretó la piel de león contra el pecho. Debajo solo llevaba una túnica de lino blanco que le llegaba por medio muslo. Cuando Missandei la despertó estaba soñando con una casa que tenía una puerta roja. No había tenido tiempo de vestirse.

—*Khaleesi* —le susurró Irri—, no toquéis al muerto. Tocar a los muertos trae mala suerte.

—A no ser que los toque quien los ha matado. —Jhiqui era de constitución más corpulenta que Irri; tenía caderas anchas y pecho generoso—. Lo sabe todo el mundo.

—Lo sabe todo el mundo —corroboró Irri.

En cuestión de caballos, los dothrakis no tenían rival, pero en otros temas podían llegar a ser completos idiotas. «Además, no son más que unas niñas.» Sus doncellas tenían su misma edad; parecían mujeres adultas, con melena negra, piel cobriza y ojos rasgados, pero en el fondo no eran sino chiquillas. Se las habían regalado cuando se casó con Khal Drogo, y el propio Drogo fue quien le regaló la piel que vestía, la cabeza y el cuero de un *hrakkar,* el león blanco del mar dothraki. Le quedaba demasiado grande y olía a moho, pero la hacía sentir como si su sol y estrellas estuviera aún a su lado.

Gusano Gris fue el primero en llegar por las escaleras, con una tea en la mano. Tres púas remataban su casco de bronce. Lo seguían cuatro inmaculados, que llevaban sobre los hombros al muerto. Los cascos de estos solo lucían una púa, y tenían los rostros tan inexpresivos que parecían también repujados en bronce. Depositaron el cadáver a sus pies. Ser Barristan retiró la mortaja ensangrentada, y Gusano Gris bajó la tea para que pudiera verlo.

El rostro del muerto era suave y lampiño, aunque le habían rajado las mejillas de oreja a oreja. En vida había sido alto, con los ojos azules y la piel clara.

«Debió de nacer en Lys o en Volantis; seguro que los corsarios lo capturaron en algún barco y lo vendieron como esclavo en Astapor.» Tenía los ojos abiertos, pero eran sus heridas las que lloraban. Y las heridas eran incontables.

—Alteza —empezó ser Barristan—, en los muros del callejón donde lo encontramos había una arpía pintada...

—... con su sangre. —Para entonces Daenerys ya se lo sabía de memoria. Los Hijos de la Arpía asesinaban de noche, y dejaban su marca junto a cada muerto—. ¿Por qué estaba solo este hombre, Gusano Gris? ¿No tenía compañero? —Había dado orden de que los inmaculados que recorrieran las calles de Meereen de noche fueran siempre por parejas.

—Mi reina —respondió el capitán—, vuestro siervo Escudo Fornido no estaba de servicio anoche. Había ido a... cierto lugar..., a beber y a buscar compañía.

—¿Qué quiere decir eso de «cierto lugar»?

—Una casa de placer, alteza.

«Un burdel. —La mitad de sus libertos procedía de Yunkai, donde los sabios amos eran famosos por el entrenamiento que proporcionaban a los esclavos de cama—. El camino de los siete suspiros. —Los burdeles habían brotado como hongos por todo Meereen—. No saben hacer otra cosa. Tienen que sobrevivir. —La comida se encarecía a diario, y la carne humana se abarataba. Sabía que en los barrios más pobres, entre las pirámides escalonadas de la nobleza esclavista, había burdeles para satisfacer cualquier gusto erótico imaginable—. Pero...»

—¿Qué buscaba un eunuco en un burdel?

—Hasta aquellos que no tienen las partes del hombre pueden tener el corazón del hombre, alteza —respondió Gusano Gris—. Uno ha averiguado que vuestro siervo Escudo Fornido tenía por costumbre pagar a las mujeres de los burdeles para que se tendieran a su lado y lo abrazaran.

«La sangre del dragón no llora.»

—Escudo Fornido. —Tenía los ojos secos—. ¿Se llamaba así?

—Si a vuestra alteza le place.

—Es un buen nombre. —Los bondadosos amos de Astapor no permitían que sus soldados esclavos tuvieran nada, ni siquiera nombre. Después de que los liberase, algunos de sus inmaculados habían vuelto a adoptar el nombre que les pusieron al nacer, y otros habían elegido uno nuevo—. ¿Se sabe cuántos hombres atacaron a Escudo Fornido?

—Uno lo ignora. Muchos.

—Seis o más —intervino ser Barristan—. Por el aspecto de las heridas, cayeron sobre él desde todos lados. Cuando lo encontraron no tenía la espada, solo la vaina. Es posible que hiriera a algún atacante.

Dany rezó en silencio por que uno de ellos estuviera agonizando en aquel momento, sujetándose el vientre y retorciéndose de dolor.

—¿Por qué le han cortado así las mejillas?

—Graciosa majestad —dijo Gusano Gris—, los asesinos le habían metido a vuestro siervo Escudo Fornido los genitales de una cabra en la garganta. Uno se los quitó antes de traerlo aquí.

«No podían hacerle tragar sus propios genitales; los astapori se los habían cortado de raíz.»

—Los Hijos son cada vez más osados —señaló Dany. Hasta aquel momento se habían limitado a atacar a libertos desarmados, emboscándolos en las calles desiertas o irrumpiendo en sus casas amparados por la noche para matarlos mientras dormían—. Es el primer soldado mío que asesinan.

—El primero, pero no el último —le advirtió ser Barristan.

«Sigo en guerra —comprendió Dany—, solo que ahora me enfrento a sombras.» Había albergado la esperanza dc descansar de tantas matanzas, de tener tiempo para la reconstrucción, para la curación. Se quitó la piel de león, se arrodilló junto al cadáver y le cerró los ojos sin hacer caso del gritito de Jhiqui.

—No olvidaremos a Escudo Fornido. Ordenad que lo laven y lo vistan para la batalla, y enterradlo con el casco, el escudo y las lanzas.

—Se hará como deseáis, alteza —dijo Gusano Gris.

—Enviad a una docena de hombres al templo de las Gracias y preguntadles a las gracias azules si ha ido alguien a pedir que le curen una herida dc espada. —Dany se levantó—. Haced que corra la voz de que pagaré mucho oro por la espada corta de Escudo Fornido. Interrogad también a los carniceros y a los pastores; averiguad si alguien se ha dedicado últimamente a capar cabras. —Con un poco de suerte, algún cabrero asustado confesaría—. De ahora en adelante, no quiero que ninguno de mis hombres se quede a solas en las calles después del anochecer, tanto si está de servicio como si no.

—Unos obedecerán.

—Dad con esos cobardes; hacedlo por mí —ordenó Dany con tono fiero. Se echó el pelo hacia atrás—. Dad con ellos para que les demuestre a los Hijos de la Arpía qué significa despertar al dragón.

Gusano Gris hizo una reverencia para despedirse. Los inmaculados volvieron a cubrir el cadáver con la mortaja, lo alzaron sobre sus hombros y lo sacaron de la estancia. Ser Barristan Selmy se quedó allí. Tenía el pelo blanco, y arrugas profundas en las comisuras de los claros ojos azules, pero mantenía la espalda erguida, y los años no le habían arrebatado la habilidad con las armas.

—Alteza —dijo—, mucho me temo que vuestros eunucos no están a la altura de las tareas que les encomendáis.

Dany se sentó en el banco y volvió a cubrirse los hombros con la piel de león.

—Los Inmaculados son mis mejores guerreros.

—Si a vuestra alteza no le molesta que se lo señale, son soldados, no guerreros. Los hicieron para el campo de batalla, para apuntar hacia delante con las lanzas y resistir hombro con hombro tras los escudos. El entrenamiento los enseña a obedecer a la perfección, sin temer, sin pensar, sin dudar... no a desentrañar secretos ni a hacer preguntas.

—¿Me resultarían más útiles unos caballeros?

Selmy estaba entrenando caballeros para que la sirvieran: enseñaba a los hijos de los esclavos a luchar con la lanza y la espada al estilo de Poniente. Pero ¿de qué servían las lanzas contra unos cobardes que se refugiaban entre las sombras para asesinar?

—Para esto no —reconoció el anciano—. Además, vuestra alteza no tiene más caballeros que yo. Los muchachos tardarán años en estar preparados.

—¿Y a quién voy a utilizar, si no es a los Inmaculados? Los dothrakis lo harían peor aún.

Los dothrakis luchaban a caballo, y los jinetes eran más útiles en el campo abierto y en las colinas que en las calles angostas y los callejones de la ciudad. Más allá de la muralla de ladrillos multicolores de Meereen, su autoridad era, en el mejor de los casos, débil. Miles de esclavos seguían afanándose en las vastas fincas de las colinas, donde cultivaban trigo y olivos, pastoreaban ovejas y cabras, y extraían sal y cobre de las minas. En los almacenes de Meereen seguía habiendo cereales, aceite, aceitunas, fruta seca y carne en salazón, pero las reservas eran cada vez más exiguas, de manera que Dany había enviado a su menguado *khalasar*, bajo el mando de sus tres jinetes de sangre, para que sojuzgara tierras más distantes, mientras que Ben Plumm el Moreno se había llevado hacia el sur a los Segundos Hijos para defenderse de las incursiones yunkias.

La misión más crucial se la había encomendado a Daario Naharis, el de la lengua de miel, con su diente de oro, su barbita de tres puntas, su sonrisa traviesa bajo los bigotes morados... Más allá de las colinas orientales había una cadena de montañas de arenisca, de cumbres redondeadas; después llegaba el paso Khyzai, y al otro lado estaba Lhazar. Si Daario conseguía convencer a los lhazareenos para reabrir las rutas comerciales, sería posible que les llegaran cereales por el río o por las colinas, pero los hombres cordero no albergaban la menor simpatía hacia Meereen.

—Cuando los cuervos de tormenta vuelvan de Lhazar decidiré si los pongo a patrullar las calles —le dijo a ser Barristan—, pero hasta entonces solo cuento con los Inmaculados. —Se levantó—. Vais a tener que perdonarme —dijo—. Los peticionarios no tardarán en estar ante las puertas. He de ponerme las orejas largas y convertirme otra vez en su reina. Llamad a Reznak y al Cabeza Afeitada; los recibiré en cuanto me vista.

—Como ordene vuestra alteza. —Selmy hizo una reverencia.

La Gran Pirámide se alzaba hasta una altura de trescientas varas desde la enorme base cuadrada hasta la elevada cima donde se encontraban las estancias privadas de la reina, rodeadas de follaje verde y estanques aromáticos. El fresco amanecer azul se abría ya sobre la ciudad cuando Dany salió a la amplia terraza. Hacia el oeste, la luz arrancaba destellos de las cúpulas doradas del templo de las Gracias y proyectaba sombras oscuras tras las pirámides escalonadas de los poderosos.

«En algunas de esas pirámides, los Hijos de la Arpía planean en este momento nuevos asesinatos, y no puedo hacer nada para detenerlos.» Viserion percibió su desasosiego. El dragón blanco estaba enroscado en un peral, con la cabeza apoyada en la cola. Cuando Dany pasó junto a él abrió los ojos, dos estanques de oro fundido. Sus cuernos también eran dorados, al igual que las escamas que le bajaban por el lomo desde la cabeza hasta la cola.

—Eres un perezoso —le dijo al tiempo que lo rascaba bajo la quijada. Las escamas estaban calientes, como una armadura que hubiera quedado demasiado tiempo al sol. «Los dragones son fuego hecho carne.» Lo había leído en uno de los libros que le había regalado ser Jorah por su boda—. ¿Qué haces que no estás cazando con tus hermanos? ¿Es que te has peleado con Drogon otra vez?

Últimamente, sus dragones estaban cada vez más indómitos. Rhaegal le había lanzado una dentellada a Irri, y Viserion había prendido fuego al *tokar* del senescal Reznak durante su última visita.

«Los he tenido muy abandonados, pero ¿de dónde voy a sacar tiempo para ellos?»

Viserion dio un coletazo y golpeó el tronco con tal fuerza que una pera cayó de la rama y rodó hasta los pies de Dany. El dragón desplegó las alas y, en una mezcla de vuelo y salto, se posó en el pretil.

«Está creciendo —pensó mientras veía como el dragón remontaba el vuelo—. Los tres están creciendo. No tardarán en tener tamaño suficiente para soportar mi peso.» Entonces volaría, igual que había volado Aegon el Conquistador, alto, muy alto, hasta que Meereen fuera apenas una manchita que se pudiera ocultar con el pulgar.

Observó como Viserion ascendía en círculos cada vez más amplios hasta que se perdió de vista más allá de las aguas turbias del Skahazadhan. Dany volvió al interior de la pirámide, donde Irri y Jhiqui la esperaban para desenredarle el pelo y vestirla como correspondía a la reina de Meereen, con un *tokar* ghiscario.

Era un atuendo engorroso: una tela larga y suelta que tenía que ponerse en torno a las caderas, bajo un brazo y por encima de un hombro, con los flecos colgantes dispuestos en esmeradas capas. Si no se lo apretaba lo suficiente, se le caería; si se lo apretaba demasiado, se arrugaría y la haría tropezar. Incluso bien puesto el *tokar,* era imprescindible mantenerlo en su sitio con la mano izquierda. Caminar así vestida la obligaba a dar pasos cortos y remilgados, con un equilibrio exquisito, para no enredarse los pies con los pesados flecos. No era atuendo para nadie que tuviera que trabajar: el *tokar* era la vestimenta de los amos, y lucirlo se consideraba señal de poder y riqueza.

Tras la toma de Meereen, Dany quiso prohibir el *tokar,* pero el Consejo la disuadió.

—La Madre de Dragones tiene que vestir el *tokar,* o se granjeará el odio eterno de sus súbditos —le advirtió Galazza Galare, la gracia verde—. Con las prendas de lana de Poniente o con una túnica de encaje myriense, vuestro esplendor será siempre una forastera entre nosotros, una extranjera grotesca, una bárbara conquistadora. La reina de Meereen tiene que ser una dama del Antiguo Ghis.

Ben Plumm el Moreno, el capitán de los Segundos Hijos, lo había expresado de manera más sucinta.

—Para ser el rey de los conejos hay que ponerse unas orejas largas.

Las orejas largas que vistió aquel día eran de puro lino blanco con un ribete de flecos rematados en borlas doradas. Con la ayuda de Jhiqui consiguió envolverse correctamente en el *tokar* al tercer intento. Irri le llevó la corona, forjada con la forma del dragón tricéfalo de su casa. El cuerpo era de oro; las alas, de plata, y las tres cabezas, de marfil, ónice y jade. Antes de que terminara la jornada, su peso le dejaría los hombros rígidos y doloridos. «La corona no debe ser cómoda», había dicho un antepasado suyo.

«Un Aegon, seguro, pero ¿cuál?»

Cinco Aegons habían gobernado los Siete Reinos de Poniente, y habría habido un sexto si los perros del Usurpador no hubieran asesinado al hijo de su hermano cuando no era más que un niño de pecho.

«Si hubiera vivido, tal vez me habría casado con él. Aegon era más o menos de mi edad, no como Viserys.» La madre de Dany apenas la había concebido cuando Aegon y su hermana fueron asesinados. Rhaegar, padre de ambos y hermano de Dany, había muerto antes, a manos del Usurpador, en el Tridente. Viserys, su otro hermano, había muerto entre aullidos en Vaes Dothrak, con una corona de oro fundido en la cabeza.

«Y también me matarán a mí si lo permito. Los cuchillos que acabaron con mi Escudo Fornido iban dirigidos a mi corazón.»

No había olvidado a los niños esclavos que habían clavado los grandes amos a lo largo del camino de Yunkai. Los había contado: ciento sesenta y tres, un niño cada legua, clavados a los mojones con un brazo extendido para señalarle el camino. Tras la caída de Meereen, Dany había clavado al mismo número de grandes amos. Enjambres de moscas los acompañaron durante la lenta agonía, y el hedor tardó mucho en desaparecer de la plaza. Pero en ciertas ocasiones tenía la sensación de que debería haber llegado más lejos. Los meereenos eran un pueblo artero y testarudo, y se le oponían a cada paso. Habían liberado a los esclavos, sí, pero solo para volver a contratarlos como siervos con salarios tan escasos que muchos no se podían pagar ni la comida. Los libertos que eran demasiado viejos o demasiado jóvenes para resultar útiles habían quedado en las calles, al igual que los enfermos y los tullidos. Aun así, los grandes amos se reunían en sus pirámides para quejarse porque la reina dragón había llenado las calles de tan noble ciudad de hordas de mendigos, ladrones y prostitutas.

«Para reinar en Meereen tengo que ganarme a los meereenos, por mucho que los desprecie.»

—Ya estoy preparada —le dijo a Irri.

Reznak y Skahaz aguardaban ante las escaleras de mármol.

—Oh, gran reina —declamó Reznak mo Reznak—, hoy estáis tan radiante que temo miraros.

El senescal vestía un *tokar* de seda marrón con flecos dorados. Era un hombre menudo y pringoso que olía como si se bañara en perfume y hablaba un dialecto infame de alto valyrio, muy corrompido y maltratado por el ronco gruñido ghiscario.

—Sois muy amable —respondió Dany en el mismo idioma.

—Mi reina —gruñó Skahaz mo Kandaq, el de la cabeza afeitada. El cabello ghiscario era espeso y fuerte; durante mucho tiempo, la moda había impuesto que los hombres de las ciudades esclavistas se lo peinaran en forma de cuernos, de púas o alas. Al rasurarse, Skahaz había dejado atrás al antiguo Meereen para aceptar el nuevo. Los suyos siguieron su ejemplo y otros los imitaron, aunque Dany no habría sabido decir si fue por miedo, por moda o por ambición. Los llamaban *cabezas afeitadas*. Skahaz era el Cabeza Afeitada... y, para los Hijos de la Arpía y los de su calaña, era también el peor de los traidores—. Nos hemos enterado de lo del eunuco.

—Se llamaba Escudo Fornido.

—Si no se castiga a los asesinos, habrá muchos más crímenes.

Hasta con la cabeza rasurada, el rostro de Skahaz era repulsivo: frente simiesca; ojos diminutos con enormes bolsas; nariz grande llena de puntos negros; piel grasienta, que tendía más al amarillo que al ámbar habitual en los ghiscarios... Era un rostro tosco, inhumano, airado. La única esperanza que le cabía a Dany era que fuera, además, un rostro sincero.

—¿Cómo puedo castigarlos si no sé quiénes son? —replicó—. Decidme eso, valeroso Skahaz.

—Enemigos no os faltan, alteza. Desde vuestra terraza se ven sus pirámides. Zhak, Hazkar, Ghazeen, Merreq, Loraq... Todas las antiguas familias de esclavistas. La familia Pahl es la peor. Ahora es una casa de mujeres, de mujeres viejas y amargadas que quieren sangre. Las mujeres no olvidan. Las mujeres no perdonan.

«No —pensó Dany—, y los perros del Usurpador lo descubrirán cuando vuelva a Poniente.»

Pero era verdad que la sangre se interponía entre la casa de Pahl y ella. Belwas el Fuerte había matado a Oznak zo Pahl en combate singular. Su padre, comandante de la guardia de la ciudad, había muerto defendiendo las puertas cuando la Polla de Joso las hizo astillas. Tres de sus tíos habían estado entre los ciento sesenta y tres de la plaza.

—¿Cuánto oro hemos ofrecido por cualquier información sobre los Hijos de la Arpía? —preguntó a Reznak.

—Cien honores, si a vuestro esplendor le parece bien.

—Mil me parecería mejor. Encargaos de ello.

—Vuestra alteza no me ha pedido consejo —intervino Skahaz, el Cabeza Afeitada—, pero, en mi opinión, la sangre se paga con sangre. Elegid a un hombre de cada una de las familias que he nombrado y matadlo. La próxima vez que asesinen a uno de los vuestros, elegid a dos de cada casa importante y matadlos. No habrá un tercer crimen.

—Nooo... —gritó Reznak, horrorizado—. No, bondadosa reina, tamaña crueldad desencadenaría la ira de los dioses. Daremos con los asesinos, os lo prometo, y ya veréis como son gentuza de baja ralea.

El senescal era tan calvo como Skahaz, pero en su caso, los culpables eran los dioses. «Si un solo cabello tuviera la insolencia de aparecer, se encontraría a mi barbero con la navaja lista», le había dicho cuando lo eligió. En ocasiones, Dany se preguntaba si no sería mejor utilizar aquella navaja en la garganta de Reznak. Le resultaba útil, pero le disgustaba profundamente y, desde luego, no confiaba en él. Los Eternos de Qarth le habían dicho que sufriría tres traiciones. Mirri Maz Duur había sido la primera, y ser Jorah, el segundo. ¿Sería Reznak el tercero? ¿O el Cabeza Afeitada? ¿O Daario?

«¿O será alguien de quien jamás he sospechado? ¿Ser Barristan? ¿Gusano Gris? ¿Missandei?»

—Os agradezco vuestro consejo, Skahaz —le dijo al Cabeza Afeitada—. Reznak, a ver qué conseguimos con mil honores.

Daenerys se sujetó el *tokar,* pasó ante ellos y emprendió el descenso por la amplia escalinata de mármol. Iba pasito a pasito; de lo contrario se enredaría con los flecos y caería rodando hasta el patio.

Missandei era la encargada de anunciarla. La pequeña escriba tenía una voz dulce y potente.

—¡De rodillas todos para recibir a Daenerys de la Tormenta, La que no Arde, reina de Meereen, reina de los ándalos, los rhoynar y los primeros hombres, *khaleesi* del Gran Mar de Hierba, Rompedora de Cadenas y Madre de Dragones!

La sala estaba abarrotada. Los inmaculados estaban firmes, con la espalda contra las columnas, escudos y lanzas en ristre, las púas de los cascos enhiestas como una hilera de cuchillos. Los meereenos se habían agrupado bajo las cristaleras del lado este, y los libertos de Dany, tan lejos como podían de sus antiguos amos.

«Mientras no se mezclen, Meereen no conocerá la paz.»

—Levantaos.

Dany se acomodó en su banco. En la sala, todos se incorporaron.

«Mira, al menos una cosa que hacen igual.»

Reznak mo Reznak tenía una lista. La tradición exigía que la reina empezara con el enviado astapori, un antiguo esclavo que se hacía llamar lord Ghael, aunque nadie sabía de qué era señor.

Lord Ghael tenía los dientes negros y cariados, y el rostro amarillento y afilado de una comadreja. También tenía un regalo.

—Cleon el Grande envía estas zapatillas como prueba de su amor hacia Daenerys de la Tormenta, la Madre de Dragones —anunció.

Irri tomó las zapatillas y se las puso a Dany. Eran de cuero laminado en oro, con adornos de perlas verdes de agua dulce.

«¿Acaso cree el Rey Carnicero que conseguirá mi mano a cambio de un par de zapatillas?»

—Qué generoso es el rey Cleon —dijo—. Dadle las gracias por tan hermoso regalo.

«Hermoso, pero de la talla de una niña.» Dany tenía los pies pequeños, e incluso así, las puntiagudas zapatillas le apretaban los dedos.

—Cleon el Grande estará satisfecho de que os hayan gustado —dijo lord Ghael—. Su magnificencia me ordena deciros que está preparado para defender a la Madre de Dragones de todos sus enemigos.

«Como me vuelva a proponer que me case con Cleon, le tiro una zapatilla a la cabeza», pensó Dany; pero por una vez, el enviado astapori no mencionó el matrimonio.

—Ha llegado la hora de que Astapor y Meereen pongan fin al cruel dominio de los sabios amos de Yunkai, enemigos acérrimos de todos aquellos que viven en libertad. El Gran Cleon me ordena deciros que pronto atacará con sus nuevos Inmaculados.

«Sus nuevos Inmaculados son un chiste obsceno.»

—El rey Cleon haría mejor en cuidar de sus jardines y dejar que los yunkios se ocupen de los suyos. —No era que sintiera el menor cariño por Yunkai. Cada día lamentaba más no haber tomado la Ciudad Amarilla después de derrotar a su ejército en el campo de batalla. Los sabios amos habían vuelto a capturar esclavos en cuanto les dio la espalda, y estaban muy ocupados recaudando impuestos, contratando mercenarios y pactando alianzas contra ella. Pero Cleon, autodenominado el Grande, no les iba a la zaga. El Rey Carnicero había reinstaurado la esclavitud en Astapor; el único cambio consistía en que los antiguos esclavos eran los amos y los amos se habían convertido en sus esclavos.

—Solo soy una niña y desconozco el arte de la guerra —dijo a lord Ghael—, pero ha llegado a nuestros oídos que Astapor se muere de hambre. Que el rey Cleon alimente a su pueblo antes de llevarlo a la batalla. —Hizo un gesto con la mano, y Ghael se retiró.

—Magnificencia —entonó Reznak mo Reznak—, ¿queréis escuchar al noble Hizdahr zo Loraq?

«¿Otra vez?» Dany asintió, e Hizdahr dio unos pasos adelante; era un hombre alto, muy esbelto, con la piel ambarina impoluta. Hizo una reverencia en el mismo lugar donde no mucho antes yacía Escudo Fornido.

«Necesito a este hombre», tuvo que recordarse. Hizdahr era un comerciante adinerado que tenía muchos amigos, tanto en Meereen como al otro lado del mar. Había estado en Volantis, en Lys, en Qarth; tenía parientes en Tolos y en Elyria; incluso se decía que contaba con ciertas influencias en el Nuevo Ghis, donde los yunkios estaban intentando reavivar la enemistad hacia Dany y su reinado.

Y era rico. Increíble, espeluznantemente rico.

«Y será aún más rico si accedo a su petición.» Después de que Dany cerrara las arenas de combate de la ciudad, el valor de los títulos de propiedad de los reñideros había caído en picado. Hizdahr zo Loraq los había comprado a manos llenas, y en aquel momento era propietario de la mayor parte de las arenas de Meereen.

El noble tenía el cabello peinado en forma de alas que le brotaban de las sienes, de tal modo que su cabeza parecía a punto de emprender el vuelo. El rostro alargado resaltaba más aún a causa de la barba adornada con anillos de oro. Los flecos de su *tokar* morado eran de perlas y amatistas.

—Vuestro esplendor ya conocerá el motivo de mi presencia.

—Desde luego —respondió ella—. El motivo es que no tenéis nada que hacer aparte de importunarme. ¿Cuántas veces os he dicho que no?

—Cinco, magnificencia.

—Con esta serán seis. No pienso permitir la reapertura de las arenas de combate.

—Si vuestra majestad tuviera la benevolencia de escuchar mis argumentos...

—Ya los he escuchado. Cinco veces. ¿O traéis argumentos nuevos?

—Los argumentos no cambian —reconoció Hizdahr—, pero sí su exposición. Os traigo palabras hermosas, corteses, más adecuadas para inclinar el ánimo de una reina.

—El problema está en la causa que defendéis, no en la cortesía que empleáis. He oído tantas veces esos argumentos que yo misma podría defender el caso. ¿Os lo demuestro? —Se inclinó hacia delante—. Los reñideros forman parte de Meereen desde su fundación. Los combates tienen una naturaleza esencialmente religiosa: son un sacrificio de sangre a los dioses de Ghis. El «arte mortal» de Ghis no es una simple matanza, sino una exhibición de valor, fuerza y habilidad que complace sobremanera a vuestros dioses. Los luchadores victoriosos reciben agasajos y homenajes; a los héroes caídos se los honra y recuerda. Si permitiera la reapertura de las arenas, demostraría al pueblo de Meereen que respeto sus costumbres y tradiciones. Estas arenas son famosas en todo el mundo: atraen comercio a Meereen y llenan las arcas de la ciudad de moneda procedente de los lugares más distantes. Todo hombre tiene sed de sangre, y los reñideros contribuyen a saciarla, lo que hace de Meereen un lugar más pacífico. Para los criminales condenados a morir en las arenas representan un juicio por combate, una última oportunidad de demostrar su inocencia. —Volvió a apoyarse en el respaldo—. Ya está. ¿Qué tal he estado?

—Vuestro esplendor ha presentado el caso mucho mejor de lo que yo mismo lo habría hecho. Salta a la vista que sois tan elocuente como hermosa. Me habéis convencido.

—Lástima que a mí no. —Dany no pudo por menos que reírse.

—Magnificencia —le susurró al oído Reznak mo Reznak—, permitidme que os recuerde que, según la costumbre, a la ciudad le corresponde una décima parte de todos los beneficios que se generen en las arenas de combate, tras descontar los gastos. Es un impuesto. Se podrían dar muchos usos nobles a ese dinero.

—Es posible —reconoció—, aunque si decidiéramos reabrir los reñideros, deberíamos cobrar el diezmo antes de descontar gastos. Solo soy una niña y desconozco el arte del comercio, pero he tratado con Illyrio Mopatis y Xaro Xhoan Daxos lo suficiente para saber al menos eso. Hizdahr, si dominarais los ejércitos igual que domináis los argumentos, podríais conquistar el mundo..., pero la respuesta vuelve a ser que no. Por sexta vez.

El hombre hizo una reverencia tan pronunciada como la primera. Las perlas y las amatistas tintinearon suavemente contra el suelo de mármol. Hizdahr zo Loraq era, también, muy flexible.

—La reina ha hablado.

«Si no fuera por ese peinado tan ridículo, sería atractivo.» Reznak y la gracia verde habían intentado persuadirla para que tomara como esposo a un noble meereeno, cosa que la reconciliaría con la ciudad. Si al final se veía obligada a transigir, valdría la pena tener en cuenta a Hizdahr zo Loraq. «Mucho mejor que Skahaz.» El Cabeza Afeitada le había ofrecido repudiar a su esposa para casarse con ella, pero la sola idea le provocaba escalofríos. Al menos Hizdahr sabía sonreír.

—Magnificencia —dijo Reznak tras consultar su lista—, el noble Grazdan zo Galare quiere dirigirse a vos. ¿Deseáis escucharlo?

—Será un placer —dijo Dany mientras contemplaba el brillo del oro y el lustre de las perlas verdes de las zapatillas de Cleon y hacía lo posible por no pensar en cómo le apretaban los dedos.

Ya le habían advertido que Grazdan era primo de la gracia verde, cuyo apoyo le estaba resultando de gran valor. La sacerdotisa era la voz de la paz, la tolerancia y la obediencia a la autoridad legal.

«Quiera lo que quiera su primo, lo escucharé con respeto.»

Resultó que lo que quería era oro. Dany se había negado a resarcir a ninguno de los grandes amos por el precio de los esclavos que había liberado, pero los meereenos no dejaban de idear maneras de arañar unas monedas. El noble Grazdan pertenecía a aquella categoría. Según le explicó, en otros tiempos había sido dueño de una esclava que era una tejedora maravillosa; los productos de su telar se valoraban enormemente, y no solo en Meereen, sino también en el Nuevo Ghis, en Astapor y en Qarth. Cuando la mujer se hacía mayor, Grazdan compró media docena de chicas y le ordenó que las instruyera en los secretos de su arte. La anciana ya había muerto, y las jóvenes, una vez libres, habían abierto un taller junto al puerto, donde vendían sus telas. Grazdan zo Galare quería que se le concediera un porcentaje de sus beneficios.

—Si tienen esa capacidad, es gracias a mí —recalcó—. Yo las saqué del mercado de esclavos y las senté ante el telar.

Dany lo escuchó en silencio, con el rostro impenetrable.

—¿Cómo se llamaba la anciana tejedora? —le preguntó cuando hubo terminado.

—¿La esclava? —preguntó Grazdan, cambiando el peso de un pie a otro, con el ceño fruncido—. Creo que era... Elza, me parece. O Ella. Hace ya seis años que murió. He tenido muchos esclavos, alteza.

—Pongamos que se llamaba Elza. —Dany alzó una mano—. Este es nuestro veredicto: las chicas no tienen que pagaros nada. Fue Elza quien las enseñó a tejer, no vos. Sin embargo, les entregaréis un telar nuevo, el mejor que podáis encontrar. Eso, por haber olvidado el nombre de la anciana. Podéis retiraros.

Reznak iba a llamar a continuación a otro *tokar,* pero Dany ordenó que compareciera un liberto. A partir de aquel momento fue alternando entre antiguos amos y antiguos esclavos. La mayoría de los asuntos que le planteaban tenían que ver con desagravios e indemnizaciones. Tras la caída de Meereen, el saqueo había sido brutal. Las pirámides escalonadas de los poderosos se habían librado de lo peor, pero en las zonas más humildes hubo una auténtica orgía de pillaje y asesinatos cuando se levantaron los esclavos y las hordas hambrientas que la habían seguido desde Yunkai y Astapor entraron como una avalancha por las puertas derribadas. Al final, sus Inmaculados habían restablecido el orden, pero el saqueo había dejado a su paso todo un reguero de problemas. Por tanto, la gente iba a ver a la reina.

Se presentó ante ella una mujer adinerada cuyo esposo e hijos habían muerto defendiendo la muralla de la ciudad. Durante el saqueo, impulsada por el miedo, había huido a casa de su hermano. Al regresar se encontró con que habían convertido su hogar en un burdel, y las prostitutas se engalanaban con sus joyas y vestidos. Quería recuperar la casa y las joyas.

—La ropa se la pueden quedar —concedió.

Dany ordenó que le devolvieran las joyas, pero dictaminó que al huir había abandonado la casa y ya no tenía derecho a ella.

Un antiguo esclavo se presentó para acusar a un hombre de la familia Zhak. Se había casado poco tiempo atrás con una liberta que, antes de la caída de la ciudad, servía al noble de calientacamas. El noble la había desvirgado, la había utilizado a su gusto y la había dejado embarazada. Su nuevo marido quería que se castrara al noble por el delito de violación, y también una bolsa de oro como pago por criar al bastardo como si fuera su propio hijo. Dany le concedió el oro, pero no la castración.

—Cuando se acostó con ella, vuestra esposa era de su propiedad; podía hacer lo que quisiera. Según la ley, no hubo violación.

Le resultó obvio que la decisión no lo dejaba satisfecho, pero si castraba a todos los hombres que alguna vez se habían acostado con una esclava, no tardaría en reinar sobre una ciudad de eunucos.

A continuación se adelantó un muchachito más joven que Dany, flaco y lleno de cicatrices, que vestía un *tokar* raído con flecos plateados que arrastraban por el suelo. Se le quebró la voz al relatar cómo dos esclavos de la casa de su padre se habían rebelado la noche en que cayó la puerta. Uno asesinó a su padre, y el otro, a su hermano mayor. Ambos violaron a su madre antes de matarla también. El muchacho había conseguido huir con tan solo una cicatriz en la cara, pero uno de los asesinos seguía viviendo en la casa de su padre, y el otro se había alistado con los soldados de la reina y era uno de los Hombres de la Madre. Quería que los ahorcaran a los dos.

«Reino en una ciudad con cimientos de polvo y muerte.» Dany no tuvo más remedio que negarse. Había decretado un indulto general para todos los delitos cometidos durante el saqueo, y desde luego, no iba a castigar a un esclavo por alzarse contra sus amos.

Cuando se lo dijo, el muchacho se abalanzó hacia ella, pero se le enredaron los pies con el *tokar* y cayó de bruces contra el suelo de mármol. Belwas el Fuerte se echó sobre él. El corpulento eunuco de piel oscura lo levantó en vilo con una sola mano y lo sacudió como un mastín a una rata.

—Ya basta, Belwas —ordenó Dany—. Suéltalo. —Se volvió hacia el chico—. Conserva ese *tokar* como un tesoro, porque te ha salvado la vida. No eres más que un niño, así que olvidaré lo sucedido hoy aquí. Te recomiendo que hagas lo mismo.

Pero mientras salía, el chico miró hacia atrás, y al verle los ojos, Dany supo que la Arpía había ganado otro hijo.

A mediodía, Daenerys sentía ya el peso de la corona en la cabeza, y la dureza del banco en las posaderas. Había tanta gente esperando sus veredictos que, en vez de retirarse a comer, envió a Jhiqui a la cocina para que fuera a buscar una bandeja con una torta de pan, aceitunas, higos y queso. Fue comiendo a mordisquitos mientras escuchaba, y a ratos bebía de una copa de vino aguado. Los higos eran buenos, y las aceitunas, aún mejores, pero el vino le dejaba en la boca un regusto ácido y metálico. Las uvas pequeñas y amarillas que se daban en aquella zona producían caldos de escasa calidad.

«No tendremos comercio de vino.» Además, los grandes amos habían quemado los mejores viñedos junto con los olivos.

Por la tarde se presentó un escultor que le propuso sustituir la cabeza de la gran arpía de bronce de la plaza de la Purificación por otra a imagen de Dany. Ella rechazó la sugerencia con tanta cortesía como pudo. En el Skahazadhan habían pescado una trucha de dimensiones sin precedentes, y el pescador quería regalársela a la reina. No escatimó elogios para el pescado, recompensó al hombre con una buena bolsa de plata e hizo que llevaran la trucha a las cocinas. Un artesano del cobre le había hecho una cota de brillantes anillas para que la vistiera en el combate. La aceptó con grandes muestras de gratitud: era una prenda muy hermosa, y el sol arrancaría bonitos destellos del cobre bruñido, pero si había una batalla de verdad, era más recomendable enfundarse en acero; lo sabía hasta una niña que desconocía el arte de la guerra.

Las zapatillas que le había regalado el Rey Carnicero le resultaban ya insoportables de puro incómodas. Se las quitó y se sentó sobre un pie mientras mecía el otro. No era una pose nada regia, pero estaba harta de ser regia. La corona le daba dolor de cabeza, y tenía las nalgas entumecidas.

—Ser Barristan —comentó—, ya sé qué cualidad debe tener todo rey.

—¿Valor, alteza?

—No —bromeó—, un culo de acero. Lo único que hago es pasarme el día sentada.

—Vuestra alteza carga con demasiadas obligaciones. Tendríais que delegar algunas en vuestros consejeros.

—Consejeros me sobran; lo que necesito son cojines. —Se volvió hacia Reznak—. ¿Cuántos quedan?

—Veintitrés, si a su magnificencia le parece bien. Con otras tantas reclamaciones. —El senescal consultó unos cuantos documentos—. Un ternero y tres cabras. Sin duda, el resto serán ovejas o corderos.

—Veintitrés —suspiró Dany—. Desde que empezamos a pagar a los pastores por los animales que perdían, mis dragones han desarrollado un apetito increíble. ¿Han aportado pruebas?

—Algunos traen huesos quemados.

—Los hombres encienden hogueras. Los hombres asan corderos. Unos huesos quemados no demuestran nada. Ben el Moreno dice que en las colinas cercanas hay lobos de pelo rojo, y también chacales y perros salvajes. ¿Es que vamos a tener que pagar con plata todos los corderos que se descarríen entre Yunkai y el Skahazadhan?

—No, magnificencia. —Reznak hizo una reverencia—. ¿Ordeno a estos granujas que se marchen, o preferís que los haga azotar?

Daenerys cambió de postura en el banco.

—Nadie debe tener miedo de acudir a mi presencia. Pagadles. —Sin duda, algunas reclamaciones serían falsas, pero en su mayor parte eran justificadas. Sus dragones habían crecido demasiado para conformarse con ratas, gatos y perros. «Cuanto más coman, más grandes se harán —le había advertido ser Barristan— , y cuanto más grandes sean, más comerán.» Drogon, sobre todo, se alejaba mucho para cazar, y devoraba un cordero cada día—. Pagadles los animales —dijo a Reznak—, pero de ahora en adelante, los que tengan alguna reclamación tendrán que presentarse en el templo de las Gracias y hacer un juramento sagrado ante los dioses de Ghis.

—Así se hará. —Reznak se volvió hacia los demandantes—. Su magnificencia la reina ha accedido a compensaros a todos por los animales que habéis perdido —les dijo en ghiscario—. Presentaos mañana ante mis factores y se os pagará en moneda o en especie, como elijáis.

Un silencio hosco recibió el anuncio.

«Deberían estar más contentos —pensó Dany—. Ya tienen lo que venían a buscar. ¿Es que no hay manera de satisfacer a esta gente?»

Un hombre se quedó en el sitio mientras los demás iban saliendo. Era achaparrado, con el rostro curtido por la intemperie y ropa andrajosa. Llevaba el hirsuto pelo rojinegro cortado como un casco sobre las orejas, y en una mano tenía una saca de tela. Estaba de pie, con la cabeza gacha y los ojos clavados en el suelo de mármol, como si hubiera olvidado dónde se encontraba.

«Y este, ¿qué querrá?», se preguntó Dany con el ceño fruncido.

—¡Arrodillaos todos ante Daenerys de la Tormenta, La que no Arde, reina de Meereen, reina de los ándalos, los Rhoynar y los primeros hombres, *khaleesi* del Gran Mar de Hierba, Rompedora de Cadenas y Madre de Dragones! —declamó Missandei con su voz aguda y dulce.

Dany se levantó, y el *tokar* empezó a resbalársele. Lo atrapó rápidamente y volvió a ponérselo en su sitio.

—Vos, el del saco —llamó—, ¿queríais audiencia? Podéis acercaros.

El hombre alzó la cabeza. Tenía los ojos enrojecidos como heridas abiertas. Dany vio por el rabillo del ojo como ser Barristan se acercaba más a ella, una sombra blanca siempre a su lado. El hombre se acercó arrastrando los pies, un paso, luego otro, con la saca aferrada.

«¿Estará borracho o enfermo?», se preguntó Dany. Tenía tierra bajo las uñas rotas y amarillentas.

—¿Qué sucede? —preguntó Dany—. ¿Queréis exponernos algún agravio, alguna petición? ¿Qué deseáis?

El hombre, nervioso, se humedeció los labios agrietados.

—Traigo... Traigo...

—¿Huesos? —interrumpió con impaciencia—. ¿Huesos quemados?

Él alzó la saca y derramó su contenido sobre el mármol. Eran huesos, sí, huesos quebrados y ennegrecidos. Los más largos estaban rotos; les habían sacado la médula.

—Fue el negro —dijo el hombre en el gutural idioma ghiscario—. La sombra alada. Bajó del cielo y... y...

«No. —Dany se estremeció—. No, no, oh, no.»

—¿Acaso estáis sordo, idiota? —espetó Reznak mo Reznak al hombre—. ¿Es que no me habéis oído? Id mañana a ver a mis factores y os pagarán la oveja.

—Reznak —intervino ser Barristan con voz queda—, contened la lengua y abrid los ojos. No son huesos de oveja.

«No —pensó Dany—. Esos huesos son de niño.»

Jon

El lobo blanco corría por un bosque negro, bajo un acantilado de piedra clara tan alto como el cielo. La luna lo acompañaba, colándose entre las ramas desnudas y enmarañadas, cruzando el cielo estrellado.

—Nieve —murmuró la luna. El lobo hizo oídos sordos. La nieve crujía bajo sus patas. El viento suspiraba entre los árboles.

A lo lejos, muy lejos, alcanzaba a oír la llamada de sus compañeros de manada, de hermano a hermano. También cazaban. Una lluvia torrencial azotaba a su hermano negro mientras despedazaba una cabra enorme, limpiándole la sangre del costado, allí donde el animal le había clavado un largo cuerno. En otro lugar, su hermana alzaba la cabeza para aullar a la luna, y cientos de pequeños primos grises interrumpieron la caza para cantar con ella. Las colinas eran más cálidas allí, y estaban repletas de comida. Muchas noches, su hermana y su manada se atiborraban de carne de oveja, vaca y caballo, las presas de los hombres, y a veces, incluso de la de los propios hombres.

—Nieve —volvió a advertir la luna, socarrona. El lobo blanco caminó por el sendero humano, bajo el precipicio helado. Sentía el sabor de la sangre en la lengua, y la canción de cientos de primos le resonaba en los oídos. Habían sido seis: cinco cachorros ciegos y gimoteantes en la nieve, que mamaban la leche fría de los pezones duros del cadáver de su madre, y él, que se alejaba arrastrándose, solo. Quedaban cuatro..., y había uno al que el lobo blanco ya no podía sentir.

—Nieve —insistió la luna.

El lobo blanco huyó de ella y corrió hacia la cueva de noche donde el sol ya se había escondido. El aliento se le congelaba en el aire. En las noches sin estrellas, el gran acantilado era negro como un tizón, una muralla de oscuridad sobre el vasto mundo. Pero cuando salía la luna, brillaba blanco y glacial como un arroyo helado. El pelaje del lobo era grueso y abundante, pero cuando el viento soplaba sobre el hielo, no había piel que pudiera alejar el frío. Al otro lado, el viento era aún más gélido; el lobo lo sabía. Allí era donde estaba su hermano, el hermano gris que olía a verano.

—Nieve. —Un carámbano cayó de una rama. El lobo blanco se volvió y enseñó los dientes—. ¡Nieve! —Se le erizó el pelaje, y el bosque desapareció a su alrededor—. ¡Nieve, nieve, nieve! —Oyó un batir de alas. Un cuervo atravesaba la penumbra.

Aterrizó en el pecho de Jon con un sonoro golpe.

—¡Nieve! —le gritó a la cara.

—Ya te oigo—. La habitación era oscura, y su camastro, duro. Una luz grisácea se filtraba por las contraventanas, augurando otro día lóbrego y frío—. ¿Así despertabas a Mormont? Quítame esas plumas de la cara. —Jon sacó un brazo de las sábanas para espantar al cuervo. Era un ave grande, vieja, impertinente y desaliñada, que no tenía ni asomo de miedo.

—Nieve —chilló, volando hasta la cabecera de la cama—. Nieve, Nieve.

Jon agarró una almohada y se la tiró, pero el cuervo la esquivó de un salto. La almohada se estrelló contra la pared, esparciendo todo su relleno justo cuando Edd Tollett el Penas asomaba la cabeza por la puerta.

—Disculpad —dijo, sin prestar atención a la nube de plumas—. ¿Desearía mi señor algo de desayunar?

—Maíz —gritó el cuervo—. Maíz, maíz.

—Cuervo asado —sugirió Jon—. Y media pinta de cerveza.

Todavía le resultaba extraño tener sirvientes; no hacía tanto que era él quien preparaba el desayuno para el lord comandante Mormont.

—Tres raciones de maíz y un cuervo asado —dijo Edd el Penas—. Excelente, mi señor. Hobb acaba de preparar huevos duros, morcilla y manzanas estofadas con ciruelas. Las manzanas estofadas están deliciosas, salvo por las ciruelas. Yo no como ciruelas. Bueno, salvo una vez que Hobb las mezcló con castañas y zanahorias y las escondió en una gallina. Nunca confiéis en un cocinero, mi señor. Os dará ciruelas cuando menos lo esperéis.

—Lo tomaré más tarde. —El desayuno podía esperar, pero Stannis, no—. ¿Algún problema anoche con las empalizadas?

—No ha vuelto a haberlos desde que pusisteis guardias a los guardias, mi señor.

—Bien. —Los caballeros de Stannis Baratheon habían aniquilado a las huestes de Mance Rayder y apresado a mil salvajes más allá del Muro. Muchos prisioneros eran mujeres, y más de un guardia se habían llevado a alguna a hurtadillas para que le calentase la cama. Hombres del rey, hombres de la reina, incluso algún hermano negro: todos lo habían intentado. Los hombres eran hombres, y no había más mujeres en mil leguas a la redonda.

—Dos salvajes más se entregaron anoche —continuó Edd—. Una madre con una niña agarrada a las faldas. También llevaba un niño, un bebé envuelto en pieles, pero estaba muerto.

—Muerto —repitió el cuervo. Era una de sus palabras favoritas—. Muerto, muerto, muerto.

Casi todas las noches llegaba gente del pueblo libre: criaturas ateridas y hambrientas que habían escapado de la batalla que se libraba bajo el Muro solo para dar la vuelta a toda prisa al comprender que no había adónde huir.

—¿Han interrogado a la madre? —preguntó Jon. Stannis Baratheon había acabado con las hordas de Mance Rayder y había apresado al Rey-más-allá-del-Muro, pero los salvajes todavía estaban fuera: el Llorón, Tormund Matagigantes y mil más.

—Sí, mi señor —dijo Edd—. Pero todo lo que sabía es que huyó durante la batalla y se escondió en el bosque. Le dimos gachas, la encerramos, e incineramos al niño.

A Jon ya no lo preocupaban los bebés muertos y quemados, pero los vivos eran otro asunto.

«Dos reyes para despertar al dragón. Primero el padre y luego el hijo, y ambos morirán reyes. —Uno de los hombres de la reina había murmurado esas palabras mientras el maestre Aemon le limpiaba las heridas—. "Hay poder en la sangre de un rey —le había advertido el viejo maestre—, y hombres mejores que Stannis han hecho cosas peores"—. El rey puede ser duro e implacable, sí, pero ¿un recién nacido? Solo un monstruo entregaría un niño vivo a las llamas.»

Jon meó en el orinal, en la oscuridad de su alcoba, mientras el cuervo del Viejo Oso mascullaba protestas. Cada vez soñaba con los lobos más a menudo, y recordaba los sueños aun en la vigilia.

«Fantasma sabe que Viento Gris murió. —Robb había perdido la vida en los Gemelos, traicionado por hombres a los que creía amigos, y su lobo había caído con él. Bran y Rickon también habían muerto, decapitados por orden de Theon Greyjoy, otrora pupilo de su padre... Pero, si los sueños no mentían, los huargos habían conseguido escapar. En Corona de la Reina, uno de ellos había salido de la oscuridad y le había salvado la vida—. Verano, tuvo que ser Verano. Tenía el pelaje gris, y Peludo es negro.» Se preguntó si una parte de sus hermanos muertos vivía aún en sus lobos.

Llenó la jofaina con agua de la jarra que había junto a la cama, se lavó la cara y las manos, se vistió de lana negra, se ató el jubón y se calzó un par de botas gastadas. El cuervo de Mormont lo observó con fieros ojos negros y revoloteó hasta la ventana.

—¿Crees que soy tu esclavo?

Cuando abrió las ventanas de celosía con cristales amarillos, el frío de la mañana lo golpeó en la cara. Respiró a fondo para sacudirse las telarañas de la noche mientras el ave se alejaba volando.

«Ese bicho es demasiado listo.» Había pasado años y años con el Viejo Oso, pero eso no le impidió devorarle el rostro cuando murió.

Tras la puerta de su dormitorio, las escaleras descendían hasta una estancia más grande, amueblada con una vieja mesa de pino y una docena de sillas de roble y cuero. Stannis prefirió ocupar la Torre del Rey, y la Torre del Lord Comandante había ardido hasta los cimientos, con lo que Jon no tuvo más remedio que establecerse en las modestas habitaciones de Donal Noye, detrás de la armería. Sin duda, con el tiempo necesitaría algo más grande, pero mientras se acostumbraba a su nuevo cargo, aquello era más que suficiente.

El documento que le había entregado el rey para firmar estaba en la mesa, bajo una copa de plata que había pertenecido a Donal Noye. El herrero manco había dejado pocos efectos personales: aquella copa, seis peniques y una estrella de cobre, un broche nielado con el cierre roto, y un polvoriento jubón de brocado con el ciervo de Bastión de Tormentas.

«Sus tesoros eran sus herramientas, y las espadas y los cuchillos que forjaba. Su vida era la fragua. —Jon apartó la copa y leyó una vez más el pergamino—. Si firmo esto, se me recordará para siempre como el lord comandante que entregó el Muro, pero si me niego...»

Stannis Baratheon estaba resultando un invitado bastante quisquilloso, además de inquieto. Había recorrido el camino Real casi hasta Corona de la Reina, merodeado por las chozas vacías de Villa Topo e inspeccionado las ruinas de las fortificaciones de Puerta de la Reina y Castillo de Roble. Todas las noches subía a la cima del Muro con lady Melisandre; durante el día visitaba las empalizadas para que la mujer roja interrogase a los prisioneros.

«No le gusta que le lleven la contraria.» No iba a ser una mañana muy agradable.

Desde la armería llegó un entrechocar de escudos y espadas cuando los nuevos reclutas cogieron sus armas. Alcanzó a oír la voz de Férreo Emmett metiéndoles prisa. Cotter Pyke había lamentado mucho prescindir de él, pero el joven explorador tenía talento para entrenar a otros hombres.

«Le apasiona luchar, y conseguirá que a los chicos también les apasione.» O eso esperaba.

La capa de Jon estaba colgada de un clavo al lado de la puerta; el cinturón de su espada, de otro. Se puso ambos y se dirigió a la armería. Vio que la alfombra donde dormía Fantasma estaba vacía. Tras las puertas había apostados dos guardias, lanza en mano, ataviados con capa negra y yelmo de hierro.

—¿Mi señor necesitará escolta? —preguntó Garse.

—Creo que sabré llegar a la Torre del Rey yo solo. —Jon no soportaba tener guardas siguiéndolo a todas partes. Se sentía como mamá pato a la cabeza de una procesión de patitos.

Los muchachos de Férreo Emmett ya estaban en el patio, con las espadas embotadas en la mano, descargándolas contra los escudos. Jon se paró un momento a observar cómo Caballo arrinconaba a Petirrojo Saltarín contra el pozo. Caballo tenía madera de luchador. Era cada día más fuerte, y poseía instinto. No se podía decir lo mismo de Petirrojo Saltarín: por si el pie zambo no fuera suficiente, tenía miedo de los golpes.

«Quizá sería mejor hacerlo mayordomo.» La pelea terminó de repente, con Petirrojo Saltarín en el suelo.

—Bien peleado —le dijo a Caballo—, pero bajas demasiado el escudo cuando atacas. Deberías corregir eso, o te matarán.

—Bien, mi señor. La próxima vez lo mantendré más alto. —Caballo ayudó al menudo Petirrojo Saltarín a levantarse, y el muchacho hizo una reverencia torpe.

Unos cuantos caballeros de Stannis estaban entrenándose al otro lado del patio. Jon se percató de que los hombres del rey estaban en una esquina, y los de la reina, en la otra.

«Pero son unos pocos. Hace demasiado frío para los demás.» Cuando pasó junto a ellos, una voz atronadora lo llamó.

—¡Eh, chico! ¡Tú! ¡Chico! —No era lo peor que le habían llamado desde que era lord comandante. Hizo caso omiso del grito.

—Nieve —insistió la voz—. Lord comandante. —Se detuvo.

—¿Sí?

El caballero le sacaba casi un palmo de altura.

—Un hombre que lleva acero valyrio debería usarlo para algo más que rascarse el culo.

Jon lo había visto por el castillo: un caballero de renombre, según él mismo proclamaba. Durante la batalla, bajo el Muro, ser Godry Farring había matado a un gigante que huía, atravesándole la espalda con una lanza desde el caballo para después cortarle la cabeza. Los hombres de la reina empezaron a llamarlo Godry Masacragigantes.

Jon recordó el llanto de Ygritte.

«Soy el último gigante.»

—Uso a *Garra* cuando debo.

—¿Y la usáis bien? —Ser Godry desenvainó su propia hoja—. Demostrádnoslo. Prometo no haceros daño, muchacho.

«Qué amable.»

—Tendrá que ser en otra ocasión; por desgracia, ahora tengo otras tareas pendientes.

—Ya veo que lo que tenéis es miedo. —Ser Godry hizo un gesto hacia sus amigos—. Tiene miedo —repitió, por si alguien no lo había oído.

—Disculpadme. —Jon les dio la espalda.

El Castillo Negro tenía un aspecto desolado e inhóspito bajo la débil luz del amanecer.

«Mis dominios tienen tanto de ruina como de fortaleza», reflexionó Jon con pesar. De la Torre del Lord Comandante solo quedaba el esqueleto; la sala común era poco más que una pila de vigas negras, y la Torre de Hardin parecía a punto de desmoronarse con la menor ráfaga de viento... aunque siempre lo había parecido. El Muro se alzaba detrás, inmenso, imponente, impasible, atestado de constructores que subían un nuevo tramo de escalera zigzagueante para unirlo a los restos de la anterior. Trabajaban día y noche. Sin la escalera no había forma de alcanzar la parte superior, excepto usando la jaula, pero no les serviría de nada si volvían a atacar los salvajes.

El gran estandarte dorado de batalla de la casa Baratheon restallaba como un látigo sobre la Torre del Rey, desde el mismo tejado por el que Jon había merodeado con su arco no hacía tanto tiempo, en compañía de Seda y Dick Follard el Sordo, matando thenitas y gente del pueblo libre. Había dos hombres de la reina tiritando en las escaleras, con las manos bajo las axilas y las lanzas apoyadas en las puertas.

—Esos guantes de paño no os servirán de gran cosa aquí —les dijo Jon—. Id a ver a Bowen Marsh mañana, y os dará unos de cuero con forro de piel.

—Iremos, mi señor, gracias —dijo el mayor.

—Si no se nos congelan antes las putas manos —añadió el más joven, exhalando una bocanada de aliento blanquecino—. Y creía que hacía frío en las Marcas de Dorne. ¿Qué sabía yo?

«Nada —pensó Jon Nieve—. Como yo.»

A medio camino escalera arriba se encontró a Samwell Tarly, que bajaba.

—¿Vienes de ver al rey? —le preguntó.

—El maestre Aemon me ha mandado a entregarle una carta.

—Ya veo. —Algunos señores confiaban la lectura de las cartas a sus maestres para que les transmitieran el contenido, pero Stannis insistía en romper el lacre personalmente—. ¿Cómo se lo ha tomado Stannis?

—Por su cara, no muy bien. —Sam bajó la voz—. Se supone que no debo hablar de ello.

—Pues no hables. —Jon se preguntó cuál de los señores vasallos de su padre se había negado a doblegarse a Stannis en aquella ocasión. «Cuando Bastión Kar se puso de su parte no guardó el secreto, precisamente.»

—¿Qué tal te va con el arco?

—Encontré un buen libro sobre el tema —contestó Sam con el ceño fruncido—. Pero es más difícil practicarlo que leerlo. Tengo ampollas.

—Sigue en ello. Puede que necesitemos tu arco en el Muro si aparecen los Otros en una noche oscura.

—Oh, espero que no.

Había más guardias ante los aposentos del rey.

—No se permite portar armas en presencia de su alteza, mi señor —dijo su sargento—. Tendréis que dejarme la espada, y también los cuchillos.

Jon sabía que era inútil protestar, así que se los entregó.

El aire era cálido en la estancia. Lady Melisandre estaba sentada junto al fuego, y su rubí brillaba contrastando con la piel blanca del cuello. Ygritte había recibido el beso del fuego, pero la sacerdotisa roja era fuego puro; su pelo, sangre y llamas. Stannis estaba tras la tosca mesa donde el Viejo Oso se sentaba a comer. La cubría un gran mapa del Norte, dibujado en un trozo de piel desgastado. Una vela de sebo en un extremo y un guante de cuero en el otro lo mantenían extendido.

Aunque el rey vestía calzones de lana y jubón guateado, tenía un aspecto tan incómodo y rígido como si llevase cota de malla y armadura. Tenía la piel blancuzca, apergaminada, y lucía una barba tan corta que parecía pintada. Todo lo que le quedaba del pelo negro eran unos flecos en las sienes. En la mano llevaba un pergamino con el sello de lacre verde oscuro abierto.

Jon hincó la rodilla. El rey lo miró con el ceño fruncido y agitó el pergamino.

—Levantaos. Decidme, ¿quién es Lyanna Mormont?

—Una de las hijas de lady Maege, señor. La menor. Lleva el nombre de la hermana de mi padre.

—Para buscar el favor de vuestro padre, sin duda. Ya conozco ese juego. ¿Qué edad tiene esa despreciable chiquilla?

—Alrededor de diez años —respondió Jon después de pensar un momento—. ¿Puedo saber en qué ha ofendido a vuestra alteza?

—«La isla del Oso —leyó Stannis tomando la carta— no conoce otro rey que el Rey en el Norte, cuyo nombre es Stark.» Diez años, decís, y ya se atreve a desafiar a su rey. —La barba recortadísima adornaba como una sombra las mejillas hundidas—. No quiero que esta noticia corra por ahí, lord Nieve. Bastión Kar está de mi parte, y eso es todo lo que hace falta divulgar. Prefiero que vuestros hermanos no vayan por ahí contando historias sobre cómo esta niña me ha escupido a la cara.

—Como ordenéis, mi señor. —Jon sabía que Maege Mormont había cabalgado hacia el sur con Robb. Su hija mayor también se había aliado con el Joven Lobo. Aunque ambas hubieran muerto, lady Maege tenía otras hijas; algunas, madres a su vez. ¿Habían partido también con Robb? Sin duda, lady Maege habría dejado al menos a una de las mayores de castellana. No entendía por qué era Lyanna quien escribía a Stannis, y no podía evitar preguntarse si la respuesta habría sido distinta en caso de que la misiva hubiera ido sellada con un huargo en lugar de un venado coronado y firmada por Jon Stark, señor de Invernalia.

«Es demasiado tarde para estas consideraciones. Ya he tomado mi decisión».

—Hemos enviado cuarenta cuervos —se quejó el rey—, y no hemos recibido más que silencio y desafíos. Todo individuo leal debe rendir pleitesía a su rey, pero los vasallos de vuestro padre no hacen más que darme la espalda, con excepción de los Karstark. ¿Arnolf Karstark es el único hombre de honor que queda en el norte?

Arnolf Karstark era el tío mayor de lord Rickard. Se convirtió en castellano de Bastión Kar cuando su sobrino y sus hijos partieron hacia el sur con Robb, y fue el primero en responder a Stannis enviando un cuervo con que juraba su lealtad.

«Los Karstark no tenían más remedio», podría haber repuesto Jon. Rickard Karstark había traicionado al huargo y derramado sangre de leones. El venado era la única esperanza de Bastión Kar.

—En estos tiempos tan confusos, incluso los hombres de honor dudan sobre a quién deben lealtad. Vuestra alteza no es el único que reclama pleitesía en el reino.

—Decidme, lord Nieve —intervino Melisandre—, ¿dónde estaban esos otros reyes cuando los salvajes atacaron vuestro Muro?

—A mil leguas y sordos a nuestras demandas —contestó Jon—. No lo he olvidado, mi señora, ni lo haré. Pero los vasallos de mi padre tienen esposas e hijos que proteger, y vasallos que morirán si se toma la decisión equivocada. Vuestra alteza les pide mucho. Dadles tiempo y tendréis sus respuestas.

—¿Respuestas como esta? —Stannis estrujó la carta de Lyanna en el puño.

—Los hombres temen la furia de Tywin Lannister incluso en el norte. Los Bolton también son enemigos temibles. No en vano, su emblema es un hombre desollado. El Norte cabalgó con Robb, sangró con él, murió por él. Ha apurado la copa del dolor y la muerte, y ahora venís a ofrecerle otra ronda. ¿Os extraña que no acepten gustosos? Disculpadme, alteza, pero algunos os miran y solo ven otro aspirante condenado al fracaso.

—Si vuestra alteza está condenado al fracaso, también lo está vuestro reino —dijo lady Melisandre—. Recordad eso, lord Nieve. Es al verdadero rey de Poniente a quien tenéis ante vos.

—Como digáis, mi señora. —Jon mantuvo el rostro inescrutable.

—Ahorráis palabras como si cada una fuese un dragón dorado —resopló Stannis—. Por cierto, ¿cuánto oro tenéis guardado?

—¿Oro? —«¿Estos son los dragones que pretende despertar la mujer roja? ¿Dragones de oro?»—. Los impuestos se nos pagan en especie, alteza. La Guardia de la Noche tiene abundancia de nabos, pero no de monedas.

—Con nabos no aplacaremos a Salladhor Saan. Necesito oro o plata.

—Entonces necesitáis Puerto Blanco. No es Antigua ni Desembarco del Rey, pero es un puerto próspero. Lord Manderly es el más rico de los vasallos de mi padre.

—Lord «Estoy tan gordo que no puedo montar a caballo». —La carta de respuesta recibida desde Puerto Blanco hablaba de poco más que la edad y los achaques de su señor. Stannis también había ordenado a Jon que no hablara de eso.

—Quizá a su señoría le gustaría tener una esposa salvaje —dijo lady Melisandre—. ¿Ese gordo está casado, lord Nieve?

—Su esposa murió hace tiempo. Lord Wyman tiene dos hijos mayores, y el de más edad ya le ha dado nietos. Y sí, está demasiado gordo para montar: pesa al menos cuatro quintales. Val no lo aceptaría.

—¿Podríais, al menos por una vez, darme una respuesta que me complaciera, lord Nieve? —gruñó Stannis.

—Esperaba que os complaciese la verdad. Vuestros hombres dicen que Val es princesa, pero para el pueblo libre no es más que la hermana de la esposa muerta de su rey. Si la forzáis a casarse con un hombre a quien no desea, es probable que le rebane el cuello en la noche de bodas. Y aun en el caso de que lo aceptara como marido, eso no significaría que los salvajes fueran a seguirlo, ni que fueran a seguiros a vos. El único hombre que puede atraerlos a vuestra causa es Mance Rayder.

—Lo sé —contestó Stannis con tristeza—. He pasado horas hablando con él. Lo sabe todo y mucho más de nuestro verdadero enemigo, y no cabe duda de que es un hombre astuto. Pero incluso si renunciase a ser rey, seguiría siendo un perjuro. Si se deja con vida a un desertor, se incita a los demás a que lo imiten. No. Las leyes son de hierro, no de arcilla. Lo que hizo Mance Rayder está castigado en todas las legislaciones de los Siete Reinos.

—Pero la ley termina en el Muro, alteza. Mance podría seros de mucha utilidad.

—Lo será. Pienso quemarlo, y el norte verá cómo trato a los cambiacapas y traidores. Cuento con otros hombres para gobernar a los salvajes, y no olvidéis que también tengo al hijo de Rayder. Cuando muera el padre, el cachorro será el Rey-más-allá-del-Muro.

—Vuestra alteza se equivoca. —«No sabes nada, Jon Nieve», le decía a menudo Ygritte; pero Jon había aprendido—. El chico tiene tanto de príncipe como Val de princesa. Nadie se convierte en Rey-más-allá-del-Muro por herencia.

—Mejor —replicó Stannis—. No quiero más reyes en Poniente. ¿Habéis firmado el acuerdo?

—No, alteza. —«Allá vamos.» Jon cerró los dedos quemados y volvió a abrirlos—. Me pedís demasiado.

—¿Pediros? Os pido que seáis señor de Invernalia y Guardián del Norte. Los castillos os los exijo.

—Os hemos cedido el Fuerte de la Noche.

—Ratas y ruinas. Es un pobre regalo que no cuesta nada a quien lo da. Uno de los vuestros, Yarwyck, dice que hará falta medio año de trabajos para hacer habitable ese castillo.

—Los otros no están en mejores condiciones.

—Lo sé, y no importa. Son todo lo que tenemos. Hay diecinueve fuertes a lo largo del Muro, y solo tenéis hombres en tres. Mi intención es tenerlos todos guarnecidos antes de que acabe el año.

—No discutiré eso, mi señor, pero se dice que también pretendéis dar estos castillos a vuestros caballeros y señores, para que gobiernen desde ellos como vasallos de vuestra alteza.

—Los reyes son generosos con sus adeptos. ¿Es que lord Eddard no le enseñó nada a su bastardo? Muchos de mis caballeros y señores abandonaron tierras fértiles y castillos recios en el sur. ¿Acaso no merecen una recompensa por su lealtad?

—Si deseáis perder a todos los vasallos de mi padre, no se me ocurre mejor manera que entregar las fortalezas del norte a señores del sur.

—¿Cómo voy a perder a unos hombres que no tengo? Quise entregar Invernalia a un hombre del norte; quizá lo recordéis: al hijo de Eddard Stark. Y me tiró la oferta a la cara. —Dar un motivo de queja a Stannis Baratheon era como echar un hueso a un mastín: lo roería hasta reducirlo a astillas.

—Invernalia corresponde por derecho a mi hermana Sansa.

—¿Os referís a lady Lannister? ¿Tan impaciente estáis por ver al Gnomo aupado al trono de vuestro padre? Os prometo una cosa, lord Nieve: eso no sucederá mientras yo viva.

Jon no era tan idiota como para insistir.

—Hay quien dice que pretendéis dar tierras y castillos a Casaca de Matraca y al magnar de Thenn.

—¿De dónde habéis sacado eso?

El rumor circulaba por todo el Castillo Negro.

—Si queréis saberlo, fue Elí quien me lo contó.

—¿Y quién es Elí?

—La nodriza —aclaró lady Melisandre—. Vuestra alteza le concedió libertad para recorrer el castillo.

—No para contar chismes. Se la necesita por sus tetas, no por su lengua. Más leche y menos cotilleos.

—El Castillo Negro no necesita bocas inútiles —asintió Jon—. Enviaré a Elí a Guardiaoriente con el próximo barco.

—Elí está amamantando al hijo de Dalla además de al suyo. —Melisandre jugueteó con su colgante de rubí—. Me parece una crueldad que apartéis a nuestro pequeño príncipe de su hermano de leche, mi señor.

«Cuidado, mucho cuidado ahora.»

—La leche de la madre es lo único que comparten. El hijo de Elí es más grande y robusto. Se pasa el día pellizcando al príncipe y dándole patadas, y se queda con toda la leche. Su padre era Craster, un hombre cruel y taimado..., y eso se hereda.

—Yo creía que la nodriza era hija de Craster —señaló el rey, confuso.

—Hija y esposa a la vez, alteza. Craster se casó con todas sus hijas. El hijo de Elí es fruto de su unión.

—¿Su propio padre tuvo un hijo con ella? —Stannis estaba escandalizado—. Hacemos bien en librarnos de esa mujer. No estoy dispuesto a permitir semejantes abominaciones; no estamos en Desembarco del Rey.

—Puedo traer otra nodriza. Si no hay ninguna entre los salvajes, la buscaré en los clanes de las montañas. Hasta entonces bastará con leche de cabra, si a vuestra alteza le parece bien.

—Magro alimento para un príncipe, pero será mejor que la leche de puta, sí. —Stannis tamborileó con los dedos en el mapa—. Volvamos al asunto de los castillos...

—Alteza, he alojado a vuestros hombres y les he dado de comer, en grave detrimento de nuestros suministros —replicó Jon con cortesía gélida—. Les he dado ropa para que no se congelasen. —Aquello no apaciguó a Stannis.

—Sí, habéis compartido vuestro cerdo en salazón y vuestras gachas, y nos habéis dejado unos cuantos harapos negros para mantenernos calientes. Harapos que los salvajes habrían arrancado de vuestros cadáveres si yo no hubiese venido al norte.

—Os he dado pienso para vuestros caballos —continuó Jon, sin darse por enterado—, y cuando esté terminada la escalera os dejaré constructores para restaurar el Fuerte de la Noche. Incluso os he permitido instalar a los salvajes en el Agasajo, que fue donado a la Guardia de la Noche en perpetuidad.

—Me ofrecéis tierras yermas y parajes desolados, pero me negáis los castillos que necesito para compensar a mis señores y vasallos.

—Fue la Guardia de la Noche la que construyó esos castillos...

—Y fue la Guardia de la Noche la que los abandonó.

—... para defender el Muro —concluyó Jon con testarudez—, no para que se convirtieran en tronos de sureños. La argamasa que mantiene en pie esos castillos se hizo con sangre y huesos de mis hermanos ya muertos. No puedo entregároslos.

—¿No podéis o no queréis? —En el cuello del rey, los tendones resaltaban como espadas—. Os ofrecí un apellido.

—Ya tengo apellido, alteza.

—Nieve. ¿Conocéis apellido más funesto? —Stannis se llevó la mano al puño de la espada—, ¿Quién os creéis que sois?

—El vigilante del Muro. La espada en la oscuridad.

—No me vengáis ahora con vuestro lema. —Stannis desenvainó la espada a la que llamaba *Dueña de Luz*—. Aquí está vuestra espada en la oscuridad. —La luz recorrió la espada, primero azul, luego roja, luego amarilla, luego naranja, iluminando la cara del rey con colores vívidos—. Hasta un novato lo vería. ¿Acaso estáis ciego?

—No, mi señor. Estoy de acuerdo en que los castillos deberían guarnecerse...

—El niño comandante está de acuerdo. Qué suerte tengo.

—... con hombres de la Guardia de la Noche.

—No tenéis suficientes.

—Pues dádmelos, mi señor. Pondré oficiales en todos los castillos abandonados, comandantes experimentados que conozcan el Muro y las tierras de más allá y sepan sobrevivir al invierno que se avecina. A cambio de todo lo que os he dado, concededme los hombres necesarios para las guarniciones. Hombres armados, arqueros, reclutas... Aceptaré hasta lisiados y heridos.

Stannis se quedó mirándolo con incredulidad y después se echó a reír.

—Sois osado, Nieve, pero estáis loco si creéis que mis hombres vestirán el negro.

—Pueden llevar la capa del color que prefieran, mientras obedezcan a mis oficiales como si fueran los vuestros.

El rey no se inmutó.

—Los caballeros y señores que tengo a mi servicio son vástagos de casas nobles, antiguas y honorables. Ni soñéis con que vayan a servir a cazadores furtivos, campesinos y criminales.

«Ni a bastardos.»

—Vuestra mano es contrabandista.

—Lo fue, y por eso le corté los dedos. Tengo entendido que sois el comandante número novecientos noventa y ocho de la Guardia de la Noche, lord Nieve. ¿Qué creéis que opinará de esos castillos el novecientos noventa y nueve? Quizá la visión de vuestra cabeza en una pica lo inspire para cooperar. —El rey dejó la espada en el mapa, siguiendo la línea del Muro. El acero brillaba como la luz del sol en el agua—. Si sois lord comandante es porque yo lo permito. Haríais bien en recordarlo.

—Soy lord comandante porque me eligieron mis hermanos.

Había mañanas en las que Jon Nieve casi no se lo creía; despertaba pensando que todo aquello era un sueño demencial. «Es como estrenar ropa —le había dicho Sam—. Al principio te sientes un poco raro, pero cuando pasa un tiempo empiezas a estar cómodo.»

—Alliser Thorne se queja de la forma en que fuisteis elegido, y lo cierto es que no le falta razón. —El mapa se extendía como un campo de batalla entre ambos, iluminado por los colores de la espada centelleante—. El recuento lo hizo un ciego con ayuda de vuestro amigo el gordo, y Slynt dice que sois un cambiacapas.

«¿Y quién va a saberlo mejor que Slynt?»

—Un cambiacapas os diría lo que queréis oír y después os traicionaría. Vuestra alteza sabe que fui elegido con justicia. Mi padre dijo siempre que erais un hombre justo.

Las palabras exactas de Eddard eran «Justo pero implacable», pero Jon no consideró necesario dar tanta información.

—Lord Eddard no era mi amigo, pero tenía sentido común. Y me habría dado esos castillos.

«Eso, jamás.»

—No puedo hablar por mi padre, pero yo hice un juramento, alteza. El Muro es mío.

—Por ahora. Ya veremos si podéis defenderlo. —Stannis lo señaló con el dedo—. Quedaos con vuestras ruinas, ya que tanto significan para vos. No obstante, os aseguro que si algún castillo sigue vacío antes de que acabe el año, lo tomaré con vuestro permiso o sin él. Y si uno solo cae en manos enemigas, lo siguiente en caer será vuestra cabeza. Podéis retiraros.

Lady Melisandre se levantó de su sitio junto a la chimenea.

—Con vuestro permiso, mi señor, acompañaré a lord Nieve de vuelta a sus habitaciones.

—¿Por qué? Ya conoce el camino. —Stannis les hizo un ademán para que se fueran—. Haced como os plazca. Devan, comida. Huevos cocidos y limonada.

Tras el calor de las habitaciones del rey, en la escalera de caracol hacía un frío que se clavaba en los huesos.

—Se está levantando viento, mi señora —advirtió el sargento a Melisandre al tiempo que le devolvía las armas a Jon—. Sería mejor que os pusierais una capa más gruesa.

—Mi fe me da suficiente calor. —La mujer roja bajó las escaleras con Jon—. Su alteza os está cobrando afecto.

—Se nota. Solo ha amenazado con decapitarme un par de veces.

Melisandre rio.

—Son sus silencios lo que debéis temer, no sus palabras. —Cuando salieron al patio, el viento hinchó la capa de Jon y la azotó con ella. La sacerdotisa roja apartó la lana negra y lo cogió del brazo—. Puede que tengáis razón sobre el rey de los salvajes. Rezaré al Señor de Luz para que me guíe. Cuando observo las llamas, puedo ver más allá de la piedra y la tierra, y encontrar la verdad en el alma de los hombres. Puedo hablar con reyes muertos y con niños nonatos, y ver cómo pasan los años y las estaciones hasta el final de los tiempos.

—¿Vuestros fuegos no se equivocan nunca?

—Nunca... Aunque los sacerdotes somos mortales y a veces erramos, confundiendo lo que ha de suceder con lo que puede suceder.

Jon sentía el calor que emanaba de ella incluso a través de la lana y el cuero. La visión de ambos entrelazados atraía miradas curiosas.

«Esta noche habrá susurros en las barracas.» Jon se liberó de su brazo.

—Si de verdad podéis ver el mañana en vuestras llamas, decidme cuándo y dónde tendrá lugar el próximo ataque de los salvajes.

—R'hllor nos envía las visiones que considera oportunas, pero buscaré a Tormund en las llamas. —Una sonrisa se dibujó en los labios de Melisandre—. Os he visto a vos en mis llamas, Jon Nieve.

—¿Es una amenaza, mi señora? ¿Pensáis quemarme a mí también?

—Me malinterpretáis. —Lo escrutó con la mirada—. Me parece que mi presencia os incomoda, lord Nieve.

Jon no lo negó.

—El Muro no es lugar para una mujer.

—Os equivocáis de nuevo. He soñado con vuestro Muro, Jon Nieve. La sabiduría que lo levantó fue grande, y grandes son los hechizos encerrados bajo su hielo. Caminamos a la sombra de uno de los ejes del mundo. —Melisandre alzó la vista para mirarlo, y su aliento formó una nube cálida en el aire—. Este lugar es tan mío como vuestro, y puede que pronto me necesitéis apremiantemente. No rechacéis mi amistad, Jon. Os he visto en la tormenta, en apuros, rodeado de enemigos por todas partes. Tenéis muchos enemigos. ¿Queréis saber sus nombres?

—Ya sé sus nombres.

—No estéis tan seguro. —El rubí rojo de su cuello centelleaba con un resplandor rojo—. No debéis temer a los que os maldicen a la cara, sino a los que os sonríen cuando miráis y afilan sus cuchillos cuando dais media vuelta. Haríais bien en mantener cerca a vuestro lobo. Lo que veo es hielo y cuchillos en la oscuridad. Sangre helada y roja, y acero desnudo. Mucho frío.

—Siempre hace frío en el Muro.

—¿Eso creéis?

—Lo sé, mi señora.

—Entonces no sabes nada, Jon Nieve —susurró ella.

Bran

«¿Cuánto falta?»

Bran no llegó a decirlo en voz alta, pero las palabras le alcanzaban una y otra vez la punta de la lengua mientras la desastrada compañía recorría dificultosamente antiguos bosques de robles y gigantescos centinelas gris verdoso, y pasaba junto a lóbregos pinos soldado y castaños sin hojas.

«¿Cuánto faltará? —se preguntaba el chico cuando Hodor trepaba por pendientes rocosas, o cuando descendía por hondonadas oscuras donde regueros de nieve sucia se rompían debajo de sus pies—. ¿Cuánto queda? —pensaba mientras el gran alce chapoteaba en un arroyo medio congelado—. ¿Cuánto falta? Qué frío hace. ¿Dónde está el cuervo de tres ojos?»

Iba balanceándose en la cesta de mimbre que Hodor llevaba a la espalda, y debía agachar la cabeza cada vez que el mozo de cuadra pasaba bajo una rama de roble. Estaba nevando otra vez, una nieve húmeda y pesada. Hodor tenía un ojo tan helado que no podía abrirlo. Su espesa barba marrón era una maraña de escarcha, y le colgaban carámbanos de las puntas del bigote. Con una mano enguantada agarraba aún la herrumbrosa espada que había cogido de la cripta de Invernalia, y en ocasiones la utilizaba para cortar alguna rama, provocando un pequeño alud.

—Hod-d-d-dor —decía, tiritando.

Era un sonido extrañamente reconfortante. En el viaje desde Invernalia hasta el Muro, Bran y sus compañeros habían matado el tiempo y las leguas charlando y contándose historias, pero allí era diferente. Hasta Hodor lo percibía. Sus *hodor* eran menos frecuentes que al sur del Muro. De aquel bosque emanaba una quietud que Bran desconocía. Antes de la nieve, el viento del norte formaba remolinos a su alrededor y levantaba nubes de hojas marchitas con un crujido suave que le recordaba el ruido de las cucarachas correteando por una alacena, pero después, una sábana blanca había enterrado las hojas. A veces los sobrevolaba un cuervo que batía el aire frío con enormes alas negras. Por lo demás, reinaba el silencio.

Un poco más adelante, el alce avanzó entre los montones de nieve con la cabeza gacha y las astas cubiertas de hielo. El explorador iba a horcajadas sobre su ancho lomo, silencioso y taciturno. El joven gordo, Sam, le había puesto de nombre Manosfrías porque, aunque su rostro era blancuzco, tenía las manos negras y duras como el hierro, e igual de frías. Llevaba el resto del cuerpo envuelto en varias capas de lana, cuero endurecido y cota de malla, y le ocultaban los rasgos la capucha de la capa y una bufanda de lana negra que le cubría la mitad de la cara.

Tras él iba Meera Reed, que abrazaba a su hermano para protegerlo del frío y el viento. A Jojen le colgaba de la nariz un moco congelado, y tiritaba de manera incontrolable.

«¡Parece tan pequeño...! —pensó Bran al verlo tambalearse—. Casi más pequeño que yo, y más débil. Y yo soy el tullido.»

Verano cerraba la marcha del pequeño grupo. El aliento del huargo se condensaba en el aire del bosque. Aún cojeaba de la pata trasera, donde lo había alcanzado una flecha en Corona de la Reina. Bran sentía el dolor de la vieja herida cada vez que se introducía en la piel del lobo. Últimamente pasaba más tiempo en el cuerpo de Verano que en el propio. Sentía el frío a pesar del grueso pelaje, pero también podía ver a más distancia, oír mejor y captar más olores que el chico que iba en la cesta arropado como un bebé.

Otras veces, cuando se cansaba de ser lobo, Bran se metía en la piel de Hodor. El tierno gigante se quejaba cuando lo sentía, y agitaba la greñuda cabeza, pero no con tanta fuerza como aquella primera vez en Corona de la Reina.

«Sabe que soy yo —se decía como si tratara de convencerse—, y ya está acostumbrado. —De todas maneras, nunca se sentía cómodo del todo en la piel de Hodor. El mozo de cuadras no entendía qué pasaba, y Bran podía percibir el regusto del miedo. Se sentía mejor dentro de Verano—. Yo soy él, y él es yo. Siente lo que yo siento.»

A veces advertía como el huargo olfateaba al alce, preguntándose si podía derribar a semejante bestia. Verano estaba acostumbrado a los caballos de Invernalia, pero aquello era un alce, una presa. El huargo percibía la sangre caliente que hervía bajo el manto de pelo. Ese olor era suficiente para despertar su apetito, y Bran también salivaba al pensar en la carne roja y suculenta.

Un cuervo graznó desde un roble cercano, y Bran oyó las alas de otro que se posaba a su lado. Durante el día solo los acompañaba media docena de cuervos, que saltaban de árbol en árbol o viajaban en la cornamenta del alce. El resto de la bandada volaba delante o se quedaba rezagado en la retaguardia. Pero cuando el sol empezaba a ocultarse volvían: bajaban del cielo con alas negras como la noche, hasta cubrir cada rama de cada árbol en leguas a la redonda. Algunos volaban hasta el explorador y le hablaban al oído, y a Bran le parecía que este entendía sus graznidos.

«Son sus ojos y oídos. Exploran por él, y le hablan de los peligros que acechan por delante y los que hemos dejado atrás.»

Como sucedía en aquel momento. El alce se detuvo de repente, y el explorador bajó con presteza a la nieve que lo cubría hasta las rodillas. Verano le gruñó, con el pelaje erizado. No le gustaba el olor de Manosfrías.

«Carne muerta, sangre seca, un atisbo a podrido. Y frío, sobre todo frío.»

—¿Qué pasa? —quiso saber Meera.

—Detrás de nosotros —avisó Manosfrías, con la voz apagada bajo la bufanda de lana negra que le cubría nariz y boca.

—¿Son lobos? —preguntó Bran. Sabían que los seguían desde hacía varios días. Noche tras noche oían el aullido triste de la manada, y cada noche parecía más cercano.

«Cazadores, y hambrientos. Huelen nuestra debilidad. —Bran solía despertarse temblando varias horas antes del amanecer, y escuchaba las llamadas distantes mientras esperaba a que saliera el sol—. Para que haya lobos, tiene que haber presas», pensó, hasta que se dio cuenta de que ellos eran la presa.

—Son hombres —dijo el explorador con un gesto de negación—. Los lobos aún guardan las distancias, pero estos hombres no son tan recatados.

Meera Reed se quitó la capucha. La nieve húmeda que la cubría cayó al suelo.

—¿Cuántos son? ¿Quiénes son?

—Enemigos. Ya me encargo yo.

—Voy contigo.

—Tú te quedas. Hay que proteger al chico. Hay un lago helado un poco más adelante. Cuando lleguéis, girad al norte y seguid por la orilla. Llegaréis a una aldea de pescadores. Refugiaos allí hasta que me reúna con vosotros.

Bran pensó que Meera iba a discutir, pero su hermano lo evitó.

—Hazle caso; él conoce este terreno. —Los ojos de Jojen eran de un verde oscuro, del color del musgo, pero mostraban un cansancio que Bran no había visto hasta entonces. «El pequeño abuelo.» Al sur del Muro, el chico de los pantanos le parecía más sabio de lo que le correspondía por edad, pero allí estaba tan perdido y asustado como el resto. Aun así, Meera siempre le hacía caso.

Y así fue una vez más. Manosfrías se escabulló entre los árboles para volver por donde habían llegado, seguido por cuatro cuervos. Meera, con las mejillas rojas de frío y dos nubes de aliento condensado en las ventanas de la nariz, lo vio alejarse. Volvió a ponerse la capucha y dio un empujón al alce, y reanudaron la marcha. Pero no habían recorrido ni veinte pasos cuando se volvió hacia ellos.

—Dice que son hombres. ¿Qué hombres? ¿Salvajes? ¿Por qué no nos ha explicado quiénes son?

—Ha dicho que él se encarga —apuntó Bran.

—Ya, eso ha dicho. También dijo que nos llevaría hasta el cuervo de tres ojos. El río que hemos cruzado esta mañana es el mismo que cruzamos hace cuatro días, estoy segura. Estamos dando vueltas.

—Los ríos tienen muchas curvas —dijo Bran, dubitativo—, y cuando hay lagos y colinas, hay que dar rodeos.

—Pues yo veo demasiados rodeos —insistió Meera—, y demasiados secretos. Esto no me gusta. No me gusta él, y tampoco me inspira confianza. Tiene unas manos horribles. Esconde el rostro y nunca dice nada. ¿Quién es? ¿Qué es? Cualquiera puede ponerse una capa negra; cualquier persona o cualquier cosa. No come, no bebe, no lo afecta el frío...

«Es cierto.» Bran no se había atrevido a comentarlo, pero se había dado cuenta. Cuando encontraban refugio para la noche, Hodor, los Reed y él se juntaban para darse calor, pero el explorador se mantenía apartado. A veces cerraba los ojos, pero Bran no creía que durmiese. Y había algo más...

—La bufanda. —Bran miró a su alrededor incómodo, pero no había ningún cuervo. Todos los pájaros negros se habían ido con el explorador. Nadie más escuchaba. Aun así, habló en voz baja—: Esa bufanda que le tapa la boca nunca se queda rígida, helada, como le pasa a la barba de Hodor. Ni siquiera cuando habla.

—Tienes razón. —Meera clavó los ojos en él—. Nunca le hemos visto el aliento, ¿a que no?

—No. —Una bocanada blanca precedía cada *hodor* de Hodor. Cuando Jojen o su hermana hablaban, las palabras también tomaban forma. Hasta el alce dejaba una nube en el aire al resoplar—. Pero si no respira...

Bran recordó los cuentos que le contaba la Vieja Tata cuando era un crío: «Más allá del Muro hay monstruos, gigantes y gules, sombras que acechan y muertos que caminan —decía mientras lo arropaba con una áspera manta de lana—, pero no podrán pasar mientras el Muro se mantenga firme y existan los hombres de la Guardia de la Noche. Así que duerme, mi pequeño Brandon, mi niño, y sueña con cosas bonitas. Aquí no hay monstruos». El explorador vestía el negro de la Guardia de la Noche, pero ¿y si ni siquiera era un hombre? ¿Y si era una especie de monstruo que los guiaba hacia otros monstruos que los devorarían?

—El explorador salvó de los espectros a Sam y a la chica —señaló Bran, dubitativo—, y va a llevarme hasta el cuervo de tres ojos.

—¿Y por qué no viene el cuervo de tres ojos a nosotros? ¿Por qué no puede venir al Muro? Los cuervos tienen alas. Mi hermano está cada día más débil; no sé hasta cuándo podremos aguantar.

—Hasta que lleguemos —tosió Jojen.

Poco más adelante dieron con el lago prometido y torcieron hacia el norte, siguiendo las instrucciones del explorador. Aquella fue la parte fácil.

El agua estaba congelada, y Bran ya había perdido la cuenta de los días que llevaba nevando, con lo que el lago era un amplio páramo blanco. Era fácil caminar por hielo liso y terreno desigual, pero en los lugares donde el viento había formado montículos de nieve costaba distinguir dónde acababa el lago y dónde empezaba la orilla. Ni siquiera los árboles les servían de guía, porque abundaban en las islas, mientras que en muchas zonas de tierra firme no crecía ninguno.

El alce iba por donde quería, a pesar de los esfuerzos de Meera y de Jojen, que lo montaba. Caminaba bajo los árboles la mayor parte del tiempo, pero cuando la orilla se desviaba hacia el oeste, atajaba por el lago helado, rodeando montones de nieve más altos que Bran y resquebrajando el hielo bajo las patas. Allí, el viento era más fuerte: un viento frío del norte que aullaba a lo largo del lago, atravesaba como un cuchillo sus prendas de lana y cuero, y los hacía tiritar. Cuando les soplaba en la cara, les llenaba los ojos de nieve y los dejaba medio ciegos.

Pasaron horas y horas en silencio. Las sombras, los largos dedos del crepúsculo, empezaron a colarse entre los árboles. La oscuridad llegaba muy pronto tan al norte, y Bran había aprendido a temerla. Cada día parecía más corto que el anterior, y si ya los días eran fríos, las noches eran atroces.

—Ya tendríamos que haber llegado a la aldea. —Meera los detuvo de nuevo. Su voz sonaba extraña, amortiguada.

—¿Nos la habremos pasado? —preguntó Bran.

—Espero que no; tenemos que encontrar refugio antes de que llegue la noche.

No se equivocaba. Jojen tenía los labios azules, y ella, las mejillas carmesí. Bran no se sentía la cara. La barba de Hodor era hielo sólido. La nieve le llegaba casi por las rodillas, y el niño lo había sentido tambalearse en más de una ocasión. Nadie era tan fuerte como Hodor, nadie. Si hasta él flaqueaba...

—Verano puede buscar la aldea —dijo de repente, empañando el aire con sus palabras. No esperó a oír la posible respuesta de Meera, sino que cerró los ojos y salió de su cuerpo roto.

Cuando entró en la piel de Verano, el bosque muerto cobró una nueva vida. Donde antes había silencio, de pronto podía oírlo todo: el viento en los árboles, la respiración de Hodor, el alce escarbando en busca de comida... Sus fosas nasales se llenaron de olores familiares: las hojas húmedas, la hierba muerta, el cadáver de una ardilla que se descomponía en la maleza, el apestoso sudor rancio de los hombres, el tufo almizclado del alce...

«Comida. Carne. —El alce percibió su interés. Se volvió hacia el huargo con cautela y bajó la enorme cornamenta—. No es presa —le susurró Bran a la bestia con que compartía piel—. Déjalo. Corre.»

Verano echó a correr por el borde del lago a toda velocidad, levantando una polvareda de nieve a su paso. Los árboles crecían muy juntos, como hombres alineados para la batalla, todos con sus capas blancas. Corrió sobre raíces y rocas y atravesó un ventisquero de nieve vieja, quebrando el hielo a su paso. Tenía las patas mojadas y frías. La colina cercana estaba plagada de pinos, y el aire, saturado del intenso olor de sus hojas. Cuando llegó arriba dio una vuelta, olfateando el aire. Luego alzó la cabeza y aulló.

Ahí estaba el olor. Olor de hombres.

«Cenizas —pensó Bran—. Viejas y tenues, pero cenizas.» Era el olor de madera quemada, carbón y hollín. Una hoguera apagada.

Se sacudió la nieve del hocico. Las ráfagas de viento hacían difícil seguir el rastro, y el lobo dio vueltas sin dejar de olfatear. Estaba rodeado de montículos de nieve y altos árboles cubiertos de blanco. Con la lengua entre los dientes saboreó el aire glacial, y los copos de nieve se le derritieron en la boca y le condensaron el aliento. Cuando trotó hacia el olor, Hodor lo siguió con paso torpe. El alce no se decidía, de modo que Bran se vio obligado a volver a su cuerpo para avisarlos.

—Es por ahí. Seguid a Verano. Lo he olido.

Encontraron la aldea junto al lago cuando la luna creciente empezaba a asomar entre las nubes. Habían pasado muy cerca. Desde el lago, la aldea no difería en gran cosa de otra docena de lugares dispersos a lo largo de la orilla. Estaba enterrada bajo montañas de nieve, y las casas de piedra redondeadas podrían haber sido rocas, montículos o leños caídos, como la trampa que Jojen había confundido con una construcción el día anterior, hasta que excavaron para descubrir tan solo ramas muertas y troncos podridos.

La aldea estaba desierta, abandonada por los salvajes que la habían habitado, como todas las demás. Antes de irse solían prenderles fuego, como si quisieran cerrarse el camino de vuelta, pero aquella se había salvado de la antorcha. Bajo la nieve encontraron una docena de chozas y una edificación con tejado de hierba y gruesas paredes de troncos.

—Por lo menos no da el viento —dijo Bran.

—Hodor —dijo Hodor.

Meera bajó del alce y, con ayuda de su hermano, sacó a Bran de la cesta.

—Puede que los salvajes hayan dejado algo de comida —aventuró.

La esperanza resultó vana. Solo encontraron restos de una hoguera, un suelo de tierra prensada y un frío que se les colaba hasta los huesos. Pero al menos tenían un techo bajo el que cobijarse, y la madera de las paredes los guarecía del viento. Cerca encontraron un arroyo cubierto por una capa de hielo, que el alce tuvo que romper con el hocico para beber. Cuando Bran, Jojen y Hodor estuvieron instalados, Meera se hizo con unos pedazos de hielo para chupar el agua. Estaba tan fría que Bran empezó a tiritar.

Verano no entró en la edificación. El niño percibía el hambre del animal, una sombra de la suya.

—Ve a cazar —le dijo—, pero deja al alce en paz. —Una parte de él también quería ir a cazar. Tal vez más tarde.

La cena consistió en un puñado de bellotas aplastadas y convertidas en una pasta. Estaban tan amargas que Bran tuvo que hacer un esfuerzo para no vomitar. Jojen Reed ni siquiera intentó comerlas. Era más joven y frágil que su hermana, y se debilitaba a ojos vistas.

—Tienes que comer algo, Jojen —le dijo Meera.

—Luego. Ahora solo quiero descansar. —Esbozó una sonrisa triste—. Este no será el día de mi muerte, hermana. Te lo prometo.

—Casi te caes del alce.

—Casi. Tengo frío y hambre, nada más.

—Pues entonces, come.

—¿Pasta de bellotas? Me duele la tripa; eso me pondrá peor. Déjame, hermana. Voy a soñar con pollo asado.

—Los sueños no te mantendrán con vida. Ni siquiera los sueños verdes.

—Pues sueños son lo que tenemos.

«Todo lo que tenemos.» La comida que habían llevado desde el sur se había terminado hacía diez días. Desde entonces tenían hambre en todo momento. Ni siquiera Verano era capaz de encontrar presas. Vivían de pasta de bellotas y pescado crudo: el bosque estaba lleno de arroyos helados y lagos negros y fríos, y Meera pescaba con su fisga mejor que otros con anzuelo y sedal. En ocasiones tenía los labios azules por el frío cuando volvía con ellos, con un botín que se retorcía en una lata, pero ya habían pasado tres días desde que pescara por última vez. A juzgar por lo vacío que Bran sentía el estómago, parecían tres años.

Después de tragar como mejor pudieron la exigua cena, Meera se sentó con la espalda contra una pared y se puso a afilar su puñal con una piedra de amolar. Hodor se acuclilló junto a la puerta, sin dejar de balancearse y musitar: «Hodor, hodor, hodor».

Bran cerró los ojos. Hacía demasiado frío para hablar, y no se atrevían a encender una hoguera. Manosfrías se lo había desaconsejado: «Este bosque no está tan desierto como parece —había dicho—. No sabéis lo que la luz puede hacer salir de la oscuridad». A pesar del calor que le daba Hodor, se estremeció al recordar aquellas palabras.

El sueño no llegaba, no iba a llegar. En su lugar solo había viento, un viento frío cortante, la luz de la luna en la nieve, y fuego. Estaba otra vez dentro de Verano, a muchas leguas de distancia, y la noche apestaba a sangre. El olor era intenso.

«Una muerte, no lejos. —La carne todavía estaría caliente. La saliva le resbaló entre los dientes cuando se le despertó el hambre—. No alce. No ciervo. No esto.»

El huargo se filtró como una sombra entre los árboles, en dirección a la carne; atravesó charcos de luz de luna y túmulos de nieve entre ráfagas de viento. Perdió el rastro, volvió a encontrarlo y lo perdió otra vez. Cuando intentaba localizarlo de nuevo, un sonido lejano le hizo levantar las orejas..

«Lobo —supo al instante. Siguió el sonido, que se había hecho más débil. Pronto recuperó el rastro de la sangre, pero de repente había otros olores: orina, pieles muertas, mierda de pájaro, plumas y lobo, lobo, lobo—. Una manada.» Tendría que pelear por la carne.

Ellos también lo olieron. Estaban observándolo cuando abandonó la oscuridad de los árboles para salir al claro ensangrentado. La hembra masticaba una bota de cuero que todavía tenía media pierna dentro, pero la soltó cuando lo vio acercarse. El jefe de la manada, un macho viejo y tuerto con el hocico canoso, se le aproximó gruñendo y enseñando los dientes. Tras él, un macho más joven le mostró también los colmillos.

Los ojos amarillos del huargo absorbieron cada detalle del entorno. Una madeja de entrañas enredada en las ramas de unos arbustos; el vaho que surgía de un vientre abierto en canal, cargado de olor a sangre y carne. Una cabeza con las mejillas desgarradas hasta el hueso, con el cuello rematado en un muñón sanguinolento y las cuencas vacías mirando la luna astada. Un charco de sangre helada con brillos rojos y negros.

«Hombres. —Su hedor llenaba el mundo. Vivos habían sido tantos como los dedos de una pezuña humana, pero no quedaba ninguno—. Muertos. Carne. —Llevaban capuchas y capas, pero los lobos les habían arrancado la ropa en su frenesí por llegar a la carne. Los que aún tenían rostro tenían la barba cubierta de hielo y moco congelado. La nieve había empezado a enterrar lo que quedaba de ellos, en pálido contraste con el negro de las andrajosas capas y calzones—. Negro.»

A leguas de distancia, el chico se agitó, incómodo.

«Negro. La Guardia de la Noche. Eran de la Guardia de la Noche.»

Al huargo no le importaba. Eran comida y tenía hambre.

Los ojos de los tres otros lobos brillaban, amarillentos. El huargo ladeó la cabeza, resopló y mostró los dientes. El macho más joven se echó atrás. El huargo olió su miedo. Sabía que era el más débil. Pero el lobo tuerto contestó con un gruñido y le bloqueó el paso.

«Este es el fuerte: no me teme, aunque soy el doble de grande que él. —Sus ojos se encontraron—. ¡Cambiapieles!»

Lobo y huargo se atacaron, y ya no hubo tiempo para más pensamientos. El mundo se redujo a dientes y garras, y la nieve voló cuando se enzarzaron y rodaron entre zarpazos, mientras los demás lobos aullaban inquietos. Las mandíbulas del huargo se cerraron alrededor de un pelaje apelmazado por la escarcha y una pata flaca como un palo, pero el lobo tuerto le lanzó un zarpazo a la barriga, se liberó, giró sobre sí mismo y se abalanzó sobre él. Los colmillos amarillentos chasquearon cerca de su cuello, pero se sacudió al viejo primo gris como si fuese una rata, cargó contra él y lo derribó. Arrastrando, desgarrando y mordiendo, pelearon hasta que la sangre tiñó la nieve que los rodeaba, hasta que el lobo tuerto se tumbó boca arriba y mostró el vientre. El huargo hizo amago de morderlo un par de veces más, le olió el culo y levantó la pata encima de él.

Unas pocas dentelladas más y un gruñido de advertencia, y la hembra y el macho débil también se rindieron. La manada era suya.

Así como la presa. Fue olfateando a todos los hombres antes de decantarse por el más grande, una cosa sin rostro que aún agarraba un hierro negro con una mano. La otra había desaparecido, amputada por la muñeca y con el muñón envuelto en cuero. El lobo bebió a lametones la sangre que manaba, lenta y espesa, del tajo del cuello, y lamió lo que quedaba de nariz y mejillas en el rostro sin ojos; después enterró el hocico en el cuello y lo desgarró para devorar un pedazo de carne tierna. Era lo mejor que había probado nunca.

Cuando acabó con aquel pasó al siguiente, y también engulló los pedazos más selectos. Los cuervos lo observaban desde los árboles con ojos oscuros, agachados y silenciosos, mientras la nieve caía a su alrededor. Los otros lobos tuvieron que conformarse con sus sobras; primero comió el viejo macho, luego la hembra y luego el débil. Ya eran suyos. Eran una manada.

«No —susurró el chico—, tenemos otra manada. Dama ha muerto, y puede que Viento Gris también, pero Peludo, Nymeria y Fantasma siguen en alguna parte. ¿Te acuerdas de Fantasma? —La nieve y los lobos empezaron a desvanecerse. El calor lo golpeó en la cara, reconfortante como el beso de una madre—. Fuego —pensó—, humo.» Su nariz captó el olor de carne asada; el bosque desapareció y se encontró de nuevo en la construcción, embutido otra vez en su cuerpo roto, ante el fuego. Meera Reed daba vueltas a un pedazo de carne cruda sobre el fuego.

—Justo a tiempo —dijo. Bran se frotó los ojos con el dorso de la mano y se reclinó como pudo contra la pared—. Casi te pierdes la cena. El explorador ha traído un cerdo.

Tras ella estaba Hodor, que desgarraba con avidez un pedazo de carne chamuscada, con la barba llena de sangre y grasa.

—Hodor —mascullaba entre mordisco y mordisco—. Hodor, hodor.

Había dejado la espada en el suelo, a un lado. Jojen Reed mordisqueaba su ración, masticando cada trozo una docena de veces antes de tragarlo.

«El explorador ha matado un cerdo. —Manosfrías estaba junto a la puerta con un cuervo en el brazo. Ambos miraban el fuego, y las llamas se reflejaban en los cuatro ojos negros—. No come nada —recordó Bran—, y tiene miedo del fuego.»

—¿No decías que no podíamos encender fuego? —le recordó.

—Las paredes ocultan la luz, y se acerca el amanecer. Pronto nos pondremos en marcha.

—¿Qué ha pasado con esos hombres, los enemigos que nos seguían?

—No os molestarán.

—¿Quiénes eran? ¿Salvajes?

Meera dio la vuelta a la carne. Hodor estaba masticando y tragando, murmurando de felicidad. Cuando Manosfrías se volvió para mirar a Bran, Jojen era el único que parecía darse cuenta de lo que ocurría.

—Eran enemigos.

«Hombres de la Guardia de la Noche.»

—Los habéis matado. Tus cuervos y tú. Tenían la cara destrozada y les faltaban los ojos. —Manosfrías no lo negó—. Eran tus hermanos. Los vi. Los lobos les habían arrancado la ropa, pero aún se notaba. Llevaban capas negras. Como tus manos. —Manosfrías no dijo nada—. ¿Quién eres? ¿Por qué tienes las manos negras?

El explorador se examinó las manos como si no las hubiera visto nunca.

—Cuando el corazón deja de latir, la sangre se acumula en las extremidades, donde se espesa y se coagula. —Su voz era floja, débil—. Las manos y los pies se pudren, y se ponen negros como morcillas. Y el resto, blanco como la leche.

Meera Reed se levantó con la fisga en la mano, aún con restos de carne humeante en las púas.

—Muéstranos el rostro.

El explorador no hizo ademán de obedecer.

—Está muerto. —Bran sintió como le subía la bilis por la garganta—. Es un ser sin vida, Meera. Los monstruos no pueden pasar mientras el Muro se mantenga firme y exista la Guardia de la Noche; eso me decía la Vieja Tata. Fue a buscarnos al Muro, pero no pudo pasar. Mandó en su lugar a Sam, con aquella chica salvaje.

Meera apretó los dedos enguantados en torno al mango de la fisga.

—¿Quién te envía? ¿Quién es el cuervo de tres ojos?

—Un amigo. Un soñador, un mago, puedes llamarlo como quieras. El último verdevidente.

De repente se abrió la puerta de madera. Fuera aullaba un viento sombrío y negro. Los árboles estaban llenos de cuervos que graznaban. Manosfrías no se movió.

—Un monstruo —dijo Bran.

El explorador miró a Bran como si los demás no existiesen.

—Monstruo, sí, pero tuyo, Brandon Stark.

—Tuyo —repitió el cuervo desde su hombro. Fuera, los cuervos de los árboles imitaron el lamento hasta que el bosque nocturno se hizo eco de la canción del asesino: «Tuyo, tuyo, tuyo».

—¿Habías soñado con esto, Jojen? —preguntó Meera— ¿Quién es? ¿Qué es? ¿Qué hacemos ahora?

—Iremos con el explorador —respondió Jojen—. Hemos llegado demasiado lejos para dar la vuelta. No llegaríamos vivos al Muro. O vamos con el monstruo de Bran, o morimos.

Tyrion

Salieron de Pentos por la puerta del Amanecer, aunque Tyrion Lannister no llegó a atisbar la salida del sol.

—Será como si nunca hubierais venido a Pentos, mi pequeño amigo —le prometió el magíster Illyrio al tiempo que corría las cortinas de terciopelo morado de la litera—. Nadie debe veros salir de la ciudad, igual que nadie os vio llegar.

—Nadie excepto los marinos que me metieron en la cuba, el grumete que limpiaba mi camarote, la chica que mandasteis para que me calentara la cama y esa traicionera lavandera de las pecas. Ah, y vuestros guardias. Saben que no estáis solo aquí adentro, a no ser que les quitarais el cerebro junto con los huevos.

Ocho caballos de tiro, de gran tamaño, transportaban la litera suspendida entre correas de cuero. Junto a ellos caminaban cuatro eunucos, dos a cada lado, y varios más los seguían para proteger la caravana.

—Los inmaculados no hablan —lo tranquilizó Illyrio—, y la galera que os trajo ya ha puesto rumbo a Asshai. Tardará dos años en regresar, y eso si los mares son bondadosos. En cuanto a mis criados, sé que me aprecian; ninguno de ellos me traicionará.

«No dejéis de creer eso, mi gordo amigo. Cualquier día grabarán esas palabras en vuestra lápida.»

—Nosotros deberíamos estar en esa galera —dijo el enano—. La manera más rápida de llegar a Volantis es por mar.

—El mar es peligroso —replicó Illyrio—. En otoño abundan las tormentas, y los piratas tienen sus escondrijos en los Peldaños de Piedra, desde donde lanzan sus ataques contra los hombres honrados. No permitiría que mi pequeño amigo cayera en semejantes manos.

—En el Rhoyne también hay piratas.

—Piratas de agua dulce. —El quesero bostezó, tapándose la boca con el dorso de la mano—. Capitanes cucaracha que luchan por las migajas.

—También he oído hablar de los hombres de piedra.

—Existen, esos desdichados existen, pero ¿de qué sirve hablar de esas cosas? El día es demasiado hermoso para desperdiciarlo en semejantes conversaciones. Pronto veremos el Rhoyne, y allí os libraréis de Illyrio y su barrigón. Hasta ese momento, bebamos, ¡soñemos! Podemos disfrutar de vino dulce y bocaditos salados. ¿Por qué pensar en la enfermedad y en la muerte?

«Eso, ¿por qué? —Tyrion oyó una vez más el sonido reverberante de la ballesta. La litera se mecía con un movimiento tranquilizador que lo hacía sentirse como un niño al que su madre acunara en brazos hasta verlo dormido—. No es que sepa cómo es eso, claro.» Los cojines de seda rellenos de plumón de ganso le protegían las nalgas, y las paredes de terciopelo morado se curvaban para formar un techo y hacían que el interior de la litera fuera cálido pese al frío otoñal del exterior.

Una caravana de mulas los seguía transportando cofres, cubas y barriles, así como cestos de delicias para que el señor del queso no pasara hambre. Aquella mañana comieron salchichas especiadas regadas con una cerveza tostada de bayas ahumadas. Los tintos de Dorne y las anguilas en gelatina les alegraron la tarde. La noche les ofreció lonchas de jamón, huevos duros y alondras asadas rellenas de ajo y cebolla, con cervezas ligeras y excelentes vinos de fuego myrienses para hacer la digestión. Pero la litera era tan lenta como cómoda, y la impaciencia no tardó en apoderarse del enano.

—¿Cuánto tardaremos en llegar al río? —le preguntó a Illyrio aquella velada—. A este paso, cuando vea a los dragones de vuestra reina ya serán tan grandes como los tres de Aegon.

—Ojalá. Los dragones grandes inspiran mucho más temor que los pequeños. —El magíster se encogió de hombros—. Por mucho que desee recibir a la reina Daenerys en Volantis, debo delegar en Grif y vos. Le seré de más ayuda en Pentos, allanando el camino para su regreso. Pero mientras vaya con vos... Bueno, a un anciano le hacen falta ciertas comodidades, ¿no? Vamos, bebed una copa de vino.

—Decidme —inquirió Tyrion mientras bebían—, ¿qué le importa a un magíster de Pentos quién lleva la corona en Poniente? ¿Qué ganáis con esto, mi señor?

El gordo se limpió la grasa de los labios antes de responder.

—Ya soy viejo, y estoy cansado de este mundo y sus traiciones. ¿Tan raro os parece que quiera hacer algún bien antes del fin de mis días, que ayude a una tierna muchachita a recuperar lo que le corresponde por derecho?

«Sí, y luego me ofrecerás una armadura mágica y un palacio en Valyria.»

—Si Daenerys no es más que una tierna muchachita, el Trono de Hierro la cortará en tiernos pedacitos.

—No temáis, mi pequeño amigo. La sangre de Aegon el Dragón corre por sus venas.

«Junto con la de Aegon el Indigno, Maegor el Cruel y Baelor el Confuso.»

—Habladme de ella —dijo Tyrion. El gordo se quedó pensativo.

—Daenerys era casi una niña cuando llegó a mí, pero mucho más bonita que mi segunda esposa; tan bella que sentí la tentación de quedármela. Pero también era una cosita tan temerosa, tan espantadiza... Supe que no obtendría placer alguno de copular con ella, así que llamé a una calientacamas y me la follé con vigor hasta que se me pasó la locura. La verdad, no pensé que Daenerys fuera a sobrevivir mucho tiempo entre los señores de los caballos.

—Eso no os impidió vendérsela a Khal Drogo.

—Los dothrakis no compran ni venden. Digamos mejor que su hermano Viserys se la entregó a Drogo para ganarse la amistad del *khal*. Era un joven lleno de codicia y vanidad. Viserys quería poseer el trono de su padre, pero también quería poseer a Daenerys, y era reacio a entregarla. La noche anterior a la boda de la princesa trató de meterse en su cama alegando que, si no podía tener su mano, al menos tendría su himen. Si yo no hubiera tenido la precaución de apostar guardias ante la puerta de Daenerys, Viserys habría dado al traste con años de planes.

—Por lo que decís, era un completo imbécil.

—Era hijo de Aerys el Loco, sí. Daenerys... Daenerys es muy diferente. —Se metió una alondra asada en la boca y la masticó estrepitosamente con huesos y todo—. La niña asustada que se refugió en mi mansión murió en el mar dothraki, y renació en sangre y fuego. La reina dragón que lleva su nombre es una verdadera Targaryen. Cuando envié barcos para traerla a casa, puso rumbo hacia la bahía de los Esclavos. En pocos días conquistó Astapor, puso de rodillas a Yunkai y saqueó Meereen. Si marcha hacia el oeste por los viejos caminos de Valyria, la siguiente en caer será Mantarys. Si viene por mar... Bueno, su flota tendrá que aprovisionarse de agua y alimentos en Volantis.

—Por tierra o por mar, hay muchas leguas entre Meereen y Volantis —señaló Tyrion.

—Quinientas cincuenta a vuelo de dragón, por desiertos, montañas, pantanos y ruinas hechizadas por demonios. Muchos perecerán, pero los que sobrevivan serán más fuertes cuando lleguen a Volantis... donde os encontrarán a Grif y a vos esperándolos con un ejército descansado y barcos suficientes para cruzar el mar hasta Poniente.

Tyrion sopesó lo que sabía sobre Volantis, la más antigua y gallarda de las Nueve Ciudades Libres. Había algo que olía a podrido; lo detectaba hasta con media nariz.

—Se dice que en Volantis hay cinco esclavos por cada hombre libre. ¿Por qué van a ayudar los triarcas a una reina que ha acabado con la esclavitud? —Señaló a Illyrio—. ¿Por qué vais a ayudarla vos? Puede que el comercio de esclavos esté prohibido en Pentos, pero también tenéis un dedo metido en ese negocio. Un dedo o la mano entera. Y pese a ello conspiráis a favor de la reina dragón, no contra ella. ¿Por qué? ¿Qué esperáis obtener de la reina Daenerys?

—¿Ya volvemos a eso? Sois un hombrecito muy empecinado. —Illyrio soltó una carcajada y se palmeó la barriga—. Como queráis. El Rey Mendigo juró que yo sería su consejero de la moneda, que me nombraría señorial señor, y que en cuanto tuviera la corona me dejaría elegir el castillo que quisiera. Hasta Roca Casterly, si ese era mi deseo.

A Tyrion casi se le salió el vino por los restos de nariz.

—Mi padre se habría reído mucho.

—Vuestro señor padre no habría tenido nada que temer. ¿Para qué iba a querer yo una roca? Mi mansión es tan grande como se puede desear, y mucho más acogedora que vuestros castillos ponientis, llenos de corrientes de aire. En cambio, el puesto de consejero de la moneda... —El gordo peló otro huevo—. Me gustan las monedas. ¿Hay sonido más dulce que el tintineo de las monedas de oro al entrechocar?

«Los sollozos de una hermana.»

—¿Estáis seguro de que Daenerys cumplirá las promesas de su hermano?

—Puede que sí y puede que no. —Illyrio partió el huevo por la mitad—. Ya os lo he dicho, mi pequeño amigo: no todo lo que hace está encaminado a sacar tajada. Pensad lo que queráis, pero hasta un viejo gordo y estúpido como yo tiene amigos y deudas de afecto.

«Mentiroso —pensó Tyrion—. De esto quieres sacar algo más que monedas o castillos.»

—No es fácil encontrar hoy en día a hombres que valoren la amistad más que el oro.

—Muy cierto —respondió el gordo haciendo oídos sordos a la ironía.

—¿Cómo es que le tenéis tanto cariño a la Araña?

—Nos conocimos de jóvenes, cuando éramos unos críos en Pentos.

—Varys vino de Myr.

—Cierto. No lo conocí hasta mucho después de que llegara, seguido de cerca por los esclavistas. De día dormía en las cloacas y de noche rondaba por los tejados como un gato. Por aquel entonces yo era casi igual de pobre, un jaque con ropa de seda sucia que vivía de su espada.

¿Por casualidad habéis visto la estatua que tengo junto al estanque? La esculpió Malanon cuando yo contaba con dieciséis años. Es hermosa, aunque ahora, cuando la miro, se me llenan los ojos de lágrimas.

—Los años no perdonan. Yo sigo llorando por mi nariz. Pero Varys...

—En Myr, Varys era un príncipe de los ladrones hasta que lo delató un rival. En Pentos lo traicionaba su acento, y cuando se supo que era eunuco no recibió más que desprecio y palizas. Nunca sabré por qué me eligió para protegerlo, pero lo cierto es que llegamos a un acuerdo. Varys acosaba a los ladrones de poca monta y les arrebataba sus ganancias. Yo ofrecía mi ayuda a las víctimas y les prometía recuperar sus objetos de valor por un precio, de modo que pronto todo aquel que sufría una pérdida sabía que debía acudir a mí, mientras que los atracadores y ladronzuelos de la ciudad buscaban a Varys, unos para cortarle el cuello y otros para venderle su botín. Los dos nos enriquecimos, y nos hicimos todavía más ricos cuando Varys entrenó a sus ratones.

—En Desembarco del Rey los llamaba «pajaritos».

—Por aquel entonces eran ratones. Los ladrones viejos eran imbéciles que no pensaban más que en convertir en vino el botín de la noche. Varys prefería a los chiquillos huérfanos. Elegía a los más menudos, los que eran rápidos y silenciosos, y los enseñaba a escalar muros y colarse por chimeneas. También los enseñó a leer. Dejábamos el oro y las piedras preciosas para los ladrones vulgares, mientras que nuestros ratones robaban cartas, libros de cuentas, mapas... Se los aprendían y los dejaban donde los habían encontrado. «Los secretos valen más que la plata y los zafiros», decía Varys. Y es verdad. Me hice tan respetable que un primo del príncipe de Pentos me entregó la mano de su hija doncella. Mientras tanto, los rumores sobre las habilidades de cierto eunuco cruzaron el mar Angosto y llegaron a oídos de cierto rey. Un rey muy intranquilo que no confiaba plenamente en su hijo, en su esposa ni en su mano, un amigo de la juventud que se había vuelto arrogante y demasiado orgulloso. Me imagino que ya conocéis el resto de la historia, ¿no es así?

—En buena medida —reconoció Tyrion—. Veo que sois algo más que un mercachifle.

—Mi pequeño amigo es muy amable. —Illyrio inclinó la cabeza—. Por mi parte, creo que sois tan agudo como me dijo lord Varys. —Mostró todos los dientes amarillos y desiguales al sonreír, y pidió a gritos otra botella de vino de fuego myriense.

Cuando el magíster se adormiló con la frasca de vino junto al codo, Tyrion gateó entre los cojines para liberarla de su prisión de carne y servirse otra copa. La apuró, bostezó y la llenó de nuevo.

«Si bebo suficiente vino de fuego, puede que sueñe con dragones», pensó.

Cuando era un niño solitario en las entrañas de Roca Casterly, muchas veces se pasaba la noche cabalgando a lomos de dragones, imaginando que era un príncipe Targaryen o un señor valyrio de los dragones que sobrevolaba campos y montañas. En cierta ocasión, cuando sus tíos le preguntaron qué quería por su día del nombre, les suplicó un dragón.

—No hace falta que sea grande; puede ser pequeño, como yo.

A su tío Gerion le pareció que era lo más divertido que había oído en su vida, pero su tío Tygett se encargó de devolverlo a la realidad: «El último dragón murió hace un siglo, chico». Aquello le pareció monstruosamente injusto, tanto que por la noche estuvo llorando hasta quedarse dormido.

Pero si se podía dar crédito a las palabras del señor del queso, la hija del Rey Loco había incubado tres dragones vivos.

«Dos más de los que necesita hasta un Targaryen. —Tyrion casi lamentaba haber matado a su padre; habría dado cualquier cosa por ver la cara de lord Tywin cuando descubrieran que había una reina Targaryen camino de Poniente con tres dragones, respaldada por un eunuco intrigante y un mercader de quesos casi del tamaño de Roca Casterly. Estaba tan ahíto que tuvo que desabrocharse el cinturón y la lazada superior de los calzones. Con la ropa de niño que le había dado su anfitrión se sentía como una salchicha—. Como sigamos comiendo así todos los días, alcanzaré el tamaño de Illyrio antes de presentarme ante esa reina dragón.» En el exterior de la litera había caído la noche; dentro reinaba la oscuridad. Tyrion escuchó los ronquidos de Illyrio, el crujido de las correas de cuero y el lento golpeteo de las herraduras metálicas contra el duro camino valyrio, pero lo que su corazón quería oír era el batir de unas alas correosas.

Cuando despertó ya había amanecido. Los caballos seguían su paso, y la litera crujía y se mecía entre ellos. Tyrion entreabrió las cortinas para echar un vistazo al exterior, pero aparte de los prados ocres y los olmos desnudos solo se veía el camino, una ancha vía de piedra que transcurría recta como una lanza hasta el horizonte. Había leído sobre los caminos de Valyria, pero aquel era el primero que veía. El dominio del Feudo Franco había llegado hasta Rocadragón, pero no al continente.

«Es extraño, porque Rocadragón no es más que un islote. Las riquezas estaban más al oeste, pero ellos tenían dragones. Sin duda sabían qué había más allá.»

Había bebido demasiado la noche anterior. El corazón le latía a toda velocidad, y hasta el suave vaivén de la litera le revolvía el estómago. No se quejó, pero Illyrio Mopatis vio su angustia.

—Bebed conmigo —le dijo el gordo—. Lo que os hace falta es, como dicen en Poniente, una escama del dragón que os quemó.

Sirvió dos copas de una frasca de vino de zarzamora tan dulce que atraía más moscas que la miel. Tyrion las espantó de un manotazo y bebió un largo trago. Tenía un sabor tan dulzón que le costó un esfuerzo no vomitarlo. La segunda copa entró con más facilidad, pero aun así seguía sin apetito y rechazó el cuenco de moras con crema que le ofreció Illyrio.

—He soñado con la reina —le dijo—. Estaba de rodillas ante ella y le había jurado lealtad, pero me confundió con mi hermano Jaime y me echó de comer a sus dragones.

—Esperemos que no haya sido un sueño profético. Sois un gnomo listo, tal como me dijo Varys, y Daenerys va a necesitar a muchos hombres listos a su alrededor. Ser Barristan es un caballero valiente y sincero, pero no creo que nadie lo haya calificado jamás de astuto.

—Los caballeros solo saben solucionar los problemas de una manera: esgrimiendo la lanza y atacando. Los enanos miramos el mundo de otro modo. Pero ¿qué hay de vos? Vos también sois listo.

—Me aduláis. —Illyrio sacudió una mano—. Por desgracia, lo mío no es viajar, así que os envío en mi nombre con Daenerys. Al matar a vuestro padre prestasteis un gran servicio a su alteza, y tengo la esperanza de que no sea el único. Daenerys no es estúpida, como lo era su hermano. Sabrá utilizaros.

«¿De incendaja?» Tyrion esbozó una sonrisa amable.

Aquel día solo cambiaron de tiro en tres ocasiones, pero le pareció que paraban dos veces por hora para que Illyrio pudiera bajar de la litera a mear.

«Nuestro señor del queso tiene el tamaño de un elefante, pero su vejiga es como un cacahuete», pensó el enano. Durante una de las paradas aprovechó para observar el camino detenidamente. Sabía qué iba a encontrar: nada de tierra prensada, losas ni piedras, sino una franja de roca fundida, elevada medio palmo sobre el terreno para que corriera mejor la lluvia o la nieve derretida. A diferencia de los lodazales que llamaban caminos en los Siete Reinos, las sendas de Valyria eran tan anchas que por ellas podían pasar tres carromatos a la vez, sin que el tiempo ni el tráfico las erosionaran, y eso cuatro siglos después de que Valyria hubiera sufrido su Maldición. Examinó la piedra en busca de resquebrajaduras o baches, pero solo vio un montón de estiércol caliente que acababa de soltar un caballo.

Los excrementos le hicieron pensar en su señor padre.

«¿Estás en algún infierno ahí abajo, padre? ¿En algún infierno helado desde donde puedas ver como siento en el Trono de Hierro a la hija de Aerys el Loco?»

Reanudaron el viaje, e Illyrio sacó una bolsa de castañas asadas y empezó a hablar otra vez de la reina dragón.

—Mucho me temo que solo tenemos noticias pasadas sobre la reina Daenerys. A estas alturas ya habrá salido de Meereen, o eso es lo que cabe suponer. Ya ha conseguido un ejército, una mezcolanza de mercenarios, señores de los caballos dothrakis e infantería de inmaculados, y sin duda lo llevará hacia el oeste para recuperar el trono de su padre. —El magíster Illyrio destapó un frasco de caracoles conservados en ajo, los olió y sonrió—. Solo nos queda suponer que en Volantis obtendréis noticias más recientes de Daenerys —dijo mientras sorbía un caracol de la concha—. Tanto las niñas como los dragones son caprichosos, así que tal vez tengáis que adaptaros a las circunstancias. Grif sabrá qué hacer. ¿Queréis un caracol? El ajo es de mi propio huerto.

«Si me monto en un caracol iré más deprisa que en la litera.» Tyrion rechazó el frasco con un gesto de la mano.

—Parece que confiáis mucho en ese hombre, el tal Grif. ¿Otro amigo de la infancia?

—No. Vos lo consideraríais un mercenario, aunque nació en Poniente. Daenerys necesita hombres dignos de su causa. —Illyrio levantó una mano—. ¡Ya lo sé! Estáis pensando que los mercenarios anteponen el oro al honor, y que ese tal Grif os venderá a vuestra hermana. Os equivocáis. Confío en él como confiaría en un hermano.

«Otro error funesto.»

—En tal caso, yo haré lo mismo.

—La Compañía Dorada marcha en estos momentos a Volantis, donde esperará hasta que llegue nuestra reina del este.

«Bajo el brillo del oro está el amargo acero.»

—Tenía entendido que una de las Ciudades Libres había contratado a la Compañía Dorada.

—Myr. —Illyrio esbozó una sonrisa burlona—. Los contratos se rompen.

—Vaya, el queso da más dinero de lo que creía —dijo Tyrion—. ¿Cómo lo habéis conseguido?

El magíster hizo un gesto para quitar importancia al asunto.

—Algunos contratos se firman con tinta, y otros, con sangre. No puedo decir más.

El enano se quedó dándole vueltas. La Compañía Dorada tenía fama de ser el mejor de los ejércitos libres. La había fundado hacía un siglo Aceroamargo, hijo bastardo de Aegon el Indigno. Cuando otro de los Grandes Bastardos de Aegon trató de arrebatar el Trono de Hierro a su hermanastro legítimo, Aceroamargo se unió a la revuelta. Pero Daemon Fuegoscuro murió en el Prado Hierbarroja, y su revuelta murió con él. Los seguidores del Dragón Negro que sobrevivieron a la batalla pero se negaban a hincar la rodilla huyeron por el mar Angosto, y entre ellos se encontraban Aceroamargo, los hijos menores de Daemon y cientos de caballeros y señores sin tierras que pronto se vieron forzados a vender las espadas para comer. Algunos se unieron al Estandarte Andrajoso; otros, a los Segundos Hijos o a los Hombres de la Doncella. Aceroamargo vio como la fuerza de la casa Fuegoscuro se dispersaba a los cuatro vientos, así que creó la Compañía Dorada para unir a los exiliados.

Desde entonces, los hombres de la Compañía Dorada habían vivido y muerto en las Tierras de la Discordia, luchando por Myr, por Lys o por Tyrosh en cualquiera de sus guerritas intrascendentes y soñando con la tierra que habían perdido sus padres. Eran exiliados e hijos de exiliados, desposeídos y olvidados... pero seguían siendo luchadores temibles.

—Vuestra capacidad de persuasión es admirable —dijo Tyrion a Illyrio—. ¿Cómo habéis convencido a la Compañía Dorada para que se una a la causa de nuestra hermosa reina, cuando se ha pasado buena parte de su historia combatiendo a los Targaryen?

Illyrio hizo un gesto con los dedos para rechazar las objeciones como si fueran moscas.

—Negro o rojo, un dragón es un dragón. Con la muerte de Maelys el Monstruoso, en los Peldaños de Piedra, acabó la línea masculina de la casa Fuegoscuro. —El mercader de quesos sonrió tras las puntas de la barba—. Y Daenerys hará por los exiliados lo que Aceroamargo y los Fuegoscuro no pudieron hacer: los llevará a casa.

«A fuego y espada.» Era el mismo regreso que deseaba Tyrion.

—Desde luego, diez mil espadas son un regalo principesco. Su alteza estará de lo más satisfecha.

Las papadas del magíster temblaron cuando inclinó la cabeza con modestia.

—No me atrevería a presumir qué satisface a su alteza.

«Muy prudente por tu parte.» Tyrion conocía demasiado bien la gratitud de los reyes. ¿Por qué las reinas iban a ser diferentes?

El magíster no tardó en quedarse profundamente dormido, con lo que Tyrion se quedó a solas con sus pensamientos. ¿Qué opinaría Barristan Selmy de ir a la batalla con la Compañía Dorada? Durante la guerra de los Reyes Nuevepeniques, Selmy se había abierto un camino de sangre entre sus filas para matar al último de los aspirantes Fuegoscuro.

«La rebelión hace extraños compañeros de cama; no debe de haber pareja más extraña que este gordo y yo.»

El quesero despertó cuando hicieron una parada para cambiar los caballos, y pidió que le llevaran otra cesta.

—¿Hasta dónde hemos llegado? —le preguntó el enano mientras se hastiaban de capón frío con una salsa de zanahorias sazonada con pasas y trocitos de naranja y lima.

—Estamos en Andalia, amigo mío, la tierra de la que salieron vuestros ándalos. Se la arrebataron a los hombres peludos que la habitaron antes que ellos, primos de los hombres peludos de Ib. El corazón del antiguo reino de Hugor se extiende hacia el norte, pero ahora mismo estamos cerca de su frontera meridional. En Pentos, esta zona se conoce como *Las Llanuras*. Las colinas de Terciopelo, hacia donde nos dirigimos, están al este.

«Andalia.» La fe enseñaba que los Siete habían recorrido las colinas de Andalia en forma humana.

—«El Padre alzó la mano a los cielos y sacó siete estrellas —recitó Tyrion—, y las depositó de una en una en la frente de Hugor de la Colina para ponerle una corona resplandeciente.»

—No imaginé en ningún momento que mi pequeño amigo fuera tan devoto. —El magíster Illyrio lo miraba con curiosidad.

—Es una reliquia de mi infancia. —El enano se encogió de hombros—. Sabía que no podría ser caballero, así que decidí optar a septón supremo. Con la corona de cristal sería un palmo más alto. Estudié los libros sagrados y recé hasta que me salieron callos en las rodillas, pero mi camino se vio interrumpido de manera trágica: llegué a cierta edad y me enamoré.

—¿De una doncella? Ya sé cómo son esas cosas. —Illyrio se metió la mano por la manga izquierda y sacó un guardapelo de plata. La imagen pintada era la de una mujer con grandes ojos azules y pelo rubio muy claro con mechones plateados.

—Serra. La conocí en una casa de las almohadas lysena y me la llevé a casa para que me calentara la cama, pero acabé por casarme con ella.

Yo, que me había casado en primeras nupcias con una prima del príncipe de Pentos. Se me cerraron las puertas de palacio, pero no me importó. Era un precio muy bajo por Serra.

—¿Cómo murió?

Tyrion sabía que había muerto; ningún hombre hablaría con tanto afecto de una mujer que lo hubiera abandonado.

—Una galera mercante braavosi llegó a Pentos, de regreso de una travesía por el mar de Jade. La *Tesoro* transportaba clavo, azafrán, azabache, jade, brocado escarlata, seda verde... y la muerte gris. Matamos a los remeros cuando bajaron a tierra y quemamos el barco en el lugar donde había anclado, pero las ratas bajaron por los remos y corretearon por el muelle con sus patitas frías como la piedra. La peste se llevó a dos mil personas. —El magíster Illyrio cerró el guardapelo—. Conservo las manos de Serra en mi dormitorio. Eran tan suaves...

Tyrion pensó en Tysha y contempló los campos por los que otrora caminaran los dioses.

—¿Qué dioses son estos que permiten que existan ratas, plagas y enanos? —Recordó otro pasaje de *La estrella de siete puntas*—. «La Doncella puso ante él a una joven grácil como una bailarina y con los ojos azules como estanques profundos, y Hugor declaró que la tomaría por esposa. Y así fue como la Madre la hizo fértil y la Vieja predijo que engendraría cuarenta y cuatro hijos para el rey. El Guerrero dio fuerza a sus brazos, mientras que el Herrero forjó una armadura de hierro para cada uno.»

—Vuestro Herrero era rhoynar, seguro —bromeó Illyrio—. Los ándalos aprendieron el arte de trabajar el hierro de los rhoynar que vivían a lo largo del río. Todo el mundo lo sabe.

—Nuestros septones no —replicó Tyrion—. ¿Quién vive en estas llanuras?

—Campesinos y trabajadores que no pueden ir a otra parte. Hay huertos, sembradíos, minas... Hasta yo poseo algunas, aunque rara vez las visito. ¿Por qué voy a pasar mis días aquí, con la miríada de delicias que me ofrece Pentos?

—Una miríada de delicias. —«Y unas murallas muy altas.» Tyrion hizo girar el vino en la copa—. No hemos visto otra ciudad desde que salimos de Pentos.

—Hay ruinas. —Illyrio señaló las cortinas con una pata de pollo—. Los señores de los caballos vienen por aquí cada vez que a un *khal* se le mete en la cabeza ver el mar. A los dothrakis no les gustan las ciudades; me imagino que eso ya lo sabéis hasta en Poniente.

—Atacad uno de esos *khalasares* y destruidlo, y veréis como no tienen tanta prisa en cruzar el Rhoyne.

—Es más barato comprar a los enemigos con provisiones y regalos.

«Ojalá se me hubiera ocurrido llevar un buen queso a la batalla del Aguasnegras; así conservaría toda la nariz.» Lord Tywin siempre había sentido un hondo desprecio hacia las Ciudades Libres. «Luchan con moneda, no con espada —solía decir—. El oro es útil, pero las guerras se ganan con hierro.»

—Si se le da oro a un enemigo, volverá a por más, como solía decir mi padre.

—¿Ese mismo padre al que matasteis? —Illyrio tiró un hueso de pollo de la litera—. Los mercenarios no resisten el ataque de los vociferantes dothrakis, eso ya se demostró en Qohor.

—¿Ni siquiera vuestro valeroso Grif? —se burló Tyrion.

—Grif es diferente. Adora a su hijo, Grif el Joven, como lo llaman. Nunca se ha visto muchacho más noble.

El vino, la comida, el sol y el vaivén de la litera, junto con el zumbido de las moscas, se habían aliado para adormilar a Tyrion, de modo que durmió, despertó y bebió. Illyrio le siguió el ritmo copa tras copa y, cuando el cielo se tornó de un violáceo oscuro, el gordo empezó a roncar.

Aquella noche, Tyrion Lannister soñó con una batalla que teñía de rojo las colinas de Poniente. Él estaba en medio, matando con un hacha tan grande como él, y luchaba hombro con hombro con Barristan el Bravo y Aceroamargo mientras los dragones surcaban los cielos. En su sueño tenía dos cabezas, las dos desnarigadas, y su padre iba al frente del enemigo, de modo que lo mató otra vez. Luego mató a su hermano Jaime tras machacarle la cabeza hasta destrozarle la cara, soltando una carcajada con cada golpe. Tyrion no advirtió que su segunda cabeza estaba llorando hasta que la batalla hubo terminado.

Al despertar tenía las piernas rígidas como el hierro. Illyrio estaba comiendo aceitunas.

—¿Dónde estamos?

—Aún no hemos dejado atrás las Llanuras, mi impaciente amigo. El camino atravesará pronto las Colinas de Terciopelo. Allí empezaremos a subir hacia Ghoyan Drohe, por encima del Pequeño Rhoyne.

Ghoyan Drohe había sido una ciudad rhoynar hasta que los dragones de Valyria la redujeron a ruinas humeantes.

«Estoy recorriendo años, no solo leguas —reflexionó Tyrion—. He retrocedido en la historia hasta los días en que los dragones dominaban el mundo.»

Tyrion dormitó, despertó y volvió a adormilarse, sin que le importase gran cosa que fuera de día o de noche. Las Colinas de Terciopelo le parecieron decepcionantes.

—La mitad de las putas de Lannisport tienen las tetas más grandes que estas colinas —comentó a Illyrio—. Tendríais que llamarlas Pezones de Terciopelo.

Vieron un círculo de piedras verticales, que según Illyrio habían levantado los gigantes, y más allá un lago profundo.

—Aquí vivía una banda de ladrones que atracaba a todos los que pasaban por este camino —le contó—. Se decía que tenían la guarida bajo el agua. También arrastraban bajo la superficie y devoraban a quienes se atrevían a pescar en el lago.

Al anochecer del día siguiente pasaron junto a una gigantesca esfinge valyria acuclillada junto al camino. Tenía cuerpo de dragón y cabeza de mujer.

—Una reina dragón —comentó Tyrion—. Un buen presagio.

—Falta el rey. —Illyrio señaló la peana de piedra lisa ocupada en otros tiempos por una segunda esfinge; estaba cubierta de musgo y enredaderas—. Los señores de los caballos lo cargaron sobre ruedas de madera y lo arrastraron hasta Vaes Dothrak.

«Eso también es un presagio, aunque no tan prometedor», pensó Tyrion. Aquella noche, más borracho que de costumbre, se arrancó a cantar de repente.

> Anduvo toda la urbe y bajó de su colina,
> por callejones y escalas, para ver a su querida.
> Era un tesoro secreto, su alegría y deshonra.
> nada es torre ni cadena si hay un beso que trastorna.

Era lo único que se sabía de la letra, aparte del estribillo: «Las manos de oro son frías; las de mujer, siempre tibias». Shae lo había golpeado con las manos mientras las manos de oro se le clavaban en la garganta. No recordaba si las tenía tibias o no. A medida que las fuerzas la abandonaban, sus golpes se transformaron en polillas que aleteaban alrededor del rostro de Tyrion. Cada vez que él retorcía la cadena, las manos de oro se hincaban aún más. «Nada es la torre ni la cadena si hay un beso que trastorna.» ¿La había besado por última vez después de muerta? Tampoco lo recordaba..., aunque sí recordaba la primera vez que se habían besado, en su tienda, junto al Forca Verde. ¡Qué dulce le había sabido su boca! También recordaba la primera vez con Tysha.

«No estaba más versada que yo. Su nariz no paraba de chocar contra la mía, pero cuando nuestras lenguas se tocaron, ella se estremeció.» Tyrion cerró los ojos para visualizar su rostro, pero a quien vio fue a su padre, acuclillado en la letrina, con la túnica de dormir roja enrollada en la cintura. «Adonde quiera que vayan las putas», dijo lord Tywin, y la ballesta zumbó.

El enano se volvió para hundir los restos de nariz en las almohadas de seda. El sueño se abrió ante él como un foso, y se lanzó sin dudarlo para que lo engullera la oscuridad.

El hombre del mercader

La *Aventura* apestaba. Se vanagloriaba de sus sesenta remos, su vela única y un casco largo y esbelto que prometía velocidad.

«Es pequeña, pero puede servirnos —pensó Quentyn al verla. Eso había sido antes de subir a bordo y percibir el olor—. Cerdos», fue su impresión inicial, pero a la segunda bocanada de aire cambió de opinión. Los cerdos tenían un olor más limpio. Aquel era el hedor de orina, carne podrida y excrementos en un orinal; apestaba a cadáver, a pústulas y a heridas infectadas, y era un olor tan fuerte que ahogaba los del salitre y el pescado del puerto.

—Me da ganas de vomitar —comentó a Gerris del Manantial.

Estaban esperando al capitán del barco, y se derretían bajo el calor sofocante al tiempo que se ahogaban en el hedor que les llegaba de cubierta.

—Si el capitán huele como su barco, confundirá tu vómito con perfume —replicó Gerris.

Quentyn estaba a punto de sugerir que probaran suerte en otro barco cuando el capitán apareció por fin, acompañado de dos tripulantes con aspecto de granujas. Gerris los recibió con una sonrisa. No hablaba el volantino tan bien como Quentyn, pero para mantener su tapadera tenía que llevar la voz cantante. En la Ciudad de los Tablones, Quentyn se había hecho pasar por mercader de vinos, pero la farsa había llegado a cansarlo, de modo que cuando los dornienses cambiaron de barco en Lys, aprovecharon para cambiar de papeles. A bordo de la *Triguero*, Cletus Yronwood se hizo pasar por el mercader y Quentyn por el criado; en Volantis, tras la muerte de Cletus, Gerris asumió el papel de mayor importancia.

Gerris del Manantial era alto y de piel clara, con los ojos de color azul verdoso, el pelo como la arena bañada por los rayos del sol y una constitución esbelta, atractiva. Tenía un porte tan confiado que bordeaba la arrogancia. Nunca parecía incómodo, y hasta cuando desconocía el idioma encontraba la manera de hacerse entender. En comparación, Quentyn quedaba muy por debajo con sus piernas cortas y rechonchas, su complexión recia y su pelo castaño como la tierra recién labrada. Tenía la frente demasiado despejada, la mandíbula demasiado cuadrada y la nariz demasiado ancha.

—Tienes cara de honrado —le había dicho una chica en cierta ocasión—, pero deberías sonreír más a menudo.

A Quentyn Martell, igual que a su señor padre, nunca le había resultado fácil sonreír.

—¿Es veloz vuestra *Aventura*? —preguntó Gerris en su titubeante alto valyrio.

—No hay barco más rápido, honorable señor. —El capitán de la *Aventura* reconoció el acento y respondió en la lengua común de Poniente—. La *Aventura* podría adelantar al mismísimo viento. Decidme adónde queréis ir y os llevaré antes de que os deis cuenta.

—Quiero ir a Meereen con mis dos criados.

Aquello hizo que el capitán se detuviera en seco.

—No sería la primera vez que voy a Meereen. No me costaría encontrar el rumbo, pero ¿para qué? Allí ya no hay esclavos ni nos espera ningún beneficio. La reina de plata ha acabado con todo. Incluso ha cerrado los reñideros, así que los pobres marineros no tienen ni adónde ir a divertirse mientras les cargan las bodegas del barco. Decidme, mi buen amigo ponienti, ¿qué se os ha perdido en Meereen?

«La mujer más bella del mundo —pensó Quentyn—. Mi futura esposa, si los dioses lo quieren. —En ocasiones, en plena noche, se despertaba imaginando su cuerpo y su silueta, y preguntándose por qué querría casarse con él una mujer como aquella, habiendo tantos príncipes—. Yo soy Dorne. Lo que querrá es Dorne.»

—Nuestra familia se dedica al comercio del vino. —Gerris empezó con el embuste que habían acordado previamente—. Mi padre tiene grandes viñedos en Dorne y quiere que abra mercados. Tenemos la esperanza de que las buenas gentes de Meereen estén interesadas en nuestro producto.

—¿En vino? ¿Vino de Dorne? —El capitán no parecía nada convencido—. Las ciudades esclavistas están en guerra. ¿Acaso no lo sabéis?

—La guerra es entre Yunkai y Astapor, según tenemos entendido. Meereen no se ha involucrado.

—Todavía no, pero en estos momentos hay un enviado de la Ciudad Amarilla en Volantis, contratando mercenarios. Los Lanzas Largas ya han embarcado hacia Yunkai, y los Hijos del Viento y la Compañía del Gato los seguirán en cuanto terminen de reclutar más hombres. La Compañía Dorada marcha también hacia el este. Todo el mundo sabe esto.

—Si vos lo decís... Yo comercio con vino, no con guerras. Estaréis de acuerdo en que los vinos ghiscarios son muy inferiores, y los meereenos pagarán un buen precio por mis cosechas dornienses.

—Los muertos no beben vino. —El capitán de la *Aventura* se pasó los dedos por la barba—. Creo que no soy el primer capitán con el que habláis. Ni el décimo.

—No —admitió Gerris.

—¿A cuántos se lo habéis pedido? ¿A cien?

«Casi, casi», pensó Quentyn. Los volantinos presumían de que las aguas de su puerto bastaban para cubrir las cien islas de Braavos. Quentyn no había estado nunca en Braavos, pero se lo creía: Volantis, la ciudad rica, madura y podrida, cubría la desembocadura del Rhoyne como un cálido beso húmedo, y se extendía por colinas y pantanos a ambas orillas del río. Por doquier había barcos que navegaban río abajo o se dirigían hacia mar abierto, en los muelles y espigones, cargando sus bodegas o descargando mercancías: navíos de guerra, balleneros, galeras mercantes, carracas, cocas pequeñas y grandes, barcoluengos, naves cisne, embarcaciones de Lys, Tyrosh y Pentos, especieros qarthienses del tamaño de palacios, barcos de Tolos, de Yunkai y de las Basilisco. Eran tantos que, al ver el puerto por primera vez desde la cubierta de la *Triguero,* Quentyn había dicho a sus amigos que solo tendrían que quedarse allí tres días.

Pero habían transcurrido veinte y allí seguían, sin barco. El capitán de la *Melantine* los había rechazado, al igual que el de la *Hija del Triarca* y el de la *Beso de Sirena*. Un contramaestre de la *Viajero Osado* se rio de ellos sin disimulo, el capitán de la *Delfín* los insultó por hacerle perder el tiempo, y el de la *Séptimo Hijo* los acusó de ser piratas. Todo aquello el primer día.

Él único que les había dado un motivo de rechazo había sido el capitán de la *Cervatillo*.

—Es cierto que voy a poner rumbo al este —les dijo ante unas copas de vino aguado—. Hacia el sur rodeando Valyria, y desde ahí hacia donde nace el sol. Nos aprovisionaremos de agua y víveres en el Nuevo Ghis y luego remaremos hacia Qarth y Puertas de Jade. No hay viaje exento de peligros, y cuanto más largos, más azaroso. ¿Por qué voy a buscar riesgos adicionales desviándome hacia la bahía de los Esclavos? La *Cervatillo* es mi instrumento de trabajo. No pienso arriesgarla para meter a tres dornienses locos en medio de una guerra.

Quentyn empezaba a pensar que habrían hecho mejor en comprarse un barco propio en la Ciudad de los Tablones, aunque eso habría llamado la atención más de lo que querían. La Araña tenía informadores en todas partes, hasta en los salones de Lanza del Sol. «Dorne sangrará si te descubren —le había advertido su padre mientras contemplaban los juegos de los niños en los estanques y fuentes de los Jardines del Agua—. No te equivoque: lo que hacemos es traición. Confía solamente en tus compañeros y haz lo posible por pasar desapercibido.»

Gerris del Manantial dedicó al capitán de la *Aventura* su sonrisa más irresistible.

—Si queréis que os sea sincero, no llevo la cuenta del número de cobardes que nos han rechazado, pero en la Casa del Mercader oí comentar que vos erais más osado, más proclive a correr riesgos a cambio del oro suficiente.

«Es un contrabandista», pensó Quentyn. Eso era lo que opinaban los demás mercaderes del capitán de la *Aventura*.

—Es un contrabandista y un esclavista, mitad pirata y mitad alcahuete, pero tal vez sea lo que buscáis —les había dicho el posadero.

El capitán se frotó el índice y el pulgar.

—¿Qué cantidad de oro consideráis suficiente para este viaje?

—El triple de lo que cobraríais por un pasaje a la bahía de los Esclavos.

—¿Por cada uno de vosotros? —El capitán mostró los dientes en algo que tal vez tratara de ser una sonrisa, pero que distorsionaba su rostro enjuto en un rictus animal—. Es posible. Tenéis razón: soy más osado que la mayoría de los capitanes. ¿Cuándo queréis zarpar?

—Cuanto antes.

—Trato hecho. Volved mañana una hora antes del amanecer con vuestros amigos y vuestros vinos. Será mejor zarpar mientras Volantis duerme; así evitaremos cualquier pregunta inoportuna sobre nuestro rumbo.

—Como digáis. Una hora antes del amanecer.

La sonrisa del capitán se calentó considerablemente.

Es un placer poder ayudaros. Tendremos una feliz travesía.

—No me cabe duda.

El capitán pidió cerveza, y ambos brindaron por el éxito de su aventura.

—Qué hombre más agradable —comentó Gerris después, mientras volvía con Quentyn al pie del muelle donde los aguardaba el *hathay* que habían alquilado. La atmósfera era densa, cálida y pegajosa, y el sol brillaba tanto que ambos caminaban con los ojos entrecerrados.

—La ciudad entera es agradable —asintió Quentyn. «Y hasta empalagosa.» Allí se cultivaban remolachas por todas partes, y con ellas se preparaba una sopa fría tan espesa que parecía miel escarlata. Los vinos también eran dulces—. Pero mucho me temo que nuestra feliz travesía también será breve. Ese hombre tan agradable no tiene la menor intención de llevarnos a Meereen. Ha aceptado tu oferta demasiado pronto. Nos cobrará el triple de la tarifa habitual, eso seguro, y en cuanto nos hayamos hecho a la mar nos cortará el cuello y se quedará con el resto de nuestro oro.

—O nos encadenará a un remo junto con esos desgraciados cuyo olor nos llegaba. Vamos a tener que buscarnos otro contrabandista un poco mejor.

El conductor los aguardaba junto a su *hathay*. En Occidente habría sido un vulgar carro de bueyes, aunque mucho más ornamentado que ninguno que Quentyn hubiera visto en Dorne. Y no estaba enganchado a un buey, sino a una elefanta enana con la piel del color de la nieve sucia. En Volantis abundaban aquellos animales.

Quentyn habría preferido ir andando, pero estaban a varias leguas de su posada. Además, el posadero de la Casa del Mercader les había advertido de que desplazarse a pie los marcaría a los ojos de volantinos y capitanes extranjeros. Las personas de nivel viajaban en palanquín o en la parte trasera de un *hathay*... y, por pura casualidad, el tabernero tenía un primo que poseía varios de aquellos cachivaches y estaría encantado de ponerse a su servicio. El conductor era un esclavo del primo, un hombre menudo con una rueda tatuada en la mejilla que no llevaba más ropa que un taparrabos y unas sandalias. Tenía la piel del color de la teja y los ojos como esquirlas de pedernal. Los ayudó a acomodarse en el banco almohadillado dispuesto entre las dos grandes ruedas de madera del carro y se subió al lomo de la elefanta.

—A la Casa del Mercader —le ordenó Quentyn—, pero ve por los muelles.

Más allá del puerto y la brisa que en él soplaba, en las calles y callejones de Volantis hacía tanto calor que cualquiera podría ahogarse en su propio sudor, al menos en aquel lado del río.

El conductor gritó algo a su elefanta en la lengua local. La bestia empezó a moverse, meciendo la trompa de un lado a otro. El carro echó a andar tras ella mientras el conductor gritaba a marinos y esclavos para que se apartaran del camino. Era fácil distinguir a los primeros de los segundos, porque todos los esclavos llevaban tatuajes: una máscara de plumas azules, un relámpago que iba de la frente a la mandíbula, una moneda en la mejilla, manchas de leopardo, una calavera, una jarra... El maestre Kedry decía que en Volantis había cinco esclavos por cada hombre libre, aunque no llegó a vivir lo suficiente para comprobarlo: pereció la mañana en que los corsarios abordaron la *Triguero*.

Aquel día, Quentyn había perdido a otros dos amigos: Willam Wells, con sus pecas y sus dientes desiguales, tan audaz con la lanza, y Cletus Yronwood, atractivo a pesar de su ojo desviado, siempre procaz, siempre sonriente. Cletus había sido el mejor amigo de Quentyn durante la mitad de su vida; solo les faltó compartir sangre para ser hermanos.

—Dale un beso a tu prometida de mi parte —le había susurrado justo antes de morir.

Los corsarios los habían abordado en la oscuridad, poco antes del amanecer, con la *Triguero* anclada ante las costas de las Tierras de la Discordia. La tripulación los había rechazado, pero les había costado doce vidas. Tras la lucha, los marineros despojaron a los corsarios muertos de botas, cinturones y armas, se repartieron el contenido de sus monederos y les arrancaron las piedras preciosas de las orejas y los anillos de los dedos. Uno de los cadáveres era tan gordo que el cocinero del barco había tenido que cortarle los dedos con una hachuela para quitarle las sortijas, y tres trigueros tuvieron que unir fuerzas para llevarlo rondando hasta la borda y tirarlo al mar. Lo siguió el resto de los piratas, sin una oración ni un atisbo de ceremonia.

Sus muertos recibieron un trato más delicado. Los marinos envolvieron los cadáveres en lona y la cosieron, y lastraron las bolsas con piedras para que se hundieran más deprisa. El capitán ofició la oración ante los tripulantes, que rezaron por las almas de sus camaradas caídos. Luego se volvió hacia sus pasajeros dornienses, los tres que quedaban de los seis que habían subido a bordo en la Ciudad de los Tablones. Hasta el grandullón había salido de la bodega de la nave, con la tez pálida y verdosa y el paso inseguro, para presentar sus últimos respetos.

—Alguno de vosotros debería decir unas palabras por vuestros muertos —sugirió el capitán.

Gerris había tenido que mentir frase tras frase, porque no podía decir la verdad sobre quiénes eran ni por qué habían llegado hasta allí.

«No deberían haber tenido ese final.»

—Será una aventura que contaremos a nuestros nietos —había augurado Cletus el día en que salieron del castillo de su padre.

—Querrás decir que se la contarás a las mozas en las tabernas —replicó Will con expresión burlona—, a ver si con un poco de suerte se levantan las faldas.

Cletus le dio un empujón.

—Para tener nietos hay que tener hijos, y para tener hijos hay que levantar unas cuantas faldas.

Más adelante, en la Ciudad de los Tablones, los dornienses habían brindado por la futura esposa de Quentyn entre bromas groseras sobre la inminente noche de bodas. También hablaron de las maravillas que verían, las hazañas que llevarían a cabo, la gloria que alcanzarían.

«Y lo único que obtuvieron fue un saco de lona lleno de piedras.»

Quentyn lloraba la pérdida de Will y Cletus, pero a quien más echaba en falta era al maestre. Kedry hablaba los idiomas de todas las Ciudades Libres, hasta el bárbaro ghiscario de la bahía de los Esclavos.

—Os acompañará el maestre Kedry —le había dicho su padre la noche de su partida—. Presta atención a todo lo que te diga; ha dedicado media vida a estudiar las Nueve Ciudades Libres.

Quentyn se figuraba que las cosas les habrían resultado mucho más fáciles si hubieran seguido contando con su guía y ayuda.

—Vendería a mi madre por una brizna de brisa —comentó Gerris mientras avanzaban entre la multitud—. Esto está más húmedo que el coño de la Doncella, y no es ni mediodía. No soporto esta ciudad.

Quentyn no podía estar más de acuerdo. La humedad pegajosa de Volantis le sorbía las fuerzas y le daba la sensación de estar siempre sucio. Lo peor era saber que no mejoraría con la caída de la noche. En las altas praderas situadas al norte de las propiedades de lord Yronwood, el ambiente se refrescaba y limpiaba al anochecer, por caluroso que hubiera sido el día. Allí no. En Volantis, las noches eran casi tan calurosas como los días.

—La *Diosa* zarpa mañana rumbo al Nuevo Ghis —le recordó Gerris—. Así al menos nos acercaríamos algo.

—El Nuevo Ghis es una isla, con un puerto mucho más pequeño que este. Estaríamos más cerca, sí, pero probablemente nos quedaríamos varados. Además, el Nuevo Ghis se ha aliado con los yunkios. —La noticia no había tomado a Quentyn por sorpresa. Tanto el Nuevo Ghis como Yunkai eran ciudades ghiscarias—. Si Volantis se aliara también con ellos...

—Tenemos que buscar un navío que venga de Poniente —sugirió Gerris—. Un barco mercante de Lannisport o de Antigua.

—No hay muchos que se aventuren hasta aquí, y los que llegan llenan las bodegas con seda y especias en el mar de Jade y ponen rumbo a casa.

—Los braavosi son descendientes de esclavos fugados. No comercian en la bahía de los Esclavos.

—¿Tenemos suficiente oro para comprar un barco?

—¿Y quién lo va a tripular? ¿Tú? ¿Yo? —Los dornienses no habían sido buenos marinos desde los tiempos en que Nymeria quemó sus diez mil naves—. Los mares que rodean Valyria son procelosos, y abundan los corsarios.

—Estoy harto de corsarios. Será mejor que no compremos un barco.

«Para él no es más que un juego —advirtió Quentyn—. Igual que aquella vez que los seis subimos a las montañas para buscar la guarida del Rey Buitre. —A Gerris del Manantial ni se le pasaba por la cabeza la idea de fracasar; menos aún, la de morir. Ni siquiera la muerte de tres amigos había servido para darle una lección—. Esa parte me la deja a mí. Sabe que está en mi naturaleza ser cauto, igual que está en la suya ser osado.»

—Puede que el grandullón esté en lo cierto —dijo Gerris—. Al cuerno con el mar, podemos terminar el viaje por tierra.

—Ya sabes por qué lo propone —replicó Quentyn—. Prefiere morir antes que volver a pisar otro barco.

Su compañero se había pasado todo el viaje mareado. En Lys había tardado cuatro jornadas enteras en recuperar las fuerzas. Se vieron obligados a hospedarse en una posada para que el maestre Kedry pudiera tumbarlo en un lecho de plumas y darle caldos y pócimas hasta que las mejillas se le pusieron rosadas otra vez.

Era verdad que se podía llegar a Meereen por tierra, por los viejos caminos de Valyria. Los caminos del Dragón, como llamaban a las grandes vías de piedra del Feudo Franco; pero el que discurría hacia el este, desde Volantis hasta Meereen, se había granjeado un nombre más siniestro: el camino del Demonio.

—El camino del Demonio es peligroso y demasiado lento —dijo Quentyn—. Tywin Lannister enviará a sus hombres a por la reina en cuanto llegue la noticia a Desembarco del Rey. —De eso estaba convencido su padre—. Vendrán armados. Si la encuentran antes que nosotros...

—Esperemos que sus dragones los huelan y se los coman —zanjó Gerris— Bueno, pues si no hay manera de encontrar un barco y no quieres que vayamos a caballo, ya podemos ir buscando pasaje de vuelta a Dorne.

«¿Y volver a Lanza del Sol derrotado, con el rabo entre las piernas?» Quentyn no se veía capaz de soportar la decepción de su padre, y el desprecio de las Serpientes de Arena sería atroz. Doran Martell había puesto en sus manos el destino de Dorne; mientras le quedara un soplo de vida, no podía fallarle.

El calor parecía surgir de los adoquines mientras el *hathay* traqueteaba sobre sus ruedas rematadas en hierro, con lo que el entorno parecía una escena casi onírica. Tiendas y tenderetes de todo tipo se alzaban entre los almacenes y embarcaderos del puerto. En unas se podían adquirir ostras frescas; en otras, grilletes y cadenas de hierro; en otras, piezas de *sitrang* talladas en jade y marfil. También había templos donde los marineros ofrecían sacrificios a dioses extranjeros, y junto a ellos, casas de las almohadas desde cuyos balcones las mujeres llamaban a los transeúntes.

—No te pierdas a esa —apremió Gerris al pasar junto a una casa—. Me parece que se ha enamorado de ti.

«¿Y cuánto cuesta el amor de una prostituta?» A decir verdad, a Quentyn siempre lo habían puesto nervioso las chicas, sobre todo si eran hermosas. Al llegar a Palosanto se había ofuscado con Ynys, la hija mayor de lord Yronwood. Nunca llegó a decir una palabra de lo que sentía, pero acarició durante años aquel sueño... hasta el día en que la enviaron para contraer matrimonio con ser Ryon Allyron, el heredero de Bondadivina. La última vez que la había visto tenía un rorro al pecho y un mocoso agarrado de las faldas.

Después de Ynys llegaron las gemelas Del Manantial, un par de doncellas jóvenes de piel tostada que adoraban la cetrería, la caza, escalar y hacer sonrojar a Quentyn. Una de ellas le había dado su primer beso, aunque no llegó a saber cuál. Eran hijas de un caballero hacendado, y por tanto de origen demasiado humilde para considerarlas con vistas al matrimonio, pero a Cletus no le parecía motivo suficiente para dejar de besarlas.

—Cuando te cases, toma a una de ellas como amante. O a las dos, ¿por qué no?

A Quentyn se le ocurrían muchas razones por las que no, de modo que desde aquel momento esquivó en la medida de lo posible a las gemelas, y no hubo un segundo beso.

Más recientemente, a la hija pequeña de lord Yronwood le había dado por seguirlo por todo el castillo. Gwyneth tenía doce años y era una cría menuda y flaca que destacaba por sus ojos oscuros y su melena castaña en una familia de rubios con ojos azules. Pero era lista, tan rápida con las palabras como con las manos, y le encantaba recordarle a Quentyn que tenía que esperar a que floreciera para casarse con ella.

Aquello había sucedido antes de que el príncipe Doran lo convocara a los Jardines del Agua, pero en aquel momento la mujer más bella del mundo lo aguardaba en Meereen. Quentyn estaba plenamente decidido a cumplir con su deber y casarse con ella.

«No me rechazará. Cumplirá su parte del acuerdo. —Daenerys Targaryen necesitaría Dorne para hacerse con los Siete Reinos, y por tanto lo necesitaría a él—. Eso no quiere decir que vaya a amarme, claro. Puede que ni siquiera le guste.»

El camino describía una curva en la desembocadura del río, y en el recodo había varios vendedores de animales que ofrecían lagartos ocelados, serpientes rayadas gigantes y ágiles monitos con cola anillada y manitas rosadas de lo más habilidoso.

—A lo mejor a tu reina de plata le gustaría tener un mono —comentó Gerris.

Quentyn no tenía ni idea de qué le gustaba a Daenerys Targaryen. Había prometido a su padre que la llevaría a Dorne, pero cada vez albergaba más dudas sobre su aptitud para tal misión.

«Yo no pedí esto», pensó.

Al otro lado de la ancha franja del Rhoyne se divisaba la Muralla Negra que habían alzado los valyrios cuando Volantis no era más que un puesto avanzado de su imperio: un gran óvalo de piedra fundida, de setenta varas de alto y tan ancha que por su parte superior podían correr a la vez seis cuadrigas, cosa que sucedía una vez al año durante las fiestas que conmemoraban la fundación de la ciudad. Ni forasteros ni extranjeros ni libertos podían cruzar la Muralla Negra salvo que mediara invitación de sus habitantes, vástagos de la Antigua Sangre capaces de remontarse a la mismísima Valyria recitando los nombres de sus antepasados.

Allí el tráfico era más denso; se encontraban cerca del extremo occidental del puente Largo, que unía las dos mitades de la ciudad. Las calles estaban atestadas de carros, carretones y *hathays,* que provenían del puente o se disponían a cruzarlo. Había esclavos por todas partes, numerosos como cucarachas, que se afanaban para cumplir los encargos de sus amos.

En las inmediaciones de la plaza del Pescado y la Casa del Mercader oyeron unos gritos procedentes de un callejón, y una docena de lanceros inmaculados, con sus armaduras ornamentadas y sus capas de piel de tigre, salió de la nada para abrir paso al triarca, que llegaba a lomos de su elefante. Era una bestia inmensa de piel gris con una hermosa armadura esmaltada que tintineaba con cada movimiento, y el castillo que llevaba en el lomo era tan alto que rozó el arco de piedra al pasar bajo él.

—Los triarcas se consideran tan superiores que sus pies no pueden rozar el suelo durante el año que pasan en el cargo —informó Quentyn a su compañero—. Siempre van en elefante.

—Bloqueando las calles y dejando montañas de mierda a su paso —señaló Gerris—. ¿Para qué necesitan tres príncipes en Volantis, si en Dorne nos las arreglamos con uno?

—Los triarcas no son reyes ni príncipes. Volantis es un feudo franco, igual que la Valyria de antaño. Todos los hacendados feudales comparten el poder; hasta las mujeres tienen derecho de voto si poseen tierras. Los tres triarcas se eligen de entre las familias nobles que pueden demostrar que descienden de la antigua Valyria, y ejercen el poder hasta el primer día del año nuevo. Todo esto lo sabrías tú también si te hubieras tomado la molestia de leer el libro que te dio el maestre Kedry.

—No tenía dibujos.

—Tenía mapas.

—Los mapas no cuentan. Si me hubiera dicho que salían tigres y elefantes, a lo mejor habría probado a leerlo, pero tenía pinta de libro de historia, y claro...

Cuando su *hathay* llegó junto a la plaza del Pescado, la elefanta levantó la trompa y barritó como un gigantesco ganso blanco, reacia a adentrarse en la marea de carros, carromatos, palanquines y peatones. El conductor la golpeó con los talones para obligarla a moverse.

Todos los pescaderos habían salido a pregonar su mercancía. Quentyn entendía como mucho una palabra de cada dos, pero no le hacían falta palabras para reconocer el pescado. Vio bacalaos, peces vela, sardinas, toneles de mejillones y almejas... En un tenderete había anguilas colgadas, y en otro se exhibía una tortuga gigantesca, pesada como un caballo, colgada de las patas traseras con cadenas de hierro. Los cangrejos forcejeaban en los toneles de salmuera y algas, y varios vendedores freían pescado con cebollas y remolachas, o vendían un guiso de pescado muy cargado de pimienta que habían preparado en cazoletas de hierro.

En el centro de la plaza, bajo la estatua agrietada y decapitada de algún triarca muerto, una multitud había empezado a arremolinarse en torno a unos enanos que iban a dar un espectáculo. Los hombrecillos llevaban armaduras de madera; parecían caballeros en miniatura que se dispusieran a justar. Quentyn vio como uno montaba a lomos de un perro y otro saltaba sobre un cerdo... para resbalar acto seguido, con lo que provocó una carcajada general.

—Tienen gracia —comentó Gerris—. ¿Nos quedamos a verlos pelear? Te conviene reírte un poco, Quent. Pareces un viejo que lleve meses sin ir al escusado.

«Tengo dieciocho años: seis menos que tú —pensó Quentyn—. No soy ningún viejo.»

—No me sirve de nada lo graciosos que sean esos enanos, a menos que tengan un barco.

—Si lo tienen, será pequeñito.

La Casa del Mercader, con sus cuatro pisos, se alzaba sobre los muelles, malecones y almacenes de los alrededores. Allí se mezclaban los comerciantes de Antigua y Desembarco del Rey con sus colegas de Braavos, Pentos y Myr, con ibbeneses velludos y qarthienses pálidos, con hombres de las islas del Verano ataviados con capas de plumas e incluso con enmascarados portadores de sombras de Asshai.

Cuando Quentyn bajó del *hathay* sintió el calor de los adoquines a través de la suela de cuero. Ante la Casa del Mercader, a la sombra, había una mesa dispuesta sobre caballetes y adornada con gallardetes azules y blancos que ondeaban con cada soplo de aire. Cuatro mercenarios de ojos como pedernal rondaban por las inmediaciones de la mesa y llamaban a cualquier hombre o niño que pasara por allí.

«Hijos del viento. —Quentyn ya los había visto. Los sargentos estaban buscando carne fresca para sus filas antes de zarpar hacia la bahía de los Esclavos—. Cada hombre que se aliste con ellos es otra espada para Yunkai, otro puñal que quiere beber la sangre de mi futura prometida.» Un hijo del viento los llamó a gritos.

—No hablo valyrio —le respondió Quentyn.

Sabía leer y escribir alto valyrio, pero no tenía práctica a la hora de hablarlo, y la rama volantina se había alejado mucho del árbol original.

—¿Ponientis? —preguntó el hombre en la lengua común.

—Dornienses. Mi señor comercia con vinos.

—¿Tu señor? Que le den por culo. ¿Qué eres? ¿Un esclavo? Ven con nosotros y serás tu propio señor. ¿Quieres morir en la cama? Nosotros te enseñaremos a manejar la espada y la lanza. Irás a la batalla con el Príncipe Desharrapado y al volver serás más rico que un noble. Tendrás lo que quieras: mujeres, muchachitos, oro... Basta con que seas bastante hombre para cogerlo. Somos los Hijos del Viento y nos cagamos en la diosa asesina.

Dos mercenarios empezaron a vocear una canción de marcha. Quentyn entendió lo suficiente para captar la idea.

«Somos los Hijos del Viento —decía la letra—. Que el viento nos empuje hacia el este, a la bahía de los Esclavos. Allí mataremos al rey carnicero y nos follaremos a la reina dragón.»

—Si Cletus y Will siguieran con nosotros, volveríamos con el grandullón y les daríamos una buena paliza a estos —dijo Gerris.

«Cletus y Will han muerto.»

—No les hagas ni caso —replicó Quentyn.

Entraron en la Casa del Mercader perseguidos por las chanzas de los mercenarios, que los llamaban gallinas sin huevos y niñas miedosas.

El grandullón los esperaba en sus habitaciones de la segunda planta. Aunque el capitán de la *Triguero* les había recomendado aquella posada, Quentyn no tenía la menor intención de dejar sin vigilancia su oro y posesiones. No había puerto sin ladrones, ratas y putas, y en Volantis abundaban.

—Ya iba a salir a buscaros —dijo ser Archibald Yronwood al tiempo que desatrancaba la puerta. Su primo Cletus era quien había empezado a llamarlo «grandullón», y era una designación muy merecida. Arch medía diez palmos y era de hombros anchos y barriga prominente, con piernas como troncos, manos como jamones y cuello inexistente. Una enfermedad infantil lo había dejado sin pelo, y su calva le parecía a Quentyn una roca muy lisa y rosada—. Venga, ¿qué dice el contrabandista? ¿Tenemos barca?

—Barco —corrigió Quentyn—. Sí, nos llevará, pero directos al infierno.

Gerris se sentó en un catre desnivelado y se quitó las botas.

—Dorne me resulta cada vez más apetecible.

—Insisto en que deberíamos ir por el camino del Demonio. Seguro que no es tan peligroso como dicen. Y aunque lo sea, así habrá más gloria para quienes se aventuren por él. ¿Quién se atreverá a importunarnos? La espada de Manan y mi martillo son más de lo que puede digerir ningún demonio.

—¿Y si Daenerys muere antes de que lleguemos a ella? —preguntó Quentyn—. Necesitamos un barco, aunque sea la *Aventura*.

—Si no te importa soportar esa peste durante meses, estás más loco por Daenerys de lo que creía —rio Gerris—. Yo tardaría menos de tres días en rogarles que me mataran. No, príncipe mío, te lo suplico, lo que sea menos la *Aventura*.

—¿Se te ocurre una manera mejor de viajar? —replicó Quentyn.

—Pues sí. Acabo de tener una idea. Te adelanto que no es nada honroso y no carece de riesgos..., pero te llevará junto a tu reina más deprisa que el camino del Demonio.

—Habla —dijo Quentyn Martell.

Jon

Jon Nieve leyó la carta una y otra vez hasta que las palabras comenzaron a emborronarse y superponerse.

«No puedo firmar esto. No pienso firmar esto. —Estuvo tentado de quemar el pergamino en aquel mismo instante, pero lo que hizo fue beber de la cerveza que había dejado por la mitad durante la solitaria cena del día anterior—. Tengo que firmarlo. Me eligieron para que fuera su lord comandante. El Muro me pertenece, así como la Guardia. La Guardia de la Noche no toma partido.»

Sintió alivio al ver a Edd Tollett el Penas abrir la puerta para decirle que Elí estaba esperando. Jon guardó la carta del maestre Aemon.

—La recibiré ahora mismo. —Había temido aquel momento—. Ve a buscar a Sam; después quiero hablar con él.

—Seguro que está abajo leyendo. Mi antiguo septón decía que los libros son muertos que hablan. En mi opinión, deberían quedarse callados. A nadie le interesa el parloteo de los muertos. —Edd el Penas se marchó mascullando algo sobre gusanos y arañas.

Elí se arrodilló nada más entrar. Jon rodeó la mesa y la instó a ponerse en pie.

—No necesitas hincar la rodilla ante mí. Eso se reserva para los reyes. —Aunque Elí era madre y esposa, aún le parecía casi una niña, una cosita delgada envuelta en una vieja capa de Sam. Le quedaba tan grande que bajo sus pliegues se podían esconder varias chicas como ella.

—¿Los niños están bien?

—Sí, mi señor. —La salvaje sonrió con timidez bajo la capucha—. Me daba miedo no tener bastante leche para los dos, pero cuanto más maman, más me sale. Son fuertes.

—Tengo que decirte algo muy duro. —Estaba a punto de decir *pedirte,* pero se dio cuenta justo a tiempo.

—¿Es por Mance? Val le ha rogado al rey que lo perdone. Le ha dicho que, si no matan a Mance, ella se dejará casar con alguno de sus arrodillados y nunca le cortaría la garganta. Van a perdonar a ese tal Señor de los Huesos. Craster siempre juró que lo mataría si asomaba la cabeza por el torreón. Mance no ha hecho ni la mitad de cosas que él.

«Lo único que ha hecho Mance es encabezar un ejército contra el reino que juró proteger.»

—Mance pronunció nuestro juramento, Elí. Luego cambió de capa, se casó con Dalla y se coronó Rey-más-allá-del-Muro. Ahora, su vida está en manos del rey. No es de él de quien quiero hablar, sino de su hijo. Del hijo de Dalla.

—¿El niño de teta? —Le temblaba la voz—. No ha roto ningún juramento, mi señor. Duerme, llora y mama, nada más; nunca ha hecho daño a nadie. No dejéis que lo quemen. Salvadlo, por favor.

—Solo tú puedes salvarlo, Elí. —Jon le explicó cómo.

Otra mujer habría gritado y maldecido, lo habría mandado a los siete infiernos. Otra mujer se habría abalanzado sobre él ciega de rabia, le habría pegado, pateado y arrancado los ojos con las uñas. Otra mujer lo habría desafiado.

Elí solo negó con la cabeza.

—No. Por favor, no.

—¡No! —gritó el cuervo haciéndose con la palabra.

—Si te niegas, quemarán al niño. Puede que no sea mañana, ni pasado mañana..., pero será pronto, cuando Melisandre necesite despertar un dragón, levantar viento o realizar cualquier otro hechizo que requiera la sangre de un rey. Para entonces Mance será un montón de huesos y cenizas; ella exigirá a su hijo para el fuego y Stannis no se lo impedirá. Si no te llevas al niño, lo quemará.

—Me iré. Me lo llevaré, me los llevaré a los dos, al niño de Dalla y al mío. —Las lágrimas le rodaron por las mejillas. De no ser por la vela que las hacía brillar, Jon ni se habría dado cuenta de que lloraba.

«Supongo que las esposas de Craster enseñaron a sus hijas a llorar contra la almohada. O quizá salieran de casa para llorar, bien lejos de los puños de Craster.» Jon flexionó los dedos de la mano de la espada.

—Si te llevas a los dos, los hombres del rey te perseguirán y te traerán de vuelta a rastras. Quemarían al niño... y a ti con él. —«Si la consuelo, pensará que sus lágrimas pueden conmoverme. Tiene que darse cuenta de que no voy a ceder»—. Solo te llevarás a un niño, y será el de Dalla.

—Si una madre abandona a su hijo, estará maldita para siempre. No se puede abandonar a un hijo. Sam y yo lo salvamos. Por favor. Por favor, mi señor. Lo salvamos del frío.

—Los hombres dicen que la muerte por congelación es casi apacible. Sin embargo, el fuego... ¿Ves esa vela, Elí?

—Sí. — Elí miró la llama.

—Tócala. Pon la mano encima.

Sus grandes ojos marrones se abrieron aún más. No se movió.

—Hazlo. —«Mata al niño»—. Ahora mismo.

La muchacha colocó la mano temblorosa sobre la llama.

—Más abajo. Deja que te bese.

Elí bajó un poco la mano. Luego, un poco más. Cuando la llama le lamió la piel, apartó la mano y empezó a sollozar.

—Es horrible morir quemado. Dalla dio la vida por su hijo, pero has sido tú quien lo ha criado. Salvaste a tu hijo del hielo; ahora tienes que salvar al suyo del fuego.

—Pero entonces, la mujer roja quemará a mi hijo. Si no puede echar a las llamas al hijo de Dalla, echará al mío.

—Tu hijo no tiene sangre real. Melisandre no gana nada entregándolo a las llamas. Stannis quiere que el pueblo libre luche por él; no quemará a un niño inocente sin un buen motivo. Tu chico estará a salvo. Le buscaré una nodriza y crecerá aquí, en el Castillo Negro, bajo mi protección. Aprenderá a cazar y montar; a luchar con espada, hacha y arco. Incluso me haré cargo de que aprenda a leer y escribir. —A Sam le gustaría aquello—. Y cuando tenga edad suficiente, le diré la verdad. Será libre para buscarte, si eso es lo que quiere.

—Lo convertiréis en un cuervo. —Se limpió las lágrimas con el dorso de la pálida mano—. No. Me niego.

«Mata al niño», pensó Jon.

—Harás lo que te digo. De lo contrario, te doy mi palabra de que el día en que quemen al hijo de Dalla, el tuyo también morirá.

—Morirá —graznó el cuervo del Viejo Oso—. Morirá, morirá, morirá.

La chica se encogió, con la mirada fija en la vela y los ojos llenos de lágrimas.

—Puedes retirarte —dijo Jon tras un largo silencio—. No hables de esto con nadie, pero asegúrate de estar lista para partir una hora antes del amanecer. Mis hombres irán a buscarte.

Elí se levantó y se marchó sin volver a mirarlo, pálida y muda. Jon la oyó atravesar la armería. Iba casi corriendo.

Cuando fue a cerrar la puerta, vio que *Fantasma* roía un hueso de buey, tendido bajo el yunque. El gran huargo blanco lo observó acercarse.

—Ya era hora de que volvieras. —Volvió a su silla, a releer la carta del maestre Aemon.

Samwell Tarly apareció poco después, cargado con un montón de libros. Tan pronto como entró, el cuervo de Mormont voló hacia él y le pidió maíz. Sam trató de complacerlo y le ofreció unos granos del saco que colgaba tras la puerta, pero el cuervo quiso picotearle la mano. Sam gritó; el cuervo batió las alas y el maíz saltó por los aires.

—¿Te ha hecho daño este canalla? —preguntó Jon.

—Sí. —Sam se apresuró a quitarse el guante—. Estoy sangrando.

—Todos derramamos sangre por la Guardia. Ponte guantes más gruesos. —Jon empujó una silla hacia él con un pie—. Siéntate y echa un vistazo a esto. —Le tendió el pergamino.

—¿Qué es?

—Un escudo de papel.

Sam lo leyó atentamente.

—¿Una carta para el rey Tommen?

—En Invernalia, Tommen y mi hermano Bran lucharon con espadas de madera —recordó Jon—. Tommen llevaba tantas almohadillas protectoras que parecía un ganso relleno. Bran lo derribó. —Se dirigió a la ventana y la abrió. El aire era fresco y vivificante, a pesar del gris plomizo del cielo—. Pero Bran ha muerto, y Tommen, el gordito de cara rosada, está sentado en el Trono de Hierro con una corona entre los rizos dorados.

Sam le lanzó una mirada torva, y durante un momento pareció dispuesto a decir algo, pero tragó saliva y volvió a mirar el pergamino.

—No has firmado la carta —dijo. Jon negó con la cabeza.

—El Viejo Oso suplicó ayuda al Trono de Hierro cien veces. Le enviaron a Janos Slynt. Ninguna carta nos granjeará el afecto de los Lannister, y menos aún cuando sepan que hemos estado ayudando a Stannis.

—Solo en la defensa del Muro; no en su rebelión. Aquí lo pone.

—Puede que lord Tywin no capte el matiz. —Jon volvió a coger la carta—. ¿Por qué va a ayudarnos ahora? ¿Qué ha cambiado?

—No querrá que se diga que Stannis cabalgó en defensa del reino mientras el rey Tommen jugaba con sus muñecos. Eso haría caer la ignominia sobre la casa Lannister.

—Lo que quiero que caiga sobre la casa Lannister es muerte y destrucción, no ignominia. —Jon cogió la carta—. «La Guardia de la Noche no toma parte en las guerras de los Siete Reinos —leyó—. Juramos defenderlos todos, y el territorio corre grave peligro en estos momentos. Stannis Baratheon nos ayuda contra nuestros enemigos del otro lado del Muro, pero no estamos a su servicio...»

—Bueno, es que no estamos a su servicio, ¿verdad? —Sam se agitó en la silla.

—Le he proporcionado a Stannis provisiones, refugio y el Fuerte de la Noche, además de permiso para instalar en el Agasajo a unos cuantos miembros del pueblo libre. Nada más.

—Lord Tywin dirá que nada menos.

—Pues Stannis opina que no es suficiente. Cuanto más se le da a un rey, más quiere. Caminamos por un puente de hielo, con un abismo a cada lado. Complacer a un rey ya es difícil; complacer a dos es imposible.

—Sí, pero... Si al final vencen los Lannister y lord Tywin decide que hemos traicionado al rey por ayudar a Stannis, podría ser el final de la Guardia de la Noche. Tiene el apoyo de los Tyrell, con todo el poder de Altojardín, y derrotó a lord Stannis en el Aguasnegras.

—Lo del Aguasnegras fue una batalla. Robb ganó todas las batallas, y aun así le cortaron la cabeza. Si Stannis consigue arrastrar al norte...

—Los Lannister también tienen vasallos en el norte: lord Bolton y su bastardo —dijo Sam, tras dudar un momento.

—Stannis tiene a los Karstark. Si pudiera conseguir Puerto Blanco...

—Si pudiera —subrayó Sam—. Si no..., mi señor, hasta un escudo de papel es mejor que nada.

—Es verdad. —«Igual que Aemon. —Había tenido la esperanza de que Sam Tarly lo viese de otra forma—. Solo es tinta y pergamino.» Resignado, cogió la pluma y firmó—. Trae el lacre. —«Antes de que cambie de idea.» Sam se apresuró a obedecer. Jon estampó el sello de lord comandante y le entregó la carta—. Llévale esto al maestre Aemon cuando te vayas —ordenó—; dile que envíe un pájaro a Desembarco del Rey.

—Muy bien —Sam sonaba aliviado—. Mi señor, si no te importa que te lo pregunte... He visto salir a Elí. Estaba al borde de las lágrimas.

—Val ha vuelto a enviármela a interceder por Mance —mintió Jon. Hablaron un rato de Mance, Stannis y Melisandre de Asshai

— Sangre —gritó el cuervo interrumpiéndolos cuando acabó con todo el maíz.

—Voy a enviar a Elí lejos de aquí —dijo Jon al final—. A ella y al niño. Tendremos que buscar otra nodriza para su hermano de leche.

—Mientras tanto se le puede dar leche de cabra; para los niños de teta es mejor que la de vaca. —A Sam lo incomodaba hablar tan a las claras de pechos femeninos, así que empezó a parlotear sobre historia y sobre niños comandantes que habían vivido y muerto cientos de años atrás.

—Dime algo útil —interrumpió Jon—. Háblame de nuestro enemigo.

—Los Otros. —Sam se humedeció los labios—. Aparecen mencionados en los anales, aunque no tan a menudo como cabría esperar, al menos en los que he leído hasta ahora. Hay más que todavía no he encontrado. Los más viejos se caen a pedazos: las páginas se desmenuzan cuando las paso. Y los antiguos de verdad... O se han deshecho por completo, o están enterrados en algún lugar donde no he buscado aún, o... Bueno, también es posible que no existan, que no hayan existido nunca. Las historias más antiguas se escribieron después de que los ándalos llegaran a Poniente. Los primeros hombres solo nos dejaron runas grabadas en piedra, de modo que todo lo que creemos saber sobre la Edad de los Héroes, la Era del Amanecer y la Larga Noche procede de relatos que escribieron los septones miles de años después. En la Ciudadela hay archimaestres que lo ponen todo en duda. Esas historias antiguas están llenas de reyes que reinaron durante cientos de años y caballeros que cabalgaban por ahí milenios antes de que existieran los caballeros. Ya conoces las historias: Brandon el Constructor, Symeon Ojos de Estrella, el Rey de la Noche... Decimos que eres el lord comandante número novecientos noventa y ocho de la Guardia de la Noche, pero en la lista más antigua que he encontrado pone que hubo seiscientos setenta y cuatro, lo cual indica que se redactó hace...

—Hace mucho —interrumpió Jon—. ¿Qué hay de los Otros?

—He encontrado alusiones al vidriagón. Durante la Edad de los Héroes, los hijos del bosque entregaban a la Guardia de la Noche un centenar de puñales de obsidiana al año. La mayoría de los relatos coincide en que los Otros llegan con el frío. O si no, cuando llegan empieza el frío. A veces aparecen durante las ventiscas y se derriten cuando se despeja el cielo. Se esconden de la luz del sol y salen de noche..., o bien cae la noche cuando ellos salen. Según algunas narraciones cabalgan a lomos de animales muertos: osos, huargos, mamuts, caballos... No importa, con tal de que la bestia no esté viva. El que mató a Paul el Pequeño montaba un caballo muerto, de modo que esa parte es cierta. Otros relatos hablan también de arañas de hielo gigantes, pero no sé a qué se refieren. A los hombres que mueren combatiendo a los Otros hay que quemarlos; de lo contrario se levantarán y serán sus esclavos.

—Todo eso ya lo sabemos. La cuestión es saber cómo los podemos combatir.

—Según los relatos, la armadura de los Otros es resistente a casi cualquier arma normal —prosiguió Sam—. Llevan espadas tan frías que hacen trizas el acero. Pero el fuego los detiene, y son vulnerables a la obsidiana. Encontré una reseña de tiempos de la Larga Noche que hablaba del último héroe que mataba Otros con una espada de acerodragón. Da a entender que era infalible contra ellos.

—¿Acerodragón? —El término era nuevo para Jon—. ¿Acero valyrio?

—Eso mismo fue lo primero que pensé yo.

—Así que si consigo convencer a los señores de los Siete Reinos de que nos entreguen sus espadas valyrias, habremos salvado el mundo. No es tan difícil. —«No más que convencerlos de que nos den todos sus castillos y monedas.» Rio con amargura—. ¿Has averiguado quiénes son los Otros, de dónde vienen, qué quieren?

—Aún no, pero puede que no haya leído los libros relevantes; quedan cientos que todavía no he mirado siquiera. Dame más tiempo y averiguaré lo que haya que averiguar.

—No queda tiempo. Recoge tus cosas, Sam. Te vas con Elí.

—¿Que me voy? —Miró a Jon boquiabierto, como si no entendiese el significado de sus palabras—. ¿Me voy? ¿A Guardiaoriente, mi señor? O... ¿Adónde...?

—A Antigua.

—¿A Antigua? —repitió Sam con voz aguda.

—Y también va Aemon.

—¿Aemon? ¿El maestre Aemon? Pero... tiene ciento dos años, no puede... ¿Nos envías lejos a los dos? ¿Quién se encargará de los cuervos? Si alguien cae enfermo o herido, ¿quién...?

—Clydas. Lleva años con Aemon.

—Clydas no es más que un mayordomo y está perdiendo la vista. Aquí hace falta un maestre. Aemon está muy delicado, y un viaje por mar... Podría... Es muy viejo, y...

—Su vida correrá peligro. Soy consciente de ello, Sam, pero más peligro corre aquí. Stannis sabe quién es Aemon, y si la mujer roja exige sangre de reyes para sus hechizos...

—Ah. —Las mejillas de Sam perdieron todo el color.

—Dareon se reunirá contigo en Guardiaoriente. Tengo la esperanza de que nos consiga unos cuantos hombres en el sur con sus canciones. La *Pájaro Negro* os llevará a Braavos; una vez allí, busca tú la manera de llegar a Antigua. Si sigues pensando en decir que el hijo de Elí es tu bastardo, mándala con él a Colina Cuerno. Si no, Aemon le buscará un trabajo de criada en la Ciudadela.

—Mi b-b-bastardo. Sí... Mi madre y mis hermanas ayudarán a Elí a criar al niño. Dareon puede acompañarla a Antigua; no hace falta que vaya yo. Estoy... He estado entrenándome con el arco todas las tardes con Ulmer, como ordenaste. Bueno, menos cuando estoy en las criptas, pero también me dijiste que averiguara todo lo posible sobre los Otros.

El arco hace que me duelan los hombros y me salgan ampollas en los dedos. —Le enseñó la mano—. Pero sigo practicando. Ahora ya acierto en la diana bastantes veces, aunque sigo siendo el peor arquero que ha habido jamás. En cambio, me encantan las historias que cuenta Ulmer. Alguien debería recopilarlas en un libro.

—Encárgate tú. En la Ciudadela hay pergaminos y tinta, así como arcos. Quiero que sigas entrenándote, Sam. La Guardia de la Noche cuenta con cientos de hombres capaces de lanzar una flecha, pero solo unos pocos saben leer y escribir. Necesito que seas mi nuevo maestre.

—Mi señor..., mi trabajo está aquí, con los libros...

—Los libros seguirán en su sitio cuando vuelvas.

—Mi señor, en la Ciudadela... —Sam se llevó una mano a la garganta—. Obligan a los aprendices a abrir cadáveres. No puedo llevar cadena.

—Sí, puedes, y lo harás. El maestre Aemon es anciano y está ciego; le flaquean las fuerzas. ¿Quién ocupará su lugar cuando muera? El maestre Mullin de la Torre Sombría tiene más de soldado que de erudito, y el maestre Harmune de Guardiaoriente pasa más tiempo borracho que sobrio.

—Si pides más maestres a la Ciudadela...

—Eso voy a hacer; nos hacen mucha falta. Pero no es tan fácil sustituir a Aemon Targaryen. —«Esto no va como esperaba.» Sabía que Elí sería difícil, pero daba por supuesto que a Sam le gustaría cambiar los peligros del Muro por el clima cálido de Antigua—. Creía que te alegrarías —dijo, confundido—. En la Ciudadela hay más libros de los que nadie pueda leer en toda una vida. Allí te irá muy bien, Sam. Estoy seguro.

—No. Puedo leer los libros, pero... Un maestre también tiene que ser sanador, y a mí la s-s-sangre me marea. —Empezó a temblarle la mano, como para demostrar que decía la verdad—. Soy Sam el Asustado, no Sam el Mortífero.

—¿Asustado? ¿De qué? ¿De las burlas de unos viejos? Tú viste a los espectros subir por el Puño, viste una marea de muertos vivientes con las manos negras y los ojos azules llameantes. Mataste a un Otro.

—Fue el v-v-vidriagón, no yo.

—Cállate —espetó Jon. Después de lo de Elí, no le quedaba paciencia para los miedos del gordo—. Mentiste, conspiraste e intrigaste para que me eligieran lord comandante. Ahora me vas a obedecer. Irás a la Ciudadela y te forjarás una cadena, y si para eso tienes que abrir cadáveres, los abrirás. Al menos, los cadáveres de Antigua no pondrán objeciones.

—Mi señor, mi p-p-p-padre, lord Randyll, dice, dice, dice, dice... La vida del maestre es una vida de servicio. Ningún hijo de la casa Tarly llevará jamás una cadena. Los hombres de Colina Cuerno no se inclinan ante ningún señor menor. No puedo desobedecer a mi padre, Jon.

«Mata al niño —pensó Jon—. Al niño que hay en ti y al niño que hay en él. Mátalos a los dos, bastardo de mierda.»

—No tienes padre. Solo hermanos, solo a nosotros. Tu vida pertenece a la Guardia de la Noche, así que ve a meter en una saca tu ropa interior y todo lo que quieras llevarte a Antigua. Partirás una hora antes del amanecer. Y te voy a dar otra orden: de hoy en adelante no volverás a decir que eres un cobarde. En este último año te has enfrentado a más cosas que la mayoría de los hombres en toda una vida. Te puedes enfrentar a la Ciudadela; te enfrentarás a ella como hermano juramentado de la Guardia de la Noche. No puedo ordenarte que seas valiente, pero sí que ocultes tus temores. Pronunciaste el juramento, Sam. ¿Te acuerdas?

—Lo... intentaré.

—No lo intentarás. Obedecerás.

—Obedecerás. —El cuervo de Mormont batió las grandes alas negras.

—Como ordene mi señor. ¿Lo..., lo sabe ya el maestre Aemon? —Sam parecía hundirse por momentos.

—La idea se nos ocurrió a los dos. —Jon le abrió la puerta—. Nada de despedidas. Cuanta menos gente se entere, mejor. Una hora antes del amanecer, junto al cementerio.

Sam salió tan precipitadamente como Elí, y de pronto, Jon se sintió abrumado por el cansancio.

«Necesito dormir.» Había pasado despierto la mitad de la noche, estudiando mapas minuciosamente, escribiendo cartas y trazando planes con el maestre Aemon. No consiguió conciliar el sueño ni después de derrumbarse en su camastro. Sabía a qué se enfrentaría al día siguiente, y se pasó la noche dando vueltas a las palabras de despedida del maestre Aemon.

—Os daré un último consejo, mi señor —había dicho el anciano—, el mismo que le di a mi hermano cuando nos vimos por última vez. Tenía treinta y tres años cuando el Gran Consejo lo escogió para ocupar el Trono de Hierro. Era un hombre adulto y con hijos, pero en algunos aspectos seguía siendo un niño. Egg tenía una inocencia, una dulzura, que todos adorábamos. «Mata al niño que hay en ti —le dije el día en que zarpábamos hacia el Muro—. Para gobernar hace falta un hombre. Un Aegon, no un Egg. Mata al niño y que nazca el hombre.» —El anciano tocó la cara de Jon—. Tienes la mitad de los años que tenía Egg, y me temo que tu tarea es mucho más ingrata. No disfrutarás mucho de tu mandato, pero creo que tienes fuerza para hacer lo necesario. Mata al niño, Jon Nieve. El invierno se nos echa encima. Mata al niño y que nazca el hombre.

Jon se puso la capa y salió a zancadas. Todos los días hacía la ronda por el Castillo Negro: visitaba a los centinelas y escuchaba sus informes directamente; observaba a Ulmer y sus acólitos entrenarse en los blancos de prácticas; hablaba con hombres del rey y de la reina, subía hasta la helada cima del Muro para echar un vistazo al bosque... Fantasma caminaba tras él, como una sombra blanca.

Kedge Ojoblanco estaba al mando del Muro cuando subió Jon. Kedge había visto poco más de cuarenta días de su nombre, treinta de ellos en el Muro. Estaba tuerto del ojo izquierdo y delicado del derecho. Cuando estaba solo en el bosque con un hacha y un caballo, era tan buen explorador como cualquier otro de la Guardia, pero nunca se había llevado bien con los demás.

—Un día tranquilo —le dijo a Jon—. Sin novedad, excepto por los exploradores que se han equivocado de camino.

—¿Qué exploradores se han equivocado de camino? —preguntó Jon.

—Un par de caballeros. —Kedge sonrió—. Han salido hace una hora hacia el sur por el camino Real. Dywen los ha visto partir, y dice que esos idiotas sureños se habían equivocado de camino.

—Ya veo.

El propio Dywen le amplió la noticia en los barracones mientras sorbía caldo de cebada de un cuenco.

—Sí, mi señor, los he visto. Eran Horpe y Massey. Dicen que los ha enviado Stannis en persona, pero no adónde ni para qué, ni cuándo vuelven.

Ser Richard Horpe y ser Justin Massey eran ambos hombres de la reina, y gozaban de alta consideración en los consejos del rey.

«Si lo único que quería Stannis era explorar, le habría bastado con enviar un par de jinetes —reflexionó Jon—, pero los caballeros son más adecuados para transmitir mensajes.» Cotter Pyke había enviado un cuervo desde Guardiaoriente diciendo que el Caballero de la Cebolla y Salladhor Saan habían zarpado hacia Puerto Blanco para tratar con lord Manderly, de modo que era lógico que mandase más mensajeros. Su alteza no destacaba por su paciencia.

Lo que ya no se sabía era si volverían los exploradores que se habían equivocado de camino. Por muy caballeros que fueran, no conocían el norte.

«Habrá muchos ojos en el camino Real, y no todos serán amistosos. —Pero eso no era asunto de Jon—. Que Stannis guarde sus secretos; bien saben los dioses que yo tengo los míos.»

Aquella noche, Fantasma durmió a los pies de su cama, y por una vez Jon no soñó que era un lobo. Sin embargo, pasó una noche intranquila, y dio vueltas durante horas antes de caer en una pesadilla en la que Elí lloraba y le suplicaba que dejase en paz a sus bebés, pero él se los arrancaba de los brazos, les cortaba la cabeza, las intercambiaba y le pedía que las volviera a coser.

Cuando despertó, la figura de Edd Tollett se cernía sobre él en la penumbra de la habitación.

—Es la hora del lobo, mi señor. Dejasteis instrucciones de que se os despertara.

—Tráeme algo caliente —pidió Jon mientras echaba las mantas a un lado.

Edd regresó, con una taza humeante en las manos, cuando ya se había vestido. Jon esperaba vino especiado caliente y se sorprendió al descubrir que era un caldo ligero que olía a puerros y zanahorias, pero que no parecía llevar ni puerros ni zanahorias.

«Los olores son más intensos en mis sueños de lobo —pensó—, y la comida también tiene más sabor. Fantasma está más vivo que yo.» Dejó la taza vacía en la forja.

Tonelete estaba en su puerta aquella mañana.

—Quiero hablar con Bedwyck y Janos Slynt —le dijo Jon—. Que vengan en cuanto amanezca.

En el exterior, el mundo estaba oscuro y silencioso. «Hace frío, pero no es peligroso. Aún no. Hará más calor cuando salga el sol. Si los dioses son misericordiosos, puede que el Muro llore.» La columna ya estaba formada cuando llegaron al cementerio. Jon había puesto al mando de la escolta a Jack Bulwer el Negro, que tenía a su cargo una docena de exploradores montados y dos carromatos. Uno transportaba una pila enorme de cajas, arcones y sacos repletos de provisiones para el viaje, y el otro estaba cubierto con un techo rígido de cuero endurecido que lo protegía del viento. El maestre Aemon estaba sentado al fondo, arrebujado en una piel de oso que lo hacía parecer pequeño como un niño. Sam y Elí estaban cerca. Elí tenía los ojos rojos e hinchados, pero llevaba al niño en brazos y lo estrechaba con fuerza. Jon no habría sabido decir si era su hijo o el de Dalla. Solo los había visto juntos en un par de ocasiones; el niño de Elí era mayor y el de Dalla más robusto, pero se parecían tanto en edad y tamaño que nadie que no los conociese bien podría distinguirlos.

—Lord Nieve —llamó el maestre Aemon—, os he dejado un libro en mis habitaciones. El *Compendio jade*. Lo escribió el aventurero volantino Colloquo Votar, que viajó al este y visitó todas las tierras del mar de Jade. Hay un pasaje que os parecerá muy interesante; le he dicho a Clydas que os lo marque.

—Lo leeré, no lo dudéis.

—El conocimiento es un arma, Jon. —El maestre Aemon se limpió la nariz—. Aseguraos de ir bien armado antes de entrar en combate.

—Muy bien. —Jon sintió algo frío y húmedo en la cara. Cuando miró hacia arriba, vio que estaba nevando. «Mal presagio.» Se volvió hacia Jack Bulwer—. Id tan deprisa como podáis, pero sin correr riesgos innecesarios. Viajan con vosotros un anciano y un bebé. Encargaos de que no pasen frío ni hambre.

—Vos también, mi señor. —Elí no tenía prisa por subir al carromato—. Haced lo mismo por el otro. Buscadle otra nodriza, como dijisteis. Me lo habéis prometido. El niño... El hijo de Dalla... Es decir, el príncipe... Buscadle una buena mujer, para que crezca grande y fuerte.

—Tenéis mi palabra.

—No le pongáis nombre. Nada de nombres hasta que cumpla dos años. Trae mala suerte ponerles nombre cuando aún toman el pecho. Puede que los cuervos no lo sepáis, pero es así.

—Como ordenéis, mi señora.

—No me llaméis así. Soy madre, no señora. Soy esposa de Craster e hija de Craster, y también soy madre. —Le entregó el niño a Edd el Penas para subir al carromato y se cubrió con unas pieles. Cuando Edd le devolvió al pequeño, Elí empezó a darle el pecho. Sam apartó la vista, rojo como un tomate, y subió a su yegua.

—¡En marcha! —ordenó Jack Bulwer el Negro al tiempo que hacía chasquear el látigo. Los carromatos empezaron a avanzar. Sam se demoró un momento.

—Bueno, hasta pronto.

—Hasta pronto, Sam —respondió Edd el Penas—. No creo que tu barco se hunda; los barcos solo se hunden si yo estoy a bordo.

—La primera vez que vi a Elí tenía la espalda apretada contra una pared del Torreón de Craster —dijo—. Era una chiquilla flaca de pelo oscuro y barriga enorme, y Fantasma la tenía aterrorizada. Se había colado entre sus conejos, y creo que ella tenía miedo de que la desgarrara para devorar al bebé... Pero no era del lobo de quien debía tener miedo, ¿verdad?

—Es más valiente de lo que ella misma sabe —dijo Sam.

—Tú también, Sam. Que tengas un viaje rápido y seguro, y cuida de ella, de Aemon y del niño. —Las gotas frías en la cara le recordaron el día en que se había despedido de Robb en Invernalia, sin saber que lo veía por última vez—. Y súbete la capucha. Se te está derritiendo la nieve del pelo.

Cuando la pequeña caravana quedó reducida a un punto lejano, el cielo del este había pasado del negro al gris, y la nieve caía pesadamente.

—Gigante ya está a disposición del lord comandante —le recordó Edd el Penas—. Igual que Janos Slynt.

—Sí. —Jon Nieve miró hacia el Muro, que se alzaba sobre ellos como un acantilado de hielo. «Cien leguas de extremo a extremo, y doscientas setenta varas de altura.» La fuerza del Muro residía en su altura; la longitud era su debilidad. Jon recordó una cosa que le había dicho su padre: «Ningún muro es más fuerte que los hombres que lo defienden». Los hombres de la Guardia de la Noche eran valientes, pero escasos para la tarea que tenían encomendada.

Gigante estaba esperando en la armería. Su verdadero nombre era Bedwyck. Con menos de ocho palmos de estatura, era el hombre más bajo de la Guardia de la Noche. Jon fue directo al grano.

—Necesitamos más ojos en el Muro, y para eso hacen falta torreones de vigilancia donde nuestras patrullas puedan guarecerse del frío y encontrar comida caliente y monturas descansadas. Voy a guarnecer Marcahielo y voy a ponerte al mando.

Gigante se limpió la cera del oído con el meñique.

—¿Al mando? ¿Yo? ¿Es que mi señor no sabe que solo soy un granjero y que me mandaron al Muro por cazador furtivo?

—Has sido explorador una docena de años. Has sobrevivido al Puño de los Primeros Hombres y al Torreón de Craster, y has vuelto para contarlo. Los más jóvenes te admiran.

—Hay que ser muy poca cosa para admirarme. No sé leer, mi señor. Cuando tengo un buen día sé escribir mi nombre.

—He solicitado más maestres a Antigua. Dispondrás de dos cuervos por si tienes que enviar algún comunicado urgente. Si no, basta con que envíes jinetes. Mientras no tengamos más maestres y más pájaros, necesito establecer una línea de torres con almenaras en la parte superior del Muro.

—¿Y a cuántos infelices voy a tener a mi mando?

—Veinte de la Guardia —contestó Jon—, y diez hombres de Stannis.

—«Viejos, novatos, o heridos»—. No serán sus mejores hombres y ninguno vestirá el negro, pero obedecerán. Utilízalos como te parezca. Cuatro de los hermanos que te voy a asignar serán desembarqueños que vinieron al Muro con lord Slynt. Vigila a ese grupo con un ojo, y con el otro presta atención por si aparecen escaladores.

—Podemos vigilar tanto como queramos, mi señor, pero si llegan muchos escaladores a la cima, no podremos echarlos abajo con solo treinta hombres.

«No podríamos ni con trescientos.» Jon no quería decirlo en voz alta. Era cierto que los escaladores eran tremendamente vulnerables durante el ascenso, y si se les arrojaban piedras, lanzas y calderos de brea ardiendo, lo único que podían hacer era intentar agarrarse al hielo con uñas y dientes. A veces parecía que era el propio Muro el que se los quitaba de encima, como un perro que se sacudiera las pulgas. Jon lo había visto con sus propios ojos cuando murió Jarl, el amante de Val, cuando una placa de hielo se desprendió debajo de él.

Pero si los escaladores pasaban desapercibidos y conseguían coronar el Muro, todo cambiaba. Si contaban con un poco de tiempo, podían excavar refugios en la pared, atrincherarse y lanzar cuerdas y escalas para que pudieran trepar miles de hombres. Así lo había hecho Raymun Barbarroja, que había sido Rey-más-allá-del-Muro en tiempos del abuelo de su abuelo. Por aquel entonces, Jack Musgood era el lord comandante. Lo llamaban Jack el Juergas antes de que Barbarroja llegase del norte, y después fue para siempre Jack el Dormido. Las huestes de Raymun habían tenido un final sangriento a orillas del lago Largo, cuando quedaron atrapadas entre lord Willam de Invernalia y Harmond Umber, el Gigante Borracho. Artos el Implacable, el hermano menor de lord Willam, abatió a Barbarroja. La Guardia llegó demasiado tarde para luchar contra los salvajes, pero a tiempo para enterrarlos; esa fue la tarea que le encomendó, enfurecido, Artos Stark mientras lloraba sobre el cadáver decapitado de su hermano.

Jon no tenía la menor intención de pasar a la posteridad como Jon Nieve el Dormido.

—Treinta hombres son mejor que nada —le contestó a Gigante.

—Es cierto —contestó el hombrecillo—. ¿Será solo Marcahielo, o mi señor querrá reabrir también los otros fuertes?

—Con el tiempo los guarneceré todos, pero de momento serán solo Marcahielo y Guardiagrís.

—¿Mi señor ha decidido quién estará al mando en Guardiagrís?

—Janos Slynt —contestó Jon. «Que los dioses se apiaden de nosotros»—. No se obtiene el mando de los capas doradas sin más ni más. Su padre era carnicero. Era capitán de la puerta de Hierro cuando murió Manly Stokeworth, y Jon Arryn puso en sus manos la defensa de Desembarco del Rey. Lord Janos no puede ser tan tonto como parece. —«Y lo quiero lejos de Alliser Thorne.»

—Es posible —contestó Gigante—, pero yo lo pondría en la cocina a pelar nabos con Hobb Tresdedos.

«En tal caso no me atrevería a volver a probar un nabo.»

Ya había transcurrido la mitad de la mañana cuando lord Janos se dignó hacer lo que se le había ordenado y se presentó ante Jon, que estaba limpiando a *Garra*. Otro habría encomendado la tarea a un mayordomo o un escudero, pero lord Eddard había enseñado a sus hijos a cuidar de sus propias armas. Cuando Kegs y Edd el Penas llegaron con Slynt, Jon les dio las gracias e invitó a lord Janos a tomar asiento.

Janos se sentó sin mucha elegancia, cruzó los brazos con el ceño fruncido y no prestó la menor atención al acero desnudo que tenía su lord comandante en las manos. Jon pasó el paño encerado por su espada bastarda, observó el juego de luces de la mañana en sus curvas y pensó en la facilidad con que la hoja atravesaría piel, grasa y tendones para separar la fea cabeza de Slynt de su cuerpo. Cuando un hombre vestía el negro, todos sus crímenes y lealtades quedaban olvidados, pero aun así le costaba considerar a Janos un hermano.

«Hay sangre entre nosotros. Este hombre participó en el asesinato de mi padre y también intentó matarme a mí.»

—Lord Janos —Jon envainó la espada—, voy a daros el mando de Guardiagrís.

—Guardiagrís... —repitió Slynt, desconcertado—. Por Guardiagrís fue por donde escalaste el Muro con tus amigos salvajes.

—Sí. El fuerte se encuentra en condiciones deplorables, así que lo restauraréis en la medida de lo posible. Podéis empezar por despejar el bosque. Utilizad las piedras de los edificios derrumbados para reparar los que sigan en pie. —«Será un trabajo duro e inhumano —podría haber añadido—. Dormirás sobre piedras, demasiado cansado para quejarte o conspirar, y pronto olvidarás cómo era sentir calor, pero quizá recuerdes cómo era ser un hombre»—. Tendréis treinta hombres a vuestra disposición. Diez de los nuestros, diez de la Torre Sombría y diez que nos dejará el rey Stannis.

La cara de Slynt se había vuelto del color de una ciruela, y la carnosa papada empezó a temblar.

—¿Crees que no sé qué pretendes? No se engaña tan fácilmente a Janos Slynt. Yo estaba al cargo de la defensa de Desembarco del Rey cuando todavía manchabas los pañales. Métete tus ruinas por donde te quepan, bastardo.

«Te estoy dando una oportunidad. Es más de lo que diste a mi padre.»

—Me malinterpretáis, mi señor. Es una orden, no un ofrecimiento. Hay cuarenta leguas hasta Guardiagrís. Empaquetad vuestras armas y armaduras, despedíos y estad listo para partir mañana con la primera luz.

—No. —Lord Janos tiró la silla al levantarse—. No pienso dejar que me manden a morir congelado y obedecer como un cordero. ¡Ningún bastardo de traidor da órdenes a Janos Slynt! ¡Yo era el señor de Harrenhal! No me faltan amigos, te lo advierto. Ni aquí ni en Desembarco del Rey. Regala tus ruinas a uno de esos imbéciles que te dieron su voto, que yo no las quiero. ¿Me oyes, chico? ¡No las quiero!

—Obedeceréis.

Slynt no se dignó contestar, pero al salir apartó la silla de una patada.

«Todavía me considera un niño —pensó Jon—, un crío inexperto que se deja intimidar por unos cuantos gritos.» Su única esperanza era que una noche de sueño devolviera a lord Janos el sentido común.

Pero a la mañana siguiente, esa esperanza demostró ser vana. Jon se encontró a Slynt desayunando en la sala común, con Alliser Thorne y varios de sus amigos. Estaban riendo cuando Jon bajó por las escaleras con Férreo Emmett y Edd el Penas. Detrás de ellos iban Mully, Caballo, Jack Crabb el Rojo, Rusty Flores y Owen el Bestia. Hobb Tresdedos estaba sirviendo unas gachas. Los hombres de la reina, los hombres del rey y los hermanos negros se sentaban en mesas separadas; algunos comían la pasta espesa de los cuencos y otros se llenaban el estómago de pan frito y cerdo. Jon vio a Pyp y a Grenn en una mesa, y en otra a Bowen Marsh. El aire olía a humo y grasa, y el ruido de cuchillos y cucharas resonaba en el techo abovedado.

Todas las voces se acallaron al unísono.

—Lord Janos —dijo Jon—, os doy una última oportunidad. Dejad la cuchara e id a los establos. He mandado ensillar y aparejar vuestro caballo. El viaje a Guardiagrís es largo y arduo.

—Pues sal cuanto antes, chico. —Al reírse, Slynt se derramó las gachas por el pecho—. Guardiagrís es un buen sitio para alguien como tú, bien lejos de la gente decente y devota. Llevas la marca de la bestia, bastardo.

—¿Os negáis a obedecer mi orden?

—Puedes meterte tu orden por el culo, bastardo —respondió Slynt.

Una sonrisa aleteó en los labios de ser Alliser Thorne, que tenía los ojos clavados en Jon. En otra mesa, Godry Masacragigantes se echó a reír.

—Como queráis. —Jon hizo una seña a Férreo Emmett—. Llevad a lord Janos al Muro...

«... y encerradlo en una celda de hielo —podría haber dicho. Un día o diez encerrado en hielo sin duda lo dejarían reducido a un guiñapo tembloroso y febril. Y en cuanto saliera, empezaría a conspirar otra vez con Thorne.

»... y atadlo a su caballo —podría haber dicho. Si Slynt no quería ir a Guardiagrís como comandante, podría ir como cocinero. Pero acabaría por desertar, y ¿cuántos lo acompañarían?»

—... y ahorcadlo —concluyó.

La cara de Janos Slynt se tornó blanca como la leche. La cuchara se le resbaló entre los dedos. Las pisadas de Edd y Emmett resonaron en el suelo de piedra cuando cruzaron la sala. Bowen Marsh abría y cerraba la boca, pero de ella no salía ninguna palabra. Ser Alliser Thorne llevó la mano a la espada.

«Vamos —pensó Jon. Llevaba a *Garra* colgada a la espalda—. Enseña tu acero. Dame un motivo para hacer lo mismo.»

La mitad de los presentes se había puesto de pie: caballeros y soldados sureños, leales al rey Stannis, a la mujer roja o a ambos, así como hermanos juramentados de la Guardia de la Noche. Algunos habían elegido a Jon como lord comandante. Otros habían dado su voto a Bowen Marsh, a ser Denys Mallister, a Cotter Pyke... y muchos a Janos Slynt.

«Cientos, creo recordar.» Jon se preguntó cuántos de aquellos estarían en la sala. Durante un momento, el mundo osciló en el filo de una espada.

Alliser Thorne apartó la mano de la suya y se hizo a un lado para dejar paso a Edd Tollett.

Edd el Penas cogió a Slynt de un brazo, y Férreo Emmett, del otro. Entre los dos lo levantaron del banco.

—No —protestó lord Janos, salpicando restos de gachas—. No, ¡soltadme! Solo es un crío, ¡es un bastardo! Su padre fue un traidor. Lleva la marca de la bestia, ese lobo suyo... ¡Soltadme! Lamentaréis el día en que pusisteis la mano encima a Janos Slynt. Tengo amigos en Desembarco del Rey, os lo advierto... —Siguió protestando mientras lo subían por las escaleras medio a rastras.

Jon los siguió afuera. Tras él, la estancia se vació. Ya junto a la jaula, hubo un instante en que Slynt se soltó e intentó luchar, pero Férreo Emmett lo cogió por el cuello y lo golpeó contra los barrotes hasta hacerlo desistir. Para entonces, todo el Castillo Negro había salido a ver qué pasaba. Incluso Val estaba en la ventana, con el largo pelo dorado cayendo en una trenza por el hombro. Stannis estaba en las escaleras de la Torre del Rey, rodeado por sus caballeros.

—Si el chico cree que puede asustarme, se equivoca —oyeron decir a lord Janos—. No se atreverá a colgarme. Janos Slynt tiene amigos, amigos importantes, ¿sabéis...? —El viento se llevó el resto de sus palabras.

«Esto está mal», pensó Jon.

—Deteneos.

—¿Mi señor? —Emmet se volvió, con el ceño fruncido.

—No voy a ahorcarlo. Traedlo aquí.

—Oh, que los Siete nos amparen —oyó lamentarse a Bowen Marsh.

La sonrisa de Janos Slynt fue tan pringosa como la mantequilla rancia. Hasta que Jon volvió a hablar.

—Edd, tráeme un tocón. —Desenvainó a *Garra*.

Tardaron en encontrar uno apropiado, y durante ese tiempo lord Janos intentó refugiarse en la jaula, pero Férreo Emmet lo sacó a rastras.

—No —gimoteó Slynt cuando Emmett lo empujó para obligarlo a cruzar el patio—. Soltadme... No podéis... Cuando Tywin Lannister se entere de esto, os arrepentiréis...

Emmett le dobló las piernas dc una patada y Edd el Penas le plantó un pie en la espalda para mantenerlo de rodillas, mientras su compañero le ponía el tocón bajo la cabeza.

—Será más fácil si os quedáis quieto —le prometió Jon Nieve—. Si os movéis, moriréis igualmente, pero de forma mucho más sucia. Estirad el cuello, mi señor. —La clara luz de la mañana subió y bajó por la hoja cuando Jon cogió la espada bastarda con las dos manos y la levantó—. Si queréis decir vuestras últimas palabras, este es el momento —dijo, esperando un último insulto.

Janos Slynt torció el cuello para poder mirarlo.

—Por favor, mi señor, piedad. Iré, iré, yo...

«No. Ese barco ya ha zarpado.» *Garra* descendió.

—¿Puedo quedarme con sus botas? —preguntó Owen el Bestia cuando la cabeza de Janos Slynt rodó por el barro—. Están casi nuevas y tienen forro de piel.

Jon miró de reojo a Stannis, y sus miradas se encontraron durante un instante. El rey le hizo un gesto de asentimiento y volvió a entrar en la torre.

Tyrion

Cuando despertó estaba a solas, y la litera se había detenido. En el lugar que ocupaba Illyrio solo quedaba un montón de cojines aplastados. El enano tenía la garganta seca y rasposa. Había soñado... ¿qué había soñado? No lo recordaba. En el exterior, varias voces hablaban en un idioma que le resultaba desconocido. Tyrion sacó las piernas por las cortinas y saltó al suelo para encontrarse con el magíster Illyrio, que estaba junto a los caballos con dos jinetes mucho más altos que él. Ambos vestían casaca de cuero desgastado bajo la capa de lana marrón oscuro, pero tenían la espada envainada; el gordo no estaba en peligro.

—Tengo que mear —anunció el enano.

Anadeó para cruzar el camino, se soltó los calzones y vació la vejiga contra un matorral espino. Le llevó un buen rato.

—Al menos mea bien —señaló una voz.

Tyrion sacudió las últimas gotas y volvió a anudarse la ropa.

—Mear es el menor de mis talentos. Tendríais que verme cagar. —Miró al magíster Illyrio—. ¿Conocéis a estos dos, magíster? Parecen forajidos. ¿Voy a por el hacha?

—¿A por el hacha? —se regocijó uno de los corpulentos jinetes, un hombretón de barba descuidada y pelo anaranjado—. ¿Habéis oído eso, Haldon? ¡El hombrecito quiere pelear con nosotros!

Su acompañante era mayor e iba afeitado, con lo que destacaban sus rasgos austeros. Llevaba el pelo recogido en la nuca.

—Los hombres de pequeño tamaño tienen que demostrar su valor con baladronadas improcedentes —afirmó   . Dudo mucho que pueda matar a un pato.

—Que venga ese pato. —Tyrion se encogió de hombros.

—Si insistís...

El jinete miró a su barbudo acompañante, que desenvainó una espada bastarda.

—Yo soy Pato, boquita de letrina.

«Qué chistosos los dioses.»

—Había pensado en un pato más pequeño...

El hombretón no pudo contener una carcajada ronca.

—¿Habéis oído, Haldon? ¡Quiere un pato más pequeño!

—Yo me conformaría con uno más silencioso. —El tal Haldon examinó a Tyrion con fríos ojos grises antes de volverse de nuevo hacia Illyrio—. ¿Nos habéis traído baúles?

—Y mulas para transportarlos.

—Las mulas son demasiado lentas. Tenemos caballos de carga; les pondremos los baúles. Encargaos, Pato.

—¿Por qué Pato tiene que ocuparse de todo? —El hombretón volvió a envainar la espada—. ¿De qué os ocupáis vos, Haldon? Quién es el caballero, ¿vos o yo? —Pese a sus protestas, fue a ocuparse del equipaje que cargaban las mulas.

—¿Cómo se encuentra nuestro muchacho? —preguntó Illyrio mientras ataban los baúles con correas. Tyrion contó seis: eran de roble, con abrazaderas de hierro. Pato los levantaba con facilidad y se los echaba al hombro.

—Ya está tan alto como Grif. Hace tres días tiró a Pato a un pesebre.

—No me tiró. Hice como que me caía para que se riera.

—Pues fue todo un éxito —replicó Haldon—. Incluso yo me partí de risa.

—En un baúl hay un regalo para el chico: jengibre confitado. Siempre le ha gustado mucho. —Illyrio parecía extrañamente triste—. Pensé que podría seguir con vosotros hasta Ghoyan Drohe. Un banquete de despedida antes de que partáis río abajo...

—No tenemos tiempo para banquetes, mi señor —dijo Haldon—. Grif quiere que nos pongamos en marcha en cuanto regresemos. Nos han llegado noticias, todas malas. Se ha visto a dothrakis al norte del lago Daga; por lo visto eran jinetes del viejo *khalasar* de Motho, y Khal Zekko no anda lejos; está en el bosque de Qohor.

El gordo dejó escapar un sonido grosero.

—Zekko visita Qohor cada tres o cuatro años. Los qohorienses le dan una saca de oro y vuelve a poner rumbo al este. En cuanto a Motho, sus hombres están tan viejos como él, y su número mengua cada año. La verdadera amenaza es...

—... Khal Pono —terminó Haldon—. Por lo que se dice, Motho y Zekko huyen de él. Según los últimos informes, Pono se encuentra cerca del nacimiento del Selhoru con un *khalasar* de treinta mil personas. Grif no quiere arriesgarse a que nos atrapen mientras cruzamos el río, en caso de que Pono decida llegar hasta el Rhoyne. —Haldon lanzó una mirada en dirección a Tyrion—. ¿A vuestro enano se le da tan bien cabalgar como mear?

—El enano sabe montar —interrumpió Tyrion antes de que el señor del queso respondiera por él—, pero cabalga mejor con una silla especial y un caballo que conozca. Por cierto, también se le da bien hablar.

—Ya se nota. Soy Haldon, el sanador de nuestro pequeño grupo. Los demás me llaman Mediomaestre. Mi compañero es ser Pato.

—Ser Rolly —corrigió el hombre corpulento—. Rolly Campodepatos. Cualquier caballero puede armar caballero a quien quiera, y Grif me armó a mí. ¿Y vos, enano?

—Yollo, se llama Yollo —intervino Illyrio a toda prisa.

«¿Yollo? Suena a nombre de mono.» Peor aún, era un nombre pentoshi, y saltaba a la vista que Tyrion no lo era.

—En Pentos me llaman Yollo —se apresuró a aclarar para arreglarlo de la mejor manera posible—, pero mi madre me llamó Hugor Colina.

—¿Qué sois? ¿Un pequeño rey o un pequeño bastardo? —preguntó Haldon.

Tyrion comprendió que haría mejor en tener cuidado con Haldon Mediomaestre.

—Todo enano es un bastardo a ojos de su padre.

—No me cabe la menor duda. Bueno, Hugor Colina, respondedme a lo siguiente. ¿Cómo mató al dragón Urrax Serwyn del Escudo Espejo?

—Se le acercó oculto tras el escudo. Hasta que Serwyn le clavó la lanza en el ojo, Urrax solo vio su propio reflejo.

—Esa historia se la sabe hasta Pato —replicó Haldon, en absoluto impresionado—. ¿Sabríais decirme el nombre del caballero que intentó utilizar la misma estratagema con Vhagar durante la Danza de los Dragones?

—Ser Byron Swann. —Tyrion sonrió—. Le salió mal y acabó asado..., solo que el dragón se llamaba Syrax, no Vhagar.

—Me temo que os equivocáis. En *La Danza de los Dragones: Relato verídico,* el maestre Munkun dice que...

—... que se llamaba Vhagar. El gran maestre, que no maestre, se equivocaba. El escudero de ser Byron vio morir a su señor y así se lo relató a la hija de este. En su carta dice que fue Syrax, la dragona de Rhaenyra, cosa que tiene mucho más sentido que la versión de Munkun. Swann era hijo de un señor marqueño, y Bastión de Tormentas defendía la causa de Aegon. Quien montaba a Vhagar era el príncipe Aemond, hermano de Aegon. ¿Por qué iba a querer matarla Swann?

—Procurad no caeros del caballo. —Haldon apretó los labios—. Si os caéis, más os vale volver a Pentos por vuestra cuenta. Nuestra tímida doncella no espera a hombre ni a enano.

—Las doncellas tímidas son mis favoritas. Después de las viciosas. Decidme, ¿adónde van las putas?

—¿Tengo cara de putañero?

—No se atreve —rio Pato, burlón—. Lemore lo obligaría a rezar para pedir perdón, el chico querría apuntarse, y Grif le cortaría la polla y se la haría tragar.

—Es razonable —apuntó Tyrion—; a un maestre no le hace falta la polla.

—Pero Haldon solo es medio maestre.

—Ya que el enano os parece tan divertido, cabalgaréis con él, Pato —bufó Haldon.

Hizo dar media vuelta a su montura. Pato tardó un momento en terminar de amarrar los baúles de Illyrio al lomo de los tres caballos de carga, y cuando acabó, Haldon ya había desaparecido. Aquello no pareció preocuparlo. Montó a caballo, agarró a Tyrion por el cuello del jubón y lo sentó ante él.

—Agarraos bien al pomo y no os pasará nada. La yegua tiene un trote muy tranquilo, y el camino del Dragón es suave como el culo de una doncella.

Ser Rolly cogió las riendas con la mano derecha y la traílla con la izquierda, e hizo que el caballo emprendiera el trote.

—¡Os deseo buena fortuna! —les gritó Illyrio mientras se alejaban—. Decidle al chico que siento mucho no poder asistir a su boda. Me reuniré con vosotros en Poniente, lo juro por las manos de mi amada Serra.

Justo antes de que Tyrion Lannister perdiera de vista a Illyrio Mopatis, el magíster estaba de pie junto a su litera, con su túnica de brocado y los enormes hombros caídos. A medida que aumentaba la distancia y la nube de polvo lo ocultaba, el señor del queso parecía casi pequeño.

Pato dio alcance a Haldon Mediomaestre quinientos pasos más adelante, y cabalgaron juntos desde allí. Tyrion, con las cortas piernas colgando a los lados, se aferró al pomo y se resignó a las ampollas, los calambres y las magulladuras que no tardarían en llegar.

—¿Qué harían con nuestro enano los piratas del lago Daga? —preguntó Haldon.

—No sé. ¿Estofado de enano? —sugirió Pato.

—El peor es Urho el Sucio —le confió Haldon—. Puede matar a un hombre con tan solo su hedor.

—Menos mal que no tengo nariz. —Tyrion se encogió de hombros.

—Si nos encontramos a lady Korra en su *Dientes de Bruja,* pronto perderéis otras partes —sonrió Haldon—. La llaman Korra la Cruel. La tripulación de su barco está formada por hermosas doncellas que castran a todo varón que capturan.

—Aterrador. Estoy a punto de mearme en los calzones.

—Ni se os ocurra —amenazó Pato.

—Como digáis. Si nos encontramos con esa tal lady Korra, me pondré una falda y le diré que soy Cersei, la famosa belleza barbuda de Desembarco del Rey.

Pato no pudo contener la carcajada.

—Sois un hombrecito muy gracioso —bufó Haldon—. Se dice que el Señor de la Mortaja otorgará una dádiva a cualquiera que lo haga reír. Puede que Su Alteza Gris os elija para adornar su corte de piedra.

Pato miró a su compañero, intranquilo.

—No gastéis bromas sobre él —amonestó Pato, intranquilo—. Estamos muy cerca del Rhoyne; tiene oídos en todas partes.

—Sois un pato muy precavido —reconoció Haldon—. Os pido disculpas, Yollo. No os pongáis tan pálido; solo era una broma. El Príncipe de los Pesares no otorga su beso gris a la ligera.

«Su beso gris.» La sola idea hizo que se le pusiera la carne de gallina. La muerte ya no resultaba aterradora para Tyrion Lannister, pero la psoriagrís era otra cosa.

«El Señor de la Mortaja no es más que una leyenda —se dijo—, tan real como el fantasma de Lann el Astuto que, según dicen, hechiza los pasillos de Roca Casterly.» Pese a todo, no dijo una palabra. Su repentino silencio pasó desapercibido, porque Pato empezó a contarle su vida. Según le explicó, su padre había sido armero en Puenteamargo, así que él nació acompañado por el sonido del acero y jugó con espadas desde muy pequeño. Se convirtió en un muchacho corpulento y atractivo que llamó la atención de lord Caswell, quien le ofreció un puesto en su guarnición. Pero él siempre había aspirado a más. Había visto al enclenque hijo de Caswell convertirse en paje, luego en escudero y por último en caballero.

—Era un mierdecilla flacucho que no servía para nada, pero el viejo señor tenía cuatro hijas y solo un hijo, así que estaba prohibido decir una sola palabra en su contra. En el patio, durante los entrenamientos, los otros escuderos ni se atrevían a ponerle un dedo encima.

—Pero vos no erais tan timorato, claro. —Tyrion veía claramente el rumbo que tomaba la historia.

—Mi padre me hizo una espada larga para celebrar mi decimosexto día del nombre —prosiguió Pato—, pero a Lorent le gustó tanto que se la quedó, y el imbécil de mi padre nunca se había atrevido a negarle nada. Cuando protesté, Lorent me dijo a la cara que mi mano estaba hecha para sostener un martillo, no una espada. Así que cogí un martillo y me harté de darle golpes; le rompí los brazos y la mitad de las costillas. Después de aquello tuve que salir por piernas del Dominio. Crucé el mar para unirme a la Compañía Dorada y fui aprendiz de herrero unos años, hasta que ser Harry Strickland me aceptó como escudero. Cuando Grif envió un mensaje río abajo diciendo que necesitaba a alguien que entrenara a su hijo en el uso de las armas, Harry me mandó a mí.

—¿Y Grif os armó caballero?

—Un año después, sí.

Haldon Mediomaestre esbozó una sonrisa.

—Contadle a nuestro amiguito cómo os ganasteis vuestro nombre, venga.

—Para ser un caballero no basta con el nombre que se obtuvo al nacer —insistió el hombretón—. Y... Bueno, cuando me armó caballero estábamos en un prado, y pasó volando una bandada de patos... ¡Eh, no os riais!

Poco después del anochecer se apartaron del camino para descansar en un patio abandonado y lleno de hierbajos, junto a un viejo pozo de piedra. Tyrion se bajó de un salto para masajearse las pantorrillas y aliviar los calambres, mientras Pato y Haldon abrevaban a los caballos. Entre las losas crecían hierba dura de color pardo y retoños de árboles, y más allá se alzaban los muros de lo que en otros tiempos había sido una gran mansión de piedra. Tras ocuparse de los animales, los jinetes compartieron una sencilla cena a base de cerdo en salazón y alubias blancas frías, que regaron con cerveza. A Tyrion le pareció un agradable cambio tras los suculentos platos que había compartido con Illyrio.

—Esos baúles que os hemos traído... —empezó mientras masticaban—. Al principio creía que eran oro para la Compañía Dorada, pero luego vi como ser Rolly se cargaba uno al hombro. Si estuviera lleno de oro, no le habría resultado tan fácil.

—Son armaduras. —Pato se encogió de hombros.

—También vestimenta —aportó Haldon—. Ropa cortesana para todo nuestro grupo: lanas finas, terciopelos, capas de seda... No se puede presentar uno ante la reina vestido con andrajos, ni con las manos vacías. El magíster ha tenido la amabilidad de proporcionarnos los regalos más adecuados.

El amanecer los encontró de nuevo a caballo, trotando hacia el este bajo un manto de estrellas. El viejo camino valyrio brillaba ante ellos como una larga cinta de plata que serpenteara entre bosques y valles. Durante un rato, Tyrion Lannister se sintió casi en paz.

—Lomas Pasolargo tenía razón. Este camino es una maravilla.

—¿Lomas Pasolargo? —inquirió Pato.

—Un escriba que murió hace mucho —apuntó Haldon—. Se pasó la vida recorriendo el mundo y escribiendo sobre las tierras que visitaba. Tiene dos libros: *Maravillas* y *Maravillas creadas por el hombre*.

—Un tío mío me los regaló cuando era pequeño —asintió Tyrion—. Los leí hasta que se cayeron a pedazos.

—«Los dioses crearon siete maravillas; los mortales, nueve» —citó el Mediomaestre—. Qué blasfemo, el hombre mortal; mira que superar por dos a los dioses... Pero bueno, así están las cosas. Los caminos de piedra de Valyria estaban entre las nueve maravillas de Pasolargo. En quinto lugar, si mal no recuerdo.

—Cuarto —corrigió Tyrion, que de niño se había aprendido de memoria las dieciséis maravillas. A su tío Gerion le hacía gracia subirlo a la mesa durante los banquetes para que las recitara.

«Y a mí también me gustaba, anda que no. Estar allí de pie, entre los mendrugos, observado por todos y demostrando qué gnomo más listo era.» Durante años había soñado con recorrer el mundo y contemplar en persona las maravillas de Pasolargo. Lord Tywin había aniquilado aquellas esperanzas diez días antes de su decimosexto día del nombre, cuando Tyrion le pidió visitar las Nueve Ciudades Libres, como habían hecho sus tíos a la misma edad.

—En mis hermanos se podía confiar; sabíamos que no avergonzarían a la casa Lannister —le replicó su padre—. Ninguno se casó jamás con una prostituta. —Tyrion le recordó que en diez días sería adulto, libre para viajar adonde quisiera—. Ningún hombre es libre —fue la respuesta de lord Tywin—. Eso solo se lo creen los niños y los idiotas. Vete, vete si quieres. Ponte un traje de bufón y da volteretas para divertir a los señores de las especias y a los reyes del queso. Pero asegúrate de que te paguen, y ni sueñes con volver. —La seguridad del niño se había derrumbado ante aquello—. Si lo que quieres es un cargo que te permita ser útil, lo tendrás.

—De manera que, para conmemorar su llegada a la vida adulta, Tyrion fue nombrado encargado de las tuberías y cisternas de Roca Casterly.

«Supongo que tenía la esperanza de que me cayera en una. —Si había sido así, Tywin se llevó una decepción. Las tuberías nunca habían estado tan desatascadas como cuando Tyrion se hizo cargo de ellas—. Necesito una copa de vino para quitarme el sabor de Tywin de la boca. De hecho, necesito un pellejo de vino.»

Volvieron a montar cuando la luna resplandeció alta en el cielo, aunque Tyrion dormitó a ratos contra el pomo, con repentinos despertares. De tanto en tanto empezaba a resbalarse de la silla, pero ser Rolly lo agarraba y volvía a enderezarlo. Cuando llegó el amanecer, al enano le dolían las piernas y tenía las posaderas magulladas y laceradas.

Tardaron un día más en llegar a Ghoyan Drohe, junto al río.

—El legendario Rhoyne —comentó Tyrion cuando divisaron desde lo alto de un risco la lenta corriente verdosa.

—El pequeño Rhoyne —corrigió Pato.

—Y tanto.

«Bonito río, pero el afluente más pequeño del Tridente es el doble de ancho, y cualquiera de los tres Forcas es más caudaloso. —La ciudad no le resultó más impresionante. Según había leído, Ghoyan Drohe nunca fue grande, pero sí un lugar hermoso, verde y floreciente, una urbe llena de canales y fuentes—. Hasta que empezó la guerra. Hasta que llegaron los dragones.» Mil años habían transcurrido; los canales estaban atascados con juncos y lodo, y los estanques, llenos de agua podrida de la que nacían enjambres de moscas. Las piedras caídas de templos y palacios estaban medio hundidas en la tierra, y en las orillas del río crecían sauces viejos y retorcidos.

Entre tanta inmundicia vivían aún unas cuantas personas que cuidaban huertecillos rodeados de malas hierbas. El sonido de las herraduras contra el viejo camino valyrio hizo que la mayoría corriera a esconderse en sus agujeros, aunque los más osados se quedaron al sol para contemplar el paso de los jinetes con ojos desanimados, sin interés. Una niña desnuda, metida en el barro hasta las rodillas, parecía incapaz de apartar la mirada de Tyrion.

«Nunca ha visto a un enano —comprendió—, y menos aún a un enano desnarigado.» Hizo una mueca y le sacó la lengua, y la niña se echó a llorar.

—¿Qué le habéis hecho? —preguntó Pato.

—Tirarle un beso. No hay chica que no llore cuando la beso.

Más allá de los sauces retorcidos, el camino se interrumpía bruscamente, de modo que se desviaron hacia el norte durante un trecho y cabalgaron junto al agua, hasta que la vegetación rala dio paso a un viejo embarcadero de piedra medio sumergido y rodeado de hierbas crecidas.

—¡Pato! —oyeron gritar—. ¡Haldon!

Tyrion ladeó la cabeza y vio a un chico en el tejado de una construcción baja de madera. El muchacho agitaba un sombrero de paja de ala ancha para llamarles la atención. Era esbelto y bien formado, algo larguirucho y con una espesa mata de pelo azul oscuro. El enano le calculó quince o dieciséis años.

El tejado sobre el que estaba el chico resultó ser la cabina de la *Doncella Tímida,* una desvencijada barcaza de un mástil, ancha y de poco calado, idónea para subir hasta por los afluentes menos importantes y superar los bancos de arena.

«Fea doncella —pensó Tyrion—, pero a veces las menos agraciadas son las más voraces una vez en la cama. —Las barcazas que surcaban los ríos de Dorne solían estar pintadas con colores vivos y contaban con tallas exquisitas, pero no era el caso de aquella doncella. La pintura era marrón grisácea, descascarillada en algunas zonas, y no había adorno alguno en la caña del timón—. Tiene una pinta espantosa. Sin duda, de eso se trata.»

Pato también agitaba los brazos a modo de saludo. La yegua trotó por los bajíos, aplastando juncos a su paso, mientras el chico saltaba a la cubierta de la barcaza y aparecía el resto de la tripulación de la *Doncella Tímida.* Una pareja de ancianos con rasgos rhoynar se situó junto a la caña del timón, mientras que una hermosa septa ataviada con una túnica blanca salió por la puerta de la cabina y se apartó un mechón castaño de los ojos. Pero Grif era inconfundible.

—Ya basta de gritos —ordenó, y se hizo el silencio en el río.

«Este causará problemas», supo Tyrion al instante.

Grif llevaba una capa hecha con el pellejo y la cabeza de un lobo rojo del Rhoyne. Por debajo iba vestido de cuero marrón reforzado con anillas de hierro. Su rostro afeitado también parecía de cuero, con marcadas líneas a los lados de los ojos. Tenía el pelo tan azul como su hijo, pero con las raíces rojizas y las cejas más rojas todavía. Llevaba espada y daga al cinto. Si se alegraba de volver a ver a Pato y Haldon, lo disimulaba bien, aunque no se molestó en disimular el disgusto ante la presencia de Tyrion.

—¿Un enano? ¿Qué pasa aquí?

—Ya, ya, me imagino que esperabais un queso. —Tyrion se volvió hacia Grif el Joven y le dedicó su sonrisa más arrebatadora—. El pelo azul te quedará bien en Tyrosh, pero en Poniente, los niños te tirarán piedras y las niñas se reirán de ti.

—Mi madre era una dama de Tyrosh —respondió el muchacho, algo sorprendido—, y me tiño el pelo en su recuerdo.

—¿Qué pinta aquí esta aberración? —exigió saber Grif.

—Illyrio lo explica en una carta —respondió Haldon.

—Dádmela, y llevad al enano a mi camarote.

«No me gustan sus ojos», reflexionó Tyrion cuando el mercenario se sentó frente a él en la penumbra del interior de la barcaza, separado de él por el basto tablón de una mesa y una alta vela de sebo. Eran unos ojos azules como el hielo, claros y fríos. El enano desconfiaba de los ojos claros. Los de lord Tywin eran verde claro con motas doradas.

Se quedó mirando al mercenario mientras leía. El mero hecho de que supiera leer ya tenía de por sí un hondo significado. ¿Cuántos mercenarios podían presumir de conocer las letras?

«Y casi no mueve los labios.»

Por último, Grif alzó la vista del pergamino, con sus ojos claros entrecerrados.

—¿Tywin Lannister, muerto? ¿Por vuestra mano?

—Por mi dedo. Concretamente por este. —Tyrion lo alzó para que Grif tuviera ocasión de admirarlo—. Lord Tywin estaba sentado en el escusado, así que le clavé una saeta en las tripas para ver si de verdad cagaba oro. No era así. Una pena; me habría venido de maravilla un poco de oro. También maté a mi madre, pero eso fue antes. Ah, y a mi sobrino Joffrey. Lo envenené en su banquete de bodas y me quedé mirando mientras se asfixiaba. ¿No os lo ha contado el mercachifle? Por cierto, tengo intención de añadir a mis hermanos a la lista, si a vuestra reina le parece bien.

—¿Que si le parece bien? ¿Es que Illyrio se ha vuelto loco? ¿Cómo se le ha pasado por la cabeza que su alteza pueda incorporar a su servicio a un asesino de reyes, a un traidor confeso?

«Buena pregunta», pensó Tyrion.

—El rey al que maté estaba sentado en su trono, y todos aquellos a los que traicioné eran leones, así que en mi opinión ya le he prestado un excelente servicio a la reina. —Se rascó los restos de nariz—. No temáis, no pienso mataros, no sois pariente mío. ¿Os importa que mire qué os escribió el mercachifle? Me encanta leer lo que se dice de mí.

Grif hizo caso omiso de su petición, y arrimó la carta a la vela hasta que el pergamino se ennegreció, se combó y prendió.

—Hay mucha sangre entre los Targaryen y los Lannister. ¿Por qué ibais a uniros a la causa de la reina Daenerys?

—Por oro y gloria —replicó el enano en tono alegre—. Ah, y por odio. Si conocierais a mi hermana, lo entenderíais.

—Entiendo perfectamente qué es el odio. —Por la manera en que Grif pronunció la palabra, Tyrion supo que era verdad.

—Entonces ya tenemos algo en común. —«Este también ha tragado mucho odio. Hace años que se arropa en odio para dormir.»

—No soy caballero.

«Mentiroso, y además, malo. Eso ha sido muy torpe y muy estúpido, mi señor.»

—Pues dice ser Pato que vos lo armasteis.

—Pato habla demasiado.

—Hay quien consideraría notable que un pato hablara, mucho o poco. Da igual; el caso es que vos no sois caballero y yo soy Hugor Colina, un pequeño monstruo. Vuestro pequeño monstruo, si lo preferís. Tenéis mi palabra de que mi único deseo es servir a la reina dragón.

—¿Cómo pensáis serle de utilidad?

—Con mi lengua. —Se lamió los dedos uno por uno—. Puedo explicar a su alteza cómo piensa mi querida hermana, si es que a eso se le puede llamar pensar. Puedo explicar a sus capitanes cómo derrotar a mi hermano Jaime en batalla. Sé qué señores son valientes y cuáles cobardes, qué señores son leales y cuáles tornadizos. Puedo conseguirle alianzas. Y sé mucho de dragones, como podrá confirmaros vuestro mediomaestre. También soy divertido y como poco. Podéis considerarme vuestro duendecillo particular.

—Quiero que esto quede bien claro, enano —dictaminó Grif tras meditar un momento—. Aquí sois la última mierda. Vigilad vuestras palabras y haced lo que se os diga, o lo lamentaréis.

«Sí, padre», estuvo a punto de responder Tyrion.

—Como digáis, mi señor.

—No soy ningún señor.

—Disculpad, amigo, era simple cortesía. —«Mientes.»

—Tampoco soy vuestro amigo.

—Lástima. —«Ni caballero, ni señor, ni amigo.»

—No me vengáis con ironías. Os llevaré a Volantis. Si en el trayecto demostráis ser útil y obediente, podéis quedaros con nosotros para servir a la reina de la mejor manera posible. Si resulta que dais más problemas de los que resolvéis, os tocará apañároslas por vuestra cuenta.

«Ya, y me las apañaré para llegar al fondo del Rhoyne, para que los peces me mordisqueen lo que me queda de nariz.»

—*Valar dohaeris.*

—Podéis dormir en la cubierta o en la bodega, como gustéis. Ysilla os dará unas mantas.

—Qué amable. —Tyrion hizo una torpe reverencia, pero se detuvo ante la puerta del camarote y dio media vuelta—. ¿Y si cuando demos con la reina descubrimos que todo eso de los dragones no era más que una invención de marineros borrachos? Abundan las leyendas por el estilo: endriagos, tiburientes, gules, espectros, sirenas, goblins de piedra, caballos alados, cerdos alados..., leones alados...

—Os lo he advertido, Lannister. —Grif lo miró con el ceño fruncido—. Vigilad esa lengua, o la perderéis. Hay reinos enteros en peligro; estamos arriesgando nuestras vidas, nuestros nombres, nuestro honor. Eso no es ningún juego.

«Claro que sí —pensó Tyrion—. Es un juego de tronos.»

—Como digáis, capitán —murmuró al tiempo que hacía otra reverencia.

Davos

El relámpago hendió el cielo del norte y marcó la silueta de la torre de Lámpara de Noche contra el cielo azul blanquecino. El trueno llegó con seis latidos de retraso, como un tambor lejano.

Los guardias escoltaron a Davos Seaworth por el puente de basalto negro y bajo el rastrillo de hierro salpicado de herrumbre. Al otro lado estaba el profundo foso de agua marina, atravesado por un puente levadizo que colgaba de dos cadenas inmensas. Las aguas verdosas estaban agitadas y las crestas de espuma batían contra los cimientos del castillo. Más allá había una segunda torre de entrada, aún más grande que la primera; las algas verdosas colgaban como flecos de sus piedras. Davos avanzó a trompicones por el lodazal del patio, con las muñecas atadas. La lluvia fría le aguijoneaba los ojos. Los guardias lo obligaron a subir los peldaños que llevaban al gigantesco edificio de piedra de Rompeolas.

En el interior, el capitán se quitó la capa y la colgó de un clavo para no dejar charcos en la raída alfombra myriense. Davos lo imitó, aunque le costó abrirse el broche con las manos atadas. Los modales que había aprendido en Rocadragón durante los años que prestó servicio allí no habían caído en saco roto.

El señor estaba a solas, en la penumbra de la sala, cenando guiso de la Hermana con pan y cerveza. A lo largo de los gruesos muros de piedra había veinte almenaras de hierro, pero solo había antorchas en cuatro de ellas, y ninguna estaba encendida. La escasa luz titubeante procedía de dos altos velones de sebo. A Davos le llegó el sonido de la lluvia que golpeaba las paredes y el tintineo rítmico de una gotera en el tejado.

—Hemos encontrado a este hombre en El Vientre de la Ballena —dijo el capitán . Intentaba comprar pasaje para salir de la isla. Llevaba encima doce dragones, y también esto. —Puso en la mesa una ancha cinta de terciopelo negro ribeteada de oro en la que se veían tres sellos: un venado coronado de lacre dorado, un corazón llameante y una mano de plata.

Davos aguardó empapado, chorreando, con las muñecas doloridas donde la cuerda mojada le mordía la piel. Bastaría con una palabra de aquel señor para que lo colgaran de la puerta de la Horca de Villahermana, pero al menos había escapado de la lluvia, y lo que tenía bajo los pies era roca firme, no una cubierta que subía y bajaba. Estaba empapado, dolorido y demacrado; agotado por el sufrimiento y la traición, y sobre todo, harto de tormentas.

El señor se limpió la boca con el dorso de la mano y levantó la cinta para examinarla con más atención. En el exterior brilló un relámpago que hizo que las troneras refulgieran un instante con luz blanquiazul.

«Uno, dos, tres, cuatro —contó Davos antes de que llegara el trueno. Cuando el estruendo murió, oyó el gotear del agua y un rugido sordo en las entrañas del edificio, allí donde las olas chocaban contra los gigantescos arcos de piedra de Rompeolas y formaban remolinos en sus mazmorras. Era muy posible que acabara allí abajo, encadenado al suelo de piedra húmeda, condenado a morir cuando subiera la marea—. No —trató de convencerse—. Así podría morir un contrabandista, pero no la mano de un rey. Le resulto más valioso si me vende a su reina.»

El señor toqueteó la cinta y examinó los sellos con el ceño fruncido. Era un hombretón feo y gordo, con espaldas anchas de remero y cuello inexistente. Tenía el mentón y las mejillas cubiertas de una barba entrecana descuidada, blanca en algunas zonas. Por encima de la frente huidiza era completamente calvo, y tenía la nariz bulbosa enrojecida, los labios gruesos y tres dedos palmeados en la mano derecha. Davos había oído decir que algunos señores de las Tres Hermanas tenían membranas entre los dedos de pies y manos, pero siempre había pensado que era otro cuento de marineros.

—Soltadlo —ordenó el señor al tiempo que se acomodaba en la silla—. Y quitadle esos guantes. Quiero verle las manos. —El capitán obedeció. Cuando levantó la mano mutilada del prisionero, brilló otro relámpago, y la luz proyectó la sombra de los dedos cortados de Davos Seaworth contra el rostro basto y brutal de Godric Borrell, señor de Hermana Dulce—. Cualquiera puede robar una cinta, pero esos dedos no mienten. Sois el Caballero de la Cebolla.

—Así me llaman, mi señor. —Davos también tenía el título de señor, y hacía años que era caballero, pero en lo más hondo de su corazón seguía siendo lo que había sido siempre: un contrabandista de baja estofa que había comprado los honores con cebollas y pescado en salazón—. También me han llamado cosas mucho peores.

—Sí. Traidor. Rebelde. Cambiacapas.

El último insulto lo hizo saltar.

—Nunca he cambiado de capa, mi señor. Soy un hombre del rey.

—Solo si el rey es Stannis. —El señor lo sopesó con ojos duros y negros—. Casi todos los caballeros que llegan a mis playas vienen a buscarme aquí, no al Vientre de la Ballena. Ese lugar es un hervidero de contrabandistas. ¿Acaso pensáis retomar vuestro viejo oficio, Caballero de la Cebolla?

—No, mi señor. Buscaba pasaje a Puerto Blanco. El rey me envió con un mensaje para el señor del lugar.

—Pues os habéis equivocado de lugar y de señor. —Por lo visto, aquello divertía enormemente a lord Godric—. Estáis en Hermana Dulce, en Villahermana.

—Ya lo sé.

Villahermana no tenía nada de dulce. Era una ciudad repulsiva, una pocilga pequeña y sucia, que apestaba a estiércol de cerdo y pescado podrido. Davos la recordaba demasiado bien de sus tiempos de contrabandista. Tres Hermanas había sido uno de los principales puntos de encuentro de los contrabandistas durante siglos, y aun antes de eso la frecuentaban los piratas. Las calles de Villahermana eran de barro y tablones; sus casas, chozas de caña y adobe con techo de paja, y junto a la puerta de la Horca nunca faltaban hombres colgados con las tripas fuera.

—No me cabe duda de que tenéis amigos aquí —apuntó el señor—. No hay contrabandista que no conozca a alguien en las Hermanas. Hasta yo me llevo bien con algunos. A los otros los ahorco, claro. Dejo que se asfixien poco a poco, mientras los intestinos les golpean las rodillas. —La estancia volvió a iluminarse cuando el relámpago se hizo visible en las ventanas. Dos latidos más tarde llegó el trueno—. Si queríais ir a Puerto Blanco, ¿qué hacéis en Villahermana? ¿Qué os trajo aquí?

—Las tormentas. —«La orden de un rey y la traición de un amigo», podría haber respondido.

Veintinueve barcos habían zarpado del Muro. Davos no creía que quedara a flote ni la mitad. Los cielos negros, los vientos encarnizados y las tempestades los habían perseguido costa abajo. Las galeras *Oledo* e *Hijo de la Madre Vieja* se habían estrellado contra las rocas en Skagos, la isla de unicornios y caníbales donde hasta el *Bastardo Ciego* se había negado a fondear. La gran coca *Saathos Saan* había zozobrado cerca de los Acantilados Grises.

—Stannis los pagará uno por uno —rugió Salladhor Saan—. Con oro contante y sonante.

Era como si un dios airado se estuviera resarciendo de su tranquilo viaje hacia el norte, que habían realizado acompañados por el viento del sur desde Rocadragón hasta el Muro. Otro temporal había arrancado la arboladura de la *Cosecha Generosa*, y Salla tuvo que ordenar que la remolcaran. Diez leguas al norte de la Atalaya de la Viuda, los mares se encabritaron de nuevo y lanzaron la *Cosecha Generosa* contra una de las galeras que la remolcaban, con lo que ambas se hundieron. Algunos marinos consiguieron llegar a nado a puerto. A otros no volvieron a verlos.

—Vuestro rey me ha convertido en Salladhor el Mendigo —se quejó Salladhor Saan a Davos mientras los restos de su flota se arrastraban por el Mordisco—. Salladhor el Machacado. ¿Dónde están mis barcos? ¿Y mi oro? ¿Dónde está todo el oro que se me prometió? —Davos trató de tranquilizarlo sin resultado alguno, asegurándole que recibiría su pago—. ¿Cuándo? ¿Cuándo? —estalló Salla—. ¿Mañana? ¿Con la luna nueva? ¿Cuando vuelva el cometa rojo? Siempre me promete oro y piedras preciosas, pero yo no he visto nada. Dice que tengo su palabra; sí, claro, su real palabra, y lo apunta y todo. ¿Es que Salladhor Saan puede comerse la palabra de un rey? ¿Puede aplacar su sed con pergaminos y sellos de lacre? ¿Puede meter promesas en un lecho de plumas y follárselas hasta que griten?

Davos había tratado de persuadirlo para que mantuviera la lealtad al rey. Le explicó que, si abjuraba de Stannis, ya podía olvidarse de cobrar el oro que le debía: no era probable que el rey Tommen pagara las deudas de su tío tras derrotarlo. La única esperanza de Salla era seguir leal a Stannis Baratheon hasta que conquistara el Trono de Hierro, o no volvería a ver ni una moneda. Se imponía la paciencia.

Tal vez un señor de lengua melosa habría sabido conmover al príncipe pirata lyseno, pero Davos era el Caballero de la Cebolla, y sus palabras solo sirvieron para indignar aún más a Salla.

—Tuve paciencia en Rocadragón —le replicó—, mientras la mujer roja quemaba dioses de madera y hombres aullantes. Tuve paciencia durante todo el viaje hasta el Muro. Tuve paciencia en Guardiaoriente... y frío; tuve mucho, mucho frío. A la mierda. A la mierda la paciencia y a la mierda tu rey. Mis hombres están hambrientos; quieren volver a follar con sus mujeres y contar cuántos hijos tienen; quieren volver a ver los Peldaños de Piedra y los jardines de placer de Lys. Lo que no quieren es hielo, tormentas ni promesas vacías. Este norte es muy frío y está volviéndose más frío aún.

«Sabía que llegaría este momento —se dijo Davos—. Le tenía cariño al muy bribón, pero no soy tan idiota como para confiar en él.»

—Tormentas. —Lord Godric pronunció la palabra con tanto afecto como otro habría dicho el nombre de su amante—. Las tormentas ya eran sagradas en las Hermanas antes de la llegada de los ándalos. Nuestros antiguos dioses eran Nuestra Señora de las Olas y el Señor de los Cielos. Cada vez que copulaban había tormentas. —Se inclinó hacia él—. A esos reyes nunca les han importado las Hermanas. Claro que no, ¿por qué iban a importarles? Somos pequeños, somos pobres. Pero aquí estás; las tormentas te han traído a mis manos.

«Un amigo me ha traído a tus manos.»

—Dejadme a solas con este hombre. —dijo lord Godric volviéndose hacia su capitán—. No ha estado aquí.

—Claro que no, mi señor.

El capitán salió de la estancia dejando las huellas de botas mojadas en la alfombra. Bajo el suelo, el mar rugía inquieto, batiendo contra el pie del castillo. La puerta exterior se cerró con un sonido distante como el de un trueno, y de nuevo, casi a modo de respuesta, brilló un relámpago.

—Mi señor —empezó Davos—, si me enviarais a Puerto Blanco, su alteza lo consideraría una prueba de amistad.

—Puedo enviaros a Puerto Blanco —reconoció el señor—. Y también puedo enviaros a cualquier infierno helado y húmedo.

«No creo que haya peor infierno que Villahermana.» Davos se temió lo peor. Las Tres Hermanas eran unas zorras caprichosas, leales solo a sí mismas. En teoría habían jurado lealtad a los Arryn del Valle, pero el Nido de Águilas nunca había controlado realmente las islas.

—Si Sunderland supiera que estáis aquí, me exigiría que os entregara. —Borrell era vasallo de Hermana Dulce, al igual que Longthorpe de Hermana Larga, y Torrent, de Hermana Pequeña; y todos habían jurado lealtad a Triston Sunderland, señor de las Tres Hermanas—. Os vendería a la reina por una olla de ese oro que tanto les sobra a los Lannister. El pobre tiene siete hijos, todos decididos a ser caballeros, así que necesita hasta el último dragón. —El señor cogió una cuchara de madera y volvió a enfrentarse al guiso—. Antes de oír a Triston lamentarse por el precio de los corceles, yo maldecía a los dioses que solo me habían concedido hijas. Ni os imagináis cuánto pescado hace falta para comprar una armadura medio decente.

«Yo también tenía siete hijos, pero cuatro de ellos están muertos e incinerados.»

—Lord Sunderland juró lealtad al Nido de Águilas —dijo Davos—. En justicia, debería ponerme en manos de lady Arryn.

Suponía que tendría más suerte con ella que con los Lannister. Lysa Arryn no había tomado parte en la guerra de los Cinco Reyes, pero era hija de Aguasdulces y tía del Joven Lobo.

—Lysa Arryn murió —dijo lord Godric—. La mató un bardo; ahora, el que gobierna en el Valle es lord Meñique. ¿Dónde están los piratas?

Davos no respondió, y el señor golpeó la mesa con la cuchara—. Los lysenos. Torrent divisó sus velas desde Hermana Pequeña, y antes las vieron los Flint desde la Atalaya de la Viuda. Velas naranja, verde y rosa. Salladhor Saan. ¿Dónde está?

—En alta mar. —A aquellas alturas, Salla ya estaría rodeando los Dedos y bajando por el mar Angosto, de vuelta a los Peldaños de Piedra con las pocas naves que le quedaban. Tal vez se hiciera con alguna más durante la travesía, si tenía la suerte de encontrarse con buques mercantes. «Un poco de piratería para que el viaje no se haga monótono»—. Su alteza lo ha enviado al sur para hostigar a los Lannister y a sus aliados.

Era la mentira que había preparado mientras remaba hacia Villahermana bajo la lluvia. La noticia de que Salladhor Saan había abjurado de Stannis, dejándolo sin flota, no tardaría en circular, pero nadie la conocería de boca de Davos Seaworth.

Lord Godric removió el guiso en el plato.

—Ese viejo pirata, Saan, ¿os mandó a la orilla a nado?

—Llegué a tierra en un bote, mi señor. —Salla esperó hasta que divisaron el faro de Lámpara de Noche desde la proa de la *Valyria* antes de abandonarlo en el mar. Al menos hasta ahí había llegado su amistad. El lyseno juraba que de buena gana se lo llevaría al sur, pero Davos se había negado. Stannis necesitaba a Wyman Manderly, y confiaba en Davos para ganarse su lealtad. No traicionaría esa confianza.

—Bah —le había replicado el príncipe pirata—. Te va a matar con todos esos honores, amigo mío. Te va a matar.

—Nunca había acogido bajo mi techo a la mano del rey —comentó lord Godric—. ¿Stannis pagaría un rescate por vos?

«¿Lo pagaría? —Stannis había dado a Davos tierras, títulos y cargos, pero ¿pagaría un importe considerable por su vida?—. No tiene oro. Si lo tuviera, aún contaría con el apoyo de Salla.»

—Su alteza está en el Castillo Negro, por si mi señor quiere preguntarle.

—¿El Gnomo también está en el Castillo Negro? —gruñó Borrell.

—¿El Gnomo? —Davos no entendió la pregunta—. Está en Desembarco del Rey, condenado a muerte por el asesinato de su sobrino.

—Como decía mi padre, el Muro es el último en enterarse. El enano huyó. Se coló entre los barrotes de su celda y despedazó a su padre con sus propias manos. Un guardia lo vio escapar, ensangrentado de los pies a la cabeza, como si se hubiera bañado en sangre. La reina otorgará un señorío a quienquiera que lo mate.

—¿Queréis decir que Tywin Lannister ha muerto? —A Davos le costaba dar crédito a sus oídos.

—A manos de su hijo. —El señor bebió un trago de cerveza—. Cuando había reyes en las Hermanas, no tolerábamos a los enanos; los echábamos al mar como ofrenda a los dioses. Los septones nos obligaron a abandonar esa práctica. Menuda panda de imbéciles lamecirios... Si los dioses dan esa forma a un hombre, es para indicar que se trata de un monstruo. ¿Por qué, si no, iban a hacerlo?

—¿Me daréis permiso para poder enviar un cuervo al Muro, mi señor? —«Lord Tywin ha muerto. Esto lo cambia todo»—. A su alteza le interesará enterarse de la muerte de lord Tywin.

—Se enterará, pero no por mí. Ni por vos, mientras estéis bajo las goteras de mi techo. No permitiré que se diga que he prestado ayuda a Stannis o que le he dado consejo. Los Sunderland arrastraron a las Hermanas a dos de las rebeliones de los Fuegoscuro, y nos costó muy caro. —Lord Godric señaló una silla con la cuchara—. Sentaos; parecéis a punto de derrumbaros. Mi morada es fría, húmeda y oscura, pero no carece de comodidades por completo. Os proporcionaremos ropa seca, pero antes será mejor que comáis. —Llamó a gritos a una mujer, que entró enseguida—. Tenemos un invitado que alimentar. Trae pan, cerveza y guiso de la Hermana.

La cerveza era oscura; el pan, negro, y el guiso, blanco y cremoso. Se lo sirvieron en una hogaza de pan duro vaciada. Abundaban los puerros, las zanahorias, la cebada y los nabos, tanto blancos como amarillos, y además llevaba almejas, bacalao y cangrejo, todo ello en un caldo espeso de nata y mantequilla. Era el guiso ideal para calentar a cualquiera hasta los huesos, lo ideal para aquella noche fría y húmeda. Davos lo devoró, agradecido.

—¿Habíais probado antes el guiso de la Hermana?

—Sí, mi señor. —Era el potaje que se preparaba en todas las tabernas y posadas de las Tres Hermanas.

—Este está mejor, seguro. Lo prepara Gella, la hija de mi hija. ¿Estáis casado, Caballero de la Cebolla?

—Sí, mi señor.

—Lástima. Gella no. Las feas son las mejores esposas. Este guiso lleva tres clases de cangrejo: cangrejo colorado, cangrejo araña y cangrejo conquistador. Yo el cangrejo araña no lo pruebo más que en este potaje. Me hace sentir medio caníbal. —Su señoría señaló el estandarte que colgaba sobre la chimenea negra y fría, donde se veía bordado un cangrejo araña de plata sobre campo sinople y ceniza—. Nos llegó la noticia de que Stannis había quemado a su mano.

«A la mano que me precedió. —Melisandre había entregado a Alester Florent a su dios en Rocadragón para conjurar el viento que los había de llevar al norte. Lord Florent había permanecido fuerte y silencioso mientras los hombres de la reina lo ataban a la estaca, y tan digno como podía mostrarse un hombre medio desnudo; pero cuando las llamas le lamieron las piernas empezó a gritar, y sus gritos los empujaron hasta Guardiaoriente del Mar, o al menos eso decía la mujer roja. A Davos no le había gustado aquel viento; le parecía que olía a carne quemada y emitía un sonido angustioso al pasar entre los cabos—. Podría haber sido yo.»

—Nadie me ha quemado —tranquilizó a lord Godric—, aunque en Guardiaoriente estuve a punto de congelarme.

—Así es el Muro. —La mujer les llevó otra hogaza recién sacada del horno. Davos se quedó mirándole la mano, cosa que lord Godric no dejó de advertir—. Sí, tiene la marca, igual que todos los Borrell desde hace cinco mil años. Es hija de mi hija. No la que prepara el guiso, otra. —Partió el pan y ofreció la mitad a Davos—. Comed, está bueno.

Lo estaba. Aunque bien era cierto que a Davos le habría sabido bien un regojo, aquello significaba que estaba allí como invitado, al menos por aquella noche. Los señores de las Tres Hermanas tenían mala reputación, y la de Godric Borrell, señor de Hermana Dulce, Escudo de Villahermana, señor del Castillo Rompeolas y Guardián de Lámpara de Noche, era de las peores... Pero hasta los señores más taimados, los que provocaban naufragios para saquear los barcos, tenían que respetar las antiguas leyes de la hospitalidad.

«Al menos veré el amanecer —se dijo Davos—. Hemos compartido el pan y la sal.» Aunque lo cierto era que en aquel guiso de la Hermana había especias mucho más extrañas que la sal.

—¿Esto que noto es azafrán? —El azafrán era más caro que el oro. Davos solo lo había probado una vez, cuando el rey Robert le envió medio pescado durante un banquete en Rocadragón.

—Sí, de Qarth. También lleva pimienta. —Lord Godric cogió un pellizco entre el índice y el pulgar y lo espolvoreó sobre su trozo de hogaza—. Pimienta negra de Volantis, recién molida. No hay nada mejor. Servíos tanta como queráis, si os gusta el picante: tengo cuarenta cofres, además de clavo, nuez moscada y dos marcos de azafrán. Todo lo saqué de una doncella de ojos violeta. —Se echó a reír. Davos advirtió que conservaba todos los dientes, aunque casi todos los tenía amarillos y uno de los superiores estaba muerto y renegrido—. Se dirigía a Braavos, pero un vendaval la arrastró hasta el Mordisco y acabó por estrellarse contra mis rocas. Ya veis que no sois el único regalo que me han traído las tormentas. El mar es cruel y traicionero.

«No tanto como los hombres», pensó Davos. Los antepasados de lord Godric habían sido reyes piratas hasta que los Stark cayeron sobre ellos a fuego y espada; después de aquello, los hermaneños habían dejado la piratería descarada para la gente como Salladhor Saan, y se limitaban a provocar naufragios. Los faros que ardían a lo largo de las costas de las Tres Hermanas debían servir de aviso sobre bajíos, arrecifes y rocas para hacer más segura la travesía, pero en las noches de tormenta o cuando bajaba la niebla, algunos hermaneños se valían de luces falsas para atraer a los capitanes desprevenidos.

—Las tormentas han sido muy clementes con vos al traeros a mis puertas —comentó lord Godric—. En Puerto Blanco os habríais encontrado un recibimiento muy frío. Llegáis tarde. Lord Wyman tiene intención de hincar la rodilla, y no precisamente ante Stannis. —Bebió un trago de cerveza—. En lo más hondo de su corazón, los Manderly no son norteños. No hace más de novecientos años que llegaron al norte, cargados con su oro y con sus dioses. Habían sido grandes señores en el Mander, pero se pasaron de la raya y las manos verdes los derribaron. El rey lobo se quedó con su oro, aunque a cambio les concedió tierras y les permitió conservar a sus dioses. —Mojó un trozo de pan en el guiso—. Si Stannis cree que el gordo cabalgará a lomos del venado, le espera un chasco. Hace doce días, la *Estrellaleón* hizo parada en Villahermana para llenar los depósitos de agua. ¿Conocéis esa galera? Velas escarlata, un león dorado en la proa... Y estaba llena de Freys que iban a Puerto Blanco.

—¿Freys? —Era lo último que habría esperado Davos—. Teníamos entendido que los Frey mataron al hijo de lord Wyman.

—Cierto —asintió lord Godric—, y la ira del gordo fue tal que juró que solo se alimentaría de pan y vino hasta que llegara la hora de la venganza. Pero antes del anochecer ya estaba atiborrándose de almejas y pasteles. Los barcos circulan sin cesar entre Puerto Blanco y las Hermanas. Nosotros les vendemos cangrejos, pescado y queso de cabra, y ellos nos venden madera, lana y pieles. Por lo que tengo entendido, su señoría está más gordo que nunca, con juramento y todo. Las palabras no son más que aire, y el que sale de la boca de Manderly significa tan poco como el que le sale del trasero. —El señor arrancó otro trozo del pan para empaparlo en el fondo de la hogaza—. Los Frey le llevaban al gordo imbécil un saco de huesos. Por lo visto se considera cortés entregar a un hombre los huesos de su hijo muerto. Si hubiera sido hijo mío, habría correspondido a su cortesía dándoles las gracias antes de colgarlos, pero el gordo es demasiado noble para eso. —Se metió el pan en la boca, masticó y tragó—. Los Frey pararon aquí y los invité a cenar. Uno de ellos se sentó ahí mismo, donde estáis vos. Rhaegar, dijo llamarse. Casi me reí en su cara. Comentó que había perdido a su esposa, pero que iba a buscarse otra en Puerto Blanco. Los cuervos mensajeros habían estado atareados; lord Wyman y lord Walder habían cerrado un acuerdo y tenían intención de sellarlo con un matrimonio.

Davos se sintió como si su anfitrión le hubiera dado un puñetazo en el estómago.

«Si eso es verdad, mi rey está perdido. —Stannis Baratheon necesitaba Puerto Blanco desesperadamente. Invernalia era el corazón del norte, pero Puerto Blanco era la boca. Desde hacía siglos, su estuario no se congelaba ni en lo más encarnizado del invierno, lo que representaría una baza considerable en los meses siguientes. También era de vital importancia la plata de la ciudad. Los Lannister disponían de todo el oro de Roca Casterly, y habían adquirido por matrimonio las riquezas de Altojardín. Sin embargo, las arcas del rey Stannis estaban vacías—. Al menos tengo que intentarlo. Tal vez haya alguna manera de impedir ese enlace.»

—Tengo que llegar a Puerto Blanco —dijo—. Señoría, os suplico que me ayudéis.

Lord Godric empezó a comerse la hogaza que hacía de cuenco, arrancando pedazos con sus enormes manos. El guiso había ablandado el pan duro.

—No me gustan los norteños —dijo—. Dicen los maestres que la Violación de las Tres Hermanas sucedió hace dos mil años, pero Villahermana no olvida. Antes de aquello éramos un pueblo libre y nos gobernaban nuestros reyes. Después tuvimos que hincar la rodilla ante el Nido de Águilas para librarnos de los norteños. El lobo y el águila lucharon por nosotros durante mil años, hasta que entre los dos dejaron en los huesos a estas pobres islas. En cuanto a vuestro rey Stannis, cuando era consejero naval de Robert envió una flota a mi puerto sin mi permiso y me obligó a ahorcar a una docena de buenos amigos, hombres como vos. Hasta amenazó con ahorcarme a mí si encallaba algún barco porque Lámpara de Noche se quedaba sin luz. Tuve que tragarme su arrogancia. —Se tragó también un buen pedazo de pan—. Y ahora viene al norte todo humildad, con el rabo entre las piernas. ¿Por qué voy a ayudarlo?

«Porque es vuestro rey legítimo —pensó Davos—. Porque es fuerte y justo, porque es el único que puede devolver la paz al reino y defenderlo de los peligros que nos acechan desde el norte. Porque tiene una espada mágica que brilla con la luz del sol. —Las palabras se le atravesaron en la garganta. No conmoverían al señor de Hermana Dulce; no lo acercarían ni un paso a Puerto Blanco—. ¿Qué respuesta quiere? ¿Debería prometerle el oro que no tenemos? ¿Un esposo noble para la hija de su hija? ¿Tierras, títulos, honores?» Lord Alester Florent había intentado aventurarse en aquel juego, y la consecuencia había sido que el rey lo había mandado quemar.

—Parece que la mano ha perdido la lengua. No le gusta el guiso de la Hermana, ni la verdad. —Lord Godric se limpió los labios.

—El león está muerto —dijo Davos con voz pausada—. Ahí tenéis la verdad, mi señor. Tywin Lannister ha muerto.

—¿Y qué?

—¿Quién gobierna ahora en Desembarco del Rey? No será Tommen; es un chiquillo. ¿Ser Kevan, tal vez?

—En ese caso ya estaríais cargado de cadenas. —La luz de las velas hizo saltar chispas de los ojos negros de lord Godric—. Quien gobierna es la reina.

«Alberga dudas —comprendió Davos—. No quiere acabar en el bando perdedor.»

—Stannis defendió Bastión de Tormentas contra los Tyrell y los Redwyne. Arrebató Rocadragón a los últimos Targaryen. Acabó con la Flota de Hierro en isla Bella. El niño rey no podrá nada contra él.

—El niño rey tiene a sus órdenes todas las riquezas de Roca Casterly y el poder de Altojardín. Tiene a los Bolton y a los Frey. —Lord Godric se frotó la barbilla—. Pero... en este mundo solo hay una cosa segura: el invierno. Ned Stark le dijo eso a mi padre en este mismo salón.

—¿Ned Stark estuvo aquí?

—Sí, al principio de la Rebelión de Robert. El Rey Loco había enviado hombres al Nido de Águilas para que se cobraran la cabeza de Stark, pero Jon Arryn se mostró desafiante. Sin embargo, Puerto Gaviota se mantuvo leal al trono, y para volver a Invernalia a convocar a sus vasallos, Stark tuvo que cruzar las montañas hasta los Dedos y conseguir que un pescador lo ayudara a cruzar el Mordisco. Hubo una tormenta y el pescador se ahogó, pero su hija consiguió traer a Stark a las Hermanas antes de que se hundiera la barca. Dicen que la dejó con una bolsa de plata y un bastardo en la tripa. Ella lo llamó Jon Nieve; Jon en honor a Arryn.

»Como sea, el caso es que mi padre estaba sentado aquí, donde estoy ahora mismo, cuando lord Eddard llegó a Villahermana. Nuestro maestre quería que le enviáramos a Aerys la cabeza de Stark como muestra de lealtad. Habríamos conseguido una suculenta recompensa, porque el Rey Loco era generoso con quienes lo complacían. Pero para entonces ya sabíamos que Jon Arryn había tomado Puerto Gaviota. Robert fue el primero en coronar la muralla y mató personalmente a Marq Grafton. "Este

Baratheon no le tiene miedo a nada —recuerdo que dije—. Lucha como solo puede luchar un rey." Nuestro maestre se rio de mí y nos dijo que estaba seguro de que el príncipe Rhaegar derrotaría a aquel rebelde. Fue entonces cuando Stark dijo aquello: "En este mundo solo hay una cosa segura: el invierno. Puede que nos maten, sí, pero ¿y si vencemos?" Mi padre le permitió conservar la cabeza, pero al despedirse le dijo: "Si perdéis, nunca estuvisteis aquí".

—Igual que no he estado yo —dijo Davos Seaworth.

Jon

Llevaron ante él al Rey-más-allá-del-Muro con las manos atadas y una soga al cuello.

El otro cabo de la soga iba amarrado a la silla de montar del corcel de ser Godry Farring. El Masacragigantes y su montura iban acorazados con acero nielado; Mance Rayder solo vestía una túnica fina que le dejaba las extremidades expuestas al frío.

«Podrían haberle dejado la capa —pensó Jon Nieve—, la que le remendó aquella salvaje con tiras de seda roja.» No era de extrañar que el Muro llorase.

—Mance conoce el bosque Encantado mejor que ningún explorador —le había dicho Jon al rey Stannis, en un último intento de convencerlo de que el Rey-más-allá-del-Muro les sería más útil vivo que muerto—. Conoce a Tormund Matagigantes; ha luchado contra los Otros; ha tenido en su poder el Cuerno de Joramun y no lo ha hecho sonar. No destruyó el Muro cuando tuvo ocasión.

Pero sus palabras encontraron oídos sordos. Stannis no se había inmutado. La ley era clara: la deserción se pagaba con la muerte.

Bajo las lágrimas del Muro, lady Melisandre alzó las pálidas manos.

—Todos debemos escoger —proclamó—. Hombres y mujeres, jóvenes y ancianos, señores y plebeyos; nuestras decisiones tienen el mismo valor. —Al oír su voz, Jon Nieve casi percibió el olor de anís, nuez moscada y clavo. Estaba junto al rey, en un cadalso de madera situado sobre el foso—. Escogemos la luz o escogemos la oscuridad. Escogemos el bien o escogemos el mal. Escogemos a los dioses verdaderos o a los falsos.

Mientras Mance Rayder caminaba, el viento hizo que la espesa melena castaña le tapara la cara. Se la apartó de los ojos con las manos atadas, sin dejar de sonreír. Pero cuando vio la jaula, de repente perdió el coraje. Los hombres de la reina la habían construido con árboles del bosque Encantado, con brotes y ramas flexibles, con troncos de pino pegajosos por la resina y con dedos de arciano blancos como huesos. Las habían doblado y enroscado hasta tejer un entramado de madera, que habían colgado a bastante altura sobre un foso profundo lleno de leños, hojas y astillas. El rey salvaje retrocedió ante su visión.

—No —gritó—. Piedad. No es justo, no soy el rey, no...

Un tirón de la cuerda por parte de ser Godry zanjó las protestas, y el Rey-más-allá-del-Muro no tuvo más remedio que avanzar a trompicones.

Perdió el equilibrio, y Godry lo llevó a rastras el resto del trayecto. Mance estaba cubierto de sangre cuando los hombres de la reina lo empujaron a la jaula. Después, media docena de soldados aunaron esfuerzos para elevarlo ante la mirada de lady Melisandre.

—¡Pueblo libre! Aquí tenéis a vuestro rey de las mentiras. Y aquí está el cuerno con el que aseguró que derribaría el Muro. —Dos hombres de la reina presentaron el Cuerno de Joramun, negro con bandas de oro viejo, seis codos de punta a punta. Las bandas doradas estaban grabadas con runas, la escritura de los primeros hombres. Joramun había muerto miles de años atrás, pero Mance había encontrado su tumba bajo un glaciar, en las cumbres de los Colmillos Helados. «Y Joramun hizo sonar el Cuerno del Invierno, y despertó a los gigantes de la tierra.» Según Ygritte, Mance no había llegado a encontrar el cuerno.

«O mentía, o Mance ni siquiera reveló el secreto a los suyos.»

Mil cautivos observaron entre los listones de la empalizada cómo alzaban el Cuerno de Joramun. Todos vestían harapos y estaban medio muertos de hambre. En los Siete Reinos los llamaban «salvajes»; ellos se autodenominaban «el pueblo libre». No parecían libres ni salvajes; solo hambrientos, asustados y aturdidos.

—¿El Cuerno de Joramun? —continuó Melisandre—. No, es el cuerno de la oscuridad. Si cae el Muro, también caerá la noche, la larga noche que no termina jamás. ¡No será así! El Señor de Luz ha visto a sus hijos en peligro y les ha enviado un campeón, Azor Ahai redivivo. —Hizo un gesto hacia Stannis con la mano, y la luz centelleó en el gran rubí que llevaba al cuello.

«Él es piedra, y ella, fuego.» Los ojos del rey eran agujeros azules hundidos en un rostro enjuto. Llevaba una coraza gris, y de los anchos hombros le colgaba una capa de hilo de oro adornada con piel. En el peto tenía un corazón llameante incrustado, justo encima de su propio corazón. Sobre la frente lucía una corona roja y dorada con las puntas rematadas en llamas. A su lado, alta y rubia, estaba Val. La habían coronado con un simple tocado de bronce oscuro, y aun así parecía más regia que Stannis con todo su oro. Sus ojos grises permanecían inmutables y no mostraban miedo. Bajo una capa de armiño vestía de blanco y oro; le habían peinado el pelo color miel con una gruesa trenza que le colgaba por el hombro derecho hasta la cintura, y el aire frío le había coloreado las mejillas.

Lady Melisandre no llevaba corona, pero todos los presentes sabían que la verdadera reina de Stannis Baratheon era ella, y no aquella mujer poco agraciada a la que había dejado temblando de frío en Guardiaoriente del Mar. Se decía que el rey no mandaría llamar a la reina Selyse y a su hija hasta que el Fuerte de la Noche fuera un lugar habitable. Jon sintió lástima por ellas. El Muro ofrecía muy pocas de las comodidades a las que estaban acostumbradas las damas sureñas y las niñas de alta cuna, y el Fuerte de la Noche no ofrecía ninguna en absoluto. Era un lugar lúgubre, hasta en sus mejores momentos.

—¡Pueblo libre! —gritó Melisandre—. ¡Contemplad el destino de aquellos que escogen la oscuridad!

El Cuerno de Joramun estalló en llamas, que ascendieron con un sonido sibilante mientras las lenguas de fuego verde y amarillo saltaban y crepitaban. La montura de Jon se agitó, nerviosa, y a lo largo de las filas, todos lucharon por mantenerse en la silla. Un gemido generalizado se alzó tras la empalizada cuando el pueblo libre vio su esperanza en llamas. Unos cuantos comenzaron a gritar y maldecir, pero la mayoría guardó silencio. Durante un instante, las runas talladas en las cinchas de oro parecieron relucir en el aire. Los hombres de la reina empujaron el cuerno al pozo de fuego.

Dentro de la jaula, Mance Rayder tiraba de la soga que llevaba al cuello con las manos atadas, gritaba incoherencias sobre traición y brujería, y renegaba de su condición de rey, de su pueblo, de su nombre, de todo cuanto había sido. Pidió clemencia, maldijo a la mujer roja y después se echó a reír, histérico.

Jon observaba la escena sin pestañear; no quería aparentar debilidad ante sus hermanos. Había hecho salir a doscientos hombres, más de la mitad de la guarnición del Castillo Negro, que se habían alineado en filas solemnes con la lanza en la mano y la capucha subida para ocultar su rostro... y para no mostrar que, en realidad, casi todos eran novatos y ancianos. El pueblo libre temía a la Guardia. Jon quería que llevase ese miedo consigo a sus nuevos hogares del sur del Muro.

El cuerno cayó entre los troncos, las hojas y las astillas. En un abrir y cerrar de ojos, el pozo entero estuvo envuelto en llamas. Mance, agarrado a los barrotes de la jaula con las manos atadas, lloraba y suplicaba. Cuando el fuego lo alcanzó, empezó a saltar, y sus gritos se convirtieron en un chillido de miedo y dolor. Se agitó en la jaula como una hoja en llamas, como una polilla atrapada en una vela. Jon recordó una canción:

> Hermanos, heme aquí en mi último día,
> pues el dorniense maldito me ha llevado a la muerte;
> y aunque dejar este mundo de todos sea la suerte,
> a la mujer del dorniense hice mía.

En la plataforma, Val estaba tan inmóvil que parecía una estatua de sal.

«No va a llorar ni mirar hacia otra parte. —Jon se preguntó qué habría hecho Ygritte en su lugar—. Las mujeres son más fuertes. —Casi sin querer, pensó en Sam, en el maestre Aemon, en Elí y en el niño de teta—. Me maldecirá con su último aliento, pero no tuve alternativa. —Guardiaoriente había informado de fuertes tormentas en el mar Angosto—. Quería mantenerlos a salvo, pero ¿se los habré echado de comer a los cangrejos?» La noche anterior había soñado que Sam se ahogaba, que Ygritte moría por la flecha lanzada por él (no había sido él, pero siempre soñaba que sí), que Elí lloraba lágrimas de sangre. Jon había visto suficiente.

—Ya.

Ulmer del Bosque Real clavó la lanza en el suelo, descolgó el arco y lo armó con una flecha negra de su carcaj. Donnel Colina el Suave se quitó la capucha para hacer lo mismo. Garth Plumagrís y Ben Barbas cargaron flechas, tensaron los arcos y lanzaron.

Una flecha alcanzó a Mance Rayder en el pecho; otra, en el estómago, y otra, en el cuello. La cuarta fue a clavarse en una barra de la jaula, y se quedó vibrando durante un momento antes de arder. Los llantos de una mujer resonaron en el Muro cuando el cuerpo del rey de los salvajes cayó inerte, envuelto en fuego.

—Ahora, su guardia ha terminado —murmuró Jon. Mance Rayder había pertenecido a la Guardia de la Noche antes de cambiar la capa negra por otra con parches de seda rojo vivo.

Desde la plataforma, Stannis frunció el ceño. Jon no quería ni mirarlo. El suelo de la jaula se había desprendido, y los barrotes se desmoronaban. Cuanto más subía el fuego, más ramas caían, libres, negras y rojas.

—El Señor de Luz creó el Sol, la Luna y las estrellas para iluminar nuestro camino, y nos dio el fuego para mantener a raya la noche —dijo Melisandre a los salvajes—. Nadie puede resistir sus llamas.

—Nadie puede resistir sus llamas —repitieron los hombres de la reina.

La túnica de la mujer roja, teñida de un escarlata oscuro, le revoloteó en torno al cuerpo, y el pelo cobrizo le formó un halo alrededor de la cara. En las yemas de los dedos le bailaban llamas amarillas que parecían uñas largas.

—¡Pueblo libre! Vuestros falsos dioses no pueden ayudaros; vuestro cuerno falso no os ha salvado; vuestro rey falso solo os ha traído muerte, desesperación, derrota... Pero aquí tenéis al verdadero rey. ¡Contemplad su gloria!

Stannis Baratheon desenvainó a *Dueña de Luz*. La espada lanzó destellos rojos, amarillos y naranjas. Jon ya había visto aquel espectáculo..., pero no de aquella manera, nunca de aquella manera. *Dueña de Luz* era el sol convertido en acero. Cuando Stannis alzó la hoja por encima de la cabeza, los hombres tuvieron que apartar la vista o cubrirse los ojos. Los caballos se alborotaron, y uno llegó a desmontar a su jinete. Las llamas del pozo parecieron encoger ante aquella tormenta de luz, como un perro pequeño que se escondiera de otro más grande. El Muro mismo se tornó rojo, rosa y naranja cuando las oleadas de color bailaron en el hielo.

«¿Este es el poder de la sangre de un rey?»

—Poniente solo tiene un rey —dijo Stannis. Su voz sonó áspera, sin asomo de la música que desprendía la de Melisandre—. Con esta espada defenderé a mis súbditos y destruiré a quienes los amenacen. Arrodillaos, y os prometo comida, tierras y justicia. Arrodillaos y viviréis. O marchaos y moriréis. La elección es vuestra. —Envainó a *Dueña de Luz* y el mundo volvió a oscurecerse, como si el sol se hubiese escondido tras una nube—. Abrid las puertas.

—¡Abrid las puertas! —bramó ser Clayton Suggs, con una voz tan profunda como un cuerno de guerra.

—¡Abrid las puertas! —repitió ser Corliss Penny, al mando de los guardias.

—¡Abrid las puertas! —gritaron los sargentos. Los hombres se dispersaron para obedecer. Arrancaron las estacas del suelo; tiraron los troncos a zanjas hondas, y las puertas de la empalizada se abrieron de par en par. Jon Nieve levantó la mano y la bajó, y las filas negras se rompieron a izquierda y derecha, despejando un camino hacia el Muro, donde Edd Tollett el Penas empujó la puerta de hierro.

—Venid —instó Melisandre, apremiante—. Venid hacia la luz... o volved a la oscuridad. —Bajo ella, el fuego crepitaba en el foso—. Si escogéis la vida, venid a mí.

Y fueron. Los cautivos empezaron a emerger de su redil, despacio al principio, algunos renqueando o apoyados en sus compañeros.

«Si queréis comer, acercaos —pensó Jon—. Si no queréis morir congelados o pasar hambre, rendíos. —El primer grupo de prisioneros rodeó los troncos y atravesó el círculo de estacas, hacia Melisandre y el Muro. Caminaban dubitativos, temerosos de que fuera una trampa. Luego se sumaron más, hasta que formaron una corriente constante. Los hombres de la reina, embutidos en yelmos y chalecos claveteados, iban entregando un pedazo de arciano blanco a cada hombre, mujer o niño: un palo, una rama astillada y blanca como un hueso roto, adornada con hojas rojas como la sangre—. Algo de los dioses antiguos para alimentar a los nuevos.» Jon flexionó los dedos de la mano de la espada.

El calor que ascendía del foso de fuego se sentía desde lejos, de modo que para los salvajes tenía que ser abrasador. Vio encogerse a los hombres que pasaban junto a las llamas, y oyó llorar a varios niños. Unos cuantos volvieron al bosque. Vio huir a una joven con un niño de cada mano. Se volvía a cada paso para asegurarse de que nadie los seguía, y cuando llegó a los árboles echó a correr. Un anciano cogió la rama que le tendían y la usó de arma, golpeando a izquierda y derecha hasta que los hombres de la reina lo atravesaron con sus lanzas. Los demás tuvieron que rodear su cadáver, hasta que ser Corliss lo arrojó al fuego. Después de ver aquello, más gente del pueblo libre escogió el bosque, quizá uno de cada diez.

Pero la mayoría respondió a la llamada. Tras ellos solo habían dejado frío y muerte; delante estaba la esperanza.

Avanzaron aferrados a sus ramas de madera, hasta que llegó el momento de alimentar las llamas con ellas. R'hllor era una deidad celosa, siempre hambrienta, y cuando el nuevo dios devoró el cadáver del antiguo, las sombras gigantescas de Stannis y Melisandre se proyectaron en el Muro, en negro contraste con los reflejos rojizos del hielo.

Sigorn fue el primero en arrodillarse ante el rey. El nuevo magnar de Thenn era como su padre, solo que más joven y bajo: enjuto, calvo, con canilleras de bronce y una camisa de cuero con escamas cosidas, también de bronce. Después llegó Casaca de Matraca, envuelto en una armadura tintineante de huesos y cuero endurecido, con una calavera de gigante por yelmo. Bajo los huesos se escondía una ser enclenque y ruin con los dientes negros rotos y un matiz amarillo en el blanco de los ojos.

«Un hombre menudo, malicioso y traidor, tan estúpido como cruel.» Jon no creyó ni un momento que fuera a mostrar ninguna lealtad, y se preguntó qué sentiría Val al verlo arrodillarse, perdonado.

Los siguientes fueron los cabecillas menores: dos jefes de los pies de cuerno, cuyos pies eran negros y duros; una anciana sabia reverenciada por las gentes del Agualechosa; el hijo de Alfyn Matacuervos, un niño de doce años, esquelético y de ojos oscuros; Halleck, el hermano de Harma Cabeza de Perro, con sus cerdos. Todos se arrodillaron ante el rey.

«Hace demasiado frío para esta pantomima», pensó Jon. «El pueblo libre desprecia a los arrodillados —le había advertido a Stannis—. Dejadle conservar su orgullo y os ganaréis su afecto.» Pero su alteza no quería escuchar: «Necesito sus espadas, no sus besos», fue la respuesta.

Tras arrodillarse, los salvajes atravesaron las filas de hermanos negros hacia la puerta. Jon había pedido a Caballo, a Seda y a otra docena de hombres que los guiaran con antorchas al otro lado del Muro, donde los esperaban cuencos de sopa de cebolla caliente, pan negro y salchichas. Y ropa: capas, calzones, botas, túnicas, buenos guantes de piel... Dormirían en lechos de paja limpia, cerca de un fuego que mantendría a raya el frío de la noche; aquel rey era de lo más metódico. Sin embargo, más tarde o más temprano, Tormund Matagigantes volvería a atacar el Muro, y cuando llegase ese momento, Jon no sabía qué lado escogerían los nuevos acólitos del rey.

«Puedes darles tierras y piedad, pero el pueblo libre escoge sus propios reyes y escogió a Mance, no a ti.»

Bowen Marsh acercó su montura a Jon.

—Nunca pensé que llegaría a ver este día. —El lord mayordomo había adelgazado considerablemente desde que le hirieran en la cabeza en el Puente de los Cráneos. Le faltaba un trozo de oreja.

«Ya no parece una granada», pensó Jon.

—Derramamos sangre para detener a los salvajes en la Garganta —continuó Marsh—. Allí murieron buenos hombres, amigos y hermanos. ¿Para qué?

—El reino nos maldecirá a todos por esto —declaró ser Alliser Thorne con la voz cargada de veneno—. Todo hombre honrado de Poniente escupirá ante la sola mención de la Guardia de la Noche.

«Qué sabrás tú de hombres honrados.»

—Silencio en las filas. —Ser Alliser Thorne era más cauteloso desde que lord Janos había perdido la cabeza, pero su malicia seguía igual. Jon había acariciado la idea de darle el mando que había rechazado Slynt, pero prefería tenerlo cerca.

«Siempre fue el más peligroso de los dos. —En su lugar había enviado a un mayordomo canoso de Torre Sombría para que se pusiera al frente de Guardiagrís. Tenía la esperanza de que las dos nuevas guarniciones cambiaran algo—. La Guardia puede herir al pueblo libre, pero no detenerlo. —Haber entregado a Mance Rayder al fuego no cambiaba aquello—. Seguimos siendo muy pocos y ellos siguen siendo demasiados, y sin exploradores es como si estuviéramos ciegos. Tengo que enviar hombres afuera. Pero ¿volverán?»

El túnel que atravesaba el Muro era tortuoso y estrecho, y muchos salvajes eran mayores, o estaban enfermos o heridos, con lo que el transcurso de la marcha fue lento. Ya era de noche cuando el último hincó la rodilla. El foso de fuego ardía con poca intensidad, y la sombra del rey en el Muro se había reducido a una cuarta parte de su altura inicial. Jon Nieve veía su aliento en el aire.

«Hace frío, y cada vez más. Esta pantomima ha durado demasiado.»

Unos cuarenta cautivos deambulaban todavía por la empalizada. Entre ellos había cuatro gigantes, unas criaturas peludas y enormes de hombros caídos, piernas largas como troncos y anchos pies desparramados. A pesar de su tamaño podrían haber cruzado el Muro, pero uno de ellos no quería abandonar a su mamut y los otros no querían abandonarlo a él. Los que quedaban eran de estatura humana; algunos estaban muertos y a otros les faltaba poco, y ni sus familiares ni sus amigos cercanos estaban dispuestos a abandonarlos, ni siquiera por un cuenco de sopa de cebolla.

Tanto los que tiritaban como los que estaban demasiado entumecidos para tiritar oyeron la voz del rey que retumbaba en el Muro:

—Sois libres de iros —les dijo Stannis—. Contadle a vuestra gente lo que habéis presenciado. Anunciad a los vuestros que habéis visto al verdadero rey, y que serán bien recibidos en este reino mientras mantengan la paz. Si su intención es otra, más les vale huir o esconderse; no estoy dispuesto a tolerar más ataques contra mi Muro.

—¡Un reino, un dios, un rey! —gritó lady Melisandre.

—¡Un reino, un dios, un rey! —repitieron los hombres del rey golpeándose el escudo con el asta de la lanza—. ¡Stannis! ¡Stannis! ¡Un reino, un dios, un rey!

Jon se fijó en que ni Val ni los hermanos de la Guardia de la Noche coreaban las consignas. Durante el tumulto, los salvajes que quedaban desaparecieron entre los árboles. Los gigantes fueron los últimos en irse, dos a lomos del mamut y los otros dos a pie, y solo quedaron los muertos. Jon observó como Stannis descendía de la plataforma, junto con Melisandre.

«Su sombra roja. Nunca se aparta de su lado.» La guardia de honor del rey los rodeaba: ser Godry, ser Clayton y otra docena de caballeros, todos hombres de la reina, con la luz de la luna reflejada en las armaduras y las capas ondeando al viento.

—Lord mayordomo —le dijo Jon a Marsh—, haz leña de la empalizada y tira los cadáveres al fuego.

—Como ordene mi señor. —Marsh lanzó las órdenes, y un enjambre de sus mayordomos rompió filas para atacar las paredes de madera. Los observó con el ceño fruncido—. Estos salvajes... ¿Creéis que mantendrán su parte del acuerdo, mi señor?

—Unos sí, otros no... Nosotros tenemos nuestros cobardes y nuestros canallas; nuestros débiles y nuestros idiotas, y ellos también.

—Nuestro juramento... Prometimos proteger el reino...

—Cuando el pueblo libre se haya establecido en el Agasajo, se integrará en el reino —apuntó Jon—. Vivimos tiempos desesperados, y vienen tiempos peores. Hemos visto la cara de nuestro verdadero enemigo, un rostro blanco y muerto de ojos azules brillantes. El pueblo libre también lo ha visto. Stannis no se equivoca: debemos hacer causa común con los salvajes.

—Causa común contra un enemigo común, estoy de acuerdo —insistió Bowen Marsh—, pero eso no significa que debamos permitir que diez mil salvajes hambrientos crucen el Muro. Que vuelvan a sus aldeas y que luchen contra los Otros desde allí, mientras nosotros sellamos las puertas. Othell dice que no será difícil. Solo necesitamos rellenar los túneles con piedras y echar agua por los matacanes; el Muro se encargará del resto. El frío, el peso... En una sola luna, será como si nunca hubiera habido puerta. El enemigo tendría que excavar para abrirse paso.

—O trepar.

—Es improbable. No son asaltantes que vengan a llevarse una esposa y un botín. Tormund vendrá con ancianas, niños, rebaños de ovejas, cabras y hasta mamuts. Necesita una puerta, y solo hay tres. Y si quiere enviar escaladores..., defenderse de ellos es más fácil que pescar con arpón en una olla.

«Los peces no trepan por las paredes de la olla y le clavan una lanza en el estómago al pescador.» Jon ya había escalado el Muro y sabía de qué hablaba.

—Los arqueros de Mance Rayder nos lanzaron unas diez mil flechas, a juzgar por las que hemos recogido —continuó Marsh—. Fueron menos de cien las que alcanzaron a nuestros hombres en la cima del Muro, y casi todas llegaron por capricho del viento. El único que murió allí arriba fue Alyn el Rojo de Palisandro, y lo mató la caída, no la flecha que le dio en la pierna. Donal Noye murió por defender la puerta. Un acto muy noble, pero si la puerta hubiera estado sellada, nuestro valiente armero aún estaría con nosotros. Tanto si nos enfrentamos a cien enemigos como a cien mil, mientras nosotros estemos en lo alto del Muro y ellos abajo, no pueden hacernos daño.

«No le falta razón.» Las hordas de Mance Rayder habían caído sobre el Muro como una ola contra una orilla rocosa, aunque quienes lo defendían no eran más que un puñado de ancianos, novatos y tullidos. Aun así, la sugerencia de Bowen iba contra todos los instintos de Jon.

—Si cerramos las puertas, no podremos enviar exploradores —hizo notar—. Estaríamos ciegos.

—La última expedición de lord Mormont le costó a la Guardia una cuarta parte de sus hombres, mi señor. Necesitamos conservar tantas fuerzas como podamos. Cada muerte reduce nuestro número, y cada vez somos menos... Ocupa el lugar más alto y ganarás la batalla, como decía mi tío. Nada es más alto que el Muro, lord comandante.

—Stannis promete tierras, comida y justicia a todo salvaje que hinque la rodilla. No nos permitirá sellar las puertas.

—Lord Nieve... —Marsh titubeó antes de continuar—: No soy de los que cuentan chismes, pero se rumorea que os mostráis... demasiado amistoso con lord Stannis. Algunos incluso insinúan que sois... un...

«Un rebelde y un cambiacapas, sí, y un bastardo y un cambiapieles, eso también.» Puede que Janos Slynt ya no estuviera en la Guardia, pero sus mentiras no se habían esfumado con él.

—Ya sé qué se dice. —Jon había oído los rumores, y también se había fijado en que algunos hombres lo rehuían cuando cruzaba el patio—. ¿Qué quieren que haga? ¿Que luche contra Stannis y contra los salvajes a la vez? Los soldados de su alteza triplican a los nuestros, y además es nuestro invitado. Las leyes de la hospitalidad lo protegen. Y estamos en deuda con él y los suyos.

—Lord Stannis nos ayudó cuando lo necesitábamos —insistió Marsh—, pero sigue siendo un rebelde y su causa está condenada. Tan condenada como nosotros si el Trono de Hierro nos tacha de traidores. Debemos asegurarnos de no escoger el bando perdedor.

—No pretendo escoger ningún bando —dijo Jon—, pero no estoy tan seguro como tú del desenlace de esta guerra, y menos ahora que lord Tywin ha muerto. —Si las nuevas que llegaban del camino Real eran ciertas, la mano del rey había sido asesinado por su hijo enano mientras estaba sentado en el retrete. Jon había conocido brevemente a Tyrion Lannister. «Me cogió de la mano y me llamó amigo.» Era difícil creer que aquel hombrecillo tuviera lo que había que tener para asesinar a su propio padre, pero no cabía la menor duda sobre la muerte de lord Tywin—. El león de Desembarco del Rey es un cachorro, y el Trono de Hierro tiene fama de reducir a jirones incluso a hombres adultos.

—Puede que sea un niño, mi señor, pero... Todo el mundo quería al rey Robert, y la mayoría acepta a Tommen como su hijo. Cuanto más se sabe de lord Stannis, menos gusta, y lady Melisandre gusta todavía menos, con sus fuegos y su lúgubre dios rojo. Se quejan.

—También se quejaban del lord comandante Mormont. Una vez me dijo que a los hombres les encanta quejarse de su esposa y de su señor.

Los que no tienen esposa se quejan el doble de su señor. —Jon miró la empalizada de reojo. Ya habían caído dos paredes, y la tercera estaba en camino —. Te dejo para que acabes con lo que tienes entre manos aquí. Asegúrate de que incineran todos los cadáveres. Gracias por tus consejos; te prometo que pensaré en todo lo que me has dicho.

Cuando Jon volvió a la puerta, aún salía humo del foso y flotaban cenizas en el aire. Una vez allí desmontó para guiar a su caballo hacia el sur por el hielo. Edd el Penas lo precedía con una antorcha. Sus llamas lamían el techo, con lo que a cada paso caían sobre ellos lágrimas frías.

—Ha sido un alivio ver arder el cuerno, mi señor —dijo Edd—. Anoche soñé que estaba meando en el Muro justo cuando a alguien le daba por hacerlo sonar. No es que me queje; es mejor que mi otro sueño, ese en el que Harma Cabeza de Perro me echaba de comer a los cerdos.

—Harma murió —dijo Jon.

—Pero los cerdos no. Me miran igual que Mortífero miraba el jamón. No digo que los salvajes quieran hacernos daño. Sí, destrozamos sus dioses y los obligamos a quemar lo que quedaba de ellos, pero les dimos sopa de cebolla. ¿Qué es un dios comparado con un delicioso cuenco de sopa de cebolla? A mí no me vendría mal uno.

Jon todavía tenía pegado a la ropa el olor del humo y la carne quemada. Sabía que debería comer algo, pero lo que anhelaba era compañía, no comida.

«Una copa de vino con el maestre Aemon; una conversación tranquila con Sam; unas risas con Pyp, Grenn y Sapo.» Pero Aemon y Sam se habían marchado, y el resto de sus amigos...

—Esta noche cenaré con mis hombres.

—Cordero estofado y remolacha. —Edd el Penas siempre sabía qué había para cenar—. Pero dice Hobb que se han acabado los rábanos picantes. ¿De qué vale un cordero estofado sin rábanos picantes?

Desde que los salvajes habían quemado la antigua sala común, los hombres de la Guardia de la Noche comían en el sótano de piedra situado bajo la armería, un espacio cavernoso y tétrico dividido por dos filas de pilares de piedra, con techo abovedado y grandes barricas de vino y cerveza a lo largo de las paredes. Cuando entró Jon, cuatro constructores estaban jugando a los dados en la mesa cercana a las escaleras. Había un grupo de exploradores y varios hombres del rey sentados cerca del fuego, cuchicheando.

Los hombres más jóvenes se habían reunido en torno a otra mesa, donde Pyp había apuñalado un nabo con el cuchillo.

—La noche es oscura y alberga nabos —anunció con voz solemne—. Recemos por la carne, hijos míos, carne con algo de deliciosa salsa encebollada. —Todos sus amigos se rieron: Grenn, Sapo, Seda... Todos estaban allí.

Jon Nieve no se unió a la carcajada.

—Burlarse de las oraciones ajenas es de idiotas, Pyp. Y también es peligroso.

—Si el dios rojo se ofende, que me aniquile ahora mismo.

Ya no sonreía nadie.

—Nos reíamos de la sacerdotisa —dijo Seda, un joven ágil y guapo que había sido prostituto en Antigua—. Solo bromeábamos, mi señor.

—Vosotros tenéis vuestros dioses y ella tiene los suyos. Dejadla en paz.

—Ella no deja en paz a los nuestros —replicó Sapo—. Dice que los Siete son dioses falsos, mi señor. Y los antiguos, también. Ha hecho a los salvajes quemar ramas de arciano, ya lo habéis visto.

—Lady Melisandre no es responsabilidad mía; vosotros, sí. No permitiré que haya mala sangre entre los hombres del rey y los míos.

—No refunfuñes más, valiente Sapo —dijo Pyp poniéndole una mano en el hombro a Sapo—; nuestro gran lord Nieve ha hablado. —Se levantó de un salto y le hizo una reverencia burlona a Jon—. Os ruego perdón. No moveré ni una oreja a no ser que su señorial señoría me lo permita.

«Cree que esto es un juego.» Jon habría dado lo que fuera por inculcarle algo de sentido común.

—Puedes mover las orejas tanto como quieras. Los problemas vienen cuando mueves la lengua.

—Lo haré andarse con más cuidado —prometió Grenn—, y de lo contrario le daré una colleja. —Dudó antes de seguir—. Mi señor, ¿cenaréis con nosotros? Owen, apártate y haz sitio para Jon.

No había nada en el mundo que Jon desease más.

«No —tuvo que convencerse—, esos días ya pasaron.»

Cuando se dio cuenta sintió una puñalada en el estómago. Lo habían escogido para que los dirigiera. El Muro era suyo, y sus vidas estaban en sus manos. Casi pudo oír las palabras de su padre: «Un señor puede amar a sus hombres, pero no puede ser su amigo, porque tal vez un día tenga que juzgarlos o enviarlos a la muerte».

—Quizá otro día —mintió—. Será mejor que cenes por tu cuenta, Edd, tengo trabajo pendiente.

El aire exterior parecía incluso más frío que antes. Más allá del castillo divisó la luz de las velas en las ventanas de la Torre del Rey. Val estaba en el tejado de la torre, mirando el Muro. Stannis la mantenía encerrada en unas habitaciones situadas encima de las suyas, pero le permitía pasear por las almenas para hacer algo de ejercicio.

«Parece tan sola... —pensó Jon—. Tan sola y tan hermosa.» Ygritte había sido hermosa a su manera, con aquel pelo rojo besado por el fuego, pero era la sonrisa lo que daba vida a su rostro. Val no necesitaba sonreír; cualquier hombre de cualquier corte del mundo se volvería para mirarla.

Pero sus carceleros no la apreciaban tanto. Se burlaba de ellos llamándolos «arrodillados», y había intentado escaparse en tres ocasiones. En una de ellas, un carcelero se había distraído, y ella le había arrebatado el puñal y se lo había clavado en la nuca. Un poco más a la izquierda y lo habría matado.

«Sola, hermosa y letal —reflexionó Jon—, y podría haber sido mía. Ella, Invernalia, y el nombre de mi señor padre. —Pero había escogido una capa negra y un muro de hielo. Había escogido el honor—. El honor de un bastardo.»

El Muro se alzaba a su derecha mientras cruzaba el patio. En la parte superior, el hielo brillaba claro, pero en la de abajo solo había sombras. En la puerta se veía un brillo anaranjado entre las barras, allí donde los guardias se habían refugiado del viento. Jon alcanzaba a oír el entrechocar de las cadenas de la jaula cuando se balanceaba y pegaba contra el hielo. Más arriba, los centinelas estarían apiñados en la cálida caseta alrededor de un brasero, gritando para hacerse oír por encima del viento. O quizá habrían cejado en el empeño, y cada uno estaría inmerso en su propio pozo de silencio.

«Debería estar patrullando el hielo. El Muro es mío.»

Pasaba ante el caparazón hueco de la Torre del Lord Comandante, poco más allá de donde Ygritte había muerto en sus brazos, cuando Fantasma apareció tras él, con el cálido aliento condensándose en el frío. A la luz de la luna, sus ojos brillaban como pozos de fuego. El sabor de la sangre caliente llenó la boca de Jon, y supo que Fantasma había matado aquella noche.

«No —pensó—, soy un hombre, no un lobo.» Se pasó el dorso de una mano enguantada por la boca y escupió.

Clydas aún ocupaba las habitaciones situadas bajo la pajarera. Cuando Jon llamó a la puerta, se acercó arrastrando los pies, con una vela en la mano, y la entreabrió.

—¿Es mal momento? —preguntó Jon.

—En absoluto. —Clydas abrió más la puerta—. Estaba especiando vino. ¿Mi señor quiere tomar una copa?

—Será un placer.

Tenía las manos entumecidas por el frío. Se quitó los guantes y flexionó los dedos.

Clydas volvió a la chimenea para remover el vino.

«Tiene por lo menos sesenta años; es un anciano. Solo parecía joven comparado con Aemon.» Bajo y orondo, tenía los ojos rosados de una criatura nocturna y unas pocas canas le colgaban del cuero cabelludo. Cuando sirvió el vino, Jon cogió la copa con ambas manos, olfateó las especias y tragó. El calor se le esparció por el pecho. Volvió a beber a sorbos largos y profundos para quitarse el sabor de sangre de la boca.

—Los hombres de la reina dicen que el Rey-más-allá-del-Muro murió como un cobarde, que pidió clemencia y negó ser el rey.

—Así fue. *Dueña de Luz* brillaba con más fuerza que nunca. Tan brillante como el sol. —Jon alzó su copa—. Por Stannis Baratheon y su espada mágica. —El vino tenía un sabor amargo.

—Su alteza no es hombre fácil. Pocos coronados lo son. El maestre Aemon decía que muchos hombres buenos han sido malos reyes, y que algunos hombres malvados han sido buenos reyes.

—Sabía de qué hablaba. —Aemon Targaryen había visto pasar nueve reyes por el Trono de Hierro. Había sido hijo de un rey, hermano de un rey, tío de un rey—. He mirado el libro que me dejó el maestre Aemon, el *Compendio jade,* sobre todo las páginas que hablan de Azor Ahai. Su espada era *Dueña de Luz* y fue templada con la sangre de su esposa, si es que se puede considerar fidedigno a Votar. Por eso, *Dueña de Luz* nunca está fría al tacto, sino cálida, igual que Nissa Nissa. Durante la batalla, la hoja ardía de calor. Una vez, Azor Ahai luchó contra un monstruo, y cuando clavó la hoja en el estómago de la bestia, su sangre empezó a hervir. Le salieron humo y vapor de la boca, los ojos se le derritieron y le corrieron por las mejillas, y su cuerpo estalló en llamas.

—Una espada que genera calor... —Clydas dejó la frase inconclusa.

—... sería un bien muy preciado en el Muro. —Jon dejó la copa de vino y volvió a ponerse los guantes de piel de topo—. Lástima que la espada que porta Stannis esté fría. Me gustaría ver cómo se comporta su *Dueña de Luz* en batalla. Gracias por el vino. Fantasma, conmigo.

Jon Nieve se puso la capucha y se dirigió a la puerta. El lobo blanco lo siguió hacia la noche.

La armería estaba oscura y en silencio. Jon saludó con un gesto a los guardias antes de pasar junto a las silenciosas filas de lanzas, en dirección a sus aposentos. Colgó el cinturón de la espada de una clavija situada junto a la puerta, y la capa de otra. Cuando se quitó los guantes tenía las manos entumecidas, con lo que le llevó un buen rato encender las velas. Fantasma se enroscó en la alfombra y se quedó dormido, pero Jon aún no podía permitirse el lujo de imitarlo. La maltratada mesa de madera de pino estaba cubierta con mapas del Muro y las tierras de más allá, una lista de exploradores y una carta de la Torre Sombría que mostraba la caligrafía fluida de Denys Mallister.

Releyó la misiva, afiló una pluma y destapó un bote de espesa tinta negra. Escribió dos cartas; la primera para ser Denys y la segunda para Cotter Pyke. Ambos le pedían más hombres con urgencia. Envió a Halder y a Sapo a la Torre Sombría, y a Grenn y a Pyp a Guardiaoriente del Mar. La tinta no corría bien, y todas sus palabras sonaban cortantes, bruscas y torpes, pero perseveró.

Cuando por fin dejó la pluma, la habitación estaba fría y en penumbra, y las paredes parecían cernirse sobre él. Posado sobre la ventana, el cuervo del Viejo Oso lo miraba con ojos negros y astutos.

«Mi último amigo —pensó con tristeza—. Será mejor que te sobreviva, o también te comerás mi cara.» Fantasma no contaba. Fantasma era más que un amigo. Fantasma era parte de él.

Jon se levantó y subió las escaleras hasta el camastro que perteneciera a Donal Noye.

«Este es mi destino —supo mientras se desnudaba—, desde ahora hasta el fin de mis días.»

Daenerys

—¿Qué pasa? —preguntó sobresaltada cuando Irri la sacudió suavemente por el hombro. En el exterior era noche cerrada. «Algo marcha mal», supo al instante—. ¿Se trata de Daario? ¿Ha sucedido algo?

En su sueño eran marido y mujer, gente sencilla que llevaba una vida sencilla en una alta casa de piedra con la puerta roja. En su sueño, él la besaba por todo el cuerpo, la boca, el cuello, el pecho...

—No, *khaleesi* —murmuró Irri—. Ha venido vuestro eunuco, Gusano Gris, con los hombres de cabeza afeitada. ¿Queréis recibirlos?

—Sí. —Tenía el pelo enmarañado y las ropas de dormir revueltas—. Ayúdame a vestirme. Y tráeme una copa de vino para despejarme la cabeza. —«Para olvidar lo que soñaba.» Le llegó el sonido de unos sollozos ahogados—. ¿Quién está llorando?

—Vuestra esclava Missandei —dijo Jhiqui, que llevaba una vela en la mano.

—Mi criada. Yo no tengo esclavos. —Dany seguía sin comprender—. ¿Por qué llora?

—Por el que era su hermano —le respondió Irri.

El resto lo supo por boca de Skahaz, Reznak y Gusano Gris cuando los llevaron a su presencia. Antes de que dijeran una palabra, Dany sabía ya que llevaban malas noticias. Le bastó con ver la expresión del feo rostro del Cabeza Afeitada.

—¿Los Hijos de la Arpía?

Skahaz asintió. Tenía los labios apretados.

—¿Cuántos muertos?

—N-nueve, magnificencia. —Reznak se retorció las manos—. Ha sido un ataque sucio e infame. Qué noche más espantosa.

«Nueve. —La palabra se le clavó como un puñal en el corazón. Noche tras noche, la guerra contra las sombras se recrudecía al pie de las pirámides escalonadas de Meereen. Mañana tras mañana, el sol salía sobre nuevos cadáveres e iluminaba arpías pintadas con sangre en las paredes cercanas. Cualquier liberto demasiado próspero o locuaz podía ser el siguiente—. Pero nueve en una noche...» Aquello sí que la asustaba.

—Contádmelo todo.

—Tendieron una emboscada a vuestros siervos mientras patrullaban Meereen para defender la paz de vuestra alteza —respondió Gusano Gris—. Todos iban bien armados, con lanza, escudo y espada corta. Iban de dos en dos, y de dos en dos murieron. A vuestros siervos Puño Negro y Cetherys los acribillaron con saetas de ballesta en el Laberinto de Mazdhan. A vuestros siervos Mossador y Duran los lapidaron al pie de la muralla del río. Vuestros siervos Eladon Pelodorado y Lanza Leal fueron envenenados en una casa de vinos a la que solían ir por la noche tras terminar la ronda.

«Mossador.» Dany apretó los puños. Unos jinetes de las islas del Basilisco habían secuestrado a Missandei y a sus hermanos en Naath, para luego venderlos como esclavos en Astapor. Pese a su juventud, Missandei había demostrado tal don para los idiomas que los bondadosos amos la habían formado como escriba. Mossador y Marselen no habían tenido tanta suerte: los castraron y los convirtieron en inmaculados.

—¿Habéis capturado a alguno de los asesinos?

—Vuestros siervos han detenido al dueño de la casa de vinos y a sus hijas. Juran que no sabían nada y suplican misericordia.

«Todos juran que no sabían nada y suplican misericordia», pensó Dany.

—Entregádselos al Cabeza Afeitada. Que no se comuniquen entre sí. Skahaz, quiero que los interroguéis.

—Así se hará, adoración. ¿Cómo preferís que sea el interrogatorio? ¿Delicado o brusco?

—Delicado al principio. A ver qué cuentan y qué nombres mencionan. Puede que no tengan nada que ver con esto. —Titubeó un instante—. El noble Reznak dice que han sido nueve. ¿Quiénes más?

—Tres libertos, asesinados en sus casas —respondió el Cabeza Afeitada—. Un prestamista, un zapatero y la arpista Rylona Rhee. Antes de matarla le cortaron los dedos.

La reina dragón tragó saliva. Rylona Rhee tocaba el arpa con tanta dulzura como la Doncella. Cuando era esclava en Yunkai actuaba para todas las familias nobles de la ciudad, y en Meereen se había convertido en cabecilla de los libertos yunkios, a los que representaba en las sesiones del Consejo de Dany.

—¿No tenemos más prisioneros que ese vendedor de vino?

—Uno lamenta confesar que no. Os suplicamos vuestro perdón.

«Más misericordia —pensó Dany—. Tendrán la misericordia del dragón.»

—He cambiado de opinión, Skahaz. Que el interrogatorio sea brusco.

—Muy bien —asintió—. Otra posibilidad es interrogar con brusquedad a las hijas mientras el padre mira. Si os parece bien, así les sacaremos unos cuantos nombres.

—Haced lo que podáis, pero quiero esos nombres. —Sentía la rabia como una hoguera en el vientre—. No permitiré que asesinen a más inmaculados. Que vuestros hombres se retiren a los barracones, Gusano Gris. De hoy en adelante vigilarán mis murallas, mis puertas y a mí, nada más. A partir de ahora, los encargados de mantener la paz en Meereen serán los meereenos. Skahaz, quiero que creéis un cuerpo de guardia compuesto a partes iguales por vuestros cabezas afeitadas y mis libertos.

—Como ordenéis. ¿Cuántos hombres?

—Tantos como sean necesarios.

Reznak mo Reznak contuvo una exclamación.

—Magnificencia —intervino—, ¿de dónde sacaremos dinero para pagar el salario de tantos hombres?

—De las pirámides —replicó Dany—. Lo llamaremos «impuesto de sangre». Cada pirámide deberá pagar cien monedas de oro por cada liberto asesinado por los Hijos de la Arpía.

Aquello dibujó una sonrisa en el rostro del Cabeza Afeitada.

—Se hará como decís, pero vuestro esplendor debe saber que los grandes amos de Zhak y Merreq están haciendo preparativos para abandonar sus pirámides y salir de la ciudad.

Daenerys estaba harta, harta de Zhak y Merreq, harta de los meereenos nobles y del pueblo llano.

—Pues que se vayan, pero con lo puesto. Aseguraos de que su oro se quede aquí. Y también sus reservas de comida.

—Magnificencia —murmuró Reznak mo Reznak—, no sabemos si estos nobles señores pretenden unirse a vuestros enemigos. Lo más seguro es que solo vayan a pasar unos días en sus mansiones de las colinas.

—Entonces no les importará que les cuidemos el oro. En las colinas no hay nada que comprar.

—Tienen miedo por sus hijos —insistió Reznak.

«Sí —pensó Daenerys—, y yo.»

—A sus hijos también los cuidaremos. Quiero que cada familia entregue a dos vástagos. También los de las otras pirámides. Un niño y una niña.

—Rehenes —señaló Skahaz con tono alegre.

—Pajes y coperos. Si los grandes amos ponen algún inconveniente, explicadles que en Poniente es un gran honor para un niño que lo elijan para servir en la corte. —No se molestó en explicarles el resto—. Id y haced como os he dicho. Tengo que llorar a mis muertos.

Al regresar a sus habitaciones de la parte superior de la pirámide se encontró con Missandei, que lloraba quedamente en su cama y hacía lo posible por contener el sonido de los sollozos.

—Ven a dormir conmigo —dijo a la pequeña escriba—. Aún faltan horas para el amanecer.

—Vuestra alteza es muy bondadosa con una. —Missandei se introdujo bajo las sábanas—. Era un buen hermano.

—Háblame de él —dijo Dany, abrazándola.

—Cuando éramos pequeños me enseñó a trepar a los árboles. Era capaz de atrapar peces con las manos. Un día lo encontré dormido en nuestro jardín; se le había posado encima un centenar de mariposas. Aquel día estaba tan hermoso... Una..., es decir, yo lo quería mucho.

—Igual que él a ti. —Dany acarició el pelo de la niña—. Te sacaré de este lugar espantoso si quieres. No sé cómo, pero conseguiré un barco y te mandaré a casa. A Naath.

—Prefiero quedarme con vos. En Naath me pasaría la vida aterrada, pensando que podrían volver los esclavistas. Cuando estoy con vos me siento a salvo.

«A salvo.» Aquellas palabras hicieron que a Dany se le llenaran los ojos de lágrimas.

—Quiero mantenerte a salvo, de verdad. —Missandei no era más que una niña. A su lado se sentía con derecho a serlo ella también—. A mí nadie me mantuvo a salvo cuando era pequeña. Bueno, sí, ser Willem, pero luego murió, y Viserys... Quiero protegerte, pero... qué difícil es. Qué difícil es ser fuerte. No siempre sé qué debo hacer. Pero tengo que saberlo. Soy lo único que tienen. Soy la reina, la..., la...

—La madre —susurró Missandei.

—La Madre de Dragones. —Dany se estremeció.

—No. La madre de todos nosotros. —Missandei se abrazó a ella con más fuerza—. Vuestra alteza debería dormir. Pronto llegará el amanecer y se reunirá la corte.

—Las dos tenemos que dormir; soñaremos con días más hermosos. Cierra los ojos.

Missandei obedeció. Dany le besó los párpados y la hizo reír.

Por desgracia era más fácil besar que dormir. Dany cerró los ojos y trató de pensar en su hogar, en Rocadragón, en Desembarco del Rey, en todos los lugares de los que le había hablado Viserys, en tierras más generosas que aquella... Pero sus pensamientos volvían sin cesar a la bahía de los Esclavos, como barcos zarandeados por un mal viento.

Cuando Missandei se quedó dormida, Dany se liberó de su abrazo, salió al aire fresco que precedía al amanecer, se apoyó en el pretil de frío ladrillo y contempló la ciudad. Un millar de tejados se extendía bajo ella, pintado de marfil y plata por la luz de la luna. En algún lugar, bajo aquellos tejados, los Hijos de la Arpía estarían reunidos, tramando planes para matarla, para matar a todos sus seres queridos, para volver a encadenar a sus hijos. Allí abajo, en algún lugar, un niño hambriento lloraba pidiendo leche. En algún lugar, una anciana agonizaba. En algún lugar, un hombre y una doncella se abrazaban, se desnudaban mutuamente con manos ávidas... Pero allí arriba solo existía la luna sobre las pirámides y los reñideros, sin atisbo de lo que sucedía abajo. Allí arriba solo estaba ella.

Era de la sangre del dragón. Podía matar a los Hijos de la Arpía y a los hijos de los hijos, y a los hijos de los hijos de los hijos. Pero un dragón no podía dar de comer a un niño hambriento ni calmar el dolor de una moribunda.

«¿Y quién se atrevería a amar a un dragón?»

Se dio cuenta de que estaba pensando otra vez en Daario Naharis, con su diente de oro y su barba de tres puntas, con sus fuertes manos apoyadas en las empuñaduras del *arakh* y el estilete a juego, de oro forjado con forma de mujeres desnudas. El día de su partida, mientras Dany se despedía de él, se dedicaba a pasar las yemas de los pulgares por toda su superficie, una vez, y otra, y otra.

«Estoy celosa del puño de una espada —había advertido ella—, celosa de mujeres de oro.» Sabía que había hecho lo correcto al enviarlo con los hombres cordero. Daenerys Targaryen era la reina, y Daario Naharis no tenía madera de rey.

—Ha pasado mucho tiempo —había dicho a ser Barristan el día anterior—. ¿Y si Daario me ha traicionado y ahora está con mis enemigos? —«Tres traiciones conocerás»—. ¿Y si ha conocido a otra mujer? Tal vez a una princesa lhazareena...

Sabía que al anciano caballero no le caía en gracia Daario ni confiaba en él. Aun así, su respuesta no habría podido ser más galante.

—No hay mujer más bella que vuestra alteza. Habría que ser ciego para no verlo, y Daario Naharis no está ciego.

«No. Tiene los ojos de un azul muy oscuro, casi violeta, y su diente de oro brilla cuando me sonríe.» Ser Barristan estaba seguro de que regresaría, y Dany no podía hacer nada salvo rezar para que estuviera en lo cierto.

«Un baño me tranquilizará.» Se encaminó descalza por la hierba hacia el estanque de la terraza. El agua fresca contra la piel le puso la carne de gallina al principio, y los pececillos le mordisquearon los brazos y las piernas. Dany flotó con los ojos cerrados.

Un débil susurro le hizo abrirlos. Se incorporó en el agua.

—¿Missandei? —llamó—. ¿Irri? ¿Jhiqui?

—Duermen —fue la respuesta que le llegó.

Había una mujer junto al caqui; llevaba una túnica con capucha. El borde de la prenda llegaba hasta la hierba. El rostro que se divisaba bajo la capucha era duro y brillante.

«Lleva una máscara —supo Dany al instante—, una máscara de madera lacada en rojo oscuro.»

—¿Quaithe? ¿Estoy soñando? —Se pellizcó una oreja e hizo un gesto de dolor—. Soñé con vos en la *Balerion* cuando vine a Astapor.

—No soñabais. Ni entonces ni ahora.

—¿Qué hacéis aquí? ¿Cómo habéis burlado a mis guardias?

—He venido por otro camino. No me han visto.

—Si los llamo, os matarán.

—Os jurarán que no estoy aquí.

—¿Estáis aquí?

—No. Escuchadme bien, Daenerys Targaryen. Las velas de cristal están ardiendo. Pronto llegará la yegua clara, y tras ella, los demás: kraken y llama negra, león y grifo, el hijo del sol y el dragón del titiritero. No os fieis de ninguno. Recordad a los Eternos. Guardaos del senescal perfumado.

—¿De Reznak? ¿Qué puedo temer de él? —Dany salió del estanque. El agua le corrió por las piernas, y el aire fresco de la noche le erizó el vello de los brazos—. Si queréis advertirme de algo, hablad sin rodeos. ¿Qué queréis de mí, Quaithe?

La luz de la luna brillaba en los ojos de la mujer.

—Mostraros el camino.

—Ya recuerdo el camino. Para ir al norte tengo que ir al sur; para ir al este, al oeste; atrás para ir adelante. Y para tocar la luz tengo que pasar bajo la sombra. —Se escurrió la melena plateada—. Estoy harta de acertijos. En Qarth era una mendiga, pero aquí soy la reina. Os ordeno que...

—Daenerys. Recordad a los Eternos. Recordad quién sois.

—La sangre del dragón. —«Pero mis dragones rugen ahora en la oscuridad»—. Recuerdo a los Eternos. Me llamaron «hija de tres». Tres monturas me prometieron, tres fuegos y tres traiciones. Una por sangre, otra por oro y otra por...

—¿Alteza? —Missandei estaba ante la puerta del dormitorio de la reina, con un farolillo en la mano—. ¿Con quién habláis?

Dany volvió la vista hacia el caqui. Allí no había nadie. Ni rastro de la túnica ni de la máscara lacada de Quaithe.

«Una sombra. Un recuerdo. Nadie. —Era de la sangre del dragón, pero ser Barristan le había advertido que aquella sangre llevaba una lacra—. ¿Me estoy volviendo loca?» De su padre decían eso, que estaba loco.

—Estaba rezando —le dijo a la chiquilla naathi—. Pronto será de día; más vale que coma algo antes de la audiencia.

—Os traeré el desayuno.

Cuando volvió a quedarse a solas, Dany rodeó toda la pirámide con la esperanza de dar con Quaithe, tal vez tras los árboles quemados y la tierra ennegrecida del lugar donde habían tratado de capturar a Drogon. Pero solo se oía el viento entre los frutales, y en los jardines no había más criaturas que unas cuantas polillas blancuzcas.

Missandei regresó con un melón y un cuenco de huevos duros, pero Dany no tenía apetito. A medida que el cielo se iluminaba y las estrellas iban desapareciendo una tras otra, Irri y Jhiqui la ayudaron a ponerse un *tokar* de seda violeta con flecos de oro.

Cuando llegaron Reznak y Skahaz no pudo evitar mirarlos de soslayo, con el recuerdo de las tres traiciones. «Guardaos del senescal perfumado.» Olfateó a Reznak mo Reznak con desconfianza.

«Podría ordenarle al Cabeza Afeitada que lo detenga y lo interrogue. —¿Se adelantaría así a la profecía? ¿O aparecería otro traidor que ocuparía su lugar?—. Las profecías son engañosas —se recordó—, y puede que Reznak sea lo que aparenta, nada más.»

Al entrar en la sala violeta, Dany se encontró un montón de cojines de seda en el banco de ébano. Aquello le dibujó una sonrisa triste en los labios. Supo al instante que era cosa de ser Barristan. El anciano caballero era un buen hombre, pero demasiado literal en ocasiones.

«Solo era una broma», pensó, pero se sentó en los cojines.

No tardó en sentir las consecuencias de la noche en vela, y tuvo que contenerse para no bostezar mientras Reznak parloteaba sobre los gremios de artesanos. Por lo visto, los constructores estaban enfadados con ella, y también los albañiles. Había antiguos esclavos que se dedicaban a tallar piedra o poner ladrillos, con lo que quitaban el trabajo a los obreros y maestros del gremio.

—Los libertos trabajan por muy poco, magnificencia —dijo Reznak—. Algunos dicen ser oficiales o hasta maestros, pero por derecho, esos títulos corresponden a los artesanos de los gremios. Suplican a vuestra magnificencia con todo respeto que defienda sus derechos y costumbres, que les vienen de antiguo.

—Los libertos trabajan a precios bajos porque tienen hambre —señaló Dany—. Si les prohíbo dedicarse a la talla o la construcción, lo siguiente será que los cereros, los tejedores y los orfebres llamarán a mi puerta para pedirme que impida a los antiguos esclavos practicar esos oficios. —Se paró un momento a pensar—. Establezcamos que, de ahora en adelante, solo los miembros del gremio pueden decir que son oficiales o maestros... siempre que se abran a cualquier liberto que demuestre poseer los conocimientos necesarios.

—Así será proclamado. —Reznak recorrió la estancia con la mirada—. ¿Querrá vuestra adoración escuchar de nuevo la petición del noble Hizdahr zo Loraq?

«¿Es que no se va a dar por vencido nunca?»

—Que se adelante.

Aquel día, Hizdahr no vestía su *tokar,* sino que llevaba una túnica gris y azul más sencilla. También se había rasurado.

«Se ha afeitado la barba y se ha cortado el pelo», advirtió Dany. No se había afeitado la cabeza, o no del todo, pero por lo menos se había deshecho de aquellas alas absurdas.

—Vuestro barbero ha hecho un buen trabajo, Hizdahr —señaló—. Espero que hayáis venido a mostrármelo y no a incordiarme más con motivo de los reñideros.

El hombre hizo una marcada reverencia.

—Mucho me temo que no tengo más remedio, alteza.

Dany frunció el ceño. Hasta los suyos insistían constantemente sobre el tema: Reznak mo Reznak no paraba de hablar sobre lo mucho que ganarían con los impuestos; la gracia verde decía que la reapertura de las arenas complacería a los dioses, y el Cabeza Afeitada aseguraba que con ello se ganarían apoyo contra los Hijos de la Arpía.

—Que peleen —era la aportación de Belwas el Fuerte, que tiempo atrás había sido uno de los campeones de los reñideros.

Ser Barristan sugería que sustituyera las luchas por torneos: sus huérfanos podrían ensartar anillas desde el caballo y combatir en liza con armas embotadas, idea que Dany consideraba tan bienintencionada como inútil. Lo que querían ver los meereenos era sangre, no una exhibición de habilidad; de lo contrario, los esclavos habrían luchado con armadura. La única que compartía la desazón de la reina era Missandei, la pequeña escriba.

—Seis veces ya he denegado vuestra petición —le recordó Dany a Hizdahr.

—Vuestro esplendor tiene siete dioses, de manera que tal vez mire con buenos ojos mi séptima súplica. Y hoy no vengo solo. ¿Querréis escuchar a mis amigos? Ellos también son siete. —Se los fue presentando de uno en uno—. Khrazz, Barsena Pelonegro la Valerosa, Camarron de la Cuenta, Goghor el Gigante, el Gato Moteado e Ithoke el Temerario. Y por último, Belaquo Rompehuesos. Han venido para sumar sus voces a la mía y rogar a vuestra alteza que vuelva a abrir nuestras arenas de combate.

Dany conocía de nombre, aunque no de vista, a sus siete acompañantes. Antes del cierre de los reñideros, eran los esclavos de combate más famosos de Meereen..., y los esclavos de combate, después de que sus ratas de cloaca los liberaran de las cadenas, fueron quienes encabezaron el levantamiento que la hizo señora de la ciudad. Tenía una deuda de sangre con ellos.

—Os escucho —concedió.

Uno tras otro le suplicaron que volviera a abrir las arenas.

—¿Por qué? —quiso saber cuando Ithoke terminó de hablar—. Ya no sois esclavos; ya no tenéis que morir por el capricho de un amo. Os he liberado. ¿Por qué queréis que vuestra vida termine en las arenas rojas?

—Entreno desde tres años —dijo Goghor el Gigante—. Mato desde seis años. Madre de Dragones dice yo libre. ¿Por qué no libre para luchar?

—Si lo que queréis es luchar, luchad por mí —replicó Dany—. Jurad lealtad a los Hombres de la Madre, o a los Hermanos Libres, o a los Escudos Fornidos. Enseñad a luchar a mis otros libertos.

—Antes yo lucho por amo. —Goghor sacudió la cabeza—. Vos decís: «Luchad por mí». Yo digo: «Lucho por mí». —El hombretón se golpeó el pecho con un puño del tamaño de un jamón—. Por oro. Por gloria.

—Todos pensamos lo mismo que Goghor —dijo el Gato Moteado, que llevaba una piel de leopardo al hombro—. La última vez que me vendieron, mi precio fue de trescientos mil honores. Cuando era esclavo dormía sobre pieles y comía carne. Ahora que soy libre duermo en un lecho de paja y, si tengo suerte, como pescado en salazón.

—Hizdahr asegura que los vencedores tendrán derecho a la mitad del dinero de las entradas —intervino Khrazz—. La mitad, lo ha jurado, y es hombre de palabra.

«No —pensó Daenerys—, es hombre de artimañas.» Se sentía atrapada.

—¿Y los perdedores? ¿Qué recibirán los que pierdan?

—Los nombres de todos los valientes caídos quedarán grabados en las Puertas del Destino —declaró Barsena. Se decía que durante ocho años había matado a todas las mujeres con quienes la enfrentaron—. A todo hombre y a toda mujer le llega la muerte..., pero no todos son recordados.

«Si de verdad es eso lo que desea mi pueblo —pensó Dany, sin saber qué responder—, ¿tengo derecho a negárselo? La ciudad era suya antes de que llegara yo, y son sus vidas las que quieren malvender.»

—Meditaré sobre lo que me habéis dicho. Os agradezco vuestros consejos. —Se levantó—. Estoy cansada. Continuaremos mañana por la mañana.

—¡Arrodillaos todos ante Daenerys de la Tormenta, La que no Arde, reina de Meereen, reina de los ándalos, los rhoynar y los primeros hombres, *khaleesi* del Gran Mar de Hierba, Rompedora de Cadenas y Madre de Dragones! —declamó Missandei.

Ser Barristan la escoltó hasta sus habitaciones.

—Contadme una historia —pidió Dany mientras subían—. Un relato de hazañas valerosas, y que tenga un final feliz. —Estaba muy necesitada de finales felices—. Explicadme cómo escapasteis del Usurpador.

—No hay nada de valeroso en huir para salvar la vida, alteza.

Dany se sentó en un cojín, cruzó las piernas y alzó la vista hacia él.

—Por favor. Fue el joven Usurpador quien os expulsó de la Guardia Real...

—Joffrey, sí. Alegaron mi edad como excusa, pero no fue por eso. El muchacho quería que su perro, Sandor Clegane, vistiera la capa blanca, y su madre quería que el Matarreyes ocupara el cargo de lord comandante. Cuando me lo dijeron, me..., me quité la capa tal como me ordenaban, tiré la espada a los pies de Joffrey y hablé sin pensar.

—¿Qué dijisteis?

La verdad: algo que jamás fue bien recibido en aquella corte. Abandoné el salón del trono con la cabeza muy alta, aunque no sabía adónde iba. No tenía más hogar que la Torre de la Espada Blanca. Sabía que mis primos me recibirían bien en Torreón Cosecha, pero no quería que los alcanzara la ira de Joffrey. Mientras recogía mis cosas caí en la cuenta de que yo había sido el causante de mi propia desgracia al aceptar el perdón de Robert. Era digno como caballero; no así como rey, pues no era acreedor al trono que ocupó. En aquel momento supe que, para redimirme, tenía que encontrar al rey legítimo y ponerme a su servicio con lealtad y con todas las fuerzas que aún me quedaran.

—Mi hermano Viserys.

—Tal era mi intención. Cuando llegué a los establos, los capas doradas trataron de apresarme: Joffrey me había ofrecido una torre donde morir y yo había despreciado su regalo, por lo que a continuación pretendía ofrecerme una mazmorra. El comandante de la Guardia de la Ciudad se enfrentó a mí en persona, envalentonado al ver mi vaina vacía, pero solo contaba con tres hombres y yo aún tenía el cuchillo. Rajé a uno que se atrevió a ponerme la mano encima, y a los otros los arrollé con el caballo. Iba picando espuelas hacia las puertas cuando oí a Janos Slynt, que les gritaba que me persiguieran. En el exterior de la Fortaleza Roja, las calles estaban abarrotadas, y eso permitió que me dieran alcance en la puerta del Río. Los capas dorados que me perseguían desde el castillo gritaron a los de la puerta que me detuvieran, y estos cruzaron las lanzas para cortarme el paso.

—¡Y vos sin espada! ¿Cómo conseguisteis pasar?

—Un caballero de verdad vale por diez guardias, y a los hombres de la puerta los cogí por sorpresa. Derribé a uno, le quité la lanza y se la clavé en el cuello al capa dorada que me seguía más de cerca. El otro irrumpió en cuanto crucé la puerta, así que piqué espuelas y galopé por la orilla del río como si me llevaran los diablos hasta que perdí de vista la ciudad. Aquella misma noche cambié el caballo por una bolsa de monedas y unos harapos, y por la mañana me uní a la riada de gente del pueblo que se dirigía a Desembarco del Rey. Había salido por la puerta del Lodazal, de manera que volví por la de los Dioses, con la cara sucia y barba incipiente, sin más armas que un cayado de madera. Con la ropa de tejido basto y las botas llenas de barro, era tan solo uno más de los ancianos que huían de la guerra. Los capas dorados me cobraron un venado y me dejaron entrar. Desembarco del Rey estaba atestado de gente del pueblo que había llegado allí en busca de un refugio para protegerse de las batallas. Me escondí entre ellos. Tenía algo de plata, pero la necesitaba para pagar el pasaje del mar Angosto, de manera que dormí en septos y callejones, y comí en tenderetes de calderos. Me dejé barba y utilicé mi edad de disfraz. Estaba allí el día en que cortaron la cabeza a lord Stark. Cuando vi aquello, entré en el Gran Septo y agradecí a los siete dioses que Joffrey me hubiera arrebatado la capa.

—Stark era un traidor y como tal murió.

—Stark tomó parte en el derrocamiento de vuestro padre, pero a vos no os deseaba mal alguno —señaló Selmy—. Cuando Varys, el eunuco, nos dijo que estabais embarazada, Robert quería que os mataran, pero lord Stark se opuso. Le dijo a Robert que se buscara otra mano, porque él no iba a tomar parte en asesinatos de niños.

—¿Acaso habéis olvidado a la princesa Rhaenys y al príncipe Aegon?

—Jamás. Eso fue cosa de los Lannister, alteza.

—Lannister o Stark, tanto da. Viserys los llamaba «perros del Usurpador». Si una manada de mastines ataca a un niño, ¿importa mucho saber cuál de ellos le arranca el cuello? Todos los perros son igual de culpables. La culpa... —La voz se le quebró en la garganta. «Hazzea», pensó—. Tengo que ver la fosa —dijo con una voz débil como el susurro de un niño—. Por favor, llevadme allí abajo.

Una expresión desaprobadora se dibujó un instante en el rostro del anciano, pero no habría sido propio de él cuestionar las órdenes de su reina.

—Como ordenéis.

La escalera de servicio era el camino más rápido para bajar: no era elegante, sino empinada y estrecha; discurría entre los muros. Ser Barristan cogió un farolillo para evitarle tropezones. Ladrillos de veinte colores diferentes se cerraban en torno a ellos, hasta que se teñían de gris y negro más allá de la luz de la lámpara. En tres ocasiones pasaron junto a guardias inmaculados, tan inmóviles que parecían de piedra. No se oía más sonido que el suave roce de los pies contra los peldaños.

Al nivel del suelo, la Gran Pirámide de Meereen era un lugar silencioso, lleno de polvo y sombras. Los muros exteriores tenían diez varas de grosor. Entre ellos, los sonidos despertaban ecos al cruzar los arcos de ladrillos multicolores y los establos, comederos y despensas. Pasaron bajo tres arcos gigantescos y bajaron por una rampa iluminada por antorchas hasta las criptas inferiores, situadas más allá de las cisternas, las mazmorras y las cámaras de tortura donde en el pasado azotaban, desollaban y marcaban a hierro a los esclavos. Por fin llegaron ante un par de puertas de hierro gigantescas de goznes oxidados, custodiadas por inmaculados. Dany dio la orden y uno de ellos sacó una llave de hierro. La puerta se abrió entre chirridos de las bisagras. Daenerys Targaryen se adentró en el abrasador corazón de la oscuridad y se detuvo ante la tapa de una profunda fosa. Una docena de varas por debajo, sus dragones alzaron la cabeza. Cuatro ojos ardieron entre las sombras, dos de oro fundido y dos de bronce.

—No os acerquéis más. —Ser Barristan la agarró por el brazo.

—¿Creéis que me harían daño a mí?

—No lo sé, alteza, y no pienso poneros en peligro para averiguarlo.

Rhaegal rugió, y durante un instante, una llamarada amarilla transformó la oscuridad en pleno día. El fuego lamió las paredes, y Dany sintió el calor como la bocanada de un horno en la cara. Al otro lado de la fosa,

Viserion desplegó las alas y las batió en el aire viciado. Trató de llegar a ella, pero las cadenas se tensaron en cuanto alzó el vuelo y cayó de bruces. Unos eslabones como puños le ataban las patas al suelo, y la argolla de hierro que tenía en torno al cuello estaba sujeta a la pared. Rhaegal estaba encadenado de la misma manera. A la luz del farolillo de Selmy, sus escamas brillaban como el jade. El humo se alzaba de entre sus dientes. A sus pies, por todo el suelo, había huesos rotos y chamuscados. Hacía mucho calor, y apestaba a azufre y carne quemada.

—Han crecido. —La voz de Dany retumbó contra los ennegrecidos muros de piedra. Una gota de sudor le corrió por la frente y le cayó en un pecho—. ¿Es verdad que los dragones no dejan de crecer nunca?

—Para eso necesitan mucha comida y espacio. Pero aquí, encadenados...

Los grandes amos utilizaban aquella fosa de prisión. Era tan grande que cabían quinientos hombres; sitio de sobra para dos dragones.

«Pero ¿durante cuánto? ¿Qué pasará cuando sean demasiado grandes para la fosa? ¿Se volverán el uno contra el otro, a llamaradas, a zarpazos? ¿Se quedarán flacos y débiles, con la piel arrugada y las alas atrofiadas? ¿Se extinguirá su fuego antes del final?» ¿Qué clase de madre deja que sus hijos se pudran en la oscuridad?

«Si vuelvo la vista atrás, estoy perdida —se dijo. Pero ¿cómo podía no mirar atrás?—. Debería haberlo previsto. ¿Estaba ciega, o cerré los ojos a sabiendas para no ver el precio del poder?»

Viserys le había relatado todas las historias cuando era pequeña. Le encantaba hablar de dragones. Dany sabía cómo había caído Harrenhal. Sabía todo lo que había que saber sobre el Campo de Fuego y la Danza de los Dragones. Uno de sus antepasados, el tercer Aegon, había visto morir a su madre devorada por el dragón de su tío, y eran innumerables las aldeas y reinos que habían vivido aterrados por aquellas bestias hasta que algún valeroso matadragones acudía en su auxilio. En Astapor, los ojos del esclavista se habían derretido. En el camino hacia Yunkai, cuando Daario tiró a sus pies las cabezas de Sallor el Calvo y Prendahl na Ghezn, sus hijos se dieron un banquete con ellas. Los dragones no temían al hombre, y un dragón suficientemente grande para devorar ovejas podía devorar a un niño con idéntica facilidad.

La niña se llamaba Hazzea y tenía cuatro años.

«A no ser que su padre mienta. Puede que mienta. —Solo él había visto al dragón. Presentaba como prueba unos huesos quemados, pero aquello no demostraba nada. Tal vez hubiera matado él a la niña y la hubiera quemado después. El Cabeza Afeitada le había dicho que no sería el primer padre que se deshacía de una hija indeseada—. O puede que fueran los Hijos de la Arpía, y lo hicieron pasar por obra de un dragón para que la ciudad me odie.» Habría querido creerlo... Pero entonces, ¿por qué había esperado el padre de Hazzea hasta que la sala de audiencias estuvo casi desierta antes de exponer su caso? Si hubiera querido inflamar los ánimos de los meereenos contra ella, habría hablado mientras la sala estaba abarrotada. El Cabeza Afeitada le había aconsejado que ordenara la ejecución de aquel hombre.

—O al menos cortadle la lengua. Esa mentira nos puede destruir a todos, magnificencia.

Pero Dany había optado por pagar el precio de la sangre. Nadie supo decirle cuánto valía una hija, así que calculó su valor en cien veces el de un cordero.

—Si pudiera, os devolvería a Hazzea —había dicho al padre—, pero hay cosas que no están en las manos de nadie, ni siquiera de la reina. Sus huesos descansarán en el templo de las Gracias, y un centenar de velas arderá día y noche en su recuerdo. Volved a verme todos los años en su día del nombre; a vuestros otros hijos no les faltará nada..., pero no debéis hablar jamás de lo sucedido.

—La gente hará preguntas —dijo el lloroso padre—. Querrán saber qué fue de Hazzea y cómo murió.

—La mordió una serpiente —intervino Reznak mo Reznak—. Se la llevó un lobo hambriento. Sufrió una enfermedad repentina. Decid lo que sea, pero ni una palabra de dragones.

Las zarpas de Viserion rascaron las piedras, y los eslabones de las enormes cadenas entrechocaron cuando intentó de nuevo volar hacia ella. Al ver que no podía, soltó un rugido, giró la cabeza hacia atrás tanto como pudo y escupió llamas doradas contra la pared.

«¿Cuánto falta para que su fuego sea bastante fuerte para resquebrajar la piedra y fundir el hierro?»

No hacía tanto que Viserion estaba posado en su hombro, con la cola enroscada en torno a su brazo. No hacía tanto que comía de su mano trocitos de carne quemada. Fue el primero al que encadenaron: Daenerys lo guio hasta la fosa y lo encerró con varios bueyes. Tras darse un banquete, el dragón se adormiló, circunstancia que aprovecharon para encadenarlo.

Rhaegal les había dado más trabajo, tal vez porque, a pesar de los muros de ladrillo y piedra que los separaban, oía los rugidos rabiosos de su hermano en la fosa. Tuvieron que envolverlo en una red de cadenas mientras disfrutaba del sol en la terraza, y se resistió tanto que tardaron tres días en bajarlo por la escalera servicio, sin que dejara de retorcerse y lanzar dentelladas. Seis hombres habían sufrido quemaduras antes de lograr su objetivo.

En cuanto a Drogon...

«La sombra alada», lo había llamado el dolido padre. Era el más grande de los tres y también el más fiero e indómito, con escamas negras como la noche y ojos como pozos de fuego. Drogon se alejaba mucho para cazar, pero cuando estaba saciado se tumbaba al sol en la cúspide de la Gran Pirámide, donde en otros tiempos se alzaba la arpía de Meereen. En tres ocasiones trataron de capturarlo allí, y en tres ocasiones fracasaron. Cuarenta de sus hombres más valientes arriesgaron la vida en el intento. Casi todos sufrieron quemaduras, y cuatro murieron. Había visto a Drogon por última vez al anochecer, el día de la tercera intentona. El dragón negro emprendió el vuelo hacia el norte, cruzando el Skahazadhan, hacia la alta hierba del mar dothraki. No había vuelto.

«Madre de dragones —pensó Daenerys—. Madre de monstruos. ¿Qué maldición he desencadenado sobre el mundo? Reina soy, pero mi trono es de huesos quemados y reposa sobre arenas movedizas. —Sin dragones no podría gobernar Meereen, y mucho menos recuperar Poniente—. Soy de la sangre del dragón. Si ellos son monstruos, yo también.»

Hediondo

La rata chilló cuando la mordió, y se retorció frenética entre sus manos, ansiosa por escapar. La barriga era lo más tierno. Arrancó la deliciosa carne con los dientes, y la sangre caliente le corrió por los labios. Estaba tan buena que los ojos se le llenaron de lágrimas. Su estómago rugió, y tragó. Al tercer mordisco, la rata había dejado de debatirse, y él estaba casi satisfecho.

Fue entonces cuando oyó voces al otro lado de la puerta de la mazmorra.

Se quedó inmóvil al instante, sin atreverse ni a masticar. Tenía la boca llena de sangre, carne y pelo, pero no se atrevía a tragar ni a escupir. Escuchó aterrado el susurro de las botas y el tintineo de las llaves, rígido como la piedra.

«No —pensó—, no, por favor, dioses, ahora no, ahora no. —Había tardado tanto en cazar la rata...—. Si me descubren, me la quitarán y se lo dirán a lord Ramsay, y me hará daño.»

Sabía que lo mejor sería esconder la rata, pero tenía tanta hambre... Hacía dos días que no comía nada, tal vez tres. Allí abajo, a oscuras, no era fácil saberlo. Tenía los brazos y las piernas flacos como juncos, pero el vientre hinchado, hueco, y le dolía tanto que no le dejaba dormir. Cada vez que cerraba los ojos se acordaba de lady Hornwood. Tras la boda, lord Ramsay la había encerrado en una torre y la había dejado morir de hambre. Al final, la mujer se había comido sus propios dedos.

Se acuclilló en un rincón de la celda, con su trofeo aferrado bajo la barbilla. La sangre le corría por las comisuras de los labios mientras mordisqueaba la rata con los pocos dientes que le quedaban, intentando tragar tanta carne como fuera posible antes de que se abriera la puerta de la celda. Estaba correosa, pero tan suculenta que creyó que se pondría enfermo. Masticó, tragó y se sacó los huesecillos de los agujeros de las encías, allí donde le habían arrancado los dientes. Le resultaba doloroso tragar, pero tenía tanta hambre que no podía parar.

Los sonidos se acercaban cada vez más.

«Por favor, dioses, que no venga a por mí. —Había más celdas, más prisioneros; a veces los oía gritar a pesar de los gruesos muros de piedra—. Las mujeres siempre gritan más. —Chupó la carne cruda y trató de escupir un hueso de pata, pero apenas tuvo fuerza para hacerlo asomar por encima del labio y se le quedó enredado en la barba—. Marchaos —rogó—, marchaos, pasad de largo, por favor, por favor.»

Pero las pisadas se detuvieron justo cuando el sonido era más fuerte, y las llaves tintinearon justo ante su puerta. La rata se le escurrió de las manos; se limpió los dedos ensangrentados en los calzones.

—No —murmuró—. ¡Nooo!

Rascó la paja del suelo con los talones en un intento desesperado de encajarse en la esquina, de fundirse con las húmedas paredes de piedra fría.

Lo más espantoso fue el sonido de la llave al girar en la cerradura. Cuando la luz le dio de pleno en la cara, lanzó un grito y tuvo que taparse los ojos con las manos; si se hubiera atrevido, se los habría arrancado. Tenía la cabeza a punto de estallar.

—No, por favor, lleváosla, pero a oscuras, por favor.

—No es él —dijo una voz de muchacho—. Míralo; nos hemos equivocado de celda.

—La última de la izquierda —replicó el otro chico—. Y esta es la última celda de la izquierda, ¿no?

—Sí. —Pausa—. ¿Qué dice?

—Me parece que no le gusta la luz.

—¿Te gustaría a ti si tuvieras esas pintas? —Escupió a un lado—. ¡Y qué peste! Voy a vomitar.

—Ha estado comiendo ratas —apuntó el segundo muchacho—. Mira.

—Es verdad, qué bueno. —El primero se echó a reír.

«Tuve que comérmelas.» Las ratas lo mordían cuando dormía; le roían los dedos de las manos y los pies, y hasta la cara, así que cuando conseguía atrapar una, no dudaba. Comer o ser comido: eran las únicas opciones.

—Es verdad —murmuró—. Es verdad, es verdad, me la he comido. Ella se me estaba comiendo a mí, por favor...

Los chicos se acercaron más, haciendo crujir la paja bajo los pies.

—Háblame —le dijo uno, el más menudo, un chico flaco pero avispado—. ¿Recuerdas quién eres?

El miedo le subió burbujeante por la garganta y solo pudo emitir un gemido.

—Háblame. Dime tu nombre.

«Mi nombre. —Ahogó un grito en la garganta. Le habían enseñado su nombre, se lo habían enseñado, sí, se lo habían enseñado, pero hacía mucho y ya no lo recordaba—. Si lo digo mal, me quitará otro dedo, o algo peor, me..., me...» No quería pensar en eso, no quería pensar en eso. Sentía pinchazos en la mandíbula, en los ojos; el corazón le galopaba.

—Por favor —chilló con voz aguda, débil. Parecía que tuviera cien años. Tal vez los tuviera. «¿Cuánto tiempo llevo aquí?»—. Marchaos —murmuró entre los dientes rotos, entre los dedos rotos, con los ojos cerrados para protegerse de aquella espantosa luz brillante—. Por favor, llevaos la rata si queréis, no me hagáis daño.

—Hediondo —dijo el chico más corpulento—. Te llamas Hediondo, ¿recuerdas?

El grande era el que llevaba la antorcha. El menudo tenía la anilla con las llaves de hierro.

«¿Hediondo?» Las lágrimas le corrieron por las mejillas.

—Me acuerdo. Me acuerdo. —Abrió la boca y volvió a cerrarla—. Me llamo Hediondo. Rima con fondo.

En la oscuridad no le hacía falta tener nombre, así que era fácil olvidarlo.

«Hediondo, Hediondo, me llamo Hediondo.» No era el nombre que le habían puesto al nacer. En una vida anterior había sido otra persona, pero allí, en aquel momento, se llamaba Hediondo. Se acordaba.

También recordaba a los muchachos. Iban vestidos con jubones de lana a juego, los dos gris plata con ribete azul oscuro. Los dos eran escuderos, los dos tenían ocho años y los dos se llamaban Walder Frey. Walder el Pequeño y Walder el Mayor. Solo que el grande era el Pequeño, y el pequeño era el Grande, cosa que a ellos les hacía mucha gracia y a todos los demás les resultaba sumamente confuso.

—Os conozco —susurró entre los labios agrietados—. Sé cómo os llamáis.

—Tienes que venir con nosotros —dijo Walder el Pequeño.

—Su señoría te necesita —aportó Walder el Mayor.

El miedo se le clavó como un cuchillo.

«No son más que niños —pensó—. Son dos críos de ocho años. —Sin duda sería capaz de vencerlos, por débil que estuviera. Podría quitarles la antorcha y las llaves, arrebatarle a Walder el Pequeño el puñal que llevaba al cinto, escapar—. No, no, es demasiado fácil. Es una trampa. Si intento escapar, me quitará otro dedo, me quitará más dientes.»

Ya había tratado de huir en otra ocasión. Había sido hacía años, o eso le parecía, cuando aún le quedaban fuerzas, cuando aún se sentía capaz de plantar cara. Aquella vez, las llaves las llevaba Kyra. Le dijo que las había robado, que había una poterna sin vigilancia.

—Llevadme a Invernalia, mi señor —le suplicó, pálida y temblorosa—. Yo no sé ir, no puedo escapar sola. Venid conmigo, por favor.

Eso había hecho. El carcelero estaba borracho como una cuba, desmayado en un charco de vino con los calzones por los tobillos. La puerta de la mazmorra estaba abierta y la poterna sin vigilancia, tal como ella había dicho. Esperaron hasta que la luna se ocultó tras una nube antes de salir del castillo y vadear el río de las Lágrimas, resbalando por las piedras y medio congelados por la corriente. Al llegar al otro lado, la había besado.

—Nos has salvado —le dijo.

«Estúpido. Estúpido.»

Todo había sido una trampa, un juego, una broma cruel. A lord Ramsay le gustaba cazar, y sus presas favoritas eran las de dos patas.

Corrieron toda la noche por el bosque oscuro, pero con la salida del sol les llegó el sonido de un cuerno lejano entre los árboles, junto con los ladridos de una jauría.

—Deberíamos separarnos —dijo a Kyra cuando sintieron que los perros estaban demasiado cerca—. No pueden seguirnos a los dos.

Pero la muchacha estaba enloquecida de pánico, y se negó a apartarse de él, aunque le juró que reuniría un ejército de hijos del hierro y volvería a buscarla si era a ella a quien seguían.

Los atraparon en menos de una hora. Un perro lo derribó a él y otro mordió a Kyra en la pierna cuando trataba de arrastrarse colina arriba. Los demás los rodearon ladrando, gruñendo y lanzándoles dentelladas cada vez que se movían, y los retuvieron allí hasta que Ramsay Nieve y sus cazadores llegaron a ellos. Por aquel entonces aún era un bastardo, no un Bolton.

—Ah, aquí estáis. —Les sonrió desde la silla de montar—. Me ofendéis, ¿qué manera de despediros es esta? ¿Tan pronto os habéis cansado de mi hospitalidad? —Fue entonces cuando Kyra le tiró una piedra a la cabeza. Falló por un palmo, y Ramsay sonrió—. Habrá que castigarte.

Hediondo recordó la mirada de terror y desesperación en los ojos de Kyra. Nunca le había parecido tan joven como en aquel momento, casi una niña, pero no podía hacer nada para ayudarla.

«Ella nos puso en sus manos —pensó—. Si nos hubiéramos separado, como le dije, uno de nosotros podría haber escapado.»

El recuerdo hacía que le costara respirar. Se apartó de la antorcha con los ojos llenos de lágrimas.

«¿Qué querrá de mí esta vez? —pensó, desesperado—. ¿Por qué no me deja en paz? Esta vez no he hecho nada, esta vez no, ¿por qué no me dejan en paz aquí, a oscuras?» Había cogido una rata, una rata gorda y caliente, una rata estupenda...

—¿No deberíamos lavarlo? —preguntó Walder el Pequeño.

—Al señor le gusta que apeste —respondió Walder el Mayor—. Por eso le puso Hediondo.

«Hediondo. Me llamo Hediondo, rima con hondo. —Tenía que recordarlo a toda costa—. Sirve, obedece y recuerda quién eres, y no volverá a pasarte nada malo. Me lo prometió, el señor me lo prometió.» Aunque hubiera querido resistirse, no tenía fuerzas: se las habían drenado con hambre; se las habían arrancado junto con la piel. Cuando Walder el Pequeño lo obligó a levantarse y Walder el Mayor le hizo un ademán con la antorcha para que saliera de la celda, obedeció con la docilidad de un perro. Si hubiera tenido rabo, lo habría metido entre las piernas.

«Si hubiera tenido rabo, el Bastardo me lo habría cortado. —El pensamiento lo asaltó sin que pudiera evitarlo, malvado, peligroso. El señor ya no era ningún bastardo—. Bolton, no Nieve.» El niño rey del Trono de Hierro había otorgado legitimidad a lord Ramsay, y junto con ella, el derecho de utilizar el apellido de su padre. Cada vez que alguien lo llamaba Nieve le recordaba su origen bastardo, y la ira lo cegaba. Hediondo no debía olvidarlo. Ni su nombre, sobre todo no debía olvidar su nombre. Se le fue de la cabeza un instante, y aquello lo asustó tanto que tropezó en los empinados peldaños de la mazmorra, se desgarró los calzones contra la piedra y se hizo sangre. Walder el Pequeño tuvo que acicatearlo con la antorcha para que volviera a ponerse en pie y caminara.

Fuera, en el patio, la noche se cerraba alrededor de Fuerte Terror y la luna llena se alzaba sobre las murallas orientales del castillo. Su luz blanca proyectaba en el suelo helado las sombras de las altas almenas triangulares, como una hilera de colmillos negros afilados. El aire era frío y húmedo, y estaba cargado de olores casi olvidados.

«El mundo —se dijo Hediondo—. Así huele el mundo. —No sabía cuánto tiempo había estado abajo, en las mazmorras, pero había sido al menos medio año—. O más. ¿Y si han sido cinco años, o diez, o veinte? ¿Me daría cuenta? ¿Y si me he vuelto loco y ha pasado la mitad de mi vida? —No, era imposible. No podía haber sido tanto tiempo. Los niños seguían siendo niños. Si hubieran pasado diez años, ya serían hombres. Tenía que aferrarse a aquel pensamiento—. No puedo dejar que me vuelva loco. Puede quitarme los dedos de las manos y los pies; puede sacarme los ojos y cortarme las orejas, pero no puede arrebatarme la sesera si no se lo permito.»

Walder el Pequeño abría la marcha con la antorcha en la mano, y Hediondo lo acompañaba dócilmente, seguido por Walder el Mayor. En las perreras, los perros ladraron a su paso. El viento soplaba en el patio y traspasaba la tela desgastada de los sucios harapos con que iba vestido, poniéndole la piel de gallina. El aire nocturno era gélido y húmedo, pero no vio ni rastro de nieve, aunque sin duda se acercaba el invierno. Hediondo se preguntó si seguiría vivo cuando llegaran las nevadas.

«¿Cuántos dedos me quedarán en las manos? ¿Cuántos dedos me quedarán en los pies? —Levantó una mano y se sobresaltó al ver lo blanca y flaca que la tenía—. Piel y huesos. Tengo manos de anciano.» Tal vez se hubiera equivocado con lo de los niños. ¿Y si no eran Walder el Pequeño y Walder el Mayor, sino hijos de los niños a los que había conocido?

El gran salón estaba casi a oscuras y lleno de humo. Las antorchas ardían en hileras a derecha e izquierda, y a modo de candelabros las sostenían las manos de esqueletos humanos que sobresalían de la pared. Las vigas estaban ennegrecidas por el humo, y más allá, el techo abovedado desaparecía entre las sombras. Los densos olores del vino, la cerveza y la carne asada impregnaban el aire. El estómago de Hediondo rugió, y la boca se le hizo agua.

Walder el Pequeño le dio un empujón para que avanzara a lo largo de las mesas donde comían los hombres de la guarnición. Todos los ojos estaban clavados en él. Los mejores sitios, cerca del estrado, estaban ocupados por los favoritos de Ramsay, los Bribones del Bastardo: Ben Huesos, el viejo que cuidaba de los adorados terrenos de caza de su señoría; Damon, al que llamaban Damon Bailaparamí, rubio y aniñado; Gruñón, que había perdido la lengua por no cuidarse de sus palabras cerca de lord Roose; Alyn el Amargo; Desollador; Polla Amarilla. Más al fondo, en la zona de los sirvientes, había otros hombres a los que conocía de vista, aunque no de nombre: espadas juramentadas, sargentos, soldados, carceleros y torturadores. Pero también había desconocidos, rostros que no había visto nunca. Unos fruncieron la nariz a su paso, mientras que otros se rieron al verlo.

«Invitados —pensó Hediondo—. Su señoría ha invitado a sus amigos para que yo los divierta.» Sintió un escalofrío de terror.

En la mesa del estrado, el Bastardo de Bolton ocupaba el asiento de su señor padre y bebía de su jarra. Había dos ancianos sentados con él, y Hediondo supo al instante que se trataba de señores. Uno era flaco y de ojos severos, con la barba blanca muy larga y un rostro duro como la escarcha del invierno. Su jubón de piel de oso estaba grasiento y muy usado; debajo llevaba una cota de malla, incluso durante la cena. El otro señor también era delgado, pero tan contrahecho como erguido el primero: tenía un hombro mucho más alto que el otro, y se encorvaba sobre la hogaza vaciada como un buitre sobre la carroña. Sus ojos eran grises y codiciosos, y su barbita bifurcada, una mezcla de nieve y plata. Solo le quedaban unos mechones de pelo blanco en el cráneo lleno de manchas, pero la capa que vestía era suave y de calidad, de lana gris ribeteada con piel de marta negra, sujeta al hombro con una estrella radiante forjada en plata batida.

Ramsay iba de negro y rosa: botas negras, cinturón negro a juego con la vaina de la espada y chaleco de cuero negro sobre un jubón rosa con forro de seda roja visible entre los cortes del tejido. En su oreja derecha brillaba un granate tallado en forma de gota de sangre. Sin embargo, pese a lo espléndido de su atavío, seguía carente de atractivo: corpulento, cargado de hombros y con unas carnes que apuntaban a un futuro de obesidad. Tenía la piel rosada llena de manchas, la nariz aplastada, la boca pequeña y el pelo largo, oscuro, seco. Sus labios eran gruesos, pero lo primero que se veía de él eran los ojos. Eran los ojos de su señor padre: pequeños, juntos, extrañamente claros. Había quien decía que eran gris fantasma, pero en realidad no eran de un color concreto, sino más bien como esquirlas de hielo sucio.

Al ver a Hediondo, se humedeció los labios y sonrió.

—Ah, aquí está. Mi apestoso viejo amigo. —Giró la cabeza hacia el comensal contiguo—. Hediondo ha estado conmigo desde que yo era niño. Mi señor padre me lo regaló como prueba de afecto.

Los dos señores se miraron.

—Tenía entendido que vuestro sirviente había muerto —dijo el de los hombros encorvados—. Que lo habían asesinado los Stark.

—Como dicen los hombres del hierro, lo que está muerto no puede morir, sino que se alza de nuevo, más duro, más fuerte —comentó lord Ramsay con una risita—. Igual que Hediondo. Aunque hay que reconocer que apesta a tumba.

—Apesta a heces y vómito rancio. —El señor de los hombros encorvados tiró a un lado el hueso que había estado royendo y se limpió las manos con el mantel—. ¿Hay algún motivo para que nos castiguéis con su presencia mientras comemos?

El otro señor, el anciano de la espalda erguida y la cota de malla, escudriñó a Hediondo con sus ojos de pedernal.

—Miradlo de nuevo —dijo al primero—. Ha encanecido y ha perdido arroba y media, pero no es ningún criado. ¿Os habéis olvidado de él?

El señor encorvado lo miró con más atención y soltó un bufido de sorpresa.

—¿Ese? No es posible. ¿El pupilo de Stark, el que no paraba de sonreír?

—Ya no sonríe tanto —confesó lord Ramsay—. Me temo que le he roto unos cuantos de esos dientes tan blancos y bonitos que tenía.

—Habríais hecho mejor en cortarle el cuello —apuntó el de la cota de malla—. A un perro que se vuelve contra su amo hay que desollarlo.

—Y lo he desollado —le aseguró Ramsay—. Un poquito por aquí, un poquito por allá...

—Sí, mi señor. He sido malo, mi señor. He sido insolente y... —se humedeció el labio y trató de recordar qué más había hecho. «Sirve y obedece, y te permitirá vivir y conservar todas las partes del cuerpo que te quedan. Sirve, obedece y recuerda tu nombre. Hediondo, Hediondo, rima con sabihondo»—..., y malo, y...

—Tienes sangre en la boca —señaló Ramsay—. ¿Has vuelto a morderte los dedos, Hediondo?

—No. No, mi señor, os juro que no.

En cierta ocasión, Hediondo había tratado de arrancarse un dedo a mordiscos para que dejara de dolerle después de que se lo desollaran. Lord Ramsay jamás se limitaba a cortarle un dedo a nadie; prefería desollárselo y dejar que la carne expuesta se secara, se agrietara y se pudriera. A Hediondo lo habían azotado, cortado y torturado en el potro, pero no había dolor más espantoso que el del desuello. Era un dolor que podía volver loco a cualquiera, y nadie lo resistía mucho tiempo. Más tarde o más temprano, la víctima gritaba: «Basta ya, por favor, basta ya, que deje de doler, ¡cortádmelo!», y lord Ramsay le concedía su deseo. Era un juego, y Hediondo había aprendido las reglas, como podían atestiguar sus manos y sus pies, pero en aquella ocasión las había olvidado y trató de poner fin al dolor él mismo, con los dientes. A Ramsay no le gustó nada, y a Hediondo le costó otro dedo del pie.

—Me he comido una rata —murmuró.

—¿Una rata? —Los ojos claros de Ramsay brillaron a la luz de las antorchas—. Todas las ratas de Fuerte Terror pertenecen a mi señor padre. ¿Cómo te atreves a comerte una sin mi permiso?

Hediondo no supo qué decir, de manera que no dijo nada. Si decía algo y se equivocaba, le costaría otro dedo del pie, o peor, de la mano. Ya había perdido dos dedos de la izquierda y el meñique de la derecha, pero en el pie derecho solo el meñique, mientras que en el izquierdo solo le quedaban dos dedos. A veces Ramsay comentaba en broma que habría que equilibrarlo.

«Mi señor no lo dice en serio —trataba de convencerse—. No quiere hacerme daño, él mismo me lo dijo, solo me hace daño cuando le doy motivos.» Su señor había sido muy bondadoso y compasivo. Por algunas de las cosas que Hediondo había dicho antes de aprender cuál era su lugar, cuál era su nombre, habría podido desollarle la cara.

—Esto se está haciendo aburrido —dijo el señor de la cota de malla—. Matadlo de una vez y acabemos.

—Eso echaría a perder la celebración, mi señor. —Lord Ramsay le llenó la jarra de cerveza—. Tengo una buena noticia para ti, Hediondo. Voy a casarme. Mi señor padre me trae a una Stark, a una de las hijas de lord Eddard, Arya. Te acuerdas de la pequeña Arya, ¿verdad?

«Arya Entrelospiés —estuvo a punto de decir—. Arya Caracaballo. —Era la hermana pequeña de Robb, de pelo castaño, rostro alargado, flaca como un palo y siempre mugrienta—. Sansa era la bonita.» Hubo un tiempo en que creyó que lord Eddard Stark lo casaría con Sansa y lo aceptaría como hijo, pero solo eran ilusiones de niño. En cambio, Arya...

—Me acuerdo de ella. De Arya.

—Será la señora de Invernalia, y yo su señor.

«No es más que una chiquilla.»

—Sí, mi señor. Felicidades.

—¿Estarás a mi lado cuando contraiga matrimonio, Hediondo?

—Si mi señor lo desea... —titubeó.

—Claro que sí, claro que sí.

Dudó de nuevo, temiendo que se tratara de otra trampa cruel.

—Sí, mi señor. Si a vos os complace, para mí será un honor.

—En ese caso tendremos que sacarte de esa horrible mazmorra. Habrá que lavarte y restregarte a base de bien; darte ropa limpia y comida. ¿Qué tal unas gachas? ¿Te apetecen? ¿Y un pastel de guisantes con mucha panceta? Tengo que encomendarte una tarea, y para servirme tienes que recuperar las fuerzas. Porque sé que quieres servirme.

—Sí, mi señor. Más que ninguna otra cosa. —Sintió un escalofrío—. Soy vuestro Hediondo. Por favor, permitid que os sirva. Por favor.

—Ya que me lo pides con tanto entusiasmo, ¿cómo voy a negártelo? —sonrió Ramsay Bolton—. Parto hacia la guerra, Hediondo. Y tú cabalgarás conmigo, para ayudarme a traer a casa a la doncella que es mi prometida.

Bran

Hubo algo en el graznido del cuervo que hizo que un escalofrío recorriera la espalda de Bran.

«Ya soy casi un hombre —tuvo que recordarse—. Tengo que ser valiente.»

Pero el aire era cortante y frío, y rezumaba miedo. Hasta Verano estaba asustado; se le había erizado el pelaje del cuello. Las sombras se extendían por la ladera, negras y hambrientas. El peso del hielo hacía que todos los árboles crecieran inclinados y retorcidos. Algunos ni siquiera parecían árboles. Estaban apiñados a lo largo de la colina como gigantes, enterrados en nieve congelada desde la raíz hasta la copa, como criaturas monstruosas y deformes encorvadas contra el viento glacial.

—Están aquí. —El explorador desenvainó la espada.

—¿Dónde? —La voz de Meera sonaba apagada.

—Cerca. No sé. En alguna parte.

El cuervo volvió a graznar.

—Hodor —susurró Hodor, con las manos bajo las axilas. De la desaliñada barba marrón le colgaban carámbanos, y el bigote era una maraña de mocos congelados que brillaban rojizos a la luz del crepúsculo.

—Los lobos también están cerca —avisó Bran—. Esos que han estado siguiéndonos. Cuando el viento sopla en nuestra dirección, Verano capta su olor.

—Los lobos son el menor de nuestros problemas —dijo Manosfrías—. Vamos a tener que escalar. Pronto oscurecerá, y deberíais estar a cubierto antes de que caiga la noche, o vuestro calor los atraerá. —Echó un vistazo hacia el oeste, donde la luz del sol poniente se vislumbraba débil entre los árboles, como el resplandor de un fuego lejano.

—¿Esta es la única entrada? —preguntó Meera.

—La puerta trasera está tres leguas más al norte, bajo una sima.

No tuvo que añadir más. Ni siquiera Hodor podía descender por una sima con Bran cargado a la espalda, y Jojen era tan incapaz de caminar tres leguas como de correr mil. Meera observó la colina que se alzaba ante ellos.

—Ese camino parece despejado.

—Parece —recalcó el explorador con un susurro siniestro—. ¿Os dais cuenta del frío que hace? Aquí hay algo. ¿Dónde están?

—Puede que en la cueva —aventuró Meera.

—La cueva está protegida. No pueden acceder a ella. —El explorador señaló con la espada—. Allí está la entrada, a mitad de la pendiente, entre los arcianos. Aquella fisura de la roca.

—La veo —dijo Bran. Había cuervos que entraban y salían volando.

—Hodor —dijo Hodor al tiempo que intentaba buscar una postura más cómoda.

—Solo veo un pliegue en la roca —dijo Meera.

—Hay un pasadizo, un arroyuelo que discurre por la piedra, empinado y tortuoso al principio. Si lo alcanzáis, estaréis a salvo.

—¿Y tú? ¿Qué vas a hacer?

—La cueva está protegida.

—Desde aquí habrá poco más de mil pasos —dijo Meera, estudiando la fisura de la ladera.

«Sí —pensó Bran—, pero todos cuesta arriba.» La montaña era empinada y estaba poblada por una densa arboleda. Llevaba tres días sin nevar, pero la nieve aún no se había derretido y el suelo era una sábana blanca bajo los árboles, aún limpia y virgen.

—Aquí no hay nadie —dijo Bran, animado—. Mirad la nieve. No hay huellas.

—Los caminantes blancos se mueven ligeros por la nieve —contestó el explorador—. No veréis ningún rastro de su paso. —Un cuervo descendió de lo alto para posarse en su hombro. Solo los seguía una docena de grandes pájaros negros. Los demás habían ido desapareciendo durante la travesía; cada amanecer, al despertar, se encontraban con menos.

—Venid —graznó uno de ellos—. Venid, venid.

«El cuervo de tres ojos —pensó Bran—. El verdevidente.»

—No está muy lejos —dijo—. Solo tenemos que subir un poco y estaremos a salvo. Quizá hasta podamos encender una hoguera.

Todos estaban helados, empapados y hambrientos, excepto el explorador, y Jojen Reed se encontraba demasiado débil para caminar sin ayuda.

—Id vosotros.

Meera Reed se agachó junto a su hermano. Estaba recostado contra el tronco de un roble con los ojos cerrados, sacudido por fuertes temblores. Lo poco del rostro que se atisbaba entre la capucha y la bufanda estaba blanco como la nieve que los rodeaba, pero aún se percibían las débiles bocanadas de su respiración. Meera había cargado con él durante todo el día. Bran intentó convencerse de que se repondría con un poco de comida y un buen fuego, pero no las tenía todas consigo.

—No puedo pelear y llevar a Jojen a la vez; la pendiente es demasiado empinada —dijo Meera—. Hodor, sube tú a Bran hasta la cueva.

—Hodor. —Hodor dio unas palmadas.

—Jojen solo necesita comer —dijo Bran, desalentado.

Doce días atrás, el alce había caído desmayado por tercera y última vez. Manosfrías se había arrodillado junto al animal en un banco de nieve y había murmurado unas oraciones en una lengua extraña mientras lo degollaba. Bran lloró como una niña cuando la sangre brillante manó a borbotones. Nunca se había sentido tan tullido como en aquel momento, cuando tuvo que mirar impotente como Meera Reed y Manosfrías descuartizaban al valiente animal que los había llevado hasta allí. Se prometió no comer, convencido de que era mejor pasar hambre que darse un atracón a costa de un amigo, pero acabó comiendo por duplicado, en su propia piel y en la de Verano. Aunque el alce estaba demacrado y famélico, habían vivido durante siete días de la carne que había trinchado el explorador, hasta que se comieron el último pedazo acurrucados junto al fuego entre las ruinas de un antiguo fuerte.

—Sí que necesita comer —admitió Meera mientras acariciaba la frente de su hermano—. Todos lo necesitamos, pero aquí no hay comida. Marchaos.

Bran parpadeó para tratar de contener una lágrima, pero sintió como se le congelaba en la mejilla. Manosfrías cogió a Hodor del brazo.

—Nos estamos quedando sin luz. Si no han llegado aún, no tardarán. Vamos.

Hodor, mudo por primera vez en mucho tiempo, se sacudió la nieve de las piernas y se abrió camino hacia arriba entre los ventisqueros, con Bran cargado a la espalda. Tras ellos subió el explorador, que llevaba la espada en una negra mano. Verano iba detrás. En algunos lugares, la nieve lo superaba en altura, y cada vez que se hundía en la tierra helada, el gran huargo tenía que parar y sacudírsela. Mientras ascendían, Bran se volvió dificultosamente en su cesta y vio a Meera pasar un brazo bajo los de su hermano para ayudarlo a levantarse.

«Pesa demasiado para ella. Está muerta de hambre, y ya no le quedan muchas fuerzas.» Meera agarró la fisga con la mano que le quedaba libre y avanzó clavando sus tres dientes en la nieve para obtener más apoyo. Justo cuando comenzaba a subir la colina, con su hermano pequeño a ratos en brazos y a ratos a rastras, Hodor pasó entre dos árboles y Bran los perdió de vista.

La colina se hizo más empinada y los montículos de nieve se quebraban bajo las botas de Hodor. Hubo un momento en el que una roca lo hizo resbalar, y le faltó poco para rodar cuesta abajo. El explorador lo salvó al sujetarlo del brazo.

—Hodor —dijo Hodor.

Con cada ráfaga de viento, el aire se llenaba de un fino polvo blanco que brillaba como el cristal a la luz del atardecer. Los cuervos revoloteaban a su alrededor. Uno se adelantó y desapareció en la cueva.

«Solo quedan cien pasos —pensó Bran—, está muy cerca.»

De repente, Verano se detuvo al llegar a una elevación cubierta de nieve virgen. El huargo miró hacia atrás, olfateó el aire, se puso a gruñir y retrocedió con el pelaje erizado.

—Hodor, para —dijo Bran—. Hodor. ¡Espera! —Algo iba mal. Verano lo olía, y él también. «Algo malo. Está cerca»—. Hodor, no, da la vuelta.

Manosfrías seguía camino arriba, y Hodor se empeñaba en seguirlo.

—¡Hodor, Hodor, Hodor! —gritó irritado, en un intento de ahogar las protestas de Bran. Su respiración se había vuelto trabajosa. El aire estaba cubierto de una neblina blanca. Dio un paso, después otro. La nieve le llegaba casi por la cintura, y la ladera era muy empinada. El gigantón caminaba inclinado hacia delante y se agarraba a rocas y árboles con las manos mientras ascendía. Otro paso. Otro. La nieve que desplazaba Hodor cayó ladera abajo y creó una pequeña avalancha tras ellos.

«Setenta pasos.» Bran se estiró hacia un lado para ver mejor la cueva. Pero lo que vio fue otra cosa.

—¡Un fuego! —Por una hendidura, entre los arcianos, se vislumbraba un brillo titilante, una luz rojiza que destacaba en la oscuridad creciente—. Mirad, alguien...

Hodor gritó. Tropezó, se tambaleó y cayó.

Cuando el gran mozo de cuadra giró sobre sí mismo, Bran sintió que el mundo se volvía del revés. Un golpe repentino lo dejó sin aliento, y la boca se le llenó de sangre. Hodor rodaba y rodaba, y aplastaba a cada giro al niño tullido.

«Algo lo ha cogido de la pierna.» Durante un instante, Bran pensó que podía ser una raíz que se le había enganchado en el tobillo... hasta que la raíz se movió. Vio una mano y, tras ella, el resto del espectro emergió de la nieve.

Hodor pateó de lleno la cara de aquella cosa con una bota cubierta de nieve, pero el muerto ni siquiera pareció darse cuenta. Rodaron colina abajo entre forcejeos, golpes y arañazos. La boca y la nariz de Bran se llenaron de nieve, pero siguió girando, atado a Hodor. Se dio en la cabeza con algo; no supo si fue una roca, un trozo de hielo o el puño de un muerto, y de repente ya no estaba en la cesta, sino tirado en medio de la ladera, escupiendo nieve, con un mechón de pelo de Hodor en la mano.

A su alrededor, de la nieve empezaron a salir espectros.

«Dos..., tres..., cuatro...» Bran perdió la cuenta. Surgían de improviso entre nubes de nieve. Algunos vestían capas negras; otros, pieles raídas; otros, nada. Todos tenían la piel blanca y las manos negras. Sus ojos brillaban como pálidas estrellas azules.

Tres de ellos cayeron sobre el explorador. Bran vio como Manosfrías le rajaba la cara de lado a lado a uno, pero el espectro seguía avanzando hacia él, haciéndolo retroceder hacia los brazos de otro. Otros dos perseguían a Hodor, bajando por la pendiente con pasos torpes. Cuando se dio cuenta de que Meera estaba a punto de llegar y toparse con aquello, un terror impotente invadió a Bran. Dio un golpe en la nieve y lanzó un grito de aviso.

Algo lo agarró.

Fue entonces cuando el grito se convirtió en chillido. Bran arrojó un puñado de nieve a la criatura, que apenas pestañeó. Una mano negra se dirigió hacia su cara y otra hacia su estómago, con dedos que parecían de hierro.

«Va a arrancarme las tripas.»

Pero, de repente, Verano se interpuso. Bran alcanzó a ver piel que se desgarraba como un trapo y oyó como se astillaba un hueso. Vio una muñeca y una mano arrancadas de cuajo, con unos dedos que aún se retorcían y una manga de tejido basto de un negro desvaído.

«Negro —pensó—, viste de negro; pertenecía a la Guardia.» Verano arrojó el brazo a un lado, giró y hundió los dientes bajo la barbilla del muerto. Hubo un estallido de carne blancuzca y putrefacta cuando el gran lobo gris le arrancó la mayor parte del cuello de un tirón.

Bran se alejó de la mano amputada, que aún se movía. Mientras estaba tendido de bruces y agarrado a la nieve, atisbó por encima aquel resplandor anaranjado entre los árboles, blancos y cubiertos con un manto de nieve.

«Sesenta pasos. —Si conseguía arrastrarse sesenta pasos más, no lo atraparían. Empezó a reptar hacia la luz, con los guantes empapados, agarrándose a raíces y rocas—. Un poco más, solo un poco más y podrás descansar junto al fuego.»

Las últimas luces del día ya habían dejado de filtrarse entre los árboles; había caído la noche. Manosfrías se defendía a cuchilladas del círculo de muertos que lo rodeaba. Verano tenía entre los dientes la cara del que había derribado momentos antes y seguía destrozándolo. Nadie prestaba atención a Bran. Arrastró las inútiles piernas tras él un poco más arriba.

«Si consigo llegar a esa cueva...»

—Hooodor. —Se oyó un gemido desde más abajo, y de repente Bran ya no era Bran, el niño roto que se arrastraba por la nieve: era Hodor, y estaba en mitad de la colina, defendiéndose de un espectro que intentaba alcanzarle los ojos. Se incorporó tambaleándose, dio un rugido y empujó al espectro con fuerza hacia un lado. Cayó sobre una rodilla y empezó a levantarse de nuevo. Bran extrajo la espada larga del cinturón de Hodor. Por dentro aún oía los quejidos del pobre gigante, pero por fuera se había convertido en tres varas de furia armadas con hierro. Alzó la espada y la hizo descender sobre el muerto con un gruñido. La hoja atravesó lana mojada, malla oxidada y cuero podrido, y se hundió hasta lo más profundo de los huesos y la carne.

—¡Hodor! —gritó, y volvió a atacar. Cortó la cabeza del espectro a la altura del cuello, y durante un momento sintió la victoria... hasta que apareció un par de manos muertas que tanteaban en busca de su garganta.

Bran retrocedió ensangrentado, y entonces, Meera Reed clavó la fisga en la espalda del espectro.

—Hodor —volvió a rugir Bran. Le hizo señas para que siguiera ascendiendo por la colina—. Hodor, Hodor. —Jojen desfallecía en el lugar donde lo había dejado Meera. Bran corrió hacia él, soltó la espada, protegió al chico con el brazo de Hodor y volvió a levantarse con torpeza.

—¡Hodor! —gritó.

Meera los guio hacia la cima, alejando con la fisga a cada espectro que se les cruzaba. Aunque no se pudiera herir a aquellos seres, eran lentos y torpes.

—Hodor —decía Hodor a cada paso—. Hodor, Hodor. —Se preguntó qué pensaría Meera si le dijera de repente que la amaba.

Más arriba, unas siluetas en llamas bailaban en la nieve.

«Los espectros —comprendió Bran—. Han prendido fuego a los espectros. —Verano gruñía y lanzaba dentelladas mientras trazaba círculos alrededor del más cercano: lo que quedaba de un hombre enorme, envuelto en un torbellino de llamas—. No debería acercarse tanto. ¿Qué hace? —Entonces se vio tirado de bruces en la nieve. Verano intentaba alejar aquella cosa de él—. ¿Qué pasará si me mata? —se preguntó—. ¿Seré Hodor para siempre? ¿Volveré a la piel de Verano? ¿O simplemente moriré?»

El mundo giró a su alrededor. Árboles blancos, cielo negro, llamas rojas, todo se arremolinaba, cambiaba, daba vueltas, y Bran se sintió caer.

—Hodor hodor hodor hodor. Hodor hodor hodor hodor. Hodor hodor hodor hodor hodor —oyó gritar a Hodor.

Una nube de cuervos salió de la cueva, y vio a una niña que movía de un lado a otro la antorcha que llevaba en la mano. Durante un momento, Bran pensó que era su hermana Arya... lo que no tenía sentido, pues sabía que estaba a mil leguas de distancia, o tal vez muerta. Pero allí estaba, escuálida y harapienta, salvaje, con el pelo enmarañado. Los ojos de Hodor se llenaron de lágrimas que se congelaron al instante.

Todo se volvió del revés una vez más, y Bran volvió a encontrarse en su propia piel, medio enterrado en la nieve. El espectro en llamas se cernía sobre él, con la alta silueta delineada contra los árboles envueltos en nieve. Justo antes de que el árbol más cercano le descargara encima la nieve que lo cubría, Bran vio que era de los que iban desnudos.

No supo nada más hasta que se despertó tumbado en un lecho de agujas de pino bajo un oscuro techo de piedra.

«La cueva. Estoy en la cueva.» Aún sentía el sabor de la sangre por haberse mordido la lengua, pero a su derecha ardía una hoguera y el calor le bañaba la cara, y en su vida había sentido nada mejor. Verano olfateaba a su alrededor, y también estaba Hodor, calado hasta los huesos. Meera acunaba a Jojen en el regazo, y la niña que se parecía a Arya los miraba a todos, con la antorcha en la mano.

—La nieve —dijo Bran—. Me cayó encima. Me enterró.

—Te escondió, y yo te saqué. —Meera señaló con la cabeza hacia la niña—. Pero fue ella quien nos salvó. La antorcha... El fuego los mata.

—No, el fuego los quema. El fuego siempre tiene hambre.

Aquella voz no pertenecía a Arya ni a ninguna niña. Era una voz de mujer, aguda y melodiosa, impregnada de una musicalidad extraña que nunca había oído en nadie, y tan triste que desgarraba el corazón. Bran entornó los ojos para verla mejor. Era de aspecto joven, más baja que Arya; se cubría la piel, moteada como la de una cierva, con una capa de hojas. Tenía unos ojos extraños, grandes y vidriosos, dorados y verdes, con la pupila vertical como los gatos.

«Nadie tiene los ojos así.» Su pelo era una maraña de colores otoñales, castaño, rojo y dorado, con enredaderas, ramitas y flores secas enzarzadas.

—¿Quién eres? —preguntó Meera Reed. Bran lo sabía.

—Es una hija del bosque. —Se estremeció, tanto por el asombro como por el frío. Habían caído de lleno en uno de los cuentos de la Vieja Tata.

—Los primeros hombres nos llamaron niños, o hijos del bosque —dijo la mujercilla—. Los gigantes nos llamaron *woh dak nag gran,* el pueblo ardilla, porque éramos pequeños y rápidos y nos gustaban los árboles, pero no somos ardillas ni niños. En la lengua verdadera, nuestro nombre significa «los que cantan la canción de la tierra». Mucho antes de que se hablara vuestra antigua lengua, ya llevábamos diez mil años cantando nuestras canciones.

—Sin embargo, hablas en la lengua común —señaló Meera.

—Lo hago por él, por el pequeño Bran. Nací en la época de los dragones, y durante doscientos años caminé por el mundo de los hombres para ver, escuchar y aprender. Habría seguido caminando, pero me dolían las piernas y tenía el corazón fatigado, así que volví a casa.

—¿Doscientos años? —preguntó Meera.

—Son los hombres los que son niños —sonrió la mujer.

—¿Tienes nombre? —quiso saber Bran.

—Sí, siempre que lo necesito. —Apuntó con la antorcha hacia la fisura negra del fondo de la cueva—. Nuestro camino nos lleva abajo. Ahora tenéis que acompañarme.

—El explorador... —Bran empezó a tiritar otra vez.

—No puede venir.

—Lo matarán.

—No. Lo mataron hace mucho. Venid; abajo hace más calor, y ahí nadie os hará daño. Te espera.

—¿El cuervo de tres ojos? —preguntó Meera.

—El verdevidente.

Echó a andar sin decir más, y los otros no tuvieron más remedio que seguirla. Meera ayudó a Bran a encaramarse de nuevo a la espalda de Hodor, aunque la cesta estaba medio rota y empapada por la nieve. Después pasó un brazo alrededor de su hermano y lo ayudó a ponerse en pie. Jojen abrió los ojos.

—¿Qué? ¿Meera? ¿Dónde estamos? —Sonrió al ver el fuego—. He tenido un sueño de lo más extraño.

El pasadizo era angosto y retorcido, y tan bajo que Hodor tenía que andar agachado. Bran se agazapó tanto como pudo, pero aun así, enseguida empezó a darse cabezazos contra el techo. A cada roce le caía tierra en el pelo y en los ojos, y llegó a golpearse la frente contra una gruesa raíz blanca que sobresalía de la pared del túnel y de cuyos dedos colgaban telarañas.

La capa de hojas susurraba tras la hija del bosque, que iba la primera con la antorcha en la mano, pero el túnel daba tantas vueltas que Bran pronto la perdió de vista y solo pudo seguir la luz que se reflejaba en las paredes. Tras un breve descenso, el pasadizo se dividía, pero el ramal de la izquierda era oscuro como boca de lobo, y hasta Hodor supo que debían seguir la oscilante antorcha hacia la derecha.

Las sombras se movían de tal manera que parecía que las paredes se movían a su vez. Bran vio enormes serpientes blancas que entraban y salían de la tierra que lo rodeaba, y el corazón le dio un vuelco. Se preguntó si no habrían entrado en un nido de serpientes de leche o de gusanos de sepultura gigantes, blandos, pálidos y fangosos.

«Los gusanos de sepultura tienen dientes.»

Hodor también lo vio.

—Hodor —protestó, sin ninguna gana de continuar. Pero cuando la mujer se detuvo para que la alcanzaran, la luz de la antorcha se quedó inmóvil y Bran se dio cuenta de que las serpientes solo eran raíces blancas como la que le había dado en la cabeza.

—Son raíces de arciano. ¿Te acuerdas del árbol corazón del bosque de dioses, Hodor? El árbol blanco con hojas rojas. Un árbol no puede hacerte daño.

—Hodor.

Hodor volvió a ponerse en marcha rápidamente tras la niña y la antorcha, hacia las profundidades de la tierra. Pasaron por otra bifurcación, después por otra, y al fin llegaron a una caverna del tamaño del salón principal de Invernalia, con dientes de piedra que colgaban del techo y se abrían paso desde el suelo. La mujercita de la capa de hojarasca se abrió camino entre ellos. De vez en cuando se paraba y los apremiaba haciendo señas con la antorcha. «Por aquí —parecía decir—, por aquí, por aquí, deprisa.»

Encontraron más pasadizos y recovecos a ambos lados, y Bran oyó agua que goteaba hacia su derecha. Cuando miró en aquella dirección se encontró con ojos que los observaban, grandes ojos de pupila vertical que reflejaban la luz de la antorcha.

«Más hijos del bosque —se dijo—; nuestra guía no está sola.» Pero también recordó la historia de la Vieja Tata sobre los que habían acompañado a Gendel.

Había raíces por todas partes: se retorcían entre tierra y piedras, cerraban algunos pasadizos y sostenían los techos de otros.

«Lo que no hay son colores —advirtió Bran. El mundo era de tierra negra y madera blanca. El árbol corazón de Invernalia tenía las raíces gruesas como los muslos de un gigante, pero aquellas lo eran más aún, y Bran nunca había visto tantas juntas—. Tiene que haber un bosque entero de arcianos justo encima de nosotros.»

La luz se hizo más tenue. Al ser tan pequeña, la niña que no era niña se movía muy deprisa cuando quería. Algo crujió bajo los pies de Hodor, y se paró tan bruscamente que Meera y Jojen casi se estamparon contra su espalda.

—Huesos —dijo Bran—. Son huesos.

El suelo del túnel estaba cubierto de huesos de pájaros y otros animales. Pero también había otros, algunos tan grandes que por fuerza tenían que ser de gigante, y otros pequeños que podrían corresponder a niños. Bran vio una calavera de oso y otra de lobo; media docena de calaveras humanas y otras tantas de gigantes. Las demás eran pequeñas y de forma extraña.

«Hijos del bosque.» Todas estaban rodeadas y atravesadas por raíces. Unos cuantos cuervos los observaron pasar con ojos negros brillantes, posados en algunas de ellas.

El último tramo de su oscuro viaje era el más empinado. Hodor realizó el descenso final de culo, deslizándose a trompicones en medio de un estrépito de huesos rotos, tierra suelta y gravilla. La mujer los esperaba al final de un puente natural que colgaba sobre un profundo abismo. Abajo, en la oscuridad, Bran oyó el sonido del agua al correr.

«Un río subterráneo.»

—¿Tenemos que cruzar? —preguntó, mientras los Reed llegaban resbalando por la cuesta detrás de él. La idea lo aterrorizaba. Si Hodor perdía pie en aquel puente tan estrecho, los dos caerían y caerían.

—No, muchacho. Mira detrás de ti.

La mujer levantó un poco más la antorcha, y la luz pareció cambiar y transformarse. Durante un instante, las llamas fueron naranja y amarillas, y llenaron la caverna de un resplandor rojizo; después, todos los colores se apagaron y solo quedaron el blanco y el negro. Tras ellos, Meera ahogó un grito. Hodor se volvió.

Allí había un hombre pálido, vestido con ropa color ébano, inmerso en sus ensoñaciones y sentado en un nido enmarañado de raíces; un trono de arcianos entrelazados que lo abrazaban con sus atrofiados miembros como haría una madre con su hijo. Tenía el cuerpo tan esquelético y las vestiduras tan harapientas que, al principio, Bran pensó que era otro cadáver, un muerto que llevaba tanto tiempo allí sentado que habían crecido raíces sobre él, bajo él y a través de él. Lo que se podía ver de la piel era de color blanco, salvo por una mancha sangrienta que le subía del cuello a la mejilla. Tenía el pelo blanco, fino como las raíces de hierba, y tan largo que llegaba al suelo de tierra. Las raíces se le enredaban por las piernas como serpientes de madera. Una de ellas se había abierto camino a través de los calzones y la carne reseca del muslo, para aparecer de nuevo en el hombro. De su cráneo surgía una mata de hojas rojas, y tenía la frente cubierta de setas grises. Los restos de piel en la cara eran duros y tirantes como si fueran de cuero blanco, pero también parecían desgarrados, y aquí y allá se veían huesos marrones y amarillos.

—¿Eres el cuervo de tres ojos? —se oyó decir Bran.

«Un cuervo de tres ojos debería tener tres ojos. Él solo tiene uno, y es rojo.» Bran sintió como aquel ojo lo miraba fijamente, brillante como un pozo de sangre a la luz de la antorcha. De la cuenca vacía donde debería haber estado el otro ojo crecía una delgada raíz blanca que bajaba por la mejilla hasta llegar al cuello.

—¿Un... cuervo? —La voz del hombre pálido sonaba seca. Movía los labios despacio, como si hubiera olvidado cómo se construían las palabras—. Lo fui, cierto. Negro mi atuendo y negra mi sangre. —La ropa que llevaba estaba podrida y descolorida, salpicada de musgo y carcomida por los gusanos, pero en otro tiempo había sido negra—. He sido muchas cosas, Bran. Ahora soy lo que ves, y entenderás por qué no podía llegar a ti..., salvo en sueños. Te he observado durante mucho tiempo; te he observado con mil ojos y uno más. Presencié tu nacimiento, y el de tu señor padre antes que el tuyo. Presencié tu primer paso, oí tu primera palabra, formé parte de tu primer sueño. Te vi caer. Y ahora, por fin, has venido a mí, Brandon Stark, aunque has tardado.

—Estoy aquí —dijo Bran—, pero estoy roto. ¿Podrías...? ¿Podrías curarme...? Quiero decir, ¿podrías curarme las piernas?

—No —dijo el hombre pálido—. Eso está fuera de mi alcance.

«Ha sido un viaje muy largo.» Los ojos de Bran se llenaron de lágrimas. La estancia resonaba con el ruido del río negro.

—Nunca volverás a andar, Bran —dictaminaron los labios pálidos—. Pero volarás.

Tyrion

Durante largo rato no se movió: se limitó a yacer sobre el montón de sacos viejos que hacía las veces de cama, y a escuchar el viento entre los cabos y el susurro del río contra el casco.

La luna llena pendía sobre el mástil.

«Me sigue río abajo para vigilarme, como un ojo inmenso. —Pese a la calidez de las pieles polvorientas con que se cubría, el hombrecillo sintió un escalofrío—. Lo que me hace falta es una copa de vino. O una docena.» Pero la luna se apagaría antes de que el cabronazo de Grif le permitiera saciar su sed. Lo obligaba a beber agua, así que estaba condenado a noches de insomnio y días de temblores y sudor.

El enano se incorporó y se sujetó la cabeza entre las manos.

«¿He soñado?» No le quedaba ni el más leve recuerdo. Las noches nunca habían sido generosas con Tyrion Lannister, que dormía mal hasta en el más mullido lecho de plumas. En la *Doncella Tímida* tenía que dormir en el altillo de la cabina, con un rollo de cuerda a modo de almohada. Se encontraba mejor allí que en la abarrotada bodega del barco; el aire era más fresco, y los sonidos del río, más agradables que los ronquidos de Pato. Tanta comodidad tenía un precio, claro: la cubierta era dura, y se despertaba rígido y entumecido, con calambres y dolores en las piernas.

De hecho, en aquel momento le dolían intensamente, y tenía las pantorrillas duras como palos. Se las masajeó con los dedos para aliviar el dolor, pero cuando se levantó tuvo que apretar los dientes.

«Tengo que bañarme.» La ropa de niño que llevaba olía a rayos, igual que él. Los demás se bañaban en el río, pero hasta entonces había preferido no acompañarlos. En los bajíos había visto tortugas capaces de partirlo en dos de un bocado. Pato las llamaba *quebradoras*. Además, Tyrion no quería que Lemore lo viera desnudo.

Había una escalerilla de madera para bajar del altillo. Tyrion se puso las botas y descendió hacia la cubierta de popa, donde estaba Grif envuelto en una capa de piel de lobo, junto a un brasero de hierro. El mercenario se encargaba de montar guardia toda la noche, por lo que se levantaba cuando el resto del grupo se iba a dormir y se retiraba al amanecer.

Tyrion se acuclilló a su lado y se calentó las manos sobre las brasas. En la orilla cantaban los ruiseñores.

—Pronto se hará de día —comentó a Grif.

—No tan pronto como me gustaría. Tenemos que ponernos en marcha ya.

Si de Grif hubiera dependido, la *Doncella Tímida* habría seguido navegando río abajo también de noche, pero Yandry e Ysilla se negaban a poner en peligro su barcaza en la oscuridad. El alto Rhoyne estaba lleno de troncos sumergidos y a la deriva capaces de destrozar el casco de la *Doncella Tímida*. Pero Grif no quería excusas; lo que quería era llegar a Volantis.

Los ojos del mercenario no dejaban de moverse, siempre escudriñando la oscuridad en busca de... ¿De qué?

«¿Piratas? ¿Hombres de piedra? ¿Cazadores de esclavos?» El enano sabía que el río era peligroso, pero Grif no le parecía inofensivo en absoluto. Le recordaba a Bronn, solo que Bronn tenía el negro sentido del humor propio de un mercenario, cosa de la que Grif carecía por completo.

—Mataría por una copa de vino —masculló Tyrion.

Grif no respondió. «Morirás antes de obtenerla», parecían decir sus ojos claros. Tyrion había cogido una borrachera monumental la primera noche que pasó a bordo de la *Doncella Tímida,* y al día siguiente se despertó con una pelea de dragones dentro de la cabeza. Grif lo miró vomitar por la borda de la barcaza.

—Se acabó la bebida para vos.

—El vino me ayuda a dormir —había protestado Tyrion.

«El vino ahoga mis sueños», podría haberle dicho.

—Pues no durmáis —fue la implacable respuesta de Grif.

Hacia el este, las primeras luces del amanecer aclaraban el cielo sobre el río. Las aguas del Rhoyne cambiaron poco a poco del negro al azul para hacer juego con el pelo y la barba del mercenario. Grif se levantó.

—Los demás se levantarán pronto. Quedáis al mando de la cubierta.

A medida que se iba silenciando el canto de los ruiseñores, el de las alondras ocupaba su lugar. Las garcetas chapoteaban entre los juncos de la orilla y dejaban sus huellas en los bancos de arena. Las nubes parecían llamear: rosadas y violeta, pardas y doradas, perladas y azafrán... Una tenía forma de dragón. «Tras haber contemplado el vuelo de un dragón, un hombre ya puede quedarse en su casa y cuidar de su jardín satisfecho —había escrito alguien—, porque no hay mayor maravilla en este mundo.» Tyrion se rascó la cicatriz y trató de recordar al autor de la frase. Últimamente pensaba mucho en los dragones.

—Buenos días, Hugor. —La septa Lemore había salido ataviada con la túnica blanca que se ceñía a la cintura con una trenza de siete colores. El pelo le caía por los hombros—. ¿Qué tal habéis dormido?

—A rachas, mi señora. He vuelto a soñar con vos.

«Pero soñaba despierto.» Al no poder conciliar el sueño, se puso una mano entre las piernas y se imaginó a la septa encima de él, con los pechos oscilando.

—Sin duda habrá sido un sueño perverso, porque sois un hombre perverso. ¿Queréis rezar conmigo y pedir perdón por todos vuestros pecados?

«Solo si rezamos al estilo de las islas del Verano.»

—No, pero dadle un beso con lengua de mi parte a la Doncella.

La septa se echó a reír y se dirigió a la proa de la barcaza. Tenía por costumbre bañarse en el río todas las mañanas.

—Es obvio que el nombre del barco no lo pusieron en vuestro honor —le dijo Tyrion al ver cómo se quitaba la túnica.

—La Madre y el Padre nos hicieron a su imagen, Hugor. Debemos enorgullecernos de nuestro cuerpo, porque es obra de los dioses.

«Los dioses debían de estar muy borrachos cuando llegó mi turno. —pensó el enano contemplando a Lemore mientras se metía en el agua, un espectáculo que siempre le provocaba una erección. La idea de despojar a la septa de su casta túnica blanca y abrirle las piernas era maravillosamente pecaminosa—. La inocencia expoliada.» Aunque Lemore no era ni mucho menos tan inocente como parecía. Tenía en la tripa unas marcas que solo podían ser fruto de un embarazo.

Yandry e Ysilla se habían levantado con el alba y estaban muy ajetreados. Mientras revisaba los aparejos, Yandry miraba de cuando en cuando a la septa Lemore. Ysilla, su morena y menuda esposa, no parecía darse cuenta: echó unas astillas al brasero de la cubierta de popa, removió las brasas con una pala ennegrecida y empezó a preparar la masa para los bollos del desayuno.

Lemore volvió a la cubierta de la barcaza, y Tyrion saboreó el espectáculo del agua que le corría entre los pechos y de la piel dorada y brillante a la luz de la mañana. Pasaba de los cuarenta y era más atractiva que bonita, pero seguía resultando muy grata a la vista.

«Lo mejor en la vida es estar borracho, y lo segundo mejor es estar salido», decidió. Lo hacía sentir vivo.

—¿Habéis visto esa tortuga, Hugor? —preguntó la septa mientras se escurría el agua del pelo—. La grande crestada.

A primera hora de la mañana era cuando más tortugas se veían. Durante el día se sumergían en las profundidades o se ocultaban en las ensenadas, pero salían a la superficie con los primeros rayos de sol. A algunas les gustaba nadar junto a la barcaza. Tyrion había llegado a distinguir una docena de especies diferentes: grandes, pequeñas, de concha plana, de orejas rojas, de caparazón blando y quebradoras, marrones, verdes, negras, con zarpas y astadas, y tortugas cuyo hermoso caparazón rugoso lucía espirales de oro, jade y nácar. Algunas eran tan grandes que habrían podido soportar el peso de un hombre. Según Yandry, los príncipes rhoynar las utilizaban para cruzar el río. Tanto él como su esposa procedían del Sangreverde: eran dos huérfanos dornienses que habían vuelto a la madre Rhoyne.

—Pues me he perdido la crestada. —«Estaba concentrado en la mujer desnuda.»

—Lo siento por vos. —Lemore se puso la túnica por la cabeza—. Sé que si os levantáis tan temprano es solo por la esperanza de ver tortugas.

—También me gusta ver salir el sol. —Era como contemplar a las doncellas que salían desnudas de las aguas: unas eran bellas y otras no tanto, pero todas llegaban cargadas de promesas—. Reconozco que las tortugas tienen sus encantos. No hay nada que me guste tanto como ver un par de hermosas... conchas.

La septa Lemore se echó a reír. Al igual que todos los que viajaban en la *Doncella Tímida,* ella también guardaba secretos. Pues bien, por él podía quedárselos.

«No quiero conocerla; quiero follármela.» Ella lo sabía, desde luego. Mientras se colgaba del cuello el cristal que la identificaba como septa y lo cobijaba entre sus pechos, lo atormentó con una sonrisa.

Yandry izó el ancla, cogió una de las largas pértigas que reposaban contra el altillo y apartó la barcaza de la orilla. Dos garzas levantaron la cabeza cuando la *Doncella Tímida* empezó a avanzar río abajo. Yandry se dirigió al timón mientras Ysilla daba la vuelta a los bollos. Puso una sartén de hierro en el brasero, y encima, unas lonchas de panceta. Unos días preparaba bollos con panceta, y otros, panceta con bollos. Una vez cada quince días, con suerte, había pescado. Aquel no era un día de suerte.

Cuando Ysilla dio media vuelta, Tyrion cogió un bollo del brasero y escapó justo a tiempo de su temible cuchara de madera. Estaban mucho más ricos calientes, cuando chorreaban miel y mantequilla. El olor de la panceta frita no tardó en sacar a Pato de la bodega. Olfateó el aire por encima del brasero, recibió el correspondiente cucharetazo de Ysilla y se dirigió a popa para mear por la borda. Tyrion anadeó para reunirse con él.

—Esto sí que es digno de verse —bromeó mientras vaciaban la vejiga—. Un enano y un pato aumentando considerablemente el caudal del caudaloso Rhoyne.

Yandry soltó un bufido despectivo.

—A la madre Rhoyne no le hace ninguna falta vuestra agua, Yollo. Es el río más grande del mundo.

—Basta y sobra para ahogar a un enano, eso seguro. —Tyrion se sacudió las últimas gotas—. Pero el Mander es igual de ancho, igual que el Tridente en la desembocadura. Y el Aguasnegras es más profundo.

—Aún no conocéis el río. Esperad y veréis.

La panceta se puso crujiente y los bollos se doraron. Grif el Joven subió a cubierta, bostezando.

—Buenos días a todos.

El muchacho era más bajo que Pato, pero su porte desgarbado indicaba que aún no había terminado de crecer.

«Con pelo azul o sin él, este chaval lampiño podría tener a la doncella que se le antojara de entre todas las de los Siete Reinos. Lo mirarían a los ojos y se derretirían.» Grif el Joven tenía los ojos azules, pero los de su padre eran claros, y los suyos, muy oscuros. A la luz de las velas se volvían negros, y durante el ocaso parecían violeta. Además tenía las pestañas tan largas como una mujer.

—Huelo a panceta —comentó al tiempo que se sentaba para ponerse las botas.

—A panceta buena —apuntó Ysilla—. A sentarse.

Les sirvió el desayuno en la cubierta de popa, donde obligó a Grif el Joven a atiborrarse de bollos al tiempo que atestaba cucharetazos en la mano de Pato cada vez que intentaba coger más panceta. Tyrion apartó dos bollos, los rellenó de panceta y le llevó uno a Yandry, al timón. Después ayudó a Pato a izar la vela latina de la *Doncella Tímida*. Yandry los llevó hasta el centro del río, donde la corriente era más fuerte. La *Doncella Tímida* era una barcaza excelente, con tan poco calado que podía subir hasta por el afluente menos caudaloso y pasar sobre bancos de arena en los que habrían encallado navíos más grandes, y con la vela izada y la ayuda de la corriente podía alcanzar una velocidad muy razonable. Según Yandry, eso suponía la diferencia entre la vida y la muerte en los tramos altos del Rhoyne.

—Más allá de los Pesares no ha habido ley desde hace mil años.

—Tampoco ha habido gente, por lo visto.

En las orillas se veían ruinas dispersas, en su mayoría columnas de mampostería cubiertas de enredaderas, musgo y flores, pero no había ningún otro indicio de presencia humana.

—No conocéis el río, Yollo. Puede haber un barco pirata al acecho en cualquier afluente, y los esclavos fugados suelen buscar refugio en las ruinas. Los cazadores de esclavos rara vez se aventuran tan al norte.

—Ya me gustaría ver a algún cazador de esclavos, en vez de tanta tortuga.

Como no era un esclavo fugado, Tyrion no tenía nada que temer de los cazadores, y no le parecía probable que ningún pirata fuera a tomarse la molestia de atacar una barcaza que iba río abajo. Las mercancías de valor ascendían desde Volantis.

Cuando se acabó la panceta, Pato dio un golpecito a Grif el Joven en el hombro.

—Ya va siendo hora de magullaros un poco. Hoy toca con espadas.

—¿Con espadas? —Grif el Joven sonrió—. Me gustan las espadas.

Tyrion lo ayudó a vestirse para el combate con calzones gruesos, jubón acolchado y una vieja armadura de acero muy mellada. Ser Rolly se puso la cota de malla y las prendas de cuero endurecido. Ambos se calaron el yelmo y sacaron espadas largas embotadas del arcón de las armas. Se enfrentaron con enérgicos golpes en la cubierta de popa, ante la mirada de todo el grupo.

Cuando luchaban con martillo o hacha roma, la corpulencia y la fuerza bruta de ser Rolly doblegaban enseguida a su pupilo. A espada, los combatientes estaban más igualados. Ninguno de los dos había cogido escudo aquella mañana, de manera que todo el entrenamiento consistía en golpes y paradas a lo largo y ancho de la cubierta. Los sonidos del combate resonaban en todo el río. Grif el Joven consiguió asestar más golpes, aunque los de Pato eran más fuertes. Al cabo de un rato, el hombretón empezó a cansarse y sus golpes se volvieron algo más lentos, más bajos. Grif el Joven los paró todos y lanzó un furioso ataque que hizo retroceder a su adversario. Cuando llegaron a popa, el muchacho entrelazó su espada con la de Pato y lo empujó con el hombro, haciéndolo caer al río.

El hombretón salió a la superficie escupiendo y maldiciendo, y pidió a gritos que lo pescaran antes de que una tortuga quebradora se le comiera las partes pudendas. Tyrion le arrojó un cabo.

—Los patos deberían nadar un poco mejor —comentó mientras Yandry y él subían al caballero a la *Doncella Tímida*.

Ser Rolly agarró a Tyrion por el cuello del jubón.

—¡A ver qué tal nadan los enanos! —se burló al tiempo que lo tiraba de cabeza al Rhoyne.

El enano rio el último; se le daba aceptablemente bien nadar, y nadó... hasta que empezó a tener calambres en las piernas. Grif el Joven le tendió una pértiga.

—No sois el primero que intenta ahogarme —dijo a Pato mientras se vaciaba de agua una bota—. Mi padre me tiró a un pozo cuando nací, pero era tan feo que la bruja del agua que vivía allí abajo me escupió de vuelta a la superficie.

Se quitó la otra bota y dio una voltereta lateral por la cubierta, salpicándolos a todos.

—¿Dónde habéis aprendido a hacer eso? —rio Grif el Joven.

—Me enseñaron los titiriteros —mintió—. Mi madre me quería más que a ninguno de sus otros hijos, porque como era tan pequeño... Me dio pecho hasta los siete años. Eso ponía muy celosos a mis hermanos, así que me metieron en un saco y me vendieron a una compañía de titiriteros. Intenté huir, y el jefe de la compañía me cortó media nariz; así no tendría más remedio que ir con ellos y aprender a ser divertido.

La verdad era bastante diferente. Su tío le había enseñado unas cuantas piruetas cuando tenía seis o siete años, y Tyrion había aprendido con entusiasmo. Se pasó medio año dando volteretas alegremente por todo Roca Casterly, haciendo sonreír a septones, escuderos y criados por igual. Hasta Cersei se rio en un par de ocasiones al verlo.

Todo terminó bruscamente el día en que su padre regresó de un viaje a Desembarco del Rey. Aquella noche, durante la cena, Tyrion quiso sorprenderlo recorriendo sobre las manos la mesa principal en toda su longitud. Lord Tywin no se mostró nada satisfecho.

—Los dioses te hicieron enano; ¿es necesario que también seas bufón? Naciste león, no mono.

«Y ahora estás muerto, padre, así que daré tantas volteretas como quiera.»

—Tenéis talento para hacer sonreír a los demás —le dijo la septa Lemore mientras Tyrion se secaba los pies—. Deberíais dar las gracias al Padre, que otorga dones a todos sus hijos.

—Cierto es —reconoció con una sonrisa.

«Y cuando muera, haced el favor de enterrarme con una ballesta, para que pueda darle las gracias al Padre por sus dones, igual que se las di a mi padre terrenal.»

Aún tenía la ropa empapada tras el involuntario chapuzón, y la tela se le pegaba a los brazos y las piernas de la manera más incómoda. Mientras Grif el Joven se sentaba con la septa Lemore para que lo instruyera en los misterios de la fe, Tyrion se quitó las prendas mojadas y se puso otras secas.

Cuando volvió a cubierta, Pato lo recibió a carcajadas, lo que resultaba comprensible. Aquel atuendo no podía ser más cómico. Llevaba un jubón dividido a lo largo: el lado izquierdo era de terciopelo violeta tachonado de bronce, y el derecho, de lana amarilla con flores bordadas en verde. Los calzones estaban divididos de manera similar: la pernera derecha era verde, y la izquierda, de rayas rojas y blancas. Uno de los cofres que había enviado Illyrio estaba lleno de ropa de niño, polvorienta pero de buena factura. La septa Lemore había cortado cada prenda en dos partes y había cosido las mitades intercambiadas, para hacer rudimentarios disfraces de bufón. Grif se había empecinado en que Tyrion la ayudara a cortar y coser. Sin duda pretendía que fuera una experiencia humillante, pero Tyrion disfrutó con la aguja, y la compañía de Lemore siempre era grata, a pesar de su manía de reprenderlo cada vez que blasfemaba.

«Si Grif quiere hacerme pasar por bufón, le seguiré la corriente.» Sabía que, allá donde estuviera, lord Tywin Lannister contemplaría aquello con horror, y eso hacía la situación mucho más llevadera.

Su otra obligación no tenía nada de bufonesco.

«Pato tiene la espada; yo tengo pluma y pergamino.» Grif le había ordenado que recogiera por escrito todo cuanto supiera sobre los dragones. Era una tarea considerable, pero el enano le dedicaba tiempo todos los días, garabateando tan bien como podía, sentado con las piernas cruzadas en el altillo de la cabina.

Era mucho lo que Tyrion había leído sobre dragones a lo largo de los años. La mayor parte de esos relatos eran patrañas sin la menor credibilidad, y los libros que le había proporcionado Illyrio no eran los que él habría querido. Lo que le habría venido de maravilla era el texto íntegro de *Los fuegos del Feudo Franco,* la historia de Valyria narrada por Galendro. Pero en Poniente no se conocía ningún ejemplar completo, y hasta en el de la Ciudadela faltaban veintisiete pergaminos.

«Seguro que en la Antigua Volantis tienen una biblioteca. Puede que encuentre un ejemplar mejor allí, siempre que halle la forma de atravesar la Muralla Negra y llegar al centro de la ciudad.» Mucho menos esperanzado se sentía en el caso de *Dragones, anfípteros y guivernos. Historia antinatural,* del septón Barth. Barth, hijo de un herrero, llegó a mano del rey durante el reinado de Jaehaerys el Conciliador. Sus enemigos decían de él que tenía más de brujo que de septón, y Baelor el Santo, nada más ocupar el Trono de Hierro, ordenó que se destruyeran todos sus escritos. Diez años atrás, Tyrion había leído un fragmento de la *Historia antinatural* que, al parecer, se le había escapado a Baelor el Bienamado, pero tenía serias dudas de que la obra de Barth hubiera atravesado el mar Angosto. Y desde luego, era aún más improbable que encontrara el menor rastro del tomo fragmentario anónimo y ensangrentado cuyo título era unas veces *Sangre y fuego,* y otras, *La muerte de los dragones;* se decía que el único ejemplar existente se custodiaba bajo llave en una cripta de la Ciudadela.

Cuando el Mediomaestre apareció bostezando en cubierta, el enano se afanaba en plasmar en el pergamino todo lo que recordaba sobre los hábitos de apareamiento de los dragones, asunto sobre el que Barth, Munkun y Thomax tenían puntos de vista ciertamente distintos. Haldon se dirigió a popa para mear contra el ondulante reflejo del sol en el agua.

—¡Yollo! ¡Al anochecer llegaremos a la confluencia con el Noyne! —gritó el Mediomaestre.

—Me llamo Hugor. —Tyrion levantó la vista del pergamino—. A Yollo lo llevo en calzones. ¿Queréis que lo saque a jugar?

—Mejor no; podríais asustar a las tortugas. —La sonrisa de Haldon era afilada como la hoja de un puñal—. ¿Cómo dijisteis que se llamaba la calle de Lannisport donde habíais nacido?

—Era un callejón, no se llamaba de ninguna manera. —A Tyrion le provocaba un placer cáustico improvisar anécdotas de la pintoresca vida de Hugor Colina, también llamado Yollo, un bastardo de Lannisport.

«Las mejores mentiras son las que se condimentan con una pizca de verdad.» El enano sabía que su manera de hablar era propia de Poniente, y de alguien de alcurnia para más señas, así que Hugor debía de ser hijo ilegítimo de algún señor. Lo de Lannisport era porque conocía aquella ciudad mejor que Antigua o Desembarco del Rey, y además porque la mayoría de los enanos, hasta los que procedían de un entorno más agreste, acababan en las ciudades. En los pueblos y en el campo no había ferias ambulantes con monstruos ni espectáculos de titiriteros. Lo que sobraba eran pozos donde ahogar gatitos recién nacidos, terneros de tres cabezas y bebés como él.

—Ya veo que os empeñáis en emborronar pergaminos, Yollo. —Haldon se ató la lazada de los calzones.

—No todos podemos ser medio maestres. —A Tyrion le dolía la mano. Dejó la pluma y flexionó los dedos regordetes—. ¿Otra partidita de *sitrang*? —El Mediomaestre siempre lo derrotaba, pero era una forma como otra cualquiera de pasar el rato.

—Esta tarde. ¿Queréis estar con nosotros durante la lección de Grif el Joven?

—¿Por qué no? Alguien tendrá que corregiros cuando os equivoquéis.

La *Doncella Tímida* contaba con cuatro camarotes. Yandry e Ysilla compartían uno; Grif y Grif el Joven, otro, mientras que la septa Lemore y Haldon tenían camarotes individuales. El del Mediomaestre era el mayor de los cuatro. Una pared estaba forrada de estanterías y cubos llenos de pergaminos antiguos. En otra había estantes de ungüentos, hierbas y pócimas. Los rayos de luz dorada atravesaban el ondulado cristal amarillo del ojo de buey. El mobiliario comprendía un catre, un escritorio, una silla y un taburete, así como el tablero de *sitrang* del Mediomaestre, con sus piezas de madera tallada.

La primera parte de la clase se dedicaba a los idiomas. Grif el Joven hablaba la lengua común como si lo hubieran amamantado con ella, y dominaba el alto valyrio, los dialectos vulgares de Pentos, Tyrosh, Myr y Lys, y el lenguaje comercial de los marineros. El volantino era tan nuevo para él como para Tyrion, así que ambos aprendían cada día unas cuantas palabras mientras Haldon les corregía los errores. El meereeno era aún más complicado: también tenía raíces valyrias, pero las ramas estaban llenas de injertos del áspero idioma del Antiguo Ghis.

—Para hablar bien el ghiscario hay que meterse una abeja por la nariz —se quejó Tyrion. Grif el Joven se echó a reír.

—Otra vez —fue la única respuesta del Mediomaestre.

El muchacho obedeció, aunque en esa ocasión puso los ojos en blanco al ritmo del ceceo.

«Tiene mejor oído que yo —hubo de reconocer Tyrion—, pero me juego lo que sea a que yo tengo la lengua más flexible.»

Después de los idiomas llegaba la geometría. El muchacho no tenía tanta disposición para esa asignatura, pero Haldon era un maestro paciente, y Tyrion también resultaba útil. Los maestres de su padre en Roca Casterly le habían enseñado los misterios de cuadrados, círculos y triángulos, y recordarlos le había costado mucho menos de lo que imaginaba. Cuando llegó la hora de la historia, Grif el Joven empezaba a impacientarse.

—La última vez estuvimos hablando de Volantis —le dijo Haldon—. ¿Podéis explicarle a Yollo la diferencia entre un tigre y un elefante?

—Volantis es la más antigua de las Nueve Ciudades Libres, y la primera hija de Valyria —empezó el muchacho con tono aburrido—.

Después de la Maldición, los volantinos se consideraron herederos del Feudo Franco y gobernantes legítimos del mundo, pero no se pusieron de acuerdo sobre la manera de poner en práctica ese dominio. La Antigua Sangre era partidaria de la espada, mientras que los mercaderes y prestamistas optaban por el comercio. Se enfrentaron por el control de la ciudad, y las dos facciones fueron conocidas como los tigres y los elefantes, respectivamente.

»Los tigres ocuparon el poder durante casi un siglo tras la Maldición de Valyria, y el éxito los acompañó durante cierto tiempo. Una flota volantina tomó Lys; un ejército volantino capturó Myr, y durante dos generaciones, las tres ciudades se gobernaron desde dentro de la Muralla Negra. Esta situación llegó a su fin cuando los tigres trataron de devorar Tyrosh. Pentos entró en guerra del lado tyroshi, junto con el Rey de la Tormenta ponienti. Braavos le cedió a un exiliado lyseno cien navíos de guerra; Aegon Targaryen voló desde Rocadragón a lomos del Terror Negro, y tanto Myr como Lys se rebelaron. La guerra convirtió las Tierras de la Discordia en un erial, y liberó del yugo a las dos ciudades. No fue la única derrota que sufrieron los tigres: la flota que enviaron para hacerse con Valyria desapareció en el mar Humeante. Qohor y Norvos se libraron de los tigres en el Rhoyne cuando las galeras de fuego combatieron en el lago Daga. Los dothrakis atacaron desde el este para echar a los aldeanos de sus chozas y a los nobles de sus haciendas, hasta que entre el bosque de Qohor y los manantiales del Selhoru solo quedaron ruinas y hierbajos. Tras un siglo de guerra, Volantis había quedado deshecha, arruinada y despoblada, y fue entonces cuando se alzaron los elefantes. Desde entonces ocupan el poder. Hay años en que los tigres eligen a un triarca y hay años en que no, pero nunca más de uno, de modo que los elefantes llevan trescientos años gobernando la ciudad.

—Muy bien —asintió Haldon—. ¿Quiénes son los triarcas actuales?

—Malaquo es tigre, y Nyessos y Doniphos son elefantes.

—¿Qué lección nos enseña la historia de Volantis?

—Que si se quiere conquistar el mundo, más vale tener dragones.

Tyrion no pudo contener una carcajada. Más tarde, cuando Grif el Joven subió a cubierta para ayudar a Yandry con las velas y las pértigas, Haldon preparó el tablero de *sitrang* para echar una partida. Tyrion lo observó con sus ojos dispares.

—El chico es listo; lo estáis educando bien. Duele reconocerlo, pero ni la mitad de los señores de Poniente son tan leídos: idiomas, historia, canciones, sumas... Menudo potaje para un hijo de mercenario.

—En las manos adecuadas, un libro puede ser tan peligroso como una espada —señaló Haldon—. Esta vez, tratad de ponérmelo más difícil, Yollo. El *sitrang* se os da tan mal como las acrobacias.

—Espero a que os confiéis —replicó Tyrion. Empezaron a colocar las piezas a ambos lados de la pantalla divisoria de madera—. Creéis que me habéis enseñado a jugar, pero las apariencias engañan. Puede que aprendiera del mercachifle, ¿no os habéis parado a pensarlo?

—Illyrio no juega al *sitrang*.

«No —pensó el enano—, juega al juego de tronos, y ni Grif ni Pato ni tú sois más que piezas que moverá adonde quiera y sacrificará cuando le convenga, igual que sacrificó a Viserys.»

—Entonces, la culpa la tenéis vos. Es cosa vuestra.

—Os echaré de menos cuando los piratas os corten el cuello, Yollo —rio el Mediomaestre.

—¿Dónde están esos famosos piratas? Empiezo a creer que os los habéis inventado Illyrio y vos.

—Abundan más en el tramo que va desde Ar Noy hasta los Pesares. Por encima de Ar Noy, los qohorienses dominan el río, y por debajo de los Pesares lo dominan las galeras de Volantis, pero el tramo intermedio es de los piratas. El lago Daga está lleno de islotes con cuevas escondidas y fortalezas secretas donde se ocultan. ¿Estáis preparado?

—¿Para vos? No os quepa duda. ¿Para los piratas? Ya no estoy tan seguro.

Haldon retiró la pantalla, y cada uno estudió la distribución de apertura del otro.

—Estáis aprendiendo —apuntó el Mediomaestre.

Tyrion estuvo a punto de coger su dragona, pero se lo pensó mejor. En la última partida la había movido demasiado pronto y la había perdido ante un trabuquete.

—Si al final nos encontramos con esos fabulosos piratas, puede que me una a ellos. Les diré que me llamo Hugor Mediomaestre. —Movió su caballería ligera hacia las montañas de Haldon.

—Hugor Medioseso os quedaría mejor.

—Me basta con la mitad de la sesera para rivalizar con vos. —Tyrion movió la caballería pesada para defender la ligera—. ¿Queréis apostar sobre el resultado?

—¿Cuánto? —inquirió el Mediomaestre con una ceja arqueada.

—No tengo monedas. Nos jugaremos nuestros secretos.

—Grif me cortaría la lengua.

—¿Qué pasa? ¿Tenéis miedo? Yo en vuestro lugar también lo tendría.

—Me derrotaréis al *sitrang* cuando me salgan tortugas del culo. —El Mediomaestre movió sus lanceros—. Acepto la apuesta, hombrecito.

Tyrion extendió la mano hacia su dragona.

Pasadas tres horas enteras, el hombrecillo salió por fin a cubierta para vaciar la vejiga por la borda. Pato estaba ayudando a Yandry con la vela, mientras Ysilla se hacía cargo del timón. El sol brillaba bajo, cerca de los juncales que crecían a lo largo de la orilla occidental, y el viento empezaba a soplar.

«Daría lo que fuera por un pellejo de vino», pensó el enano. Tenía calambres en las piernas después de tanto estar sentado en el taburete, y la cabeza le daba vueltas hasta el punto de que casi cayó al río.

—¿Dónde está Haldon? —le preguntó Pato.

—Se ha acostado, no se siente muy bien. Le están saliendo tortugas del culo.

Se alejó del desconcertado caballero y subió por la escala que llevaba al altillo. Hacia el este, las nubes negras se arremolinaban tras una isla rocosa. La septa Lemore se le unió.

—¿Percibís la tormenta que flota en el aire, Hugor Colina? Eso que tenemos delante es el lago Daga, donde acechan los piratas. Y más allá están los Pesares.

«Los míos, no. Los míos los llevo encima allí donde vaya. —Pensó en Tysha y se preguntó adónde iban las putas—. Puede que a Volantis, ¿por qué no? Tal vez la encuentre allí. No hay que perder la esperanza.» ¿Qué le diría cuando la viera? «Perdona que dejara que te violaran, es que creía que eras una puta. ¿Podrás perdonarme? Quiero volver a nuestra casita, a los tiempos en que éramos marido y mujer.»

Dejaron atrás la isla. Tyrion contempló las ruinas que se alzaban a lo largo de la orilla oriental: muros inclinados, torres caídas, cúpulas desmoronadas e hileras de columnas de madera podrida, calles anegadas de barro y cubiertas de musgo violáceo...

«Otra ciudad muerta, y esta es diez veces más grande que Ghoyan Drohe.» Se había convertido en residencia de las tortugas, las enormes quebradoras. El enano las vio tomar el sol: eran colinas pardas y negras con una cresta dentada en el centro del caparazón. Unas pocas vieron la *Doncella Tímida* y se sumergieron, provocando ondulaciones. No era buen lugar para tomar un baño.

Justo en aquel momento, entre los arbolillos retorcidos y los lodazales que eran las calles, atisbó el brillo plateado del sol en el agua.

«Un afluente —supo al instante—; desemboca en el Rhoyne. —Las ruinas se hacían más altas a medida que se estrechaba la franja de tierra, hasta que la ciudad terminó en un cabo donde se alzaban los restos de un palacio colosal de mármol rosado y verde, con cúpulas y escaleras de caracol semiderruidas que aún se erguían inmensas sobre una galería cubierta. Tyrion divisó más tortugas quebradoras dormitando en atracaderos con capacidad para medio centenar de barcos. Fue entonces cuando cayó en la cuenta de dónde estaba—. Eso fue el palacio de Nymeria, y las ruinas son lo único que queda de Ny Sar, su ciudad.»

—¡Yollo! —le gritó Yandry—. ¡Decidme otra vez lo de esos ríos de Poniente tan grandes como la madre Rhoyne!

—Estaba equivocado —le respondió—. No hay río en los Siete Reinos que tenga la mitad de anchura que este.

El río que acababa de unirse al primero era casi idéntico al que habían recorrido hasta entonces, y solo ese era casi tan ancho como el Mander o el Tridente.

—Esto es Ny Sar, donde la madre se reúne con Noyne, su hija salvaje —explicó Yandry—, pero no llegará a la máxima anchura hasta haberse reunido con otras hijas. En el lago Daga entra Qhoyne, la hija oscura, cargada del oro y el ámbar del Hacha y de piñas del bosque de Qohor. Más al sur, la madre se encuentra con Lhorulu, la hija sonriente de los Campos Dorados. En la unión estaba antes Chroyane, la ciudad festiva, donde las calles eran de agua y las casas de oro. El río discurre después hacia el sudeste durante muchas leguas hasta que llega reptante a Selhoru, la hija tímida, que oculta su cauce entre juncos y meandros. Allí, la madre Rhoyne es tan ancha que desde el centro no se divisan las orillas. Ya lo veréis, mi pequeño amigo.

«Lo veré», estaba pensando el enano cuando divisó una ondulación a unos siete pasos del bote. Estaba a punto de decírselo a Lemore cuando su causante salió a la superficie, agitando las aguas de tal manera que la *Doncella Tímida* se sacudió.

Era otra tortuga, una tortuga astada gigantesca, con el caparazón verde oscuro lleno de manchas marrones, algas y moluscos de agua dulce. El animal alzó la cabeza y bramó, con un rugido ronco más sonoro que el de cualquier cuerno de guerra que Tyrion hubiera oído en su vida.

—¡Nos ha bendecido! —gritó Ysilla con la cara llena de lágrimas—. Nos ha bendecido, nos ha bendecido.

Pato ululaba de alegría, igual que Grif el Joven. Haldon subió a cubierta a ver el motivo de tanta agitación, pero era demasiado tarde: la tortuga gigante había vuelto a desaparecer bajo las aguas.

—¿A qué viene tanto jaleo? —preguntó el Mediomaestre.

—Una tortuga —le explicó Tyrion—. Una tortuga más grande que esta barcaza.

—¡Era él! —exclamó Yandry—. ¡Era el Viejo del Río!

«¿Por qué no? —pensó Tyrion con una sonrisa—. El nacimiento de un rey siempre va acompañado de dioses y portentos.»

Davos

La *Alegre Comadrona* entró en Puerto Blanco con la marea del anochecer y la vela parcheada ondeando con cada ráfaga de viento. Era una coca vieja, y ni en sus mejores años la habrían calificado de hermosa. El mascarón de proa era una mujer risueña que sujetaba a un recién nacido por un pie, pero tanto las mejillas de la mujer como el culo del niño estaban carcomidos. El casco había recibido capa tras capa de deslustrada pintura marrón, y las velas eran grisáceas y andrajosas. Nadie miraría dos veces aquel barco, salvo para preguntarse cómo podía mantenerse a flote. Pero la *Alegre Comadrona* era conocida en Puerto Blanco, ya que durante años había realizado modestos intercambios comerciales entre aquella ciudad y Villahermana.

No era la llegada con la que soñaba Davos Seaworth cuando zarpó con Salla y su flota. En aquel momento, todo parecía más fácil. Los cuervos no habían llevado al rey Stannis la promesa de alianza de Puerto Blanco, de modo que su alteza decidió que un emisario negociara en persona con lord Manderly. Como prueba de su poderío, se suponía que Davos tenía que llegar a bordo de *Valyria,* la galera de Salla, seguido por el resto de la flota lysena. Todos los barcos llevaban el casco pintado con rayas: negras y amarillas, rosa y azules, verdes y blancas, violeta y doradas... A los lysenos les encantaban los colores vivos, y no había lyseno más colorista que Salladhor Saan.

«Salladhor el Espléndido —pensó Davos—, pero eso se acabó con las tormentas.»

Se había visto reducido a entrar a hurtadillas en la ciudad, tal como habría hecho veinte años antes. Mientras no conociera la situación, el marino sería más eficaz que el señor.

La nívea muralla de Puerto Blanco se alzaba ante ellos, en la orilla este, donde desembocaba el Cuchillo Blanco. Desde la última visita de Davos habían transcurrido seis años, y algunas defensas estaban reforzadas. El rompeolas que separaba el puerto interior del exterior contaba con un muro de piedra de doce varas de altura y casi media legua de largo, con un torreón cada cien pasos. También se veía humo en el islote de la Foca, cuando en los viejos tiempos allí solo había ruinas.

«Eso puede ser bueno o malo, según qué bando escoja lord Wyman.»

Davos siempre le había tenido cariño a aquella ciudad, desde que la visitó por primera vez como grumete de la *Gato Callejero.* Era una ciudad pequeña, sobre todo comparada con Antigua y Desembarco del Rey, pero también estaba limpia y cuidada, con amplias avenidas empedradas por las que resultaba grato caminar y con tejados de pizarra gris en marcada pendiente. Roro Uhoris, el gruñón capitán de la *Gato Callejero,* aseguraba que era capaz de distinguir un puerto de otro solo por el olor. Según él, las ciudades eran como las mujeres: cada una tenía un aroma propio. Antigua olía a esencia de flores, como una viuda perfumada, mientras que Lannisport era una lozana campesina con olor a tierra y ecos de humo en el pelo, y Desembarco del Rey apestaba como una puta sucia. En cambio, la esencia de Puerto Blanco era pungente, salina, con un toque de pescado. «Huele como deben de oler las sirenas —decía Roro—. Huele a mar.»

«Todavía huele a mar —pensó Davos, pero lo que imperaba era el olor de turba que llegaba del islote de la Foca. La Piedra Marina dominaba las vías de entrada al puerto exterior: era una imponente elevación gris verdosa que se alzaba veinte varas por encima de las aguas. En la parte superior había un círculo de piedras erosionadas, un asentamiento fortificado de los primeros hombres, que llevaba siglos abandonado. Pero ya no lo estaba: Davos divisó escorpiones y bombardas tras los muros que quedaban en pie, y también a los ballesteros que montaban guardia—. Ahí arriba debe de haber mucha humedad. Y hará frío.» Recordó que en todas sus visitas anteriores había visto focas que tomaban el sol en las piedras caídas en el mar. El Bastardo Ciego le hacía contarlas cada vez que la *Gato Callejero* zarpaba de Puerto Blanco. Según él, cuanto mayor fuera el número de focas, mejor suerte tendrían en el viaje. En aquel momento no había ni una: el humo y los soldados las habían espantado.

«Si fuera más sensato, lo interpretaría como una señal de advertencia. Si tuviera una pizca de sensatez, me habría marchado con Salla. —Podría haber vuelto al sur, con Marya y con sus hijos—. He perdido cuatro hijos al servicio del rey, y el quinto es ahora su escudero. Debería tener derecho a disfrutar de los dos que me quedan todavía. Hace demasiado que no los veo.»

En Guardiaoriente, los hermanos negros le habían dicho que las relaciones entre los Manderly de Puerto Blanco y los Bolton de Fuerte Terror eran tensas. El Trono de Hierro había nombrado Guardián del Norte a Roose Bolton, así que lo lógico sería que Wyman Manderly jurara lealtad a Stannis.

«Puerto Blanco no puede defenderse por sí mismo. Necesita un aliado, un protector. Lord Wyman necesita al rey Stannis tanto como Stannis lo necesita a él.» Al menos eso le había parecido cuando estaba en Guardiaoriente.

Villahermana había minado aquellas esperanzas. Si había que prestar oído a lord Borrell, en caso de que los Manderly unieran sus fuerzas a las de los Bolton y los Frey... No, no podía permitirse el lujo de pensar en aquello. No tardaría en saber la verdad. Deseó con todas sus fuerzas que no fuera demasiado tarde.

«El rompeolas oculta el puerto interior», advirtió mientras la *Alegre Comadrona* arriaba las velas. El exterior era más amplio, pero era mejor fondear dentro, al abrigo de la muralla de la ciudad por un lado, con la mole imponente de la Guarida del Lobo por otro y con la protección adicional del rompeolas. En Guardiaoriente del Mar, Cotter Pyke le había dicho que lord Wyman estaba construyendo galeras de combate. Tal vez al otro lado de las murallas hubiera ya una veintena de naves listas para hacerse a la mar.

Tras la gruesa muralla blanca de la ciudad, el Castillo Nuevo se alzaba claro y ufano en la cima de la colina. Davos alcanzó a ver también la cúpula del Septo de las Nieves, bajo las altas estatuas de los Siete. Cuando fueron expulsados del Dominio, los Manderly llevaron la fe al norte. En Puerto Blanco no faltaba tampoco un bosque de dioses, una maraña de raíces, rocas y ramas encerrada entre los negros muros en ruinas de la Guarida del Lobo, la antigua fortaleza que ya solo se utilizaba de cárcel. Pero el poder verdadero lo tenían los septones.

El tritón de la casa Manderly estaba por todas partes: ondeaba en las torres del Castillo Nuevo, sobre la puerta de la Foca y a lo largo de las murallas de la ciudad. En Guardiaoriente, los norteños parecían muy seguros de que Puerto Blanco jamás rompería la alianza con Invernalia, pero Davos no vio ni rastro del huargo de los Stark.

«Tampoco hay leones. Lord Wyman aún no habrá jurado lealtad a Tommen, o ya habría izado su estandarte.»

Los amarraderos del puerto estaban abarrotados. Un racimo de botes amarrados a lo largo de la plaza del mercado descargaba la captura del día. Vio también tres canoas, unas embarcaciones largas y estrechas ideadas para enfrentarse a los rápidos y los tramos rocosos del Cuchillo Blanco. Pero lo que más le llamó la atención fueron los barcos marítimos: había un par de carracas tan deslustradas y maltrechas como la *Alegre Comadrona,* una galera mercante llamada *Danzarina de Tormentas,* las cocas *Valeroso Magíster* y *Cuerno de la Abundancia,* una galera que por el casco y las velas violeta procedía de Braavos...

... y, más allá, el navío de guerra.

Solo con verlo sintió que le arrancaran la esperanza a cuchilladas. El casco era negro y dorado, y el mascarón de proa, un león que amenazaba con una garra. El nombre del barco era *Estrellaleón,* según se leía en la popa, bajo el estandarte con el escudo del niño rey que ocupaba el Trono de Hierro. Un año atrás no habría sabido leerlo, pero el maestre Pylos le había enseñado unas pocas letras en Rocadragón. En aquella ocasión, la lectura no le proporcionó placer alguno. Davos había rezado para que las mismas tormentas que se habían ensañado con la flota de Salla hundieran aquella galera, pero los dioses se habían mostrado inclementes. Los Frey habían llegado, y tendría que enfrentarse a ellos.

Atracaron la *Alegre Comadrona* al final de un maltrecho muelle de madera del puerto exterior, tan lejos como pudieron de la *Estrellaleón.* La tripulación la amarró y tendió la plancha, y el capitán se acercó a Davos con paso oscilante. Casso Mogat era el típico mestizo del mar Angosto, hijo de una prostituta de Villahermana y un ballenero ibbenés. Solo levantaba dos varas del suelo, era muy hirsuto y se teñía el pelo y los bigotes de color verde musgo, lo que le daba el aspecto de un tocón con botas amarillas. Sin embargo era un buen marino, aunque un capitán duro con su tripulación.

—¿Cuánto tiempo vais a estar en la ciudad?

—Un día como mínimo; puede que más. —Davos había descubierto que a los señores les gustaba hacerse esperar. Tenía la sensación de que su finalidad era poner nerviosa a la gente y demostrarle su poder.

—La *Comadrona* se quedará aquí tres días, ni uno más. Me necesitan en Villahermana.

—Si todo va bien, puede que vuelva mañana.

—¿Y si todo va mal?

«Puede que no vuelva.»

—En ese caso, no hace falta que me esperéis.

Dos aduaneros subieron a bordo al tiempo que él bajaba por la plancha, pero no le dedicaron ni una sola mirada. Querían ver al capitán e inspeccionar la carga; no tenían el menor interés por un marinero vulgar y corriente, y pocos marineros parecían más vulgares y corrientes que Davos Seaworth. Era de estatura mediana, con un severo rostro de campesino curtido por el viento y el sol, barba entrecana y pelo castaño, también salpicado de hebras blancas. Su atuendo era corriente: botas viejas, calzones pardos, túnica azul y un manto de lana sin teñir sujeto con un broche de madera. También llevaba unos guantes de cuero llenos de manchas de salitre, con los que ocultaba los dedos que le había cortado Stannis hacía ya tantos años. No parecía ningún señor, y menos aún la mano del rey. Era lo mejor, al menos hasta que supiera cómo marchaban las cosas por allí.

Recorrió el muelle y atravesó el mercado. La *Valeroso Magíster* estaba cargando los toneles de hidromiel que aguardaban apilados en el malecón. Tras unos toneles vio a tres marineros que jugaban a los dados. Más allá, las pescadoras pregonaban la captura del día, y un niño marcaba el ritmo en un tambor al tiempo que un oso viejo bailaba en medio de un corro de marineros de agua dulce. Junto a la puerta de la Foca había apostados dos lanceros con la divisa de la casa Manderly en el pecho, aunque estaban demasiado concentrados en tontear con una prostituta del puerto para prestar la menor atención a Davos. La puerta estaba abierta y el rastrillo levantado, así que solo tuvo que atravesarla como cualquier otro transeúnte.

Al otro lado había una plaza empedrada con una fuente en el centro, de la que surgía un tritón de piedra que medía quince codos de la cola a la corona. Tenía la barba rizada cubierta de líquenes, y una púa del tridente se había roto mucho antes de que naciera Davos, pero seguía resultando impresionante. La gente de la ciudad lo llamaba Viejo Pata de Pez; la plaza llevaba el nombre de un señor muerto tiempo atrás, pero todo el mundo la llamaba Patio del Pata de Pez.

Aquella tarde, el Patio bullía de actividad. Una mujer lavaba prendas interiores en la fuente del Pata de Pez y las colgaba a secar del tridente. En los soportales de los mercaderes, los escribas y los cambistas ya habían instalado sus tenderetes, al igual que un mago errante, una herborista y un malabarista pésimo. Un vendedor de manzanas llevaba la mercancía en una carretilla, y una mujer ofrecía arenques encebollados. Los niños y los pollos se cruzaban entre los pies de los viandantes. En anteriores visitas de Davos al Patio del Pata de Pez, las enormes puertas de hierro y roble de la vieja Casa de la Moneda siempre habían estado cerradas, pero en aquella ocasión las habían abierto de par en par. Dentro había cientos de mujeres, niños y ancianos, acuclillados en el suelo sobre pieles. Algunos habían encendido hogueras para cocinar.

Davos se detuvo en los soportales y compró una manzana por medio penique.

—¿Hay gente viviendo en la Casa de la Moneda? —preguntó al vendedor de fruta.

—No tienen otro sitio adonde ir. Casi todos son campesinos de la zona alta del Cuchillo Blanco, y también hay gente de Hornwood. Mientras ese Bastardo de Bolton ande suelto, todos querrán la protección de las murallas. No sé qué pensará hacer el señor con tanta gente; la mayoría no traía más que los harapos puestos.

Davos sintió una punzada de remordimiento.

«Vienen a buscar refugio a una ciudad adonde no han llegado los combates, y ahora llego yo para traerles la guerra a casa.» Dio un mordisco a la manzana, cosa que también lo hizo sentir culpable.

—¿Cómo se las arreglan para comer?

—Unas mendigan, otros roban... —El frutero se encogió de hombros—. Muchas jóvenes empiezan en la profesión; es lo que han hecho siempre que no han tenido otra cosa que vender. Los niños, en cuanto levantan dos varas del suelo, buscan un puesto en los barracones de su señoría. El único requisito es que puedan sostener una lanza.

«Está reclutando hombres.» Eso era bueno... o malo, según. La manzana estaba seca y harinosa, pero Davos se obligó a darle otro mordisco.

—¿Lord Wyman pretende unirse al Bastardo?

—La próxima vez que su señoría venga a comprar manzanas, se lo preguntaré.

—Tenía entendido que su hija iba a casarse con un Frey.

—Su nieta. Eso mismo tenía entendido yo, pero a su señoría se le ha olvidado mandarme la invitación para la boda. Eh, ¿os la vais a terminar? Si no, dadme el resto, esas semillas son buenas.

Davos le dio el corazón de la fruta.

«Mala manzana, pero por medio penique he descubierto que Manderly está reuniendo un ejército.»

Rodeó al Viejo Pata de Pez y pasó junto a una muchacha que vendía tazones de leche de cabra. Desde que había llegado a la ciudad recordaba más cosas sobre ella. Si seguía en la dirección hacia la que apuntaba el tridente del Viejo Pata de Pez encontraría un callejón con un tenderete de pescado frito, dorado y crujiente por fuera, blanco y jugoso por dentro. Más allá había un burdel más limpio que la mayoría, donde cualquier marinero podía disfrutar de una mujer sin temor a que le robaran la bolsa o lo asesinaran. Hacia el otro lado, en una de las casas arracimadas y pegadas a los muros de la Guarida del Lobo como percebes al casco de un barco viejo, recordaba una cervecería donde servían su propia cerveza negra, tan espesa y sabrosa que un barril valdría su peso en oro del Rejo en Braavos o en el Puerto de Ibben, siempre y cuando los habitantes de la ciudad no se la bebieran toda.

Pero lo que le pedía el cuerpo era vino: vino amargo, negro, triste. Cruzó la plaza y bajó por un tramo de escaleras que llevaba a un tugurio llamado La Anguila Perezosa. En sus tiempos de contrabandista, La Anguila tenía fama de ofrecer las putas más viejas y el peor vino de Puerto Blanco, además de empanadas de carne llenas de grasa y ternillas que en los días buenos eran incomibles, y en los malos, venenosas. Los lugareños evitaban aquel local y lo dejaban para los marineros, que no lo conocían. En La Anguila Perezosa era imposible encontrarse con un guardia o con un oficial de aduanas.

Algunas cosas no cambiaban nunca. En el interior de La Anguila, el tiempo se había detenido. El techo abovedado seguía negro de hollín y el suelo seguía siendo de tierra prensada; el aire apestaba a humo, carne podrida y vómito rancio. Los gruesos cirios de sebo de las mesas desprendían más humo que luz, y en aquella penumbra, el vino que había pedido Davos parecía más pardo que tinto. Junto a la puerta había cuatro prostitutas sentadas, y también bebían. Cuando Davos entró, una de ellas le dirigió una sonrisa esperanzada, pero él negó con la cabeza y la mujer dijo a sus compañeras algo que las hizo reír. Ninguna volvió a prestarle la menor atención.

Aparte de las prostitutas y el dueño, no había nadie más en La Anguila. Era una bodega grande, llena de recovecos y nichos oscuros que proporcionaban intimidad. Se llevó el vino a uno de ellos y se sentó a esperar con la espalda contra la pared.

Contempló el fuego que ardía en la chimenea. La mujer roja era capaz de ver el futuro en las llamas, pero Davos Seaworth solo veía sombras del pasado: los barcos incendiados, la cadena de fuego, las formas verdes que rasgaban el vientre de las nubes y, por encima de todo, la Fortaleza Roja. Davos era un hombre sencillo que había ascendido gracias al azar, a la guerra y a Stannis. No comprendía por qué los dioses se habían llevado a cuatro muchachos jóvenes y fuertes como sus hijos y en cambio habían perdonado al cansado padre. Algunas noches pensaba que había sido para que salvara a Edric Tormenta, pero el bastardo del rey Robert ya estaba a salvo en los Peldaños de Piedra, y él seguía vivo.

«¿Acaso los dioses me tienen reservada alguna otra misión? —se preguntó—. Si es eso, puede que se trate de Puerto Blanco.» Probó el vino y, acto seguido, vació media copa en el suelo.

A medida que se hacía de noche fueron llegando marineros que ocuparon los bancos de La Anguila. Davos pidió más vino al dueño, que se lo llevó junto con otra vela.

—¿Queréis algo de comer? Tenemos empanada de carne.

—¿Qué clase de carne?

—La normal. Es buena.

Las prostitutas se echaron a reír.

—Si la carne normal fuera gris —señaló una.

—Cierra el puto pico; tú bien que te la comes.

—Yo me como cualquier mierda, pero eso no quiere decir que me guste.

Davos apagó la vela en cuanto el dueño se alejó, y volvió a sentarse entre las sombras. Cuando corría el vino, aunque fuera tan malo como aquel, los marineros eran los seres más chismosos del mundo. Solo tenía que escuchar.

Casi todo lo que oyó era lo mismo que había descubierto en Villahermana, de labios de lord Godric o gracias a los clientes del Vientre de la Ballena. Tywin Lannister había muerto, asesinado por su hijo el enano, dejando un cadáver tan maloliente que durante días no hubo nadie capaz de entrar en el Gran Septo de Baelor. A la señora del Nido de Águilas la había asesinado un bardo y Meñique gobernaba el Valle, pero Yohn Bronce había jurado poner fin a aquello. Balon Greyjoy también había muerto, y sus hermanos estaban enfrentados por el Trono de Piedramar. Sandor Clegane se había convertido en un proscrito que saqueaba y asesinaba en las tierras del Tridente. Myr, Lys y Tyrosh se habían enfrentado en otra guerra. Una revuelta de esclavos arrasaba el este.

Otras noticias que oyó le resultaron más interesantes. Robett Glover estaba en la ciudad, también tratando de reunir un ejército. Lord Manderly había hecho oídos sordos a sus súplicas: según él, Puerto Blanco estaba harto de guerras. Mala cosa. Los Ryswell y los Dustin habían sorprendido a los hombres del hierro en el río Fiebre y habían prendido fuego a sus barcoluengos. Aún peor. Y el Bastardo de Bolton cabalgaba hacia el sur con Hother Umber para aliarse con ellos en un ataque contra Foso Cailin.

—El Mataputas en persona —aseguró un hombre que acababa de transportar un cargamento de pieles y leña Cuchillo Blanco abajo—, con trescientos lanceros y un centenar de arqueros. Seguro que a estas alturas ya se les han unido hombres de Hornwood, y también de Cerwyn.

Aquello fue lo peor de todo.

—Si sabe qué le conviene, lord Wyman tendrá que enviar hombres a la batalla —comentó el anciano sentado al final de la mesa—. Ahora, lord Roose es el Guardián y Puerto Blanco le debe lealtad; es una cuestión de honor.

—¿Qué sabrán de honor los Bolton? —bufó el propietario de La Anguila mientras servía más vino parduzco.

—Lord Wyman no irá a ninguna parte; ese cabrón está demasiado gordo.

—Tengo entendido que está enfermo, que no hace más que dormir y llorar. No puede ni salir de la cama, de tan mal que está.

—De tan gordo que está, querrás decir.

—Qué tendrá que ver que esté gordo o esté flaco —replicó el propietario—. Los leones tienen a su hijo.

Nadie mencionó al rey Stannis. Ninguno de los presentes parecía saber que su alteza había acudido al norte para colaborar en la defensa del Muro. En Guardiaoriente no se hablaba más que de salvajes, espectros y gigantes, pero allí ni siquiera se pensaba en ellos. Davos se inclinó hacia delante para que lo iluminara la luz del fuego.

—Creía que los Frey habían matado a su hijo —comentó—. Eso se decía en Villahermana.

—Sí, mataron a ser Wendel —corroboró el propietario—. Sus huesos reposan en el Septo de las Nieves rodeados de velas. Pero ser Wylis sigue prisionero.

«De mal en peor. —Sabía que lord Wyman había tenido dos hijos, pero creía que ambos habían muerto—. Si el Trono de Hierro tiene a uno de rehén... —Davos había tenido siete hijos y había perdido a cuatro en el Aguasnegras, y sabía que haría cualquier cosa que le exigieran hombres o dioses con tal de proteger a los tres que le quedaban. Steffon y Stannis estaban a miles de leguas de la guerra, a salvo de todo peligro, pero Devan se encontraba en el Castillo Negro de escudero del rey—. El rey cuya causa depende de Puerto Blanco.»

La conversación de los marineros se había centrado en los dragones.

—Estás como una puta cabra —dijo un remero de la *Danzarina de Tormentas*—. El Rey Mendigo lleva años muerto. Un señor dothraki de los caballos le cortó la cabeza.

—Eso es lo que nos han contado —replicó el viejo—. Pero ¿y si es mentira? Murió a medio mundo de aquí, si es que murió. ¿Quién sabe? Si un rey quisiera matarme a mí, a lo mejor me convenía hacerme el muerto. Ninguno de los presentes ha visto el cadáver.

—Tampoco he visto el cadáver de Joffrey, ni el de Robert —gruñó el propietario de La Anguila—. Puede que también estén vivos. Y puede que Baelor el Santo haya estado echando una siestecita todos estos años.

—Pero el príncipe Viserys no era el único dragón. ¿Cómo sabemos que mataron de verdad al hijo del príncipe Rhaegar? Era un niño de teta.

—Y también había una princesa, ¿no? —apuntó una prostituta, la misma que había dicho que la carne era gris.

—Dos —corrigió el anciano—. Una era la hija de Rhaegar, y la otra, su hermana.

—Daena —aportó el que transportaba mercancía por el río—. La hermana era Daena de Rocadragón. ¿O Daera?

—Daena era la esposa del viejo rey Baelor —dijo el remero—. Trabajé en un barco al que habían puesto su nombre, el *Princesa Daena.*

—Si era la esposa del rey, sería reina.

—Baelor no tuvo reina, era santo.

—Eso no quiere decir que no se casara con su hermana —señaló la prostituta—, solo que no se acostó con ella. Cuando lo eligieron rey la encerró en una torre, igual que a sus otras hermanas. Eran tres.

—Daenela —zanjó el propietario—. Se llamaba Daenela. La hija del Rey Loco, quiero decir, no la puñetera esposa de Baelor.

—Daenerys —dijo Davos—. Le pusieron Daenerys en honor a la Daenerys que se casó con el príncipe de Dorne durante el reinado de Daeron II. No sé qué sería de ella.

—Yo sí —intervino el que había sacado a colación los dragones, un remero braavosi que vestía un chaleco de lana oscura—. Cuando íbamos rumbo a Pentos, atracamos junto a un mercante llamado *Ojos Negros,* y estuve en una taberna con el cocinero del capitán. Me contó un cuento sobre una muchachita flacucha que habían visto en Qarth, que intentaba comprar pasaje a Poniente para ella y sus tres dragones. Tenía el pelo de plata y los ojos violeta. «Yo mismo la llevé ante el capitán —me juró aquel hombre—, pero no quiso ni oír hablar del asunto. Me dijo que se sacaba más beneficio del clavo y el azafrán, y que las especias no prendían las velas.»

Hubo una risotada general, aunque Davos no participó. Sabía qué destino había sufrido el *Ojos Negros.* Los dioses eran crueles al permitir que un hombre recorriera medio mundo para luego hacerle perseguir una falsa luz cuando ya estaba llegando a casa.

«El capitán era más valiente que yo —pensó mientras se dirigía hacia la puerta. Con un solo viaje al este podría haber tenido las riquezas de un señor hasta el fin de sus días. Cuando era joven, Davos soñaba con hacer una travesía así, pero los años pasaron danzando como polillas en torno a una llama, y el momento adecuado no se presentó—. Algún día. Algún día lo haré, cuando haya terminado la guerra, cuando Stannis ocupe el Trono de Hierro y ya no necesite de ningún Caballero de la Cebolla. Me llevaré a Devan, y también a Steff y a Stanny, si ya tienen edad. Veremos esos dragones; veremos todas las maravillas del mundo.»

En el exterior, el viento agitaba la llama de las lámparas de aceite que iluminaban el patio. Tras la puesta de sol había refrescado, pero Davos recordaba demasiado bien cómo eran las cosas en Guardiaoriente, cómo aullaba el viento desde el Muro por la noche, cómo atravesaba hasta la capa más cálida y helaba los huesos. En comparación, Puerto Blanco era una bañera caliente. Había otros lugares donde podía conseguir información: una posada famosa por sus empanadas de lamprea, la cervecería donde bebían los mercaderes de lana y los aduaneros, una sala de espectáculos donde por unas monedas se podía conseguir diversión subida de tono...

«He llegado demasiado tarde.»

Los viejos instintos le hicieron llevarse la mano al pecho, donde antes llevaba las falanges en un saquito colgado de una cinta de cuero. No encontró nada. Había perdido la suerte en los fuegos del Aguasnegras, junto con su barco y sus hijos.

«¿Qué hago ahora? —Se arrebujó en el manto—. ¿Subo a la colina y me planto en las puertas del Castillo Nuevo para presentar mi petición, por inútil que sea? ¿Vuelvo a Villahermana? ¿Regreso con Marya y mis hijos? ¿Compro un caballo y recorro el camino Real para ir a decirle a Stannis que no tiene amigos en Puerto Blanco, que no le queda ninguna esperanza?»

La reina Selyse había organizado un banquete en honor a Salla y sus capitanes la noche anterior a la partida de la flota. Cotter Pyke los había acompañado, así como otros cuatro oficiales de alto rango de la Guardia de la Noche. También habían dejado asistir a la princesa Shireen. Mientras servían bandejas de salmón, ser Axell Florent entretuvo a los presentes con la historia de un príncipe Targaryen que tenía un mono. A aquel príncipe le gustaba vestir al animalito con la ropa de su hijo fallecido y fingir que se trataba de un niño, y de vez en cuando intentaba arreglarle un matrimonio. Los señores a los que honraba con su proposición siempre la rechazaban. Tan cortésmente como les fuera posible, pero la rechazaban, por supuesto.

—Vestido con sedas y terciopelos, un mono sigue siendo un mono. —dijo ser Axell—. Un príncipe más listo habría sabido que no se puede encomendar a un mono el trabajo de un hombre.

Los hombres de la reina rieron a carcajadas, y unos cuantos miraron a Davos con sonrisitas.

«No soy ningún mono —había pensado—. Soy un señor, igual que tú, y mucho más hombre.» Aún le escocía el recuerdo.

La puerta de la Foca se cerraba de noche, de modo que Davos no podría volver a la *Alegre Comadrona* hasta el amanecer. Tendría que pasar la noche allí. Echó una mirada al viejo Pata de Pez, con su tridente roto.

«He llegado a pesar de la lluvia, la tormenta y el naufragio. No me iré sin cumplir lo que se me encomendó, por inútil que sea.» Había perdido los dedos; había perdido el barco, pero no era ningún mono vestido de seda. Era la mano del rey.

Escalera del Castillo era una calle con peldaños, una avenida de piedra que llevaba desde la orilla del mar, desde la Guarida del Lobo, hasta el Castillo Nuevo, en la cima de la colina. Unas sirenas de mármol iluminaban el camino con cuencos de aceite de ballena entre los brazos. Cuando Davos llegó arriba, se volvió para mirar atrás. Desde allí se divisaban los dos puertos. Tras el rompeolas, el puerto interior estaba atestado de galeras de guerra: había veintitrés. Por lo visto, lord Wyman era gordo pero no perezoso, y había estado muy atareado.

Las puertas del Castillo Nuevo estaban cerradas, y cuando llamó le abrieron una poterna. El guardia le preguntó qué quería, a lo que Davos respondió mostrándole la cinta negra y dorada con los sellos reales.

—Tengo que hablar con lord Manderly de inmediato —dijo—. El asunto que me trae aquí solo le incumbe a él.

Daenerys

Los bailarines centelleaban al moverse, con cuerpos esbeltos y afeitados cubiertos de aceite. Las antorchas encendidas volaban girando de mano en mano al ritmo de los tambores y la flauta. Cada vez que dos antorchas se cruzaban en el aire, una chica desnuda daba una voltereta entre ellas. Las llamas arrancaban destellos aceitosos de extremidades, pechos y nalgas.

Los tres hombres lucían una erección. Su excitación resultaba excitante, aunque a Daenerys Targaryen le parecía cómica a la vez. Eran de la misma estatura, con piernas largas y abdomen liso, con los músculos tan definidos que parecían labrados. Hasta sus rostros parecían iguales..., cosa bastante extraña, dado que uno tenía la piel oscura como el ébano; el segundo, blanca como la leche, y el tercero brillaba como el cobre bruñido.

«¿Pretenden inflamarme?» Dany se acomodó entre los cojines de seda. Sus inmaculados, apoyados en las columnas, parecían estatuas, con los cascos rematados en púas y los rostros lampiños inexpresivos, a diferencia de los hombres que seguían íntegros. Reznak mo Reznak tenía la boca abierta, y los labios le brillaban húmedos ante el espectáculo. Hizdahr zo Loraq charlaba con el hombre que tenía al lado, pero no apartaba los ojos de las bailarinas ni un momento. El rostro feo y grasiento del Cabeza Afeitada era tan adusto como siempre, pero no se perdía detalle.

Resultaba más difícil imaginar las ensoñaciones de su invitado de honor. El hombre de rostro blanco y afilado que compartía con ella la mesa principal estaba radiante con su túnica de seda color tostado bordada con hilo de oro; la calva le brillaba a la luz de las antorchas mientras se comía un higo a mordiscos menudos, precisos, elegantes. En la nariz de Xaro Xhoan Daxos centelleaban ópalos cada vez que giraba la cabeza para seguir los movimientos de los bailarines.

En su honor, Daenerys se había puesto un vestido qarthiense, una prenda fina de brocado violeta cuyo corte le dejaba el pecho izquierdo al descubierto. La cabellera de oro y plata le caía sobre el hombro y le llegaba casi hasta el pezón. La mitad de los presentes la había observado a hurtadillas; Xaro, no.

«En Qarth era igual. —No era esa la forma de dominar al príncipe mercader—. Pero tengo que dominarlo como sea.» Había llegado de Qarth en la galeaza *Nube Sedosa,* con una escolta de trece galeras. Su flota era la respuesta a una plegaria. El comercio de Meereen se había reducido hasta desaparecer desde que ella pusiera fin a la esclavitud, pero Xaro tenía la capacidad de devolverlo a la vida.

Los tambores sonaron con más fuerza, y tres chicas saltaron sobre las llamas y giraron en el aire. Los danzarines las sujetaron por la cintura y las bajaron hacia sí. Dany observó con atención cómo las mujeres arqueaban la espalda y enroscaban las piernas en torno a sus compañeros, que las penetraban al ritmo de la música de flautas. No era la primera vez que presenciaba esos actos, ya que los dothrakis se apareaban tan abiertamente como sus yeguas y sementales, pero sí era la primera vez que presenciaba la lujuria al son de la música. Sentía el rostro acalorado.

«Es por el vino —se dijo. Se dio cuenta de que estaba pensando en Daario Naharis. Su mensajero había llegado aquella mañana: los Cuervos de Tormenta volvían de Lhazar. Su capitán volvía a ella, portador de la amistad de los hombres cordero—. Comida y comercio —se recordó—. No me ha fallado ni me fallará. Daario me ayudará a salvar mi ciudad.» La reina ansiaba ver su rostro, acariciar su barba de tres puntas, contarle sus problemas... Pero los Cuervos de Tormenta estaban aún a muchos días de distancia, más allá del paso Khyzai, y ella tenía que gobernar su reino.

El humo remoloneaba entre las columnas violáceas. Los danzarines se arrodillaron con la cabeza gacha.

—Habéis estado espléndidos —les dijo Dany—. Pocas veces había presenciado tanta elegancia, tanta belleza. —Hizo un gesto a Reznak mo Reznak, y el senescal se apresuró a acudir a su lado; tenía la arrugada piel de la cabeza perlada de sudor—. Acompañad a nuestros amigos a los baños para que se refresquen, y aseguraos de que no les falten comida ni bebida.

—Será un honor para mí, magnificencia.

Daenerys le tendió la copa a Irri para que se la volviera a llenar. El vino era dulce y fuerte, con la fragancia de las especias orientales, mucho mejor que los aguados caldos ghiscarios que había estado bebiendo en los últimos tiempos. Xaro examinó con atención la fuente que le ofrecía Jhiqui y seleccionó un caqui. La piel anaranjada de la fruta hacía juego con el coral que le adornaba la nariz. Le dio un mordisco y frunció los labios.

—Está ácido.

—¿Tal vez mi señor prefiera algo más dulce?

—La dulzura empalaga. La fruta ácida y las mujeres ácidas son lo que da sabor a la vida. —Volvió a morder el caqui, masticó y tragó—. Daenerys, mi bella reina, no hay palabras para describir el placer que siento al estar de nuevo en vuestra presencia. De Qarth partió una niña, tan hermosa como extraviada. Entonces temí que aquel barco la transportara hacia su perdición; pero ahora la veo aquí, en su trono, señora de una antigua ciudad, con un poderoso ejército nacido de sus sueños.

«No —pensó ella—, nacido de la sangre y del fuego.»

—Me alegra que hayáis venido, Xaro. Me congratulo de volver a veros, amigo mío. —«No confío en vos, pero os necesito. Necesito a vuestros Trece; necesito vuestros barcos; necesito vuestro comercio.»

Durante siglos, Meereen y sus ciudades hermanas, Yunkai y Astapor, habían sido los ejes del tráfico de esclavos, el lugar donde los *khals* dothrakis y los corsarios de las islas del Basilisco vendían a sus prisioneros al resto del mundo, que acudía allí a comprarlos. Poco podía ofrecer Meereen a los comerciantes si no había esclavos. El cobre abundaba en las colinas de Ghis, pero ya no era tan valioso como en los tiempos en que el bronce gobernaba el mundo. Los cedros que otrora crecieran a lo largo de la costa ya no existían; cayeron bajo las hachas del Antiguo Imperio o fueron consumidos por el fuegodragón cuando Ghis se enfrentó en guerra a Valyria. Desaparecidos los árboles, la tierra se abrasó bajo el sol ardiente y el viento la dispersó en espesas nubes rojizas.

«Esas calamidades fueron lo que transformó a mi pueblo en esclavista», le había dicho Galazza Galare en el templo de las Gracias. «Y yo seré la calamidad que transforme a estos esclavistas en personas», se juró Dany.

—Tenía que venir —dijo Xaro con tono lánguido—. Hasta la lejana Qarth me llegaron ciertos rumores que me inspiraban temor. Al oírlos no pude contener las lágrimas. Se dice que vuestros enemigos han prometido gloria, riquezas y un centenar de esclavas vírgenes al hombre que os mate.

—Los Hijos de la Arpía. —«¿Cómo lo sabe?»—. Por las noches hacen pintadas en las paredes, y degüellan a libertos honrados mientras duermen. Cuando sale el sol se esconden como cucarachas. Tienen miedo de mis bestias de bronce. —Skahaz mo Kandaq había creado el cuerpo de guardia que le había pedido, compuesto a partes iguales por libertos y cabezas afeitadas meereenos. Patrullaban la ciudad día y noche con capuchas oscuras y máscaras de bronce. Los Hijos de la Arpía habían amenazado con una muerte terrible a cualquier traidor que se atreviera a servir a la reina dragón, así como a sus parientes y amigos, así que los hombres del Cabeza Afeitada se ocultaban el rostro tras chacales, búhos y otras bestias—. Tendría motivos para temer a los Hijos si me encontraran por las calles, pero solo si fuera de noche y yo estuviera desnuda y desarmada. Son unos cobardes.

—El cuchillo de un cobarde puede matar a una reina con tanta facilidad como el de un héroe. Dormiría más tranquilo si supiera que la delicia de mi corazón había conservado a su lado a sus feroces señores de los caballos. Cuando estabais en Qarth había tres que nunca os perdían de vista. ¿Adónde han ido?

—Aggo, Jhogo y Rakharo siguen a mi servicio. —«Está jugando conmigo.» Pero ella también sabía jugar—. Cierto es que solo soy una niña y no entiendo de estas cosas, pero hombres de más edad y sabiduría me han dicho que para controlar Meereen tengo que controlar las tierras adyacentes, desde el oeste de Lhazar hasta el sur de las colinas yunkias.

—Esas tierras no tienen valor para mí. Vuestra persona, sí. Si algo malo os sucediera, este mundo perdería su sabor.

—Mi señor es muy bondadoso al preocuparse tanto, pero estoy bien defendida. —Dany hizo un gesto hacia el lugar donde aguardaba Barristan Selmy, con una mano en el puño de la espada—. Lo llaman Barristan el Bravo. Dos veces me ha salvado ya de asesinos.

Xaro echó un vistazo desinteresado a Selmy.

—¿Barristan el Viejo, decís que se llama? Vuestro caballero oso era más joven y os amaba con devoción.

—No quiero hablar de Jorah Mormont.

—Por supuesto. Era un hombre burdo y peludo. —El príncipe mercader se inclinó sobre la mesa para rozarle los dedos—. Hablemos pues de amor, sueños y deseo, y de Daenerys, la mujer más hermosa de este mundo. Vuestra mera visión me embriaga.

—Si estáis embriagado, echadle la culpa al vino. —Dany conocía bien la exagerada obsequiosidad de Qarth.

—Ningún vino me nubla la visión tanto como vuestra belleza. Mi mansión me parece desierta como una tumba desde la partida de Daenerys, y todos los placeres de la Reina de las Ciudades me saben a ceniza. ¿Por qué me abandonasteis?

«Hui de tu ciudad porque temía por mi vida.»

—Era hora de partir. En Qarth no me querían.

—¿Quiénes? ¿Los Sangrepura? Les corre agua por las venas. ¿Los Especieros? Tienen requesón en vez de cerebro. Y los Eternos están muertos. Tendríais que haberme aceptado como esposo. Creo recordar que pedí vuestra mano; que incluso llegué a suplicaros.

—Solo cincuenta veces —bromeó Dany—. Os rendisteis demasiado pronto, mi señor. Porque tengo que casarme; todo el mundo está de acuerdo.

—Una *khaleesi* debe tener un *khal* —señaló Irri al tiempo que volvía a llenarle la copa a su reina—. Lo sabe todo el mundo.

—¿Debería proponéroslo de nuevo? —se preguntó Xaro—. No, esa sonrisa la conozco bien. Reina cruel es aquella que juega con el corazón de los hombres. Los humildes mercaderes como yo no somos más que guijarros bajo vuestras sandalias enjoyadas.

Una lágrima solitaria le corrió por la mejilla blanca, pero Dany lo conocía demasiado bien para conmoverse. Los qarthienses eran capaces de derramar lágrimas a voluntad.

—Venga ya, dejadlo. —Cogió una cereza de un cuenco y se la tiró a la nariz—. Puede que sea una niña, pero no soy tan tonta como para casarme con un hombre que encuentra más seductora una fuente de fruta que mi pecho desnudo. Ya he visto en qué bailarines os fijabais.

Xaro se secó la lágrima.

—Supongo que en los mismos que vuestra alteza. Ya veis: somos muy parecidos. Si no queréis tomarme como esposo, me daré por satisfecho con ser vuestro esclavo.

—No quiero esclavos. Os libero.

La nariz enjoyada era un blanco de lo más tentador. En aquella ocasión, Dany le tiró un albaricoque. Xaro lo atrapó en el aire y le dio un mordisco.

—¿Cuándo comenzó esta locura? ¿Tendría que alegrarme de que no liberarais a mis esclavos cuando erais mi invitada en Qarth?

«Entonces no era más que una reina mendiga, y tú eras Xaro de los Trece —pensó Dany—. Y a ti, lo único que te interesaba eran mis dragones.»

—Tratabais bien a vuestros esclavos; parecían satisfechos. No se me abrieron los ojos hasta que llegué a Astapor. ¿Sabéis cómo hacen a los inmaculados, cómo los entrenan?

—Con crueldad, seguro. Cuando un herrero fabrica una espada mete la hoja en el fuego, la golpea con un martillo y la introduce en agua helada para templar el acero. Para obtener el sabor dulce de la fruta hay que regar el árbol.

—Este árbol se regó con sangre.

—¿Y de qué otra manera se puede hacer un soldado? Vuestro esplendor ha disfrutado con mis bailarines. ¿Os sorprendería saber que todos son esclavos, criados y entrenados en Yunkai? Han estado bailando desde que aprendieron a caminar. ¿Cómo, si no, se puede obtener tal perfección? —Tomó un trago de vino y lo paladeó—. También son expertos en todas las artes eróticas. Había pensado en regalárselos a vuestra alteza.

—Sí, por favor. —Dany no se sorprendió en absoluto—. Los liberaré.

El hombre acusó el golpe con una mueca.

—¿Y qué harían con la libertad? Tanto os daría regalarle una cota de malla a un pez. Están hechos para bailar.

—¿Quién los hizo? ¿Sus amos? Tal vez vuestros bailarines preferirían ser albañiles, panaderos o granjeros. ¿Se lo habéis preguntado?

—Y tal vez vuestros elefantes preferirían ser ruiseñores. Las noches de Meereen estarían pobladas de barritos y no de trinos dulces; vuestros árboles se doblarían bajo el peso de enormes pájaros grises. —Xaro suspiró—. Daenerys, delicia mía, bajo ese hermoso seno late un corazón tierno..., pero aceptad el consejo de una cabeza más vieja y sabia. Las cosas no siempre son lo que parecen. Las cosas que parecen malas a veces son buenas. Por ejemplo, la lluvia.

—¿La lluvia? —«¿Me toma por idiota, o cree que soy una niña?»

—Maldecimos la lluvia cuando nos cae encima, pero sin ella nos moriríamos de hambre. Hace falta lluvia en el mundo..., igual que hacen falta esclavos. No, no pongáis esa cara; es verdad. La prueba la tenéis en Qarth. En cuestión de arte, música, magia, comercio..., en todo lo que hace que los hombres estén por encima de las bestias, Qarth sobresale del resto de la humanidad, igual que vos estáis por encima de todos en la cúspide de esta pirámide... Pero abajo, la grandeza de la Reina de las Ciudades reposa sobre los hombros de los esclavos y no sobre ladrillos. Pensadlo bien: si no queda hombre que no tenga que escarbar en el barro para buscar comida, ¿habrá alguno capaz de levantar la vista para contemplar las estrellas? Si todos tenemos que deslomarnos para construir una choza, ¿quién edificará los templos para mayor gloria de los dioses? Para que unos hombres sean grandes, otros deben ser esclavos.

Era demasiado elocuente para ella. Dany no tenía otra respuesta que la rabia que sentía en el estómago.

—La esclavitud no es lo mismo que la lluvia —replicó—. Me ha llovido encima y me han vendido. No es lo mismo. Ninguna persona puede ser propiedad de otra.

Xaro se encogió de hombros con gesto lánguido.

—Cuando desembarqué en vuestra hermosa ciudad, en la orilla del río tropecé casualmente con un hombre, un hombre que en otros tiempos estuvo en mi casa como invitado, un comerciante que trataba con especias raras y vinos selectos. Estaba desnudo de cintura para arriba, enrojecido por el sol, desollado; parecía que cavaba un hoyo.

—Una zanja, para traer agua con que regar los sembradíos. Hemos pensado en plantar legumbres, y requieren agua.

—Qué amable por parte de mi viejo amigo ofrecerse a cavar zanjas. Y qué raro, conociéndolo. ¿O será que no se le permitió elegir? No, cómo va a ser eso. En Meereen no hay esclavos.

—A vuestro amigo se le paga con comida y alojamiento. —Dany se sonrojó—. No puedo devolverle sus riquezas. En Meereen hacen más falta legumbres que especias raras, y las legumbres requieren agua.

—¿También pondréis a mis bailarines a cavar zanjas? Mi dulce reina, cuando mi amigo me vio, se puso de rodillas y me suplicó que lo comprara como esclavo y me lo llevara a Qarth.

Se sintió como si la hubiera abofeteado.

—Pues compradlo.

—Si eso os complace... A él lo complacería, eso es seguro. —Le puso una mano en el brazo—. Estas son verdades que solo os contará un amigo. Cuando llegasteis a Qarth como mendiga, os ayudé, y ahora he atravesado muchas leguas y mares tormentosos para ofreceros mi ayuda de nuevo. ¿Hay algún sitio donde podamos hablar con franqueza?

Dany sentía la calidez de sus dedos.

«En Qarth también era cálido —recordó—, hasta que llegó el día en que dejé de serle útil.» Se puso en pie.

—Venid.

Xaro la siguió entre las columnas, hacia los anchos peldaños de mármol que llevaban a sus habitaciones privadas, en la cúspide de la pirámide.

—Oh, mujer bella entre las bellas —dijo Xaro cuando empezaron a subir—, oigo el sonido de pisadas a nuestras espaldas. Alguien nos sigue.

—¿Acaso tenéis miedo de mi anciano caballero? Ser Barristan ha jurado guardar mis secretos. —Llegaron a la terraza desde la que se divisaba la ciudad. La luna llena flotaba en el cielo negro sobre Meereen—. ¿Damos un paseo? —Dany se cogió de su brazo. El aroma de las flores que se abrían durante la noche impregnaba el aire—. Me habéis hablado de ayuda. Lo que más necesito es comercio. Meereen tiene sal para vender, y también vino...

—¿Vino ghiscario? —Xaro puso cara de desagrado—. El mar nos proporciona toda la sal que necesitamos en Qarth, pero aceptaré de buena gana todas las aceitunas que queráis venderme, y también aceite de oliva.

—No puedo ofreceros nada. Los esclavistas quemaron los árboles.

—Durante siglos, los olivos habían crecido a lo largo de las playas de la bahía de los Esclavos, pero los meereenos les habían prendido fuego a medida que avanzaba el ejército de Dany, convirtiéndolo todo en un yermo ennegrecido—. Estamos plantando más, pero tardan siete años en empezar a dar fruto, y treinta en ser productivos de verdad. ¿Queréis cobre?

—Es un metal hermoso, pero tan voluble como una mujer. En cambio, el oro... El oro es sincero. Qarth os pagará mucho oro a cambio de esclavos.

—Meereen es una ciudad libre de hombres libres.

—Es una ciudad pobre que antes era rica. Una ciudad hambrienta que antes estaba ahíta. Una ciudad ensangrentada que antes era pacífica.

Las acusaciones la hirieron, porque contenían demasiada verdad.

—Meereen volverá a ser una ciudad rica, ahíta y pacífica, y también libre. Si queréis esclavos, acudid a los dothrakis.

—Los dothrakis toman esclavos; los ghiscarios los entrenan. Para llegar a Qarth, los señores de los caballos tendrían que transportar a sus cautivos a través del desierto rojo. Morirían cientos, tal vez miles, y sobre todo, muchos caballos, por lo que ningún *khal* se arriesga. Luego hay otra cosa: Qarth no quiere ningún *khalasar* en las cercanías de su muralla. Todos esos caballos... ¡Qué peste! No os ofendáis, *khaleesi*.

—El olor de los caballos es honorable. Más de lo que se puede decir de algunos grandes señores y príncipes mercaderes.

—Hablemos con sinceridad, Daenerys, como los amigos que somos —Xaro hizo caso omiso de la pulla—. No conseguiréis que Meereen vuelva a ser una ciudad rica, ahíta y pacífica. Solo la conduciréis a su destrucción, igual que sucedió en Astapor. ¿Sois consciente de que hubo una batalla en los Cuernos de Hazzat? El Rey Carnicero tuvo que retroceder a su palacio, con sus nuevos Inmaculados pisándole los talones.

—Todo el mundo lo sabe. —Ben Plumm el Moreno le había hecho llegar la noticia con dos de sus segundos hijos—. Los yunkios han comprado más mercenarios, y dos legiones del Nuevo Ghis luchan junto a ellos.

—Dos que pronto serán cuatro, y luego diez. Se ha visto a emisarios yunkios camino de Myr y Volantis; van a contratar más espadas. La Compañía del Gato, los Lanzas Largas, los Hijos del Viento. Se dice que los sabios amos cuentan también con los servicios de la Compañía Dorada.

En cierta ocasión, su hermano Viserys había celebrado un banquete con los capitanes de la Compañía Dorada, con la esperanza de que apoyaran su causa. Se comieron su comida, escucharon sus súplicas y se rieron de él. Por aquel entonces, Dany no era más que una niñita, pero aun así lo recordaba.

—Yo también tengo mercenarios.

—Dos compañías. Los yunkios os atacarán con veinte si hace falta. Y no estarán solos: Tolos y Mantarys se han aliado con ellos.

Una noticia aciaga, en caso de que fuera digna de crédito. Daenerys había enviado delegaciones a Tolos y a Mantarys con la esperanza de encontrar en el oeste aliados que compensaran la enemistad de Yunkai en el sur. Sus emisarios no habían vuelto.

—Meereen ha firmado una alianza con Lhazar.

A Xaro le pareció divertidísimo.

—Los señores dothrakis tienen un nombre para los lhazareenos: hombres cordero, porque cuando los esquilan, lo único que hacen es balar. No es lo que se dice un pueblo muy marcial.

«En cuestión de amigos, un cordero es mejor que nada.»

—Los sabios amos deberían tomar ejemplo. Perdoné una vez a Yunkai; no lo haré dos veces. Si se atreven a atacarme, arrasaré su Ciudad Amarilla hasta los cimientos.

—Y mientras arrasáis Yunkai, Meereen se rebelará. No cerréis los ojos ante el peligro que se cierne sobre vos, Daenerys. Vuestros eunucos son buenos soldados, pero su número es escaso para enfrentarse a los ejércitos que enviará Yunkai contra vos cuando caiga Astapor.

—Mis libertos... —empezó Dany.

—Los esclavos de cama, los carniceros y los obreros no ganan batallas.

Dany solo podía esperar que estuviera equivocado. Los libertos no tenían formación de guerreros, pero había organizado en compañías a todos los hombres en edad de luchar, y Gusano Gris los estaba entrenando como soldados.

«Que piense lo que quiera.»

—Olvidáis que tengo dragones.

—¿De verdad? En Qarth era raro veros sin un dragón en el hombro... pero ahora observo que vuestro hombro está tan hermoso y desnudo como vuestro precioso seno.

—Mis dragones han crecido, pero no mis hombros. Ahora están lejos, cazando. —«Perdóname, Hazzea.» Se preguntó hasta qué punto estaría informado Xaro, qué rumores le habrían llegado—. Preguntad si no a los bondadosos amos de Astapor. —«Vi los ojos derretidos de un esclavista corriéndole por las mejillas»—. Decidme la verdad, viejo amigo: si no es para comerciar, ¿para qué habéis venido a verme?

—Quería traerle un regalo a la reina de mi corazón.

—Decidme. —«Es una trampa.»

—El regalo que me suplicasteis en Qarth: barcos. En la bahía hay trece galeras. Son vuestras si las queréis. Os he traído una flota para que os lleve a vuestro hogar, a Poniente.

«Una flota.» Era mucho más de lo que podía esperar, de modo que, por supuesto, sintió desconfianza. En Qarth le había ofrecido treinta barcos, pero a cambio de uno de sus dragones.

—¿Qué pedís a cambio de esos barcos?

—Mi ansia de poseer dragones ha desaparecido. Rumbo hacia aquí, mi *Nube Sedosa* hizo escala en Astapor para proveerse de agua, y vi lo que habían hecho. Esos barcos son vuestros, mi dulce reina. Trece galeras con sus correspondientes remeros.

«Trece. Por supuesto.» Xaro era uno de los Trece. Sin duda había convencido a sus compañeros para que cada uno aportara un barco. Conocía demasiado bien al príncipe mercader para creerlo capaz de sacrificar trece naves propias.

—Tengo que meditarlo. ¿Puedo inspeccionar esas naves?

—Os habéis vuelto desconfiada, Daenerys.

«Desde luego.»

—Me he vuelto inteligente, Xaro.

—Inspeccionadlas a vuestro gusto. Cuando estéis satisfecha, juradme que volveréis a Poniente de inmediato y los barcos serán vuestros. Jurádmelo por vuestros dragones, por vuestro dios de siete rostros, por las cenizas de vuestros padres, y marchaos.

—¿Y si prefiero esperar un año, o dos, o tres?

Una expresión de pesadumbre nubló el rostro de Xaro.

—Eso me entristecería mucho, delicia mía..., porque, aunque ahora parecéis joven y fuerte, no viviréis tanto tiempo. No. Aquí no.

«Con una mano me ofrece la miel y con la otra me enseña el látigo.»

—Los yunkios no son tan temibles.

—No todos vuestros enemigos están en la Ciudad Amarilla. Tened cuidado con los hombres de corazón frío y labios azules. No hacía ni quince días que habíais abandonado Qarth cuando Pyat Pree partió con tres de sus compañeros para buscaros en Pentos.

Aquello le pareció más divertido que amenazador.

—Menos mal que me desvié, ¿no? Pentos está a medio mundo de Meereen.

—Cierto —tuvo que reconocer—, pero más tarde o más temprano les llegarán noticias de la reina dragón que se encuentra en la bahía de los Esclavos.

—¿Qué pretendéis? ¿Que tenga miedo? Viví con miedo catorce años, mi señor. Tenía miedo todos los días al despertar y todas las noches al acostarme..., pero todos mis miedos ardieron el día en que salí del fuego. Ahora solo tengo miedo de una cosa.

—¿De qué, mi dulce reina?

—Solo soy una niña ignorante. —Dany se puso de puntillas y le dio un beso en la mejilla—. Pero no tanto como para contestaros. Mis hombres examinarán esos barcos, y después os responderé.

—Como vos digáis. —Le rozó el pecho desnudo—. Permitid que me quede para intentar persuadiros —susurró.

Durante un momento se sintió tentada. Tal vez los bailarines habían excitado sus sentidos.

«Podría cerrar los ojos e imaginarme que es Daario.» Un Daario imaginado sería menos peligroso que el verdadero, pero desechó la idea.

—No, mi señor. Os lo agradezco, pero no. —Dany se liberó de su abrazo—. Tal vez otra noche.

—Tal vez otra noche. —Su boca aparentaba tristeza, pero en sus ojos se veía más alivio que decepción.

«Si fuera un dragón, podría ir volando hasta Poniente —pensó cuando estuvo a solas—. No necesitaría a Xaro ni sus barcos. —Se preguntó cuántos hombres podrían viajar en trece galeras. Para ir de Qarth a Astapor con su *khalasar* solo había necesitado tres, pero aquello fue antes de que se procurase ocho mil inmaculados, un millar de mercenarios con sus caballos y una vasta horda de libertos—. ¿Y qué voy a hacer con los dragones?»

—Drogon —dijo en un susurro quedo—, ¿dónde estás? —Durante un momento casi le pareció verlo surcar el cielo, ocultando las estrellas con sus alas negras. Se volvió hacia la oscuridad, hacia las sombras donde Barristan Selmy aguardaba en silencio—. En cierta ocasión, mi hermano me enseñó un acertijo ponienti. ¿Quién lo oye todo pero no escucha nada?

—Un caballero de la Guardia Real. —La voz de Selmy era solemne.

—¿Habéis oído la oferta de Xaro?

—Sí, alteza. —El anciano caballero hacía lo imposible por no mirarle el pecho desnudo mientras hablaba con ella.

«Ser Jorah no habría apartado la vista. Me amaba como mujer; en cambio, Selmy solo me ama como reina.» Mormont había resultado ser un espía; informaba sobre ella a sus enemigos de Poniente, pero también le daba buenos consejos.

—¿Qué opináis de su propuesta? ¿Y de él?

—De él no tengo buena opinión. Pero de esos barcos... Con esos barcos podríamos estar en casa antes de fin de año.

Dany nunca había tenido un hogar. En Braavos hubo una casa con la puerta roja, pero nada más.

—Temo a los qarthienses hasta cuando llegan con regalos, sobre todo si son mercaderes de los Trece. Puede que esas naves tengan la madera podrida, o...

—Si no estuvieran en buenas condiciones, no habrían podido llegar desde Qarth —señaló ser Barristan—, pero vuestra alteza ha sido muy inteligente al pedir que le permitan inspeccionarlos. En cuanto amanezca llevaré al almirante Groleo, a sus capitanes y a cuarenta de sus mejores marineros a examinar esas galeras. Las revisaremos palmo a palmo.

—Sí, adelante. —Era un buen consejo.

«Poniente. Mi casa.» Pero si se marchaba, ¿qué sería de su ciudad?

«Meereen no ha sido nunca tu ciudad —le pareció oír a su hermano en un susurro—. Tus ciudades están al otro lado del mar, en tus Siete Reinos, donde te aguardan tus enemigos. Naciste para llevarles la sangre y el fuego.»

Ser Barristan se aclaró la garganta.

—Ese hechicero del que hablaba el mercader...

—Pyat Pree. —Trató de recordar su rostro, pero solo consiguió visualizar los labios. El vino de los hechiceros se los había vuelto azules. Lo llamaban *color-del-ocaso*—. Si los conjuros pudieran matarme, ya estaría muerta. Reduje su palacio a cenizas. —«Drogon me salvó cuando iban a sorberme la vida. Drogon los quemó a todos.»

—Será como decís, alteza, pero me mantendré atento de todos modos.

—Ya lo sé. —Le dio un beso en la mejilla—. Acompañadme, volvamos al banquete.

A la mañana siguiente, Dany despertó tan llena de esperanza como cuando llegó a la bahía de los Esclavos. Pronto, Daario estaría de nuevo a su lado, y juntos zarparían hacia Poniente.

«A casa.» Una de sus jóvenes rehenes le llevó el desayuno. Era una niña regordeta y tímida llamada Mezzara, cuyo padre gobernaba la pirámide de Merreq. Dany le dio un abrazo alegre y un beso.

—Xaro Xhoan Daxos me ha ofrecido trece galeras —comentó a Irri y Jhiqui mientras la vestían para ir a la corte.

—El trece es mal número, *khaleesi* —musitó Jhiqui en el idioma dothraki—. Lo sabe todo el mundo.

—Lo sabe todo el mundo —corroboró Irri.

—El treinta me gustaría más —asintió Daenerys—. Y el trescientos, más todavía. Pero con trece podemos llegar a Poniente.

Las dos muchachas dothrakis cruzaron una mirada.

—El agua venenosa está maldita, *khaleesi* —dijo Irri—. Los caballos no la pueden beber.

—No pensaba beberla —les aseguró Dany.

Aquella mañana solo había cuatro demandantes. Lord Ghael, como siempre, fue el primero en intervenir, y parecía aún más lastimero que de costumbre.

—Esplendor —dijo postrándose en el suelo de mármol a sus pies—, los ejércitos yunkios han caído sobre Astapor. ¡Os lo suplico, acudid al sur con todos vuestros ejércitos!

—Ya le dije a vuestro rey que esta guerra era una locura —le recordó Dany—. No me prestó atención.

—Lo único que quería Cleon el Grande era acabar con los malvados esclavistas de Yunkai.

—Cleon el Grande es esclavista.

—Sé que la Madre de Dragones no nos abandonará cuando más la necesitamos. Prestadnos a los Inmaculados para que defendamos nuestra muralla.

«¿Y quién defendería la mía?»

—Muchos de mis libertos fueron esclavos en Astapor. Puede que algunos quieran acudir en auxilio del rey Cleon, pero serán ellos quienes lo decidan; para eso son libres. Di la libertad a Astapor; a vosotros os corresponde defenderla.

—Entonces, estamos perdidos. Nos disteis la muerte, no la libertad. —Ghael se puso en pie de un salto y le escupió a la cara.

Belwas el Fuerte lo agarró por el hombro y lo estampó contra el suelo con tal fuerza que Dany oyó como se le rompían los dientes. El Cabeza Afeitada habría llegado mucho más lejos, pero ella lo detuvo.

—Basta —dijo al tiempo que se limpiaba la mejilla con una punta del *tokar*—. Nadie ha muerto nunca de un escupitajo. Lleváoslo.

Lo sacaron a rastras por los pies, dejando a su paso una estela de sangre y dientes rotos. Dany se habría deshecho de buena gana del resto de los demandantes, pero seguía siendo su reina, de modo que los escuchó e hizo lo posible por impartir justicia.

Aquella misma tarde regresaron el almirante Groleo y ser Barristan tras inspeccionar las galeras. Dany reunió a todo el Consejo para que oyera su informe. Acudió Gusano Gris en representación de los Inmaculados, y Skahaz mo Kandaq por las Bestias de Bronce. Sus jinetes de sangre estaban lejos, así que Rommo, un arrugado *jaqqa rhan,* sería la voz de sus dothrakis. A los libertos los representaban los capitanes de las tres compañías que había creado Dany: Mollono Yos Dob por los Escudos Fornidos, Symon Espalda Lacerada por los Hermanos Libres y Marselen por los Hombres de la Madre. Reznak mo Reznak se situó junto a la reina, y Belwas el Fuerte, detrás de ella, con los enormes brazos cruzados ante el pecho. No le iba a faltar asesoramiento.

Groleo era el hombre más desdichado del mundo desde que Dany hizo pedazos su barco para construir las máquinas de asedio con que tomaron Meereen. Había tratado de consolarlo nombrándolo lord almirante, pero ambos eran conscientes de que era un honor sin sentido; la flota meereena había zarpado hacia Yunkai cuando el ejército de Dany se aproximaba a la ciudad, de manera que el viejo pentoshi era un almirante sin naves. Pero en aquel momento, bajo la barba quemada por el salitre, sonreía con una sonrisa que la reina no le había visto nunca.

—¿Los barcos son seguros? —preguntó esperanzada.

—Razonablemente seguros, alteza. Son viejos, es evidente, pero en su mayor parte están bien conservados. El casco de la *Princesa Sangrepura* está carcomido; preferiría que no perdiera de vista la tierra. La *Narraqqa* necesita timón y aparejos nuevos, y algunos remos de la *Lagarto Rayado* están muy gastados, pero se pueden aprovechar. Los remeros son esclavos, pero si les ofrecemos un sueldo decente, la mayoría se quedará con nosotros. Lo único que saben hacer es remar. Y si alguno prefiere marcharse, siempre podemos sustituirlo por otro hombre de mi tripulación. La travesía hasta Poniente es larga y ardua, pero en mi opinión, con estos barcos podemos llegar.

Reznak mo Reznak dejó escapar un gemido.

—Entonces era verdad. Vuestra adoración tiene intención de abandonarnos. —Se retorció las manos—. En cuanto os marchéis, los yunkios devolverán el poder a los grandes amos; pasarán por la espada a todos los que os hemos servido con lealtad; violarán y esclavizarán a nuestras hermosas mujeres, a nuestras hijas doncellas.

—A las mías no —gruñó Skahaz el Cabeza Afeitada—. Antes las mataré con mis propias manos. —Se palmeó el puño de la espada.

Dany se sintió como si el golpe se lo hubiera dado a ella en la cara.

—Si teméis lo que pueda sucederos, venid conmigo a Poniente.

—Vaya adonde vaya la Madre de Dragones, los Hombres de la Madre la seguirán —anunció Marselen, el hermano que le quedaba a Missandei.

—¿Cómo? —preguntó Simón Espalda Lacerada, que debía su nombre a una maraña de cicatrices, recuerdo de los latigazos que había sufrido cuando era esclavo en Astapor—. Con trece barcos no hay ni para empezar. No bastaría ni con un centenar.

—Los caballos de madera son malos —protestó Rommo, el viejo *jaqqa rhan*—. Los dothrakis cabalgarán.

—Unos pueden ir caminando a lo largo de la orilla —propuso Gusano Gris—. Las naves tendrían que seguir nuestro ritmo y reabastecer a la columna.

—Así solo podríais llegar hasta las ruinas de Bhorash —dijo el Cabeza Afeitada—. Más allá, los barcos tendrían que desviarse hacia el sur por Tolos y la isla de los Cedros y rodear Valyria, mientras que la tropa continuaría hasta Mantarys por el antiguo camino del Dragón.

—Ahora lo llaman camino del Demonio —puntualizó Mollono Yos Dob. Con sus manos sucias de tinta y su panza, el comandante de los Escudos Fornidos tenía más aspecto de escriba que de soldado, pero era listo como pocos—. Muchos moriríamos.

—Quienes quedaran en Meereen envidiarían esa muerte tan sencilla —gimió Reznak—. A nosotros nos harán esclavos o nos echarán a las arenas. Todo será como antes o peor.

—¿Acaso no tenéis valor? —espetó Barristan—. Su alteza os liberó de las cadenas. Ahora os toca a vosotros afilar la espada y defender vuestra libertad cuando se marche.

—Valientes palabras; lástima que vengan de alguien que tiene intención de embarcar hacia el ocaso —le replicó Simón Espalda Lacerada—. ¿Volveréis la vista atrás cuando muramos?

—Alteza...

—Magnificencia...

—Adoración...

—¡Basta! —Dany golpeó la mesa—. No abandonaremos a nadie a su suerte. Sois mi pueblo. —Los sueños de tener un hogar, de tener amor, la habían cegado—. No abandonaré Meereen para que sufra el mismo destino que Astapor. Siento decirlo, pero Poniente tendrá que esperar.

—Pero tenemos que aceptar esos barcos, magnificencia. Si rechazamos el regalo... —protestó Groleo, consternado.

Ser Barristan hincó una rodilla en tierra ante ella.

—Poniente os necesita, mi reina. Aquí no os quieren, pero en Poniente, los hombres acudirán en bandadas en cuanto vean vuestro estandarte; os seguirán los grandes señores, los nobles caballeros. «¡Ha venido! —anunciarán a gritos con alegría—. ¡La hermana del príncipe Rhaegar ha vuelto a casa por fin!»

—Si tanto me aman, me esperarán. —Dany se levantó—. Reznak, haced venir a Xaro Xhoan Daxos.

Recibió al príncipe mercader a solas en la sala de las columnas, sentada en su banco de ébano, sobre los cojines que ser Barristan le había proporcionado. Llegó acompañado de cuatro marineros qarthienses que transportaban sobre los hombros un tapiz enrollado.

—Traigo otro regalo para la reina de mi corazón —anunció Xaro—. Lleva en las criptas de mi familia desde que la Maldición cayó sobre Valyria.

Los marineros depositaron el tapiz en el suelo y lo desenrollaron. Era viejo, polvoriento, descolorido... y gigantesco. Dany tuvo que ponerse al lado de Xaro para interpretar el dibujo.

—¿Un mapa? Es muy hermoso.

El tapiz cubría la mitad del suelo. Los mares eran azules; las tierras, verdes, y las montañas, negras y marrones. Las ciudades aparecían representadas en forma de estrellas tejidas con hilo de oro o plata.

«No está el mar Humeante —advirtió—. Valyria no era todavía una isla.»

—Ahí podéis ver Astapor, Yunkai y Meereen. —Xaro señaló tres estrellas de plata situadas junto al azul de la bahía de los Esclavos—. Poniente está... por ahí abajo. —Hizo un gesto vago con la mano en dirección al fondo de la estancia—. Girasteis hacia el norte cuando deberíais haber seguido hacia el sur y el oeste para cruzar el mar del Verano, pero gracias a mi regalo, no tardaréis en volver a vuestro lugar. Aceptad mis galeras con el corazón lleno de gozo y poned rumbo hacia el oeste.

«Ojalá pudiera.»

—Mi señor, acepto de buena gana esos barcos, pero no puedo prometeros lo que me pedís. —Le cogió la mano—. Dadme las galeras con su tripulación y os juro que Qarth contará con la amistad de Meereen hasta que se apaguen las estrellas. Permitidme que las dedique al comercio y os entregaré una generosa parte de los beneficios.

La sonrisa alegre de Xaro Xhoan Daxos se borró de sus labios.

—¿Qué me estáis diciendo? ¿Insinuáis que no vais a marcharos?

—No puedo.

Las lágrimas desbordaron los ojos del hombre y le corrieron a ambos lados de la nariz, junto a las esmeraldas, las amatistas y los diamantes negros.

—Les aseguré a los Trece que prestaríais oídos a mi sabiduría. Me pesa descubrir que estaba equivocado. Aceptad esos barcos y marchaos, o moriréis entre gritos. No sabéis cuántos enemigos os habéis granjeado.

«Conozco a uno y lo tengo delante ahora mismo, derramando lágrimas falsas.» Aquello la entristeció.

—Cuando fui a la Sala de los Mil Tronos para suplicar por vuestra vida a los Sangrepura argumenté que solo erais una niña —continuó Xaro—, pero Egon Emeros el Exquisito se levantó y me dijo: «Es una niña estúpida, demente, no escucha, y es demasiado peligrosa para que le permitamos seguir con vida». Cuando vuestros dragones eran pequeños, eran portentos. Adultos son la muerte, la destrucción, una espada llameante que pende sobre el mundo. No se les permitirá crecer lo suficiente para aparearse. Y a vos tampoco. —Se secó las lágrimas—. Tendría que haberos matado en Qarth.

—Fui vuestra invitada; compartí vuestra carne e hidromiel —le replicó—. En recuerdo de lo que hicisteis por mí, esta vez os perdonaré vuestras palabras, pero no oséis volver a amenazarme.

—Xaro Xhoan Daxos no amenaza —replicó él con frialdad—. Xaro Xhoan Daxos promete.

—Igual que yo. —Su tristeza se había convertido en rabia—. Y ahora os prometo que si no os habéis marchado de Meereen antes de que salga el sol, averiguaremos si las lágrimas de un mentiroso son capaces de apagar el fuegodragón. Abandonad mi presencia, Xaro. Ahora mismo.

El hombre se marchó, pero dejó allí su mundo. Dany volvió a sentarse en el banco y dejó vagar la mirada por el mar de seda azul, hasta el lejano Poniente.

«Algún día», se prometió.

Al día siguiente, la galeaza de Xaro se había marchado, pero el «regalo» seguía en la bahía de los Esclavos. De los mástiles de las trece galeras qarthienses pendían largos gallardetes rojos que ondeaban al viento. Cuando Daenerys ocupó su lugar en la corte, un emisario de la flota la estaba esperando. Sin pronunciar palabra, puso a sus pies un cojín de seda negra sobre el que reposaba un solitario guante manchado de sangre.

—¿Qué quiere decir esto? —exigió saber el Cabeza Afeitada—. Un guante ensangrentado...

—... significa guerra —dijo la reina.

Jon

—Cuidado con las ratas, mi señor. —Edd el Penas guio a Jon escaleras abajo, con una linterna en la mano—. El chillido que sueltan cuando las pisan es asqueroso. Mi madre hacía un ruido parecido cuando era niño. Ahora que lo pienso, seguro que tenía algo de rata. Pelo marrón, ojos pequeños y brillantes, debilidad por el queso... A lo mejor hasta tenía cola, nunca me dio por mirar.

Todo el subsuelo del Castillo Negro estaba conectado por un laberinto de túneles al que los hermanos denominaban gusaneras. Bajo tierra, todo era oscuridad, así que las gusaneras casi no se usaban durante el verano; pero en invierno, cuando el viento comenzaba a soplar y la nieve a caer, los túneles se convertían en el camino más rápido para moverse por el castillo, y los mayordomos ya estaban haciendo uso de ellos. A medida que iban recorriendo el túnel, acompañados por el eco de sus pisadas, Jon vio velas encendidas en varios nichos.

Bowen Marsh los esperaba en una intersección donde se cruzaban cuatro gusaneras. Con él estaba Wick Whittlestick, alto y delgado como una lanza.

—Este es el inventario de hace tres turnos —le dijo a Jon mientras le tendía un grueso fajo de papeles—, para compararlos con las reservas actuales. ¿Empezamos por los graneros?

Atravesaron la penumbra gris subterránea. Cada almacén tenía una puerta de roble macizo, cerrada con un candado de hierro del tamaño de un plato.

—¿Ha habido robos? —preguntó Jon.

—Aún no —contestó Bowen Marsh—, pero cuando llegue el invierno, su señoría haría bien en apostar unos cuantos guardias aquí abajo.

Wick Whittlestick llevaba las llaves en un aro que le colgaba del cuello. A Jon le parecían todas iguales, pero Wick siempre encontraba la que correspondía a cada puerta. Al entrar se sacaba del zurrón un pedazo de yeso del tamaño de un puño y marcaba cada tonel, cada saco y cada barril para contarlos, mientras Marsh comparaba el recuento anterior con el nuevo.

En los graneros había avena, trigo, cebada y barriles llenos de harina gruesa. En los sótanos había ristras de cebollas y ajos colgados de las vigas del techo, y bolsas de zanahorias, chirivías y rábanos, y las estanterías estaban repletas de nabos blancos y amarillos. En un almacén había quesos tan grandes que para moverlos hacían falta dos hombres. En el siguiente, las pilas de toneles de ternera, tocino, cordero y bacalao en salazón se alzaban hasta quince palmos. De las vigas del techo, bajo el ahumadero, colgaban trescientos jamones y tres mil morcillas. En el armario de las especias encontraron pimienta en grano, clavo, canela, semillas de mostaza y cilantro, salvia, amaro, perejil y bloques de sal. Por todas partes había toneles de peras, manzanas, guisantes e higos secos, bolsas de nueces, castañas y almendras, planchas de salmón ahumado, jarras de porcelana selladas con cera y llenas de aceitunas en salmuera... Otro almacén estaba abarrotado de cazuelas selladas de liebre, paletilla de ciervo en miel, y coles, remolachas, cebollas, huevos y arenques, todo en escabeche.

A medida que se adentraban en los almacenes, hacía más frío en las gusaneras. No pasó mucho tiempo antes de que Jon viera a la luz de la linterna como se le congelaba el aliento.

—Estamos bajo el Muro.

—Pronto estaremos dentro —contestó Marsh—. El frío mantiene fresca la carne. Para conservarla mucho tiempo es mejor que la sal.

La siguiente puerta con que se toparon era de hierro oxidado y llevaba a un tramo de peldaños de madera. Edd el Penas fue guiándolos con la linterna. Al llegar arriba se encontraron en un túnel tan largo como el salón principal de Invernalia, aunque no más ancho que las gusaneras, con las paredes de hielo revestidas de ganchos de hierro. De cada gancho colgaba un animal: ciervos y alces desollados, costillares de buey, cerdos enormes que se balanceaban desde el techo, ovejas y cabras sin cabeza, y hasta caballos y osos. Todo estaba cubierto de escarcha.

Mientras contaban, Jon se quitó el guante izquierdo y tocó una pata del venado que tenía más cerca. Sintió como se le pegaban los dedos, y al retirarlos perdió un poco de piel. Tenía las yemas de los dedos entumecidas.

«¿Y qué esperabas? Tienes una montaña de hielo encima de la cabeza, muchas más toneladas de las que Bowen podría contar.» De todas formas, en aquella habitación hacía más frío del que debería.

—Es peor de lo que me temía, mi señor —anunció Marsh cuando terminó. Sonaba aún más funesto que Edd el Penas.

Jon tenía la impresión de que los rodeaba toda la carne del mundo. «No sabes nada, Jon Nieve.»

—¿Por qué? A mí esto me parece un montón de comida.

—Ha sido un verano largo. Ha habido muy buenas cosechas y los señores han sido generosos. Tenemos bastante para sobrevivir a un invierno de tres años; cuatro si recortamos un poco. Pero si tenemos que dar de comer a todos esos hombres del rey y a todos los salvajes... Solo en Villa Topo hay mil bocas inútiles, y siguen llegando. Ayer aparecieron otros tres en las puertas, y anteayer, una docena. No podemos seguir así. Dejar que se queden en el Agasajo, pase, pero es demasiado tarde para ponerse a cultivar. De aquí a que acabe el año solo nos quedarán nabos y puré de guisantes. Después tendremos que bebernos la sangre de nuestros caballos.

—Mmm —declaró Edd el Penas—. Nada mejor que una copa de sangre de caballo caliente para una noche fría. A mí me gusta con una pizca de canela.

—También habrá enfermedades —prosiguió el lord mayordomo, sin prestar atención a Edd—, como las que hacen que sangren las encías y se caigan los dientes. El maestre Aemon decía que eso se resuelve con zumo de lima y carne fresca, pero hace un año que se nos acabaron las limas y no tenemos suficiente forraje para mantener rebaños de los que obtener la carne. Deberíamos sacrificar a los animales que tenemos y dejar solo unas cuantas parejas para la crianza. No nos queda mucho tiempo. Otros inviernos llegaba comida por el camino Real desde el sur, pero ahora, con la guerra... Sé que aún estamos en otoño, pero mi consejo es que empecemos a racionar la comida como si fuera invierno, si mi señor está de acuerdo.

«A los hombres les va a encantar.»

—Si no hay más remedio, se hará. Rebajaremos una cuarta parte de la ración de cada hombre.

«Si mis hermanos ya se quejan de mí, ¿qué dirán cuando tengan que comer nieve y pasta de bellotas?»

—Sería de gran ayuda, mi señor. —El tono del lord mayordomo dejó claro que ni siquiera eso sería suficiente.

—Ahora entiendo por qué dejó pasar a los salvajes el rey Stannis. Quiere que nos los comamos —dijo Edd el Penas.

—No creo que lleguemos a eso. —Jon no pudo evitar sonreír.

—Oh, mucho mejor. Tienen pinta de ser bastante fibrosos, y ya no tengo los dientes tan afilados como cuando era joven.

—Si tuviéramos bastantes monedas, podríamos comprar comida del sur y traerla en barco —dijo el lord mayordomo.

«Podríamos —pensó Jon—, si tuviéramos oro y si alguien quisiera vendernos comida. —Pero no se daba ni una cosa ni la otra—. Lo mejor sería recurrir al Nido de Águilas.» El valle de Arryn era fértil, todo el mundo lo sabía, y no había sufrido daños durante la contienda. Jon se preguntó qué le parecería a la hermana de lady Catelyn dar de comer al bastardo de Ned Stark. Cuando era niño estaba convencido de que a aquella mujer le dolía en el alma cada bocado que se veía obligada a darle.

—Siempre nos queda la caza —aventuró Wick Whittlestick—. Aún queda algo en el bosque.

—También quedan salvajes, y cosas aún más temibles —comentó Marsh—. No enviaré afuera a ningún cazador. Me niego.

«Ya. Tú cerrarías las puertas para siempre y las sellarías con piedra y hielo.» Sabía que la mitad del Castillo Negro era de la opinión del lord mayordomo. La otra mitad se burlaba.

—Sellad las puertas y plantad el culo en el Muro, claro que sí, y veréis como el pueblo libre llega en masa por el Puente de los Cráneos o por cualquier otra puerta que creíais haber cerrado hace quinientos años —había declarado a voces el viejo forestal Dywen durante la cena, dos días atrás—. No tenemos hombres suficientes para vigilar cien leguas de Muro, y esto también lo saben Tormund Culogigante y el puto Llorón. ¿Habéis visto alguna vez a un pato congelado en un estanque, con las patas atrapadas en el hielo? A los cuervos les pasa lo mismo. —La mayoría de los exploradores apoyaba a Dywen, mientras que los mayordomos y los constructores se inclinaban en general por Bowen Marsh. Pero dejaría aquel problema para otro día. Por el momento, lo acuciante era la comida.

—No podemos dejar morir de hambre al rey Stannis y sus hombres, por mucho que nos apetezca —dijo Jon—. Recordad que podría llevarse todo esto a punta de espada; no tendríamos hombres para impedírselo. Y también tenemos que dar de comer a los salvajes.

—Pero ¿cómo, mi señor? —preguntó Bowen Marsh.

—Ya veremos. —«Ojalá lo supiera.»

Cuando regresaron a la superficie, las sombras de la tarde ya se estaban alargando. Las nubes surcaban el cielo como los jirones de un estandarte, grises, blancas y desgarradas. El patio de la armería estaba desierto, pero dentro, el escudero del rey estaba esperando a Jon. Devan era un muchacho delgado de unos doce años, con ojos y pelo castaños. Lo encontraron junto a la forja, paralizado, mientras Fantasma lo olisqueaba por todas partes.

—No va a hacerte daño —dijo Jon. Al oírlo, el chico dio un respingo, y el movimiento repentino hizo que Fantasma enseñara los dientes—. ¡No! Déjalo en paz, Fantasma. ¡Aparta! —El lobo volvió en silencio a su hueso de buey. Devan estaba casi tan pálido como él, con el rostro perlado de sudor.

—M-mi señor. Su alteza os ordena que acudáis a su presencia. —El chico vestía el dorado y el negro de la casa Baratheon, con el corazón de los hombres de la reina cosido sobre el suyo.

—Querrás decir que lo solicita —dijo Edd el Penas—. Su alteza solicita que acudáis a su presencia. Así es como debes decirlo.

—Déjalo, Edd. —Jon no estaba de humor para discusiones.

—Ser Richard y ser Justin acaban de llegar —dijo Devan—. ¿Vendréis, mi señor?

«Los exploradores que se equivocaron de camino.» Massey y Horpe habían cabalgado hacia el sur, no hacia el norte. Lo que fuera que hubieran visto no era asunto de la Guardia de la Noche, pero Jon tenía curiosidad por saberlo.

—Como desee su alteza. —Siguió al joven escudero por el patio, y Fantasma echó a andar tras ellos—. ¡No! Quédate aquí. —El huargo no se quedó, sino que salió corriendo.

Al llegar a la Torre del Rey, Jon tuvo que dejar las armas antes de ser admitido en presencia real. La estancia estaba cálida y atestada. Stannis y sus capitanes se apiñaban alrededor del mapa del norte, junto a los exploradores que se habían equivocado de camino. También estaba Sigorn, el joven magnar de Thenn, vestido con una túnica de cuero con discos de bronce. Casaca de Matraca se rascaba las muñecas esposadas con una uña rota y amarilla. Una barba de tres días le cubría las mejillas hundidas y el mentón, y sucios mechones de pelo le caían por los ojos.

—Aquí viene —dijo cuando vio acercarse a Jon— el valiente muchacho que mató a Mance Rayder cuando estaba atado y enjaulado. —La enorme piedra preciosa de talla cuadrada que adornaba su pulsera de acero desprendió un brillo rojizo—. ¿Te gusta mi rubí, Nieve? Es una muestra del amor de lady Roja. —Jon no le hizo caso y se arrodilló frente a Stannis.

—Alteza —anunció Devan el escudero—, os he traído a lord Nieve.

—Ya lo veo. Lord comandante, creo que ya conocéis a mis caballeros y capitanes.

—He tenido el honor.

Se había propuesto aprenderse los nombres de todos los hombres que rodeaban al rey.

«Son todos hombres de la reina.» A Jon lo sorprendió que no hubiera hombres del rey con el rey, pero así parecía ser. Si los rumores que habían llegado a sus oídos eran ciertos, los hombres del rey habían despertado la ira de Stannis en Rocadragón.

—Puedo ofreceros vino. O agua hervida con limón.

—No, gracias.

—Como deseéis. Tengo un regalo para vos, lord Nieve. —El rey hizo un gesto con la mano hacia Casaca de Matraca—. Él.

—Dijisteis que necesitabais hombres, lord Nieve, y el Señor de los Huesos es tan hombre como el que más —intervino lady Melisandre con una sonrisa.

—Alteza, no se puede confiar en él. —Jon estaba horrorizado—. Si lo retengo aquí, alguien le cortará el cuello. Si lo envío de explorador, volverá con los salvajes.

—No. No pienso volver con esa pandilla de idiotas —Casaca de Matraca se dio unos golpecitos en el rubí que llevaba en la muñeca—. Pregúntale a tu bruja roja, bastardo.

Melisandre murmuró unas palabras en una lengua extraña. El rubí de su cuello empezó a centellear lentamente, y Jon vio que la piedra más pequeña que llevaba Casaca en la muñeca también brillaba y se oscurecía.

—Mientras lleve la gema está sometido a mí en cuerpo y alma —dijo la sacerdotisa roja—. Este hombre os servirá con lealtad. Las llamas no mienten, lord Nieve.

«Las llamas no, pero tú sí.»

—Seré tu explorador, bastardo —afirmó Casaca—. Te daré sabios consejos o te cantaré bonitas canciones, como prefieras. Incluso lucharé por ti. Pero no me pidas que vista el negro.

«Ni siquiera lo mereces», pensó Jon, pero se mordió la lengua. No adelantaría nada con discutir delante del rey.

—Lord Nieve, habladme de Mors Umber.

«La Guardia de la Noche no toma partido —pensó Jon. Pero surgió otra voz—: Las palabras no son espadas.»

—Es el mayor de los tíos del Gran Jon. Lo llaman Carroña, porque un cuervo lo tomó por muerto y le sacó un ojo. Él cogió al pájaro y le arrancó la cabeza de un mordisco. De joven era un luchador muy temido. Sus hijos murieron en el Tridente, y su mujer, de parto. Los salvajes se llevaron a su única hija hace treinta años.

—Claro, por eso quiere la cabeza —dijo Harwood Fell.

—¿Se puede confiar en este tal Mors? —preguntó Stannis.

«¿Mors Umber ha hincado la rodilla?»

—Vuestra alteza debería hacerle prestar juramento ante su árbol corazón.

—Había olvidado que los norteños adoráis a los árboles —dijo Godry Masacragigantes con una risotada.

—¿Qué clase de dios deja que los perros le meen encima? —preguntó Clayton Suggs, el compinche de Farring.

Jon optó por hacer caso omiso de ambos.

—Alteza ¿podríais decirme si los Umber se han aliado con vos?

—Solo la mitad, y únicamente si le doy al tal Carroña lo que me pide —replicó Stannis, irritado—. Quiere la calavera de Mance Rayder para usarla de jarra y quiere el indulto para su hermano, que ha cabalgado hacia el sur para unirse a Bolton. Lo llaman Mataputas.

—¡Pero qué nombres tienen los norteños! —A ser Godry también le hizo gracia—. ¿Este le arrancó la cabeza a alguna puta?

—Podría decirse que sí. —Jon lo miró con frialdad—. A una prostituta que intentó robarle hace cincuenta años en Antigua. —Por extraño que pareciera, el viejo Escarcha Umber había creído en su momento que su hijo menor apuntaba maneras de maestre. A Mors le encantaba pavonearse hablando del cuervo que le había arrancado el ojo, pero la historia de Hother solo se contaba en susurros..., seguramente porque la puta a la que destripó había resultado ser un hombre—. ¿Hay algún otro señor que se haya aliado con Bolton?

La sacerdotisa roja se acercó al rey.

—He visto una ciudad de paredes y calles de madera, llena de gente. Los estandartes ondeaban en sus muros: un alce, un hacha de guerra, tres pinos, hachas largas cruzadas bajo una corona y la cabeza de un caballo con ojos fieros.

—Hornwood, Cerwyn, Tallhart, Ryswell y Dustin —informó ser Clayton Suggs—. Todos son unos traidores. Perros falderos de los Lannister.

—Los Ryswell y los Dustin están unidos a la casa Bolton por matrimonio —informó Jon—. Los demás han perdido a sus señores en la guerra; ignoro quién los encabeza ahora. Pero Carroña no es ningún perro faldero, y vuestra alteza debería aceptar las condiciones.

—Me ha dicho que un Umber nunca luchará contra otro Umber, por ninguna causa. —Stannis rechinó los dientes.

—Si se llega a las espadas, solo hay que mirar dónde ondea el estandarte de Hother y poner a Mors en el otro extremo —dijo Jon, poco sorprendido.

—Eso os haría débil a sus ojos, alteza —protestó Masacragigantes—. Creo que tenemos que demostrar nuestra fuerza. Hay que quemar Último

Hogar hasta los cimientos e ir a la guerra con la cabeza de Carroña clavada en una pica, para dar una lección al próximo señor que se atreva a ofrecer su vasallaje a medias.

—Es un plan magnífico, si lo que queréis es que todas las manos del norte se alcen contra vos. La mitad es mejor que nada. Los Umber no tienen ningún aprecio a los Bolton: si el Mataputas se ha unido al Bastardo, debe de ser porque los Lannister tienen cautivo al Gran Jon.

—Eso es una excusa, no una razón —declaró ser Godry—. Si el sobrino muere encadenado, los tíos pueden reclamar sus tierras y señorío.

—El Gran Jon tiene hijos e hijas. En el norte, los hijos siguen teniendo prioridad sobre los sobrinos.

—A no ser que mueran. Los hijos muertos siempre van al final de la cola.

—Insinuadle eso a Mors Umber, ser Godry, y acabaréis sabiendo mucho más de lo que os gustaría sobre la muerte.

—He matado a un gigante, muchacho. ¿Por qué voy a tener miedo de un norteño pulgoso que lo lleva pintado en el escudo?

—Aquel gigante estaba huyendo. Mors no huirá.

—Tenéis la lengua muy afilada porque estáis en los aposentos del rey, muchacho —dijo el gran caballero, enrojeciendo—. En el patio cantaríais otra canción.

—Venga ya, dejadlo, Godry —intervino ser Justin Massey, un caballero entrado en carnes, desgarbado y rubio, que siempre tenía una sonrisa en los labios. Era uno de los exploradores que se habían equivocado de camino—. Todos sabemos que tenéis una espada enorme, no hace falta que la mováis tanto.

—Aquí lo único que se mueve es vuestra lengua, Massey.

—Callaos —interrumpió Stannis—. Lord Nieve, prestadme atención. He permanecido aquí con la esperanza de que los salvajes fuesen suficientemente idiotas para atacar el Muro otra vez. Como no me han dado esa satisfacción, creo que va siendo hora de que me enfrente al resto de mis enemigos.

—Entiendo —dijo Jon con cautela. «¿Qué quiere de mí?»—. No siento el menor aprecio por lord Bolton ni por su hijo, pero la Guardia de la Noche no puede alzarse en armas contra ellos. Nuestro juramento...

—Ya conozco vuestro juramento, lord Nieve, y podéis estar tranquilo en lo que respecta a vuestra rectitud; soy bastante fuerte sin vuestra ayuda. Tengo intención de atacar Fuerte Terror. —Sonrió al ver la conmoción reflejada en el rostro de Jon—. ¿Os sorprende? Excelente. Lo que sorprende a un Nieve bien puede sorprender a otro. El Bastardo de Bolton ha ido hacia el sur y se ha llevado a Hother Umber; en eso coinciden Mors Umber y Arnolf Karstark. Eso solo puede significar una cosa: que quiere asestar un golpe a Foso Cailin y allanar el camino para que su padre vuelva al norte. El bastardo debe de creer que estoy demasiado ocupado con los salvajes para causarle problemas. Pues que lo crea. Ese chico me ha enseñado el cuello y pienso rebanárselo. Puede que Roose Bolton recupere el norte, pero se encontrará con que su castillo, su pueblo y sus cosechas son todos míos. Si consigo atacar Fuerte Terror por sorpresa...

—No lo conseguiréis —espetó Jon.

Fue como si hubiese golpeado un nido de avispas con un palo. Uno de los hombres de la reina se echó a reír; otro escupió; otro maldijo, y todos los demás intentaron hablar a la vez.

—Ese chico tiene agua lechosa en las venas —dijo Godry Masacragigantes.

—El cuervo ve proscritos hasta en la sopa —resopló lord Sweet.

Stannis alzó una mano para pedir silencio.

—Explicaos.

«¿Por dónde empiezo?» Jon se acercó al mapa, sujeto por candelabros en las esquinas. Un reguero de cera caliente corría por la bahía de las Focas, lento como un glaciar.

—Para llegar a Fuerte Terror, vuestra alteza debería tomar el camino Real, pasar el río Último, dirigirse al sur desde el este y cruzar las colinas Solitarias —apuntó—. Esas son las tierras de los Umber, y se conocen cada árbol y cada roca. El camino Real transcurre durante cien leguas a lo largo de sus marcas occidentales. Mors masacrará a vuestros hombres a no ser que aceptéis sus condiciones y lo ganéis para vuestra causa.

—Muy bien. Supongamos que hago eso.

—Eso os llevaría a Fuerte Terror, pero si vuestro ejército no puede avanzar más deprisa que un cuervo, o que el fuego de las almenaras, en el castillo sabrán que os acercáis. Será muy fácil para Ramsay Bolton cortaros la retirada y aislaros del Muro sin provisiones, sin refugio y rodeado de enemigos.

—Solo si abandona el asedio de Foso Cailin.

—Foso Cailin caerá mucho antes de que lleguéis a Fuerte Terror. Cuando lord Roose haya unido sus fuerzas a las de Ramsay, os superarán por cinco a uno.

—Mi hermano ganó batallas con peores perspectivas.

—Dais por supuesto que Foso Cailin caerá enseguida, Nieve —objetó Justin Massey—, pero los hombres del hierro son luchadores curtidos, y tengo entendido que el Foso no ha sido tomado jamás.

—Desde el sur. Una pequeña guarnición en Foso Cailin puede desmantelar cualquier ejército que se acerque por el cenagal, pero las ruinas son vulnerables desde el norte y desde el este. —Jon se dirigió a Stannis—. Es una maniobra audaz, pero el riesgo... —«La Guardia de la Noche no toma partido. Para mí, un Baratheon y un Bolton deberían tener la misma importancia»—. Si Roose Bolton os atrapa entre sus muros con el grueso de su ejército, será vuestro fin.

—El riesgo forma parte de la guerra —declaró ser Richard Horpe, un caballero flaco de rostro demacrado cuyo chaleco guateado mostraba tres esfinges de calavera sobre un campo de cenizas y huesos—. Toda batalla es una apuesta, Nieve. Quien no hace nada también se arriesga.

—Hay riesgos y riesgos, ser Richard. Este... es excesivo. Demasiado pronto, demasiado lejos. Conozco Fuerte Terror. Es un castillo sólido, de piedra, con muros gruesos y torres enormes. Con el invierno tan cerca, lo encontraréis bien aprovisionado. Hace varios siglos, la casa Bolton se levantó contra el Rey en el Norte, y Harlon Stark consiguió sitiar Fuerte Terror. Tuvieron que esperar dos años antes de que el hambre los obligara a salir. Si vuestra alteza quiere tener alguna esperanza de tomar el castillo, necesitará armas de asedio, torres, arietes...

—Si es necesario, podemos construir torres de asedio —dijo Stannis—, y para hacer arietes talaremos árboles. Dice Arnolf Karstark que en Fuerte Terror quedan menos de cincuenta hombres, y que la mitad son sirvientes. Un castillo fuerte con tan poca defensa es un castillo débil.

—Cincuenta hombres dentro del castillo valen por quinientos en el exterior.

—Eso depende de los hombres —intervino ser Richard Horpe—. Los de dentro deben de ser ancianos y reclutas, los que ese bastardo no consideró aptos para la batalla. Nuestros hombres se curtieron en el Aguasnegras, y los encabezan caballeros.

—Ya visteis cómo derrotamos a los salvajes. —Ser Justin se echó hacia atrás un mechón de pelo rubio—. Los Karstark nos han asegurado que se unirán a nosotros en Fuerte Terror, y también contaremos con nuestros salvajes. Trescientos hombres en edad de luchar. Lord Harwood los contó mientras cruzaban la puerta. Las mujeres también lucharán.

—No será por mí —replicó Stannis con tono agrio—. No quiero viudas que me sigan entre lloriqueos. Las mujeres se quedarán aquí, junto con los ancianos, los heridos y los niños. Serán rehenes que nos garantizarán la lealtad de sus padres y esposos. Los salvajes formarán mi vanguardia. Estarán a las órdenes del magnar y sus jefes serán los sargentos, pero lo primero que necesitamos es armarlos.

«Pretende saquear nuestra armería —comprendió Jon—. Comida, ropa, tierras y castillos, y ahora armas. Cada día me arrastra un poco más lejos.» Tal vez las palabras no fuesen espadas, pero las espadas sí que lo eran.

—Podría conseguir unas trescientas lanzas —dijo a regañadientes—. Y yelmos, si no os importa coger los que están viejos y oxidados.

—¿Y qué hay de las armaduras? —preguntó el magnar— ¿Nos daréis corazas y cotas de malla?

—Perdimos a nuestro armero con la muerte de Donal Noye. —Jon no dijo nada más.

«Dales cotas de malla a los salvajes y serán el doble de peligrosos para el reino.»

—Bastará con cuero endurecido —dijo ser Godry—. Después de la primera batalla, los que sobrevivan podrán aprovechar lo de los muertos.

«Los pocos que sobrevivan.» Si Stannis situaba al pueblo libre en vanguardia, la mayoría moriría en la primera embestida.

—Puede que a Mors Umber le haga gracia beber de la calavera de Mance Rayder, pero no le parecerá tan divertido ver a los salvajes cruzar sus tierras. El pueblo libre lleva atacando a los Umber desde el Amanecer de los Días; siempre ha cruzado la bahía de las Focas para robar oro, ovejas y mujeres. Una de las que se llevaron era hija de Carroña. Dejad aquí a los salvajes, alteza. Llevarlos solo os servirá para volver en vuestra contra a los vasallos de mi padre.

—No tengo nada que perder; los vasallos de vuestro padre no simpatizan con mi causa. Debo asumir que me ven como... ¿cómo me habíais llamado, lord Nieve? ¿«Otro aspirante condenado al fracaso»? —Miró el mapa. Durante un buen rato, el único sonido fue el rechinar de dientes del rey—. Dejadme. Todos. Vos quedaos, lord Nieve.

La brusca despedida no le sentó nada bien a Justin Massey, pero no tuvo más remedio que sonreír y retirarse. Lo siguió Horpe, después de mirar a Jon de arriba abajo. Clayton Suggs apuró su copa y susurró al oído de Harwood Fell algo que lo hizo reír. Jon alcanzó a oír la palabra *muchacho*. Suggs era un caballero errante recién armado, tan basto como fuerte. El último en marcharse fue Casaca de Matraca. Al cruzar la puerta hizo una reverencia burlona a Jon, con una amplia sonrisa que dejó a la vista los dientes podridos y rotos.

Al parecer, «todos» no incluía a lady Melisandre.

«La sombra roja del rey.» Stannis pidió a Devan que le llevase más agua con limón, y cuando se la sirvió, bebió un buen trago.

—Horpe y Massey aspiran a ocupar el sitio de vuestro padre. Massey también quiere a la princesa de los salvajes. Sirvió de escudero a mi hermano Robert, y se le contagió su hambre de mujeres. Horpe tomará a Val como esposa si se lo ordeno, pero lo que le gusta de verdad es la batalla. Cuando era escudero soñaba con una capa blanca, pero Cersei Lannister habló en su contra y Robert se la negó. Quizá no se equivocara; a ser Richard le gusta demasiado matar. ¿A quién preferís como señor de Invernalia, lord Nieve? ¿Al sonriente o al asesino?

—Invernalia pertenece a mi hermana Sansa —contestó Jon.

—No quiero oír nada más de lady Lannister ni de sus peticiones. —El rey dejó la copa—. Vos podríais entregarme el norte. Los vasallos de vuestro padre acudirían prestos a la llamada del hijo de Eddard Stark. Hasta lord Estoy tan Gordo que no Puedo Montar a Caballo. Puerto Blanco me proporcionaría una fuente de provisiones y una base segura a la que retirarme si lo necesitara. No es demasiado tarde para corregir la estupidez que cometisteis, Nieve. Arrodillaos, juradme la lealtad de vuestra espada bastarda y levantaos como Jon Stark, señor de Invernalia y Guardián del Norte.

«¿Cuántas veces tendré que repetírselo?»

—Mi espada le debe lealtad a la Guardia de la Noche.

—Vuestro padre también era testarudo, aunque él lo llamaba «honor». Bueno, el honor tiene su precio, como Eddard aprendió muy a su pesar. Si os sirve de consuelo, Horpe y Massey están condenados a la decepción. Me atrae más la idea de entregar Invernalia a Arnolf Karstark, un buen norteño.

—Un norteño. —Jon se dijo que más valía un Karstark que un Bolton o un Greyjoy, pero aun así, la idea no lo consolaba demasiado—. Los Karstark abandonaron a mi hermano cuando estaba rodeado de enemigos.

—Después de que vuestro hermano le cortara la cabeza a lord Rickard. Arnolf estaba a mil leguas de distancia. Tiene sangre Stark, la sangre de Invernalia.

—No más que la mitad de casas del norte.

—Esas otras casas no me han jurado vasallaje.

—Arnolf Karstark es un anciano de espalda encorvada, y ni siquiera de joven llegó a ser un guerrero de la talla de lord Rickard. Los rigores de la campaña lo matarán.

—Tiene herederos —replicó Stannis—. Dos hijos, seis nietos y unas cuantas hijas. Si Robert hubiera tenido algún hijo legítimo, muchos que ahora están muertos seguirían con vida.

—A vuestra alteza le iría mejor con Mors Carroña.

—Fuerte Terror aclarará ese punto.

—¿Seguís dispuesto a llevar a cabo el ataque?

—¿A pesar de los consejos del gran lord Nieve? Sí. Puede que Horpe y Massey sean ambiciosos, pero no les falta razón. No pienso quedarme cruzado de brazos mientras la estrella de Roose Bolton brilla y la mía se apaga. Debo atacar y demostrar al norte que aún soy temible.

—El tritón de los Manderly no estaba entre los estandartes que vio lady Melisandre en el fuego —dijo Jon—. Si tuvierais Puerto Blanco y los caballeros de lord Wyman...

—*Si* es una palabra que solo usan los idiotas. No nos han llegado noticias de Davos. Puede que no llegara a Puerto Blanco. Arnolf Karstark dice en su carta que ha habido tormentas terribles en el mar Angosto. Sea como sea, no tengo tiempo para lamentarme ni para esperar más quejas de lord Demasiado Gordo. He de dar Puerto Blanco por perdido. Sin un hijo de Invernalia a mi lado, mi única posibilidad de ganar el norte consiste en luchar. Eso requiere seguir los pasos de mi hermano al pie de la letra, aunque no es que Robert supiera mucho de letras. Tengo que asestar un golpe mortal a mis enemigos antes de que se den cuenta de que les he caído encima.

Jon se dio cuenta de que había estado malgastando saliva. Stannis tomaría Fuerte Terror o moriría en el intento.

«La Guardia de la Noche no toma partido —dijo una voz. Pero otra contestó—: Stannis lucha por el reino; los hombres del hierro luchan por esclavos y tesoros.»

—Alteza, conozco una forma de encontrar más hombres. Dadme a los salvajes y os diré gustosamente dónde y cómo.

—Os he entregado a Casaca de Matraca, daos por satisfecho.

—Los quiero a todos.

—Algunos de vuestros hermanos juramentados quieren convencerme de que vos mismo sois un salvaje. ¿Es cierto?

—Solo los queréis para detener flechas. Puedo hacer mejor uso de ellos en el Muro. Dádmelos y os mostraré cómo conseguir la victoria... y más hombres.

—Regateáis como una vieja por un bacalao, lord Nieve. —Stannis se rascó la nuca—. ¿Es que vuestro padre os engendró con una pescadera? ¿De cuántos hombres estamos hablando?

—Dos mil. Puede que tres mil.

—¿Tres mil? ¿Qué tipo de hombres son?

—Orgullosos. Pobres. Susceptibles en lo que se refiere a asuntos de honor, pero luchadores fieros.

—Más vale que no sea un truco de bastardo. ¿Cambiaría trescientos soldados por tres mil? Claro que sí, no soy tan idiota. Si dejo también a la muchacha, ¿prometéis vigilar bien a nuestra princesa?

«No es ninguna princesa.»

—Como deseéis, alteza.

—¿Tengo que haceros jurar ante un árbol?

—No. —«¿Acaba de bromear?» Con Stannis no era fácil saberlo.

—Bien, trato hecho. Y ahora, decidme dónde están esos hombres.

—Los encontraréis aquí. —Jon puso la mano quemada en el mapa, al oeste del camino Real y al sur del Agasajo.

—¿En esas montañas? —Stannis lo miró con desconfianza—. Aquí no veo señalado ningún castillo. Ni caminos, ni ciudades, ni aldeas.

—Mi padre solía decir que el mapa no es el territorio. Durante miles de años han vivido hombres en los valles altos y las praderas de las montañas, gobernados por jefes de clan. Vos los consideraríais señores menores, pero ellos no usan ese tipo de títulos. Los campeones de los clanes luchan con mandobles, mientras que los hombres normales tiran con honda y se apalean con bastones de fresno. Es un pueblo muy belicoso, la verdad. Cuando no pelean entre ellos, atienden a sus rebaños, pescan en la bahía de Hielo y crían los caballos más resistentes que podáis imaginar.

—¿Y creéis que lucharán por mí?

—Si se lo pedís, sí.

—¿Por qué debería mendigar lo que me corresponde por derecho?

—He dicho pedir, no mendigar. —Jon retiró la mano—. No os molestéis en mandar emisarios; vuestra alteza deberá ir en persona. Comed su pan y su sal, bebed su cerveza, escuchad a sus gaiteros, alabad la belleza de sus hijas y el valor de sus hijos, y tendréis sus espadas. Los clanes no han visto un rey desde que Torrhen Stark se arrodilló, así que vuestra llegada los honrará. Pero ordenadles que luchen por vos y se mirarán entre sí y dirán: «¿Quién es este hombre? No es mi rey».

—¿De cuántos clanes estáis hablando?

—De unos cuarenta, entre grandes y pequeños. Flint, Wull, Norrey, Liddle... Si os ganáis al Viejo Flint y a Cubo Grande, el resto los seguirá.

—¿Cubo Grande?

—De los Wull. Tiene la barriga más grande de las montañas. Los Wull pescan en la bahía de Hielo y siempre asustan a sus pequeños diciéndoles que los hombres del hierro se los llevarán si no se portan bien. Pero, para llegar allí, vuestra alteza debe atravesar las tierras de los Norrey. Viven cerca del Agasajo y siempre han sido amigos de la Guardia. Puedo ofreceros guías.

—¿Podéis? —A Stannis no se le escapaba una—. ¿O lo haréis?

—Lo haré. Os harán falta. Y también unos cuantos caballos recios. Los caminos de ahí arriba son poco más que senderos de cabras.

—¿Senderos de cabras? —El rey entrecerró los ojos—. Hablo de movernos con presteza ¿y vos me hacéis perder el tiempo con senderos de cabras?

—Cuando el Joven Dragón conquistó Dorne, usó un sendero de cabras para esquivar las torres de vigilancia dornienses del Sendahueso.

—Yo también conozco esa historia, pero Daeron exageró bastante en aquel libro que escribió para mayor gloria de su persona. Fueron los barcos los que ganaron la guerra, no los senderos de cabras. Puño de Roble destrozó Ciudad de los Tablones y arrasó en su ascenso por el Sangreverde mientras los principales ejércitos dornienses estaban ocupados en el Paso del Príncipe. —Stannis tamborileó con los dedos en el mapa—. ¿Estos señores de las montañas no me cortarán el paso?

—Solo con banquetes. Cada uno intentará eclipsar a los otros con su hospitalidad. Mi padre decía que nunca había comido tan bien como cuando visitaba a los clanes.

—En fin, tendré que soportar unas gaitas y unas gachas a cambio de tres mil hombres —dijo el rey; aunque, por su tono, ni siquiera aquello le reportaba ninguna satisfacción. Jon se volvió hacia Melisandre.

—Mi señora, debo advertiros: los viejos dioses son fuertes en esas montañas. Los hombres de los clanes no toleran insultos contra sus árboles corazón.

—No temáis, Jon Nieve, no molestaré a vuestros salvajes de las montañas ni a sus oscuros dioses. Mi lugar está aquí, con vos y con vuestros valientes hermanos —contestó Melisandre, divertida.

Aquello era lo último que Jon habría deseado, pero Stannis intervino antes de que pudiera protestar.

—¿Y adónde me sugerís que lleve a estos valientes, si no es a Fuerte Terror?

—A Bosquespeso. —Jon bajó la vista al mapa y señaló—. Si Bolton pretende luchar contra los hombres del hierro, vos debéis hacer lo mismo.

Bosquespeso es un castillo situado en una planicie y amurallado, en el centro de un bosque denso, fácil de tomar si es por sorpresa. Es una fortaleza de madera, defendida por un dique de tierra y una empalizada de troncos. Es cierto que el ascenso será más lento por las montañas, pero cuando lleguen arriba, vuestros hombres podrán moverse sin ser vistos y aparecer casi en las puertas de Bosquespeso.

Stannis se rascó la barbilla.

—Cuando Balon Greyjoy se rebeló por primera vez, derroté a los hombres del hierro en el mar, donde son más fuertes. En tierra y por sorpresa... Sí. He conseguido la victoria con los salvajes y su Rey-más-allá-del-Muro. Si derroto también a los hombres del hierro, el norte sabrá que vuelve a tener rey.

«Y yo tendré mil salvajes —pensó Jon—, pero no podré dar de comer ni a la mitad.»

Tyrion

La *Doncella Tímida* avanzaba a tientas por la niebla, como un ciego por un pasillo que no conociera bien. La septa Lemore estaba rezando; la neblina le amortiguaba la voz y la convertía en un murmullo quedo. Grif paseaba por la cubierta, y bajo la capa de piel de lobo, la cota de malla tintineaba sin cesar. De cuando en cuando se llevaba la mano a la espada solo para comprobar que aún le colgaba al costado. Rolly Campodepatos se encargaba de la pértiga de estribor, y Yandry de la de babor, mientras que Ysilla llevaba el timón.

—Este lugar no me gusta nada —masculló Haldon Mediomaestre.

—¿Os da miedo un poquito de niebla? —se burló Tyrion; pero lo cierto era que había mucha, mucha niebla.

En la proa de la *Doncella Tímida,* Grif el Joven llevaba la tercera pértiga para apartar la barcaza de los obstáculos que iban surgiendo de la niebla. Habían encendido fanales en proa y popa, pero la niebla era tan densa que el enano solo veía una luz que flotaba delante de él y otra que lo seguía. La misión que le habían encomendado era cuidar del brasero para que no se apagara.

—Esta niebla no es normal, Hugor Colina —insistió Ysilla—. Apesta a brujería, como sabríais si tuvierais nariz con que olerla. Más de una embarcación ha desaparecido aquí, desde barcazas y navíos pirata hasta grandes galeras fluviales. Vagan por la niebla sin rumbo, en busca de un sol que los esquiva, hasta que el hambre o la locura acaban con ellos. El aire está lleno de espíritus inquietos, y dentro del agua hay almas en pena.

—Ahí veo una —comentó Tyrion.

A estribor, surgida del lecho lodoso del río, había aparecido una mano suficientemente grande para aplastar el barco. Solo las yemas de dos dedos sobresalían de la superficie, pero cuando la *Doncella Tímida* pasó junto ellos, Tyrion alcanzó a ver el resto de la mano ondulante bajo las aguas, así como un rostro blancuzco que miraba hacia arriba. Hablaba con tono despreocupado, pero no estaba tranquilo. Aquel lugar tenía algo de maligno; olía a muerte y desolación.

«Ysilla tiene razón. Esta niebla no es natural. —En aquellas aguas medraba algo maléfico que también impregnaba el aire—. No me extraña que los hombres de piedra se vuelvan locos.»

—No os burléis —advirtió Ysilla—. Los muertos que susurran detestan a los vivos por su calidez, y siempre están buscando almas condenadas que se les unan.

—No creo que tengan mortajas de mi talla. —El enano removió las brasas con el atizador.

—El odio no es lo que motiva a los hombres de piedra, o no tanto como el hambre. —Haldon Mediomaestre se había cubierto la boca y la nariz con una bufanda amarilla que le amortiguaba la voz—. En estas nieblas no crece nada que un hombre en su sano juicio quiera comer. Los triarcas de Volantis envían una galera río arriba con provisiones tres veces al año, pero los barcos de ayuda suelen llegar tarde, y a veces transportan más bocas que comida.

—Debe de haber peces en el río —apuntó Grif el Joven.

—Yo no me comería un pez que saliera de estas aguas —replicó Ysilla.

—Y sería buena idea no respirar esta niebla —aportó Haldon—. Nos rodea la Maldición de Garin.

«La única manera de no respirar la niebla es no respirar.»

—La Maldición de Garin no es más que la psoriagrís —dijo Tyrion. Aquella enfermedad atacaba sobre todo a los niños, y más en climas húmedos y fríos. La carne afectada se tornaba rígida, se calcificaba y se resquebrajaba, aunque según había leído, el avance se podía detener con barros, cataplasmas de mostaza y baños de agua casi hirviendo, según los maestres, o con oraciones, sacrificios y ayuno, en opinión de los septones. La enfermedad acababa por remitir, dejando a sus jóvenes víctimas desfiguradas pero con vida. En una cosa sí estaban de acuerdo maestres y septones: los niños que llevaban la marca de la psoriagrís no padecerían nunca la enfermedad en su forma más rara y mortífera, y tampoco su temible prima, la veloz peste gris—. Por lo que se dice, la culpa es de la humedad. Lo que hay en el aire son humores malignos, no maldiciones.

—Los conquistadores tampoco creían en la maldición, Hugor Colina —dijo Ysilla—. Los hombres de Volantis y Valyria colgaron a Garin en una jaula dorada y se burlaron de él, que no paraba de llamar a su madre para que los destruyera. Pero durante la noche, las aguas se alzaron y los ahogaron a todos, y desde aquel día no han encontrado la paz. Ellos, que fueron señores del fuego, yacen ahí abajo, en el río. Su aliento frío se alza desde el cieno para crear estas nieblas, y su carne es ya tan pétrea como sus corazones.

A Tyrion le picaba a rabiar el muñón de la nariz. Se rascó con energía.

«Puede que la vieja tenga razón. Este lugar no es bueno, me siento como si estuviera otra vez en aquel retrete, viendo morir a mi padre.» Si tuviera que pasarse la vida en aquella sopa gris mientras la carne y los huesos se le convertían en piedra, él también se volvería loco.

—Que se atrevan a venir a molestarnos. —Por lo visto, Grif el Joven no compartía su aprensión—. Les mostraremos de qué estamos hechos.

—Estamos hechos de sangre y hueso, a imagen del Padre y la Madre —intervino la septa Lemore—. Nada de alardes ni vanaglorias, os lo suplico. El orgullo es un pecado espantoso. Los hombres de piedra también eran orgullosos, y el más orgulloso de todos fue el Señor de la Mortaja.

El calor de las brasas ardientes tornaba rojo el rostro de Tyrion.

—¿De verdad existe ese Señor de la Mortaja? ¿O es otro cuento?

—El Señor de la Mortaja gobierna estas nieblas desde los tiempos de Garin —respondió Yandry—. Hay quien dice que se trata del propio Garin, que se levantó de su tumba de agua.

—Los muertos no se levantan —insistió Haldon Mediomaestre— y nadie vive mil años. Pero sí, existe un Señor de la Mortaja. Ya ha habido como veinte. Cuando muere uno, otro ocupa su lugar. El que hay ahora es un corsario de las islas del Basilisco que pensó que en el Rhoyne conseguiría mejor botín que en el mar del Verano.

—Eso mismo tenía entendido yo —dijo Pato—, pero hay otra versión que me gusta más, la que dice que no es como los demás hombres de piedra, sino que era una estatua hasta que una mujer gris salió de la niebla y lo besó con unos labios fríos como el hielo.

—¡Basta! —ordenó Grif—. ¡Silencio todos!

—¿Qué ha sido eso? —susurró la septa Lemore.

—¿Qué? —Tyrion solo veía niebla y más niebla.

—Algo se ha movido. He visto ondas en el agua.

—Una tortuga, seguro —comentó Grif el Joven alegremente—. Una quebradora de las grandes, nada más.

Clavó la pértiga un poco más adelante para esquivar un obelisco verde.

La niebla se les pegaba al cuerpo, fría y húmeda. Un templo sumergido sobresalía en la oscuridad. Yandry y Pato se apoyaron en sus pértigas y maniobraron con energía para pasar junto a una marmórea escalera de caracol que surgía del lodo y se interrumpía bruscamente en el aire. Más allá había otras formas apenas entrevistas: chapiteles semiderruidos, estatuas sin cabeza, árboles con raíces más grandes que su barcaza...

—Esta fue una vez la urbe más hermosa del río, y también la más rica —comentó Yandry—. Chroyane, la ciudad festiva.

«Demasiado rica, demasiado hermosa —pensó Tyrion—. No es prudente tentar a los dragones.» La ciudad sumergida los rodeaba.

Una forma indefinida aleteó sobre ellos en la niebla, con alas blancuzcas y correosas. El enano estiró el cuello para ver mejor, pero la criatura desapareció tan deprisa como había aparecido. Poco después divisaron otra luz flotante.

—¡Barco! —Se oyó una voz tenue a través de las aguas—. ¿Quiénes sois?

—La *Doncella Tímida* —respondió Yandry también a gritos.

—La *Rey Pescador*. ¿Río arriba o abajo?

—Abajo. Pieles, miel, cerveza y sebo.

—Arriba. Cuchillos, agujas, encaje, lino y vino especiado.

—¿Hay noticias de la Antigua Volantis? —inquirió Yandry.

—Guerra —fue la respuesta.

—¿Dónde? —gritó Grif—. ¿Cuándo?

—Cuando cambie el año —fue la respuesta—. Nyessos y Malaquo van de la mano, y los elefantes llevan rayas.

La voz se fue esfumando a medida que la otra embarcación se alejaba y la luz se atenuaba hasta desaparecer.

—¿Os parece buena idea hablar a gritos en medio de la niebla con barcos que no vemos? —preguntó Tyrion—. ¿Y si llegan a ser piratas?

Habían tenido mucha suerte en ese sentido: en todo el descenso desde el lago Daga, siempre de noche, ningún pirata los había visto y mucho menos atacado. En cierta ocasión, Pato había divisado un casco que, según él, era el de Urho el Sucio. Pero la *Doncella Tímida* navegaba a contraviento, y Urho, en caso de que se tratara de él, no mostró el menor interés.

—Los piratas no entran en los Pesares —señaló Yandry.

—¿Elefantes con rayas? —inquirió Grif—. ¿Qué quería decir con eso? Illyrio ha pagado al triarca Nyessos tanto como para comprarlo ocho veces.

—¿En oro o en queso? —bromeó Tyrion.

—A menos que vuestro próximo chiste sirva para despejar esta niebla, mejor os lo metéis por donde os quepa —le recriminó Grif.

«Sí, padre —estuvo a punto de responder Tyrion—. Me estaré callado. Gracias. —No sabía gran cosa de los volantinos, pero le daba la sensación de que tigres y elefantes tenían buenos motivos para hacer causa común si el enemigo eran los dragones—. Puede que el quesero no haya calculado bien la situación. Se puede comprar a un hombre con oro, pero para asegurar su lealtad hacen falta acero y sangre.»

El hombrecillo volvió a remover las brasas para que ardieran mejor.

«Esto no me gusta. No me gusta esta niebla, no me gusta este lugar y Grif no me cae precisamente bien.» Conservaba las setas venenosas que había cogido en la mansión de Illyrio, y había días en que estaba tentado de colárselas a Grif en la cena. Lo malo era que Grif apenas probaba bocado.

Pato y Yandry empujaron con las pértigas, Ysilla giró la caña del timón, y Grif el Joven desvió la *Doncella Tímida* para apartarla de una torre semiderruida cuyas ventanas los contemplaban como ojos negros y ciegos. La vela de la barcaza colgaba pesada, inerte. Las aguas eran cada vez más profundas, y llegó un momento en que no tocaban fondo con las pértigas. Por suerte, la corriente seguía llevándolos río abajo, hasta que...

Lo único que alcanzó a ver Tyrion fue una figura gigantesca que surgía del río, arqueada y ominosa. Al principio creyó que era una colina que se alzaba sobre un islote boscoso, o una roca colosal cubierta de musgo y helechos, oculta hasta entonces por la niebla. Pero cuando la *Doncella Tímida* se acercó, aquello fue cobrando forma. En la orilla había una fortaleza de madera podrida e invadida por la vegetación, adornada por esbeltos chapiteles quebrados en su mayoría, como lanzas rotas. Por doquier había torres sin tejado que apuñalaban el cielo a ciegas. Pasaron junto a salones, pasillos, contrafuertes elegantes, arcos delicados, columnas acanaladas, terrazas y enrejados.

Todo ruinas, todo desolación, todo muerto.

Allí, el musgo gris crecía espeso, cubriendo las piedras caídas y colgando como un manto de todas las torres. Las enredaderas negras se colaban por ventanas, puertas y arcos, y subían por los altos muros de piedra. La niebla ocultaba tres cuartas partes del palacio, pero a Tyrion le bastaba y le sobraba con lo que había atisbado para saber que el bastión de aquella isla había sido diez veces mayor que la Fortaleza Roja y cien veces más bello. Sabía muy bien qué lugar era aquel.

—El palacio del Amor —susurró.

—Ese nombre le daban los rhoynar —apuntó Haldon Mediomaestre—, pero hace mil años que es el palacio del Pesar.

Las ruinas resultaban tristes de por sí, pero las hacía más tristes aún el saber qué habían sido.

«Aquí hubo risas —pensó Tyrion—. Hubo jardines con flores de colores vivos y fuentes que centelleaban doradas al sol. Esos peldaños resonaron con las pisadas de los amantes, y bajo esa cúpula caída se sellaron con un beso incontables matrimonios. —Volvió a pensar en Tysha, que durante tan pocos días había sido su señora esposa—. Fue Jaime —pensó desconsolado—. Era sangre de mi sangre; era mi hermano mayor, el alto, el fuerte. Cuando yo era pequeño me traía juguetes, aros de barril, tacos de madera y un león tallado. Me regaló mi primer poni y me enseñó a montarlo. Cuando me dijo que te había comprado para mí, no dudé de él, ¿qué motivo tenía? Él era Jaime, y tú, una chica que interpretaba su papel. Me lo había temido desde el principio, desde la primera vez que me sonreíste y me dejaste tocarte la mano. Si ni mi propio padre me quería, ¿por qué ibas a quererme tú, si no fuera por el oro?»

A través de los largos dedos grises de la niebla oyó de nuevo el sonido vibrante de la ballesta, el gruñido de lord Tywin cuando la saeta lo acertó en el bajo vientre, el restallido de sus posaderas contra la piedra cuando se sentó para morir. «Al lugar de donde vienen las putas», le había dicho. «¿Y dónde queda eso, padre? —quería preguntarle Tyrion—. ¿Adónde fue Tysha?»

—¿Nos queda mucha niebla que aguantar?

—En una hora o así saldremos de los Pesares —respondió Haldon Mediomaestre—. En adelante será como un viaje de placer. En el bajo Rhoyne hay una aldea en cada meandro, con huertos, viñedos y campos de cereales dorados por el sol, pescadores en el río, baños calientes y vinos dulces. Selhorys, Valysar y Volon Therys son ciudades amuralladas tan grandes que bien podrían ser de los Siete Reinos. Lo primero que voy a...

—Hay una luz a proa —les advirtió Grif el Joven.

«Será la *Rey Pescador* o cualquier otra barcaza», se dijo Tyrion, que también la había visto. Pero sabía que no era cierto. La nariz le picaba tanto que se la rascó con furia. La luz se fue haciendo más brillante a medida que la *Doncella Tímida* se aproximaba. Lo que de lejos parecía una estrella de luz tenue que los llamaba en mitad de la niebla se transformó pronto en dos luces, luego en tres: una hilera de fanales que brillaban en el agua.

—El puente del Sueño —apuntó Grif—. Seguro que en el ojo hay hombres de piedra. Algunos empezarán a aullar cuando nos acerquemos, pero no creo que nos molesten. La mayoría de los hombres de piedra son pobres desgraciados débiles, torpes y descerebrados. Cuando se acerca su fin pierden la razón por completo, y es entonces cuando más peligrosos resultan. Ahuyentadlos con las antorchas si hace falta, pero no dejéis que os toquen bajo ningún concepto.

—Puede que ni siquiera nos vean —apuntó Haldon Mediomaestre—. La niebla nos ocultará hasta que estemos casi junto al puente, y antes de que se den cuenta de que estamos aquí ya habremos pasado de largo.

«Ojos de piedra no ven», pensó Tyrion. Sabía que, en su forma letal, la psoriagrís empezaba en las extremidades: un cosquilleo en la yema de un dedo, una uña del pie que ennegrecía, pérdida de sensibilidad... A medida que el entumecimiento ascendía por la mano o pasaba del pie a la pierna, la carne se volvía rígida y fría, y la piel del enfermo adoptaba un tono grisáceo semejante al de la piedra. Tenía entendido que había tres buenas formas de curar la psoriagrís: el hacha, la espada y el machete. Sabía que la amputación del miembro afectado detenía el progreso de la enfermedad a veces, pero no siempre. Más de un hombre había sacrificado un brazo o un pie solo para ver como el otro se le ponía gris. Cuando se llegaba a ese punto ya no quedaba esperanza. La ceguera era lo más habitual cuando la piedra alcanzaba el rostro, y en las últimas etapas, la maldición se adentraba en el cuerpo y afectaba a los músculos, los huesos y los órganos.

El puente se iba agrandando ante ellos. El puente del sueño, lo había llamado Grif, pero aquel sueño había saltado en pedazos. Los arcos de piedra blancuzca se perdían en la niebla, desde el palacio del Pesar hasta la orilla occidental del río. La mitad se había derrumbado bajo el peso del musgo gris y las gruesas enredaderas negras que salían del agua. La madera del ancho puente estaba carcomida, pero algunos fanales que marcaban el camino seguían encendidos. Cuando la *Doncella Tímida* estuvo más cerca, Tyrion divisó las siluetas de los hombres de piedra que se movían cerca de la luz, arrastrando los pies sin rumbo en torno a los fanales como lentas polillas grises. Unos estaban desnudos; otros, envueltos en sudarios. Grif desenvainó la espada.

—Yollo, encended las antorchas. Tú, chico, llévate a Lemore a su camarote y quédate con ella.

—Lemore sabe ir sola a su camarote. —Grif el Joven miró a su padre, impertérrito—. Quiero quedarme.

—Hemos jurado protegeros —le dijo Lemore con voz amable.

—No necesito ninguna protección. Sé manejar la espada tan bien como Pato; soy medio caballero.

—También eres medio mocoso —replicó Grif—. Venga, obedece.

El joven soltó un par de maldiciones entre dientes y tiró la pértiga contra la cubierta. El sonido levantó ecos escalofriantes en la niebla, y durante un momento fue como si muchas pértigas cayeran a su alrededor.

—¿Por qué tengo que huir y esconderme? Haldon se queda, igual que Ysilla. ¡Hasta Hugor!

—Sí, pero es que yo soy tan pequeño que puedo ocultarme detrás de un pato.

Tyrion puso media docena de antorchas en los carbones del brasero y cuidó de que prendieran los trapos empapados en aceite.

«No mires al fuego», se dijo. Las llamas le impedirían ver en la oscuridad.

—Sois un enano —replicó Grif el Joven, despectivo.

—Habéis descubierto mi secreto, sí —convino Tyrion—. Abulto la mitad que Haldon, y a nadie le importa un pedo de titiritero si vivo o muero. —«Y a mí menos todavía»—. En cambio, vos... Vos lo sois todo.

—Enano —intervino Grif—, os tengo advertido que...

Un aullido trémulo les llegó de la niebla, tenue, agudo. Lemore dio media vuelta, temblorosa.

—Que los Siete nos amparen. —El puente destruido estaba a media docena de pasos. El agua batía contra sus pilares como la espuma en la boca de un loco. Quince varas por encima, los hombres de piedra gemían y mascullaban bajo un fanal vacilante. La mayoría no prestó atención a la *Doncella Tímida;* tanto habría dado que fuera un tronco a la deriva. Tyrion agarró la antorcha con más fuerza y se dio cuenta de que estaba conteniendo el aliento.

Y de pronto se encontraron bajo el puente, entre paredes blancas cubiertas por densos tapices de fungosidad grisácea que se cernían amenazadores a ambos lados, golpeados por las aguas furiosas. Durante un momento pareció que iban a estrellarse contra el pilar de la derecha, pero Pato maniobró con la pértiga y volvieron al centro del canal, y al poco pasó el peligro.

Tyrion apenas había tenido tiempo de respirar profundamente cuando Grif el Joven lo agarró por el brazo.

—¿Qué queréis decir con eso de que lo soy todo?

—Si los hombres de piedra se hubieran llevado a Yandry, o a Grif, o a nuestra adorable Lemore... Bueno, los habríamos llorado y habríamos seguido adelante. Pero si os hubiéramos perdido a vos, todo se habría ido al garete y todos estos años de conspiraciones entre el quesero y el eunuco habrían caído en saco roto, ¿no os parece?

—Sabe quién soy. —El muchacho miró a Grif.

«Y si no lo sabía, ahora lo sé.» La *Doncella Tímida* ya estaba a buena distancia corriente abajo del puente del Sueño. Lo único que quedaba de él era una luz cada vez más lejana a popa, y hasta aquella desaparecería enseguida.

—Sois Grif el Joven, hijo de Grif el mercenario —siguió Tyrion—. O puede que seáis el Guerrero encarnado. Permitidme que os vea mejor. —Levantó la antorcha para iluminar el rostro de Grif el Joven.

—Dejadlo, o lo lamentaréis —amenazó Grif.

—El pelo azul hace que vuestros ojos parezcan azules también —continuó Tyrion, haciendo caso omiso del mercenario—. Eso es bueno. Y el relato de cómo os lo teñíais en memoria de vuestra difunta madre tyroshi fue tan conmovedor que casi me hizo llorar. Pero si fuera más curioso, me preguntaría para qué necesita el hijo de un mercenario que una septa impura lo instruya en la fe, o que un maestre sin cadena le enseñe historia y lenguas. Si fuera más listo, me picaría la curiosidad el hecho de que vuestro padre os haya buscado un caballero errante para que os entrene en el uso de las armas, en lugar de mandaros de aprendiz a las compañías libres. Es casi como si quisieran manteneros oculto mientras os preparan para... ¿Para qué? Eso es lo que no alcanzo a dilucidar, pero ya se me ocurrirá algo. Eso sí, he de reconocer que tenéis unos rasgos muy nobles para ser un niño muerto.

—¡No estoy muerto! —protestó el joven, enrojeciendo.

—¿Cómo que no? Mi señor padre envolvió vuestro cadáver en una capa carmesí y os depositó junto a vuestra hermana al pie del Trono de Hierro, a modo de obsequio para el nuevo rey. Los que tuvieron el valor de levantar la capa dijeron más adelante que os faltaba media cabeza.

El muchacho dio un paso atrás, confuso.

—¿Vuestro señor...?

—... padre. Sí. Tywin de la casa Lannister. No sé si habéis oído hablar de él.

—¿Lannister? Vuestro padre...

—... ha muerto. Por mi mano. Así que, si vuestra alteza así lo desea, podéis llamarme Yollo o Hugor, pero sabed que nací Tyrion de la casa Lannister, hijo legítimo de Tywin y Joanna, ambos muertos por obra mía, dicho sea de paso. Todo el mundo os dirá que soy un parricida, un matarreyes y un mentiroso, y es verdad... Pero claro, somos un grupito de mentirosos, ¿no es así? Vuestro presunto padre, por ejemplo. Grif, ¿eh? —El enano soltó una risita—. Dad gracias a los dioses de que Varys la Araña forme parte de la trama; a ese portento sin polla no lo habríais engañado ni por asomo. «No soy ningún señor —dice su señoría—, no soy ningún caballero.» Vale, y yo no soy ningún enano. No basta con decir algo para que sea cierto. ¿Quién mejor para educar al hijito del príncipe Rhaegar que el mejor amigo del príncipe Rhaegar, Jon Connington, otrora señor del Nido del Grifo y mano del rey?

—Callaos. —ordenó Grif, inquieto.

A babor apareció una enorme mano de piedra bajo la superficie. Asomaban dos dedos.

«¿Cuántos de estos habrá? —se preguntó Tyrion. Una gota de sudor frío le corrió por la espalda y lo hizo estremecer. Los Pesares los acompañaban. Al escudriñar la niebla vio un chapitel derruido, un héroe sin cabeza, un viejo árbol caído con las raíces asomando por la cúpula y las ventanas de unas ruinas—. ¿Cómo es que todo esto me resulta tan familiar? —Ante ellos, una escalera de caracol de mármol rosa salía de las aguas oscuras formando una elegante espiral que se interrumpía bruscamente a cuatro varas por encima de ellos—. No. Es imposible.»

—Ahí delante —susurró Lemore con voz trémula—. Una luz.

Todos miraron. Todos lo vieron.

—La *Rey Pescador* —dijo Grif—. O bien otra barcaza de ese estilo. —Volvió a desenvainar la espada.

Nadie pronunció palabra. La *Doncella Tímida* se dejó llevar por la corriente. Habían tenido arriada la vela desde que entraron en los Pesares, de modo que solo podía ir adonde la arrastrara el río. Pato lo observaba con atención, con la pértiga bien agarrada. Al cabo de un rato, Yandry también dejó de empujar. Todos los ojos estaban fijos en la luz distante. A medida que se iba acercando se convirtió en dos luces, y luego en tres.

—El puente del Sueño —dijo Tyrion.

—Inconcebible —dijo Haldon Mediomaestre, atragantándose—. Lo hemos dejado atrás. Los ríos solo discurren en una dirección.

—La madre Rhoyne discurre como quiere —musitó Yandry.

—Los Siete nos amparen —gimió Lemore.

Sobre ellos, los hombres de piedra empezaron a aullar, y unos cuantos los señalaron.

—Haldon, llevaos abajo al príncipe —ordenó Grif.

Era demasiado tarde; la corriente los tenía prisioneros y avanzaban de manera inexorable hacia el puente. Yandry clavó la pértiga para evitar que se estrellaran contra un pilar, y el impulso los desvió contra un tapiz de musgo gris claro. Tyrion sintió los zarcillos que le acariciaban el rostro, suaves como los dedos de una puta. Oyó un golpe a sus espaldas, y la cubierta se inclinó de manera tan repentina que estuvo a punto de perder el equilibrio y caer por la borda.

Un hombre de piedra había saltado a la barcaza.

Cayó encima del altillo con un golpe tan fuerte que la *Doncella Tímida* se balanceó, y rugió una palabra en un idioma que Tyrion no conocía. Tras él cayó otro hombre de piedra, este junto a la caña del timón. Los desgastados tablones de la cubierta se astillaron con el impacto, e Ysilla dejó escapar un grito.

Pato, que era quien estaba más cerca de ella, no perdió el tiempo echando mano a la espada: blandió la pértiga y golpeó al hombre de piedra en el pecho para tirarlo al agua, en la que se hundió sin emitir un sonido.

Grif atacó al segundo en cuanto saltó a cubierta, y lo hizo retroceder con la espada en la mano derecha y la antorcha en la izquierda. Cuando la corriente arrastró a la *Doncella Tímida* bajo el puente, sus sombras se proyectaron contra las musgosas murallas. El hombre de piedra intentó ir hacia popa, pero Pato le cortó el camino con la pértiga. Cuando trató de dirigirse a proa, Haldon Mediomaestre agitó la antorcha ante él para obligarlo a retroceder, de modo que no le quedó más remedio que caminar hacia Grif. El capitán lo esquivó y su espada relampagueó, y saltaron chispas cuando el acero mordió la carne gris calcificada del hombre de piedra, pero un brazo cayó a cubierta. Grif apartó de una patada el miembro amputado. Yandry y Pato se habían acercado con las pértigas, y entre los dos obligaron a la criatura a saltar a las aguas negras del Rhoyne.

La *Doncella Tímida* ya había salido de debajo del puente roto.

—¿Los hemos echado a todos? —jadeó Pato—. ¿Cuántos nos han atacado?

—Dos —respondió Tyrion, tembloroso.

—Tres —corrigió Haldon—. Detrás de vos.

El enano dio media vuelta y lo vio. Se había destrozado una pierna al saltar, y bajo la tela podrida de los calzones y la carne gris que cubrían asomaba el hueso blanco astillado salpicado de sangre parduzca, pero aun así avanzó hacia Grif el Joven. Aunque tenía la mano gris y rígida, la sangre le rezumó entre los nudillos cuando trató de cerrar los dedos para agarrarlo. El chico lo miraba inmóvil, como si él también fuera de piedra. Tenía la mano en el puño de la espada, pero no parecía recordar para qué.

Tyrion le dio una patada en la pierna para derribarlo y saltó sobre él a la vez que agitaba la antorcha contra la cara del hombre de piedra para hacerlo retroceder, tambaleándose sobre la pierna destrozada al tiempo que se defendía de las llamas con las rígidas manos grises. El enano anadeó hacia él, amenazándolo con la antorcha, apuntándole a los ojos con ella.

«Un poco más, venga, solo un paso más, otro. —Estaban en la borda cuando la criatura contraatacó, cogió la antorcha y se la arrebató de las manos—. Mierda puta», pensó Tyrion.

El hombre de piedra tiró la antorcha al río, y se oyó un siseo cuando las aguas negras apagaron las llamas. Entonces aulló. Era de las islas del

Verano: la mandíbula y buena parte de la mejilla ya estaban petrificadas, pero la carne que aún no se había tornado gris era negra como la medianoche. La piel se le había agrietado y roto cuando había agarrado la antorcha, y le sangraban los nudillos, pero no parecía darse cuenta. Tyrion pensó que al menos había un aspecto positivo: la psoriagrís era mortal, pero indolora.

—¡A un lado! —le gritó alguien, muy lejos.

—¡El príncipe! ¡Hay que proteger al chico! —gritó otra voz.

El hombre de piedra avanzó a trompicones, con las manos extendidas.

Tyrion se lanzó contra él con un hombro por delante.

Fue como estrellarse contra el muro de un castillo, solo que tenía por cimientos una pierna destrozada. El hombre de piedra cayó hacia atrás, arrastrando a Tyrion consigo. Se alzó una columna de agua cuando atravesaron la superficie, y la madre Rhoyne los engulló a los dos.

El frío repentino golpeó a Tyrion como un martillo. Sintió como una mano de piedra le buscaba el rostro mientras se hundían, y otra se le cerraba en torno al brazo para arrastrarlo hacia la oscuridad. Cegado, con la nariz llena de río, ahogándose y cada vez más hundido, pataleó, se retorció y luchó por liberarse de los dedos que le aferraban el brazo, pero no cedían. El aire se le escapó de la boca en burbujas. El mundo se fue tornando cada vez más negro. No podía respirar.

«Ahogarse no es la peor manera de morir. —Y lo cierto era que había muerto hacía mucho, en Desembarco del Rey. Lo único que quedaba de él era su espectro, un fantasma pequeño y vengativo que había estrangulado a Shae y le había clavado una saeta de ballesta en el bajo vientre al gran lord Tywin. Nadie lloraría al ser en que se había convertido—. Seré el fantasma de los Siete Reinos —pensó mientras se hundía—. No me quisieron vivo; que me teman muerto.»

Abrió la boca para maldecirlos a todos, y el agua negra le llenó los pulmones mientras caía la oscuridad en su derredor.

Davos

—Su señoría os recibirá ahora, contrabandista.

El caballero llevaba una armadura de plata con las grebas y los guanteletes nielados, con unas volutas que recordaban matas ondulantes de algas. El yelmo que llevaba bajo el brazo tenía forma de cabeza de pescadilla, con una corona de madreperla y una barbita de azabache y jade. La barba entrecana del caballero tenía el color gris del mar en invierno.

—¿Vuestro nombre? —preguntó Davos al tiempo que se levantaba.

—Ser Marlon Manderly. —Le sacaba una cabeza y un par de arrobas a Davos, y tenía los ojos gris pizarra y la voz altiva—. Tengo el honor de ser primo de lord Wyman, así como comandante de su guarnición. Seguidme.

Davos había llegado a Puerto Blanco como emisario, pero lo habían hecho prisionero. Sus estancias eran espaciosas, bien ventiladas y bien amuebladas, pero la puerta estaba custodiada por guardias. Por la ventana divisaba las calles de Puerto Blanco, al otro lado de la muralla del castillo, pero no le estaba permitido recorrerlas. También se veía el puerto, de manera que presenció la partida de la *Alegre Comadrona*. Casso Mogat había esperado cuatro días en vez de tres antes de zarpar, y desde entonces habían transcurrido dos semanas.

Los guardias personales de lord Manderly vestían una capa de lana azul verdoso y llevaban tridentes de plata en lugar de lanzas. Uno caminaba delante de él y otro detrás, y dos más lo flanqueaban. Pasaron junto a los estandartes descoloridos, las espadas oxidadas y los escudos rotos de cien victorias pasadas, y también junto a una veintena de figuras de madera agrietada y carcomida que sin duda habían adornado las proas de otros tantos barcos.

Dos tritones de mármol, primos pequeños de Pata de Pez, adornaban la sala de justicia de su señoría. Los guardias abrieron las puertas, y un heraldo golpeó el viejo suelo de madera con la vara.

—Ser Davos de la casa Seaworth —anunció con voz sonora.

Davos había visitado Puerto Blanco muchas veces, pero nunca había llegado a poner un pie en el Castillo Nuevo, y menos aún en la sala de justicia del Tritón. Las paredes, el suelo y el techo estaban recubiertos con tablones ensamblados con gran habilidad y decorados con todo tipo de criaturas marinas. Davos caminó hacia el estrado por encima de cangrejos, almejas y estrellas de mar, todos semiocultos entre matas de algas negras y huesos de marineros ahogados. A los lados acechaban tiburones blancos desde las paredes pintadas del azul verdoso de las profundidades, mientras anguilas y pulpos se escurrían entre rocas y barcos hundidos. Entre las altas ventanas apuntadas se veían bancos de arenques y grandes bacalaos, y más arriba, cerca de las viejas redes de pesca que colgaban de las vigas, se veía la superficie del mar. A la derecha, una galera de combate se dirigía hacia el sol naciente, y a la izquierda, una vieja coca con las velas hechas jirones huía de la tormenta. Tras el estrado, entre las olas pintadas, había un kraken y un leviatán gris enzarzados en una pelea.

Davos había albergado la esperanza de hablar a solas con Wyman Manderly, pero se encontró con la sala abarrotada. Las mujeres eran cinco veces más numerosas que los hombres, y los pocos varones presentes tenían la barba canosa o eran demasiado jóvenes para afeitarse. También había septones y hermanas sagradas, con sus túnicas blancas y grises. Más al fondo había una docena de hombres que vestían el azul y el gris plateado de la casa Frey. Sus rostros tenían un aire familiar que hasta un ciego habría visto, y muchos de ellos llevaban la enseña de Los Gemelos, dos torreones unidos por un puente. Davos había aprendido a leer el rostro de los hombres mucho antes de que el maestre Pylos le enseñara a leer palabras sobre el papel.

«Estos Frey darían cualquier cosa por verme muerto», comprendió al instante.

Tampoco vio rastro alguno de afabilidad en los ojos azul claro de Wyman Manderly. El mullido trono de su señoría era de tamaño suficiente para acomodar a tres hombres de constitución normal, pero Manderly casi lo desbordaba. Estaba hundido en el asiento, con los hombros caídos, las piernas estiradas y las manos en los brazos del trono, como si le pesaran demasiado para sostenerlas.

«Los dioses nos amparen —pensó Davos al ver la cara de lord Wyman—, este hombre tiene un pie en la tumba.»

Tenía la piel muy pálida, algo cerúlea. Según un viejo refrán, los reyes y los cadáveres siempre atraían a gente dispuesta a cuidarlos, y Manderly lo confirmaba. A la izquierda del trono había un maestre casi tan gordo como el señor al que servía, con las mejillas sonrosadas, los labios gruesos y una mata de rizos dorados. Ser Marlon ocupaba el lugar de honor, a la derecha de su señoría. A sus pies, una dama sonrosada y regordeta ocupaba un taburete acolchado, y detrás de lord Wyman, de pie, había dos mujeres más jóvenes que, a juzgar por su aspecto, debían de ser hermanas. La mayor llevaba la melena castaña recogida en una trenza larga, y la menor, que no tendría más de quince años, lucía una trenza aún más larga teñida de verde chillón. Ninguno de los presentes honró a Davos con una presentación.

—Os encontráis ante Wyman Manderly —empezó el maestre—, señor de Puerto Blanco y Guardián del Cuchillo Blanco, Escudo de la Fe, Defensor de los Desposeídos, lord mariscal del Mander, caballero de la Orden de Manoverde. En la sala de justicia del Tritón, los vasallos y los peticionarios deben arrodillarse.

El Caballero de la Cebolla habría obedecido, pero como mano del rey no podía hincar la rodilla sin dar a entender que el monarca al que servía estaba por debajo de aquel gordo señor.

—No he venido como peticionario —replicó Davos—. Yo también tengo una sarta de títulos: señor de La Selva, almirante del mar Angosto, mano del rey...

—Un almirante sin naves y una mano sin dedos al servicio de un rey sin trono. —La mujer del taburete puso los ojos en blanco—. ¿Quién se presenta ante nosotros, un caballero, o la respuesta de un acertijo infantil?

—Es un mensajero, nuera —le respondió lord Wyman—. Una cebolla de mal agüero. A Stannis no le gustó la respuesta que le llevaron los cuervos, así que nos manda a este..., a este contrabandista. —Miró a Davos con unos ojillos rodeados de pliegues de grasa—. No es la primera vez que visitáis nuestra ciudad para llevaros nuestras monedas y nuestra comida. A saber cuánto me habréis robado.

«No lo suficiente como para que tuvieras que saltarte una comida.»

—Ya pagué por mi pasado como contrabandista en Bastión de Tormentas, mi señor. —Davos se quitó el guante y mostró la mano izquierda, con sus cuatro dedos mutilados.

—¿Las yemas de cuatro dedos son el precio de toda una vida dedicada al robo? —bufó la mujer del taburete. Tenía el pelo rubio y la cara rosada, redonda, regordeta—. Os ha salido barato, Caballero de la Cebolla.

Davos no lo negó.

—Con vuestro permiso, mi señor, quiero solicitar una audiencia privada.

Pero el señor no le concedió su deseo.

—No tengo ningún secreto para mi familia, y tampoco para mis leales señores y caballeros, todos ellos buenos amigos.

—Mi señor —insistió Davos—, no quiero que mis palabras lleguen a los enemigos de su alteza... ni a los de su señoría.

GEORGE R. R. MARTIN

—Puede que Stannis tenga enemigos en esta sala, pero yo no.

—¿Ni siquiera los que mataron a vuestro hijo? —Davos señaló a los Frey—. Fueron sus anfitriones en la Boda Roja.

Un Frey, un caballero alto y flaco, sin rastro de barba pero con un bigote entrecano fino como un estilete myriense, dio un paso al frente.

—La Boda Roja fue obra del Joven Lobo. Se transformó en una fiera ante nuestros ojos y le desgarró el cuello a mi primo Cascabel, un idiota inofensivo. También habría matado a mi señor padre si ser Wendel no se hubiera interpuesto.

—Wendel siempre fue un valiente. —Lord Wyman parpadeó para contener las lágrimas—. No me extraña que muriera como un héroe.

La magnitud de aquel embuste dejó a Davos boquiabierto.

—¿Estáis diciendo que Robb Stark fue quien mató a Wendel Manderly? —espetó al Frey.

—Y a otros muchos, sí, entre ellos a mi hijo Tytos. Cuando Stark se transformó en lobo, sus norteños también cambiaron. Todos tenían la marca de la bestia: cuando un cambiapieles muerde a alguien le transmite su condición, como todo el mundo sabe. Mis hermanos no tuvieron más remedio que matarlos a todos antes de que acabaran con nosotros.

Tenía la desfachatez de sonreír mientras contaba aquel cuento. Davos habría dado cualquier cosa por rebanarle los labios con un cuchillo.

—¿Vuestro nombre?

—Ser Jared de la casa Frey.

—Ser Jared de la casa Frey, yo afirmo que mentís.

Por lo visto, aquello le hizo mucha gracia a su interlocutor.

—Hay quienes lloran al pelar una cebolla, pero yo nunca he tenido esa debilidad. —Se oyó el susurro del acero contra el cuero cuando desenvainó la espada—. Si de verdad sois caballero, defended esa calumnia con vuestro cuerpo.

—No pienso tolerar que se derrame sangre en la sala de justicia del Tritón. —Lord Wyman había conseguido abrir los ojos—. Envainad ese acero, ser Jared, o tendré que pediros que abandonéis mi presencia.

—Bajo el techo de su señoría, la palabra de su señoría es ley. —Ser Jared guardó la espada—. Pero exigiré satisfacción antes de que este Caballero de la Cebolla salga de la ciudad.

—¡Sangre! —aulló la mujer del taburete—. Eso es lo que nos trae esta cebolla de mal agüero, mi señor. ¿No ves que ya está provocando conflictos? Échalo, te lo suplico. Quiere la sangre de tu pueblo, la sangre de tus valerosos hijos. Échalo. Si la reina se entera de que has concedido audiencia a este traidor, tal vez se cuestione nuestra lealtad, y entonces podría..., tal vez...

—No hará semejante cosa, nuera —interrumpió lord Wyman—. El Trono de Hierro no tendrá motivos para dudar de nosotros.

A Davos no le gustó aquello en absoluto, pero no había recorrido un camino tan largo para quedarse con la boca cerrada.

—El niño que ocupa el Trono de Hierro es un usurpador —dijo—, y yo no soy ningún traidor, sino la mano de Stannis Baratheon, el primero de su nombre, rey legítimo de Poniente.

—Stannis Baratheon era hermano del difunto rey Robert —intervino el gordo maestre tras aclararse la garganta—, que el Padre lo juzgue con justicia. Tommen es su hijo legítimo. En estos casos, las leyes de sucesión no dejan lugar a dudas: el hijo va antes que el hermano.

—El maestre Theomore está en lo cierto —señaló lord Wyman—. Conoce bien estos asuntos, y siempre me ha dado buenos consejos.

—El hijo legítimo va antes que el hermano —convino Davos—. Pero Tommen, mal apellidado Baratheon, es tan bastardo como lo era su hermano Joffrey. Los engendró el Matarreyes, contra todas las leyes divinas y humanas.

—Esas palabras constituyen traición, mi señor —intervino otro Frey—. Stannis le cortó los dedos por ladrón; vos deberíais cortarle la lengua por mentiroso.

—Mejor cortarle la cabeza —sugirió ser Jared—. O dejármelo a mí en el campo del honor.

—¿Qué sabrá de honor un Frey? —replicó Davos.

Cuatro Frey se adelantaron, pero lord Wyman alzó una mano para detenerlos.

—Atrás, amigos míos. Lo escucharé antes de..., antes de tomar una decisión.

—¿Tenéis alguna prueba de ese incesto? —preguntó el maestre Theomore, con las manos fofas entrelazadas en la barriga.

«Edric Tormenta —pensó Davos—, pero lo mandé al otro lado del mar Angosto para ponerlo a salvo de los fuegos de Melisandre.»

—Contáis con la palabra de Stannis de que todo lo que he dicho es verdad.

—Las palabras son aire —dijo la joven que estaba tras el trono de lord Wyman, la más atractiva, la de la trenza castaña—, y los hombres suelen recurrir al engaño para conseguir lo que quieren, como podrá confirmaros cualquier doncella.

—La simple palabra de un señor no basta como prueba —declaró el maestre Theomore—. Stannis Baratheon no sería el primero en mentir para hacerse con un trono.

—No vamos a tomar parte en ninguna traición. —La mujer sonrosada apuntó a Davos con un dedo regordete—. En Puerto Blanco somos buenas personas, honradas y leales. Dejad de derramar veneno en nuestros oídos, o mi señor suegro os mandará a la Guarida del Lobo.

—¿Mi señora me haría el honor de decirme su nombre? —«¿En qué he ofendido a esta mujer?»

La mujer sonrosada dejó escapar un bufido airado, y fue el maestre quien respondió.

—Lady Leona es la esposa de ser Wylis, hijo de lord Wyman, actualmente cautivo de los Lannister.

«El miedo habla por su boca. —Si Puerto Blanco jurase lealtad a Stannis, su marido podría pagarlo con la vida—. ¿Cómo voy a pedirle a lord Wyman que condene a muerte a su hijo? ¿Qué haría yo en su lugar si tuvieran a Devan de rehén?»

—Rezo para que nada malo le suceda a vuestro hijo ni a ningún habitante de Puerto Blanco, mi señor.

—Otra mentira —espetó lady Leona desde su taburete. Davos consideró que sería mejor hacer como si no la oyera.

—Cuando Robb Stark se levantó contra el bastardo Joffrey, mal apellidado Baratheon, Puerto Blanco marchó con él. Lord Stark cayó, pero su guerra prosigue.

—Éramos vasallos de Robb Stark —replicó lord Wyman—. ¿Quién es ese Stannis? ¿Por qué nos molesta? Hasta ahora, que yo recuerde, no le había parecido necesario viajar al norte, pero aquí lo tenemos, como un perro callejero, mendigando con el yelmo en la mano.

—Ha venido a salvar el reino, mi señor —insistió Davos—, a defender vuestras tierras de los hijos del hierro y de los salvajes.

Junto al trono, ser Marlon Manderly soltó un bufido desdeñoso.

—Hace siglos que no se ve un salvaje en Puerto Blanco, y los hijos del hierro nunca han atacado estas costas. ¿Lord Stannis nos defenderá también de los tiburientes y los dragones?

Hubo una carcajada general en la sala de justicia del Tritón, pero lady Leona se echó a sollozar a los pies de lord Wyman.

—Hombres del hierro que vienen de las islas, salvajes de más allá del muro... y ahora este señor traidor con sus forajidos, sus rebeldes y sus hechiceros. —Señaló a Davos—. Sí, sí, nos han llegado noticias de vuestra bruja roja. ¡Quiere que demos la espalda a los Siete y adoremos a un demonio de fuego!

Davos no sentía el menor afecto por la sacerdotisa roja, pero no podía dejar sin respuesta la acusación de lady Leona.

—Lady Melisandre es sacerdotisa del dios rojo. La reina Selyse ha adoptado su fe, y como ella muchos otros, pero casi todos los seguidores de su alteza adoramos a los Siete. —Rezó para que nadie le pidiera explicaciones sobre el septo de Rocadragón o el bosque de dioses de Bastión de Tormentas.

«Si me preguntan, tendré que responder. Stannis no querría que mintiera.»

—Los Siete defienden Puerto Blanco —declaró Leona—. No tememos a vuestra reina roja ni a su dios. Que nos lance los hechizos que quiera; las plegarias de los píos nos protegerán de todo mal.

—Claro, claro. —Lord Wyman dio una palmadita en el hombro a lady Leona—. Lord Davos, si es que tenéis semejante título, ya sé qué quiere de mí vuestro supuesto rey: acero, plata y mi rodilla en tierra. —Se movió en el asiento para apoyarse en un codo—. Antes de morir, lord Tywin ofreció a Puerto Blanco pleno indulto por haber apoyado al Joven Lobo. Prometió que me devolvería a mi hijo cuando pagara un rescate de tres mil dragones y demostrara mi lealtad sin atisbo de duda. Roose Bolton, a quien ha nombrado ahora Guardián del Norte, me exige que renuncie a cualquier aspiración sobre las tierras y castillos de lord Hornwood, pero jura que no pondrá un dedo en el resto de mis posesiones. Walder Frey, su señor suegro, me ofrece a una de sus hijas como esposa, y maridos para mis nietas, estas jóvenes que veis detrás de mí. Estas condiciones me parecen muy generosas y son una buena base para una paz justa y duradera. Me pedís que las rechace, así que os pregunto, Caballero de la Cebolla, ¿qué me ofrece Stannis a cambio de mi lealtad?

«Guerra, pesar y los gritos de hombres al arder», podría haber respondido Davos.

—La oportunidad de cumplir vuestro deber —fue lo que dijo. Era la respuesta que Stannis habría dado a Wyman Manderly.

«El rey habla a través de la mano.»

—Mi deber. Ya. —Lord Wyman se recostó en el trono.

—Puerto Blanco no tiene la fuerza suficiente para resistir por sí mismo. Necesitáis a su alteza tanto como él os necesita a vos. Juntos seréis capaces de derrotar a vuestros enemigos comunes.

—Mi señor —intervino ser Marlon—, ¿me permitís que haga unas cuantas preguntas a lord Davos?

—Como queráis, primo. —Lord Wyman cerró los ojos, y ser Marlon se volvió hacia Davos.

—Decidnos, ¿cuántos señores norteños han jurado lealtad a Stannis?

—Arnolf Karstark ha prometido unirse a su alteza.

—Arnolf no es señor, sino castellano. Pero decidme, ¿de qué castillos dispone en estos momentos lord Stannis?

—Su alteza se ha asentado en Fuerte de la Noche, y en el sur cuenta con Bastión de Tormentas y Rocadragón.

—De momento —puntualizó el maestre Theomore tras carraspear de nuevo—. Bastión de Tormentas y Rocadragón están mal defendidos y no tardarán en caer. En cuanto a Fuerte de la Noche, es un lugar horroroso, una ruina plagada de espíritus.

—¿Podéis decirnos con cuántos hombres cuenta Stannis? —siguió ser Marlon—. ¿Cuántos caballeros cabalgan con él? ¿Cuántos arqueros? ¿Cuántos jinetes libres? ¿Cuántos soldados?

«Demasiado pocos.» Davos lo sabía muy bien. Stannis había llegado al norte con mil quinientos hombres, pero si lo confesaba, su misión estaría abocada al fracaso. Trató de dar con las palabras adecuadas, pero no acudieron.

—Vuestro silencio es toda la respuesta que necesito. Vuestro rey no nos trae más que enemigos. —Ser Marlon se volvió hacia su señor primo—. Su señoría ha preguntado al Caballero de la Cebolla qué nos ofrece Stannis. Yo os lo diré: nos ofrece derrota y muerte. Quiere que montéis a lomos de un caballo de aire y plantéis batalla con una espada de viento.

El gordo señor abrió los ojos muy despacio, como si el esfuerzo fuera excesivo para él.

—Como de costumbre, mi primo pone el dedo en la llaga. ¿Tenéis algo más que decirme, Caballero de la Cebolla, o puedo poner fin a esta farsa de titiriteros? Me estoy cansando de veros.

Davos sintió un aguijonazo de desesperación.

«Su alteza debería haber enviado a otro, a un señor, a un caballero, a un maestre, a alguien capaz de hablar en su nombre sin hacerse la lengua un lío.»

—Muerte —se oyó decir—. Habrá muerte, sí. Su señoría ya perdió un hijo en la Boda Roja. Yo perdí cuatro en el Aguasnegras. Y todo eso, ¿por qué? Porque los Lannister se han apoderado del trono. Si no me creéis a mí, id a Desembarco del Rey y mirad a Tommen con vuestros propios ojos. Hasta un ciego lo vería. ¿Qué os ofrece Stannis? Venganza.

Venganza para mis hijos y los vuestros, venganza para vuestros esposos, padres y hermanos. Venganza para vuestro señor asesinado, vuestro rey asesinado, vuestros príncipes masacrados. ¡Venganza!

—¡Sí! —exclamó una voz aguda. Era la de la joven de cejas rubias y larga trenza verde—. Ellos mataron a lord Eddard, a lady Catelyn y al rey Robb. ¡Era nuestro rey! Era bueno y valiente, y los Frey lo asesinaron. Si lord Stannis está dispuesto a vengarlo, deberíamos unirnos a él.

—Cada vez que abres la boca me entran ganas de mandarte con las hermanas silenciosas, Wylla —dijo Manderly, atrayéndola hacia sí.

—Solo he dicho...

—Ya te hemos oído —interrumpió su hermana—. Niñerías. No debes hablar mal de nuestros amigos los Frey; muy pronto, uno de ellos será tu esposo y señor.

—Ni hablar. —La chica sacudió la cabeza—. Me niego. Jamás. Ellos mataron al rey.

—¡Te casarás con quien te digamos! —Lord Wyman tenía el rostro congestionado—. Cuando llegue el momento pronunciarás tus votos nupciales; de lo contrario, te unirás a las hermanas silenciosas y no volverás a hablar nunca más.

—Abuelo, por favor... —La pobre chica parecía aterrada.

—Cállate, niña —intervino lady Leona—. Ya has oído a tu abuelo. ¡Cállate! Tú no sabes nada.

—Sé qué es una promesa —insistió la muchacha—. ¡Decídselo vos, maestre Theomore! Mil años antes de la Conquista se hizo una promesa, se hicieron juramentos en la Guarida del Lobo, ¡se juró ante los dioses antiguos y los nuevos! Cuando estábamos solos y no teníamos amigos, cuando nos habían expulsado de nuestro hogar y nuestras vidas peligraban, los lobos nos aceptaron, nos dieron de comer y nos protegieron de nuestros enemigos. Esta ciudad se construyó en las tierras que nos entregaron, y a cambio juramos que siempre les seríamos leales. ¡A los Stark!

—Se hizo un solemne juramento a los Stark de Invernalia, sí —dijo el maestre, jugueteando con la cadena que llevaba el cuello—. Pero Invernalia ha caído y la casa de Stark se ha extinguido.

—¡Porque estos los han matado a todos!

—¿Me permitís, lord Wyman? —intervino otro Frey.

—Rhaegar. —Wyman Manderly asintió—. Siempre nos complace escuchar vuestros nobles consejos.

Rhaegar Frey se inclinó para reconocer el cumplido. Era un hombre de alrededor de treinta años, de hombros y barriga redondeados, pero su atuendo era lujoso: jubón de suave lana gris con bordados de hilo de plata, y capa también de hilo de plata con ribete de piel de marta, que se cerraba en torno al cuello con un broche que representaba las torres gemelas.

—La lealtad es una virtud, lady Wylla —dijo a la muchacha de la trenza verde—. Espero que seáis igual de leal a Walder el Pequeño cuando os unáis a él en matrimonio. En cuanto a los Stark, se ha extinguido la línea masculina de la casa. Todos los hijos de lord Eddard han muerto, pero sus hijas viven, y la pequeña vuelve al norte en estos momentos para casarse con el valiente Ramsay Bolton.

—Ramsay Nieve —replicó Wylla Manderly.

—Como queráis. Sea cual sea el nombre por el que decidáis llamarlo, pronto estará casado con Arya Stark. Si sois fiel a vuestra promesa le juraréis lealtad a él, ya que será vuestro señor de Invernalia.

—¡Nunca será mi señor! Obligó a lady Hornwood a casarse con él, y luego la encerró en una mazmorra y la obligó a comerse sus propios dedos.

Los murmullos de asentimiento recorrieron la sala de justicia del Tritón.

—A la doncella no le falta razón —declaró un hombre corpulento vestido de blanco y violeta, que se sujetaba la capa con un broche con forma de dos llaves cruzadas—. Roose Bolton es cruel y taimado, sí, pero se puede tratar con él. Todos hemos conocido a gente peor. En cambio, su bastardo... Se dice que su crueldad raya en la locura, que es un monstruo.

—¿«Se dice»? —Rhaegar Frey lucía una barba sedosa y una sonrisa cínica—. Sí, claro, es lo que dicen sus enemigos..., pero aquí, el monstruo era el Joven Lobo, más bestia que hombre, hinchado de orgullo y sed de sangre. Y su palabra no valía nada, tal como tuvo la desgracia de descubrir mi señor abuelo. —Extendió las manos—. Entiendo que Puerto Blanco le prestara apoyo; mi señor abuelo cometió el mismo error espantoso. Puerto Blanco y Los Gemelos lucharon hombro con hombro con el Joven Lobo en todas sus batallas, bajo sus estandartes. Robb Stark nos traicionó a todos; abandonó al norte, lo dejó a la cruel merced de los hombres del hierro para labrarse un reino más hermoso a lo largo del Tridente, y luego abandonó a los señores del río, que lo habían arriesgado todo por él; rompió el pacto de matrimonio que había firmado con mi abuelo para casarse con la primera mujer que se encontró en el oeste. ¿Un joven lobo? Un perro vil, eso es lo que era, y como tal merecía morir.

La sala del Tritón había quedado en un silencio absoluto. Davos notaba la gelidez en el aire. Lord Wyman miraba fijamente a Rhaegar como si fuera una cucaracha a la que tuviera ganas de pisar, pero de repente movió la cabeza en un asentimiento brusco que le hizo temblar la papada.

—Como un perro, sí. Solo nos trajo dolor y muerte. Un perro vil. Proseguid.

—Dolor y muerte —repitió Rhaegar Frey—, y este Caballero de la Cebolla os trae más de lo mismo con toda su palabrería sobre la venganza. Abrid los ojos, como los abrió mi señor abuelo. La guerra de los Cinco Reyes toca a su fin. Tommen es nuestro rey, nuestro único rey. Tenemos que ayudarlo a restañar las heridas de esta lamentable contienda. Como hijo legítimo de Robert, como heredero del venado y del león, el Trono de Hierro le corresponde por derecho.

—Sabias y ciertas palabras —dijo lord Wyman Manderly.

—¡No son sabias ni ciertas! —Wylla Manderly golpeó el suelo con el pie.

—Condenada chiquilla, ¿quieres callarte? —amonestó lady Leona—. Las niñas deben ser un placer para los ojos, no un tormento para los oídos.

Agarró a la chica por la trenza y se la llevó a rastras, sin conseguir que dejara de gritar.

«Adiós a la única amiga que tenía en este lugar», pensó Davos.

—Wylla siempre ha sido una niña muy testaruda —dijo su hermana a modo de disculpa—. Mucho me temo que también será una esposa muy testaruda.

—No me cabe duda de que el matrimonio la ablandará. —Rhaegar se encogió de hombros—. Basta con una mano firme y unas palabras sosegadas.

—Si no, siempre quedan las hermanas silenciosas. —Lord Wyman se acomodó en el asiento—. En cuanto a vos, Caballero de la Cebolla, ya estoy harto de oír hablar de traición. Me pedís que ponga en peligro mi ciudad por un falso rey y un falso dios. Queréis que sacrifique al único hijo que me queda para que Stannis Baratheon pueda plantar ese culo flaco en un trono al que no tiene derecho. No estoy dispuesto a hacer tal cosa ni por vos, ni por vuestro señor, ni por nadie. —El señor de Puerto Blanco se puso en pie laboriosamente. El esfuerzo le congestionó el cuello—. Seguís siendo un contrabandista; habéis venido a robar mi oro y mi sangre, ¡queréis llevaros la cabeza de mi hijo! Creo que seré yo quien se lleve la vuestra. ¡Guardias! ¡Apresad a este hombre!

Davos se encontró rodeado de tridentes plateados antes de que le diera tiempo siquiera a pensar en hacer nada.

—Soy un emisario, mi señor.

—¿De verdad? Os habéis colado en mi ciudad como un contrabandista. Yo diría que no tenéis nada de señor, de caballero ni de emisario; que solo sois un ladrón y un espía, un mercachifle de mentiras y traiciones. Debería arrancaros la lengua con unas tenazas al rojo y entregaros a Fuerte Terror para que os desollaran vivo. Pero la Madre es misericordiosa, y yo también. —Hizo un gesto a ser Marlon para que se acercara—. Primo, llévate a este individuo a la Guarida del Lobo y córtale la cabeza y las manos. Quiero verlas antes de cenar. No podré probar bocado hasta haber visto la cabeza de este contrabandista en una pica, con una cebolla entre sus dientes mentirosos.

Hediondo

Le dieron un caballo, un estandarte, un jubón de lana suave y una cálida capa de piel, y lo dejaron en libertad. Por una vez, no apestaba.

—Vuelve con el castillo —le había dicho Damon Bailaparamí, mientras ayudaba al tembloroso Hediondo a montar en la silla—, o trata de huir y ya veremos hasta dónde llegas antes de que te atrapemos. A él le encantaría. —Sonrió antes de dar un fustazo en la grupa al viejo caballo para que se pusiera en marcha.

Hediondo no se atrevió a volver la vista por miedo a que Damon, Polla Amarilla, Gruñón y los demás fueran tras él, a que todo fuera otra broma de lord Ramsay, una prueba cruel para ver qué hacía si le daban un caballo y lo dejaban libre.

«¿Creen que voy a intentar escapar?»

El animal que le habían dado era un jamelgo medio famélico de patas torcidas. Sabía que a sus lomos le resultaría imposible dejar atrás a las excelentes monturas que llevarían lord Ramsay y sus cazadores. Y no había cosa en el mundo que Ramsay disfrutara más que lanzar a sus chicas a aullar tras el rastro de una presa.

Además, ¿adónde podía huir? A su espalda quedaban los campamentos, donde estaban los hombres de Fuerte Terror y también los que los Ryswell habían llevado de los Riachuelos, separados solo por las huestes de Fuerte Túmulo. Al sur de Foso Cailin, otro ejército se acercaba a través del cenagal, un ejército de hombres de los Bolton y los Frey que marchaba bajo los estandartes de Fuerte Terror. Al este del camino se extendía una playa desierta, junto al frío mar salado, y al oeste estaban los pantanos y ciénagas del Cuello, infestados de serpientes, lagartos león y demonios del pantano con sus flechas envenenadas.

No pensaba escapar. No podía.

«Le entregaré el castillo. Le entregaré el castillo. Tengo que entregarle el castillo.»

Era un día gris; lloviznaba. El viento que soplaba del sur era húmedo como un beso. Las ruinas de Foso Cailin se divisaban a lo lejos entre jirones de bruma matutina. Su caballo se encaminó hacia ellas al paso, chapoteando con los cascos en el lodo gris verdoso que cubría el suelo.

«Ya había pasado por este camino.» Era un pensamiento peligroso, y al momento se arrepintió.

—No —dijo—. No, fue otro hombre, fue antes de que supieras cómo te llamabas.

Se llamaba Hediondo; tenía que recordarlo.

«Hediondo, Hediondo, rima con lirondo.»

Cuando aquel otro hombre había recorrido aquel camino, lo seguía un gran ejército del norte que iba a la guerra bajo los estandartes grises y blancos de la casa Stark. En cambio, Hediondo cabalgaba a solas, con una bandera de paz atada a un asta de pino. El otro hombre cabalgó por allí a lomos de un corcel rápido y brioso; Hediondo iba en un caballo reventado, todo piel, huesos y costillas, y lo guiaba despacio por miedo a caerse. El otro hombre era buen jinete, mientras que Hediondo se sentía inseguro a caballo. ¡Había pasado tanto tiempo...! No tenía nada de jinete; ni siquiera de hombre. Era la criatura de lord Ramsay, menos que un perro, un gusano con forma humana.

—Te harás pasar por príncipe —le había dicho lord Ramsay la noche anterior mientras Hediondo se remojaba en una bañera de agua casi hirviendo—, pero sabemos que no es verdad. Eres Hediondo; siempre serás Hediondo, por bien que huelas. Puede que te engañe la nariz, así que recuerda tu nombre. Recuerda quién eres.

—Hediondo —respondió—. Soy vuestro Hediondo.

—Tú haz esto por mí y serás mi perro; te echaré carne todos los días —le prometió lord Ramsay—. Sentirás la tentación de traicionarme, de huir, de luchar, de unirte a nuestros enemigos... No, no, calla. No quiero que lo niegues. Como me mientas, te corto la lengua. Un hombre, en tu lugar, se volvería contra mí, pero los dos sabemos qué eres, ¿no? Traicióname si quieres, no importa... Pero antes cuéntate los dedos y acuérdate del precio.

Hediondo recordaba el precio.

«Siete —pensó—, siete dedos. Se pueden hacer muchas cosas con siete dedos. El siete es hasta sagrado.» Recordó cuánto había sufrido cuando lord Ramsay ordenó a Desollador que le despellejara el anular.

El aire era denso y húmedo, y había charcos por doquier. Hediondo fue sorteándolos con suma cautela para seguir los restos del camino de troncos y tablones que había tendido la vanguardia de Robb Stark por el suelo blando para acelerar la marcha del ejército. Allí donde se había levantado una imponente muralla quedaban solo sillares dispersos, bloques de basalto negro tan grandes que habían hecho falta cien hombres para colocarlos. Algunos se habían hundido tanto en el lodo que solo se atisbaba una punta, mientras que otros estaban esparcidos aquí y allá, como los juguetes abandonados de un dios, agrietados, rotos y cubiertos de líquenes. Las lluvias de la noche anterior habían dejado las rocas húmedas y brillantes, y el sol de la mañana hacía que parecieran cubiertas por una fina película de aceite negro.

Más allá se alzaban las torres.

La Torre del Borracho estaba tan inclinada que parecía a punto de derrumbarse, tal como había estado durante cinco siglos. La Torre de los Hijos se erguía hacia el cielo recta como una lanza, pero su cúspide derruida quedaba abierta al viento y a la lluvia. La Torre de la Entrada, de estructura achaparrada, era la mayor de las tres y estaba cubierta de musgo resbaladizo; un arbolillo retorcido crecía ladeado entre las piedras de la cara norte, y al este y al oeste aún quedaban en pie algunos trozos de muro.

«Los Karstark se quedaron con la Torre del Borracho y los Umber con la Torre de los Hijos —recordó—. Robb eligió para sí la Torre de la Entrada.»

Si cerraba los ojos, todavía podía ver los estandartes que ondeaban valerosos al viento del norte.

«Ya no queda ninguno; todos han caído.» El viento que le azotaba las mejillas venía del sur, y los únicos estandartes que ondeaban sobre los restos de Foso Cailin mostraban un kraken de oro sobre campo de sable.

Lo vigilaban; sentía los ojos clavados en él. Cuando levantó la vista divisó los rostros blancos que oteaban entre las almenas de la Torre de la Puerta y entre los ladrillos rotos que coronaban la Torre de los Hijos, donde, según la leyenda, los hijos del bosque habían invocado el martillo de las aguas para dividir en dos las tierras de Poniente.

La única vía seca para cruzar el Cuello era el cenagal, y las torres de Foso Cailin taponaban el extremo norte como el corcho de una botella. El camino era angosto, y las ruinas estaban situadas de tal forma que cualquier enemigo que llegara del sur tuviera que pasar bajo ellas y entre ellas. Para asaltar cualquiera de las tres torres, el atacante tendría que mostrar la espalda y dejarla expuesta a las flechas de las otras dos, mientras trepaba por muros de piedra húmeda festoneadas de gallardetes de resbaladiza piel blanca de fantasma. El terreno cenagoso de más allá del camino era infranqueable, un laberinto de arenas movedizas y extensiones de hierba que podían parecer tierra firme pero se tornaban en agua en cuanto se pisaban, todo ello infestado de serpientes mortíferas, flores venenosas y monstruosos lagartos león con dientes como puñales. Igual de peligrosos eran sus habitantes, a los que rara vez se veía pero que siempre estaban al acecho: los moradores de los pantanos, los comerranas y los embarrados. Utilizaban nombres como Fenn, Reed,

Peat, Boggs, Cray, Quagg, Greengood o Blackmyre. Los hijos del hierro los llamaban «demonios de los pantanos».

Hediondo pasó junto a los restos putrefactos de un caballo que tenía una flecha en el cuello. Una larga serpiente blanca estaba metiéndosele por la cuenca del ojo. Detrás del caballo vio al jinete, o lo que quedaba de él. Los cuervos le habían devorado la carne de la cara, y un perro salvaje había horadado la cota de malla para llegar a sus entrañas. Un poco más allá, otro cadáver se había hundido tanto en el lodo que solo asomaban la cabeza y los dedos.

A medida que se acercaba a las torres, los cadáveres abundaban más y más a ambos lados. Los botones de sangre, unas flores de color claro con pétalos gruesos y húmedos como los labios de una mujer, crecían en las heridas abiertas.

«La guarnición no me reconocerá.» Tal vez algunos se acordaran del joven que había sido antes de aprenderse su nombre, pero no conocerían de nada a Hediondo. Hacía mucho que no se miraba al espejo, pero sabía que debía de estar muy envejecido. El pelo se le había puesto blanco. Buena parte se le había caído, y el que le quedaba estaba reseco y quebradizo como la paja. Las mazmorras lo habían dejado más débil que una vieja y tan flaco que una ráfaga de viento lo derribaría.

En cuanto a las manos... Ramsay le había dado unos guantes para ocultar que le faltaban dedos, y eran unos guantes buenos, finos, de cuero negro flexible, pero cualquiera que se fijara vería que no doblaba tres de los dedos.

—¡Alto ahí! —clamó una voz—. ¿Qué queréis?

—Hablar. —Espoleó al caballo al tiempo que agitaba la bandera de paz de modo que no pudieran dejar de verla—. Vengo desarmado.

No obtuvo respuesta. Sabía que, tras los muros, los hombres del hierro debatían si debían dejarlo entrar o acribillarlo a flechazos.

«No importa.» Una muerte rápida sería mil veces mejor que volver con un fracaso a lord Ramsay.

En aquel momento, las puertas de guardia se abrieron de par en par.

—¡Deprisa!

Hediondo estaba girando hacia el lugar desde donde lo llamaban cuando llegó la flecha. Venía de su derecha, del lugar donde grandes trozos de muralla derrumbada yacían medio hundidos en el pantano. La flecha se clavó entre los pliegues de su bandera y quedó colgando, con la punta a un palmo de su rostro. Se llevó un sobresalto tal que soltó la bandera de paz y se cayó de la silla.

—¡Adentro! —gritó la voz—. ¡Deprisa, idiota, deprisa!

Hediondo subió a gatas por los peldaños mientras otra flecha silbaba sobre su cabeza. Unas manos lo agarraron y lo arrastraron adentro, y oyó cerrarse la puerta a sus espaldas con un fuerte golpe. Lo pusieron en pie, lo empujaron contra una pared y le apretaron un cuchillo contra el cuello. Era un hombre barbudo, y tenía la cara tan cerca de la suya que habría podido contarle los pelos de la nariz.

—¿Quién eres? ¿A qué vienes? Responde, venga, o te hago lo mismo que a él.

El guardia movió la cabeza para señalar el cadáver que se pudría en el suelo junto a la puerta, con la carne verde infestada de gusanos.

—Soy hijo del hierro —mintió. El joven que había sido sí que era hijo del hierro, pero Hediondo había nacido en las mazmorras de Fuerte Terror—. Mírame bien. Soy el hijo de lord Balon. Soy tu príncipe. —Tendría que haber pronunciado su nombre, pero se le atascaba en la garganta.

«Hediondo, soy Hediondo, rima con hondo.» No, debía olvidarlo de momento. Nadie, por desesperada que fuera su situación, se rendiría a un ser como Hediondo. Tenía que fingir que era un príncipe de nuevo.

El hombre que lo había capturado le examinó la cara con expresión de desconfianza. Tenía los dientes marrones, y el aliento le apestaba a cerveza y cebolla.

—Los hijos de lord Balon murieron.

—Mis hermanos, no yo. Lord Ramsay me tomó prisionero después de lo de Invernalia. Me envía a pactar con vos. ¿Estáis al mando?

—¿Yo? —Bajó el cuchillo y dio un paso atrás, con lo que estuvo a punto de tropezar con el cadáver—. No, no, mi señor. —Tenía la cota de malla oxidada y las prendas de cuero medio podridas. En el dorso de su mano, una llaga abierta rezumaba sangre—. Al mando está Ralf Kenning; lo ha dicho el capitán. Yo vigilo la puerta y nada más.

—¿Quién era este? —Hediondo dio una patada al cadáver.

El guardia se quedó mirando al muerto como si no lo hubiera visto hasta entonces.

—¿Ese? Bebió el agua. Tuve que cortarle el cuello para que dejara de gritar. Estaba mal de la tripa; es que no se puede beber el agua, para eso tenemos la cerveza. —El guardia se frotó la cara. Tenía los ojos hinchados y enrojecidos—. Antes arrastrábamos a los muertos a las bodegas, porque las criptas están inundadas. Ahora nadie se toma la molestia, así que los dejamos allí donde caen.

—Las bodegas son más adecuadas. Entregadlos al agua, al Dios Ahogado.

—Aquí abajo no hay dioses, mi señor —replicó el hombre, riendo—. Solo ratas y serpientes acuáticas, unos bichos blancos del grosor de vuestra pierna. A veces suben por las escaleras y nos muerden mientras dormimos.

Hediondo se acordó de las mazmorras de Fuerte Terror que había dejado, de la rata que se retorcía mientras la devoraba, del sabor de la sangre caliente en los labios.

«Si fracaso, Ramsay me meterá ahí otra vez, pero antes me desollará otro dedo.»

—¿Cuántos hombres quedan en la guarnición?

—Unos cuantos —replicó el hijo del hierro—. No estoy seguro. Menos que antes. También hay unos cuantos en la Torre del Borracho, creo. En la Torre de los Hijos, no; no queda nadie. Dagon Codd pasó por allí hace unos días y dijo que solo quedaban dos vivos, que se estaban comiendo a los muertos. Dice que los pasó por la espada.

«Foso Cailin ha caído —comprendió Hediondo—, lo que pasa es que nadie se lo ha dicho a estos.» Se frotó la boca para ocultar los dientes rotos.

—Tengo que hablar con vuestro comandante.

—¿Con Kenning? —El guardia lo miró desconcertado—. No os dirá gran cosa; se está muriendo. A lo mejor se ha muerto ya. No lo veo desde... Ni me acuerdo de cuánto hace que no lo veo.

—¿Dónde está? Llévame ante él.

—¿Y quién vigilará la puerta?

—Este. —Hediondo dio una patadita al cadáver, lo que hizo reír al otro hombre.

—Claro, ¿por qué no? Venid conmigo. —Cogió una antorcha de la pared y la sacudió hasta que la llama ardió con intensidad—. Por aquí.

El guardia lo precedió por una puerta que daba a una escalera de caracol; la luz de la antorcha brillaba contra los negros muros de piedra.

La estancia superior era oscura y calurosa, y estaba llena de humo. Habían colgado una piel harapienta ante la estrecha ventana para impedir el paso de la humedad, y una lasca de turba ardía en el brasero. La habitación apestaba a moho, heces y orina, el hedor de la enfermedad. El suelo estaba cubierto de juncos sucios, y en un rincón, una pila de paja hacía las veces de cama.

Ralf Kenning tiritaba bajo una montaña de pieles, con sus armas a un lado: hacha y espada, cota de malla, yelmo... En el escudo se veía la mano nebulosa del dios de la tormenta con un rayo entre los dedos, preparado para lanzarlo contra el mar embravecido, pero la pintura estaba descolorida y descascarillada, y la madera había empezado a pudrirse.

Ralf también se pudría. Estaba desnudo y febril bajo las pieles, con la carne blancuzca e hinchada llena de llagas y costras. Tenía la cabeza deformada, con una mejilla hinchada hasta niveles grotescos y el cuello tan embotado de sangre que parecía a punto de engullirle la cara. También tenía el brazo de ese lado hinchado como un tronco, y lleno de gusanos blancos. Por su aspecto, era obvio que no lo bañaban ni lo afeitaban desde hacía muchos días. De un ojo le manaban lagrimones de pus, y tenía la barba llena de costras de vómito seco.

—¿Qué le ha pasado? —preguntó Hediondo.

—Estaba en las almenas y un demonio de los pantanos le disparó una flecha. No le hizo más que un arañazo, pero... Por lo visto las envenenan; impregnan las puntas con mierda y cosas peores. Le echamos vino hirviendo en la herida, pero no sirvió de nada.

«No puedo tratar con él.»

—Mátalo —ordenó Hediondo al guardia—. Ya ha perdido la cabeza; la tiene llena de sangre y gusanos.

—Pero... —El hombre lo miró de hito en hito—. El capitán lo puso al mando.

—A un caballo lo rematarías.

—¿A qué caballo? Yo nunca he tenido caballo.

«Yo sí. —Lo invadió una oleada de recuerdos. Los relinchos de Sonrisas sonaban casi como gritos humanos cuando se alzó sobre las patas traseras, con las crines en llamas, cegado por dolor y lanzando coces—. No, no. No era mío, no era mío. Hediondo nunca ha tenido caballo.»

—Ya lo mato yo.

Hediondo cogió la espada de Ralf Kenning, que estaba apoyada contra el escudo. Aún le quedaban suficientes dedos para empuñarla. Cuando rozó el hinchado cuello del ser que yacía en la paja con el filo de la hoja, la piel se abrió y la sangre negra empezó a manar, mezclada con el pus amarillento. Kenning se convulsionó y después quedó inmóvil. Una peste repugnante llenó la estancia. Hediondo corrió hacia las escaleras, donde el aire era húmedo y frío, pero mucho más limpio en comparación. El hijo del hierro salió tras él, muy pálido. Tenía que hacer un verdadero esfuerzo para no vomitar. Hediondo lo agarró por el brazo.

—¿Quién era el segundo al mando? ¿Dónde está el resto de los hombres?

—En las almenas, o abajo, en el salón principal, durmiendo, bebiendo... Si queréis os llevo.

—Vamos. —Ramsay le había dado un solo día.

El salón principal era de piedra oscura y techos altos, lleno de corrientes y jirones de humo, con los muros blancuzcos manchados de moho. Un fuego de turba ardía débilmente en la chimenea ennegrecida por las llamas del pasado. Una colosal mesa de piedra labrada ocupaba la mayor parte de la estancia desde hacía siglos.

«Ahí fue donde me senté la última vez que estuve aquí —recordó—. Robb presidía la mesa, con el Gran Jon a la derecha y Roose Bolton a la izquierda. Los Glover estaban sentados junto a Herman Tallhart, y Karstark y sus hijos, enfrente.»

Alrededor de la mesa, un par de docenas de hijos del hierro se dedicaba a beber. Unos pocos lo miraron con ojos apagados, inexpresivos, pero casi todos hicieron caso omiso de su llegada. No conocía a ninguno. Varios lucían en la capa un broche con forma de bacalao plateado. Los Codd no estaban bien considerados en las islas del Hierro: se decía que los hombres eran ladrones y cobardes, y las mujeres, unas rameras que yacían con sus propios padres y hermanos. No lo sorprendía que su tío hubiera preferido dejar atrás a aquellos hombres cuando la Flota de Hierro zarpó de vuelta a casa.

—Ralf Kenning ha muerto —anunció—. ¿Quién está al mando?

Los bebedores lo miraron sin entender. Uno se echó a reír; otro escupió al suelo.

—¿Quién quiere saberlo? —preguntó al cabo uno de ellos.

—El hijo de lord Balon. —«Hediondo, me llamo Hediondo, rima con sabihondo»—. Vengo por orden de Ramsay Bolton, señor de Hornwood y heredero de Fuerte Terror, que me tomó prisionero en Invernalia. Tenéis su ejército al norte, y el de su padre, al sur. Pero lord Ramsay está dispuesto a mostrarse magnánimo si le entregáis Foso Cailin antes de la puesta de sol.

Sacó la carta que le habían dado y la tiró a la mesa, ante los hombres que bebían. Uno de ellos la cogió, le dio unas vueltas entre las manos y toqueteó el sello de lacre rosa.

—Un pergamino —dijo al final—. ¿Para qué nos sirve? Lo que necesitamos aquí es queso y carne.

—Querrás decir acero —señaló el que estaba a su lado, un hombre de barba canosa con el brazo izquierdo rematado en un muñón—. Espadas, hachas. Eso y arcos, cien arcos más, y hombres que lancen las flechas.

—Los hijos del hierro no se rinden —dijo una tercera voz.

—Eso id a contárselo a mi padre. Lord Balon dobló la rodilla en cuanto Robert derribó su muralla; de lo contrario habría muerto, igual que moriréis vosotros si no os rendís. —Señaló el pergamino—. Romped el sello y leed lo que pone. Es un salvoconducto de puño y letra de lord Ramsay. Entregad las espadas y venid conmigo, y su señoría os dará de comer y os dejará ir a la costa Pedregosa para buscar un barco que os lleve a casa. De lo contrario, moriréis.

—¿Es una amenaza? —Un Codd se puso en pie. Era un hombretón corpulento, pero de ojos saltones, boca ancha y piel blanca, mortecina, como si su padre lo hubiera engendrado con un pez; en cualquier caso, llevaba una espada larga—. Dagon Codd no se rinde ante nadie.

«No, por favor, tenéis que hacer lo que os digo. —Solo con pensar lo que le haría Ramsay si volvía al campamento sin la rendición del fuerte estuvo a punto de mearse en los calzones—. Hediondo, Hediondo, rima con mondo.»

—¿Esa es vuestra respuesta? —Las palabras le resonaron débiles en los oídos—. ¿Este bacalao habla por todos vosotros?

El guardia que le había abierto la puerta no parecía tan seguro.

—Victarion nos ordenó defender el fuerte, que lo oí yo: «No os mováis de aquí hasta que vuelva». Se lo dijo a Kenning.

—Sí —intervino el manco—, eso dijo. Tuvo que irse a la asamblea de sucesión, pero nos juró que volvería con una corona de madera de deriva en la cabeza y seguido por un millar de hombres.

—Mi tío no volverá —dijo Hediondo—. En la asamblea de sucesión se coronó a su hermano Euron, y Ojo de Cuervo tiene otras guerras que librar. ¿Creéis que os tiene en alguna estima? Pues no es así. Os abandonó a vuestra suerte; se os quitó de encima como se quita el lodo de las botas cuando llega a la orilla.

Por los ojos de los hombres, por las miradas que cruzaron y por sus ceños fruncidos, supo que había dado en el clavo.

«Todos temían que los hubieran abandonado, pero he tenido que llegar yo para transformar ese temor en certidumbre.» No eran parientes de capitanes célebres; por sus venas no corría la sangre de las grandes casas de las islas del Hierro. Los habían engendrado esclavos y esposas de sal.

—Si nos rendimos, ¿nos marchamos y ya está? —preguntó el manco—. ¿Eso pone ahí? —Señaló el pergamino, con el lacre todavía intacto.

—Léelo tú mismo —respondió, aunque estaba casi seguro de que ninguno de ellos sabía leer—. Lord Ramsay da un trato honorable a sus prisioneros mientras le sean leales. —«Solo me ha quitado dedos, y esa otra cosa, cuando podría haberme cortado la lengua o haberme pelado las piernas hasta el muslo»—. Rendidle las armas y viviréis.

—Mentiroso. —Dagon Codd desenvainó la espada larga—. Te llaman Cambiacapas, ¿por qué vamos a creer lo que nos prometas?

«Está borracho —comprendió Hediondo—; la cerveza habla por él.»

—Puedes pensar lo que te dé la gana. Yo he cumplido trayéndoos el mensaje de lord Ramsay, y ahora me vuelvo con él. Esta noche cenaremos jabalí con colinabos, regado con buen vino tinto. Los que me sigan participarán del banquete; los demás, morirán hoy mismo. El señor de Fuerte Terror vendrá con sus caballeros por el cenagal, y las huestes de su hijo caerán sobre vosotros desde el norte. No habrá cuartel. Los que mueran luchando serán los afortunados; los supervivientes irán a parar a manos de los demonios de los pantanos.

—¡Basta! —rugió Dagon Codd—. ¿Crees que vas a asustar a los hijos del hierro con palabras? Vete, corre con tu amo antes de que te raje y te haga comerte las tripas.

Tal vez habría añadido algo, pero de repente abrió desmesuradamente los ojos, y un hacha arrojadiza le brotó del centro de la frente. La espada resbaló de entre sus dedos, y Codd se agitó como un pez en el anzuelo antes de caer de bruces en la mesa.

El manco había lanzado el hacha. Se puso de pie y mostró que ya tenía otra en la mano.

—¿Quién más quiere morir? —preguntó al resto de bebedores—. Solo tenéis que decirlo para que se cumplan vuestros deseos. —Finos regueros de sangre corrían por la piedra desde el charco de sangre que se había formado bajo la cabeza de Dagon Codd—. Yo en cambio quiero vivir, y no pienso pudrirme aquí.

Uno de los hombres bebió un trago de cerveza; otro vació la jarra para dispersar un hilo de sangre antes de que llegara adonde estaba sentado. Nadie dijo nada. Cuando el manco volvió a colgarse el hacha del cinturón, Hediondo supo que había ganado. Casi volvió a sentirse hombre.

«Lord Ramsay estará contento conmigo.»

Arrió el estandarte del kraken con sus propias manos, con cierta torpeza porque le faltaban algunos dedos, pero agradecido por los que lord Ramsay le había permitido conservar. Los hijos del hierro no estuvieron preparados para partir hasta media tarde. Eran más dc los que había imaginado: cuarenta y siete en la Torre de la Puerta y otros dieciocho en la del Borracho. Dos de los últimos estaban tan próximos a la muerte que no se podía hacer nada por ellos, mientras que otros cinco se encontraban tan débiles que eran incapaces de caminar, pero aun así quedaban cincuenta y ocho en condiciones de luchar. Pese a su estado, se habrían llevado por delante al triple de hombres de lord Ramsay si este hubiera optado por asaltar las ruinas.

«Hizo bien en enviarme», se dijo Hediondo mientras volvía a montar a lomos de su caballo para guiar a la harapienta columna por el terreno pantanoso, hacia el campamento de los norteños.

—Dejad aquí las armas —dijo a los prisioneros—. Espadas, arcos, puñales, todo. Dispararán contra cualquiera que vaya armado.

Tardaron tres veces más de lo que le había llevado a Hediondo recorrer a solas el camino. Habían armado unas parihuelas rudimentarias para cuatro hombres que no podían andar, y al quinto lo llevaba su hijo a cuestas. La marcha era lenta, y los hijos del hierro sabían muy bien lo expuestos que estaban, a tiro de arco de los demonios de los pantanos y sus flechas envenenadas.

«Si muero, muero. —Hediondo solo esperaba que el arquero tuviera buena puntería, para que la muerte fuera rápida y limpia—. Una muerte de hombre, no el final que tuvo Ralf Kenning.»

El manco encabezaba la procesión, caminando con un marcado cojeo. Le dijo que se llamaba Adrack Humble y que tenía una esposa de roca y tres esposas de sal en Gran Wyk.

—Tres de mis mujeres tenían una barriga cuando embarqué —fanfarroneó—, y entre los Humble son frecuentes los gemelos. Lo primero que tendré que hacer cuando llegue será contar a mis nuevos hijos. A lo mejor le pongo a uno vuestro nombre, mi señor.

«Sí, llámalo Hediondo —pensó—, y cuando se porte mal puedes cortarle los dedos de los pies y darle ratas para comer.» Giró la cabeza para escupir y se preguntó si, al fin y al cabo, Ralf Kenning no habría tenido más suerte que él.

Cuando apareció ante ellos el campamento de lord Ramsay, una llovizna había empezado a rezumar del cielo de color grafito. El centinela los vio pasar en silencio. En el aire flotaba el humo de las hogueras para cocinar. Una columna de jinetes cabalgó hasta ellos, encabezada por un señor menor que ostentaba una cabeza de caballo en el escudo.

«Un hijo de lord Ryswell. ¿Roger o Richard?» Nunca era capaz de distinguirlos.

—¿No había más? —le preguntó el jinete desde su corcel castaño.

—Los otros estaban muertos, mi señor.

—Pues creía que serían más. Los atacamos tres veces y las tres nos rechazaron.

«Somos hijos del hierro —pensó con una repentina oleada de orgullo, y durante un instante volvió a ser un príncipe, el hijo de Balon, con la sangre del Pyke. Pero hasta pensar era peligroso. Tenía que recordar su nombre—. Hediondo, me llamo Hediondo, rima con redondo.»

Ya estaban ante el campamento cuando los ladridos de una jauría delataron la proximidad de lord Ramsay. Mataputas iba con él, así como un puñado de sus favoritos: Desollador, Alyn el Amargo, Damon Bailaparamí y los dos Walder, el Pequeño y el Mayor. Las perras correteaban en torno a ellos y lanzaban gruñidos y dentelladas a los desconocidos.

«Las chicas del Bastardo», pensó Hediondo antes de recordar que nadie debía usar nunca, nunca, nunca, aquella palabra en presencia de Ramsay.

Hediondo bajó del caballo e hincó una rodilla en tierra.

—Mi señor, Foso Cailin es vuestro. Aquí tenéis a sus últimos defensores.

—Qué pocos. Creía que serían más. ¡Y qué enemigos más testarudos! —Los ojos claros de lord Ramsay brillaron—. Debéis de estar muertos de hambre. Encárgate de ellos, Alyn. Que les sirvan vino, cerveza y todo lo que puedan comer. Desollador, lleva a sus heridos a los maestres.

—A la orden, mi señor.

Unos cuantos hijos del hierro mascullaron palabras de gratitud antes de dirigirse dando tumbos a las hogueras donde se preparaba la cena, en el centro del campamento. Un Codd trató incluso de besar el anillo de lord Ramsay, pero lo hicieron retroceder antes de que consiguiera acercarse, y Alison le arrancó un trozo de oreja. Pese a la sangre que le corría por el cuello, el hombre siguió haciendo reverencias e inclinaciones y alabando la generosidad de su señoría.

Cuando estuvieron lo suficientemente lejos, Ramsay Bolton dirigió su sonrisa a Hediondo. Lo agarró por la nuca, atrajo su rostro hacia sí y le besó la mejilla.

—Mi viejo amigo Hediondo —le susurró—. ¿De verdad te han tomado por su príncipe? Estos hijos del hierro son imbéciles. Sus dioses deben de estar muertos de risa.

—Lo único que quieren es volver a casa, mi señor.

—¿Y qué quieres tú, mi buen Hediondo? —murmuró Ramsay con la dulzura de un amante. Su aliento olía a clavo y vino especiado—. Tan valeroso servicio merece una recompensa. No puedo devolverte los dedos, pero seguro que quieres algo de mí. ¿Quieres que te libere?

¿Quieres dejar de servirme? ¿Quieres irte con ellos, volver a tus islas desoladas de ese mar frío y gris, para volver a ser un príncipe? ¿O prefieres quedarte y ser mi leal sirviente?

Un cuchillo de hielo le recorrió la espalda.

«Ten cuidado —se dijo—. Ten mucho, mucho cuidado. —No le gustaba nada la sonrisa de su señoría, la manera en que le brillaban los ojos, la gota de saliva que le corría a un lado de la boca. Ya había visto aquellas señales—. No eres ningún príncipe. Eres Hediondo, solo Hediondo, que rima con lirondo. Dile lo que quiere oír.»

—Mi lugar está aquí, mi señor, con vos. Soy vuestro Hediondo. Lo único que quiero es serviros. Todo lo que os pido... Un pellejo de vino sería recompensa más que suficiente. Vino tinto, el más fuerte que haya, todo el vino que un hombre pueda beber.

—Tú no eres un hombre, Hediondo. —Lord Ramsay se echó a reír—. Solo eres mi criatura. Pero tendrás ese vino. Encárgate, Walder. Y no temas, no te devolveré a las mazmorras; tienes mi palabra de Bolton. Te convertiremos en perro, ¿qué te parece? Comerás carne todos los días, y te dejaré bastantes dientes para comerla. Puedes dormir con mis chicas. ¿Tienes un collar que le valga, Ben?

—Lo encargaré, mi señor —respondió el viejo Ben Huesos.

El anciano hizo bastante más: aquella noche, además del collar, Hediondo recibió una manta harapienta y medio pollo. Tuvo que disputárselo con las perras, pero fue la mejor comida que había tomado desde Invernalia.

Y el vino... El vino era oscuro y ácido, pero fuerte. Entre los animales, acuclillado, Hediondo bebió hasta que le dio vueltas la cabeza, vomitó, se limpió la boca y siguió bebiendo. Luego se tumbó de espaldas y cerró los ojos. Cuando despertó, una perra estaba lamiéndole el vómito de la barba mientras las nubes negras cruzaban ante la hoz que formaba la luna. En el campamento se oían gritos. Apartó al animal a empujones, dio media vuelta y siguió durmiendo.

A la mañana siguiente, lord Ramsay envió tres jinetes cenagal abajo para llevar a su señor padre la noticia de que el camino estaba despejado. El hombre desollado de la casa Bolton ondeaba en la Torre de la Puerta, donde Hediondo había arriado el kraken dorado del Pyke. A lo largo del camino de tablones habían clavado estacas de madera en el terreno pantanoso, y en ellas se pudrían los cadáveres rojos, goteantes.

«Sesenta y tres —supo al instante—. Son sesenta y tres.» A uno le faltaba un brazo. Otro tenía un pergamino entre los dientes, con el lacre aún íntegro.

Tres días después, la vanguardia del ejército de Roose Bolton se abrió camino entre las ruinas, dejando atrás a los macabros centinelas. Cuatrocientos Frey a caballo, todos vestidos de azul y gris, con lanzas que centelleaban cuando el sol lograba colarse entre las nubes. En cabeza iban dos hijos mayores de lord Walder. Uno era muy fornido, con mandíbula prominente y brazos musculosos. El otro estaba calvo; tenía unos ojillos voraces muy juntos sobre la nariz afilada y una perilla castaña que no conseguía ocultar su falta de mentón.

«Hosteen y Aenys.» Los recordaba de los tiempos anteriores a saber su nombre. Hosteen era un toro: aunque costaba enfadarlo, luego era imparable, y se decía que no había luchador más fiero en la estirpe de lord Walder. Aenys era mayor, más cruel, más astuto..., un comandante, no un espadachín. Ambos eran soldados curtidos.

Los norteños seguían de cerca a la vanguardia, con los maltratados estandartes ondeando al viento. Hediondo los vio pasar. La mayoría iba a pie, y eran muy pocos. Recordó el gran ejército que había marchado hacia el sur tras el Joven Lobo, bajo el huargo de Invernalia. Veinte mil espadas y lanzas fueron a la guerra con Robb, pero solo regresaban dos de cada diez, y eran en su mayoría hombres de Fuerte Terror.

En el centro de la columna, justo donde más soldados había, cabalgaba un hombre con armadura gris oscuro sobre una túnica acolchada de cuero del color de la sangre. Las rodelas tenían forma de cabeza humana, con la boca abierta en un grito de dolor. De los hombros le caía ondulante una capa de lana rosa con gotas de sangre bordadas, y el yelmo cerrado que lucía iba rematado por largos gallardetes de seda roja.

«Roose Bolton no está dispuesto a dejarse matar por la flecha envenenada de un lacustre», pensó Hediondo al verlo. Tras él traqueteaba un carromato cerrado, tirado por seis caballos y defendido en vanguardia y retaguardia por ballesteros. Sus ocupantes iban ocultos a las miradas indiscretas por pesados cortinajes de terciopelo azul.

Un poco más atrás iba el convoy de provisiones: lentos carros cargados de alimentos y del botín adquirido durante la guerra, y carretas donde viajaban los heridos y los tullidos. Cerraban la marcha más hombres de los Frey, quizá más de mil: arqueros, lanceros, campesinos armados con guadañas y palos puntiagudos, jinetes libres, arqueros a caballo y otro centenar de caballeros.

Hediondo, de nuevo vestido de harapos y con collar de perro, siguió a lord Ramsay junto con las perras cuando su señoría se adelantó para recibir a su padre. Pero el jinete de la armadura gris se quitó el yelmo, y el rostro que apareció no era el que esperaba ver Hediondo. La sonrisa de Ramsey se le heló en los labios, y un ramalazo de rabia le cruzó el rostro.

—¿Qué burla es esta?

—Simple precaución —susurró Roose Bolton mientras salía de entre las cortinas del carromato.

El señor de Fuerte Terror no se parecía gran cosa a su hijo bastardo. Iba bien afeitado y tenía un rostro de piel tersa, corriente, nada atractivo pero algo llamativo. Había luchado en muchas batallas, pero no lucía cicatrices, y aunque pasaba de los cuarenta, tampoco tenía arrugas ni apenas líneas que delataran el paso del tiempo. Tenía los labios tan finos que cuando los apretaba desaparecían por completo. Tenía un aire calmado, atemporal: en la cara de Roose Bolton, la ira y la alegría venían a ser lo mismo. Lo único que tenía en común con Ramsay eran los ojos.

«Esos ojos son de hielo. —Hediondo se preguntó si Roose Bolton lloraría alguna vez—. Y si llora, ¿correrán lágrimas frías por sus mejillas? —Hacía una eternidad, un muchacho llamado Theon Greyjoy se había mofado de Bolton cuando estaba en el Consejo de Robb Stark, imitando su voz suave y haciendo chanzas sobre sanguijuelas—. Debía estar loco. Con este hombre no se bromea.» Solo había que mirar a Bolton para saber que tenía más crueldad en el dedo meñique que todos los Frey juntos.

—Padre...

Lord Ramsay hincó una rodilla en tierra ante él. Lord Roose lo miró fijamente durante un momento.

—Puedes levantarte.

Se volvió para ayudar a salir a las dos jóvenes que viajaban con él en el carromato. La primera era bajita y muy gorda, con el rostro redondo y triple papada temblorosa bajo la capucha de marta cibelina.

—Mi nueva esposa —anunció Roose Bolton—. Lady Walda, mi hijo natural. Saluda a tu madrastra, Ramsay. —Él la besó—. Y doy por hecho que recuerdas a lady Arya, tu prometida.

La muchachita era delgada y más alta de lo que recordaba, pero eso era normal.

«Los niños crecen deprisa a esta edad. —Llevaba un vestido de lana gris con ribete de raso blanco, y sobre él, una capa de armiño que se sujetaba con un broche de plata con forma de cabeza de lobo. El cabello castaño oscuro le caía hasta media espalda, y sus ojos...—. Esa no es la hija de lord Eddard.»

Arya tenía los ojos de su padre, los ojos grises de los Stark. A aquella edad, una joven podía crecer unos dedos, dejarse el pelo más largo o adquirir más busto, pero el color de ojos no podía cambiar.

«Esa es la amiga de Sansa —se dijo Hediondo—, la hija del mayordomo. Jeyne, se llamaba Jeyne, Jeyne Poole.»

—Lord Ramsay. —La niña hizo una marcada reverencia. Eso tampoco encajaba. «La verdadera Arya Stark le habría escupido a la cara»—. Espero ser una buena esposa para vos y daros hijos fuertes que se os parezcan.

—Así será —le aseguró Ramsay—. Y muy pronto.

Jon

La vela había dejado de arder, ahogada en un charco de cera, pero la luz de la mañana ya brillaba entre los postigos. Jon había vuelto a quedarse dormido mientras trabajaba. La mesa estaba llena de pilas enormes de libros que él mismo había llevado allí, después de pasarse la mitad de la noche rebuscando en sótanos polvorientos a la luz del farol. Sam tenía razón: era imperativo hacer una lista de todos aquellos libros, clasificarlos y ordenarlos, pero no era un trabajo que pudiesen realizar los mayordomos iletrados. Habría que esperar a que volviese Sam.

«Si es que vuelve. —Jon temía por Sam y el maestre Aemon. Cotter Pyke había escrito desde Guardiaoriente para informar de que la *Cuervo de Tormenta* había presenciado el naufragio de una galera en la costa de Skagos. La tripulación de la *Cuervo de Tormenta* no había alcanzado a distinguir si el barco destruido era la *Pájaro Negro,* un navío mercenario de Stannis Baratheon, o un mercante de paso—. Quería salvar a Elí y al bebé. ¿Me habré equivocado y los he enviado a la tumba?»

A su lado, casi intacta, estaba la cena de la noche anterior, que se había endurecido al enfriarse. Edd el Penas había llenado la hogaza casi hasta el borde para que el infame estofado de tres carnes de Hobb Tresdedos reblandeciera el pan duro. Entre los hermanos circulaba la broma de que las tres carnes eran carnero, carnero y carnero, pero en realidad habría sido más acertado decir que eran zanahoria, cebolla y nabo. Los restos del estofado estaban cubiertos por una capa de grasa fría y brillante.

Tras la marcha de Stannis, Bowen Marsh había insistido en que se trasladase a las antiguas habitaciones del Viejo Oso, en la Torre del Rey, pero Jon se había negado. Si ocupaba aquellas estancias, daría a entender que no esperaba que regresara.

Desde que Stannis pusiera rumbo al sur, una sensación de irrealidad se había apoderado del Castillo Negro, como si el pueblo libre y los hermanos negros contuvieran la respiración a la espera de lo que estaba por llegar. Los patios y el comedor estaban desiertos muchas veces; de la Torre del Lord Comandante solo quedaba el esqueleto; la sala común era poco más que una pila de vigas ennegrecidas, y la Torre de Hardin parecía a punto de desmoronarse con la menor ráfaga de viento. La única señal de vida que oía Jon era el débil tintineo de las espadas que llegaba del patio de la armería. Férreo Emmet le decía a voces a Petirrojo Saltarín que levantase el escudo.

«Todos deberíamos levantar el escudo.»

Jon se lavó, se vistió y se fue de la armería, no sin antes haber hecho una parada en el patio el tiempo justo para intercambiar unas palabras de ánimo con Petirrojo Saltarín y otros reclutas de Emmett. Como siempre, declinó la oferta de Ty de llevar escolta. Ya tenía suficientes hombres alrededor, y si corría la sangre, dos más no supondrían gran diferencia. Pero sí cogió a *Garra,* y Fantasma iba pisándole los talones.

Cuando llegó a los establos, Edd el Penas ya estaba esperando al lord comandante, con el palafrén aparejado. Los hombres preparaban los carros bajo la atenta mirada de Bowen Marsh. El lord mayordomo recorría la columna arriba y abajo, mientras hacía gestos y daba voces, con las mejillas rojas por el frío. Cuando vio a Jon, se le enrojecieron aún más.

—Lord comandante, ¿aún pretendéis hacer esta...?

—¿... tontería? —remató Jon—. Por favor, dime que no ibas a decir *tontería.* Sí, voy a hacerlo. Ya lo hemos discutido. Guardiaoriente requiere más hombres. Torre Sombría requiere más hombres. Guardiagrís y Marcahielo también, no me cabe duda, y aún nos quedan catorce castillos vacíos y muchísimas leguas de Muro sin vigilancia ni protección.

—El lord comandante Mormont... —Marsh se mordió los labios.

—... murió. Y no a manos de salvajes; fueron sus propios hermanos juramentados quienes lo mataron, hombres en los que confiaba. Ni tú ni yo sabemos qué habría hecho en mi lugar. —Jon dio la vuelta al caballo—. Basta de charla, nos vamos.

Edd el Penas había escuchado toda la conversación. Cuando Bowen Marsh se fue, señaló hacia detrás.

—Granadas. Con todas esas pipas. Matarían de asfixia a cualquiera. Yo preferiría un nabo; nunca se ha visto que un nabo pueda herir a un hombre.

Era en momentos como aquel cuando Jon extrañaba más al maestre Aemon. Clydas se ocupaba bien de los cuervos, pero no tenía ni una décima parte de los conocimientos y la experiencia de Aemon Targaryen, por no hablar de la sabiduría. Bowen, a su manera, era un buen hombre, pero la herida que le habían infligido en el Puente de los Cráneos lo había vuelto más duro de mollera, y en los últimos tiempos se pasaba el día con la manida cantinela de sellar las puertas. Othell Yarwyck era tan impasible y carente de imaginación como taciturno, y los capitanes de los exploradores tenían tendencia a morir tan pronto como les asignaba el cargo.

«La Guardia de la Noche ha perdido a demasiados de sus mejores hombres —pensó Jon mientras los carros empezaban a moverse—. El Viejo Oso, Qhorin Mediamano, Donal Noye, Jarmen Buckwell, mi tío...»

Cuando la columna emprendió la marcha hacia el sur por el camino Real empezó a caer una nevada ligera. La larga línea de carros se puso en camino dispuesta a atravesar campos, arroyos y colinas arboladas, escoltada por una docena de lanceros y otra de arqueros. En los últimos viajes a Villa Topo habían visto cosas desagradables: empujones, golpes, maldiciones masculladas, muchas miradas hostiles... Bowen Marsh pensó que sería mejor no arriesgarse y, por una vez, Jon y él estuvieron de acuerdo.

El lord mayordomo iba delante. Jon lo seguía un poco rezagado, en compañía de Edd Tollett el Penas. Cuando ya estaban a tiro de ballesta del Castillo Negro, Edd acercó su montura a la de Jon.

—¿Mi señor? Mirad ahí arriba. Aquel borracho enorme de la colina.

El borracho no era otra cosa que un fresno que los siglos de viento habían dejado torcido, y tenía rostro: una boca seria, una rama rota por nariz y dos ojos profundamente tallados en el tronco, fijos en el norte del camino Real, hacia el castillo y el Muro.

«Al final, los salvajes se han traído a sus dioses.» A Jon no lo sorprendió; los hombres no abandonaban a sus dioses así como así. De repente, todo el espectáculo que había orquestado lady Melisandre más allá del Muro le parecía más vacuo que una función de títeres.

—Se te parece un poco, Edd —dijo en un intento de tomarse el asunto a la ligera.

—Es cierto, mi señor. A mí no me salen hojas de la nariz, pero por lo demás... A lady Melisandre no le hará ninguna gracia.

—No creo que lo vea. Hazte cargo de que nadie se lo cuente.

—Pero ella ve cosas en sus fuegos.

—Humo y cenizas.

—Y gente que arde. Puede que me vea a mí, con la nariz llena de hojas. Siempre me he temido que acabaría en la hoguera, pero tenía la esperanza de morir antes.

Jon volvió a mirar el rostro. ¿Quién lo habría tallado? Había apostado guardias alrededor de Villa Topo, para mantener a sus cuervos alejados de las salvajes y para evitar que el pueblo libre hiciera incursiones en el sur para saquear algún pueblo que otro. Quien fuera que había tallado el fresno había eludido a todos sus centinelas. Y si un hombre podía escapar de su vigilancia, otros también.

«Podría doblar otra vez la guardia —pensó con amargura—. Y malgastar el doble de hombres, hombres que podrían estar patrullando el Muro.»

Los carros continuaron avanzando hacia el sur con lentitud, por caminos de barro congelado y entre rachas de nieve. Al cabo de un tercio de legua se encontraron con un segundo rostro tallado en un castaño que crecía al lado de un río helado, desde donde sus ojos vigilaban el viejo puente de tablas que lo cruzaba.

—El problema se ha duplicado —declaró Edd el Penas.

El castaño era un esqueleto desnudo, pero sus ramas marrones no estaban vacías: en una que colgaba por encima del arroyo había un cuervo con las alas erizadas por el frío. Cuando vio a Jon, las desplegó y soltó un graznido. Jon alzó el puño y silbó, y el gran pájaro negro se le acercó revoloteando.

—Maíz, maíz, maíz —graznó.

—Maíz para el pueblo libre, no para ti —respondió Jon. Se preguntó si no acabarían todos comiendo cuervos antes de que terminase el invierno.

A Jon no le cabía duda de que los hermanos que iban en los carros también habían visto aquel rostro. Nadie habló de ello, pero el mensaje estaba claro para cualquiera que tuviera ojos en la cara. En cierta ocasión Jon había oído a Mance Rayder decir que la mayoría de los arrodillados eran ovejas.

«Un perro puede pastorear un rebaño de ovejas —había comentado el Rey-más-allá-del-Muro—, pero el pueblo libre... Bueno, hay gatosombras y piedras. Los unos rondan por donde quieren y harán trizas a tus perros; los otros no se mueven a no ser que les des una patada.» Ni los gatosombras ni las piedras estaban dispuestos a abandonar a los dioses que habían adorado toda su vida para inclinarse ante otro que apenas conocían.

Al norte de Villa Topo encontraron al tercer vigilante, tallado en un enorme roble que marcaba la linde de la aldea, con los profundos ojos clavados en el camino Real.

«Esa cara no tiene nada de amistosa —pensó Jon Nieve. Los rostros que habían tallado los primeros hombres y los hijos del bosque en los arcianos tantos eones atrás tenían casi siempre una expresión fiera o adusta, pero aquel roble parecía especialmente iracundo, como si de un momento a otro fuera a arrancar las raíces de la tierra y salir tras ellos entre rugidos—. Tiene las heridas tan recientes como los hombres que lo tallaron.»

Villa Topo siempre había sido más grande de lo que parecía; la mayor parte de la aldea estaba bajo tierra, guarecida del frío y la nieve, y en aquellos momentos más que nunca. El magnar de Thenn había quemado el pueblo desierto cuando se disponía a atacar el Castillo Negro, y en la

parte superior solo quedaban vigas ennegrecidas y viejas piedras chamuscadas..., pero bajo la tierra helada aún había criptas, túneles y sótanos,
y ese era el lugar donde se había refugiado el pueblo libre, apiñado a
oscuras como los topos que daban nombre a la aldea.

Los carros se detuvieron en una calle y formaron un semicírculo frente
a la antigua herrería del pueblo. Cerca había un grupo de niños de rostro
colorado que construían un fuerte de nieve, pero en cuanto vieron llegar
a los hermanos de capa negra, se dispersaron y desaparecieron por diversos agujeros. Al poco, los adultos empezaron a emerger. Un hedor lo llenó
todo a su llegada: cuerpos sin lavar, ropa sucia, excrementos y orina. Jon
vio a uno de sus hombres arrugar la nariz y decir algo al que tenía al lado.

«Se burlan del olor de la libertad —supuso. Eran demasiados hermanos los que bromeaban sobre el hedor que desprendían los salvajes de
Villa Topo—. ¿Serán brutos?» Los hombres del pueblo libre no diferían
en gran cosa de los miembros de la Guardia de la Noche; los había limpios y sucios, pero casi todos estaban limpios unas veces y sucios otras.
Aquella peste era simplemente el olor de mil personas apiñadas en unos
sótanos y túneles que se habían cavado para alojar a no más de cien.

Los salvajes ya habían pasado por aquello. Formaron filas tras los
carros, en silencio. Había tres mujeres por cada hombre, muchas con
niños delgados y pálidos agarrados a las faldas. Jon vio muy pocos bebés.

«Murieron durante el viaje —comprendió—, y los que sobrevivieron
a la batalla cayeron en las empalizadas del rey. —Los luchadores habían
salido mejor parados. Justin Massey había dicho durante el consejo que
había trescientos hombres en edad de luchar; Harwood Fell los había
contado—. También habrá mujeres de las lanzas. Cincuenta, sesenta,
puede que hasta cien. —Jon sabía que las cuentas de Fell incluían a los
heridos. Vio unos veinte, apoyados en bastones toscos, con las mangas
vacías o sin manos, hombres a los que les faltaba un ojo o la mitad de la
cara, un hombre sin piernas al que llevaban en volandas dos amigos...
Todos estaban macilentos y demacrados—. Están deshechos. Los espectros no son los únicos muertos vivientes.»

Sin embargo, no todos estaban tan destrozados. Había media docena
de thenitas, con sus armaduras de lamas de bronce, agrupados junto a
una de las escaleras que descendían a los sótanos, con mirada hostil y sin
hacer ademán de juntarse con los demás. Jon vio en las ruinas de la vieja
herrería a un hombretón calvo al que reconoció como Halleck, el hermano de Harma Cabeza de Perro. Pero ya no estaban los cerdos.

«Se los habrán comido. —También había otros dos, vestidos con pieles: los pies de cuerno, tan fieros como escuálidos, descalzos hasta por

la nieve—. Aún quedan lobos entre esas ovejas.» La última vez que había ido a visitarla, Val se lo había recordado.

—El pueblo libre y los arrodillados se parecen más de lo que piensas, Jon Nieve. Los hombres son hombres, y las mujeres, mujeres, y da igual de qué lado del Muro hayan nacido. Hay hombres buenos y malvados, héroes y villanos, gente de honor, mentirosos, cuervos, bestias... De todo, como en la Guardia.

«Y tenía razón.» Lo difícil era distinguir unos de otros, separar las ovejas de las cabras.

Los hermanos negros empezaron a repartir comida. Habían llevado carne en salazón, bacalao, alubias, nabos, zanahorias, sacos de harina, cebada y trigo, huevos en escabeche, y barriles llenos de cebollas y manzanas.

—Puedes coger una cebolla o una manzana, no las dos. —Hal el Peludo daba explicaciones a una mujer—. Tienes que elegir.

—Necesito dos de cada. Dos de cada para mí, y otras dos para mi hijo. Está enfermo, pero con una manzana se pondrá mejor. —La mujer no parecía entenderlo. Hal negó con la cabeza.

—Tiene que venir y coger su propia manzana, o una cebolla, pero no las dos cosas. Y tú igual. A ver, ¿quieres una manzana, o una cebolla? Date prisa, que hay mucha gente en la cola.

—Una manzana —contestó. Hal le dio una manzana pequeña, mustia y arrugada.

—¡Muévete de una vez! —gritó el tercero de la cola—. Aquí fuera hace frío.

—Dame otra manzana —insistió la mujer, como si no oyera el grito—. Para mi hijo. Por favor, esta es muy pequeña.

Hal miró a Jon, que negó con la cabeza. Enseguida se quedarían sin manzanas. Si empezaban a dar dos a todo el que las pidiera, los últimos en llegar se quedarían sin ninguna.

—¡Quita de ahí! —gritó la siguiente en la cola. Le dio un empujón en la espalda a la mujer, que se tambaleó, perdió la manzana y cayó al suelo. Toda la comida que sujetaba voló por los aires. Las alubias se desparramaron, un nabo cayó en un charco de barro y un saco de harina se rompió y derramó su precioso contenido en la nieve.

Empezaron a oírse voces airadas, en la lengua antigua y en la común. En otro carro empezó a haber más empujones.

—No es suficiente —gruñó un anciano—. Estáis matándonos de hambre, malditos cuervos. —La mujer a la que habían tirado al suelo estaba arrodillada, recogiendo su comida. Jon vio el brillo del acero desnudo unos pasos más allá. Sus arqueros colocaron flechas en las cuerdas. Jon hizo girar a su montura.

—Apacígualos, Rory. —Rory se llevó a los labios un cuerno enorme y lo hizo sonar.

Aaaúuuuuuuuuuuuuuuuuuuuuuuuuuuuuuuuu.

Los empujones y alborotos cesaron; todas las cabezas se volvieron; un niño se echó a llorar.

—Nieve, nieve, nieve —susurró el cuervo de Mormont mientras iba de un hombro de Jon al otro, con la cabeza inclinada.

Jon esperó hasta que se acallaron las últimas voces y espoleó al palafrén para que todo el mundo pudiera verlo.

—Os estamos dando tanta comida como podemos, tanta como podemos permitirnos. Manzanas, cebollas, nabos, zanahorias... A todos nos queda un largo invierno por delante, y nuestros almacenes no son inagotables.

—Pues bien que coméis los cuervos —dijo Halleck mientras se hacía sitio a empujones.

«De momento.»

—Defendemos el Muro. El Muro protege al reino..., y ahora, también a vosotros. Sabéis a qué enemigo nos enfrentamos. Sabéis qué se nos viene encima. Algunos ya os habéis enfrentado a ellos: espectros y caminantes blancos; muertos de ojos azules y manos negras. Yo también los he visto, he luchado contra ellos, he mandado a uno al infierno. Primero matan, y luego envían a vuestros muertos contra vosotros. Los gigantes no han podido con ellos, ni los thenitas, ni los clanes del río de hielo, ni los pies de cuerno, ni el pueblo libre... y a medida que los días se acortan y las noches se hacen más frías, ellos se vuelven más fuertes. Cientos de vosotros habéis abandonado vuestros hogares y venido al sur... ¿y para qué? Para escapar de ellos, para estar a salvo. Pues lo que os mantiene a salvo es el Muro. Quienes os protegen son esos cuervos negros a los que denostáis.

—Nos protegéis y nos matáis de hambre —dijo una mujer de las lanzas achaparrada de cara curtida por el viento.

—¿Queréis más comida? —preguntó Jon—. La comida es para los que luchan. Ayudadnos a defender el muro y podréis comer tanto como el resto de cuervos.

«O igual de poco cuando nos quedemos sin nada.»

Se hizo el silencio. Los salvajes cruzaron miradas recelosas.

—Comer —susurró el cuervo—. Maíz, maíz.

—¿Luchar por ti? —dijo una voz de acento marcado. Sigorn, el joven magnar de Thenn, hablaba la lengua común a trompicones en el mejor de los casos—. No luchar por ti. Matar mejor. Matar todos vosotros.

—Matar, matar —repitió el cuervo batiendo las alas.

El padre de Sigorn, el antiguo magnar, había muerto aplastado por una escalera que le cayó encima en el asalto del Castillo Negro.

«Yo respondería lo mismo si me pidieran que hiciera causa común con los Lannister», se dijo Jon.

—Tu padre intentó matarnos a todos —le recordó a Sigorn—. El magnar era un hombre valiente, pero aun así fracasó. Y si hubiera conocido la victoria, ¿quién estaría guardando el Muro? —Se alejó de los thenitas—. Las murallas de Invernalia también eran fuertes, pero hoy Invernalia está en ruinas, quemada y destrozada. Ningún muro es más fuerte que los hombres que lo defienden.

—Nos masacráis, después nos matáis de hambre y ahora queréis convertirnos en vuestros esclavos —dijo un anciano que acunaba un nabo contra su pecho.

—Yo preferiría ir desnudo antes que llevar una de esas andrajosas capas negras a la espalda —gritó en aprobación un hombre fornido de cara rojiza. Una mujer de las lanzas soltó una risotada.

—Ni siquiera tu esposa quiere verte desnudo, Butts.

Una docena de voces sonó a la vez. Los thenitas lanzaban gritos en la antigua lengua. Un niño se puso a llorar. Jon Nieve esperó hasta que el tumulto se hubo acallado y se volvió hacia Hal el Peludo.

—¿Qué le acabas de decir a esa mujer?

—¿Lo de la comida? Una manzana o una cebolla, es lo único que he dicho. Que tenía que escoger —respondió, confuso.

—Tenéis que escoger —repitió Jon Nieve—. Todos. Nadie os pide que os sometáis a nuestro juramento, y me trae sin cuidado a qué dioses adoréis. Mis dioses son los antiguos, los dioses del norte, pero vosotros podéis quedaros con el dios rojo, con los Siete o con cualquier otro que escuche vuestras oraciones. Lo que necesitamos son lanzas, arcos, ojos que vigilen el Muro.

»Aceptaré a cualquier chico que tenga más de doce años y sepa empuñar una lanza o tensar un arco. Aceptaré a los ancianos, a los heridos y a los tullidos, incluso a aquellos que ya no puedan pelear. Pueden realizar otras labores: emplumar flechas, ordeñar cabras, recoger leña, limpiar los establos... Hay muchísimo trabajo. Y sí, también aceptaré a vuestras mujeres. No quiero para nada doncellas tímidas que busquen protección, pero cualquier mujer de las lanzas será bien recibida.

—¿Qué hay de las chicas? —preguntó una. Parecía tener la edad de Arya la última vez que la había visto.

—Aceptaré a las que tengan más de dieciséis años.

—Pero aceptáis chicos de solo doce.

En los Siete Reinos no era infrecuente ver chicos de doce años de pajes o escuderos, y muchos llevaban años entrenándose. Las chicas de esa edad no eran sino niñas.

«Pero estas son salvajes.»

—Como queráis. Aceptaré chicos y chicas de doce años para arriba. Pero solo a aquellos que sepan acatar órdenes, y esto va por todos vosotros. Nunca os pediré que os arrodilléis ante mí, pero tendréis capitanes y sargentos que os dirán a qué hora levantaros y acostaros, dónde comer, cuándo beber, qué ropa llevar, y cuándo desenvainar la espada y disparar las flechas. Los hombres de la Guardia de la Noche sirven durante toda su vida. No os pediré lo mismo, pero mientras estéis en el Muro obedeceréis mis órdenes; de lo contrario os cortaré la cabeza. Mis hermanos me han visto hacerlo. Preguntadles a ellos si no me consideráis capaz.

—Cabeza —gritó el cuervo del Viejo Oso—. Cabeza, cabeza, cabeza.

—La elección es vuestra —prosiguió Jon Nieve—. Aquellos que queráis ayudarnos a defender el Muro, volved conmigo al Castillo Negro y me ocuparé de que os den armas y comida. Los demás, coged vuestros nabos y vuestras cebollas, y volved a arrastraros a vuestros agujeros.

La chica fue la primera en adelantarse.

—Yo sé luchar. Soy hija de una mujer de las lanzas.

«Quizá no tenga ni doce años», pensó Jon, aunque asintió, y la chica se abrió paso entre dos ancianos. No tenía intención de renunciar a su única recluta.

La siguió un par de muchachos que no pasarían de los catorce. Después se acercó un hombre tuerto lleno de cicatrices.

—Yo también he visto a los muertos —le dijo—. Hasta los cuervos son preferibles.

Una mujer de las lanzas alta, un anciano que se apoyaba en dos bastones, un muchacho de cara ancha con un brazo atrofiado, un joven pelirrojo que le recordó a Ygritte...

—No me gustas, cuervo —gruñó Halleck entonces—, pero ese Mance tampoco me gustó nunca, ni a mí ni a mi hermana, y aun así, luchamos por él. ¿Por qué no luchar por ti?

Aquello derrumbó el dique. Halleck tenía seguidores.

«Mance no se equivocaba.»

—El pueblo libre no sigue a nombres, ni a animalitos de tela cosidos a una túnica —le había dicho el Rey-más-allá-del-Muro—. No baila por unas monedas y poco le importa qué ropa lleves, qué cargo representa una cadena o de quién seas nieto. Solo respetan la fuerza. Respetan al hombre por sí mismo.

A Halleck lo siguieron sus primos, y tras ellos, uno que portaba el estandarte de Harma. Después, hombres que habían luchado con ella o habían oído hablar de sus proezas. Ancianos, novatos, luchadores en buena forma, heridos, tullidos, más de veinte mujeres de las lanzas y hasta tres pies de cuerno.

«Ningún thenita.» El magnar se volvió y desapareció en los túneles, seguido estrechamente por sus acólitos vestidos de bronce.

Cuando entregaron la última manzana rancia, los carros ya estaban llenos de salvajes, y eran sesenta y tres más que cuando la columna había partido del Castillo Negro por la mañana.

—¿Qué vais a hacer con ellos? —le preguntó Bowen Marsh a Jon durante el regreso por el camino Real.

—Entrenarlos, armarlos, y dividirlos. Enviarlos adonde se los necesite. Guardiaoriente, Torre Sombría, Marcahielo, Guardiagrís... Tengo intención de abrir tres fuertes más.

El lord mayordomo miró hacia atrás.

—¿También enviaréis a las mujeres? Nuestros hermanos no están acostumbrados a que haya mujeres entre ellos, mi señor. Su juramento... Habrá peleas, violaciones...

—Estas mujeres tienen cuchillos y saben usarlos.

—¿Y qué pasará cuando una le corte el cuello a uno de nuestros hermanos?

—Habremos perdido un hombre —contestó Jon—, pero habremos ganado sesenta y tres. Se te dan bien las cuentas, mi señor. Corrígeme si me equivoco, pero diría que eso nos deja con sesenta y dos luchadores más que antes.

—También habéis añadido sesenta y tres bocas más, mi señor... Pero ¿cuántas de ellas pueden luchar, y de qué lado? Si los Otros llegan a nuestras puertas, es probable que luchen de nuestro lado, os lo concedo... pero cuando llegue Tormund Matagigantes, o el Llorón con diez mil asesinos aullantes, ¿qué pasará ese día? —Marsh no estaba nada convencido.

—Ese día lo sabremos. Así que esperemos que no llegue.

Tyrion

Soñó con su padre y con el Señor de la Mortaja. Soñó que eran la misma persona, y cuando su padre lo rodeó con brazos de piedra y se inclinó para darle el beso gris, se despertó con la boca seca y polvorienta, con sabor a sangre en los labios y el corazón martilleándole el pecho.

—El enano muerto nos ha sido devuelto —proclamó Haldon.

Tyrion sacudió la cabeza para limpiársela de las telarañas del sueño. «Los Pesares. Me perdí en los Pesares.»

—No estoy muerto.

—Eso está por ver. —El Mediomaestre lo miraba desde arriba—. Pato, sed buen pájaro y hervid caldo para nuestro amiguito. Debe de estar famélico.

Tyrion se dio cuenta de que se encontraba en la *Doncella Tímida,* bajo una manta áspera que apestaba a vinagre.

«Hemos dejado atrás los Pesares. Solo ha sido un sueño que he tenido mientras me ahogaba.»

—¿Por qué huele tanto a vinagre?

—Lemore os ha lavado con vinagre. Hay quien dice que sirve para prevenir la psoriagrís. Personalmente, lo dudo, pero tampoco se pierde nada por intentarlo. También ha sido Lemore quien os ha obligado a vomitar el agua de los pulmones cuando Grif os ha izado. Estabais frío como el hielo y teníais los labios azules. Yandry decía que sería mejor devolveros al río, pero el chico lo prohibió.

«El príncipe. —El recuerdo volvió como una ola: el hombre de piedra que extendía las manos grises agrietadas, la sangre que le brotaba de los nudillos—. Pesaba como una roca y me arrastró al fondo.»

—¿Grif me sacó? —«Mucho debe de odiarme; de lo contrario, me habría dejado morir»—. ¿Cuánto tiempo he dormido? ¿Dónde estamos?

—En Selhorys. —Haldon se sacó un cuchillo pequeño de la manga—. Tomad.

Se lo lanzó a Tyrion de forma solapada. El enano pegó un respingo. El cuchillo le aterrizó entre los pies y se quedó vibrando, clavado en la cubierta.

—¿Para qué lo quiero?

—Quitaos las botas y pinchaos uno por uno los dedos de los pies, y luego los de las manos.

—Eso va a doler.

—Más os vale. Hacedlo.

Tyrion se quitó una bota; luego la otra; se bajó las calzas y se examinó los pies. No le pareció que los dedos estuvieran mejor ni peor que de costumbre. Se pinchó con cautela el dedo gordo.

—Más fuerte —apremió Haldon Mediomaestre.

—¿Qué queréis, que me haga sangre?

—Si hace falta...

—Voy a acabar con una costra en cada dedo.

—No os pido que os contéis los dedos; quiero ver un rictus de dolor. Si los pinchazos duelen, no pasa nada. Si no notáis la punta del cuchillo, es hora de que empecéis a preocuparos.

«La psoriagrís.» Tyrion hizo un gesto de aprensión. Se pinchó otro dedo y soltó un taco cuando una perla de sangre manó en torno a la punta del cuchillo.

—Ha dolido. ¿Contento?

—Estoy que salto de alegría.

—Os huelen los pies más que a mí, Yollo. —Pato le dio un tazón de caldo—. Grif os advirtió que no tocarais a los hombres de piedra.

—Sí, pero se le olvidó advertir a los hombres de piedra que no me tocaran ellos a mí.

—A medida que os vayáis pinchando, revisad que no haya zonas de piel grisácea ni uñas ennegrecidas —dijo Haldon—. Si veis uno de esos indicios, no dudéis un momento: es mejor perder un dedo que todo el pie. Más os vale perder un brazo que pasaros el resto de vuestros días aullando en el puente del Sueño. Ahora los dedos del otro pie, por favor, y luego los de las manos.

El enano cruzó las piernas atrofiadas y empezó a pincharse el resto de los dedos.

—¿Me pincho también la polla?

—No estaría de más.

—¡No estaría de más para vos! Aunque, para lo que la uso, tanto me daría cortármela.

—Como queráis. La curtiremos, la rellenaremos y la venderemos por una fortuna. Las pollas de enano tienen poderes mágicos.

—Eso mismo les digo yo a las mujeres. —Tyrion se clavó el puñal en el pulgar, vio aflorar la perla de sangre y la lamió—. ¿Cuánto tiempo tendré que seguir castigándome? ¿Cuándo estaremos seguros de que estoy limpio?

—¿Seguros del todo? Nunca —replicó el Mediomaestre—. Os habéis tragado medio río. Puede que ya os estéis poniendo gris por dentro, empezando por el corazón y los pulmones. Si es así, no hay baño de vinagre que pueda salvaros y no sirve de nada que os pinchéis los dedos. Cuando acabéis, venid a tomar un caldo.

El caldo estaba bueno, aunque Tyrion advirtió que el Mediomaestre se cuidaba de que la mesa los separase en todo momento. La *Doncella Tímida* estaba atracada en un embarcadero destartalado de la orilla este del Rhoyne. Dos embarcaderos más allá, los soldados de una galera fluvial volantina bajaban a tierra. Las tiendas, tenderetes y almacenes se apretujaban contra un muro de arenisca. Más allá, la luz del sol poniente iluminaba las torres y cúpulas de la ciudad.

«No, no es una ciudad.» Selhorys se consideraba un simple pueblo, gobernado desde la Antigua Volantis. No estaban en Poniente.

Lemore subió a cubierta seguida por el príncipe. Al ver a Tyrion, corrió a abrazarlo.

—La Madre es misericordiosa. Hemos rezado por vos, Hugor.

«Habrás rezado tú, pero menos es nada.»

—No os lo tendré en cuenta.

El saludo de Grif el Joven fue menos efusivo. El príncipe estaba de mal humor por haberse visto obligado a permanecer en la *Doncella Tímida* en vez de bajar a la orilla con Ysilla y Yandry.

—Lo único que queremos es que estés a salvo —le había explicado Lemore—. Corren tiempos difíciles.

—Durante el trayecto de los Pesares a Selhorys hemos visto en tres ocasiones jinetes que iban hacia el sur por la orilla este. Eran dothrakis. Llegaron a acercarse tanto que les oíamos las campanillas de las trenzas, y a veces se pueden ver las hogueras que encienden por la noche al otro lado de las colinas. También nos hemos cruzado con naves de combate y galeras fluviales volantinas abarrotadas de soldados esclavos; salta a la vista que los triarcas temen que haya un ataque contra Selhorys.

Tyrion lo entendió al momento. Selhorys era la única localidad importante de la orilla este del Rhoyne, con lo que estaba mucho más a merced de los señores de los caballos que sus hermanos del otro lado del río.

«Pero no deja de ser un premio menor. Si yo fuera *khal,* fintaría hacia Selhorys, esperaría a que los volantinos se apresurasen a defenderla y me desviaría hacia el sur para entrar en la mismísima Volantis.»

—Sé manejar la espada —insistía Grif el Joven.

—Hasta vuestros antepasados más valientes se rodeaban de su Guardia Real en los momentos de peligro.

Lemore se había cambiado la ropa de septa por otra más adecuada para la esposa o la hija de un mercader próspero. Tyrion la observó con atención. No le había costado mucho descubrir qué ocultaba el pelo teñido de azul de Grif y de Grif el Joven; Yandry e Ysilla eran lo que parecían, mientras que Pato era menos de lo que aparentaba. En cambio, Lemore...

«¿Quién será en realidad? ¿Qué hará aquí? Juraría que no es por el oro. ¿Qué relación la unirá con el príncipe? ¿Habrá sido alguna vez una verdadera septa?»

Haldon también se había fijado en el cambio de atuendo.

—¿A qué viene esta repentina pérdida de fe? Os prefería con ropa de septa, Lemore.

—Yo la prefería desnuda —señaló Tyrion.

—Eso es porque tenéis un alma retorcida —dijo Lemore lanzándole una mirada cargada de reproches—. La ropa de septa proclama a los cuatro vientos que venimos de Poniente, y podría atraer más atención de la que nos interesa. —Se volvió hacia el príncipe Aegon—. No sois el único que se esconde.

Aquello no apaciguó al joven.

«Es el príncipe perfecto, pero sigue siendo un muchacho sin experiencia que lo ignora todo sobre el mundo y sus peligros.»

—Príncipe Aegon —dijo Tyrion—, visto que estamos condenados a quedarnos en el barco, ¿me honraréis con una partidita de *sitrang* para pasar el rato?

—Estoy harto de jugar al *sitrang*. —El príncipe lo miró con desconfianza.

—Harto de perder contra un enano, querréis decir.

Aquello acicateó el orgullo del muchacho, tal como Tyrion había previsto.

—Id a buscar el tablero y las piezas. Esta vez voy a haceros pedazos.

Jugaron en la cubierta, sentados tras la cabina con las piernas cruzadas. Grif el Joven organizó su ejército para un ataque, con el dragón, los elefantes y caballería pesada delante.

«Una formación juvenil, tan osada como estúpida. Se lo juega todo a una victoria rápida.» Dejó que el príncipe hiciera la primera jugada. Haldon se puso tras ellos para observar la partida.

El príncipe fue a coger el dragón y Tyrion carraspeó.

—Yo en vuestro lugar no haría eso. Es un error sacar el dragón tan pronto. —Le dirigió una sonrisa cándida—. Vuestro padre sabía muy bien cuán peligroso es el exceso de osadía.

—¿Conocisteis a mi verdadero padre?

—Lo vi un par de veces, pero yo solo tenía diez años cuando lo mató Robert, y mi padre me tenía escondido debajo de una piedra. No, no se puede decir que conociera al príncipe Rhaegar. Quien lo conocía era vuestro falso padre. Lord Connington era el amigo más querido del príncipe, ¿verdad?

Grif el Joven se apartó un mechón de pelo azul de los ojos.

—Sirvieron juntos de escuderos en Desembarco del Rey.

—Sí, nuestro lord Connington es un buen amigo. Tuvo que serlo para guardar tanta lealtad al nieto del rey que le arrebató tierras y títulos y lo mandó al exilio. Eso sí que fue una pena. De no haber sido así, tal vez el príncipe Rhaegar habría tenido un amigo cerca cuando mi padre saqueó Desembarco del Rey para evitar que estamparan los regios sesos del adorado hijito del príncipe contra la pared.

—No era yo —replicó el chico, acalorado—. Ya os lo he dicho, era el hijo de un curtidor de Curva de Meados cuya madre había muerto en el parto. Su padre se lo vendió a lord Varys por una jarra de dorado del Rejo. Ya tenía otros hijos, pero el dorado del Rejo no lo había probado nunca. Varys entregó el bebé del Meados a mi madre y se me llevó.

—Cierto. —Tyrion movió los elefantes—. Y cuando murió el príncipe del Meados, el eunuco os envió al otro lado del mar Angosto con su gordo amigo el mercachifle, que os escondió en una barcaza y buscó a un señor exiliado que os hiciera las veces de padre. Es una historia espléndida, y los bardos le sacarán mucho partido cuando os sentéis en el Trono de Hierro... siempre que nuestra hermosa Daenerys os acepte como consorte.

—Me aceptará. Tiene que aceptarme.

—¿«Tiene que»? —recalcó Tyrion—. Tch, tch. No es algo que a las reinas les guste mucho oír. Sin duda sois el príncipe perfecto: astuto, osado y tan atractivo como podría soñar cualquier doncella. Pero Daenerys Targaryen no es ninguna doncella. Es viuda de un *khal* dothraki, madre de dragones y saqueadora de ciudades. Aegon el Conquistador con tetas. A lo mejor no está tan dispuesta como creéis.

—Lo estará. —El príncipe Aegon parecía consternado. Era obvio que no se había parado a pensar en la posibilidad de que su futura esposa lo rechazara—. Vos no la conocéis. —Cogió el caballo y lo movió con un golpe brusco. El enano se encogió de hombros.

—Sé que se pasó la infancia en el exilio y la pobreza, alimentándose de sueños y planes, huyendo de una ciudad a otra, siempre con miedo, nunca a salvo, sin más aliados que un hermano que, según se dice, estaba medio loco. Y que vendió la virginidad de su hermana a los dothrakis por la promesa de un ejército. Sé que por allí, en medio de la hierba, nacieron sus dragones y, en cierto modo, ella también. Sé que es orgullosa, ¿cómo no iba a serlo? ¿Qué le queda sino el orgullo? Sé que es fuerte, ¿cómo no va a serlo? Los dothrakis desprecian la debilidad. Si Daenerys fuera débil, habría muerto, igual que Viserys. Y sé que es fiera. Astapor, Yunkai y Meereen lo demuestran. Ha cruzado el mar de hierba y el erial rojo; ha sobrevivido a intentos de asesinato, conspiraciones y hechizos, y ha llorado a un hermano, a un esposo y a un hijo, para reducir a polvo las ciudades esclavistas bajo sus lindas sandalias. A ver, ¿cómo creéis que reaccionará esta reina cuando aparezcáis con vuestro cuenco de mendigo en la mano y le digáis: «Muy buenas, tííta, soy tu sobrino Aegon, que ha vuelto de entre los muertos. Llevo toda la vida escondido en una barcaza, pero ahora me he lavado el tinte azul del pelo y quiero un dragón, si no es mucha molestia. Ah, por cierto, ¿he comentado que mi derecho al Trono de Hierro es más sólido que el tuyo?»

—No me presentaré ante mi tía como un mendigo. —Aegon apretó los labios, furioso—. Llegaré como su igual, con un ejército.

—Con un ejército pequeñito. —«Bien, esto lo ha puesto furioso. Tengo un don especial para enfurecer a los príncipes», pensó el enano acordándose de Joffrey—. La reina Daenerys tiene un ejército considerable, y no gracias a vos. —Tyrion movió los ballesteros.

—Decid lo que gustéis. Será mi esposa; lord Connington se encargará de eso. Confío en él como si fuera sangre de mi sangre.

—Tal vez deberíais ser vos el bufón, y no yo. ¡No confiéis en nadie, príncipe mío! Ni en vuestro maestre sin cadena, ni en vuestro falso padre, ni en el gallardo Pato, ni en la adorable Lemore, ni en ninguno de estos buenos amigos que os han criado. Por encima de todo, no confiéis en el mercader de quesos, ni en la Araña, ni en la reinecita dragón con la que pensáis casaros. Tanta desconfianza os agriará en el estómago y no os dejará conciliar el sueño, sí, pero eso es mejor que sumirse en aquel que no se despierta. —Empujó el dragón negro al otro lado de una cadena montañosa—. En fin, ¿qué sabré yo? Vuestro falso padre es un gran señor, y yo solo soy un hombre que más bien parece un mono. Pero lo cierto es que haría las cosas de manera diferente.

—¿Cómo de diferente? —Aquellas palabras habían captado la atención del chico.

—¿Si estuviera en vuestro lugar? Iría hacia el oeste, no hacia el este. Desembarcaría en Dorne y alzaría mis estandartes. Los Siete Reinos no han estado nunca más maduros para la conquista. El Trono de Hierro lo ocupa un niño; el Norte es un caos, las tierras de los ríos están asoladas; un rebelde ha ocupado Bastión de Tormentas y Rocadragón. Cuando llegue el invierno, el reino pasará hambre y ¿quién queda para enfrentarse a todo esto? ¿Quién gobernará al pequeño rey que gobierna los Siete Reinos? Nada menos que mi querida hermana. No hay nadie más. Mi hermano Jaime está sediento de batalla, no de poder. Ha eludido toda posibilidad de gobernar. Mi tío Kevan sería un regente aceptable si lo obligaran a asumir el cargo, pero por iniciativa propia no lo va a buscar. Los dioses le dieron talante de seguidor, no de cabecilla. —«Bueno, los dioses y mi señor padre»—. Mace Tyrell se haría con el cetro de buena gana, pero mi familia no se apartará para cederle el paso así por las buenas. Y a Stannis lo odia todo el mundo. ¿Quién nos queda entonces? Cersei. Solo Cersei.

»Poniente está desgarrado y sangra, y no me cabe duda de que mi querida hermana estará tratando las heridas... con sal. Cersei es tan bondadosa como el rey Maegor, tan generosa como Aegon el Indigno y tan prudente como Aerys el Loco. Nunca olvida una ofensa, verdadera o imaginaria. Confunde la cautela con la cobardía y la disensión con el desafío. Y es codiciosa: ansía poder, honor, amor... El reinado de Tommen está apuntalado por todas las alianzas que forjó mi señor padre con tanto esmero, pero ella no tardará en destruirlas, de la primera a la última. Desembarcad; alzad vuestros estandartes, y los hombres correrán a unirse a vuestra causa. Todos: señores grandes y pequeños, y también el pueblo llano. Pero no os demoréis demasiado, mi príncipe. Estas circunstancias no durarán. La marea que os levanta no tardará en retroceder. Aseguraos de llegar a Poniente antes de que caiga mi hermana y ocupe su lugar alguien más competente.

—Pero... —El príncipe Aegon dudaba—. Sin Daenerys y sus dragones, ¿qué esperanza tenemos de vencer?

—No tenéis que vencer —replicó Tyrion—. Lo único que debéis hacer es alzar los estandartes, aglutinar a vuestros seguidores y esperar a que llegue Daenerys para unir sus fuerzas a las vuestras.

—Decís que no me aceptaría.

—Puede que me equivoque. A lo mejor le dais pena cuando os vea llegar mendigando su mano. —Se encogió de hombros—. ¿Queréis jugaros el Trono de Hierro al capricho de una mujer? En cambio, si vais a Poniente... Ah, entonces seréis un rebelde, no un mendigo. Osado, temerario, un verdadero vástago de la casa Targaryen que sigue las huellas de Aegon el Conquistador. Un dragón.

»Ya os he dicho que conozco a nuestra pequeña reina. Esperad a que se entere de que el hijo asesinado de su hermano Rhaegar sigue vivo y es un valeroso muchacho que ha izado una vez más la enseña del dragón de sus antepasados en Poniente, y que lucha contra viento y marea para vengar a su padre y recuperar el Trono de Hierro para la casa Targaryen, acosado por todos los flancos..., y ella volará a vuestro lado tan deprisa como la puedan transportar el viento y el agua. Sois el último de su estirpe, y a esta Madre de Dragones, a esta rompedora de cadenas, le gustan los rescates por encima de todo. La chica que prefirió ahogar en sangre las ciudades esclavistas a permitir que unos desconocidos siguieran encadenados será incapaz de abandonar al hijo de su propio hermano cuando más la necesita. Y cuando llegue a Poniente y os reunáis será como iguales, como hombre y mujer, no como reina y mendigo. ¿Qué podrá impedir que os ame? —Sonrió, cogió el dragón y lo hizo volar sobre el tablero—. Vuestra alteza tendrá que disculparme, pero tenéis al rey atrapado. Muerte en cuatro jugadas.

El príncipe se quedó mirando el tablero.

—El dragón...

—Está demasiado lejos para salvaros. Deberíais haberlo movido al centro de la batalla.

—¡Pero si me dijisteis...!

—Mentí. No os fiéis de nadie. Y tened siempre cerca vuestro dragón.

Grif el Joven se puso en pie bruscamente y volcó el tablero; las piezas de *sitrang* salieron volando en todas direcciones, rebotaron y rodaron por la cubierta de la *Doncella Tímida*.

—Recógelas —ordenó.

«Puede que sí sea un Targaryen.»

—Como desee vuestra alteza. —Tyrion se puso a cuatro patas y se arrastró por la cubierta para recoger las piezas.

Ya estaba poniéndose el sol cuando Ysilla y Yandry volvieron a la *Doncella Tímida,* seguidos por un porteador que empujaba una carretilla cargada de provisiones: harina, sal, mantequilla recién batida, panceta envuelta en lino, sacos de naranjas, manzanas y peras... Yandry llevaba una cuba de vino al hombro, mientras que Ysilla transportaba de igual manera un lucio del tamaño de Tyrion.

Cuando vio al enano al final de la pasarela, Ysilla se detuvo tan bruscamente que Yandry tropezó con ella y estuvo a punto de tirar el lucio al río. Pato la ayudó a sujetarlo, e Ysilla miró a Tyrion y le hizo un extraño gesto, apuntándolo con tres dedos.

«Para librarse del mal de ojo.»

—Ya os ayudo con ese pescado —le dijo a Pato.

—¡No! —espetó Ysilla—. Atrás. No toquéis más comida que la que vayáis a comeros.

—Como gustéis. —El enano levantó las dos manos.

—¿Dónde está Grif? —preguntó Yandry a Haldon al tiempo que dejaba la cuba en cubierta.

—Durmiendo.

—Pues despertadlo. Traemos una noticia importante. El nombre de la reina está en boca de todos en Selhorys. Se rumorea que aún están en Meereen, bajo asedio. Si es verdad lo que se dice en los mercados, la Antigua Volantis también va a declararle la guerra.

—Los chismes de los pescaderos no son de fiar. —Haldon frunció los labios—. Pero sí, será mejor que se lo digamos a Grif. Ya sabéis cómo es. —El Mediomaestre bajó a los camarotes.

«La chica no llegó a emprender viaje hacia el oeste. —Habría tenido buenos motivos. Entre Meereen y Volantis había quinientas leguas de desiertos, montañas, pantanos y ruinas, además de Mantarys, con su siniestra reputación—. Una ciudad de monstruos, dicen, pero si marcha por tierra, ¿dónde si no se aprovisionará de agua y comida? Por mar sería más rápido, pero si no tiene barcos...»

Cuando Grif apareció en cubierta, el lucio ya se asaba en las brasas mientras Ysilla lo vigilaba y lo rociaba de limón. El mercenario llevaba cota de malla, capa de piel de lobo, guantes de gamuza y calzones de lana oscura. Si se sorprendió de ver a Tyrion despierto, no lo dejó entrever más allá de su habitual gruñido a modo de saludo. Fue con Yandry junto al timón, donde conversaron en voz muy baja para que el enano no se enterase de nada. Al cabo de un rato llamó a Haldon.

—Tenemos que averiguar qué hay de cierto en esos rumores. Id a la orilla y averiguad cuanto podáis. A ver si encontráis a Qavo, que estará informado. Andará por El Barquero, por La Tortuga Pintada o por los sitios de siempre.

—Vale. Me llevo al enano, que cuatro orejas oyen más que dos. Y ya sabéis cómo es Qavo con el *sitrang*.

—Como queráis. Volved antes de que salga el sol. Si os demoráis por cualquier motivo, id con la Compañía Dorada.

«Así habla un verdadero señor», pensó Tyrion, aunque se guardó de decirlo en voz alta.

Haldon se puso una capa con capucha y Tyrion se cambió el atavío casero de bufón por ropa gris más discreta. Grif le dio a cada uno una bolsita de plata de los cofres de Illyrio.

—Para soltar lenguas —les dijo.

El ocaso dejaba paso a la oscuridad cuando recorrieron la orilla del río. Algunos barcos que vieron parecían desiertos, con las pasarelas levantadas. Otros estaban atestados de hombres armados que los miraron con desconfianza. Al pie de la muralla los tenderetes estaban iluminados con faroles de pergamino que proyectaban charcos de luz coloreada en los guijarros del camino. Tyrion vio como el rostro de Haldon pasaba del verde al rojo y luego al morado. Mezclada con la cacofonía de idiomas desconocidos distinguió una música extraña que procedía de un lugar cercano: una flauta aguda con acompañamiento de tambores. A sus espaldas ladraba un perro. Las putas habían salido: marítimo o fluvial, un puerto era un puerto, y donde hubiera marineros habría prostitutas.

«¿Mi padre se referiría a esto? ¿Ahí es adonde van las putas? ¿Al mar? —Las prostitutas de Lannisport y Desembarco del Rey eran mujeres libres. Sus hermanas de Selhorys eran esclavas, marcadas como tales por las lágrimas que llevaban tatuadas bajo el ojo derecho—. Más viejas que el pecado y el doble de feas, de la primera a la última. —Casi hacían que cualquiera renunciara al puterío. Tyrion sintió sus ojos clavados en ellos al pasar, y las oyó susurrar y ahogar risitas entre las manos—. Cualquiera diría que es la primera vez que ven a un enano.»

Una escuadra de lanceros volantinos montaba guardia en la puerta del río. La luz de las antorchas se reflejaba en las garras de acero que sobresalían de sus guanteletes. Los yelmos que llevaban eran máscaras de tigre, y los rostros que ocultaban con ellos tenían franjas verdes tatuadas en las mejillas. Tyrion sabía que los soldados esclavos de Volantis estaban muy orgullosos de sus rayas de tigre.

«¿Anhelarán la libertad? —se preguntó—. ¿Qué harían si esa niña reina se la concediera? Si dejan de ser tigres, ¿qué serán? Si yo dejo de ser un león, ¿qué seré?»

Un tigre vio al enano y dijo algo que hizo reír a los demás. Cuando llegaron junto a la puerta, se quitó el guantelete de garra y el guante sudado que llevaba debajo, le rodeó el cuello con el otro brazo y le frotó la cabeza enérgicamente. Tyrion se sobresaltó tanto que ni se le ocurrió oponer resistencia, y todo terminó en un instante.

—¿Por qué ha hecho eso? —preguntó furioso al Mediomaestre.

—Dice que da buena suerte frotarle la cabeza a un enano —explicó Haldon tras un intercambio de palabras en el idioma del guardia.

—Decidles que chuparle la polla a un enano da más suerte todavía. —Tyrion se esforzó por dirigir una sonrisa al hombre.

—Mejor no, que los tigres tienen dientes afilados.

Otro guardia les hizo gestos con la antorcha para que cruzaran la puerta, y así, Haldon Mediomaestre entró en Selhorys seguido por Tyrion, que anadeaba tras él.

Ante ellos se abría una gran plaza llena de gente, ruido y luz pese a lo avanzado de la hora. Los faroles colgaban de cadenas de hierro sobre las puertas de tabernas y casas de placer, aunque dentro de la ciudad eran de cristal coloreado, no de pergamino. A su derecha ardía una hoguera ante un templo de piedra roja. Un sacerdote ataviado con una túnica escarlata estaba en el balcón del templo arengando a la pequeña multitud que se había congregado en torno a las llamas. Unos viajeros jugaban al *sitrang* enfrente de una posada; unos soldados borrachos entraban y salían de lo que obviamente era un burdel; una mujer golpeaba a una mula ante la puerta de un establo, un carro de dos ruedas pasó traqueteante junto a ellos, tirado por un elefante blanco enano...

«Esto es otro mundo —pensó Tyrion—, pero no muy diferente del que conozco.»

En el centro de la plaza se alzaba la estatua de mármol blanco de un hombre sin cabeza, con una armadura ornamentada hasta límites delirantes, a lomos de un caballo de similares características.

—¿Y este quién es? —preguntó Tyrion.

—El triarca Horonno. Un héroe volantino del Siglo de Sangre. Lo reeligieron triarca año tras año durante cuarenta años, hasta que se cansó de asambleas y se declaró triarca de por vida. A los volantinos no les hizo gracia y lo condenaron a muerte: lo ataron a dos elefantes, que lo partieron por la mitad.

—A la estatua le falta la cabeza.

—Era un tigre. Cuando los elefantes llegaron al poder, sus seguidores decapitaron las estatuas de todos aquellos a los que culpaban de tanta guerra y muerte. —Se encogió de hombros—. Eran otros tiempos. Venid, vamos a escuchar qué dice ese sacerdote. Me ha parecido oír el nombre de Daenerys.

Cruzaron la plaza para unirse a la creciente multitud congregada ante el templo rojo. Rodeado de gente, al hombrecito le costaba mucho ver algo que no fueran culos. Oía lo que decía el sacerdote, pero no entendía ni palabra.

—¿Comprendéis lo que está diciendo? —preguntó a Haldon en la lengua común.

—Lo comprendería si no tuviera a un enano chillándome al oído.

—Yo no chillo. —Tyrion se cruzó de brazos y miró hacia atrás para ver los rostros de los hombres y mujeres que se habían detenido para escuchar. Se volviera hacia donde se volviera, veía tatuajes.

«Esclavos. Cuatro de cada cinco son esclavos.»

—El sacerdote está llamando a los volantinos a la guerra —le dijo el Mediomaestre—, pero en el bando de la justicia, como soldados del Señor de Luz, R'hllor, que hizo el sol y las estrellas y lucha eternamente contra la oscuridad. Nyessos y Malaquo se han apartado de la luz, según él, y la arpía amarilla del este les ha oscurecido el corazón. Dice...

—Dragones. Eso lo he entendido, ha dicho dragones.

—Sí. Los dragones han venido para transportarla a la gloria.

—Transportarla. ¿A Daenerys?

—Benerro ha enviado noticias de Volantis —confirmó Haldon—. La llegada de esa mujer es el cumplimiento de una antigua profecía. Nació del humo y la sal para renovar el mundo. Ella es Azor Ahai reencarnado, y su triunfo sobre la oscuridad traerá un verano que no terminará jamás. La propia muerte doblará la rodilla ante ella, y todos los que mueran luchando por su causa volverán a nacer.

—¿Tengo que volver a nacer en el mismo cuerpo? —preguntó Tyrion. La multitud crecía por momentos, y notaba empujones por todas partes—. ¿Quién es Benerro?

—El sumo sacerdote del templo rojo de Volantis. —Haldon arqueó una ceja—. Llama de la Verdad, Luz de la Sabiduría, Primer Servidor del Señor de Luz, Esclavo de R'hllor.

El único sacerdote rojo que había conocido Tyrion era Thoros de Myr, el jaranero, corpulento y campechano Thoros, siempre con manchas de vino en la túnica, que haraganeaba por la corte de Robert trasegando las mejores cosechas de sus bodegas y mostraba las llamas de la espada cada vez que se metía en una liza.

—Me gustan los sacerdotes gordos, corruptos y cínicos —dijo a Haldon—, los que gustan de sentarse en cojines de seda, comer golosinas y follarse a los niños. Los que creen en los dioses son los que dan problemas.

—Este problema en concreto podría sernos útil. Sé adónde podemos ir a buscar respuestas. —Haldon pasó junto al héroe decapitado para dirigirse hacia una gran posada de piedra que daba a la plaza. Sobre la puerta pintada de colores chillones colgaba el caparazón de una tortuga inmensa. Dentro, un centenar de velitas rojas ardían como estrellas lejanas. El aire estaba cargado del aroma de la carne asada con especias, y una joven esclava con una tortuga tatuada en la mejilla estaba sirviendo un vino verde claro.

—Ahí. Esos dos —dijo Haldon desde la puerta.

En un rincón, dos jugadores de *sitrang* estudiaban las piezas a la luz de una vela roja. Uno era flaco y enjuto, de escaso pelo negro y nariz afilada. El otro tenía los hombros anchos, una panza redonda y tirabuzones que le llegaban hasta el cuello. Ninguno de los dos se dignó apartar la vista de la partida hasta que Haldon colocó una silla entre ambos.

—Mi enano juega al *sitrang* mejor que vosotros dos juntos.

El corpulento alzó los ojos para mirar con enfado a los intrusos y dijo algo en la lengua de la Antigua Volantis, demasiado deprisa para que Tyrion entendiera nada. El delgado se acomodó en la silla.

—¿Está en venta? —preguntó en la lengua común de Poniente—. En la colección de monstruos del triarca no hay ningún enano que juegue al *sitrang*.

—Yollo no es esclavo.

—Qué pena.

El flaco movió un elefante de ónice. Al otro lado del tablero, el jugador que llevaba el ejército de alabastro frunció los labios en un rictus de desaprobación y movió el caballo.

—Qué disparate —señaló Tyrion. Le tocaba a él representar su papel.

—Desde luego —dijo el flaco. Su respuesta fue mover el caballo, tras lo cual hubo una serie de movimientos rápidos, y al final el flaco sonrió—. Muerte, amigo mío. —El hombretón se quedó mirando el tablero, y al cabo de un rato se levantó y gruñó algo en su idioma. Su adversario se echó a reír—. Anda ya, el enano no huele tan mal. —Hizo un ademán a Tyrion para que ocupara la silla vacía—. Vamos, hombrecito. Pon plata en la mesa y a ver qué tal se te da este juego.

«¿Qué juego?», estuvo a punto de preguntar Tyrion mientras se encaramaba a la silla.

—Juego mejor con la tripa llena y una copa de vino en la mano. —El flaco se volvió y llamó a una esclava para pedirle comida y bebida.

—El noble Qavo Nogarys es el oficial de aduanas de Selhorys —dijo Haldon—. Nunca he conseguido derrotarlo.

—Puede que yo tenga más suerte —dijo Tyrion, que lo había entendido al instante.

Abrió la bolsa y fue poniendo monedas de plata junto al tablero, una encima de otra, hasta que Qavo sonrió. Ambos empezaron a colocar las piezas tras la pantalla del tablero de *sitrang*.

—¿Qué noticias llegan de río abajo? —preguntó Haldon—. ¿Habrá guerra?

—Eso quieren los yunkios. —Qavo se encogió de hombros—. Se hacen llamar «sabios amos». Sabiduría, no sé, pero astucia no les falta. Su enviado nos trajo cofres de oro y piedras preciosas, y doscientos esclavos, chicas núbiles y muchachitos de piel suave, todos entrenados en el camino de los siete suspiros. Tengo entendido que sus banquetes son memorables, y sus sobornos, espléndidos.

—¿Los yunkios han comprado a vuestros triarcas?

—Solo a Nyessos. —Qavo retiró la pantalla y estudió la disposición del ejército de Tyrion—. Malaquo está viejo y desdentado, pero sigue siendo un tigre, y a Doniphos no lo reelegirán triarca. La ciudad tiene hambre de guerra.

—¿Por qué? —quiso saber Tyrion—. Meereen está a muchas leguas, al otro lado del mar. ¿En qué ha ofendido esa dulce niña reina a la Antigua Volantis?

—¿Dulce? —Qavo se echó a reír—. Si es cierta la mitad de las anécdotas que nos llegan de la bahía de los Esclavos, esa niña es un monstruo. Dicen que tiene sed de sangre, que quienes osan contradecirla acaban empalados para sufrir una muerte lenta. Dicen que es una bruja que alimenta a sus dragones con carne de recién nacido, que rompe juramentos y treguas, que se burla de los dioses, amenaza a los enviados y se vuelve contra aquellos que la sirven con lealtad. Dicen que es insaciable, que se aparea con hombres, mujeres y eunucos; hasta con perros y niños, y pobre del amante que no logre satisfacerla. Entrega el cuerpo a los hombres para poseer su alma.

«Vaya, qué bien —pensó Tyrion—. Si me entrega el cuerpo, por mí puede quedarse con mi alma para siempre. Con lo pequeña y retorcida que es...»

—Dicen —repitió Haldon—. ¿Quién lo dice? Los esclavistas, los exiliados a los que ha expulsado de Astapor y Meereen. Simples calumnias.

—Las mejores calumnias están aderezadas con un toque de verdad —apuntó Qavo—, pero el verdadero pecado de la chica es innegable. Esa niña arrogante ha decidido acabar con el tráfico de esclavos, y el tráfico de esclavos nunca fue exclusivo de la bahía. Formaba parte del comercio mundial, y la reina dragón ha enturbiado las aguas. Tras la Muralla Negra, los señores de sangre antigua duermen inquietos mientras oyen a sus esclavos afilar los cuchillos en la cocina. Los esclavos cultivan nuestros alimentos, limpian nuestras calles, instruyen a nuestros jóvenes, vigilan las murallas, reman en las galeras, combaten en las batallas... Y cuando miran hacia el este ven el brillo lejano de esa joven reina, la rompedora de cadenas. La Antigua Sangre no lo tolerará, y los pobres también la detestan, porque hasta el mendigo más vil tiene más categoría que un esclavo y la reina dragón le arrebata ese consuelo.

Tyrion movió los lanceros hacia delante. Qavo respondió con la caballería ligera, y Tyrion avanzó una casilla con los ballesteros.

—El sacerdote rojo de fuera cree que Volantis debería apoyar a esa reina de plata, no luchar contra ella.

—Los sacerdotes rojos harían mejor en callarse —replicó Qavo Nogarys—. Ya ha habido enfrentamientos entre sus seguidores y los que adoran a otros dioses. Los discursos incendiarios de Benerro solo servirán para desencadenar una ira brutal contra él.

—¿Qué discursos? —preguntó el enano mientras jugueteaba con su plebe.

—En Volantis, miles de esclavos y libertos abarrotan noche tras noche la plaza del templo para oír los gritos de Benerro sobre estrellas sangrantes y una espada de fuego que limpiará el mundo. —El volantino sacudió una mano—. Ha estado predicando que Volantis arderá si los triarcas se levantan en armas contra la reina plateada.

—Esa profecía puedo hacerla hasta yo. Ah, la cena.

Les sirvieron una fuente de cabra asada sobre un lecho de rodajas de cebolla. La carne era aromática y estaba muy especiada, tostada por fuera y roja y jugosa en el interior. Tyrion cogió un trozo. Estaba tan caliente que le quemó los dedos, pero estaba tan buena que no pudo contenerse y agarró un pedazo más. Lo regó todo con un licor volantino verde claro que era lo más parecido al vino que había tomado desde hacía siglos.

—Muy bueno —declaró al tiempo que levantaba el dragón—. La pieza más poderosa del juego —anunció mientras retiraba un elefante de Qavo—. Y se dice que Daenerys Targaryen tiene tres.

—Tres —asintió Qavo—, contra tres veces tres mil enemigos. Grazdan mo Eraz no fue el único enviado de la Ciudad Amarilla. Cuando los sabios amos ataquen Meereen, las legiones del Nuevo Ghis lucharán a su lado. Y los tolosios, los elyrios y hasta los dothrakis.

—A los dothrakis los tenéis a vuestras puertas —señaló Haldon—. Khal Pono.

—Los señores de los caballos vienen, les damos regalos y se van. —Qavo sacudió una mano blanca en gesto despectivo.

Movió de nuevo la catapulta, cerró los dedos en torno al dragón de alabastro de Tyrion y lo retiró del tablero. El resto fue una masacre, aunque el enano se las arregló para resistir durante una docena de jugadas.

—Ha llegado la hora de derramar lágrimas amargas —dijo Qavo finalmente mientras juntaba la plata en un montoncito—. ¿Otra partida?

—No hace falta —respondió Haldon—. Mi enano ha aprendido una lección de humildad, y ya es hora de que volvamos a nuestra barcaza.

Fuera, en la plaza, la hoguera seguía ardiendo, pero el sacerdote ya no estaba y la multitud se había dispersado hacía tiempo. El fulgor de las velas iluminaba las ventanas del lupanar, del que salían risas femeninas.

—La noche es joven —comentó Tyrion—. Puede que Qavo no nos lo haya dicho todo, y las putas se enteran de muchas cosas gracias a los hombres a los que atienden.

—¿Tantas ganas tenéis de mujer, Yollo?

—Uno se cansa de no tener más amantes que las manos. —«Puede que Selhorys sea el lugar adonde van las putas. A lo mejor Tysha está aquí, con lágrimas tatuadas en la mejilla»—. He estado a punto de ahogarme. Después de una experiencia semejante, cualquiera necesitaría una mujer. Además tengo que cerciorarme de que no se me ha petrificado la polla.

—Os espero en la taberna que hay junto a la puerta. —El Mediomaestre rio—. No os demoréis mucho.

—Por eso no temáis. Generalmente, las mujeres prefieren despacharme cuanto antes.

El burdel era modesto comparado con los que frecuentaba en Lannisport y Desembarco del Rey. El propietario no hablaba más idioma que el de Volantis, pero entendió perfectamente el tintineo de la plata y acompañó a Tyrion a una estancia que se abría al otro lado de un arco, donde olía a incienso y cuatro esclavas aburridas aguardaban en diversos grados de desnudez. Dos habían visto al menos cuarenta días del nombre, y la más joven tenía quince o dieciséis años. Ninguna era tan fea como las putas de los muelles, aunque tampoco eran beldades. Una de ellas estaba embarazada; otra estaba gorda y llevaba aros de hierro en los pezones, y las cuatro tenían lágrimas tatuadas debajo de un ojo.

—¿Tenéis alguna chica que hable el idioma de Poniente? —preguntó Tyrion.

El propietario entrecerró los ojos sin comprender, así que le repitió la pregunta en alto valyrio. En aquella ocasión debió de entender alguna palabra, porque replicó algo en volantino, aunque lo único que entendió el enano fue «chica del ocaso». Supuso que se refería a alguna muchacha de los Reinos del Ocaso.

En la casa solo había una de aquellas características, y no era Tysha. Tenía mejillas pecosas y rizos rojos, lo que prometía pechos pecosos y vello rojizo entre las piernas.

—Me vale —dijo Tyrion—. Y una frasca de vino. Vino tinto con carne roja. —La prostituta le miraba el rostro desnarigado con los ojos llenos de repugnancia—. ¿Te molesto, guapa? Soy un ser muy molesto, como sin duda te diría mi padre si no estuviera muerto y enterrado.

La chica parecía ponienti, pero no hablaba ni palabra de la lengua común.

«Puede que los esclavistas la capturasen de niña. —Su cuarto era pequeño, aunque había una alfombra de Myr en el suelo y un colchón relleno de plumas en vez de paja—. Los he visto peores.»

—¿Cómo te llamas? —le preguntó al tiempo que le aceptaba una copa de vino—. ¿No quieres decírmelo? —El vino era fuerte y ácido, y no necesitaba traducción—. En fin, tendré que conformarme con tu coño. —Se limpió la boca con el dorso de la mano—. ¿Alguna vez te has acostado con un monstruo? Es buen momento para empezar. Quítate la ropa y túmbate, si no te importa. Y si te importa, también.

Ella lo miró sin comprender hasta que el enano le quitó la frasca de vino de las manos y le levantó las faldas por encima de la cabeza. Después de aquello, la chica comprendió qué se le solicitaba, aunque no resultó una compañera muy activa. Tyrion llevaba tanto tiempo sin acostarse con una mujer que se corrió dentro de ella a la tercera embestida.

Rodó a un lado, más avergonzado que satisfecho.

«Ha sido un error. Me he convertido en un ser repugnante.»

—¿Conoces a una mujer llamada Tysha? —le preguntó mientras su semilla manaba de ella para derramarse en la cama. La prostituta no respondió—. ¿Sabes adónde van las putas?

Tampoco respondió a aquello. Tenía la espalda surcada de cicatrices.

«Esta chica está muerta. Me acabo de follar un cadáver. —Hasta sus ojos parecían sin vida—. No tiene fuerzas ni para despreciarme.»

Necesitaba vino, mucho vino. Cogió la frasca con las dos manos y se la llevó a los labios. El vino le corrió garganta abajo, barbilla abajo, le goteó por la barba y empapó la cama de plumas. A la luz de la vela parecía tan oscuro como el que había envenenado a Joffrey. Tras terminar tiró a un lado la frasca vacía y se bajó tambaleante de la cama en busca de un orinal. No lo encontró. El estómago se le volvió de revés, y lo siguiente que supo fue que estaba de rodillas, vomitando en la alfombra, aquella hermosa y gruesa alfombra de Myr reconfortante como las mentiras.

La prostituta gritó horrorizada.

«Le van a echar la culpa a ella», comprendió avergonzado.

—Córtame la cabeza y llévala a Desembarco del Rey —dijo apremiante—. Mi hermana te concederá el título de dama y nadie volverá a azotarte.

La chica tampoco lo entendió aquella vez, así que él le separó las piernas, gateó hasta colocarse entre ellas y la poseyó de nuevo. Aquello al menos sí lo entendía.

Cuando se le acabaron tanto el vino como las ganas de sexo, hizo un bulto con la ropa de la chica y lo tiró al suelo. Ella entendió la indirecta y escapó para dejarlo a solas en la oscuridad, cada vez más hundido en la cama de plumas.

«Estoy como una cuba. —No se atrevía a cerrar los ojos por miedo de quedarse dormido. Tras el velo del sueño lo aguardaban los Pesares. Los peldaños de piedra ascendían interminables, empinados, resbaladizos y traicioneros, y arriba estaría el Señor de la Mortaja—. No quiero conocer al Señor de la Mortaja. —Se vistió a duras penas y se tambaleó en dirección a la escalera—. Grif me va a desollar. Bueno, ¿por qué no? Si hay un enano que merece que lo desuellen, ese soy yo.»

A medio camino escaleras abajo perdió pie, pero se las arregló para parar la caída con las manos y convertirla en una torpe voltereta lateral. Las prostitutas que aguardaban abajo alzaron la vista atónitas cuando fue a aterrizar ante el último peldaño. Tyrion rodó hasta ponerse en pie y las saludó con una reverencia.

—Borracho soy mucho más ágil. —Se volvió hacia el propietario—. Lamento deciros que os he ensuciado la alfombra. La chica no tiene la culpa. Os la pagaré. —Sacó un puñado de monedas y se las tiró.

—Gnomo —dijo una voz ronca a su espalda.

En un rincón de la estancia, entre las sombras, había un hombre sentado con una prostituta que se contoneaba en su regazo.

«A esa chica no la había visto. Si llego a verla subo con ella y no con la pecosa.» Era más joven que las otras, esbelta y bonita, con una larga cabellera de un rubio casi blanco. Lysena, probablemente. Pero el hombre cuyo regazo ocupaba era sin duda de los Siete Reinos: corpulento, ancho de hombros, cuarenta años y ni un día menos. Estaba medio calvo, pero tenía una barba descuidada que le cubría las mejillas y la barbilla, y el vello espeso le crecía hasta en los nudillos.

A Tyrion no le gustó su aspecto, y menos aún el gran oso negro que lucía en el jubón.

«Lana. Va vestido de lana, con este calor. Solo un caballero puede ser tan imbécil.»

—Qué agradable sorpresa oír la lengua común tan lejos de casa —se obligó a decir—, pero me temo que os habéis confundido. Me llamo Hugor Colina. ¿Puedo invitaros a una copa de vino, amigo?

—Ya he bebido suficiente.

El caballero apartó a la prostituta y se puso de pie. Tenía cerca el cinturón de la espada, colgado de un gancho. Lo cogió y desenvainó, con un susurro de acero contra cuero. Las prostitutas observaban la escena con avidez, con la luz de las velas reflejada en los ojos. El propietario se había esfumado.

—Sois mío, Hugor.

Tyrion sabía que no podría huir, igual que no podría ganar si presentaba batalla. Con lo borracho que estaba, ni siquiera lo derrotaría en un duelo de ingenio. Extendió las manos.

—¿Qué pensáis hacer conmigo?

—Entregaros —dijo el caballero—. A la reina.

Daenerys

Galazza Galare llegó a la Gran Pirámide escoltada por una docena de gracias blancas, muchachas de alta cuna tan jóvenes que aún no habían prestado su año de servicios en los jardines de placer del templo. La digna anciana vestida de verde, rodeada de cándidas niñas con túnica y velo blanco, era un hermoso espectáculo.

La reina les dio una cálida bienvenida y ordenó a Missandei que se encargara de que a las niñas no les faltaran comida y cuidados mientras ella cenaba en privado con la gracia verde.

Los cocineros habían preparado un magnífico banquete de cordero a la miel aromatizado con menta y acompañado de los pequeños higos verdes que tanto le gustaban. Dos de los rehenes favoritos de Dany les sirvieron la cena y se encargaron de que tuvieran las copas llenas en todo momento: eran una niñita de ojos inmensos llamada Qezza y un chico flacucho cuyo nombre era Grazhar. Eran hermanos entre sí y primos de la gracia verde, que los saludó con besos nada más llegar y les preguntó si habían sido buenos.

—Los dos son adorables —le aseguró Dany—. Qezza me canta a veces, porque tiene una voz preciosa, y ser Barristan ha estado instruyendo a Grazhar y a los otros muchachos en las artes de la caballería de Poniente.

—Son sangre de mi sangre —respondió la gracia verde mientras Qezza le llenaba la copa de vino rojo oscuro—. Me alegro de que os complazcan, esplendor. Espero poder hacer lo mismo. —La anciana tenía el pelo blanco y la piel apergaminada, pero los años no le habían nublado los ojos, tan verdes como su túnica, llenos de tristeza y sabiduría—. Perdonad que os lo diga, esplendor, pero parecéis cansada. ¿Estáis durmiendo lo necesario?

—La verdad es que no. —Dany tuvo que contenerse para no soltar una carcajada—. Anoche, tres galeras qarthienses subieron por el Skahazadhan al abrigo de la oscuridad. Los Hombres de la Madre les lanzaron flechas llameantes a las velas y calderos de brea hirviendo contra la cubierta, pero los barcos fueron rápidos y no sufrieron daños de consideración. Los qarthienses quieren cerrarnos el río, igual que nos han cerrado la bahía. Lo peor es que ya no están solos: se les han unido tres galeras del Nuevo Ghis y una carraca de Tolos. —Había propuesto una alianza a los tolosios, que respondieron llamándola puta y exigiéndole que devolviera Meereen a los grandes amos. Pero aun eso era mejor que la respuesta de Mantarys, que le llegó en un baúl de cedro que contenía las cabezas en salmuera de sus tres emisarios—. Tal vez vuestros dioses puedan ayudarnos. Pedidles que envíen un temporal sobre las galeras de la bahía.

—Rezaré y haré sacrificios. Puede que los dioses de Ghis me escuchen. —Galazza Galare bebió un poco de vino, pero no apartó los ojos de Dany—. La tormenta no ruge solo tras la muralla de la ciudad, sino también en su interior. Tengo entendido que anoche murieron más libertos.

—Tres. —Sintió un regusto amargo en la boca al decirlo—. Los cobardes atacaron a unas tejedoras, unas libertas que no habían hecho daño a nadie. Su único crimen era crear cosas bellas. Tengo sobre mi cama un tapiz que me regalaron. Los Hijos de la Arpía destruyeron su telar y las violaron antes de cortarles el cuello.

—Eso nos habían dicho. Y aun así, vuestro esplendor ha tenido el valor de responder a tal carnicería con clemencia. No habéis dañado a ninguno de los niños nobles que tenéis de rehenes.

—No, aún no. —Dany se había encariñado con sus jóvenes pupilos. Unos eran tímidos y otros traviesos, unos cariñosos y otros huraños, pero todos eran inocentes—. Si mato a mis coperos, ¿quién me servirá el vino y la cena? —comentó, tratando de tomárselo a la ligera. La sacerdotisa no sonrió.

—Se dice que el Cabeza Afeitada quiere echárselos a vuestros dragones. Vida por vida. Que quiere que muera un niño por cada bestia de bronce que caiga.

Dany jugueteó con la comida del plato. No se atrevía a mirar hacia donde estaban Grazhar y Qezza por miedo a echarse a llorar.

«El corazón del Cabeza Afeitada es más duro que el mío.» Habían discutido media docena de veces por el asunto de los rehenes.

—Los Hijos de la Arpía se desternillan en sus pirámides —le había dicho Skahaz aquella misma mañana—. ¿De qué sirve tener rehenes si no los decapitáis? —A sus ojos, no era más que una mujer débil.

«Con Hazzea fue suficiente. ¿Qué clase de paz es la que hay que comprar con sangre de niños?»

—Ellos no tienen la culpa de estos asesinatos —dijo Dany a la gracia verde con voz débil—. No soy una reina carnicera.

—Y Meereen os lo agradece. Tenemos entendido que el Rey Carnicero de Astapor ha muerto.

—Lo mataron sus propios soldados cuando les ordenó atacar a los yunkios. —Le costaba hasta decirlo—. Aún no se había enfriado su cadáver cuando subió al trono Cleon II. Duró ocho días antes de que le cortaran el cuello. Su asesino aspira al trono, igual que la concubina del primer Cleon. Los astaporis los llaman Rey Asesino y Reina Puta. Sus seguidores se enfrentan en las calles, mientras los yunkios y sus mercenarios aguardan al otro lado de la muralla.

—Corren malos tiempos. Esplendor, ¿puedo tener la osadía de daros un consejo?

—Ya sabéis lo mucho que valoro vuestra sabiduría.

—En ese caso, prestadme oído en esta ocasión y contraed matrimonio.

—Ah. —Era lo que Dany se temía.

—Os he oído decir en varias ocasiones que solo sois una niña. En cierto modo es lo que veo cuando os miro, una niña demasiado joven y frágil para enfrentarse sola a tan duras pruebas. Necesitáis tener un rey a vuestro lado, alguien que os ayude a llevar esta pesada carga.

Dany ensartó un trozo de cordero, le dio un mordisco y lo masticó con desgana.

—Decidme, ¿ese rey podrá llenarse la boca de aire y soplar para devolver a Qarth las galeras de Xaro? ¿Podrá dar unas palmadas y romper el asedio de Astapor? ¿Podrá poner comida en el estómago de mis niños y devolver la paz a mis calles?

—¿Podréis vos? —replicó la gracia verde—. Un rey no es un dios, pero hay muchas cosas que puede hacer un hombre fuerte. Cuando mi pueblo os mira, ve a una conquistadora venida de allende los mares para asesinarnos y esclavizar a nuestros hijos. Un rey lo cambiaría todo. Un rey de alta cuna y pura sangre ghiscaria haría que la ciudad se reconciliara con vuestro reinado. Si no, mucho me temo que terminará como empezó, con sangre y fuego.

—¿A quién quieren los dioses de Ghis que tome como rey y consorte? —preguntó Dany mientras volvía a juguetear con la comida.

—A Hizdahr zo Loraq —respondió Galazza Galare con firmeza. Dany no se molestó en fingir sorpresa.

—¿Por qué a Hizdahr? Skahaz también es noble.

—Skahaz es un Kandaq, y Hizdahr es un Loraq. Vuestro esplendor me disculpará, pero la diferencia es palpable para cualquier ghiscario. He oído decir muchas veces que la sangre de Aegon el Conquistador, Jaehaerys el Sabio y Daeron el Dragón corre por vuestras venas. El noble Hizdahr es de la sangre de Mazdhan el Magnífico, Hazrak el Hermoso y Zharaq el Liberador.

—Sus antepasados están tan muertos como los míos. ¿Acaso Hizdahr despertará a sus espíritus para defender Meereen de sus enemigos? Necesito un hombre con barcos y espadas, y vos me ofrecéis ancestros.

—Somos un pueblo antiguo. Los ancestros son importantes para nosotros. Contraed matrimonio con Hizdahr zo Loraq y tened un hijo con él, un hijo de la arpía y el dragón. Las profecías se cumplirán en él y vuestros enemigos se derretirán como la nieve.

«El semental que montará el mundo.» Dany sabía demasiado bien qué eran las profecías. Eran palabras, y las palabras eran aire. No tendría un hijo de Loraq; no habría un heredero que uniera al dragón con la arpía.

«Cuando el sol salga por el oeste y se ponga por el este, cuando los mares se sequen y las montañas se mezan como hojas al viento.» Entonces y no antes volvería a agitarse su vientre...

... Pero Daenerys Targaryen tenía otros hijos, decenas de millares que la llamaban madre, cuyas cadenas había roto. Pensó en Escudo Fornido, en el hermano de Missandei, en Rylona Rhee, que tan bellas melodías arrancaba del arpa. No había matrimonio que pudiera devolverles la vida, pero si un esposo contribuía a poner fin a las matanzas, casarse era un deber que tenía para con sus muertos.

«¿Se volverá Skahaz contra mí si me caso con Hizdahr?» Confiaba en Skahaz más que en Hizdahr, pero el Cabeza Afeitada sería un rey desastroso. Era rápido en la ira y lento en la misericordia, y no veía qué podría ganar casándose con un hombre tan detestado como ella. Al menos a Hizdahr lo respetaban.

—¿Qué opina de esto mi futuro esposo? —preguntó a la gracia verde. «¿Qué opina de mí?»

—Vuestra alteza puede preguntárselo. El noble Hizdahr aguarda abajo. Mandad a buscarlo, si os parece bien.

«Estás yendo demasiado lejos, sacerdotisa», pensó la reina; pero se tragó la rabia y se forzó a esbozar una sonrisa.

—¿Por qué no? —Mandó llamar a ser Barristan y pidió al anciano caballero que acompañara a Hizdahr a sus habitaciones—. Es un ascenso largo. Que lo ayuden los inmaculados.

Cuando anunciaron al noble, la gracia verde ya había acabado de cenar.

—Si a vuestra magnificencia le parece bien, me despido de vos. No me cabe duda de que tenéis muchas cosas que discutir con el noble Hizdahr. —La anciana se limpió la miel de los labios, dio un beso a Qezza y otro a Grazhar, y se cubrió el rostro con el velo de seda—. Volveré al templo de las Gracias y rezaré a los dioses para que guíen a mi reina por el camino de la sabiduría.

Se marchó, y Dany esperó a que Qezza le llenara la copa de nuevo antes de ordenar a los niños que salieran e invitaran a entrar a Hizdahr zo Loraq.

«Y como se le ocurra decir ni una palabra sobre sus adorados reñideros, a lo mejor lo tiro por la terraza.»

Hizdahr llevaba una sencilla túnica verde bajo el chaleco guateado. Al entrar hizo una marcada reverencia sin perder ni un instante el rostro adusto.

—¿No me sonreís? —le preguntó Dany—. ¿Tanto miedo doy?

—Siempre me embarga la solemnidad en presencia de tanta belleza.

Era un buen comienzo.

—Bebed conmigo. —Dany en persona le llenó la copa—. Ya sabéis por qué estáis aquí. Al parecer, la gracia verde cree que, si os desposo, mis aflicciones se desvanecerán.

—Yo jamás habría tenido la osadía de decir semejante cosa. El hombre nace para luchar y sufrir; sus aflicciones solo se desvanecen cuando muere. Pero sí es cierto que puedo ayudaros. Tengo oro, amigos e influencias, y la sangre del Antiguo Ghis corre por mis venas. Hasta ahora no me he casado nunca, pero he engendrado dos hijos bastardos, un niño y una niña, de modo que soy capaz de daros herederos. Puedo reconciliar a la ciudad con vuestro reinado y poner fin a la matanza que azota las calles noche tras noche.

—¿De verdad? —Dany lo miró a los ojos—. ¿Los Hijos de la Arpía envainarían los cuchillos por vos? ¿Por qué? ¿Acaso sois uno de ellos?

—No.

—¿Me lo diríais si lo fuerais?

—No —rio él.

—El Cabeza Afeitada tiene maneras de averiguar la verdad.

—No me cabe duda de que Skahaz me haría confesar con premura. Un día con él y seré uno de los Hijos de la Arpía; dos días y seré la Arpía en persona. Tres y seré quien mató a vuestro padre en los Reinos del Ocaso, aunque yo era aún un chiquillo. Luego me empalará y podréis ver como muero... pero después de eso continuarán los asesinatos. —Hizdahr se inclinó hacia ella—. O podéis casaros conmigo y tratar de acabar con ellos.

—¿Por qué ibais a querer ayudarme? ¿Por la corona?

—Una corona me quedaría bien, no voy a negarlo, pero no es lo único. ¿Tan extraño os parece que quiera proteger a mi pueblo, igual que vos protegéis a vuestros libertos? Meereen no podrá soportar otra guerra, esplendor.

Era una buena respuesta, una respuesta sincera.

—Yo nunca he querido la guerra. Derroté una vez a los yunkios y me apiadé de su ciudad en vez de saquearla. Me negué a apoyar al rey Cleon cuando marchó contra ellos. Hasta ahora, con Astapor bajo asedio, contengo mi mano. En cuanto a Qarth... Nunca he hecho daño alguno a Qarth...

—Directamente, no, pero Qarth es una ciudad de mercaderes aficionados al tintineo de la plata, al brillo del oro. Cuando acabasteis con el comercio de esclavos, el golpe se dejó sentir desde Poniente hasta Asshai. Qarth depende de sus esclavos, igual que Tolos, Antiguo Ghis, Lys, Tyrosh, Volantis... La lista es larga, mi reina.

—Pues que vengan. En mí encontrarán un enemigo más duro de pelar que Cleon. Prefiero morir luchando a permitir que vuelvan a encadenar a mis hijos.

—Tal vez haya otra opción. Creo que sería posible convencer a los yunkios para que respeten a vuestros libertos, siempre que vuestra adoración acceda a que la Ciudad Amarilla entrene esclavos y comercie con ellos sin interferencias de hoy en adelante. No tiene por qué correr más sangre.

—Excepto la de los esclavos que los yunkios entrenarán y con los que comerciarán —replicó Dany. Pero sabía que había buena parte de verdad en lo que le decía. «Tal vez sea el mejor final al que podemos aspirar»—. No me habéis dicho que me amáis.

—Lo haré si ello os place, esplendor.

—No es así como responde un enamorado.

—¿Qué es el amor? ¿Deseo? Ningún hombre que sea hombre puede miraros y no desearos, Daenerys. Pero no es el motivo por el que me casaría con vos. Antes de que llegarais, Meereen estaba agonizando. Nuestros gobernadores eran ancianos de polla mustia y viejas de coño arrugado y reseco como la arena. Les gustaba sentarse en la cima de sus pirámides para beber vino de albaricoque y hablar de las glorias del Antiguo Imperio mientras los siglos transcurrían y la ciudad se desmoronaba en torno a ellos. Las tradiciones y la precauciones nos aplastaban hasta que vos nos despertasteis con sangre y fuego. Ha llegado una nueva era; ahora son posibles cosas nuevas. Casaos conmigo.

«No es desagradable a la vista y tiene lengua de rey», pensó Dany.

—Besadme —ordenó.

Él le cogió la mano otra vez y le besó los dedos.

—No, así no. Besadme como si fuera vuestra esposa.

Hizdahr la tomó por los hombros con tanta delicadeza como si Dany fuera un pajarillo, se inclinó hacia delante y apretó los labios contra los suyos. Fue un beso ligero, seco y rápido. Ella no sintió nada.

—¿Queréis que os bese de nuevo?

—No. —En el estanque de la terraza donde se bañaba, los peces le mordisqueaban las piernas. Hasta ellos besaban con más fervor que Hizdahr zo Loraq—. No os amo.

—Puede que con el tiempo llegue el amor. —Hizdahr se encogió de hombros—. A veces pasa.

«No a nosotros mientras Daario esté tan cerca. Es a él a quien quiero, no a ti.»

—Algún día regresaré a Poniente para reclamar los Siete Reinos de mi padre.

—Y algún día moriremos, pero no sirve de nada pensar en ello; prefiero vivir el presente.

—Las palabras son aire, y eso incluye términos como *amor* y *paz* —repuso Dany entrelazando los dedos—. Yo confío más en los hechos. En mis Siete Reinos, los caballeros emprenden gestas para demostrar que son dignos de la doncella a la que aman. Parten en busca de espadas mágicas, de cofres de oro, de coronas robadas del tesoro de un dragón...

—Los únicos dragones de los que tengo noticia son los vuestros —dijo Hizdahr arqueando una ceja—, y las espadas mágicas escasean aún más. Puedo traeros anillos, coronas y cofres de oro, si es lo que queréis.

—Lo que quiero es paz. Decís que podéis ayudarme a acabar con las matanzas nocturnas en mis calles. Hacedlo, pues. Poned fin a esta guerra de sombras, mi señor. Esa será vuestra gesta. Proporcionadme noventa días y noventa noches sin muertes, y sabré que sois digno de un trono. ¿Seréis capaz?

Hizdahr se quedó pensativo.

—¿Noventa días y noventa noches sin un cadáver, y el día que haga el número noventa y uno nos casaremos?

—Puede que sí —respondió Dany con una mirada recatada—. Aunque las niñas solemos ser volubles. Puede que luego quiera una espada mágica.

—También os la conseguiré, esplendor —le contestó riéndose—. Vuestros deseos son órdenes para mí. Será mejor que digáis a vuestro senescal que vaya haciendo los preparativos de la boda.

—Seguro que el noble Reznak estará encantado.

Si en Meereen corría la voz de que se preparaba una boda, tal vez bastara con eso para proporcionarle unas noches de respiro, aunque los esfuerzos de Hizdahr no dieran fruto.

«El Cabeza Afeitada no se va a alegrar precisamente, pero Reznak mo Reznak bailará de alegría. —Las dos cosas le resultaban igual de preocupantes. Dany necesitaba a Skahaz y a las bestias de bronce, y había aprendido a desconfiar de los consejos de Reznak—. Guardaos del senescal perfumado. ¿Acaso Reznak ha hecho causa común con Hizdahr y la gracia verde para tenderme una trampa?»

En cuanto Hizdahr zo Loraq se marchó, ser Barristan apareció tras ella con su larga capa blanca. Los años de servicio en la Guardia Real habían enseñado al caballero a hacerse invisible cuando la reina tenía visitas, pero nunca se alejaba demasiado.

«Lo sabe —advirtió Dany al instante—, y no lo aprueba.» Las arrugas que flanqueaban la boca del caballero se habían hecho más profundas.

—Bueno, parece que voy a casarme de nuevo —le dijo—. ¿Os alegráis por mí?

—Si eso es lo que ordenáis, alteza...

—Hizdahr no es el marido que me habríais elegido.

—No me corresponde la tarea de elegiros marido.

—Cierto —convino—, pero para mí es importante que lo entendáis. Mi pueblo se desangra, está moribundo. La reina se debe a su reino. Matrimonio o matanza, esas son mis opciones: una boda o una guerra.

—¿Puedo hablaros con sinceridad, alteza?

—Siempre.

—Hay una tercera opción.

—¿Poniente?

—Sí. Juré serviros, alteza. Juré protegeros de todo mal dondequiera que vayáis. Mi lugar está a vuestro lado, ya sea aquí o en Desembarco del Rey..., pero vuestro lugar está en Poniente, en el Trono de Hierro donde se sentaba vuestro padre. Los Siete Reinos jamás aceptarán a Hizdahr zo Loraq como rey.

—De la misma manera que Meereen jamás aceptará a Daenerys Targaryen como reina. En eso, la gracia verde tiene toda la razón. Necesito tener a mi lado a un rey, a un soberano de sangre ghiscaria. De lo contrario, siempre me verán como la bárbara zafia que derribó sus puertas, empaló a sus familiares y robó sus riquezas.

—En Poniente seríais la niña descarriada que vuelve para alegrar el corazón de su padre. Vuestros súbditos os aclamarán cuando cabalguéis entre ellos, y todos los hombres bien nacidos os amarán.

—Poniente está muy lejos.

—No se acercará mientras sigamos aquí. Cuanto antes nos marchemos de este lugar...

—Lo sé, de verdad, lo sé. —Dany deseaba con todo su corazón hacérselo entender. Deseaba ir a Poniente tanto como él, pero antes tenía que restañar las heridas de Meereen—. Noventa días son muchos. Puede que Hizdahr fracase, pero mientras lo esté intentando, ganaré tiempo. Tiempo para firmar alianzas, para fortalecer mis defensas, para...

—¿Y si no fracasa? ¿Qué haría entonces vuestra alteza?

—Su deber. —Sintió la palabra como hielo en la lengua—. Vos estuvisteis en la boda de mi hermano Rhaegar. Decidme, ¿se casó por amor o por deber?

—La princesa Elia era una buena mujer, alteza —titubeó el anciano caballero—. Era bondadosa e inteligente, de ingenio rápido y corazón amable. Sé que el príncipe le tenía mucho afecto.

«Afecto. —Era una palabra muy reveladora—. Yo también podría cobrarle afecto a Hizdahr zo Loraq. Con el tiempo.»

—También presencié el matrimonio de vuestros padres —continuó ser Barristan—. Perdonadme, pero entre ellos no había afecto, y el reino lo pagó muy caro, mi reina.

—Si no se querían, ¿por qué se casaron?

—Por orden de vuestro abuelo. Una bruja de los bosques le había dicho que el príncipe prometido nacería de esa estirpe.

—¿Una bruja de los bosques? —repitió Dany sorprendida.

—Llegó a la corte con Jenny de Piedrasviejas. Era una persona diminuta, grotesca. Muchos opinaban que se trataba de una enana, pero lady Jenny le tenía mucho cariño y decía que era una hija del bosque.

—¿Qué fue de ella?

—Refugio Estival. —Dos palabras funestas.

—Retiraos, por favor —suspiró Dany—. Estoy muy cansada.

—Como ordenéis. —Ser Barristan hizo una reverencia y dio media vuelta para salir, pero se detuvo al llegar a la puerta—. Disculpad, alteza, tenéis una visita. ¿Le digo que vuelva mañana?

—¿Quién es?

—Naharis. Los Cuervos de Tormenta han vuelto a la ciudad.

«Daario.» El corazón le dio un vuelco.

—¿Cuánto hace que...? ¿Cuándo ha...? —No le salían las palabras, pero ser Barristan la entendió.

—Vuestra alteza estaba con la sacerdotisa cuando han llegado. Sabía que no queríais que os interrumpieran, y las nuevas del capitán podían esperar a mañana.

—No. —«¿Cómo voy a dormir sabiendo que mi capitán está tan cerca?»—. Decidle que suba. Ya... no os necesitaré esta noche; con Daario estaré a salvo. Ah, tened la amabilidad de decirles a Irri y Jhiqui que entren. Y a Missandei.

—Tengo que cambiarme, tengo que ponerme hermosa. —Eso fue lo que dijo a sus doncellas cuando entraron.

—¿Qué quiere ponerse vuestra alteza? —preguntó Missandei.

«Luz de estrellas y espuma de mar —pensó Dany—. Un atisbo de seda que muestre mi pecho izquierdo para deleite de Daario. Ah, y flores en el pelo.» Cuando se conocieron, el capitán había estado llevándole flores a diario durante todo el camino desde Yunkai a Meereen.

—Traedme la túnica de lino gris con el corpiño de perlas. Ah, y la piel de león blanco. —Siempre se sentía más segura con la piel de león de Drogo.

Daenerys recibió al capitán en su terraza, sentada en un banco de piedra labrada bajo un peral. La media luna flotaba en el cielo, sobre la ciudad, arropada por un millar de estrellas. Daario Naharis se acercó pavoneándose.

«Se pavonea hasta cuando está quieto.» El capitán vestía un pantalón ancho de rayas remetido en las botas de cuero morado, una camisa de seda blanca y un chaleco de anillas doradas. Llevaba la barba de tres puntas teñida de violeta, los extravagantes bigotes, de dorado, y los largos rizos, de ambos colores a partes iguales. A un lado del cinturón llevaba un estilete, y al otro, un *arakh* dothraki.

—Mi luminosa reina, durante mi ausencia os habéis tornado más bella. ¿Cómo es posible semejante cosa?

La reina estaba acostumbrada a alabanzas por el estilo, pero el cumplido significaba mucho más en boca de Daario que dicho por alguien como Reznak, Xaro o Hizdahr.

—Me informan de que nos habéis prestado un excelente servicio en Lhazar, capitán. —«Te he echado tanto de menos...»

—Vuestro capitán vive para servir a esta reina cruel.

—¿Cruel?

La luz de la luna arrancó destellos de los ojos del hombre.

—Me adelanté al galope al resto de mis hombres para ver vuestro rostro cuanto antes, y vos me dejasteis languidecer mientras comíais higos y cordero con una vieja reseca.

«No me dijeron que estabas aquí; de lo contrario, tal vez habría cometido la estupidez de haceros entrar al momento.»

—Estaba cenando con la gracia verde. —Le pareció mejor no mencionar a Hizdahr—. Tenía una necesidad urgente que requería su sabio consejo.

—Yo solo tengo una necesidad urgente: Daenerys.

—¿Queréis que os traigan algo para comer? Debéis de estar famélico.

—Hace dos días que no pruebo bocado, pero me basta con saciarme de vuestra belleza.

—Mi belleza no va a llenaros el estómago. —Cogió una pera y se la lanzó—. Comed.

—Como ordene mi reina.

El diente de oro centelleó al morder la fruta; el jugo le corrió por la barba morada. La joven que había en Dany tenía tantas ganas de besarlo que le dolía el pecho.

«Sus besos serían duros e implacables —se dijo—, y le daría igual que le gritara y le ordenara detenerse.» Pero la reina que había en ella sabía que sería una locura.

—Habladme de vuestro viaje.

—Los yunkios enviaron mercenarios para cerrar el paso de Khyzai. Los Lanzas Largas, como se hacen llamar. Caímos sobre ellos durante la noche y mandamos al infierno a unos cuantos. En Lhazar maté a dos de mis sargentos por conspirar para robar las gemas y la vajilla de oro que me había confiado vuestra alteza como regalos para los hombres cordero. Por lo demás, todo transcurrió según lo previsto.

—¿Cuántos hombres perdisteis en el combate?

—Nueve, pero una docena de lanzas largas decidió que preferían ser cuervos de tormenta a ser cadáveres, así que al final salimos ganando tres. Les dije que vivirían más luchando al lado de vuestros dragones que contra ellos, y entendieron lo sensato de mis palabras.

—Puede que sean espías de Yunkai —señaló Dany, desconfiada.

—Son demasiado idiotas para ser espías. No los conocéis.

—Vos tampoco. ¿Confiáis en ellos?

—Confío en todos mis hombres. Mientras no los pierda de vista. —Escupió una semilla y sonrió ante sus recelos—. ¿Queréis que os traiga sus cabezas? Lo haré si así lo ordenáis. Uno de ellos es calvo y dos tienen trenzas, y de ellos, uno se tiñe la barba de cuatro colores diferentes. ¿Qué espía luciría una barba así? El que maneja la honda es capaz de acertar en el ojo a un mosquito a cuarenta pasos, y al feo se le dan bien los caballos, pero si mi reina dice que han de morir...

—No he dicho eso, solo que... Bueno, no los perdáis de vista, nada más. —Se sintió un poco tonta al decir aquello. Siempre se sentía un poco tonta cuando estaba con Daario. «Desmañada, infantil y torpe. ¿Qué pensará de mí?»—. ¿Los hombres cordero nos enviarán comida?

—El trigo llegará en barcazas por el Skahazadhan, alteza, y otras provisiones vendrán en caravanas por el paso de Khyzai.

—Por el Skahazadhan no llegará nada; nos han cerrado el río, y también los mares. Ya habréis visto los barcos en la bahía. Los qarthienses han puesto en fuga a un tercio de nuestra flota pesquera y se han apoderado de otro tercio. El resto no se atreve a salir del puerto. Nos han cortado el poco comercio que nos quedaba.

—Los qarthienses tienen leche en las venas. —Daario tiró el rabito de la pera—. En cuanto les enseñéis a vuestros dragones, huirán despavoridos.

Dany no quería hablar de los dragones. A la corte seguían llegando campesinos con sacas de huesos quemados y quejas sobre ovejas desaparecidas, aunque Drogon no había vuelto a la ciudad. Según algunos informes, lo habían visto al norte del río, sobre el mar de hierba dothraki. Abajo, en la fosa, Viserion se había arrancado una cadena. Rhaegal y él estaban cada día más fieros. Según los inmaculados, en cierta ocasión, las puertas de hierro se pusieron al rojo vivo, y nadie se atrevió a tocarlas en todo el día.

—Astapor también está bajo asedio.

—Eso sí lo sabía. Un lanza larga vivió lo suficiente para decirnos que los hombres se comían entre sí en la Ciudad Roja. Dijo que pronto le tocaría el turno a Meereen, así que le corté la lengua y se la eché a un perro amarillo. Los perros no se comen la lengua de un mentiroso, pero el perro se la comió, así que supe que decía la verdad.

—También tengo una guerra dentro de la ciudad. —Le habló de los Hijos de la Arpía y los Bestias de Bronce; de la sangre en las paredes de ladrillo—. Estoy rodeada de enemigos, dentro y fuera de las murallas.

—Atacad —respondió él al momento—. Cuando alguien está rodeado de enemigos, no puede defenderse. Intentadlo, y el hacha os golpeará por la espalda mientras estáis esquivando el puñal. No. Si os enfrentáis a múltiples enemigos, elegid al más débil, matadlo, saltad sobre su cadáver y huid.

—¿Hacia dónde?

—Hacia mi cama. Hacia mis brazos. Hacia mi corazón.

Los puños del *arakh* y el estilete de Daario eran dos mujeres de oro, desnudas y lujuriosas. Las acarició con los pulgares en un gesto que a

Dany le pareció increíblemente obsceno, y le dedicó una sonrisa malévola. Ella sintió como se le agolpaba la sangre en el rostro. Era casi como si la acariciara a ella.

«¿Me consideraría lujuriosa si me lo llevara a la cama? —Casi lo deseaba—. No puedo volver a verlo a solas. Es peligroso tenerlo cerca.»

—La gracia verde dice que debo tener un rey ghiscario —le dijo, arrebolada—. Me presiona para que me case con el noble Hizdahr zo Loraq.

—¿Con ese? —rio Daario—. Si lo que queréis es un eunuco en la cama, ¿por qué no con Gusano Gris? ¿De verdad deseáis tener un rey?

«Te deseo a ti.»

—Lo que deseo es paz. Le he dicho a Hizdahr que tiene noventa días para poner fin a los asesinatos. Si lo consigue, lo tomaré como esposo.

—Casaos conmigo y lo conseguiré en nueve.

«Sabéis que no es posible.»

—Lucháis contra sombras en vez de enfrentaros a los hombres que las proyectan —siguió Daario—. Matadlos a todos y adueñaos de sus tesoros. Solo tenéis que susurrarme una orden y vuestro humilde servidor os construirá con sus cabezas una pirámide más alta que esta.

—Si supiera quiénes son...

—Zhak, Pahl y Merreq. Y los demás. Esos son. Los grandes amos, ¿quién si no?

«Es tan osado como sanguinario.»

—No tenemos pruebas de que sea obra suya. ¿Queréis que mate a mis propios súbditos?

—Vuestros propios súbditos os matarían de buena gana.

Había estado ausente tanto tiempo que Dany casi se había olvidado de cómo era. Tuvo que recordarse que los mercenarios eran traicioneros por naturaleza.

«Voluble, descreído, implacable. Nunca será más que lo que es. Nunca tendrá madera de rey.»

—Las pirámides son fortalezas. El coste de hacerlos prisioneros sería espantoso. En cuanto atacáramos a uno, los demás se levantarían contra nosotros.

—Pues sacadlos de sus pirámides con algún pretexto. Una boda, por ejemplo, ¿por qué no? Prometed vuestra mano a Hizdahr, y todos los grandes amos acudirán a presenciar el matrimonio. Cuando estén todos en el templo de las Gracias, caeremos sobre ellos.

«Es un monstruo —pensó, sobrecogida—. Un monstruo apuesto, pero un monstruo.»

—¿Me tomáis por el Rey Carnicero?

—Más vale ser carnicero que carne. Todos los reyes son carniceros. ¿Las reinas no?

—Esta reina no.

Daario se encogió de hombros.

—La mayoría de las reinas no tienen más función que calentarle la cama al rey y parirle hijos. Si esa es la clase de soberana que queréis ser, haréis bien en casaros con Hizdahr.

—¿Habéis olvidado quién soy? —espetó, furiosa.

—No. ¿Y vos?

«Viserys le habría cortado la cabeza por semejante insolencia.»

—Soy de la sangre del dragón. No tengáis la osadía de darme lecciones. —Dany se levantó, y la piel del león se le escurrió de los hombros y cayó al suelo—. Marchaos.

—Vivo para obedeceros —replicó Daario con una amplia reverencia.

Cuando se fue, Daenerys hizo llamar a ser Barristan.

—Quiero que vuelvan a partir los Cuervos de Tormenta.

—Alteza, pero si acaban de regresar...

—Quiero que se vayan. Que patrullen en las cercanías de Yunkai y ofrezcan protección a las caravanas que se acerquen por el paso de Khyzai. De ahora en adelante, Daario os informará a vos. Encargaos de que reciba todos los honores que merezca y de que se pague bien a sus hombres, pero bajo ningún concepto quiero tenerlo en mi presencia.

—Como ordenéis, alteza.

Aquella noche no pudo dormir; no hacía más que dar vueltas y vueltas en la cama. Incluso llamó a Irri con la esperanza de que sus caricias la ayudaran a descansar, pero al cabo de un rato echó a la muchacha dothraki. Irri era dulce, suave y voluntariosa, pero no era Daario.

«¿Qué he hecho? —pensó mientras se arrebujaba en el lecho solitario—. Con el tiempo que llevaba esperando su regreso, he ordenado que se vaya.»

—Ese hombre me convertiría en un monstruo —susurró—. En una reina carnicera.

Pero entonces pensó en Drogon, que estaba tan lejos, y en los dragones de la fosa.

—Tengo las manos manchadas de sangre, y también el corazón. Daario y yo no somos tan distintos. Los dos somos monstruos.

El caballero perdido

«No tendría que tardar tanto —se dijo Grif mientras recorría de un lado a otro la cubierta de la *Doncella Tímida*. ¿Acaso habían perdido a Haldon, igual que habían perdido a Tyrion Lannister? ¿Lo habrían atrapado los volantinos?—. Tendría que haber mandado a Campodepatos con él.» No se podía confiar en Haldon ni dejarlo solo; lo había demostrado en Selhorys al permitir que escapara el enano.

La *Doncella Tímida* estaba amarrada en uno de los peores sectores del largo y caótico puerto fluvial, entre una barcaza escorada que no se había movido en muchos años y la chalana pintada de colores vivos de un teatro de títeres. Los titiriteros eran un grupito escandaloso y animado que pasaban el rato atacándose entre sí con discursos sacados de sus obras, más borrachos que sobrios.

Era un día cálido y bochornoso, como lo habían sido todos desde que pasaron los Pesares. El inmisericorde sol del sur azotaba la ribera de Volon Therys, pero aquella era la menor de las preocupaciones de Grif. La Compañía Dorada había acampado algo más de una legua al sur de la ciudad, mucho más al norte de lo que esperaba, y el triarca Malaquo había acudido con cinco mil hombres a pie y mil a caballo para cortarles el paso hacia el delta. Daenerys Targaryen seguía a un mundo de distancia, y Tyrion Lannister... En fin, podía estar en cualquier lugar. Si los dioses fueran bondadosos, la cabeza cortada del Lannister ya estaría a medio camino de Desembarco del Rey, pero lo más probable era que estuviera sano y salvo, cerca de allí, más borracho que una cuba y tramando alguna nueva infamia.

—Por los siete infiernos, ¿dónde está Haldon? —se quejó Grif a lady Lemore—. ¿Cuánto se puede tardar en comprar tres caballos?

—Mi señor —respondió ella mientras se encogía de hombros—, ¿no sería más seguro que el muchacho siguiera aquí, en la barcaza?

—Más seguro, sí; más inteligente, no. Ya es un hombre hecho y derecho, y este es el camino que nació para recorrer.

Grif no tenía tiempo ni paciencia para objeciones. Estaba harto de esconderse, harto de esperar, harto de tanta cautela.

«No me queda tiempo para la cautela.»

—Hemos hecho un gran esfuerzo para mantener oculto al príncipe Aegon todos estos años —le recordó Lemore—. Sé que llegará el momento en que deba lavarse el pelo y revelar su identidad, pero aún no, y menos ante un campamento de mercenarios.

—Si Harry Strickland quiere hacerle algo, no podremos protegerlo en la *Doncella Tímida*. Strickland tiene diez mil espadas a sus órdenes; nosotros tenemos a Pato. Aegon es todo lo que se puede esperar de un príncipe; seguro que Strickland y los demás se darán cuenta. Estos son sus hombres.

—Son sus hombres porque vos les habéis pagado; en realidad son diez mil desconocidos armados, sin contar a los parásitos ni a las vivanderas. Es suficiente que nos traicione uno para que acaben con nosotros. Si la cabeza de Hugor valía un señorío, ¿cuánto estará dispuesta a pagar Cersei Lannister por el heredero legítimo del Trono de Hierro? No conocéis a esos hombres, mi señor. Han pasado doce años desde que cabalgabais con la Compañía Dorada, y vuestro viejo amigo ha muerto.

«Corazón Negro. —Myles Toyne estaba tan lleno de vida cuando Grif lo vio por última vez que le costaba aceptar que hubiera muerto—. Una calavera dorada en la punta de una pica, y Harry Strickland, Harry Sintierra en su lugar.» Sabía que Lemore no andaba desencaminada. Los hombres de la Compañía Dorada eran mercenarios, por muy caballeros y señores que hubieran sido sus padres y abuelos en Poniente antes del exilio, y no se podía confiar en un mercenario. Aun así...

La noche anterior había vuelto a soñar con Septo de Piedra. Iba de casa en casa solo, con la espada en la mano; derribaba puertas; subía por escaleras; saltaba de tejado en tejado mientras en sus oídos no dejaban de resonar las campanas distantes. El tañido grave del bronce y los tonos musicales de la plata le reverberaban en el cráneo, en una cacofonía enloquecedora que se fue haciendo cada vez más insistente hasta que le pareció que le iba a estallar la cabeza.

Habían transcurrido diecisiete años desde la batalla de las Campanas, pero el sonido siempre le formaba un nudo en la garganta. Había quien decía que el reino cayó cuando Robert mató al príncipe Rhaegar en el Tridente, pero lo cierto era que la batalla del Tridente ni siquiera habría tenido lugar si el grifo hubiera matado al venado en Septo de Piedra.

«Aquel día, las campanas doblaron por todos nosotros. Por Aerys, por su reina, por Elia de Dorne, por su hijita, y por todo hombre leal y toda mujer decente de los Siete Reinos. Y por mi príncipe plateado.»

—El plan era no revelar la identidad del príncipe Aegon hasta que estuviéramos ante la reina Daenerys —dijo Lemore.

—Eso era cuando creíamos que venía hacia el oeste, pero nuestra reina dragón ha reducido a cenizas ese plan, y gracias al imbécil de Pentos hemos agarrado a la dragona por la cola y nos hemos quemado los dedos hasta el hueso.

—Illyrio no tenía manera de saber que iba a quedarse en la bahía de los Esclavos.

—Igual que no tenía manera de saber que el Rey Mendigo moriría joven, ni que Khal Drogo no tardaría en seguirlo. No son muchos los planes del gordo que se han hecho realidad. —Grif se palmeó la empuñadura de la espada con la mano enguantada—. Llevo demasiados años bailando al son que toca el gordo, y ¿de qué nos ha servido? El príncipe ya es un hombre, ha llegado la hora de...

—¡Grif! —lo llamó Yandry en voz alta para hacerse oír por encima de la campana de los titiriteros—. ¡Es Haldon!

Y era él. El Mediomaestre tenía aspecto acalorado y sucio, con marcas oscuras en las axilas de la túnica de lino claro y la misma expresión amarga que en Selhorys, cuando volvió a la *Doncella Tímida* para confesar que el enano había desaparecido. Pero tiraba de las riendas de tres caballos, y eso era lo único que importaba.

—Que suba el chico —le dijo Grif a Lemore—. Aseguraos de que está listo.

—Como queráis —respondió ella de mala gana.

«Así tendrá que ser.» Le había tomado cariño a Lemore, pero eso no quería decir que necesitara su aprobación. Su misión consistía en instruir al príncipe en la doctrina de la fe y la había llevado a cabo, pero ni todas las oraciones del mundo lo sentarían en el Trono de Hierro: eso era cosa suya. Grif le había fallado una vez al príncipe Rhaegar, pero no fallaría a su hijo mientras le quedara aliento.

Los caballos que llevaba Haldon no le gustaron.

—¿Esto es lo mejor que habéis encontrado? —se quejó.

—Pues sí —respondió el Mediomaestre, irritado—. Y más vale que no preguntéis cuánto nos han costado. Los dothrakis están al otro lado del río, así que de repente, la mitad de la población de Volon Therys ha decidido que prefiere estar en cualquier otro lugar, con lo que la carne de caballo se está poniendo por las nubes.

«Tendría que haber ido yo. —Después de lo de Selhorys, le costaba confiar en Haldon. Se había dejado engañar por el enano y por su labia, y le había permitido meterse a solas en un burdel mientras él lo esperaba como un idiota en la plaza. El dueño del burdel les había dicho y repetido que al hombrecito se lo habían llevado a punta de espada, pero Grif no acababa de creérselo. El Gnomo era suficientemente listo para tramar su propia captura, y el borracho del que hablaban las putas bien podía ser un esbirro contratado por él—. Yo también tengo la culpa. Después de que el enano se interpusiera entre Aegon y el hombre de piedra, bajé la guardia. Tendría que haberle cortado el cuello nada más ponerle la vista encima.»

—En fin, tendrán que valer —dijo a Haldon—. El campamento está a poco más de una legua hacia el sur.

La *Doncella Tímida* los habría llevado mucho más deprisa, pero prefería que Harry Strickland ignorase dónde habían estado el príncipe y él. Tampoco le gustaba la idea de llegar chapoteando por el lodo de los bajíos de la ribera: así podían presentarse un mercenario y su hijo, pero no un gran señor y su príncipe.

El príncipe salió de la cabina con Lemore, y Grif lo examinó de pies a cabeza. Llevaba espada y puñal, botas negras relucientes y una capa negra con ribete de seda rojo sangre. Se había lavado y cortado el pelo y lo llevaba recién teñido de azul oscuro, con lo que sus ojos también parecían azules. Lucía al cuello los tres grandes rubíes de talla cuadrada engarzados en una cadena de hierro negro que le había regalado el magíster Illyrio.

«Rojo y negro, los colores del dragón.» Era perfecto.

—Tienes aspecto de príncipe —le dijo—. Si te viera tu padre, estaría orgulloso de ti.

—Estoy harto de teñirme de azul. —Grif el Joven se pasó los dedos por el pelo—. Tendría que habérmelo lavado de una vez.

—Ya falta menos. —A Grif también le gustaría recuperar sus verdaderos colores, aunque el cabello que antes era rojo se había tornado blanco. Dio una palmada al muchacho en el hombro—. ¿Nos vamos? Tu ejército te espera.

—Me gusta cómo suena eso. Mi ejército. —La sonrisa que le iluminó el rostro duró solo un instante—. Pero ¿es mi ejército de verdad? Se trata de mercenarios, y Yollo me advirtió de que no confiara en nadie.

—Es un consejo inteligente —reconoció Grif. Habría sido distinto si Corazón Negro siguiera al mando, pero Myles Toyne llevaba cuatro años muerto y Harry Sintierra era muy diferente. Pero no podía decírselo al muchacho; el enano ya había sembrado suficientes dudas en él—. No todo el mundo es lo que aparenta, y los príncipes tienen más motivo que nadie para desconfiar, pero si te extralimitas, la desconfianza te envenenará, te amargará y te hará tener miedo de todo. —«Eso le pasó al rey Aerys. Hacia el final fue obvio hasta para Rhaegar»—. Lo mejor es un término medio. Que los hombres se ganen tu confianza con servicios leales, sí, pero cuando lo hagan, sé generoso y abre tu corazón.

—Lo recordaré. —El muchacho asintió.

Asignaron al príncipe el mejor de los tres caballos, un gran capón de un gris muy claro, casi blanco. Grif y Haldon cabalgaban a su lado en monturas inferiores. El camino discurría hacia el sur bajo la alta muralla blanca de Volon Therys durante el primer tramo, pero luego dejaba atrás la ciudad para seguir el curso serpenteante del Rhoyne entre bosquecillos de sauces y campos de amapolas, junto a un alto molino de viento cuyas aspas crujían como huesos viejos.

Llegaron adonde estaba la Compañía Dorada, junto al río, cuando ya se ponía el sol por el oeste. El mismísimo Arthur Dayne habría aprobado aquel campamento: compacto, ordenado, fácil de defender... Habían cavado una zanja profunda alrededor, y el fondo estaba sembrado de estacas. Las tiendas estaban dispuestas en hileras, separadas por anchas avenidas. Las letrinas se encontraban junto al río, para que la corriente se llevara los desechos. Los caballos estaban al norte; tras ellos, dos docenas de elefantes pastaban junto al agua y arrancaban juncos con la trompa. Grif observó a las enormes bestias grises con aprobación.

«No hay corcel de guerra en todo Poniente que pueda resistir contra ellos.»

Los estandartes de combate de tela de oro ondeaban en lo alto de sus astas en el perímetro del campamento. Bajo ellos hacían la ronda los centinelas con armas y armaduras, lanzas y ballestas en ristre, alertas ante cualquiera que se aproximara. Grif había temido que la compañía se hubiera descuidado bajo el mando de Harry Strickland, que siempre le pareció más preocupado por hacer amigos que por imponer disciplina, pero saltaba a la vista que su miedo era infundado.

Al llegar a la entrada, Haldon dijo unas palabras al sargento de la guardia, que envió a un mensajero a buscar al capitán. El hombre que llegó seguía tan feo como la última vez que Grif lo había visto: un mercenario de barriga enorme y hombros cargados, con el rostro surcado de viejas cicatrices, que tenía la oreja derecha como si se la hubiera masticado un perro y carecía de oreja izquierda.

—¿Te han nombrado capitán, Flores? —dijo Grif—. Y yo que creía que la Compañía Dorada tenía nivel...

—Peor que eso, cabronazo —respondió Franklyn Flores—. También me han nombrado caballero. —Agarró a Grif por el hombro y le dio un abrazo de oso—. Tú tienes una pinta horrible, hasta para llevar doce años muerto. ¿Y ese pelo azul? Cuando dijo Harry que ibas a venir, casi me cago encima. Y tú, Haldon, hijo de puta, cuánto me alegro de verte. ¿Todavía vas por ahí con un palo en el culo? —Se volvió hacia Grif el Joven—. Y este debe de ser...

—Mi escudero. Chico, te presento a Franklyn Flores.

El príncipe lo saludó con un movimiento de cabeza.

—Flores es apellido de bastardo. Vienes del Dominio.

—Sí. Mi madre trabajaba de lavandera en La Sidra hasta que la violó un hijo del señor, así que soy una especie de Fossoway de la manzana marrón. —Flores les señaló que entraran con un ademán—. Acompañadme. Strickland ha convocado a los oficiales en su tienda; tenemos consejo de guerra. Los puñeteros volantinos están agitando las lanzas y exigen saber qué intenciones tenemos.

Los hombres de la Compañía Dorada, ante sus tiendas, mataban el tiempo jugando a los dados, bebiendo y papando moscas. Grif se preguntó cuántos de ellos sabrían quién era.

«Muy pocos. Doce años son mucho tiempo.» Ni los que habían cabalgado con él reconocerían al exiliado lord Jon Connington, el de la barba rojo fuego, en el rostro surcado de arrugas y afeitado del mercenario Grif, con su pelo teñido de azul. Por lo que a la mayoría de ellos respectaba, Connington se había matado a beber en Lys después de que lo expulsaran de la compañía, deshonrado por robar de las arcas de guerra. La vergüenza de aquella mentira aún le escocía, pero Varys se había empecinado en que era necesaria.

«Lo que menos falta nos hace es que canten loas del valeroso exiliado —le había dicho el eunuco con una risita, con aquella vocecita remilgada—. Aquellos que tienen una muerte heroica son recordados mucho tiempo, mientras que a los borrachos, los ladrones y los cobardes se los olvida pronto.»

«¿Qué sabrá un eunuco del honor de un hombre? —Grif se había plegado al plan por el bien del muchacho, pero no por eso le hacía la menor gracia—. Si vivo lo suficiente para sentar al chico en el Trono de Hierro, Varys pagará esa humillación y muchas otras, y entonces ya veremos a quién se olvida pronto.»

La tienda del capitán general era de tela de oro y estaba rodeada de picas rematadas por calaveras doradas. Una de ellas, más grande que el resto, mostraba deformaciones grotescas, y debajo había otra del tamaño de un puño de niño.

«Maelys el Monstruoso y su hermano sin nombre.» Las otras calaveras guardaban cierta semejanza, aunque algunas estaban rajadas o astilladas por los golpes que les habían causado la muerte y una tenía los dientes afilados.

—¿Cuál es la de Myles? —preguntó Grif casi sin querer.

—Aquella, la del final —señaló Flores—. Espera, voy a anunciarte.

Entró en la tienda y dejó a Grif ante la calavera dorada de su viejo amigo. En vida, ser Myles Toyne era más feo que un pecado. Su famoso antepasado, el moreno y atractivo Terrence Toyne sobre el que cantaban los bardos, era tan hermoso que ni la amante del rey pudo resistirse a sus encantos; Myles, en cambio, tenía orejas de soplillo, la mandíbula torcida y la nariz más grande que Jon Connington hubiera visto jamás. Pero, cuando sonreía, nada de eso importaba. Sus hombres lo apodaban Corazón Negro por el blasón que llevaba en el escudo, y a Myles le encantaban el nombre y lo que indicaba.

—Al capitán general deben temerlo tanto sus enemigos como sus amigos —le había confesado en cierta ocasión—. Si mis hombres me consideran cruel, mejor que mejor.

La verdad era muy diferente. Toyne, soldado hasta la médula, era fiero pero siempre justo, un padre para sus hombres y siempre generoso con el señor exiliado lord Jon Connington.

La muerte le había arrebatado las orejas, la nariz y la calidez. Conservaba la sonrisa, transformada en una deslumbrante mueca dorada. Todas las calaveras sonreían, incluso la de Aceroamargo, en la pica alta del centro.

«¿Por qué demonios sonríe? Murió solo y derrotado, destrozado en una tierra extranjera.»

En su lecho de muerte, ser Aegor Ríos había ordenado a sus hombres que hirvieran su cráneo para despojarlo de carne, lo bañaran en oro y lo llevaran al cruzar el mar para reconquistar Poniente. Sus sucesores habían seguido su ejemplo.

Jon Connington podría haber sido uno de esos sucesores si su exilio hubiera transcurrido de forma distinta. Había estado en la compañía cinco años y había ascendido hasta ocupar el honorable cargo de mano derecha de Toyne. Si hubiera seguido allí, habría sido probable que, tras la muerte de Myles, los hombres se hubieran vuelto hacia él y no hacia Harry Strickland. Pero Grif no lamentaba el camino elegido.

«Volveré a Poniente, y no como calavera en la punta de una pica.»

—Adelante —invitó Flores en la puerta de la tienda.

Los oficiales superiores de la Compañía Dorada se levantaron de los taburetes al verlos entrar. Los viejos amigos saludaron a Grif con sonrisas y abrazos; los nuevos, de manera más formal.

«No todos se alegran de vernos, o no tanto como quieren hacerme creer.» Percibía los puñales que se ocultaban tras algunas sonrisas. Lord Jon Connington estaba en su tumba, y sin duda, muchos consideraban que era el mejor lugar para un hombre capaz de robar a sus hermanos de armas. Si Grif hubiera estado en su lugar, tal vez habría pensado lo mismo.

Ser Franklyn se encargó de presentarle a los demás. Algunos de los capitanes mercenarios, como Flores, tenían apellidos de bastardo: Ríos, Colina, Piedra... Otros llevaban nombres que habían sido grandes en los Siete Reinos. Grif conoció a dos Strong, tres Peake, un Mudd, un Mandrake, un Lothston y un par de Cole. No todos eran auténticos, claro. En las compañías libres, cualquiera podía elegir el nombre que le viniera en gana, pero independientemente de cómo eligieran llamarse, los mercenarios exhibían una especie de burdo esplendor. Al igual que muchos otros soldados profesionales, llevaban todas sus riquezas encima: por doquier se veían espadas enjoyadas, armaduras con incrustaciones, gruesos torques y finas sedas, y cada uno de los presentes llevaba suficientes pulseras de oro para pagar el rescate de un señor. Cada pulsera denotaba un año de servicio en la Compañía Dorada. Marq Mandrake, cuyo rostro marcado de viruelas lucía además un agujero en la mejilla, allí donde se había quemado para borrarse una marca de esclavo, lucía también una cadena de calaveras doradas.

No todos los capitanes tenían sangre ponienti. Balaq el Negro, un isleño del verano de pelo clarísimo y piel del color del hollín, estaba al mando de los arqueros de la compañía, igual que en tiempos de Corazón Negro. Llevaba una magnífica capa de plumas verdes y naranja. El cadavérico volantino Gorys Edoryen había ocupado el puesto de Strickland como tesorero. Llevaba una piel de leopardo al hombro, y el cabello rojo como la sangre le caía por la espalda en bucles aceitados, aunque su barba puntiaguda era negra. Grif no conocía de nada al nuevo capitán de los espías, un lyseno llamado Lysono Maar de ojos violeta, cabello ceniza y unos labios que habrían sido la envidia de cualquier prostituta. En el primer golpe de vista, Grif había estado a punto de tomarlo por una mujer. Llevaba las uñas pintadas de morado y los lóbulos de las orejas cuajados de perlas y amatistas.

«Fantasmas y mentirosos —pensó Grif al examinar sus rostros—. Restos de guerras olvidadas, de causas perdidas, de rebeliones fallidas; una hermandad de caídos y fracasados, los deshonrados, los desheredados. Este es mi ejército. Esta es nuestra esperanza.»

Se volvió hacia Harry Strickland. No tenía el menor aspecto de guerrero. Corpulento, cabezón, con afables ojos grises y un cabello ralo que se peinaba hacia un lado para disimular la calva, estaba sentado en una silla plegable con los pies a remojo en un balde de agua salada.

—Perdonad que no me levante —dijo a modo de saludo—. La marcha ha sido agotadora, y enseguida me salen ampollas en los pies. Es una maldición.

«Es una señal de debilidad. Hablas como una vieja.» Los Strickland habían formado parte de la Compañía Dorada desde su fundación, ya que el bisabuelo de Harry había perdido sus tierras al aliarse con el Dragón Negro durante la primera rebelión de los Fuegoscuro. «Dorados durante cuatro generaciones», solía alardear Harry, como si cuatro generaciones de exilio y derrota fueran motivo de orgullo.

—Puedo prepararos un ungüento para las ampollas —dijo Haldon—, y hay ciertas sales minerales que endurecen la piel.

—Es muy amable por vuestra parte. —Strickland hizo una seña a su escudero—. Watkyn, vino para nuestros amigos.

—No, gracias —intervino Grif—. Preferimos agua.

—Como queráis. —El capitán general sonrió al príncipe—. Y este debe de ser vuestro hijo.

«¿Lo sabe? —se preguntó Grif—. ¿Qué parte de la verdad le contaría Myles?» Varys había insistido hasta la náusea en la necesidad de guardar el secreto. Solo Illyrio, el eunuco y Corazón Negro conocían los planes que habían trazado entre los tres. El resto de la compañía los ignoraba por completo; lo que no se supiera no se podría escapar. Pero eso se había terminado.

—No hay padre que pueda aspirar a un hijo mejor —respondió—, pero este muchacho no es sangre de mi sangre, y no se llama Grif. Mis señores, os presento a Aegon Targaryen, hijo primogénito de Rhaegar, príncipe de Rocadragón, y de la princesa Elia de Dorne, quien pronto, con vuestra ayuda, será Aegon el sexto de su nombre, rey de los ándalos, los rhoynar y los primeros hombres, y señor de los Siete Reinos.

El anuncio fue recibido en silencio. Se oyó un carraspeo. Uno de los Cole volvió a llenarse la copa de una frasca. Gorys Edorye, jugueteando con sus tirabuzones, masculló algo en un idioma desconocido para Grif. Laswell Peake tosió, y Mandrake y Lothson cruzaron una mirada.

«Lo saben —comprendió Grif en aquel momento—. Lo sabían desde el principio.» Se volvió hacia Harry Strickland.

—¿Cuándo se lo dijisteis?

El capitán general agitó los dedos de los pies dentro del balde.

—Cuando llegamos al río. La compañía estaba intranquila, y con razón. Dejamos de lado una campaña sencilla en las Tierras de la Discordia, y ¿a cambio de qué? ¿A cambio de sudar con este calor de mierda mientras se nos derriten las monedas y se nos oxidan las espadas, mientras rechazamos contratos importantes?

Aquella noticia le puso los pelos de punta a Grif.

—¿Contratos? ¿Con quién?

—Con los yunkios. El enviado que mandaron para galantear a Volantis ya ha puesto en marcha tres compañías libres hacia la bahía de los Esclavos. Quiere que seamos la cuarta y nos ofrece el doble de lo que nos pagaba Myr, además de un esclavo por cabeza, diez por oficial y un centenar de doncellas selectas, todas para mí.

«Mierda puta.»

—Para eso hacen falta miles de esclavos. ¿De dónde piensan sacar tantos los yunkios?

—De Meereen. —Strickland hizo una seña a su escudero—. Watkyn, una toalla. Se está enfriando el agua y tengo los dedos como pasas. No, esa toalla no, la suave.

—Lo rechazaríais, claro —dijo Grif.

—Le dije que me lo pensaría. —Harry hizo un gesto de dolor cuando su escudero le frotó los pies—. Cuidado con los dedos. Imagínate que son uvas de piel fina, chico; tienes que secarlos sin estrujarlos. Con golpecitos suaves, sin frotar. Eso, eso es. —Volvió a mirar a Grif—. Una negativa directa habría sido muy poco inteligente. Los hombres se preguntarían si se me habían derretido los sesos.

—Pronto tendréis trabajo para vuestras espadas.

—¿De veras? —intervino Lysono Maar—. Supongo que ya sabéis que la joven Targaryen todavía no se ha puesto en marcha hacia el oeste.

—Eso se rumoreaba en Selhorys.

—No es un rumor: es la verdad, aunque nadie entiende el motivo. Saquear Meereen, sí, claro, ¿por qué no? Es lo que habría hecho yo en su lugar. Las ciudades esclavas rezuman oro y para una conquista hacen falta monedas. Pero ¿por qué quedarse allí? ¿Miedo? ¿Locura? ¿Desidia?

—El porqué no importa. —Harry Strickland desenrolló unas calzas de rayas—. Ella está en Meereen y nosotros aquí, donde cada día molestamos más a los volantinos. Vinimos a aclamar a un rey y a una reina que nos llevarían a casa, a Poniente, pero parece que la Targaryen prefiere plantar olivos a reclamar el trono de su padre. Mientras, los enemigos se agrupan: Yunkai, el Nuevo Ghis, Tolos... Barbasangre y el Príncipe Desharrapado van a plantarle cara, y pronto la atacarán también las flotas de la Antigua Volantis. ¿Qué tiene ella? ¿Esclavos de cama armados con palos?

—Inmaculados —apuntó Grif—. Y dragones.

—Dragones, sí —convino el capitán general—, pero jóvenes, poco más que polluelos. —Se cubrió las ampollas con una calza y se la subió por el tobillo—. ¿De qué le servirán cuando todos los ejércitos que os he dicho se cierren como un puño alrededor de su ciudad?

Tristan Ríos se tamborileó una rodilla con los dedos.

—Razón de más para acudir a su lado lo antes posible. Si Daenerys no viene a nosotros, tendremos que ir a ella.

—¿Acaso podemos caminar sobre las olas? —le preguntó Lysono Maar—. Os recuerdo que no podemos llegar a la reina de plata por mar. Yo mismo me hice pasar por mercader para entrar en Volantis y averiguar cuántos barcos podríamos conseguir. El puerto está atestado de galeras, cocas y carracas de todo tipo y tamaño; aun así pronto me vi reducido a tratar con piratas y contrabandistas. Como seguro que recuerda lord Connington de los años que pasó con nosotros, en la compañía tenemos diez mil hombres. Quinientos son caballeros, con tres caballos cada uno, y hay otros quinientos escuderos con sus correspondientes monturas. También están los elefantes; no podemos olvidarnos de los elefantes. Con un barco pirata no tendríamos suficiente; nos haría falta una flota pirata. Pero aunque la tuviéramos, han llegado noticias de la bahía de los Esclavos. Parece que Meereen está bloqueada.

—Podríamos fingir que aceptamos la oferta de los yunkios —propuso Gorys Edoryen—. Así nos llevarían al este y podríamos devolverles su oro al pie de la muralla de Meereen.

—Un contrato roto es una mancha en el honor de la compañía. —Harry Strickland se detuvo con el pie en la mano—. Os recuerdo que no fui yo, sino Myles Toyne, quien puso su sello en este pacto secreto. Yo lo cumpliría si pudiera, pero no veo cómo. Salta a la vista que la joven Targaryen no piensa venir al oeste. Poniente era el reino de su padre, mientras que Meereen es el suyo. Si consigue doblegar a los yunkios, será la reina de la bahía de los Esclavos. Si no, morirá mucho antes de que lleguemos a su lado.

Grif no se sorprendió. Harry Strickland siempre había sido un hombre afable, mucho más apto para los contratos que para las batallas. Tenía buen ojo para el oro, aunque aún estaba por ver que tuviera agallas para el combate.

—Hay una ruta por tierra —sugirió Franklyn Flores.

—El camino del Demonio lleva a la muerte. Si decimos que vamos a ir por ahí, la mitad de la compañía desertará, y a la otra mitad tendremos que enterrarla a lo largo del trayecto. Siento decirlo, pero el magíster

Illyrio y sus amigos han cometido un error al cifrar las esperanzas en esa niña reina.

«No —pensó Grif—, cometieron un error al depositar esperanzas en vosotros.»

—En tal caso, cifradlas en mí —dijo el príncipe Aegon—. Daenerys es la hermana del príncipe Rhaegar, pero yo soy su hijo. Soy el único dragón que necesitáis.

—Valientes palabras. —le Grif puso una mano enguantada en el hombro—. Pero piensa bien lo que dices.

—Ya lo he pensado —insistió el muchacho—. ¿Por qué voy a correr a las faldas de mi tía como un mendigo? Tengo más derecho al trono que ella. Que sea ella quien venga a mí... en Poniente.

—Me encanta. —Franklyn Flores se echó a reír—. Navegaremos hacia el oeste, no hacia el este. Que la pequeña reina se quede con sus olivos; nosotros sentaremos al príncipe Aegon en el Trono de Hierro. Este chaval tiene agallas.

El capitán general lo miró como si acabaran de abofetearlo.

—¿Acaso el sol os ha podrido el cerebro, Flores? Nos hace falta la chica; nos hace falta ese matrimonio. Si Daenerys acepta a nuestro principito como consorte, los Siete Reinos lo reconocerán. Sin ella, los señores se burlarán de él y lo tacharán de farsante y usurpador. Además, ¿cómo pensáis llegar a Poniente? ¿No habéis oído a Lysono? No tenemos manera de conseguir barcos.

«Este hombre tiene miedo de luchar —comprendió Grif—. ¿Cómo pueden haberlo elegido sucesor de Corazón Negro?»

—No hay barcos que naveguen a la bahía de los Esclavos, pero a Poniente... Tenemos cerrado el este, no el oeste. A los triarcas les encantará vernos partir, no os quepa duda; hasta nos ayudarán a conseguir pasaje a los Siete Reinos. A ninguna ciudad le gusta tener un ejército a sus puertas.

—No le falta razón —señaló Lysono Maar.

—A estas alturas, podemos estar seguros de que el león ya ha olfateado al dragón —apuntó un Cole—, pero Cersei estará concentrada en Meereen y en esa otra reina. No sabe nada de nuestro príncipe. En cuanto alcemos los estandartes, muchos correrán a unirse a nosotros.

—Algunos —admitió Harry Sintierra—, no muchos. La hermana de Rhaegar tiene dragones; el hijo de Rhaegar, no. Sin Daenerys y su ejército de inmaculados no podremos tomar el reino.

—El primer Aegon tomó Poniente sin eunucos —dijo Lysono Maar—. ¿Por qué no va a hacer lo mismo el sexto?

—Pero el plan...

—¿Qué plan? —interrumpió Tristan Ríos—. ¿El plan del gordo? ¿El que cambia con cada luna? Primero, Viserys Targaryen iba a acudir a nosotros respaldado por cincuenta mil aulladores dothrakis. Luego muere el Rey Mendigo y es su hermana, la voluble niña reina, quien va hacia Pentos con tres dragones recién nacidos. Pero donde aparece la chica es en la bahía de los Esclavos, habiendo dejado a su paso una estela de ciudades en llamas, y el gordo decide que tenemos que reunirnos con ella en Volantis. Ahora, ese plan también se cae a pedazos.

»Estoy harto de los planes de Illyrio. Robert Baratheon se hizo con el Trono de Hierro sin dragones, así que podemos hacer lo mismo. Y si estoy equivocado y el reino no se alza con nosotros, siempre podemos retirarnos al otro lado del mar Angosto, como hicieron Aceroamargo y otros muchos.

—El riesgo... —Strickland negó con la cabeza, obstinado.

—El riesgo no es para tanto ahora que ha muerto Tywin Lannister. Los Siete Reinos están a punto para la conquista. Otro niño rey ocupa el Trono de Hierro, es aún más joven que el anterior, y hay más rebeldes que hojas de otoño.

—Aun así —insistió Strickland—, solos no tenemos la menor posibilidad de...

—No estaremos solos. —Grif se había hastiado de la cobardía del capitán general—. Dorne se nos unirá, no me cabe duda. El príncipe Aegon es tan hijo de Elia como de Rhaegar.

—Cierto —intervino el muchacho—. ¿Quién queda en Poniente para enfrentarse a nosotros? Una mujer.

—Una Lannister —insistió el capitán general—. La zorra contará con el apoyo del Matarreyes, no lo dudéis, y ambos estarán respaldados por la riqueza de Roca Casterly. Además dice Illyrio que ese niño rey está prometido con una Tyrell, así que también nos enfrentaríamos al poder de Altojardín.

Laswell Peake golpeó la mesa con los nudillos.

—Ha pasado un siglo, pero algunos aún tenemos amigos en el Dominio. A lo mejor, el poder de Altojardín no es tanto como imagina Mace Tyrell.

—Príncipe Aegon —intervino Tristan Ríos—, somos vuestros hombres. ¿Eso es lo que deseáis? ¿Qué naveguemos hacia el oeste, no hacia el este?

—Así es —respondió Aegon al momento—. Si mi tía quiere Meereen, que se lo quede. Con vuestras espadas y vuestra lealtad, reclamaré el Trono de Hierro. Si nos movemos deprisa y atacamos bien, obtendremos unas cuantas victorias fáciles antes de que los Lannister se den cuenta de que hemos desembarcado. Eso hará que otros se unan a nuestra causa.

Ríos sonrió con aprobación, mientras que otros intercambiaron miradas pensativas.

—Mejor morir en Poniente que en el camino del Demonio —dijo Peake.

—Yo prefiero vivir —dijo Marq Mandrake entre risas—. Vivir, y conseguir unas tierras y un buen castillo.

Franklyn Flores se dio unos golpecitos en la empuñadura de la espada.

—Con tal de tener ocasión de matar a unos cuantos Fossoway, yo me apunto.

Todos empezaron a hablar a la vez, y Grif supo que la marea había cambiado a su favor.

«No conocía esta faceta de Aegon.» No era el curso de acción más prudente, pero estaba harto de prudencia, harto de secretos, harto de esperar. Ganara o perdiera, volvería a ver el Nido del Grifo antes de morir, y lo enterrarían junto a su padre.

Uno a uno, los hombres de la Compañía Dorada se levantaron, se arrodillaron y pusieron la espada a los pies del joven príncipe. El último fue Harry Sintierra, con ampollas y todo.

Cuando salieron de la tienda del capitán general, el sol teñía de rojo el cielo del oeste y dibujaba sombras escarlata en las calaveras doradas ensartadas en las picas. Franklyn Flores se ofreció a llevar al príncipe a dar una vuelta por el campamento para presentarle a los que llamaba «sus muchachos», y Grif dio su consentimiento.

—Pero recordad: por lo que respecta a la compañía, tiene que seguir siendo Grif el Joven hasta que crucemos el mar Angosto. En Poniente le lavaremos el pelo y le pondremos su armadura.

—Entendido. —Flores dio una palmada en la espalda a Grif el Joven—. Venid conmigo. Empezaremos por los cocineros; siempre hay que conocer a los cocineros.

Cuando se alejaron, Grif se volvió hacia el Mediomaestre.

—Coged el caballo, volved a la *Doncella Tímida* y traed a lady Lemore y ser Rolly. También necesitaremos los cofres de Illyrio, todas las monedas y las armaduras. Dadles las gracias a Ysilla y Yandry; ellos ya han terminado. Cuando su alteza esté en su reino, no se olvidará de ellos.

—Como ordene mi señor.

Grif entró en la tienda que le había asignado Harry Sintierra. Sabía que el camino que los aguardaba estaba lleno de peligros, pero ¿y qué? Todo hombre había de morir. Lo único que él pedía era tiempo. Había esperado tanto que, sin duda, los dioses le concederían unos pocos años más, los justos para ver en el Trono de Hierro al muchacho al que había criado como un hijo, para reclamar sus tierras, su nombre y su honor; para acallar las campanas que resonaban en sus sueños cada vez que se echaba a dormir.

A solas en la tienda, mientras los rayos rojos y dorados del sol poniente entraban por la solapa levantada, Jon Connington se quitó la capa de piel de lobo, se sacó por la cabeza la cota de malla, se sentó en una silla plegable y se quitó el guante de la mano derecha. Tenía la uña del dedo corazón negra como el azabache, y el gris llegaba casi hasta el primer nudillo. La yema del anular también había empezado a oscurecerse, y cuando se pinchó con el puñal no sintió nada.

«Es la muerte —supo—, pero lenta. Todavía tengo tiempo. Un año. Dos años. Cinco. Hay hombres de piedra que viven hasta diez. Tiempo suficiente para cruzar el mar y volver a ver el Nido del Grifo. Tiempo para poner fin a la estirpe del Usurpador y devolver el Trono de Hierro al hijo de Rhaegar.»

Entonces, lord Connington podría morir satisfecho.

El hijo del viento

La noticia recorrió el campamento como una ráfaga de aire caliente. «Ya viene. Se ha puesto en marcha con su ejército. Se dirige hacia el sur, a Yunkai, para incendiar la ciudad y pasar a sus habitantes por la espada, y nosotros vamos hacia el norte para reunirnos con ella.» Rana se enteró gracias a Dick Heno, que a su vez se lo había oído al Viejo Bill Huesos, a quien se lo había contado un pentoshi llamado Myrio Myrakis que tenía un primo que servía de copero al Príncipe Desharrapado.

—Coz se enteró en la tienda de mando, de labios del propio Daggo —insistió Dick Heno—. Nos pondremos en marcha hoy mismo, ya lo veréis.

Al menos eso fue así. Dio la orden el Príncipe Desharrapado a través de sus capitanes y sargentos: plegad las tiendas, cargad las mulas y ensillad los caballos; marcharemos hacia Yunkai al amanecer.

—No creo que esos cabrones yunkios nos quieran dentro de su Ciudad Amarilla, rondando a sus hijas —predijo Baqq, el ballestero myriense bizco cuyo nombre significaba «habas»—. En Yunkai nos haremos con provisiones y tal vez con caballos descansados. Y luego a Meereen, a bailar con la reina dragón. Así que salta deprisa, Rana, y afila bien la espada de tu señor, que no tardará en necesitarla.

Quentyn Martell había sido príncipe en Dorne y mercader en Volantis, pero en las orillas de la bahía de los Esclavos no era más que Rana, escudero del corpulento caballero calvo dorniense al que los mercenarios llamaban Tripasverdes. Los hombres que componían los Hijos del Viento se ponían el nombre que les venía en gana y se lo cambiaban a su antojo. A él le habían colgado el de Rana porque saltaba en cuanto el grandullón daba una orden.

Ni siquiera el comandante de los Hijos del Viento revelaba su verdadero nombre. Algunas compañías libres habían nacido durante el siglo de sangre y destrucción que siguió a la Maldición de Valyria; otras acababan de formarse y desaparecerían al día siguiente. La historia de los Hijos del Viento se remontaba a treinta años y en ese tiempo solo habían tenido un comandante, el noble pentoshi de ojos tristes y habla suave que se hacía llamar Príncipe Desharrapado. Tenía el cabello y la cota de malla de color gris plata, pero su capa andrajosa era de retales de tela de mil colores: azul, gris, violeta, rojo, morado, verde, fucsia, bermellón y cerúleo, todos desvaídos por el sol. Según Dick Heno, cuando el Príncipe Desharrapado tenía veintitrés años, los magísteres de Pentos lo eligieron príncipe pocas horas después de decapitar al anterior. En lugar de aceptar, se abrochó el cinto de la espada, montó a lomos de su caballo preferido y huyó a las Tierras de la Discordia para no regresar jamás. Había cabalgado con los Segundos Hijos, con los Escudos de Hierro y con los Hombres de la Doncella, hasta que al fin, junto con cinco hermanos de armas, fundó los Hijos del Viento. De los seis, solo sobrevivía él.

Rana no tenía la menor idea de si había algo de cierto en aquello. Desde que se alistaron con los Hijos del Viento en Volantis solo había visto al Príncipe Desharrapado una vez, de lejos. Los dornienses eran nuevas manos, reclutas frescos, pasto de flechas, con tres hombres válidos entre dos mil. Su comandante solo se juntaba con gente de más nivel.

—¡No soy ningún escudero! —había protestado Quentyn cuando propuso el embuste Gerris del Manantial, al que allí llamaban Gerrold el Dorniense, para distinguirlo de Gerrold Lomorrojo y Gerrold el Negro, y al que también llamaban a veces Manan desde que, en una ocasión, el grandullón estuvo a punto de llamarlo por su nombre por error—. Me gané las espuelas en Dorne; soy tan caballero como vosotros.

Pero Gerris estaba en lo cierto. Arch y él habían ido a proteger a Quentyn, y para eso debían mantenerlo al lado del grandullón.

—Arch es el mejor luchador de los tres —le había dicho Del Manantial—, pero tú eres el único que puede casarse con la reina dragón.

«Casarme con ella o luchar contra ella; en cualquier caso, pronto la tendré frente a frente.» Cuanto más oía hablar de Daenerys Targaryen, más temía el encuentro. Los yunkios aseguraban que alimentaba a sus dragones con carne humana y se bañaba en sangre de vírgenes para conservar la piel suave y tersa. Habas se tomaba a risa todo aquello, pero en cambio daba crédito a los relatos sobre la promiscuidad de la reina de plata.

—Uno de sus capitanes procede de una estirpe de hombres con el miembro de palmo y medio —les dijo—, pero ni con eso puede satisfacerla. Cabalgó con los dothrakis y se acostumbró a que se la follaran los sementales, así que ahora no hay hombre capaz de llenarla.

Libros, el sagaz espadachín de Volantis que siempre tenía las narices metidas en algún frágil pergamino, opinaba que la reina dragón era una demente asesina.

—Su *khal* mató a su hermano para hacerla reina, y después, ella mató a su *khal* para ser *khaleesi*. Hace sacrificios de sangre, miente más que habla, se vuelve contra los suyos por capricho, rompe treguas, tortura a los enviados... Su padre también estaba loco. Lo lleva en la sangre.

«Lo lleva en la sangre. —Era cierto que el rey Aerys II estaba loco; lo sabía todo Poniente. Había exiliado a dos manos y quemado a la tercera—. ¿Debo casarme con Daenerys aunque sea una asesina, como su padre?» El príncipe Doran no había mencionado esa posibilidad.

A Rana le encantaría dejar atrás Astapor. La Ciudad Roja era lo más parecido al infierno que esperaba conocer en vida. Los yunkios habían sellado las puertas para encerrar a los muertos y moribundos, pero los espectáculos que había presenciado mientras cabalgaba por las calles de ladrillo rojo acosarían para siempre a Quentyn Martell. Un río desbordante de cadáveres; sacerdotisas con la túnica desgarrada, empaladas y rodeadas de moscas verdes; moribundos que se tambaleaban por las calles ensangrentados y llenos de excrementos; niños peleando por perritos a medio asar. El último rey libre de Astapor desnudo en la arena de combate, gritando mientras lo destrozaban una veintena de perros salvajes. Y fuego, fuego por todas partes. Aunque cerrara los ojos volvía a verlo: llamas que ascendían de pirámides de ladrillo más altas que ninguna fortaleza que hubiera visto jamás; columnas de humo grasiento que subían enroscándose hacia el cielo como gigantescas serpientes negras.

Cuando soplaba el viento del sur, el aire olía a quemado incluso allí, a algo más de una legua de la ciudad. Tras su maltrecha muralla de ladrillo rojo, Astapor seguía humeando, aunque casi todos los incendios se habían apagado ya. Las cenizas flotaban perezosamente en el viento como gruesos copos de nieve gris. Sería un placer alejarse de allí.

—Ya era hora —dijo el grandullón cuando Rana dio con él; estaba jugando a los dados con Habas, Libros y el Viejo Bill Huesos, y perdiendo como de costumbre. Los mercenarios adoraban a Tripasverdes, que en las apuestas era tan temerario como en la batalla, pero mucho menos hábil—. Quiero la armadura, Rana. ¿Me has limpiado la sangre de la cota de malla?

—Sí, mi señor.

La cota de malla de Tripasverdes era vieja y pesada, llena de parches y remiendos, muy usada. Lo mismo se podía decir del yelmo, el gorjal, las grebas, los guanteletes y el resto de las piezas dispares. La armadura de Rana era tan solo un poquito mejor, y la de ser Gerris, mucho peor. «Acero de compañía», como lo llamaba el armero. Quentyn no había preguntado cuántos hombres la habían llevado antes ni cuántos la llevaban puesta al morir. Sus hermosas armaduras habían tenido que abandonarlas en Volantis, junto con el oro y sus nombres verdaderos. Los caballeros adinerados de casas antiguas y honorables no cruzaban el mar Angosto para vender la espada a menos que alguna infamia los empujara al exilio.

—Prefiero pasar por pobre antes que por taimado —exigió Quentyn cuando Gerris les expuso su plan.

Los hijos del viento tardaron menos de una hora en levantar campamento.

—¡Ahora, a cabalgar! —proclamó el Príncipe Desharrapado desde su gran caballo de batalla gris en alto valyrio clásico, que era lo más parecido a un idioma común de la compañía. Su corcel llevaba los cuartos traseros cubiertos de tiras de tela arrancadas de los jubones de las víctimas de su amo. La capa del príncipe estaba cosida con los mismos retales. Era un viejo de más de sesenta años, pero seguía cabalgando muy erguido en la silla y su voz potente llegaba a todos los rincones del campo de batalla—. Astapor solo ha sido un aperitivo, ¡Meereen será el banquete!

Los mercenarios lo aclamaron, y los gallardetes de seda celeste ondearon en las puntas de las lanzas junto con los estandartes azules y blancos de los Hijos del Viento.

Los tres dornienses gritaron tanto como los demás; el silencio habría llamado la atención. Pero cuando los Hijos del Viento cabalgaron hacia el norte por el camino de la costa, tras los pasos de Barbasangre y la Compañía del Gato, Rana se demoró hasta ponerse a la altura de Gerrold el Dorniense.

—Pronto —le dijo en la lengua común de Poniente. Había más ponientis en la compañía, pero no muchos, y ninguno en las inmediaciones—. Tiene que ser pronto.

—Aquí no —advirtió Gerris con una sonrisa falsa de cómico—. Hablamos esta noche, después de acampar.

Había cien leguas de Astapor a Yunkai por el viejo camino de la costa ghiscario, y otras cincuenta de Yunkai a Meereen. Las compañías libres, con buenos caballos, podían llegar a Yunkai en seis días de marcha forzada o en ocho a paso más sosegado. Las legiones del Antiguo Ghis tardarían entre nueve y doce porque iban a pie, y los yunkios y sus soldados esclavos...

—Con los generales que tienen, lo que me extraña es que no marchen hacia el mar —había comentado Habas.

A los yunkios no les faltaban comandantes. Un viejo héroe conocido como Yurkhaz zo Yunkaz tenía el mando supremo, aunque los Hijos del Viento solo lo habían visto de lejos, en un palanquín tan pesado que tenían que transportarlo entre cuarenta esclavos.

A los que no había manera de perder de vista era a sus segundos: los señores yunkios correteaban por doquier como cucarachas. La mitad se presentaba como Ghazdan, Graznan, Mazdhan o Ghaznak: distinguir un nombre ghiscario de otro era un arte que pocos hijos del viento dominaban, así que les habían puesto apodos burlones.

El que más destacaba era Ballena Amarilla, un hombre de una obesidad grotesca que siempre llevaba *tokars* de seda amarilla con ribete dorado. Pesaba tanto que no se tenía en pie por sí mismo, y tampoco podía retener la orina, así que siempre olía a pis, con un hedor tan pronunciado que ni los perfumes más densos conseguían ocultarlo. Pero también era, según se decía, el hombre más rico de Yunkai, y lo apasionaban los monstruos. Entre sus esclavos había un niño con patas y pezuñas de cabra, una mujer barbuda, un bicéfalo de Mantarys y un hermafrodita que le calentaba la cama.

—Polla y conejo, todo en uno —les explicó Dick Heno—. Antes, la Ballena tenía un gigante y le encantaba verlo follarse a sus esclavas, pero se le murió, y tengo entendido que pagaría un saco de oro por otro.

Luego estaba la Niña General, que montaba a lomos de un caballo blanco, tenía una larga melena roja y estaba al mando de un centenar de fornidos soldados esclavos que había elegido y entrenado personalmente, todos ellos jóvenes, esbeltos, musculosos y desnudos con excepción del taparrabos, la capa amarilla y el escudo de bronce alargado con grabados eróticos. Su señora no tendría más de dieciséis años y se creía la Daenerys Targaryen de Yunkai.

El Pichón no era enano, pero cualquiera lo habría tomado por tal con poca luz. Caminaba como si fuera un gigante, con las piernecillas regordetas muy separadas y el pecho abombado henchido. Tenía los soldados más altos que hubiera visto jamás un hijo del viento: los más bajos medían más de dos varas, y el más alto, casi tres. Todos tenían el rostro alargado y las piernas largas, que lo parecían más aún gracias a los zancos que formaban parte de su ornamentada armadura. Se cubrían el torso con escamas esmaltadas en rosa, y la cabeza, con un yelmo alargado rematado con un pico de acero y un penacho de plumas rosadas. Cada uno llevaba una espada curva a la cadera y portaba una lanza tan alta como él, rematada en ambos extremos por puntas en forma de hoja.

—Los cría el Pichón —informó Dick Heno—. Compra esclavos altos en todo el mundo, los cruza y se queda con los hijos más altos para sus garzas. Cree que algún día podrá prescindir de los zancos.

—Con unas cuantas sesiones en el potro aceleraría el proceso —sugirió el grandullón.

—Son impresionantes —comentó Gerris del Manantial, riendo—. No hay nada que me dé más miedo que un tipo con zancos, escamas y plumas rosa. Si me persiguiera uno de esos, me reiría tanto que se me aflojaría la vejiga.

—Hay quien considera que las garzas son majestuosas —señaló el Viejo Bill Huesos—. Si su rey come ranas a la pata coja, claro.

—Las garzas son cobardes —apuntó el grandullón—. Una vez que Manan, Cletus y yo estábamos cazando, vimos una bandada en los bajíos; estaban dándose un banquete de renacuajos y pececillos. Eran muy bonitas, sí, pero pasó volando un halcón y todas alzaron el vuelo despavoridas, como si hubieran visto un dragón. Levantaron tanto viento que me derribaron del caballo. Cletus consiguió abatir una de un flechazo; sabía a pato, aunque era menos grasienta.

Ni siquiera Pichón y sus Garzas eran tan estrafalarios como los hermanos a los que los mercenarios denominaban Señores del Estrépito. La última vez que los soldados de Yunkai se enfrentaron a los Inmaculados de la reina dragón, rompieron filas y huyeron. Los Señores del Estrépito habían ideado una estratagema para impedir que se repitiera: encadenar a sus hombres en grupos de diez, muñeca con muñeca y tobillo con tobillo.

—Esos pobres cabrones no pueden correr a menos que se pongan de acuerdo para acompasar el ritmo —les explicó Dick Heno entre risas—. Y aunque se pongan de acuerdo, tampoco podrán ir muy deprisa.

—Y a la hora de marchar no les va mucho mejor —observó Habas—. El ruido que arman se oye a diez leguas de distancia.

Había otros igualmente demenciales o incluso peores: lord Nalgasblandas, el Conquistador Borracho, el Señor de las Bestias, Cara de Flan, el Conejo, el Auriga, el Héroe Perfumado... Unos tenían veinte soldados; otros, doscientos o dos mil, todos ellos esclavos que ellos mismos habían entrenado y equipado. Todos eran ricos, todos eran arrogantes y todos eran capitán y comandante, con lo que no respondían más que ante Yurkhaz zo Yunkaz, desdeñaban a los simples mercenarios y mantenían luchas constantes por la preeminencia, tan interminables como incomprensibles. En el tiempo en que los Hijos del Viento recorrieron legua y media, los yunkios se las apañaron para retrasarse una.

—Son una manada de imbéciles malolientes —se quejó Habas—. Y aún no entienden por qué los Cuervos de Tormenta y los Segundos Hijos se pasaron al bando de la reina dragón.

—Creen que fue por oro —señaló Libros—. ¿Por qué crees que nos pagan tan bien?

—El oro está bien, pero vivir está mejor —replicó Habas—. En Astapor nos ha tocado bailar con tullidos. ¿Quieres enfrentarte a auténticos inmaculados sin más apoyo que el de esos tipos?

—Ya nos enfrentamos a los Inmaculados en Astapor —apuntó el grandullón.

—He dicho «auténticos inmaculados». No basta con cortarle los huevos a un chaval y darle un casco puntiagudo para transformarlo en inmaculado. Los de verdad, los que no rompen filas y huyen cuando te tiras un pedo hacia ellos, están con la reina dragón.

—Y también tiene dragones. —Dick Heno contempló el cielo como si temiera que con solo mencionarlos fueran a caer sobre la compañía—. Que no se os embote la espada, muchachos; pronto habrá combate de verdad.

«Combate de verdad», pensó Rana. Las palabras se le quedaron atravesadas en la garganta. La batalla librada ante la muralla de Astapor le había parecido de lo más auténtico, aunque sabía que los mercenarios no opinaban lo mismo.

—Fue una carnicería, no una batalla —había declarado después el bardo guerrero Denzo D'han.

Denzo era capitán, veterano de cien combates, mientras que la experiencia de Rana se limitaba al patio de entrenamiento y los torneos, por lo que se consideró indigno de discutir la opinión de tan curtido guerrero.

«Pero cuando empezó, vaya si parecía un combate.» Recordó como se le había hecho un nudo en la garganta cuando el grandullón lo había despertado de una patada al amanecer.

—¡Ponte la armadura, haragán! —le había gritado—. El Carnicero viene para presentar batalla. ¡Venga, a menos que quieras que te trinche!

—El Rey Carnicero ha muerto —había protestado Rana, adormilado.

Era lo que habían oído todos al bajar de los barcos que los transportaban desde la Antigua Volantis. Un segundo rey Cleon había lucido la corona poco antes de morir, y en aquellos momentos, los astapori estaban gobernados por una puta y un barbero loco cuyos seguidores peleaban entre ellos por el control de la ciudad.

—Igual es mentira —había replicado el grandullón—, o igual se trata de otro carnicero. O será que el primero ha vuelto de la tumba para matar a unos cuantos yunkios, ¿qué coño importa? ¡Ponte la armadura, Rana!

En la tienda dormían diez hombres; para entonces ya estaban todos en pie y se ponían como podían calzones y botas, se embutían en largas cotas de malla, se ataban las cinchas de la coraza, se apretaban las correas de grebas y brazales y buscaban yelmos, escudos y cintos. Gerris, tan rápido como siempre, fue el primero en acabar, seguido de cerca por Arch. Entre los dos ayudaron a Quentyn a terminar de ponerse la armadura. Poco más allá, los nuevos inmaculados de Astapor habían salido por las puertas de la ciudad y estaban formando en hileras al pie de la maltrecha muralla de ladrillo rojo, mientras el sol del amanecer se reflejaba en los cascos de bronce rematados por una púa y en la punta de las largas lanzas.

Los tres dornienses salieron juntos de la tienda para seguir a los combatientes que se dirigían a los caballos.

«Combate. —Quentyn había estado entrenándose con la lanza, la espada y el escudo desde que tenía edad para andar, pero en aquel momento no importaba—. Guerrero, dame valor», había rezado Rana mientras los tambores resonaban a lo lejos, *BUM bum BUM bum BUM bum*. El grandullón le señaló al Rey Carnicero, que montaba alto y rígido el caballo, con una armadura de lamas de cobre que resplandecía al sol de la mañana. Recordó lo que le había dicho Gerris mientras ensillaba, justo antes de que empezara la batalla: «No te apartes de Arch; pase lo que pase, quédate a su lado. Recuerda, eres el único de nosotros que puede casarse con la chica». Para entonces, los astaporis ya avanzaban.

Vivo o muerto, el Rey Carnicero cogió desprevenidos a los sabios amos. Los yunkios aún correteaban de un lado a otro con sus *tokars* al viento, en un intento desesperado por imponer algo parecido al orden entre sus esclavos a medio entrenar mientras las lanzas de los Inmaculados chocaban contra la primera línea de asedio. De no ser por sus aliados y por los mercenarios a los que tanto despreciaban, los habrían barrido en aquel mismo instante, pero los Hijos del Viento y la Compañía del Gato montaron a caballo en cuestión de minutos y cayeron sobre los flancos astaporis justo cuando una legión del Nuevo Ghis atravesaba el campamento yunkio desde el otro extremo y chocaba con los Inmaculados, lanza contra lanza y escudo contra escudo.

Lo que siguió fue una carnicería, aunque en aquella ocasión, el Rey Carnicero se vio al otro lado del cuchillo. Daggo fue quien consiguió llegar hasta él, tras abrirse camino entre sus defensores a lomos del monstruoso caballo de guerra, y rajó a Cleon el Grande del hombro a la cadera con un solo golpe de su curvado *arakh* valyrio. Rana no lo vio, pero los que presenciaron la escena aseguraban que la armadura de cobre de Cleon se desgarró como la seda y que de ella salió, con un hedor espantoso, un centenar de gusanos blancos que se retorcían. Al final resultó que Cleon ya estaba muerto: los astaporis, desesperados, lo habían sacado de la tumba, le habían puesto la armadura y lo habían atado al caballo con la esperanza de inspirar valor a sus inmaculados.

La caída del difunto Cleon fue el golpe de gracia. Los nuevos inmaculados soltaron lanzas y escudos y huyeron, solo para encontrarse con que les habían cerrado las puertas de Astapor. En la carnicería que siguió, Rana desempeñó su papel, que consistió en arrollar con el caballo a los aterrados eunucos, igual que los otros hijos del viento. En ningún momento se despegó del grandullón, y repartió golpes a diestro y siniestro mientras su cuña se introducía en las filas de los Inmaculados como una punta de lanza. Cuando las atravesaron, el Príncipe Desharrapado dio orden de dar la vuelta y repetir la maniobra en sentido contrario. Fue entonces cuando Rana pudo ver mejor los rostros que había bajo los cascos de bronce y se dio cuenta de que casi todos eran de su edad.

«Niños sin experiencia que llaman a gritos a sus madres», pensó, pero aun así los mató. Cuando por fin abandonó el campo de batalla tenía la espada ensangrentada y el brazo tan cansado que casi no podía levantarlo.

«Pero no fue un combate de verdad —pensó—. El combate de verdad llegará pronto, y tenemos que estar lejos antes de que empiece, o acabaremos luchando en el bando que menos nos conviene.»

Aquella noche, los Hijos del Viento acamparon junto a la bahía de los Esclavos. A Rana le tocó la primera guardia, y lo mandaron a vigilar las líneas de los caballos. Gerris se reunió con él en cuanto se puso el sol, cuando la media luna se reflejaba en las aguas.

—También debería haber venido el grandullón —dijo Quentyn.

—Ha ido a ver al Viejo Bill Huesos para perder el resto de la plata —respondió Gerris—. No lo metas en esto. Hará lo que digamos, aunque no le guste.

—No.

Había muchas cosas que tampoco le gustaban a Quentyn: navegar en un barco atestado, sacudido por los vientos y las mareas; comer pan duro lleno de gorgojos, beber un ron negro como la brea para olvidar; dormir en paja mohosa rodeado de desconocidos malolientes... Todo eso era lo que esperaba cuando garabateó su nombre en un pergamino en Volantis para vender al Príncipe Desharrapado su espada y sus servicios durante un año. Eran las dificultades que había que soportar, lo normal en cualquier aventura.

Pero lo que llegaba a continuación era, simple y llanamente, traición. Los yunkios los habían transportado desde la Antigua Volantis para luchar por la Ciudad Amarilla, y los dornienses iban a cambiar de capa, lo que significaba que iban a abandonar a sus nuevos hermanos de armas. Los Hijos del Viento no eran la compañía que habría elegido Quentyn, pero había cruzado el mar con ellos, había compartido la carne y el aguamiel con ellos, había luchado a su lado y había intercambiado relatos con los pocos cuyo idioma entendía. Y si todo lo relatado eran embustes, en fin, ese era el precio del pasaje a Meereen.

«No es nada honroso», les había advertido Gerris en la Casa del Mercader.

—Puede que Daenerys esté a medio camino de Yunkai, seguida por su ejército —comentó Quentyn mientras paseaban entre los caballos.

—Puede, pero lo dudo mucho —replicó Gerris—. No sería la primera vez que corren rumores por el estilo. Los astaporis estaban seguros de que Daenerys marchaba hacia el sur con sus dragones para romper el asedio. No acudió entonces y no va a acudir ahora.

—No puedes estar seguro. Tenemos que marcharnos antes de que nos obliguen a enfrentarnos a la mujer a la que he de cortejar.

—Espera a que lleguemos a Yunkai. —Gerris señaló las colinas—. Estas tierras pertenecen a los yunkios. Aquí, nadie querrá alimentar o dar refugio a tres desertores. En cambio, el norte de Yunkai es tierra de nadie.

Era cierto; aun así, Quentyn se sentía incómodo.

—El grandullón está trabando demasiadas amistades. Sabe que teníamos planes de escabullirnos e ir a buscar a Daenerys, pero no le sentará bien abandonar a los hombres junto con los que ha luchado. Si seguimos esperando, tendrá la impresión de que los deja en la estacada la víspera del combate, y eso sí que no lo hará. Lo conoces tan bien como yo.

—Sea cuando sea, será deserción —argumentó Gerris—, y el Príncipe Desharrapado no trata con pinzas a los desertores. Enviará rastreadores en nuestra busca, y que los Siete se apiaden de nosotros si nos atrapan. Si tenemos suerte, nos cortarán un pie a cada uno para que no volvamos a escapar. Si no, nos dejará en manos de Meris la Bella. —Aquello hizo que Quentyn se quedara pensativo, porque tenía miedo de Meris la Bella. Era una ponienti más alta que él, de casi dos varas. Tras veinte años en las compañías libres no le quedaba nada de belleza por dentro ni por fuera. Gerris lo cogió por el brazo—. Espera, espera solo unos días más. Hemos cruzado el mundo, ten paciencia unas pocas leguas. Se nos presentará la ocasión al norte de Yunkai.

—Sí tú lo dices... —respondió Rana, dubitativo.

Pero los dioses fueron bondadosos por una vez, y la ocasión se presentó mucho antes, al cabo de dos días, cuando Hugh Hungerford detuvo el caballo junto a la hoguera donde estaban cocinando.

—Dorniense, os requieren en la tienda del comandante.

—¿A cuál de nosotros? Todos somos dornienses.

—Entonces, a todos.

Hungerford, amargado y melancólico, con una mano inutilizada, había sido tesorero de la compañía durante un tiempo, hasta que el

Príncipe Desharrapado lo sorprendió robando de las arcas y le cortó tres dedos. Por aquel entonces era un simple sargento.

«¿De qué se tratará?» Hasta entonces, Rana no había visto ningún indicio de que el comandante supiera de su existencia. La única opción que tenían era presentarse ante el jefe, tal como se les había ordenado.

—No reconozcáis nada y estad preparados para luchar —dijo Quentyn a sus amigos.

—Yo siempre estoy preparado para luchar —replicó el grandullón.

El enorme pabellón de lona que el Príncipe Desharrapado gustaba de denominar su «castillo de tela» estaba abarrotado cuando llegaron los dornienses. Quentyn tardó en darse cuenta de que casi todos los reunidos procedían de los Siete Reinos o alardeaban de tener sangre ponienti.

«Exiliados o hijos de exiliados.» Dick Heno aseguraba que había unos sesenta ponientis en la compañía; allí se había congregado al menos un tercio, entre ellos el propio Dick, Hugh Hungerford, Meris la Bella y Lewis Lanster, con su pelo dorado, el mejor arquero de la compañía.

También vio a Denzo D'han, que estaba al lado de Daggo. Daggo Matamuertos, como lo llamaban últimamente, aunque nunca a la cara: tenía un genio rápido y una espada negra curva tan aterradora como su dueño. Había cientos de espadas de acero valyrio en el mundo, pero solo un puñado de *arakhs* de ese material. Ni Daggo ni D'han eran ponientis, pero ambos eran capitanes y ocupaban un alto lugar en la estima del Príncipe Desharrapado.

«Son sus manos, la derecha y la izquierda. Aquí pasa algo.»

—Nos han llegado órdenes de Yurkhaz —empezó el Príncipe Desharrapado—. Los astaporis que quedan vivos han salido del agujero. En Astapor no quedan más que cadáveres, así que están desparramándose por todas partes, y son cientos, puede que miles, todos enfermos y hambrientos. Los yunkios no quieren ni verlos cerca de su Ciudad Amarilla, así que nos han ordenado que les demos caza y los devolvamos a Astapor o los empujemos hacia el norte, hacia Meereen. Si la reina dragón los quiere, que se los quede. La mitad padece la colerina, pero hasta los sanos son bocas que alimentar.

—¿Y si no quieren dar media vuelta, mi señor? —objetó Hugh Hungerford.

—Para eso tenéis espadas y lanzas, Hugh, aunque sería mejor usar arcos y flechas. Ni os acerquéis a los que muestren síntomas de colerina. Voy a enviar a la mitad de nuestros hombres a las colinas, cincuenta patrullas de veinte jinetes. Barbasangre ha recibido las mismas órdenes, así que los gatos también estarán en el campo de batalla.

Los hombres cruzaron miradas y más de uno murmuró una maldición. Los Hijos del Viento y la Compañía del Gato estaban contratados por Yunkai, pero hacía un año, en las Tierras de la Discordia, se habían visto en bandos enfrentados y aún quedaban rencillas entre ellos. Barbasangre, el salvaje comandante de los gatos, era un gigante estentóreo con una inagotable sed de sangre que no se molestaba en disimular su desprecio hacia los «viejos barbablanca andrajosos».

—Disculpad, mi señor —intervino Dick Heno después de un discreto carraspeo—, pero todos los presentes somos de los Siete Reinos. Mi señor nunca había dividido la compañía por sangre ni por idioma. ¿Por qué ahora nos agrupa?

—Buena pregunta. Vuestra misión es cabalgar hacia el este y adentraros en las colinas, y luego rodear Yunkai y dirigiros hacia Meereen. Si os tropezáis con algún astapori, forzadlo hacia el norte o matadlo, pero esa no es vuestra misión. Pasada la Ciudad Amarilla, probablemente os encontraréis con patrullas de la reina dragón. Me da igual que sean cuervos de tormenta o segundos hijos: acercaos a ellos y entregaos.

—¿Que nos entreguemos? —preguntó sorprendido el caballero bastardo ser Orson Piedra—. ¿Queréis que cambiemos de capa?

—Así es —respondió el Príncipe Desharrapado.

«Los dioses están locos.» Quentyn Martell contuvo la risa a duras penas.

Los ponientis parecían inquietos. Algunos clavaron la vista en su copa de vino, como si dentro fueran a encontrar alguna inspiración. Hugh Hungerford tenía el ceño fruncido.

—¿Creéis que la reina Daenerys nos aceptará...?

—Sí.

—Vale, pero luego ¿qué? ¿Qué seremos? ¿Espías? ¿Asesinos? ¿Enviados? ¿Estáis pensando en cambiar de bando?

—Eso es cosa del príncipe, Hungerford —replicó Daggo molesto—. Tú solo tienes que hacer lo que te digan.

—Eso siempre. —Hungerford alzó la mano de solo dos dedos.

—Seamos sinceros —intervino Denzo D'han, el bardo guerrero—: los yunkios no inspiran confianza. Acabe como acabe esta guerra, los hijos del viento querrán su parte del botín de victoria. Nuestro príncipe hace bien en no cerrarse ninguna puerta.

—Meris estará al mando —dijo el Príncipe Desharrapado—. Conoce mi punto de vista en este asunto, y puede que Daenerys Targaryen se muestre más receptiva a otra mujer.

Quentyn lanzó una mirada hacia Meris la Bella. Cuando los ojos fríos y muertos de la mujer se cruzaron con los suyos, sintió un escalofrío.

«Esto no me gusta.»

—Esa chica no será tan tonta como para confiar en nosotros. —Dick Heno también albergaba dudas—. Aunque llevemos a Meris. Sobre todo si llevamos a Meris. Diantres, no me fío de Meris ni yo, que me la he tirado unas cuantas veces...

Sonrió, pero a nadie más le hizo gracia, y a Meris la Bella menos que a nadie.

—Creo que te equivocas, Dick —intervino el Príncipe Desharrapado—. Vosotros sois todos ponientis; procedéis de su tierra natal, habláis su idioma y adoráis a sus dioses. Si hace falta algún motivo, todos habéis sufrido a mis manos. Dick, te he mandado azotar más que a ningún otro hombre de los Hijos, como demuestra tu espalda. A Hugh le corté tres dedos. A Meris la violó media compañía. No fue esta compañía, pero eso no hace falta que lo digamos. Will de los Bosques... Bueno, en tu caso es que eres basura. Ser Orson me culpa por enviar a su hermano a los Pesares, y ser Lucifer aún está resentido por lo de la esclava que le quitó Daggo.

—Podría haberla devuelto cuando terminó con ella —se quejó Lucifer Largo—. No tenía por qué matarla.

—Era fea —replicó Daggo—. Motivo más que suficiente.

—Webber, tú aún quieres recuperar las tierras que perdiste en Poniente —siguió el Príncipe Desharrapado sin hacer caso de la interrupción—. Lanster, maté a aquel chico al que tenías tanto cariño. Vosotros, los tres dornienses, pensáis que os hemos mentido. El botín de Astapor no fue ni de lejos lo que os prometimos en Volantis, y además me quedé con la mayor parte.

—Eso último es verdad —apuntó ser Orson.

—Los mejores embustes son los que llevan una pizca de verdad —convino el Príncipe Desharrapado—. Todos tenéis motivos sobrados para querer abandonarme, y Daenerys Targaryen sabe que los mercenarios son tornadizos. Sus Cuervos de Tormenta y sus Segundos Hijos habían aceptado oro yunkio, pero no dudaron en unirse a ella cuando la balanza de la batalla se inclinó en su favor.

—¿Cuándo partimos? —preguntó Lewis Lanster.

—De inmediato. Tened cuidado con los gatos, y con cualquier lanza larga con que os tropecéis. Los únicos que sabemos que la deserción es una estratagema somos los presentes. Si os descubrís demasiado pronto, os mutilarán por desertores u os destriparán por cambiacapas.

Los tres dornienses salieron de la tienda en silencio.

«Veinte jinetes que hablan la lengua común —pensó Quentyn—. De repente, susurrar se ha vuelto mucho más peligroso.»

El grandullón le dio una palmada en la espalda.

—¿No es una maravilla, Rana? Vamos a la caza del dragón.

La novia díscola

Asha Greyjoy estaba sentada en el salón principal de Galbart Glover, bebiendo el vino de Galbart Glover, cuando el maestre de Galbart Glover le llevó la carta.

—Mi señora —el maestre estaba nervioso, como siempre que hablaba con ella—, ha llegado un pájaro de Fuerte Túmulo.

Le entregó el pergamino como si le faltara tiempo para librarse de él. Estaba bien enrollado y sellado con un botón de lacre rosa.

«Fuerte Túmulo. —Asha trató de recordar quién gobernaba allí—. Algún señor norteño que no me tendrá ninguna simpatía, seguro.» Y aquel sello... Los Bolton de Fuerte Terror iban a la batalla bajo estandartes rosa salpicados de gotitas de sangre, así que no sería raro que usaran lacre rosa también para los sellos.

«Lo que tengo en las manos es puro veneno —pensó—. Debería quemarlo. —Pero rompió el sello, y una tirita de cuero le cayó en el regazo. Cuando leyó las secas palabras escritas en tinta marrón, el nubarrón que pendía sobre ella se hizo aún un poco más denso—. Alas negras, palabras negras.» Los cuervos no eran nunca portadores de buenas noticias. El último mensaje que se había recibido en Bosquespeso era el de Stannis Baratheon para exigir pleitesía. Pero aquello era mucho peor.

—Los norteños han tomado Foso Cailin.

—¿El Bastardo de Bolton? —le preguntó Qarl, que estaba junto a ella.

—«Ramsay Bolton, señor de Invernalia», o al menos así es como firma. Pero también hay otros nombres.

Lady Dustin, lady Cerwyn y cuatro Ryswell habían estampado su firma bajo la del Bastardo. Al lado se veía el burdo dibujo de un gigante, la marca de algún Umber.

Habían firmado con tinta de maestre, de hollín y brea, aunque el mensaje estaba garabateado en marrón con una escritura grande, angulosa. Hablaba de la caída de Foso Cailin, del retorno triunfal a sus dominios del Guardián del Norte y del matrimonio que no tardaría en celebrarse. Las primeras palabras eran: «Escribo esta carta con sangre de hombres del hierro», y las últimas, «Os envío a cada uno un trozo del príncipe. Si permanecéis en mis tierras, correréis la misma suerte».

Asha había dado por muerto a su hermano pequeño.

«Mejor muerto que así.» Cogió la tira de piel que le había caído en el regazo, la acercó a la vela y contempló como se retorcía y humeaba, hasta que las llamas le lamieron los dedos.

El maestre de Galbart Glover aguardaba junto a ella, expectante.

—No habrá respuesta —informó.

—¿Tengo vuestro permiso para transmitir esta noticia a lady Sybelle?

—Como gustéis.

Asha no habría sabido decir si lady Sybelle se alegraría de la caída de Foso Cailin: aquella mujer vivía en su bosque de dioses sin dejar de rezar ni un momento por el regreso de su esposo y sus hijos, sanos y salvos.

«Otra plegaria que quedará sin respuesta. Su árbol corazón está tan ciego y sordo como nuestro Dios Ahogado. —Robett Glover y su hermano Galbart habían cabalgado hacia el sur con el Joven Lobo. Si la mitad de lo que se decía sobre la Boda Roja era cierto, no volverían al norte—. Al menos sus hijos están vivos, y gracias a mí.» Asha los había dejado en Diez Torres, al cuidado de sus tías. La hija pequeña de lady Sybelle aún mamaba, y la había considerado demasiado delicada para exponerla a los rigores de otra travesía tormentosa. Asha le puso la misiva en las manos al maestre.

—Tomad; a ver si esto la alegra un poco. Podéis retiraros.

El maestre hizo una reverencia y se marchó. Tris Botley se volvió hacia Asha.

—Si Foso Cailin ha caído, lo mismo sucederá con la Ciudadela de Torrhen, y luego nos tocará a nosotros.

—Aún falta para eso. El Barbarrota los hará sangrar.

La Ciudadela de Torrhen no era un montón de ruinas como Foso Cailin, y Dagmer era de hierro hasta los huesos; moriría antes de rendirse.

«Si mi padre siguiera con vida, Foso Cailin no habría caído jamás.» Balon Greyjoy sabía muy bien que tenía una posición estratégica para la defensa del Norte. Euron también lo sabía, pero no le importaba, igual que no le importaba el destino que corriera Bosquespeso o la Ciudadela de Torrhen.

—A mi tío Euron no le interesan las conquistas de Balon, o está muy ocupado cazando dragones. —Ojo de Cuervo había convocado todo el poderío de las islas del Hierro a Viejo Wyk para embarcar hacia las profundidades del mar del Ocaso, seguido por el cachorrito apaleado en que se había convertido su hermano Victarion. En Pyke no quedaba nadie a quien recurrir, aparte del señor esposo de Asha—. Estamos solos.

—Dagmer los destrozará —insistió Cromm, que nunca había conocido a una mujer que le gustara la mitad de lo que le gustaba la batalla—. No son más que lobos.

—Los lobos están todos muertos. —Asha dio unos golpecitos con la uña en el lacre rosa—. Estos desolladores los mataron.

—Lo que tendríamos que hacer es ir a la Ciudadela de Torrhen y participar en la batalla —apremió Quenton Greyjoy, primo lejano de Asha y capitán del *Moza Salada*.

—Es verdad —apoyó Dagon Greyjoy, otro primo aún más lejano. Los hombres lo habían apodado Dagon el Borracho, pero borracho o sobrio, adoraba pelear—. ¿Por qué vamos a dejar que el Barbarrota acapare toda la gloria? —Dos criados de Galbart Glover les sirvieron el asado, pero la tira de piel le había quitado el apetito a Asha.

«Mis hombres han perdido toda esperanza de vencer —pensó con pesadumbre—. Ya no buscan más que una buena muerte. —No le cabía duda de que los lobos se la proporcionarían—. Más tarde o más temprano vendrán a recuperar este castillo.»

El sol se ocultaba ya tras los altos pinos del bosque de los Lobos cuando Asha subió por los peldaños de madera hacia el dormitorio que había pertenecido a Galbart Glover. Había bebido demasiado vino y le retumbaba la cabeza. Asha Greyjoy quería a sus hombres, tanto a los capitanes como a los tripulantes, pero la mitad de ellos eran imbéciles.

«Imbéciles valientes, pero imbéciles. Que vayamos con el Barbarrota, claro, como si fuera tan fácil...»

Había muchas leguas entre Bosquespeso y Dagmer, leguas de colinas escarpadas, bosques espesos y ríos bravos, y tantos norteños que no quería ni imaginárselo. Asha disponía de cuatro barcoluengos y menos de doscientos hombres, y eso contando los de Tristifer Botley, en quien no se podía confiar. Pese a toda su palabrería sobre el amor, no se imaginaba a Tris saliendo de la Ciudadela de Torrhen para ir a morir con Dagmer Barbarrota.

Qarl la siguió hasta el dormitorio de Galbart Glover.

—Lárgate —le dijo—. Quiero estar sola.

—No, quieres estar conmigo. —Trató de besarla, y Asha lo apartó.

—Como vuelvas a tocarme, te...

—Te ¿qué? —Desenfundó el puñal—. Desnúdate, venga.

—Anda y que te follen, mocoso imberbe.

—Prefiero follarte a ti.

Le cortó los cordones del jubón con un tajo rápido. Asha echó mano del hacha, pero Qarl soltó el cuchillo, le cogió la muñeca y se la retorció hasta obligarla a estirar los dedos. Luego la tiró a la cama de Glover, la besó con violencia y le arrancó la túnica para liberar sus pechos. Ella trató de darle un rodillazo en la entrepierna, pero Qarl se apartó y la obligó a abrir las piernas.

—Vas a ser mía.

—Te mataré mientras duermes. —Asha le escupió. Estaba chorreando cuando la penetró—. Maldito seas —gimió—. Maldito seas, maldito, maldito seas.

Le chupó los pezones y ella gritó, mitad de dolor y mitad de placer. Su coño se convirtió en el mundo. Se olvidó de Foso Cailin, de Ramsay Bolton y del trozo de piel; se olvidó de la asamblea de sucesión, del fracaso, del exilio, de sus enemigos y de su marido. Lo único que importaban eran las manos de Qarl, su boca, sus brazos en torno a ella, su polla dentro... La penetró hasta que la hizo gritar, y luego otra vez hasta que la hizo llorar, hasta que por fin se derramó dentro de su vientre.

—Estoy casada —le recordó después—. Me has deshonrado, mocoso imberbe. Mi señor esposo te cortará los cojones y te pondrá un vestido.

Qarl rodó a un lado para quedar tumbado junto a ella.

—Será si puede levantarse de la silla.

La estancia se había enfriado. Asha se levantó de la cama de Galbart Glover y se puso la ropa desgarrada. El jubón se arreglaría con unos cordones nuevos, pero la túnica se había echado a perder.

«De todos modos, no me gustaba... —La tiró al fuego y amontonó el resto de las prendas junto a la cama. Tenía los pechos magullados, y la semilla de Qarl le corría muslos abajo. Tendría que preparar té de la luna; de lo contrario se arriesgaba a traer otro kraken al mundo—. ¿Y qué más da? Mi padre ha muerto, mi madre se muere, a mi hermano lo están desollando y yo no puedo hacer nada. Y estoy casada. Casada y follada..., aunque no por el mismo hombre.»

Cuando volvió a meterse bajo las pieles, Qarl se había dormido.

—Ahora, tu vida está en mis manos. ¿Dónde te clavo el puñal?

Asha se pegó a su espalda y lo rodeó con los brazos. En las islas lo llamaban Qarl la Doncella, en parte para distinguirlo de Qarl Pastor, Qarl Keening el Raro, Qarl Hachaveloz y Qarl el Siervo, pero sobre todo por sus delicadas mejillas. Cuando Asha lo conoció, Qarl intentaba dejarse barba. «Pelusa de melocotón», le había dicho ella entre risas, y Qarl le confesó que nunca había visto un melocotón, así que lo invitó a acompañarla en el siguiente viaje que emprendiera hacia el sur.

Por aquel entonces aún era verano. Robert ocupaba el Trono de Hierro, Balon cavilaba en el Trono de Piedramar y los Siete Reinos estaban en paz. Asha había estado navegando en el *Viento Negro* para comerciar por la costa y anclaron en isla Bella, en Lannisport y en otra docena de puertos de menor importancia antes de llegar al Rejo, donde los melocotones eran siempre grandes y dulces.

—¿Lo ves? —le dijo la primera vez que puso uno contra la mejilla de Qarl.

El joven le dio un mordisco y el jugo le corrió por la barbilla. Tuvo que limpiárselo a besos.

Se habían pasado la noche devorando melocotones y devorándose entre sí; cuando amaneció, Asha estaba saciada, pegajosa y más feliz que en toda su vida.

«¿Hace seis años o siete?» El verano era un recuerdo lejano, y hacía tres años que Asha no disfrutaba de un melocotón. Pero seguía disfrutando de Qarl. Los capitanes y los reyes no la apreciaban, pero él sí. Asha había tenido otros amantes: unos compartieron su cama medio año; otros, media noche. Qarl la complacía más que todos juntos. Se afeitaba dos veces al mes, sí, pero la barba frondosa no hace al hombre. A ella le gustaba sentir su piel suave en los dedos, y el roce de su cabello largo y liso en los hombros. Le gustaba su forma de besar, su forma de sonreír cuando le acariciaba los pezones con los pulgares. El vello que tenía entre las piernas era de un color arena algo más oscuro que el de la cabeza, pero era una pelusa en comparación con la recia pelambre que ocultaba ella bajo la ropa. Eso también le gustaba, y que tuviera cuerpo de nadador, esbelto y atlético, sin una sola cicatriz.

«Sonrisa tímida, brazos fuertes, dedos hábiles y dos buenas espadas. ¿Qué más puede pedir una mujer? —De buena gana se habría casado con Qarl, pero era hija de lord Balon y él era plebeyo, nieto de un siervo—. Demasiado humilde para casarse conmigo, pero no tanto como para que no le chupe la polla.» Sonrió ebria, se metió bajo las pieles y tomó su miembro en la boca. Qarl se movió en sueños, y enseguida se le empezó a poner dura. Asha no tardó en estar húmeda, y él, despierto; se cubrió la espalda con las pieles y lo montó, clavándose en él hasta que no hubo manera de saber de quién era la polla y de quién el coño. En esa ocasión, alcanzaron juntos el clímax.

—Mi hermosa señora —murmuró después con la voz trabada de sueño—. Mi hermosa reina.

«No —pensó Asha—. No soy reina ni lo seré jamás.»

—Anda, duérmete.

Le dio un beso en la mejilla, cruzó el dormitorio de Galbart Glover y abrió los postigos. La luna brillaba casi llena y la noche era tan clara que se veían las montañas, con las cumbres coronadas de nieve.

«Frías, desoladas e inhóspitas, pero tan hermosas con esta luz...» Las cimas brillaban, pálidas y serradas como una hilera de dientes afilados. Las laderas y los picos más bajos se perdían en las sombras.

El mar estaba más cerca, tan solo a cinco leguas hacia el norte, pero no lo veía; había demasiadas colinas en medio.

«Y árboles, demasiados árboles. —El bosque de los Lobos, como lo llamaban los norteños. Casi todas las noches se oían los aullidos de los animales que se llamaban en la oscuridad—. Un océano de hojas. Ojalá fuera un océano de agua.»

Bosquespeso estaba más cerca del mar que Invernalia, pero seguía demasiado lejos para su gusto. El aire olía a pinos, no a sal. Al noreste de aquellas sombrías montañas grises estaba el Muro, donde Stannis Baratheon había izado sus estandartes. «El enemigo de mi enemigo es mi amigo», decían los hombres; pero esa moneda tenía otra cara: «El enemigo de mi amigo es mi enemigo». Los hijos del hierro eran enemigos de aquellos señores norteños a los que tanto necesitaba Baratheon.

«Podría ofrecerle mi cuerpo joven y hermoso», pensó, al tiempo que se apartaba un mechón de pelo de los ojos; pero Stannis estaba casado, igual que ella, y era enemigo declarado de los hijos del hierro: en la primera rebelión del padre de Asha, había aplastado la Flota de Hierro junto a las costas de isla Bella y había sometido Gran Wyk en nombre de su hermano.

La muralla musgosa de Bosquespeso rodeaba una colina de cima plana, coronada por la fortaleza con su torre de vigía en una punta, que se alzaba quince varas por encima de la colina. Al pie de su ladera estaba el patio amurallado con los establos, el corral, la herrería, el pozo y el redil, todo ello defendido por una zanja profunda, un murete de tierra prensada y una empalizada de troncos. Las defensas exteriores formaban un óvalo siguiendo los contornos naturales. Había dos puertas, cada una protegida por un par de torres de madera cuadradas, y adarves en todo el perímetro. En la cara sur del castillo, el musgo crecía espeso en la empalizada y ascendía por las torres hasta media altura. A este y oeste había campos en los que crecían avena y alfalfa cuando Asha tomó el castillo, pero todo quedó aplastado durante el ataque. Una serie de heladas acabó con las cosechas que plantaron después, con lo que solo quedaban barro, cenizas y tallos mustios o podridos.

Era un castillo antiguo, pero no fuerte. Ella se lo había arrebatado a los Glover, y el Bastardo de Bolton se lo arrebataría a ella. Aunque no la desollaría, no. Asha Greyjoy no se dejaría capturar con vida. Moriría como había vivido, con un hacha en la mano y una carcajada en los labios.

Su señor padre le había dado treinta barcoluengos para capturar Bosquespeso. Le quedaban cuatro, contado el *Viento Negro,* y uno era de Tris Botley, que se le había unido cuando ya huían los demás.

«No. No es justo. Pusieron rumbo de vuelta para jurar pleitesía a su rey. Yo fui quien huyó.» Solo con recordarlo le ardía la cara de vergüenza.

—Vete —había apremiado el Lector mientras los capitanes arrastraban a su tío Euron colina de Nagga abajo para ponerle la corona de madera de deriva.

—Le dijo el cuervo al grajo. Ven conmigo. Te necesito para convocar a los hombres de Harlaw. —En aquel momento aún tenía intención de pelear.

—Los hombres de Harlaw están aquí, al menos los que cuentan. Algunos han gritado el nombre de Euron. No enfrentaré Harlaw contra Harlaw.

—Euron está loco y es peligroso. Ese cuerno infernal...

—Ya lo he oído. Vete, Asha. Cuando Euron tenga la corona te buscará, y más vale que no te ponga un ojo encima.

—Si me alzo con mis otros tíos...

—... morirás como proscrita, enfrentada a todos. Cuando postulas tu nombre ante los capitanes te sometes a su criterio; ahora no puedes ir contra ese mismo criterio. Solo una vez se anuló el dictamen de la asamblea de sucesión. Lee a Haereg.

Solo a Rodrik el Lector se le ocurriría hablar de algún libro viejo mientras sus vidas se mantenían en equilibrio en el filo de una espada.

—Si tú te quedas, yo también —se obcecó.

—No seas idiota. Esta noche, Euron muestra al mundo su ojo sonriente, pero cuando llegue la mañana... Eres hija de Balon, Asha; tienes más derecho al trono que él. Si te quedas, te matará o te casará con el Remero Rojo. No sé qué es peor. Vete, no tendrás otra oportunidad.

Asha había anclado el *Viento Negro* en el extremo opuesto de la isla temiendo una eventualidad como aquella. Viejo Wyk no era grande, así que podía estar a bordo de su barco antes de que saliera el sol, y de camino hacia Harlaw antes de que Euron se diera cuenta de que se había marchado, pero aun así titubeó hasta que su tío insistió una vez más.

—Por el amor que me profesas, chiquilla, vete de una vez. No me obligues a presenciar tu muerte.

Así que se había marchado, no sin antes pasar por Diez Torres para despedirse de su madre.

—Puede que tardemos en volver a vernos —la había avisado Asha.

—¿Dónde está Theon? —preguntó lady Alannys sin comprender—. ¿Dónde está mi hijito?

Lady Gwynesse solo había preguntado cuándo volvería lord Rodrik.

—Soy siete años mayor que él. Diez Torres me corresponde por derecho.

Asha estaba todavía en Diez Torres, aprovisionando los barcos, cuando le llegó la noticia de su casamiento.

—Mi díscola sobrina necesita un hombre que la dome —le contaron que había dicho Ojo de Cuervo—, y sé quién es el indicado.

La casó con Erik Ironmaker, y además encomendó al Destrozayunques el gobierno de las islas del Hierro mientras él cazaba dragones. Erik había sido un gran hombre en sus tiempos, un asaltante intrépido que podía alardear de haber navegado con el abuelo del abuelo de Asha, el Dagon Greyjoy, en cuyo honor habían puesto nombre a Dagon el Borracho. Las viejas de isla Bella todavía asustaban a los niños con cuentos sobre lord Dagon y sus hombres.

«En la asamblea de sucesión ofendí a Erik —reflexionó Asha—. Seguro que no lo ha olvidado.»

Tenía que reconocérselo a su tío: con una jugada maestra había transformado a un rival en aliado, había asegurado las islas durante su ausencia y había acabado con cualquier amenaza que pudiera suponer Asha.

«Y seguro que además se lo ha pasado en grande.» Según Tris Botley, Ojo de Cuervo había puesto una foca en el lugar de Asha en la boda.

—Espero que Erik no se empeñara en consumar —apuntó ella.

«No puedo volver a casa, pero tampoco puedo quedarme mucho más.» El silencio del bosque la volvía loca. Se había pasado la vida entre islas y barcos, y en el mar nunca había silencio. Llevaba en las venas el sonido de las olas contra las rocas de la costa, pero en Bosquespeso no había olas; solo árboles, árboles sin fin, pinos soldado, centinelas, hayas, fresnos, robles viejos, castaños, carpes y abetos. Su sonido era más suave que el del mar, y Asha solo lo oía cuando soplaba el viento: en esas ocasiones, los suspiros la rodeaban como si los árboles susurrasen en un idioma desconocido.

Aquella noche, los susurros eran más altos que nunca.

«El crepitar de las hojas muertas —se dijo—, el crujido de las ramas al viento. —Se apartó de la ventana, del bosque—. Necesito sentir de nuevo una cubierta bajo los pies. O al menos, algo de comida en el estómago.» Aquella noche había tomado demasiado vino, pero poco pan y nada del asado sangrante.

La luz de la luna le bastó para encontrar la ropa. Se puso unos calzones negros gruesos, una túnica acolchada y un jubón de cuero verde con escamas de acero superpuestas. Dejó a Qarl profundamente dormido y bajó por la escalera exterior de la fortaleza, donde los peldaños crujieron bajo sus pies descalzos. Un centinela que patrullaba la muralla la divisó y alzó la lanza hacia ella. Asha se identificó con un silbido. Mientras cruzaba el patio en dirección a las cocinas, los perros de Galbart Glover se pusieron a ladrar.

«Mejor —pensó—; eso ahogará el sonido de los árboles.»

Mientras cortaba un trozo de un queso amarillo del tamaño de una rueda de carro, Tris Botley entró en la cocina arrebujado en una gruesa capa de piel.

—Mi reina —saludó.

—No te burles de mí.

—Siempre serás la reina de mi corazón. Eso no cambiará por muchos idiotas que griten en una asamblea de sucesión.

«¿Qué voy a hacer con este crío? —Asha no dudaba de su devoción. No solo había gritado su nombre en la colina de Nagga, sino que había cruzado el mar para reunirse con ella aunque para eso había tenido que renunciar a su rey, a su familia y a su hogar—. Aunque no se atrevió a desafiar abiertamente a Euron.» Cuando la flota de Ojo de Cuervo se hizo a la mar, Tris se limitó a rezagarse para cambiar de rumbo cuando los otros barcos se perdieron de vista. Pero hasta para eso hacía falta bastante valor; ya nunca podría regresar a las islas.

—¿Queso? —le ofreció—. También hay jamón y mostaza.

—No es comida lo que quiero, mi señora, bien lo sabes —Tris se había dejado una barba castaña en Bosquespeso; decía que era para calentarse la cara—. Te he visto bajar desde la torre de guardia.

—Si estabas de guardia, ¿qué haces aquí?

—He dejado allí a Cromm y a Hagen el Cuerno. ¿Cuántos ojos hacen falta para ver crujir las hojas a la luz de la luna? Tenemos que hablar.

—¿Otra vez? —Dejó escapar un suspiro—. Ya conoces a la hija de Hagen, la del pelo rojo. Maneja el timón mejor que cualquier hombre y es bonita de cara. Tiene diecisiete años, y la he visto mirarte.

—No me interesa la hija de Hagen. —Estuvo a punto de tocarla, pero se lo pensó dos veces—. Es hora de partir, Asha. Foso Cailin era lo único que impedía que subiera la marea. Si nos quedamos, los norteños nos matarán a todos; lo sabes de sobra.

—¿Me pides que huya?

—Te pido que vivas. Sabes que te quiero.

«No. Quieres a una doncella inocente que solo existe en tu cabeza, a una chiquilla asustada que necesita tu protección.»

—Yo no te quiero —le replicó sin paños calientes—, y jamás huyo.

—¿Qué te retiene aquí aparte de los pinos, el lodo y los enemigos? Tenemos barcos. Navega conmigo y empezaremos una vida nueva en el mar.

—¿Como piratas? —Casi resultaba tentador. «Que los lobos se queden con sus bosques deprimentes; volveré al mar abierto.»

—Como mercaderes. Viajaremos al este, igual que Ojo de Cuervo, pero volveremos con sedas y especias, y no con un cuerno de dragón. Un solo viaje al mar de Jade y lograremos una fortuna digna de los dioses. Nos compraremos una mansión en Antigua o en cualquiera de las Ciudades Libres.

—¿Qarl, tú y yo? —Vio como se encogía ante la mención de Qarl—. Puede que la hija de Hagen quiera navegar contigo por el mar de Jade. Yo sigo siendo la hija del kraken; mi lugar está...

—¿Dónde? No puedes volver a las islas, a menos que tengas intención de someterte a tu señor esposo.

Asha hizo un esfuerzo por imaginarse en la cama con Erik Ironmaker, aplastada bajo su mole y soportando sus abrazos.

«Peor sería el Remero Rojo, o Lucas Codd el Zurdo. —En otros tiempos, el Destrozayunques era un gigante de fuerza temible y lealtad inquebrantable que no temía a nada—. Puede que no sea tan grave. Lo más probable es que muera la primera vez que intente cumplir como esposo. —Eso la convertiría en la viuda de Erik: mucho mejor que ser la esposa de Erik... o mucho peor, según cómo se lo tomaran sus nietos—. Y mi tío. Al final, todos los vientos me empujan de vuelta con Euron.»

—Tengo rehenes en Harlaw —le recordó—. Y también está Punta Dragón Marino. Si no me dejan heredar el reino de mi padre, ¿qué me impide forjarme otro?

Punta Dragón Marino había tenido más población en otros tiempos; en sus colinas y cenagales aún se podían ver ruinas, restos de antiguas fortalezas de los primeros hombres. En los altozanos quedaban los círculos de arcianos que habían dejado los hijos del bosque.

—Te aferras a Punta Dragón Marino como alguien que se ahoga se aferraría a un trozo de madera flotante. ¿Qué hay allí que pueda desear nadie? No tiene minas de oro ni plata; ni siquiera de hierro ni estaño. Los terrenos son tan húmedos que no se puede sembrar trigo ni maíz.

«No tengo intención de cultivar trigo ni maíz.»

—¿Que qué hay allí? Te lo explicaré: dos largas costas, un centenar de calas ocultas, nutrias en los lagos, salmones en los ríos, almejas en las orillas, colonias de focas junto a las playas y pinos altos para construir barcos.

—¿Quién va a construir esos barcos, mi reina? ¿Dónde encontrará vuestra alteza súbditos para ese reino, si es que los norteños te permiten conservarlo? ¿O piensas gobernar sobre las focas y las nutrias?

—Las nutrias darían menos problemas que los hombres, te lo aseguro. —Dejó escapar una carcajada triste—. Y las focas son más listas. No, puede que tengas razón. Mi mejor opción sigue siendo volver a Pyke. En Harlaw habrá quien se alegre de mi regreso, y en Pyke también. Además, al matar a lord Baelor, Euron no hizo muchos amigos en Marea Negra. Podría partir en busca de mi tío Aeron e instigar la rebelión en las islas.

No se había vuelto a ver a Pelomojado después de la asamblea de sucesión, pero sus hombres ahogados afirmaban que se había retirado a Gran Wyk, desde donde no tardaría en desencadenar la ira del Dios Ahogado sobre Ojo de Cuervo y sus secuaces.

—El Destrozayunques también anda buscando a Pelomojado y persigue a los hombres ahogados. Ha detenido a Beron Blacktyde para interrogarlo. Hasta el Viejo Gaviota Gris está encadenado. ¿Cómo vas a encontrar al sacerdote si los hombres de Euron no dan con él?

—Es de mi sangre; es hermano de mi padre. —Pobre respuesta, y Asha lo sabía.

¿Sabes qué me parece a mí?

—Me temo que estoy a punto de saberlo.

—Me parece que Pelomojado ha muerto, que Ojo de Cuervo le cortó el cuello. Ironmaker lo busca únicamente para hacernos creer que escapó. Euron no quiere que la gente lo considere un asesino de la sangre de su sangre.

—Que Ojo de Cuervo no se entere de que has dicho eso. Si supiera que alguien opina que no quiere que lo consideren un asesino de la sangre de su sangre, matará a uno de sus hijos solo para demostrar que se equivoca. —Asha se sentía casi sobria otra vez. Era el efecto que tenía en ella Tristifer Botley.

—Aunque encontraras a tu tío Pelomojado, fracasaríais. Los dos estuvisteis en la asamblea de sucesión, así que no podéis alegar que se convocó de manera ilegítima, como hizo Torgon. Según todas las leyes de los dioses y los hombres, debéis someteros a su decisión. No puedes...

—Un momento. —Asha frunció el ceño—. ¿Qué Torgon?

—Torgon el Rezagado.

—Era uno de los reyes de la Edad de los Héroes. —Era todo lo que recordaba—. ¿Qué pasa con él?

—Torgon Hierrogrís era el hijo mayor del rey; pero el rey era anciano, y Torgon, inquieto; así que la muerte de su padre lo sorprendió mientras se dedicaba a saquear el Mander con su fortaleza del Escudo Gris como base de operaciones. En vez de avisarlo, sus hermanos convocaron a toda prisa una asamblea de sucesión, seguros de que uno de ellos llevaría la corona de madera de deriva. Pero los capitanes y reyes eligieron a Urragon Goodbrother, y lo primero que hizo fue ordenar la muerte de todos los hijos del rey anterior. Así se hizo, y a partir de entonces pasaron a llamarlo Malhermano, aunque no eran parientes suyos. Gobernó durante casi dos años.

Asha recordó el resto de la historia.

—Torgon volvió a su hogar...

—... y firmó que la asamblea de sucesión no tenía validez legal, puesto que él no había asistido. Malhermano había demostrado a aquellas alturas que era tan taimado como cruel, y le quedaban pocos amigos en las islas. Los sacerdotes lo condenaron; los señores se alzaron contra él y hasta sus propios capitanes lo despedazaron. Eligieron rey a Torgon el Rezagado, que gobernó cuarenta años.

Asha cogió a Tris Botley por las orejas y le estampó un beso en los labios. Cuando lo soltó, estaba congestionado y sin aliento.

—¿Qué pasa?

—Pasa que te he besado. Que me ahoguen por imbécil, Tris, debería haber recordado... —Se interrumpió de repente, y cuando Tris fue a decir algo le indicó que se callara y escuchara—. Eso que se ha oído era un cuerno de guerra. Hagen. —Lo primero que se le ocurrió fue que Erik Ironmaker, su esposo, acudía para reclamar a su díscola esposa—. Parece que el Dios Ahogado me sonríe. Yo me preguntaba qué podía hacer, y Él me envía enemigos para que luche contra ellos. —Asha se puso en pie y guardó el cuchillo en la vaina—. La batalla viene a nosotros.

Corrió al patio interior del castillo, seguida de cerca por Tris, pero llegó demasiado tarde: la pelea había terminado. Asha se encontró con dos norteños que sangraban junto al muro este, cerca de la poterna, vigilados por Lorren Hachalarga, Harl Seisdedos y Lenguamarga.

—Cromm y Hagen los han visto saltar el muro —le explicó Lenguamarga.

—¿Solo eran dos? —preguntó Asha.

—Cinco. A dos los hemos matado antes de que saltaran, y Harl se ha cargado al otro en el adarve. Estos dos son los que han llegado al patio.

Uno estaba muerto, con los sesos untados en el hacha de Lorren, pero el segundo seguía respirando con dificultad pese a que la lanza de Lenguamarga lo había clavado al suelo en medio de un creciente charco de sangre. Ambos llevaban prendas de cuero endurecido, capa de tonos pardos, verdes y negros, y ramas con hojas entrelazadas en la cabeza y los hombros.

—¿Quién eres? —preguntó Asha al herido.

—Un Flint. ¿Quién sois vos?

—Asha de la casa Greyjoy. Este es mi castillo.

—Bosquespeso es el hogar de Galbart Glover, no de los calamares.

—¿Sois más? —exigió saber Asha. Como no obtuvo ninguna respuesta, agarró la lanza de Lenguamarga y la hizo girar, y el norteño gritó de dolor al tiempo que brotaba más sangre de la herida—. ¿A qué habéis venido?

—La señora —dijo con un estremecimiento—. Por los dioses, parad. Veníamos a por la señora, a rescatarla. Solo éramos nosotros cinco.

Asha lo miró a los ojos. Al ver la mentira en ellos, se apoyó en la lanza y la volvió a girar.

—¿Cuántos más hay? —preguntó—. Dímelo, o estarás muriendo hasta que amanezca.

—Muchos —sollozó el hombre al final—. Miles. Tres mil, cuatro... ¡aaaaaahhh!

Le arrancó la lanza y se la clavó en el cuello para poner fin a las mentiras. Según el maestre de Galbart Glover, los clanes de las montañas eran demasiado pendencieros para unirse si no era bajo el mando de un Stark.

«A lo mejor no mentía. A lo mejor solo se equivocaba.» Era un sabor que ella misma había probado en la asamblea de sucesión de su tío.

—A estos cinco los mandaron para que abrieran las puertas antes del ataque principal —dijo—. Lorren, Harl, id a buscar a lady Glover y a su maestre.

—¿Enteros o ensangrentados? —quiso saber Lorren Hachalarga.

—Enteros e ilesos. Lenguamarga, sube a esa torre, maldita sea mil veces, y diles a Cromm y a Hagen que vigilen bien. Si ven algo, allá sea una liebre, quiero enterarme.

El patio de Bosquespeso no tardó en llenarse de gente asustada. Los hombres de Asha estaban ocupados en ponerse la armadura o en subir a los adarves, mientras que los de Galbart Glover miraban a su alrededor con el miedo dibujado en el rostro y hablaban en susurros. Tuvieron que subir de la bodega al mayordomo de Glover, que había perdido una pierna durante la toma del castillo. El maestre no paró de protestar hasta que Lorren le partió la cara de un puñetazo con el guantelete. Lady Glover salió del bosque de dioses del brazo de su doncella.

—Os advertí de que llegaría este día, mi señora —dijo al ver los cadáveres en el suelo.

—Lady Asha, os lo suplico. —El maestre se adelantó con la nariz rota goteando sangre—. Arriad los estandartes y permitidme que vaya a negociar por vuestra vida. Nos habéis tratado con justicia y honor, y así lo diré.

—Os cambiaremos por los niños. —Sybelle Glover tenía los ojos rojos de llorar mucho y dormir poco—. Gawen tiene cuatro años y me he perdido su día del nombre. Y mi hijita... Devolvedme a mis niños y nada malo os sucederá, ni a vos ni a vuestros hombres.

Aquello último era mentira, y Asha lo sabía bien. Sí, tal vez la canjearan, y luego la mandarían en un barco a las islas del Hierro, a los brazos de su amante esposo. Por sus primos se pagaría un rescate, y también por Tris Botley y por unos pocos más, aquellos cuyos parientes tuvieran dinero para comprar su regreso. Para los demás, el hacha, la horca o el Muro.

«Pero tienen derecho a elegir.» Asha se subió a un barril para que todos la vieran.

—Los lobos vienen a por nosotros y nos enseñan los dientes. Estarán ante nuestras puertas antes de que salga el sol. ¿Qué hacemos? ¿Tiramos las lanzas y las hachas y les suplicamos clemencia?

—¡No! —Qarl la Doncella desenvainó la espada.

—¡No! —repitió como un eco Lorren Hachalarga.

—¡No! —rugió Rolfe el Enano, un gigante que le sacaba una cabeza al siguiente hombre más alto de su tripulación—. ¡Jamás!

Y el cuerno de Hagen volvió a sonar desde las alturas, retumbando en el patio. *Auuuuuuuuuuuuuuuuuu,* aulló con un grito grave que helaba la sangre en las venas. Asha empezaba a detestar el sonido de los cuernos. En Viejo Wyk, el cuerno infernal de su tío había asestado un golpe mortal a sus sueños, y en aquel momento, el de Hagen anunciaba la que bien podía ser su última hora en la tierra.

«Si he de morir, moriré con un hacha en la mano y una maldición en los labios.»

—¡A las murallas! —ordenó Asha Greyjoy a sus hombres.

Se dirigió a la atalaya, seguida de cerca por Tris Botley. La edificación de madera era la más alta por aquel lado de las montañas; sobresalía diez varas por encima de los pinos soldado y los centinelas más altos de aquel bosque.»

—Allí, capitana —señaló Cromm cuando llegó a la plataforma.

Asha solo vio árboles, sombras, las colinas iluminadas por la luna y, al fondo, los picos nevados. De pronto se dio cuenta de que los árboles se acercaban.

—Jo, jo —rio—. Esas cabras montesas se han puesto capas de pino.

El bosque se movía, avanzaba hacia el castillo como una lenta marea verde. Asha recordó un cuento que le habían contado de pequeña, que versaba sobre los hijos del bosque y sus luchas contra los primeros hombres, cuando los verdevidentes convirtieron los árboles en guerreros.

—No podemos plantar cara a tantos —dijo Tris Botley.

—Podemos plantar cara a los que nos echen, chavalito —replicó Cromm—. Cuantos más sean, mayor será la gloria. Compondrán canciones sobre nosotros.

«Seguro, pero ¿cantarán sobre tu valor o sobre mi estupidez? —El mar estaba a cinco leguas. ¿Era preferible quedarse a luchar tras los fosos profundos y la muralla de madera de Bosquespeso?—. De mucho les sirvieron los muros de madera a los Glover cuando tomé su castillo. ¿Por qué van a serme más útiles a mí?»

—Cuando llegue la mañana, lo festejaremos en el fondo del mar. —Cromm acarició el hacha como si se muriera de ganas de usarla.

Hagen bajó el cuerno.

—Si morimos con los pies secos, ¿cómo encontraremos el camino de las estancias acuosas del Dios Ahogado?

—Este bosque está llenos de arroyos —le recordó Cromm—. Todos van a parar a ríos, y todos los ríos llevan al mar.

—Si vivimos, resultará más fácil dar con la forma de volver al mar. —Asha no estaba dispuesta a morir, y menos allí—. Que los lobos se queden con sus bosques sombríos; nosotros hemos nacido para los barcos.

«Yo en su lugar tomaría la costa y prendería fuego a los barcoluengos antes de atacar Bosquespeso.» ¿Quién estaría al mando de sus enemigos?

A los lobos no les resultaría fácil, claro, porque no tenían barcos propios, y Asha nunca acercaba a la orilla más de la mitad de sus naves. La otra mitad permanecía a salvo en el mar, con órdenes de izar las velas y poner rumbo a Punta Dragón Marino si los norteños tomaban la playa.

—Hagen, toca ese cuerno y que tiemble el bosque. Tris, ponte una cota de malla; ya va siendo hora de que pruebes esa espada tan bonita. —Al ver lo pálido que se ponía, le pellizcó una mejilla—. Salpica la luna de sangre a mi lado y te prometo un beso por cada lobo que mates.

—Mi reina, aquí tenemos las murallas —dijo Tristifer—. Pero si llegamos al mar solo para encontrarnos con que los lobos se han apoderado de nuestras naves o las han puesto en fuga...

—... moriremos —concluyó Asha con tono alegre—, pero al menos moriremos con los pies mojados. Los hijos del hierro luchan mejor cuando huelen el mar y las olas suenan a sus espaldas.

Hagen sopló tres veces el cuerno en rápida sucesión: era la señal para que los hijos del hierro volvieran a sus barcos. Abajo se oyeron gritos, ruido de lanzas y espadas, y relinchos.

«Pocos caballos, pocos jinetes.» Asha se dirigió a la escalera. En el patio se encontró con Qarl la Doncella, que la esperaba con su yegua castaña, su yelmo de combate y sus hachas arrojadizas. Los hijos del hierro estaban sacando los caballos de los establos de Galbart Glover.

—¡Un ariete! —gritaron desde la muralla—. ¡Tienen un ariete!

—¿En qué puerta? —preguntó Asha al tiempo que montaba.

—¡En la norte!

Unas trompetas resonaron al otro lado de la muralla musgosa de Bosquespeso.

«¿Trompetas? ¿Lobos con trompeta?» Algo no encajaba, pero no tenía tiempo de analizarlo.

—Abrid la puerta sur —ordenó justo cuando la puerta norte empezaba a estremecerse bajo el impacto del ariete. Se sacó un hacha arrojadiza de mango corto del tahalí que llevaba cruzado al hombro—. La hora del búho ha pasado, hermanos. Ha llegado la hora de la lanza, la hora de la espada, la hora del hacha. ¡En formación! ¡Volvemos a casa!

Un centenar de gargantas gritaron: «¡A casa!» y «¡Asha!». Tris Botley galopó a lomos de un semental ruano para situarse junto a ella. En el patio, sus hombres formaron filas prietas con los escudos y las lanzas. Qarl la Doncella, que no montaba, ocupó su lugar entre Lenguamarga y Lorren Hachalarga. Hagen iba bajando por los peldaños de la atalaya cuando la flecha de un lobo lo alcanzó en la barriga y lo hizo caer de cabeza al patio. Su hija corrió hacia él entre alaridos.

—Traedla —ordenó Asha.

No había tiempo para el duelo. Rolfe el Enano subió a la chica pelirroja a su caballo, mientras la puerta norte gemía bajo las embestidas del ariete.

«Puede que tengamos que abrirnos camino entre ellos», pensó Asha cuando la puerta sur se abrió de par en par. El camino estaba despejado. ¿Cuánto duraría?

—¡Adelante! —ordenó, y clavó los talones en los flancos de la yegua.

Los caballos y la infantería iban ya al trote cuando llegaron a los árboles al otro lado del lodazal en que se había convertido el campo, donde los brotes muertos del invierno se pudrían bajo la luna. Asha ordenó a los jinetes que fueran en la retaguardia para mantener en marcha a los rezagados y asegurarse de que nadie se quedaba atrás. Los rodeaban altos pinos soldado y robles viejos y nudosos; el nombre de Bosquespeso era muy adecuado. Los árboles eran gigantescos, oscuros, amenazadores en cierto modo, y sus ramas bajas se entrelazaban y crujían con cada soplo de viento, mientras que las más altas parecían arañar la faz de la luna.

«Cuanto antes nos vayamos de aquí, mejor me sentiré —pensó Asha—. En lo más profundo de su corazón de madera, estos árboles nos detestan.»

Avanzaron hacia el sur y hacia el sudeste hasta que perdieron de vista las torres de madera de Bosquespeso y los árboles engulleron el sonido de las trompetas.

«Los lobos ya han recuperado su castillo —pensó—. A lo mejor se conforman con eso y nos dejan en paz.»

Tris Botley galopó para situarse junto a ella.

—Vamos en dirección incorrecta —dijo al tiempo que señalaba la luna a través del dosel de ramas—. Para ir hacia los barcos tendríamos que habernos desviado hacia el norte.

—Primero hacia el oeste —insistió Asha—. Hacia el oeste hasta que salga el sol, y luego hacia el norte. —Se volvió hacia Rolfe el Enano y Roggon Barbarroya, sus mejores jinetes—. Adelantaos y aseguraos de que el camino está despejado; no quiero sorpresas cuando lleguemos a la orilla. Si veis lobos, volved para avisarnos.

—Si no hay más remedio... —masculló Roggon a través de su frondosa barba rojiza.

Los exploradores se perdieron entre los árboles y los demás hijos del hierro reanudaron la marcha, pero iban muy despacio. Los árboles les ocultaban la luna y las estrellas, y el suelo que pisaban era negro y traicionero. No habían recorrido ni mil pasos cuando la yegua de su primo Quenton metió la pata delantera en un agujero y se la rompió. Quenton tuvo que rajarle el cuello para que cesaran sus relinchos.

—Tenemos que hacer antorchas —suplicó Tris.

—La luz atraerá a los norteños.

Asha maldijo y se preguntó si no habría cometido un error al salir del castillo.

«No. Si nos hubiéramos quedado para luchar, ya estaríamos todos muertos. —Pero avanzar a ciegas en la oscuridad tampoco servía de nada—. Estos árboles nos matarían si pudieran.» Se quitó el yelmo para echarse hacia atrás el pelo empapado de sudor.

—Dentro de pocas horas saldrá el sol. Pararemos aquí a descansar hasta que amanezca.

Parar resultó bastante fácil; no tanto descansar. Nadie pudo conciliar el sueño esa noche, ni siquiera Dale Parpadopesado, un remero que tenía fama de echarse una siesta entre bogada y bogada. Unos cuantos hombres se sentaron a pasarse de mano en mano un odre de la sidra de Galbart Glover. Los que habían llevado provisiones las repartieron con los demás, y los jinetes dieron de comer y abrevaron a los caballos. Su primo Quenton Greyjoy apostó a tres hombres en las copas de los árboles para que dieran la voz de alarma si divisaban antorchas en el bosque. Cromm se dedicó a afilar el hacha, y Qarl la Doncella, la espada; los caballos pastaban la hierba muerta y los hierbajos de los alrededores. La pelirroja hija de Hagen agarró a Tris Botley por la mano para llevárselo entre los árboles, y cuando él la rechazó eligió a Harl Seisdedos en su lugar.

«¿Por qué no hago yo lo mismo? —Sería bonito perderse por última vez entre los brazos de Qarl; tenía un mal presagio. ¿Volvería a sentir la cubierta del *Viento Negro* bajo los pies? Y si la sentía, ¿adónde la llevaría?—. Las islas me están vetadas a menos que quiera ponerme de rodillas, abrirme de piernas y aguantar los abrazos de Erik, y ningún puerto de Poniente recibirá bien a la hija del kraken.» Podía dedicarse al comercio, como parecía querer Tris, o dirigirse a los Peldaños de Piedra para unirse a los piratas, o...

—Enviaros un trozo de príncipe a cada uno —murmuró.

—Prefiero un trozo de ti —sonrió Qarl—. A ser posible, ese trocito tan tierno que está...

Un objeto salió volando de los árboles y cayó entre ellos con un sonido blando, pegajoso; rebotó y rodó unos palmos antes de detenerse entre las raíces de un roble. Era redondo, oscuro, húmedo, cubierto de pelo largo.

—Rolfe el Enano ya no es tan alto —comentó Lenguamarga.

La mitad de los hombres de Asha ya se había puesto en pie para recoger escudos, hachas y lanzas.

«Ellos tampoco han encendido antorchas, y conocen este bosque mucho mejor que nosotros —tuvo tiempo de pensar. De repente, los árboles estallaron a su alrededor y los norteños cayeron sobre ellos entre aullidos—. Lobos. Aúllan como putos lobos. Es el grito de guerra del norte.» Sus hijos del hierro respondieron con sus propios gritos, y comenzó la batalla.

Jamás existiría bardo capaz de componer una canción sobre aquella escaramuza; ningún maestre escribiría una crónica para los amados libros del Lector. No ondeó ningún estandarte; no sonó ningún cuerno de guerra; ningún gran señor convocó a sus hombres para dirigirles unas últimas palabras cargadas de emoción. Lucharon a la escasa luz previa al amanecer, sombra contra sombra, tropezando con rocas y raíces, sobre una alfombra de barro y hojas podridas. Los hijos del hierro llevaban cotas de malla y corazas descoloridas por el salitre; los norteños, pieles, cuero y ramas de pino. La luna y las estrellas presenciaron su enfrentamiento mientras los iluminaban con la débil luz que se filtraba por el entramado que los cubría.

El primer hombre que llegó hasta Asha murió a sus pies con el hacha arrojadiza entre los ojos. Aquello le dio un respiro, lo justo para ponerse el escudo.

—¡A mí! —gritó, pero ni ella misma sabía si estaba llamando a sus hombres o a sus enemigos.

Un norteño apareció ante ella y blandió un hacha con ambas manos al tiempo que aullaba su ira sin palabras. Asha levantó el escudo para bloquear el golpe y se le acercó para hundirle el puñal en las tripas. El aullido del hombre cambió de tono durante la caída. Asha dio media vuelta para enfrentarse a otro lobo que la atacaba por la espalda y le lanzó un tajo bajo el yelmo. La estocada de su enemigo la acertó debajo del pecho, pero la cota de malla paró el golpe, de modo que le clavó el puñal en el cuello para que se ahogara en su propia sangre. Una mano la agarró por el pelo, pero lo llevaba tan corto que no pudo hacerle volver la cabeza, así que le descargó el talón en el empeine y se liberó cuando el otro gritó de dolor. Cuando se volvió, su enemigo ya estaba en el suelo, moribundo, todavía con un mechón de su pelo en la mano. Qarl estaba junto a él con la espada larga goteando sangre y la luz de la luna reflejada en los ojos.

Lenguamarga iba contando norteños en voz alta a medida que los mataba.

—¡Cuatro! —gritó mientras uno caía—. ¡Cinco! —un instante después.

Los caballos relinchaban y coceaban con los ojos muy abiertos, enloquecidos por la sangre y la carnicería; todos excepto el gran semental ruano de Tris Botley; Tris aún conseguía ir a caballo, y su animal giraba y se alzaba sobre los cuartos traseros mientras él lanzaba golpes de espada a diestro y siniestro.

«Me parece que voy a deberle algún beso más antes de que acabe la noche», pensó Asha.

—¡Siete! —anunció Lenguamarga, pero a su lado, Lorren Hachalarga se revolcaba con una pierna retorcida bajo el cuerpo, y las sombras seguían atacando entre aullidos.

«Luchamos contra la vegetación —se dijo Asha al tiempo que mataba a un hombre que llevaba más hojas que ningún árbol de los alrededores. La idea la hizo reír, y su carcajada atrajo a más lobos, a los que mató, y casi le entraron ganas de empezar a contarlos ella también—. Soy una mujer casada; este es mi retoño.» Clavó el puñal en el pecho de un norteño, a través de las pieles, la lana y el cuero endurecido. Sus rostros estaban tan cerca que le llegó el hedor de su aliento rancio, y la mano del hombre se había cerrado en torno a su cuello. Asha sintió como el hierro resbalaba contra el hueso cuando tropezó contra una costilla y pasó por debajo. El norteño se estremeció y murió. Cuando lo soltó se sentía tan débil que casi cayó sobre él.

Al cabo de un instante estaba con Qarl, espalda contra espalda, los dos rodeados de gruñidos y maldiciones, de hombres valientes que se arrastraban por las sombras y llamaban a su madre entre sollozos. Un arbusto cargó contra ella con una lanza suficientemente larga para atravesarla y ensartar también a Qarl.

«Sería mejor que morir sola», pensó; pero su primo Quenton mató al lancero antes de que la alcanzara. Justo después, otro arbusto mató a Quenton de un hachazo en la nuca.

—¡Nueve, y malditos seáis todos! —gritó Lenguamarga tras ella.

La hija de Hagen salió desnuda de entre los árboles, con dos lobos pisándole los talones. Asha consiguió arrancar un hacha arrojadiza y alcanzó a uno por la espalda. Cuando cayó, la hija de Hagen se arrodilló junto a él, le cogió la espada, mató al segundo y se levantó de nuevo, llena de sangre y barro, con la larga cabellera roja suelta, dispuesta a entrar en combate.

En algún momento de la batalla, Asha había perdido de vista a Qarl, a Tris, a todos. También había perdido el puñal y todas las hachas arrojadizas, pero tenía en la mano una espada, una espada corta de hoja ancha, casi un machete. Ni bajo tortura habría sabido decir de dónde la había sacado. Le dolía el brazo; la boca le sabía a sangre; le temblaban las piernas, y haces de luz clara del amanecer se filtraban entre las ramas de los árboles.

«¿Tanto tiempo ha durado? ¿Cuánto llevamos luchando?»

Su último adversario había sido un norteño que luchaba con hacha, un gigantón calvo y barbudo con una cota de anillas oxidadas que denotaba su condición de jefe o cabecilla. No le hizo ninguna gracia ver que se enfrentaba a una mujer.

—¡Puta! —rugía con cada ataque; su saliva le salpicaba las mejillas—. ¡Puta! ¡Puta!

Asha también quería gritar, pero tenía la garganta tan seca que no le salían más que gruñidos. El hacha le estaba destrozando el escudo; agrietaba la madera al bajar y arrancaba largas astillas cuando la alzaba de nuevo. Pronto no le quedarían más que virutas en el brazo. Retrocedió, se deshizo de los restos del escudo, retrocedió unos pasos más y bailó a izquierda y derecha para esquivar los hachazos.

Y de pronto se encontró con la espalda contra un árbol; ya no podía bailar más. El lobo levantó el hacha por encima de su cabeza para partir en dos la de Asha, que trató de echarse hacia la derecha, pero tenía los pies atrapados en las raíces. Se retorció, perdió el equilibrio y el hacha le rozó la sien con un chirrido de acero contra acero. El mundo se tornó rojo, luego negro, luego rojo otra vez. El dolor le subió por la pierna como un rayo.

—Maldita puta —oyó decir al norteño, muy lejos, mientras alzaba el hacha para asestar el golpe que acabaría con ella.

En aquel momento sonó una trompeta.

«No es posible —pensó—. En las estancias acuosas del Dios Ahogado no hay trompetas. Bajo las olas, las pescadillas aclaman a su señor haciendo sonar caracolas.»

Soñó con corazones rojos que ardían y con un venado negro de astas llameantes en un bosque dorado.

Tyrion

Cuando llegaron a Volantis, el cielo ya estaba amoratado por el oeste y negro por el este, y las estrellas empezaban a aparecer.

«Las mismas estrellas que en Poniente —reflexionó Tyrion Lannister. Eso lo habría reconfortado de no encontrarse atado como un pollo y amarrado a una silla de montar. Ya había dejado de debatirse; los nudos estaban demasiado apretados, de modo que optó por quedarse inerte como un saco de harina—. Así ahorro energía», pensó, aunque no habría sabido decir para qué.

Volantis cerraba las puertas al anochecer, y los guardias de la puerta norte se mostraban impacientes con los rezagados. Se pusieron en la cola detrás de un carro cargado de limas y naranjas. Los guardias dejaron pasar el carro, pero el corpulento ándalo con su caballo de guerra, su espada larga y su cota de malla mereció un segundo vistazo, así que llamaron a un capitán. Mientras este intercambiaba unas palabras en volantino con el caballero, un guardia se quitó el guantelete con forma de garra y frotó la cabeza de Tyrion.

—Rezumo buena suerte —le dijo el enano—. Tú libérame, amigo mío, y te aseguro que serás recompensado.

—Guárdate las mentiras para los que hablen tu idioma, Gnomo —le dijo su captor cuando los volantinos los dejaron pasar.

Habían reemprendido la marcha para cruzar la puerta y atravesar la impresionante muralla de la ciudad.

—Vos sí que habláis mi idioma. ¿Puedo conmoveros con promesas, o ya habéis decidido compraros un señorío con mi cabeza?

—Ya he sido señor, y por derecho de nacimiento. No me interesan los títulos vacíos.

—Pues es lo único que le vais a sacar a mi querida hermana.

—Anda, y yo que tenía entendido que un Lannister siempre paga sus deudas.

—Hasta la última moneda, no lo dudéis..., pero ni una más. Se os servirá la comida que negociasteis, pero no estará aderezada con gratitud y a la larga no os aprovechará.

—A lo mejor, lo único que quiero es que pagues por tus delitos. Aquel que mata a la sangre de su sangre queda maldito a ojos de los dioses y de los hombres.

—Los dioses están ciegos y los hombres ven lo que quieren.

—Yo te veo perfectamente, Gnomo. —La voz del caballero había adquirido de pronto un matiz oscuro—. He hecho cosas de las que no estoy orgulloso, cosas que sumieron en la ignominia mi casa y el apellido de mi padre... pero ¿matar al hombre que te engendró? ¿Cómo pudiste hacer semejante cosa?

—Dadme una ballesta, bajaos los calzones y os lo enseñaré. —«Y de muy buena gana.»

—¿Te parece que esto es una broma?

—La vida me parece una broma. La mía, la vuestra... La de todo el mundo.

Tras atravesar la muralla y entrar en la ciudad pasaron a caballo junto a casas gremiales, mercados y casas de baños. En el centro de amplias plazas, fuentes cantarinas salpicaban a los hombres que, sentados en torno a mesas de piedra, jugaban al *sitrang* al tiempo que bebían vino en copas altas, mientras los esclavos encendían los faroles ornamentados para mantener a raya la oscuridad. A lo largo de la calle empedrada crecían palmeras y cedros, y en cada intersección había un monumento. El enano advirtió que muchas estatuas carecían de cabeza, pero hasta esas resultaban imponentes a la luz violácea del ocaso.

A medida que el caballo se dirigía hacia el sur a lo largo del río, los comercios fueron haciéndose más pequeños y míseros, y los árboles que bordeaban la calle se convirtieron en una hilera de tocones. Bajo los cascos de su caballo, el empedrado dejó paso a la gramilla, y después, a un lodo blando y húmedo color caca de bebé. Los pequeños puentes que cruzaban los arroyuelos que discurrían hacia el Rhoyne crujían de manera alarmante bajo su peso. En el lugar donde otrora se alzaba un fuerte que dominaba el río no quedaba más que una puerta rota que se abría como una boca desdentada de anciano, mientras las cabras los miraban desde las almenas.

«Antigua Volantis, primogénita de Valyria —pensó el enano—. Orgullosa Volantis, soberana del Rhoyne y amante del mar del Verano, hogar de nobles señores y hermosas damas del más rancio linaje. —Mejor no pensar en las bandas de críos desnudos que pulularían por los callejones y gritaban con vocecita aguda, ni en los jaques apostados a las puertas de las tascas, siempre con la mano cerca del puño de la espada, ni en los esclavos encorvados con las mejillas tatuadas que corretearían de aquí para allá como cucarachas—. Poderosa Volantis, la más grande y populosa de las Nueve Ciudades Libres. —Las largas guerras habían despoblado buena parte de la ciudad, y amplias zonas de Volantis se estaban hundiendo en el lodo sobre el que se construyeron—. Hermosa

Volantis, ciudad de fuentes y flores.» Pero la mitad de las fuentes se había secado y casi todos los estanques estaban agrietados o llenos de agua hedionda. Las enredaderas trepaban por cualquier grieta de los muros o la calzada, y en tiendas abandonadas y en los templos sin tejado habían arraigado árboles nuevos.

Además estaba el olor que pendía en el aire cálido y húmedo, un olor denso, penetrante y repulsivo.

«Con un toque de pescado, y de flores, y matices de estiércol de elefante. Algo dulzón, algo de olor a tierra, y algo muerto y podrido.»

—Esta ciudad huele a puta vieja —anunció Tyrion—. Como cuando una fulana sucia se remoja sus partes en perfume para disimular el hedor que tiene entre las piernas. No es que me queje, claro. En cuestión de putas, las jóvenes huelen mejor, pero las viejas se saben más trucos.

—De eso entiendes más que yo.

—Claro, claro. ¿Os acordáis del burdel donde nos conocimos? Seguro que entrasteis porque creíais que era un septo, ¿no? La que se contoneaba en vuestro regazo era vuestra hermana virgen, seguro.

—Contén la lengua o te la hago un nudo —replicó, malhumorado.

· Tyrion se tragó la réplica. Aún tenía el labio hinchado de la última vez que se había pasado de la raya con el corpulento caballero.

«Las manos grandes y el humor pequeño hacen mala pareja. —Al menos eso había descubierto en el camino de Selhorys. Volvió a pensar en su bota, en las setas que guardaba en la punta. Su secuestrador no lo había registrado tan a fondo como habría debido—. Siempre me queda esa salida. Al menos, Cersei no me cogerá vivo.»

Más al sur reaparecían los indicios de prosperidad. No había tantos edificios abandonados; los niños desnudos desaparecieron y en las puertas se veían jaques de ropa más suntuosa. Hasta vieron posadas que parecían aptas para pasar una noche sin temor a amanecer con el cuello rajado. El camino del río estaba iluminado por faroles que colgaban de puntales de hierro y se mecían con el viento. Las calles eran más anchas, y los edificios, más imponentes, algunos incluso tenían cúpulas acristaladas. Anochecía, y los fuegos que ardían bajo ellas brillaban azules, rojos, verdes y violáceos. Pese a todo, en el aire flotaba algo que desasosegaba a Tyrion. Sabía que, al oeste del Rhoyne, los puertos de Volantis estaban llenos de marineros, esclavos y mercaderes, y las tabernas, posadas y burdeles los acogían. En cambio, al este del río no había apenas forasteros de allende los mares.

«Aquí no nos quieren», comprendió el enano.

La primera vez que pasaron junto a un elefante, Tyrion no pudo contenerse y se quedó mirándolo. Cuando era niño había un elefante en la casa de fieras de Lannisport, pero el animal murió cuando él tenía siete años, y además, aquel gigante gris era el doble de grande.

Más adelante les tocó ir tras un elefante de menor tamaño, blanco como un hueso viejo, que tiraba de un carromato ornamentado.

—¿Un carro de bueyes sigue siendo un carro de bueyes si no tiene bueyes? —preguntó a su secuestrador.

Su ingenio no obtuvo respuesta, de modo que volvió a refugiarse en el silencio para contemplar la grupa bamboleante del elefante blanco enano que los precedía.

Volantis estaba atestada de elefantes blancos enanos. A medida que se acercaban a la Muralla Negra y a los populosos barrios más cercanos al puente Largo vieron al menos una docena. Los grandes elefantes grises, aquellos gigantes con castillos en el lomo, también abundaban, y a la escasa luz del anochecer, los carros de estiércol y los esclavos semidesnudos que los llevaban ya estaban consagrados a su tarea de cargar los humeantes montones que habían dejado los elefantes grandes y pequeños. Enjambres de moscas seguían los carros, por lo que los esclavos del estiércol tenían moscas tatuadas en las mejillas para denotar su misión.

«He aquí una buena profesión para mi querida hermana —pensó Tyrion—. Estaría preciosa con una palita en las manos y moscas tatuadas en sus bellas mejillas sonrosadas.»

Por aquella zona tenían que avanzar con extremada lentitud. El tráfico era denso en el camino del río y casi todo se dirigía hacia el sur. El caballero se incorporó a la riada de viajeros, como un tronco atrapado por la corriente. Tyrion examinó a la muchedumbre: nueve de cada diez viandantes llevaban marcas de esclavitud en las mejillas.

—Cuántos esclavos. ¿Adónde van?

Los sacerdotes rojos encienden las hogueras al anochecer. El sumo sacerdote va a hablar. Si pudiera evitarlo, no pasaríamos por el templo rojo, pero no hay otra manera de llegar al puente Largo.

Tres manzanas más adelante, la calle se ensanchaba para crear una gigantesca plaza iluminada por antorchas, y allí lo vio.

«Los Siete nos guarden, es tres veces más grande que el Gran Septo de Baelor.» El templo del Señor de Luz, una monstruosidad de columnas, peldaños, arbotantes, contrafuertes, cúpulas y torres, todo unido como si lo hubieran tallado en una única roca colosal, se alzaba como la Colina Alta de Aegon. Sus fachadas lucían un millar de tonos de rojo, amarillo, naranja y dorado, que se mezclaban y se fundían como nubes al anochecer. Sus esbeltas torres arañaban el cielo como llamaradas detenidas en el tiempo.

«Fuego hecho piedra.» A los lados de la escalinata del templo ardían hogueras gigantescas y, entre ellas, el sumo sacerdote había empezado a hablar.

«Benerro.» El sacerdote usaba de pedestal una ancha columna de piedra roja, unida por un esbelto puente de piedra a la terraza elevada donde aguardaban los sacerdotes de menor rango y los acólitos. Estos últimos iban ataviados con túnicas amarillo claro y naranja vivo, mientras que los sacerdotes y las sacerdotisas vestían de rojo. En la gran plaza que se extendía ante ellos no cabía ni un alfiler. Muchos fieles llevaban una tira de tela roja prendida en la manga o atada alrededor de la cabeza. Todos los ojos estaban clavados en el sumo sacerdote, excepto los de ellos dos.

—Abrid paso —gruñó el caballero mientras su caballo trataba de abrirse paso por la multitud.

Los volantinos lo dejaron pasar, pero con miradas resentidas y furiosas.

La voz estentórea de Benerro llenaba el lugar. Era alto y delgado, con el rostro demacrado y la piel blanca como la leche. Llamas tatuadas le cubrían las mejillas, la barbilla y la cabeza rapada, creando una llamativa máscara roja que crepitaba alrededor de los ojos y serpenteaba hacia abajo, alrededor de la boca sin labios.

—¿Es un tatuaje de esclavo? —quiso saber Tyrion.

—El templo rojo los compra de niños y los hace sacerdotes, guerreros o putas —convino el caballero—. Mira. —Señaló los peldaños, donde una hilera de hombres con armadura ornamentada y capa naranja montaban guardia ante las puertas del templo. Las lanzas que esgrimían tenían la punta en forma de llama—. La Mano de Fuego, los soldados sagrados del Señor de Luz, defensores del templo.

«Caballeros de fuego.»

—¿Cuántos dedos tiene esta mano?

—Un millar. Nunca más y nunca menos. Cada vez que se apaga una llama se enciende una nueva.

Benerro agitó un dedo en el aire, cerró el puño y extendió los brazos con las manos abiertas. Cuando alzó la voz, de los dedos salieron llamaradas que arrancaron gritos de la multitud. El sacerdote se las arregló incluso para dibujar letras de fuego en el aire.

«Glifos valyrios.» Tyrion reconocía uno o dos de cada diez. Uno significaba «maldición», y el otro, «oscuridad».

La multitud prorrumpió en gritos. Las mujeres lloraban y los hombres agitaban los puños en el aire.

«Esto me da mala espina. —El enano recordó el día en que Myrcella zarpó hacia Dorne y la turba que se aglomeró mientras volvían a la Fortaleza Roja. Haldon Mediomaestre había pensado en utilizar al sacerdote rojo para la causa de Grif el Joven, pero después de verlo en persona, a Tyrion no le parecía una idea muy sensata. Con un poco de suerte, Grif tendría más sentido común—. Hay aliados más peligrosos que los enemigos, pero lord Connington tendrá que resolver este enigma él solito. Yo no tardaré en ser una cabeza en la punta de una pica.»

El sacerdote señaló la Muralla Negra, que se alzaba tras el templo, y apuntó hacia las almenas, desde donde lo contemplaba un grupo de guardias protegidos con armaduras.

—¿Qué dice? —preguntó Tyrion al caballero.

—Que Daenerys está en peligro. El ojo oscuro ha caído sobre ella, y los lacayos de la noche traman su destrucción; rezan a sus falsos dioses en templos de engaños y conspiran para traicionarla con forasteros sin dios.

«El príncipe Aegon no encontrará muchos amigos aquí. —A Tyrion se le pusieron los pelos de punta. El sacerdote rojo pasó a hablar de una antigua profecía, la promesa de la llegada de un héroe que libraría al mundo de la oscuridad—. Un héroe, no dos. Daenerys tiene dragones, y Aegon, no. —No le hacía ninguna falta ser profeta para saber cómo reaccionarían Benerro y sus seguidores ante la aparición de un segundo Targaryen—. Grif también se dará cuenta, seguro», pensó, no sin dejar de sorprenderse de que le importase tanto.

El caballero había logrado abrirse camino por el gentío casi hasta el fondo de la plaza, ajeno a los insultos que les dedicaban a su paso. Un hombre se colocó justo ante ellos, pero el secuestrador echó mano de la espada y la desenvainó lo justo para enseñar un palmo de acero. El hombre desapareció al instante, y ante ellos se abrió un pasillo como por arte de magia. El caballero puso su montura al trote y salieron de la muchedumbre. Tyrion siguió oyendo un rato la voz de Benerro, cada vez más lejana a sus espaldas, y los repentinos rugidos atronadores que provocaban de vez en cuando sus palabras.

Llegaron a un establo, donde el caballero desmontó y a continuación aporreó la puerta hasta que acudió a toda prisa un esclavo demacrado con una cabeza de caballo tatuada en la mejilla. Bajaron al enano de la silla sin miramientos y lo ataron a un poste, y el secuestrador fue a despertar al dueño del establo para regatear el precio del caballo y la silla.

«Sale más a cuenta vender el caballo que llevárselo en barco al otro lado del mundo.» Tyrion vio un barco en su futuro inmediato. Tal vez sí que tuviera algo de profeta.

Tras la negociación, el caballero se echó al hombro las armas, el escudo y las alforjas, y preguntó por la herrería más cercana. También la encontraron cerrada, pero las puertas no tardaron en abrirse a los gritos del caballero. El herrero miró a Tyrion de reojo, asintió y aceptó un puñado de monedas.

—Ven aquí —ordenó el caballero a Tyrion. Sacó el puñal y le cortó las ataduras.

—Os lo agradezco —dijo el prisionero frotándose las muñecas; pero el caballero se echó a reír.

—Guárdate la gratitud para quien la merezca, Gnomo. Lo que viene ahora no te va a hacer la menor gracia.

Estaba en lo cierto.

Las esposas eran de hierro negro, grandes y gruesas, y cada una pesaba sus dos buenas libras, o eso calculó el enano. Las cadenas añadían más peso aún.

—Debo de ser más temible de lo que me imaginaba —confesó Tyrion mientras le cerraban a martillazos el último eslabón. Cada golpe le repercutía en todo el brazo, hasta el hombro—. ¿O tenéis miedo de que escape con estas piernecitas atrofiadas?

El herrero ni siquiera se molestó en apartar la vista de lo que tenía entre manos, pero el caballero soltó una risita enigmática.

—Lo que me preocupa es tu lengua, no tus piernas. Con cadenas serás un esclavo y no te escuchará nadie, ni siquiera los que hablen el idioma de Poniente.

—Esto es innecesario —protestó Tyrion—. Seré un prisionerito bueno, de verdad de la buena.

—Pues demuéstralo: cierra el pico.

Tyrion obedeció; inclinó la cabeza, se mordió la lengua y dejó que le encadenara muñeca con muñeca y tobillo con tobillo.

«Puñeteros trastos, pesan más que yo. —Al menos seguía respirando, porque su secuestrador podría haber optado por cortarle la cabeza. Al fin y al cabo, era lo único que Cersei pedía de él. El primer error del caballero había consistido en no cortársela de entrada—. Hay medio mundo entre Volantis y Desembarco del Rey, y en el camino pueden pasar muchas cosas.»

Hicieron el resto del trayecto a pie, acompañados por el tintineo de las cadenas de Tyrion, que se afanaba por seguir las zancadas largas e impacientes de su secuestrador. Cada vez que se rezagaba, el caballero lo cogía por los grilletes y le daba un brusco tirón hasta que el enano tropezaba y saltaba.

«Podría ser peor. Podría usar el látigo.»

Volantis estaba erigida a horcajadas sobre una desembocadura del Rhoyne, donde el río besaba el mar, y el puente Largo unía sus dos mitades. La parte más antigua y rica de la ciudad se alzaba al este del río, pero allí no gustaban de la presencia de mercenarios, bárbaros ni vulgares forasteros, de modo que debían cruzar hacia el oeste. La entrada del puente Largo era un arco de piedra negra con tallas de esfinges, mantícoras, dragones y otras criaturas aún más extrañas. Al otro lado del arco comenzaba la magna estructura que habían construido los valyrios en su apogeo, el camino de piedra fundida apoyado en pilares gigantescos. Su anchura permitía a duras penas el paso de dos carros a la vez, de modo que, cuando un vehículo lo cruzaba en dirección este y otro en dirección oeste, ambos se veían obligados a avanzar a paso de tortuga.

Por suerte, ellos iban a pie. Al poco de caminar por el puente se toparon con un carromato cargado de melones cuyas ruedas se habían enganchado con las de otro de alfombras de seda, y entre los dos habían interrumpido todo el tráfico rodado. Buena parte de los caminantes también se habían detenido para ver a los conductores gritarse e insultarse, pero el caballero agarró a Tyrion por la cadena y se abrió paso a la fuerza. Un niño trató de quitarle la bolsa de las monedas, pero un buen codazo lo impidió y, de paso, le aplastó la nariz y le llenó la cara de sangre al ladronzuelo.

A ambos lados se alzaban edificios de lo más diverso: tiendas, templos, tabernas, posadas, locales para jugar al *sitrang* y burdeles. Casi todos eran de tres o cuatro pisos, con niveles que sobresalían cada vez más, de forma que los más altos parecían besarse. Cruzar el puente era como pasar por un túnel iluminado con antorchas. Había puestos y tenderetes de todo tipo; tejedores y encajeros exhibían sus productos junto a los cereros y las pescaderas que vendían anguilas y ostras. Cada orfebre tenía un guardia ante su puerta, y cada especiero, dos, ya que su mercancía valía el doble. Aquí y allá, entre las tiendas, el viajero atisbaba durante un instante el río que estaba cruzando: hacia el norte, el Rhoyne era una franja negra que reflejaba las estrellas, cinco veces más ancho que el Aguasnegras a su paso por Desembarco del Rey. Al sur del puente, el río se abría para fundirse con el mar.

En la parte central del puente colgaban de ganchos de hierro, como ristras de cebollas, manos cortadas de ladrones y rateros. También se exhibían tres cabezas, dos de hombre y una de mujer, cuyos crímenes aparecían detallados en las placas visibles bajo ellas. Un par de lanceros que lucían yelmo brillante y cota de malla se encargaban de vigilarlas. Los dos tenían tatuadas en las mejillas rayas de tigre verdes como el jade. De cuando en cuando agitaban la lanza para espantar a los cernícalos, las gaviotas y las cornejas negras que rondaban a los muertos. Los pájaros se marchaban, pero no tardaban en volver.

—¿Qué hicieron esos? —preguntó Tyrion con toda inocencia.

El caballero leyó las inscripciones.

—La mujer era una esclava que le levantó la mano a su señora. Al viejo lo acusaron de fomentar la rebelión y espiar para la reina dragón.

—¿Y el joven?

—Mató a su padre.

Tyrion dedicó un segundo vistazo a la cabeza podrida.

«¡Si casi parece que sonría!» Poco más adelante, el caballero se detuvo para fijarse en una tiara engastada con piedras preciosas que se exhibía sobre terciopelo morado. Pasó de largo, pero a los pocos pasos volvió a detenerse para regatear por unos guantes en el tenderete de un curtidor. Tyrion agradecía los descansos: el ritmo implacable lo tenía agotado, y las esposas le habían dejado las muñecas en carne viva.

Al otro lado del puente Largo, solo tuvieron que recorrer un corto trecho entre los populosos barrios del puerto de la orilla oeste y bajar por calles iluminadas por antorchas, repletas de marineros, esclavos y jaraneros. Un elefante pasó junto a ellos, cargado con una docena de esclavas medio desnudas que saludaban desde el castillo del lomo y provocaban a los transeúntes con atisbos de sus senos y gritos de «Malaquo, Malaquo». Formaban un espectáculo tan cautivador que Tyrion estuvo a punto de meterse en un humeante montón de excrementos que el elefante había dejado a su paso. Se libró en el último momento, y solo porque el caballero lo apartó de un tirón tan fuerte que lo hizo trastabillar.

—¿Falta mucho? —preguntó el enano.

—Es ahí, en la plaza del Pescado.

Resultó que su destino era la Casa del Mercader, una monstruosidad de cuatro pisos edificada entre los almacenes, burdeles y tabernas de la orilla como un gigantón obeso rodeado de niños. La sala común era más grande que el salón principal de la mitad de los castillos de Poniente: un laberinto penumbroso con un centenar de rincones privados y nichos ocultos, cuyas vigas ennegrecidas y techos agrietados retumbaban con el estruendo de marineros, comerciantes, cambistas, armadores y esclavistas, todos mintiendo, maldiciendo y engañándose en cincuenta idiomas diferentes.

A Tyrion le gustó la elección del alojamiento. La *Doncella Tímida* llegaría a Volantis más tarde o más temprano, y aquella era la posada más grande de la ciudad, la favorita de navieros, capitanes y mercaderes. En la sala común se cerraban muchos negocios; era algo que se sabía de Volantis. Cuando Grif llegara allí con Pato y Haldon, él volvería a ser libre.

Entretanto debía ser paciente. Más tarde o más temprano llegaría su oportunidad.

Las habitaciones de los pisos superiores eran mucho menos imponentes, sobre todo las baratas de la cuarta planta. La que cogió su secuestrador estaba embutida en una esquina y era abuhardillada. Tenía una tambaleante cama de plumas que olía mal y un suelo de madera tan inclinado que le recordó demasiado vivamente su estancia en el Nido de Águilas.

«Por lo menos esta habitación tiene paredes.» También tenía ventanas, que eran su único lujo aparte de la argolla incrustada en la pared, muy útil para sujetar a los esclavos. Su secuestrador se detuvo el tiempo justo para encender una vela de sebo antes de encadenar a Tyrion a la argolla.

—¿Por qué? —protestó el enano mientras oponía una resistencia simbólica—. ¿Por dónde queréis que huya? ¿Por la ventana?

—Podrías.

—Estamos en el cuarto piso y no sé volar.

—Pero puedes caerte, y te quiero vivo.

«Ya lo veo, lo que no sé es por qué. A Cersei le da igual.» Tyrion sacudió las cadenas.

—Sé quién sois. —Tampoco le había resultado tan difícil deducirlo: el oso que llevaba bordado en el jubón, su escudo de armas, el señorío perdido que había mencionado...—. Sé qué sois. Y si vos sabéis quién soy, también sabréis que fui mano del rey y formé parte del Consejo, con la Araña. ¿Os sorprendería saber que fue el eunuco quien me hizo emprender este viaje? —«Junto con Jaime, pero a mi hermano mejor no lo meto en esto»—. Soy obra suya, igual que vos. No deberíamos enfrentarnos.

—Acepté el oro de la Araña, no lo niego, pero nunca fui obra suya. —El caballero no parecía nada complacido ante la comparación—. Además, ahora guardo lealtad a otra persona.

—¿A Cersei? No seáis idiota. Lo único que pide mi hermana es mi cabeza, y esa espada que lleváis parece bien afilada. ¿Por qué no acabáis ahora mismo con esta pantomima y así nos ahorramos todos los malos ratos?

—¿Qué es esto? ¿Un truco de enano? —El caballero rio—. ¿Suplicas la muerte con la esperanza de que te deje vivir? —Se dirigió a la puerta—. Te traeré algo de la cocina.

—Qué amable por vuestra parte. Aquí os espero.

—Ya lo sé.

El caballero salió y cerró la puerta con una gran llave de hierro. Las cerraduras de la Casa del Mercader tenían fama de resistentes.

«Este lugar es tan seguro como una mazmorra —pensó el enano con amargura—, pero al menos quedan las ventanas. —Sabía que sus posibilidades de zafarse eran nulas, pero se sintió obligado a intentarlo. Los esfuerzos que hizo para sacar una mano de las esposas solo le sirvieron para arañarse más la piel y dejarse la muñeca pegajosa de sangre, y sus esfuerzos y tirones no bastaron para mover la argolla de la pared—. A la mierda. —Se dejó caer tanto como le permitieron las cadenas, porque empezaba a tener calambres en las piernas; iba a pasar una noche infernal—. La primera de muchas, sin duda.»

La habitación resultaba sofocante, por lo que el caballero había abierto los postigos para que corriera algo de brisa. Al estar en una esquina del edificio, bajo el alero, contaba con el lujo de dos ventanas: una daba al puente Largo y, al otro lado del río, a la muralla negra del corazón de la Antigua Volantis; la otra se abría a la plaza del Pescado, como la había llamado Mormont. Las cadenas estaban muy tirantes, pero si Tyrion se ladeaba y dejaba que la argolla de hierro cargara con todo su peso, alcanzaba a verla.

«No sería una caída tan espantosa como la de las celdas del cielo de Lysa Arryn, pero acabaría igual de muerto. No sé, si estuviera borracho...»

Pese a lo avanzado de la noche, la plaza estaba abarrotada de marineros juerguistas, putas en busca de clientes y comerciantes que se dedicaban a sus negocios. Una sacerdotisa roja la cruzó con paso apresurado, seguida por una docena de acólitos que portaban antorchas y cuyas túnicas se les enredaban en los tobillos. Poco más allá había dos jugadores de *sitrang* enzarzados en guerra a muerte ante una taberna. Junto a su mesa había un esclavo que sostenía un farol. A oídos de Tyrion llegó el cántico de una mujer; no entendió la letra, pero la melodía era apacible y triste.

«Si supiera lo que canta, a lo mejor me haría llorar.» Más cerca se había congregado una multitud en torno a un par de malabaristas que se lanzaban antorchas encendidas.

Su secuestrador no tardó en volver con dos jarras de cerveza y un pato asado. Cerró la puerta de una patada, partió el pato en dos con las manos y le lanzó la mitad a Tyrion. El enano lo habría pillado en el aire, pero las cadenas le cortaron el movimiento cuando trató de levantar los brazos. El ave lo acertó en la sien y le bajó, cálida y grasienta, por la cara, y tuvo que acuclillarse y estirarse para cogerla haciendo tintinear las cadenas. Lo consiguió al tercer intento, y se llevó el pato a la boca con alegría.

—¿Qué tal un poco de cerveza para pasarlo? —Mormont le tendió una jarra—. La mitad de Volantis se ha emborrachado ya; no veo por qué vas a ser menos.

La cerveza era dulce y afrutada; Tyrion bebió un buen trago y soltó un alegre eructo. La jarra era de peltre, muy pesada.

«Me acabo la cerveza y le tiro la jarra. Si tengo suerte, le rompo la cabeza. Si tengo mucha, mucha suerte, fallo y me mata de una paliza.» Bebió otro trago.

—¿Es fiesta o algo así? —preguntó.

—Tercer día de elecciones, que duran diez. Diez días de locura: desfiles con antorchas, discursos, titiriteros, comediantes, bailarines, jaques que luchan a muerte en duelos de honor por sus candidatos, elefantes con los nombres de los aspirantes a triarca pintados en el lomo... Esos malabaristas actúan patrocinados por Methyso.

—Pues votaré por otro. —Tyrion se lamió la grasa de los dedos. En la plaza, la multitud lanzaba monedas a los malabaristas—. ¿Todos esos candidatos patrocinan espectáculos?

—Hacen lo que sea con tal de conseguir votos —replicó Mormont—. Comida, bebida, espectáculos... Alios ha puesto en las calles a un centenar de hermosas esclavas para que complazcan a los votantes.

—Me ha convencido —decidió Tyrion—. Traedme a una de esas esclavas.

—Son para los volantinos libres y con propiedades. Al oeste del río no verás muchos votantes.

—¿Y esto dura diez días? —rio Tyrion—. Suena bien, aunque con tres reyes tengo la sensación de que sobran dos. Intento imaginarme gobernando los Siete Reinos junto con mi bella hermana y mi querido hermano. Uno de nosotros mataría a los otros dos en menos de un año. Me sorprende que esos triarcas no hagan lo mismo.

—Algunos lo han intentado, pero puede que los volantinos sean más listos que los ponientis. En Volantis han pasado cosas absurdas, pero nunca han tenido que aguantar a un niño triarca. Cuando sale elegido un loco, los otros dos lo controlan hasta que acaba su año de mandato. Imagina cuántos muertos seguirían con vida si Aerys el Loco hubiera tenido que compartir el poder con otros dos reyes.

«Y en vez de eso tuvo a mi padre», pensó Tyrion.

—En las Ciudades Libres hay quien opina que al otro lado del mar Angosto somos todos unos salvajes —prosiguió el caballero—. Y otros dicen que somos como niños que necesitamos un padre con mano dura.

—¿Valdría la mano de una madre? —«A Cersei le encantaría el consejo, sobre todo si se lo llevas acompañado de mi cabeza»—. Por lo visto conocéis bien esta ciudad.

—Viví aquí casi un año. —El caballero apuró los restos del fondo de la jarra—. Cuando Stark me obligó a exiliarme, hui a Lys con mi segunda esposa. Braavos habría sido mejor, pero Lynesse quería que fuéramos a algún lugar cálido. En lugar de servir a los braavosi, luché contra ellos en el Rhoyne, pero mi esposa gastaba diez monedas de plata por cada una que yo ganaba, así que cuando volví a Lys me encontré con que ella tenía un amante, que me dijo que me venderían como esclavo para saldar mis deudas a menos que se la entregara y me marchara de la ciudad. Así fue como llegué a Volantis, con la amenaza de la esclavitud, sin más posesiones que la espada y la ropa que llevaba puesta.

—Pero ahora queréis volver a casa.

—Mañana mismo buscaré pasaje en un barco. —El caballero apuró la cerveza—. La cama es para mí; tú quédate con el trozo de suelo que te permitan las cadenas. Duerme si puedes, y si no, piensa en tus delitos. Eso te tendrá entretenido hasta el amanecer.

«Tú también tienes delitos de los que arrepentirte, Jorah Mormont», pensó el enano; pero le pareció más prudente no decirlo.

Ser Jorah colgó el cinto de la espada del poste de la cama, se liberó de las botas, se sacó la cota de malla por encima de la cabeza y se quitó la ropa interior de lana y cuero con manchas de sudor para dejar al descubierto un torso fornido lleno de cicatrices y vello oscuro.

«Si pudiera desollarlo, vendería esa pelambre para hacer una capa de piel», pensó Tyrion mientras Mormont se refugiaba en la maloliente comodidad de su combado lecho de plumas.

El caballero no tardó en empezar a roncar, con lo que el prisionero se quedó a solas con sus cadenas. Las dos ventanas estaban abiertas, así que la luz de la luna, aunque menguante, bañaba toda la habitación. De la plaza llegaban los sonidos más diversos: retazos de canciones de borrachos, el maullido de un gato en celo, el entrechocar lejano del acero contra el acero...

«Alguien está a punto de morir.»

Le dolía la muñeca allí donde se había desgarrado la piel, y las cadenas le impedían sentarse, cuánto más acostarse. Lo mejor que pudo hacer fue girarse para quedar apoyado contra la pared, y al poco perdió toda sensibilidad en las manos. Se movió para buscar alivio a la tensión, y la sangre volvió a circular entre aguijonazos de dolor. Tuvo que apretar los dientes para no gritar. ¿Cuánto había sufrido su padre cuando se le clavó la saeta en la ingle? ¿Y Shae, cuando retorció la cadena en torno a su cuello mentiroso? ¿Y Tysha, cuando la violaron? El dolor que sentía él no era nada en comparación, pero no por eso sufría menos.

«Que pare, por favor, que pare.»

Ser Jorah se había puesto de lado, de modo que Tyrion solo le veía la ancha espalda, peluda y musculosa.

«Aunque pudiera soltarme, tendría que pasar por encima de él para llegar al cinto de la espada. A lo mejor, si pudiera cogerle el puñal... —¿O tal vez sería mejor intentarlo con la llave? Podía abrir la puerta, bajar con sigilo las escaleras y cruzar la sala común...—. Y luego ¿qué? ¿Adónde? No tengo amigos ni dinero, ni siquiera hablo el idioma de este lugar.»

Al final, el agotamiento pudo más que el dolor y Tyrion se sumió en un sueño inquieto; pero gritaba y se estremecía en sueños cada vez que un calambre le recorría la pantorrilla. Se despertó con los músculos doloridos y se encontró con que la luz de la mañana entraba por las ventanas, clara y dorada como la melena del león de los Lannister. Desde abajo llegaban los gritos de los pescaderos y el traqueteo de las ruedas de hierro contra el empedrado. Jorah Mormont estaba junto a él.

—Si te suelto de la argolla, ¿harás lo que te diga?

—Cualquier cosa menos bailar. Bailar me resultaría muy difícil, porque no siento las piernas. Puede que se me hayan caído. Por lo demás, soy todo vuestro; lo juro por mi honor de Lannister.

—Los Lannister no tienen honor.

Pese a todo, ser Jorah le soltó las cadenas, y Tyrion consiguió dar dos pasos vacilantes antes de caerse. El dolor que sintió cuando la sangre volvió a circularle por las manos hizo que le saltaran las lágrimas, y tuvo que morderse el labio.

—No sé adónde vamos, pero tendréis que llevarme rodando.

El corpulento caballero prefirió levantarlo por la cadena de las muñecas, a modo de asa.

La sala común de la Casa del Mercader era un laberinto penumbroso de nichos y reservados, distribuidos en torno a un patio central donde un emparrado de enredaderas en flor proyectaba intricados dibujos en el suelo de baldosas, y el musgo verde y violeta crecía entre las piedras.

Las esclavas corrían de lado a lado y pasaban de la luz a la sombra con frascas de vino, cerveza y una bebida verde helada que olía a menta. A aquella hora de la mañana solo estaba ocupada una mesa de cada veinte.

En una de ellas había un enano de mejillas sonrosadas bien afeitadas, con el pelo castaño rojizo, la frente amplia y la nariz aplastada, con los pies colgando de un taburete alto, que contemplaba con ojos enrojecidos un cuenco de gachas violáceas.

«Qué tío más feo y pequeñajo», pensó Tyrion. El otro enano percibió su mirada. Cuando levantó la vista hacia él se le cayó la cuchara.

—Me ha visto —alertó Tyrion a Mormont.

—¿Y qué?

—Me conoce. Sabe quién soy.

—¿Quieres que te meta en un saco para que no te vea nadie? —El caballero se rozó el puño de la espada—. Si quiere venir a por ti, que lo intente.

«Para que lo mates, claro. No supone ninguna amenaza para un hombretón como tú. No es más que un enano.»

Ser Jorah ocupó una mesa en un rincón tranquilo y pidió comida y bebida. Desayunaron una torta de pan todavía caliente, huevas de pescado rosadas, morcillas con miel y saltamontes fritos, todo ello regado con cerveza negra amarga. Tyrion comió como si no hubiera probado bocado en su vida.

—Tienes buen apetito esta mañana —señaló el caballero.

—Tengo entendido que la comida del infierno es pésima.

Tyrion miró hacia la puerta, por la que acababa de entrar un hombre alto, encorvado, con la barba puntiaguda teñida de un violeta sucio.

«Será un mercader tyroshi.» Se coló un ruido del exterior: graznidos de gaviotas, carcajadas femeninas, los gritos de los pescaderos... Durante un momento le pareció ver a Illyrio Mopatis, pero no era más que un elefante enano que pasaba ante la puerta de la posada.

—¿Esperas a alguien? —Mormont untó de huevas un trozo de pan y le dio un mordisco.

—Nunca se sabe a quién pueden traer los vientos. —Tyrion se encogió de hombros—. A mi amor verdadero, al fantasma de mi padre, un pato... —Se metió un saltamontes en la boca y lo masticó—. No está mal para ser un bicho.

—Anoche no se hablaba de otra cosa que de Poniente. Por lo visto, un señor exiliado ha contratado a la Compañía Dorada para recuperar sus tierras. Muchos capitanes de Volantis viajan ahora mismo río arriba, hacia Volon Therys, para ofrecerle sus barcos.

Tyrion acababa de comerse otro saltamontes y estuvo a punto de atragantarse.

«¿Se burla de mí? ¿Qué puede saber de Grif y de Aegon?»

—Mierda. Yo que pensaba contratar a la Compañía Dorada para recuperar Roca Casterly... —«¿Será un truco de Grif? ¿Estará sembrando falsos rumores?» Aunque también era posible que el guapo principito hubiera mordido el anzuelo. ¿Los habría hecho desviarse hacia el oeste y no hacia el este? ¿Habría renunciado a sus esperanzas de contraer matrimonio con la reina Daenerys? «Eso sería renunciar a los dragones. ¿Grif se lo permitiría?»—. Será un placer contrataros también a vos. Las tierras de mi padre me corresponden por derecho. Entregadme vuestra espada y, cuando las recupere, os bañaré en oro.

—Ya he visto cómo bañaban en oro a alguien, y no, gracias. Si alguna vez tienes mi espada, será porque te la he clavado en las tripas.

—Remedio seguro contra el estreñimiento. Solo tenéis que preguntárselo a mi padre.

Cogió la jarra y bebió un trago muy despacio para esconder cualquier cosa que pudiera delatar su rostro. Tenía que ser una estratagema para acallar las sospechas de los volantinos.

«¿Será el plan de Grif? Hacerse a la mar con falsos pretextos y apoderarse de las naves a continuación. —No era mala idea. La Compañía Dorada contaba con diez mil hombres expertos y disciplinados—. Pero no son marineros. Grif tendría que mantenerlos controlados en todo momento, y si llegaran a la bahía de los Esclavos y tuvieran que luchar...»

La sirvienta se acercó a su mesa.

—La viuda os recibirá ahora, noble señor. ¿Le habéis traído un regalo?

—Sí, gracias. —Ser Jorah le puso una moneda en la mano y le indicó con un gesto que se retirase.

—¿La viuda de quién? —preguntó Tyrion, intrigado.

—La viuda del puerto. Al este del Rhoyne siguen llamándola la puta de Vogarro, pero nunca a la cara.

—¿Quién es Vogarro? —La explicación había dejado al enano como estaba.

—Fue un elefante muy rico, siete veces triarca y toda una autoridad en los muelles. Otros hombres se dedicaban a construir barcos y hacerse a la mar, pero él erigía muelles y almacenes, gestionaba envíos, cambiaba moneda y aseguraba a los navieros contra los peligros del mar. También traficaba con esclavos. Se encaprichó de una esclava de cama entrenada en Yunkai en el camino de los siete suspiros, y se armó un buen escándalo...; pero el escándalo fue aún mayor cuando la liberó y se casó con ella. Después de su muerte, ella siguió con los negocios. Los libertos no pueden vivir tras la Muralla Negra, así que tuvo que vender la mansión de Vogarro y alojarse en la Casa del Mercader. De eso hace treinta y dos años, y aquí sigue hasta la fecha. Es esa que tienes detrás, al otro lado del patio, recibiendo pleitesía ante su mesa habitual. No, no mires. Ahora está acompañada. Cuando acabe nos toca a nosotros.

—¿En qué va a ayudaros esa vieja?

—Ahora verás.

Ser Jorah se levantó, y Tyrion saltó de su silla haciendo tintinear las cadenas.

«Esto va a ser muy instructivo.» La postura de la mujer sentada en su rincón de patio tenía algo de zorruno, igual que había algo de reptiliano en sus ojos. Tenía el pelo blanco tan ralo que se le veía la piel rosada del cráneo, y lucía bajo un ojo las cicatrices que le había dejado el cuchillo al cortar las lágrimas. En la mesa se veían los restos de su desayuno: cabezas de sardinas, huesos de aceitunas y migas de pan. A Tyrion no se le escapó lo bien elegida que estaba su «mesa habitual»: piedra sólida a sus espaldas, un nicho de vegetación a un lado para facilitar entradas y salidas, y una vista perfecta de la puerta principal de la posada, aunque en un lugar tan resguardado por las sombras que ella resultaba prácticamente invisible.

La anciana sonrió en cuanto le puso la vista encima.

—Un enano —ronroneó con voz tan baja como siniestra. Hablaba la lengua común casi sin acento—. Parece que últimamente hay invasión de enanos en Volantis. ¿Este sabe trucos?

«Sí —habría querido responder Tyrion—. Déjame una ballesta y te enseño mi favorito.»

—No —respondió ser Jorah.

—Lástima. Tuve un monito que hacía trucos, y vuestro enano me lo recuerda mucho. ¿Es mi regalo?

—No. Os he traído esto.

Ser Jorah sacó los guantes y los soltó en la mesa junto al resto de los regalos que había recibido la viuda aquella mañana: una copa de plata, un abanico de filigrana de jade con varillas tan finas que dejaban pasar la luz, un antiguo puñal de bronce con runas... Comparados con semejantes tesoros, los guantes resultaban baratos y de pésimo gusto.

—Unos guantes para mis viejas manos arrugadas. Qué amable. —La anciana no hizo ademán de tocarlos.

—Los compré en el puente Largo.

—En el puente Largo se puede comprar casi cualquier cosa. Guantes, esclavos, monos... —Los años le habían encorvado la espalda hasta dejarla jorobada, pero sus ojos eran negros y penetrantes—. Decidme, ¿en qué puede ayudaros esta pobre viuda?

—Necesitamos llegar a Meereen cuanto antes.

Una sola palabra, y el mundo de Tyrion se volvió del revés. Una palabra.

«Meereen. —¿O había entendido mal? Una palabra—. Meereen, ha dicho "Meereen", me lleva a Meereen.» Meereen significaba vida, o al menos, esperanza de vida.

—¿Por qué acudís a mí? —replicó la viuda—. No tengo barcos.

—Pero tenéis muchos capitanes que están en deuda con vos.

«Dijo que me entregaría a la reina. Sí, pero ¿a cuál? No va a venderme a Cersei; quiere ponerme en manos de Daenerys Targaryen; por eso no me ha cortado la cabeza. Vamos hacia el este, mientras Grif y su príncipe, pobres idiotas, van hacia el oeste. —Aquello era demasiado—. Conjuras dentro de conjuras dentro de conjuras, pero todos los caminos llevan a la boca del dragón.» Una carcajada incontenible le subió a los labios, y no pudo controlar la risa.

—Vuestro enano tiene un ataque —señaló la viuda.

—Mi enano va a estarse callado si no quiere que lo amordace.

«¡Meereen!» Tyrion se tapó la boca con las manos. La viuda del puerto optó por no hacerle caso.

—¿Queréis tomar algo? —preguntó.

Motas de polvo flotaban en el aire cuando la criada llenó dos copas de cristal verde para ser Jorah y la viuda. Tyrion tenía la garganta seca, pero a él no le sirvieron bebida. La viuda paladeó el vino antes de tragar.

—Los demás exiliados se dirigen hacia el oeste, según ha llegado a estos viejos oídos. Y esos capitanes que están en deuda conmigo se matan por llevarlos y rascar un poco del oro de las arcas de la Compañía Dorada. Nuestros nobles triarcas han comprometido una docena de barcos de guerra a esta causa, y se asegurarán de que la flota llegue sin percances a los Peldaños de Piedra. Hasta el anciano Doniphos ha dado su aprobación; ¡es una aventura gloriosa! Y vos queréis ir en sentido contrario.

—Los asuntos que requieren mi atención están al este.

—¿Qué asuntos pueden ser? Nada que ver con esclavos, porque la reina de plata ha puesto fin a eso. También ha cerrado los reñideros, así que no puede ser ansia de sangre. ¿Qué otra cosa hay en Meereen que pueda tentar a un caballero ponienti? ¿Ladrillos? ¿Aceitunas? ¿Dragones? Ah, veo que se trata de eso. —La sonrisa de la vieja parecía propia de un animal—. Tengo entendido que la reina de plata les da carne de bebé, y que ella se baña en sangre de vírgenes y tiene un amante cada noche.

—Los yunkios os están llenando los oídos de veneno. —La boca de ser Jorah se había transformado en una línea dura—. Mi señora no debería otorgar verosimilitud a semejantes patrañas.

—No soy ninguna señora, pero hasta la puta de Vogarro reconoce la falsedad cuando la oye. Lo que sí es cierto es que la reina dragón tiene enemigos: Yunkai, el Nuevo Ghis, Tolos, Qarth... Sí, y pronto se les unirá Volantis. ¿Para qué queréis viajar a Meereen? Solo tenéis que esperar un poco. Pronto harán falta espadas, en cuanto los barcos de guerra viren hacia el este para acabar con la reina dragón. A los tigres les encanta usar las garras, y hasta los elefantes están dispuestos a matar si se sienten amenazados. Malaquo anhela probar la gloria, y Nyessos debe demasiada parte de su riqueza al tráfico de esclavos. En cuanto Alios, o Parquello, o Belicho consiga la triarquía, la flota zarpará.

—Si reeligen a Doniphos... —Ser Jorah la miró con el ceño fruncido.

—Antes saldría elegido Vogarro, y mi amado señor lleva treinta años muerto.

—¿Cómo os atrevéis a llamar cerveza a esto? —gritó un marinero tras ellos—. ¡Es una mierda! ¡Los meados de un mono sabrían mejor!

—Y tú te los beberías —replicó otra voz.

Tyrion se volvió para mirar, con la esperanza de que fueran Pato y Haldon, pero solo vio a dos desconocidos... y al enano, que lo miraba fijamente a pocos pasos. Tenía algo que le resultaba conocido.

—Entre los primeros elefantes hubo mujeres. —La viuda bebió un pulcro traguito de vino—. Ellas acabaron con el dominio de los tigres y pusieron fin a las viejas guerras. A Trianna la reeligieron cuatro veces. Por desgracia, de eso hace trescientos años. Desde entonces no ha habido ninguna mujer en el gobierno de Volantis, aunque las hay con derecho a voto: son mujeres de alta cuna que viven en palacios antiguos del otro lado de la Muralla Negra, no seres despreciables como yo. La Antigua Sangre permitirá que voten sus niños y sus perros antes que un liberto. No, el reelegido será Belicho, o tal vez Alios, pero con uno o con otro habrá guerra. O eso creen ellos.

—¿Y vos? ¿Qué creéis? —inquirió ser Jorah.

«Bien por ti —pensó Tyrion—, es la pregunta correcta.»

—Yo también creo que habrá guerra, pero no la que ellos quieren. —La anciana se inclinó hacia delante; le brillaban los ojos—. Creo que R'hllor tiene en esta ciudad más adoradores que el resto de los dioses juntos. ¿Habéis oído predicar a Benerro?

—Sí, anoche.

—Benerro ve el mañana en sus llamas —dijo la viuda—. ¿Sabíais que el triarca Malaquo trató de contratar a la Compañía Dorada? Quería arrasar el templo rojo y acabar con Benerro. No se atrevió a utilizar a los capas de tigre; la mitad adoran al Señor de Luz. Corren malos tiempos en la Antigua Volantis, sí, hasta para las viudas decrépitas. Pero no tan malos como en Meereen, por lo que tengo entendido. Así que decidme: ¿por qué buscáis a la reina dragón?

—Eso es asunto mío. Puedo pagar por los pasajes, y pagaré bien. Tengo plata.

«Imbécil —pensó Tyrion—. No quiere monedas, sino respeto. ¿Es que no la has escuchado?» Volvió a mirar atrás. El enano se había acercado un poco más a su mesa, y parecía llevar un cuchillo en la mano. A Tyrion se le pusieron los pelos de punta.

—Quedaos con vuestra plata; ya tengo oro. Y también podéis ahorraros esas miradas torvas. Soy demasiado vieja para que me impresione un ceño fruncido. Ya veo que sois un hombre duro, y seguro que muy hábil con esa espada larga que portáis, pero estáis en mi reino. Me basta con mover un dedo para que viajéis a Meereen, sí, pero encadenado a un remo en el vientre de una galera. —Cogió el abanico de jade y lo abrió. Las hojas se movieron, y un hombre apareció en el arco de vegetación que crecía a su izquierda. Su rostro era un amasijo de cicatrices y en la mano llevaba una espada corta y pesada que parecía un cuchillo de carnicero—. Seguro que os dijeron que buscarais a la viuda del puerto, pero también os tendrían que haber advertido sobre los hijos de la viuda. Pero bueno, la mañana es tan agradable que os lo preguntaré una vez más. ¿Para qué buscáis a Daenerys Targaryen, a quien medio mundo quiere ver muerta?

—Para servirla —respondió Mormont con una mueca de rabia—. Para defenderla. Si es necesario, para morir por ella.

—¿Así que vais a rescatarla? —La viuda se echó a reír—. ¿Queréis que esta pobre viuda crea que tratáis de rescatarla de tantos enemigos que no puedo ni contarlos? ¿Que sois un valeroso caballero ponienti que ha cruzado medio mundo para acudir en auxilio de esta...? Bueno, hermosa seguramente, pero doncella, lo que se dice doncella... —Rio de nuevo—. ¿Pensáis que vuestro enano le resultará grato? ¿Qué creéis? ¿Que se bañará en su sangre o que se conformará con cortarle la cabeza?

—El enano es... —empezó ser Jorah, titubeante.

—Ya sé quién y qué es el enano. —Clavó en Tyrion sus ojos negros duros como la piedra—. Un parricida, un matarreyes, un asesino, un cambiacapas. Un Lannister. —Hizo que la última palabra sonara insultante—. ¿Qué puedes ofrecer a la reina dragón, hombrecito?

«Odio», pensó Tyrion. Extendió las manos tanto como le permitieron las cadenas.

—Lo que quiera de mí. Consejo sabio, ingenio punzante, volteretas... La polla si la desea, y la lengua si no. Me pondré al frente de sus ejércitos o le daré masajes en los pies. Y lo único que pido a cambio es que me permita violar y matar a mi hermana.

—Por lo menos, este es sincero —anunció la anciana, sonriendo—. En cambio, vos... He conocido a una docena de caballeros ponientis y a miles de aventureros de la misma calaña, y ninguno era tan puro como vos os pintáis. Los hombres son bestias egoístas y brutales. Por dulces que sean sus palabras, los motivos que encubren siempre son negros. No confío en vos. —Los despidió con el abanico, como si no fueran más que moscas que revolotearan en torno a su cabeza—. Si queréis ir a Meereen, id a nado. Mi ayuda no es para vos.

En aquel momento, los siete infiernos se desencadenaron a la vez.

Ser Jorah empezó a levantarse; la viuda cerró de golpe el abanico y el hombre de las cicatrices reapareció entre las sombras... Detrás de ellos gritó una mujer. Tyrion dio media vuelta justo a tiempo de ver al enano que se precipitaba hacia él.

«Es una chica —supo al instante—. Una chica vestida de hombre. Y quiere destriparme con ese cuchillo.»

Durante un momento, ser Jorah, la viuda y el hombre de las cicatrices se quedaron paralizados. Los mirones de las mesas cercanas siguieron bebiendo cerveza o vino, pero nadie se adelantó para intervenir. Tyrion movió las dos manos a la vez, pero las cadenas solo le permitieron llegar a la frasca que había en la mesa. La cogió, lanzó el contenido contra el rostro de la enana que lo atacaba y se tiró a un lado para esquivar el cuchillo. La frasca se hizo añicos bajo él al tiempo que el suelo subía para golpearle la cabeza, y la chica se le tiró encima. Tyrion giró hacia un lado y ella clavó el cuchillo entre los tablones del suelo, tiró para recuperarlo, lo alzó de nuevo...

... Y de pronto la vio volando por los aires y pataleando para liberarse de ser Jorah.

—¡No! —aulló la enana en la lengua común de Poniente—. ¡Suelta!

Tyrion oyó como se le desgarraba la túnica en el forcejeo. Mormont la tenía agarrada por el cuello, y con la otra mano le quitó el puñal.

—Ya basta.

En aquel momento llegó el posadero con un machete en la mano. Al ver la frasca rota soltó una maldición y preguntó a gritos qué había pasado allí.

—Una pelea de enanos —replicó con una risita el tyroshi de la barba violeta.

—¿Por qué? —quiso saber Tyrion, parpadeando para enfocar a la joven que se debatía en el aire—. ¿Yo qué te he hecho?

—Lo mataron. —De repente, la enana perdió todo deseo de luchar. Se quedó inmóvil, presa de Mormont y con los ojos llenos de lágrimas—. A mi hermano. Se lo llevaron y lo mataron.

—¿Quienes lo mataron? —preguntó el caballero.

—Marineros. Marineros de los Siete Reinos. Eran siete y estaban borrachos. Nos vieron justar en la plaza y nos siguieron. Cuando vieron que yo era una mujer me soltaron, pero se llevaron a mi hermano y lo mataron. ¡Le cortaron la cabeza!

Tyrion la reconoció de golpe. «Nos vieron justar en la plaza.» De repente, supo quién era la enana.

—¿Tú montabas la cerda o el perro? —le preguntó.

—El perro —sollozó—. Oppo siempre montaba la cerda.

«Los enanos de la boda de Joffrey. —Su espectáculo era lo que había desencadenado todos los problemas de aquella noche—. Qué curioso es volver a encontrármelos a medio mundo de distancia. —Aunque tal vez no fuera tan extraño—. Si tenían la mitad del cerebro que su cerda, seguro que huyeron de Desembarco del Rey la noche de la muerte de Joff, antes de que Cersei tuviera tiempo de atribuirles alguna culpa en la muerte de su hijo.»

—Soltadla —dijo a ser Jorah Mormont—. No va a hacernos ningún daño. Siento lo de tu hermano, pero nosotros no tuvimos nada que ver con su asesinato. —El caballero soltó a la enana.

—Él sí. —La chica se levantó y se cubrió los pequeños senos con la túnica desgarrada y empapada de vino—. Confundieron a Oppo con él. —Sus sollozos eran una súplica de ayuda—. Debería morir como murió mi pobre hermano. Por favor, que alguien me ayude. Que alguien lo mate.

El posadero la agarró del brazo sin miramientos y la puso en pie sin dejar de preguntarle a gritos, en volantino, quién iba a pagar los daños. La viuda del puerto lanzó una mirada gélida a Mormont.

—Se dice que los caballeros defienden al débil y protegen al inocente. Y yo soy la doncella más hermosa de todo Volantis. —Su carcajada estaba cargada de desprecio—. ¿Cómo te llamas, chiquilla?

—Penny.

La anciana se dirigió al posadero en la lengua de la Antigua Volantis. Tyrion comprendió lo suficiente para saber que le decía que llevara a la enana a sus habitaciones, le diera vino y le buscara ropa. Cuando se marcharon, clavó en él los brillantes ojos negros.

—Yo diría que los monstruos deben de ser más grandes. En Poniente vales un señorío, hombrecito, pero me temo que aquí tu precio no es tan alto. En fin, creo que será mejor que os ayude. Volantis no parece lugar seguro para los enanos.

—Sois un dechado de bondad. —Tyrion le dedicó la más cautivadora de sus sonrisas—. ¿Me quitaréis también estas pulseritas de hierro? Este monstruo solo tiene media nariz, pero ni os imagináis hasta qué punto me pica, y las cadenas no me dejan rascarme. Si las queréis, os las regalo.

—Qué generoso. Pero no, ya cargué con hierro en mis tiempos, y he descubierto que el oro y la plata me gustan mucho más. Además, siento decirte que estamos en Volantis, donde las cadenas y los grilletes valen menos que el pan duro, y está prohibido ayudar a huir a un esclavo.

—No soy esclavo.

—No hay hombre capturado por los esclavistas que no haya cantado esa canción. No me atrevo a ayudarte... en este lugar. —Se inclinó hacia delante—. Dentro de dos días, la coca *Selaesori Qhoran* zarpará en dirección a Qarth, con parada en el Nuevo Ghis. Lleva un cargamento de hierro, estaño, balas de lana y encaje, cincuenta alfombras de Myr, un cadáver conservado en salmuera, veinte tarros de guindillas dragón y un sacerdote rojo. Deberéis estar a bordo cuando se haga a la mar.

—Así lo haremos —respondió Tyrion—. Y muchas gracias.

—No vamos a Qarth —dijo ser Jorah con el ceño fruncido.

—La coca no llegará a Qarth. Benerro lo ha visto en sus fuegos. —La vieja volvió a esbozar aquella sonrisa digna de un animal.

—Será como decís —sonrió Tyrion—. Si yo fuera libre y volantino y por mis venas corriera la sangre, os daría mi voto para la triarquía, mi señora.

—No soy ninguna señora —replicó la viuda—. Soy la puta de Vogarro. Será mejor que desaparezcáis antes de que vengan los tigres. Y si llegáis hasta vuestra reina, transmitidle un mensaje de parte de los esclavos de la Antigua Volantis. —Se tocó la vieja cicatriz de la mejilla, allí donde había llevado las lágrimas—. Decidle que esperamos. Decidle que no tarde.

Jon

Al oír la orden, ser Alliser torció la boca en algo parecido a una sonrisa, pero sus ojos permanecieron fríos y duros como el pedernal.

—Así que el bastardo me envía a morir.

—Morir, morir, morir —graznó el cuervo de Mormont.

«No estás ayudando.» Jon apartó al cuervo de un manotazo.

—El bastardo os envía a explorar. A localizar a nuestros enemigos y a matarlos si es necesario. Sois hábil con la espada. Habéis sido maestro de armas, aquí y en Guardiaoriente.

—Sí. —Thorne rozó la empuñadura de su espada larga—. He desaprovechado un tercio de mi vida intentando enseñar los rudimentos del manejo de la espada a patanes, cretinos y villanos. De poco me valdrá eso en el bosque.

—Os acompañará Dywen, y también otro explorador curtido.

—Os enseñaremos todo lo que necesitéis saber —cacareó Dywen—. Os diremos cómo limpiaros ese culo de alta cuna con hojas, como un buen explorador.

Kedge Ojoblanco le rio la broma, y Jack Bulwer el Negro escupió.

—Os gustaría que me negase —replicó ser Alliser—. Así podríais cortarme la cabeza, como hicisteis con Slynt. No os daré ese placer, bastardo. Es mejor que recéis para que sea la hoja de un salvaje la que acabe conmigo. Aquellos que caen a manos de los Otros no mueren... y nunca olvidan. Volveré, lord Nieve.

—Rezaré por eso. —Jon no contaría con ser Alliser Thorne entre sus amigos, pero aun así, era un hermano, y nadie había dicho que los hermanos tuvieran que caer bien.

Nunca era fácil tomar la decisión de enviar exploradores a las tierras salvajes; sabía que había muchas posibilidades de que no volvieran.

«Son hombres curtidos. —Pero también lo eran su tío Benjen y sus exploradores, y el bosque Encantado se los había tragado sin dejar rastro. Cuando al fin volvieron al Muro dos de ellos, se habían convertido en espectros. Se preguntó, no por primera vez ni por última, qué habría sido de Benjen Stark—. Quizá los exploradores encuentren alguna pista», se dijo sin acabar de creérselo.

Dywen estaría al mando de una expedición, y las otras dos quedarían en manos de Jack Bulwer el Negro y Kedge Ojoblanco. Ellos, por lo menos, estaban deseosos de ponerse en marcha.

—Sienta bien volver a ir a caballo —dijo Dywen desde la puerta, mientras se chupaba los dientes de madera—. Lo siento, mi señor, pero es que nos estaban saliendo ampollas en el culo de tanto estar sentados.

En el Castillo Negro no había nadie que conociera el bosque tan bien como Dywen: los árboles, los ríos, las plantas comestibles, los senderos de depredadores y presas...

«Thorne está en mejores manos de las que se merece.»

Jon observó la partida de los exploradores desde la cima del Muro: tres grupos de tres hombres cada uno, con un par de cuervos por grupo. Desde arriba, las monturas parecían hormigas, y Jon no distinguía a un hombre de otro. Pero los conocía. Llevaba sus nombres grabados en el corazón.

«Ocho buenos hombres —pensó—, y un... bueno, ya veremos.»

Cuando el último jinete desapareció entre los árboles, Jon Nieve montó en la jaula con Edd el Penas. Mientras bajaban con lentitud vieron caer unos cuantos copos de nieve dispersos, que bailaban mecidos por las rachas de viento. Uno de ellos acompañaba el descenso de la jaula, flotando al lado de los barrotes. Caía más deprisa que la jaula y de vez en cuando desaparecía bajo ellos, pero, entonces, una ráfaga de viento lo atrapaba y volvía a empujarlo hacia arriba. Si Jon hubiera sacado el brazo entre las barras, habría podido cogerlo.

—Anoche tuve una pesadilla terrorífica, mi señor —confesó Edd el Penas—. Vos erais mi mayordomo, me preparabais la comida y me recogíais la basura. Yo era lord comandante y no tenía ni un momento de paz.

—Tu pesadilla es mi vida —respondió Jon sin sonreír.

Las galeras de Cotter Pyke habían informado de una presencia cada vez más numerosa del pueblo libre en las orillas arboladas del norte y el este del Muro. Habían avistado campamentos, balsas a medio construir e incluso el casco de una coca dañada que habían empezado a reparar. Los salvajes desaparecían en el bosque cuando divisaban los barcos de Pyke, pero reaparecían en cuanto pasaban de largo. Mientras, por las noches, ser Denys Mallister seguía viendo hogueras al norte de la Garganta. Los dos comandantes demandaban más hombres.

«¿De dónde voy a sacar más hombres?» Jon había enviado a diez salvajes de Villa Topo a cada uno. La mayoría eran reclutas, ancianos, heridos y enfermos, pero todos estaban capacitados para trabajar en algo. Lejos de quedar satisfechos, tanto Pyke como Mallister escribieron para quejarse.

«Al pedir más hombres me refería a hombres de la Guardia de la Noche, entrenados y disciplinados, cuya lealtad no habría de cuestionarme», había escrito ser Denys. Cotter Pyke había sido más contundente:

«Puedo colgarlos del Muro para mantener alejados a los demás salvajes; no creo que me valgan para otra cosa —había escrito en su nombre el maestre Harmune—. No confiaría en ellos ni para que me limpien el orinal, y diez siguen siendo pocos».

La jaula de hierro descendió entre crujidos y repiqueteos hasta llegar al final de la larga cadena y detenerse con una sacudida un palmo por encima de la base del Muro. Edd el Penas abrió la puerta y, al saltar afuera, rompió la capa superior de nieve con las botas. Jon lo siguió.

En el exterior de la armería, Férreo Emmet aún daba órdenes a sus reclutas en el patio. La canción del acero contra el acero despertó anhelos en Jon. Le recordó días más cálidos, más sencillos, cuando solo era un muchacho en Invernalia y combatía con Robb bajo la atenta mirada de ser Rodrik Cassel. Ser Rodrik también había caído, asesinado por Theon Cambiacapas y sus hombres del hierro cuando intentaba recuperar Invernalia. La gran fortaleza de la casa Stark ya no era más que un montón de ruinas abrasadas.

«Todos mis recuerdos están envenenados.»

Al verlo, Férreo Emmett alzó una mano, y cesó el combate.

—Lord comandante, ¿en qué podemos ayudaros?

—Con tres de tus mejores hombres.

—Arron, Emrick y Jace —dijo Emmet con una sonrisa.

Caballo y Petirrojo Saltarín llevaron protectores acolchados para el lord comandante, y una cota de malla para cubrirlos, junto con grebas, gorjal y casco. También le entregaron un escudo negro con borde de hierro para el brazo izquierdo, y una espada larga y roma para la mano derecha. La espada despedía un brillo gris plateado a la luz del amanecer, como si fuera nueva.

«Una de las últimas en salir de la forja de Donal. Lástima que no viviese lo bastante para afilarla.» Tenía la hoja más corta que *Garra*, pero era de acero común, lo que la hacía más pesada. Los golpes serían más lentos.

—Me vale. —Jon se volvió para enfrentarse a sus enemigos—. Vamos.

—¿Con quién queréis pelear primero? —preguntó Arron.

—Con los tres a la vez.

—¿Tres contra uno? —Jace lo miró incrédulo—. No sería justo. —Era de los últimos reclutados por Conwy, hijo de un zapatero de isla Bella. Tal vez aquello lo explicara.

—Cierto. Ven aquí.

Cuando obedeció, la hoja de Jon lo golpeó en la cabeza y lo tiró al suelo. En un abrir y cerrar de ojos, el chico tenía una bota en el pecho y la punta de la espada en el cuello.

—La guerra nunca es justa —dijo Jon—. Ahora son dos contra uno, y tú estás muerto.

El crujido de la gravilla le indicó que se acercaban los gemelos.

«Estos dos llegarán a exploradores.» Dio media vuelta y paró el golpe de Arron con el borde del escudo, mientras su espada iba al encuentro del de Emrick.

—Esto no son lanzas —gritó—. Acercaos más. —Atacó para mos-/trarles cómo se hacía. Primero fue a por Emrick. Le dio con la espada en la cabeza, en los hombros, a la derecha, a la izquierda y otra vez a la derecha. El muchacho levantó el escudo e intentó un torpe contraataque. Jon hizo chocar su escudo contra el de Emrick y lo derribó con un golpe en la pantorrilla... justo a tiempo, porque ya tenía a Arron encima, asestándole en la parte trasera del muslo un sonoro golpe que lo dejó sobre una rodilla.

«Eso va a dejar marca. —Detuvo el siguiente ataque con el escudo, se incorporó e hizo retroceder a Arron por todo el patio—. Es rápido —pensó mientras las espadas se besaban una vez, y dos, y tres—, pero tiene que hacerse más fuerte.» En cuanto vio el alivio en los ojos de Arron comprendió que tenía detrás a Emrick. Se giró y le asestó un golpe tras los hombros que lo hizo estrellarse contra su hermano. Para entonces, Jace ya se había puesto en pie, así que Jon volvió a derribarlo.

—No me gusta que se levanten los cadáveres. Me entenderás el día en que te encuentres con un espectro. —Dio un paso atrás y bajó la espada.

—El gran cuervo es capaz de picotear a los pequeños —gruñó una voz a su espalda—, pero ¿tiene estómago para enfrentarse a un hombre?

Casaca de Matraca estaba apoyado contra una pared. La espesa barba le cubría las mejillas hendidas, y el fino pelo castaño le caía sobre los ojillos amarillentos.

—Te sobrevaloras —dijo Jon.

—Sí, pero puedo tumbarte.

—Stannis quemó a quien no debía.

—No. —El salvaje le sonrió con aquella boca llena de dientes rotos y cariados—. Quemó a quien tenía que quemar, para que todo el mundo lo viese. Todos hacemos lo que tenemos que hacer, Nieve. Hasta los reyes.

—Emmet, tráele una armadura. Que sea de acero, no de huesos viejos. —Con la cota de malla y la coraza, el Señor de los Huesos parecía

431

hasta más erguido. También más alto, de hombros más anchos y mucho más fuerte de lo que Jon había calculado.

«No es él, sino la armadura —se dijo—. Hasta Sam estaría imponente cubierto de los pies a la cabeza con acero de Donal Noye.» El salvaje tiró a un lado el escudo que le ofrecía Caballo, y en cambio pidió un espadón.

—Qué sonido más agradable —dijo mientras cortaba el aire con él—. Revolotea hasta aquí, Nieve, y verás como tus plumas salen volando.

Jon lo embistió con fuerza. Casaca de Matraca dio un paso hacia atrás para detener la carga con un golpe de dos manos. Si Jon no hubiera reaccionado a tiempo con el escudo, le habría destrozado la coraza y la mitad de las costillas. El impacto le entumeció el hombro y lo hizo tambalearse brevemente.

«Es más fuerte de lo que pensaba.» Otra sorpresa desagradable fue la rapidez de Casaca. Trazaron círculos el uno alrededor del otro, intercambiando golpes. El Señor de los Huesos daba tanto como recibía. En circunstancias normales, el mandoble debería ser mucho más difícil de manejar que la espada larga de Jon, pero el salvaje lo blandía con una velocidad vertiginosa.

Al principio, los novatos de Férreo Emmet jaleaban a su lord comandante, pero la implacable rapidez de los ataques de Casaca de Matraca tardó poco en dejarlos mudos.

«No puede mantener este ritmo mucho tiempo —se dijo Jon mientras paraba otro golpe. El impacto lo hizo jadear. Aun sin estar afilado, el mandoble quebró el escudo de pino y combó el borde de hierro—. Se cansará pronto. Tiene que cansarse pronto.» Jon lanzó un ataque a la cara del salvaje, que apartó la cabeza hacia atrás. Intentó alcanzarle la pantorrilla, pero su adversario esquivó la hoja con destreza y a continuación estampó el mandoble contra el hombro de Jon, con fuerza suficiente para hacer resonar la hombrera de la coraza y dejarle el brazo entumecido. Jon retrocedió. El Señor de los Huesos fue tras él, sin dejar de reír, complacido.

«Ese monstruo no lleva escudo —se recordó—, y esa espada es demasiado pesada para parar golpes. Debería asestarle dos por cada uno que me da a mí.»

Pero no lo conseguía, y sus acometidas no parecían surtir el menor efecto. El salvaje siempre se las arreglaba para apartarse o echarse a un lado, y la espada de Jon acababa rebotando en un hombro o un brazo. No tardó en darse cuenta de que cada vez cedía más terreno, sin hacer más que intentar esquivar los golpes de su adversario y errar los suyos. Se quitó el escudo, que había quedado reducido a un montón de astillas. El sudor que le corría por el rostro hacía que le picaran los ojos bajo el yelmo.

«Es demasiado fuerte y rápido —comprendió—, y ese mandoble le da todo el peso y el alcance que necesita.» Si hubiera tenido a *Garra,* habría sido un combate muy distinto, pero...

Su oportunidad llegó cuando Casaca arremetió con un movimiento de revés. Jon se lanzó hacia delante y lo embistió, y ambos cayeron al suelo con las piernas entrelazadas. El acero chocó contra el acero. Los dos perdieron la espada mientras rodaban por el suelo. El salvaje lanzó una rodilla entre las piernas de Jon, que se defendió con un puño envuelto en cota de malla. Casaca se las arregló para acabar encima de Jon y cogerle la cabeza con las manos. La hizo chocar contra el suelo y abrió el visor del yelmo de un tirón.

—Si tuviera un puñal, ya tendrías un ojo menos —gruñó, justo antes de que Caballo y Férreo Emmet lo quitasen de encima del pecho de Jon—. Soltadme, malditos cuervos —rugió.

Jon consiguió incorporarse sobre una rodilla. Le resonaba la cabeza y tenía la boca llena de sangre.

—Buena pelea —dijo al tiempo que escupía la sangre.

—No te hagas el listo, cuervo. Ni siquiera me has hecho sudar.

—La próxima vez sudarás —dijo Jon. Edd el Penas lo ayudó a levantarse y le desabrochó el yelmo, lleno de marcas profundas que no tenía al empezar—. Soltadlo. —Jon le pasó el yelmo a Petirrojo Saltarín, que lo dejó caer.

—Mi señor —dijo Férreo Emmet—, todos lo hemos oído amenazaros. Ha dicho que si tuviera un puñal...

—Tiene un puñal. Ahí, en el cinturón.

«Siempre hay alguien más fuerte y rápido —les había dicho ser Rodrik a Robb y a él en cierta ocasión—. Es a esos a los que hay que enfrentarse en el patio antes de encontrárselos en el campo de batalla.»

—¿Lord Nieve? —preguntó una voz débil.

Al volverse encontró a Clydas bajo el arco semiderruido, con un pergamino en la mano.

—¿Es de Stannis? —Jon esperaba alguna noticia del rey. Era consciente de que la Guardia de la Noche no tomaba partido, y no debería importarle qué rey se hiciera con el triunfo, pero le importaba—. ¿De Bosquespeso?

—No, mi señor —Clydas le alcanzó el pergamino. Estaba firmemente enrollado y sellado con duro lacre rosa.

«Solo Fuerte Terror usa lacre rosa.» Se quitó el guante, cogió la carta y rompió el sello. En cuanto vio la firma se olvidó de la tunda que acababa de darle Casaca de Matraca. «Ramsay Bolton, señor de Hornwood», ponía en letra grande y angulosa. La tinta marrón saltó descascarillada cuando Jon pasó el dedo por encima. Lord Dustin, lady Cerwyn y cuatro Ryswell habían añadido sus marcas y sellos bajo la firma de Bolton. Una mano más tosca había dibujado el gigante de la casa Umber.

—¿Podemos saber qué dice, mi señor? —preguntó Férreo Emmett. Jon no vio motivo para ocultárselo.

—Han tomado Foso Cailin. Han clavado los cadáveres desollados de los hombres del hierro en mojones a lo largo del camino Real. Roose Bolton convoca a todos los señores leales a Fuerte Túmulo, para que confirmen su lealtad al Trono de Hierro y celebren la boda de su hijo con... —Su corazón se detuvo un instante.

«No, es imposible. Murió en Desembarco del Rey, con mi padre.»

—¿Lord Nieve? —Clydas lo miró detenidamente con ojos rosa y apagados—. ¿Os ocurre algo? Parecéis...

—Va a casarse con Arya Stark. Mi hermana pequeña. —Jon casi podía verla en aquel momento: el rostro alargado, desgarbada, toda rodillas nudosas y codos huesudos, con la cara sucia y el pelo enmarañado. Le lavarían la cara y la peinarían, pero aun así no podía imaginársela con un vestido de novia, ni en la cama de Ramsay.

«Por asustada que esté, no lo demostrará. Si intenta ponerle una mano encima, luchará.»

—Vuestra hermana —dijo Férreo Emmett—. ¿Cuántos años...?

«Debe de tener once años —pensó Jon—. Aún es una niña.»

—No tengo ninguna hermana, solo hermanos. Solo a vosotros. —Sabía que a lady Catelyn le habría encantado oír aquellas palabras, pero no por eso se le hacía más fácil pronunciarlas. Agarró con fuerza el pergamino.

«Ojalá pudiera agarrar así el cuello de Ramsay Bolton.»

—¿Vais a contestarle? —preguntó Clydas tras un carraspeo. Jon negó con la cabeza y se alejó de allí.

Cuando cayó la noche, las magulladuras que le había ocasionado Casaca de Matraca se habían puesto moradas.

—Antes de quitarse se pondrán amarillas —dijo al cuervo de Mormont—. Voy a acabar tan cetrino como el Señor de los Huesos.

—Huesos —acordó el pájaro—. Huesos, huesos.

Desde fuera le llegaba un murmullo de voces, aunque era demasiado débil para distinguir las palabras.

«Parece que están a mil leguas. —Eran Melisandre y sus adeptos, reunidos alrededor de la hoguera nocturna. Todas las noches, al atardecer, la mujer roja oficiaba las oraciones del crepúsculo y pedía a su dios rojo que los guiase a través de la oscuridad—. Porque la noche es oscura y alberga horrores.» Su rebaño había disminuido mucho desde que se habían marchado Stannis y la mayoría de los hombres de la reina: solo quedaban unas cincuenta personas del pueblo libre procedentes de Villa Topo, un puñado de guardias que le había dejado el rey y una docena de hermanos negros que habían abrazado al dios rojo.

Jon estaba tan agarrotado como si tuviera sesenta años.

«Sueños oscuros y remordimientos. —No era capaz de dejar de pensar en Arya—. No tengo manera de ayudarla. Renuncié a los lazos familiares cuando pronuncié mis votos. Si uno de mis hombres me dijera que su hermana corre peligro, le diría que ya no es asunto suyo. —Cuando se pronunciaba el juramento, la sangre de un hombre se tornaba negra—. Negra como el corazón de un bastardo. —Tiempo atrás le había encargado a Mikken una espada para Arya, una espada de jaque pequeña que pudiera empuñar bien—. *Aguja*.» Se preguntó si aún la tendría. «Tienes que clavarla por el extremo puntiagudo», le había dicho, pero si intentaba clavársela al Bastardo, podía costarle la vida.

—Nieve —murmuró el cuervo de Mormont—. Nieve, nieve.

Y de repente, no pudo soportarlo más.

Fantasma se encontraba tras la puerta, royendo un hueso de buey hasta el tuétano.

—¿Cuándo has vuelto? —El huargo se levantó y abandonó el hueso para seguir los pasos de Jon.

Mully y Tonelete estaban en la puerta, apoyados en las lanzas.

—Ahí fuera hace un frío espantoso, mi señor —le advirtió Mully, el de la barba naranja enmarañada—. ¿Vais a pasar mucho tiempo fuera?

—No, solo necesito un poco de aire. —Jon salió a la noche. El cielo estaba estrellado, y el viento racheaba a lo largo del Muro. Hasta la luna parecía tener cara de frío. La primera ráfaga que lo atrapó atravesó como un cuchillo todas las capas de lana y cuero y le hizo castañetear los dientes. Cruzó el patio para adentrarse en las fauces de aquel viento. La capa revoloteaba con fuerza a su alrededor; Fantasma lo seguía.

«¿Adónde voy? ¿Qué hago? —El Castillo Negro estaba tranquilo y en silencio; sus salones y torres, sumidos en la oscuridad—. Mi trono —reflexionó Jon—. Mi salón, mi hogar, mi dominio. Ruinas.»

A la sombra del Muro, el huargo le rozó los dedos. Durante un instante, la noche cobró vida con mil olores, y Jon Nieve oyó el crujido de la nieve al romperse. De repente se dio cuenta de que tenía a alguien detrás. Alguien que olía al calor de un día de verano.

Al volverse vio a Ygritte.

Estaba bajo las piedras chamuscadas de la Torre del Lord Comandante, envuelta en oscuridad y recuerdos. La luz de la luna se reflejaba en su pelo, su pelo rojo besado por el fuego. Cuando la vio, el corazón se le subió a la garganta.

—Ygritte —dijo.

—Lord Nieve. —Era la voz de Melisandre.

—Lady Melisandre. —Jon retrocedió un paso—. Os he confundido con otra persona.

«De noche todas las túnicas son pardas.» Pero la suya era roja. No entendía cómo podía haber pensado que se trataba de Ygritte. Era más alta, más delgada, y de más edad, aunque la luz de la luna le quitaba años. De la nariz y las manos desnudas ascendían jirones de bruma blanca.

—Se os van a congelar los dedos —le advirtió.

—Si esa es la voluntad de R'hllor... Los poderes de la noche no pueden tocar a aquellos cuyo corazón está bañado por el fuego sagrado del dios.

—No me preocupa vuestro corazón, sino vuestras manos.

—El corazón es lo único que importa. No desesperéis, lord Nieve. La desesperación es un arma del enemigo, cuyo nombre no debe pronunciarse. No habéis perdido a vuestra hermana.

—No tengo hermanas. —Las palabras se le clavaban como cuchillos.

«¿Qué sabes de mi corazón, sacerdotisa? ¿Qué sabes de mi hermana?»

—¿Cómo se llamaba esa hermana que no tenéis? —preguntó Melisandre, divertida.

—Arya. —Su voz sonó ronca—. En realidad solo era mi hermana paterna...

—... ya que vos sois bastardo. No lo he olvidado. He visto a vuestra hermana en mis fuegos, huyendo de ese matrimonio concertado. La he visto viniendo hacia aquí, hacia vos. Una muchacha vestida de gris, a lomos de un caballo moribundo; lo he visto con claridad diáfana. Aún no ha sucedido, pero sucederá. —Miró a Fantasma—. ¿Puedo tocar a vuestro... lobo?

—Mejor que no. —El mero pensamiento lo hizo sentir incómodo.

—No me hará daño. Lo llamáis Fantasma, ¿verdad?

—Sí, pero...

—Fantasma. —Melisandre hizo que la palabra sonase como una canción.

El huargo caminó hacia ella. Desconfiado, la rodeó al tiempo que la olfateaba. Cuando Melisandre alargó la mano hacia él, también la olfateó, y después le frotó la nariz contra los dedos.

—No suele ser tan... —Al hablar, el aliento de Jon se elevó en una nube blanca.

—... ¿afectuoso? El afecto y la calidez tienen la misma fuente, Jon Nieve. —Sus ojos eran como dos estrellas rojas que brillaban en la oscuridad. En su cuello centelleaba el rubí, un tercer ojo que resplandecía más que los otros. Jon había visto los ojos rojos de Fantasma brillar de la misma manera, cuando les daba la luz desde cierto ángulo.

—Fantasma —llamó—. Conmigo.

El huargo lo miró como si fuera un desconocido. Jon frunció el ceño, desconcertado.

—Qué... extraño.

—¿Eso creéis? —Melisandre se arrodilló y rascó a Fantasma detrás de la oreja—. Vuestro Muro es un sitio extraño, pero aquí hay mucho poder para quien sepa usarlo. Hay poder en vos, y en esta bestia. Sería un error oponerle resistencia. Abrazadlo. Usadlo.

«No soy un lobo», pensó.

—¿Cómo?

—Yo puedo enseñaros. —Melisandre pasó un esbelto brazo alrededor de Fantasma, y el huargo le lamió la cara—. El Señor de Luz, en su sabiduría, nos hizo machos y hembras, dos partes de un todo más grande. En nuestra unión hay poder. Poder para crear vida. Poder para crear luz. Poder para proyectar sombras.

—Sombras. —La palabra sonó más siniestra cuando la pronunció él.

—Todo aquel que camina por la tierra proyecta una sombra en el mundo. Las hay delgadas y débiles, y largas y oscuras. Deberíais mirar hacia atrás, lord Nieve. La luna os ha besado y ha dibujado vuestra sombra en el hielo, una sombra de ochenta varas.

Jon miró a su espalda. Allí estaba la sombra, tal como ella había dicho, recortada por la luna contra el Muro.

«La he visto viniendo hacia aquí, hacia vos —repitió para sí—. Una muchacha vestida de gris, a lomos de un caballo moribundo. Arya. —Se volvió hacia la sacerdotisa roja. Sentía el calor que emanaba de ella—.

Tiene poder.» El pensamiento surgió de la nada y lo apresó con dientes acerados, pero no quería estar en deuda con la sacerdotisa, ni siquiera por su hermana pequeña.

—Dalla me dijo una cosa hace tiempo. La hermana de Val, esposa de Mance Rayder. Me dijo que la brujería es una espada sin empuñadura. Que no hay manera segura de agarrarla.

—Sabia mujer. —Cuando Melisandre se incorporó, su túnica roja revoloteó al viento—. Sin embargo, una espada sin puño sigue siendo una espada, y es un bien muy preciado cuando se está rodeado de enemigos. Escuchadme, Jon Nieve. Habéis enviado nueve cuervos al bosque blanco en busca de vuestros enemigos. Tres de ellos están muertos. Aún no, pero la muerte está ahí fuera, esperándolos, y se dirigen a ella. Los enviasteis para que fuesen vuestros ojos en la oscuridad, pero no tendrán ojos cuando regresen. He visto sus caras pálidas y muertas en mis fuegos. Cuencas vacías que lloran sangre. —Se echó el pelo hacia atrás, y sus ojos rojos brillaron—. Ahora no me creéis, pero acabaréis dándome la razón, aunque el coste serán tres vidas. Habrá quien diga que es un precio bien bajo por la sabiduría..., pero no teníais por qué pagarlo. Recordadlo cuando contempléis los rostros ciegos y destrozados de vuestros muertos. Y cuando llegue ese día, tomad mi mano. —De su piel pálida emanaba una neblina blanca, y durante un momento pareció que unas llamas hechiceras danzaban entre sus dedos—. Tomad mi mano —repitió— y dejadme salvar a vuestra hermana.

Davos

Pese a la penumbra que reinaba en la Guarida del Lobo, Davos Seaworth supo que algo iba mal aquella mañana.

Lo despertaron las voces y se arrastró a la puerta de la celda, pero la madera era gruesa y no consiguió distinguir qué decían. Había llegado el amanecer, pero no así las gachas que le llevaba Garth de desayuno. Aquello lo inquietaba. Todos los días eran casi iguales en la Guarida del Lobo, y los cambios eran siempre para peor.

«Puede que haya llegado el día de mi muerte. Puede que Garth esté afilando a *Lady Lu*.»

El Caballero de la Cebolla no había olvidado las últimas palabras que había oído decir a Wyman Manderly: «Primo, llévate a este individuo a la Guarida del Lobo y córtale la cabeza y las manos. Quiero verlas antes de cenar. No podré probar bocado hasta haber visto la cabeza de este contrabandista en una pica, con una cebolla entre sus dientes mentirosos.» Davos se dormía todas las noches con aquellas palabras retumbándole en la cabeza, y todas las mañanas se despertaba con ellas. Y por si acaso se le olvidaban, para Garth siempre era un placer recordárselas. Lo llamaba cadáver. «Aquí vienen las gachas para el cadáver», era su saludo matutino; y por las noches se despedía con un: «Apaga la vela, cadáver».

En cierta ocasión, Garth llevó a sus amigas para presentarles al cadáver.

—*Puta* no parece gran cosa —dijo al tiempo que acariciaba una barra de hierro negro y frío—, pero cuando la caliente al rojo vivo y te bese la polla, llamarás llorando a tu mamá. Y esta es *Lady Lu,* la que te cortará las manos y la cabeza cuando lord Wyman dé la orden.

Davos no había visto nunca un hacha tan grande como *Lady Lu,* ni más mortífera. Según comentaban los demás carceleros, Garth se pasaba las horas muertas afilándola.

«No suplicaré misericordia», había decidido. Iría a la muerte como un caballero, y solo pediría que le cortaran la cabeza antes que las manos. Ni siquiera Garth tendría la crueldad de negarle aquello, o al menos eso esperaba.

Los sonidos le llegaban desde el otro lado de la puerta, tenues y amortiguados. Se levantó y empezó a pasear por la celda, que era grande e inusitadamente cómoda. Suponía que en otros tiempos había sido el dormitorio de algún señor poco importante, porque era como tres veces su camarote de capitán en el *Negra Bessa,* y más grande aún que el camarote del que disfrutaba Salladhor Saan en su *Valyria.* La única ventana llevaba años tapiada, pero en una pared había aún una chimenea en la que se podía poner la tetera a calentar, y en la esquina había un nicho que hasta tenía retrete. El suelo de tablones estaba lleno de astillas y el camastro olía a moho, pero eran molestias insignificantes comparadas con lo que se había temido.

La comida también lo sorprendió: en lugar de gachas, pan duro y carne podrida, lo habitual en cualquier mazmorra, sus carceleros le llevaban pescado fresco, pan recién salido del horno, carnero especiado, chirivías, zanahorias y hasta cangrejos. A Garth no le hacía la menor gracia.

—Los muertos no deberían comer mejor que los vivos —se había quejado más de una vez.

Davos disponía de pieles para abrigarse por las noches, leña para alimentar el fuego, ropa limpia y un velón de sebo. Cuando pidió papel, pluma y tinta, Therry se lo proporcionó todo al día siguiente. Cuando pidió un libro para seguir practicando la lectura, Therry le llevó *La estrella de siete puntas.*

Sin embargo, pese a todas las comodidades, la celda no dejaba de ser una celda. Las paredes eran de piedra maciza, tan gruesas que no le llegaba el menor sonido del mundo exterior. La puerta era de hierro y roble, y los carceleros siempre la tenían atrancada. Del techo colgaban cuatro pares de cadenas de hierro, a la espera de que lord Manderly decidiera entregárselo a *Puta.*

«Puede que sea hoy. La próxima vez que Garth abra la puerta, puede que no sea para traerme el desayuno. —Le rugía el estómago, señal incontestable de que iba pasando la mañana, y ni rastro de su comida—. Lo peor no es morir; lo peor es no saber cuándo ni cómo.» En sus tiempos de contrabandista había conocido muchas cárceles y mazmorras, pero siempre las había compartido con otros prisioneros; siempre había tenido con quien hablar, a quien confiar temores y esperanzas. Allí, no. Aparte de los carceleros, Davos Seaworth era el único habitante de la Guarida del Lobo.

Sabía que había mazmorras de verdad bajo las bodegas del castillo: calabozos, cámaras de tortura y pozos húmedos y oscuros transitados por enormes ratas negras. Según sus carceleros, por el momento no tenían ningún ocupante.

—Aquí solo estamos nosotros, Cebolla —le había dicho ser Bartimus. Era el carcelero jefe: un caballero cadavérico con una sola pierna, un ojo inútil y la cara cuajada de cicatrices. Cuando estaba borracho, y se emborrachaba casi todos los días, alardeaba de haber salvado la vida de lord Wyman en la batalla del Tridente. La Guarida del Lobo había sido su recompensa.

El resto de «nosotros» consistía en un cocinero al que Davos no había visto nunca, seis guardias que se alojaban en la planta baja, un par de lavanderas y los dos hombres que se ocupaban del prisionero. Therry era el joven, de apenas catorce años, hijo de una lavandera. El mayor era Garth: corpulento, calvo, taciturno; todos los días vestía el mismo jubón de cuero grasiento y siempre iba con el ceño fruncido. El oficio de contrabandista había enseñado a Davos a distinguir a las malas personas, y Garth era mala persona. El Caballero de la Cebolla se cuidaba mucho de lo que decía delante de él. Con Therry y ser Bartimus no era tan reticente: les agradecía la comida, les daba pie para que le contaran sus vidas y esperanzas, respondía amablemente a las preguntas que le hacían y no los presionaba nunca con indagaciones. Cuando pedía algo, siempre eran nimiedades: una jofaina de agua y un trozo de jabón, un libro para leer, más velas... Le otorgaban casi todos aquellos favores, y Davos mostraba su gratitud.

Ninguno le hablaba de lord Manderly, de Stannis ni de los Frey, pero sí de otras cosas. Therry quería partir a la guerra cuando fuera mayor para participar en batallas y hacerse caballero. También se quejaba mucho de su madre, que por lo visto se acostaba con dos guardias. Como estaban en diferentes turnos, no sabían nada el uno del otro, pero el día menos pensado se darían cuenta y correría la sangre. Algunas noches, el chico llevaba una bota de vino a la celda y, mientras bebían, le pedía a Davos que le hablara de sus días de contrabandista.

Ser Bartimus no estaba interesado en el mundo exterior, ni en nada de lo ocurrido desde que perdiera la pierna por culpa de un caballo sin jinete y la sierra de un maestre. Pero había llegado a gustarle la Guarida del Lobo, y no había nada que le gustara más que hablar de su larga y sangrienta historia. La Guarida era mucho más antigua que Puerto Blanco, según le había dicho el caballero a Davos. La construyó el rey Jon Stark para defender la entrada del Cuchillo Blanco de los asaltantes que llegaban por mar. Había sido asentamiento de muchos segundones del Rey en el Norte, de muchos hermanos, de muchos tíos, de muchos primos. Algunos dejaron el castillo en herencia a sus hijos y nietos, con lo que brotaron ramas de la casa de Stark. Los que más duraron fueron los Greystark, que defendieron la Guarida del Lobo durante cinco siglos, hasta que tuvieron la osadía de apoyar el levantamiento de Fuerte Terror contra los Stark de Invernalia.

Tras su caída, el castillo había pasado por muchas otras manos. La casa Flint lo tuvo un siglo, y la casa Locke, dos. También pasaron por allí los Slate, los Long, los Holt y los Ashwood, todos ellos designados por Invernalia para defender el río. En una ocasión cayó en manos de asaltantes de las Tres Hermanas, que querían convertirlo en su puerta al norte. Durante las guerras entre Invernalia y el Valle sufrió el asedio de Osgood Arryn, el Viejo Halcón, y fue su hijo, al que se recordaba como la Garra, quien le prendió fuego. Cuando el anciano rey Edrick Stark estuvo demasiado débil para defender su reino, los esclavistas de los Peldaños de Piedra tomaron la Guarida del Lobo. Aquellos muros habían presenciado cómo marcaban a sus prisioneros con hierros al rojo y los doblegaban con el látigo antes de mandarlos al otro lado del mar.

—Entonces llegó un invierno largo e inclemente —le explicó ser Bartimus—. El Cuchillo Blanco se congeló, incluso el estuario empezaba a congelarse. Soplaron vientos huracanados del norte que obligaron a los esclavistas a ponerse a cubierto en torno a sus hogueras, y cuanto estaban calentándose cayó sobre ellos el nuevo rey. Era Brandon Stark, el bisnieto de Edrick Barbanieve, al que sus hombres llamaban Ojos de Hielo. Recuperó la Guarida del Lobo, y desnudó a los esclavistas y se los entregó a los esclavos que había encontrado en las mazmorras, cargados de cadenas. Se dice que les arrancaron las entrañas y las colgaron de las ramas del árbol corazón como ofrenda a los dioses. A los antiguos dioses, no a estos nuevos que vienen del sur. Vuestros Siete no conocen el invierno, ni el invierno los conoce a ellos. —Davos no podía negarlo. A él tampoco le hacía la menor gracia el invierno tras su estancia en Guardiaoriente del Mar.

—¿A qué dioses adoráis vos? —preguntó al caballero tullido.

—A los antiguos. —Cuando ser Bartimus sonreía, su cara parecía una calavera—. Mi familia estaba aquí antes que los Manderly. Es muy posible que fueran mis antepasados los que colgaron tripas del árbol.

—No sabía que los norteños hicieran sacrificios de sangre a sus árboles corazón.

—Hay muchas cosas del norte que no sabéis los sureños —replicó ser Bartimus. No le faltaba razón.

Davos se sentó a la luz de la vela y releyó las cartas que había escrito trabajosamente, palabra por palabra, durante los días de encierro.

«Fui mejor contrabandista que caballero —había escrito a su esposa—, mejor caballero que mano del rey y mejor mano del rey que esposo. Lo siento mucho, Marya. Pero te quise. Por favor, perdóname cualquier mal que te haya hecho. Si Stannis pierde su guerra, nosotros perderemos las tierras. Llévate a los niños al otro lado del mar Angosto, a Braavos, y procura que me recuerden con afecto. Si Stannis consigue el Trono de Hierro, la casa Seaworth sobrevivirá y Devan seguirá en la corte. Te ayudará a colocar a los otros chicos con señores nobles, a los que podrán servir de pajes y escuderos, para luego ser armados caballeros.» Era el mejor consejo que podía darle, y no le sonaba demasiado sabio.

También había escrito a los tres hijos que le quedaban, para ayudarlos a recordar al padre que había pagado con las puntas de los dedos el nombre que llevaban. Las misivas para Steffon y el pequeño Stannis eran cortas, rígidas, poco naturales. Lo cierto era que no los conocía tanto como había conocido a los mayores, a los que habían ardido o se habían ahogado en el Aguasnegras. A Devan le escribió una carta más larga para decirle lo orgulloso que estaba de ver a su hijo de escudero de un rey y recordarle que era el mayor y a él le correspondía la misión de proteger a su señora madre y a sus hermanos pequeños. «Dile a su alteza que he hecho lo que he podido —terminaba la carta—. Dile que siento haberle fallado. Perdí la suerte el mismo día en que perdí los huesos de los dedos, cuando ardió el río ante Desembarco del Rey.»

Repasó las cartas despacio y las releyó varias veces, siempre con la duda de si debería quitar una palabra aquí o añadir otra allá. Alguien que veía tan próximo el fin de su vida debería tener más que decir, pensó, pero le costaba lidiar con las palabras.

«No me ha ido tan mal —trató de convencerse—. Ascendí desde el Lecho de Pulgas hasta llegar a mano del rey, y he aprendido a leer y escribir.»

Aún estaba inclinado sobre las cartas cuando oyó el tintineo de las llaves de hierro en la argolla. Al instante se abrió la puerta de su celda, pero no entró ninguno de sus carceleros: era un hombre alto y delgado, con el rostro surcado de arrugas, que se sujetaba al hombro una capa, de un escarlata intenso, con un broche de plata en forma de guantelete.

—No tenemos mucho tiempo, lord Seaworth —dijo—. Seguidme, por favor.

Davos miró al recién llegado con cautela. El *por favor* le resultaba desconcertante. Nadie trataba con tanta cortesía a alguien que estuviera a punto de perder las manos y la cabeza.

—¿Quién sois?

—Robett Glover, para servir a mi señor.

—Glover. Vuestra residencia era Bosquespeso.

—Era de mi hermano Galbart y aún lo es, gracias a vuestro rey Stannis. Ha recuperado Bosquespeso de manos de la zorra del hierro que nos lo robó, y está dispuesto a devolverlo a sus señores legítimos. Han pasado muchas cosas mientras estabais encerrado entre estas cuatro paredes, lord Davos. Foso Cailin ha caído, y Roose Bolton ha vuelto al norte con la hija pequeña de Ned Stark. Exige pleitesía, rehenes... y testigos para la boda entre Arya Stark y Ramsay Nieve, su bastardo, porque con ese enlace, los Bolton reclamarán Invernalia. ¿Queréis venir conmigo o no? Por favor.

—¿Qué opciones tengo, mi señor? ¿Acompañaros, o quedarme aquí, con Garth y *Lady Lu*?

—¿Quién es *Lady Lu*? ¿Una de las lavanderas? —Glover se impacientaba por momentos—. Os lo explicaremos todo si venís.

Davos se puso en pie.

—Si muero, suplico a mi señor que se encargue de que estas cartas lleguen a su destino.

—Os doy mi palabra, pero si morís no será a manos de los Glover, ni a las de lord Wyman. Deprisa, seguidme.

Glover lo precedió por una estancia oscura y a continuación bajaron por un tramo de peldaños desgastados. Cruzaron el bosque de dioses del castillo, donde el árbol corazón había crecido tanto que había llegado a ahogar a los robles, olmos y hayas, y sus ramas se extendían como gruesos brazos blancos entre las paredes y ventanas que lo rodeaban. Las raíces tenían el grosor del torso de un hombre, y el tronco era tan ancho que la cara tallada en él parecía gorda y enfurecida. Pasaron el arciano de largo, y Glover abrió una verja de hierro oxidada antes de detenerse para encender una antorcha. Esperó hasta que ardió con llama viva antes de seguir bajando para llegar a una cripta de techo abovedado con los muros chorreantes llenos de salitre, en la que chapotearon en agua de mar con cada paso. Atravesaron diversas criptas y también celdas pequeñas, húmedas y malolientes, en nada semejantes a la estancia donde habían tenido confinado a Davos. Se encontraron ante una pared de piedra, que se movió cuando Glover la apretó, y al otro lado había un largo túnel estrecho y más peldaños, aunque ascendentes.

—¿Dónde estamos? —preguntó Davos al tiempo que iniciaban el ascenso; sus palabras retumbaron en la oscuridad.

—En la escalera de debajo de la escalera. Este pasadizo discurre bajo la escalera del Castillo y lleva al Castillo Nuevo. Es una ruta secreta, mi señor. No sería buena cosa que os viera nadie; se supone que estáis muerto.

«Gachas para el cadáver.» Davos siguió subiendo.

Salieron por otra pared, que tenía un lado de listones y yeso. La estancia con que se encontraron era acogedora, cálida y con muebles cómodos:

tenía una alfombra myriense, y en una mesa ardían velas de cera. Davos oyó flautas y violines, no muy lejos. En la pared colgaba una piel de oveja con un mapa del norte de colores desvaídos. Debajo estaba sentado Wyman Manderly, el colosal señor de Puerto Blanco.

—Sentaos, os lo ruego. —Lord Manderly iba ricamente ataviado. El jubón de terciopelo era de un delicado azul verdoso con bordados de hilo de oro en los ribetes, el cuello y las mangas. El manto era de armiño, y se lo sujetaba al hombro con un tridente dorado—. ¿Tenéis hambre?

—No, mi señor. Vuestros carceleros me han alimentado bien.

—Si tenéis sed, hay vino.

—Trataré con vos porque así me lo ha ordenado mi rey, pero no tengo por qué beber con vos.

—Os he dado un recibimiento deleznable, lo sé —suspiró lord Wyman—. Tenía mis motivos, pero... Por favor, sentaos, bebed algo. Os lo suplico. Brindad por el regreso de mi hijo sano y salvo. Wylis, mi primogénito y heredero, ha vuelto a casa. Eso que oís es el banquete de bienvenida. Están en la sala de justicia del Tritón, comiendo empanada de lamprea y venado con castañas asadas. Wynafryd está bailando con el Frey que será su esposo. El resto de los Frey alza las copas para brindar por nuestra amistad. —Bajo la música, Davos alcanzó a oír el rumor de muchas voces, y también el tintineo de copas y bandejas. No dijo nada—. Vengo de la mesa presidencial —prosiguió lord Wyman—. He comido demasiado, como de costumbre, y todo Puerto Blanco sabe que estoy mal de las tripas. Esperemos que mis amigos los Frey no se sorprenderán si mi visita al retrete se prolonga un poco. —Dio la vuelta a la copa de Davos—. Vamos, vos beberéis y yo no. Sentaos. No tenemos mucho tiempo, y sí muchos asuntos que tratar. Robett, vino para la mano, por favor. Lord Davos, puede que no lo sepáis, pero estáis muerto.

Robett Glover llenó una copa de vino y se la tendió a Davos, que la olió antes de beber.

—¿Cómo morí?

—Bajo el hacha. Pusimos vuestra cabeza y vuestras manos sobre la puerta de la Foca, mirando hacia el puerto. Ahora ya estáis muy podrido, y eso que sumergimos vuestra cabeza en brea antes de clavarla en la pica. Según tengo entendido, los cuervos y las aves marinas ya se os han comido los ojos.

Davos se agitó en la silla, incómodo. Estar muerto le causaba una extraña sensación.

—Si no es molestia, me gustaría saber quién murió en mi lugar.

—¿De verdad os importa? Tenéis un rostro muy común, lord Davos, sin ánimo de ofender. Ese hombre tenía el mismo color de piel, la nariz parecida y un par de orejas que no se distinguían mucho de las vuestras, además de una barba larga que cortamos para que se os pareciera más. Lo cubrimos bien de brea, claro, y la cebolla que le metimos entre los dientes le desfiguró los rasgos. Ser Bartimus le serró los dedos de la mano izquierda. Si eso os tranquiliza, era un criminal, y tal vez con su muerte hiciera más bien del que hizo nunca en vida. No tengo nada contra vos, mi señor; la animadversión que os mostré en la sala de justicia del Tritón era una farsa para complacer a nuestros amigos, los Frey.

—Mi señor debería dedicarse al espectáculo —replicó Davos—. Vuestros hombres y vos fuisteis de lo más convincente. Vuestra nuera parecía muy interesada por verme muerto, y la jovencita...

—Wylla —sonrió lord Wyman—. ¿Os fijasteis? Fue muy valiente; hasta cuando la amenacé con cortarle la lengua siguió recordándome que Puerto Blanco contrajo con los Stark de Invernalia una deuda que nunca se podrá saldar. Wylla hablaba con el corazón, igual que lady Leona. Tratad de comprenderla y perdonarla, mi señor. Es una mujer tonta y asustada, y Wylis lo es todo para ella. No todos los hombres pueden ser un príncipe Aemon, un Caballero Dragón o un Symeon Ojos de Estrella, y no todas las mujeres pueden ser tan valerosas como mi Wylla o su hermana Wynafryd... quien, por cierto, estaba al tanto de todo, pero representó su papel con gran aplomo.

»Hasta el hombre más honrado tiene que mentir cuando trata con mentirosos. No podía enfrentarme a Desembarco del Rey mientras allí estuviera prisionero el único hijo varón que me queda. Lord Tywin Lannister me escribió para decirme que Wylis estaba en su poder, y que si quería verlo libre e ileso debía arrepentirme de mi traición, entregar la ciudad, jurar lealtad al niño rey del Trono de Hierro... e hincar la rodilla ante Roose Bolton, su Guardián en el Norte. Si me negaba, Wylis tendría la muerte de un traidor; Puerto Blanco sería arrasado y saqueado, y mi gente sufriría el mismo destino que los Reyne de Castamere.

»Estoy gordo, y por eso hay quien cree que soy débil e idiota. Puede que Tywin Lannister fuera uno de ellos. Le mandé un cuervo para decirle que me doblegaría y abriría las puertas cuando me devolvieran a mi hijo, pero no antes, y así estaban las cosas cuando murió Tywin. Después vinieron los Frey con los huesos de Wendel, para firmar la paz y sellarla con un matrimonio, pero yo no pensaba darles lo que me pedían mientras Wylis no estuviera sano y salvo, y ellos no querían entregarme a Wylis hasta que demostrara mi lealtad. Vuestra llegada me proporcionó los medios, y por eso os traté como os traté en la sala de justicia del Tritón, y por eso hay una cabeza y unas manos pudriéndose en la puerta de la Foca.

—Habéis corrido un gran riesgo, mi señor —señaló Davos—. Si los Frey hubieran descubierto el engaño...

—No he corrido riesgo alguno. Si los Frey se hubieran tomado la molestia de subir a la puerta para examinar con más detenimiento al hombre de la cebolla en la boca, habría echado la culpa del error a los carceleros y os habría entregado para tranquilizarlos.

—Entiendo. —Un escalofrío recorrió la espalda de Davos.

—Eso espero. Decís que vos también tenéis hijos.

«Tres, aunque tuve siete.»

—No puedo demorarme más; he de volver al banquete para brindar con mis amigos los Frey —siguió Manderly—. Me vigilan de cerca. Tienen los ojos clavados en mí día y noche, me olfatean sin cesar por si captan un atisbo de traición. Ya vio a ese arrogante de ser Jared y a su sobrino Rhaegar, el gusano sonriente que lleva nombre de dragón. Detrás de ellos está Symond, que es el que hace tintinear las monedas. Ese ha comprado a varios de mis criados, y a dos caballeros. Una doncella de su esposa ha conseguido meterse en la cama de mi bufón. Si Stannis quiere saber por qué soy tan escueto en mis cartas, es porque ni siquiera confío en mi maestre: a Theomore le sobra cabeza y le falta corazón; ya lo oísteis en el juicio. Se supone que los maestres tienen que olvidar sus antiguas lealtades cuando se ponen la cadena, pero a mí no se me olvida que Theomore nació Lannister en Lannisport y guarda cierto parentesco, aunque lejano, con los Lannister de Roca Casterly. Estoy rodeado de enemigos y amigos traidores, lord Davos. Infestan mi ciudad como cucarachas; de noche siento como me corretean por encima. —El gordo apretó el puño y le temblaron las papadas—. Mi hijo Wendel acudió a los Gemelos como invitado. Comió el pan y la sal de lord Walder, y colgó la espada de la pared para celebrar un banquete entre amigos. ¡Y lo asesinaron! ¡Lo asesinaron, os lo aseguro! ¡Ojalá esos Frey se atraganten con sus mentiras! Yo bebo con Jared, bromeo con Symond y prometo a Rhaegar la mano de mi nieta, pero no penséis ni un momento que he olvidado. El norte recuerda, lord Davos. El Norte recuerda, y esta farsa está a punto de terminar. Mi hijo ha vuelto a casa.

Las palabras y el tono de lord Wyman le helaron la sangre a Davos.

—Si lo que buscáis es justicia, alzad la vista hacia el rey Stannis, mi señor. No hay hombre más justo.

—Vuestra lealtad os honra —interrumpió Robett Glover—, pero Stannis sigue siendo vuestro rey, no el nuestro.

—Vuestro rey murió —le recordó Davos—. Lo asesinaron en la Boda Roja, igual que al hijo de lord Wyman.

—El Joven Lobo ha muerto —asintió Manderly—, pero ese valiente muchacho no era el único hijo de lord Eddard. Robett, trae al chico.

—Ahora mismo, mi señor. —Glover salió por la puerta.

«¿El chico? —¿Era posible que algún hermano de Robb Stark hubiera sobrevivido a la destrucción de Invernalia? ¿Acaso Manderly tenía un Stark escondido en su castillo?— ¿Lo ha encontrado o lo ha improvisado?» Fuera cual fuera el caso, mucho temía que el norte se alzaría por él... pero Stannis Baratheon jamás haría causa común con un impostor.

El muchacho que volvió con Robett Glover no era un Stark ni nadie habría intentado hacerlo pasar por tal. Era mayor que los hermanos del Joven Lobo: aparentaba catorce o quince años, y sus ojos eran aún mayores. Bajo la maraña de pelo castaño oscuro, el rostro era animalesco, con la boca ancha, la nariz afilada y la barbilla puntiaguda.

—¿Quién eres? —le preguntó Davos.

El chico miró a Robett Glover.

—Es mudo, pero le hemos enseñado a escribir. Aprende deprisa. Glover se sacó el puñal del cinturón y se lo tendió—. Escribe tu nombre para que lo vea lord Seaworth.

En la estancia no había pergamino, así que el chico grabó las letras en una viga de la pared. W... E... X. Marcó la X con más energía. Al terminar hizo girar el puñal en el aire, lo cogió al vuelo y admiró su obra.

—Wex es hijo del hierro. Era el escudero de Theon Greyjoy, y estuvo en Invernalia. —Glover se sentó—. ¿Hasta dónde está informado lord Stannis de lo que sucedió allí?

—Theon Greyjoy, el pupilo de lord Stark, capturó Invernalia, mató a los dos hijos pequeños de Stark y clavó sus cabezas en picas en la muralla del castillo, a la vista de todos. Cuando lo atacaron los norteños pasó por la espada a todo el castillo, hasta el último niño, antes de que lo matara el bastardo de lord Bolton.

—No lo mató —apuntó Glover—. Lo apresó y se lo llevó a Fuerte Terror. El Bastardo se ha dedicado a desollarlo.

—Ese cuento que contáis ya lo hemos oído —lord Wyman asintió—, una historia con más mentiras que palabras. Quien pasó por la espada a toda Invernalia fue el Bastardo de Bolton, que entonces se llamaba Ramsay Nieve, aunque ahora el niño rey le ha concedido el apellido de

Bolton. Y Nieve no los mató a todos: dejó vivas a las mujeres, las ató juntas y las hizo caminar hasta Fuerte Terror para practicar su deporte.

—¿Su deporte?

—Es un gran cazador —dijo Wyman Manderly—, y las mujeres son su presa favorita. Le gusta desnudarlas y soltarlas por el bosque, y les da medio día de ventaja antes de salir a cazarlas con perros y cuernos. De vez en cuando, alguna escapa con vida y puede contarlo; pocas tienen tanta suerte. Cuando Ramsay las captura, las viola, las desuella, echa el cadáver a los perros y se lleva la piel a Fuerte Terror a modo de trofeo. Si le han proporcionado una buena cacería, les corta el cuello antes de desollarlas. Si no, al revés.

—Por los dioses —palideció Davos—. ¿Cómo puede nadie...?

—Le corre el mal por las venas —dijo Robett Glover—. Es bastardo, fruto de una violación. Es un Nieve, diga lo que diga el niño rey.

—¿Cuándo se ha visto nieve tan negra? —apuntó lord Wyman—. Ramsay se apoderó de las tierras de lord Hornwood obligando a su viuda a casarse con él, y a continuación la encerró en una torre y se olvidó de ella. Se dice que la pobre mujer llegó a comerse sus propios dedos. ¿Y cuál es la justicia del rey según los Lannister? Recompensar al asesino con la hijita de Ned Stark.

—Los Bolton siempre han sido tan crueles como astutos, pero este más bien parece una bestia con piel de hombre —dijo Glover.

—Los Frey no son mucho mejores. —El señor de Puerto Blanco se inclinó hacia delante—. No paran de hablar de cambiapieles, y dicen que fue Robb Stark quien mató a mi Wendel. ¡Serán arrogantes...! Ni siquiera esperan que en el norte nos creamos sus mentiras, pero sí que finjamos creerlas para no morir. Roose Bolton miente sobre su participación en la Boda Roja, y su bastardo miente sobre la caída de Invernalia. Y mientras tuvieron a Wylis en su poder, no me quedó más remedio que comerme toda esa mierda y alabar su buen sabor.

—¿Y ahora, mi señor? —preguntó Davos.

«Ahora rendiré pleitesía al rey Stannis», esperaba oír de labios de lord Wyman; pero el gordo le dedicó una sonrisa enigmática, cargada de intención.

—Ahora tengo que asistir a una boda. Estoy demasiado gordo para montar a caballo, salta a la vista. De niño me encantaba cabalgar, y de joven manejaba la montura lo suficientemente bien para conseguir unos cuantos triunfos menores en las justas, pero esos tiempos quedaron atrás. Mi cuerpo se ha convertido en una cárcel más temible que la Guarida del

Lobo, pero he de ir a Invernalia. Roose Bolton quiere verme de rodillas, y me muestra el puño de hierro bajo el terciopelo de la cortesía. Viajaré en barcaza y litera, con una escolta de cien caballeros y la compañía de mis buenos amigos de Los Gemelos. Los Frey llegaron por mar y no tienen caballos, así que le regalaré un palafrén a cada uno de mis invitados. ¿Aún es costumbre en el sur dar regalos a los invitados?

—Hay quien lo hace, mi señor. Por lo general, el día de su partida.

—En ese caso, quizá me entendáis. —Wyman Manderly se puso en pie trabajosamente—. Llevo más de un año construyendo barcos de guerra. Ya habéis visto algunos, pero hay muchos más escondidos Cuchillo Blanco arriba. Pese a las pérdidas que he sufrido, aún tengo más hombres a caballo que ningún otro señor al norte del Cuello. Mis murallas son fuertes y mis criptas están llenas de plata. Castillo Viejo y la Atalaya de la Viuda me seguirán. Tengo como vasallos a una docena de señores menores y a cien caballeros hacendados. Puedo ofrecer al rey Stannis la lealtad de todas las tierras del este del Cuchillo Blanco, desde la Atalaya de la Viuda y Puerta del Carnero hasta la colina Cabeza de Oveja y los manantiales del Rama Rota. Y eso haré si pagáis mi precio.

—Puedo transmitir vuestras condiciones al rey, pero...

—Si pagáis mi precio vos, no Stannis —interrumpió lord Wyman—. No me hace falta un rey, sino un contrabandista.

—Puede que nunca sepamos bien qué pasó en Invernalia —dijo Robett Glover— cuando ser Rodrik Cassel intentó recuperar el castillo de manos de los hombres del hierro encabezados por Theon Greyjoy. El Bastardo de Bolton jura y perjura que Greyjoy mató a ser Rodrik durante las negociaciones. Wex lo niega, pero no sabremos la verdad hasta que aprenda más letras. Lo cierto es que cuando llegó a nosotros, sabía escribir sí y no... y con eso se puede llegar muy lejos si se formulan las preguntas adecuadas.

—El Bastardo mató a ser Rodrik y a los hombres de Invernalia —dijo lord Wyman—. También mató a los hombres del hierro de Greyjoy. Wex vio como los asesinaban cuando intentaban rendirse. Cuando le preguntamos cómo había conseguido escapar él, cogió el yeso y dibujó un árbol con cara.

—¿Lo salvaron los antiguos dioses? —señaló Davos tras pensar unos instantes.

—En cierto modo. Se subió al árbol corazón y se escondió entre las ramas. Los hombres de Bolton registraron dos veces el bosque de dioses y mataron a todos los hombres que encontraron, pero a ninguno se le ocurrió trepar a los árboles. ¿No fue así, Wex?

El chico hizo girar en el aire el puñal de Glover, lo atrapó y asintió.

—Se quedó mucho tiempo en la copa del árbol —siguió Glover—. Dormía en las ramas porque no se atrevía a bajar. Por fin oyó voces debajo.

—Las voces de los muertos —apuntó Wyman Manderly.

Wex les mostró cinco dedos, se los tocó uno por uno con el puñal, dobló cuatro y volvió a tocarse el último.

—Eran seis —interpretó Davos.

—Y dos de ellos eran los hijos asesinados de Ned Stark.

—¿Cómo pudo deciros eso un mudo?

—Con tiza. Dibujó dos niños... y dos lobos.

—El chaval es hijo del hierro, así que prefirió que no lo vieran y se quedó escuchando —dijo Glover—. Ninguno de los seis se quedó en las ruinas de Invernalia. Cuatro se fueron por un camino y dos por otro. Wex siguió a los dos, que eran una mujer y un niño. Se mantuvo siempre a contraviento para que no lo oliera el lobo.

—Sabe adónde fueron —intervino lord Wyman.

—Queréis al chico. —Davos lo había comprendido de repente.

—Roose Bolton tiene a la hija de lord Eddard. Para combatirlo, Puerto Blanco necesita al hijo de Ned... y a su lobo. El lobo demostrará que el chico es quien decimos que es, por si en Fuerte Terror se atreven a acusarlo de impostor. Ese es mi precio, lord Davos. Usad vuestros talentos de contrabandista para traerme a mi señor, y Stannis Baratheon será mi rey.

Los viejos instintos hicieron que Davos Seaworth se llevara la mano al cuello. Sus falanges le habían dado suerte y tenía la sensación de que la necesitaría, en grandes cantidades, para hacer lo que le pedía Wyman Manderly. Pero ya no tenía los huesos.

—Tenéis hombres mejores que yo a vuestro servicio; disponéis de caballeros, señores y maestres. ¿Qué falta os hace un contrabandista? Ya tenéis barcos.

—Tengo barcos —asintió lord Wyman—, pero los tripulan hombres del río y pescadores que nunca han llegado más allá del Mordisco. Para esto necesito de un hombre que haya navegado por aguas oscuras y sepa trazar un curso para atravesar el peligro sin ser visto.

—¿Dónde está el chico? —Davos tenía la sensación de que no le gustaría la respuesta—. ¿Adónde queréis que vaya, mi señor?

—Enséñaselo, Wex —ordenó Robett Glover.

El mudo hizo girar el puñal en el aire, lo atrapó y lo cogió por la punta para lanzarlo contra el mapa de cuero de oveja que adornaba la pared de lord Wyman. El puñal se clavó y se quedó vibrando, y el muchacho sonrió.

Durante un momento, Davos sopesó la posibilidad de pedir a Wyman Manderly que lo mandara de nuevo a la Guarida del Lobo, con ser Bartimus y sus cuentos, con Garth y sus letales amigas. En la Guarida, hasta los prisioneros comían gachas por las mañanas, pero en el mundo había otros lugares donde los hombres desayunaban carne humana.

Daenerys

Todas las mañanas, la reina se apoyaba en el pretil y contaba las velas de la bahía de los Esclavos. En aquella ocasión eran veinticinco, aunque algunas estaban muy lejos y se movían, así que no podía estar segura. En ocasiones se saltaba una o contaba otra dos veces.

«¿Qué más da? A un estrangulador le basta con diez dedos.» El comercio era inexistente y los pescadores no se atrevían a salir a la bahía. Los más osados todavía lanzaban sus sedales en el río, pero hasta eso resultaba arriesgado. Casi todos habían dejado la barca amarrada al pie de la muralla multicolor de Meereen. En la bahía también había barcos de la ciudad: navíos de guerra y galeras mercantes cuyos capitanes se habían hecho a la mar cuando Dany emprendió el asedio de la ciudad y que habían regresado para sumarse a las flotas de Qarth, Tolos y el Nuevo Ghis.

La asesoría de su almirante había resultado peor que inútil.

—Mostradles a vuestros dragones —dijo Groleo—. Que los yunkios prueben su fuego, y el comercio se reanudará.

—Esos barcos nos estrangulan y mi almirante solo sabe hablar de dragones —replicó Dany—. Porque sois mi almirante, ¿no?

—Un almirante sin barcos.

—¡Pues construidlos!

—Los navíos de guerra no se hacen con ladrillos. Los esclavistas quemaron todos los árboles en veinte leguas a la redonda.

—Entonces, cabalgad veintidós leguas. Os proporcionaré carromatos, hombres, mulas, lo que necesitéis.

—Soy marino, no armador. Mi misión era llevar a vuestra alteza de regreso a Pentos, pero vos nos trajisteis aquí e hicisteis pedazos mi *Saduleon* para aprovechar unos cuantos clavos y tablones. Nunca volveré a tener un barco como aquel. Puede que nunca vuelva a ver mi hogar ni a mi anciana esposa. No fui yo quien rechazó los barcos que nos ofrecía el tal Daxos y, desde luego, no puedo luchar contra los qarthienses con barcas de pesca.

Tanta amargura la desalentó hasta el punto de que pensó que el canoso pentoshi podía ser uno de sus tres traidores.

«No, no es más que un viejo que está lejos de su casa y se muere de nostalgia.»

—Tiene que haber algo que podamos hacer.

—Sí, ya os lo he dicho. Esos barcos están hechos de sogas, de brea, de lona, de pino qohoriense y teca de Sothoros, de roble procedente de Gran Norvos, de tejo, de fresno, de abeto... De madera, alteza. La madera arde. Los dragones...

—No quiero volver a oír hablar de dragones. Marchaos. Id a rezar a vuestros dioses pentoshi para que envíen una tormenta que hunda los barcos de nuestros enemigos.

—Los marinos nunca pediríamos tormentas en nuestras oraciones, alteza.

—Estoy harta de que me digáis lo que no haríais. Marchaos.

Ser Barristan se quedó.

—Por ahora tenemos abundantes provisiones en los almacenes —le recordó—, y vuestra alteza ha plantado alubias, viñas y trigo. Vuestros dothrakis han expulsado a los esclavistas de las colinas y han roto las cadenas de sus esclavos, que también están plantando y traerán sus cosechas al mercado de Meereen. También tenéis la amistad de Lhazar.

«Me la consiguió Daario, menuda cosa.»

—Los hombres cordero. Si los corderos tuvieran colmillos...

—Sin duda, los lobos irían con más cuidado.

Los dos se echaron a reír.

—¿Qué tal se desenvuelven vuestros huérfanos?

—Bien, alteza. —El anciano caballero sonrió. Aquellos niños eran su orgullo—. Sois muy amable al interesaros. Cuatro o cinco, y si apuramos, hasta una docena, tienen madera, podrían ser caballeros.

—Con uno sería suficiente, si fuera tan buen caballero como vos. —Tal vez no tardara en llegar el día en que necesitaría a todos y cada uno de sus caballeros—. ¿Creéis que pueden justar para que los vea?

Viserys le había hablado muchas veces de los torneos que había presenciado en los Siete Reinos, pero Dany no había visto nunca una justa.

—Aún no están preparados, alteza. Cuando lo estén, seguro que estarán encantados de demostraros su habilidad.

—Espero que ese día llegue pronto. —Iba a dar un beso en la mejilla al caballero, pero en aquel momento apareció Missandei en el arco de la entrada—. Dime, Missandei.

—Skahaz os espera, alteza.

—Hacedlo subir.

El Cabeza Afeitada llegó con dos de sus bestias de bronce. Uno llevaba máscara de halcón, y el otro, de chacal. Detrás del metal solo se veían los ojos.

—Esplendor, a última hora de la tarde de ayer se vio a Hizdahr entrando en la pirámide de Zhak. No salió hasta bien avanzada la noche.

—¿Cuántas pirámides ha visitado ya? —preguntó Dany.

—Once.

—¿Cuántos días han transcurrido desde el último asesinato?

—Veintiséis.

Los ojos del Cabeza Afeitada desbordaban rabia. Había sido idea suya que las bestias de bronce siguieran al pretendiente y tomaran buena nota de todo lo que hiciera.

—Hasta ahora, Hizdahr ha cumplido su promesa.

—¿Cómo lo ha hecho? Los Hijos de la Arpía han envainado los cuchillos, pero ¿por qué? ¿Porque el noble Hizdahr se lo ha pedido con buenos modales? Es uno de ellos, os lo digo yo. Por eso lo obedecen. Tal vez sea la mismísima Arpía.

—Si es que hay una Arpía.

Skahaz estaba convencido de que los Hijos de la Arpía tenían en algún lugar de Meereen un cabecilla de alta cuna, un general secreto que dirigía su ejército de sombras. Dany no pensaba lo mismo. Las bestias de bronce habían capturado a docenas de hijos de la arpía, y los supervivientes se dedicaban a escupir nombres después del interrogatorio brusco. Demasiados nombres para su gusto. Habría sido maravilloso que todos los asesinatos fueran obra de un único enemigo al que pudieran capturar y matar, pero Dany se temía que no era así.

«Mis enemigos son legión.»

—Hizdahr zo Loraq es un hombre persuasivo y tiene muchos amigos. También es rico. Puede que haya comprado la paz con oro, o tal vez ha convencido a otros nobles de que nuestro matrimonio es lo que más les conviene.

—Si no es la Arpía, sabe quién es. Me será fácil averiguar la verdad. Dadme permiso para interrogar a Hizdahr, y os traeré su confesión.

—No. No me fío de esas confesiones. Me habéis traído demasiadas, todas inútiles.

—Pero, esplendor...

—He dicho que no.

El ceño fruncido hizo todavía menos atractivo el rostro del Cabeza Afeitada.

—Cometéis un error. El gran amo Hizdahr toma a vuestra adoración por estúpida. ¿Queréis meter una serpiente en vuestra cama?

«Quiero meter a Daario en mi cama, pero lo he alejado de mí por tu bien y el de los tuyos.»

—Podéis seguir vigilando a Hizdahr zo Loraq, pero no quiero que le pase nada malo. ¿Entendido?

—No estoy sordo, magnificencia. Se hará como decís. —Skahaz se sacó un pergamino de la manga—. Vuestra adoración tiene que ver esto. Es una lista de los barcos meereenos que toman parte en el bloqueo y de sus capitanes. Todos son grandes amos.

Dany examinó el pergamino, que enumeraba todas las familias gobernantes de Meereen: Hazkar, Merreq, Quazzar, Zhak, Rhazdar, Ghazeen, Pahl... Hasta Reznak y Loraq.

—¿Qué queréis que haga con una lista de nombres?

—Todos esos hombres tienen parientes en la ciudad: hijos, hermanos, esposa, madre... Permitid que mis bestias de bronce los tomen prisioneros. Así podréis recuperar esos barcos.

—Permitir que las bestias de bronce entren en las pirámides sería una declaración de guerra sin cuartel dentro de la ciudad. Tengo que confiar en Hizdahr. Tengo que mantener viva la esperanza de paz.

Sostuvo el pergamino sobre una vela para que las llamas devoraran los nombres, pese al ceño fruncido de Skahaz.

Más tarde, cuando ser Barristan le dijo que su hermano Rhaegar habría estado orgulloso de ella, Dany recordó lo que le había dicho ser Jorah en Astapor: «Rhaegar luchó con valentía. Rhaegar luchó con nobleza. Y Rhaegar murió».

Cuando bajó a la sala de mármol violeta, la encontró casi desierta.

—¿Hoy no hay peticionarios? —preguntó a Reznak mo Reznak—. ¿Ningún sediento de justicia? ¿Nadie que pida plata por sus ovejas?

—No, adoración. La ciudad tiene miedo.

—No hay nada que temer.

Pero había mucho que temer, tal como descubrió aquella misma tarde. Cuando Miklaz y Kezmya, dos de sus jóvenes rehenes, estaban sirviéndole una sencilla ensalada de brotes de otoño y una sopa de jengibre, Irri se presentó para anunciarle que había llegado Galazza Galare con tres gracias azules del templo.

—También ha venido Gusano Gris, *khaleesi*. Suplican hablar con vos; es muy urgente.

—Que pasen a la sala, y llama a Reznak y a Skahaz. ¿La gracia verde ha dicho de qué se trata?

—De Astapor —respondió Irri.

Fue Gusano Gris quien empezó el relato:

—El hombre surgió de la bruma matinal, moribundo, a lomos de una yegua blanca que se aproximaba a la ciudad tambaleándose. La yegua tenía los flancos rosados de sangre y espuma, y los ojos desencajados de terror. El jinete gritó: «¡Está ardiendo! ¡Está ardiendo!», y cayó de la silla. Hicieron llamar a uno, que dio orden de que llevaran al jinete ante las gracias azules. Cuando vuestros siervos lo introducían en la ciudad, gritó de nuevo: «¡Está ardiendo!». Bajo el *tokar* no era más que un esqueleto, todo huesos y carne febril.

—Los inmaculados lo llevaron al templo —prosiguió una de las gracias azules—, donde lo desnudamos y lo bañamos con agua fría. Tenía la ropa manchada, y mis hermanas le encontraron media flecha clavada en el muslo; había roto el astil, pero la punta se le había quedado dentro y la herida se le había infectado, envenenándole el cuerpo. Murió en menos de una hora, sin dejar de gritar que estaba ardiendo.

—Está ardiendo —repitió Daenerys—. ¿Qué está ardiendo?

—Astapor, esplendor —aportó otra gracia azul—. Lo dijo en una ocasión. Astapor está ardiendo.

—Puede que la fiebre hablara por su boca.

—Su esplendor dice palabras sabias —intervino Galazza Galare—, pero Ezzara vio algo más.

La gracia azul llamada Ezzara cruzó las manos.

—Mi reina —murmuró—, la fiebre no se la había causado la flecha. Ese hombre se había ensuciado encima, no una, sino muchas veces. Los excrementos le llegaban a las rodillas, y en ellos encontramos sangre seca.

—Dice Gusano Gris que la yegua sangraba.

—Así es, alteza —confirmó el eunuco—. Hizo sangre a la yegua clara con las espuelas.

—Es posible, esplendor —dijo Ezzara—, pero la sangre del hombre estaba mezclada con los excrementos, y le había manchado la ropa interior.

—Le sangraban las entrañas —dijo Galazza Galare.

—No estamos seguros —siguió Ezzara—, pero puede que las lanzas de los yunkios no sean la peor amenaza a la que se enfrenta Meereen.

—Hemos de rezar —dijo la gracia verde—. Los dioses nos han enviado a ese hombre. Es un augurio, una señal.

—¿Una señal de qué? —quiso saber Dany.

—Una señal de ira y destrucción.

La reina se negó a creerlo.

—No era más que un hombre, un hombre enfermo con una flecha en la pierna. Lo trajo un caballo, no un dios. —«Una yegua clara.» Dany se levantó bruscamente—. Os doy las gracias por vuestros consejos y por todo lo que hicisteis por ese pobre hombre.

Antes de salir, la gracia verde besó los dedos de Dany.

—Rezaremos por Astapor.

«Y por mí. Rezad por mí, mi señora.» Si Astapor había caído, no quedaba nada que impidiera a Yunkai volverse hacia el norte. Se dirigió a ser Barristan.

—Mandad emisarios a las colinas para que hagan venir a mis jinetes de sangre. Convocad también a Ben el Moreno y a los Segundos Hijos.

—¿Qué hay de los Cuervos de Tormenta, alteza?

«Daario.»

—Sí. Claro. —Hacía tan solo tres noches había soñado que Daario yacía muerto junto al camino, con los ojos abiertos mirando hacia el cielo sin ver y los cuervos disputándose sus restos. Otras noches daba vueltas en la cama imaginando que la había traicionado como traicionó a los otros capitanes de los Cuervos de Tormenta. «Me trajo sus cabezas.» ¿Y si había guiado a sus hombres de vuelta a Yunkai para venderla por un cofre de oro? «Daario no haría eso. ¿Verdad?»—. A los Cuervos de Tormenta, también. Enviad jinetes en su busca.

Los Segundos Hijos fueron los primeros en llegar, ocho días después de que la reina enviara a sus emisarios. Cuando ser Barristan le dijo que el capitán quería hablar con ella, a Dany le saltó el corazón en el pecho al pensar que se trataba de Daario, pero el caballero se refería a Ben Plumm el Moreno.

Ben el Moreno tenía el rostro curtido y lleno de cicatrices, con la piel del color de la teca vieja, el pelo blanco y marcadas patas de gallo. Dany se alegró tanto de verlo que le dio un abrazo, y en los ojos del hombre brilló una chispa de diversión.

—Me habían dicho que vuestra alteza iba a casarse, pero no que era conmigo. —Rieron juntos sin hacer caso de la indignación de Reznak, pero las carcajadas duraron poco—. Hemos capturado a tres astaporis. Vuestra adoración tiene que escuchar lo que dicen.

—Hacedlos pasar.

Daenerys los recibió en la majestuosidad de su salón, entre cirios que ardían junto a las columnas de mármol. Al ver que los astaporis estaban famélicos ordenó llevar comida al instante. Aquellas tres personas eran las únicas que quedaban del grupo de doce que había salido de la Ciudad Roja: un albañil, una tejedora y un zapatero.

—¿Qué ha sido de vuestros compañeros? —preguntó la reina.

—Los mataron —respondió el zapatero—. Las colinas del norte de Astapor están plagadas de mercenarios yunkios que dan caza a los que huyen de las llamas.

—Entonces, ¿ha caído la ciudad? Su muralla era gruesa.

—Cierto —dijo el albañil, un hombre encorvado de ojos legañosos—, pero también era vieja y se estaba desmoronando.

—Día tras día nos repetíamos que la reina dragón iba a volver. —La tejedora tenía los labios finos y los ojos apagados, hundidos en el rostro demacrado—. Se rumoreaba que Cleon os habían enviado mensajeros y que pronto volveríais.

«Me envió mensajeros —pensó Dany—, hasta ahí es verdad.»

—Al otro lado de la muralla, los yunkios esquilmaban nuestras cosechas y mataban nuestro ganado —intervino el zapatero—. En la ciudad nos moríamos de hambre. Nos comimos los gatos, las ratas, todo el cuero. Una piel de caballo era un banquete. El Rey Asesino y la Reina Puta se acusaron mutuamente de comerse la carne de los muertos. Hombres y mujeres se reunían en secreto para hacer un sorteo y devorar al que sacara la piedra negra. La pirámide de Nakloz fue expoliada e incendiada por los que aseguraban que el culpable de todas nuestras desdichas era Kraznys mo Nakloz.

—Hubo quien decía que la culpable era Daenerys —dijo la tejedora—, pero la mayoría de nosotros os seguía amando. «Ya está en camino —nos decíamos—. Viene a la cabeza de un gran ejército y trae comida para todos.»

«Casi no puedo alimentar a mi propio pueblo. Si hubiera marchado a Astapor, habría perdido Meereen.»

El zapatero les dijo que la gracia verde de Astapor había tenido una visión según la cual el Rey Carnicero los salvaría de los yunkios, de modo que desenterraron su cadáver, le pusieron una armadura, ataron los hediondos restos a un caballo famélico y lo colocaron al frente de los nuevos inmaculados para que encabezara una incursión, pero la pequeña tropa cabalgó directamente hacia los dientes de acero de una legión del Nuevo Ghis, que acabó con todos.

—A la gracia verde la empalaron en la plaza del Castigo. En la pirámide de Ullhor, los supervivientes celebraron un gran banquete que duró hasta bien entrada la noche, y lo remataron con vino envenenado para no tener que despertar a la mañana siguiente. Después llegó la enfermedad, la colerina sangrienta que acabó con tres hombres de cada cuatro, hasta que una turba de moribundos enloqueció y mató a los guardias de la puerta principal.

—No —interrumpió el viejo albañil—. Eso fue obra de los que aún tenían salud y querían huir de la enfermedad.

—¿Qué más da? —replicó el zapatero—. El caso es que descuartizaron a los guardias y abrieron las puertas. Las legiones del Nuevo Ghis entraron en Astapor, seguidas por los yunkios y los mercenarios a caballo. La Reina Puta murió con una maldición en los labios, luchando contra ellos. El Rey Asesino se rindió, y lo arrojaron a un reñidero para que lo despedazara una manada de perros hambrientos.

—Incluso entonces había quien decía que ibais a llegar —dijo la tejedora—. Decían que os habían visto a lomos de un dragón, sobrevolando los campos de los yunkios. Os esperábamos día tras día.

«No podía ir —pensó la reina—. No me atrevía.»

—¿Cayó la ciudad? —preguntó Skahaz—. ¿Qué pasó después?

—Después empezó la matanza. El templo de las Gracias estaba lleno de enfermos que habían ido a pedir a los dioses que los sanaran. Las legiones cerraron las puertas y prendieron fuego al edificio. En menos de una hora había focos de incendio en toda la ciudad, que se unieron y se extendieron. Las calles estaban llenas de gente que corría de un lugar a otro para huir de las llamas, pero no había escapatoria. Los yunkios controlaban las puertas.

—Pero vosotros lograsteis escapar —señaló el Cabeza Afeitada—. ¿Cómo?

—Soy albañil de oficio —dijo el anciano—; me dedico a la construcción, igual que mi padre y mi abuelo. Mi abuelo construyó nuestra casa contra la muralla de la ciudad, así que me resultó fácil aflojar unos cuantos ladrillos cada noche. Cuando se lo conté a mis amigos, me ayudaron a apuntalar el túnel para que no se derrumbara. Todos pensamos que no sería mala idea tener preparada una salida.

«Os dejé un consejo para que os gobernara —pensó Dany—: un sanador, un sabio y un sacerdote. —Recordaba cómo era la Ciudad Roja cuando la vio por primera vez: seca y polvorienta tras su muralla de ladrillo rojizo, llena de sueños lúgubres, pero también de vida—. En el Gusano había islas donde se besaban los amantes, pero en la plaza del Castigo les arrancaban la piel a tiras a los hombres y los dejaban como pasto de las moscas.»

—Me alegro de que hayáis venido —dijo a los astaporis—. En Meereen estaréis a salvo.

El zapatero le dio las gracias y el viejo albañil le besó el pie, pero la tejedora la miró con ojos duros como la piedra.

«Sabe que miento —pensó la reina—. Sabe que no los mantendré a salvo. Astapor está ardiendo, y Meereen sufrirá el mismo destino.»

—Están llegando más —le anunció Ben el Moreno cuando los astaporis salieron de la estancia—. Estos tres iban a caballo; la mayoría viene a pie.

—¿Cuántos son? —preguntó Reznak.

—Cientos. Miles. —Ben el Moreno se encogió de hombros—. Unos enfermos, otros heridos, otros quemados... Los gatos y los Hijos del Viento están en las colinas, acosándolos a lanza y a látigo, matando a los rezagados.

—Bocas con patas. ¡Y enfermos! —Reznak se retorció las manos—. Vuestra adoración no puede permitir que entren en la ciudad.

—Yo, desde luego, no lo permitiría —dijo Ben Plumm el Moreno—. No soy maestre ni nada parecido, pero sé que hay que separar las manzanas podridas de las sanas.

—No son manzanas, Ben —replicó Dany—. Son hombres y mujeres, enfermos, hambrientos y aterrados. —«Mis hijos»—. Tendría que haber ido a Astapor.

—Vuestra alteza no habría podido salvarlos —dijo ser Barristan—. Alertasteis al rey Cleon del peligro de esa guerra contra Yunkai. Era un imbécil y tenía las manos manchadas de sangre.

«¿Y yo las tengo más limpias?» Recordó lo que le había dicho Daario: que todo rey tenía que ser carne o carnicero.

—Cleon era el enemigo de nuestro enemigo. Si me hubiera unido a él en los Cuernos de Hazzat, juntos quizá habríamos aplastado a los yunkios.

—Si os hubierais llevado a los Inmaculados al sur, a Hazzat —objetó el Cabeza Afeitada—, los Hijos de la Arpía...

—Ya lo sé, ya lo sé. Otra vez lo de Eroeh.

—¿Quién es Eroeh? —Ben Plumm el Moreno la miró, desconcertado.

—Una muchacha a la que creí haber salvado de la violación y la tortura. Lo único que conseguí fue empeorar su situación. Y lo único que conseguí en Astapor fue crear diez mil Eroehs.

—Vuestra alteza no tenía manera de saber...

—Soy la reina. Mi obligación es saber.

—Lo hecho, hecho está —zanjó Reznak mo Reznak—. Adoración, os suplico que toméis como esposo al noble Hizdahr, y de inmediato. Él puede hablar con los sabios amos y conseguirnos la paz.

—¿Con qué condiciones? —«Guardaos del senescal perfumado», le había dicho Quaithe. La mujer enmascarada había augurado la llegada de la yegua clara; ¿tendría razón también acerca del noble Reznak?—. Solo soy una niña y no comprendo el arte de la guerra, pero no soy un cordero que entre balando en la guarida de la arpía. Todavía tengo a mis Inmaculados. Tengo a los Cuervos de Tormenta y a los Segundos Hijos. Tengo tres compañías de libertos.

—Y dragones —añadió Ben Plumm el Moreno con una sonrisa.

—En la fosa, encadenados —sollozó Reznak mo Reznak—. ¿De qué sirve tener dragones si no es posible controlarlos? Hasta los inmaculados tienen miedo cuando llega la hora de abrir las puertas para darles de comer.

—¿Cómo? ¿Temen a los adorables animalitos de la reina?

Los ojos de Ben el Moreno rebosaban risa. El viejo capitán de los Segundos Hijos era un claro ejemplo de las compañías libres, un mestizo con sangre de doce pueblos diferentes en las venas, pero siempre había tenido cariño a los dragones, y ellos a él.

—¿Animalitos? —aulló Reznak—. ¡Monstruos, diréis! Monstruos que se alimentan de niños; no podemos...

—¡Silencio! —ordenó Daenerys—. No hablamos de eso.

Reznak se encogió visiblemente para protegerse de la furia de su voz.

—Perdonadme, magnificencia, no debería...

Ben Plumm el Moreno lo hizo callar sin miramientos.

—Alteza, los yunkios tenían tres compañías de libertos para enfrentarse a las dos nuestras, y se dice que han enviado emisarios a Volantis para traer de vuelta a la Compañía Dorada. Esos hijos de puta son más de diez mil. Yunkai tiene además cuatro legiones ghiscarias como mínimo, y tengo entendido que han enviado jinetes por el mar dothraki para lanzar contra nosotros a algunos de los *khalasares* grandes. Me parece que necesitamos a los dragones.

—Lo siento, Ben —suspiró Dany—. No me atrevo a soltarlos.

Saltaba a la vista que no era la respuesta que Plumm quería oír. Se rascó las patillas canosas.

—En fin, si no podemos poner los dragones sobre la mesa... Deberíamos marcharnos antes de que esos cabrones yunkios cierren la trampa. Pero si los esclavistas van a vernos la espalda, al menos que paguen por ello. Si pagan a los *khals* para que dejen en paz sus ciudades, ¿por qué no van a pagarnos a nosotros? Podemos venderles Meereen y emprender el viaje hacia Poniente con carros de oro, gemas y demás.

—¿Estáis sugiriendo que saquee Meereen y huya? Ni hablar. Gusano Gris, ¿mis libertos están preparados para la batalla?

—No son inmaculados, pero no os dejarán en mal lugar. —El eunuco se cruzó de brazos—. Uno os lo jura sobre la espada y la lanza, adoración.

—Bien. Muy bien. —Daenerys contempló los rostros que la rodeaban: el ceño fruncido del Cabeza Afeitada; las arrugas y los tristes ojos azules de ser Barristan; la piel pálida y sudorosa de Reznak mo Reznak; las canas y la cara curtida como el cuero viejo de Ben el Moreno; la expresión impávida del lampiño Gusano Gris.

«Daario debería estar aquí, y mis jinetes de sangre —pensó—. Si va a haber una batalla, la sangre de mi sangre tendría que estar conmigo. —También echaba de menos a ser Jorah Mormont—. Me mintió, informó sobre mí, pero me apreciaba y siempre me dio buenos consejos.»

—Ya he derrotado a los yunkios y volveré a derrotarlos. Lo que no sé aún es dónde ni cómo.

—¿Queréis salir a campo abierto? —La voz del Cabeza Afeitada rezumaba incredulidad—. Sería una locura. Nuestra muralla es más alta y gruesa que la de Astapor, y nuestros defensores, más valientes. A los yunkios no les resultará tan fácil tomar la ciudad.

—No, no podemos permitir que nos asedien —protestó ser Barristan—. Su ejército es una amalgama; esos esclavistas no son soldados. Si los pillamos desprevenidos...

—Es improbable —replicó el Cabeza Afeitada—. Los yunkios tienen muchos amigos dentro de la ciudad; se enterarán.

—¿Cómo es de numeroso el ejército que podemos reunir? —preguntó Dany.

—Si me perdonáis que os lo diga, no lo suficiente —replicó Ben Plumm el Moreno—. ¿Qué opina Naharis? Si vamos a luchar, necesitamos a sus Cuervos de Tormenta.

—Daario sigue fuera. —«Dioses, ¿qué he hecho? ¿Lo he enviado a la muerte?»—. Ben, necesito que los Segundos Hijos informen sobre nuestros enemigos. Quiero saber dónde están, a qué velocidad avanzan, cuántos hombres tienen y cómo están dispuestos.

—Necesitaremos provisiones, y también caballos descansados.

—Claro. Encargaos de todo, ser Barristan.

Ben el Moreno se rascó la barbilla.

—Tal vez podríamos atraer a algunos a nuestro bando. Si a vuestra alteza le sobran unas cuantas sacas de oro y piedras preciosas, para que sus capitanes nos entiendan mejor... Bueno, ¿quién sabe?

—¿Comprarlos? ¿Por qué no? —asintió Dany. Sabía que era cosa habitual entre las compañías libres de las Tierras de la Discordia—. Sí, buena idea. Encargaos vos, Reznak. Cuando salgan los Segundos Hijos, cerrad las puertas y doblad la vigilancia en la muralla.

—Se hará como decís, magnificencia —dijo Reznak mo Reznak—. ¿Qué hacemos con los astaporis?

«Mis hijos.»

—Vienen en busca de ayuda, amparo, protección. No podemos darles la espalda.

—Alteza —intervino ser Barristan con el ceño fruncido—, no sería la primera vez que la colerina sangrienta destruye ejércitos enteros. El senescal tiene razón: no podemos permitir que se extienda. No podemos dejar que los astaporis entren en Meereen.

Dany lo miró, impotente. Menos mal que los dragones no lloraban.

—Se hará como decís. Los mantendremos fuera de la ciudad hasta que... hasta que esta maldición haya seguido su curso. Tenemos que montarles un campamento junto al río, al oeste de la muralla. Les enviaremos los alimentos que podamos. Tal vez podamos separar a los sanos de los enfermos. —Todos se quedaron mirándola—. ¿Me vais a obligar a decirlo dos veces? Id a hacer lo que os he ordenado.

Dany se levantó, apartó a un lado a Ben el Moreno y subió hacia la soledad de su terraza.

Había doscientas leguas entre Meereen y Astapor, pero le pareció que el cielo era más oscuro hacia el sudoeste, sucio y nublado por el humo de la agonía de la Ciudad Roja. «Con adoquines y sangre se construyó Astapor; y con adoquines y sangre, su gente. —La antigua cancioncilla le resonaba en la cabeza—: Huesos y cenizas es Astapor; huesos y cenizas, su gente.» Trató de recordar el rostro de Eroeh, pero los rasgos de la muchacha muerta se le seguían borrando.

Cuando por fin se volvió, Daenerys se encontró con ser Barristan, que aguardaba cerca, envuelto en su capa blanca para protegerse del relente.

—¿Podemos presentar batalla? —le preguntó.

—Siempre se puede presentar batalla, alteza. Preguntadme mejor si podemos vencer. Morir es fácil, pero la victoria cuesta más de conseguir. Vuestros libertos están poco entrenados y no tienen experiencia. Vuestros mercenarios sirvieron antes al enemigo, y cuando un hombre se ha cambiado de capa una vez, no tiene escrúpulos por volverse a cambiar. Tenéis dos dragones que no podéis controlar, y tal vez hayáis perdido al tercero. Más allá de esta muralla, vuestros únicos amigos son los lhazareenos, que no gustan de la guerra.

—Pero mi muralla es alta.

—No más que cuando éramos nosotros los que estábamos al otro lado, y dentro están también los Hijos de la Arpía. También están los grandes amos: los que no matasteis y los hijos de los que sí matasteis.

—Lo sé. —La reina suspiró—. ¿Qué me aconsejáis?

—Luchar —respondió ser Barristan—. Meereen está atestada y sobran bocas hambrientas, y dentro tenéis demasiados enemigos. Mucho me temo que no podremos resistir un asedio largo. Permitidme salir al encuentro del enemigo, que sea yo quien elija el campo de batalla.

—Al encuentro del enemigo —repitió ella—, con los libertos que acabáis de decir que están poco entrenados y no tienen experiencia.

—Ninguno de nosotros tenía experiencia la primera vez, alteza. Los Inmaculados nos reforzarán. Si contara con quinientos caballeros...

—Si contarais aunque fuera con cinco... Pero si os cedo a los Inmaculados, solo contaré con las Bestias de Bronce para defender Meereen.

Ser Barristan no se lo discutió, y Dany cerró los ojos.

«Dioses —rezó—, os llevasteis a Khal Drogo, que era mi sol y estrellas. Os llevasteis a mi valeroso hijo antes de su primer aliento. Ya os he dado mucha sangre. Os lo ruego, ayudadme ahora. Dadme sabiduría para ver el camino y fuerza para hacer lo necesario para proteger a mis hijos.»

Los dioses no respondieron. Dany abrió los ojos de nuevo.

—No puedo luchar contra dos enemigos, uno dentro y otro fuera. Si he de defender Meereen, tengo que contar con la ciudad. Con toda la ciudad. Necesito... Necesito... —No conseguía decirlo.

—¿Alteza? —la animó ser Barristan con voz amable.

«Una reina no se pertenece a sí misma, sino a su reino.»

—Necesito a Hizdahr zo Loraq.

Melisandre

En las habitaciones de Melisandre no reinaba nunca la oscuridad. En el alféizar de la ventana ardían tres velas de sebo que mantenían a raya a los terrores que acechaban en la noche, y otras cuatro titilaban a toda hora junto a su cama, dos a cada lado. La primera lección que aprendían los que entraban a su servicio era que el fuego no debía apagarse nunca, jamás.

La sacerdotisa roja cerró los ojos, y volvió a abrirlos después de rezar para contemplar la chimenea.

«Una vez más.» Tenía que asegurarse; no sería la primera que caía víctima de visiones falsas, al ver lo que deseaba ver y no lo que le enviaba el Señor de Luz. Stannis, el rey que cargaba sobre sus hombros con el destino del mundo, Azor Ahai redivivo, corría un gran peligro en su marcha hacia el sur. R'hllor no dejaría de enviar a Melisandre un atisbo del destino que le esperaba.

«Muéstrame a Stannis, mi Señor —rezó—. Muéstrame a tu rey, al instrumento de tu voluntad.»

Ante sus ojos bailaron visiones rojas y doradas que se formaban, se fundían y se mezclaban. Eran extrañas, terroríficas, seductoras. Volvió a ver los rostros sin ojos que la miraban desde cuencas vacías que lloraban sangre; luego, las torres cercanas al mar que se derrumbaban azotadas por la marea negra que se alzaba de las profundidades. Sombras con forma de calavera, calaveras que se tornaban niebla, cuerpos entrelazados en abrazos lujuriosos que rodaban y se retorcían. A través de los cortinajes de fuego, grandes sombras aladas volaban por un implacable cielo azul.

«Tengo que encontrar a la muchacha. Tengo que encontrar a la muchacha del caballo moribundo. —Jon Nieve no tardaría en exigírselo. Querría saber más, querría el cuándo y el dónde, y ella no podía decírselo. Solo había visto a la muchacha una vez—. Era una chica gris como la ceniza, y se desmoronó y desapareció ante mis ojos. —Un rostro cobró forma en la chimenea—. ¿Stannis? —pensó durante un momento. Pero no, no eran sus rasgos—. Un rostro de madera, de palidez cadavérica. —¿Aquel era el enemigo? Un millar de ojos rojos flotaba en las llamas crecientes—. Me ve.» A su lado, un niño con cara de lobo echó la cabeza atrás y aulló.

La sacerdotisa roja se estremeció. La sangre le corrió muslo abajo, negra y humeante. El fuego estaba dentro de ella; era una agonía, era un éxtasis que la invadía, que la abrasaba, que la transformaba. Visos de calor le trazaban líneas sobre la piel, insistentes como las manos de un amante. Voces extrañas la llamaban desde el pasado. «Melony», oyó sollozar a una mujer. «Lote siete», anunció un hombre. Melisandre lloraba; sus lágrimas eran llamas, pero pese a todo, se zambulló en sus visiones.

Los copos de nieve caían en remolinos de un cielo negro, y las cenizas se alzaban para recibirlos; el gris y el blanco se abrazaban mientras las flechas llameantes describían arcos sobre la empalizada de madera y seres muertos deambulaban silenciosos por el frío, al pie de un inmenso acantilado gris con un centenar de cuevas en las que ardían hogueras. El viento empezó a soplar de repente y llegó una niebla blanca, de un frío inimaginable, que fue apagando las hogueras una tras otra. Solo quedaron calaveras.

«Muerte —pensó Melisandre—. Las calaveras significan muerte.»

Las llamas chisporrotearon, y Melisandre oyó en aquel sonido el nombre susurrado de Jon Nieve. Su rostro alargado flotó ante ella envuelto en lenguas rojas y anaranjadas; apareció y desapareció una y otra vez, como una sombra apenas entrevista tras una cortina agitada por el viento. Era un hombre; luego, un lobo; luego, un hombre otra vez. Pero las calaveras también estaban presentes, lo rodeaban. No era la primera vez que lo veía en peligro, y había intentado ponerlo sobre aviso. Enemigos alrededor, cuchillos en la oscuridad... Pero él no le prestaba atención.

Los incrédulos nunca prestaban atención hasta que era demasiado tarde.

—¿Qué veis, mi señora? —preguntó el niño en voz baja.

«Calaveras. Un millar de calaveras y otra vez al bastardo, a Jon Nieve. —Normalmente, cuando le preguntaban qué veía en el fuego, Melisandre respondía con un simple "muchas cosas", pero nunca era tan sencillo como parecían indicar sus palabras. Se trataba de un arte que, como todos, exigía control, disciplina y estudio—. Y dolor. También dolor.» R'hllor hablaba a sus elegidos a través del fuego bendito, en el lenguaje de brasas, cenizas y llamas que solo un dios podía dominar de verdad. Melisandre llevaba innumerables años practicando su arte. Había pagado el precio. Ni siquiera en su orden había nadie que tuviera tanto talento como ella para ver los secretos ocultos en las sagradas llamas. Pese a todo, no era capaz de dar con su rey.

«Rezo por un atisbo de Azor Ahai, y R'hllor solo me muestra a Nieve.»

—Devan, tráeme algo de beber —pidió. Tenía la garganta seca.

—A la orden. —El chico llenó una copa con agua de la jarra de piedra que reposaba junto a la ventana y se la llevó.

—Gracias. —Melisandre bebió y sonrió, con lo que lo hizo sonrojar. Sabía que estaba enamoriscado de ella.

«Me teme, me desea y me adora.»

Pese a todo, Devan no estaba contento allí. Estaba muy orgulloso de ser escudero del rey, y le había dolido que Stannis le ordenara quedarse en el Castillo Negro. Tenía la cabeza llena de sueños de gloria, como cualquier muchacho de su edad, y sin duda había estado imaginando las hazañas que llevaría a cabo en Bosquespeso. Otros chicos de su edad habían viajado al sur como escuderos de los caballeros del rey, y entrarían en combate junto a ellos. Devan debía de sentirse como si lo hubieran excluido para castigarlo por algún error, cometido por él o por su padre.

Lo cierto era que se encontraba allí porque Melisandre había pedido que se quedara. Los cuatro hijos mayores de Davos habían muerto en la batalla del Aguasnegras, cuando el fuego verde devoró la flota del rey. Devan era el quinto y estaría más a salvo con ella que al lado del rey. Lord Davos no se lo agradecería, y el chico, menos aún, pero le parecía que Seaworth ya había sufrido demasiadas pérdidas. Vivía en el error, pero su lealtad hacia Stannis era inquebrantable. Melisandre lo había visto en las llamas.

Además, Devan era rápido, listo y habilidoso, mucho más de lo que se podía decir de sus otros criados. Stannis le había dejado una docena de hombres para que la atendieran, y casi ninguno servía para nada. Su alteza necesitaba todas las espadas, de modo que solo había podido prescindir de los viejos y los tullidos. Uno se había quedado ciego por un golpe en la cabeza durante la batalla del Muro, y otro, cojo cuando su caballo cayó sobre él y le aplastó las piernas. Un gigante había inutilizado el brazo de su sargento. Tres de sus guardias eran hombres a los que Stannis había castrado por violar a mujeres salvajes, pero también tenía a su servicio a dos borrachos y un cobarde. Hasta el rey reconocía que el último habría merecido la horca, pero procedía de una familia noble, y su padre y hermanos siempre le habían sido leales.

La sacerdotisa roja no dudaba de que los guardias que la rodeaban hacían que los hermanos negros se comportaran con respeto, pero si se viera en verdaderos apuros, los hombres que le había dejado Stannis no le servirían de gran cosa. No le importaba. Melisandre de Asshai no tenía miedo, porque sabía que R'hllor la protegería.

Bebió otro trago de agua, dejó la copa en la mesa, parpadeó, se estiró y se levantó de la silla. Tenía los músculos entumecidos y doloridos, y tras pasar tanto tiempo mirando las llamas, sus ojos tardaron unos momentos en acostumbrarse a la penumbra. Los tenía resecos y cansados, pero si se los frotaba sería mucho peor. Advirtió que el fuego de la chimenea estaba casi consumido.

—Trae más leña, Devan. ¿Qué hora es?

—Ya casi amanece, mi señora.

«Amanece. Loado sea R'hllor, que nos concede un nuevo día. Los horrores de la noche se alejan. —Melisandre se había pasado las horas sentada junto al fuego, como hacía a menudo. Su cama no se utilizaba mucho desde la partida de Stannis. No tenía tiempo para dormir, cargada con el peso del mundo sobre los hombros. Y tenía miedo de soñar—. El sueño es como una pequeña muerte; los sueños son susurros del Otro, aquel que nos arrastraría hacia la noche eterna. —Prefería pasar la noche sentada ante las llamas sagradas de su señor rojo, bañada en su calidez, con las mejillas arreboladas como si recibiera los besos de un amante. Alguna noche que otra, el sueño la vencía, pero nunca más de una hora. Melisandre rezaba por que llegara el día en que dejara de dormir, en que se librara de los sueños para siempre—. Melony. Lote siete.»

Devan echó más troncos al fuego hasta que las llamas volvieron a saltar, aguerridas y furiosas, para arrinconar las sombras en los recovecos de la estancia y devorar los sueños que la sacerdotisa roja no quería soñar.

«La oscuridad retrocede de nuevo... por el momento. Pero más allá del Muro, el enemigo se hace cada vez más fuerte y, si prevalece, nunca volverá a amanecer. —¿Sería suyo el rostro que había visto entre las llamas, el que le devolvió la mirada?—. No. Imposible. Tendría un gesto más aterrador, tan frío, negro y espantoso que nadie podría contemplarlo sin morir.» Pero el hombre de madera que había atisbado, y el niño con cara de lobo... Sin duda debían de ser sus siervos, sus campeones, igual que Stannis era el suyo.

Melisandre fue hasta la ventana y abrió los postigos. En el exterior, el cielo clareaba por el este, aunque las estrellas de la mañana aún se aferraban a un cielo negro como la pez. El Castillo Negro empezaba a despertar, y ya había hombres de capa oscura que cruzaban el patio para desayunarse un cuenco de gachas antes de relevar a sus hermanos en la cima del Muro. Unos cuantos copos de nieve entraron por la ventana abierta, arrastrados por el viento.

—¿Mi señora quiere desayunar? —preguntó Devan.

«Comida. Sí, debería tomar algo.» Algunos días se olvidaba por completo. R'hllor le proporcionaba todo el sustento que necesitaba, pero no convenía que los simples mortales lo supieran.

Necesitaba ver a Jon Nieve, no un pan frito con panceta, pero no serviría de nada mandar a Devan a buscar al lord comandante: no acudiría. Nieve prefería seguir alojándose tras la armería, en las modestas habitaciones que hasta entonces ocupara el difunto herrero de la Guardia. Tal vez no se considerase digno de la Torre del Rey, o tal vez no le importara. Cometía un error: la humildad afectada de la juventud era en realidad otro tipo de arrogancia. Un gobernante no debía evitar el ornato del poder, porque el poder mismo emanaba en buena parte de aquel ornato.

Pero el chico no era tan ingenuo como parecía y se negaba a presentarse en las habitaciones de Melisandre como si fuera un mendigo; la obligaba a ir a verlo si necesitaba hablar con él. Por añadidura, en más de una ocasión la había hecho esperar o se había negado a recibirla. Al menos en aquello demostraba cierta astucia.

—Tráeme infusión de ortigas, un huevo duro y pan con mantequilla. Tierno, por favor, nada de pan frito. Busca también al salvaje y dile que tengo que hablar con él.

—¿A Casaca de Matraca, mi señora?

—Y cuanto antes.

Melisandre se lavó y se cambió de túnica. Tenía las mangas llenas de bolsillos ocultos, y los repasó con sumo cuidado, tal como hacía cada mañana, para asegurarse de que cada polvo estaba en su sitio. Unos teñían el fuego de verde, azul o plateado; otros hacían que las llamas rugieran y se elevaran a gran altura; otros provocaban humo... Tenía un humo para la verdad; otro para la lujuria; otro para el miedo, y también el espeso humo negro que podía matar a un hombre. La sacerdotisa roja se armó con un pellizco de cada uno.

El cofre labrado con que había cruzado el mar Angosto apenas conservaba una cuarta parte de su contenido. Melisandre disponía de los conocimientos necesarios para fabricar más polvos, pero le faltaban muchos ingredientes de gran rareza.

«Me bastará con los hechizos. —Allí, en el Muro, era aún más poderosa que en Asshai; cada uno de sus gestos y palabras tenía más fuerza, y podía hacer cosas que nunca había hecho—. Las sombras que haga surgir aquí serán temibles; no habrá criatura de la oscuridad que las resista.» Con una magia tal a su alcance, pronto podría prescindir de los simples trucos de alquimista y piromante.

Cerró el cofre, hizo girar la llave en la cerradura y se la guardó en otro bolsillo secreto, en la falda. En aquel momento llamaron a la puerta. Por el sonido trémulo de los nudillos en la madera, se trataba del sargento manco.

—Lady Melisandre, ha venido el Señor de los Huesos.

—Que pase. —Volvió a sentarse ante la chimenea.

El salvaje llevaba un jubón sin mangas de cuero endurecido, con adornos de bronce bajo una deslucida capa en tonos desvaídos de verde y marrón.

«No lleva los huesos.» Lo que sí llevaba era una capa de sombras, jirones de niebla gris apenas visibles que le pasaban por delante del rostro y cobraban nueva forma con cada paso. Feas sombras, feas como sus huesos. El nacimiento del pelo en punta, los ojos muy juntos, los pómulos hundidos y un bigote marrón que se retorcía como un gusano en la boca de dientes cariados.

Melisandre sintió la calidez en la garganta cuando el rubí se estremeció ante la proximidad de su esclavo.

—Os habéis quitado el atuendo de huesos —señaló.

—El traqueteo estaba volviéndome loco.

—Los huesos os protegen —le recordó—. Los hermanos negros no os aprecian demasiado. Me ha dicho Devan que ayer, durante la cena, discutisteis con algunos de ellos.

—Con unos pocos. Estaba tomándome la sopa de judías con tocino y Bowen Marsh no paraba de soltar sandeces grandilocuentes. El Viejo Granada creyó que los estaba espiando y dijo que no estaba dispuesto a tolerar que los asesinos presenciaran sus consejos. Le dije que entonces no deberían reunirse junto a la chimenea. Bowen se puso rojo y, por los ruidos que hizo, parecía que se estaba ahogando, pero nada más. —El salvaje se sentó en la repisa de la ventana y desenfundó el puñal—. Si un cuervo quiere meterme un cuchillo entre las costillas mientras ceno, que lo intente. La bazofia de Hobb sabría mejor condimentada con un poco de sangre.

Melisandre no prestó atención al acero. Si el salvaje hubiera tenido malas intenciones, lo habría visto en las llamas. Los peligros que la acechaban eran lo primero que había aprendido a ver cuando aún era una niña, una esclava atada de por vida al gran templo rojo, y seguía siendo lo primero que buscaba siempre que miraba un fuego.

—Lo que tiene que preocuparos son sus ojos, no sus cuchillos —le advirtió.

—Claro, ya, el hechizo. —El rubí de la pulsera negra que llevaba en la muñeca palpitó. Le dio unos golpecitos con el filo del cuchillo, y el acero tintineó contra la piedra—. Lo noto más cuando duermo; siento el calor en la piel hasta a través del hierro. Es suave como un beso de mujer, como un beso vuestro. Pero a veces, en mis sueños, estalla en llamas, y vuestros labios se transforman en dientes. No hay día en que no piense en lo fácil que sería arrancármelo, y no hay día en que lo haga. ¿También tengo que llevar los puñeteros huesos?

—Es un conjuro de sombras e insinuaciones. Los hombres ven lo que esperan ver, y los huesos forman parte de eso. —«¿Cometí un error al salvarlo?»—. Si falla el hechizo, te matarán.

El salvaje se sacó la mugre de las uñas con la punta del puñal.

—He cantado canciones, he luchado en combates, he bebido el vino del verano y me he acostado con la mujer del dorniense. Hay que morir como se ha vivido, y para mí, eso es con el acero en la mano.

«¿Sueña con la muerte? ¿Será que lo ha tocado el enemigo? La muerte es su reino; los muertos, sus soldados.»

—Pronto tendrás en qué ocupar tu acero. El enemigo, el verdadero enemigo, se ha puesto en marcha. Los exploradores de lord Nieve volverán antes del anochecer con las cuencas vacías y ensangrentadas.

El salvaje entrecerró los ojos. Ojos grises, ojos marrones. Melisandre veía cambiar el color con cada latido del rubí.

—Sacarles los ojos sería más del estilo del Llorón. Como él dice, no hay más cuervo bueno que el cuervo ciego. A veces tengo la sensación de que le gustaría sacarse sus propios ojos, de tanto como le lloran y le pican. Nieve ha dado por supuesto que el pueblo libre seguirá ahora a Tormund porque es lo que haría él; Tormund le caía bien, y el viejo cretino también apreciaba al chico. Pero si eligen al Llorón... Mala cosa, tanto para él como para nosotros.

Melisandre asintió con solemnidad, como si estuviera de acuerdo con todo lo que decía, pero lo cierto era que el tal Llorón no tenía importancia. No la tenía nadie del pueblo libre. Eran un pueblo perdido, un pueblo condenado cuyo destino se reducía a desaparecer del mundo, igual que habían desaparecido los hijos del bosque. Pero sabía que aquello no era lo que su invitado quería oír, y no podía arriesgarse a perderlo.

—¿Hasta qué punto conocéis el Norte?

—Tanto como cualquier explorador. Unas zonas mejor que otras. Hay mucho norte. ¿Por qué?

—Por la chica —dijo—. Una niña vestida de gris a lomos de un caballo moribundo. La hermana de Jon Nieve. —¿Quién, si no, podía ser?

Acudía a él en busca de protección; Melisandre lo había visto con toda claridad—. La he visto en mis llamas, pero solo una vez. Tenemos que ganarnos la confianza del lord comandante, y la única manera de conseguirlo es salvarla.

—¿Que la salve yo, quieres decir? ¿El Señor de los Huesos? —Soltó una carcajada—. Solo los idiotas confiaban en Casaca de Matraca, y Nieve no es ningún idiota. Si su hermana necesita ayuda, mandará a sus cuervos. Es lo que haría yo en su lugar.

—Pero no estáis en su lugar. Él hizo los votos y no piensa saltárselos. La Guardia de la Noche no toma partido. Vos, en cambio, no sois de la Guardia de la Noche. Podéis hacer lo que le está vetado.

—Eso será si nuestro estricto lord comandante lo consiente. ¿Os ha mostrado el fuego dónde está esa chica?

—He visto agua. Aguas profundas, azules y tranquilas, con una fina capa de hielo en la superficie. Se extendían hasta el horizonte.

—El lago Largo. ¿Qué otras cosas se veían en torno a la chica?

—Colinas. Campos. Árboles. Un ciervo, pero solo una vez. Rocas. Se cuida muy bien de acercarse a las aldeas. Siempre que puede, cabalga por el lecho de los arroyos para que los cazadores no le sigan la pista.

—Eso lo pone más difícil. —Frunció el ceño—. Habéis dicho que venía hacia el norte. En relación con ella, ¿el lago estaba hacia el este o hacia el oeste?

Melisandre cerró los ojos para hacer memoria.

—Hacia el oeste.

—Entonces no viene por el camino Real. Chica lista. Al otro lado hay menos vigilancia y más lugares donde refugiarse. También hay unos cuantos escondrijos que yo mismo he utilizado más de una vez...

Se interrumpió al oír un cuerno de guerra y se puso en pie a toda velocidad. Melisandre sabía que la misma reacción apresurada había tenido lugar en todo el Castillo Negro; que no había hombre ni niño que no se hubiera vuelto hacia el Muro para escuchar, expectante. Un toque largo del cuerno indicaba el regreso de exploradores, pero dos...

«Ha llegado el día —pensó la sacerdotisa roja—. Lord Nieve no tendrá más remedio que escucharme.»

Tras el prolongado lamento del cuerno pareció que el silencio durase una hora. Al final, el salvaje rompió el hechizo.

—Solo uno. Son exploradores.

—Exploradores muertos. —Melisandre también se levantó—. Id a poneros los huesos y esperad. Ahora vuelvo.

—Mejor voy con vos.

—No seáis estúpido. Cuando descubran lo que van a descubrir, solo con ver a un salvaje se volverán locos. Quedaos aquí hasta que se apacigüen los ánimos.

Cuando empezó a bajar por la escalera de la Torre del Rey, escoltada por dos guardias de Stannis, se cruzó con Devan, que subía con el olvidado desayuno en una bandeja.

—He tenido que esperar a que Hobb sacara el pan del horno, mi señora. Todavía está caliente.

—Déjalo en mis habitaciones. —Lo más probable era que se lo comiera el salvaje—. Lord Nieve me necesita al otro lado del Muro. —«Aún no lo sabe, pero pronto...»

Fuera estaba empezando a nevar. Los cuervos se habían aglomerado en torno a la puerta, pero abrieron paso a la sacerdotisa roja y sus guardias. El lord comandante había cruzado ya el hielo en compañía de Bowen Marsh y veinte lanceros. Además había situado a una docena de arqueros en la cima del Muro, por si hubiera enemigos escondidos en los bosques cercanos. Los guardias de la puerta no eran hombres de la reina, pero aun así la dejaron pasar.

Bajo el hielo, en el estrecho túnel serpenteante que atravesaba la mole del Muro, reinaban el frío y la oscuridad. Morgan la precedió con una antorcha en la mano mientras que Merrel le cubría las espaldas con el hacha. Los dos eran borrachos sin remedio, pero a aquella hora de la mañana aún estaban sobrios. Eran hombres de la reina, al menos teóricamente, y ambos sentían un sano temor ante ella; además, cuando no estaba borracho, Merrel resultaba imponente. Melisandre sabía que no los necesitaría aquel día, pero siempre insistía en ir acompañada a todas partes por una pareja de guardias. Servía para transmitir un mensaje.

«El ornato del poder.»

Cuando los tres salieron por el norte del Muro, la nieve caía ya sin pausa, y un manto blanco cubría la tierra torturada que iba desde el acantilado de hielo hasta el bosque Encantado. Jon Nieve y sus hermanos negros estaban reunidos en torno a tres lanzas, a siete u ocho pasos de distancia.

Las lanzas, de fresno, medían tres varas. La de la izquierda tenía un nudo en la madera, pero las otras dos eran rectas y lisas. En la punta de cada una había una cabeza cortada, con la barba llena de hielo y una capucha blanca de nieve. En el lugar donde estuvieron los ojos solo quedaban órbitas vacías, agujeros negros ensangrentados que los miraban desde arriba con un silencioso gesto de acusación.

—¿Quiénes eran? —preguntó Melisandre a los cuervos.

—Jack Bulwer el Negro, Hal el Peludo y Garth Plumagrís —respondió Bowen Marsh con solemnidad—. La tierra está medio congelada, así que los salvajes deben de haber tardado horas en clavar tanto las lanzas. Seguro que aún están cerca, vigilándonos. —El lord mayordomo entrecerró los ojos para escudriñar los árboles limítrofes.

—Ahí puede haber un centenar —apuntó el hermano negro del rostro amargado—. Puede haber un millar.

—No —replicó Jon Nieve—. Dejaron sus regalos amparados por la noche y huyeron. —Su gigantesco huargo blanco rondaba entre las lanzas para olfatearlas, y de repente levantó la pata y meó contra la que sostenía la cabeza de Jack Bulwer el Negro—. Si estuvieran cerca, Fantasma habría captado su olor.

—Espero que el Llorón quemara los cuerpos —insistió el amargado, el tal Edd el Penas—. No sea que vengan a buscar sus cabezas.

Jon agarró la lanza que exhibía la cabeza de Garth Plumagrís y la sacudió para desprenderla del suelo.

—Arrancad las otras dos —ordenó; cuatro cuervos se apresuraron a obedecer.

—No deberíamos haber enviado exploradores. —dijo Bowen Marsh. Tenía las mejillas rojas de frío.

—No es el momento ni lugar para hurgar en esa herida, mi señor. —Nieve se volvió hacia los que se ocupaban de las lanzas—. Arrancad las cabezas y quemadlas; que no quede más que el hueso. —De pronto pareció advertir la presencia de Melisandre—. Por favor, mi señora, acompañadme.

«Por fin.»

—Como queráis, lord comandante.

Echaron a andar al pie del Muro, y ella lo cogió del brazo. Morgan y Merrel los precedían, y Fantasma les pisaba los talones. La sacerdotisa no decía nada, pero poco a poco fue aminorando la marcha. Allí por donde pasaba, el hielo se ponía a llorar.

«A Nieve no se le escapará el detalle.»

Tal como ella había previsto, Jon rompió el silencio bajo la reja de un matacán.

—¿Y los otros seis?

—No los he visto —dijo Melisandre.

—¿Podríais mirar?

—Por supuesto, mi señor.

—Hemos recibido un cuervo de ser Denys Mallister, de la Torre Sombría —le dijo Jon Nieve—. Sus hombres han visto hogueras en las montañas, al otro lado de la Garganta. Dice que los salvajes se están reagrupando en gran número y cree que van a atacar de nuevo por el Puente de los Cráneos.

—Puede que algunos. —Tal vez las calaveras de su visión se refirieran a aquel puente, aunque no le parecía probable—. Ese ataque, si tiene lugar, no será más que una distracción. He visto torres junto al mar, sumergidas bajo una marea negra y sangrienta. Ahí es donde asestarán el peor golpe.

—¿En Guardiaoriente?

¿Sería allí? Melisandre había estado en Guardiaoriente del Mar con el rey Stannis; allí era donde su alteza había dejado a la reina Selyse y a su hija Shireen tras reunir a sus caballeros para partir hacia el Castillo Negro. Las torres de su fuego eran diferentes, pero esas cosas ocurrían en las visiones.

—Sí, mi señor. En Guardiaoriente.

—¿Cuándo?

—Mañana. —La mujer extendió los brazos—. En una luna. En un año. Y si hacéis algo, tal vez evitéis que suceda. —«Si no, ¿de qué servirían las visiones?»

—Bien —asintió Nieve.

Cuando salieron de debajo del Muro, la multitud de cuervos que aguardaba junto a la puerta había crecido, y ya eran unos cuarenta los que se arremolinaban a empujones a su alrededor. Melisandre conocía el nombre de unos pocos: el cocinero Hobb Tresdedos; Mully, el del pelo anaranjado siempre grasiento; el muchacho de pocas luces al que llamaban Owen el Bestia; el ebrio septón Cellador...

—¿Es cierto, mi señor? —preguntó Hobb Tresdedos.

—¿Quiénes? —quiso saber Owen el Bestia—. Dywen no, ¿verdad?

—Ni Garth —intervino Alf de Pantanal, que había sido de los primeros en cambiar a sus siete dioses falsos por la verdad de R'hllor—. Garth es demasiado listo para esos salvajes.

—¿Cuántos? —insistió Mully.

—Tres —respondió Jon—. Jack el Negro, Hal el Peludo y Garth.

Alf de Pantanal lanzó un aullido que bien pudo despertar a los que dormían en la Torre Oscura.

—Llévalo a la cama y dale vino especiado —indicó Jon a Hobb Tresdedos.

—Lord Nieve —intervino Melisandre en voz baja—, os ruego que me acompañéis a la Torre del Rey. Hay más cosas que quiero revelaros.

El muchacho la miró a la cara con sus fríos ojos grises, sin dejar de flexionar los dedos de la mano derecha.

—Como queráis. Edd, lleva a Fantasma a mis habitaciones.

Melisandre entendió el gesto y despidió a sus guardias; después cruzaron el patio juntos, a solas. La nieve caía en torno a ellos, y ella caminaba tan cerca de Jon Nieve como se atrevía, lo suficiente para percibir la desconfianza que exudaba como una niebla negra.

«No le gusto, no le gustaré jamás, pero está dispuesto a utilizarme.» Con eso le bastaba. Al principio, con Stannis Baratheon, Melisandre había tenido que bailar al son de la misma música. La verdad era que el joven lord comandante y su rey se parecían más de lo que ninguno de los dos habría querido reconocer. Stannis había sido hijo segundón, siempre a la sombra de su hermano mayor, igual que Nieve, el bastardo, se había visto constantemente eclipsado por su hermano legítimo, el héroe caído al que los hombres llamaban el Joven Lobo. Ambos eran de naturaleza incrédula, escéptica, desconfiada, y sus únicos dioses eran el honor y el deber.

—No me habéis preguntado por vuestra hermana —dijo Melisandre al tiempo que subían por la escalera de caracol de la Torre del Rey.

—Ya os lo he dicho: yo no tengo ninguna hermana. Cuando pronunciamos el juramento, renunciamos a nuestra familia. No podría ayudar a Arya por mucho que me...

Se interrumpió bruscamente cuando entraron en las habitaciones de la sacerdotisa. El salvaje estaba sentado a la mesa, untando mantequilla con el puñal en un trozo de pan moreno aún caliente. Melisandre se alegró de ver que se había puesto la armadura de huesos. La calavera de gigante partida que le servía de casco reposaba junto a él, en el asiento de la ventana.

—¡Tú! —Jon Nieve se puso tenso.

—Lord Nieve... —El salvaje sonrió mostrando los dientes cariados y rotos. El rubí que llevaba en la muñeca centelleaba a la luz de la mañana como una sombría estrella roja.

—¿Qué haces aquí?

—Desayunar. ¿Quieres?

—No pienso compartir el pan contigo.

—Tú te lo pierdes; todavía está caliente. Al menos hasta ahí llega Hobb. —El salvaje le dio otro mordisco—. Igual de fácil me sería visitarte a ti, mi señor. Esos guardias que tienes ante tu puerta son un chiste malo; alguien que ha escalado el Muro cincuenta veces puede colarse por una ventana sin problemas. Pero ¿de qué serviría matarte? Los cuervos elegirían a otro aún peor. —Masticó y tragó—. Me he enterado de lo de tus exploradores. Tendrías que haberme mandado a mí con ellos.

—¿Para que los traicionaras y se los entregaras al Llorón?

—¿Vamos a hablar de traiciones? ¿Cómo se llamaba tu esposa salvaje, Nieve? Ygritte, ¿no? —Se volvió hacia Melisandre—. Me van a hacer falta caballos, media docena, y que sean buenos. No puedo encargarme yo solo, pero me bastará con unas cuantas mujeres de las lanzas de las que están encerradas en Villa Topo. Para esto son mejores que los hombres; la cría confiará en ellas, y además me ayudarán con una estratagema que se me ha ocurrido.

—¿De qué habla? —preguntó lord Nieve a Melisandre.

—De vuestra hermana. —Le puso una mano en el brazo—. Vos no podéis ayudarla, pero él, sí.

—Ni hablar. —Nieve se liberó de su contacto—. Vos no conocéis a este monstruo. Casaca de Matraca podría lavarse las manos cien veces al día y seguiría teniendo sangre debajo de las uñas. En vez de salvar a Arya, lo que haría sería violarla y matarla. Ni hablar. ¿Esto es lo que habéis visto en vuestros fuegos? Pues tenéis cenizas en los ojos, mi señora. Si se atreve a salir del Castillo Negro sin mi permiso, le cortaré la cabeza personalmente.

«No me deja otro camino. Sea, pues.»

—Retírate, Devan —dijo.

El escudero salió y cerró la puerta, y Melisandre se tocó el rubí del cuello al tiempo que pronunciaba una palabra.

El sonido resonó de manera extraña en los rincones de la estancia, y les entró por los oídos como un gusano. El salvaje oyó una palabra; el cuervo, otra. Ninguna de ellas era la que había salido de sus labios. El rubí de la muñeca del salvaje se oscureció, y los jirones de luz y sombra que lo rodeaban se estremecieron antes de desaparecer.

Los huesos no cambiaron. Allí seguían las costillas que entrechocaban, las garras y dientes a lo largo de los brazos y en los hombros, la inmensa clavícula amarillenta que le cruzaba la espalda. La calavera de gigante partida siguió siendo una calavera de gigante partida, amarillenta y agrietada, con su sonrisa manchada y enloquecida.

Pero el pico del nacimiento del pelo se disolvió, y el bigote castaño, la mandíbula bulbosa, el rostro demacrado amarillento y los ojillos oscuros se esfumaron. Unos dedos grises reptaron por la melena, y en las comisuras de los labios aparecieron líneas marcadas. De repente era más corpulento que antes, más ancho de hombros y espaldas, con piernas largas, esbelto, sin rastro de barba en el rostro curtido.

—¿Mance? —Jon Nieve tenía los ojos abiertos de par en par.

—Lord Nieve... —Mance Rayder no sonrió.

—¡Pero si os quemaron!

—Quemaron al Señor de los Huesos.

—¿Qué brujería es esta? —Jon Nieve se volvió hacia Melisandre.

—Llamadla como queráis. Hechizo, apariencia, ilusión óptica... R'hllor es el Señor de Luz, Jon Nieve, y concede a sus siervos la capacidad de tejerla igual que otros tejen con hilo.

—Yo también tenía mis dudas, Nieve —comentó Mance Rayder con una risita—. Pero ¿por qué no dejar que lo intentara? La alternativa era dejarme asar por Stannis.

—Los huesos resultaron de gran ayuda —dijo Melisandre—. Los huesos tienen memoria. Los hechizos más poderosos se componen de cosas así: las botas de un muerto, un mechón de pelo, un saquito de falanges... Unos susurros y una plegaria pueden sacar de esos objetos la sombra de un hombre y envolver a otro con ella, como si fuera una capa. La esencia de quien la lleva no cambia; solo su aspecto.

Hacía que pareciera fácil, sencillo. Nadie que la escuchara imaginaría nunca lo difícil que le había resultado ni cuánto le había costado. Era una lección que había aprendido mucho antes de ir a Asshai: cuanto más fácil parecía la magia, más temor inspiraría el mago. Cuando las llamas lamieron a Casaca de Matraca, el rubí de Melisandre se calentó tanto que tuvo miedo de que le quemara el cuello. Por suerte, lord Nieve la salvó de aquel sufrimiento con sus flechas. El desafío enfureció a Stannis, pero para ella fue un alivio.

—Nuestro falso rey tiene mal carácter, pero no os traicionará —dijo a Jon Nieve—. Tenemos a su hijo, como bien sabéis, y además os debe la vida.

—¿A mí? —Nieve se sobresaltó.

—¿A quién si no, mi señor? Vuestras leyes afirman que sus crímenes solo se pueden castigar con sangre, y Stannis no es hombre que vaya contra la ley... Pero, como tan sabiamente apuntasteis, las leyes de los hombres terminan en el Muro. Os dije que el Señor de Luz escucharía vuestras plegarias. Buscabais una manera de salvar a vuestra hermanita sin mancillar el honor que tanto valoráis; sin violar los votos que pronunciasteis ante vuestro dios de madera. —Señaló con un dedo blanco—. Ahí lo tenéis, lord Nieve. La salvación de Arya. Un regalo del Señor de Luz... y mío.

Hediondo

Lo primero que oyó fueron los ladridos de las chicas que volvían a casa. El retumbar de los cascos contra las losas hizo que se pusiera en pie de un salto, con las cadenas tintineando. La que le ataba los tobillos medía poco más de un palmo, así que solo podía caminar con pasos cortos, arrastrando los pies. De esa manera era difícil moverse deprisa, pero lo intentó lo mejor que pudo, a saltitos. Ramsay Bolton había regresado y enseguida querría que su Hediondo lo atendiera.

En el exterior, bajo el cielo frío del otoño, una riada de cazadores entraba por las puertas. Ben Huesos iba a la cabeza, y las chicas lo rodeaban sin parar de ladrar y aullar. Tras él llegaron Desollador, Alyn el Amargo y Damon Bailaparamí con su largo látigo engrasado, y después los Frey con los potros que les había regalado lady Dustin. Su señoría iba a lomos de Sangre, un semental alazán que competía con él en cuestión de temperamento. Estaba riéndose, cosa que, como bien sabía Hediondo, podía ser muy buena o muy mala.

Antes de que pudiera discernir si se trataba de lo uno o lo otro, las perras le cayeron encima, atraídas por su olor. Le habían cobrado afecto: pasaba en la perrera más noches que en ningún otro sitio, y a veces, Ben Huesos le dejaba compartir su cena. La jauría corrió por el patio entre ladridos; las perras lo rodeaban, saltaban para lamerle la cara sucia y le mordisqueaban las piernas. Helicent le atrapó la mano izquierda entre los dientes, juguetona, pero con tanta energía que Hediondo tuvo miedo de perder dos dedos más. Jeyne la Roja le plantó las patas en el pecho y lo derribó: era esbelta y toda músculo, mientras que Hediondo era todo piel gris y huesos frágiles, un muerto de hambre de pelo blanco. Apenas había conseguido empujar a Jeyne la Roja a un lado y ponerse de rodillas cuando los jinetes ya estaban desmontando. Dos docenas de ellos habían salido del castillo y dos docenas volvían, de modo que la búsqueda había fracasado. Mala cosa. A Ramsay no le gustaba el fracaso.

«Querrá hacerle daño a alguien.» Últimamente, su señor había tenido que controlarse, porque en Fuerte Túmulo había muchos hombres de los que la casa Bolton tenía necesidad, y Ramsay sabía cómo comportarse cuando andaban cerca los Dustin, los Ryswell u otros señores menores. Con ellos era todo cortesía y sonrisas, pero cuando se cerraban las puertas, todo cambiaba.

Ramsay Bolton iba vestido como correspondía al señor de Hornwood y heredero de Fuerte Terror: con un manto de piel de lobo que se cerraba al hombro derecho con los dientes amarillentos de la cabeza del animal para protegerse del gélido otoño. Llevaba a un lado del cinto una falcata ancha y pesada como un cuchillo de carnicero, y al otro, un puñal largo y un cuchillo de desollar de punta curva, muy afilado. Las tres armas tenían empuñaduras parecidas, de hueso amarillo.

—¡Hediondo! —gritó su señoría desde lo alto de la silla de Sangre—. Hueles a rayos. Me ha llegado la peste nada más entrar en el patio.

—Ya lo sé, mi señor —tuvo que responder Hediondo—. Perdonadme.

—Te he traído un regalo. —Ramsay buscó algo que llevaba atrás, colgado de la silla, y se lo tiró—. ¡Atrapa!

Entre las cadenas, las esposas y los dedos amputados, Hediondo era mucho más torpe que antes de aprender su nombre. La cabeza le chocó contra las manos mutiladas, rebotó contra los muñones de los dedos y cayó al suelo, a sus pies, entre una lluvia de gusanos. Estaba tan sucia de sangre seca que los rasgos resultaban irreconocibles.

—Te he dicho que la atraparas —dijo Ramsay—. Cógela.

Hediondo intentó levantar la cabeza por una oreja, pero no había manera: la carne estaba verde de podrida, y se quedó con la oreja entre los dedos. Walder el Pequeño se echó a reír, y los demás no tardaron en corear las carcajadas.

—Venga, dejadlo ya —rio Ramsay—. Tú, encárgate de Sangre. Le he dado con todo al pobre cabrón.

—Sí, mi señor, como ordenéis. —Hediondo corrió hacia el caballo, dejando la cabeza cortada a los perros.

—Hoy hueles a mierda de cerdo, Hediondo —apuntó Ramsay.

—Toda una mejora para él. —Damon Bailaparamí sonrió al tiempo que enrollaba el látigo.

—Encárgate también de mi caballo, Hediondo —ordenó Walder el Pequeño, descabalgando—. Y del de mi primito.

—De mi caballo me ocupo yo —replicó Walder el Mayor.

Walder el Pequeño se había convertido en el favorito de lord Ramsay y cada día se le parecía más, pero el Frey más menudo era distinto, y rara vez tomaba parte en los juegos y crueldades de su primo.

Hediondo, sin hacer el menor caso a los escuderos, llevó a Sangre a los establos, procurando apartarse a saltitos cada vez que el semental trataba de darle una coz. Los cazadores entraron en el edificio, pero Ben Huesos se quedó para apartar a los perros de la cabeza cortada.

Walder el Mayor lo siguió a los establos con su caballo. Hediondo lo miró a hurtadillas mientras le quitaba el bocado a Sangre.

—¿Quién era? —preguntó en voz baja para que no lo oyeran los mozos de cuadras.

—Nadie. —Walder el Mayor desensilló al ruano—. Un viejo que nos cruzamos por el camino. Iba con una cabra y cuatro cabritillos.

—¿Su señoría lo mató por los cabritos?

—Su señoría lo mató por llamarlo lord Nieve, pero los cabritos estaban buenos. Nos los comimos asados. A la madre la ordeñamos.

«Lord Nieve.» Hediondo asintió, y sus cadenas tintinearon mientras forcejeaba con las correas de la silla de Sangre. Lo llamaran como lo llamaran, era mejor no encontrarse cerca de Ramsay cuando estaba furioso. Ni cuando no lo estaba.

—¿Habéis encontrado a vuestros primos, mi señor?

—No. Ya me lo temía. Están muertos, seguro; lord Wyman los habrá mandado matar. Es lo que habría hecho yo en su lugar.

Hediondo no dijo nada. Cuando su señoría estaba en el castillo, era mejor no decir ciertas cosas, ni siquiera en los establos. Una sola palabra fuera de lugar le costaría otro dedo del pie, o peor aún, de la mano.

«Pero no la lengua. La lengua no me la cortará jamás. Le gusta oírme suplicar que me libere del dolor. Le gusta hacerme pedirlo.»

Los jinetes habían estado de caza dieciséis días, durante los que solo habían comido pan duro y carne en salazón, aparte de algún que otro cabrito confiscado, de modo que lord Ramsay ordenó que se organizara aquella noche un banquete para celebrar su regreso a Fuerte Túmulo. Su anfitrión, un canoso señor menor manco llamado Harwood Stout, tuvo suficiente sentido común para no negarse, aunque a aquellas alturas, su despensa debía de estar casi vacía. Hediondo había oído a los criados protestar en voz baja de como el Bastardo y sus hombres estaban acabando con las provisiones para el invierno.

—Dice que va a acostarse con la hija pequeña de lord Eddard, pero a los que está jodiendo es a nosotros —se quejó la cocinera de Stout sin saber que Hediondo la escuchaba—. Ya lo veréis cuando empiecen las nieves.

Pero lord Ramsay había ordenado que se celebrara un banquete, así que banquete habría. Dispusieron mesas sobre caballetes en el salón principal de Stout; sacrificaron un buey, y cuando se puso el sol, los cazadores fracasados se atiborraron de asado, costillas, pan de cebada y puré de zanahorias y guisantes, todo ello regado con ingentes cantidades de cerveza.

A Walder el Pequeño le correspondió la misión de mantener llena la copa de lord Ramsay, mientras que Walder el Mayor servía a los demás comensales de la mesa principal. Hediondo estaba encadenado junto a las puertas para que su olor no cortara el apetito a los asistentes al banquete. A él le tocaría comer más tarde, con las sobras que lord Ramsay quisiera echarle. Los perros, en cambio, podían corretear por la estancia y arrancaban carcajadas a todos, sobre todo cuando Maude y Jeyne la Gris atacaron a un sabueso de lord Stout para disputarle un hueso con mucha carne que les había tirado Will Menudo. Hediondo fue el único que no observó la pelea de los tres perros. Tenía los ojos clavados en Ramsay Bolton.

La pelea no terminó hasta que el perro del dueño del castillo estuvo muerto. El viejo animal de Stout no había tenido la menor posibilidad: era uno contra dos, y las perras de Ramsay eran jóvenes, fuertes y fieras. Ben Huesos, que profesaba más cariño a los perros que a su amo, le había contado a Hediondo que cada una llevaba el nombre de alguna campesina a la que Ramsay había cazado, violado y matado cuando aún era un bastardo e iba acompañado por el primer Hediondo en sus correrías.

—Al menos las que le proporcionaron una buena caza. Las que lloraron, suplicaron y se negaron a correr no tuvieron el honor de renacer en las perras.

A Hediondo no le cabía duda de que en la siguiente camada que saliera de Fuerte Terror habría una Kyra.

—También las tiene entrenadas para matar lobos —le había confiado Ben Huesos.

Hediondo no dijo nada. Sabía bien a qué lobos debían matar las chicas, pero no tenía ninguna gana de verlas disputarse uno de sus dedos cortados.

Dos criados se llevaron los restos del perro muerto y una mujer entró con un cubo, una fregona y un rastrillo para cambiar la paja empapada de sangre. En aquel momento, las puertas de la estancia se abrieron como empujadas por una ráfaga de viento, y entraron doce hombres con cota de malla gris y yelmo de hierro, apartando a un lado a los abotargados guardias de Stout, con sus brigantinas de cuero y sus capas oro y bermellón. Un silencio repentino se hizo en la estancia. El único que reaccionó fue lord Ramsay, que soltó el hueso que estaba mordisqueando, se limpió los labios con la manga y esbozó una sonrisa grasienta y húmeda.

—¡Padre! —saludó.

El señor de Fuerte Terror contempló sin gran interés los restos del banquete, el perro muerto, los tapices de las paredes y a Hediondo con sus cadenas.

—Fuera —dijo en una voz que era apenas un murmullo—. Fuera todos de aquí. Ahora mismo.

Los hombres de lord Ramsay se apartaron de las mesas, dejando las copas y la comida. Ben Huesos llamó a gritos a las chicas, que trotaron en pos de él aún con huesos en las fauces. Harwood Stout hizo una rígida reverencia y abandonó su propia estancia sin decir palabra.

—Desencadena a Hediondo y llévatelo —gruñó Ramsay a Alyn el Amargo, pero su padre levantó una mano de piel blanca.

—No, déjalo.

Hasta los guardias de lord Roose se retiraron y cerraron las puertas a sus espaldas. Cuando se apagó el sonido de los pasos, Hediondo se encontró a solas en la estancia con los dos Bolton, padre e hijo.

—No has encontrado a los Frey desaparecidos. —Por la forma en que lo dijo Roose Bolton era una afirmación, no una pregunta.

—Cabalgamos hasta el lugar donde dice lord Lamprea que se separaron, pero las chicas no encontraron ningún rastro.

—Preguntaste por ellos en los pueblos y en los fortines.

—Una pérdida de tiempo. Para lo que ven, tanto daría que esos campesinos estuvieran ciegos. —Ramsay se encogió de hombros—. Pero ¿qué más da? Nadie echará de menos a unos cuantos Frey. Si nos hace falta otro, hay muchos en Los Gemelos.

Lord Roose arrancó un trocito de corteza de pan y se lo comió.

—Hosteen y Aenys están destrozados.

—Pues que vayan a buscarlos si quieren.

—Lord Wyman se culpa de lo sucedido. A juzgar por sus lloriqueos, parece que le había cogido mucho cariño a Rhaegar.

Lord Ramsay se estaba enfureciendo. Hediondo se lo notaba en la boca, en su manera de fruncir los gruesos labios, en cómo le resaltaban los tendones del cuello.

—Ese par de idiotas tendría que haberse quedado con Manderly.

—La litera de lord Wyman va a paso de tortuga. —Roose Bolton se encogió de hombros—. Además, la salud y la corpulencia de su señoría solo le permiten viajar durante unas pocas horas cada día, con paradas muy frecuentes para comer. Los Frey estaban deseosos de llegar a Fuerte Túmulo para reencontrarse con su familia; es normal que se adelantaran.

—Si es que se adelantaron. ¿Crees lo que dice Manderly?

—¿A ti qué te parece? —Los ojos claros de su padre centellearon—. De todos modos, su señoría parece muy alterado.

—No tanto como para perder el apetito. Lord Cerdo debe de haberse traído la mitad de las provisiones de Puerto Blanco.

—Cuarenta carromatos llenos de comida: toneles de vino e hidromiel, barriles de lampreas recién pescadas, un rebaño de cabras, una piara de un centenar de cabezas, cajones de ostras y cangrejos, un bacalao monstruoso... Puede que no te hayas dado cuenta, pero a lord Wyman le gusta comer.

—De lo que me he dado cuenta es de que no ha traído rehenes.

—Sí, yo también me he fijado.

—¿Qué piensas hacer?

—No encuentro solución buena. —Lord Roose cogió una jarra vacía, la limpió con el mantel y la llenó de una frasca—. Por lo visto, Manderly no es el único que organiza banquetes.

—Deberías haberlo organizado tú para darme la bienvenida —se quejó Ramsay—. Y tendría que haber sido en Torre Túmulo, no en esta mierda de castillo.

—Torre Túmulo no es mío y sus cocinas tampoco, así que no puedo disponer de ellas cuando me venga en gana —replicó con voz queda—. No soy más que un invitado. El castillo y la ciudad pertenecen a lady Dustin, que no te soporta.

A Ramsay se le ensombreció el rostro.

—¿Me soportará mejor cuando le corte las tetas y se las eche a mis chicas? ¿Me soportará mejor si le arranco la piel a tiras para hacerme unas botas?

—No creo, y serían unas botas muy caras. Nos costarían Fuerte Túmulo, la casa Dustin y los Ryswell. —Roose Bolton se sentó a la mesa frente a su hijo—. Barbrey Dustin es la hermana pequeña de mi segunda esposa; es hija de Rodrik Ryswell, hermana de Roger, de Rickard y de mi tocayo Roose, y prima de los otros Ryswell. Estaba encariñada con mi difunto hijo y sospecha que tuviste algo que ver en su muerte. Lady Barbrey es rencorosa, así que da gracias: si Fuerte Túmulo es leal a los Bolton, es porque aún culpa a Ned Stark por la muerte de su esposo.

—¿Leal? ¡Si no hace más que escupirme! —bufó Ramsay—. Ya llegará el día en que prenda fuego a su querido pueblecito de madera; a ver si apaga las llamas a escupitajos.

Roose hizo una mueca, como si la cerveza le supiera amarga de repente.

—A veces dudo que lleves mi sangre. Mis antepasados han sido muchas cosas, pero nunca idiotas. No, no, cállate, ya has hablado demasiado. Ahora mismo parecemos fuertes, sí. Tenemos amigos poderosos, los Lannister y los Frey, y el apoyo desganado de buena parte del Norte.

Pero ¿qué crees que pasará cuando aparezca alguno de los hijos de Ned Stark?

«Todos los hijos de Ned Stark han muerto —pensó Hediondo—. A Robb lo mataron en Los Gemelos, y en cuanto a Bran y Rickon... Metimos las cabezas en brea...» La suya estaba a punto de estallar. No quería pensar en nada de lo que había pasado antes de que supiera su nombre. Había cosas demasiado dolorosas para recordarlas, pensamientos que lo hacían sufrir casi tanto como el cuchillo de desollar de Ramsay...

—Los cachorritos de Stark están muertos —replicó Ramsay al tiempo que se servía más cerveza en la jarra—, y muertos se van a quedar, pero como asomen las narices por aquí, mis chicas se llenarán la barriga de lobo. Cuanto antes aparezcan, antes volveremos a matarlos.

—¿Volveremos a matarlos? —Bolton padre suspiró—. Me parece que te equivocas. A ti no se te habría ocurrido matar a los hijos de lord Eddard, a esos muchachitos a los que quería todo el mundo. Eso fue cosa de Theon Cambiacapas, ¿recuerdas? ¿Cuántos de nuestros vacilantes amigos seguirían a nuestro lado si se supiera la verdad? Solo lady Barbrey, a la que quieres convertir en un par de botas. Unas botas de muy mala calidad, por cierto; la piel humana no es tan dura como la de vaca y es menos resistente. Ahora eres un Bolton por decreto real, así que trata de comportarte como tal. La gente habla de ti, Ramsay. Lo oigo por todas partes: la gente te tiene miedo.

—Mejor.

—Te equivocas. No es lo mejor. Jamás se contaron historias sobre mí. De lo contrario, ¿crees que estaría aquí sentado? Tus pasatiempos son cosa tuya; no te voy a soltar una reprimenda por eso, pero tienes que ser más discreto. Tierras tranquilas y un pueblo callado, esa ha sido siempre mi norma. Que sea también la tuya.

—¿Para esto has dejado a lady Dustin y a la cerda gorda de tu mujer? ¿Para venir a decirme que me esté quietecito?

—No precisamente. Hay noticias importantes: lord Stannis ha partido por fin del Muro.

Aquello hizo que Ramsay se incorporase de un salto, con una sonrisa en los gruesos labios húmedos.

—¿Marcha hacia Fuerte Terror?

—No, por desgracia. Arnolf no lo entiende. Jura y perjura que hizo todo lo posible por cebar la trampa.

—Seguro que miente. En cuanto se rasca un poco, debajo de cada Karstark hay un Stark.

—Puede que fuera así antes, pero ahora ya no, y menos después de la «rascada» que le dio el Joven Lobo a lord Rickard. Sea como sea, lord Stannis ha arrebatado Bosquespeso a los hombres del hierro y se lo ha devuelto a la casa Glover. Peor todavía, se le han unido los clanes de la montaña: Wull, Norrey, Liddle y todos los demás. Se está haciendo fuerte.

—Nosotros lo somos más.

—Por ahora.

—Pues este es el momento de machacarlo. Permíteme que marche contra Bosquespeso.

—Después de tu boda.

Ramsay golpeó la mesa con la jarra, y los posos de cerveza volaron sobre el mantel.

—Estoy harto de esperar. Tenemos a la chica, tenemos un árbol y tenemos suficientes señores como testigos. Mañana me caso con ella, le hago un hijo y me pongo en marcha antes de que se le seque la sangre del virgo.

«Rezará para que te vayas —pensó Hediondo—. Y rezará para que no vuelvas jamás a su cama.»

—Le harás un hijo, pero no aquí —replicó Roose Bolton—. He decidido que vas a casarte con ella en Invernalia.

A lord Ramsay la idea no le hizo la menor gracia.

—Arrasé Invernalia hasta los cimientos, ¿ya te has olvidado?

—No, pero parece que tú sí... Los hombres del hierro arrasaron Invernalia hasta los cimientos y mataron a todos sus habitantes. Fue Theon Cambiacapas.

—Es cierto. —Ramsay lanzó una mirada desconfiada en dirección a Hediondo—. Sí, claro, pero aun así... ¿Una boda? ¿En medio de esas ruinas?

—Invernalia estará en ruinas, pero sigue siendo el hogar de lady Arya. ¿Qué mejor lugar para casarte con ella, llevártela a la cama y reclamar tus derechos? Pero eso es solo la mitad, claro. Tendríamos que ser idiotas para marchar contra Stannis. Que sea Stannis quien venga a nosotros. Es demasiado cauto para venir a Fuerte Túmulo, pero tendrá que ir a Invernalia; sus clanes no abandonarán a la hija de su adorado Ned en manos de un sujeto como tú. Si Stannis no acude a Invernalia, los perderá. Y es un comandante cauteloso, así que convocará a todos sus amigos y aliados. Convocará a Arnolf Karstark.

—Y será nuestro. —Ramsay se lamió los labios agrietados.

—Si los dioses lo quieren. —Roose se levantó—. Te casarás en Invernalia. Comunicaré a los señores que nos pondremos en marcha dentro de tres días y los invitaré a acompañarnos.

—Eres el Guardián del Norte, ¡ordénaselo!

—Conseguiré exactamente lo mismo con una invitación. El poder pasa mejor cuando se aderza con cortesía; así que más te vale aprenderlo si piensas gobernar alguna vez. —El señor de Fuerte Terror echó una mirada a Hediondo—. Ah, y desencadena a tu amiguito. Me lo llevo.

—¿Cómo que te lo llevas? ¡Es mío! ¡No puedes quitármelo!

Roose sonrió como si aquello le hiciera mucha gracia.

—Tú solo tienes lo que te he dado y más te vale no olvidarlo, bastardo. En cuanto a este... Hediondo... Si no has acabado con él por completo, todavía puede sernos de utilidad. Quítale esas cadenas, venga, no hagas que lamente el día en que violé a tu madre.

Hediondo vio como a Ramsay se le retorcía y le espumeaba la boca. Tuvo miedo de que salvara la mesa de un salto con el puñal en la mano, pero solo se puso muy rojo, apartó los ojos claros de los ojos aún más claros de su padre y fue a buscar las llaves. Cuando se arrodilló para soltar las cadenas de las muñecas y tobillos de Hediondo, se le acercó mucho.

—No le digas nada y recuerda cada una de sus palabras —le susurró—. Te cuente lo que te cuente esa zorra de la Dustin, vas a volver conmigo. ¿Quién eres?

—Soy Hediondo, mi señor. Soy vuestro hombre. Soy Hediondo, soy Hediondo, mondo y lirondo.

—Exacto. Cuando mi padre te traiga de vuelta, te quitaré otro dedo. Te dejaré elegir cuál.

—¿Por qué? —preguntó con voz quebrada. Las lágrimas le corrieron incontrolables por las mejillas—. Yo no le he pedido que se me lleve. Haré lo que queráis, os serviré, os obedeceré, os... No, por favor...

Ramsay le dio un bofetón.

—Llévatelo —dijo a su padre—. Ni siquiera es un hombre. Me da asco su olor.

La luna ya brillaba sobre la muralla de madera de Fuerte Túmulo cuando salieron. Hediondo oyó el viento que soplaba en las llanuras que rodeaban la ciudad. Había menos de mil pasos desde Torre Túmulo hasta las modestas estancias de Harwood Stout, tras las puertas orientales. Lord Bolton le ofreció un caballo.

—¿Puedes montar?

—Creo... Puede... Sí, mi señor.

—Walton, ayúdalo.

Aun sin cadenas, Hediondo se movía como un viejo. La carne le colgaba flácida de los huesos, y Alyn el Amargo y Ben Huesos decían que tenía espasmos. Y olía tan mal... Hasta la yegua que le llevaron se apartó cuando intentó montar.

Pero era un animal dócil y conocía el camino de Torre Túmulo. Lord Bolton se situó a su lado para cruzar la puerta, mientras los guardias se rezagaban para seguirlos a una distancia prudencial.

—¿Cómo quieres que te llame? —le preguntó el señor cuando bajaban al trote por las anchas avenidas de Fuerte Túmulo.

«Hediondo, Hediondo, yo siempre me escondo.»

—Hediondo, si le place a mi señor.

—Si le place a mi señor. —Los labios de Bolton se entreabrieron lo justo para mostrar los dientes. Tal vez estuviera esbozando una sonrisa.

—¿He dicho algo...?

—Has dicho: «Si le place a mi señor», y no «Si a mi señor le parece bien» o cualquier otra expresión más común. Cada vez que abres la boca delatas tu alta cuna. Si de verdad quieres hablar como un campesino, tienes que pronunciar las palabras como si tuvieras la lengua llena de barro.

—Si le pla... Si a mi señor le parece bien.

—Mucho mejor. Despides un olor horrible.

—Os suplico que me... Perdón, mi señor.

—¿Por qué te disculpas? Ese olor es cosa de mi hijo, no tuya, lo sé muy bien.

Pasaron junto a un establo y una posada de postigos cerrados cuyo cartel mostraba una gavilla de trigo. Hediondo oyó la música que se filtraba por las ventanas.

—Yo conocí al primer Hediondo —prosiguió lord Bolton—. Apestaba, pero no por no lavarse. A decir verdad, en mi vida he conocido a criatura más limpia. Se bañaba tres veces al día y se ponía flores en el pelo como si fuera una doncella. En cierta ocasión, cuando aún vivía mi segunda esposa, lo pillaron robándole perfume de sus habitaciones. Mandé que le dieran una docena de latigazos, y hasta la sangre le olía mal. Al cabo de un año volvió a intentarlo, pero lo que hizo fue beberse el perfume, y estuvo a punto de morir. No sirvió de nada; había nacido con ese olor. Los aldeanos decían que se trataba de una maldición, que los dioses lo habían hecho así de apestoso para que todo el mundo supiera que tenía el alma podrida. Mi viejo maestre insistía en que eso era el síntoma de una enfermedad, pero por lo demás, el chico era fuerte como un roble. Nadie soportaba tenerlo cerca, así que dormía con los cerdos... hasta el día en que la madre de Ramsay se presentó ante mi puerta para exigirme que le proporcionara un criado a mi bastardo, que estaba cada vez más indómito, y le di a Hediondo. Fue por hacer una broma, pero Ramsay y él se volvieron inseparables. Lo que no sé es quién corrompió a quién, ¿Ramsay a Hediondo, o Hediondo a Ramsay? —Su señoría miró al nuevo Hediondo con unos ojos claros y extraños como dos lunas blancas—. ¿Qué te ha dicho al oído al quitarte las cadenas?

—Me... Me ha dicho... —«... que no te diga nada.» Las palabras se le atragantaron, y se puso a toser de manera incontrolable.

—Respira hondo; ya sé qué te ha dicho. Que me espíes y que no me cuentes sus secretos. —Dejó escapar una risita—. Como si tuviera alguno. Alyn el Amargo, Luton, Desollador, todos los demás... ¿De dónde creerá que han salido? ¿De verdad cree que le son leales?

—Leales —repitió Hediondo. Por lo visto se esperaba que hiciera algún comentario, pero no sabía qué decir.

—¿Mi bastardo te ha contado alguna vez cómo lo concebí?

—Así es... —Se sintió aliviado, porque aquello sí lo sabía—. Sí, mi señor. Visteis a su madre cuando paseabais a caballo y su belleza os subyugó.

—¿Me subyugó? —Bolton se echó a reír—. ¿Con esas palabras te lo dijo? Vaya, si al final va a resultar que el muchacho tiene alma de bardo... Aunque si te tragas esa monserga, eres más corto de entendederas que el primer Hediondo. Ni siquiera es cierto lo de que fuera paseando. Estaba cazando un zorro por el río de las Lágrimas cuando pasé junto a un molino y vi a una joven que lavaba la ropa en el arroyo. El viejo molinero se había buscado una nueva esposa, una chica que no tenía ni la mitad de su edad. Era alta, espigada, de aspecto saludable, con piernas largas y pechos pequeños y firmes como dos ciruelas maduras. Bonita, a su manera vulgar. En cuanto le puse los ojos encima, me encapriché. Me correspondía por ley. Dicen los maestres que el rey Jaehaerys abolió el derecho de pernada, todo para apaciguar a la fierecilla de su reina... Pero allí donde mandan los antiguos dioses siguen vigentes las antiguas costumbres. Los Umber también conservan el privilegio, y a ver quién se atreve a negárselo. También los clanes de la montaña, por supuesto, y en Skagos... Bueno, solo los árboles corazón ven la mitad de las cosas que se hacen en Skagos.

»El caso es que el molinero se había casado sin mi permiso ni conocimiento: me había engañado. Por tanto, lo ahorqué y reclamé mis derechos bajo el árbol del que colgaba su cadáver. La verdad es que la mujer no valía ni la soga con la que lo ahorcamos. Encima se escapó el zorro y en el camino de regreso a Fuerte Terror se quedó cojo mi corcel favorito, así que fue un mal día.

»Al cabo de un año, esa misma mujer tuvo el descaro de presentarse en Fuerte Terror con un monstruito berreante de cara congestionada que según ella era mío. En aquel momento debería haber azotado a la mujer y tirado al niño al pozo... pero era verdad que tenía mis ojos. Me dijo la molinera que, cuando el hermano de su difunto marido vio aquellos ojos, le dio una paliza y la echó. Aquello me molestó mucho, así que mandé que le cortaran la lengua al hermano para asegurarme que no se iría corriendo a Invernalia a contar cuentos que incomodaran a lord Rickard. A partir de entonces, cada año enviaba a la mujer unos lechones, unos pollos y una bolsa de estrellas, a condición de que jamás le dijera al chico quién lo había engendrado. Tierras tranquilas y un pueblo callado, esa ha sido siempre mi norma.

—Buena norma, mi señor.

—Pero me desobedeció. Ya has visto cómo es Ramsay, ¿no? Pues fue ella quien lo hizo así, y también a Hediondo. Se pasó la vida llenándole la cabeza de tonterías sobre sus derechos. Debería haberse conformado con moler maíz. ¿De verdad cree que puede gobernar el Norte?

—Pelea por vos —soltó Hediondo sin poder contenerse—. Es fuerte.

—Los toros son fuertes, y los osos. He visto luchar a mi bastardo y no se puede decir que él tenga toda la culpa. Su instructor fue el primer Hediondo, y no había aprendido nunca a usar las armas. Ramsay es fiero, no cabe duda, pero blande la espada como si fuera un cuchillo de carnicero.

—No tiene miedo de nadie, mi señor.

—Pues debería. El miedo es lo que nos mantiene con vida en este mundo de engaños y traiciones. Los cuervos se están congregando incluso aquí, en Fuerte Túmulo, para cebarse con nuestra carne. No se puede confiar en los Cerwyn ni en los Tallhart; mi gordo amigo lord Wyman planea traicionarnos, y el Mataputas... Los Umber parecen simplones, pero no les falta astucia. Ramsay debería tenerles miedo, igual que se lo tengo yo. La próxima vez que lo veas, díselo.

—¿Qué le diga... que tenga miedo? —La sola idea hizo que a Hediondo le temblaran las piernas—. Mi señor, si le... Si le digo eso, me...

—Lo sé —suspiró lord Bolton—. Tiene mala sangre. Habría que sangrarlo. Las sanguijuelas chupan la sangre mala, la rabia, el dolor. No se puede pensar cuando se está tan lleno de rabia. Lo malo es que con

Ramsay... Mucho me temo que su sangre envenenaría hasta a las sanguijuelas.

—Es vuestro único hijo.

—Por ahora. Tenía otro, Domeric; un muchacho tranquilo pero cabal. Sirvió cuatro años a lady Dustin como paje, y tres en el Valle como escudero de lord Redfort. Tocaba el arpa, leía y cabalgaba como el viento. Lo volvían loco los caballos; ya te lo contará lady Dustin. Ni la hija de lord Rickard lo superaba, y eso que esa muchacha también era mitad caballo. Redfort decía que sería muy bueno en las justas. No se puede justar bien si no se sabe montar bien.

—Sí, mi señor. Domeric. Ya... Ya había oído hablar de él...

—Lo mató Ramsay. El maestre Uthro dijo que fue una enfermedad de las tripas, pero yo sé que lo envenenó. En el Valle, Domeric había disfrutado de la compañía de los hijos de Redfort y quería tener un hermano, de modo que cogió el caballo y se fue al río de las Lágrimas en busca de mi bastardo. Yo se lo había prohibido, pero Domeric era adulto y se creía más listo que su padre. Ahora sus huesos reposan bajo Fuerte Terror, junto con los de sus hermanos muertos en la cuna, y solo me queda Ramsay. Dime: si aquel que mata a la sangre de su sangre queda maldito, ¿qué debería hacer un padre si uno de sus hijos mata a otro?

La pregunta le dio miedo. En cierta ocasión había oído comentar a Desollador que el Bastardo había matado a su hermano legítimo, pero no se atrevió a creerlo.

«Tal vez se equivoque. Los hermanos mueren, y no siempre porque nadie los mate. Mis hermanos murieron, y yo no los maté.»

—Mi señor tiene una esposa joven que le dará hijos varones.

—¿Verdad que eso le encantará a mi bastardo? Lady Walda es una Frey, así que será fértil, y por extraño que parezca me he encariñado con esa gordita que tengo por mujer. Las dos anteriores no hacían ni un sonido en la cama, pero esta chilla y se mueve, lo que me resulta cautivador. Si pare hijos con la misma soltura que come tartas, Fuerte Terror estará hasta arriba de pequeños Bolton dentro de nada. Ramsay los matará a todos, claro. Supongo que es lo mejor. No voy a vivir lo suficiente para verlos crecer, y los señores niños son la muerte de cualquier casa. Pero a Walda le dolerá.

Hediondo tenía la garganta seca. Escuchó el sonido del viento entre las ramas peladas de los olmos que bordeaban la calle.

—Mi señor, ¿me permitís una pregunta?

—Claro, pero no te olvides de hablar como los campesinos.

—Mi señor —masculló Hediondo—, ¿para qué me queríais? No le sirvo de nada a nadie. Ni siquiera soy un hombre, estoy destrozado, y este olor...

—Un baño y un cambio de ropa, y todo resuelto.

—¿Un baño? —Se le hizo un nudo en la garganta—. M-mejor no, mi señor, por favor. Tengo... Tengo heridas..., y esta ropa... es la que me dio lord Ramsay. Me dijo... Me dijo que no me la podía quitar... a menos que me lo ordenara él...

—Llevas harapos —respondió lord Bolton con bastante paciencia—. No son más que trapos rotos y sucios que apestan a sangre y orina. Y no abrigan nada; debes de tener frío. Te daremos prendas de lana, suaves y cálidas, y puede que hasta una capa de piel. ¿Te apetece?

—No. —No podía permitir que le quitaran la ropa que le había dado lord Ramsay. No podía permitir que lo vieran.

—¿Preferirías vestir sedas y terciopelos? Era lo que te gustaba en otros tiempos.

—No —insistió con voz chillona—. No, solo quiero esta ropa. La ropa de Hediondo. Soy Hediondo, soy Hediondo, lo llevo muy hondo. —El corazón le latía como un tambor y el miedo le tornaba aguda la voz—. No quiero bañarme. Por favor, mi señor, no me quitéis la ropa.

—¿Nos dejarás al menos que te la lavemos?

—No. No, mi señor. —Se apretó la túnica contra el pecho con las dos manos y se encogió en la silla, temeroso de que Roose Bolton ordenara a sus hombres que le arrancaran la ropa allí mismo, en plena calle.

—Como quieras. —Los ojos claros de Bolton contemplaron la luna, inexpresivos, como si no hubiera nada tras ellos—. No tengo intención de hacerte ningún daño. Es mucho lo que te debo.

—¿Sí? —Una parte de él gritaba: «Es una trampa; está jugando conmigo. El hijo no es más que la sombra del padre». Lord Ramsay no hacía más que jugar con sus esperanzas—. ¿Qué...? ¿Qué me debéis, mi señor?

—El Norte. Los Stark quedaron condenados la noche en que tomaste Invernalia. —Hizo un gesto de desdén—. Esto no son más que disputas por los despojos.

El corto viaje terminó ante la muralla de madera de Torre Túmulo. Los estandartes ondeaban al viento en sus torreones cuadrados: el hombre desollado de Fuerte Terror, el hacha de combate de Cerwyn, los pinos de Tallhart, el tritón de Manderly, las llaves cruzadas del anciano lord Locke, el gigante de Umber, la mano de piedra de Flint y el alce de

Hornwood. El chevrón de gules y oro de los Stout; el campo ceniza dentro de un trechor doble blanco de los Slate. Cuatro cabezas de caballo, una gris, otra negra, otra dorada y otra marrón, anunciaban la presencia de los cuatro Ryswell de los Riachuelos. Circulaba el chiste de que los Ryswell no se ponían de acuerdo ni en el color de su escudo de armas. Sobre todos ellos ondeaba el venado con el león del niño que se sentaba en el Trono de Hierro, a mil leguas de allí.

Hediondo oyó girar las aspas del viejo molino cuando pasaron junto a la caseta de la entrada y llegaron al patio de hierba, donde unos mozos de cuadra corrieron a hacerse cargo de sus caballos.

—Por aquí, por favor.

Lord Bolton lo condujo a la edificación central, donde ondeaban estandartes con los emblemas de lord Dustin y su viuda. El del difunto lord Dustin mostraba una corona sobre dos hachas largas cruzadas; el de ella, acuartelado, mostraba las mismas armas y también la cabeza de caballo dorada de Rodrik Ryswell. Al subir por un ancho tramo de peldaños de madera, a Hediondo le empezaron a temblar las piernas. Tuvo que detenerse para recuperar el control, y alzó la vista hacia las laderas cubiertas de hierba del Gran Túmulo. Había quien afirmaba que era la tumba del Primer Rey, que había guiado a los primeros hombres a Poniente. Otros aseguraban que quien yacía allí, a juzgar por el tamaño de la tumba, era un rey de los gigantes. También se decía que no se trataba de una sepultura, sino de una simple colina, pero en semejante caso se trataba de una colina muy solitaria, pues los túmulos eran en su mayor parte tierras llanas y azotadas por el viento.

Dentro del edificio, una mujer se calentaba las manos con las brasas moribundas de la chimenea. Iba de negro de los pies a la cabeza y no lucía oro ni piedras preciosas, pero saltaba a la vista que era de alta cuna. Tenía patas de gallo y arrugas en las comisuras de la boca, pero mantenía la espalda erguida y era hermosa, con el pelo castaño y blanco a partes iguales peinado en un moño.

—¿Quién es ese? —preguntó—. ¿Dónde está el muchacho? ¿Es que vuestro bastardo se ha negado a devolverlo? ¿Este anciano es su...? ¡Alabados sean los dioses, qué peste! ¿Es que este hombre se ha ensuciado encima?

—Ha estado con Ramsay. Lady Barbrey, os presento a Theon de la casa Greyjoy, legítimo señor de las islas del Hierro.

«No —pensó—. No, no, no digáis ese nombre, Ramsay va a oíros, se va a enterar, va a hacerme daño.»

—No es lo que esperaba. —La mujer frunció los labios.

—Es lo que tenemos.

—¿Qué le ha hecho vuestro bastardo?

—Supongo que quitarle algo de piel. Y algunas partes del cuerpo. Nada esencial.

—¿Está loco?

—Es posible. ¿Importa mucho?

Hediondo no pudo soportarlo más.

—Por favor, mi señor, mi señora, aquí ha habido un error. —Cayó de rodillas, temblando como una hoja en una tormenta de invierno, con las destrozadas mejillas llenas de lágrimas—. No soy él, no soy el cambia-capas, el cambiacapas murió en Invernalia. Me llamo Hediondo. —Tenía que recordar su nombre—. Siempre respondo.

Tyrion

La *Selaesori Qhoran* estaba ya a siete días de Volantis cuando Penny salió por fin de su camarote, como un animalillo asustadizo que asomara de nuevo al bosque tras dormir todo el invierno.

Estaba anocheciendo. El sacerdote rojo había encendido la hoguera nocturna en el gran brasero de hierro que había en medio del barco, y la tripulación se había congregado a su alrededor para rezar. La voz de Morroqo era un tambor grave que parecía surgir de lo más hondo de su gigantesco torso.

—Te damos las gracias por tu sol, que nos aporta calor —rezó—. Te damos las gracias por tus estrellas, que velan por nosotros mientras navegamos por este mar frío y negro.

El sacerdote era corpulento, más alto que ser Jorah y el doble de ancho, y casi siempre vestía una túnica roja con llamas de seda anaranjada bordadas en las mangas, el cuello y el dobladillo. Las llamas que llevaba tatuadas en la frente y en las mejillas eran naranja y amarillas. Portaba un cayado de hierro tan alto como él, rematado en una cabeza de dragón. Cuando golpeaba la cubierta con la base, el dragón escupía llamas verdes.

Sus guardias, cinco guerreros esclavos de la Mano de Fuego, dirigían el coro de respuestas durante las oraciones. Rezaban en el dialecto de la Antigua Volantis, pero Tyrion había oído las plegarias tantas veces que ya entendía lo más importante: «Enciende nuestro fuego, protégenos de la oscuridad, blablablá, ilumina nuestros pasos y mantennos calentitos, la noche es oscura y alberga horrores, sálvanos de todo lo que nos da miedo y más blablablá».

No era tan idiota como para decirlo en voz alta. A Tyrion Lannister lo traían sin cuidado los dioses, pero a bordo de aquel barco era mejor mostrar cierto respeto hacia el rojo R'hllor. Jorah Mormont le había quitado las cadenas en cuanto estuvieron lejos de la costa, y no tenía la menor intención de darle motivos para que volviera a ponérselas.

La *Selaesori Qhoran* era una bañera flotante de diez mil quintales con grandes bodegas, castillos de proa y popa, y un mástil solitario en el centro. En la proa lucía un mascarón grotesco, algún personaje devorado por la carcoma y con pinta de estreñido que llevaba un pergamino enrollado bajo el brazo. Tyrion no había visto un barco más feo en toda su vida. La tripulación tampoco destacaba por su belleza: el capitán era un barrigón deslenguado y malhumorado de ojos codiciosos, muy juntos, mal jugador de *sitrang* y peor perdedor. Tenía a sus órdenes a cuatro contramaestres, los cuatro libertos, y cincuenta esclavos, todos ellos con una versión rudimentaria del mascarón de la coca tatuada en la mejilla. Los marineros llamaban Sinnariz a Tyrion, por mucho que repitiera que su nombre era Hugor Colina.

Tres contramaestres y más de tres cuartas partes de la tripulación adoraban fervientemente al Señor de Luz. En cuanto al capitán, Tyrion no estaba tan seguro: salía de su camarote para la plegaria nocturna, aunque no tomaba parte en ella. Pero lo cierto era que, al menos durante aquella travesía, el verdadero capitán de la *Selaesori Qhoran* era Morroqo.

—Señor de Luz, bendice a tu esclavo Morroqo e ilumina su camino por los lugares oscuros del mundo —tronó la voz del sacerdote rojo—. Protege a tu justo esclavo Benerro. Dale valor, dale sabiduría, llena de fuego su corazón.

De pronto, Tyrion advirtió la presencia de Penny, que contemplaba la farsa desde la empinada escalera de madera que bajaba del castillo de popa. Estaba en uno de los peldaños inferiores, así que solo se le veía la cabeza. Bajo la capucha, unos ojos grandes, blancos, brillaban a la luz de la hoguera. La acompañaba su perro, el mastín gris que cabalgaba en sus parodias de justas.

—Mi señora —llamó Tyrion con voz queda.

No era ninguna señora, claro, pero no se acostumbraba a pronunciar su estúpido nombre, y tampoco iba a llamarla *chica* o *enana*. Ella dio un respingo.

—No... No os había visto.

—Es que soy pequeño.

—No me... No me encontraba bien. —Su perro ladró.

«Querrás decir que estabas enferma de dolor.»

—Si puedo ayudaros en algo...

—No.

Volvió a desaparecer en dirección al camarote que compartía con el perro y la cerda. Tyrion no podía reprochárselo. La tripulación de la *Selaesori Qhoran* se había alegrado cuando él subió a bordo, ya que los enanos daban buena suerte. Le habían frotado la cabeza tantas veces y con tanto entusiasmo que de milagro no lo habían dejado calvo. Pero a Penny la recibieron con sentimientos cruzados: era una enana, sí, pero también una mujer, y daba mala suerte llevar mujeres a bordo. Por cada marinero que intentaba frotarle la cabeza había tres que mascullaban conjuros de protección cuando se cruzaban con ella.

«Y cada vez que me ve es como si le echaran sal en la herida. A su hermano le cortaron la cabeza con la esperanza de que fuera la mía, pero aquí estoy, como una puta gárgola, tranquilizándola con palabras huecas. Yo en su lugar estaría deseando empujarme al mar.»

Solo podía sentir compasión por la muchacha, que no merecía haber padecido semejante horror en Volantis; ni ella ni su hermano. La había visto por última vez justo antes de zarpar, y tenía los ojos hinchados por el llanto, dos desgarrones enrojecidos en una cara pálida y demacrada. Antes de que izaran las velas ya se había encerrado en el camarote con el perro y la cerda, pero por las noches se la oía llorar. El día anterior había oído a un contramaestre decirle a otro que habría que tirarla por la borda antes de que las lágrimas les inundaran el barco. Tyrion no estaba completamente seguro de que fuera una broma.

Al terminar las oraciones nocturnas, la tripulación se dispersó: unos fueron a montar guardia; otros, en busca de comida, ron y hamacas, mientras que Morroqo se quedó junto al fuego, como todas las noches. El sacerdote rojo dormía de día, pero mientras reinaba la oscuridad montaba guardia ante sus llamas sagradas para que el sol las encontrara vivas al amanecer. Tyrion se sentó delante para quitarse de las manos el frío nocturno. Durante un rato, Morroqo no se fijó en él: estaba concentrado en el fuego, inmerso en alguna visión.

«¿Verá los tiempos que están por llegar, tal como asegura?» Si era cierto, se trataba de un don temible. Tras unos momentos, el sacerdote alzó la vista y su mirada se encontró con la del enano.

—Hugor Colina —dijo al tiempo que inclinaba la cabeza en gesto solemne—. ¿Habéis venido a rezar conmigo?

—Me dijeron que la noche es oscura y alberga horrores. ¿Qué veis en esas llamas?

—Dragones —respondió Morroqo en la lengua común de Poniente. La hablaba muy bien, casi sin acento; sin duda era uno de los motivos por los que el sumo sacerdote Benerro lo había elegido para llevar la fe de R'hllor a Daenerys Targaryen—. Dragones viejos y jóvenes, verdaderos y falsos, luminosos y oscuros. Y a vos. Un hombre pequeño con una sombra muy grande que ruge en el centro de todo.

—¿Que rujo? ¿Yo, con lo buena persona que soy? —Tyrion casi se sentía halagado. «Sin duda, eso es lo que pretende. A todo idiota le gusta sentirse importante»—. Puede que vierais a Penny. Somos más o menos del mismo tamaño.

—No, amigo mío.

«¿Amigo mío? ¿Cuándo hemos llegado a eso?»

—¿Habéis visto cuánto tardaremos en llegar a Meereen?

—¿Tantas ganas tenéis de ver a la libertadora del mundo?

«Sí y no. Puede que la libertadora del mundo me corte la cabeza o me eche de aperitivo a sus dragones.»

—La verdad es que no —confesó Tyrion—. A mí lo que me interesa son las aceitunas, aunque tengo miedo de morir de viejo antes de probarlas. Si me tirase al mar y nadase como un perrito, llegaría antes. Decidme una cosa, ¿quién era Selaesori Qhoran? ¿Un triarca o una tortuga?

—Ni lo uno ni lo otro —respondió el sacerdote con una risita—. Un *qhoran* no es un gobernante, sino alguien que sirve al gobernante, lo asesora y lo ayuda a llevar a cabo sus planes. En Poniente lo llamaríais consejero, o magíster.

«¿La mano del rey?» Aquello le hizo mucha gracia.

—¿Y *selaesori*?

—Que despide un aroma agradable. —Se rozó la nariz para ilustrar sus palabras—. ¿Cómo diríais vosotros? ¿Fragante? ¿Floral?

—¡Así que Selaesori Qhoran viene a significar más o menos «consejero maloliente»!

—«Consejero fragante», más bien.

—Me quedo con «maloliente» —replicó Tyrion con una sonrisa traviesa—. Pero os agradezco la lección.

—Es para mí un placer iluminaros. Tal vez algún día me permitáis enseñaros también la verdad sobre R'hllor.

—Algún día. —«Cuando no sea más que una cabeza en una pica.»

El alojamiento que compartía con ser Jorah se podía denominar camarote solo por cortesía. En aquel armario húmedo, oscuro y apestoso apenas había espacio para colgar dos hamacas, una encima de la otra. Cuando llegó, Mormont estaba tumbado en la de abajo y se mecía con el movimiento del barco.

—La chica ha asomado por fin la nariz a la cubierta —le dijo Tyrion—. Pero nada más verme ha vuelto a esconderse.

—Es que no eres muy grato a los ojos.

—No todos podemos ser tan guapos como tú. Esa chica está deshecha. No me extrañaría que la pobre hubiera subido para tirarse por la borda.

—La pobre se llama Penny.

—Ya sé cómo se llama. —Detestaba aquel nombre. Su hermano se hacía llamar Céntimo, aunque su verdadero nombre era Oppo. Céntimo y penique, las dos monedas más pequeñas, las de menor valor, y lo peor era que ellos mismos habían elegido sus nombres. Solo con pensarlo,

Tyrion notaba un regusto amargo—. Se llame como se llame, necesita un amigo.

—Pues hazte amigo suyo. —Ser Jorah se incorporó en la hamaca—. Por mí como si quieres casarte con ella.

Aquello también le supo amargo.

—Los iguales se atraen, ¿no? ¿Eso crees? Y tú, ¿qué? ¿Vas a buscarte una osa?

—Fuiste tú quien se empeñó en traerla.

—Dije que no podíamos dejarla tirada en Volantis, pero eso no significa que quiera tirármela, y por si se te ha olvidado, lo único que desea ella es verme muerto. Como amigo le vale cualquiera menos yo.

—Los dos sois enanos.

—También lo era su hermano, y unos borrachos de mierda lo mataron porque lo confundieron conmigo.

—Te sientes culpable, ¿eh?

—No —se defendió Tyrion—. Ya tengo bastantes pecados propios por los que responder; no tuve nada que ver con este. Puede que no me gustara la farsa que representaron su hermano y ella en la boda de Joffrey, pero no les deseaba mal alguno.

—Claro, claro, eres un ser inofensivo, desvalido como un corderito. —Ser Jorah se puso en pie—. La enana es cosa tuya. Bésala, mátala o dale esquinazo, lo que mejor te parezca. Me es indiferente. —Empujó a Tyrion a un lado para salir del camarote.

«No me extraña que lo hayan exiliado dos veces —pensó Tyrion—. Yo también lo exiliaría si estuviera en mi mano. Es frío, hosco y malhumorado; no sabe bromear ni entiende las bromas... y esas son sus virtudes. —Cuando no estaba durmiendo, ser Jorah se pasaba las horas paseando por el castillo de proa o acodado en la baranda, contemplando el mar—. Busca a su reina de plata. Busca a Daenerys, y daría cualquier cosa por que el barco volara. Bueno, lo mismo haría yo si Tysha me esperase en Meereen.»

¿Sería la bahía de los Esclavos el lugar adonde iban las putas? No parecía probable. Por lo que había leído, las ciudades esclavistas eran el lugar del que salían las putas.

«Mormont habría hecho bien en comprarse una.» Tal vez una esclava bonita le hubiera mejorado el humor, sobre todo si tenía el pelo plateado como la zorra que había tenido sentada en la polla en Selhorys.

En el río, Tyrion había tenido que soportar a Grif, pero allí al menos podía entretenerse con el misterio de la identidad del capitán y con la compañía, más grata, de los otros pasajeros de la barcaza. Por desgracia, en la coca todos eran quienes parecían, y el único que ofrecía algo de interés era el sacerdote rojo. «El sacerdote y tal vez Penny. Pero ella me detesta, y no me extraña.»

La vida a bordo de la *Selaesori Qhoran* era de lo más tedioso. La parte más emocionante del día llegaba cuando tenía que pincharse los dedos de las manos y los pies con el cuchillo. En el río se veían cosas admirables: tortugas gigantes, ciudades en ruinas, hombres de piedra, septas desnudas... Nunca se sabía qué pasaría al doblar el siguiente meandro. En el mar, todos los días y todas las noches eran iguales. Tras zarpar de Volantis, la coca había navegado cerca de tierra al principio, de manera que Tyrion podía admirar los golfos, contemplar las bandadas de pájaros que alzaban el vuelo en los acantilados pedregosos y en las atalayas semiderruidas, contar los islotes que pasaban de largo... También vio otras muchas embarcaciones: barcas de pesca, pesados mercantes, ufanas galeras que hendían las olas con los remos para levantar crestas de espuma blanca... Pero cuando se adentraron en aguas más profundas solo quedaron el cielo, el mar, el aire y el agua. El agua era agua, y el cielo, cielo, a veces con alguna nube.

«Demasiado azul.»

Las noches eran peores. Hasta en los mejores momentos le costaba dormir, y aquellos momentos no eran los mejores ni de lejos. Dormir implicaba demasiadas veces soñar, y en los sueños lo aguardaban los Pesares y un rey de piedra con el rostro de su padre. Sus opciones eran a cual menos deseable: encaramarse a la hamaca superior para oír los ronquidos de Jorah Mormont en la inferior, o quedarse en cubierta para contemplar el mar. En las noches sin luna, el agua era negra como tinta de maestre, de horizonte a horizonte. Oscura, profunda, imponente, hermosa de una manera escalofriante; pero si la miraba demasiado tiempo, Tyrion acababa pensando en lo fácil que sería saltar por la borda y adentrarse en aquella oscuridad. Unas salpicaduras de espuma minúsculas, y la historia patética e insignificante que había sido su vida habría terminado.

«Pero ¿y si mi padre me espera en el infierno?»

La mejor parte de las veladas era la cena. La comida no era excepcional, pero sí abundante. El comedor era diminuto e incómodo, con el techo tan bajo que los pasajeros más altos siempre se golpeaban la cabeza, accidente al que eran especialmente propensos los fornidos soldados esclavos de la Mano de Fuego. Tyrion se lo pasaba en grande riéndose entre dientes cada vez que uno se daba un golpe, pero prefería

comer a solas. Le resultaba aburrido y cansado sentarse a una mesa abarrotada, con gente cuyo idioma desconocía, y escuchar conversaciones
y bromas sin entender nada. Para colmo de males, con frecuencia se
imaginaba que aquellas bromas y las consiguientes carcajadas eran a
costa de él.

El comedor también era el lugar donde se guardaban los libros del
barco. El capitán, hombre más letrado de lo habitual en el gremio, tenía
tres: una recopilación de poemas náuticos que iban de lo malo a lo peor;
un sobado volumen sobre las aventuras eróticas de una joven esclava en
una casa de las almohadas lysena, y el cuarto y último tomo de *Vida del
triarca Belicho,* la biografía de un legendario patriota volantino cuya
ininterrumpida sucesión de victorias y conquistas llegaba a un final un
tanto abrupto cuando lo devoraban los gigantes. Tyrion se había terminado los tres antes de que acabara la tercera singladura, y luego, a falta
de otros libros, empezó a releerlos. La historia de la esclava era la peor
escrita, pero también la más absorbente, y fue la que eligió aquella noche
para acompañar la cena a base de remolachas con mantequilla, guiso frío
de pescado y unos bollos que se podrían usar de armas arrojadizas.

Estaba leyendo la narración de cómo la chica y su hermana caían en
manos de los esclavistas cuando Penny entró en el comedor.

—¡Oh! —exclamó la enana—. Creía que... No quería molestar, mi
señor, no...

—No me molestas. Espero que no vengas a matarme.

—No. —Apartó la vista, sonrojada.

—En ese caso, se agradece la compañía. No es cosa que sobre en este
barco. —Tyrion cerró el libro—. Siéntate, come algo. —La chica había
dejado casi todas las comidas intactas ante la puerta de su camarote; a
aquellas alturas debía de estar muerta de hambre—. El guiso es casi
comestible. Al menos, el pescado es fresco.

—No, no puedo comer pescado, una vez se me atragantó una espina.

—Pues bebe vino. —Llenó una copa y la empujó hacia ella—. Cortesía de nuestro capitán. La verdad es que se parece más al pis que al
dorado del rejo, pero es que hasta el pis sabe mejor que esa brea negra
que los marineros llaman ron. Esto te ayudará a dormir.

La chica no hizo ademán de tocar la copa.

—Gracias, mi señor, pero no. —Retrocedió un paso—. No debería
molestaros.

—¿Piensas pasarte el resto de tu vida huyendo? —preguntó Tyrion
antes de que le diera tiempo a salir por la puerta.

Aquello hizo que se detuviera en seco. Las mejillas se le pusieron aún más rojas, y durante un momento pareció que se echaría a llorar otra vez, pero la expresión que puso fue desafiante.

—Vos también estáis huyendo.

—Cierto —reconoció—, pero yo huyo hacia algo y tú de algo. Hay una gran diferencia.

—De no ser por vos, no habríamos tenido que huir.

«Ha necesitado valor para decirme eso a la cara.»

—¿De Desembarco del Rey o de Volantis?

—De ninguna de las dos. —Tenía los ojos llenos de lágrimas—. ¿Por qué no vinisteis a justar con nosotros, como quería el rey? No os habríamos hecho daño. ¿Qué le habría costado a mi señor montarse en el perro y justar para darle gusto al muchacho? No era más que un poco de diversión. Se habrían reído de vos, y ya está.

—Se habrían reído de mí. —«En lugar de eso, hice que se rieran de Joff. Qué buen truco, ¿eh?»

—Mi hermano dice que hacer reír a la gente es bueno, es una noble misión. Mi hermano dice..., decía... —Las lágrimas le corrieron por el rostro.

—Siento lo de tu hermano. —Tyrion le había dicho aquellas mismas palabras en Volantis, pero la primera vez, la chica estaba tan hundida en el dolor que dudaba mucho que lo hubiera oído. En aquella ocasión lo oyó.

—Lo sentís. Así que lo sentís. —Le temblaba el labio; tenía las mejillas húmedas, y sus ojos eran agujeros enrojecidos—. Nos fuimos de Desembarco del Rey aquella misma noche. Mi hermano dijo que sería lo mejor, antes de que alguien pensara que habíamos participado en el asesinato del rey y quisiera torturarnos para averiguarlo. Primero fuimos a Tyrosh. Mi hermano pensó que ya nos habíamos alejado bastante, pero no era así. Allí conocimos a un malabarista. Se había pasado años y años actuando, día tras día, junto a la Fuente del Dios Borracho. Era tan viejo que había perdido destreza; a veces se le caían las bolas y tenía que correr por toda la plaza para recuperarlas, pero los tyroshis se reían y seguían echándole monedas. Hasta que una mañana nos enteramos de que habían encontrado su cadáver. Junto al templo del dios Trios, que tiene tres cabezas, hay una gran estatua que lo representa. Al pobre viejo lo habían cortado en tres trozos para meterlo en las tres bocas. Pero cuando volvieron a juntar los pedazos del cadáver, faltaba la cabeza.

—Un regalo para mi querida hermana. El viejo también era enano.

—Un hombrecito, sí. Como vos, como Oppo. Como Céntimo. ¿También sentís lo del malabarista?

—Hasta ahora desconocía la existencia de tu malabarista... Pero sí, lamento su muerte.

—Murió por vos. Lleváis su sangre en las manos.

La acusación le dolió, sobre todo cuando tenía tan presentes las palabras de Jorah Mormont.

—Quien tiene su sangre en las manos es mi hermana, y también los animales que lo mataron. Mis manos... —Tyrion se las inspeccionó y apretó los puños—. Mis manos también están manchadas de sangre, de sangre vieja, sí. Si me llamas parricida, no mentirás. Matarreyes... Bueno, también respondo a ese nombre. He matado a madres, a padres, a sobrinos, a amantes, a hombres y a mujeres, a reyes y a putas. En cierta ocasión me incomodó un bardo, así que encargué que estofaran al muy cabrón. Pero en mi vida he matado a un malabarista ni a un enano, y no pienso dejar que me culpes por lo que le pasó a tu puto hermano.

Penny cogió la copa de vino que le había servido Tyrion y se la tiró a la cara.

«Igual que mi querida hermana. —Oyó como se cerraba la puerta del comedor, pero no la vio salir: le escocían los ojos y todo estaba borroso alrededor—. Adiós a cualquier posibilidad de hacernos amigos.»

Tyrion Lannister no tenía gran experiencia en el trato con otros enanos. Su señor padre no quería nada que le recordara la deformidad de su hijo, y las compañías de titiriteros que incluían a gente pequeña aprendieron pronto a no acercarse a Lannisport ni a Roca Casterly, para no desatar su cólera. Cuando se hizo mayor, Tyrion oyó hablar de un bufón enano que estaba al servicio del dorniense lord Fowler, de un maestre enano de los Dedos y de una enana que había ingresado en las hermanas silenciosas, pero nunca sintió el impulso de ir a conocerlos. También llegaron a sus oídos historias menos fidedignas: una bruja enana que hechizaba una colina en las tierras de los ríos o una puta enana de Desembarco del Rey, famosa por copular con perros. Su querida hermana era quien le había hablado de esta última, e incluso se había ofrecido a buscarle una perra en celo por si quería probar. Cuando Tyrion le preguntó con toda cortesía si se refería a sí misma, Cersei le tiró una copa de vino a la cara.

«Pero aquel vino era tinto, y este, dorado.» Se limpió la cara con la manga. Seguían escociéndole los ojos.

No volvió a ver a Penny hasta el día de la tormenta.

El aire salado era denso aquella mañana y no soplaba ni la menor brisa, pero el cielo estaba rojo fuego en el oeste, y las nubes bajas que lo rasgaban como jirones eran de un escarlata tan vivo como el de los Lannister. Los marineros estaban muy ajetreados atrancando escotillas, tirando cabos, despejando las cubiertas y amarrando todo lo que no estuviera ya amarrado.

—Vienen vientos malos —le advirtió uno—. Sinnariz, abajo.

Tyrion recordó la tormenta que había padecido al cruzar el mar Angosto, la manera en que la cubierta saltaba bajo sus pies, los espantosos crujidos del barco, el sabor a vino y vómito en la boca.

—Sinnariz se queda arriba.

Si los dioses querían llevárselo, prefería morir ahogado en el mar que en un charco de su propio vómito. Sobre él, la vela de lona de la coca se tensó lentamente, como la piel de una bestia inmensa que se desperezara tras un largo sueño, y de repente se llenó de viento con un restallido súbito que hizo que pasajeros y tripulantes se volvieran para mirar. Los vientos impulsaron la coca y la sacaron de su rumbo. Tras ellos se aglomeraban nubarrones negros contra un cielo rojo sangre. A media mañana empezaron a ver relámpagos hacia el oeste, seguidos por el retumbar lejano del trueno. El mar se encabritó, y se alzaron olas oscuras para golpear el casco de la *Consejero Maloliente*. Fue entonces cuando la tripulación empezó a arriar las velas. En mitad de la cubierta, Tyrion no hacía más que estorbar, así que subió al castillo de proa y se acuclilló para sentir la bofetada de la lluvia fría en las mejillas. La coca subía y bajaba, con más sacudidas que ningún caballo que hubiera montado en su vida; se elevaba con cada ola antes de precipitarse hacia abajo y volver a subir con movimientos bruscos que le desencajaban los huesos. Pese a todo, estaba mejor allí arriba, donde podía ver lo que pasaba, que encerrado en cualquier camarote sin ventilación. Cuando estalló la tormenta ya había anochecido, y Tyrion Lannister estaba calado hasta la ropa interior. Pese a todo, se sentía eufórico... y más aún cuando encontró a Jorah Mormont en el camarote, borracho sobre un charco de vómito.

El enano se quedó un rato en el comedor tras la cena, y celebró el haber sobrevivido compartiendo unos tragos de ron denso y negro con el cocinero, un patán volantino enorme y grasiento que solo conocía una palabra de la lengua común, *joder,* pero jugaba al *sitrang* con un estilo feroz, sobre todo cuando estaba borracho. Aquella noche jugaron tres partidas. Tyrion ganó la primera y acto seguido perdió dos. Cuando decidió que ya había tenido suficiente, se dirigió a trompicones a la cubierta para despejarse de ron y elefantes.

Se encontró a Penny en el castillo de proa, donde tantas veces veía a ser Jorah. Estaba ante la baranda, junto al repulsivo mascarón medio podrido, contemplando el mar negro como la tinta. De espaldas parecía menuda e indefensa como una niña.

Tyrion pensó que sería mejor no molestarla, pero era tarde; ya lo había oído llegar.

—Hugor Colina.

—Si prefieres llamarme así... —«Los dos sabemos que no es mi nombre»—. Siento haberte molestado. Ya me voy.

—No. —Tenía la cara pálida y triste, pero no parecía haber llorado—. Yo también lo siento. Lo del vino, quiero decir. No fuisteis vos quien mató a mi hermano, ni a aquel pobre anciano de Tyrosh.

—Tuve algo que ver, pero no por mi voluntad.

—Lo echo tanto de menos... A mi hermano. No...

—Te comprendo. —Sin querer, pensó en Jaime. «Date por afortunada. Tu hermano murió antes de poder traicionarte.»

—Creí que quería morir —siguió ella—, pero hoy, cuando se ha desatado la tormenta y he pensado que el barco podía hundirse, me..., me...

—Te has dado cuenta de que quieres vivir. —«Yo también he pasado por eso. Ya tenemos otra cosa en común.»

La chica tenía los dientes torcidos y no prodigaba las sonrisas, pero en aquel momento le dedicó una.

—¿De verdad guisasteis a un bardo?

—¿Quién? ¿Yo? No, no sé cocinar.

Penny dejó escapar una risita y sonó como lo que era: una jovencita de... ¿diecisiete, dieciocho años? No más de diecinueve.

—¿Qué había hecho ese bardo?

—Componer una canción sobre mí. —«Era un tesoro secreto, su alegría y su deshonra. Nada es torre ni cadena si hay un beso que trastorna.» Era extraño cómo había recordado la letra de repente. Tal vez nunca la hubiera olvidado. «Las manos de oro.»

—Debía de ser malísima.

—La verdad es que no. Tampoco era «Las lluvias de Castamere», pero algunas estrofas estaban... Bueno...

—¿Cómo era?

—No —rio Tyrion—, créeme, es mejor que no cante.

—Mi madre nos cantaba a mi hermano y a mí cuando éramos pequeños. Decía que no hace falta tener buena voz para cantar algo que te guste.

—¿Ella también era...?

—¿... pequeña? No, pero nuestro padre, sí. Su padre lo vendió a un esclavista cuando tenía tres años, pero se hizo tan famoso como titiritero que compró su libertad. Viajó a todas las Ciudades Libres, y también a Poniente. En Antigua lo llamaban Saltarín.

«Cómo no.» Tyrion trató de no hacer un gesto de desagrado.

—Ya murió —siguió Penny—. Igual que mi madre. Oppo... No me quedaba más familia que él, y ahora también lo he perdido. —Apartó la mirada para contemplar el mar—. ¿Qué voy a hacer? ¿Adónde puedo ir? No conozco ningún oficio, solo el espectáculo de las justas, y para eso hacen falta dos personas.

«No —pensó Tyrion—, no se te ocurra seguir por ahí. No me pidas eso. Ni lo sueñes.»

—Busca a algún chaval huérfano que sea adecuado —sugirió.

—La idea de las justas fue de nuestro padre —siguió Penny como si no lo hubiera oído—. Hasta entrenó a nuestra primera cerda, pero estaba demasiado enfermo para montarla, así que Oppo ocupó su lugar. Yo siempre iba en el perro. Una vez actuamos para el Señor del Mar de Braavos, y se rio tanto que, cuando terminamos, nos dio a cada uno... un gran regalo.

—¿Fue allí donde os encontró mi hermana? ¿En Braavos?

—¿Vuestra hermana? —La chica lo miró sin comprender.

—La reina Cersei.

—No, no. —Penny sacudió la cabeza—. El que nos contrató en Pentos fue un hombre. Osmund. No, Oswald. Bueno, algo así. Se reunió con mi hermano, no conmigo, porque Oppo se encargaba siempre de las negociaciones. Siempre sabía qué teníamos que hacer, adónde era mejor ir.

—Pues ahora vamos a Braavos.

—Querréis decir a Qarth —replicó, sorprendida—. Nos dirigimos hacia Qarth, con escala en el Nuevo Ghis.

—Vamos a Meereen. Cabalgarás tu perro ante la reina dragón y te dará tu peso en oro. Más te vale ponerte a comer más para que estés bien gordita cuando actúes ante su alteza.

Penny no le devolvió la sonrisa.

—Lo único que puedo hacer yo sola es montar en círculo, y aunque consiga que la reina se ría, ¿adónde voy luego? Nunca nos quedábamos mucho tiempo en un sitio. Todos se ríen la primera vez que nos ven, pero a la cuarta o a la quinta ya saben qué vamos a hacer antes de que empecemos. Dejan de reírse y tenemos que marcharnos. En las ciudades grandes es donde conseguimos más monedas, pero a mí siempre me han gustado más los pueblos: la gente no tiene plata, pero nos invita a su mesa, y los niños nos siguen por todas partes.

«Eso es porque en esas aldeas de mierda no han visto nunca a un enano —pensó Tyrion—. Los putos críos seguirían a una cabra de dos cabezas si apareciera por allí. Hasta que se aburrieran de oírla balar y la mataran para cenársela.» Pero no quería hacerla llorar otra vez.

—Daenerys tiene un corazón bondadoso y es muy generosa —le dijo. Era lo que necesitaba oír la chica—. Seguro que tiene un lugar para ti en su corte. Allí estarás a salvo, fuera del alcance de mi hermana.

—Y vos también estaréis allí. —Penny se volvió hacia él.

«A menos que Daenerys decida que hay que derramar sangre de Lannister para compensar la sangre de Targaryen que vertió mi hermano.»

—Así es.

En los días siguientes, la enana se dejó ver en cubierta con más frecuencia. Al día siguiente, Tyrion se la encontró con su cerda a media tarde, cuando soplaba una brisa cálida y el mar estaba en calma.

—Se llama Bonita —le comentó ella con timidez.

«La cerda Bonita y la enana Penny. Vaya gusto para elegir nombres. —Penny le pasó a Tyrion unas bellotas para que se las diera a Bonita—. No te creas que no sé qué pretendes», pensó mientras la gran cerda resoplaba y gruñía.

No tardaron en sentarse juntos a comer y cenar. Algunas noches estaban solos, y otras, el comedor estaba atestado de guardias de Morroqo. Tyrion los llamaba *dedos* porque, al fin y al cabo, eran hombres de la Mano de Fuego y además eran cinco. A Penny le hizo gracia; su risa era un sonido dulce y cantarín que Tyrion no oía con frecuencia: la herida era demasiado reciente, y el dolor, demasiado profundo. Pronto consiguió que ella también llamara al barco *Consejero Maloliente,* aunque se enfadaba cuando llamaba *Tocina* a Bonita. Para resarcirla, Tyrion intentó enseñarle a jugar al *sitrang*, pero no tardó en darse cuenta de que era inútil.

—No —tuvo que decirle una docena de veces—. El que vuela es el dragón, no los elefantes.

Aquella misma noche, Penny le preguntó sin rodeos si quería justar con ella.

—No —respondió. Tardó en ocurrírsele que tal vez *justar* no quisiera decir justar. Su respuesta habría sido la misma, pero no tan brusca.

Ya en el camarote que compartía con Jorah Mormont, Tyrion dio vueltas y más vueltas en la hamaca durante horas, sin conseguir conciliar el sueño más que unos instantes antes de despertar de nuevo. Sus pesadillas estaban pobladas de manos de piedra gris que trataban de agarrarlo desde la niebla, y siempre había una escalera que subía hacia su padre.

Acabó por darse por vencido y subió a cubierta para respirar el aire de la noche. La *Selaesori Qhoran* había desplegado la gran vela de rayas, y apenas se veía a nadie. Había un contramaestre en el castillo de popa y Morroqo se encontraba sentado junto a su brasero, en el que aún bailaban llamitas entre las ascuas.

Las únicas estrellas visibles eran las más brillantes, todas hacia el oeste. Una luz rojiza mortecina, del color de una magulladura, iluminaba el cielo del noreste. Tyrion no había visto una luna tan grande en su vida: monstruosa, hinchada, era como si se hubiera tragado el sol para despertar con fiebre. Su gemela flotaba en el mar, más allá del barco, y se estremecía con cada ola.

—¿Qué hora es? —preguntó a Morroqo—. No puede estar amaneciendo, a menos que el este haya cambiado de sitio. ¿Por qué está rojo el cielo?

—El cielo siempre está rojo sobre Valyria, Hugor Colina.

—¿Estamos cerca? —Un escalofrío le recorrió la espalda.

—Más de lo que cree la tripulación —respondió Morroqo con voz grave—. ¿En vuestros Reinos del Ocaso se conocen las historias?

—Sé que hay marineros que dicen que cualquiera que mire esa costa está perdido. —No creía en aquellas leyendas, como tampoco creía su tío. Gerion Lannister había puesto rumbo a Valyria cuando Tyrion tenía dieciocho años para tratar de recuperar la ancestral espada perdida de la casa Lannister, así como cualquier otro tesoro que hubiera sobrevivido a la Maldición. Tyrion habría dado cualquier cosa por acompañarlo, pero su señor padre había calificado la expedición de misión de idiotas y le había prohibido tomar parte en ella.

«Tal vez no le faltara razón.» La *León Sonriente* había zarpado de Lannisport hacía casi un decenio, y no se había vuelto a saber de Gerion. Los hombres que envió lord Tywin en su busca siguieron el mismo rumbo que él hasta Volantis, donde la mitad de su tripulación había desertado y había tenido que comprar esclavos para sustituirla. Ningún hombre libre se alistaba voluntariamente a bordo de una nave cuyo capitán anunciaba sin tapujos su intención de adentrarse en el mar Humeante.

—Entonces, ¿eso que vemos reflejado en las nubes es el fuego de las Catorce Llamas?

—Catorce, catorce mil, ¿quién se atreve a contarlas? Ningún mortal debe mirar fijamente esos fuegos, amigo mío. Son los fuegos de la ira del dios y no hay llama humana que se les compare. Somos seres minúsculos.

—Unos más que otros.

«Valyria.» Según las crónicas, el día de la Maldición, todas las colinas de doscientas leguas a la redonda se abrieron para vomitar al aire cenizas, humo y fuego, con unas llamas tan ardientes y voraces que consumían hasta a los dragones que las sobrevolaban. En la tierra se abrieron grandes grietas que engulleron palacios, templos y ciudades enteras. Los lagos hirvieron o sus aguas se transformaron en ácido; las montañas estallaron, y violentos surtidores de fuego escupieron roca fundida a una altura de cuatrocientas varas. De las nubes rojas cayó una lluvia de vidriagón y la sangre negra de los demonios, y hacia el norte, el suelo se desgarró y se hundió cuando el mar furioso se abatió sobre él. La ciudad más esplendorosa del mundo desapareció en un abrir y cerrar de ojos; su fabuloso imperio se esfumó en un día, y las tierras del Largo Verano quedaron abrasadas, anegadas, yermas.

«Un imperio construido con sangre y fuego. Los valyrios cosecharon lo que habían sembrado.»

—¿Acaso nuestro capitán pretende poner a prueba la maldición?

—Nuestro capitán daría cualquier cosa por estar a cincuenta leguas, tan lejos como sea posible de esa orilla maldita, pero le he ordenado que siga la ruta más corta. No somos los únicos que buscan a Daenerys.

«Grif y su joven príncipe.» Entonces, ¿la maniobra de la Compañía Dorada de navegar hacia el oeste había sido una añagaza? Tyrion sopesó la posibilidad de decir algo, pero se lo pensó mejor. Por lo visto, en la profecía que guiaba a los sacerdotes rojos solo había cabida para un héroe. Un segundo Targaryen no haría más que confundirlos.

—¿Habéis visto a esos otros en vuestros fuegos? —preguntó con cautela.

—Solo sus sombras —respondió Morroqo—. Hay uno que sobresale entre los demás. Es un ser alto y retorcido, con un ojo negro y diez brazos muy largos, que navega por un mar de sangre.

Bran

La media luna formaba un arco fino y definido como la hoja de un cuchillo. Salió un sol pálido; luego se ocultó y luego volvió a salir. Las hojas rojas susurraban al viento. El cielo estaba poblado de nubes oscuras que se convertían en tormentas. Caían los relámpagos y retumbaban los truenos, y los muertos de manos negras y brillantes ojos azules merodeaban alrededor de una fisura de la ladera, pero no podían entrar. Dentro de la colina, a oscuras, el niño tullido estaba sentado en un trono de arciano y oía los susurros mientras los cuervos se le paseaban por los brazos.

—Nunca volverás a andar, pero volarás —le había prometido el cuervo de tres ojos. A veces, desde algún lugar lejano y profundo, llegaba una canción. La Vieja Tata los llamaba «hijos del bosque», pero los cantores se denominaban *los que cantan la canción de la tierra* en la lengua verdadera, que los humanos no hablaban. Pero sí los cuervos. Sus pequeños ojos negros estaban llenos de secretos, y cuando oían las canciones graznaban y le picoteaban la piel.

La luna estaba llena, redonda. Las estrellas giraban en el cielo negro. La lluvia se congelaba nada más caer, y el peso de la nieve quebraba las ramas de los árboles. Bran y Meera se habían inventado nombres para los que cantaban la canción de la tierra: Ceniza, Hoja, Escamas, Cuchillo Negro, Pelo de Nieve y Tizón. Hoja les dijo que sus verdaderos nombres eran demasiado largos para los humanos. Era la única que hablaba la lengua común, así que Bran no consiguió averiguar qué opinaban los demás sobre sus nuevos nombres.

Después de haber padecido un frío que traspasaba los huesos en las tierras de más allá del Muro, la calidez de las cavernas era una bendición, y cuando el fresco se colaba entre las rocas, los cantores encendían hogueras que lo ahuyentaban. Allí abajo no había viento, ni nieve, ni hielo, ni muertos que intentaran atraparlos; solo sueños, teas de juncos y los besos de los cuervos. Y el que susurraba en la oscuridad.

Los cantores lo llamaban «el último verdevidente», pero en los sueños de Bran aún era el cuervo de tres ojos. Cuando Meera Reed le preguntó su verdadero nombre, contestó con un sonido espectral que casi pareció una risa.

—Me he llamado de muchas maneras en vida, pero incluso yo tuve una madre, y el nombre que me dio cuando nací fue Brynden.

—Tengo un tío que se llama así —dijo Bran—. En realidad es tío de mi madre. Brynden, el Pez Negro.

—Tal vez le pusieran ese nombre en mi honor. Aún hay quien lo hace, aunque ya no es tan frecuente como antes. Los hombres tienen tendencia a olvidar. Los únicos que recuerdan son los árboles. —Hablaba tan bajo que Bran tenía que hacer esfuerzos para oírlo.

—La mayor parte de él está unida al árbol —explicó la cantora a la que Meera llamaba Hoja—. Ha traspasado los límites de su mortalidad y aún perdura. Por nosotros, por vosotros, por los reinos de los hombres. A su carne le quedan muy pocas fuerzas. Tiene mil y un ojos, pero hay demasiado que vigilar. Algún día lo sabrás.

—¿Qué sabré? —preguntó más tarde Bran a los Reed, cuando llegaron con antorchas encendidas para llevarlo a una pequeña sala situada junto a la gran caverna, donde los cantores les habían construido unas camas—. ¿Qué recuerdan los árboles?

—Los secretos de los viejos dioses —contestó Jojen Reed. La comida, el fuego y el descanso lo habían ayudado a recuperar fuerzas tras el arduo viaje, pero parecía más triste y taciturno, y su mirada reflejaba cansancio y angustia—. Las verdades que conocían los primeros hombres, ya olvidadas en Invernalia... pero no en los humedales. Nosotros vivimos más cerca de la vegetación, en ciénagas y pantanos, y aún recordamos. Tierra y agua; suelo y piedra; robles, olmos y sauces, todo estaba aquí antes que nosotros y seguirá aquí cuando nos hayamos ido.

—Tú también seguirás aquí —dijo Meera.

Aquello entristeció a Bran. «¿Y si no quiero quedarme cuando os hayáis ido?», estuvo a punto de preguntar, pero se tragó las palabras antes de pronunciarlas. Ya era casi un hombre, y no quería que Meera pensara que era un niño quejica.

—Vosotros también podríais ser verdevidentes —fue lo que dijo.

—No, Bran. —Meera sonaba triste.

—Solo a unos pocos se les permite beber de la fuente verde mientras aún son mortales, para que oigan los susurros de las hojas y vean como ven los árboles, como ven los dioses —dijo Jojen—. Casi nadie tiene esa suerte. Los dioses solo me dieron sueños verdes. Mi tarea era traerte hasta aquí, y ya la he cumplido.

La luna era un agujero negro en el cielo. Los lobos aullaban en el bosque y olfateaban la nieve en busca de despojos. De la ladera surgió una bandada de cuervos que lanzaban graznidos agudos y batían las alas negras sobre un mundo blanco. Salió un sol rojo; luego se ocultó, y cuando volvió a salir tiñó la nieve de sombras rosadas. Dentro de la colina, Jojen estaba sumido en sus pensamientos, Meera estaba inquieta y Hodor vagaba por los túneles oscuros con una espada en la mano derecha y un farol en la izquierda. ¿O era Bran?

«Que no se entere nadie.»

La gran caverna que se abría sobre el abismo era negra como boca de lobo, negra como el carbón, más negra que las plumas de un cuervo. La luz se colaba como una intrusa, ni deseada ni bienvenida, y no tardaba en desaparecer; los fuegos, candiles y teas de junco ardían un rato y se extinguían cuando su breve existencia tocaba a su fin.

Los cantores construyeron un trono para Bran, igual que el que ocupaba lord Brynden, de arciano blanco salpicado de rojo y ramas secas entretejidas con raíces vivas. Lo colocaron en la gran caverna, junto al abismo, donde el aire negro resonaba con el eco del agua que corría mucho más abajo. Fabricaron el asiento con musgo suave y gris. Primero sentaron a Bran en su sitio y luego lo cubrieron con pieles suaves.

Allí se quedó sentado y escuchó los roncos susurros de su maestro.

—Nunca temas la oscuridad, Bran. —Cuando hablaba torcía un poco la cabeza y acompañaba las palabras con un débil susurro de madera y hojas—. Los árboles más fuertes crecen en los lugares más oscuros. La oscuridad será tu capa, tu escudo, tu leche materna. La oscuridad te hará fuerte.

La media luna formaba un arco fino y definido como la hoja de un cuchillo. Los copos de nieve caían copiosamente, en silencio, y cubrían de blanco los pinos soldado y los centinelas. Se había acumulado tanta nieve que ocultaba por completo la entrada de la cueva, formando una muralla blanca que Verano tenía que escarbar cada vez que quería salir para unirse a su manada y cazar. Bran ya no iba a explorar con ellos tan a menudo como antes, pero algunas noches los observaba desde arriba.

Volar era mucho mejor que trepar.

Entrar en la piel de Verano ya le resultaba tan fácil como ponerse unos calzones antes de romperse la espalda. Cambiar su piel por las plumas negras como la noche de un cuervo había resultado más difícil, pero no tanto como había temido, al menos con aquellos cuervos.

—Un semental salvaje se resistirá y dará coces cuando intenten montarlo, y tratará de morder la mano que quiera ponerle el bocado —había dicho lord Brynden—, pero un caballo que ya haya tenido un jinete aceptará otro. Todos estos pájaros, viejos y jóvenes, están domados. Ahora escoge uno y vuela.

No lo consiguió con el primero ni con el segundo, pero el tercer cuervo lo miró con ojos negros y astutos, ladeó la cabeza y graznó, y de repente ya no era un niño que miraba a un cuervo, sino un cuervo que miraba a un niño. De repente, la canción del río sonaba mucho más alta: las antorchas brillaban con más intensidad, y el aire estaba repleto de olores extraños. Cuando intentó hablar le salió un graznido, y su primer vuelo terminó cuando chocó contra una pared y se encontró de nuevo en su cuerpo roto. El cuervo no resultó herido. Voló hacia él y aterrizó en su brazo; Bran le acarició el plumaje y entró en él una vez más. Antes de poder darse cuenta estaba volando por la caverna, esquivando los largos dientes de piedra que colgaban del techo. Incluso revoloteaba sobre el abismo y bajaba en picado hacia su fría y profunda oscuridad.

En aquel momento se dio cuenta de que no estaba solo.

—Había alguien más dentro del cuervo —dijo a lord Brynden cuando volvió a su piel—. Una chica. La he sentido.

—Una mujer que canta la canción de la tierra —explicó su maestro—. Murió hace tiempo, pero una parte de ella permanece, igual que una parte de ti permanecería en Verano si tu cuerpo de niño muriese mañana. Una sombra en el alma. No te hará daño.

—¿Todos los cuervos tienen cantores dentro?

—Todos. Fueron los cantores quienes enseñaron a los primeros hombres a enviar mensajes por medio de los cuervos..., pero en aquellos días, los pájaros eran capaces de hablar. Los árboles recuerdan, pero los hombres olvidan, así que ahora escriben sus mensajes en pergaminos y los enrollan en las patas de pájaros con quienes jamás han compartido piel.

Bran recordó que la Vieja Tata ya le había contado aquella historia, pero cuando acudió a Robb para que le aclarase si era cierta, su hermano se rio y le preguntó si también creía en los endriagos. Deseó que Robb estuviese allí con ellos.

«Le diría que puedo volar, pero no me creería; tendría que demostrárselo. Seguro que él también podría aprender, y Arya, y Sansa, incluso el pequeño Rickon, y Jon Nieve. Todos seríamos cuervos y viviríamos en la pajarera del maestre Luwin.»

Pero no era más que otro sueño estúpido. Había días en los que Bran se preguntaba si no sería un sueño todo aquello. Quizá se había quedado dormido en la nieve y estaba soñando con un sitio cálido y seguro.

«Tienes que despertarte —se decía—, tienes que despertarte ahora mismo, o seguirás soñando hasta que mueras.» Se había pellizcado en el brazo un par de veces, muy fuerte, pero lo único que consiguió fue hacerse daño. Al principio intentó contar los días, apuntándolos al despertar y al acostarse, pero allí abajo, dormir y estar despierto se confundían de una manera extraña. Los sueños se convertían en lecciones; las lecciones, en sueños; las cosas sucedían todas a la vez o no sucedían. ¿Acababa de hacer aquello o lo había soñado?

—Solo un hombre entre mil nace cambiapieles —le dijo un día lord Brynden, después de que Bran aprendiera a volar—, y solo un cambiapieles entre mil nace verdevidente.

—Creía que los verdevidentes eran los magos de los hijos del bosque —dijo Bran—. Quiero decir, los cantores.

—En cierta forma, así es. Aquellos a quienes llamáis los hijos del bosque tienen los ojos dorados como el sol, pero una vez cada mucho tiempo nace uno con los ojos rojos como la sangre, o verdes como el musgo que cubre los árboles en el corazón del bosque. Son señales con las que los dioses marcan a los elegidos para recibir el don. No son muy robustos, y sus años de vida en la tierra son pocos, ya que cada canción debe tener su propio equilibrio. Pero cuando se unen con la madera duran mucho tiempo. Mil ojos, cien pieles y una sabiduría profunda como las raíces de los antiguos árboles. Verdevidentes.

Bran no entendía nada, así que les preguntó a los Reed.

—¿Te gustan los libros? —replicó Jojen.

—Algunos. Me gustan las historias de batallas. A mi hermana Sansa le gustan las de besos, pero a mí me parecen una bobada.

—Un lector vive mil vidas antes de morir —dijo Jojen—. Aquel que nunca lee vive solo una. Los cantores del bosque no tenían libros. Ni tinta, ni pergaminos, ni escritura. Solo tenían árboles; sobre todo arcianos. Cuando morían se hacían uno con la madera, las hojas, los troncos y las raíces, y así los árboles recordaban. Todas sus canciones, hechizos, historias y oraciones: todo lo que sabían del mundo. Los maestres te dirán que los arcianos son sagrados para los antiguos dioses, pero los cantores consideran que los arcianos son los antiguos dioses. Al morir se convierten en parte de esa divinidad.

—¿Van a matarme? —preguntó Bran con los ojos muy abiertos.

—No —contestó Meera—. Estás asustándolo, Jojen.

—No es él quien debería tener miedo.

La luna estaba llena, redonda. Verano merodeaba por el bosque silencioso, una sombra alargada, gris, cada vez más escuálida, pues era imposible encontrar presas vivas. La entrada de la cueva seguía protegida, los muertos no podían entrar. Casi todos habían quedado enterrados por la nieve, pero aún seguían ahí, escondidos, congelados, a la espera. Llegaron más cosas muertas a reunirse con ellos, cosas que habían sido hombres, mujeres y hasta niños. Había cuervos muertos posados en las ramas peladas y marrones, con las alas cubiertas de hielo. Un oso de las nieves enorme y esquelético salió de la espesura. Tenía media cabeza desprendida y se le veía el cráneo. Verano y su manada cayeron sobre él y lo despedazaron. Después se dieron un banquete, aunque la carne estaba podrida y medio congelada, y aún se movía mientras lo devoraban.

Al pie de la colina aún quedaba comida: allí crecían cientos de setas diferentes. El río negro estaba lleno de peces blanquecinos y ciegos, pero una vez cocinados sabían igual de bien que los peces con ojos. Tenían queso y leche de las cabras que compartían las cuevas con los cantores, incluso sacos de avena y cebada, y fruta seca que habían recogido durante el largo verano. Casi todos los días comían un guiso de sangre espesado con cebada, cebollas y trozos de carne. Jojen suponía que era carne de ardilla, y Meera decía que era de rata. A Bran no le importaba; era carne y le bastaba con eso. Cocinada quedaba tierna.

Las cavernas eran eternas, enormes, silenciosas. Acogían a más de sesenta cantores y los huesos de miles de muertos, y se extendían por toda la colina hueca.

—Los hombres no deben merodear por aquí —advirtió Hoja—. El río que oís es rápido y negro, y fluye hacia abajo hasta desembocar en un mar sin sol. Hay pasadizos que aún van más abajo, agujeros sin fondo, pozos que salen de la nada y caminos olvidados que llevan hasta el mismísimo centro de la tierra. Ni siquiera mi pueblo los ha explorado todos, y hemos vivido aquí durante miles y miles de años humanos.

Aunque los habitantes de los Siete Reinos los considerasen una especie de niños, Hoja y su pueblo no tenían nada de infantil. Habría sido más acertado llamarlos *pequeños sabios del bosque*. Eran pequeños en comparación con los hombres, pero los lobos eran más pequeños que los huargos, y eso no los convertía en cachorros. Tenían la piel morena de color nuez, moteada como la de los ciervos, con manchas pálidas, y grandes orejas con las que alcanzaban a oír cosas que escapaban a los hombres. También tenían ojos grandes y felinos, enormes y dorados, capaces de ver el fondo de un pasadizo donde un muchacho solo vería oscuridad. Solo tenían tres dedos y un pulgar en cada mano, con uñas negras recias y afiladas.

Y cantaban. Cantaban en la lengua verdadera, así que Bran no entendía la letra de las canciones, pero sus voces eran puras como el aire del invierno.

—¿Dónde está el resto de vuestro pueblo? —preguntó Bran a Hoja un día.

—En las profundidades de la tierra. En las piedras, en los árboles. Antes de que llegasen los primeros hombres, toda esta tierra a la que llamáis Poniente era nuestro hogar, pero ya en aquellos días éramos muy pocos. Los dioses nos dieron vidas largas pero no numerosas, para evitar que invadiésemos el mundo, al igual que los ciervos invadirían un bosque donde no hubiera lobos que les diesen caza. Aquello sucedió en el amanecer de los días, cuando despuntaba nuestro sol. Ahora está en el ocaso y cada vez somos menos. También hay cada vez menos gigantes, que fueron nuestra desgracia y nuestros hermanos. Los grandes leones de las colinas del oeste quedaron diezmados; ya no se puede decir que haya unicornios y apenas quedan unos centenares de mamuts. Los huargos nos sobrevivirán a todos, pero también llegará su hora. En este mundo que han construido los hombres no hay sitio para ellos, ni para nosotros.

Hoja se entristeció al narrar la historia, y Bran al escucharla.

«Los hombres no se entristecerían; se enfadarían. Los hombres sentirían odio y jurarían una venganza sangrienta. Los cantores cantan canciones tristes, mientras que los hombres luchan y matan», pensó más tarde.

Un día, Meera y Jojen decidieron que querían ver el río, a pesar de las advertencias de Hoja.

—Yo también quiero ir —dijo Bran.

Meera lo miró afligida. Le explicó que el río discurría doscientas varas más abajo; que el recorrido estaba repleto de pendientes pronunciadas y pasajes retorcidos, y en el último tramo había que bajar por una cuerda.

—Hodor no puede bajar contigo a la espalda. Lo siento.

Bran recordó una época en la que nadie trepaba tan bien como él, ni siquiera Robb ni Jon. Por un lado quería gritarles por dejarlo allí, y por otro quería llorar, pero recordó que ya casi era un hombre y no dijo nada. Sin embargo, en cuanto se marcharon, se apropió de Hodor y los siguió.

El gran mozo de cuadra ya no se resistía tanto como aquella primera vez, durante la tormenta en la torre del lago. Como un perro desposeído de todo espíritu de pelea, cuando Bran se acercaba, Hodor se hacía un ovillo y se escondía. Su escondite estaba en lo más recóndito de su ser, un foso donde ni siquiera Bran podía alcanzarlo.

—Nadie va a hacerte daño, Hodor —le dijo en silencio al niño grande de cuya carne se acababa de apoderar—, solo quiero sentirme fuerte otra vez, un rato, nada más. Te lo devolveré; siempre te lo devuelvo.

Nadie sabía cuándo estaba en la piel de Hodor. Bran solo tenía que hacer lo que le decían y murmurar «Hodor» de vez en cuando, y así podía seguir a Meera y a Jojen mientras sonreía feliz, y nadie sospechaba que era él. Los acompañaba a menudo, sin que nadie se lo pidiera. Al final, los Reed se alegraron de que fuese con ellos. Jojen bajó por la cuerda con mucha facilidad, pero cuando Meera pescó un pez blanco y ciego con su fisga y hubo que subir de nuevo, empezaron a temblarle los brazos y no conseguía llegar arriba, así que tuvieron que atarle una cuerda alrededor para que Hodor tirase de él.

—Hodor —decía cada vez que daba un tirón—. Hodor, Hodor, Hodor.

La media luna formaba un arco fino y definido como la hoja de un cuchillo. Verano desenterró un brazo amputado, negro y cubierto de escarcha, cuyos dedos aún se movían al arrastrarse por la nieve congelada. Aún le quedaba algo de carne con la que llenarse el estómago vacío, y cuando terminó con él rompió los huesos para chupar el tuétano. Hasta entonces, el brazo no pareció recordar que estaba muerto.

Cuando era un lobo, Bran comía con Verano y su manada. Cuando era un cuervo volaba con los demás cuervos, trazaba círculos sobre la colina al atardecer, buscaba enemigos, sentía el contacto gélido del aire. Cuando era Hodor exploraba las cavernas. Encontró cámaras llenas de huesos, pozos que se hundían en lo más profundo de la tierra y un lugar de cuyo techo colgaban esqueletos de murciélagos gigantescos. Incluso cruzó el exiguo puente de piedra que trazaba un arco sobre el abismo y descubrió más pasadizos y estancias al otro lado. Una estaba llena de cantores sentados en tronos de raíces de arciano que se les enredaban en el cuerpo, como Brynden. Casi todos parecían muertos, pero cuando cruzó por delante siguieron la luz de su antorcha con la mirada, y uno de ellos abrió y cerró la boca arrugada, como si intentara hablar.

—Hodor —dijo Bran, y sintió que el Hodor real se revolvía en su escondite.

Sentado en su trono de raíces de la gran caverna, mitad cadáver y mitad árbol, lord Brynden no parecía un hombre, sino una estatua fantasmal de nudos de madera, huesos viejos y lana podrida. La única señal de vida que había en su pálida cara demacrada era el ojo rojo, que ardía como la última ascua de un fuego extinguido, rodeado de raíces retorcidas y jirones de piel blanca y correosa que aún colgaban de un cráneo amarillento.

Bran todavía se asustaba al ver las raíces de arciano que entraban y salían de su carne marchita, las setas que le crecían en las mejillas, el gran gusano blanco de madera que emergía de donde antaño hubo un ojo. Habría preferido que las antorchas estuviesen apagadas. A oscuras podía imaginar que le hablaba el cuervo de tres ojos y no un macabro cadáver parlante.

«Un día seré igual que él.» La sola idea lo aterraba. Ya era bastante grave saberse tullido, con aquellas piernas inservibles. ¿Estaba condenado a perder también el resto, a pasar todos los años que le quedaban con un arciano que crecería en él y a través de él? Hoja les había dicho que lord Brynden extraía su vida del árbol. No comía ni bebía. Dormía, soñaba, vigilaba.

«Yo iba a ser caballero —recordó Bran—. Corría, trepaba y luchaba.» Parecía que habían pasado mil años.

¿Y qué era entonces? Solo Bran, el chico roto, Brandon de la casa Stark, príncipe de un reino perdido, señor de un castillo quemado, heredero de ruinas. Había creído que el cuervo de tres ojos sería un hechicero, un mago viejo y sabio que le curaría las piernas, pero comprendió que solo era el sueño estúpido de un chiquillo.

«Soy mayor para esas tonterías —se dijo—. Mil ojos, cien pieles y una sabiduría profunda como las raíces de los antiguos árboles. —Aquello era igual de emocionante que ser caballero—. O casi igual.»

La luna era un agujero negro en el cielo. Fuera de la caverna, el mundo seguía su curso. Fuera de la caverna, el sol salía y se ponía; la luna cambiaba; aullaba un viento frío. Bajo la colina, Jojen Reed se mostraba cada día más hosco y aislado, para desesperación de su hermana. Meera se sentaba a menudo al lado de Bran, junto a la pequeña hoguera, hablaba de todo y de nada, y acariciaba a Verano cuando dormía entre ellos, mientras su hermano vagaba solo por las cavernas. Cuando había mucha luz, Jojen trepaba hasta la boca de la cueva. Se quedaba allí durante horas, mirando el bosque, temblando a pesar de estar envuelto en pieles.

—Quiere irse a casa —dijo Meera a Bran—. Ni siquiera va a intentar luchar contra su destino. Dice que los sueños verdes no mienten.

—Está siendo muy valiente —respondió Bran.

«Un hombre solo puede ser valiente cuando tiene miedo», le había dicho su padre hacía ya mucho tiempo, el día que encontraron los cachorros de huargo en la nieve de verano. Aún lo recordaba.

—Está siendo muy estúpido —replicó Meera—. Yo esperaba que cuando encontrásemos a tu cuervo de tres ojos... Ahora no sé ni por qué hemos venido.

«Por mí», pensó Bran.

—Por sus sueños verdes —dijo.

—Por sus sueños verdes. —La voz de Meera sonó amarga.

—Hodor —dijo Hodor.

Meera se echó a llorar. En aquel instante, Bran odió estar tullido.

—No llores. —Quería rodearla con los brazos, estrecharla tan fuertemente como lo abrazaba su madre en Invernalia cuando se hacía daño. Estaba justo ahí, a solo unos pasos, pero tan lejos de su alcance que bien podrían haber sido cien leguas. Si quería tocarla tendría que arrastrarse por el suelo, tirando de las piernas. El terreno era escabroso y desigual, tardaría mucho y acabaría lleno de magulladuras y arañazos.

«Podría ponerme la piel de Hodor —pensó—. Así sería capaz de abrazarla y acariciarle la espalda.» Aquel pensamiento lo perturbó, pero cuando aún estaba dándole vueltas, Meera se apartó repentinamente de la hoguera y desapareció en la oscuridad de los túneles. Oyó como se iban apagando sus pasos, hasta que solo quedaron las voces de los cantores.

La media luna formaba un arco fino y definido como la hoja de un cuchillo. Los días transcurrían con rapidez, uno tras otro, cada uno más corto que el anterior. Las noches se hacían más largas. El sol jamás llegaba a las cavernas del interior de la colina. La luz de la luna nunca tocaba aquellos salones de piedra. Hasta las estrellas eran unas desconocidas. Todo aquello pertenecía al mundo exterior, donde el tiempo transcurría en círculos férreos, del día a la noche al día a la noche al día.

—Es el momento —dijo lord Brynden.

Algo en su voz hizo que unos dedos de hielo recorrieran la espalda de Bran.

—¿El momento de qué?

—De que des el siguiente paso. De que seas algo más que un cambiapieles y aprendas en qué consiste ser verdevidente.

—Los árboles le enseñarán —dijo Hoja. Hizo un gesto, y otro de los cantores, el de cabello blanco al que Meera llamaba Pelo de Nieve, se acercó a ellos. Llevaba en las manos un cuenco de arciano, tallado con doce caras como las de los árboles corazón. Dentro tenía una pasta blancuzca y espesa, llena de vetas oscuras y rojas.

—Tienes que comerte esto —dijo Hoja, tendiéndole una cuchara de madera.

—¿Qué es? —preguntó Bran mientras miraba el cuenco con desconfianza.

—Una pasta de semillas de arciano.

Tenía un aspecto que le daba arcadas. Suponía que las vetas rojas eran solo savia de arciano, pero a la luz de la antorcha recordaban demasiado la sangre. Hundió la cuchara y dudó.

—¿Esto me convertirá en verdevidente?

—Es tu sangre la que te hace verdevidente —dijo lord Brynden—. Esto te ayudará a despertar tus dones y te casará con los árboles.

Bran no quería casarse con un árbol... Pero ¿quién, si no, querría casarse con un chico roto como él?

«Mil ojos, cien pieles, una sabiduría profunda como las raíces de los antiguos árboles. Un verdevidente.»

Comió.

Sabía amarga, aunque no tanto como la pasta de bellotas. La primera cucharada fue la más difícil de tragar, y las arcadas casi lo hicieron vomitar. La segunda le supo algo mejor. La tercera le pareció casi dulce. El resto se lo comió con avidez. ¿Por qué le había parecido tan amargo? Sabía a miel, a nieve recién caída, a pimienta, a canela y al último beso que le había dado su madre. El cuenco vacío se le resbaló de entre los dedos y cayó al suelo de la caverna con un repiqueteo.

—No me siento diferente. Y ahora, ¿qué?

—Los árboles te lo mostrarán. Los árboles recuerdan. —Hoja le tocó la mano. Luego hizo una seña, y los otros cantores se dispersaron por la caverna y fueron apagando las antorchas una por una. La oscuridad se hizo más espesa y reptó hacia ellos.

—Cierra los ojos —le dijo el cuervo de tres ojos—. Sal de tu piel, como cuando vas a reunirte con Verano. Pero esta vez ve hacia las raíces. Síguelas a través de la tierra, hasta los árboles de la colina, y dime qué ves.

Bran cerró los ojos y se liberó de su piel.

«Hacia las raíces —pensó—, hacia el arciano. Conviértete en el árbol.» Al principio, lo único que vio fue la caverna cubierta por un manto de oscuridad, mientras oía el río que corría más abajo.

Y de repente se encontraba otra vez en casa.

Lord Eddard Stark estaba sentado en una roca junto al profundo estanque negro del bosque de dioses, con las blancas raíces del árbol corazón enredadas a su alrededor como los brazos nudosos de un anciano. Estaba limpiando con un paño encerado a *Hielo,* el mandoble que reposaba en su regazo.

—Invernalia —susurró Bran.

Su padre miró hacia arriba.

—¿Quién anda ahí? —preguntó mientras daba la vuelta... y Bran se retiró, asustado. Su padre, el estanque negro y el bosque de dioses se desvanecieron, y se encontró de nuevo en la caverna, con las pálidas y gruesas raíces de arciano acunando sus extremidades como una madre a su hijo. Una antorcha cobró vida ante sus ojos.

—Dinos qué has visto. —Desde muy lejos, Hoja casi parecía una niña, no mucho mayor que Bran o sus hermanas, pero de cerca se notaba que era mucho mayor. Afirmaba haber visto pasar doscientos años.

Bran tenía la garganta muy seca. Tragó saliva.

—Invernalia. He vuelto a Invernalia. He visto a mi padre. No está muerto, nada de eso, lo he visto, ha vuelto a Invernalia, sigue vivo.

—No —dijo Hoja—. No está vivo. No intentes hacerlo volver de la muerte.

—Pero lo he visto. —Bran sentía como la tosca madera le presionaba una mejilla—. Estaba limpiando a *Hielo*.

—Porque querías verlo. Tu corazón añora a tu padre y tu hogar, así que eso ha aparecido en tu visión.

—Un hombre tiene que saber mirar antes de aspirar a ver —dijo lord Brynden—. Lo que has visto son las sombras de días pasados, Bran. Has mirado por los ojos del árbol corazón de tu bosque de dioses. Para los árboles, el tiempo es distinto que para los hombres. Sol, tierra, y agua: esas son las cosas que entienden los arcianos, no los días, los años ni los siglos. Para los hombres, el tiempo es un río. Estamos atrapados en su corriente; nos precipitamos del pasado al presente, siempre en la misma dirección. Las vidas de los árboles son diferentes. Echan raíces, y crecen y mueren en el mismo sitio, y ese río no los arrastra. El roble es la bellota; la bellota es el roble. Y el arciano... Para un arciano, mil años humanos son apenas un momento, y es por esas puertas por las que tú y yo podemos observar el pasado.

—¡Pero me ha oído! —protestó Bran.

—Un susurro en el viento, el crujir de las hojas. No puedes hablar con él por mucho que lo intentes. Lo sé. Yo también tengo mis fantasmas: un hermano al que adoraba, un hermano al que odiaba, una mujer a la que deseaba... Aún los veo a través de los árboles, pero ninguna palabra que yo haya pronunciado les ha llegado jamás. El pasado sigue en el pasado. Podemos aprender de él, pero no cambiarlo.

—¿Volveré a ver a mi padre?

—Cuando sepas usar tus dones podrás mirar lo que quieras y ver lo que han visto los árboles, ya sea ayer, el año pasado, o hace muchas eras.

Los hombres viven sus vidas atrapados en un presente eterno, entre las nieblas de la memoria y el mar de sombras, que es todo cuanto conocemos de los días que vendrán. Hay mariposas que viven toda su vida en un solo día, pero para ellas, ese pequeño espacio de tiempo dura tanto como para nosotros los años y las décadas. Un roble vive hasta trescientos años; una secuoya, tres mil. Un arciano puede vivir indefinidamente si nada lo daña. Para ellos, las estaciones pasan como el revoloteo de las alas de una mariposa, y el pasado, el presente y el futuro son lo mismo. Tus visiones tampoco se limitarán a tu bosque de dioses; los cantores tallaron ojos en todos los árboles corazón para despertarlos, y esos son los primeros ojos que aprenden a usar los verdevidentes... Pero con el tiempo verás mucho más allá de los árboles.

—¿Cuándo? —quiso saber Bran.

—Dentro de un año, tres o diez. Aún no lo he visto. Pero llegará con el tiempo, te lo prometo. Ahora estoy cansado, y los árboles me llaman. Seguiremos mañana.

Hodor llevó a Bran de vuelta a su habitación, mientras susurraba «Hodor» en voz baja y Hoja los precedía con una antorcha. Esperaba encontrar allí a Meera y a Jojen, para contarles lo que había visto, pero sus acogedores huecos en la roca estaban fríos y vacíos. Hodor metió a Bran en la cama, lo cubrió con pieles y encendió un fuego.

«Mil ojos, cien pieles, una sabiduría profunda como las raíces de los antiguos árboles.»

Mientras miraba las llamas, Bran decidió esperar despierto a Meera. Sabía que Jojen iba a entristecerse, pero Meera se alegraría por él. No recordó haber cerrado los ojos...

... y, sin saber cómo, había vuelto a Invernalia, al bosque de dioses, y estaba mirando a su padre. Lord Eddard parecía mucho más joven. Tenía el pelo castaño, sin rastro de canas, y la cabeza inclinada.

—... Que crezcan unidos como hermanos y que solo haya amor entre ellos —rezaba—, y que mi esposa encuentre el perdón en su corazón...

—Padre. —La voz de Bran era un susurro en el viento, un crujir de hojas—. Padre, soy yo, soy Bran. Brandon.

Eddard Stark levantó la cabeza y, con el ceño fruncido, miró fijamente el arciano, pero no habló.

«No puede verme —comprendió Bran, desesperado. Quería estirarse para tocarlo, pero lo único que podía hacer era observar y escuchar—. Soy el árbol. Estoy dentro del árbol corazón, veo por sus ojos rojos, pero el arciano no puede hablar, así que yo tampoco.»

Eddard Stark terminó de rezar. Los ojos de Bran se llenaron de lágrimas. Pero ¿eran sus lágrimas, o las del arciano?

«Si lloro, ¿llorará el árbol?»

El resto de las palabras de su padre quedó ahogado por un repentino repiqueteo de madera contra madera. Eddard Stark se difuminó, como la bruma con el sol de la mañana. De repente veía a dos niños bailar en el bosque de dioses, mientras se reían y luchaban con ramas rotas. La niña era mayor y más alta.

«¡Arya! —pensó Bran con ansiedad mientras la veía subirse a una roca y lanzar desde allí un ataque al chico. Pero era imposible. Si la chica era Arya, el chico tenía que ser Bran, y él nunca había llevado el pelo tan largo—. Y Arya nunca me atacaba de esa manera cuando jugábamos a las espadas.» Golpeó al chico en el muslo, tan fuerte que le hizo perder pie. El niño cayó al estanque, donde se puso a gritar y chapotear.

—Cállate, estúpido —dijo la niña mientras dejaba su rama a un lado—. Solo es agua. ¿Quieres que te oiga la Vieja Tata y que corra a decírselo a padre? —Se arrodilló y sacó a su hermano del estanque, pero antes de que lo hubiera conseguido, la imagen de ambos volvió a desaparecer.

Las siguientes visiones fueron sucediéndose más y más deprisa, hasta que Bran se sintió desorientado y mareado. No volvió a ver a su padre, ni a la chica que se parecía a Arya, sino a una mujer embarazada que emergía del estanque negro, desnuda y chorreante, y se arrodillaba frente al árbol para suplicar a los viejos dioses un hijo que la vengase. Luego vio como una chica castaña, delgada como una lanza, se ponía de puntillas para besar a un joven caballero tan alto como Hodor. Un joven de ojos oscuros, pálido y fiero, partía tres ramas del arciano y tallaba flechas con ellas. El propio árbol parecía encogerse y hacerse más pequeño con cada visión, mientras que los demás árboles encogían hasta convertirse en retoños y desaparecían, para luego ser sustituidos por otros árboles que también encogían y desaparecían. Los señores que vio a continuación eran altos y fuertes, hombres adustos cubiertos de cota de malla y pieles. Recordaba haber visto algunas de esas caras en las estatuas de la cripta, pero desaparecían antes de que tuviera tiempo de ponerles nombre.

Y entonces observó a un hombre con barba que obligaba a un prisionero a ponerse de rodillas frente al árbol corazón. Una mujer canosa atravesó un montón de hojas rojo oscuro y se acercó a ellos, con una hoz de bronce en la mano.

—No —dijo Bran—. ¡No, no hagas eso! —Pero no podían oírlo, como tampoco podía su padre. La mujer agarró al prisionero por el pelo, le enganchó el cuello con la hoz y se lo rebanó. A través de la niebla de los siglos, el niño roto solo pudo observar como los pies del hombre golpeaban el suelo al caer... Pero cuando la vida lo abandonó en medio de una marea roja, Brandon Stark sintió el sabor de la sangre.

Jon

Tras siete días de cielos oscuros y ventiscas, a mediodía había salido el sol. Ya había montones de nieve más altos que un hombre, pero los mayordomos habían pasado el día paleando nieve, y los senderos estaban tan despejados como era posible. El Muro despedía reflejos de luz tenue; todas sus grietas y hendiduras brillaban con un azul claro.

Doscientas varas más arriba, Jon Nieve observaba el bosque Encantado. El viento del norte se arremolinaba entre los árboles y desprendía penachos blancos de nieve de las ramas más altas, como estandartes de hielo. Por lo demás, nada se movía.

«Ni rastro de vida. —Aquello no era del todo tranquilizador; no era a los vivos a los que temía, pero aun así...—. Ha salido el sol y ya no nieva. Puede pasar una luna antes de que volvamos a tener una oportunidad igual de buena. Puede pasar una estación entera.»

—Que Emmett reúna a sus reclutas —le dijo a Edd el Penas—. Necesitamos escolta. Diez exploradores, armados con vidriagón. Los quiero preparados para partir en una hora.

—A la orden, mi señor. ¿Quién estará al mando?

—Yo mismo.

Las comisuras de la boca de Edd apuntaron hacia abajo incluso más de lo habitual.

—Habrá quien piense que será mejor que el lord comandante permanezca guarecido y caliente al sur del Muro. No seré yo quien lo diga, pero puede que otros sí.

—Esos otros harían bien en no decir tal cosa en mi presencia —dijo Jon con una sonrisa.

Una repentina ráfaga de viento hizo que la capa de Edd ondease con estrépito.

—Será mejor que bajemos, mi señor. Este viento va a acabar tirándonos Muro abajo, y aún no le he cogido el tranquillo a eso de volar.

Montaron en la jaula para volver al pie del Muro. El viento soplaba frío como el aliento del dragón de hielo de los cuentos que le contaba la Vieja Tata cuando era pequeño. La pesada jaula bajaba entre balanceos. De vez en cuando chocaba contra el Muro y levantaba nubecillas de hielo que destellaban con la luz del sol mientras caían, como fragmentos de cristal roto.

«Vidrio. Nos vendría muy bien algo de vidrio —reflexionó Jon—. El Castillo Negro necesita su propio invernadero, como los de Invernalia.

Podríamos cultivar hortalizas incluso en lo más crudo del invierno. —El mejor cristal era el procedente de Myr, pero un buen vidrio transparente valía su peso en especias, y el cristal verde y amarillo no funcionaba igual de bien—. Lo que necesitamos es oro. Si lo tuviésemos, podríamos traer al Norte aprendices de cristalero y soplador de vidrio. Les ofreceríamos la libertad a cambio de enseñar su oficio a nuestros reclutas. —Así solucionarían el asunto—. Si tuviéramos oro. Que no tenemos.»

Encontró a Fantasma al pie del Muro, revolcándose en un banco de nieve. Al gran huargo blanco parecía encantarle la nieve recién caída. Cuando vio a Jon se levantó y se sacudió.

—¿Irá con vos? —preguntó Edd el Penas.

—Sí.

—Un lobo listo. ¿Iré yo?

—No.

—Un señor listo. Fantasma es mucha mejor elección. Yo ya no tengo dientes para andar mordiendo salvajes.

—Si los dioses son benevolentes, no nos encontraremos ningún salvaje. Me llevaré el caballo gris.

El rumor se extendió con rapidez por el Castillo Negro. Edd aún estaba aparejando el caballo cuando Bowen Marsh cruzó el patio a zancadas para encararse con Jon en los establos.

—Mi señor, os ruego que reconsideréis vuestra decisión. Los nuevos hermanos pueden prestar juramento en el septo.

—El septo es la morada de los nuevos dioses. Los viejos dioses viven en la madera, y quienes los honran pronuncian el juramento entre los arcianos. Lo sabes tan bien como yo.

—Seda viene de Antigua, y Arron y Emrick, de las tierras del oeste. Los viejos dioses no son los suyos.

—No soy yo el que les dice a los hombres a quién adorar. Tuvieron libertad para escoger a los Siete o al Señor de Luz de la mujer roja, pero escogieron los árboles, con todos los peligros que eso conlleva.

—Puede que el Llorón siga ahí fuera, a la espera.

—El bosque está a menos de dos horas a caballo, hasta con nieve. Deberíamos volver sobre la medianoche.

—Es demasiado tiempo. No es prudente.

—No es prudente, pero es necesario. Estos hombres están a punto de consagrar su vida a la Guardia de la Noche, de ingresar en una hermandad que se remonta a miles de años y cuya línea no se ha roto nunca. Las palabras son importantes, y también lo son estas tradiciones. Nos mantienen unidos a todos: nobles y pobres, jóvenes y viejos, villanos y hombres de honor. Nos convierten en hermanos. —Jon palmeó a Marsh en el hombro—. Volveremos, te lo prometo.

—De acuerdo, mi señor —dijo el lord mayordomo—, pero ¿vivos, o con la cabeza en una pica y los ojos arrancados? Realizaréis el viaje de regreso en plena noche. La nieve llega por la cintura en algunos tramos. Ya veo que os lleváis hombres curtidos, y eso está bien, pero Jack Bulwer el Negro también conocía ese bosque. Incluso vuestro propio tío, Benjen Stark...

—Yo tengo algo que ellos no tenían. —Jon giró la cabeza y silbó—. Fantasma, conmigo. —El huargo se sacudió la nieve del lomo y trotó hasta Jon. Los exploradores se apartaron para abrirle camino, y una yegua se puso a relinchar y respingar hasta que Rory dio un fuerte tirón de las riendas—. El Muro es tuyo, lord Bowen. —Condujo al caballo a la puerta y lo llevó por el túnel de hielo que serpenteaba bajo el Muro.

Más allá del hielo, los árboles se alzaban altos y silenciosos, envueltos en espesas capas blancas. Fantasma siguió al caballo de Jon mientras los exploradores y los reclutas se colocaban en formación; luego se detuvo y comenzó a olfatear el aire. Se le congelaba el aliento.

—¿Qué pasa? ¿Hay alguien ahí? —preguntó Jon. El bosque estaba vacío hasta donde le alcanzaba la vista, pero no le alcanzaba muy lejos.

Fantasma saltó hacia los árboles, se introdujo entre dos pinos cubiertos de capas blancas y desapareció en medio de una nube de nieve.

«Quiere cazar, pero ¿qué? —Jon no temía tanto por el huargo como por los salvajes que pudiera encontrarse—. Un lobo blanco en un bosque blanco, silencioso como una sombra. Ni lo verían acercarse.» Lo conocía bastante bien para saber que era inútil seguirlo. Fantasma volvería cuando quisiera, no antes. Jon espoleó su caballo, y los hombres se alinearon a su alrededor. Las pezuñas de las monturas atravesaban la capa de hielo hasta llegar a la nieve blanda de debajo. Se adentraron en el bosque al paso mientras, a sus espaldas, el Muro se iba haciendo más y más pequeño.

Los pinos soldado y los centinelas vestían capa blanca, y los árboles caducos tenían las ramas peladas y marrones cubiertas de carámbanos. Jon envió a Tom Grano de Cebada de avanzadilla, aunque estaban bastante familiarizados con el camino del bosque blanco. El Gran Liddle y Luke de Aldealarga se adentraron en la maleza, uno hacia el este y otro hacia el oeste, para así flanquear la columna y avisar de cualquier cosa que se les acercara. Todos eran exploradores curtidos, armados con obsidiana y acero, y llevaban un cuerno de guerra colgado de la silla por si necesitaban pedir ayuda.

Los demás también eran buenos hombres.

«Buenos en la batalla, al menos, y leales a sus hermanos.» Jon no sabía qué habían sido antes de pisar el Muro, pero no le cabía la menor duda de que casi todos tenían un pasado tan oscuro como la capa. Pero allí arriba eran justo la clase de hombres que quería que le cubriesen las espaldas. La capucha los protegía del viento cortante, y algunos llevaban bufandas que les tapaban la cara y les ocultaban los rasgos. Aun así, Jon los conocía a todos; llevaba sus nombres grabados en el corazón. Eran sus hombres, sus hermanos.

Había seis jinetes más: una mezcla de jóvenes y viejos, grandes y pequeños, curtidos y novatos.

«Seis hombres que prestarán juramento.» Caballo había nacido y crecido en Villa Topo; Arron y Emrick procedían de isla Bella; Seda, de los burdeles de Antigua, al otro extremo de Poniente. Todos ellos eran bastante jóvenes. Pieles y Jax eran mayores: los dos pasaban de los cuarenta, eran del bosque Encantado y tenían nietos. Formaban parte de los sesenta y tres salvajes que habían seguido al Muro a Jon Nieve el día en que les hizo tal oferta y, de momento, los únicos que habían decidido vestir el negro. Férreo Emmet afirmaba que estaban preparados, o tan preparados como podían llegar a estar. Jon, Bowen Marsh y Emmet los habían evaluado y les habían asignado órdenes: Pieles, Jax y Emrick a los exploradores; Caballo, a los constructores, y Arron y Seda, a los mayordomos. Había llegado el momento de que pronunciaran sus votos.

Férreo Emmet iba a la vanguardia de la columna, montado en el caballo más feo que Jon hubiera visto jamás, una bestia greñuda que era todo pelo y pezuñas.

—Se rumorea que anoche hubo problemas en la Torre de las Rameras —dijo el maestro de armas.

—La Torre de Hardin. —De los sesenta y tres salvajes que habían regresado con él de Villa Topo, diecinueve eran mujeres. Jon las había alojado en la torre abandonada en la que dormía él cuando era un recién llegado al Muro. Doce eran mujeres de las lanzas, más que capaces de defenderse, a sí mismas y a las más jóvenes, de las excesivas atenciones de los hermanos negros. Fueron algunos de los hombres rechazados los que dieron a la Torre de Hardin su nuevo nombre. Jon no pensaba tolerar aquella burla.

—Tres idiotas borrachos confundieron la Torre de Hardin con un burdel, eso es todo. Ahora están en celdas de hielo, recapacitando sobre su error.

—Los hombres son hombres, los votos son palabras, y las palabras se las lleva el viento. Deberíais poner guardias para vigilar a las mujeres —concluyó Férreo Emmet con una mueca de disgusto.

—¿Y quién vigila a los guardias?

«No sabes nada, Jon Nieve.» Pero había aprendido; Ygritte había sido su maestra. Si él no había podido respetar sus votos, ¿cómo iba a esperar más de sus hermanos? Sin embargo, jugar con las mujeres salvajes era un peligro. «Un hombre puede poseer una mujer o puede poseer un cuchillo, pero nunca ambos a la vez», le había dicho Ygritte en cierta ocasión. Bowen Marsh no se equivocaba del todo: la Torre de Hardin era como yesca a la espera de una chispa.

—Tengo intención de abrir tres castillos más —siguió Jon—: Lago Hondo, Fortaleza de Azabache y Túmulo Largo. Los guarneceré con gente del pueblo libre, que estará a las órdenes de nuestros oficiales. En Túmulo Largo solo habrá mujeres, salvo por el comandante y el mayordomo jefe. —Sabía que era probable que hubiera algún lío, pero al menos las distancias eran suficientes para ponerlo difícil.

—¿Y a qué pobre idiota otorgaréis tan selecto cargo?

—Ahora mismo cabalgo a su lado.

La expresión que cruzó el rostro de Férreo Emmet, una mezcla de terror y placer, no tuvo precio.

—¿Qué he hecho para que me odiéis tanto, mi señor?

—No temas, no estarás solo. Te acompañará Edd el Penas como ayudante y mayordomo —dijo Jon con una risotada.

—Las mujeres de las lanzas van a estar contentísimas. Haríais bien en entregar un castillo al magnar.

La sonrisa de Jon murió en sus labios.

—Se lo entregaría si pudiera confiar en él. Mucho me temo que Sigorn me culpa por la muerte de su padre y, lo que es peor, lo instruyeron para dar órdenes, no para acatarlas. No confundas a los thenitas con el pueblo libre: al parecer, en la antigua lengua, *magnar* significa «señor», pero Styr era casi un dios para su pueblo y su hijo está cortado por el mismo patrón. No necesito que se arrodillen, pero sí que obedezcan.

—Sí, mi señor, pero deberíais hacer algo en relación con el magnar. Si pasáis por alto a los thenitas, tendréis problemas.

«Los problemas vienen con el cargo de lord comandante», podría haber contestado Jon. De hecho, su visita a Villa Topo le estaba dando unos cuantos, y el de las mujeres era el menor. Halleck estaba resultando ser tan agresivo como había temido, y había hermanos negros que llevaban el odio al pueblo libre grabado en los huesos. Un seguidor de Halleck ya le había cortado la oreja a un constructor en el patio, y lo más probable era que aquello fuera solo el principio del derramamiento de sangre. Tenía que abrir pronto los fuertes para enviar al hermano de Harma a guarnecer Lago Hondo o Fortaleza de Azabache, pero por el momento, ninguno de los dos castillos estaba habitable, y Othell Yarwyck y sus constructores aún trabajaban en la restauración del Fuerte de la Noche. Había días en los que Jon Nieve se preguntaba si no habría cometido un grave error al evitar que Stannis se llevara a los salvajes para que los masacraran.

«No sé nada, Ygritte —pensó—, y quizá no lo sepa nunca.»

Cuando se aproximaban al bosque, los largos rayos rojizos del sol de otoño caían en diagonal entre las ramas de los árboles sin hojas y teñían de rosa la nieve. Los jinetes cruzaron un arroyo congelado, flanqueado por dos piedras dentadas y vestidas con armadura de hielo, y continuaron por un sendero tortuoso hacia el nordeste. Cada vez que soplaba el viento, levantaba nubes de nieve que se les metía en los ojos. Jon se subió la bufanda hasta la nariz y se caló la capucha.

—No queda mucho —dijo a sus hombres. Nadie contestó.

Jon olió a Tom Barleycorn antes de verlo. ¿O lo había olido Fantasma? Últimamente le parecía que el huargo y él eran uno, incluso en la vigilia. Primero apareció el gran lobo blanco, que se sacudía la nieve, y al poco llegó Tom.

—Salvajes —dijo en voz baja—. En el bosque.

—¿Cuántos? —preguntó Jon mientras hacía un ademán para detener a los jinetes.

—He contado hasta nueve. No hay vigías. Puede que algunos estén muertos, o dormidos. Casi todos parecen mujeres. Hay un niño, pero también hay al menos un gigante. Han encendido una hoguera, y el humo sube entre los árboles. Los muy idiotas.

«Nueve, y yo tengo diecisiete. —De los cuales cuatro eran novatos y ninguno gigante, pero tampoco tenía intención de dar media vuelta y regresar al Muro—. Si los salvajes están vivos, quizá podamos reclutarlos. Y si están muertos... Bueno siempre puede venir bien un cadáver o dos.»

—Seguiremos a pie —dijo mientras bajaba con agilidad al suelo helado. La nieve le llegaba por los tobillos—. Rory, Pate, quedaos con los caballos. —Podía haber encargado aquella tarea a los nuevos, pero más tarde o más temprano tenían que iniciarse, y aquel momento era tan bueno como cualquier otro—. Dispersaos en semicírculo; quiero acercarme al bosque por tres flancos. No perdáis de vista a los hombres que tengáis a izquierda y derecha, para que no se ensanchen los huecos. La nieve amortiguará nuestras pisadas; correrá menos sangre si los cogemos desprevenidos.

La noche caía con rapidez. Los charcos de luz ya habían desaparecido cuando el bosque del oeste se tragó la última franja de sol. La nieve rosa volvía a ser blanca; el color los abandonaba a medida que el mundo se oscurecía. El cielo del atardecer se había vuelto de un gris desvaído, como el de una capa vieja lavada muchas veces, y las primeras estrellas empezaban a asomar con timidez.

Un poco más adelante divisó un tronco blanco que solo podía ser de un arciano, coronado con una cabeza de hojas rojo oscuro. Jon alargó el brazo y desenvainó a *Garra*. Miró a su alrededor, hizo una seña a Seda y a Caballo, y se aseguró de que se la transmitían a los demás hombres. Corrieron juntos hacia el bosque, avanzando a zancadas entre ventisqueros de nieve vieja, sin más sonido que el de su respiración. Fantasma corría al lado de Jon, como una sombra blanca.

Los arcianos se alzaban en círculo alrededor del claro. Había nueve, casi iguales en edad y tamaño. Cada uno tenía una cara tallada, y cada una era distinta. Algunas sonreían; otras aullaban; otras le gritaban. A la escasa luz del anochecer parecían tener los ojos negros, pero Jon sabía que de día eran rojos como la sangre.

«Como los de Fantasma.»

La hoguera del centro de la arboleda era pequeña y escasa, formada solo por cenizas, brasas y unas cuantas ramas rotas que ardían despacio y desprendían mucho humo. Aun así, tenía más vida que los salvajes que se acurrucaban a su alrededor. Cuando Jon salió de la maleza solo reaccionó uno de ellos: el niño, que se puso a llorar y a tirar de la andrajosa capa de su madre. La mujer levantó la vista y se sobresaltó. El claro ya estaba rodeado de exploradores, que avanzaban entre los árboles blancos como huesos, con acero brillante en las manos enguantadas de negro, prestos a matar.

El gigante fue el último en verlos. Estaba dormido, acurrucado junto al fuego, pero algo lo despertó: el llanto del niño, el sonido de la nieve al romperse bajo las botas negras, alguien que contenía la respiración... Cuando se movió, fue como si una roca hubiera cobrado vida. Se incorporó con un gruñido y se frotó los ojos con unas manos grandes como jamones para sacudirse el sueño... hasta que vio a Férreo Emmet, con la espada brillando en la mano. Se incorporó con un rugido, agarró un mazo con la enorme mano y lo alzó de golpe.

Fantasma respondió enseñando los dientes. Jon lo sujetó por el pelaje del cuello.

—No queremos luchar. —Sabía que sus hombres podían derribar al gigante, pero no sin pagar un precio. Si llegaba a derramarse sangre, los salvajes se unirían a la pelea. Casi todos morirían allí mismo, y quizá también algunos de sus hermanos—. Este es un lugar sagrado. Rendíos y...

El gigante volvió a bramar de tal manera que hizo temblar las hojas de los árboles, y golpeó el suelo con el mazo. El mango era de nudosa madera de roble y medía dos varas, y la cabeza era una piedra del tamaño de una hogaza de pan. El suelo retumbó con el impacto. Varios salvajes corrieron a buscar sus armas.

Jon estaba a punto de desenvainar a *Garra* cuando oyó hablar a Pieles desde el otro lado del bosque. Sus palabras sonaban bruscas y guturales, pero Jon reconoció la antigua lengua por el tono. Pieles habló durante un buen rato, y cuando terminó, el gigante le contestó con una mezcla de gruñidos y rugidos. Jon no entendía ni una palabra, pero Pieles señaló hacia los árboles y dijo algo más, y el gigante señaló también a los árboles, rechinó los dientes y soltó el mazo.

—Ya está —dijo Pieles—. No quieren pelear.

—Bien hecho. ¿Qué le has dicho?

—Que también son nuestros dioses. Que hemos venido a rezar.

—Y eso haremos. Envainad las armas, todos. Esta noche no habrá derramamiento de sangre.

Tom Barleycorn había dicho que había nueve, y así era, pero dos estaban muertos, y otro, tan débil que no llegaría a la mañana siguiente. Los seis que quedaban eran una madre y su hijo, dos ancianos, un thenita herido cubierto de bronce abollado, y un pies de cuerno con los pies tan congelados que Jon supo nada más verlo que jamás volvería a caminar. Más tarde se enteró de que casi todos eran desconocidos entre sí antes de llegar al bosque: cuando Stannis desmanteló las hordas de Mance Rayder huyeron hacia los árboles para escapar de la carnicería, y luego habían vagado sin rumbo durante un tiempo, perdiendo a familiares y amigos a manos del frío y el hambre. Al final habían acabado allí, demasiado débiles y cansados para continuar.

—Aquí viven los dioses —dijo uno de los ancianos—. Este lugar es tan bueno como cualquier otro para morir.

—El Muro tan solo está a unas cuantas horas de camino, hacia el sur —dijo Jon—. ¿Por qué no os refugiáis allí? Eso han hecho muchos, incluso Mance.

Los salvajes cruzaron miradas.

—Hemos oído historias. Los cuervos quemaron a todos los refugiados —dijo al final uno de ellos.

—Incluso a Mance —añadió la mujer.

«Melisandre —pensó Jon—, tu dios rojo y tú vais a tener que dar muchas explicaciones.»

—Quienes lo deseen pueden volver con nosotros. Hay comida y refugio en el Castillo Negro, y el Muro nos protegerá de las criaturas que habitan este bosque. Tenéis mi palabra de que nadie arderá.

—La palabra de un cuervo —dijo la mujer, abrazando con fuerza a su hijo—. ¿Y cómo sé que vais a mantenerla? ¿Quién sois?

—Soy el lord comandante de la Guardia de la Noche, hijo de Eddard Stark de Invernalia. —Jon se volvió hacia Tom Barleycorn—. Que Rory y Pate traigan los caballos. No pienso quedarme aquí ni un instante más de lo estrictamente necesario.

—Como ordenéis, mi señor.

Había un asunto pendiente antes de partir: el motivo que los había llevado hasta allí. Férreo Emmet llamó a sus reclutas y, mientras el resto de la compañía observaba a una distancia prudencial, se arrodillaron ante los arcianos. Ya no quedaba luz diurna, y no había más iluminación que la que llegaba de las estrellas y el débil brillo rojizo del fuego que se iba extinguiendo en el centro del claro.

Con la capucha negra y el grueso cuello vuelto también negro, los seis hombres parecían tallados en sombras. Sus voces se alzaron al unísono, diminutas en contraste con la inmensidad de la noche.

—La noche se avecina, ahora empieza mi guardia —dijeron, como habían dicho antes millares de hombres. La voz de Seda era melodiosa como una canción; la de Caballo, ronca y vacilante; la de Arron, un chillido nervioso—. No terminará hasta el día de mi muerte.

«Ojalá esas muertes tarden en llegar. —Jon hincó una rodilla en la nieve—. Dioses de mis padres, proteged a estos hombres. Y también a Arya, mi hermana pequeña, donde quiera que esté. Os lo suplico, que Mance la encuentre y me la devuelva sana y salva.»

—No tomaré esposa, no poseeré tierras, no engendraré hijos —prometieron los reclutas con voces que resonaban a través de los años y los siglos—. No llevaré corona, no alcanzaré la gloria. Viviré y moriré en mi puesto.

«Dioses del bosque, dadme la fuerza necesaria para hacer lo mismo —rezó Jon en silencio—. Dadme sabiduría para saber qué hacer y valor para llevarlo a cabo.»

—Soy la espada en la oscuridad —continuaron los seis hombres. A Jon le parecía que, con cada palabra, sus voces cambiaban y se volvían más fuertes, más seguras—. Soy el vigilante del Muro. Soy el fuego que arde contra el frío, la luz que trae el amanecer, el cuerno que despierta a los durmientes, el escudo que defiende los reinos de los hombres.

«El escudo que defiende los reinos de los hombres.» Fantasma le restregó el hocico por el hombro, y Jon lo rodeó con un brazo. Percibía el olor del jubón sucio de Caballo, la esencia dulce con que Seda se acicalaba la barba, el intenso hedor del miedo, el abrumador almizcle del gigante. Oía el latido de su propio corazón. Cuando recorrió el claro con la mirada y vio a la mujer y a su hijo, a los dos ancianos y al pies de cuerno lesionado, solo vio personas.

—Entrego mi vida y mi honor a la Guardia de la Noche, durante esta noche y todas las que estén por venir.

Jon Nieve fue el primero en ponerse en pie.

—Alzaos como hombres de la Guardia de la Noche. —Le dio la mano a Caballo para ayudarlo a levantarse.

Empezaba a soplar viento; era hora de irse.

El regreso fue mucho más largo que el viaje al bosque. Aunque el gigante tenía las piernas largas y musculosas, avanzaba a un ritmo muy lento y se paraba continuamente para golpear las ramas bajas de los árboles con el mazo y sacudirles la nieve. La mujer iba a caballo con Rory; su hijo, con Tom Barleycorn, y los ancianos, con Caballo y Seda. Al thenita, sin embargo, le daban miedo los caballos y prefirió ir cojeando a pesar de las heridas. El pies de cuerno no podía montar en la silla y tuvieron que atarlo al lomo del caballo, como un saco de grano, al igual que a la vieja flaca y pálida, a la que habían sido incapaces de despertar.

Hicieron lo mismo con los dos cadáveres, para desconcierto de Férreo Emmett.

—Solo nos entorpecerán, mi señor —dijo a Jon—. Deberíamos despedazarlos y quemarlos.

—No —dijo Jon—. Tráelos; tengo planes para ellos.

No había luna que los guiase de vuelta a casa, y solo de vez en cuando se divisaban estrellas. El mundo era negro, blanco y tranquilo. Era una caminata larga, lenta, eterna... La nieve se les pegaba en las botas y los calzones, y el viento sacudía los pinos y hacía ondear y revolotear las capas. En el cielo, Jon atisbó al Vagabundo Rojo, que los observaba entre las ramas desnudas de los grandes árboles bajo los que caminaban. El pueblo libre lo llamaba el Ladrón. Ygritte siempre le había dicho que el momento más propicio para secuestrar a una mujer era cuando el Ladrón estaba en la Doncella Luna. No había mencionado cuál era el momento propicio para secuestrar a un gigante.

«O dos cadáveres.»

Casi había amanecido cuando volvieron a ver el Muro.

El cuerno de un centinela les dio la bienvenida cuando se aproximaban. El sonido llegó del cielo, como el canto de un pájaro enorme: un solo toque largo, que significaba que volvían los exploradores. El Gran Liddle descolgó su cuerno para responder. Ya en la puerta, tuvieron que esperar un buen rato antes de que Edd el Penas apareciera para correr los cerrojos y quitar las barras de hierro. Cuando vio a la harapienta banda de salvajes, frunció los labios y miró detenidamente al gigante.

—Puede que haga falta mantequilla para que eso pase por el túnel, mi señor. ¿Envío a alguien a las despensas?

—No, creo que cabrá. Sin la mantequilla.

Y pasó... arrastrándose a cuatro patas.

«Sí que es grande este muchacho. Al menos mide cinco varas. Es más grande que Mag el Poderoso. —Mag había muerto bajo aquel mismo hielo, atrapado en un abrazo mortal con Donal Noye—. Un buen hombre.» Jon llevó a Pieles a un lado.

—Hazte cargo de él, tú que hablas su lengua. Ocúpate de que coma y búscale un lugar caliente junto al fuego. Quédate con él y vigila que nadie lo provoque.

—De acuerdo —Pieles vaciló un instante—. Mi señor.

Jon envió a los salvajes que quedaban vivos a que les curasen las heridas y lesiones causadas por el frío. Esperaba que casi todos se recuperasen con un poco de comida caliente y ropa más abrigada, aunque era muy probable que el pies de cuerno no volviera a caminar. Mandó los cadáveres a las celdas de hielo.

Mientras colgaba la capa del clavo de la puerta se percató de que Clydas había llegado y había vuelto a marcharse; le había dejado una carta en la mesa. Al primer vistazo supuso que sería de Guardiaoriente o Torre Sombría, pero el lacre era dorado, no negro. El sello mostraba una cabeza de venado y un corazón en llamas.

«Stannis. —Jon rompió el lacre, desplegó el pergamino y leyó—. La mano de un maestre, pero las palabras del rey.»

Stannis había tomado Bosquespeso, y los clanes de las montañas se habían aliado con él. Flint, Norrey, Wull, todos.

Tuvimos una ayuda inesperada pero muy oportuna: la de una hija de la isla del Oso. Alysane Mormont, a quien sus hombres llaman la Osa, escondió luchadores en una flota de chalupas pesqueras y cogió desprevenidos a los hombres del hierro cuando abandonaban la costa. Hemos quemado y capturado los barcoluengos de los Greyjoy, y sus tripulantes se han rendido o han muerto a nuestras manos. Pediremos rescate por los capitanes, los caballeros, los guerreros importantes y otros hombres de alcurnia; a los demás los colgaré...

Los hombres de la Guardia de la Noche juraban no tomar partido en las luchas y conflictos del reino, pero Jon Nieve no pudo evitar sentir cierta satisfacción. Siguió leyendo:

... más y más norteños se unen a nuestra causa a medida que se conoce nuestra victoria. Pescadores, jinetes libres, hombres de las colinas, granjeros de lo más profundo del bosque de los Lobos, aldeanos que huyeron de los hombres del hierro por la costa rocosa, supervivientes de la batalla de las puertas de Invernalia, hombres antes leales a los Hornwood, a los Cerwyn y a los Tallhart... Mientras escribo estas líneas somos cinco mil, y nuestro número crece día a día. Nos han llegado rumores de que Roose Bolton se dirige a Invernalia con todos sus ejércitos para casar a su bastardo con tu hermana. No podemos permitir que restablezca la antigua fuerza del castillo, por lo que vamos a su encuentro. Arnolf Karstark y Mors Umber se unirán a nosotros. Si puedo, salvaré a tu hermana y le encontraré un partido mucho mejor que Ramsay Nieve. Tus hermanos y tú debéis proteger el Muro hasta mi regreso.

Estaba firmada con una letra distinta:

Escrito a la luz del Señor, firmado y sellado por Stannis de la casa Baratheon, el primero de su nombre, rey de los ándalos, los rhoynar y los primeros hombres, señor de los Siete Reinos y Protector del Reino.

En cuanto dejó el pergamino en la mesa, volvió a enrollarse como si deseara proteger sus secretos. No sabía muy bien qué sentimientos le despertaba lo que acababa de leer. Se habían librado muchas batallas en Invernalia, pero ninguna sin un Stark en un bando u otro.

—El castillo es un cascarón vacío —dijo—. No es Invernalia: es el fantasma de Invernalia. —Dolía pensarlo, y más aún decirlo. Aun así...

Se preguntó cuántos hombres podía llevar al combate el viejo Carroña y cuántas espadas podría convocar Arnolf Karstark. Al otro lado del campo de batalla estaría la mitad de los Umber con Mataputas, bajo el estandarte del hombre desollado de Fuerte Terror, y casi todos los guerreros de ambas casas habían marchado al sur con Robb para no volver. Aun en ruinas, Invernalia conferiría una ventaja muy considerable a cualquiera que la tomase. Robert Baratheon se habría dado cuenta enseguida y se habría valido de sus famosas marchas forzadas y cabalgadas nocturnas para hacerse con el castillo cuanto antes. ¿Su hermano sería igual de audaz?

«Supongo que no. —Stannis era un comandante reflexivo, y su ejército era una ensalada a medio digerir compuesta de hombres de los clanes, caballeros sureños, hombres del rey y hombres de la reina, sazonada con unos cuantos señores del norte—. O llega enseguida a Invernalia, o mejor que no vaya.» No era quién para asesorar al rey, pero...

Volvió a leer la carta. «Si puedo, salvaré a tu hermana.» Un sorprendente gesto de humanidad por parte de Stannis, aunque mutilado por el implacable *Si puedo* y el *le encontraré un partido mucho mejor que Ramsay Nieve*. Pero ¿y si Arya no estaba allí? ¿Y si era cierto lo que había dicho Melisandre? ¿Su hermana habría escapado de sus captores?

«¿Cómo? Arya siempre ha sido rápida y astuta, pero solo es una niña, y Roose Bolton no es de los que desdeñarían un trofeo de semejante valor.»

¿Y si Bolton no había llegado a tener a Arya en su poder? La boda podía ser una simple artimaña para tender una trampa a Stannis. Por lo que Jon sabía, Eddard Stark no tenía motivos para quejarse del señor de Fuerte Terror, pero tampoco había confiado nunca en él, con aquella forma de hablar en susurros y aquellos ojos tan, tan claros.

«Una muchacha vestida de gris a lomos de un caballo moribundo, huyendo de un matrimonio concertado.» La fuerza de aquellas palabras le había hecho enviar al norte a Mance Rayder y a seis mujeres de las lanzas.

—Que sean jóvenes y bonitas —había dicho Mance. El rey que había escapado del fuego mencionó unos cuantos nombres; Edd el Penas se encargó del resto y las sacó a hurtadillas de Villa Topo. En perspectiva, todo aquello le parecía una locura. Habría hecho mejor en acabar con Mance cuando se dio a conocer. Profesaba cierta admiración reticente hacia el Rey-más-allá-del-Muro, pero no dejaba de ser un desertor y un cambiacapas. En Melisandre confiaba aún menos, pero allí estaba, depositando en ellos todas sus esperanzas.

«Lo que sea con tal de rescatar a mi hermana. Aunque los hombres de la Guardia de la Noche no tienen hermanas.»

De niño, en Invernalia, Jon idolatraba al Joven Dragón, el niño rey que había conquistado Dorne a los catorce años. A pesar de nacer bastardo, o quizá precisamente por eso, Jon Nieve siempre había soñado con conducir a los hombres a la gloria, tal como había hecho el rey Daeron, y con hacerse conquistador cuando creciera. Ya era un hombre, y el Muro era suyo, pero ni siquiera se sentía capaz de conquistar lo único que tenía: dudas.

Daenerys

El hedor del campamento era tan espantoso que Dany tuvo que hacer un verdadero esfuerzo para no vomitar. Ser Barristan arrugó la nariz.

—Vuestra alteza no debería estar aquí, respirando estos humores tan negros.

—Soy de la sangre del dragón —le recordó Dany—. ¿Habéis visto alguna vez a un dragón con colerina?

Viserys aseguraba con frecuencia que a los Targaryen no los afectaban las enfermedades de los hombres comunes, y por lo que ella sabía, era verdad. Recordaba haber tenido frío, hambre y miedo, pero no ninguna dolencia.

—Aun así, estaría más tranquilo si vuestra alteza volviera a la ciudad. —Habían dejado atrás la muralla multicolor de Meereen—. La colerina sangrienta ha sido el veneno de los ejércitos desde la Era del Amanecer. Nosotros distribuiremos las provisiones, alteza.

—Mañana. Hoy estoy aquí. Quiero ver. —Picó espuelas a su plata. Los demás trotaron tras ella. Jhogo cabalgaba justo delante, y Aggo y Rakharo, un poco detrás, con largos látigos dothrakis para mantener a raya a los enfermos y moribundos. Ser Barristan iba a su derecha, a lomos de un pinto gris. A su izquierda cabalgaban Symon Espalda Lacerada, de los Hermanos Libres, y Marselen, de los Hombres de la Madre. Sesenta soldados seguían a sus capitanes para proteger los carromatos de provisiones: todos iban a caballo; eran dothrakis, bestias de bronce y libertos, y lo único que tenían en común era la aversión que les causaba aquella misión.

Los astaporis los seguían tambaleantes, en una espantosa procesión que crecía a cada paso. Algunos hablaban en idiomas que Dany no entendía; otros no podían ni hablar. Muchos levantaban las manos hacia ella o se arrodillaban al paso de su plata. «Madre», llamaban en los dialectos de Astapor, Lys y la Antigua Volantis, en gutural dothraki o con las sílabas fluidas de Qarth, o hasta en la lengua común de Poniente. «Madre, por favor...», «Madre, ayuda a mi hermana, está enferma...», «Dame comida para mis pequeños...», «Por favor, mi anciano padre...», «Ayúdalo...», «Ayúdala...», «Ayúdame...».

«No tengo más ayuda para vosotros», pensó Dany, desesperada. Los astaporis no tenían adónde ir. Miles de ellos seguían junto a la sólida muralla de Meereen: hombres, mujeres, niños, ancianos, chiquillas y recién nacidos. Muchos estaban enfermos; en su mayoría, famélicos, y todos, condenados a morir. Daenerys no se atrevía a abrirles las puertas. Había hecho por ellos cuanto podía. Les había enviado sanadores, gracias azules, recitadores de hechizos y cirujanos barberos, pero algunos habían caído enfermos también, y sus artes no sirvieron para aminorar el progreso galopante de la enfermedad que había llegado a lomos de la yegua clara. Separar a los sanos de los enfermos también había resultado inútil. Sus escudos fornidos lo habían intentado, y apartaron por la fuerza a los maridos de sus esposas y a los hijos de sus padres, aunque los astaporis llorasen, pataleasen y les tirasen piedras. A los pocos días, los enfermos estaban muertos, y los sanos, enfermos.

Hasta alimentarlos se hacía cada vez más difícil. Cada día les hacía llegar lo que podía, pero cada día eran más y tenía menos comida para ellos. También costaba cada vez más encontrar hombres que llevaran las provisiones: demasiados de sus enviados habían contraído la colerina. A otros los habían atacado en el camino de vuelta a la ciudad. El día anterior habían volcado una carreta y habían matado a dos de sus soldados, de modo que la reina decidió entregar los alimentos en persona. Todos y cada uno de sus consejeros, desde Reznak hasta el Cabeza Afeitada, pasando por ser Barristan, trataron de disuadirla con argumentos fervorosos, pero Daenerys se mostró inamovible.

—No les daré la espalda —dijo con testarudez—. Una reina tiene que conocer el sufrimiento de su pueblo.

Sufrimiento era lo único que no les faltaba.

—Casi no les quedan caballos ni mulas, aunque muchos vinieron cabalgando desde Astapor —le informó Marselen—. Se los han comido todos, alteza, así como a las ratas y perros asilvestrados que han podido cazar. Algunos han empezado ya a comerse a sus muertos.

—El hombre no debe comer carne de hombre —dijo Aggo.

—Lo sabe todo el mundo —corroboró Rakharo—. Quedarán malditos.

—Ya están más allá de las maldiciones —señaló Symon Espalda Lacerada.

Niños de vientre hinchado los seguían, demasiado débiles o asustados para mendigar. Hombres esqueléticos de ojos hundidos se acuclillaban en la arena, entre las rocas, para soltar la vida por las tripas en hediondos chorros rojos y marrones. Muchos cagaban donde dormían, ya demasiado débiles para arrastrarse hasta las zanjas que Dany les había ordenado cavar. Dos mujeres se peleaban por un hueso chamuscado. Cerca, un chiquillo de unos diez años se comía una rata con una mano, mientras con la otra esgrimía un palo afilado por si alguien se atrevía a intentar arrebatarle su botín. Había cadáveres sin sepultar por doquier. Dany vio a un hombre tendido en la arena bajo un sudario negro, pero cuando su montura pasó junto a él, el sudario se disolvió en un millar de moscas. Había mujeres flacas sentadas en el suelo, con bebés moribundos en brazos. Sus ojos la seguían, y las que tenían fuerzas la llamaban.

—Madre... Por favor, madre... Bendita seas, madre...

«Bendita sea —pensó con amargura—. Vuestra ciudad está reducida a huesos y cenizas; vuestra gente muere; no puedo ofreceros refugio, medicina ni esperanza, solo pan duro, carne agusanada, queso reseco y un poco de leche. Bendita sea, bendita sea...» ¿Qué clase de madre era, que no tenía leche para alimentar a sus hijos?

—Demasiados muertos —dijo Aggo—. Hay que quemarlos.

—¿Quién los va a quemar? —preguntó ser Barristan—. La colerina sangrienta está por todas partes. Cada noche muere un centenar.

—No es bueno tocar a los muertos —apuntó Jhogo.

—Lo sabe todo el mundo —dijeron Aggo y Rakharo a la vez.

—Puede, pero hay que hacerlo —replicó Dany. Se detuvo un momento para pensar—. Los inmaculados no tienen miedo de los cadáveres. Hablaré con Gusano Gris.

—Alteza —intervino ser Barristan—, los Inmaculados son vuestros mejores guerreros. No conviene que la epidemia se extienda entre ellos. Que los astaporis entierren a sus muertos.

—Están demasiado débiles —dijo Symon Espalda Lacerada.

—Con más comida recuperarían las fuerzas —apuntó Dany.

—No podemos desperdiciar comida con los moribundos, adoración —replicó Symon—. No tenemos suficiente para los vivos.

La reina sabía que no estaba errado, pero no por eso le resultaba más fácil escuchar sus palabras.

—Ya estamos a suficiente distancia —decidió—. Les daremos la comida aquí.

Levantó una mano, y los carromatos se detuvieron tras ella. Los jinetes se situaron a su alrededor para impedir que los astaporis se lanzaran sobre las provisiones. En cuanto se detuvieron, los enfermos empezaron a avanzar hacia ellos, cojeando y tambaleándose, cada vez en mayor número. Los jinetes les cortaron el paso.

—¡Esperad vuestro turno! —les gritaban—. ¡Sin empujar! ¡Atrás! ¡Quedaos atrás! Hay pan para todos. ¡Esperad vuestro turno!

Lo único que podía hacer Dany era mirar.

—¿No hay manera de que les prestemos más ayuda? —preguntó a Barristan Selmy—. Vos tenéis provisiones.

—Son para los soldados de vuestra alteza. Tal vez tengamos que resistir un largo asedio. Los Cuervos de Tormenta y los Segundos Hijos hostigan a los yunkios, pero no podrán ponerlos en fuga. Si vuestra alteza me permitiera reunir un ejército...

—Si hay una batalla, prefiero luchar detrás de la muralla de Meereen. A ver cómo se las arreglan para invadir mis almenas. —La reina contempló la escena que se desarrollaba a su alrededor—. Si repartiéramos nuestras provisiones a partes iguales...

—... los astaporis se acabarían la suya en pocos días y nosotros tendríamos mucha menos para resistir el asedio.

Dany miró hacia la muralla multicolor de Meereen. En el aire flotaba una nube de moscas y gritos.

—Los dioses han enviado esta epidemia para hacerme más humilde. Hay tantos muertos... No permitiré que los astaporis se coman los cadáveres. —Hizo un gesto a Aggo para que se acercara—. Cabalga hasta las puertas de la ciudad y tráeme a Gusano Gris y cincuenta de sus inmaculados.

—La sangre de tu sangre obedece, *khaleesi*.

Aggo hincó los talones en los flancos de su caballo y partió al galope. Ser Barristan se quedó mirándolo con aprensión mal disimulada.

—No es bueno que os quedéis aquí mucho tiempo, alteza. Los astaporis están recibiendo comida, como ordenasteis. Es lo único que podemos hacer por estos desdichados. Deberíamos volver ya a la ciudad.

—Volved vos si queréis. No os detendré. No detendré a ninguno de vosotros. —Dany se bajó del caballo—. No puedo curarlos, pero sí mostrarles que su madre se preocupa por ellos.

—¡No, *khaleesi*! —Jhogo no pudo contener un grito. La campanilla de su trenza tintineó cuando desmontó—. No os acerquéis más. ¡No! ¡No los toquéis!

Dany pasó de largo a su lado. Cerca había un anciano tendido en el suelo, gimiendo y con la vista fija en las nubes. Cuando se arrodilló contra él, tuvo que arrugar la nariz ante el hedor, pero le apartó el sucio pelo blanco para tocarle la frente.

—Está ardiendo. Necesito agua para bañarlo, aunque sea agua de mar. ¿Me la traes, Marselen? También necesito aceite para la pira. ¿Quién me ayuda a quemar los cadáveres?

Cuando Aggo regresó con Gusano Gris y cincuenta inmaculados al trote tras su caballo, Dany había avergonzado a todos sus hombres lo suficiente para que la ayudaran. Symon Espalda Lacerada y sus hombres estaban separando a los vivos de los muertos y amontonando los cadáveres, mientras que Jhogo, Rakharo y los dothrakis ayudaban a los que aún podían caminar a llegar hasta la playa para que se bañaran y se lavaran la ropa. Aggo se quedó mirándolos como si se hubieran vuelto locos, pero Gusano Gris se arrodilló junto a la reina.

—Uno os ayudará.

Antes del mediodía había ya una docena de piras. Las columnas de humo negro se alzaban para hollar el despiadado cielo azul. Dany se alejó de las hogueras con la ropa de montar sucia y llena de cenizas.

—Adoración —le dijo Gusano Gris—, uno y sus hermanos os ruegan permiso para bañarse en el agua salada cuando terminemos nuestra misión; así nos purificaremos según las leyes de nuestra gran diosa.

La reina ignoraba hasta aquel momento que los eunucos tuvieran una diosa.

—¿Quién es? ¿Uno de los dioses de Ghis?

—La diosa tiene muchos nombres. —Gusano Gris parecía incómodo—. Es la Señora de las Lanzas, la Novia de la Batalla, la Madre de Ejércitos... Pero su verdadero nombre les pertenece solo a unos que quemaron su órgano viril en su altar. No podemos hablar de ella con nadie. Uno os suplica vuestro perdón.

—Como deseéis. Sí, claro, id a bañaros. Gracias por vuestra ayuda.

—Unos viven para serviros.

Dany volvió a su pirámide con el cuerpo dolorido y el corazón en un puño, y se encontró a Missandei leyendo un pergamino antiguo mientras Irri y Jhiqui discutían sobre Rakharo.

—Estás demasiado flaca para su gusto —decía Jhiqui cuando entró—. Eres casi como un chico, y Rakharo no se acuesta con chicos. Lo sabe todo el mundo.

—Lo que sabe todo el mundo es que tú eres una vaca —replicó Irri—. Rakharo no se acuesta con vacas.

—Rakharo es la sangre de mi sangre. Su vida me pertenece a mí, no a vosotras —les dijo Dany a las dos. Rakharo había crecido casi medio palmo en el tiempo que había pasado fuera de Meereen, y al regresar tenía las piernas y los brazos muy musculosos, así como cuatro campanillas en el pelo. Ya era más alto que Aggo y Jhogo, y sus dos doncellas se habían fijado en él—. Venga, callaos de una vez; necesito un baño. —Jamás se había sentido tan sucia—. Jhiqui, ayúdame a quitarme esta ropa, llévatela y quémala. Irri, dile a Qezza que me busque algo fresco y ligero para ponerme. Hace mucho calor.

En la terraza soplaba una brisa fresca, y Dany suspiró de placer al entrar en el agua de su estanque. Dio una orden a Missandei, que se quitó la ropa y se metió en el agua a su vez.

—Una oyó a los astaporis anoche; estaban rascando la muralla —le dijo la pequeña escriba mientras le frotaba la espalda.

Irri y Jhiqui se miraron.

—No había nadie rascando —dijo Jhiqui—. ¿Con qué van a rascar?

—Con las manos. Los ladrillos son viejos y se desmoronan. Están intentando abrir un hueco para entrar en la ciudad.

—De esa manera tardarían años —apuntó Irri—. La muralla es muy gruesa. Lo sabe todo el mundo.

—Lo sabe todo el mundo —corroboró Jhiqui.

—Yo también sueño con ellos. —Dany le cogió la mano a Missandei—. El campamento está a setecientos pasos de la ciudad, cariño. Nadie rascaba la muralla.

—Vuestra alteza siempre tiene razón. ¿Os lavo el pelo? Ya es casi la hora. Reznak mo Reznak y la gracia verde van a llegar para hablar de...

—Los preparativos de la boda. —Dany salpicó a su alrededor al levantarse bruscamente—. Casi me había olvidado. —«Puede que quisiera olvidarme»—. Y cuando se vayan, tengo que cenar con Hizdahr. —Dejó escapar un suspiro—. Irri, tráeme el *tokar* verde, el de seda con ribete de encaje myriense.

—Ese os lo están arreglando, *khaleesi*. El encaje se había desgarrado. Pero tenéis limpio el *tokar* azul.

—Que sea el azul, pues. Les gustará igual.

Se equivocaba solo en parte. La sacerdotisa y el senescal se alegraron de verla ataviada con un *tokar,* vestida por una vez como una dama meereena, pero lo que pretendían en realidad era desnudarla. Daenerys los escuchó con incredulidad.

—Sin ánimo de ofender, no pienso presentarme desnuda ante la madre y las hermanas de Hizdahr —les dijo al final.

—Pero... pero... —Reznak mo Reznak parecía a punto de atragantarse—. Es imprescindible, adoración. La tradición impone que las mujeres de la casa del hombre que se va a casar examinen el vientre de la novia y sus..., eh..., sus partes femeninas, para asegurarse de que están bien formadas y, eh...

—... y son fértiles —terminó Galazza Galare—. Es un antiguo ritual, esplendor. También habrá tres gracias para presenciar el examen y recitar las plegarias oportunas.

—Eso —confirmó Reznak—, y luego os traerán una tarta especial, una tarta solo para mujeres que se sirve el día del compromiso. A los hombres no se les permite probarla, pero me han dicho que es deliciosa y tiene poderes mágicos.

«Y si mi vientre está marchito, si mis partes femeninas están malditas, ¿para eso también habrá una tarta especial?»

—Hizdahr zo Loraq puede inspeccionar mis partes femeninas cuando nos casemos. —«A Khal Drogo no le pareció que tuvieran nada de malo, ¿por qué este va a ser diferente?»—. Que su madre y sus hermanas se examinen entre sí y que les aproveche la tarta. No pienso comérmela, igual que no pienso lavar los nobles pies del noble Hizdahr.

—No lo entendéis, magnificencia —protestó Reznak—. El lavatorio es una tradición consagrada. Significa que estaréis al servicio de vuestro esposo. El atuendo nupcial también está cargado de sentido: la novia se viste con velos de seda rojo oscuro sobre un *tokar* de seda blanca con flecos de perlas.

«La reina de los conejos tiene que ponerse las orejas largas para casarse.»

—Con tanta perla, pareceré un sonajero al caminar.

—Las perlas simbolizan la fertilidad. Cuantas más lleve vuestra adoración, más hijos saludables engendrará.

—¿Y para qué quiero tener cien hijos? —Dany se volvió hacia la gracia verde—. Si nos casáramos por los ritos de Poniente...

—Los dioses de Ghis no bendecirían esa unión. —El rostro de Galazza Galare estaba oculto bajo un velo de seda verde. Solo se le veían los ojos, también verdes, llenos de sabiduría y tristeza—. Para la ciudad, no seríais más que la concubina del noble Hizdahr, no su esposa legítima, y vuestros hijos serían bastardos. Vuestra adoración tiene que casarse con Hizdahr en el templo de las Gracias, ante los ojos de toda la nobleza de Meereen.

«Sacad a todos esos nobles de sus pirámides con algún pretexto», le había dicho Daario.

«El lema del dragón es "Fuego y Sangre".» Dany desechó la idea; no era digna de ella.

—Como queráis —suspiró—. Me casaré con Hizdahr en el templo de las Gracias, vestida con un *tokar* blanco con flecos de perlas. ¿Alguna cosa más?

—Hay otro asuntillo, adoración —dijo Reznak—. Para celebrar vuestras nupcias, lo oportuno sería que volvierais a abrir las arenas de combate. Sería el regalo de bodas que hacéis a Hizdahr y a vuestro devoto pueblo, y también una señal de que habéis abrazado las antiguas costumbres y tradiciones de Meereen.

—Además, resultaría muy grato a los dioses —añadió la gracia verde con su voz baja y amable.

«Una dote de sangre.» Dany estaba cansada de aquella batalla. Ni siquiera ser Barristan creía que pudiera ganar.

—Nunca hubo gobernante capaz de hacer bondadoso a su pueblo —le había dicho Selmy—. Baelor el Santo rezó, ayunó y construyó para los Siete el templo más espléndido que ningún dios pudiera desear, pero ni así fue capaz de poner fin a la guerra y la miseria.

«Una reina debe escuchar a su pueblo», se recordó Dany.

—Después de la boda, Hizdahr será el rey. Que las reabra él si quiere; yo no quiero involucrarme en eso. —«Que se manche las manos de sangre él, no yo.» Se levantó—. Y si mi esposo quiere que le lave los pies, que me los lave él a mí primero. Se lo diré esta misma tarde.

Si albergaba dudas sobre cómo se tomaría su prometido semejante actitud, pronto quedaron disipadas. Hizdahr zo Loraq llegó una hora después de la puesta de sol, con un *tokar* color vino con una franja dorada y flecos de cuentas de oro. Mientras le servía vino, Dany le habló de su reunión con Reznak y la gracia verde.

—No son más que ritos sin sentido —declaró Hizdahr—, justo el tipo de cosas de las que tenemos que librarnos. Meereen lleva demasiado tiempo anclada en estas estúpidas tradiciones. —Le besó la mano—. Daenerys, mi reina, de buena gana os lavaré entera si es lo que hace falta para que me toméis como rey y consorte.

—Para que os tome como rey y consorte solo tenéis que proporcionarme la paz. Skahaz me ha dicho que traéis noticias.

—Cierto. —Hizdahr cruzó las largas piernas. Parecía muy pagado de sí—. Yunkai nos dará la paz, pero a cambio de un precio. La interrupción del tráfico de esclavos ha causado una gran conmoción en todo el mundo civilizado. Yunkai y sus aliados nos exigen una indemnización en oro y piedras preciosas.

—¿Qué más? —El oro y las piedras preciosas eran cosa fácil.

—Los yunkios reanudarán el negocio esclavista como antes. Reconstruirán Astapor como ciudad especializada en la formación de esclavos, y vos no interferiréis.

—Los yunkios reanudaron el negocio esclavista cuando no me había alejado ni dos leguas de su ciudad, ¿y acaso di media vuelta? El rey

Cleon me rogó que me uniera a él contra ellos, y presté oídos sordos a sus súplicas. No quiero guerra con Yunkai. ¿Cuántas veces he de decirlo? ¿Qué promesas quieren que haga?

—Ah, mi reina, esa es la espina de la rosa —suspiró Hizdahr zo Loraq—. Me entristece deciros que Yunkai no tiene fe ninguna en vuestras promesas. Siguen tocando la misma cuerda del arpa, algo sobre un emisario al que prendieron fuego vuestros dragones.

—Solo le quemaron el *tokar* —replicó Dany, resentida.

—Sea como sea, no confían en vos. Lo mismo ocurre con los hombres del Nuevo Ghis. Como vos misma decís a menudo, las palabras son aire, así que ninguna palabra vuestra bastará para sellar esta paz para Meereen. Vuestros enemigos quieren acciones. Quieren vernos casados, quieren verme coronado y gobernando a vuestro lado.

Dany volvió a llenarle la copa, aunque lo que más habría deseado era vaciarle la frasca en la cabeza para ahogar su sonrisa engreída.

—Matrimonio o matanza. Boda o guerra. ¿Tengo que elegir?

—Creo que solo hay una elección posible, esplendor. Pronunciemos nuestros votos ante los dioses de Ghis y construyamos juntos una nueva Meereen.

La reina estaba pensando qué respuesta darle cuando oyó pisadas a sus espaldas.

«La comida», pensó. Sus cocineros habían prometido servir el plato favorito del noble Hizdahr, perro a la miel relleno de ciruelas y pimientos. Pero al volverse fue a ser Barristan a quien se encontró, recién bañado, vestido de blanco y con su espada larga al costado.

—Siento interrumpiros, alteza —dijo con una reverencia—, pero he pensado que querríais saberlo enseguida. Los Cuervos de Tormenta han vuelto a la ciudad con noticias sobre el enemigo. Los yunkios están en camino, tal como temíamos.

Una expresión de enojo cruzó el noble rostro de Hizdahr zo Loraq.

—La reina va a cenar. Los mercenarios tendrán que esperar.

Ser Barristan hizo como si no lo hubiera oído.

—Le dije a lord Daario que me informara a mí, tal como había ordenado vuestra alteza. Se rio y me dijo que lo escribiría con su propia sangre si vuestra alteza le enviaba a su pequeña escriba para enseñarle a hacer las letras.

—¿Con sangre? —Dany se horrorizó—. ¿Es una broma? No. No me lo digáis. Tengo que verlo con mis propios ojos. —Solo era una niña y estaba sola, y las niñas tenían derecho a cambiar de opinión—.

Convocad a mis capitanes y comandantes. Hizdahr, sé que sabréis perdonarme.

—Lo primero es Meereen. —Hizdahr sonrió alegremente—. Tendremos otras noches. Tendremos mil noches.

—Ser Barristan os acompañará.

Dany corrió en busca de sus doncellas; no tenía la menor intención de recibir al capitán vestida con un *tokar.* Se probó una docena de túnicas antes de elegir la que le gustaba, pero rechazó la corona que le ofrecía Jhiqui. Cuando Daario Naharis hincó una rodilla en tierra ante ella, a Dany se le desbocó el corazón. El hombre tenía el pelo salpicado de sangre reseca, y un corte profundo muy reciente en la sien. Llevaba la manga izquierda ensangrentada casi hasta el codo.

—Estáis herido —dijo sobresaltada.

—¿Os referís a esto? —Daario se tocó la sien—. Un ballestero intentó clavarme una saeta en el ojo, pero mi caballo fue más rápido que la flecha. Volaba hacia mi reina para regocijarme en el calor de su sonrisa. —Sacudió la manga, salpicando el suelo de gotitas rojas—. Esta sangre no es mía. Un sargento me dijo que deberíamos aliarnos con los yunkios, así que le metí la mano por la boca y le arranqué el corazón. Pensaba traerlo como regalo para mi reina de plata, pero cuatro hombres de la Compañía del Gato me cortaron el camino y me empezaron a bufar. Uno casi me atrapó, así que le tiré el corazón a la cara.

—Muy caballeresco —dijo ser Barristan en un tono que indicaba que le parecía cualquier cosa menos eso—, pero ¿traéis noticias para su alteza?

—Malas noticias, ser Abuelo. Astapor ha desaparecido y los esclavistas marchan hacia el norte.

—Son noticias viejas y huelen mal —gruñó el Cabeza Afeitada.

—Lo mismo dijo vuestra madre de los besos de vuestro padre —replicó Daario— Habría llegado antes, mi dulce reina, pero las colinas están plagadas de mercenarios yunkios. Cuatro compañías libres. Vuestros Cuervos de Tormenta tuvieron que abrirse camino entre ellos. Y eso no es lo peor: el ejército yunkio viene por la costa junto con cuatro legiones del Nuevo Ghis. Tienen un centenar de elefantes, con armadura y castillo. También tienen tolosios con honderos y un cuerpo de soldados qarthienses a camello. En Astapor embarcaron otras dos legiones ghiscarias. Si nuestros prisioneros dicen la verdad, tocarán tierra más allá del Skahazadhan para aislarnos del mar dothraki.

Mientras hablaba, de cuando en cuando caía una gota de sangre muy roja contra el suelo de mármol, y Dany sentía un alfilerazo.

—¿Cuántos hombres murieron? —le preguntó cuando terminó.

—¿De los nuestros? No me paré a contarlos, pero ganamos más de los que perdimos.

—¿Más cambiacapas?

—Más valientes para vuestra noble causa. A mi reina le gustarán. Uno es hachero de las islas del Basilisco, una fiera, más grande que vuestro Belwas. Tendríais que verlo. También tengo unos cuantos ponientis, veinte o más, desertores de los Hijos del Viento que no estaban satisfechos con los yunkios. Serán buenos cuervos de tormenta.

—Si vos lo decís...

Dany no pensaba poner demasiadas objeciones. Meereen necesitaría muy pronto de todas las espadas posibles. Ser Barristan, en cambio, miró a Daario con cara de pocos amigos.

—Habéis mencionado cuatro compañías libres, capitán. Solo sabemos de tres: los Hijos del Viento, los Lanzas Largas y la Compañía del Gato.

—¡Anda, si ser Abuelo sabe contar! Los Segundos Hijos se han pasado a los yunkios. —Daario giró la cabeza y escupió—. Eso para Ben Plumm el Moreno. La próxima vez que le vea la cara, lo rajaré del cuello a la polla y le arrancaré ese negro corazón.

Dany quiso decir algo, pero le faltaron las palabras. Recordó el rostro de Ben, la última vez que lo había visto.

«Era un rostro cálido, un rostro en el que confiaba. —La piel morena y el pelo blanco, la nariz rota y las patas de gallo. Hasta sus dragones estaban encariñados con el viejo Ben el Moreno, que siempre alardeaba de que por sus venas corría una gota de sangre de dragón. "Tres traiciones conocerás. Una por oro, una por sangre y una por amor." ¿Qué traición era la de Plumm? ¿La segunda o la tercera? ¿Y dónde dejaba eso a ser Jorah, su viejo oso gruñón? ¿Acaso no tendría nunca un amigo en quien pudiera confiar?—. ¿De qué sirven las profecías si no tienen sentido? Si me caso con Hizdahr antes de que salga el sol, ¿desaparecerán todos esos ejércitos como rocío en la mañana y me dejarán gobernar en paz?»

El anuncio de Daario había provocado el caos. Reznak aullaba, el Cabeza Afeitada mascullaba sombrío y sus jinetes de sangre juraban venganza. Belwas el Fuerte se golpeó la barriga llena de cicatrices con un puño y juró que se comería el corazón de Ben el Moreno con ciruelas y cebollas.

—Por favor —dijo Dany; pero solo Missandei pareció oírla. La reina se puso en pie—. ¡Silencio! Ya he oído suficiente.

—Alteza, estamos a vuestras órdenes. —Ser Barristan se dejó caer sobre una rodilla—. ¿Qué queréis que hagamos?

—Seguiremos según lo previsto. Reunid tantas provisiones como sea posible. —«Si vuelvo la vista atrás, estoy perdida»—. Tenemos que cerrar las puertas y situar en la muralla a todos los hombres que estén en condiciones de luchar. No entrará ni saldrá nadie.

La estancia quedó en silencio. Los hombres se miraban entre sí.

—¿Qué pasa con los astaporis? —preguntó al final Reznak.

Dany sintió ganas de gritar, de rechinar los dientes, de arrancarse la ropa, de golpear el suelo con los puños.

—¡Cerrad las puertas! ¿Tengo que decirlo tres veces? —Eran sus hijos, pero no podía hacer nada por ellos—. Salid todos. Vos no, Daario. Hay que limpiaros esa herida y quiero haceros más preguntas.

Los demás hicieron una reverencia antes de salir, y Dany guio a Daario Naharis escaleras arriba hacia sus habitaciones, donde Irri le lavó el corte con vinagre y Jhiqui se lo vendó con lino blanco. Cuando terminaron, hizo salir también a las doncellas.

—Tenéis la ropa manchada de sangre —dijo a Daario—. Quitáosla.

—Solo si vos hacéis lo mismo.

La besó. El pelo le olía a sangre, a humo y a caballo, y su boca era caliente y dura. Dany temblaba en sus brazos.

—Creía que seríais vos quien me traicionaría —le dijo cuando se separaron—. Una traición por sangre, otra por oro y otra por amor, tal como me dijeron los hechiceros. Creía... Nunca pensé en Ben el Moreno. Hasta mis dragones confiaban en él. —Agarró a su capitán por los hombros—. Prometedme que nunca os volveréis contra mí. No podría soportarlo. Prometédmelo.

—Nunca, amor mío.

Ella lo creyó.

—Juré que me casaría con Hizdahr zo Loraq si me daba noventa días de paz, pero ahora... Os he deseado desde la primera vez que os vi, pero erais un mercenario tornadizo y traicionero. Alardeabais de que habíais estado con cien mujeres.

—¿Con cien? —Daario disimuló una risita tras la barba violeta—. Os mentí, mi dulce reina. Ha sido con mil. Pero nunca he estado con un dragón.

Ella alzó los labios hacia los suyos.

—¿Y a qué esperáis?

El Príncipe de Invernalia

La chimenea estaba llena de ceniza seca y renegrida, y no había en la habitación más calor que el de las velas. Cada vez que se abría una puerta, las llamas se estremecían y temblaban. La novia también estaba temblando. La habían vestido de lana blanca con ribetes de encaje; en las mangas y el corpiño llevaba adornos de perlas de río, e iba calzada con unas zapatillas de piel de cervatillo... preciosas, pero que no abrigaban demasiado. Tenía las mejillas blancas, sin sangre.

«Un rostro esculpido en hielo —pensó Theon Greyjoy al tiempo que le echaba por los hombros la capa ribeteada de piel—. Un cadáver enterrado en la nieve.»

—Ha llegado el momento, mi señora.

Desde el otro lado de la puerta los llamaba el sonido de laúdes, flautas y tambores. La novia alzó los ojos hacia él, aquellos ojos pardos que brillaban a la luz de las velas.

—Seré una buena esposa para él; le seré fiel... Lo complaceré; haré lo que quiera, le daré hijos, seré mejor esposa de lo que habría sido la auténtica Arya, ya lo verá.

«Sigue hablando así y morirás, o algo peor.» Era una lección que había aprendido como Hediondo.

—Sois la auténtica Arya, mi señora. Arya de la casa Stark, hija de lord Eddard y heredera de Invernalia. —Tenía que aprender su nombre, ¡tenía que aprender su nombre!—. Arya Entrelospiés. Vuestra hermana os llamaba también Arya Caracaballo.

—Yo fui quien se inventó ese nombre, porque Arya tenía la cara alargada, como los caballos. Pero yo no; la mía era agraciada. —Las lágrimas acabaron por desbordarle los ojos—. Nunca fui bella, como Sansa, pero todos me decían que era agraciada. ¿A lord Ramsay le parezco agraciada?

—Sí —mintió—. Me lo ha dicho.

—Pero sabe quién soy. Sabe quién soy de verdad; se lo noto cuando me mira. Siempre parece enfadado, hasta cuando sonríe, pero no es culpa mía. Se dice que le gusta hacer daño.

—Mi señora no debería prestar atención a esas... mentiras.

—Se dice que os hizo daño a vos. En las manos y...

—Me... Me lo merecí. —Tenía la boca seca—. Lo hice enfadar. Vos no lo hagáis enfadar. Lord Ramsay es... un hombre bueno, de gran corazón. Si lo complacéis, os tratará bien. Sed buena esposa para él.

—Ayudadme. —La muchacha se agarró a él—. Por favor. Yo os miraba cuando estabais en el patio, jugando con las espadas. ¡Erais tan guapo...! —Le apretó el brazo—. Si huimos, seré vuestra esposa, o vuestra..., o vuestra puta... Lo que queráis. Podríais ser mi hombre.

—No... No soy el hombre de nadie. —Theon se liberó de su brazo. «Un hombre la ayudaría.»—. Por favor, por favor, tenéis que ser Arya, tenéis que ser su esposa. Haced lo que quiera, o... Haced lo que quiera y ya está, y no volváis a decir que sois otra persona. —«Jeyne, se llama Jeyne.» La música era cada vez más insistente—. Ya es la hora. Secaos los ojos. —«Ojos marrones. Deberían ser grises. Alguien se dará cuenta. Alguien se acordará»—. Muy bien. Ahora, sonreíd.

La niña lo intentó. Curvó hacia arriba los labios temblorosos, mostrando un poco los dientes.

«Bonitos dientes blancos, pero si lo hace enfadar, dejarán de ser bonitos.» Tres de las cuatro velas se apagaron cuando abrió la puerta para llevar a la novia hacia la neblina donde aguardaban los invitados.

—¿Por qué yo? —había preguntado a lady Dustin cuando le dijo que sería el encargado de entregar a la novia.

—Ya no tiene padre ni hermanos. Su madre murió en Los Gemelos. Todos sus tíos están desaparecidos, muertos o prisioneros.

—Aún le queda un hermano. —«Aún le quedan tres hermanos», podría haber dicho—. Jon Nieve está con la Guardia de la Noche.

—Un hermano bastardo que ha jurado lealtad al Muro. Vos erais el pupilo de su padre, lo que os convierte en lo más parecido que tiene a un pariente vivo. Debéis ser quien entregue su mano.

«Lo más parecido que tiene a un pariente vivo.» Theon Greyjoy se había criado con Arya Stark. Theon Greyjoy habría sabido que era una impostora. Si la gente veía que reconocía a aquella chica como Arya, los señores norteños que se habían reunido para presenciar el enlace no tendrían ningún motivo para dudar de su legitimidad. Stout, Slate, Umber Mataputas, los pendencieros Ryswell, los hombres de Hornwood, los primos Cerwyn, el gordo lord Wyman Manderly... Ninguno de ellos había conocido tan bien como él a las hijas de Ned Stark, y si alguno albergaba dudas en secreto, tendría seso suficiente para no dejarlas traslucir.

«Me están usando para tapar su engaño; le ponen mi cara a esta mentira.» Por eso lord Bolton había vuelto a vestirlo de señor, para que representara su papel en aquella pantomima. En cuanto acabara, en cuanto la falsa Arya estuviera casada y encamada, Bolton ya no necesitaría para nada a Theon Cambiacapas.

—Si nos sirves bien, tras la derrota de Stannis trataremos la mejor manera de sentarte en el trono de tu padre —le había dicho su señoría con aquella voz tan baja, aquella voz hecha para los susurros y las mentiras.

Theon no se había creído ni una palabra. Bailaría al son de su música porque no le quedaba más remedio, pero luego...

«Luego volverá a dejarme en manos de Ramsay —pensó—, y Ramsay me cortará más dedos y volverá a convertirme en Hediondo.» A menos que los dioses fueran bondadosos y Stannis Baratheon cayera sobre Invernalia para pasarlos por la espada a todos, él incluido. Era lo máximo a lo que podía aspirar.

Por extraño que pareciera, en el bosque de dioses hacía más calor. Más allá de sus confines, el hielo cubría Invernalia. El hielo sucio hacía traicioneros los caminos, y la escarcha centelleaba a la luz de la luna en los paneles rotos de los invernaderos. El viento había amontonado la nieve contra las paredes hasta llenar todos los rincones, y había ocultado algunas puertas. Bajo la nieve quedaba la ceniza gris, y aquí y allá se veía una viga ennegrecida o un montón de huesos, aún con restos de pelo y piel. Los carámbanos colgaban de las almenas como lanzas y ribeteaban los torreones como los bigotes rígidos y blancos de un anciano. Pero el suelo del bosque de dioses no estaba congelado, y de los estanques de aguas termales se elevaba un vapor cálido como el aliento de un bebé.

La novia iba de blanco y gris, los colores que habría llevado la verdadera Arya de haber vivido lo suficiente para casarse. Theon iba de negro y oro, con la capa sujeta al hombro con un rudimentario kraken que le había forjado un herrero de Fuerte Túmulo a toda prisa, pero bajo la capucha tenía el pelo blanco y fino, y su piel era del gris enfermizo de un anciano.

«Por fin soy un Stark», pensó. Pasó bajo el arco de piedra con la novia del brazo, mientras los jirones de niebla se les enredaban en torno a las piernas. El sonido del tambor era tan trémulo como el latido del corazón de una doncella, y las flautas sonaban agudas, dulces, cautivadoras... Sobre las copas de los árboles, una luna en cuarto creciente flotaba en el cielo oscuro, semioculta por la niebla, como un ojo que atisbara tras un velo de seda.

Theon Greyjoy conocía muy bien aquel bosque de dioses. Allí había jugado de niño a hacer saltar piedras en el estanque negro, bajo el arciano; había escondido sus tesoros en el tronco de un viejo roble; había cazado ardillas con el arco que él mismo se había fabricado... Más adelante, en muchas ocasiones se refrescó en los manantiales calientes las magulladuras sufridas tras entrenarse en el patio con Robb, Jory o Jon Nieve. Entre aquellos castaños, olmos y pinos soldado había encontrado refugio cuando quería estar solo. Allí había besado por primera vez a una chica, y allí, otra chica diferente lo hizo hombre sobre una manta áspera, a la sombra del alto centinela gris verdoso.

Pero nunca había visto el bosque de dioses como en aquel momento: en penumbra, fantasmal, lleno de neblina cálida, luces flotantes y susurros que llegaban de todas partes y de ninguna. Bajo los árboles, los manantiales calientes humeaban; de la tierra se alzaban nubes de vapor que amortajaban los árboles con su húmedo aliento y trepaban por los muros para formar cortinajes que cubrían las ventanas.

Había una especie de camino, un sendero de guijarros musgosos, casi oculto bajo la tierra y las hojas caídas, con trampas en forma de raíces que sobresalían del suelo. Por allí llevó a la novia.

«Jeyne, se llama Jeyne.» No, no debía pensar aquello. Si se le escapaba ese nombre de los labios, le costaría un dedo o una oreja. Caminó despacio, dando cada paso con cautela. Los dedos que le faltaban en los pies hacían que su paso fuera vacilante si intentaba darse prisa, y un tropezón sería terrible. Si estropeaba la boda de lord Ramsay con un tropezón, lord Ramsay castigaría su torpeza desollándole el pie que le hubiera faltado al respeto.

La niebla era tan densa que solo se veían los árboles más cercanos, y más allá, sombras altas y luces tenues. Las velas titilaban al borde del sendero serpenteante y entre los árboles, como luciérnagas blancas que flotaran en un cálido puré gris. Aquello parecía un inframundo extraño, un lugar intemporal entre universos, donde los condenados vagaban pesarosos antes de encontrar el camino de descenso hacia el infierno al que los habían hecho acreedores sus pecados.

«¿Todos estamos muertos? ¿Stannis llegó y nos mató mientras dormíamos? ¿La batalla está aún por acontecer, o ya hemos luchado y hemos perdido?»

Aquí y allá, una antorcha que ardía voraz proyectaba un resplandor rojizo sobre los invitados. La niebla moldeaba la luz cambiante y les retorcía los rasgos hasta hacerlos parecer medio animales, medio humanos. Lord Stout se convirtió en un mastín; el anciano lord Locke, en un buitre; Umber Mataputas, en una gárgola; Walder Frey el Mayor, en un zorro; Walder el Pequeño, en un toro rojo al que solo le faltaba un aro en la nariz. En cuanto a Roose Bolton, su rostro era una pálida máscara gris con dos esquirlas de hielo sucio por ojos.

Sobre ellos, los árboles estaban llenos de cuervos, que contemplaban la pompa y el boato desde las ramas desnudas, con las plumas ahuecadas.

«Los pájaros del maestre Luwin. —Luwin había muerto y su torre de maestre había ardido, pero los cuervos seguían allí—. Este es su hogar.» Theon habría querido saber qué se sentía al tener un hogar.

En aquel momento, la niebla se abrió como el telón de un espectáculo para mostrar un nuevo escenario. El árbol corazón apareció ante ellos con sus ramas huesudas extendidas. Las hojas caídas rodeaban el grueso tronco blanco en montones pardos y rojizos. Era el árbol que tenía más cuervos posados, y parloteaban en el idioma secreto de los asesinos. Bajo ellos se encontraba Ramsay Bolton, con unas botas altas de cuero gris y un jubón de terciopelo negro con aberturas que dejaban ver el forro de seda rosa tachonado de granates con forma de lágrimas. Una sonrisa le bailaba en el rostro.

—¿Quién viene? —Tenía los labios húmedos y el cuello enrojecido por encima de la ropa—. ¿Quién se presenta ante el dios?

—Arya de la casa Stark se presenta para contraer matrimonio —respondió Theon—. Es una mujer adulta que ya ha florecido, es de nacimiento legítimo y alta cuna, y acude a rogar la bendición de los dioses. ¿Quién viene a pedirla?

—Yo —respondió Ramsay—, Ramsay de la casa Bolton, señor de Hornwood y heredero de Fuerte Terror; yo vengo a pedirla. ¿Quién viene a entregarla?

—Theon de la casa Greyjoy, que fue pupilo de su padre. —Se volvió hacia la novia—. Lady Arya, ¿aceptáis a este hombre?

La niña alzó los ojos hacia él.

«Ojos marrones, no grises. ¿Es que todos están ciegos? —Durante largos instantes no dijo nada, aunque aquellos ojos suplicaban—. Es tu oportunidad. Díselo. Díselo ahora. Grita tu nombre ante todos. Diles que esa no es Arya Stark; que el Norte sepa que te han obligado a tomar parte en esto.» Eso haría que la mataran, claro, y también a él, pero tal vez Ramsay, iracundo, los matara deprisa. Quizá los antiguos dioses del Norte le otorgaran esa pequeña gracia.

—Acepto a este hombre —susurró la novia.

A su alrededor, las luces que brillaron en la niebla eran un centenar de velas blancas como estrellas amortajadas. Theon retrocedió, y Ramsay y la novia se cogieron de la mano y se arrodillaron con la cabeza inclinada. Los ojos rojos tallados en el arciano los miraron desde arriba, por encima de la gran boca roja abierta que parecía a punto de echarse a reír. En las ramas más altas graznó un cuervo.

Tras unos momentos de oración silenciosa, el hombre y la mujer se pusieron en pie. Ramsay desabrochó la capa que Theon le había puesto poco antes a la novia, la gruesa capa de lana blanca con ribete de piel gris que mostraba el lobo huargo de la casa Stark, y la sustituyó por una capa rosa salpicada de granates rojos como los que adornaban su jubón. En la espalda lucía al hombre desollado de Fuerte Terror en cuero rojo rígido, sombrío y repulsivo.

Todo terminó en un abrir y cerrar de ojos. Las bodas del Norte eran rápidas, Theon suponía que gracias a que no había sacerdotes, pero fuera cual fuera el motivo, en aquel momento le pareció una bendición. Ramsay Bolton cogió en brazos a su esposa y atravesó la bruma con ella, seguido por lord Bolton y su lady Walda, y a continuación, el resto de los invitados. Los músicos volvieron a tocar, y el bardo Abel entonó «Dos corazones que laten como uno». Dos mujeres unieron sus voces a la suya para crear una dulce armonía.

«¿Debería rezar? ¿Me escucharán los antiguos dioses si les hablo?» No eran sus dioses; nunca lo habían sido. Él era un hijo del hierro, hijo de Pyke; su dios era el Dios Ahogado de las islas... Pero Invernalia estaba a muchas leguas del mar, y hacía demasiado tiempo que ningún dios le prestaba oído. Ya no sabía quién era, ni qué era, ni por qué seguía vivo, ni por qué había llegado a nacer.

—Theon —pareció susurrarle una voz.

Levantó la cabeza de golpe.

—¿Quién ha dicho eso?

A su alrededor solo había árboles semiocultos por la niebla. Había sido una voz débil como el crujido de las hojas, fría como el odio.

«¿La voz de un dios? ¿La voz de un fantasma? —¿Cuántos habían muerto el día en que tomó Invernalia? ¿Cuántos más el día que la perdió?—. Cuando murió Theon Greyjoy para renacer como Hediondo. Hediondo, que rima con fondo.»

De repente deseó estar muy lejos de allí.

Cuando salió del bosque de dioses, el frío se cernió sobre él como un lobo hambriento y lo atrapó entre los dientes. Bajó la cabeza para protegerse del viento y se dirigió a la gran sala; tuvo que apresurarse para no perder de vista la larga hilera de velas y antorchas. El hielo crujía bajo sus botas, y una ráfaga repentina le quitó la capucha, como si un fantasma se la hubiera agarrado con unos dedos gélidos que trataran de desgarrarle la cara.

Para Theon Greyjoy, Invernalia estaba llena de fantasmas.

Aquel no era el castillo que recordaba del verano de su juventud. Lo que quedaba era un lugar herido y maltrecho, más una ruina que una fortificación, un hervidero de cuervos y cadáveres. La gran muralla seguía en pie porque el granito no cedía ante el fuego, pero casi todas las torres y edificios habían perdido la techumbre, y unos cuantos se habían derrumbado. La paja y la madera habían ardido casi por completo, y tras los paneles destrozados del invernadero, las frutas y verduras que habrían dado de comer al castillo todo el invierno habían quedado muertas, negras, heladas. El patio estaba lleno de carpas semienterradas en la nieve. Roose Bolton había instalado a su ejército dentro de la muralla, y también a sus amigos los Frey. Entre las ruinas había miles de hombres que atestaban los patios o dormían en bodegas, torres sin tejado o edificios que llevaban siglos abandonados.

De las cocinas reconstruidas y los barracones con techo nuevo se alzaban columnas de humo gris. Las almenas estaban coronadas de nieve y plagadas de carámbanos.

«Los colores de los Stark. —Theon no habría sabido decir si le resultaba ominoso o lo tranquilizaba. Hasta el cielo estaba gris—. Gris, gris y más gris. El mundo entero, mire hacia donde mire, es gris. Todo es gris, menos los ojos de la novia. —Los ojos de la novia eran marrones—. Marrones y aterrados. —No era justo que lo mirase implorándole que la rescatara. ¿Qué pensaba? ¿Que iba a presentarse a lomos de un caballo alado para sacarla de allí, como en las leyendas que tanto les gustaban a Sansa y a ella? ¡Si ni siquiera podía ayudarse a sí mismo!—. Hediondo, Hediondo, rima con lirondo.»

Por todo el patio había cadáveres que se mecían colgados de sogas, con rostros hinchados llenos de escarcha. Antes de la llegada de la vanguardia de Bolton, Invernalia estaba atestada de ocupantes indeseados. Sus hombres expulsaron a punta de lanza a dos docenas de ellos que habían anidado entre los torreones y edificios semiderruidos del castillo. A los más osados y pendencieros los ahorcaron, y a los demás los pusieron a trabajar. Lord Bolton les había prometido clemencia a cambio de sus servicios. Muy cerca de allí, en el bosque de los Lobos, había piedra y madera en abundancia, así que pronto hubo portones nuevos donde estaban los que se habían quemado. A continuación retiraron los escombros del tejado del edificio principal y levantaron otro a toda prisa. Una vez terminadas las obras, lord Bolton ahorcó a los trabajadores. Fiel a su palabra, mostró clemencia y no desolló a ninguno.

Para entonces ya había llegado el resto del ejército de Bolton; hicieron ondear el león y el venado del rey Tommen sobre la muralla de Invernalia al viento aullante del norte, y bajo él, el hombre desollado de Fuerte Terror. Theon llegó con el grupo de Barbrey Dustin, que acompañaba a la señora, a sus hombres de Fuerte Túmulo y a la novia. Lady Dustin se había empeñado en custodiar personalmente a lady Arya hasta que estuviera desposada, pero había llegado el momento.

«Ahora pertenece a Ramsay. Ha pronunciado los votos. —Aquel matrimonio convertía a Ramsay en señor de Invernalia. Mientras Jeyne no desatara su cólera, él no tendría motivo para hacerle ningún daño—. Arya. Se llama Arya.»

A Theon le dolían terriblemente las manos a pesar de los guantes forrados de piel; lo que más le dolía eran los dedos que le faltaban. ¿De verdad había habido un tiempo en que las mujeres anhelaban sus caricias?

«Me convertí en príncipe de Invernalia, y estas son las consecuencias. —Creyó que se cantarían canciones sobre él durante cien años, que se relatarían historias sobre su coraje y osadía. Pero si alguien se dignaba hablar de él sería para llamarlo Theon Cambiacapas, y las historias narrarían su traición—. Esta no fue nunca mi casa; no era más que un rehén. —Lord Stark no lo había tratado con crueldad, pero la larga sombra acerada de su mandoble se interpuso siempre entre ellos—. Era amable conmigo, pero nunca cariñoso. Sabía que era posible que algún día tuviera que matarme.»

Theon atravesó el patio con la mirada gacha, esquivando las tiendas.

«Fue en este patio donde aprendí a luchar», pensó al tiempo que recordaba los cálidos días de verano que había pasado con Robb y Jon Nieve, bajo la atenta mirada del anciano ser Rodrik. Eran los tiempos en que no le faltaba ninguna parte del cuerpo, los tiempos en que era tan capaz de empuñar una espada como cualquier otro hombre. Pero el patio cobijaba también recuerdos más tenebrosos. Era allí donde había reunido a los hombres de los Stark la noche en que Bran y Rickon huyeron del castillo. Por aquel entonces, Ramsay era Hediondo; estaba a su lado y le susurró que debería desollar a unos cuantos prisioneros para que confesaran hacia dónde habían huido los niños.

«Mientras yo sea príncipe de Invernalia, aquí nadie desollará a nadie —había respondido Theon, sin imaginar lo breve que sería su reinado—. Aquí no me va a ayudar nadie. Los conozco a todos desde pequeño, y nadie va a mover un dedo por mí.» Pese a todo, había hecho lo posible por protegerlos, pero en cuanto Ramsay dejó de ser Hediondo los pasó por la espada a todos, incluidos los hijos del hierro.

«Prendió fuego a mi caballo. —Lo último que vio el día en que cayó el castillo fue a Sonrisas bañado en fuego, con llamas que le devoraban las crines, coceando, relinchando, con los ojos desorbitados de terror—. Fue aquí, en este mismísimo patio.»

Las puertas del salón principal se alzaban ante él; eran nuevas: las habían hecho para sustituir a las que se habían quemado, y le parecieron bastas y feas, unos simples tablones sin pulir juntados de cualquier manera. Ante ellas montaban guardia dos lanceros que se arrebujaban en sus gruesas capas de piel para intentar resguardarse del frío que les escarchaba la barba. Miraron a Theon con resentimiento cuando pasó cojeando peldaños arriba, empujó la puerta de la derecha y entró en la estancia.

Dentro, el calor era reconfortante, las antorchas lo bañaban todo con su luz y la estancia estaba tan abarrotada como la recordaba de los viejos tiempos. Theon se dejó bañar por la calidez y luego se dirigió al fondo. Los hombres tenían que sentarse muy juntos en los bancos, tanto que los criados apenas podían pasar entre ellos para servirles. Hasta los señores y caballeros de alto rango disfrutaban de menos espacio que de costumbre.

Ya cerca del estrado, Abel rasgueaba el laúd y cantaba «Hermosas doncellas de verano».

«Tiene ínfulas de bardo, pero no es más que un adulador.» Lord Manderly había llegado de Puerto Blanco acompañado por músicos, pero ninguno de ellos cantaba, así que cuando Abel se presentó en el castillo con un laúd y seis mujeres, lo acogieron bien.

—Dos hermanas, dos hijas, una esposa y mi anciana madre —aseguró el cantor, aunque ninguna se le parecía ni por asomo—. Unas bailan, otras cantan, una toca la flauta y otra el tambor. También son buenas lavanderas.

Bardo o adulador, Abel tenía una voz aceptable y tocaba pasablemente. Allí, entre las ruinas, no se podía pedir más.

Los estandartes adornaban todas las paredes: las cabezas de caballo de los Ryswell en oro, leonado, cenizo y sable; el gigante rugiente de la casa Umber; la mano de piedra de la casa Flint de Dedo de Pedernal; el alce de los Hornwood; el tritón de los Manderly; el hacha de combate negra de Cerwyn, y los pinos de Tallhart. Pero los vivos colores no alcanzaban a cubrir las paredes ennegrecidas ni los tablones que tapaban los huecos donde habían estado las ventanas. Hasta el techo quedaba fuera de lugar, con las vigas nuevas de madera clara, cuando las antiguas habían quedado casi negras tras siglos de humo.

Los estandartes más grandes se encontraban detrás del estrado, donde el lobo huargo de Invernalia y el hombre desollado de Fuerte Terror colgaban tras los novios. La visión del estandarte de los Stark conmocionó a Theon más de lo que habría creído posible.

«No es así, no es así, y los ojos de la chica tampoco son así.» El escudo de la casa Poole representaba un roel azur sobre campo blanco con orla gris. Aquellas eran las armas que deberían haber colgado detrás de ella.

—Theon Cambiacapas —le dijo alguien al pasar.

Otros apartaron la vista para evitarlo. Otro escupió al suelo.

«¿Por qué no?» Era el canalla que había tomado Invernalia a traición, había matado a los que prácticamente eran sus hermanos, había entregado a sus hombres para que los desollaran en Foso Cailin y había llevado a la que prácticamente era su hermana a la cama de lord Ramsay. A Roose Bolton le resultaba útil, pero los auténticos norteños lo despreciaban.

Los dedos que le faltaban en el pie izquierdo le daban un andar inclinado, torpe, cómico... Oyó la carcajada de una mujer a sus espaldas. Hasta en aquel cementerio helado, rodeado de nieve, hielo y muerte, había mujeres.

«Lavanderas.» Era la manera cortés de decir *vivanderas,* que era la manera cortés de decir *putas.*

Theon no habría sabido explicar de dónde salían. Aparecían como los gusanos en un cadáver o los cuervos tras una batalla. Eran la retaguardia de todo ejército. Algunas eran putas curtidas, capaces de follarse a veinte hombres en una noche y tumbarlos a todos bebiendo. Otras parecían inocentes como doncellas, pero solo se trataba de un truco del oficio. Había novias de campamento, seguidoras de un soldado al que estaban unidas por palabras susurradas ante cualquier dios, pero condenadas al olvido en cuanto terminara la guerra. De noche calentaban la cama de su hombre; de día le parcheaban los agujeros de las botas; al atardecer le preparaban la cena, y tras la batalla saqueaban cuanto podían de su cadáver. Las había que lavaban y todo. Solían ir acompañadas de mocosos bastardos, críos sucios y lastimosos nacidos en cualquier campamento. Y hasta esas mujeres se atrevían a reírse de Theon Cambiacapas.

«Que se rían.» Su orgullo había muerto allí, en Invernalia. En las mazmorras de Fuerte Terror no quedaba lugar para esas cosas. Ninguna risa podía hacer daño al que había probado las caricias del cuchillo de desollar.

Por alcurnia y linaje le correspondía un asiento en el estrado, a un extremo de la mesa, junto a la pared. A su izquierda se encontraba lady Dustin, vestida como siempre con lana negra de corte austero y sin adornos. A su derecha no había nadie.

«Tienen miedo de que la deshonra sea contagiosa.» De haberse atrevido, se habría echado a reír.

La novia ocupaba el lugar más destacado, entre Ramsay y su padre. Siguió allí sentada y cabizbaja cuando Roose Bolton propuso un brindis en honor de lady Arya.

—Sus hijos convertirán en una nuestras dos antiguas casas —dijo— y pondrán fin a la larga enemistad de los Stark y los Bolton. —Hablaba en voz tan baja que la estancia entera quedó en silencio, porque los presentes tenían que hacer un verdadero esfuerzo para oírlo—. Siento mucho que nuestro querido amigo Stannis no haya considerado oportuno reunirse aún con nosotros —continuó entre las carcajadas de los presentes—, ya que me consta que Ramsay quería ofrecer su cabeza a lady Arya como regalo de bodas. —Más risas—. Le daremos una bienvenida espléndida cuando llegue, una bienvenida digna de los auténticos norteños. Pero hasta entonces, comamos, bebamos, seamos felices... Porque se nos viene encima el invierno, amigos míos, y muchos no viviremos para recibir la primavera.

El señor de Puerto Blanco había proporcionado la comida y la bebida: cerveza negra y rubia, y vinos tintos, dorados y lavanda, transportados desde el cálido sur en el vientre de sus barcos o envejecidos en sus profundas bodegas. Los invitados se atiborraron de pasteles de bacalao y calabaza, montañas de coles verdes, enormes quesos, humeantes fuentes de carnero y costillas de buey asadas, y por último, tres tartas de boda como ruedas de carro: gigantescos hojaldres rellenos de zanahorias, cebollas, nabos, chirivías, setas y cerdo condimentado flotando en una sabrosa salsa de carne. Ramsay las cortó con su falcata y Wyman Manderly en persona se encargó de servirlas: puso las primeras porciones humeantes ante Roose Bolton y su gruesa esposa Frey, y las siguientes, ante ser Hosteen y ser Aenys, los hijos de Walder Frey.

—Jamás habréis probado una tarta mejor, mis señores —declaró el obeso señor—. Regadla con dorado del Rejo y saboread hasta la última miga, como voy a hacer yo.

Fiel a su palabra, Manderly devoró seis trozos, dos de cada tarta, sin dejar de relamerse, palmearse la barriga y atiborrarse hasta que tuvo la pechera de la túnica pringada de salsa y la barba salpicada de migas de hojaldre. Ni siquiera Walda Frey la Gorda fue rival para su glotonería, aunque devoró tres trozos enteros. Ramsay también comió con apetito, pero su pálida novia apenas llegó a mirar la porción que le habían puesto delante. Cuando alzó la vista hacia Theon tenía los grandes ojos marrones cargados de miedo.

No se había permitido a nadie entrar con espada, pero todos llevaban puñal, hasta Theon Greyjoy, porque era la única manera de cortar la carne. Cada vez que miraba a la chica que se había llamado Jeyne Poole sentía el peso del acero al costado.

«No puedo salvarla —pensó—, pero me resultaría fácil matarla. Nadie lo vería venir. Podría pedirle que me concediera el honor de un baile y degollarla. Sería lo más misericordioso. Y si los antiguos dioses escuchan mis oraciones, Ramsay, encolerizado, me matará de inmediato.» Theon no tenía miedo de morir. Debajo de Fuerte Terror había descubierto que existían cosas mucho peores que la muerte. Ramsay le había enseñado la lección dedo por dedo, y no la olvidaría jamás.

—No estáis comiendo —observó lady Dustin.

—No.

Le costaba mucho comer; Ramsay le había roto tantos dientes y muelas que le resultaba doloroso masticar. Beber, en cambio, era mucho más fácil, aunque tenía que agarrar la copa con las dos manos para que no se le cayera.

—¿No os gusta el cerdo, mi señor? Pues es la mejor tarta que hemos probado jamás, o eso asegura nuestro grueso amigo. —Movió la copa de vino para señalar a lord Manderly—. ¿Habíais visto alguna vez a un gordo tan feliz? Solo le falta bailar, y está sirviendo la comida en persona.

Era verdad. El señor de Puerto Blanco era la viva imagen del gordo alegre, todo sonrisas y carcajadas, que no dejaba de bromear con otros señores, darles palmadas en la espalda o pedir una canción u otra a los músicos.

—¡Venga, bardo, «La noche que terminó»! —gritó—. Seguro que a la novia le va a gustar. O cántanos la del valiente Danny Flint y haznos llorar.

Cualquiera que lo viera pensaría que era él el recién casado.

—Está borracho —dijo Theon.

—Lo que hace es ahogar el miedo. Es un cobarde de los pies a la cabeza.

Theon no estaba tan seguro. Los hijos de lord Manderly también estaban gordos, pero eso no los había privado de valentía en el campo de batalla.

—Los hijos del hierro también celebran banquetes antes de luchar. Un último beso a la vida, por si acaso la muerte está al acecho. Si viniera Stannis...

—Vendrá, vendrá, no le queda más remedio —replicó lady Dustin con una risita—. Y cuando venga, el gordo se cagará encima. Su hijo murió en la Boda Roja, y aun así ha compartido el pan y la sal con los Frey, los acoge bajo su techo y va a casar a su nieta con uno de ellos. Hasta les sirve tarta. Los Manderly ya tuvieron que huir del sur una vez, expulsados de sus tierras y castillos por sus enemigos. La sangre que corre por sus venas es la misma. No me cabe duda de que el gordo daría cualquier cosa por matarnos, pero aunque le sobre tamaño, le faltan agallas. Bajo esa mole de carne sudorosa late un corazón tan cobarde y servil... como el tuyo.

Las últimas palabras fueron un aguijonazo, pero Theon no se atrevió a responder en los mismos términos. Sabía que pagaría cualquier insolencia con piel.

—Si mi señora cree que lord Manderly piensa traicionarnos, a quien debería decírselo es a lord Bolton.

—¿Crees que Roose no lo sabe? Eres imbécil. Míralo bien, mira cómo vigila a Manderly. Roose no se lleva ni una miga a los labios hasta que no ve a lord Wyman comer de la misma fuente. Ni prueba el vino hasta que ve a Manderly beber del mismo barril. Creo que le habría encantado que el gordo se guardara alguna artimaña en la manga; le habría parecido de lo más divertido. No sé si lo sabes, pero Roose no tiene sentimientos. Esas sanguijuelas que tanto le gustan le sorbieron las pasiones hace años. No ama, no odia, no sufre. Para él, todo esto no es más que un juego que le hace cierta gracia. Hay quien caza, hay quien cría halcones, hay quien apuesta a los dados y Roose juega con las personas. Contigo, conmigo, con estos Frey, con lord Manderly, con su regordeta esposa nueva, hasta con su bastardo... No somos más que juguetes para él. —Lady Dustin tendió la copa a un criado para que se la llenara, y le indicó que hiciera lo propio con la de Theon—. Seamos sinceros: lord Bolton no se conformará con ser un simple señor. ¿Por qué no Rey en el Norte? Tywin Lannister ha muerto, el Matarreyes está tullido, el Gnomo ha escapado... Los Lannister ya no son lo que eran, y tú tuviste la gentileza de librarlo de los Stark. El viejo Walder Frey no tendrá nada en contra de que su Walda la Gorda llegue a reina. Puerto Blanco podría suponer un problema si lord Wyman sobreviviera a la batalla que se avecina, pero estoy convencida de que no será así. Lo mismo pasará con Stannis; Roose se los quitará de en medio a ambos, igual que se quitó de en medio al Joven Lobo. ¿Quién más queda?

—Vos —señaló Theon—. Quedáis vos. La señora de Fuerte Túmulo, Dustin por matrimonio y Ryswell por nacimiento.

Aquello pareció agradar a la dama, que bebió un traguito de vino, con los ojos chispeantes.

—La viuda de Fuerte Túmulo... y sí, podría suponer una molestia si así lo quisiera. Roose lo sabe, por supuesto, de modo que se esfuerza por tenerme de buen humor.

Habría añadido algo más, pero en aquel momento vio a los maestres. Eran tres y habían entrado juntos por la puerta del señor, tras el estrado: uno alto, otro regordete y el tercero muy joven, aunque por sus túnicas y cadenas parecían tres gotas de la misma fuente negra. Antes de la guerra, Medrick estaba al servicio de lord Hornwood; Rhodry, al de lord Cerwyn, y el joven Henly, al de lord Slate. Roose Bolton los había llevado a todos a Invernalia para que se ocuparan de los cuervos de Luwin y volviera a ser posible enviar y recibir mensajes.

Lady Dustin frunció los labios con gesto de asco al ver como el maestre Medrick apoyaba una rodilla en el suelo para susurrar algo al oído de Bolton.

—Si fuera reina, lo primero que haría sería matar a todas esas ratas grises. Corretean de aquí para allá y viven de las migajas de sus señores, parlotean entre ellos y susurran a los oídos de sus amos. Pero en realidad, ¿quién es el amo y quién el siervo? Todo gran señor tiene maestre; todo señor menor aspira a tenerlo. Quien no tiene maestre no es nadie. Las ratas grises leen y escriben nuestras cartas, incluso las de los señores que no saben leer, y ¿quién puede asegurarnos que no tergiversan las palabras para perseguir sus fines? ¿Para qué sirven los maestres?

—Nos curan —dijo Theon. Parecía que era lo que se esperaba de él.

—Sí, nos curan. No he dicho que no sean útiles. Se ocupan de nosotros cuando estamos enfermos y heridos, o preocupados por la enfermedad de un padre o un hijo. Están a nuestro lado cuando somos más débiles y vulnerables. A veces nos curan y les estamos agradecidos. Cuando no lo consiguen, nos consuelan y también les estamos agradecidos. Para demostrar nuestra gratitud los acogemos bajo nuestro techo, les damos acceso a todos nuestros secretos y vergüenzas, aceptamos y seguimos su consejo... Y así, el señor se convierte en siervo.

»Eso fue lo que pasó con lord Rickard Stark. Su rata gris era el maestre Walys. Qué listos son estos maestres, ¿no? Solo conocemos su nombre, aunque muchos tuvieran apellido antes de llegar a la Ciudadela. Así no sabemos quiénes son en realidad ni de dónde vienen... Pero no es imposible averiguarlo con un poco de astucia. Antes de forjarse la cadena, el maestre Walys se llamaba Walys Flores. Flores, Colina, Ríos,

Nieve... Son los apellidos que ponemos a los bastardos para reconocerlos; pero en cuanto pueden se los quitan de encima. La madre de Walys Flores era una Hightower, y su padre, según se decía, un archimaestre de la Ciudadela. Las ratas grises no son tan castas y puras como quieren hacernos creer, y los maestres de Antigua son los peores. En cuanto se forjó la cadena, su padre secreto y los amigos de este lo mandaron a Invernalia, para que emponzoñara los oídos de lord Rickard con palabras dulces como la miel. El matrimonio con la casa Tully fue cosa suya, no me cabe duda, no...

Se interrumpió cuando Roose Bolton se puso de pie, con los ojos claros brillantes a la luz de las antorchas.

—Queridos amigos —empezó, y el silencio que se hizo rápidamente en la estancia fue tal que Theon pudo oír el viento que golpeaba los tablones de las ventanas—. Stannis y sus caballeros han salido de Bosquespeso bajo el estandarte de su nuevo dios, ese dios rojo. Los clanes de las colinas norteñas vienen con él a lomos de sus jamelgos de mierda. Si el clima les es propicio, pueden llegar en menos de quince días. Lord Carroña Umber baja por el camino Real, y los Karstark vienen del este. Su intención es reunirse aquí con lord Stannis y arrebatarnos este castillo.

Ser Hosteen Frey se puso en pie.

—Deberíamos ir a su encuentro. ¿Por qué vamos a darles ocasión de aunar fuerzas?

«Porque Arnolf Karstark solo espera la señal de lord Bolton para cambiar de capa», pensó Theon mientras los demás señores gritaban consejos a la vez. Lord Bolton alzó las manos para demandar silencio.

—Mis señores, este lugar no es apropiado para discusiones de esta índole. Vayamos a una estancia más privada mientras mi hijo consuma el matrimonio. Los demás, quedaos aquí y disfrutad de la comida y la bebida.

El señor de Fuerte Terror salió, seguido por los tres maestres, y otros señores y capitanes se levantaron para ir tras él. Hother Umber, el anciano flaco al que llamaban Mataputas, tenía el ceño fruncido y gesto hosco. Lord Manderly estaba tan borracho que hicieron falta cuatro hombres fuertes para ayudarlo a salir.

—Tendría que haber una canción sobre el Cocinero Rata —iba mascullando cuando pasó tambaleante junto a Theon, apoyado en sus caballeros—. Bardo, cántanos una canción sobre el Cocinero Rata.

Lady Dustin fue la última en levantarse. Cuando salió la dama, la estancia se hizo repentinamente sofocante, y Theon se dio cuenta, al tratar de ponerse en pie, de que había bebido mucho. Se apartó de la mesa y tropezó con una criada, haciéndola derramar una frasca. El vino le salpicó las botas y los calzones como una oscura marea roja. Una mano lo agarró por el hombro, y cinco dedos duros como el hierro se le hincaron en la carne.

—Se requiere tu presencia, Hediondo —dijo Alyn el Amargo, con el aliento maloliente por culpa de los dientes cariados. Polla Amarilla y Damon Bailaparamí estaban con él—. Dice Ramsay que le tienes que llevar a la novia a la cama.

«He hecho lo que me correspondía —pensó con un escalofrío de terror—. ¿Por qué yo?» Pero no era tan idiota como para poner objeciones.

Lord Ramsay ya había salido de la estancia. Su esposa, abandonada y aparentemente olvidada, seguía encogida y silenciosa bajo el estandarte de la casa Stark, con una copa de plata que agarraba con las dos manos. A juzgar por la mirada que le dirigió cuando se acercó a ella, había vaciado aquella copa más de una vez. Quizá creyera que, si bebía lo suficiente, lo que tenía por delante se le haría más llevadero. Theon sabía que no tendría tanta suerte.

—Venid, lady Arya —dijo—. Es hora de que cumpláis vuestro deber.

Theon escoltó a la niña a través de la puerta trasera de la estancia, y cruzaron el gélido patio en dirección al Gran Torreón acompañados por seis hombres de los Bribones del Bastardo. Había tres tramos de peldaños que llevaban al dormitorio de lord Ramsay, una de las habitaciones que menos habían sufrido los efectos del incendio. Mientras subían, Damon Bailaparamí no paró de silbar, mientras que Desollador alardeaba de que lord Ramsay le había prometido un trozo de la sábana ensangrentada como muestra de aprecio.

El dormitorio estaba preparado para la consumación. Todo el mobiliario era nuevo, llegado de Fuerte Túmulo en la caravana del equipaje. La cama con dosel tenía un colchón de plumas y cortinas de terciopelo rojo sangre. El suelo de piedra estaba cubierto de pieles de lobo. En la chimenea ardía un fuego, y en la mesilla de noche, una vela. En el aparador había una frasca de vino, dos copas y medio queso azul.

También había un sillón de roble negro tallado con asiento de cuero rojo. En él estaba sentado lord Ramsay cuando entraron. La salivilla le brillaba en los labios.

—Aquí llega mi preciosa doncella. Bien hecho, chicos, ya podéis marcharos. Tú no, Hediondo, tú te quedas.

«Hediondo, Hediondo, has tocado fondo. —Sintió calambres en los dedos que había perdido, dos en la mano izquierda y uno en la derecha. Apoyado en su cadera reposaba el puñal, dormido en su vaina de cuero, sí, pero pesado, tan, tan pesado...—. En la mano derecha solo me falta el meñique —se recordó—. Aún puedo empuñar un cuchillo.»

—¿En qué puedo servir a mi señor?

—Tú eres quien me ha entregado a la moza, así que te corresponde abrir el regalo. Vamos a echarle un vistazo a la hijita de Ned Stark.

«No es familia de lord Eddard —estuvo a punto de decir Theon—. Ramsay lo sabe, tiene que saberlo. ¿A qué juego cruel está jugando ahora?» La niña estaba de pie junto a la cama, temblando como un cervatillo.

—Lady Arya, tenéis que daros la vuelta; voy a desataros la lazada de la túnica.

—No. —Lord Ramsay se sirvió una copa de vino—. Con las lazadas se tarda mucho. Corta la tela.

Theon desenvainó el puñal.

«Solo tengo que girar y clavárselo. Tengo el cuchillo en la mano. —Pero ya conocía bien el juego—. Es otra trampa —se dijo, recordando a Kyra con las llaves—. Quiere que intente matarlo, y cuando fracase me desollará la mano con la que esgrimí el puñal.» Agarró las faldas de la novia.

—No os mováis, mi señora.

La túnica quedaba suelta bajo la cintura, así que no le costó introducir la hoja y cortar hacia arriba con cuidado de no herirla. El acero susurró a través de la lana y la seda. La niña no paraba de temblar. Theon tuvo que sujetarla del brazo para que no se moviera.

«Jeyne, pequeña, ya no estarás risueña.» Apretó tanto como le permitió la mano izquierda tullida.

—No os mováis.

Por fin, la túnica cayó al suelo, a sus pies.

—La ropa interior también —ordenó Ramsay. Y Hediondo obedeció.

Cuando terminó, la novia estaba desnuda con la ropa nupcial a los pies, convertida en un montón de trapos blancos y grises. Tenía los pechos pequeños y puntiagudos; las caderas, estrechas e infantiles; las piernas, flacas como las de un pajarillo.

«Es una niña. —Theon se había olvidado de lo joven que era—. Tiene la edad de Sansa; Arya sería aún menor.» Pese al fuego de la chimenea, Jeyne tenía la piel de gallina. Hizo ademán de levantar las manos para cubrirse los pechos, pero los labios de Theon formaron un «No» silencioso, y se detuvo en seco.

—¿Qué te parece, Hediondo? —le preguntó lord Ramsay.

—Es... —«¿Qué respuesta quiere? ¿Cómo ha dicho la chica antes de ir al bosque de dioses? "Todos me decían que era agraciada." Ya no lo era; una telaraña de líneas finas, recuerdo de un látigo, le cubría la espalda—. Es muy... muy bella, muy bella.

Ramsay le dedicó su sonrisa húmeda.

—¿Te pone la polla dura, Hediondo? ¿Se te ha puesto gorda dentro de los calzones? ¿Quieres follártela tú primero? —Soltó una carcajada—. Es un derecho que debería corresponder al príncipe de Invernalia, igual que correspondía en los viejos tiempos a todos los señores. La noche de bodas. Pero claro, no eres ningún señor. Solo eres Hediondo. A decir verdad, ni siquiera eres un hombre. —Bebió otro trago de vino y estrelló la copa contra la pared. Ríos rojos empezaron a correr piedra abajo—. Meteos en la cama, lady Arya. Eso, contra las almohadas. Buena esposa. Abrid las piernas; quiero veros el coño.

La chica obedeció, muda. Theon retrocedió un paso hacia la puerta. Lord Ramsay se sentó junto a su desposada, le pasó la mano por la cara interna del muslo y le metió dos dedos. La niña dejó escapar un gemido de dolor.

—Está más seca que un hueso viejo. —Retiró la mano y la abofeteó—. Me dijeron que sabrías complacer a un hombre. ¿Es mentira o qué?

—N-no, mi señor. Me entrenaron.

Ramsay se levantó. Las llamas de la chimenea se le reflejaban en el rostro.

—Ven aquí, Hediondo. Prepáramela.

—Yo... —De entrada no entendió a qué se refería—. ¿Queréis decir...? Mi señor, no... no tengo...

—Con la boca —replicó lord Ramsay—. Y date prisa. Si cuando termine de desnudarme no está húmeda, te corto la lengua y la clavo a la pared.

En el bosque de dioses graznó un cuervo. Aún tenía el puñal en la mano.

Lo envainó.

«Hediondo, Hediondo, eres débil en el fondo.» Se agachó para cumplir su cometido.

El observador

—Vamos a ver esta cabeza —ordenó el príncipe.

Areo Hotah pasó la mano por el mango liso de su hacha, su esposa de hierro y fresno, sin dejar de observar. Observó a ser Balon Swann, el caballero blanco, y a los que habían llegado con él. Observó a las Serpientes de Arena, cada una sentada a una mesa distinta. Observó a las damas, a los señores, a los criados, al viejo senescal ciego y al joven maestre Myles, con aquella barba sedosa y aquella sonrisa servil. Semioculto por las sombras, los observó a todos.

«Servir. Proteger. Obedecer.» Esa era su misión.

Los demás solo tenían ojos para el cofre. Era de ébano, con cierres y bisagras de plata. Sin duda era una caja bonita, pero muchos de los reunidos allí, en el Palacio Antiguo de Lanza del Sol, podrían morir muy pronto; dependía de lo que hubiera en aquel cofre.

El maestre Caleotte cruzó la estancia en dirección a ser Balon Swann, arrastrando las zapatillas. El hombrecillo regordete tenía un aspecto excelente con su túnica nueva de franjas de diversos tonos pardos y finas rayas rojas. Hizo una reverencia, tomó el cofre de las manos del caballero blanco y lo llevó al estrado, donde aguardaba Doran Martell en su sillón rodante, entre su hija Arianne y Ellaria, la amante de su difunto hermano. Un centenar de velas perfumaba el ambiente. Las piedras preciosas refulgían en los dedos de los señores, y en los cinturones y las redecillas de las damas. Areo Hotah había sacado brillo a las lamas de cobre de su armadura, de manera que eran como espejos que también reflejaban la luz de las velas.

La estancia había quedado en silencio.

«Dorne contiene el aliento.» El maestre Caleotte puso la caja en el suelo, junto al sillón del príncipe Doran. Los dedos del maestre, por lo general siempre seguros y diestros, se movieron con torpeza al abrir el cierre, levantar la tapa y dejar a la vista la calavera que reposaba en el interior. Hotah oyó un carraspeo. Una de las gemelos Fowler le susurró algo a la otra. Ellaria Arena había cerrado los ojos y murmuraba una oración.

El capitán de los guardias observó que ser Balon Swann estaba tenso como un arco. El nuevo caballero blanco no era tan alto y apuesto como el anterior, pero tenía el pecho más ancho, más corpulento, y los brazos, más musculosos. Llevaba la capa nívea cerrada en la garganta con un broche de plata con dos cisnes, uno de marfil y otro de ónice, y a Areo Hotah le dio la impresión de que las aves estaban luchando. Su dueño también parecía un luchador.

«Este no será tan fácil de matar como el otro. No cargará contra mi hacha, como hizo ser Arys. Se refugiará tras su escudo y me obligará a ir a por él.» Si llegaba el caso, Hotah estaría preparado. Tenía el hacha tan afilada que habría podido afeitarse con ella.

Se permitió lanzar una breve mirada al cofre. La calavera sonriente reposaba sobre fieltro negro. Todas las calaveras sonreían, pero aquella parecía especialmente feliz.

«Y más grande.» El capitán de la guardia no había visto nunca una calavera mayor. La sobreceja era gruesa y marcada, y la mandíbula, enorme. El hueso brillaba a la luz de las velas, tan blanco como la capa de ser Balon.

—Ponedla en el pedestal —ordenó el príncipe. Tenía los ojos llenos de lágrimas.

El pedestal era una columna de mármol negro cinco palmos más alta que el maestre Caleotte, regordete y menudo. Tuvo que ponerse de puntillas, pero ni aun así llegaba. Areo Hotah estaba a punto de acercarse a ayudarlo cuando Obara Arena se le adelantó. La joven tenía un aura viril y airada incluso sin el látigo y el escudo. En vez de vestido llevaba unos calzones de hombre y una túnica que le llegaba por media pierna, ceñida a la cintura con una cadena de soles de cobre, y se había recogido en un moño la cabellera castaña. Arrebató la calavera de las manos suaves y rosadas del maestre y la colocó en la columna de mármol.

—La Montaña ya no cabalga —dijo el príncipe con voz lúgubre.

—¿Tuvo una agonía larga y dolorosa, ser Balon? —preguntó Tyene Arena con el tono que habría usado otra doncella para preguntar si su vestido era bonito.

—Gritó y gritó durante días, mi señora —respondió el caballero blanco, aunque era obvio que no le agradaba dar aquella contestación—. Se oía en toda la Fortaleza Roja.

—¿Y eso os molesta? —inquirió lady Nym. Lucía un vestido de seda amarilla tan delicado y traslúcido que la luz de las velas dejaba ver el oro y las joyas que llevaba debajo. Su atuendo era atrevido hasta tal punto que el caballero blanco se sentía incómodo solo con mirarla, pero a Hotah le parecía bien: Nymeria era menos peligrosa cuando estaba casi desnuda; de lo contrario, seguro que llevaba encima una docena de puñales—. Todo el mundo coincide en que ser Gregor era un salvaje sanguinario. Si alguien merecía sufrir, era él.

—Tal vez tengáis razón, mi señora —replicó Balon Swann—, pero ser Gregor era también un caballero, y un caballero debería morir con la espada en la mano. El veneno es un arma sucia y traidora.

Lady Tyene sonrió al oírlo. Su vestido era verde y crema, con mangas largas de encaje, tan discreto e inocente que cualquiera pensaría que no había doncella más casta. Areo Hotah no se dejaba engañar. Sus manos blancas y suaves eran tan mortíferas como las manos encallecidas de Obara, o quizá más. La observó con atención, atento al menor movimiento de sus dedos.

—Es cierto, ser Balon, pero lady Nym tiene razón. —El príncipe Doran lo miró con el ceño fruncido—. Si ha habido un hombre que mereciera morir entre horribles sufrimientos, ese fue Gregor Clegane. Asesinó a mi pobre hermana y estampó la cabeza de su bebé contra la pared. Rezo por que esté ardiendo en algún infierno, y por que Elia y sus hijos hayan encontrado la paz. Esta es la justicia que tanto anhelaba Dorne; me alegro de haber vivido lo suficiente para saborearla. Por fin, los Lannister han demostrado que es cierto que pagan sus deudas, y han pagado esta antigua deuda de sangre.

El príncipe delegó en Ricasso, su senescal ciego, la tarea de proponer el brindis.

—Señoras y señores, bebamos a la salud de Tommen, el primero de su nombre, rey de los ándalos, los rhoynar y los primeros hombres, y señor de los Siete Reinos.

Los criados ya habían empezado a moverse entre los invitados y llenaron las copas mientras hablaba el senescal. Era vino fuerte de Dorne, oscuro como la sangre y dulce como la venganza. El capitán no bebió; nunca bebía en los banquetes. Tampoco lo probó el príncipe; bebió de otro vino que le preparaba el maestre Myles, generosamente aderezado con leche de la amapola para aliviar el dolor de sus articulaciones hinchadas.

El caballero blanco bebió y se mostró debidamente cortés, al igual que sus acompañantes. Lo mismo hicieron la princesa Arianne, lady Jordayne, el señor de Bondadivina, el Caballero de Limonar, la señora de Colina Fantasma y hasta Ellaria Arena, la querida amante del príncipe Oberyn, que estaba con él en Desembarco del Rey cuando murió. Hotah se fijó más en los que no bebían: ser Daemon Arena, lord Tremond Gargalen, los gemelos Fowler, Dagos Manwoody, los Uller de Sotoinfierno, los Wyl de Sendahueso...

«Si hay problemas, será uno de estos quien empiece.» Dorne era una tierra airada y dividida, y el control que ejercía el príncipe Doran no era tan firme como cabía desear. Muchos señores lo consideraban débil y habrían preferido una guerra declarada contra los Lannister y el niño rey del Trono de Hierro.

En ese sentido destacaban sobre todo las Serpientes de Arena, las hijas bastardas del difunto Oberyn, conocido como la Víbora Roja. Tres de ellas habían asistido al banquete. Doran Martell era un príncipe sabio, y el capitán de su guardia no era quién para cuestionar sus decisiones, pero no entendía por qué había permitido que lady Obara, lady Nymeria y lady Tyene salieran de sus celdas de la Torre de la Lanza.

Tyene masculló algo al oír el brindis de Ricasso, y lady Nym lo desechó con un movimiento despectivo de la mano. Obara esperó a que le llenaran la copa hasta el borde y derramó el contenido en el suelo. Una criada se arrodilló para limpiar el vino, momento que Obara eligió para abandonar la estancia. Poco después, la princesa Arianne se disculpó y salió en pos de ella.

«Obara no volverá su rabia contra la princesita. —De eso, Hotah estaba seguro—. Son primas, y la aprecia mucho.»

El banquete se prolongó hasta bien entrada la noche, presidido por la calavera sonriente colocada en el pedestal de mármol negro. Se sirvieron siete platos en honor de los siete dioses y de los siete hermanos de la guardia real. La sopa era de huevo y limón, y los pimientos verdes alargados llegaron rellenos de queso y cebolla. Se sirvieron empanadas de lamprea, capones glaseados con miel y un bagre del fondo del Sangreverde, tan grande que hicieron falta cuatro hombres para llevarlo a la mesa. Después llegó un sabroso guiso de serpiente, con trozos de siete sierpes diferentes cocinados a fuego lento con guindillas dragón, naranjas sanguinas y unas gotas de veneno para darle un poco de mordida. Aun sin probarlo, Hotah sabía que era un plato enormemente picante. Tras la serpiente, los criados sirvieron sorbete para refrescar la lengua, y como remate dulce, a cada invitado se le puso delante una calavera de azúcar horneado. Al romper la costra crujiente la encontraron rellena de natillas con trocitos de cereza y ciruela.

La princesa Arianne volvió justo a tiempo para los pimientos rellenos.

«Mi princesita», pensó Hotah. Pero Arianne era ya una mujer; las sedas escarlata con que se cubría no dejaban la menor duda. Últimamente también había cambiado en otros sentidos. Su plan para coronar a Myrcella se había descubierto y aplastado; su caballero blanco había muerto de la manera más sangrienta a manos de Hotah, y a ella la habían encerrado en la Torre de la Lanza, condenada a la soledad y el silencio. Aquello la había aplacado, pero había algo más, un secreto que le había confiado su padre antes de liberarla, aunque el capitán no sabía de qué se podía tratar.

El príncipe había asignado a su hija un asiento entre él mismo y el caballero blanco, un lugar de gran honor. Arianne sonrió al volver a sentarse y murmuró algo al oído de ser Balon, que prefirió no responder. Hotah observó que comía poco: una cucharada de sopa, un trocito de pimiento, una pata de capón, unas migas de pescado... Rechazó la empanada de lamprea y solo probó una cucharadita del guiso, y aun tan pequeña cantidad hizo que el sudor le corriera por la frente. Hotah lo comprendía bien: cuando llegó a Dorne, la comida picante le hacía nudos en las tripas y le abrasaba la lengua. Pero de eso hacía muchos años. Ya tenía el pelo blanco y era capaz de comer lo mismo que cualquier dorniense.

Al ver las calaveras de azúcar, ser Balon apretó los labios y lanzó una larga mirada al príncipe para dilucidar si estaban burlándose de él. Doran Martell no se dio cuenta, pero su hija, sí.

—Es una bromita del cocinero, ser Balon —comentó Arianne—. Para los dornienses, ni la muerte es sagrada. Espero que no os lo toméis a mal. —Rozó con los dedos el dorso de la mano del caballero blanco—. Y que hayáis disfrutado de vuestra estancia en Dorne.

—Todo el mundo se ha mostrado muy hospitalario, mi señora.

Arianne tocó el broche de los cisnes en combate con que se cerraba la capa.

—Siempre me han gustado los cisnes. No hay ave más hermosa en esta parte de las islas del Verano.

—Seguro que vuestros pavos reales no están de acuerdo —apuntó ser Balon.

—Seguro —reconoció Arianne—, pero los pavos reales son animales vanidosos y presumidos, siempre exhibiéndose, y con esos colores tan llamativos. Prefiero la serenidad de los cisnes blancos, o la belleza de los cisnes negros.

Ser Balon asintió y bebió de su copa.

«No es tan fácil de seducir como lo fue su hermano juramentado —pensó Hotah—. Pese a su edad, ser Arys era un niño, pero este es un hombre, y un hombre cauto. —Solo había que mirarlo para darse cuenta de que el caballero blanco estaba incómodo—. Este lugar le resulta extraño, no le gusta.» Hotah lo comprendía. Dorne también le había parecido estrambótico cuando llegó con su princesa, hacía ya muchos años. Los sacerdotes barbudos le habían metido en la cabeza la lengua común de Poniente antes de enviarlo, pero los dornienses hablaban tan deprisa que no entendía nada. En Dorne, las mujeres eran lascivas; el vino, amargo, y la comida, llena de especias extrañas y picantes. El sol era más cálido que el pálido y débil de Norvos, y día tras día brillaba inmisericorde desde un cielo siempre azul.

El capitán sabía que el viaje de ser Balon había sido más breve, pero también angustioso a su manera. Desde Desembarco del Rey lo habían acompañado tres caballeros, ocho escuderos, veinte soldados y un numeroso grupo de mozos de cuadra y criados, pero en cuanto cruzaron las montañas y entraron en Dorne, tuvieron que detenerse en cada castillo del camino para recibir agasajos y participar en banquetes, cacerías y celebraciones. Cuando por fin llegaron a Lanza del Sol, ni la princesa Myrcella ni ser Arys Oakheart pudieron recibirlos.

«El caballero blanco sabe que algo anda mal —intuía Hotah—, pero no es solo eso.»

Tal vez lo pusiera nervioso la presencia de las Serpientes de Arena. Si se trataba de eso, el regreso de Obara debió de haber sido como sal en una herida. La joven volvió a ocupar su lugar sin decir palabra y se quedó sentada, huraña y hosca, sin sonreír ni hablar con nadie.

Ya se acercaba la medianoche cuando el príncipe Doran se volvió hacia el caballero blanco.

—Ser Balon, he leído la carta que me habéis traído de parte de nuestra amada reina. ¿Puedo suponer que estáis al tanto del contenido?

—Lo estoy, mi señor. —Hotah advirtió que el caballero se tensaba—. Su alteza me informó de que se me podría requerir que escoltara a su hija en el viaje a Desembarco del Rey. El rey Tommen languidece de nostalgia por su hermana y desea que la princesa Myrcella regrese a la corte para hacerle una breve visita.

La princesa Arianne compuso un gesto de tristeza.

—Oh, no, ¡con el cariño que le hemos tomado a Myrcella! Mi hermano Trystane y ella son inseparables.

—El príncipe Trystane también sería más que bienvenido en Desembarco del Rey—respondió Balon Swann—. Estoy seguro de que para el rey Tommen sería un placer conocerlo. Su alteza no tiene muchos amigos de su edad.

—Los lazos que se crean en la infancia pueden durar toda la vida —convino el príncipe Doran—. Cuando Trystane y Myrcella contraigan matrimonio, Tommen y él serán como hermanos. La reina Cersei tiene mucha razón: los niños deberían conocerse y hacerse amigos. Dorne lo echará de menos, claro, pero ya va siendo hora de que Trystane vea algo de mundo, más allá de la muralla de Lanza del Sol.

—Me consta que en Desembarco del Rey será muy bien acogido.

«¿Por qué suda ahora? —se preguntó el capitán sin dejar de observarlo—. Hace fresco, y ni siquiera ha probado el guiso.»

—Por lo que respecta al otro asunto que menciona la reina Cersei —siguió el príncipe Doran—, es cierto: el asiento de Dorne en el Consejo Privado ha estado vacante desde la muerte de mi hermano, y ya va siendo hora de que alguien lo ocupe de nuevo. Me halaga que su alteza piense que mi asesoría podría serle de utilidad, pero no me siento con las fuerzas necesarias para emprender semejante viaje. Tal vez si fuéramos por mar...

—¿Por mar? —Ser Balon se sobresaltó—. ¿Os parece...? ¿Os parece seguro, mi señor? El otoño es la estación de las tormentas, según tengo entendido, y los piratas de los Peldaños de Piedra...

—Los piratas. Claro, claro. Tal vez tengáis razón. Es más prudente que volváis por donde habéis venido. —El príncipe Doran le dedicó una amable sonrisa—. Hablaremos mañana. Cuando lleguemos a los Jardines del Agua, se lo diremos a Myrcella. Estoy seguro de que se emocionará mucho, porque ella también echa de menos a su hermano.

—Ardo en deseos de volver a verla —respondió ser Balon—. Y también de visitar vuestros Jardines del Agua. Tengo entendido que son bellísimos.

—Bellísimos y tranquilos —asintió el príncipe—. Brisa fresca, agua iluminada por el sol y las risas de los niños. Los Jardines del Agua son mi lugar favorito. Los construyó un antepasado mío para complacer a su esposa Targaryen, y que pudiera liberarse del calor y el polvo de Lanza del Sol. Se llamaba Daenerys y era hija del rey Daeron el Bueno; gracias a su matrimonio se incorporó Dorne a los Siete Reinos. Todo el mundo sabía que estaba enamorada de Daemon Fuegoscuro, el hermano bastardo de Daeron, y que la correspondía, pero el rey era sabio y comprendió que el bien de muchos debía anteponerse al deseo de dos, aunque fueran dos personas muy queridas. Daenerys llenó los jardines de niños que reían sin cesar. Al principio, sus hijos, pero más adelante, también los de los señores y caballeros hacendados, a los que llamaron para acompañar a los príncipes. Una tarde de verano más calurosa que de ordinario, Daenerys se compadeció de los hijos de los mozos de cuadra, cocineros y criados, y los invitó también a usar las fuentes y estanques, tradición que se ha mantenido hasta la fecha. —El príncipe maniobró con las ruedas de su silla para apartarse de la mesa—. Disculpadme, por favor. Tanto hablar me ha cansado mucho, y tenemos que partir con la primera luz del día. Obara, ¿tendrías la amabilidad de ayudarme a llegar a la cama? Nymeria, Tyene, venid vosotras también para darle las buenas noches a vuestro anciano tío.

Obara Arena empujó la silla del príncipe para salir del salón de banquetes de Lanza del Sol y recorrer una larga galería seguida por sus hermanas, la princesa Arianne, Ellaria Arena y Areo Hotah. El maestre Caleotte corrió tras ellos arrastrando las zapatillas; llevaba la calavera de la Montaña en brazos como si fuera un bebé.

—No dirás en serio lo de enviar a Trystane y a Myrcella a Desembarco del Rey —inquirió Obara. Avanzaba a zancadas rápidas, furiosas, demasiado deprisa, y la gran silla de madera traqueteaba contra las losas irregulares del suelo—. No volveríamos a ver a la niña, y tu hijo será rehén del Trono de Hierro toda su vida.

—¿Me tomas por idiota, Obara? —suspiró el príncipe—. Hay muchas cosas que no sabes; cosas que es mejor no tratar aquí, al alcance de los oídos de cualquiera. Si te callas, te prometo que te lo explicaré todo. —Hizo un gesto de dolor—. Más despacio; si me tienes algún afecto, ve más despacio. Ese bache ha sido como si me clavaran un cuchillo en la rodilla.

Obara aminoró la marcha.

—Entonces, ¿qué vas a hacer?

—Lo que hace siempre —respondió su hermana Tyene con voz ronroneante—. Prolongar la situación, enredarlo todo, intrigar... Es la especialidad de nuestro valeroso tío.

—Sois injustas con él —replicó la princesa Arianne.

—Callaos todas —ordenó el príncipe.

Cuando estuvieron tras las puertas cerradas de sus habitaciones, hizo girar la silla de ruedas para enfrentarse a las mujeres. Hasta aquel esfuerzo lo dejó sin aliento, y la manta myriense con que se cubría las piernas se le quedó atrapada entre dos radios, con lo que tuvo que agarrarla para que no se le cayera. Debajo tenía las piernas blancas, blandas, cadavéricas. Las dos rodillas estaban rojas e hinchadas, y los dedos de los pies, como morcillas. Areo Hotah se los había visto mil veces, pero le seguía costando mirarlos.

—Déjame ayudarte, padre. —La princesa Arianne se adelantó.

—Todavía puedo controlar mi manta. —El príncipe consiguió liberarla de la rueda—. Qué menos. —Era poca cosa, pero aún conservaba cierta fuerza en las manos y los brazos, aunque tenía las piernas inutilizadas desde hacía tres años.

—¿Mi príncipe desea que le traiga un dedito de leche de la amapola? —preguntó el maestre Caleotte.

—Con este dolor necesitaría un cubo, pero no, gracias. He de conservar la mente clara. Ya no os voy a necesitar más esta noche.

—Muy bien, mi príncipe. —El maestre Caleotte hizo una reverencia, aún con la calavera de ser Gregor entre las suaves manos rosadas.

—Ya me hago cargo yo de eso. —Obara le quitó la calavera y la sostuvo ante sí—. ¿Qué aspecto tenía la Montaña? ¿Cómo sabemos que se trata de él? Podrían haber metido la cabeza en brea, pero nos mandan los huesos limpios.

—La brea habría estropeado la caja —apuntó lady Nym mientras el maestre salía de la estancia—. Nadie vio morir a la Montaña y nadie vio como le cortaban la cabeza. Reconozco que eso me preocupa, pero ¿qué gana la reina zorra con engañarnos? Si Gregor Clegane sigue vivo, más tarde o más temprano se sabrá. Ese hombre medía tres varas; no hay nadie como él en todo Poniente. Si de repente aparece alguien que se le parece demasiado, Cersei Lannister quedará como mentirosa ante los Siete Reinos. Tendría que ser muy idiota para correr ese riesgo, y además, ¿qué ganaría con ello?

—La calavera tiene el tamaño adecuado, desde luego —dijo el príncipe—, y también sabemos que Oberyn hirió de gravedad a Gregor. Todos los informes que hemos recibido aseguran que Clegane tuvo una muerte lenta y dolorosa.

—Tal como pretendía nuestro padre —asintió Tyene—. Hermanas, os aseguro que conozco el veneno que usaba; si la lanza arañó la piel de Clegane, está muerto por grande que fuera. Dudad de vuestra hermana pequeña si queréis, pero nunca dudéis de nuestro padre.

—Nunca he dudado y nunca dudaré —replicó Obara, airada. Dio un beso burlón a la calavera—. Es un buen comienzo.

—¿Comienzo? —repitió Ellaria Arena, incrédula—. No lo quieran los dioses, yo creía que con esto terminaba todo. Tywin Lannister ha muerto, igual que Robert Baratheon, Amory Lorch y ahora Gregor Clegane: todos los que tomaron parte en el asesinato de Elia y de sus hijos. Ha muerto incluso Joffrey, que ni siquiera había nacido cuando mataron a Elia. Lo vi perecer con mis propios ojos, luchando por respirar. ¿Quién queda por matar? ¿Han de morir Myrcella y Tommen para que las sombras de Rhaenys y Aegon descansen en paz? ¿Cuándo acabará esto?

—Acabará igual que empezó, con sangre —replicó lady Nym—. Acabará cuando rajemos Roca Casterly de parte a parte para que el sol brille sobre los gusanos que devoran el corazón de ese lugar. Acaba con la destrucción absoluta de Tywin Lannister y toda su obra.

—Murió a manos de su propio hijo —espetó Ellaria—. ¿Qué más puedes querer?

—Que hubiera muerto a mis manos. —Lady Nym se sentó de golpe, y la larga trenza negra le cayó por el hombro hasta el regazo. Tenía el pico de nacimiento del pelo de su padre, y unos ojos grandes y brillantes. Curvó en una sonrisa los labios rojos como el vino—. Así no habría tenido una muerte tan fácil.

—Ser Gregor parece muy solo —comentó Tyene con su voz melosa de septa—. Seguro que le gustaría tener compañía.

Ellaria tenía las mejillas llenas de lágrimas, y los ojos oscuros le centelleaban.

«Hasta cuando llora emana fortaleza», pensó el capitán.

—Oberyn quería vengar a Elia. Ahora, vosotras tres queréis vengarlo a él. Os recuerdo que tengo cuatro hijas, vuestras hermanas. Mi Elia ha cumplido catorce años y es casi una mujer. Obella tiene doce, está a punto de florecer. Os adoran igual que Dorea y Loreza las adoran a ellas. Si morís, ¿queréis que El y Obella os venguen, y luego, que Dorea y Loree las venguen a ellas? ¿Así queréis que sigan las cosas, en un círculo eterno? Os lo pregunto de nuevo, ¿cuándo acabará esto? —Ellaria Arena puso la mano en la cabeza de la Montaña—. Vi morir a vuestro padre. Aquí está su asesino. ¿Me llevo una calavera a la cama para que me dé consuelo en las noches? ¿Me hará reír? ¿Me compondrá canciones? ¿Me cuidará cuando esté vieja y enferma?

—¿Qué quieres que hagamos? —inquirió lady Nym—. ¿Bajamos las lanzas, sonreímos y olvidamos lo que nos han hecho?

—Lo queramos o no, habrá guerra. Hay un niño sentado en el Trono de Hierro. Lord Stannis tiene el Muro y está atrayendo a los norteños a su causa. Las dos reinas pelean por Tommen como perras por un hueso. Los hombres del hierro han tomado las Escudo y suben por el Mander arrasándolo todo. Se adentran en el corazón del Dominio, así que Altojardín también tiene motivo para preocuparse. Nuestros enemigos están desorganizados: es el mejor momento.

—El mejor momento ¿para qué? ¿Para conseguir más calaveras? —Ellaria Arena se volvió hacia el príncipe—. Se niegan a entender; no lo soporto más.

—Vuelve con tus hijitas, Ellaria —le dijo Doran—. Te juro que no les pasará nada malo.

—Mi príncipe. —Ellaria le dio un beso en la frente y se retiró. Areo Hotah lamentó su partida.

«Es una buena mujer.»

—Sé que quería a nuestro padre —comentó lady Nym—, pero es obvio que no lo conocía ni lo comprendía.

—Lo comprendía mucho mejor que tú, Nymeria. —El príncipe le lanzó una mirada enigmática—. Además, hizo feliz a tu padre. Un corazón bueno puede valer más que el orgullo o el valor. De todos modos, hay cosas que Ellaria no sabe ni tiene por qué saber. Esta guerra ya ha empezado.

—Sí. —Obara rio—. Nuestra querida Arianne se ha encargado de eso.

La princesa enrojeció, y Hotah detectó un destello de ira en los ojos de su padre.

—Hizo lo que hizo también por vosotras, así que sobran las burlas.

—Era una alabanza —insistió Obara Arena—. Demora las cosas cuanto quieras, enrédalas, intriga y pon todos los obstáculos que se te ocurran, tío, pero ser Balon acabará por encontrarse cara a cara con Myrcella en los Jardines del Agua, y seguramente notará que le falta una oreja. Y cuando la niña le diga que tu capitán rajó a Arys con esa esposa de acero que tiene, se va a...

—No. —La princesa Arianne se levantó de los cojines y puso una mano en el brazo de Hotah—. No fue así, prima. A ser Arys lo mató Gerold Dayne.

Las Serpientes de Arena cruzaron miradas.

—¿Estrellaoscura?

—Fue Estrellaoscura —asintió su princesita—. También intentó matar a Myrcella, y eso le dirá la niña a ser Balon.

—Al menos eso es verdad —sonrió Nym.

—Todo es verdad —intervino el príncipe con un gesto de dolor. «¿Qué le duele más? ¿La gota o la mentira?»—. Y ser Gerold ha huido y ya ha vuelto a Ermita Alta; está fuera de nuestro alcance.

—Estrellaoscura —murmuró Tyene con una risita—. ¿Por qué no? Todo esto es cosa suya. Lo que no se sabe es si ser Balon lo creerá.

—Sí, si lo oye de labios de Myrcella —insistió Arianne.

Obara soltó un bufido de incredulidad.

—Puede que mienta hoy y mienta mañana, pero más tarde o más temprano dirá la verdad. Si permitimos que ser Balon vuelva a Desembarco del Rey y lo cuente todo, sonarán los tambores y correrá la sangre. No debe salir de aquí.

—Sí, claro, podríamos matarlo —asintió Tyene—, pero entonces tendríamos que matar también al resto de su grupo, incluidos esos escuderos tan jovencitos, pobres. Sería un... Un lío.

El príncipe Doran cerró los ojos y volvió a abrirlos. Hotah advirtió que le temblaba la pierna debajo de la manta.

—Si no fuerais las hijas de mi hermano, volvería a meteros a las tres en las celdas y os dejaría allí hasta que se os quedaran los huesos grises. Pero lo que voy a hacer es llevaros a los Jardines del Agua. Allí, si tenéis cerebro suficiente, podréis aprender muchas lecciones.

—¿Lecciones? —bufó Obara—. Lo único que veremos serán niños desnudos.

—Exacto —asintió el príncipe—. Se lo he contado a ser Balon, aunque he omitido ciertas cosas. Mientras los niños chapoteaban en los estanques, Daenerys los contemplaba entre los naranjos y se dio cuenta de una cosa: no era capaz de distinguir a los nobles de los humildes. Desnudos, solo eran niños, todos inocentes, todos indefensos, todos merecedores de amor, protección y una larga vida. «Este es tu reino —explicó a su hijo y heredero—. Recuérdalos y tenlos presentes en todo lo que hagas.» Esas mismas palabras me dijo mi madre cuando tuve edad para salir de los estanques. A un príncipe le resulta fácil ordenar que se esgriman las lanzas, pero al final, los que pagan el precio son los niños. No impulsarían a ningún príncipe sabio a emprender una guerra sin causa justificada, una guerra que no tuviera esperanzas de ganar.

»No estoy ciego ni sordo. Sé que todas me consideráis débil, miedoso y cobarde. Vuestro padre sí que me conocía. Oberyn siempre fue la víbora: mortífero, peligroso, imprevisible... Nadie se habría atrevido a pisotearlo. Yo era la hierba: agradable, complaciente, de buen olor, mecido por cualquier brisa... ¿Quién tiene miedo de pisar la hierba? Pero es la hierba la que oculta a la víbora de sus enemigos y la protege hasta que ataca. Vuestro padre y yo trabajábamos más unidos de lo que creéis..., pero ya no está con nosotros. Solo queda una pregunta: ¿puedo confiar en que sus hijas me sirvan y acaten mis órdenes?

Hotah las miró de una en una: Obara, con su cuero endurecido de herrajes oxidados, los ojos muy juntos y el pelo color rata; Nymeria, lánguida y elegante, de piel olivácea, con hilo de oro rojo entretejido en la larga trenza negra; Tyene, la de los ojos azules y el cabello rubio, la niña mujer de las manos suaves y las risitas. Fue Tyene la que respondió por todas.

—Lo que nos resulta difícil es no hacer nada, tío. Danos una misión, cualquier misión, y ningún príncipe habrá tenido siervas más leales y obedientes.

—Me alegro de oírlo —respondió el príncipe—, pero las palabras se las lleva el viento. Sois hijas de mi hermano y os quiero, pero no puedo confiar en vosotras. ¿Juráis servirme y hacer lo que os ordene?

—Si es necesario... —respondió lady Nym.

—Bien, pues juradlo ahora mismo, por la tumba de vuestro padre.

—Si no fueras nuestro tío... —empezó a decir Obara con el rostro retorcido por la ira.

—Soy vuestro tío. Y vuestro príncipe. Jurad ahora mismo, o marchaos.

—Lo juro —dijo Tyene—. Por la tumba de mi padre.

—Lo juro —dijo lady Nym—. Por Oberyn Martell, la Víbora Roja de Dorne, mucho más hombre que tú.

—Yo también —asintió Obara—. Por mi padre. Lo juro.

El príncipe se relajó parcialmente. Hotah observó como se acomodaba de nuevo en la silla, y extendió la mano para que la princesa Arianne se la cogiera.

—Cuéntaselo, padre.

El príncipe Doran inspiró a fondo, no sin cierta dificultad.

—Dorne todavía tiene amigos en la corte, y nos dicen cosas que no se quiere que sepamos. Esta invitación de Cersei es una artimaña. El plan es que Trystane no llegue a Desembarco del Rey: en el camino Real, unos forajidos asaltarán a la partida de ser Balon durante el viaje de vuelta, y mi hijo morirá. Si me invitan a la corte es para que presencie el ataque con mis propios ojos y pueda eximir a la reina de toda culpa. Ah, y esos forajidos no dejarán de gritar: «¡Mediohombre! ¡Mediohombre!». Hasta puede que ser Balon vea al Gnomo, pero nadie más, claro.

Areo Hotah creía hasta entonces que era imposible impresionar a las Serpientes de Arena. Se equivocaba.

—Que los Siete nos guarden —susurró Tyene—. ¿Trystane? ¿Por qué?

—Esa mujer está loca —dijo Obara—. No es más que un niño.

—Es monstruoso —asintió lady Nym—. Nunca lo habría creído de un caballero de la Guardia Real.

—Han jurado obedecer, igual que mi capitán —señaló el príncipe—. Yo también albergaba dudas, pero ya habéis visto como ha reculado ser Balon cuando he sugerido que hiciéramos el viaje por mar. Un barco habría dado al traste con los planes de la reina.

—Devuélveme mi lanza, tío. —Obara tenía el rostro congestionado—. Cersei nos ha mandado una cabeza. Deberíamos corresponder con un saco lleno.

El príncipe Doran alzó una mano. Tenía los nudillos oscuros como cerezas y casi del mismo tamaño.

—Ser Balon está bajo mi techo como invitado, y hemos compartido el pan y la sal. No le haré mal alguno. No. Iremos a los Jardines del Agua, donde escuchará a Myrcella y mandará un cuervo a su reina. La niña le pedirá que capture a quien la hirió, y si Swann es como creo, no podrá negarse. Obara, tú lo llevarás a Ermita Alta para que se enfrente a Estrellaoscura en su guarida. Aún no ha llegado la hora de que Dorne plante cara abiertamente al Trono de Hierro, así que tenemos que devolver a Myrcella a su madre, pero yo no voy a acompañarla. Tú serás quien vaya con ella, Nymeria. A los Lannister no les gustará, igual que no les gustó que les enviara a Oberyn, pero no se atreverán a negarse. Debemos tener una voz en el Consejo y un oído en la corte. Pero ten mucho cuidado; Desembarco del Rey es un nido de víboras.

—Ya sabes que me encantan las serpientes, tío. —Lady Nym sonrió.

—¿Y yo? —quiso saber Tyene.

—Tu madre era septa, y Oberyn me dijo una vez que ya en la cuna te leía pasajes de *La estrella de siete puntas*. También quiero que tú vayas a Desembarco, pero a la otra colina. La Espada y la Estrella se ha refundado, y el nuevo septón supremo no es una marioneta como los anteriores. Tienes que intentar acercarte a él.

—¿Por qué no? El blanco me sienta bien. ¡Me hace parecer tan... pura...!

—Bien —asintió el príncipe—. Bien. —Titubeó un instante—. Si..., si pasa algo, os enviaré noticia por separado. En el juego de tronos, las cosas cambian muy deprisa.

—Sé que no nos fallaréis, primas. —Arianne fue hacia ellas y, una por una, las cogió de las manos y las besó en los labios—. Obara, tan valiente... Nymeria, mi hermana... Tyene, cariño... Os quiero a todas. El sol de Dorne vaya con vosotras.

—Nunca doblegado, nunca roto —exclamaron al unísono las Serpientes de Arena.

Sus primas salieron de la estancia, pero Arianne se quedó, igual que Areo Hotah, como era su deber.

—Son dignas hijas de su padre —comentó el príncipe.

—Tres Oberyns con tetas —sonrió la princesita. El príncipe Doran se echó a reír. Hacía tanto que Hotah no oía una carcajada suya que había olvidado cómo sonaba—. Sigo pensando que a Desembarco del Rey debería ir yo, no lady Nym.

—Es demasiado peligroso. Tú eres mi heredera, el futuro de Dorne. Tienes que estar a mi lado. Pronto habrá otra tarea para ti.

—Eso último que les has dicho, lo del mensaje... ¿Has recibido noticias?

El príncipe Doran compartió con ella su sonrisa secreta.

—Sí, de Lys. Se ha reunido una gran flota que está lista para hacerse a la mar. Sobre todo naves volantinas que transportan un ejército. No se sabe de quién se trata ni cuál es su destino, pero se habla de elefantes.

—¿Y no de dragones?

—No, de elefantes. Pero es fácil esconder un dragón joven en la bodega de una coca. Daenerys es muy vulnerable en el mar; yo en su lugar ocultaría mis intenciones tanto como pudiera para tomar Desembarco del Rey por sorpresa.

—¿Crees que Quentyn estará con ellos?

—Es posible. O quizá no. Cuando toquen tierra, sabremos si se dirigen a Poniente. Quentyn la traerá por el Sangreverde si puede, pero no sirve de nada hablar del tema. Dame un beso; partiremos hacia los Jardines del Agua al amanecer.

«En ese caso, quizá emprendamos la marcha a mediodía», pensó Hotah.

Más tarde, tras la partida de Arianne, dejó el hacha y llevó al príncipe Doran en brazos a la cama.

—Ningún dorniense había muerto en esta guerra de los Cinco Reyes hasta que la Montaña le aplastó el cráneo a mi hermano —murmuró el príncipe en voz baja mientras Hotah lo cubría con la manta—. Decidme, capitán, ¿eso es para mí una vergüenza, o motivo de orgullo?

—No me corresponde a mí decirlo, mi príncipe. —«Servir. Proteger. Obedecer. Votos sencillos para hombres sencillos.» Era todo lo que sabía.

Jon

Val esperaba junto a la puerta, en el frío que precedía al amanecer, envuelta en una capa de piel de oso tan grande que hasta Sam cabría en ella. Tenía al lado su montura, ensillada y aparejada: un caballo tordo, greñudo y tuerto. La acompañaban Mully y Edd el Penas, que formaban una extraña pareja de guardias. El aliento se condensaba en el aire frío y negro.

—¿Le has dado un caballo ciego? —preguntó Jon, incrédulo.

—Solo está medio ciego, mi señor. Por lo demás está en condiciones —explicó Mully mientras palmeaba al animal en el cuello.

—Puede que el caballo esté medio ciego, pero yo no —dijo Val—. Conozco el camino.

—Mi señora, no tienes por qué hacer esto. Los riesgos...

—... son asunto mío, lord Nieve. No soy una dama sureña, sino una mujer del pueblo libre. Conozco el bosque mejor que todos tus exploradores de capa negra. No tiene fantasmas para mí.

«Eso espero.» Jon contaba con ello y confiaba en que Val triunfara allí donde Jack Bulwer el Negro y sus compañeros habían fracasado. Val no tenía nada que temer del pueblo libre, pero ambos sabían con certeza que los salvajes no eran los únicos que acechaban en el bosque.

—¿Llevas suficiente comida?

—Pan duro, queso, tortas de avena, carne, bacalao, cordero en salazón y un pellejo de vino dulce para quitarme toda esa sal de la boca. No moriré de hambre.

—Entonces, es hora de partir.

—Tienes mi palabra, Jon Nieve: volveré con Tormund o sin él. —Val echó un vistazo al cielo. La luna estaba creciente. Esperadme para la próxima luna llena.

—Bien.

«No me falles, o Stannis me cortará la cabeza. —Stannis le había hecho prometer que vigilaría de cerca a la princesa, y Jon había accedido—. Pero Val no es ninguna princesa; se lo he dicho millones de veces. —Era una excusa muy endeble, apenas una venda sobre su maltrecha promesa. Su padre no lo habría aprobado jamás—. Soy la espada que vigila los reinos de los hombres —se recordó—, y eso tiene que valer más que el honor de un solo hombre.»

El camino que atravesaba el Muro era oscuro y gélido como el vientre de un dragón de hielo, y retorcido como una serpiente. Edd el Penas los guio por él con una antorcha en la mano. Mully custodiaba las llaves de las tres puertas, donde unas barras de hierro negro del grosor de un brazo cerraban el pasadizo. Los lanceros que guardaban las puertas inclinaron la cabeza al paso de Jon Nieve, pero observaron sin disimulo a Val y a su caballo.

Tras cruzar una gruesa puerta de madera verde recién cortada, emergieron al norte del Muro. La princesa de los salvajes se detuvo un momento para observar el terreno cubierto de nieve donde el rey Stannis había ganado la batalla. Más allá la esperaba el bosque Encantado, oscuro y silencioso. La luz de la luna convertía el pelo color miel de Val en plata clara y le teñía las mejillas del blanco de la nieve. Respiró profundamente.

—El aire está dulce.

—Tengo la lengua demasiado entumecida. Solo me sabe a frío.

—¿Frío? —respondió Val con una risa suave—. No: cuando haga frío dolerá hasta respirar. Cuando se acerquen los Otros...

Era una idea inquietante. Seis de los exploradores que había enviado Jon seguían desaparecidos.

«Aún es pronto. Aún pueden volver. —Pero una parte de él insistía—: Están muertos, todos ellos. Los enviaste a la muerte, y ahora haces lo mismo con Val.»

—Cuéntale a Tormund lo que te he dicho.

—Tal vez no escuche tus palabras, pero las oirá. —Val le dio un beso rápido en la mejilla—. Tienes mi gratitud, lord Nieve. Por el caballo tuerto, por el bacalao en salazón, por el aire libre. Por la esperanza.

Sus alientos se mezclaron en una neblina blanca. Jon Nieve retrocedió.

—Lo único que quiero como muestra de gratitud es...

—... a Tormund Matagigantes. Sí. —Val se caló la capucha de la piel de oso, de piel parda salpicada de gris—. Una pregunta antes de irme. ¿Fuiste tú quien mató a Jarl?

—El Muro mató a Jarl.

—Eso había oído, pero tenía que asegurarme.

—Tienes mi palabra. Yo no lo maté. —«Aunque lo habría matado si las cosas hubieran ido de otro modo.»

—Entonces, esto es un adiós —dijo Val, casi juguetona. Jon Nieve no estaba de humor.

«Hace demasiado frío y está demasiado oscuro para juegos, y se está haciendo tarde.»

—Solo por ahora. Volverás, aunque solo sea por el niño.

—¿El hijo de Craster? —Val se encogió de hombros—. No es de mi sangre.

—Te he oído cantarle.

—Cantaba para mí. ¿Qué culpa tengo de que me escuche? —Una débil sonrisa le asomó a los labios—. Lo hace reír. Oh, de acuerdo, es un monstruito de lo más encantador.

—¿Monstruito?

—Se llama Monstruo. Tenía que ponerle algún nombre. Asegúrate de que esté a salvo y caliente. Hazlo por su madre y por mí. Y mantenlo lejos de la mujer roja. Sabe quién es. Ve cosas en sus fuegos.

«Arya», pensó Jon esperanzado.

—Solo brasas y cenizas.

—Reyes y dragones.

«Otra vez los dragones.» Durante un momento, Jon casi pudo verlos serpentear en la noche, con las alas oscuras recortadas contra un mar en llamas.

—Si lo hubiera sabido, nos lo habría quitado. Al hijo de Dalla, no a tu Monstruo. Una palabra al oído del rey, y habría sido su final. —«Y el mío. Stannis lo habría considerado traición»—. Si lo sabía, ¿por qué no hizo nada?

—Porque no le convenía. El fuego es caprichoso. Nadie sabe qué derrotero tomarán las llamas. —Val subió un pie al estribo, se encaramó al caballo y lo miró desde la silla—. ¿Recuerdas lo que te dijo mi hermana?

—Sí. —«No hay manera segura de agarrar una espada sin empuñadura.» Pero Melisandre había estado más acertada: hasta una espada sin puño era mejor que las manos vacías cuando se está rodeado de enemigos.

—Bien. —Val giró el caballo hacia el norte—. Hasta la próxima luna llena, entonces. —Jon vio como se alejaba, al tiempo que se preguntaba si volvería a verla. «No soy ninguna dama sureña —la oyó decir—, sino una mujer del pueblo libre.»

—Me da igual lo que diga —musitó Edd el Penas mientras Val desaparecía tras una hilera de pinos soldado—. El aire está tan frío que ya duele respirar. Pararía, pero eso dolería más. —Se frotó las manos—. Esto va a acabar mal.

—Siempre dices lo mismo.

—Sí, mi señor. Y suelo tener razón.

—¿Mi señor? —intervino Mully—. Los hombres dicen que dejar suelta a la princesa de los salvajes... me convierte en medio salvaje, en un cambiacapas que pretende vender el reino a nuestros saqueadores, y a caníbales y gigantes. —Jon no necesitaba mirar ningún fuego para saber qué decían de él. Lo peor era que no estaban del todo equivocados—. Las palabras se las lleva el viento, y el viento sopla siempre contra el Muro. Vamos.

Aún era de noche cuando Jon volvió a sus habitaciones, tras la armería. Se fijó en que Fantasma no había regresado.

«Sigue de caza. —Últimamente, el gran huargo blanco pasaba más tiempo fuera que dentro, y cada vez iba más lejos en busca de presas. Los hombres de la Guardia y los salvajes de Villa Topo habían barrido los campos y colinas cercanos al Castillo Negro, y quedaba poco que cazar—. Se acerca el invierno, y cada vez más deprisa.» Se preguntó si volverían a ver una primavera.

Edd el Penas fue a las cocinas y regresó enseguida con un cuenco de cerveza negra y una bandeja cubierta. Bajo la tapa había tres huevos de pato fritos que flotaban en grasa, una loncha de panceta, dos salchichas, una morcilla, y media hogaza recién salida del horno. Se comió el pan y medio huevo. También se habría comido la panceta, pero el cuervo se hizo con ella antes de que tuviera ocasión.

—Ladrón —musitó mientras el pájaro volaba hasta el dintel de la puerta para devorar su botín.

—Ladrón —reconoció el cuervo.

Jon mordió una salchicha. Estaba quitándose el sabor de la boca con un trago de cerveza cuando Edd volvió para decirle que Bowen Marsh lo esperaba fuera.

—Y también Othell y el septón Cellador —añadió.

«Qué rapidez.» Se preguntó quién andaría contando chismes. O quiénes.

—Que pasen.

—De acuerdo, mi señor. Yo vigilaría las salchichas de cerca; tienen pinta de estar hambrientos.

No era la palabra que Jon habría escogido. El septón Cellador estaba desconcertado y soñoliento, con aspecto de necesitar urgentemente una copa para sacudirse la resaca, y Othell Yarwyck, el capitán de los constructores, parecía haber comido algo que no acababa de digerir. Bowen Marsh estaba furioso. Jon se lo notaba en los ojos, en la rigidez de la boca, en la congestión de las mejillas redondeadas.

«Ese rojo no es del frío.»

—Sentaos, por favor. ¿Puedo ofreceros algo de comer, o alguna bebida?

—Hemos desayunado en la sala común —dijo Marsh.

—Yo comería algo más. Gracias por el ofrecimiento —intervino Yarwyck mientras se dejaba caer en una silla.

—¿Tal vez un poco de vino? —preguntó el septón Cellador.

—Maíz —gritó el cuervo desde el dintel—. Maíz, maíz.

—Vino para el septón y un plato para nuestro capitán de los constructores —pidió a Edd el Penas—. Para el pájaro, nada. El motivo de esta reunión es Val —dijo dirigiéndose a sus invitados.

—También hay otros asuntos —dijo Bowen Marsh—. Los hombres están preocupados, mi señor.

«¿Y quién te ha nombrado portavoz?»

—Yo también. Othell ¿cómo va el trabajo en el Fuerte de la Noche? Me ha llegado una carta de ser Axell Florent, que dice ser la mano de la reina. Dice que la reina Selyse no está satisfecha con su residencia en Guardiaoriente del Mar y desea regresar al nuevo asentamiento de su esposo cuanto antes. ¿Lo ves viable?

—Hemos restaurado la mayor parte del fuerte, y la cocina ya tiene techo. —Yarwyck se encogió de hombros—. Evidentemente, necesitará comida, muebles y leña, pero se puede usar. Lo cierto es que en Guardiaoriente no hay muchas comodidades y queda bastante lejos de los barcos, en caso de que su alteza desee abandonarnos, pero... Sí, podría vivir allí, aunque ese sitio tardará años en parecer un castillo decente. Acabaríamos antes si hubiera más constructores.

—Puedo ofrecerte un gigante.

—¿El monstruo del patio? —intervino Othell, repentinamente despejado.

—Dice Pieles que se llama Wun Weg Wun Dar Wun. Ya, es demasiado enrevesado. Pieles lo llama Wun Wun, y parece que con eso basta. —Wun Wun se parecía muy poco a los gigantes de los cuentos de la Vieja Tata, criaturas salvajes que echaban sangre a las gachas del desayuno y devoraban toros enteros con pelo, piel y cuernos. Aquel gigante no probaba la carne, aunque cuando le daban una cesta de raíces parecía un monstruo por la forma en que trituraba cebollas enteras y hasta colinabos crudos entre sus enormes muelas cuadradas—. Es un trabajador abnegado, aunque no siempre es fácil hacerse entender. Habla algo parecido a la antigua lengua, pero no tiene ni idea de la común. Sin embargo, es incansable y tiene una fuerza prodigiosa. Sería capaz de hacer el trabajo de doce hombres.

—Mi... Mi señor, los hombres no... Se dice que los gigantes comen carne humana... No, mi señor, gracias, pero no tengo suficientes hombres para vigilar a semejante criatura...

—Como quieras. —Jon no estaba sorprendido—. Nos lo quedamos aquí. —A decir verdad, era reacio a separarse de Wun Wun. «No sabes nada, Jon Nieve», diría Ygritte, pero Jon hablaba con el gigante siempre que se le presentaba la ocasión, a través de Pieles o de la gente del pueblo libre que habían recogido en el bosque, y estaba aprendiendo mucho sobre su pueblo y su historia. Lo único que echaba en falta era que Sam estuviese allí para documentarlo.

Aquello no significaba que estuviera ciego ante el peligro que representaba Wun Wun. Cuando lo amenazaban respondía de manera violenta, y aquellas manazas eran bastante fuertes para partir un hombre por la mitad. A Jon le recordaba a Hodor.

«Es el doble de grande que Hodor, el doble de fuerte y la mitad de listo. Hasta al septón Cellador se le pasaría la borrachera ante algo así. Pero si Tormund tiene gigantes, Wun Weg Wun Dar Wun puede ayudarnos a tratar con ellos.»

El cuervo de Mormont musitó su malestar cuando la puerta se abrió bajo él, lo que anunciaba la llegada de Edd el Penas con una jarra de vino y un plato de huevos con salchichas. Bowen Marsh esperó con manifiesta impaciencia a que Edd acabara de servirle y retomó la conversación en cuanto hubo salido.

—Tollett es un buen hombre, es muy apreciado, y Férreo Emmett ha sido un magnífico maestro de armas. Sin embargo, corre el rumor de que los enviáis fuera.

—Necesitamos buenos hombres en Túmulo Largo.

—Los hombres han empezado a llamarlo el Agujero de las Putas —dijo Marsh—, pero, sea como sea, ¿es cierto que pensáis cambiar a Emmett por el bruto de Pieles como maestro de armas? Es costumbre reservar ese cargo a caballeros, o al menos a exploradores.

—Pieles es un bruto —aceptó Jon con suavidad—, doy fe. Lo he puesto a prueba en el patio. Es tan temible con un hacha de piedra como cualquier caballero con una espada de acero forjado en castillo. Reconozco que no es tan paciente como me gustaría, y algunos chicos lo temen... Pero eso no tiene por qué ser malo. Algún día se verán envueltos en una pelea de verdad y les resultará útil estar familiarizados con el miedo.

—Es un salvaje.

—Lo era hasta que pronunció sus votos. Ahora es nuestro hermano, y puede enseñar a los muchachos algo más que el arte de la espada. No les vendrá mal aprender un poco de la antigua lengua y ciertas costumbres del pueblo libre.

—Libre —musitó el cuervo—. Maíz. Rey.

—Los hombres no confían en él.

«¿Qué hombres? —quiso preguntar Jon—. ¿Cuántos?» Pero aquello lo llevaría por un camino que no quería seguir.

—Siento oír eso. ¿Queríais decirme algo más?

—Ese chico, Seda... También se rumorea que planeáis convertirlo en vuestro mayordomo y escudero, en lugar de Tollett —dijo el septón Cellador—. Mi señor, ese chico se prostituía, era... un... Casi no me atrevo a decirlo. Era un catamita maquillado de los burdeles de Antigua.

«Y tú eres un borracho.»

—Qué fuera en Antigua no es asunto nuestro. Aprende rápido y es muy listo. Al principio, los otros reclutas lo despreciaban, pero acabó ganándoselos y se hizo amigo de todos. Es valeroso en el combate e incluso sabe leer y escribir, más o menos. Yo creo que será capaz de traerme la comida y ensillar mi caballo, ¿a ti qué te parece?

—Puede —respondió Bowen Marsh, con el rostro pétreo—, pero a los hombres no les gusta. Por tradición, el mayordomo del lord comandante es un muchacho de buena familia adiestrado para el mando. ¿Mi señor cree que la Guardia de la Noche seguirá a un catamita en la batalla?

—Han seguido a hombres peores. —Jon perdió los estribos—. El Viejo Oso dejó a su sucesor unas cuantas notas de advertencia sobre ciertos hermanos. En la Torre Sombría tenemos un cocinero que se dedicaba a violar septas. Se marcaba al fuego una estrella de siete puntas por cada víctima. Tiene el brazo izquierdo lleno de estrellas, desde la muñeca hasta el codo, y también tiene varias en las pantorrillas. En Guardiaoriente tenemos un hombre que prendió fuego a la casa de su padre y atrancó la puerta. Los nueve miembros de su familia murieron abrasados. Da igual qué hiciera Seda en Antigua: ahora es nuestro hermano y será mi escudero.

El septón Cellador se sirvió más vino. Othell Yarwyck clavó el puñal en una salchicha. Bowen Marsh permaneció inmóvil, con el rostro encendido.

—Maíz, maíz, matar —dijo el cuervo mientras agitaba las alas.

—Estoy seguro de que su señoría sabe lo que se hace —dijo el lord mayordomo tras carraspear—, pero ¿qué podéis decir de los cadáveres de las celdas de hielo? Inquietan a los hombres. Y ¿por qué los tenéis vigilados? Es desperdiciar a dos buenos hombres, a no ser que temáis...

—¿... que se levanten? Rezo por que así sea.

—Que los Siete nos asistan —dijo el septón Cellador, pálido. El vino trazaba una línea roja al derramarse por su barbilla—. Lord comandante, los espectros son criaturas monstruosas y antinaturales. Son abominaciones a los ojos de los dioses. No pretenderéis... hablar con ellos, ¿verdad?

—¿Pueden hablar? —preguntó Jon Nieve—. No creo, pero lo cierto es que no lo sé. Puede que sean monstruos, pero antes de morir fueron hombres. ¿Cuánto queda de esos hombres? El que maté intentaba asesinar al lord comandante Mormont. Está claro que recordaba quién era y dónde estaba. —El maestre Aemon habría deducido sus intenciones; Sam Tarly estaría aterrorizado, pero también lo habría entendido—. Mi señor padre decía que un hombre debe conocer a sus enemigos. Sabemos muy poco de los espectros y menos aún de los Otros. Necesitamos aprender.

Aquella respuesta no los satisfizo. El septón Cellador toqueteó el cristal que llevaba colgado al cuello.

—Me parece una imprudencia, lord Nieve. Rezaré a la Vieja para que alce su farolillo dorado y os guíe por el camino de la sabiduría.

—Seguro que a todos nos vendría bien más sabiduría. —A Jon se le había agotado la paciencia. «No sabes nada, Jon Nieve»—. ¿Hablamos de Val?

—Entonces ¿es cierto? —preguntó Marsh—. La habéis liberado.

—La he dejado más allá del Muro.

El septón Cellador soltó un gemido.

—El trofeo del rey. Su alteza se enojará mucho cuando vea que no está.

—Val volverá. —«Antes que Stannis, si los dioses son benevolentes.»

—¿Cómo podéis estar seguro? —preguntó Bowen Marsh.

—Dijo que volvería.

—¿Y si miente? ¿Y si ocurre alguna desgracia?

—Entonces, quizá tengáis ocasión de elegir a un lord comandante que sea más de vuestro agrado. Hasta entonces, tendréis que seguir soportándome. —Jon bebió un trago de cerveza—. La envié en busca de Tormund Matagigantes, para que le haga una propuesta.

—¿Qué propuesta, si se puede saber?

—La misma que hice en Villa Topo. Comida, cobijo y paz si se une a nosotros, lucha contra nuestro enemigo común y nos ayuda a proteger el Muro.

—Pretendéis dejarlo pasar. —Bowen Marsh no parecía sorprendido. Su tono de voz dejaba entrever que lo sabía desde el principio—. Vais a abrirle las puertas; a él y a todos sus seguidores. Cientos. Miles.

—Si es que le quedan tantos.

El septón Cellador hizo el signo de la estrella. Othell Yarwyck gruñó.

—Hay quien diría que esto es traición. Estamos hablando de salvajes. Animales, saqueadores, violadores, más bestias que hombres —dijo Bowen Marsh.

—Tormund no es nada de eso —respondió Jon—, no más que Mance Rayder. Pero aunque fuesen todo lo que dices, siguen siendo hombres, Bowen. Hombres vivos, humanos como tú y yo. Se acerca el invierno, mis señores, y cuando llegue, los vivos no tendremos más remedio que enfrentarnos juntos a los muertos.

—Nieve —gritó el cuervo de lord Mormont—. Nieve, Nieve. —Jon no le prestó atención.

—Hemos interrogado a los salvajes que encontramos en el bosque. Nos han contado una historia interesante sobre una bruja de los bosques llamada Madre Topo.

—¿Madre Topo? —repitió Bowen Marsh—. Qué nombre tan raro.

—Parece ser que vive en una madriguera, bajo un árbol hueco. Sea cierto o no, tuvo una visión: una flota que atravesaba el mar Angosto para poner a salvo al pueblo libre. Miles de personas que huyeron de la batalla estaban bastante desesperadas para creerla. La Madre Topo ha llevado a sus seguidores a Casa Austera, para rezar y esperar la salvación que viene del mar.

—No soy explorador, pero... se dice que Casa Austera es un lugar blasfemo —comentó Othell Yarwyck con el ceño fruncido—. Maldito. Incluso vuestro tío lo decía, lord Nieve. ¿Por qué querrían ir allí?

Jon tenía un mapa extendido en la mesa. Le dio la vuelta para que los demás pudieran verlo.

—Casa Austera está en una bahía resguardada y tiene un puerto natural con profundidad suficiente para acoger cualquier barco por grande que sea. Hay abundancia de madera y piedra en sus alrededores. El agua está llena de peces, y hay colonias de focas y osos marinos en las cercanías.

—No lo dudo —dijo Yarwyck—, pero no me gustaría pasar una noche allí. Ya conocéis la leyenda.

La conocía. Casa Austera había estado a punto de convertirse en una ciudad, la única ciudad verdadera del norte del Muro, pero seiscientos años atrás se la había tragado el infierno. Había varias versiones: según algunas se había esclavizado a sus habitantes, y según otras se los había masacrado para aprovechar la carne. Las casas y los castillos ardieron con tal intensidad que los vigilantes del Muro, mucho más al sur, pensaron que el sol salía por el norte. Después llovieron cenizas en el bosque Encantado y el mar de los Escalofríos durante casi medio año. Los mercaderes informaron de que allí donde estuvo Casa Austera solo habían encontrado una desolación de pesadilla; un paisaje de árboles carbonizados, huesos quemados y aguas repletas de cadáveres hinchados, y de las cuevas que tachonaban el gran acantilado que se cernía sobre el asentamiento llegaban unos alaridos que helaban la sangre.

Ya habían transcurrido seis siglos desde aquella noche, pero Casa Austera seguía fuera de las rutas transitadas. A Jon le habían dicho que los salvajes habían ocupado aquel lugar, pero los exploradores afirmaban que las ruinas, cubiertas de vegetación, estaban encantadas, llenas de espíritus, demonios y fantasmas llameantes a los que volvía locos el sabor de la sangre.

—Tampoco es la clase de refugio que yo escogería —dijo Jon—, pero se oyó decir a Madre Topo que donde los salvajes habían encontrado su condena encontrarían esta vez la salvación.

—Solo en los Siete se puede encontrar la salvación —dijo el septón Cellador, y apretó los labios—. Esa bruja los ha condenado a todos.

—Puede que también haya salvado el Muro —dijo Bowen Marsh—. Son nuestros enemigos. Que recen entre las ruinas, y si sus dioses les envían barcos que los lleven a un mundo mejor, excelente. En este mundo no tenemos comida para ellos.

Jon flexionó los dedos de la mano de la espada.

—Las galeras de Cotter Pyke pasan por la costa de Casa Austera de vez en cuando. Dice que el único refugio que hay allí son las cuevas. Sus hombres las llaman las cuevas de los Lamentos. Madre Topo y sus seguidores morirán allí, de frío y de hambre. Cientos, miles.

—Miles de enemigos. Miles de salvajes.

«Miles de personas —pensó Jon—. Hombres, mujeres y niños.» Lo invadió la ira, pero cuando habló, su voz era fría y tranquila.

—¿Estáis ciegos, o no queréis ver? ¿Qué creéis que sucederá cuando esos enemigos hayan muerto?

—Muerto, muerto, muerto —susurró el cuervo desde encima de la puerta.

—Voy a deciros qué sucederá —continuó Jon—: los muertos volverán a levantarse. Todos esos cientos y miles de personas. Resucitarán como espectros, con manos negras y ojos de un azul muy claro, y vendrán a por nosotros. —Se incorporó al tiempo que abría y cerraba los dedos—. Tenéis mi permiso para marcharos.

El septón Cellador se levantó, con el rostro macilento y perlado de sudor; Othell Yarwyck se enderezó con rigidez; Bowen Marsh, pálido, apretaba los labios.

—Gracias por vuestro tiempo, lord Nieve.

Se marcharon sin decir una palabra más.

Tyrion

La cerda era más dócil que algunos caballos que había montado. Paciente, de paso seguro, aceptó a Tyrion con un débil gruñido cuando se le subió al lomo, y se quedó inmóvil mientras él cogía el escudo y la lanza, pero cuando tomó las riendas y le golpeó los costados con los talones se puso en marcha al instante. La llamaban Bonita para acortar su nombre completo, Cerdita Bonita, y la habían entrenado para llevar silla y riendas desde que era una lechona.

La armadura de madera pintada tableteó cuando Bonita trotó por la cubierta. Tyrion tenía las axilas chorreantes de sudor acre, y una gruesa gota le corría por la cicatriz, bajo el enorme yelmo, pero durante un absurdo instante casi se sintió como Jaime cuando entraba en el campo de justas con la lanza en la mano y la armadura dorada resplandeciente al sol.

Cuando empezaron las carcajadas se esfumó el sueño. No era ningún campeón, sino un enano montado en un cerdo y con un palo en la mano, que hacía cabriolas para matar el aburrimiento de unos marineros atiborrados de ron con la esperanza de ponerlos de mejor humor. En el infierno, su padre estaría echando humo, y Joffrey, muerto de risa. Tyrion notaba sus ojos fríos y muertos clavados en aquella farsa, tan ávidos como los de la tripulación de la *Selaesori Qhoran*.

Y frente a él, su rival: Penny iba montada en el gran perro gris y blandía ante ella una lanza de rayas que se balanceaba como si estuviera borracha mientras el animal trotaba por la cubierta. Llevaba escudo y armadura rojos, aunque la pintura estaba desvaída y descascarillada. La armadura de Tyrion era azul.

«No, la mía no. La de Céntimo. Mía no, por favor, no. —Tyrion golpeó las ancas de Bonita con los talones para que cargara, entre los gritos y aclamaciones de los marineros. No habría sabido decir si lo animaban o se burlaban de él, aunque intuía que era lo segundo—. ¿Cómo me he dejado convencer para participar en esta pantomima?»

Lo malo era que conocía muy bien la respuesta. El barco llevaba doce días flotando inmóvil en el golfo de las Penas. La tripulación estaba de muy mal humor, y empeoraría cuando se agotara el ron. El número de horas que se podían dedicar a remendar velas, calafatear grietas y pescar tenía un límite. Jorah Mormont ya había oído comentarios sobre cómo les había fallado «la suerte del enano». El cocinero seguía frotándole la cabeza de cuando en cuando, con la esperanza de que se agitaran los vientos, pero los demás habían empezado a lanzarle miradas asesinas siempre que se cruzaban con él. A Penny le había tocado la peor parte, ya que el cocinero había difundido el rumor de que para recuperar la suerte tenían que estrujar una teta de enana. También empezó a llamar *Tocina* a Cerdita Bonita, broma que había tenido mucha más gracia en labios de Tyrion.

—Tenemos que hacerlos reír —le había dicho Penny, suplicante—. Tenemos que conseguir que nos aprecien. Si les ofrecemos un espectáculo, se les pasará. Por favor, mi señor.

Y sin saber cómo, cuándo ni por qué, había accedido.

«Debió de ser el ron.» El vino del capitán fue lo primero que se terminó, y Tyrion Lannister había descubierto que emborracharse con ron era mucho más rápido.

Así llegó a encontrarse embutido en la armadura de madera pintada de Céntimo, a lomos de la cerda de Céntimo, mientras la hermana de Céntimo lo instruía sobre los detalles más sutiles del arte de las justas simuladas con el que se habían ganado el pan y la sal. Aquello tenía un toque de deliciosa ironía, sobre todo porque Tyrion había estado a punto de morir por negarse a cabalgar al perro para diversión de su retorcido sobrino. Por desgracia, a lomos de la cerda le costaba apreciar debidamente lo divertido de la situación.

La lanza de Penny bajó justo a tiempo para que la punta roma le rozara el hombro. La de Tyrion, que se mecía incontrolable, chocó estrepitosamente contra el borde del escudo de la enana, que consiguió mantener el equilibrio. Él, como estaba previsto, lo perdió.

«Más fácil que caer de un cerdo...» Aunque caer de aquel cerdo en concreto era más difícil de lo que parecía. Tyrion recordó las lecciones y se hizo una bola al caer, pero aun así golpeó contra la cubierta con violencia y se mordió la lengua con tanta fuerza que notó el sabor de la sangre. Se sintió como si volviera a tener doce años y estuviera dando volteretas laterales por la mesa de la cena en el salón principal de Roca Casterly. Por aquel entonces, su tío Gerion estaba cerca para alabar sus esfuerzos; allí solo contaba con marineros ariscos. Sus risas se le antojaron escasas y forzadas, comparadas con las olas de carcajadas con que habían acogido las cabriolas de Céntimo y Penny durante el banquete nupcial de Joffrey; hasta hubo algunos que silbaban, enfadados.

—Sinnariz monta como tiene cara: horrible —gritó uno desde el castillo de popa—. No tienes cojones, chica te pega.

«Ha apostado una moneda por mí», supuso Tyrion. Pasó por alto el insulto; los había oído peores.

Era difícil ponerse en pie con la armadura de madera, y tuvo que mover los brazos, impotente como una tortuga boca arriba. Al menos, aquello hizo reír a algunos marineros.

«Lástima que no me haya roto la pierna, se habrían tronchado. Y si hubieran estado en aquel retrete cuando maté a mi padre, se habrían reído tanto que se habrían cagado, igual que él; en fin, todo sea por tener de buen humor a estos cabrones.»

Al final, Jorah Mormont se compadeció de Tyrion y lo ayudó a ponerse en pie.

—Pareces un imbécil.

«De eso se trataba.»

—No es fácil parecer un héroe cuando se va montado en un cerdo.

—Será por eso por lo que me mantengo alejado de los cerdos.

Tyrion se desabrochó la hebilla del yelmo, se lo quitó y escupió una flema rosada por la borda.

—Me he mordido la lengua; tengo la impresión de que me la he atravesado.

—La próxima vez, muerde más fuerte. —Ser Jorah se encogió de hombros—. Si he de ser sincero, he visto justas peores.

«¿Eso ha sido una alabanza?»

—Me he caído del puto cerdo y me he mordido la lengua. ¿Qué podía salir peor?

—Podrías haberte clavado una astilla en el ojo y haber muerto.

Penny se había bajado del perro, una enorme bestia gris que respondía al nombre de Crujo.

—No se trata de justar bien, Hugor. —Siempre ponía mucho cuidado en llamarlo Hugor cuando había gente cerca—. Lo que importa es que se rían y nos tiren monedas.

«Menudo pago, a cambio de sangre y magulladuras», pensó, pero eso tampoco lo dijo.

—Entonces, hemos fracasado, porque no nos han echado ni una moneda.

«Ni un penique, ni un centavo.»

—Ya nos las echarán cuando estén más contentos. —Penny se quitó el yelmo. El pelo color rata le cayó sobre las orejas. También tenía los ojos pardos, bajo las gruesas cejas, y las mejillas sonrojadas. Sacó unas bellotas de una saca de cuero y se las dio a Cerdita Bonita, que comió de su mano entre gruñidos de alegría—. Cuando actuemos ante la reina Daenerys nos lloverá la plata, ya lo verás.

Unos cuantos marineros ya les estaban gritando al tiempo que golpeaban la cubierta con los pies, para que actuaran de nuevo. Como de costumbre, el cocinero era el más vociferante. Tyrion había acabado por despreciarlo, aunque era el único jugador de *sitrang* medio decente de toda la coca.

—¿Ves? Les ha gustado —dijo Penny con una sonrisita esperanzada—. ¿Vamos otra vez, Hugor?

Estaba a punto de negarse cuando el grito de un contramaestre lo hizo innecesario. Era ya media mañana, y el capitán quería que volvieran a bajar las lanchas. La gran vela de rayas de la coca colgaba flácida, igual que en días anteriores, y tenía la esperanza de que soplara viento más al norte. Eso quería decir que había que remar, pero las lanchas eran pequeñas, y la coca, grande. Toarla era un trabajo agotador que dejaba a los marineros acalorados y sudorosos, con las manos llenas de ampollas y la espalda de calambres, y hasta entonces había resultado inútil. La tripulación no lo soportaba, y Tyrion la comprendía.

—La viuda tendría que habernos embarcado en una galera —masculló con amargura—. Por favor, que alguien me ayude a quitarme de encima estas putas tablas. Me parece que me he clavado una astilla en los huevos.

Mormont puso manos a la obra sin mucho estilo, mientras Penny se encargaba de llevar al perro y a la cerda bajo cubierta.

—Será mejor que le digas a tu dama que atranque la puerta cuando esté en su camarote —le comentó ser Jorah al tiempo que desabrochaba las cinchas que unían el peto con el espaldar—. Oigo muchos comentarios de chuletas, jamones y tocino.

—La mitad de sus ingresos viene de esa cerda.

—Una tripulación ghiscaria se comería también al perro. —Mormont separó las dos partes de la armadura . Tú díselo.

—Como quieras. —Tenía la túnica empapada de sudor y pegada al pecho; se la separó, deseando que soplara algo de brisa. La armadura de madera era tan calurosa y pesada como incómoda. Parecía como si la mitad de su volumen lo constituyeran las capas de pintura antigua, cientos de ellas, una sobre otra. Recordó que, en el banquete de bodas de Joffrey, un jinete llevaba el lobo huargo de Robb Stark, y el otro, el escudo y los colores de Stannis Baratheon—. Para justar ante la reina Daenerys nos harán falta los dos animales —dijo. Si a los marineros se les había metido en la cabeza descuartizar a Cerdita Bonita, ni Penny ni él podían hacer gran cosa para evitarlo... Pero la espada larga de ser Jorah haría que se lo pensaran dos veces.

—¿Así piensas conservar la cabeza, Gnomo?

—Ser Gnomo, si no te importa. Y sí. Cuando su alteza averigüe mi verdadero valor, me apreciará enormemente. Al fin y al cabo, soy una cosita adorable, y además sé muchas cosas útiles sobre mi familia. Pero mientras llega ese momento es mejor que la haga reír.

—Haz las cabriolas que quieras; eso no va a limpiar tus crímenes. Daenerys Targaryen no es una niña estúpida a la que puedas distraer con chistes y volteretas. Te tratará con justicia.

«Espero que no.» Tyrion escudriñó a Mormont con sus ojos dispares.

—¿Y qué clase de bienvenida te dará a ti esa reina tan justa? ¿Un abrazo cálido? ¿Una risita infantil? ¿Un hacha de verdugo? —Sonrió ante la evidente incomodidad del caballero—. ¿De verdad esperabas que creyera que estabas en misión de la reina en aquel burdel? ¿Que estabas defendiéndola... a medio mundo de distancia? ¿No será más bien que huías, porque la reina dragón te echó de su lado? Aunque no entiendo por qué iba a hacer semejante cosa... ¡Ah, espera! ¡Porque la espiabas! —Tyrion dejó escapar una risita—. Crees que recuperarás su favor si me entregas. No es muy buen plan, en mi opinión. De hecho, es el plan de un borracho desesperado. Tal vez, si yo fuera Jaime... Pero Jaime mató al padre de Daenerys, y yo solo he matado al mío. Crees que la reina me ejecutará a mí y te perdonará a ti, pero bien puede ser al revés. Tal vez deberías ser tú quien se montara en esa cerda. Puedes hacerte un traje de retales de hierro, como Florian el...

El golpe que le asestó el caballero le hizo girar el cuello y caer con tal fuerza que la cabeza le rebotó contra la cubierta. Se le llenó la boca de sangre mientras trataba de incorporarse sobre una rodilla, y escupió un diente roto.

«Cada día estoy más guapo, pero creo que he puesto el dedo en la llaga.»

—¿Es que el enano ha dicho algo que te ha ofendido? —preguntó Tyrion con inocencia al tiempo que se limpiaba la saliva ensangrentada del labio roto con el dorso de la mano.

—Estoy harto de tu bocaza, enano —replicó Mormont—. Aún te quedan unos cuantos dientes. Si quieres conservarlos, no te me acerques en lo que queda de viaje.

—Va a ser difícil, porque compartimos camarote.

—Búscate otro lugar para dormir. En la bodega, en la cubierta, donde te dé la gana, pero que yo no te vea.

Tyrion se puso en pie.

—Como quieras —respondió con la boca llena de sangre; pero el corpulento caballero ya se había alejado, haciendo retumbar los tablones con sus pisadas.

Abajo, en las cocinas, Tyrion estaba enjuagándose la boca con ron y agua, con los ojos entrecerrados por el escozor, cuando llegó Penny.

—Me he enterado de lo que os ha pasado. Oh, no, ¿estáis herido?

—Un poco de sangre y un diente roto —replicó Tyrion con un encogimiento de hombros. «El que ha salido herido de verdad ha sido él»—. Y eso que es un caballero. Lamento decirlo, pero en caso de apuro, no creo que podamos contar con ser Jorah.

—¿Qué le habéis hecho? Oh, tenéis sangre en el labio. —Se sacó un pañuelito de la manga y se la limpió con cuidado—. ¿Qué le habéis dicho?

—Unas cuantas verdades que ser Bezoar no quería escuchar.

—No os burléis de él. ¿Por qué hacéis esas cosas? ¡No se puede hablar así a las personas grandes! ¡Pueden hacernos daño! Ser Jorah podría haberos tirado al mar, y los marineros no habrían hecho más que reírse mientras os ahogabais. Con las personas grandes hay que tener cuidado. Es lo que me decía siempre mi padre: «Con ellos tenemos que ser alegres, juguetones; mantenerlos sonrientes y hacer que suelten la carcajada». ¿Acaso vuestro padre no os enseñó cómo comportaros con las personas grandes?

—Mi padre las llamaba *plebe* —replicó Tyrion—, y no era lo que se dice propenso a la carcajada. —Bebió otro sorbo de ron aguado, se lo paseó por la boca y lo escupió—. Pero ya te entiendo. Tengo mucho que aprender sobre ser un enano. ¿Tendrías la amabilidad de enseñarme, entre justas y carreras de cerdos?

—Será un placer, mi señor, pero... ¿qué verdades eran esas? ¿Por qué os ha pegado tan fuerte ser Jorah?

—Por amor, claro está. El mismo motivo por el que guisé a aquel bardo. —Pensó en Shae, en la mirada de sus ojos cuando la estranguló con la cadena retorcida entre los puños. Una cadena de manos de oro. «Las manos de oro son frías, las de mujer, siempre tibias...»—. ¿Eres doncella, Penny?

—Sí, por supuesto. —La chica se sonrojó—. ¿Quién querría...?

—Sigue así. El amor es locura y la lujuria es veneno. Mantén la castidad: te sentirás más feliz y será menos probable que acabes en un sórdido burdel del Rhoyne con una puta que se parezca un poco a tu amor perdido. —«O que recorras medio mundo con la esperanza de averiguar adónde van las putas»—. Ser Jorah sueña con rescatar a su reina dragón y bañarse en el calor de su gratitud, pero yo sé bien cómo es la gratitud de los reyes, y antes prefiero un palacio en Valyria. —Se interrumpió de repente—. ¿Has notado eso? Creo que el barco se ha movido.

—¡Es verdad! —El rostro de Penny se iluminó de alegría—. Nos estamos moviendo. El viento... —Se precipitó hacia la puerta—. Quiero verlo. ¡Vamos, os echo una carrera! —Y salió a toda velocidad.

«Es joven —tuvo que recordarse Tyrion mientras Penny subía por los peldaños tan deprisa como le permitían las cortas piernas—. Casi una niña.» Aun así, le producía cierto cosquilleo verla tan emocionada, y la siguió a cubierta.

La vela había cobrado vida de nuevo: se hinchaba y se deshinchaba, y las rayas rojas de la lona se retorcían como serpientes. Los marineros estaban muy ajetreados jalando los cabos, mientras los contramaestres rugían órdenes en volantino antiguo. Los remeros de las lanchas habían soltado las amarras y en aquel momento regresaban a la coca a toda la velocidad que les permitían los remos. El viento soplaba del oeste a rachas y remolinos, agitando sogas y capas como un niño travieso. La *Selaesori Qhoran* estaba navegando.

«A lo mejor hasta llegamos a Meereen —pensó Tyrion. Pero cuando subió por la escalerilla que llevaba al castillo de popa, la sonrisa se le borró de la cara—. Aquí, el mar y el cielo están azules, pero al oeste... No había visto nunca un cielo de ese color.» Una gruesa franja de nubes discurría por el horizonte

—Un bastón perecido —comentó a Penny al tiempo que la señalaba.

—¿Qué significa eso?

—Que se nos acerca un bastardo de tomo y lomo.

Lo sorprendió ver que Morroqo y dos de sus dedos de fuego llegaban también al castillo de popa. No era más que mediodía, y el sacerdote rojo y sus hombres no solían salir hasta el anochecer. El sacerdote los saludó con un movimiento solemne de la cabeza.

—¿Lo veis, Hugor Colina? La cólera de Dios. Nadie puede mofarse del Señor de Luz.

Tyrion empezaba a tener un mal presentimiento.

—La viuda dijo que este barco no llegaría a su destino. Creía que se refería a que, una vez lejos del alcance de los triarcas, el capitán cambiaría el rumbo para ir a Meereen. O que vuestra Mano de Fuego y vos os apoderaríais del barco para llevarnos con Daenerys. Pero no fue eso lo que vio vuestro sumo sacerdote, ¿verdad?

—No. —La voz de Morroqo tenía un tono solemne, como el de una campana fúnebre—. Eso fue lo que vio. —El sacerdote rojo alzó el cayado y señaló hacia el oeste.

—No lo entiendo. —Penny estaba desconcertada—. ¿Qué quiere decir?

—Que más nos vale volver bajo cubierta. Ser Jorah me ha exiliado de nuestro camarote. ¿Puedo esconderme en el tuyo cuando llegue el momento?

—Claro. Seréis más que... Oh...

Durante casi tres horas consiguieron navegar por delante de los vientos, a medida que se les acercaba la tormenta. Hacia el oeste, el cielo se tornó verde, después gris y después negro, con una muralla de nubarrones que se cernía sobre ellos y borboteaba como una cazuela de leche que se hubiera dejado al fuego demasiado tiempo. Tyrion y Penny lo vieron todo desde el castillo de proa, acurrucados junto al mascarón y cogidos de la mano, con sumo cuidado de no entorpecer las maniobras del capitán y su tripulación.

La última tormenta que habían vivido fue algo emocionante, embriagador, una turbulencia repentina que los dejó con la sensación de quedar limpios y renovados, pero aquella era totalmente distinta. El capitán también se había dado cuenta. Puso rumbo al nornordeste para intentar esquivar su curso.

Fue inútil, porque la tormenta era demasiado grande. Alrededor del barco, el mar se encabritó y el viento empezó a aullar. La *Consejero Maloliente* subía y bajaba mientras las olas se estrellaban contra su casco. Tras ellos, los relámpagos caían como puñales, como cegadores arpones morados que tejieran una telaraña de luz sobre el mar. Inmediatamente después llegaban los truenos.

—Ya va siendo hora de que nos escondamos. —Tyrion cogió a Penny del brazo y la llevó bajo cubierta.

Bonita y Crujo estaban enloquecidos de miedo. El perro no paraba de ladrar, y derribó a Tyrion cuando entraron en el camarote. La cerda se había cagado por todas partes. Tyrion limpió como mejor pudo mientras Penny trataba de tranquilizar a los animales, y luego ataron o guardaron todo lo que no estuviera fijo en el sitio.

—Tengo miedo —confesó Penny. El camarote se inclinaba, daba saltos y se balanceaba bruscamente cuando las olas golpeaban el casco.

«Ahogarse no es la peor manera de morir, como averiguaron tanto tu hermano como mi señor padre. Y Shae, esa puta mentirosa. Las manos de oro son frías, las de mujer, siempre tibias...»

—¿Por qué no jugamos a algo? —propuso Tyrion—. Así no pensarás en la tormenta.

—Al *sitrang,* no —replicó ella al instante.

—Al *sitrang,* no —accedió Tyrion mientras sentía como se elevaba la cubierta bajo sus pies. De todos modos, las piezas saldrían despedidas por todo el camarote y les caerían encima a la cerda y al perro—. ¿De pequeña jugabas al ven a mi castillo?

—No. ¿Podéis enseñarme?

¿Podía? Tyrion titubeó.

«Enano imbécil. Claro que no ha jugado nunca al ven a mi castillo. Nunca ha tenido un castillo.» Se trataba de un juego para niños nobles que tenía como objetivo instruirlos en protocolo, heráldica y alguna que otra cosa sobre los amigos y enemigos de su señor padre.

—No creo que... —Empezó a decir. La cubierta sufrió otra violenta sacudida que lanzó al uno contra el otro. Penny soltó un gritito de miedo—. No, no podemos jugar a eso. —Tyrion apretó los dientes—. Lo siento, no se me ocurre ningún otro juego...

—A mí sí. —Penny lo besó.

Fue un beso incómodo, torpe, apresurado, pero a él lo cogió por sorpresa. Alzó las manos bruscamente y la agarró por los hombros para apartarla, pero lo que hizo fue dudar un instante y luego atraerla hacia sí para abrazarla. La chica tenía los labios secos, duros y más cerrados que la bolsa de un mendigo.

«Menos mal», pensó. No quería aquello. Le caía bien Penny, le daba pena y hasta la admiraba en cierto modo, pero no la deseaba. Y bajo ningún concepto quería hacerle daño: los dioses y su querida hermana ya le habían proporcionado bastante sufrimiento. De modo que dejó que prosiguiera el beso mientras la sostenía por los hombros, pero él también mantuvo los labios bien cerrados. Mientras, la *Selaesori Qhoran* se sacudía y estremecía.

Al final, la chica se retiró un poco. Tyrion alcanzó a ver su reflejo en aquellos ojos brillantes.

«Tiene unos ojos bonitos —pensó. Pero también vio más cosas—. Mucho miedo, un poco de esperanza..., pero ni una chispa de lujuria. No me desea, igual que yo no la deseo a ella.»

Penny bajó la cabeza, y él la tomó por la barbilla y se la alzó de nuevo.

—No podemos jugar a eso, mi señora. —El trueno retumbó, ya muy cercano.

—No pensaba... Nunca he besado a un chico, pero... Se me ha ocurrido, ¿y si nos ahogamos y nunca he..., nunca he...?

—Ha sido muy hermoso —mintió Tyrion—, pero estoy casado. Mi mujer estaba conmigo en el banquete. Puede que te acuerdes de ella: era lady Sansa.

—¿Esa era vuestra esposa? Me pareció... muy bella...

«Y muy falsa. Sansa, Shae, todas mis mujeres... La única que me quiso de verdad fue Tysha. ¿Adónde van las putas?»

—Una chica preciosa —asintió Tyrion—, y estamos unidos ante los ojos de los dioses y los hombres. Puede que la haya perdido, pero mientras no lo sepa con certeza, tengo que serle fiel.

—Lo comprendo. —Penny apartó el rostro.

«Es la mujer perfecta para mí —pensó Tyrion con amargura—. Tan joven que aún presta oído a una mentira tan descarada.»

El casco no dejaba de crujir ni la cubierta de sacudirse, y Bonita chillaba de miedo. Penny gateó por la cabina para ir a rodear la cabeza de la cerda con los brazos y murmurarle palabras tranquilizadoras al oído. No se sabía quién estaba reconfortando a quién. Era un espectáculo tan grotesco que tendría que haberle parecido desternillante, pero ni siquiera sonrió.

«Esa pobre chica merece algo mejor que un cerdo. Un beso sincero, un poco de cariño... Todo el mundo, por grande o pequeño que sea, merece al menos eso. —Fue a coger la copa, pero el ron se había derramado—. Morir ahogado ya es malo, pero morir ahogado, triste y sobrio... ¡es insoportable!»

Al final no se ahogaron, aunque hubo momentos en que la perspectiva de una muerte tranquila y agradable tuvo cierto atractivo. La tormenta rugió todo el día y hasta bien entrada la noche. Los vientos húmedos aullaban en torno a ellos, y las olas se alzaban como puños de gigantes sumergidos para golpear la cubierta. Más adelante se enteraron de que el mar se había llevado a un contramaestre y dos marineros, que el cocinero se había quedado ciego cuando una cazuela de grasa caliente salió volando y le dio de lleno en el rostro, y que el capitán había caído del castillo de popa a la cubierta principal y se había roto las dos piernas. Abajo, Crujo no dejó de aullar, ladrar y lanzar dentelladas incluso a Penny, y Cerdita Bonita volvió a cagarse por todas partes, con lo que el camarote húmedo y abarrotado se convirtió en una pocilga. Tyrion consiguió superar todo aquello sin vomitar gracias sobre todo a la falta de vino. Penny no tuvo tanta suerte, pero él la sostuvo mientras el casco crujía y gemía de manera alarmante en torno a ellos, como un barril a punto de reventar.

Alrededor de la medianoche, el viento se calmó por fin y el mar se tranquilizó lo suficiente para que Tyrion se arriesgara a subir a la cubierta. Lo que vio no fue nada alentador. La coca flotaba a la deriva en un mar de vidriagón bajo una cúpula de estrellas, pero a su alrededor, en todas direcciones, la tormenta seguía rugiendo. Mirase hacia el este, el oeste, el norte o el sur, veía nubes que se alzaban como montañas negras, con las imponentes laderas y los colosales acantilados centelleantes de relámpagos azules y violáceos. No estaba lloviendo, pero Tyrion notó la cubierta húmeda y resbaladiza.

Le llegaron unos gritos desde abajo: una voz aguda, chillona, histérica de miedo. También oyó la voz de Morroqo. El sacerdote rojo se encontraba de pie en el castillo de proa y se enfrentaba a la tormenta con el cayado alzado sobre la cabeza mientras rezaba con voz atronadora. En medio del barco, una docena de marineros y dos dedos de fuego se peleaban con los aparejos enredados y la lona empapada, pero no llegó a saber si pretendían izar la vela o arriarla. Fuera lo que fuera, le pareció una pésima idea. Porque lo era.

El viento regresó frío y húmedo, como el susurro de una amenaza; le rozó la mejilla, hizo ondear la vela y agitó la túnica escarlata de Morroqo. El instinto hizo que Tyrion se agarrara a la baranda más cercana justo a tiempo: antes de que pudiera pensar qué hacer, la brisa se transformó en un vendaval aullante. Morroqo gritó algo, y llamas verdes brotaron del morro del dragón que remataba su cayado para perderse en la noche. En aquel momento llegó la lluvia, negra y cegadora, y los castillos de proa y popa desaparecieron tras sendas cortinas de agua. Algo enorme pasó volando por encima de Tyrion, que alzó la vista justo a tiempo para ver como el viento se llevaba la vela con dos hombres aún agarrados a los cabos. Entonces se oyó un crujido.

«Mierda puta —tuvo tiempo de pensar—. Eso ha sido el mástil, seguro.»

Se agarró a una soga y la siguió como pudo hasta una escotilla con la esperanza de refugiarse en la bodega, pero una ráfaga de viento lo derribó y otra lo lanzó contra la baranda. Se aferró con todas sus fuerzas mientras la lluvia le azotaba el rostro y lo cegaba. Otra vez tenía la boca llena de sangre. Bajo él, el barco crujía y gemía como un gordo estreñido que se esforzara por cagar.

En aquel momento se partió el mástil.

Tyrion no llegó a verlo, pero lo oyó claramente. Primero se volvió a oír el crujido, seguido por un aullido de madera torturada, y de repente, las astillas y fragmentos saltaron por el aire. Una no lo acertó en un ojo por un dedo; otra se le clavó en el cuello y una tercera le atravesó la pantorrilla, a pesar de las botas y los calzones. Gritó, pero se agarró a la soga con una fuerza desesperada que no sabía ni que tenía.

«La viuda dijo que este barco no llegaría a su destino», recordó. Se echó a reír de manera incontenible, enloquecida, histérica, mientras los truenos retumbaban, los tablones crujían y las olas se estrellaban a su alrededor.

Cuando amainó la tormenta y los tripulantes que habían sobrevivido subieron junto a la tripulación a la cubierta como gusanos blancuzcos que lucharan por volver a la superficie tras la lluvia, la *Selaesori Qhoran* era un trasto roto que flotaba a duras penas, escorada a proa, con medio centenar de boquetes en el casco, la cubierta encharcada y el mástil de la altura de un enano. Ni el mascarón de proa había salido indemne: le faltaba un brazo, el de los pergaminos. Habían perdido a nueve hombres, entre ellos un contramaestre, dos dedos de fuego y el propio Morroqo.

«¿Benerro vería esto en sus fuegos? —se preguntó Tyrion cuando supo que el corpulento sacerdote rojo había muerto—. ¿Y Morroqo?»

—Una profecía es como una mula a medio domar —se quejó ante Jorah Mormont—. Parece que va a ser útil, pero a la que te fías de ella, te da una coz en toda la cabeza. La puñetera viuda sabía que el barco no llegaría a su destino; eso nos lo advirtió; dijo que Benerro lo había visto en sus fuegos. Pero claro, supuse que quería decir... Bah, no importa. —Apretó los labios—. Lo que quería decir en realidad era que una tormenta de cojones iba a dejarnos sin mástil y a la deriva en el golfo de las Penas hasta que se nos acabara el agua y empezáramos a devorarnos entre nosotros. ¿A quién crees que trincharán primero? ¿Al cerdo, al perro o a mí?

—Al que arme más jaleo.

El capitán murió al día siguiente, y el cocinero, tres noches después. La menguada tripulación hacía lo que podía por mantener el maltratado barco a flote. El contramaestre que había asumido el mando suponía que se encontraban al sudoeste de la isla de los Cedros. Cuando bajaron las lanchas para remolcar la coca hacia la costa más cercana, una se hundió al momento, y los hombres de la otra cortaron amarras y remaron hacia el norte, abandonando el barco y a sus compañeros de tripulación.

—Esclavos —dijo Jorah Mormont, despectivo.

Si lo que decía era verdad, el corpulento caballero se había pasado la tormenta durmiendo. Tyrion tenía sus dudas, pero se las guardaba. Tal vez algún día quisiera morder una pierna a alguien, y para eso le haría falta conservar algún diente. Mormont hacía como si no hubieran discutido, de modo que él optó por imitarlo.

Flotaron a la deriva durante diecinueve días, viendo como se reducían sus reservas de agua y comida. El sol caía implacable sobre ellos. Penny no salía de su camarote, donde se quedaba acurrucada con la cerda y el perro, y Tyrion, cojeando, le llevaba comida y por las noches se olfateaba la herida de la pantorrilla. Cuando no tenía nada mejor que hacer se pinchaba los dedos de las manos y los pies. Ser Jorah se dedicó a afilar la espada todos los días hasta dejarle la punta resplandeciente. Los tres dedos de fuego que quedaban siguieron encendiendo el fuego cuando se ponía el sol, pero llevaban las armaduras ornamentadas mientras dirigían las plegarias de los tripulantes y no se apartaban de sus lanzas en ningún momento. Nadie volvió a frotarle la cabeza a ninguno de los enanos.

—¿Deberíamos justar ante ellos otra vez? —inquirió Penny una noche.

—No, mejor no —replicó Tyrion—. Solo serviría para recordarles que tenemos una cerda bien rolliza.

Aunque también era cierto que Bonita estaba cada día menos rolliza, y Crujo se había quedado en los huesos.

Aquella noche soñó que estaba en Desembarco del Rey, con una ballesta en la mano.

—Adonde quiera que vayan las putas —dijo lord Tywin, pero el dedo de Tyrion se tensó, la cuerda de la ballesta vibró y la saeta se clavó en el vientre de Penny.

Lo despertó el griterío.

La cubierta se balanceaba bajo sus pies, y durante un instante se sintió tan confuso que creyó que estaba otra vez en la *Doncella Tímida*. Una ráfaga de olor a excrementos de cerdo lo devolvió a la realidad. Los Pesares habían quedado atrás, a medio mundo de distancia, junto con los placeres de aquellos días. Recordó lo hermosa que era Lemore tras sus baños matinales, con las perlas de agua sobre la piel desnuda, pero en aquel barco no había más mujeres que su pobre Penny, la deforme jovencita enana.

Algo estaba ocurriendo. Tyrion saltó de la hamaca, bostezó y buscó las botas. Por demencial que pareciera, también buscó la ballesta, pero no la encontró, por supuesto.

«Lástima —se dijo—, me resultaría útil cuando las personas grandes vengan a devorarme.» Se puso las botas y subió a cubierta para ver a qué venían tantos gritos. Penny se le había adelantado y tenía los ojos abiertos de par en par, maravillada.

—¡Una vela! —gritó—. Allí, ¿la veis? ¡Una vela! ¡Y nos han visto! ¡Nos han visto! ¡Una vela!

En aquella ocasión fue Tyrion quien la besó, una vez en cada mejilla, otra en la frente y otra en los labios. Ella se sonrojó y se echó a reír, arrastrada de repente por la timidez, pero no importó. El otro barco se acercaba y era una galera grande, con remos que dejaban una larga estela blanca a su paso.

—¿Qué barco es? —preguntó a ser Mormont—. ¿Alcanzáis a leer su nombre?

—No me hace falta leerlo. Estamos a sotavento y me llega su olor. —Mormont desenvainó la espada—. Es un barco esclavista.

El cambiacapas

Los primeros copos llegaron perezosos cuando el sol se ponía ya por el oeste. Cuando caía la noche nevaba tanto que no se veía salir la luna, oculta tras una cortina blanca.

—Los dioses del norte han desencadenado su cólera sobre lord Stannis —anunció Roose Bolton a la mañana siguiente a los hombres que se habían congregado en el salón principal de Invernalia para desayunar—. Aquí es un forastero, y los antiguos dioses no le perdonarán la vida.

Sus hombres lanzaron rugidos de aprobación y golpearon con los puños los largos tablones que les servían de mesa. Invernalia era un montón de ruinas, pero sus muros de granito seguían protegiéndolos de los rigores del viento y la nieve. Tenían suficientes provisiones, bebida en abundancia, hogueras junto a las que calentarse cuando no estaban de guardia, un lugar donde secar la ropa y rincones acogedores para dormir. Lord Bolton había aportado leña suficiente para alimentar el fuego medio año, por lo que siempre reinaba un agradable calor en el salón principal. Stannis no contaba con nada de eso.

Theon Greyjoy no se unió al coro de aclamaciones, y no dejó de advertir que también se abstuvieron los Frey.

«Ellos también son forasteros —pensó al mirar a ser Aenys Frey y a ser Hosteen, su hermanastro. Los Frey, nacidos y criados en las tierras de los ríos, no habían visto nunca tanta nieve—. El norte ya se ha llevado a tres de los suyos.» Recordaba bien a los hombres que Ramsay había buscado en vano, desaparecidos entre Puerto Blanco y Fuerte Túmulo.

Lord Wyman Manderly se encontraba en el estrado, entre dos de sus caballeros de Puerto Blanco, atiborrándose de gachas, aunque no parecían gustarle ni la mitad que las tartas de cerdo del banquete nupcial. Cerca de allí, el manco Harwood Stout conversaba en voz baja con el escuálido Umber Mataputas.

Había una hilera de calderos de cobre, y Theon se puso a la cola para que le sirvieran gachas en un cuenco de madera. Advirtió que los señores y caballeros tenían leche, miel y hasta un poco de mantequilla para aderezar su ración, pero a él no le ofrecieron. Su reinado como príncipe de Invernalia había sido muy breve. Ya había desempeñado su papel en aquella pantomima al llevar a la falsa Arya al matrimonio, y Roose Bolton ya no lo quería para nada más.

—El primer invierno del que tengo memoria, nevó tanto que la nieve me cubría hasta la cabeza —comentó un hombre de los Hornwood en la cola, por delante de él.

—Sí, pero es que entonces no levantabas ni dos palmos del suelo —replicó un jinete de los Riachuelos.

La noche anterior, ante la imposibilidad de dormir, Theon había pensado en escapar, en escabullirse mientras Ramsay y su señor padre estaban concentrados en otros asuntos. Pero todas las puertas del castillo estaban cerradas, atrancadas y bien vigiladas; nadie podía entrar ni salir sin permiso de lord Bolton. Además, aunque hubiera encontrado alguna salida secreta, no se habría fiado. No se olvidaba de Kyra con sus llaves. Y en caso de que pudiera salir, ¿adónde iría? Su padre había muerto, sus tíos no lo querían para nada, ya no podía ir a Pyke... Lo más parecido a un hogar que le quedaba era aquello, el esqueleto de Invernalia.

«Las ruinas de un hombre, las ruinas de un castillo. Este es mi lugar.»

Aún estaba a la cola de las gachas cuando Ramsay llegó al salón como una exhalación, seguido por los Bribones del Bastardo, y pidió música a gritos. Abel se frotó los ojos para despejarse, cogió el laúd y atacó «La mujer del dorniense», mientras una de sus lavanderas marcaba el ritmo con el tambor. Pero el bardo cambió la letra, y en lugar de hablar de hacer suya a la esposa de un dorniense, se refirió a la hija de un norteño.

«Eso puede costarle la lengua —pensó Theon mientras le llenaban el cuenco—. No es más que un bardo. Lord Ramsay podría desollarle las dos manos y nadie diría nada.» Pero lord Bolton sonrió al oír la letra, Ramsay se carcajeó, y los demás comprendieron que tenían permiso para reírse ellos también. A Polla Amarilla le hizo tanta gracia que se le salió el vino por la nariz.

Lady Arya no se encontraba presente para compartir la diversión: no había salido de sus habitaciones desde la noche de bodas. Alyn el Amargo andaba diciendo que Ramsay tenía a su esposa encadenada desnuda a un poste de la cama, pero Theon sabía que no eran más que rumores. No había ninguna cadena, al menos visible; solo una pareja de guardias ante la puerta, para evitar que la niña saliera. «Y solo se desnuda para bañarse.»

Cosa que, por cierto, hacía casi todas las noches. Lord Ramsay quería una esposa bien limpia.

—La pobre no tiene doncellas —le había dicho a Theon—, así que tendrá que conformarse contigo, Hediondo. Estoy pensando en ponerte un vestido... —Se echó a reír—. Puede que te lo ponga, pero tendrás que suplicarme. Por ahora te conformarás con atenderla mientras se baña; no quiero que acabe oliendo igual que tú.

Así que, cada vez que Ramsay quería acostarse con su mujer, Theon tenía que pedir unas cuantas criadas a lady Walda o lady Austin e ir a buscar agua caliente a las cocinas. Arya no hablaba con ellas, pero era imposible que no le vieran las magulladuras.

«La culpa es suya; no lo ha complacido.»

—Solo tienes que ser Arya —le había explicado en cierta ocasión mientras la metía en el agua—. Lord Ramsay no quiere hacerte daño. Solo nos hace daño cuando..., cuando nos olvidamos. A mí no me ha cortado nunca sin motivo.

—Theon... —susurró, llorosa.

—Hediondo. —La agarró por el brazo y la sacudió—. Aquí soy Hediondo. Tienes que recordarlo, Arya. —Pero aquella chica no era una verdadera Stark, sino la mocosa de un mayordomo.

«Jeyne, se llama Jeyne. ¿Por qué espera de mí que la rescate? —Quizá Theon Greyjoy habría tratado de ayudarla, pero era un hijo del hierro, mucho más valiente que Hediondo—. Hediondo, Hediondo, rima con verriondo.»

Ramsay tenía un juguete nuevo para divertirse, un juguete con tetas y coño, pero las lágrimas de Jeyne no tardarían en saberle sosas y querría recuperar a su Hediondo.

«Me desollará poco a poco. Cuando acabe con los dedos seguirá con las manos, y luego, lo mismo en los pies. Pero no me los cortará hasta que se lo suplique, cuando me duela tanto que le ruegue un poco de alivio. —Para Hediondo no habría baños de agua caliente: volvería a revolcarse en la mierda y tenía prohibido lavarse. La ropa que llevaba se convertiría en harapos malolientes, que tendría que llevar hasta que se le pudrieran encima. Su máxima esperanza era que lo devolvieran a las perreras, para estar con las chicas de Ramsay—. Kyra —recordó—. A la perra nueva le ha puesto Kyra.»

Se llevó el cuenco al fondo del salón y se sentó en un banco vacío, apartado de la antorcha más cercana. De día o de noche, los bancos de los criados estaban como mínimo medio llenos de hombres que bebían, jugaban a los dados, charlaban o dormían vestidos en los rincones más tranquilos. Sus sargentos los despertaban a patadas cuando les llegaba el turno de arrebujarse de nuevo en sus capas para patrullar la muralla. Pero ni uno de los presentes deseaba la compañía de Theon Cambiacapas, y a él tampoco le entusiasmaba la de ellos.

Las gachas estaban grises y aguadas; apartó el cuenco a la tercera cucharada y las dejó para que se convirtieran en una pasta sólida. En la mesa contigua, unos hombres discutían sobre la tormenta y se hacían cábalas sobre cuánto duraría la nevada.

—Todo el día y toda la noche, y puede que más —insistió un arquero corpulento de barba negra con el hacha de los Cerwyn bordada en el pecho.

Los más ancianos hablaban de nevadas que habían vivido en los inviernos de su juventud, comparada con las cuales aquella no era nada. Los ribereños estaban horrorizados.

«A las espadas sureñas no les gustan la nieve ni el frío.» A medida que iban entrando en la estancia, los hombres se acuclillaban junto a las hogueras o se frotaban las manos sobre los braseros mientras sus capas chorreaban colgadas de los clavos, junto a la puerta. El aire estaba cargado y lleno de humo, y ya se había formado una costra en la superficie de las gachas cuando Theon oyó una voz femenina a su lado.

—Theon Greyjoy.

«Me llamo Hediondo», estuvo a punto de responder.

—¿Qué quieres?

Se sentó junto a él, en el banco, a horcajadas, y se apartó de los ojos un mechón indómito de pelo castaño rojizo.

—¿Por qué coméis a solas, mi señor? Venid, bailad con nosotros.

—Yo no bailo. —Clavó la vista en las gachas. El príncipe de Invernalia había sido muy buen bailarín, pero a Hediondo le faltaban dedos de los pies, y resultaría grotesco—. Déjame en paz. No tengo dinero.

—¿Me tomáis por una puta? —La mujer le dedicó una sonrisa taimada. Era una de las lavanderas del bardo, la alta y delgada, demasiado flaca y curtida para ser guapa, aunque, en los viejos tiempos, Theon se la habría tirado sin problemas solo para saber qué se sentía con aquellas piernas tan largas en torno a la cintura—. ¿Para qué quiero dinero? ¿Qué puedo comprar? ¿Nieve? —Se echó a reír—. Podríais pagarme con una sonrisa. No os he visto sonreír ni una vez, ni siquiera en el banquete nupcial de vuestra hermana.

—Lady Arya no es mi hermana ni lo ha sido nunca. —«Y yo no sonrío —podría haber añadido—. Ramsay detestaba mis sonrisas, así que me destrozó los dientes a martillazos y ahora casi no puedo ni comer.»

—Pero es una doncella muy hermosa.

«Nunca fui tan bella como Sansa, pero todos me decían que era agraciada.» Las palabras de Jeyne le retumbaron en la cabeza al ritmo de los tambores que tocaban otras dos chicas de Abel. Una tercera se había subido a una mesa con Walder Frey el Pequeño y lo estaba enseñando a bailar, entre las carcajadas de los presentes.

—Déjame en paz —replicó Theon.

—¿No soy del gusto de mi señor? Si lo preferís, le digo a Mirto que venga. O a Acebo, si es lo que queréis. Todos los hombres adoran a Acebo. Tampoco son mis hermanas, pero son encantadoras. —La mujer se le acercó más; le olía el aliento a vino—. Si no me queréis sonreír, al menos contadme cómo capturasteis Invernalia. Abel lo narrará en una canción y viviréis para siempre.

—Como un traidor. Como Theon Cambiacapas.

—¿Por qué no como Theon el Astuto? Por lo que nos han dicho, fue una hazaña. ¿Cuántos hombres teníais? ¿Cien? ¿Cincuenta?

«Menos.»

—Fue una locura.

—Una locura gloriosa. Dicen que Stannis tiene cinco mil, pero según Abel, ni con cincuenta mil bastaría para derribar estos muros. ¿Cómo os las arreglasteis para entrar, mi señor? ¿Conocíais algún pasadizo secreto?

«Tenía cuerdas —pensó Theon—. Tenía arpeos. Tenía de mi parte la oscuridad y la sorpresa. El castillo apenas contaba con defensores y los cogí desprevenidos.» Pero no dijo nada. Si Abel componía una canción sobre él, Ramsay le perforaría los tímpanos para que no la oyera jamás.

—Podéis confiar en mí, mi señor. Abel confía en mí. —La lavandera puso una mano sobre la de Theon. Las llevaba enfundadas en guantes de lana y cuero; ella las tenía desnudas, bastas, con dedos largos y uñas mordidas hasta la raíz—. No me habéis preguntado mi nombre. Me llamo Serbal.

Theon se apartó bruscamente. Era una trampa; lo sabía.

«La envía Ramsay. Es otra de sus burlas, igual que la de Kyra y las llaves. Es una burla, sí. Quiere que intente escapar, y así podrá castigarme.» Le habría gustado darle un puñetazo, borrarle a golpes aquella sonrisa burlona. Quería besarla y follársela allí mismo sobre la mesa hasta que gritara su nombre. Pero sabía que no se atrevería a tocarla, ni por rabia ni por lujuria.

«Hediondo, Hediondo, me llamo Hediondo. No puedo olvidar mi nombre.» Se puso en pie como pudo y, sin añadir palabra, se dirigió cojeando hacia las puertas.

Fuera, la nieve seguía cayendo húmeda, pesada, silenciosa, y ya había empezado a cubrir las huellas de los hombres que entraban y salían. Los ventisqueros le llegaban casi a la altura de las botas.

«En el bosque de los Lobos será aún más espesa... y en el camino Real, donde sopla el viento, no habrá manera de huir de ella.» En el patio se estaba librando una batalla: los Ryswell atacaban a los niños de Fuerte Túmulo con bolas de nieve. Al alzar la vista divisó a unos escuderos que construían muñecos de nieve a lo largo de las almenas: los armaban con lanza y escudo, les ponían un yelmo de hierro y los colocaban ante la muralla interior como si fueran centinelas.

—Lord Invierno y sus tropas han llegado para combatir a nuestro lado —bromeó uno de los centinelas que montaban guardia ante la puerta... hasta que se volvió y vio con quién estaba hablando. Entonces, volvió la cabeza y escupió.

Más allá de las tiendas, los corceles de los caballeros de Puerto Blanco y Los Gemelos tiritaban de frío. Ramsay había incendiado los establos al saquear Invernalia, así que su padre había construido otros nuevos, el doble de grandes, para dar cobijo a los caballos de batalla y palafrenes de sus señores vasallos y caballeros. Todos los demás caballos se encontraban atados con ronzales en los patios, y los mozos de cuadra, protegidos con capuchas, les echaban mantas por encima para protegerlos.

Theon se adentró en las edificaciones más dañadas del castillo. Al sortear el camino, entre las piedras derrumbadas de lo que había sido la torre del maestre Luwin, los cuervos lo contemplaron desde un boquete del muro, al tiempo que murmuraban entre sí. De cuando en cuando, alguno lanzaba un graznido ronco. Se detuvo ante la puerta del dormitorio que fuera suyo, donde la nieve que entraba por la ventana destrozada le llegaba por los tobillos; visitó las ruinas de la forja de Mikken y del septo de lady Catelyn. Al pasar bajo la Torre Quemada se cruzó con Rickard Ryswell, que iba con la nariz pegada al cuello de otra de las lavanderas de Abel, la regordeta de las mejillas como manzanas y la nariz diminuta. La mujer iba descalza por la nieve y se arrebujaba en una capa de piel. Probablemente no llevara ropa debajo. Al verlo, dijo a Ryswell algo que le hizo soltar una carcajada.

Theon se alejó de ellos caminando con dificultad. Más allá de las caballerizas había unas escaleras que rara vez se utilizaban, y hacia allí encaminó sus pasos. Los peldaños eran empinados y traicioneros. Subió con suma cautela hasta llegar a las almenas de la muralla interior, muy lejos de los escuderos y sus muñecos de nieve. No le habían dado permiso para rondar por el castillo, pero tampoco se lo habían prohibido, así que, si no salía de las murallas, podía ir adonde quisiera.

La muralla interior de Invernalia era la más alta y antigua; sus galerías almenadas se alzaban a más de cincuenta varas de altura, y había un torreón cuadrado en cada esquina. La muralla exterior, construida muchos siglos más tarde, era diez varas más baja, pero también más gruesa, y estaba mejor conservada, con torreones octogonales en lugar de cuadrados. Entre las dos murallas estaba el foso, ancho, profundo... y congelado. La nieve avanzaba ya por su superficie lisa, y se amontonaba también sobre las almenas, ocupaba los espacios intermedios y cubría la cúspide de las torres con un manto blanco.

Más allá de las murallas, hasta donde alcanzaba la vista, el mundo se estaba volviendo blanco. Los bosques, los campos, el camino Real... Todo estaba cubierto con un suave manto de nieve, que había enterrado los restos de Las Inviernas y los muros ennegrecidos que habían dejado los hombres de Ramsay al prender fuego a las casas.

«La nieve oculta las heridas que ha infligido Nieve.» No, no era cierto. Ramsay era un Bolton, no un Nieve; un Nieve, jamás.

Más allá, el camino Real había desaparecido, perdido entre prados y colinas convertidos en un vasto espacio blanco. Y la nieve no dejaba de caer silenciosa del cielo, sin que ningún viento la agitara.

«Ahí fuera, en alguna parte, Stannis Baratheon se está congelando. —¿Tendría intención de asaltar Invernalia?—. Si es así, está perdido.» El castillo era demasiado fuerte; hasta con el foso congelado, las defensas de Invernalia seguían siendo abrumadoras. Theon lo había capturado por sorpresa, porque envió a sus mejores hombres a escalar los muros y cruzar el foso a nado bajo el manto de la oscuridad. Los defensores no supieron que los estaban atacando hasta que ya era demasiado tarde. Stannis no podría utilizar ningún subterfugio semejante.

Tal vez optara por aislar el castillo del mundo exterior y rendir por hambre a sus defensores. Los almacenes y bodegas de Invernalia estaban vacíos. Bolton y sus amigos los Frey habían cruzado el Cuello con una larga caravana de suministros; lady Dustin había llevado alimentos y forraje de Fuerte Túmulo, y lord Manderly también había llegado de Puerto Blanco bien aprovisionado... Pero el ejército era muy numeroso: había muchas bocas que alimentar y las reservas no iban a durar demasiado.

«Pero lord Stannis y sus hombres también tendrán hambre. Y frío, y estarán cansados, no en condiciones de luchar... Pero estarán desesperados por entrar en el castillo para escapar de la tormenta.»

La nieve caía también en el bosque de dioses, pero allí se derretía al tocar el suelo. Bajo los árboles cubiertos por una capa blanca, la tierra se había transformado en lodo. Los tentáculos de bruma pendían del aire como jirones de tejido espectral.

«¿Por qué he venido aquí? Estos no son mis dioses. Este no es mi lugar.» El árbol corazón se alzaba ante él como un gigante blanquecino, con un rostro tallado y hojas que parecían manos ensangrentadas.

Una fina película de hielo cubría la superficie del estanque, al pie del arciano. Theon se dejó caer de rodillas ante él.

—Por favor —susurró entre los dientes rotos—. Yo no quería... —Las palabras se le atragantaron—. Sálvame —consiguió decir al final—. Concédeme...

«¿Qué? ¿Fuerza? ¿Valor? ¿Misericordia? —La nieve caía a su alrededor, pálida y silenciosa, sin darle ninguna respuesta. El único sonido que se oía era un sollozo lejano, quedo—. ¿Jeyne? Es ella, que llora en su lecho nupcial. ¿Quién si no? —Los dioses no lloraban—. ¿O sí?»

Era un sonido tan triste que no pudo soportarlo. Se agarró a una rama para incorporarse, se sacudió la nieve de las piernas y volvió hacia las luces, cojeando.

«En Invernalia hay fantasmas, y yo soy uno de ellos.»

Cuando Theon Greyjoy volvió al patio había más muñecos de nieve. Los escuderos habían creado una docena de señores de nieve para que dieran órdenes a los centinelas de los muros. Uno era obviamente lord Manderly, y Theon no había visto jamás un muñeco de nieve tan gordo. El manco solo podía ser Harwood Stout, y la señora, Barbrey Dustin. El que estaba más cerca de la puerta, con una barba de carámbanos, debía de ser el viejo Umber Mataputas.

Dentro, los cocineros estaban sirviendo con sus cucharones un potaje de carne, cebada, zanahoria y cebolla en cuencos hechos con las hogazas duras del día anterior. Los restos los tiraban al suelo para que los devoraran las chicas de Ramsay y los otros perros.

Las chicas se alegraron de verlo. Lo reconocían por el olor. Jeyne la Roja saltó a lamerle la mano, y Helicent se metió debajo de la mesa y se acurrucó a sus pies para mordisquear un hueso. Eran buenas perras, tanto que a veces costaba recordar que cada una llevaba el nombre de una chica a la que Ramsay había cazado y matado.

Theon estaba cansado, pero tenía suficiente apetito para comer un poco de potaje y beber cerveza. La estancia era ya un caos de voces. Dos exploradores de Roose Bolton habían vuelto al castillo por la puerta del Cazador para informar de que el avance de lord Stannis era cada vez más lento. Sus caballeros iban montados, y los grandes caballos de batalla se hundían en la nieve. Los rocines de los clanes de las colinas eran mucho mejores, según informaron los exploradores, pero sus jinetes no se atrevían a adelantarse demasiado para no dividir al ejército. Lord Ramsay ordenó a Abel que tocara un himno de marcha en honor de Stannis y su travesía de las nieves, de modo que el bardo tomó de nuevo el laúd y una de sus lavanderas cogió la espada de Alyn el Amargo para ilustrar los espadazos que lanzaba Stannis contra los copos de nieve.

Theon contemplaba los últimos posos de su tercera jarra cuando lady Barbrey Dustin entró en la estancia y envió a dos de sus espadas juramentadas a por él. Luego lo miró desde arriba, desde su asiento del estrado, y frunció la nariz.

—Llevas la misma ropa que en la boda.

—Sí, mi señora. Es la ropa que me dieron. —Esa era una de las lecciones que había aprendido en Fuerte Terror: tenía que aceptar lo que le daban y nunca, nunca, pedir más.

Lady Dustin iba de negro, como siempre, aunque las mangas de su túnica estaban rematadas en piel de ardilla. Llevaba un vestido de cuello alto rígido que le enmarcaba el rostro.

—Tú conoces bien este castillo.

—Lo conocía.

—Bajo nosotros se extienden las criptas donde aguardan los viejos reyes Stark en la oscuridad. Mis hombres no han encontrado la entrada. Han registrado todos los sótanos y bodegas, hasta las mazmorras, pero...

—A las criptas no se llega por las mazmorras, mi señora.

—¿Puedes mostrarme el camino?

—Ahí abajo no hay nada más que...

—¿Starks muertos? Sí. Y da la casualidad de que todos mis Starks favoritos están muertos. ¿Conoces el camino, o no?

—Sí. —No le gustaban las criptas, no le habían gustado nunca, pero las conocía.

—Pues muéstramelo. Sargento, coged un farol.

—Mi señora debería ponerse encima una capa abrigada —recomendó Theon—. Hay que salir al exterior.

La nieve caía más densa que nunca cuando salieron de la estancia, después de que llevaran a lady Dustin una capa de marta. Los guardias apostados en la puerta, protegidos con sus capuchas, casi no se distinguían de los muñecos de nieve, y solo las vaharadas de aire cálido que se les formaban delante de la boca revelaban que seguían con vida. Las hogueras ardían a lo largo de las almenas en un vano intento por detener el avance de la penumbra. El grupo tuvo que atravesar una explanada de nieve virgen que le llegaba por los tobillos, junto a las tiendas del patio, medio cubiertas y temblorosas bajo el peso del manto blanco.

La entrada de las criptas se encontraba en la parte más antigua del castillo, cerca de la base del Primer Torreón, que no se utilizaba desde hacía siglos. Ramsay lo había quemado durante el saqueo de Invernalia, y buena parte de lo que no ardió en su momento se había derrumbado después. Solo quedaba en pie el cascarón, con un lado completamente abierto a merced de los elementos, por donde iba entrando la nieve. Por todas partes había piedras, grandes cascotes de roca y argamasa, vigas quemadas y gárgolas rotas. La nieve lo había cubierto casi todo, pero parte de una gárgola sobresalía aún de un montón de nieve, con el rostro grotesco gruñendo en silencio y mirando ciego hacia el cielo.

«Aquí encontraron a Bran cuando se cayó.» Aquel día, Theon estaba fuera, de caza con lord Eddard y el rey Robert, sin siquiera imaginar las terribles noticias que los aguardaban en el castillo. Recordó el rostro de Robb cuando se lo dijeron. Todos creían que el niño herido iba a morir.

«Los dioses no pudieron matar a Bran, como tampoco pude yo.» Le resultaba extraño pensar aquello, y más extraño aún recordar que tal vez Bran siguiera con vida.

—Ahí. —Señaló un lugar donde la nieve se había acumulado contra la pared del torreón—. Ahí abajo. Cuidado con las piedras sueltas.

Los hombres de lady Dustin tardaron casi media hora en dejar la entrada al descubierto, porque tuvieron que quitar nieve y rocas a paletadas. Al final se encontraron con que el hielo había sellado la puerta, y el sargento tuvo que ir a por un hacha. El portón cedió con un chirrido de bisagras y dejó al descubierto los peldaños en espiral que descendían hacia la oscuridad.

—Hay que bajar mucho, mi señora —advirtió Theon.

—Beron, la luz. —Lady Dustin no se dejaba amilanar.

El pasadizo era estrecho y empinado, y siglos de pisadas habían desgastado los peldaños por el centro. Tuvieron que descender en fila: primero el sargento con el farol; luego, Theon y lady Dustin, y por último el otro soldado. Theon siempre había considerado las criptas un lugar frío, incluso en verano, pero en aquella incursión, el aire que lo recibió era cálido. Caliente no, claro, pero sí más cálido que en el exterior. Al parecer, allí, bajo tierra, el frío era constante, inmutable.

—La desposada llora mucho —comentó lady Dustin mientras bajaban con cautelosa lentitud—. Me refiero a la pequeña lady Arya.

«Cuidado, mucho cuidado.» Apoyó una mano en la pared. La luz cambiante de la antorcha hacía que los peldaños se movieran bajo sus pies.

—Como... como digáis, señora.

—Roose no está satisfecho. Díselo a tu bastardo.

«No es mi bastardo», habría querido replicar; pero una vocecita en su interior decía: «Sí que lo es, sí que lo es. Hediondo es de Ramsay y Ramsay es de Hediondo. No debes olvidar tu nombre».

—No se gana nada con vestir a la chica de gris y blanco si luego no hace más que llorar. Puede que a los Frey no les importe, pero a los norteños... Bueno, tienen miedo de Fuerte Terror, pero aprecian a los Stark.

—Vos no —dijo Theon.

—Yo no —confesó la señora de Fuerte Túmulo—, pero los demás, sí. El único motivo de que el viejo Mataputas esté aquí es que los Frey tienen prisionero al Gran Jon, y ¿crees que los hombres de Hornwood le han perdonado al Bastardo su último matrimonio, cuando dejó a su señora esposa morir de hambre tras comerse sus propios dedos? ¿Qué crees que piensan cuando oyen los sollozos de la nueva esposa, de la adorada hijita del valiente Ned?

«No, no es de la sangre de lord Eddard. Se llama Jeyne y solo es la hija del mayordomo.» No le cabía duda de que lady Dustin ya lo sospechaba, pero pese a todo...

—Los sollozos de lady Arya nos hacen más daño que todas las espadas y lanzas de lord Stannis. Si el Bastardo quiere seguir siendo señor de Invernalia, más le vale enseñar a reír a su esposa.

—Ya hemos llegado, mi señora —la interrumpió Theon.

—La escalera sigue hacia abajo —observó lady Dustin.

—Hay niveles inferiores, más antiguos. Tengo entendido que el más bajo de todos se derrumbó hace mucho. Yo nunca he estado allí.

Empujó la puerta y los guio por un largo túnel abovedado, con gigantescas parejas de columnas de granito que se perdían en la oscuridad. El sargento de lady Dustin alzó el farol, y las sombras se movieron y cambiaron.

«Una pequeña luz en medio de una gran oscuridad.» Theon nunca se había sentido a gusto en las criptas; sentía como los reyes de piedra lo contemplaban desde lo alto con sus ojos de piedra, los dedos de piedra en torno al puño de oxidadas espadas largas. Ninguno era amigo de los hijos del hierro. Una vieja sensación de temor lo embargó.

—¡Cuántos son! —comentó lady Dustin—. ¿Sabes sus nombres?

—Los supe... hace tiempo. —Señaló con un dedo—. Los de este lado fueron reyes en el norte. Torrhen fue el último.

—El Rey que se Arrodilló.

—Exacto, mi señora. Después ya solo hubo señores.

—Hasta que llegó el Joven Lobo. ¿Dónde está la tumba de Ned Stark?

—Al final. Por aquí, mi señora.

Sus pisadas resonaron en las bóvedas cuando echaron a andar entre las hileras de columnas. Los ojos de piedra de los muertos parecían seguirlos, al igual que los ojos de sus huargos de piedra. Los rostros despertaron en él recuerdos lejanos y le devolvieron a la memoria nombres susurrados por la voz fantasmal del maestre Luwin. El rey Edrick Barbanieve, que gobernó el Norte durante cien años; Brandon el Armador, que se había aventurado navegando más allá del ocaso; Theon Stark, el Lobo Hambriento. «Mi tocayo.» Lord Beron Stark, que hizo causa común con Roca Casterly para luchar contra Dagon Greyjoy, señor de Pyke, en los tiempos en que el gobierno de los Siete Reinos estaba en manos del hechicero bastardo conocido como Cuervo de Sangre.

—A ese rey le falta la espada —observó lady Dustin.

Era cierto. Theon no recordaba de qué rey se trataba, pero la espada larga que debería haber tenido había desaparecido. Una marca de óxido anaranjado marcaba el lugar donde había estado. Aquello le causó una gran inquietud. Siempre había oído decir que el acero de la espada mantenía el espíritu del muerto encerrado en su tumba. Si faltaba una espada...

«En Invernalia hay fantasmas. Y yo soy uno de ellos.»

Siguieron caminando. El rostro de Barbrey Dustin parecía tensarse más y más con cada paso.

«Este lugar le gusta tan poco como a mí.»

—¿Por qué detestáis tanto a los Stark, mi señora? —se oyó preguntar.

—Por el mismo motivo por el que tú los adoras —respondió mirándolo fijamente.

—¿Que yo los adoro? —Theon se detuvo de golpe—. Jamás... Les arrebaté el castillo, mi señora. Maté... maté a Bran y a Rickon; clavé sus cabezas en estacas...

—Cabalgaste hacia el sur con Robb Stark; luchaste a su lado en el bosque Susurrante y en Aguasdulces; volviste a las islas del Hierro como enviado suyo para sellar un tratado con tu padre. Fuerte Túmulo también aportó hombres para la guerra del Joven Lobo. Le di tan pocos como pude, pero algunos tenía que darle para no incurrir en la ira de Invernalia. Así que yo también tenía ojos en aquel ejército, y me mantuvieron informada. Sé quién eres. Sé qué eres. Ahora responde a mi pregunta: ¿Por qué adoras a los Stark?

—Porque... —Theon apoyó una mano enguantada en la columna más cercana—. Porque quería ser uno de ellos...

—Y nunca lo lograste. Tenemos en común más de lo que crees. Venga, vamos.

Un poco más allá, había tres tumbas juntas. Se detuvieron.

—Lord Rickard —observó lady Dustin tras examinar la figura central. La estatua se alzaba imponente sobre ellos, con el barbudo rostro alargado muy solemne. Los ojos eran de piedra, igual que los demás, pero los suyos parecían tristes—. También le falta la espada.

Era cierto.

—Alguien ha estado aquí abajo, robando espadas. También ha desaparecido la de Brandon.

—Qué poca gracia le habría hecho. —La mujer se quitó el guante y le tocó la rodilla, piel blanca contra piedra negra—. Brandon adoraba su espada; disfrutaba afilándola. «Quiero que tenga bastante filo para afeitar un coño», solía decir. ¡Y lo que le gustaba utilizarla! «No hay nada más bello que una espada ensangrentada», me comentó en cierta ocasión.

—Así que lo conocisteis.

La luz del farol iluminaba los ojos de la dama, que parecían echar llamas.

—Brandon se crió como pupilo en Fuerte Túmulo con el viejo lord Dustin, padre del que luego fue mi esposo, pero se pasaba la vida cabalgando por los Riachuelos. Le encantaba montar a caballo, y su hermana pequeña era igual que él, ¡menudo par de centauros! Mi señor padre siempre estaba encantado de recibir la visita del heredero de Invernalia. Tenía muchas ambiciones para la casa Ryswell; le habría servido mi virginidad en bandeja a cualquier Stark que pasara por allí, pero no hizo falta. A Brandon nunca le dio reparo coger lo que quería. Ahora soy una vieja reseca, viuda ya ni sé desde hace cuánto, pero todavía recuerdo el momento en que vi mi sangre de doncella en su polla la noche que me tomó. Creo que a Brandon Stark también le gustó verla. No hay nada más bello que una espada ensangrentada, sí. Dolió, pero fue un dolor dulce.

»Pero el día en que descubrí que Brandon iba a casarse con Catelyn Tully... Aquel dolor no tuvo nada de dulce. Te aseguro que no la quería. Me lo dijo la última noche que pasamos juntos, pero Rickard Stark también tenía grandes ambiciones. Ambiciones sureñas que no se harían realidad si dejaba que su heredero se casara con la hija de uno de sus vasallos. Más adelante, mi padre albergó la esperanza de casarme con Eddard, el hermano de Brandon, pero a él también se lo quedó Catelyn Tully. A mí me tocó el joven lord Dustin, hasta que Ned Stark me lo arrebató.

—La Rebelión de Robert.

—Lord Dustin y yo no llevábamos ni medio año casados cuando Robert se alzó en armas y Ned Stark convocó a sus vasallos. Le supliqué a mi esposo que no fuera; tenía parientes que podían haber ido en su lugar: un tío famoso por sus proezas con el hacha, un tío abuelo que había luchado en la guerra de los Reyes Nuevepeniques... Pero era orgulloso y no se conformaba con menos que encabezar las tropas de Fuerte Túmulo. El día en que se marchó le regalé un caballo, un alazán con crines como el fuego, el orgullo de las cuadras de mi padre. Mi señor me juró que volvería a lomos de aquel caballo en cuanto terminara la guerra.

»Ned Stark me llevó el caballo cuando volvió a Invernalia. Me dijo que mi señor había muerto con honor, y que estaba enterrado bajo las montañas rojas de Dorne. Los huesos de su hermana sí que los trajo al norte, y aquí reposan... Pero te juro que los de lord Eddard no descansarán jamás junto a los suyos. Se los echaré de comer a mis perros.

—¿Los huesos de lord Eddard? —Theon no entendía nada.

La mujer torció los labios en una sonrisa horrible que le recordó la de Ramsay.

—Catelyn Tully envió al norte los huesos de lord Eddard antes de la Boda Roja, pero tu tío tomó Foso Cailin y cerró el camino. Desde entonces he estado alerta. Si esos huesos emergen alguna vez de los pantanos, no pasarán de Fuerte Túmulo. —Lanzó una última mirada a la estatua de Eddard Stark—. Vámonos; aquí ya hemos terminado.

Cuando salieron de las criptas aún estaba nevando. Lady Dustin había guardado silencio todo el camino de vuelta, pero cuando estuvieron ante las ruinas del Primer Torreón se estremeció y se volvió hacia Theon.

—Más te vale no contarle a nadie lo que he dicho ahí abajo. ¿Lo has entendido?

La entendió perfectamente.

—O contengo la lengua, o la pierdo.

—Roose te ha entrenado bien.

Lady Dustin lo dejó allí solo.

El trofeo del Rey

El ejército del rey partió de Bosquespeso con la primera luz de un dorado amanecer, como una larga serpiente de acero que se desenroscara y saliera de su nido, tras las empalizadas de troncos.

Los caballeros sureños cabalgaban con toda su armadura, mellada y abollada tras muchas batallas, pero todavía suficientemente brillante para reflejar la luz del sol naciente. Sus estandartes y jubones, aunque sucios, descoloridos, rotos y remendados, seguían siendo un torbellino de colores en medio del bosque invernal: el azur, el naranja, el rojo, el verde, el morado, el azul y el oro centelleaban entre los troncos pardos, los pinos y centinelas gris verdoso, y los ventisqueros de nieve sucia.

Cada caballero contaba con escuderos, criados y soldados; tras ellos viajaban armeros, cocineros y mozos de cuadras, hileras de lanceros y hombres armados con hachas, veteranos curtidos en cien batallas y novatos que iban a enfrentarse a la primera batalla de su vida. Por delante marchaban los clanes de las colinas: jefes y campeones a lomos de rocines greñudos, con sus hirsutos luchadores que trotaban en pos de ellos envueltos en pieles, cuero endurecido y cotas de malla viejas. Algunos se habían pintado la cara de marrón y verde, y se habían atado ramas de arbustos al cuerpo para ocultarse mejor en la espesura.

Tras la columna principal marchaba la caravana de equipaje: caballos, mulas, bueyes y una hilera interminable de carros y carromatos cargados de comida, forraje, carpas y otras provisiones. Por último, en retaguardia, más caballeros con armadura y unos cuantos jinetes dispersos se aseguraban de que ningún enemigo pudiera caer sobre ellos por sorpresa.

Asha Greyjoy viajaba en la caravana de equipaje, en un carromato cubierto que se movía sobre dos ruedas de hierro, encadenada de pies y manos y vigilada día y noche por la Osa, que roncaba más que un hombre. Su alteza el rey Stannis no quería correr el riesgo de que se le escapara: tenía intención de llevarla a Invernalia y exhibirla con sus cadenas para que los señores del norte vieran a la hija del kraken derrotada y humillada, una prueba de su poder.

La columna avanzó rodeada por el sonido de las trompetas. La punta de las lanzas brillaba a la luz del amanecer, y en los márgenes del camino, la hierba brillaba cubierta de escarcha matinal. Cien leguas de espesura separaban Bosquespeso de Invernalia; algo menos a vuelo de cuervo.

—Quince jornadas —comentaban los caballeros.

—Robert lo habría hecho en diez —oyó Asha alardear a lord Fell—. Robert había matado al abuelo de lord Fell en Refugio Estival y, por algún motivo inescrutable, eso había dotado al asesino de una fuerza ultraterrena a ojos del nieto—. Robert llevaría quince días en Invernalia y estaría burlándose de Bolton desde las almenas.

—Más vale que no se lo digas a Stannis, o nos hará marchar también de noche —recomendó Justin Massey.

«Este rey vive a la sombra de su hermano», pensó Asha.

El tobillo le seguía asestando puñaladas de dolor cada vez que cargaba el peso sobre él. No le cabía duda de que tenía algo roto: la hinchazón había desaparecido en Bosquespeso, pero seguía doliéndole. A aquellas alturas, una simple torcedura ya estaría curada. Las cadenas tintineaban cada vez que se movía, y los grilletes le laceraban las muñecas y el orgullo, pero ese era el precio de la rendición.

—Nadie se ha muerto por hincar la rodilla —le había dicho su padre en cierta ocasión—. El que se arrodilla puede volver a levantarse con una espada en la mano. El que no se arrodilla se queda muerto, eso sí, con las piernas bien derechas.

Balon Greyjoy lo había demostrado en persona cuando fracasó su primera rebelión: el kraken hincó la rodilla ante el venado y el huargo, pero solo para levantarse de nuevo tras la muerte de Robert Baratheon y Eddard Stark.

De manera que eso hizo la hija del kraken en Bosquespeso cuando la arrojaron delante del rey, atada y con el tobillo destrozado, pero sin que nadie la violara.

—Me rindo, alteza. Haced conmigo lo que queráis, solo os pido piedad para mis hombres.

Solo la preocupaban Qarl, Tris y el resto de los supervivientes del bosque de los Lobos. En total eran nueve. «Los nueve desharrapados», como los había llamado Cromm, que era quien tenía las heridas más graves.

Stannis les había perdonado la vida, pero Asha no lo consideraba misericordioso. Aquel hombre era decidido, sin duda, y tampoco carecía de valor. Sus hombres decían que era justo, y si su justicia era dura, implacable, la vida en las islas del Hierro ya había acostumbrado a aquello a Asha Greyjoy. Pero no le gustaba aquel rey. Sus ojos azules siempre parecían desconfiados, y por debajo de la piel bullía constantemente una cólera fría. Para él, la vida de su prisionera no significaba nada. No era más que una rehén, un trofeo para demostrar al Norte que había expulsado a los hijos del hierro.

«Pues le va a salir al revés.» Si conocía algo a los norteños, derrotando a una mujer no iba a impresionarlos precisamente, y como rehén valía menos que nada. Su tío Ojo de Cuervo era quien gobernaba las islas del Hierro, y le daba igual que estuviera viva o muerta. Tal vez incomodara a Erik Ironmaker, el despojo humano que le había colgado Euron como marido, pero no tenía riquezas suficientes para pagar un rescate por ella. Y no había manera de explicárselo a Stannis Baratheon. El mero hecho de que fuera una mujer parecía ofenderlo. A los hombres de las tierras verdes les gustaban las mujeres suaves, dulces y envueltas en sedas, no embutidas en cuero y cota de malla, con un hacha arrojadiza en cada mano. Sin embargo, por lo poco que había podido ver del rey en Bosquespeso, le quedaba muy claro que no la habría valorado más si hubiera llevado un vestido. Se había mostrado correcto y cortés con la esposa de Robett Glover, la piadosa lady Sybelle, pero hasta ella lo incomodaba. Por lo visto, el rey sureño era de esos hombres para los que las mujeres pertenecían a otra especie tan extraña e incomprensible como los gigantes, los endriagos o los hijos del bosque. La Osa también le hacía rechinar los dientes.

Stannis solo prestaba atención a una mujer y la había dejado atrás, en el Muro.

—Aunque yo preferiría que estuviera aquí, con nosotros —confesó ser Justin Massey, el caballero rubio que iba al mando de la caravana de equipaje—. La última vez que entramos en combate sin lady Melisandre fue en el Aguasnegras, cuando la sombra de lord Renly cayó sobre nosotros y arrastró a la mitad de nuestra flota a la bahía.

—¿La última vez? —preguntó Asha—. ¿Esa hechicera estaba en Bosquespeso? Porque yo no la vi.

—Eso no fue una batalla digna de tal nombre. —Ser Justin sonrió—. Vuestros hijos del hierro lucharon con valor, mi señora, pero os superábamos con mucho en número y os cogimos por sorpresa. Invernalia sabrá que nos acercamos, y Roose Bolton cuenta con tantos hombres como nosotros.

«O más», pensó Asha. Hasta los prisioneros tienen oídos, y había escuchado las conversaciones en Bosquespeso, cuando el rey Stannis y sus capitanes debatían sobre aquella marcha. Ser Justin se había opuesto desde el principio, así como muchos de los caballeros y señores que habían llegado del sur con Stannis. Pero los lobos se habían empecinado; era intolerable que Roose Bolton controlara Invernalia y había que rescatar a la hijita de Ned de las garras de su bastardo. Eso decían Morgan Liddle, Brandon Norrey, Wull Cubo Grande, los Flint y hasta la Osa.

—Hay cien leguas de Bosquespeso a Invernalia —dijo Artos Flint la noche en que la discusión fue más encendida, en los salones de Galbart Glover—. Algo menos a vuelo de cuervo.

—Una marcha larga —apuntó un caballero llamado Corliss Penny.

—No tanto, no tanto —insistió ser Godry, el corpulento caballero al que llamaban Masacragigantes—. Ya hemos recorrido un largo camino. El Señor de Luz nos iluminará.

—¿Y qué hacemos cuando lleguemos a Invernalia? —inquirió Justin Massey—. Hay dos murallas separadas por un foso, y la interior tiene más de cincuenta varas de altura. Bolton no saldrá a enfrentársenos en terreno abierto, y no tenemos provisiones para un asedio.

—No olvidéis que se nos unirá Arnolf Karstark con todo su ejército —apuntó Harwood Fell—, y también Mors Umber. Contaremos con tantos norteños como lord Bolton. Además, hay bosques espesos al norte del castillo. Construiremos torres de asalto, arietes...

«Y moriréis como moscas», pensó Asha.

—Sería mejor que pasáramos aquí el invierno —sugirió lord Peasebury.

—¿Pasar aquí el invierno? —rugió Cubo Grande—. ¿Cuánta comida y forraje creéis que tiene Galbart Glover en sus almacenes?

Ser Richard Horpe, el caballero del rostro destrozado y las esfinges de calavera en el jubón, se volvió hacia Stannis.

—Alteza, vuestro hermano...

—Todos sabemos qué habría hecho mi hermano —interrumpió el rey—. Robert habría galopado él solo hasta las puertas de Invernalia, las habría derribado con su martillo y luego habría avanzado a caballo entre los cascotes para matar a Roose Bolton con la mano izquierda y a su bastardo con la derecha. —Stannis se puso en pie—. Yo no soy Robert, pero marcharemos y liberaremos Invernalia..., o moriremos en el intento.

Por muchas dudas que albergaran los señores, los soldados parecían tener fe en su rey. Stannis había derrotado a los salvajes de Mance Rayder en el Muro y había desterrado de Bosquespeso a Asha y los hijos del hierro. Era hermano de Robert, el vencedor de la famosa batalla marítima de isla Bella, el hombre que había defendido Bastión de Tormentas durante toda la Rebelión de Robert. Y esgrimía un arma de héroe, la espada encantada *Dueña de Luz,* cuyo brillo iluminaba la noche.

—Nuestros enemigos no son tan poderosos como parecen —le aseguró ser Justin a Asha el primer día de marcha—. A lord Bolton lo temen, pero no lo aprecian. Y en cuanto a sus amigos los Frey... El norte no ha olvidado la Boda Roja, y no hay en Invernalia un solo señor que no perdiera a algún pariente allí. Stannis solo tiene que asestar un golpe a Bolton, y los norteños lo abandonarán.

«Eso es lo que queréis creer —pensó Asha—, pero el rey aún no ha asestado ese golpe, y habría que ser idiota para abandonar el bando ganador.»

Ser Justin fue a verla a su carromato media docena de veces aquel primer día para llevarle comida, agua y noticias. Era hombre de sonrisa fácil, con una broma siempre a punto, corpulento, con mejillas sonrosadas, ojos azules y una mata enmarañada de pelo rubio claro como el lino. Como carcelero era considerado, siempre solícito para con su prisionera.

—Te desea —le comentó la Osa tras la tercera visita.

Su verdadero nombre era Alysane de la casa Mormont, pero llevaba el apodo con tanta naturalidad como la armadura. La heredera de la isla del Oso era baja, robusta, musculosa, con grandes muslos, grandes pechos y grandes manos callosas. No se quitaba la cota de malla ni para dormir entre pieles; bajo ella vestía cuero endurecido, y por debajo, ropa de piel de oveja con el pelo hacia dentro para que le diera calor. Con tantas capas de ropa parecía casi tan ancha como alta.

«Y fiera.» A veces, a Asha Greyjoy le costaba recordar que la Osa y ella eran más o menos de la misma edad.

—Desea mis tierras —replicó—. Quiere las islas del Hierro. —Reconocía los indicios porque ya los había observado en otros pretendientes. Massey no tenía acceso a las tierras y propiedades de su familia, en el sur, así que estaba obligado a buscarse un buen matrimonio o resignarse a ser un caballero más en la corte. Stannis había frustrado los planes de ser Justin de casarse con la princesa salvaje de la que tanto había oído hablar Asha, de modo que había puesto los ojos en ella. Sin duda soñaba con sentarla en el Trono de Piedramar, en Pyke, y gobernar por medio de ella como su amo y señor. Para eso tendría que deshacerse de su actual amo y señor, claro, por no mencionar a su tío, que la había casado con él.

«Ni en sueños —calculó Asha—. Ojo de Cuervo se comerá a ser Justin para desayunar, y ni siquiera tendrá que eructar luego.»

Pero eso carecía de importancia. Las tierras de su padre no serían jamás para ella, se casara con quien se casara. Los hijos del hierro no eran un pueblo propenso a perdonar, y Asha había sufrido dos derrotas: una en la asamblea de sucesión, a manos de su tío Euron, y otra en Bosquespeso, a manos de Stannis. Más que suficiente para que la considerasen incapaz de gobernar. Su matrimonio con Justin Massey, o con cualquier vasallo de Stannis Baratheon, haría más mal que bien.

«Al final ha resultado que la hija del kraken era una simple mujer —dirían los capitanes y reyes—. Mira cómo se abre de piernas para su suave señor de las tierras verdes.»

De todos modos, si ser Justin quería cortejarla con comida, vino y palabras, no sería ella quien se lo impidiera. Le hacía más compañía que la taciturna Osa, y aparte de él no tenía más que enemigos, cinco mil enemigos, a su alrededor. Tris Botley, Qarl la Doncella, Cromm, Roggon y el resto de su ensangrentado grupo se habían quedado en Bosquespeso, en las mazmorras de Galbart Glover.

El ejército avanzó nueve leguas el primer día, o eso les aseguraron los guías que les había proporcionado lady Sybelle, rastreadores y cazadores leales a Bosquespeso con nombres de clan como Arbolar, Bosques, Rama o Mata. El segundo día recorrieron seis, y la vanguardia salió de las tierras de los Glover para adentrarse en la espesura del bosque de los Lobos.

—R'hllor, envíanos tu luz para que nos guíe a través de estas sombras —rezaban los fieles todas las noches cuando se reunían en torno a una hoguera, junto al pabellón del rey, caballeros sureños y soldados por igual. Asha habría dicho que eran hombres del rey, pero los demás hombres de las tierras de la tormenta y las tierras de la corona decían que ellos eran hombres de la reina..., aunque la reina a la que seguían era la que aguardaba en el Castillo Negro, no la esposa que había dejado Stannis Baratheon en Guardiaoriente del Mar—. Oh, Señor de Luz, te suplicamos que nos mires con tus ojos de fuego y nos des calor y seguridad —rogaron a las llamas—, porque la noche es oscura y alberga horrores.

Un caballero corpulento, de nombre ser Godry Farring, encabezaba la marcha.

«Godry Masacragigantes. Mucho nombre para tan poco hombre.» Farring tenía el pecho amplio y músculos marcados bajo la armadura, y también era, en opinión de Asha, arrogante y vanidoso; hambriento de gloria y sordo a las advertencias, ansiaba alabanzas y era despectivo con los campesinos, los lobos y las mujeres. En eso último se parecía a su rey.

—Dejadme ir a caballo —pidió Asha a ser Justin cuando se acercó a su carromato para llevarle medio jamón—. Me estoy volviendo loca aquí, encadenada. No intentaré escapar; os doy mi palabra.

—Ojalá pudiera complaceros, mi señora, pero sois prisionera del rey, no mía.

—Y al rey no le basta con la palabra de una mujer.

—¿Por qué va a confiar en la palabra de ningún hijo del hierro? —gruñó la Osa—. Después de lo que hizo vuestro hermano en Invernalia...

—Yo no soy Theon —insistió Asha. Pero no le quitaron las cadenas.

Ser Justin volvió al galope hacia el final de la columna, y Asha no pudo evitar pensar en su madre, en la última vez que la había visto. Había sido en Harlaw, en Diez Torres; una vela titilaba en la habitación, pero no había nadie en el gran lecho de madera tallada, bajo el dosel polvoriento. Lady Alannys estaba sentada junto a la ventana y contemplaba el mar.

—¿Me has traído a mi hijito? —le había preguntado con labios temblorosos.

—Theon no va a venir —le replicó Asha, examinando lo que quedaba de la mujer que la había dado a luz, la mujer que ya había perdido a dos hijos varones. Y el tercero...

«Os envío a cada uno un trozo del príncipe.»

Pasara lo que pasara cuando se entablara combate en Invernalia, Asha Greyjoy no creía que su hermano fuera a sobrevivir.

«Theon Cambiacapas. Hasta la Osa quiere ver su cabeza clavada en una pica.»

—¿Tenéis hermanos? —preguntó Asha a su guardiana.

—Hermanas —replicó Alysane Mormont, tan brusca como siempre—. Éramos cinco, todas mujeres. Lyanna está en la isla del Oso, y Lyra y Jory, con nuestra madre. A Dacey la asesinaron.

—En la Boda Roja.

—Sí. —Alysane se quedó mirando a Asha un instante—. Tengo un hijo de dos años y una hija de nueve.

—Empezasteis joven.

—Sí, demasiado, pero siempre es mejor que esperar a que sea tarde.

«Una puñalada; más vale que haga como si no la hubiera notado.»

—Entonces estáis casada.

—No. El padre de mis hijos es un oso. —Alysane sonrió. Tenía los dientes torcidos, pero su sonrisa buscaba en cierto modo congraciarse—. Las Mormont somos cambiapieles. Nos convertimos en osas y buscamos machos en el bosque. Lo sabe todo el mundo.

—Las Mormont también son luchadoras. —Asha le devolvió la sonrisa.

—Somos aquello en lo que nos habéis convertido. En la isla del Oso, los niños aprenden pronto a tener miedo de los krákens que salen del mar.

«Las antiguas costumbres.» Asha se apartó; las cadenas tintinearon débilmente.

Al tercer día, el bosque se tornó más denso en torno a ellos, y los estrechos caminos se convirtieron en angostos senderos por los que pronto fue casi imposible seguir avanzando con los carromatos más grandes. De cuando en cuando pasaban cerca de lugares que Asha ya había visto: una colina pedregosa que, vista desde un ángulo determinado, recordaba una cabeza de lobo; una catarata medio congelada; un arco de piedra natural del que colgaban carámbanos de musgo gris verdoso. Asha reconocía todos los detalles llamativos del paisaje: había pasado por allí cuando cabalgó hacia Invernalia para persuadir a su hermano Theon de que abandonara la plaza conquistada y volviera con ella a la seguridad de Bosquespeso.

«En eso también fracasé.»

Aquel día recorrieron cinco leguas, y hasta eso les pareció mucho.

Cuando llegó el ocaso, el carromato se detuvo bajo un árbol. Mientras soltaba a los caballos, ser Justin se acercó con el caballo al trote y le quitó a Asha los grilletes de los tobillos para escoltarla, junto con la Osa, hasta la carpa del rey. Era su prisionera, desde luego, pero también era una Greyjoy de Pyke, y a Stannis Baratheon le apetecía echarle de comer las migajas de la mesa en la que cenaba con sus capitanes y comandantes.

El pabellón del rey era casi tan grande como el salón de Bosquespeso, pero, al margen del tamaño, no tenía nada de impresionante. Las paredes rígidas de pesada lona amarilla estaban descoloridas y sucias de barro y humedad, y se veían zonas mohosas. En la cúspide del mástil central ondeaba el estandarte del rey, una cabeza de venado con corazón llameante sobre campo de oro. Los pabellones de los señores sureños que habían seguido a Stannis hasta el norte rodeaban tres lados del pabellón. En el cuarto rugía la hoguera nocturna, que lamía el cielo cada vez más oscuro con sus lenguas de fuego.

Cuando Asha entró cojeando, acompañada de sus guardianes, había una docena de hombres cortando troncos para alimentar las llamas.

«Hombres de la reina. —Adoraban a R'hllor el Rojo, que era un dios celoso. El de Asha, el Dios Ahogado de las islas del Hierro, era para ellos un demonio, y ya le habían dicho que, si no aceptaba a aquel Señor de Luz, estaría condenada y perdida—. No les faltan ganas de quemarme, igual que queman esos troncos y ramas rotas.» Algunos lo habían propuesto tras la batalla del bosque, sin importarles que los estuviera oyendo, pero Stannis se había negado.

El rey estaba ante su tienda, contemplando la hoguera.

«¿Qué ve ahí? ¿La victoria? ¿Un destino terrible? ¿El rostro hambriento de su dios rojo?» Tenía los ojos muy hundidos en las cuencas, y la barba recortada no era más que una sombra que le cubría las mejillas demacradas y la mandíbula huesuda, pero en su mirada había fuerza, una tenacidad férrea que le decía a Asha que aquel hombre nunca, nunca se desviaría de su camino. Hincó una rodilla en tierra ante él.

—Mi señor. —«¿Soy suficientemente humilde para vos, alteza? ¿Os agrada verme vencida, humillada, rota?»—. Os suplico que me quitéis estas cadenas de las muñecas. Permitidme cabalgar. No escaparé.

Stannis la miró como habría mirado a un perro que hubiera tenido la osadía de intentar follarse su pierna.

—Esas cadenas os las habéis ganado.

—Así es. Y ahora os ofrezco a mis hombres, mis barcos, mi ingenio...

—Vuestros barcos ya son míos, o los he quemado. Vuestros hombres... ¿Cuántos os quedan? ¿Diez? ¿Doce?

«Nueve. Seis si solo contáis a los que están en condiciones de luchar.»

—Dagmer Barbarrota aún defiende la Ciudadela de Torrhen. Es un guerrero valiente y sirve con lealtad a la casa Greyjoy. Puedo entregaros ese castillo y su guarnición.

«Probablemente», debería haber añadido; pero no conseguiría nada bueno dejando que aquel rey viera sus dudas.

—La Ciudadela de Torrhen no vale ni el barro que estoy pisando. Lo que me importa es Invernalia.

—Quitadme estas cadenas y os ayudaré a tomarla, mi señor. Vuestro regio hermano tenía fama de transformar en amigos a sus enemigos derrotados. Haced de mí vuestro hombre.

—Los dioses no os hicieron hombre; ¿cómo voy a haceros yo?

Stannis volvió a clavar la vista en la hoguera y en lo que viera bailar en aquellas llamas anaranjadas. Ser Justin Massey cogió a Asha del brazo y se la llevó al interior de la tienda.

—Habéis cometido un error, mi señora —le dijo—. No le mencionéis nunca a Robert.

«Tendría que habérmelo imaginado. —Asha sabía muy bien cómo funcionaban las cosas con los hermanos pequeños. Recordó a Theon de niño: un chiquillo tímido que se debatía entre el terror y la admiración que sentía hacia Rodrik y Maron—. Nunca lo superan. El hermano pequeño puede vivir cien años, pero toda su vida continuará siendo el hermano pequeño.» Hizo entrechocar sus pulseras de hierro y se imaginó lo agradable que sería situarse tras Stannis y estrangularlo con la cadena que le unía las muñecas.

Aquella noche, la cena consistió en guiso de venado, gracias a un animal flaco que había cazado un explorador llamado Benjicot Rama. Pero eso fue solo en la tienda del rey. Más allá de sus muros de lona, cada hombre recibió un trozo de pan y una morcilla no más larga que un dedo, y en aquella cena se acabó la cerveza de Galbart Glover.

Cien leguas de espesura separaban Bosquespeso de Invernalia; algo menos a vuelo de cuervo.

—Ojalá fuéramos cuervos —comentó Justin Massey a la cuarta jornada de marcha, el día en que empezó a nevar. Al principio copos dispersos; fríos y húmedos, pero nada que les impidiera avanzar.

Pero al día siguiente también nevó, y al otro, y al otro. Las frondosas barbas de los lobos no tardaron en estar cubiertas de hielo, porque el aliento se les congelaba, pero hasta los sureños más jovencitos se dejaban crecer bigotes y patillas para abrigarse la cara. El terreno no tardó en estar cubierto por un manto blanco que ocultaba las piedras, las raíces retorcidas y las marañas de maleza seca, con lo que cada paso se convertía en una aventura. El ejército del rey se transformó en una columna de muñecos de nieve que avanzaba tambaleante por nieve que les llegaba hasta las rodillas.

Al tercer día de nevada, el ejército empezó a dividirse. Los caballeros y señores sureños avanzaban a duras penas, mientras que a los hombres de las colinas del norte les iba mucho mejor. Sus caballitos eran bestias de paso seguro que, además, comían mucho menos que los palafrenes y muchísimo menos que los enormes caballos de guerra. Por añadidura, los jinetes sabían avanzar por la nieve. Muchos lobos llevaban un calzado extraño: zarpas de oso, como las llamaban, unos curiosos objetos alargados, de madera doblada con tiras de cuero que se ataban a las botas y les permitían caminar por la nieve sin romper la capa superior y sin hundirse hasta los muslos. Algunos hasta tenían zarpas de oso para sus caballos, y los greñudos animales las llevaban como si fueran herraduras, pero ni los palafrenes ni los caballos de guerra las aceptaban. Algunos caballeros del rey intentaron ponérselas a sus monturas, pero los grandes caballos sureños se negaron a moverse o trataron de liberarse de aquellos objetos extraños. Un caballo se rompió una pata cuando trató de avanzar con ellos puestos.

Los norteños, con sus zarpas de oso, empezaron pronto a distanciarse del resto del ejército. Adelantaron a los caballeros de la columna principal, y luego a ser Godry Farring y a su vanguardia. A la vez, los carros y carromatos de la caravana de equipaje iban quedando cada vez más atrás, hasta el punto de que los hombres de la retaguardia tenían que azuzarlos constantemente para que apurasen la marcha.

Al quinto día de tormenta, la caravana atravesó una extensión de nieve que les llegaba por la cintura, y que cubría un lago helado. Cuando el hielo oculto se rompió bajo el peso de los carros, las aguas heladas engulleron a tres conductores y cuatro caballos, así como a dos hombres que intentaron rescatarlos. Uno de ellos era Harwood Fell. Sus caballeros consiguieron sacarlo antes de que se ahogara, pero para entonces ya tenía los labios azules y la piel blanca como la leche. No hubo manera de hacerlo entrar en calor. Estuvo horas tiritando, incluso después de que le cortaran la ropa empapada para quitársela, lo envolvieran en pieles cálidas y lo dejaran junto al fuego. Aquella misma noche cayó en un sueño febril del que no despertó.

Esa misma noche, Asha oyó por primera vez a los hombres de la reina murmurar algo sobre un sacrificio, una ofrenda a su dios rojo para que pusiera fin a la nevada.

—Los dioses del norte han desencadenado esta tormenta sobre nosotros —señaló ser Corliss Penny.

—Son falsos dioses —replicó ser Godry, el Masacragigantes.

—R'hllor está con nosotros —dijo ser Clayton Suggs.

—Pero Melisandre, no —apuntó Justin Massey.

El rey no decía nada, pero escuchaba; a Asha no le cabía duda. Se quedaba sentado en la mesa principal, con un plato de sopa de cebolla que se le iba enfriando sin que apenas la hubiera probado, y contemplaba la llama de la vela más próxima con los ojos entrecerrados, sin participar en la conversación. Su segundo, el caballero alto y delgado llamado Richard Horpe, hablaba por él.

—La tormenta amainará pronto —declaró.

Pero la tormenta no hizo más que empeorar. El viento se convirtió en un látigo más implacable que el de un esclavista. Asha creía haber pasado frío en Pyke, cuando soplaba el viento procedente del mar, pero no era nada comparado con aquello.

«Este frío podría volver loco a cualquiera.»

Ni siquiera les resultó fácil entrar en calor cuando llegó la orden de montar campamento para pasar la noche. Las carpas estaban húmedas y pesaban; costaba levantarlas y más aún volver a plegarlas, y más de una se derrumbó de repente cuando se le acumuló demasiada nieve encima. El ejército del rey se arrastraba por el centro del bosque más extenso de los Siete Reinos, y aun así era difícil encontrar leña seca. Cada noche había menos fogatas en el campamento, y las que conseguían encender generaban más humo que calor. En más de una ocasión tuvieron que tomarse la comida fría o hasta cruda.

Y hasta las hogueras nocturnas tenían que ser más pequeñas y débiles, para desesperación de los hombres de la reina.

—Señor de Luz, protégenos del mal —rezaban, dirigidos por la voz tonante de ser Godry el Masacragigantes—. Muéstranos de nuevo tu brillante sol, calma este viento y derrite esta nieve para que podamos llegar hasta tus enemigos y aniquilarlos. La noche es oscura y alberga horrores, pero tuyos son el poder, la gloria y la luz. Llénanos con tu fuego, R'hllor.

Más tarde, cuando ser Corliss se preguntó en voz alta si alguna vez se habría congelado un ejército entero durante una tormenta de invierno, los lobos se echaron a reír.

—Esto no es el invierno —declaró Wull Cubo Grande—. En las colinas decimos que el otoño nos besa, pero el invierno nos folla. Esto es un beso otoñal.

«Entonces, quiera el dios que no tenga que ver un invierno.» Asha no lo pasaba tan mal; al fin y al cabo, era el trofeo del rey. Recibía comida mientras otros se morían de hambre, y abrigo mientras tiritaban. Los demás se debatían contra la nieve a lomos de caballos agotados, y ella viajaba en un lecho de pieles dentro de un carromato, con una lona tensa que la resguardaba de la nieve, cómoda a pesar de las cadenas.

Los caballos y los hombres de a pie eran quienes peor lo pasaban. Dos escuderos de las tierras de la tormenta mataron a puñaladas a un soldado tras discutir sobre quién tenía derecho a sentarse más cerca del fuego. A la noche siguiente, unos arqueros desesperados por algo de calor prendieron fuego a su tienda, con lo que al menos consiguieron caldear las adyacentes. Los caballos de batalla empezaron a morir de frío y agotamiento.

—¿Qué es un caballero sin caballo? —era el acertijo que se difundió en el ejército—. Un muñeco de nieve con espada.

Siempre que moría un caballo, lo descuartizaban al instante. Las provisiones también empezaban a escasear.

Peasebury, Cobb, Foxglove y otros señores sureños le pidieron al rey acampar hasta que pasara la tormenta, pero Stannis se negó en redondo. Tampoco prestó atención a los hombres de la reina que acudieron a él para rogarle que hiciera una ofrenda a su hambriento dios rojo. Eso fue lo que le contó a Asha Justin Massey, menos devoto que la mayoría de sus compañeros.

—Con un sacrificio demostraremos al dios nuestra fe, mi señor —le había dicho Clayton Suggs al rey.

—Los antiguos dioses del norte han enviado esta tormenta —añadió Godry el Masacragigantes—. Solo R'hllor puede ponerle fin. Tenemos que sacrificarle un infiel.

—La mitad de mi ejército se compone de infieles —fue la réplica de Stannis—. Aquí no se quemará a nadie. Rezad con más ahínco.

«No se quemará a nadie hoy, ni mañana..., pero si sigue nevando, ¿cuánto tardará este rey en empezar a albergar dudas?» Asha no había compartido nunca la fe de su tío Aeron en el Dios Ahogado, pero aquella noche rezó a Aquel que Habita bajo las Olas con un fervor que Pelomojado no habría podido igualar. Siguieron marchando, aunque cada vez más despacio. Se conformaban con dos leguas al día. Luego, con una. Luego, con media.

Al noveno día de tormenta, el campamento entero vio a los capitanes y comandantes entrar en la tienda del rey, empapados y agotados, para hincar la rodilla e informarlo de las bajas.

—Un hombre muerto y tres desaparecidos.

—Hemos perdido seis caballos, entre ellos el mío.

—Dos hombres muertos; uno, un caballero. También han caído cuatro caballos. A uno hemos podido levantarlo; los otros los hemos perdido: dos caballos de batalla y un palafrén.

El recuento frío, como lo había oído llamar Asha. La peor parte le había tocado a la caravana de equipaje: caballos muertos, hombres perdidos, carromatos volcados y rotos...

—Los caballos se derrumban en la nieve —dijo Justin Massey al rey—. Los hombres se marchan, y algunos se echan a morir.

—Que mueran —replicó el rey Stannis—. Seguiremos adelante.

A los norteños, con sus rocines y sus zarpas de oso, les iba mucho mejor. Donnel Flint el Negro y su hermanastro Artos solo habían perdido a un hombre; los Liddle, los Wull y los Norrey, a ninguno. Una mula de Morgan Liddle había desaparecido, pero en su opinión era porque se la habían robado los Flint.

«Cien leguas entre Bosquespeso e Invernalia; algo menos a vuelo de cuervo. Quince días.» El decimoquinto día de marcha llegó y pasó, y habían recorrido menos de la mitad del camino, dejando atrás un rastro de carromatos destrozados y cadáveres congelados que la nieve se iba encargando de enterrar. Hacía tanto que no veían el sol, la luna ni las estrellas que Asha empezaba a pensar que no habían sido más que un sueño.

Tuvo que llegar el vigésimo día de marcha para que se librase al fin de los grilletes de los tobillos. Esa tarde, uno de los caballos que tiraba de su carromato se desplomó, muerto, y no hubo manera de sustituirlo, ya que los animales de tiro que les quedaban eran para los carros de comida y forraje. Ser Justin Massey se les acercó cabalgando y les dijo que descuartizaran el caballo muerto para comérselo e hicieran leña del carromato; luego le quitó a Asha las cadenas y le frotó las pantorrillas para relajarle la tensión.

—No puedo ofreceros montura, mi señora —le dijo—, y si intentáramos montar los dos en mi caballo, lo mataríamos. Tendréis que caminar.

Cada vez que apoyaba el peso en el tobillo, Asha sentía un dolor punzante.

«El frío me lo entumecerá enseguida —se dijo—. En menos de una hora, ni notaré los pies. —Solo se equivocaba en parte, porque el entumecimiento llegó mucho antes. Cuando la oscuridad forzó a la columna a detenerse, Asha estaba agotada y añoraba la comodidad de su prisión rodante—. Los grilletes me han debilitado.» Estaba tan cansada que durante la cena se durmió en la mesa.

El vigesimosexto día de la marcha de quince días consumieron las últimas verduras; el trigesimosegundo, lo que les quedaba de cereales y forraje. Asha empezó a preguntarse cuánto tiempo podrían subsistir a base de carne de caballo cruda y medio congelada.

—Rama asegura que solo estamos a tres días de Invernalia —comunicó ser Richard Horpe al rey aquella noche tras el recuento del frío.

—Eso, si dejamos atrás a los hombres que están más débiles —apuntó Corliss Penny.

—Los más débiles son casos perdidos —insistió Horpe—. Los que aún conserven fuerzas tendrán que llegar a Invernalia, o también morirán.

—El Señor de Luz nos entregará el castillo —dijo ser Godry Farring—. Si lady Melisandre estuviera con nosotros...

Por fin, tras un día de pesadilla durante el cual la columna apenas avanzó una milla y perdió doce caballos y cuatro hombres, lord Peasebury se volvió contra los norteños.

—Esta marcha ha sido una locura. Cada día hay más muertes, y todo ¿por qué? ¿Por una niña?

—Por la hija de Ned —replicó Morgan Liddle. Era el segundo de tres hijos, así que los otros lobos lo llamaban el Liddle el de Enmedio, aunque se contenían si estaba cerca. Era Morgan quien había estado a punto de matar a Asha en el combate de Bosquespeso. Más adelante, durante la marcha, se le había acercado para pedirle perdón... por llamarla puta, no por tratar de abrirle la cabeza con un hacha.

—La hija de Ned —repitió Wull Cubo Grande—. Y ya la tendríamos, junto con el castillo, si no fuerais unos sureños melindrosos que se mean los calzones de seda en cuanto ven un poco de nieve.

—¿Un poco de nieve? —Peasebury apretó con ira los labios suaves, casi femeninos—. Por culpa de vuestro mal consejo emprendimos esta marcha, Wull. Empiezo a sospechar que estáis a sueldo de Bolton. ¿Es eso? ¿Os ha enviado a emponzoñarle los oídos al rey?

Cubo Grande se echó a reír.

—Lord Guisantito, si fuerais un hombre, os mataría por lo que habéis dicho, pero el acero de mi espada es demasiado bueno para mancillarlo con la sangre de un cobarde. —Bebió un trago de cerveza y se secó los labios—. Sí, han muerto hombres, y morirán más antes de que veamos los muros de Invernalia. ¿Y qué? Es la guerra. En la guerra, mueren hombres. Las cosas son como son, como han sido siempre.

—¿Queréis morir, Wull? —Ser Corliss Penny lanzó una mirada de incredulidad al jefe de clan. Al norteño le pareció de lo más divertido.

—Quiero vivir eternamente en unas tierras donde el verano dure al menos mil años. Quiero un castillo en las nubes desde donde contemplar el mundo. Quiero volver a tener veintiséis años, cuando podía luchar todo el día y follar toda la noche. Lo que quieran los hombres no tiene importancia.

»Ya tenemos el invierno casi encima, muchacho, y el invierno es la muerte. Prefiero que mis hombres mueran luchando por la hijita de Ned, y no solos y hambrientos en medio de la nieve, llorando lágrimas que se les congelan en las mejillas. Sobre los hombres que mueren así nadie canta canciones. En cuanto a mí, soy viejo y este será mi último invierno. Quiero bañarme en la sangre de los Bolton antes de morir; quiero sentir las salpicaduras en la cara cuando mi hacha hienda el cráneo de un Bolton. Quiero lamérmela de los labios y morir con ese sabor en la boca.

—¡Sí! —gritó Morgan Liddle—. ¡Sangre y batalla!

Y todos los hombres de las colinas gritaron y golpearon copas y cuernos contra la mesa, con un fragor que apagó cualquier otro sonido en la tienda del rey.

Asha Greyjoy también habría querido luchar.

«Una batalla, una sola, para poner fin a esta agonía. Acero contra acero, nieve rosada, escudos rotos, miembros cercenados, y todo habría terminado.»

Al día siguiente, los exploradores del rey dieron por casualidad con una aldea agrícola abandonada, entre dos lagos. Era un lugar inhóspito y reducido, apenas unas pocas chozas, una edificación central y una atalaya. Richard Horpe ordenó un alto, aunque aquel día el ejército solo había avanzado media milla y aún quedaban varias horas de luz. Pero la luna llevaba ya largo rato brillando en el cielo antes de que llegaran la retaguardia y la caravana de equipaje. Asha iba en ese grupo.

—En esos lagos hay peces —explicó Horpe al rey—. Haremos agujeros en el hielo; los norteños pueden enseñarnos.

Pese a la gruesa capa y la armadura, Stannis parecía tener un pie en la tumba. Las pocas carnes que cubrieran aquel esqueleto alto y flaco se habían derretido durante la marcha desde Bosquespeso. Se le adivinaba la forma del cráneo bajo la piel, y rechinaba los dientes con tanta fuerza que Asha tenía la impresión de que se le iban a romper de un momento a otro.

—Pues pescad —dijo como si escupiera cada palabra—. Pero partiremos al amanecer.

Sin embargo, al amanecer, el campamento despertó en medio de la nieve y el silencio. El cielo pasó del negro al blanco sin resultar más luminoso. Asha Greyjoy se incorporó entumecida y helada entre sus pieles, y escuchó los ronquidos de la Osa. Nunca había oído roncar de semejante manera a una mujer, pero durante la marcha había acabado por acostumbrarse, y a aquellas alturas hasta le resultaba reconfortante. Era el silencio lo que la preocupaba: no sonaban trompetas que dieran la orden de montar, formar la columna y emprender la marcha. Los cuernos de guerra no llamaban a los norteños.

«Algo va mal.»

Asha apartó las pieles y salió de la tienda, para lo que tuvo que derribar el muro de nieve que la había sellado durante la noche. Las cadenas tintinearon cuando se puso en pie y respiró el aire gélido de la mañana. Aún nevaba, incluso con más intensidad que cuando había entrado en la tienda. El bosque había desaparecido, igual que los lagos. Podía distinguir la silueta de las otras tiendas y cabañas, y el tenue resplandor anaranjado de la hoguera que ardía en la cima de la atalaya, pero no la propia atalaya. El resto había quedado engullido por la nieve.

Más allá, Roose Bolton los esperaba tras los muros de Invernalia, pero el ejército de Stannis Baratheon se había quedado aislado por la nieve, bloqueado por el hielo, inmóvil y al borde de la inanición.

Daenerys

La vela estaba casi consumida; apenas quedaba un dedo, que sobresalía de un charco de cera derretida y proyectaba en la cama de la reina la luz de una llama que ya parpadeaba.

«Pronto se apagará —comprendió Dany—, y otra noche habrá llegado a su fin.»

Siempre amanecía demasiado pronto.

No había dormido, no podía dormir, no quería dormir. Ni siquiera se había atrevido a cerrar los ojos por temor a encontrarse al abrirlos con que había amanecido. Si pudiera, haría que las noches se prolongaran para siempre, pero tenía que conformarse con seguir despierta y tratar de saborear la dulzura de cada momento antes de que se difuminase en la luz del día.

A su lado, Daario Naharis dormía con la placidez de un recién nacido. Se jactaba de tener un talento especial para conciliar el sueño. Con aquella sonrisa petulante tan suya, afirmaba que, a cielo abierto, muchas veces se quedaba dormido en su montura, para estar bien descansado si se presentaba una batalla. A pleno sol o en mitad de una tormenta, daba igual. «Un guerrero que no duerme no tiene fuerzas para luchar», aseguraba. Tampoco lo perturbaban las pesadillas. Cuando Dany le había dicho que a Serwyn del Escudo Espejo lo perseguían los fantasmas de todos los caballeros que había matado, Daario rio. «Si los que maté yo vienen a importunarme, los mataré otra vez.»

«Tiene conciencia de mercenario, es decir, no tiene conciencia», comprendió Dany en aquel momento.

Daario estaba tumbado boca abajo, con las finas sábanas de hilo enredadas en las largas piernas y la cara semienterrada en las almohadas.

Dany le pasó la mano por la espalda, a lo largo de la columna. Tenía la piel lisa, casi lampiña.

«Su piel es seda y satén.» Adoraba sentir su tacto en los dedos. Adoraba pasarle los dedos por el pelo, masajearle las pantorrillas doloridas tras un largo día a caballo, sostenerle la polla y sentirla endurecerse en su mano. Si hubiera sido una mujer normal, con gusto se habría pasado la vida tocando a Daario, recorriendo sus cicatrices con la mano y preguntándole cómo se había hecho cada una de ellas.

«Renunciaría a la corona si me lo pidiera —pensó Dany. Pero no se lo había pedido, ni se lo pediría jamás. Daario susurraba palabras de amor cuando estaban unidos como un solo cuerpo, pero ella sabía que a quien amaba era a la reina dragón—. Si renunciase a la corona, dejaría de quererme.» Además, por lo general, cuando un rey perdía la corona, la cabeza iba detrás, y no se le ocurría ningún motivo para que a las reinas no les pasase lo mismo.

La vela parpadeó por última vez y murió ahogada en su propia cera. La oscuridad engulló la cama de plumas y a sus dos ocupantes, y llenó hasta el último rincón de la estancia. Dany rodeó a su capitán con los brazos, se apretó contra su espalda y se empapó de su fragancia, saboreando el calor de su carne, la sensación de esa piel contra la suya.

«Recuérdalo —se dijo—. Recuerda esta sensación.» Le besó el hombro.

—Daenerys. —Daario rodó hacia ella, con los ojos abiertos, y esbozó una sonrisa perezosa. Ese era otro de sus talentos: se despertaba de golpe, como un gato—. ¿Ya está amaneciendo?

—Todavía no. Aún nos queda un rato.

—Mentirosa. Te veo los ojos. ¿Podría verlos si fuese noche cerrada? —Daario apartó las sábanas de una patada y se sentó—. Estamos a media luz. Pronto será de día.

—No quiero que se acabe esta noche.

—¿No? ¿Y por qué no, mi reina?

—Ya lo sabes.

—¿La boda? —se rio—. Entonces, cásate conmigo.

—Sabes que no puedo.

—Eres una reina. Puedes hacer lo que quieras. —Le pasó una mano por la pierna—. ¿Cuántas noches nos quedan?

«Dos. Tan solo dos.»

—Lo sabes tan bien como yo. Esta y la siguiente, y deberemos poner fin a esto.

—Cásate conmigo y tendremos todas las noches del mundo.

«Si pudiera, lo haría. —Khal Drogo había sido su sol y estrellas, pero llevaba muerto tanto tiempo que Daenerys había olvidado cómo era amar y ser amada. Daario la había ayudado a recordar—. Estaba muerta y él me devolvió a la vida. Estaba dormida y él me despertó. Mi valiente capitán.» Aun así, últimamente se estaba volviendo osado en exceso. Al regresar de la última incursión había arrojado la cabeza de un señor yunkio a sus pies y la había besado en la sala delante de todo el mundo, hasta que Barristan Selmy los separó. La ira de ser Abuelo era tal que Dany temió que corriera la sangre.

—No podemos casarnos, mi amor. Ya sabes por qué.

—Pues cásate con Hizdahr. —Saltó de la cama—. Le pondré un hermoso par de cuernos de regalo de bodas. A los ghiscarios les gusta pavonearse de sus cuernos; se los hacen con su propio pelo, con peines, cera y hierros calientes. —Cogió los calzones y se los puso. No se molestaba en llevar ropa interior.

—Cuando esté casada, desearme será alta traición. —Dany se cubrió el pecho con la colcha.

—Entonces, seré un traidor. —Se puso una túnica de seda azul y se alisó las puntas de la barba con los dedos. Había vuelto a teñírsela por ella, de violeta a azul, como la llevaba la primera vez que lo vio—. Huelo a ti. —Se olió los dedos y sonrió.

A Dany le encantaba el brillo del diente de oro cuando sonreía. Le encantaba el fino vello de su pecho. Le encantaba la fuerza de sus brazos, el sonido de su risa, el modo que tenía de mirarla a los ojos y decir su nombre mientras la penetraba.

—Eres muy guapo —dijo de pronto mientras lo observaba atarse las botas de montar. Algunos días esperaba a que se las pusiera ella, pero por lo visto, ese día no.

«Eso también se acaba.»

—No lo bastante para que te cases conmigo. —Daario descolgó el cinto de la espada del gancho donde lo había dejado.

—¿Adónde vas?

—A dar una vuelta por tu ciudad, para beberme un barril o dos y meterme en alguna pelea. Hace demasiado que no mato a nadie. Tal vez debería buscar a tu prometido.

Dany le tiró una almohada.

—¡Deja a Hizdahr en paz!

—Como ordene mi reina. ¿Darás audiencia hoy?

—No. Mañana seré una mujer casada, y Hizdahr será rey. Que se encargue él de las audiencias; es su pueblo.

—Está su pueblo y está el tuyo. El que liberaste.

—¿Me estás regañando?

—Los que llamas tus hijos. Quieren a su madre.

—¡Me estás regañando de verdad!

—Solo un poco, corazón luminoso. ¿Concederás audiencias?

—Tal vez, después de la boda. Después de que haya paz.

—Ese *después* tuyo no llega nunca. Deberías conceder audiencias. Los nuevos de mi grupo, los hijos del viento que se pasaron a nuestro bando, no creen que existas. Casi todos nacieron y se criaron en Poniente, con la cabeza llena de anécdotas sobre los Targaryen, y quieren ver a una con sus propios ojos. Rana te ha traído un regalo.

—¿Rana? —Dejó escapar una risita—. ¿Y quién es ese?

—Un muchacho dorniense. —Daario se encogió de hombros—. El escudero del caballero grande que llaman Tripasverdes. Le dije que podía dármelo a mí y yo te lo traería, pero no quiso ni oír hablar de ello.

—Vaya, una rana inteligente. Así que le pediste que te diera mi regalo. —Le tiró otra almohada—. ¿Habría llegado a mis manos?

—¿Acaso sería capaz de robar a mi dulce reina? —Se acarició los bigotes dorados—. Si fuese un regalo digno de ti, yo mismo lo habría puesto en tus suaves manos.

—¿Como prenda de amor?

—Sobre eso prefiero no pronunciarme, pero le aseguré que podría entregártelo él en persona. ¿Harás quedar a Daario Naharis como un mentiroso?

—Como tú quieras. —Dany no podía negarle nada—. Trae a tu rana a la audiencia de mañana, y también a los otros ponientis. —Sería agradable oír a más gente que hablase la lengua común, aparte de ser Barristan.

—Como ordene mi reina. —Daario hizo una profunda reverencia y sonrió antes de irse, con la capa arremolinándose tras él.

Dany se quedó sentada entre las sábanas arrugadas, abrazándose las rodillas, tan triste que ni siquiera oyó a Missandei cuando llegó sigilosa con pan, leche e higos.

—¿Alteza? ¿Os encontráis mal? Una os ha oído gritar en plena noche.

Dany cogió un higo. Era negro y rechoncho, y todavía estaba húmedo de rocío.

«¿Hizdahr conseguirá hacerme gritar?»

—Lo que has oído era el viento. —Dio un mordisco, pero la fruta había perdido el sabor en ausencia de Daario. Se levantó con un suspiro, llamó a Irri para que le llevase una túnica y salió a la terraza.

Estaba rodeada de enemigos. Siempre había por lo menos una docena de barcos atracados en la orilla, y en ocasiones eran hasta cien, cuando desembarcaban los soldados. A los yunkios también les llegaba madera por el mar: tras sus zanjas construían catapultas, escorpiones y altos trabuquetes. En las noches silenciosas, el aire cálido y seco le llevaba el repiqueteo de los martillos.

«Pero no tienen torres de asedio, ni arietes.» No intentarían asaltar Meereen; esperarían tras las líneas de asedio, lanzando piedras hasta que la enfermedad y la hambruna hicieran que su pueblo se arrodillase.

«Hizdahr me traerá la paz. Tiene que traerme la paz.»

Esa noche, los cocineros le asaron un cabrito con dátiles y zanahorias, pero Dany solo pudo comer unos bocados. La perspectiva de volver a enfrentarse a Meereen la dejaba sin fuerzas. Le costó conciliar el sueño, incluso cuando regresó Daario, tan borracho que apenas se tenía en pie. Dio vueltas bajo las sábanas, soñando que Hizdahr la besaba..., pero tenía los labios azules y magullados, y cuando le introdujo el miembro, lo tenía frío como el hielo. Se incorporó en la cama con el pelo alborotado y las sábanas enredadas. Su capitán dormía a su lado, y sin embargo estaba sola. Quería sacudirlo, despertarlo, hacer que la abrazara, que la follara, que la ayudase a olvidar, pero sabía que en tal caso, él se limitaría a sonreír y bostezar y decirle: «Solo ha sido un sueño, mi reina. Duérmete».

Se puso una túnica con capucha, salió a la terraza y se aproximó al pretil, desde donde contempló la ciudad como había hecho un centenar de veces.

«Nunca será mi ciudad. Nunca será mi hogar.»

La pálida luz rosada del amanecer la encontró todavía en la terraza, dormida en la hierba bajo un manto de fino rocío.

—Le he prometido a Daario que hoy celebraré audiencia —dijo a sus doncellas cuando la despertaron—. Traedme la corona. Oh, y algo para ponerme, que sea fresco y ligero.

Bajó a la sala una hora después.

—Arrodillaos todos ante Daenerys de la Tormenta, La que no Arde, reina de Meereen, reina de los ándalos, los rhoynar y los primeros hombres, *khaleesi* del Gran Mar de Hierba, Rompedora de Cadenas y Madre de Dragones —anunció Missandei.

Reznak mo Reznak se inclinó y sonrió.

—Magnificencia, cada día estáis más bella. Creo que la perspectiva de vuestra boda os ha dotado de brillo. ¡Oh, mi reina resplandeciente!

—Llamad al primer peticionario —suspiró Dany.

Había pasado tanto tiempo desde la última audiencia que la aglomeración de casos resultaba abrumadora. La gente se apretujaba al fondo de la sala, y se produjeron escaramuzas para discutir quién tenía prioridad. Inevitablemente, fue Galazza Galare quien se adelantó, con la cabeza alta y la cara oculta tras un reluciente velo verde.

—Vuestro esplendor, sería más conveniente que pudiésemos hablar en privado.

—Ojalá tuviese tiempo —repuso Dany con voz queda; su última reunión con la gracia verde no había ido bien—. Me caso mañana. ¿Qué queréis de mí?

—Me gustaría hablaros de la osadía de cierto capitán mercenario.

«¿Se atreve a mencionarlo en una audiencia pública? —Dany se encendió de ira—. Tiene valor, lo reconozco, pero si cree que voy a soportar otra regañina, no podría estar más equivocada.»

—La traición de Ben Plumm el Moreno nos ha sorprendido a todos, pero vuestra advertencia llega demasiado tarde. Y ahora quiero que volváis a vuestro templo y recéis por la paz.

La gracia verde hizo una reverencia.

—Rezaré también por vos.

«Otra bofetada», pensó Dany; notó que las mejillas se le ponían rojas.

El resto fue un tedio que la reina conocía muy bien. Permaneció sentada en sus cojines y escuchó, al tiempo que sacudía un pie con impaciencia. A mediodía, Jhiqui le llevó una fuente con jamón e higos. Los peticionarios parecían no tener fin. Por cada dos que se despedían con una sonrisa, otro se iba murmurando o con los ojos enrojecidos.

Ya casi había anochecido cuando apareció Daario Naharis con sus nuevos cuervos de tormenta, los hombres de Poniente que habían desertado de los Hijos del Viento. Dany no pudo evitar lanzarles alguna que otra mirada, mientras se prolongaba la perorata de un peticionario tras otro.

«Este es mi pueblo. Yo soy su legítima reina. —Tenían un aspecto desaliñado, pero qué se podía esperar de unos mercenarios. El joven no le sacaría más de un año; el mayor debía de haber celebrado sesenta días del nombre. Algunos lucían signos de riqueza: brazaletes de oro, túnicas de seda y cintos tachonados de plata—. Todo fruto de saqueos.» En general, vestían ropas sencillas que se notaban muy usadas.

Cuando Daario los hizo adelantarse vio que entre ellos había una mujer, grande y rubia, enfundada en cota de malla.

—Meris la Bella —anunció su capitán, aunque Dany la habría llamado cualquier cosa antes que bella. Medía casi dos varas y media y no tenía orejas; un tajo le cruzaba la nariz; lucía cicatrices profundas en ambas mejillas y tenía los ojos más fríos que la reina había visto en su vida. En cuanto a los demás...

Hugh Hungerford era delgado y taciturno, de piernas largas y cara alargada, e iba ataviado con ropa elegante, pero deslucida. Webber era bajo y musculoso, y llevaba la cabeza, el pecho y los hombros recubiertos de arañas tatuadas. Orson Piedra, el de la cara colorada, aseguraba que era un caballero, al igual que el espigado Lucifer Largo. Will de los Bosques le lanzaba miradas lascivas incluso mientras se arrodillaba. Dick Heno tenía los ojos de un azul muy llamativo, el cabello blanco como el lino y una sonrisa inquietante. La cara de Jack el Bermejo quedaba oculta tras una hirsuta barba naranja, y no había forma de entenderlo.

—Se cortó media lengua de un mordisco en su primera batalla —le explicó Hungerford.

Los dornienses parecían diferentes.

—Con la venia de vuestra alteza —intervino Daario—, os presento a Tripasverdes, Gerrold y Rana.

Tripasverdes era enorme y calvo como una piedra, con unos brazos tan gruesos que podrían rivalizar hasta con los de Belwas el Fuerte. Gerrold era un joven alto y esbelto de pelo veteado por el sol y ojos joviales azul verdoso.

«Seguro que esa sonrisa ha conquistado el corazón de muchas doncellas.» Su capa era de suave lana marrón forrada de seda cruda, una prenda excelente.

Rana, el escudero, era el más joven de los tres y el menos imponente, un muchacho solemne, bajo y fornido, de pelo y ojos marrones. Tenía un rostro cuadrado, de frente alta, mandíbula grande y nariz ancha. La pelusa del mentón y las mejillas lo hacía parecer un niño que intentara dejarse barba por primera vez. Dany no tenía ni idea de por qué lo llamarían Rana.

«A lo mejor salta más alto que los demás.»

—Podéis levantaros —les dijo—. Daario me dice que venís de Dorne. Los dornienses siempre serán bien recibidos en mi corte: Lanza del Sol permaneció fiel a mi padre cuando el Usurpador le arrebató su trono. Debéis de haber afrontado muchos peligros para llegar hasta mí.

—Demasiados —dijo Gerrold, el joven apuesto del pelo con mechones claros—. Éramos seis cuando salimos de Dorne, alteza.

—Lamento vuestras pérdidas. —La reina se dirigió a su compañero, el grande—. Tripasverdes es un nombre extraño.

—Una broma, alteza, por los días que pasamos embarcados. Me sentí tan enfermo durante todo el trayecto desde Volantis que llegué a ponerme verde de náuseas y... Bueno, no debería decir eso.

—Creo que me imagino el resto, ser Tripasverdes. —Dany rio—. Debo llamaros *ser,* ¿no es así? Daario me dice que sois caballero.

—Con el beneplácito de vuestra alteza, los tres somos caballeros.

Dany miró a Daario y vio prender la ira en su rostro. «No lo sabía.»

—Necesito caballeros —les dijo.

Aquello despertó los recelos de ser Barristan.

—Es muy fácil hacerse pasar por caballero cuando se está tan lejos de Poniente. ¿Estáis dispuestos a defender esa afirmación con la espada o la lanza?

—Si fuera necesario, sí —replicó Gerrold—, aunque ninguno de nosotros pretenderá igualar a Barristan el Bravo. Vuestra alteza, os pido perdón, pero nos hemos presentado ante vos con nombres falsos.

—Sé de alguien que hizo lo mismo en cierta ocasión —dijo Dany—, un tal Arstan Barbablanca. Decidme, pues, vuestros nombres auténticos.

—Con mucho gusto..., pero, si mi reina nos lo permite, ¿no habría un lugar con menos ojos y oídos?

«Juegos dentro de juegos.»

—Como deseéis. Skahaz, haz salir a todos.

El Cabeza Afeitada rugió órdenes a sus bestias de bronce, que arrearon a los otros ponientis y a los demás peticionarios para sacarlos de la sala como si fueran ganado. Sus consejeros permanecieron allí.

—Ahora —dijo Dany—, decidme vuestros nombres.

Gerrold, el joven atractivo, hizo una reverencia.

—Ser Gerris del Manantial, alteza. Mi espada es vuestra.

Tripasverdes cruzó los brazos frente al pecho.

—Y mi martillo de armas. Soy ser Archibald Yronwood.

—¿Y vos? —preguntó la reina al muchacho que llamaban Rana.

—Con el permiso de vuestra alteza, ¿podría entregaros antes mi regalo?

—Como gustéis. —Dany sentía curiosidad; pero, cuando Rana se adelantó, Daario Naharis le salió al paso y le tendió una mano enguantada.

—Dadme a mí ese regalo.

Impasible, el robusto joven se inclinó, se desató la bota y extrajo un pergamino amarillento de una solapa escondida.

—¿Este es tu regalo? ¿Un papel garabateado? —Daario le arrancó el pergamino de las manos, lo desenrolló y observó los sellos y las firmas con los ojos entrecerrados—. Muy bonito, con todos esos ribetes y dorados, pero no sé leer vuestros garabatos de Poniente.

—Dáselo a la reina —ordenó ser Barristan—. Ahora mismo.

Dany advirtió que la ira iba acumulándose en la sala.

—Solo soy una niña, y a las niñas hay que darles sus regalos —dijo con tono alegre—. Daario, por favor, no os burléis de mí. Dádmelo.

El pergamino estaba escrito en la lengua común. La reina lo desenrolló despacio y estudió los sellos y las firmas. El corazón se le aceleró un poco cuando leyó el nombre de ser Willem Darry. Lo leyó una y otra vez.

—¿Podemos saber qué dice, alteza? —pidió ser Barristan.

—Se trata de un pacto secreto —respondió Dany—, sellado en Braavos cuando yo era pequeña. Ser Willem Darry, el caballero que nos sacó a mi hermano y a mí de Rocadragón antes de que nos atrapasen los hombres del Usurpador, lo firmó en nuestro nombre. El príncipe Oberyn Martell lo firmó en nombre de Dorne, con el Señor del Mar de Braavos como testigo —le tendió el pergamino a ser Barristan para que lo leyera—. Estipula que la alianza ha de sellarse con un matrimonio. A cambio de la ayuda de Dorne para derrocar al Usurpador, mi hermano Viserys debía tomar como reina a Arianne, la hija del príncipe Doran.

El anciano caballero leyó detenidamente el pergamino.

—Si Robert hubiera tenido noticia de esto, habría aplastado Lanza del Sol, igual que hizo con Pyke, y se habría cobrado la cabeza del príncipe Doran y la de la Víbora Roja... y seguramente también la de esa princesa dorniense.

—Sin duda, por eso el príncipe Doran optó por mantener el pacto en secreto —observó Daenerys—. Si mi hermano Viserys hubiese sabido que tenía una princesa dorniense esperándolo, habría ido a Lanza del Sol en cuanto hubiese tenido edad para casarse.

—Y el martillo de Robert habría caído sobre él y sobre Dorne —dijo Rana—. Mi padre se conformó con esperar al día en que el príncipe Viserys consiguiese un ejército.

—¿Vuestro padre?

—El príncipe Doran —hincó una rodilla en el suelo—. Alteza, tengo el honor de presentarme como Quentyn Martell, príncipe de Dorne y vuestro súbdito más leal.

Dany se echó a reír. El príncipe dorniense enrojeció; sus consejeros y su corte la miraron perplejos.

—¿Esplendor? —intervino Skahaz el Cabeza Afeitada en ghiscario—. ¿De qué os reís?

—Lo llaman Rana —dijo ella—, y ya sabemos por qué. En los Siete Reinos se cuentan a los niños cuentos sobre ranas que se convierten en príncipes encantados cuando las besa su amor verdadero. —Sonrió y se dirigió a los caballeros dornienses en la lengua común—. Decidme, príncipe Quentyn, ¿estáis encantado?

—No, alteza.

—Me lo temía. —«Ni encantado ni encantador, por desgracia. Es una pena que el príncipe sea él y no el rubio de los hombros anchos»—. Pero habéis venido a por un beso. Queréis casaros conmigo, ¿no? El regalo que me traéis sois vos mismo. En vez de Viserys y vuestra hermana, somos vos y yo quienes hemos de sellar este pacto si quiero contar con Dorne.

—Mi padre confiaba en que me encontraseis aceptable.

Daario Naharis dejó escapar una risa burlona.

—Me parecéis un cachorro. La reina necesita un hombre a su lado, no un niño llorón. No sois esposo para una mujer como ella. Cuando os laméis los labios, ¿seguís notando el sabor de la leche de vuestra madre?

Ser Gerris del Manantial frunció el ceño al oírlo.

—Cuida tu lengua, mercenario. Estás hablando con un príncipe de Dorne.

—Y con su niñera, por lo visto. —Daario pasó los pulgares por la empuñadura de sus espadas y sonrió con gesto amenazador. Skahaz frunció el ceño como solo él sabía.

—Tal vez este chico sirva para Dorne, pero Meereen necesita un rey de sangre ghiscaria.

—He oído hablar de Dorne —dijo Reznak mo Reznak—. No hay más que arena, escorpiones y montañas yermas que se cuecen al sol.

—Dorne son cincuenta mil lanzas y espadas comprometidas al servicio de nuestra reina —respondió el príncipe Quentyn.

—¿Cincuenta mil? —se burló Daario—. Yo cuento tres.

—Ya basta —ordenó Daenerys—. El príncipe Quentyn ha cruzado medio mundo para ofrecerme este regalo y no permitiré que se le falte al respeto. —Se volvió hacia los dornienses—. Ojalá hubieseis llegado hace un año. Estoy prometida en matrimonio con el noble Hizdahr zo Loraq.

—Aún no es demasiado tarde... —dijo ser Gerris

—Eso me corresponde a mí juzgarlo —replicó Daenerys—. Reznak, ocúpate de que se asignen al príncipe y a sus acompañantes habitaciones dignas de su alta cuna, y de que se atiendan sus deseos.

—Como gustéis, esplendor.

—Entonces, hemos terminado por hoy.

La reina se levantó. Daario y ser Barristan la siguieron por las escaleras que conducían a sus aposentos.

—Esto lo cambia todo —dijo el anciano caballero.

—No cambia nada —dijo Dany mientras Irri le quitaba la corona—. ¿De qué me sirven tres hombres?

—Tres caballeros —dijo Selmy.

—Tres mentirosos —repuso sombríamente Daario—. Me engañaron.

—Y también te compraron, no me cabe duda.

Él no se molestó en negarlo. Dany desenrolló el pergamino y lo examinó otra vez.

«Braavos. Esto se firmó en Braavos, cuando vivíamos en la casa de la puerta roja. —¿Por qué se sentía tan extraña? Recordó su pesadilla—. A veces, los sueños encierran verdades.» ¿Significaba que Hizdahr zo Loraq trabajaba para los hechiceros? ¿Podía tratarse de un aviso? ¿Le estaban diciendo los dioses que se olvidase de Hizdahr para casarse con este príncipe dorniense? Algo le acudió a la memoria.

—Ser Barristan, ¿cómo es el blasón de la casa Martell?

—Un sol en su cénit, atravesado por una lanza.

«El hijo del sol. —Tuvo un escalofrío. "Sombras y susurros." ¿Qué más había dicho Quaithe?—. La yegua clara y el hijo del sol. Había también un león y un dragón. ¿O el dragón soy yo? —"Guardaos del senescal perfumado"», de eso sí se acordaba.

—Sueños y profecías. ¿Por qué siempre tienen que ser adivinanzas? Detesto las adivinanzas. Marchaos. Mañana es el día de mi boda.

Esa noche Daario la tomó de todas las formas en que un hombre podía tomar a una mujer, y ella se le entregó de buen grado. La última vez, cuando ya salía el sol, usó la boca para endurecerlo de nuevo, como Doreah le había enseñado mucho tiempo atrás, y lo montó con tal fiereza que la herida del mercenario comenzó a sangrar de nuevo, y durante un dulce instante no supo si estaba dentro de ella o ella dentro de él.

Pero cuando el sol alumbró el día de su boda, Daario Naharis se levantó, se vistió y se abrochó el cinto de la espada con sus mujeres lascivas de oro brillante.

—¿Adónde vas? —le preguntó Dany —. Te prohíbo que salgas de incursión hoy.

—Mi reina es cruel —dijo su capitán—. Si no puedo matar a tus enemigos, ¿cómo voy a entretenerme mientras te casas?

—Cuando caiga la noche ya no tendré enemigos.

—Acaba de amanecer, dulce reina. El día es largo y hay tiempo de sobra para una última incursión. Te traeré la cabeza de Ben Plumm el Moreno como regalo de bodas.

—Nada de cabezas —insistió Dany—. Una vez me trajiste flores.

—Que te las traiga Hizdahr. No es de los que se agacharían a cortar un diente de león, claro, pero tiene siervos que lo harán por él encantados. ¿Tengo tu permiso para irme?

—No. —Quería que se quedase y la abrazara. «Algún día se irá y no volverá. Algún día, un arquero le atravesará el pecho de un flechazo, o lo atacarán diez hombres con lanzas, espadas y hachas para convertirse en héroes. —Cinco de ellos morirían, pero eso no la ayudaría a soportar la pena—. Un día lo perderé, como perdí a mi sol y estrellas. Pero por favor, dioses, que no sea hoy»—. Vuelve a la cama y bésame. —Nadie la había besado jamás como Daario Naharis—. Soy tu reina y te ordeno que me folles.

Lo había dicho en broma, pero los ojos de Daario se endurecieron al oír sus palabras.

—Follarse a la reina es tarea del rey. Tu noble Hizdahr podrá encargarse de eso, cuando estéis casados. Y si resulta que es demasiado noble para mancharse de sudor, tiene sirvientes que también estarán encantados de hacerlo por él. O tal vez puedas llamar al chico dorniense a tu cama, y a su amigo el guapo, ¿por qué no? —Salió de la habitación.

«Va a salir de incursión —comprendió Dany—, y si se cobra la cabeza de Ben Plumm, irrumpirá en el banquete de bodas y la arrojará a mis pies. Que los Siete me amparen. ¿Por qué no será de alta cuna?»

Cuando se hubo ido, Missandei llevó a la reina un almuerzo sencillo a base de queso de cabra y aceitunas, con unas cuantas pasas para dar un toque dulce.

—Vuestra alteza necesita algo más que vino para desayunar. Sois muy menuda, y hoy sin duda necesitaréis fuerzas.

Aquello hizo reír a Daenerys, dicho por una chica aún más menuda que ella. Confiaba tanto en la pequeña escriba que a menudo se olvidaba de que acababa de cumplir los once años. Compartieron la comida en la terraza. Mientras Dany masticaba una aceituna, la naathi la miró con ojos de oro fundido.

—No es tarde para anunciar que habéis decidido no casaros.

«Sí que lo es», pensó la reina con tristeza.

—La sangre de Hizdahr es antigua y noble. Nuestro enlace unirá a mis libertos con su pueblo. Cuando seamos uno solo, también lo será nuestra ciudad.

—Vuestra alteza no ama al noble Hizdahr. Una cree que preferiríais a otro por marido.

«Hoy no debo pensar en Daario.»

—La reina ama a quien debe, no a quien quiere. —Había perdido el apetito—. Llévate esta comida. Ya es hora de que me bañe.

Más tarde, mientras Jhiqui la secaba, Irri le llevó el *tokar*. Dany envidió los holgados pantalones de seda y los chalecos pintados de las criadas dothrakis. Estarían mucho más frescas que ella, con el *tokar* de pesados flecos de perlas.

—Ayudadme a envolverme en esto, por favor. No me las arreglo con tantas cuentas.

Era consciente de que debería estar más emocionada con el día de su boda y la noche que seguiría. Rememoró la noche de su primera boda, cuando Khal Drogo tomó su virginidad bajo unas estrellas extrañas. Recordó que estaba muy asustaba, y también excitada. ¿Sería lo mismo con Hizdahr?

«No. Ya no soy aquella niña, y él no es mi sol y estrellas.»

Missandei volvió a salir de la pirámide.

—Reznak y Skahaz solicitan el honor de escoltar a vuestra alteza al templo de las Gracias. Reznak ha ordenado que os preparen el palanquín.

Los meereenos rara vez montaban a caballo dentro de la ciudad; preferían que sus esclavos los llevaran en volandas sobre palanquines, literas y sillas de mano.

«Los caballos ensucian las calles —le había dicho un hombre—; los esclavos, no.» Dany había liberado a los esclavos, pero los palanquines, literas y sillas seguían atestando las calles, y ninguno flotaba en el aire por arte de magia.

—Hace demasiado calor para ir encerrada en un palanquín. Que ensillen a mi plata. No acudiré ante mi señor esposo a hombros de porteadores.

—Alteza —dijo Missandei—, una lo siente mucho, pero no podéis montar con el *tokar* puesto.

Como de costumbre, la pequeña escriba tenía razón. El *tokar* no era una prenda pensada para ir a caballo. Dany hizo un gesto de desagrado.

—De acuerdo, pero no iré en el palanquín; me ahogaría entre todas esas telas. Que preparen una silla de mano. —Si tenía que ponerse las orejas largas, que la viesen todos los conejos.

Cuando Dany hizo su aparición, Reznak y Skahaz cayeron de rodillas.

—Vuestra adoración brilla tanto que cegará a todos los hombres que se atrevan a mirar —dijo el senescal Reznak, que llevaba un *tokar* de brocado granate con flecos dorados—. Hizdahr zo Loraq es muy afortunado al teneros... y vos al tenerlo a él, si me permitís la osadía. Este enlace salvará nuestra ciudad, ya lo veréis.

—Rezamos por ello. Quiero plantar mis olivos y verlos dar fruto.

—«¿Acaso importa que no me complazcan los besos de Hizdahr? La paz me complacerá. ¿Soy una reina o una simple mujer?»

—Hoy, las multitudes parecerán enjambres de moscas. —El Cabeza Afeitada vestía una falda negra plisada y una coraza musculada, y bajo el brazo llevaba un yelmo de cobre con forma de cabeza de serpiente.

—¿Debería tener miedo de las moscas? Tus bestias de bronce me mantendrán a salvo de cualquier daño.

La base de la Gran Pirámide siempre se encontraba en penumbra. Las paredes de treinta pies de grosor ahogaban el tumulto de las calles y mantenían fuera el calor, de forma que el interior era fresco y oscuro. Su escolta estaba dentro, ya formada ante las puertas. Los establos de caballos, burros y mulas se encontraban en los muros del oeste, y los de los elefantes, en los del este. Dany se había hecho con tres de aquellas bestias extrañas y descomunales. Le parecían mamuts lampiños y grises, aunque les habían recortado y recubierto de oro los colmillos, y tenían los ojos tristes.

Belwas el Fuerte se dedicaba a comer uvas, mientras Barristan Selmy observaba al mozo de cuadra que ajustaba la cincha de su caballo tordo. Los tres dornienses estaban hablando con él, pero se apartaron cuando apareció la reina. El príncipe dobló una rodilla.

—Vuestra alteza, mi deber es suplicaros. Mi padre está perdiendo las fuerzas, pero su devoción por vuestra causa es tan firme como siempre. Si mi actitud o mi persona no han sido de vuestro agrado, lo lamento, pero...

—Si queréis agradarme, alegraos por mí —replicó Daenerys—. Es el día de mi boda. En la Ciudad Amarilla se bailará, estoy segura —suspiró—. Levantaos, mi príncipe, y sonreíd. Algún día regresaré a Poniente para reclamar el trono de mi padre, y acudiré a Dorne en busca de ayuda. Hoy por hoy, los yunkios han puesto un cerco de acero a mi ciudad. Tal vez muera antes de ver mis Siete Reinos; tal vez muera Hizdahr; tal vez Poniente sea engullido por las olas. —Lo besó en la mejilla—. Vamos. Es hora de que me case.

Ser Barristan la ayudó a subir a la silla y Quentyn volvió con sus compañeros dornienses. Belwas el Fuerte bramó para que abriesen las puertas, y los porteadores sacaron a Daenerys Targaryen al sol. Selmy se situó tras ella en su caballo tordo.

—Decidme —inquirió Dany cuando el cortejo se encaminó hacia el templo de las Gracias—, si mis padres hubiesen sido libres para hacer lo que les dictaba el corazón, ¿con quiénes se habrían casado?

—Eso pasó hace mucho tiempo. Vuestra alteza no habrá oído hablar de las otras personas.

—Pero vos sí. Contádmelo.

El anciano caballero inclinó la cabeza.

—Vuestra madre, la reina, siempre fue consciente de sus obligaciones. —Estaba muy atractivo con su armadura de oro y plata, con la capa blanca ondeando desde sus hombros, pero por su voz era obvio que lo pasaba mal, como si cada palabra fuese una piedra que debía tragarse—. De joven, sin embargo... En cierta ocasión, se enamoró de un joven caballero de las tierras de la tormenta que portó su prenda en un torneo y la nombró reina del amor y la belleza. No duró mucho.

—¿Qué pasó con el caballero?

—Dejó la lanza el día en que vuestra señora madre se casó con vuestro padre. Después se volvió muy piadoso, y se le oyó decir que solo la Doncella podía reemplazar a la reina Rhaella en su corazón. Su romance era imposible, por supuesto. Un caballero hacendado no es consorte digno de una princesa de sangre real.

«Y Daario Naharis solo es un mercenario, ni siquiera digno de abrocharle las espuelas a un simple caballero hacendado.»

—¿Y mi padre? ¿Hubo alguna mujer a la que amase más que a su reina?

— No..., amar, no. —Ser Barristan se agitó incómodo en la silla—. Quizá *desear* sería una palabra más adecuada, pero... no eran más que habladurías de las cocinas, susurros de lavanderas y mozos de cuadras...

—Quiero saberlo. No conocí a mi padre. Quiero saberlo todo sobre él. Lo bueno y... lo demás.

—Como ordenéis. —El caballero blanco escogió las palabras con cuidado—. El príncipe Aerys... cuando era joven, se sentía atraído por cierta dama de Roca Casterly, una prima de Tywin Lannister. Cuando ella se casó con Tywin, vuestro padre bebió demasiado vino durante la boda y lo oyeron decir cuánto lamentaba que hubiesen abolido el derecho de pernada. Una broma de borrachos, nada más, pero Tywin Lannister no es de los que olvidan unas palabras semejantes, ni las... libertades que se tomó vuestro padre durante el encamamiento. —Se sonrojó—. He hablado demasiado, alteza. He...

—¡Bienhallada, mi gentil reina! —Otro cortejo se había puesto a la altura del suyo, y Hizdahr zo Loraq le sonreía desde su propia silla.

«Mi rey. —Dany se preguntó dónde estaría Daario Naharis, qué estaría haciendo en ese instante—. Si esto fuera un cuento, llegaría galopando justo cuando el cortejo alcanzase el templo, para batirse con Hizdahr por mi mano.»

Juntos, el cortejo de Dany y el de Hizdahr zo Loraq avanzaron despacio por Meereen, hasta que el templo de las Gracias se alzó imponente ante ellos, con sus cúpulas doradas resplandecientes al sol.

«Qué bonito —trató de pensar la reina; pero en su interior había una niñita tonta que no podía evitar mirar en derredor buscando a Daario—. Si te amase, vendría y te llevaría a punta de espada, igual que Rhaegar se llevó a su norteña», insistía la niña que era en el fondo; pero la reina sabía que eran tonterías. Incluso si su capitán estuviese lo bastante loco para intentarlo, las bestias de bronce lo despedazarían antes de que pudiese acercarse a cien pasos de ella.

Galazza Galare los esperaba a las puertas del templo, rodeada por sus hermanas vestidas de blanco, rosa y rojo, azul, oro y violeta.

«Hay menos que antes. —Dany buscó a Ezzara y no la vio—. ¿Se la habrá llevado la colerina sangrienta?» A pesar de que la reina había abandonado a los astaporis para que muriesen de hambre al otro lado de la muralla con el fin de evitar contagios, la enfermedad se estaba extendiendo. Había muchos afectados: libertos, mercenarios, bestias de bronce y hasta dothrakis, aunque por el momento no había tocado a ningún inmaculado. Rezó para que ya hubiese pasado lo peor.

Las gracias le llevaron un sillón de marfil y un cuenco de oro. Sujetando delicadamente su *tokar* para no enredarse con los flecos, Daenerys Targaryen se acomodó en el lujoso asiento de terciopelo, y Hizdahr zo Loraq se arrodilló, le desató las sandalias y le lavó los pies mientras cincuenta eunucos cantaban y diez mil ojos los observaban.

«Tiene manos tiernas —caviló al sentir los cálidos aceites perfumados en los dedos—. Si también tiene el corazón tierno, puede que con el tiempo llegue a cobrarle afecto.»

Cuando terminó de lavarle los pies, Hizdahr se los secó con una toalla suave, volvió a atarle las sandalias y la ayudó a ponerse en pie. Cogidos de la mano, siguieron a la gracia verde al interior del templo, donde el aire estaba cargado de incienso y un manto de oscuridad envolvía a los dioses de Ghis en sus nichos.

Cuatro horas más tarde salieron como marido y mujer, atados por las muñecas y los tobillos con cadenas de oro amarillo.

Jon

La reina Selyse se presentó en el Castillo Negro con su hija, el bufón de la niña, criadas, damas, y un séquito compuesto por cincuenta caballeros, espadas juramentadas y soldados.

«Son todos hombres de la reina —comprendió Jon—. Asisten a Selyse, pero a quien obedecen es a Melisandre.»

La sacerdotisa roja lo había avisado de la visita de la reina casi un día antes de que llegase el cuervo de Guardiaoriente con el mismo mensaje.

Recibió al grupo junto a los establos, en compañía de Seda, Bowen Marsh y media docena de guardias que vestían largas capas negras. Si la mitad de lo que se decía de la reina era cierto, presentándose ante ella sin una comitiva propia corría el riesgo de que lo confundiese con un mozo de cuadra y le entregase las riendas del caballo.

Las nevadas se habían desplazado por fin hacia el sur y les daban una tregua. Mientras se arrodillaba ante la reina sureña, incluso le pareció que el aire era algo más cálido.

—Alteza, el Castillo Negro os da la bienvenida a vos y a los vuestros.

—Gracias. Os ruego que me escoltéis hasta vuestro lord comandante —respondió la reina, mirándolo desde arriba.

—Mis hermanos me escogieron a mí para tal honor. Soy Jon Nieve.

—¿Vos? Me habían dicho que erais joven, pero... —El rostro de la reina Selyse estaba demacrado y pálido. Llevaba una corona de oro rojo con puntas en forma de llamas, exactamente igual que la de Stannis—. Podéis levantaros, lord Nieve. Esta es mi hija Shireen.

—Princesa... —Jon inclinó la cabeza. Shireen era una joven poco agraciada, y la psoriagrís la afeaba más aún: le había dejado el cuello y parte de la mejilla grises, endurecidos y agrietados—. Mis hermanos y yo estamos a vuestro servicio —dijo a la muchacha.

—Gracias, mi señor —respondió Shireen, sonrojada.

—Ya conocéis a mi tío, ser Axell Florent —continuó la reina.

—Solo por cuervos. —«E informes.» Las cartas que había recibido de Guardiaoriente del Mar hablaban mucho de Axell Florent, y poco de lo que decían era bueno—. Ser Axell...

—Lord Nieve... —Florent era un hombre robusto, de piernas cortas y pecho abombado. Tenía la nariz y la mandíbula cubiertas de vello hirsuto, que también le asomaba por las orejas y por las ventanas de la nariz.

—Mis leales caballeros —prosiguió la reina Selyse—: ser Narbert, ser Benethon, ser Brus, ser Patrek, ser Dorden, ser Malegorn, ser Lambert, ser Perkin. —Iban haciendo una reverencia a medida que la reina los nombraba. No se molestó en presentar al bufón, pero los cencerros del sombrero astado y los variopintos tatuajes que le recorrían las mejillas hinchadas hacían imposible pasarlo por alto.

«Caramanchada.» Las cartas de Cotter Pyke también lo mencionaban; Pyke decía que era retrasado.

La reina hizo una seña a otro curioso miembro de su séquito: un hombre alto y flaco como un palo, con un estrafalario sombrero de tres niveles de fieltro morado que resaltaba más aún su altura.

—Y aquí tenemos al honorable Tycho Nestoris, un emisario del Banco de Hierro de Braavos, que ha venido a hablar con el rey Stannis.

El banquero se quitó el sombrero e hizo una profunda reverencia.

—Lord comandante, agradezco vuestra hospitalidad y la de vuestros hermanos. —Hablaba la lengua común con fluidez y un acento muy leve. Medía casi un palmo más que Jon; una barba fina como una cuerda le nacía en la barbilla y le llegaba casi hasta la cintura. Llevaba ropa de un morado sombrío y con ribetes de armiño, y un cuello alto y rígido le enmarcaba el rostro enjuto—. Espero que nuestra presencia no os resulte demasiado molesta.

—En absoluto, mi señor. Sois bienvenido. —«Bastante más que esta reina, la verdad.» Cotter Pyke había enviado un cuervo con antelación para avisar de la llegada del banquero. Desde entonces, Jon no había pensado en gran cosa. Se volvió hacia la reina—. Los aposentos reales de la Torre del Rey están acondicionados para vuestra alteza, y os acogerán durante todo el tiempo que deseéis permanecer con nosotros. Os presento a Bowen Marsh, nuestro lord mayordomo. Buscará alojamiento para vuestros hombres.

—Sois muy amable al hacernos un hueco. —Las palabras de la reina eran corteses, pero su tono indicaba que, a su parecer, los hombres solo cumplían su obligación y más les valía que las habitaciones fueran de su agrado—. No nos quedaremos demasiado tiempo; unos días, como mucho. Tenemos intención de dirigirnos a nuestro nuevo asentamiento del Fuerte de la Noche tan pronto como hayamos descansado. El viaje desde Guardiaoriente ha sido agotador.

—Como deseéis, alteza —dijo Jon—. Imagino que tendréis frío y hambre. En nuestra sala común os aguarda una comida caliente.

—Muy bien. —La reina echó un vistazo al patio—. Sin embargo, antes me gustaría hablar con lady Melisandre.

—Por supuesto, alteza. Sus habitaciones se encuentran también en la Torre del Rey. Seguidme, os lo ruego. —La reina Selyse asintió, tomó a su hija de la mano y se dejó guiar por Jon desde los establos. Ser Axell, el banquero braavosi y los demás los siguieron como una bandada de patitos envueltos en lana y pieles.

—Alteza —dijo Jon Nieve—, mis constructores han hecho cuanto estaba en sus manos por preparar el Fuerte de la Noche para vuestra llegada... Pero gran parte sigue en ruinas. Es un castillo grande, el más grande del Muro, y solo hemos podido reconstruirlo parcialmente. Puede que estéis más cómoda si volvéis a Guardiaoriente del Mar.

—No vamos a volver a Guardiaoriente —respondió la reina frunciendo la nariz—. No nos gusta. Una reina debería ser la señora de su casa. Ese Cotter Pyke que nos mandasteis ha resultado ser un hombre grosero, desagradable, problemático y mezquino.

«Tendrías que oír lo que dice Cotter de ti.»

—No sabéis cuánto lo siento, pero me temo que vuestra alteza descubrirá que las condiciones en las que se encuentra el Fuerte de la Noche os gustarán aún menos. Es un fuerte, no un palacio. Es un lugar lúgubre y frío. Sin embargo, Guardiaoriente...

—Guardiaoriente no es un lugar seguro. —La reina puso una mano en el hombro de su hija—. Esta es la verdadera heredera del rey. Un día se sentará en el Trono de Hierro y gobernará los Siete Reinos. Debe estar a salvo, y es en Guardiaoriente donde se producirá el ataque. Mi esposo ha escogido el Fuerte de la Noche y allí nos asentaremos. No vamos a... ¡Oh!

Una sombra enorme emergió tras el esqueleto de la Torre del Comandante. La princesa Shireen soltó un gritito, y tres caballeros de la reina se sobresaltaron al mismo tiempo. Otro dejó escapar un juramento.

—Que los Siete nos asistan. —La impresión le había hecho olvidar momentáneamente a su nuevo dios rojo.

—No os asustéis —les dijo Jon Nieve—. No va a haceros ningún daño, alteza. Os presento a Wun Wun.

—Wun Weg Wun Dar Wun. —La voz del gigante retumbó como una roca al caer por la ladera de una montaña. Se arrodilló ante ellos. Incluso en aquella postura los sobrepasaba en altura—. Arrodillo reina. Pequeña reina. —Sin duda, Pieles le había enseñado aquellas palabras.

—¡Es un gigante! —La princesa Shireen tenía los ojos como platos—. Un gigante de verdad, como los de los cuentos. ¿Por qué habla tan raro?

—Todavía no conoce bien la lengua común —explicó Jon—. En su tierra, los gigantes hablan la antigua lengua.

—¿Puedo tocarlo?

—Más vale que no —aconsejó su madre—. Míralo. Es una criatura abominable. —Miró a Jon con el ceño fruncido—. Lord Nieve, ¿qué hace esta bestia en nuestro lado del Muro?

—Wun Wun es un invitado de la Guardia de la Noche, al igual que vos.

A la reina no le gustó aquella respuesta, y a sus caballeros tampoco. Ser Axell hizo un gesto de desagrado y ser Brus ahogó una risita nerviosa.

—Tenía entendido que ya no había gigantes —dijo ser Narbert.

—Quedan muy pocos. —«Ygritte lloró por ellos.»

—En la oscuridad, los muertos bailan. —Caramanchada movió los pies en un grotesco paso de danza—. Lo sé, lo sé, je, je, je. —En Guardiaoriente le habían confeccionado una capa con retales de piel de castor, oveja y conejo. De las astas del sombrero colgaban cencerros y largas tiras de piel de ardilla que le cubrían las orejas. Cada uno de sus movimientos iba acompañado de sonidos tintineantes.

Wun Wun lo miró fascinado, pero cuando intentó acercarse, el bufón saltó hacia atrás, haciendo sonar los cencerros.

—Oh no, oh no, oh no. —Aquello hizo que Wun Wun se levantara. La reina agarró a la princesa Shireen y tiró de ella hacia atrás; los caballeros desenvainaron las espadas, y Caramanchada, alarmado, salió corriendo, tropezó y acabó con el culo hundido en un montón de nieve.

Wun Wun se echó a reír. Las risotadas de un gigante dejarían en ridículo el rugido de un dragón, por lo que Caramanchada se cubrió las orejas, la princesa Shireen apretó el rostro contra las pieles de su madre y un valiente caballero se adelantó blandiendo su acero. Jon alzó una mano para detenerlo.

—Es mejor que no lo hagáis enfadar. Envainad vuestra espada. Pieles, vuelve con Wun Wun a la Torre de Hardin.

—¿Comer ahora, Wun Wun? —preguntó Wun Wun.

—Comer ahora —accedió Jon—. Enviaré una fanega de hortalizas para él y carne para ti —le dijo a Pieles—. Enciende un fuego.

—Lo haré, mi señor, pero en Hardin hace un frío que cala hasta los huesos —contestó Pieles con una sonrisa—. ¿Podría mi señor mandar algo de vino para mantenernos calientes?

—Para ti, pero no para él. —Wun Wun no había probado el vino hasta llegar al Castillo Negro, pero desde entonces había desarrollado una afición gigantesca por él. «Demasiada.» Jon tenía bastantes problemas a los que enfrentarse para añadir al lote un gigante borracho. Se volvió hacia los caballeros de la reina—. Mi señor padre decía que no se debería desenvainar una espada a menos que se fuera a hacer uso de ella.

—Pensaba usarla. —El caballero iba afeitado y tenía el rostro curtido por el viento; bajo una capa de piel blanca vestía un jubón de tela de plata con una estrella azul de cinco puntas—. Según tenía entendido, la Guardia de la Noche defiende al reino de estos monstruos. Nadie me había dicho que los tuvierais de mascotas.

—¿Y vos sois...? —«Otro imbécil sureño.»

—Ser Patrek de la Montaña del Rey, mi señor.

—Desconozco los usos de vuestra montaña en lo tocante a la inmunidad de los huéspedes, pero en el norte es sagrada. Wun Wun es un invitado.

—Decidme, lord comandante —dijo ser Patrek con una sonrisa—, si aparecen los Otros, ¿también pensáis ofrecerles vuestra hospitalidad? —El caballero se volvió hacia la reina—. Alteza, si no me equivoco, esa es la Torre del Rey. ¿Me concedéis el honor de acompañaros?

—Como deseéis. —La reina aceptó su brazo y pasó por delante de los hombres de la Guardia de la Noche sin mirar atrás.

«Esas llamas que lleva en la corona son lo más cálido que hay en ella.»

—Lord Tycho —llamó Jon—. Esperad un momento, por favor.

—No soy ningún señor —contestó el braavosi al tiempo que se detenía—. Tan solo un mero sirviente del Banco de Hierro de Braavos.

—Cotter Pyke me ha informado de que llegasteis a Guardiaoriente con tres barcos: una galeaza, una galera y una coca.

—En efecto, mi señor. La travesía es peligrosa en esta época. Un barco puede naufragar si va solo, pero tres pueden ayudarse entre sí. El Banco de Hierro siempre es muy prudente con estos asuntos.

—¿Podríamos tener una pequeña charla antes de que partáis?

—Estoy a vuestro servicio, lord comandante. En Braavos solemos decir que no hay mejor momento que el presente. ¿Os parece bien?

—No lo hay mejor. ¿Preferís que vayamos a mis aposentos, o deseáis conocer la cima del Muro?

El banquero miró hacia arriba, donde el hielo se cernía vasto y blanco contra el cielo.

—Ahí arriba hará mucho frío.

—Mucho frío y mucho viento. Al final se aprende a caminar bien alejado del borde. A varios hombres se los llevó el viento. Aun así, en este mundo no hay nada remotamente parecido al Muro. Puede que no tengáis otra ocasión de verlo.

—No cabe duda de que me arrepentiré en mi lecho de muerte, pero tras un día tan largo a caballo, me resulta más apetecible una habitación cálida.

—Entonces vamos a mis aposentos. Seda, tráenos vino especiado, por favor.

Las habitaciones de Jon, tras la armería, estaban bastante aisladas del ruido, aunque eran bastante frías. El fuego se había apagado hacía rato; a la hora de mantenerlo vivo, Seda no era tan diligente como Edd el Penas.

—¡Maíz! —El cuervo de Mormont los recibió con un graznido. Jon colgó la capa.

—Venís en busca de Stannis, ¿no es así?

—En efecto, mi señor. La reina Selyse ha sugerido que enviemos un cuervo a Bosquespeso para informar a su alteza de que lo espero en el Fuerte de la Noche. El asunto que deseo tratar con él es demasiado delicado para confiarlo por carta.

—Una deuda. —«No puede ser otra cosa.»— ¿Una deuda suya o de su hermano?

—No sería apropiado por mi parte hablar de las deudas que lord Stannis tenga o deje de tener —respondió el banquero al tiempo que apretaba los dedos—. Respecto al rey Robert... Tuvimos el honor de ayudar a su alteza cuando lo necesitó. Mientras Robert vivió, no hubo problemas. Sin embargo, el Trono de Hierro ha dejado de devolvernos los préstamos.

«¿De verdad son tan necios los Lannister?»

—No pretenderéis hacer responsable a Stannis de las deudas de su hermano.

—Las deudas las contrajo el Trono de Hierro —declaró Tycho—, y debe saldarlas quienquiera que se siente en él. Ya que tanto el rey Tommen como sus consejeros están empecinados, nuestra intención era abordar el tema con el rey Stannis. Si se muestra digno de nuestra confianza, le proporcionaremos con mucho gusto cualquier ayuda que necesite.

—Ayuda —gritó el cuervo—. Ayuda, ayuda.

Jon ya se imaginó algo parecido en el momento en que supo que el Banco de Hierro enviaba un emisario al Muro.

—Lo último que sabemos de su alteza es que se dirigía hacia Invernalia para enfrentarse a lord Bolton y sus aliados. Podéis ir en su busca, pero corréis el riesgo de veros envuelto en la guerra.

—Los que servimos en el Banco de Hierro nos enfrentamos a la muerte tanto como los que servís al Trono de Hierro —contestó Tycho bajando la cabeza.

«¿Sirvo al Trono de Hierro?» Jon ya no estaba seguro.

—Puedo proporcionaros caballos, provisiones, guías y lo que preciséis para alcanzar Bosquespeso, pero a partir de ahí tendréis que llegar hasta Stannis por vuestra cuenta. —«Y puede que os encontréis su cabeza clavada en una pica»—. Pero eso tiene un precio.

—Precio —coreó el cuervo de Mormont—. Precio, precio.

—Todo tiene un precio, ¿verdad? —sonrió el braavosi—. ¿Qué necesita la Guardia?

—Para empezar, vuestros barcos. Y sus tripulaciones.

—¿Los tres? ¿Cómo voy a regresar a Braavos?

—Solo los necesito para un viaje.

—Un viaje peligroso, imagino. Habéis dicho «para empezar».

—También necesitamos un préstamo. Oro suficiente para alimentarnos hasta la primavera; para comprar comida y fletar barcos que nos la traigan.

—¿Hasta la primavera? —Tycho suspiró—. No será posible, mi señor.

¿Qué le había dicho Stannis? «Regateáis como una vieja por un bacalao, lord Nieve. ¿Es que vuestro padre os engendró con una pescadera?» Tal vez.

Llevó casi una hora convertir lo imposible en posible, y otra más acordar los detalles. La frasca de vino especiado que les había llevado Seda los ayudó a resolver los detalles más conflictivos. Cuando Jon firmó el pergamino redactado por el braavosi, los dos estaban borrachos y tristes. Jon consideró que era una buena señal.

Los tres barcos braavosi elevaban a once la flota de Guardiaoriente, que incluía el ballenero ibbenés que había requisado Cotter Pyke siguiendo las órdenes de Jon, una galera mercante de Pentos, también confiscada, y tres maltrechos navíos de guerra lysenos: los restos de la antigua flota de Salladhor Saan, arrastrada al norte por las tormentas otoñales. Los tres barcos de Saan necesitaban reparaciones urgentes, pero a esas alturas ya deberían estar arreglados.

No era muy prudente enviar once barcos, pero si esperaba más, la gente del pueblo libre que se encontraba en Casa Austera ya habría muerto cuando llegase la flota a rescatarla.

«Hay que navegar ahora, o nunca.» Aunque no sabía si Madre Topo y los suyos estarían suficientemente desesperados para confiar sus vidas a la Guardia de la Noche.

Cuando Jon y Tycho Nestoris dejaron la estancia, ya había oscurecido y comenzaba a nevar.

—Parece que ha sido una tregua corta. —Jon se ciñó la capa con fuerza.

—El invierno se nos echa encima. Cuando salí de Braavos ya había hielo en los canales.

—Tres de mis hombres pasaron por Braavos, no hace mucho —le comentó Jon—. Un viejo maestre, un bardo y un joven mayordomo. Iban escoltando a Antigua a una chica salvaje con un niño de teta. ¿Os los habéis encontrado, por casualidad?

—Me temo que no, mi señor. No hay día que no pasen ponientis por Braavos, pero casi todos llegan y se van por el puerto del Trapero. Los barcos del Banco de Hierro amarran en el puerto Púrpura. Si queréis, puedo preguntar por ellos cuando vuelva a casa.

—No será necesario. A estas alturas ya deberían estar a salvo en Antigua.

—Esperemos que sí. El mar Angosto es muy peligroso en esta época del año, y últimamente hemos recibido informes preocupantes de barcos desconocidos avistados en los Peldaños de Piedra.

—¿Salladhor Saan?

—¿El pirata lyseno? Hay quien dice que ha vuelto a los sitios que frecuentaba, es cierto. Y la flota de guerra de lord Redwyne también pulula por el Brazo Roto. Sin duda van de camino a casa. Pero esos hombres y esos barcos nos son muy conocidos. No, esas otras velas... Puede que vengan del lejano oriente... Ha habido extraños rumores sobre dragones.

—Ojalá tuviéramos uno aquí. Caldearía el ambiente.

—Bromeáis, pero disculpad si no me río. Los braavosi descendemos de los que escaparon de Valyria y de la ira de los Señores Dragón. No nos los tomamos a broma.

«No, ya veo que no.»

—Os presento mis disculpas, lord Tycho.

—No son necesarias. Empiezo a tener hambre. Prestar sumas tan altas abre el apetito. ¿Podríais indicarme cómo llegar a vuestro comedor?

—Yo mismo os acompañaré. —Jon hizo un ademán—. Por aquí.

Habría sido una descortesía no compartir el pan con el banquero, de modo que envió a Seda a por comida. La novedad de los recién llegados había atraído a casi todos los hombres que no estaban de guardia o dormidos, y el sótano estaba abarrotado y cálido.

La reina y su hija no se presentaron; lo más seguro era que estuvieran acomodándose en la Torre del Rey. Los que sí estaban eran ser Brus y ser Malegorn, entreteniendo a los hermanos allí reunidos con las últimas noticias de Guardiaoriente y de más allá del mar. Había tres damas de la reina sentadas juntas, debidamente atendidas por sus criadas y por una docena de admiradores de la Guardia de la Noche.

Junto a la puerta, Axell Florent, la mano de la reina, estaba atacando un par de capones; rebañaba la carne de los huesos y regaba cada bocado con tragos de cerveza. Cuando divisó a Jon Nieve dejó el hueso, se limpió la boca con el dorso de la mano y se le acercó. Las piernas torcidas, el pecho de barril y las enormes orejas le daban un aspecto muy cómico, pero Jon era consciente de que más valía no reírse de él. Era el tío de la reina Selyse y había sido de los primeros en seguirla cuando aceptó al dios rojo de Melisandre.

«Si no es un asesino de la sangre de su sangre, no anda lejos. —El maestre Aemon le había dicho que Melisandre había incinerado al hermano de Axell Florent, y que este había hecho bien poco por evitarlo—. ¿Qué hombre puede ver como queman vivo a su hermano sin siquiera inmutarse?»

—Nestoris —saludó ser Axell—, lord comandante, ¿os importa si os acompaño? —Se asentó en el banco antes de que tuvieran ocasión de responder—. Lord Nieve, me gustaría preguntaros... ¿dónde puedo encontrar a la princesa de los salvajes de la que habla su alteza?

«A muchas leguas de aquí —pensó Jon—. Si los dioses son benevolentes, ya habrá dado con Tormund Matagigantes.»

—Val es la hermana pequeña de Dalla, que a su vez fue la esposa de Mance Rayder y la madre de su hijo. El rey Stannis tomó prisionera a Val y a la niña cuando Dalla murió de parto, pero no es ninguna princesa tal como vos lo entendéis.

—Sea lo que sea, en Guardiaoriente, los hombres decían que era una moza muy bella —respondió Axell con un encogimiento de hombros—. Me gustaría verla con mis propios ojos. Hay salvajes a las que habría que poner de espaldas para poder cumplir los deberes maritales. Si no es molestia, traedla para que le echemos un vistazo.

—No es un caballo al que podáis examinar.

—Prometo no contarle los dientes. —Florent sonrió—. Oh, no temáis, la trataré con toda la cortesía que merece.

«Sabe que no está aquí. —Ninguna aldea tenía secretos, y el Castillo Negro no era excepción. No se hablaba abiertamente de la ausencia de Val, pero había hombres que sabían de ella, y por la noche, en la sala común, los hermanos hablaban—. ¿Qué habrá oído? —se preguntó Jon—. ¿Cuánto creerá de lo que ha oído?»

—Disculpadme, pero no voy a traer aquí a Val.

—Iré yo. ¿Dónde la tenéis?

—Está a buen recaudo. —«Lejos de ti»—. Ya es suficiente.

—Mi señor, ¿habéis olvidado quién soy? —El rostro del caballero había enrojecido. El aliento le olía a cerveza y cebolla—. ¿Tengo que hablar con la reina? Una palabra de su alteza, y me traerán a esa salvaje desnuda para que la examine.

«Eso no puede hacerlo ni una reina.»

—La reina no abusaría de nuestra hospitalidad —respondió Jon, con la esperanza de que fuera cierto—. Y lo siento, pero debo ausentarme, o incumpliré mis deberes como anfitrión. Lord Tycho, os ruego que me disculpéis.

—Por supuesto —dijo el banquero—. Ha sido un placer.

Fuera nevaba cada vez con más fuerza. Más allá del patio, la Torre del Rey se había convertido en una sombra voluminosa, y las luces de las ventanas quedaban oscurecidas por la nieve.

Cuando volvió a sus aposentos, Jon se encontró al cuervo del Viejo Oso posado en el respaldo de la silla de roble y cuero, tras la mesa de caballetes. En cuanto entró, el pájaro empezó a chillar y pedir comida. Jon cogió un puñado de grano de un saco, junto a la puerta, y lo desperdigó por el suelo; luego se apoderó de la silla.

Tycho Nestoris había dejado una copia del acuerdo, y Jon la leyó tres veces.

«Ha sido fácil —reflexionó—. Mucho más de lo que esperaba. Mucho más de lo que debería.»

Aquello lo inquietaba. El dinero braavosi permitiría a la Guardia de la Noche comprar comida en el sur cuando empezase a escasear en los almacenes; suficiente comida para todo el invierno, durase lo que durase.

«Un invierno largo y crudo nos dejará con una deuda de tal magnitud que nunca saldremos de ella —se recordó—, pero si la elección es deuda o muerte, más nos vale pedir prestado.»

Sin embargo, no acababa de gustarle, y le gustaría menos aún cuando llegase la primavera y el momento de pagar todo aquel oro. Había quedado impresionado por la cultura y cortesía de Tycho Nestoris, pero el Banco de Hierro de Braavos tenía una reputación temible a la hora de reclamar deudas. Cada una de las Nueve Ciudades Libres tenía su propio banco; algunas contaban con varios, que luchaban por cada moneda como perros por un hueso, pero el Banco de Hierro era más rico y poderoso que todos los demás juntos. Cuando los príncipes dejaban de pagar a los bancos menores, los banqueros arruinados vendían a sus esposas e hijos como esclavos y se cortaban las venas. Cuando dejaban de pagar al Banco de Hierro, nuevos príncipes aparecían de la nada y ocupaban su trono.

«Tal como está a punto de averiguar Tommen, pobre gordito. —Sin duda, los Lannister tenían sus razones para no saldar las deudas del rey Robert, pero aun así, era una estupidez. Si Stannis era flexible a la hora de aceptar sus condiciones, los braavosi le darían tanto oro y plata como le hiciera falta; lo suficiente para comprar una docena de compañías de mercenarios, sobornar a un centenar de señores, y pagar, dar de comer, vestir y armar a sus hombres—. Si Stannis no yace bajo los muros de Invernalia, puede que ya haya conseguido el Trono de Hierro.» Se preguntó si Melisandre había visto aquello en sus fuegos.

Jon se reclinó en el asiento, bostezó y se desperezó. Al día siguiente prepararía las órdenes necesarias para Cotter Pyke.

«Lleva once barcos hasta Casa Austera. Vuelve con tanta gente como puedas; da prioridad a las mujeres y los niños. —Era hora de zarpar—. ¿Debería ir en persona, o encomendar la expedición a Cotter? —El Viejo Oso había estado al mando de una expedición—. Sí. Y no volvió.»

Cerró los ojos, solo un momento... y se despertó tieso como una tabla.

—Nieve, nieve —masculló el cuervo de Mormont.

—Mi señor, os reclaman. Disculpad, mi señor. Ha aparecido una chica. —Mully lo zarandeaba para despertarlo.

—¿Una chica? —Jon se sentó y se frotó los ojos para despejarse—. ¿Es Val? ¿Ha vuelto?

—No, mi señor. Ha aparecido a este lado del Muro.

«Arya.» Jon se incorporó. Tenía que ser ella.

—Chica, chica, chica —gritó el cuervo.

—Ty y Dannel la encontraron a dos leguas al sur de Villa Topo, en la persecución de unos cuantos salvajes que pretendían escabullirse por el camino Real. Volvían con ellos cuando se toparon con la chica. Es de alta cuna, mi señor, y pregunta por vos.

—¿Cuántos acompañantes tiene? —Se dirigió a la jofaina y se mojó la cara. Dioses, qué cansado estaba.

—Ninguno, mi señor. Venía sola. Su caballo parecía medio muerto, era todo piel y huesos, estaba cojo y echaba espuma. Lo han sacrificado y han traído a la chica para interrogarla.

«Una muchacha vestida de gris a lomos de un caballo moribundo.» Tal vez los fuegos de Melisandre estuvieran en lo cierto. Pero ¿qué había sido de Mance Rayder y las mujeres de las lanzas?

—¿Dónde está?

—En los aposentos del maestre Aemon, mi señor. —Los hombres del Castillo Negro aún los llamaban así, aunque a aquellas alturas el maestre ya estaría sano y salvo en Antigua—. La chica estaba azul de frío, y temblaba como no he visto temblar a nadie, así que Ty se la ha llevado a Clydas para que le eche un vistazo.

—Bien. —Jon se sentía como si volviera a tener quince años.

«Hermanita.» Se incorporó y se puso la capa.

Aún nevaba cuando cruzó el patio con Mully. Al este despuntaba un amanecer dorado, pero tras la ventana de Melisandre aún titilaba una luz rojiza.

«¿Es que no duerme nunca? ¿A qué juegas, sacerdotisa? ¿Tenías algún otro encargo para Mance?»

Quería creer que sería Arya. Quería ver otra vez su cara, sonreírle y revolverle el pelo, decirle que estaba a salvo.

«Pero no será así. Invernalia es un montón de ruinas quemadas; ya no hay ningún lugar seguro.»

Por mucho que lo deseara, no podía dejar que se quedase allí con él. El Muro no era lugar para una mujer, y mucho menos para una joven de alta cuna. Tampoco pensaba entregársela a Stannis ni a Melisandre. El rey pretendería casarla con uno de sus hombres: Horpe, Massey o Godry Masacragigantes; y solo los dioses sabían qué querría hacer con ella la mujer roja.

La mejor solución que veía era enviarla a Guardiaoriente y pedirle a Cotter Pyke que la embarcara rumbo a cualquier lugar del otro lado del mar, fuera del alcance de todos aquellos reyes pendencieros. Claro que tendría que esperar a que los barcos regresaran de Casa Austera.

«Podría volver a Braavos con Tycho Nestoris. Quizá el Banco de Hierro pueda encontrar a una familia noble que la acoja. —Pero Braavos era la ciudad libre más cercana, lo que la convertía en la mejor elección y a la vez en la peor—. Estaría más segura en Lorath o en el Puerto de Ibben.» Lo malo era que, la enviara adonde la enviara, Arya necesitaría plata para sobrevivir, un techo bajo el que cobijarse y alguien que la protegiese. Solo era una niña.

Hacía tanto calor en los viejos aposentos del maestre Aemon que la repentina nube de vapor que emergió de ellos cuando Mully abrió la puerta fue suficiente para cegarlos. En el interior, un fuego recién encendido ardía en el hogar; los troncos crepitaban y crujían.

—Nieve, nieve, nieve —llamaron los cuervos desde arriba. La chica estaba acurrucada y profundamente dormida junto al fuego, envuelta en una capa de lana negra tres veces más grande que ella.

Se parecía tanto a Arya que dudó, pero solo un momento. Era una joven alta y delgada, toda piernas y codos, con el pelo castaño recogido en una gruesa trenza y atado con tiras de cuero. Tenía el rostro alargado, la barbilla puntiaguda y las orejas pequeñas.

Pero era mayor, demasiado mayor.

«Esta chica tiene casi mi edad.»

—¿Ha comido algo? —preguntó a Mully.

—Solo pan y un poco de caldo, mi señor —Clydas se levantó de la silla—. El maestre Aemon decía siempre que es mejor no apresurarse. No habría podido digerir nada más.

—Dannel le ha ofrecido un bocado de una salchicha de Hobb, pero no ha querido ni tocarla —dijo Mully después de asentir.

Jon la comprendía. Las salchichas de Hobb estaban llenas de grasa, sal y cosas en las que no quería ni pensar.

—Deberíamos dejarla descansar.

Pero, en aquel momento, la chica se incorporó y se apretó la capa contra los pechos blancos y menudos. Parecía desconcertada.

—¿Dónde...?

—En el Castillo Negro, mi señora.

—El Muro. —Los ojos se le llenaron de lágrimas—. He llegado.

Clydas se le acercó.

—Pobre muchacha. ¿Cuántos años tienes?

—Cumpliré dieciséis en mi próximo día del nombre. Y no soy una niña, sino una mujer adulta y florecida. —Bostezó y se cubrió la boca con la capa. Entre los pliegues asomó una rodilla desnuda—. No lleváis cadena. ¿Sois maestre?

—No —respondió Clydas—. Pero he servido a uno.

«Se parece un poco a Arya —pensó Jon—. Está famélica y muy delgada, pero tiene el pelo del mismo color, y también los ojos.»

—Tengo entendido que has preguntado por mí. Soy...

—Jon Nieve. —La chica se apartó la trenza hacia atrás—. Mi casa y la vuestra están unidas por lazos de sangre y honor. Escuchadme. Mi tío Cregan me pisa los talones. No debéis permitir que me lleve otra vez a Bastión Kar.

«La conozco.» Jon la miró atentamente. Había algo en sus ojos, en su postura, en su forma de hablar... En un primer momento, los recuerdos lo eludieron, pero al cabo se acordó.

—Alys Karstark. —Las palabras hicieron asomar el fantasma de una sonrisa a los labios de la chica.

—No estaba segura de que me recordarais. Tenía seis años la última vez que nos vimos.

—Llegasteis a Invernalia con vuestro padre. —«Y Robb le cortó la cabeza»—. No recuerdo el motivo de vuestra visita.

—Fui a conocer a vuestro hermano. —La chica enrojeció—. Bueno, pusieron alguna excusa, pero esa era la verdadera razón. Robb y yo teníamos casi la misma edad, y mi padre pensó que haríamos buena pareja. Hubo una fiesta. Bailé con vos y con vuestro hermano. Él fue muy galante y me dijo que bailaba muy bien. Vos, en cambio, fuisteis muy hosco. Mi padre me dijo que era de esperar en un bastardo.

—Ya me acuerdo. —Aquello no era del todo cierto.

—Aún sois algo hosco —dijo la chica—, pero os perdono si me mantenéis a salvo de mi tío.

—Tu tío... ¿es lord Arnolf?

—No es ningún señor —respondió Alys con desdén—. Mi hermano Harry es quien tiene el señorío, y yo soy su heredera legítima. Una hija tiene preferencia sobre un tío. Mi tío Arnold solo es un castellano. En realidad es mi tío abuelo, el tío de mi padre. Cregan es su hijo, así que podríamos decir que es mi primo, pero siempre le hemos llamado tío. Ahora quieren que sea mi esposo. —Apretó el puño—. Antes de la guerra, estaba prometida con Daryn Hornwood. Esperábamos a que yo floreciese para casarnos, pero el Matarreyes lo abatió en el bosque Susurrante. Mi padre escribió para decir que encontraría otro sureño con quien casarme, pero no tuvo tiempo: vuestro hermano Robb le cortó la cabeza por matar a unos Lannister. —Apretó los labios—. Yo creía que habían ido al sur precisamente para matar a unos cuantos Lannister.

—No... Era más complicado. Lord Karstark mató a dos prisioneros, mi señora, a unos escuderos desarmados en una celda.

La chica no parecía sorprendida.

—Mi padre no gritaba tanto como el Gran Jon, pero no por eso era menos temible cuando se enojaba. Sin embargo, también ha muerto. Y vuestro hermano. Pero aquí estamos los dos, aún vivos. ¿Sigue habiendo alguna reyerta familiar entre nosotros, lord Nieve?

—Cuando un hombre viste el negro deja atrás sus disputas. La Guardia de la Noche no tiene nada contra Bastión Kar ni contra ti.

—Bien. Tenía miedo... Le rogué a mi padre que dejara a uno de mis hermanos de castellano, pero ninguno quería perderse la gloria y la fortuna que podían conseguir en el sur. Ahora, Torr y Edd están muertos. Lo último que supimos de Harry era que lo habían hecho prisionero en Poza de la Doncella, pero de eso hace casi un año. Quizá también esté muerto. No sabía a quién recurrir, salvo al último hijo de Eddard Stark.

—¿Por qué no acudisteis al rey? Bastión Kar ha jurado vasallaje a Stannis.

—Es mi tío quien le ha jurado vasallaje, con la esperanza de que eso provoque a los Lannister y le corten la cabeza a Harry. Si mi hermano muriese, Bastión Kar me pertenecería, pero mis tíos quieren hacerse con mis derechos de nacimiento. Cuando Cregan tenga un hijo mío dejarán de necesitarme. Ya ha enterrado a dos esposas. —Se limpió una lágrima con rabia, igual que habría hecho Arya—. ¿Me ayudaréis?

—Los matrimonios y las herencias son asuntos del rey, mi señora. Escribiré a Stannis de vuestra parte, pero...

Alys Karstark se echó a reír, pero era una risa desesperada.

—Podéis escribirle, pero no esperéis respuesta. Stannis habrá muerto antes de que llegue vuestro mensaje. Mi tío se encargará de eso.

—¿Qué quieres decir?

—Arnolf se dirige a Invernalia, es cierto, pero solo para clavarle un puñal por la espalda a vuestro rey. Llegó a ese acuerdo con Roose Bolton hace tiempo... a cambio de oro, la promesa de un perdón y la cabeza del pobre Harry. Lord Stannis se encamina directo hacia una masacre, así que no puede ayudarme, y tampoco me ayudaría aunque pudiera. —Alys se arrodilló ante Jon, arrebujada en la capa—. Sois mi única esperanza, lord Nieve. En nombre de vuestro padre, os lo ruego: protegedme.

La niña ciega

Sus noches estaban iluminadas por estrellas distantes y el reflejo de la luna sobre la nieve, pero todos los amaneceres la devolvían a la oscuridad.

Abrió los ojos y clavó la mirada ciega en la negrura que la rodeaba; el sueño empezaba a desvanecerse.

«Era tan bonito...» Se humedeció los labios al recordarlo: el balido de la oveja, el terror en los ojos del pastor, los sonidos que hacían los perros cuando iba matándolos uno por uno, los gruñidos de su manada... Desde que había empezado a nevar, la caza era menos abundante, pero aquella noche se habían dado un banquete de cordero, perro, carnero y hombre. A algunos de sus pequeños primos grises les daban miedo los hombres, hasta muertos, pero a ella no. La carne era carne, y los hombres eran su presa. Ella era la loba de la noche.

Pero solo en sueños.

La niña ciega se incorporó, se puso en pie y se desperezó. Dormía en un colchón relleno de trapos sobre un saliente de piedra fría, y siempre se sentía entumecida y agarrotada al levantarse. Caminó hasta la jofaina con pies descalzos, menudos, encallecidos, silenciosa como una sombra; se echó agua fría en la cara y se secó.

«Ser Gregor —pensó—. Dunsen, Raff el Dulce. Ser Ilyn, ser Meryn, la reina Cersei. —Su plegaria matinal. ¿O no?—. No, no es mi plegaria. No soy nadie. Esa es la plegaria de la loba de la noche. Algún día les dará caza, olerá su miedo, probará su sangre. Algún día.»

Localizó su ropa interior en un montón, la olfateó para asegurarse de que aún tenía uso y se la puso a oscuras. Su atuendo de criada se encontraba donde lo había colgado: una túnica larga de lana sin teñir, áspera y basta. Se la puso con la facilidad que daba la práctica, y después los calcetines, uno blanco y el otro negro. El negro tenía unas puntadas en la parte de arriba, y el blanco, no. Así sabía cuál era cuál y en qué pie tenía que ponerse cada uno. Tenía las piernas flacas, pero también fuertes y ligeras, y cada vez más largas.

Estaba satisfecha por eso: una danzarina del agua debía tener buenas piernas. Beth la Ciega no era una danzarina del agua, pero tampoco iba a ser Beth para siempre.

Sabía de memoria el camino de la cocina, pero aunque no se lo hubiera sabido, la nariz la habría guiado.

«Guindillas y pescado frito —supo al olfatear el aire que llegaba del final del pasillo—. Y pan recién salido del horno de Umma.» Aquellos olores le hicieron rugir el estómago. La loba de la noche se había hartado, pero eso no llenaba la tripa de la niña ciega. Hacía mucho que sabía que la carne de los sueños no la alimentaba.

Desayunó sardinas crujientes, fritas en aceite condimentado con guindillas, tan calientes que quemaban los dedos. Mojó pan recién hecho en el resto de aceite y lo bajó todo con una copa de vino aguado, sin dejar de disfrutar los sabores y los olores, el tacto áspero de la corteza en los dedos, la untuosidad del aceite, el aguijonazo de la guindilla al rozar el arañazo a medio curar que tenía en el dorso de la mano.

«Oído, olfato, gusto, tacto —se recordó—. Los que no pueden ver tienen muchas maneras de conocer el mundo. —Alguien había entrado en la estancia tras ella, silencioso como un ratón, con zapatillas suaves y blandas. Olfateó—. El hombre bondadoso. —El olor de los hombres era distinto del de las mujeres, y además había un dejo de naranja en el aire. Al sacerdote le gustaba masticar cáscara de naranja siempre que podía para refrescarse el aliento.

—¿Quién eres esta mañana? —lo oyó preguntar al tiempo que se sentaba a la mesa. A continuación oyó unos golpecitos, seguidos por un crujido leve.

«Ha cascado el primer huevo.»

—Nadie —respondió.

—Mentira. Te conozco. Eres esa mendiga ciega.

—Beth. —Había conocido a Beth en Invernalia, cuando se llamaba Arya Stark. Tal vez por eso había elegido el nombre. O tal vez porque le parecía adecuado para una ciega.

—Pobrecita —dijo el hombre bondadoso—. ¿Quieres recuperar la vista? Solo tienes que decirlo y volverás a ver. —Le hacía la misma pregunta todos los días.

—Puede que lo quiera mañana. Hoy, no. —Su rostro era como las aguas tranquilas; lo ocultaba todo, no revelaba nada.

—Como desees. —Lo oyó pelar el huevo, y captó un tintineo argentino cuando cogió la cucharilla de sal. Se ponía mucha sal en los huevos—. ¿Adónde fue anoche a mendigar mi pobre niña ciega?

—A la taberna La Anguila Verde.

—¿Qué tres cosas sabes que no supieras antes de despedirte de nosotros?

—El Señor del Mar sigue enfermo.

—Eso no es nuevo. El Señor del Mar estaba enfermo ayer y mañana seguirá enfermo.

—O estará muerto.

—Cuando muera, eso será algo nuevo.

«Cuando muera habrá que elegir otro, y aflorarán los cuchillos.» Tal era la costumbre en Braavos. En Poniente, al rey muerto lo sucedía su hijo mayor, pero los braavosi no tenían reyes.

—Tormo Fregar será el nuevo Señor del Mar.

—¿Eso se dice en la taberna de la Anguila Verde?

—Sí.

El hombre bondadoso dio un mordisco al huevo, y la niña lo oyó masticar. Nunca hablaba con la boca llena.

—Hay hombres que encuentran la sabiduría en el vino —dijo después de tragar—. Esos hombres son estúpidos. Seguro que en otras tabernas se mencionan otros nombres. —Dio otro mordisco al huevo, masticó y tragó—. ¿Qué tres cosas sabes que no supieras antes?

—Sé que hay quien dice que Tormo Fregar será el nuevo Señor del Mar —respondió—. Hombres borrachos.

—Mejor. ¿Qué más sabes?

«Que está nevando en las tierras de los ríos, en Poniente», estuvo a punto de decir. Pero le habría preguntado cómo se había enterado, y no creía que la respuesta fuera de su agrado. Se mordió el labio y recordó la noche anterior.

—La prostituta S'vrone está embarazada. No sabe con seguridad quién es el padre, pero cree que puede tratarse del mercenario tyroshi al que mató.

—Bueno es saberlo. ¿Qué más?

—La Reina Pescadilla ha elegido a una sirena nueva para que ocupe el lugar de la que se ahogó. Es la hija de una criada prestayní. Tiene trece años y carece de fortuna, pero es muy hermosa.

—Igual que todas al principio —replicó el sacerdote—, pero no puedes saber si es hermosa a menos que la hayas visto con tus propios ojos; ojos que no tienes. ¿Quién eres, niña?

—Nadie.

—Yo veo a la mendiga Beth la Ciega, una puñetera mentirosa. Ve a ocuparte de tus deberes. *Valar morghulis.*

—*Valar dohaeris.* —Recogió el cuenco, la copa, el cuchillo y la cuchara, y se puso en pie. Lo último que cogió fue el bastón: medía dos varas y tenía el grosor de su pulgar, flexible, con la parte superior envuelta en una tira de cuero. «Cuando se aprende a usarlo es mejor que los ojos», le había dicho la niña abandonada.

Era mentira. A menudo le decían mentiras para ponerla a prueba. No había bastón que superase un par de ojos; sin embargo, le resultaba útil, así que nunca se separaba de él, y Umma había acabado por llamarla Bastón. Pero los nombres ya no le importaban; ella era ella.

«Nadie. No soy nadie. Solo una chica ciega, solo una sierva del que Tiene Muchos Rostros.»

Todas las noches, en la cena, la niña abandonada le llevaba una copa de leche y le decía que se la bebiera. Tenía un sabor extraño, amargo, y no tardó en aborrecerlo. Hasta el tenue olor que la avisaba antes de que le tocara la lengua le provocaba arcadas, pero siempre apuraba la copa.

—¿Cuánto tiempo tendré que estar ciega? —preguntaba.

—Hasta que la oscuridad te resulte tan grata como la luz —respondía la niña abandonada—, o hasta que nos pidas que te devolvamos la vista. Pídelo, y volverás a ver.

«Y me echaréis.» Era mejor estar ciega. No, no la obligarían a rendirse.

El día en que se despertó ciega, la niña abandonada la cogió de la mano y la guio por las criptas y túneles de la roca sobre la que se había construido la Casa de Blanco y Negro, y por los empinados peldaños de piedra que subían al templo.

—Cuenta los escalones a medida que subas —le había dicho—. Pasa los dedos por la pared. Hay marcas que no se ven, pero se notan perfectamente al tacto.

Aquella fue la primera lección; después llegaron muchas más.

Los venenos y pócimas eran para las tardes. Podía ayudarse del olfato, el tacto y el gusto, pero estos dos últimos podían ser muy peligrosos a la hora de moler venenos, y con algunos de los preparados más tóxicos de la niña abandonada, hasta el olfato tenía sus riesgos. Tuvo que acostumbrarse a las quemaduras en las yemas de los meñiques y las ampollas en los labios, y en cierta ocasión se puso tan enferma que pasaron varios días sin que pudiera retener ningún alimento.

La cena era la hora de las lecciones de idiomas. La niña ciega entendía el braavosi, lo hablaba aceptablemente y hasta había perdido casi todo su acento bárbaro, pero el hombre bondadoso no se daba por satisfecho. Insistía en que mejorase su alto valyrio y aprendiera también los idiomas de Lys y Pentos.

Por las noches jugaba con la niña abandonada al juego de la mentira, que sin ojos era muy diferente. A veces no tenía más indicios que el tono o la elección de palabras; otras, la niña le permitía ponerle las manos en el rostro. Al principio el juego era mucho, mucho más difícil, prácticamente imposible..., pero cuando ya estaba a punto de gritar de frustración, todo se hizo más fácil. Aprendió a oír las mentiras, a detectarlas en los movimientos de los músculos que rodeaban la boca y los ojos.

En cuanto al resto de sus cometidos, siguieron siendo casi los mismos, pero cuando los realizaba tropezaba con los muebles, chocaba con las paredes, se le caían las bandejas o se perdía irremisiblemente en el templo. En cierta ocasión estuvo a punto de precipitarse escaleras abajo, pero en otra vida, cuando era una chiquilla llamada Arya, Syrio Forel le había enseñado a mantener el equilibrio, y consiguió enderezarse justo a tiempo.

Había noches en las que habría llorado hasta quedarse dormida de haber sido todavía Arry, o Comadreja, o Gata, incluso Arya de la casa Stark..., pero Nadie no tenía lágrimas.

Sin ojos, hasta la tarea más sencilla resultaba peligrosa. Se quemó cien veces ayudando a Umma en las cocinas. Una vez, picando cebollas, se cortó un dedo hasta el hueso. En dos ocasiones fue incapaz de dar con su celda y tuvo que dormir en el suelo, al pie de la escalera. Los nichos y rincones hacían del templo un lugar traicionero, incluso después de que la niña ciega aprendiera a utilizar los oídos; sus pisadas resonaban en el techo y despertaban ecos en torno a las piernas de los treinta altos dioses de piedra, con lo que las propias paredes parecían moverse, y el estanque de aguas oscuras también provocaba extrañas reverberaciones en el sonido.

—Dispones de cinco sentidos —le dijo el hombre bondadoso—. Aprende a usar los otros cuatro y tendrás menos cortes, heridas y costras.

Ya era capaz de interpretar las corrientes de aire que notaba en la piel. Por el olor sabía localizar las cocinas, además de distinguir a los hombres de las mujeres. Reconocía a Umma, a los criados y a los acólitos por el sonido de sus pisadas, y los identificaba antes siquiera de que le llegara su olor, aunque no así a la niña abandonada ni al hombre bondadoso, que no hacían el menor sonido a no ser que quisieran. Las velas que ardían en el templo también tenían olores, y hasta las que carecían de aroma dejaban escapar jirones de humo de la mecha. En cuanto aprendió a utilizar la nariz, era como si le hablaran a gritos.

Los muertos también tenían su propio olor. Uno de sus deberes era localizarlos todas las mañanas en el templo, allí donde hubieran elegido tenderse y cerrar los ojos tras beber el agua del estanque.

Aquella mañana encontró a dos.

Uno había muerto a los pies del Extraño, con una sola vela que titilaba sobre él. Notó el calor que desprendía, y su olor le hizo cosquillas en la nariz. Sabía que la vela estaría ardiendo con una llama roja oscura, y para aquellos que tuvieran ojos, el cadáver aparecería bañado en un resplandor rojizo. Antes de llamar a los criados para que se lo llevaran, se arrodilló junto a él y le palpó el rostro: le pasó los dedos por la mandíbula, los pómulos y la nariz, y le tocó el cabello.

«Pelo espeso, rizado. Un rostro atractivo, sin arrugas. Era joven.» ¿Qué lo habría llevado allí, a buscar el regalo de la muerte? Muchos jaques moribundos acudían a la Casa de Blanco y Negro para que el fin llegara antes, pero aquel hombre no había recibido herida alguna.

El segundo cadáver correspondía a una anciana, que se había tumbado a dormir en un diván de sueños, en uno de los nichos ocultos con velas especiales que conjuraban visiones de cosas amadas y perdidas. Era una muerte dulce y bella, como gustaba decir el hombre bondadoso. Los dedos le dijeron que la anciana había muerto con una sonrisa en el rostro, y que no hacía demasiado tiempo, porque el cadáver seguía cálido.

«Tiene la piel tan suave... Es como cuero viejo, muy fino, doblado y arrugado mil veces.»

Cuando llegaron los criados para llevarse el cadáver, la niña ciega los siguió. Se dejó guiar por sus pisadas, pero cuando bajaron empezó a contar. Sabía de memoria cuántos peldaños tenía cada tramo. Bajo el templo había un laberinto de criptas y túneles donde podían perderse hasta los que tenían un buen par de ojos, pero la niña ciega se lo había aprendido dedo a dedo, y en caso de que le fallara la memoria, el bastón le servía de ayuda.

Los cadáveres estaban tendidos en la cripta. La niña ciega se puso a trabajar en la oscuridad: quitó a los muertos las botas, la ropa y otras posesiones; les vació los bolsillos y contó las monedas. Una de las primeras cosas que le había enseñado la niña abandonada después de que le quitaran los ojos era distinguir una moneda de otra solo con el tacto. Las monedas braavosi eran viejas amigas, y solo tenía que rozarlas con las yemas de los dedos para reconocerlas. Las de otras tierras y ciudades le resultaban más difíciles, sobre todo las procedentes de lugares muy lejanos. Los honores volantinos eran muy habituales: monedas diminutas, con una corona en la cara y una calavera en la cruz. Las lysenas eran ovaladas y su grabado era una mujer desnuda. Otras tenían barcos, elefantes o cabras. Las monedas ponientis exhibían el busto de un rey en la cara y un dragón en la cruz.

La anciana no tenía bolsillos ni más riqueza que el anillo que llevaba en un dedo escuálido. El joven atractivo llevaba cuatro dragones dorados de Poniente. Estaba pasando el pulgar por el más desgastado para averiguar a qué rey correspondía cuando oyó que la puerta se abría tras ella con un sonido quedo.

—¿Quién es? —preguntó.

—Nadie. —La voz era grave, ronca, fría...

Y estaba en movimiento. La niña dio un paso a un lado, cogió el bastón y lo levantó para protegerse el rostro. La madera chocó contra la madera, y el impacto estuvo a punto de arrancarle el bastón de la mano. Pero ella resistió, devolvió el golpe... y solo encontró aire allí donde debería estar su adversario.

—No es ahí —dijo la voz—. ¿Estás ciega?

No respondió. Hablando solo conseguiría acallar cualquier sonido que pudiera hacer el hombre. Sabía que estaría moviéndose.

«¿A la derecha o a la izquierda?» Saltó hacia la izquierda, golpeó hacia la derecha, nada. Un aguijonazo la alcanzó en la parte trasera de las piernas.

—¿Estás sorda?

Giró en redondo con el bastón en la mano izquierda, descargó un golpe y falló. Oyó una risa a la izquierda; golpeó hacia la derecha. En esa ocasión acertó, y golpeó el otro bastón con el suyo. El impacto le provocó una sacudida dolorosa en el brazo.

—Bien —dijo la voz.

La niña ciega no sabía a quién pertenecía; tal vez a alguno de los acólitos. No recordaba haberla oído nunca, pero ¿quién decía que los sirvientes del Dios de Muchos Rostros no podían cambiar de voz con tanta facilidad como cambiaban de cara? Además de ella, en la Casa de Blanco y Negro vivían dos criados, tres acólitos, la cocinera Umma y los dos sacerdotes a los que llamaba «la niña abandonada» y «el hombre bondadoso». Solo ellos vivían allí, aunque otros iban y venían, a veces por caminos secretos. Su enemigo podía ser cualquiera de ellos.

La niña saltó a un lado al tiempo que hacía girar el bastón, oyó un sonido a su espalda, se volvió y golpeó el aire. Y volvió a sentir el bastón de su adversario entre las piernas, impidiéndole girar y magullándole la espinilla. Cayó sobre una rodilla, tan fuerte que se mordió la lengua. Y allí se quedó, quieta.

«Inmóvil como una piedra. ¿Dónde está?»

El hombre se echó a reír tras ella. Le dio un golpecito seco en una oreja y, a continuación, otro en los nudillos justo cuando trataba de ponerse en pie. El bastón de la niña cayó al suelo y ella siseó, rabiosa.

—Venga, recógelo. Hoy ya no te voy a pegar más.

—A mí no me pega nadie. —Gateó por el suelo hasta que dio con el bastón, y se puso en pie de un salto, magullada y sucia. La cripta estaba en silencio; su rival se había marchado..., ¿verdad? O tal vez estaba de pie a su lado, y ella no se daba cuenta.

«Trata de oír su respiración —se dijo; pero no oía nada. Esperó un poco más, y después dejó el bastón para seguir trabajando—. Si tuviera ojos, le habría dado una buena paliza.» El día menos pensado, el hombre bondadoso se los devolvería, y les daría a todos una buena lección.

Para entonces, el cadáver de la anciana ya estaba frío y el del jaque había empezado a ponerse rígido. La niña estaba acostumbrada. Había días en los que pasaba más tiempo con los muertos que con los vivos. Echaba de menos a los amigos que tenía cuando era Gata de los Canales: el Viejo Brusco con la espalda siempre dolorida, sus hijas Talea y Brea, los titiriteros del Barco, Alegría y sus putas del Puerto Feliz, y el resto de la chusma portuaria. Añoraba sobre todo a Gata, más incluso que sus ojos. Le había gustado ser aquella niña mucho más que ser Salina, o Perdiz, o Comadreja o Arry.

«Cuando maté a aquel bardo, maté a Gata.» El hombre bondadoso le había dicho que le habrían quitado la vista de todos modos porque tenía que aprender a utilizar el resto de los sentidos, pero que aún habrían tardado medio año. Los acólitos ciegos eran habituales en la Casa de Blanco y Negro, aunque había pocos tan jóvenes como ella. Pero no se arrepentía. Dareon era un desertor de la Guardia de la Noche y merecía la muerte. Eso mismo le dijo al hombre bondadoso.

—¿Acaso eres una diosa, para decidir quién vive y quién muere? —le había preguntado—. Entregamos el don a aquellos marcados por El que Tiene Muchos Rostros, después de muchas oraciones y sacrificios. Así ha sido siempre, desde el principio. Te he hablado de la fundación de nuestra orden, de cómo los primeros daban respuesta a las plegarias de los esclavos que deseaban morir. En aquellos primeros tiempos, el don solo se entregaba a quienes lo anhelaban... Pero un día, uno de los nuestros escuchó la oración de un esclavo que no pedía la muerte para sí mismo, sino para su amo. Tan fervoroso era su deseo que ofrecía cuanto poseía con tal de verlo cumplido, y a aquel hermano nuestro le pareció que ese sacrificio sería del gusto de El que Tiene Muchos Rostros. De modo que aquella noche hizo realidad el anhelo del esclavo y luego fue a verlo. «Ofreciste cuanto poseías a cambio de la muerte de este hombre, pero lo único que posee un esclavo es su vida. Eso es lo que quiere el dios de ti: lo servirás durante el resto de tus días.» Desde aquel momento fuimos dos. —La cogió del brazo con amabilidad, pero también con firmeza—. Todos los hombres mueren. Nosotros somos instrumentos de la muerte, no la propia muerte, pero al matar al bardo has asumido los poderes del dios. Nosotros matamos hombres, pero no tenemos la osadía de juzgarlos. ¿Lo entiendes?

«No», pensó.

—Sí —dijo.

—Mientes. Y por eso deberás caminar en la oscuridad hasta que veas el camino. A menos que quieras dejarnos. Solo tienes que pedirlo, y te devolveremos la vista.

«No», pensó.

—No —dijo.

Esa noche, tras cenar y jugar un rato al juego de las mentiras, la niña ciega se ató una tira de trapo en torno a la cabeza para ocultar los ojos inservibles, cogió el cuenco de mendiga y le pidió a la niña abandonada que la ayudara a ponerse la cara de Beth. La niña abandonada le había afeitado la cabeza después de que le quitaran los ojos. Decía que era un corte de pelo de titiritero, porque muchos comediantes se rapaban para que les encajaran mejor las diferentes pelucas, aunque también les resultaba útil a los mendigos para mantener a raya las pulgas y los piojos. Pero con una peluca no habría bastado.

—Podría cubrirte de llagas supurantes, pero los posaderos y taberneros no te dejarían entrar —le dijo la niña abandonada. De modo que le puso marcas de viruela y una verruga con un pelo negro en la mejilla.

—¿Estoy muy fea? —preguntó la niña ciega.

—No estás guapa.

—Mejor. —Nunca le había interesado estar guapa, ni siquiera cuando era la estúpida Arya Stark. Solo su padre le decía a veces que era guapa.

«Y Jon Nieve, de vez en cuando. —Su madre le decía que podría ser bonita si se lavara, se cepillara el pelo y cuidara más la ropa que se ponía, tal como hacía su hermana. Para su hermana y sus amigas, y para todos los demás, no era más que Arya Caracaballo. Pero ya habían muerto todos, hasta la propia Arya, y solo quedaba su hermanastro Jon. Algunas noches oía hablar de él en las tabernas y prostíbulos del puerto del Trapero. El bastardo negro del Muro, lo había llamado un hombre—. Seguro que ni Jon reconocería a Beth la Ciega.» Aquello la entristecía.

No llevaba más que harapos descoloridos y gastados, pero eran harapos que la abrigaban. Debajo llevaba escondidos tres puñales: uno en la bota, otro en la manga y el tercero envainado a la espalda. Los braavosi eran en su mayoría un pueblo amable, más propenso a ayudar a una pobre mendiga ciega que a hacerle mal alguno, pero siempre había quienes la consideraban una víctima fácil para robarle lo que tuviera o violarla. Para ellos llevaba los puñales, aunque hasta entonces no se había visto obligada a utilizarlos. Completaba su atuendo con un cuenco de madera agrietado y una soga a modo de cinturón.

Salió del templo cuando el rugido del Titán anunció la puesta de sol; contó los escalones tras cruzar la puerta y se guio con el bastón para llegar al puente y cruzar el canal hasta la isla de los Dioses. Por el modo en que la ropa se le pegaba al cuerpo y por el aire húmedo que notaba en las manos, supo que la niebla era muy espesa. Había aprendido que las nieblas de Braavos también jugaban con los sonidos.

«Esta noche, la mitad de la ciudad estará medio ciega.»

Al pasar junto a los templos, oyó a los acólitos de la secta de la Sabiduría Estelar, que cantaban a los astros del anochecer en la cúspide de su torre de la adivinación. En el aire flotaba un jirón de humo perfumado que la guio por el camino serpenteante hasta el lugar donde los sacerdotes rojos habían encendido los grandes braseros de hierro, ante la casa del Señor de Luz. No tardó en percibir su calor en el aire cuando los adoradores de R'hllor alzaron sus voces al unísono en una plegaria.

—Porque la noche es oscura y alberga horrores.

«Para mí, no.» Sus noches estaban iluminadas por la luna y acunadas por el canto de su manada, con el sabor de la carne roja arrancada del hueso, con los olores cálidos y familiares de sus primos grises. Solo durante el día estaba ciega y aislada.

La zona portuaria no le resultaba desconocida. Gata estaba acostumbrada a vagar por los callejones y muelles del puerto del Trapero, vendiendo los mejillones, ostras y almejas de Brusco. Los harapos, la cabeza rapada y la verruga hacían que ya no pareciera la misma, pero por si acaso procuraba no acercarse al Barco, al Puerto Feliz ni a los otros sitios donde conocían a Gata.

Era capaz de identificar cada posada y cada taberna por el olor. El Barquero Negro apestaba a salmuera; Casa Pynto, a vino agriado, queso hediondo y al propio Pynto, que nunca se cambiaba de ropa ni se lavaba el pelo. En el Remiendavelas, el aire cargado de humo guardaba siempre el olor de la carne asada. La Casa de las Siete Lámparas olía a incienso, y el Palacio de Satén, a los perfumes de las hermosas jovencitas que soñaban con ser cortesanas.

Cada local tenía además sus sonidos propios. Casi todas las noches había actuaciones en Casa Moroggo y en La Anguila Verde. En la Taberna del Proscrito eran los propios clientes los que cantaban, borrachos, en una cincuentena de lenguas. La Casa de Niebla siempre estaba abarrotada de remeros que manejaban las pértigas de las barcas serpiente; solían discutir sobre dioses y cortesanas, y sobre si el Señor del Mar era un idiota o no. El Palacio de Satén era un sitio mucho más tranquilo, donde se oían arrullos amorosos, el suave crujido de las túnicas de seda y la risa de las muchachas.

Beth pedía en un sitio distinto cada noche. Había descubierto enseguida que los posaderos y taberneros toleraban mejor su presencia si no la veían demasiado a menudo. Había pasado la noche anterior frente a La Anguila Verde, de modo que giró a la derecha y no a la izquierda tras pasar por el puente Sangriento y se dirigió a Casa Pynto, en el extremo opuesto del puerto del Trapero, en los límites de la Ciudad Ahogada. Pynto era escandaloso y maloliente, pero bajo la capa de ropa sucia y fanfarronería se ocultaba un corazón de oro, y muchas veces la dejaba entrar al calor de la taberna si no había demasiada gente; además, a menudo le daba una jarra de cerveza y un trozo de pan con algo de comer mientras le contaba sus historias. Según él, de joven había sido un famoso pirata de los Peldaños de Piedra, y si algo le gustaba en la vida era hablar y hablar de sus hazañas.

Aquella noche, la niña estaba de suerte, porque apenas había nadie en la taberna y pudo sentarse en un rincón tranquilo, bastante cerca del fuego. Apenas se hubo acomodado con las piernas cruzadas, algo le rozó el muslo.

—¿Otra vez tú? —dijo la niña ciega. Le rascó la cabeza detrás de una oreja, y el gato se le tumbó en el regazo y se puso a ronronear. Braavos estaba plagado de gatos, y abundaban sobre todo en Casa Pynto. El viejo pirata pensaba que daban suerte y le limpiaban la taberna de alimañas—. Me reconoces, ¿verdad? —susurró. No había verruga falsa que engañara a un gato; todos recordaban a Gata de los Canales.

Fue una buena noche para la niña ciega. Pynto estaba de un humor excelente y le dio una copa de vino aguado, un trozo de queso maloliente y media empanada de anguila.

—Pynto es muy buena persona —anunció el propio Pynto, y acto seguido se sentó a contarle cómo se había apoderado de un barco con un cargamento de especias, cosa que ya le había relatado en una docena de ocasiones.

A medida que pasaban las horas, la taberna fue llenándose y Pynto no tardó en estar demasiado ocupado para prestarle atención, pero varios clientes habituales le dejaron alguna moneda en el cuenco. Otras mesas las ocuparon forasteros: balleneros ibbeneses que apestaban a sangre y grasa; un par de jaques con el pelo aceitado; un gordo recién llegado de Lorath que se quejó de que las mesas de Casa Pynto no tenían espacio para su barriga. Más tarde llegaron tres lysenos, marineros de la *Buenamor,* una galera azotada por la tormenta que había llegado a duras penas a Braavos la noche anterior, solo para ser confiscada aquella misma mañana por los guardias del Señor del Mar.

Los lysenos ocuparon la mesa más cercana al fuego y conversaron ante sus copas de ron negro como la pez, en voz baja para que nadie pudiera escucharlos. Pero ella era Nadie, así que lo escuchó casi todo, y a veces hasta casi pudo verlos a través de los ojos entrecerrados del gato que ronroneaba en su regazo. Uno era viejo y otro joven, y el tercero había perdido una oreja, pero los tres tenían el pelo blanco de puro rubio y la piel clara propia de Lys, donde aún corría la sangre del Feudo Franco.

A la mañana siguiente, cuando el hombre bondadoso le preguntó qué tres cosas sabía que no supiera antes, la encontró preparada.

—Sé por qué el Señor del Mar ha confiscado la *Buenamor.* La galera transportaba esclavos, cientos de esclavos, mujeres y niños, todos atados en la bodega. —Braavos había sido fundada por esclavos fugitivos, y el comercio de seres humanos estaba prohibido en sus tierras—. Sé de dónde venían esos esclavos. Eran salvajes de Poniente, de un lugar llamado Casa Austera, muy antiguo, en ruinas. Está maldito. —En Invernalia, cuando aún era Arya Stark, la Vieja Tata le contaba muchas historias de Casa Austera—. Después de la gran batalla en la que murió el Rey-más-allá-del-Muro, los salvajes huyeron y su bruja de los bosques les dijo que tenían que ir a Casa Austera, porque allí los recogerían unos barcos y los llevarían a un lugar cálido. Pero los únicos barcos que llegaron fueron esos dos navíos piratas de Lys, la *Buenamor* y la *Elefante,* que se habían desviado hacia el norte por culpa de una tormenta. Echaron ancla cerca de Casa Austera para hacer reparaciones y vieron a los salvajes, pero eran millares y no tenían sitio para todos, así que dijeron que se llevarían solo a las mujeres y los niños. Los salvajes no tenían comida, de modo que les pidieron que se llevaran a sus esposas e hijas, pero en cuanto los barcos estuvieron en alta mar, los lysenos las ataron y las encerraron en las bodegas. Tenían intención de venderlas en Lys, pero se toparon con otra tormenta y las dos galeras se separaron. La *Buenamor* estaba en tan mal estado que su capitán no tuvo más remedio que atracar aquí, aunque puede que la *Elefante* haya conseguido llegar a Lys. Los lysenos de Casa Pynto creen que regresarán con otros barcos, porque parece que el precio de los esclavos no hace más que subir, y en Casa Austera quedaron miles de mujeres y niños.

—Bueno es saberlo. Son dos cosas. ¿Hay una tercera?

—Sí. Sé que tú eres quien ha estado golpeándome.

Sacó el bastón con un movimiento veloz y le asestó un golpe en los dedos; el báculo del sacerdote cayó al suelo, y él retiró la mano con un gesto de dolor.

—¿Cómo ha podido saberlo una niña ciega?

«Te he visto.»

—Te he dicho tres cosas nuevas; no tengo por qué decirte cuatro.

Tal vez al día siguiente le hablaría del gato que la había seguido la noche anterior y se había subido a las vigas para vigilarlos desde arriba.

«O tal vez no.» Si el sacerdote podía guardar secretos, ella también.

Aquella noche, Umma sirvió para cenar cangrejos a la sal. Cuando le tendieron la copa, la niña ciega frunció la nariz y se bebió el contenido de tres tragos; después se atragantó y soltó la copa: le ardía la lengua, y cuando bebió vino, las llamas le bajaron por la garganta y le subieron por la nariz.

—El vino no te ayudará, y el agua solo servirá para avivar el fuego —le dijo la niña abandonada—. Cómete esto.

Le puso un trozo de pan en la mano. Se lo metió en la boca, masticó y tragó. Eso la alivió en parte. Un segundo trozo de pan la alivió un poco más.

Por la mañana, cuando la loba de la noche la abandonó y ella abrió los ojos, vio una vela de sebo que ardía donde la noche anterior no había vela alguna, con una llama temblorosa que se mecía como una prostituta del Puerto Feliz. No había visto nunca nada tan hermoso.

Un fantasma de invernalia

El cadáver yacía al pie de la muralla interior, desnucado; lo único que asomaba por encima de la nieve que lo había enterrado durante la noche era la pierna izquierda.

Si las perras de Ramsay no lo hubieran encontrado, seguramente se habría quedado allí hasta la primavera, pero cuando Ben Huesos consiguió apartarlas, Jeyne la Gris había devorado buena parte del rostro del cadáver, hasta el punto de que tardaron medio día en lograr identificarlo: era un soldado de cuarenta y cuatro años que había llegado al norte con Roger Ryswell.

—Era un borracho —declaró Ryswell—. Seguro que estaba meando desde la muralla, resbaló y cayó.

Nadie presentó una versión alternativa, pero Theon Greyjoy no alcanzaba a entender por qué iba nadie a subir por los escalones nevados hasta las almenas, en plena noche, solo para echar una meada.

Aquella mañana, la guarnición desayunó pan rancio frito en grasa del tocino que se sirvió a los señores y caballeros, y no se habló de otra cosa que del cadáver.

—Stannis tiene amigos en este castillo —oyó murmurar a un sargento.

Era un viejo del ejército de los Tallhart: llevaba tres árboles bordados en el deslucido jubón. Acababa de cambiar el turno de guardia, y los hombres que volvían del frío pateaban el suelo para sacudirse la nieve de las botas y los calzones mientras se servía la comida: morcillas, puerros y pan moreno recién horneado.

—¿Stannis? —rio uno de los jinetes de Roose Ryswell—. A estas alturas, Stannis ya debe de estar muerto y enterrado bajo la nieve, o habrá vuelto al Muro con el rabo congelado entre las piernas.

—Con esta tormenta, podría estar acampado a dos pasos de nuestras murallas, con cien mil hombres, y no los veíamos —replicó un arquero que vestía los colores de los Cerwyn.

La nieve había caído día y noche, infinita, interminable, despiadada. Se acumulaba contra las paredes y llenaba los huecos entre almena y almena, mientras que los tejados estaban cubiertos de mantos blancos y las tiendas se combaban bajo su peso. Hubo que tensar cuerdas de un edificio al otro para ayudar a los hombres a cruzar los patios sin extraviarse. Los vigías se apiñaban en los torreones de guardia para calentarse las manos medio congeladas en los braseros, con lo que en los adarves solo quedaban los centinelas de nieve que habían hecho los escuderos, cuyo tamaño y extravagancia aumentaban noche tras noche a medida que el viento y otras inclemencias los iban moldeando a su antojo. De las lanzas que sostenían en los puños de nieve salían carámbanos helados. Y nada menos que Hosteen Frey, que había gruñido mil veces que a él no le daba miedo un poco de nieve, perdió una oreja por congelación.

Los caballos que estaban en los patios eran los que peor lo pasaban. Las mantas que les habían echado por encima para darles calor se empapaban y se congelaban si no se cambiaban con regularidad, y cuando los hombres encendían hogueras para mantener a raya el frío, eran más dañinas que beneficiosas. Los caballos de batalla tenían miedo de las llamas y se debatían para alejarse, tirando de las cuerdas con que los tenían atados y haciéndose daño, además de herir a las otras monturas. Los únicos que estaban a salvo eran los caballos de los establos, pero no cabía ni uno más.

—Los dioses se han vuelto contra nosotros —se oyó decir al anciano lord Locke en el salón principal—. Así nos muestran su ira, con un viento frío como el infierno y nieve que nunca cesa. Estamos malditos.

—Stannis está maldito —replicó un hombre de Fuerte Terror—. Quien está ahí fuera a merced de la tormenta es él, no nosotros.

—Puede que lord Stannis tenga más calor de lo que nosotros creemos —replicó un jinete libre que no destacaba por su astucia—. Su hechicera invoca fuegos, y a lo mejor, el dios rojo que adora es capaz de derretir la nieve.

«Ha cometido un error», supo Theon al instante. El jinete había subido demasiado la voz, y había llegado al alcance del oído de Polla Amarilla, Alyn el Amargo y Ben Huesos. Cuando se lo contaron, lord Ramsay envió a los Bribones del Bastardo para que arrastraran a aquel hombre a la nieve.

—Ya que quieres tanto a Stannis, vamos a mandarte con él —dijo.

Damon Bailaparamí asestó unos cuantos golpes al jinete con su látigo largo engrasado. Luego, Ramsay ordenó que lo llevaran a la puerta de las Almenas mientras Desollador y Polla Amarilla cruzaban apuestas sobre cuánto tardaría en congelársele la sangre.

Las puertas principales de Invernalia estaban cerradas y atrancadas, y trabadas por el hielo y la nieve hasta tal punto que habría que picar para liberar el rastrillo antes de levantarlo. Lo mismo pasaba con la puerta del Cazador, aunque al menos ahí no había hielo, ya que se había utilizado hacía poco. No era el caso de la puerta del camino Real, cuyo puente levadizo tenía las cadenas congeladas y era imposible de manejar. Así que solo quedaba la puerta de las Almenas, un arco pequeño de la muralla interior. No era una de las entradas principales del castillo, porque aunque contaba con un puente levadizo para salvar el foso congelado, no daba a la puerta correspondiente de la muralla exterior, con lo que servía de acceso a los baluartes, pero no al mundo que se extendía más allá.

Llevaron al ensangrentado jinete, que no dejaba de protestar, al otro lado del puente y escaleras arriba. Una vez allí, Desollador y Alyn el Amargo lo cogieron por los brazos y las piernas y lo lanzaron al suelo, treinta varas más abajo. Había tanta nieve que se tragó el cuerpo, aunque, más tarde, los arqueros de las almenas juraron que lo habían visto avanzar por la nieve, arrastrando una pierna rota. Uno llegó a adornarle la grupa con una flecha.

—En menos de una hora estará muerto —garantizó lord Ramsay.

—O le estará chupando la polla a lord Stannis antes de que se ponga el sol —replicó Umber Mataputas.

—Pues que tenga cuidado de no rompérsela. Con este tiempo, si se la saca, se le congela —rio Rickard Ryswel.

—Lord Stannis se habrá perdido en la tormenta —dijo lady Dustin—. Estará a muchas leguas de aquí, muerto o moribundo. Que el invierno se encargue de él y de su ejército; dentro de nada estarán enterrados en la nieve.

«Igual que nosotros», pensó Theon, asombrado ante tamaña estupidez. Lady Barbrey era del norte y debería medir mejor sus palabras. Tal vez los antiguos dioses estuvieran escuchando.

La cena consistió en puré de guisantes y pan del día anterior, lo que también hizo murmurar a los hombres, que veían como, en los asientos más privilegiados, los señores y los caballeros comían jamón.

Theon apuraba su ración de puré de guisantes, inclinado sobre el cuenco de madera, cuando un ligero roce en el hombro hizo que se le cayera la cuchara.

—No vuelvas a tocarme —dijo al tiempo que se precipitaba a recoger el cubierto antes de que las chicas de Ramsay se apoderasen de él—. No vuelvas a tocarme.

La mujer, otra de las lavanderas de Abel, se sentó a su lado, demasiado cerca. Aquella era joven; tendría quince o dieciséis años, con una pelambrera rubia que pedía a gritos un buen lavado y unos labios regordetes que pedían a gritos un buen beso.

—A muchas chicas nos gusta tocar —respondió con una sonrisita—. Me llamo Acebo, si a mi señor le parece bien.

«Acebo la puta», pensó; pero era bonita. En otros tiempos se habría echado a reír y se la habría sentado en el regazo. En otros tiempos.

—¿Qué quieres?

—Quiero ir a esas criptas. ¿Dónde están, mi señor? ¿Me las enseñaréis? —Acebo jugueteó con un mechón de pelo, enredándoselo en el meñique—. Dicen que son muy profundas y oscuras. Buen lugar para tocarse, con todos esos reyes muertos mirando.

—¿Te manda Abel?

—Puede. O puede que haya venido por mi cuenta. Pero si preferís a Abel, lo llamaré, y seguro que le canta a mi señor una canción muy dulce.

Con cada palabra que decía, Theon se convencía más y más de que se trataba de una trampa.

«Pero una trampa, ¿de quién? Y ¿para qué? —¿Qué podría querer Abel de él? No era más que un bardo, un alcahuete con un laúd y una sonrisa falsa—. Quiere saber cómo me apoderé del castillo, pero no para componer una canción. —De pronto se le ocurrió la respuesta—. Quiere saber cómo entré para saber cómo salir. —Lord Bolton había cerrado Invernalia a cal y canto, y nadie podía entrar ni salir sin su permiso—. Quiere huir con sus lavanderas.» Theon lo comprendía perfectamente.

—No quiero saber nada de Abel, de ti ni de ninguna de tus hermanas —dijo pese a ello—. Dejadme en paz.

En el exterior, la nieve se arremolinaba, danzaba. Theon se acercó renqueante a la muralla y la siguió hasta la puerta de las Almenas. Habría confundido a los guardias con un par de los muñecos de nieve de Walder el Pequeño, de no ser por las nubes de vaho de su aliento.

—Quiero pasear por la muralla —les dijo, con lo que su aliento también se condensó en el aire.

—Ahí arriba hace un frío de mil demonios —le advirtió uno.

—Aquí abajo hace un frío de mil demonios —replicó el otro—. Haz lo que quieras, cambiacapas. —Abrió la puerta para franquearle el paso.

Los peldaños estaban cubiertos de nieve, resbaladizos, traicioneros en la oscuridad. Cuando llegó al adarve, no le costó encontrar el lugar desde donde habían tirado al jinete libre. Apartó la nieve recién caída entre las almenas y se inclinó para mirar.

«Puedo saltar —pensó—. Si él ha sobrevivido, yo también puedo. —Sí, podía saltar, y luego...—. Luego, ¿qué? ¿Me rompo una pierna y muero bajo la nieve? ¿Me arrastro para morir congelado un poco más lejos? —Era una estupidez. Ramsay le daría caza con las chicas, y Jeyne la Roja, Jez y Helicent lo despedazarían. Eso si tenía suerte. Si no, lo capturarían con vida.

—Tengo que recordar mi nombre —susurró.

A la mañana siguiente, el viejo escudero de ser Aenys Frey apareció desnudo y muerto de frío en el cementerio del viejo castillo, con el rostro tan oculto por la escarcha que parecía que llevara una máscara. Ser Aenys aventuró que su escudero había bebido demasiado y se había extraviado en la tormenta, aunque nadie supo explicar por qué se había quitado la ropa para salir al patio.

«Otro borracho», pensó Theon. El vino tenía el poder de ahogar muchas sospechas.

Más adelante, antes de que acabara la jornada, un ballestero de los Flint apareció en los establos con el cráneo destrozado. Una coz de algún caballo, dictaminó lord Ramsay.

«Más bien parece un garrotazo», pensó Theon.

Todo le resultaba demasiado familiar, como una representación de títeres que ya hubiera visto, solo que los actores eran otros. Roose Bolton interpretaba el papel que había correspondido a Theon la vez anterior, y los muertos, los que habían correspondido a Aggar, Gynir Napiarroja y Gelmarr el Torvo.

«Hediondo también estaba —recordó—, pero era un Hediondo distinto, un Hediondo con las manos ensangrentadas y los labios llenos de mentiras dulces como la miel. Hediondo, Hediondo, rima con trasfondo.»

Las muertes hicieron que los señores de Roose Bolton discutieran sin tapujos en el salón principal. A algunos se les estaba agotando la paciencia.

—¿Cuánto tiempo vamos a quedarnos cruzados de brazos, esperando a un rey que no llega nunca? —exigió saber ser Hosteen Frey—. Lo que tendríamos que hacer es salir al encuentro de Stannis y acabar con él.

—¿Abandonar el castillo? —graznó el manco Harwood Stout, con un tono que indicaba que antes preferiría que le cortaran el otro brazo—. ¿Queréis que ataquemos a ciegas, en medio de la nieve?

—Para acabar con lord Stannis, previamente tendríamos que dar con él —señaló Roose Ryswell—. Nuestros exploradores salen por la puerta del Cazador, pero últimamente ya no vuelven.

—Puerto Blanco no teme cabalgar con vos, ser Hosteen. —Lord Wyman Manderly se dio unas palmadas en la enorme barriga—. Encabezad la marcha y mis caballeros os seguirán.

—Sí, de cerca. —Ser Hosteen se volvió hacia el gordo—. Lo suficiente como para clavarme una lanza en la espalda. ¿Dónde están mis parientes, Manderly? Vuestros invitados, los que os devolvieron a vuestro hijo.

—Querréis decir sus huesos. —Manderly pinchó un trozo de jamón con el puñal—. Los recuerdo muy bien: Rhaegar, el de los hombros caídos, con su lengua de miel; el valeroso ser Jared, siempre presto a desenvainar el acero; Symond, el amo de espías, contando dinero sin parar. Me entregaron los huesos de Wendel. Quien me devolvió a Wylis sano y salvo, tal como me había prometido, fue Tywin Lannister, un hombre de palabra, los Siete lo tengan en su gloria. —Lord Wyman se metió la carne en la boca, la masticó con estrépito y chasqueó los labios—. Los caminos son azarosos. Entregué regalos a vuestros hermanos cuando nos despedimos en Puerto Blanco, y juramos que nos volveríamos a ver aquí, en la boda. Hubo muchos, muchos testigos.

—¿Muchos, muchos? —le imitó Aenys Frey—. ¿O vos y los vuestros?

—¿Qué insinuáis, Frey? —El señor de Puerto Blanco se limpió la boca con la manga—. No me gusta vuestro tono. No, no me gusta ni una gota.

—Sal al patio, montaña de grasa, y de lo que no te va a quedar ni una gota es de sangre —replicó ser Hosteen.

Wyman Manderly se echó a reír, pero media docena de sus caballeros se pusieron en pie al instante. Roger Ryswell y Barbrey Dustin tuvieron que calmarlos con palabras sosegadas. Roose Bolton, en cambio, no dijo nada, pero Theon Greyjoy vio en sus ojos claros una expresión que no le había visto hasta entonces: incomodidad y hasta un atisbo de miedo.

Aquella noche, los nuevos establos se derrumbaron bajo el peso de la nieve. Veintiséis caballos y dos mozos de cuadra murieron aplastados por la techumbre, y tardaron casi toda la mañana en sacar los cadáveres. Lord Bolton se dejó ver un momento en el palenque para inspeccionar el lugar, y luego ordenó que llevaran adentro a los caballos que hubieran sobrevivido, así como a los que quedaban atados a la intemperie. Justo cuando acababan de recuperar los cadáveres de los mozos y de descuartizar a los caballos, descubrieron otra muerte.

Aquella no hubo manera de atribuirla al tropezón de un borracho ni a la coz de un caballo. El muerto era uno de los favoritos de Ramsay, el rechoncho y repulsivo soldado al que llamaban Polla Amarilla. Habría sido difícil decir si hacía honor a su mote, porque le habían cortado el miembro y se lo habían metido en la boca con tanta fuerza que le habían roto tres dientes. Cuando los cocineros lo encontraron junto a las cocinas, enterrado hasta el cuello en la nieve, tenía la polla y todo lo demás azules del frío.

—Quemad el cadáver —ordenó Roose Bolton—, y que no se hable de esto. No quiero que corra la voz.

Pero la voz corrió, y a mediodía, casi toda Invernalia se había enterado de lo sucedido, muchos por boca de Ramsay Bolton, ya que Polla Amarilla era su «chico».

—Cuando demos con el que ha hecho esto, lo desollaré de los pies a la cabeza —prometió Ramsay—. Luego freiré la piel hasta que quede bien crujiente y se la haré comer.

También se dijo que el nombre del culpable valdría un dragón de oro.

Al atardecer, el hedor del salón principal ya era notable. Cientos de caballos, hombres y perros se amontonaban bajo el mismo techo, y los suelos eran un lodazal de barro, nieve derretida y excrementos de caballo, perro y hasta hombre; el aire apestaba a perro mojado, a lana mojada y a mantas de caballo empapadas, y los bancos atestados no ofrecían cobijo alguno, pero había comida. Los cocineros sirvieron grandes tajadas de carne de caballo fresca, tostada por fuera y muy cruda por dentro, con cebollitas y nabos asados... Por una vez, los soldados comieron tan bien como los señores y los caballeros.

La carne de caballo estaba demasiado dura para los destrozados dientes de Theon, y cuando intentó masticarla, el dolor fue insoportable, de modo que aplastó los nabos y las cebollas con la hoja del puñal, para hacerse un puré, y luego cortó la carne en trocitos diminutos para chuparlos bien antes de escupirlos. Así al menos le quedaban el sabor, y parte del alimento, en forma de sangre y grasa. Con el hueso no podía hacer nada, y se lo tiró a las perras. Jeyne la Gris se hizo con él y salió corriendo, seguida por Sara y Willow, que le lanzaban dentelladas.

Lord Bolton ordenó a Abel que actuara durante la comida, y el bardo entonó «Lanzas de hierro» y «La doncella del invierno». Por petición de Barbrey Dustin, que solicitó algo más alegre, cantó «La reina se quitó la sandalia y el rey se quitó la corona» y «El oso y la doncella». Los Frey se unieron a los cánticos, y hasta algunos norteños golpearon la mesa con el puño al tiempo que aullaban: «¡Un oso! ¡Un oso!», pero el ruido asustó a los caballos, así que tuvieron que callarse, y la música no tardó en cesar.

Los Bribones del Bastardo se reunieron bajo un candelabro con una antorcha que despedía mucho humo. Luton y Desollador se pusieron a jugar a los dados; Gruñón se sentó a una mujer en el regazo para manosearle el pecho, y Damon Bailaparamí se dedicó a engrasar su látigo.

—Hediondo —llamó. Le dio unos golpecitos en la pantorrilla, como si fuera un perro—. Empiezas a oler mal otra vez.

—Sí —dijo Theon con voz queda; no tenía otra respuesta.

—Cuando termine todo esto, lord Ramsay tiene intención de cortarte los labios —dijo Damon al tiempo que pasaba un trapo aceitado a lo largo del látigo.

«Mis labios han estado entre las piernas de su dama. Tamaña insolencia no puede quedar sin castigo.»

—Como digáis.

—Me parece que le hace ilusión —se burló Luton.

—Lárgate, Hediondo —bufó Desollador—. Tu olor me revuelve el estómago.

Los demás se echaron a reír, y él salió a toda prisa, antes de que cambiaran de idea. Sus torturadores no lo seguirían afuera mientras quedara comida, bebida, mujeres fáciles y hogueras acogedoras. Cuando se marchó, Abel estaba cantando «Las doncellas que florecen en primavera».

En el exterior nevaba tanto que Theon apenas alcanzaba a ver a un paso de distancia. Se encontró a solas en medio de un desierto blanco, con muros de nieve que se alzaban a su alrededor y le llegaban por el pecho. Cuando alzó la cabeza, los copos de nieve le acariciaron las mejillas como besos fríos. Aún le llegaba la música del edificio que había dejado atrás: sonaba otra canción de melodía triste. Durante un momento, casi se sintió en paz.

Poco más allá se cruzó con un hombre que caminaba en dirección contraria, con la capucha calada y la capa ondeando a la espalda. Sus miradas se encontraron brevemente, y el otro se llevó la mano al puñal.

—Theon Cambiacapas. Theon Matahermanos.

—No, no, yo no... Soy hijo del hierro.

—Un traidor, eso es lo que eres. ¿Por qué sigues respirando?

—Los dioses aún no han acabado conmigo —replicó Theon; se preguntó si aquel hombre sería el asesino que le había cortado la polla a Polla Amarilla para metérsela en la boca; el que había empujado desde las almenas al caballerizo de Roger Ryswell. Era extraño, pero no tenía miedo. Se quitó el guante de la mano izquierda—. Lord Ramsay aún no ha acabado conmigo.

El hombre lo miró y se echó a reír.

—Entonces, te dejo para él.

Theon caminó por la nieve hasta que tuvo los brazos y las piernas empapados y apenas sentía los pies ni las manos. Volvió a encaramarse a la muralla interior. Allí arriba, a cuarenta varas de altura, soplaba algo de viento que agitaba la nieve. Se había acumulado bastante entre las almenas, y tuvo que abrir un agujero con las manos... solo para descubrir que no se veía nada más allá del foso. De la muralla exterior no se adivinaba más que una sombra vaga y unas luces tenues que flotaban en la oscuridad.

«El mundo ha desaparecido.» Desembarco del Rey, Aguasdulces, Pyke, las islas del Hierro, los Siete Reinos... Todos los lugares que había conocido, todos los lugares sobre los que había leído o con los que había soñado, ya no existían. Solo quedaba Invernalia.

Estaba atrapado allí, con los fantasmas. Los fantasmas antiguos de las criptas y los más recientes, que él mismo había creado: Mikken, Farlen, Gynir Napiarroja, Aggar, Gelmarr el Torvo, la mujer del molinero de Agua Bellota y sus dos hijitos, y todos los demás.

«Son obra mía. Son mis fantasmas. Están aquí y están furiosos.» Pensó en las criptas y en las espadas desaparecidas.

Volvió a su cuarto, y estaba quitándose la ropa empapada cuando Walton Patas de Acero fue a buscarlo.

—Ven, cambiacapas. Su señoría quiere hablar un ratito contigo.

No tenía ropa seca, así que volvió a ponerse los harapos mojados y siguió a Patas de Acero hasta el Gran Torreón, donde habían estado los aposentos de Eddard Stark. Lord Bolton no estaba solo: lo acompañaban lady Dustin, pálida y adusta; Roger Ryswell, que se cerraba la capa con un broche en forma de herradura, y Aenys Frey, que estaba junto a la chimenea con las demacradas mejillas enrojecidas por el frío.

—Me dicen que has estado rondando por el castillo —empezó lord Bolton—. Según mis hombres, se te ha visto en los establos, en las cocinas, en los barracones, en las almenas, entre las ruinas de edificios derrumbados, junto al viejo septo de lady Catelyn, en el bosque de dioses... ¿Lo niegas?

—No, mi señor. —Theon puso buen cuidado en hablar como los aldeanos, sin vocalizar; sabía que eso le gustaba mucho a lord Bolton—. No puedo dormir, así que ando por ahí. —Mantuvo la cabeza gacha y la mirada fija en los juncos sucios del suelo. No convenía mirar a su señoría a la cara—. Pasé aquí mi infancia, antes de la guerra. Era pupilo de Eddard Stark.

—Eras su rehén —corrigió Bolton.

—Sí, mi señor. Su rehén. —«Pero era mi hogar; no un hogar de verdad, pero sí el mejor que he tenido.»

—Han matado a varios de mis hombres.

—Sí, mi señor.

—No habrás sido tú, ¿verdad? —La voz de Bolton se hizo aún más suave—. No pagarías mi bondad con semejante traición.

—No, señor, yo jamás haría eso. Yo... no hago más que andar por ahí.

—Quítate los guantes —intervino lady Dustin.

Theon alzó la cabeza bruscamente.

—No, por favor, no..., no...

—Obedece —bufó ser Aenys—. Enséñanos las manos.

Theon se quitó los guantes y alzó las manos para que se las vieran. «No es como si te pidieran que te desnudes delante de ellos; no es tan grave.» Le quedaban tres dedos en la mano izquierda y cuatro en la derecha. Ramsay solo le había cortado el meñique de una y el índice y el anular de la otra.

—Esto te lo hizo el Bastardo —dijo lady Dustin.

—Si a mi señora no le importa, fue... fue porque se lo pedí. —Ramsay siempre lo obligaba a pedírselo. «Siempre me hace suplicárselo.»

—¿Y eso por qué?

—Porque... Porque no me hacen falta tantos dedos.

—Con cuatro basta. —Ser Aenys se acarició la barbita castaña que le crecía en el casi inexistente mentón, como una cola de rata—. Cuatro en la mano derecha. Puede esgrimir una espada. O un puñal.

—¿Todos los Frey sois así de idiotas? —se burló lady Dustin—. Fijaos bien en él. ¿Esgrimir un puñal? ¡Apenas tiene fuerzas para sostener una cuchara! ¿De verdad os parece capaz de derrotar al repugnante amiguito del Bastardo, cortarle el miembro y metérselo en la boca?

—Todos los muertos eran hombres fuertes —señaló Roger Ryswell—, y a ninguno lo apuñalaron. El cambiacapas no es el asesino que buscamos.

Los ojos claros de Roose Bolton estaban clavados en Theon, afilados como el cuchillo de Desollador.

—Soy de la misma opinión. Aparte del asunto de la fuerza, no lo creo capaz de traicionar a mi hijo.

—Entonces, ¿quién ha sido? —gruñó Roger Ryswell—. Es obvio que Stannis tiene un hombre dentro del castillo.

«Hediondo no es un hombre. Hediondo, no. Yo, no.» ¿Les habría hablado lady Dustin de las criptas y de las espadas desaparecidas?

—Deberíamos concentrarnos en Manderly —masculló ser Aenys Frey—. Lord Wyman no nos quiere bien.

—Pero quiere su ración de filetes, chuletas y empanadas de carne. —Ryswell no parecía tan seguro—. Para rondar a oscuras por el castillo tendría que apartarse de la mesa, y solo se levanta cuando va al retrete a echar una de sus larguísimas cagadas.

—No digo que haya sido lord Wyman en persona. Lo acompañan cien hombres; cien caballeros. Cualquier podría...

—Los caballeros no obran al amparo de la oscuridad —replicó lady Dustin—. Y lord Wyman no fue el único que perdió a alguien en vuestra Boda Roja, Frey. ¿O creéis que Mataputas os tiene más cariño? Si no tuvierais al Gran Jon, os sacaría las tripas y os las haría comer, igual que lady Hornwood se comió sus propios dedos. Tanto los Flint como los Cerwyn, los Tallhart y los Slate tenían hombres con el Joven Lobo.

—La casa Ryswell, también —apuntó Roger Ryswell.

—Hasta había algún Dustin de Fuerte Túmulo. —Lady Dustin esbozó una sonrisa feroz—. El norte recuerda, Frey.

—Stark nos deshonró. —A Aenys Frey le temblaban los labios de rabia—. Eso es lo que tenéis que recordar los norteños, si sabéis qué os conviene.

—No ganamos nada con estas discusiones. —Roose Bolton se frotó la boca y señaló a Theon con un ademán—. Puedes marcharte, pero cuidado con dónde te metes, o a lo mejor te encontramos mañana a ti.

—Como digáis, mi señor —Theon volvió a ponerse los guantes en las manos mutiladas y salió cojeando con sus pies mutilados.

De madrugada seguía despierto. Se envolvió en capas y más capas de gruesa lana y piel engrasada, y salió a pasear de nuevo por la muralla interior con la esperanza de que el cansancio le diera sueño. Pronto tuvo las piernas cubiertas de nieve hasta la rodilla, y una nueva capa, aunque blanca, sobre la cabeza y los hombros. En aquella zona del muro, el viento le daba en la cara y la nieve derretida le corría por las mejillas como lágrimas de hielo.

En aquel momento oyó el cuerno.

Era un gemido largo, grave, que parecía flotar sobre las almenas y en la oscuridad del aire para llegar hasta los huesos de cualquiera que lo escuchara. A lo largo de la muralla, los centinelas se volvieron hacia el origen del sonido, con los dedos apretados en torno a la lanza. En las ruinas de edificios y torreones de Invernalia, los señores se callaron a media frase para oír mejor, los caballos relincharon, y los durmientes se agitaron, inquietos. En cuanto se apagó el sonido del cuerno de guerra, empezó a batir el tambor: *BUUUM duuum BUUUM duuum BUUUM duuum,* y un nombre corrió de boca en boca, escrito en vaharadas de aliento blanco.

—Stannis —susurraban los hombres—. Stannis está aquí. Ha llegado Stannis. Stannis. Stannis. Stannis.

Theon se estremeció. A él le daba lo mismo un Baratheon que un Bolton: Stannis había hecho causa común con Jon Nieve en el Muro, y Jon le cortaría la cabeza sin dudarlo.

«Rescatado de las garras de un bastardo para morir a manos de otro. Tiene gracia.» Si se hubiera acordado de cómo se hacía, se habría echado a reír.

El sonido del tambor provenía del bosque de los Lobos, al otro lado de la puerta del Cazador.

«Están al otro lado de la muralla.» Theon, al igual que muchos otros, echó a andar por el adarve, pero cuando llegaron a las torres que flanqueaban la puerta, no vieron nada más allá del velo blanco.

—¿Qué pretenden? ¿Derribar la muralla a trompetazos? —bromeó un Flint cuando sonó de nuevo el cuerno de guerra—. A lo mejor creen que es el Cuerno de Joramun.

—No creo que Stannis sea tan idiota como para atacar el castillo —comentó un centinela.

—No es como Robert —convino otro hombre de Fuerte Túmulo—. Se quedará ahí fuera, ya veréis. Intentará rendirnos por hambre.

—Pues se le van a congelar los huevos —dijo otro.

—Lo que tendríamos que hacer es salir a plantarle cara —declaró un Frey.

«Eso, adelante —pensó Theon—. Salid a la nieve y morid. Dejadme en Invernalia, a solas con los fantasmas. —Intuía que a Roose Bolton le gustaría ver ese enfrentamiento—. Tiene que poner fin a esto. —El castillo estaba demasiado abarrotado para resistir un asedio largo, y la lealtad de algunos señores era más que dudosa. El obeso Wyman Manderly, Umber Mataputas, las casas Hornwood y Tallhart, los Locke, los Flint, los Ryswell... Norteños todos, leales durante generaciones a la casa Stark. Lo único que los retenía allí era la niña, que llevaba la sangre de lord Eddard; pero no era más que una marioneta, un corderito con piel de huargo. Entonces, ¿por qué no mandar a los norteños a luchar contra Stannis antes de que se descubriera la farsa?—. Una carnicería en la nieve, y cada hombre muerto sería un enemigo menos para Fuerte Terror.

¿Le permitirían luchar? Así al menos podría morir como un hombre, con la espada en la mano. Ramsay jamás le haría semejante favor, pero tal vez lord Roose, sí.

«Puede que, si se lo suplico... He hecho todo lo que me ha pedido, he representado mi papel. Entregué a la niña.» La muerte era el destino más halagüeño al que podía aspirar.

En el bosque de dioses, la nieve se derretía nada más tocar la tierra. El vapor ascendía de los estanques de agua caliente y llevaba consigo los olores del musgo, el barro y la putrefacción. Una niebla cálida pendía por doquier y convertía los árboles en vigías, en altos soldados amortajados con capas de penumbra. Durante el día, el bosquecillo estaba lleno de norteños que acudían a rezar a los antiguos dioses; pero a aquella hora era todo para Theon.

En el centro del bosque lo aguardaba el arciano, con sus sabios ojos rojos. Theon se detuvo al borde del estanque e inclinó la cabeza ante el rostro tallado. Hasta allí le llegaba el retumbar del tambor, *buuum DUUUM buuum DUUUM buuum DUUUM buuum DUUUM*. El sonido, como un trueno distante, parecía proceder de todas partes a la vez.

No soplaba viento, y la nieve caía recta de un cielo negro y seco, pero las hojas del árbol corazón crujían su nombre.

—Theon —parecían susurrar—. Theon.

«Son los antiguos dioses —pensó—. Saben quién soy. Conocen mi nombre. Fui Theon de la casa Greyjoy. Fui el pupilo de Eddard Stark, amigo y hermano de sus hijos.»

—Por favor. —Se dejó caer de rodillas—. Lo único que pido es una espada. Permitid que muera como Theon, no como Hediondo. —Las lágrimas cálidas le corrieron por las mejillas—. Era hijo del hierro. Era hijo de Pyke, de las islas.

Una hoja cayó meciéndose desde lo alto, le rozó la frente y fue a parar al estanque, donde se quedó flotando en el agua como una mano ensangrentada con sus cinco dedos.

—... Bran —murmuró el árbol.

«Lo saben. Los dioses lo saben. Saben lo que hice. —Durante un momento le pareció que el rostro tallado en la blanca corteza del arciano era el de Bran, y lo contemplaba con ojos rojos, tristes, llenos de sabiduría—. El fantasma de Bran —pensó. Pero era una locura. ¿Por qué iba a perseguirlo Bran? Siempre le había tenido cariño, y no le había hecho ningún daño—. No matamos a Bran. Ni a Rickon. Solo fueron los hijos del molinero, los del molino de al lado del Agua Bellota.»

—Necesitaba dos cabezas, o se habrían burlado de mí... Se habrían reído de mí... Se...

—¿Con quién hablas? —inquirió una voz.

Theon dio media vuelta, aterrado ante la sola idea de que Ramsay hubiera dado con él, pero no eran más que las lavanderas: Acebo, Serbal y la otra, cuyo nombre no recordaba.

—Los fantasmas —farfulló—. Me susurran. Saben... Conocen mi nombre.

—Theon Cambiacapas. —Serbal lo agarró de la oreja y se la retorció—. Necesitabas dos cabezas, ¿eh?

—O los hombres se habrían burlado de él —apuntó Acebo.

«No lo entienden.» Theon se liberó de la que lo tenía agarrado.

—¿Qué queréis?

—A ti —replicó la tercera mujer, la mayor, que tenía la voz grave y un pelo que empezaba a encanecer.

—Ya te lo dije, cambiacapas: quiero tocarte. —Acebo sonrió y le mostró un puñal.

«Puedo gritar —pensó Theon—. Alguien me oirá. El castillo está lleno de hombres armados. —Por supuesto, estaría muerto antes de que llegaran, y su sangre empaparía la tierra para alimentar al árbol corazón—. ¿Y eso qué tendría de malo?»

—Tócame —dijo—. Mátame. —En su voz había más desesperación que desafío—. Vamos, acabad conmigo igual que acabasteis con los otros, con Polla Amarilla y los demás. Fuisteis vosotras.

—¿Cómo íbamos a ser nosotras? —Acebo rio—. Somos mujeres, solo tetas y coño. Los hombres nos follan, no nos temen.

—¿Te ha hecho daño el Bastardo? —intervino Serbal—. ¿Te ha cortado los deditos? ¿Te ha hecho pupita en los pies? ¿Te ha saltado los dientes? Pobrecito. —Le dio unos cachetitos—. Eso se acabó, te lo aseguro. Has rezado, y los dioses nos envían a nosotros. ¿Querías morir, Theon? Deseo concedido: tendrás una muerte tan rápida que casi no te dolerá. Sonrió—. Pero antes, tienes que cantar para Abel. Te espera.

Tyrion

—Lote noventa y siete. —El subastador chasqueó el látigo—. Un par de enanos bien entrenados para vuestra diversión.

Habían plantado el estrado para la subasta allí donde el ancho y pardo Skahazadhan desembocaba en la bahía de los Esclavos. Tyrion Lannister detectó el olor de la sal en el ambiente, mezclado con el hedor de las zanjas que se usaban de letrinas tras los rediles de los esclavos. El calor no lo molestaba tanto como la humedad, porque era como si el aire le cayera a plomo en la cabeza y los hombros, como una manta caliente y húmeda.

—El lote incluye el perro y la cerda —anunció el subastador—. Los enanos los montan. Deleitad a vuestros huéspedes en el próximo banquete que celebréis, o usadlos para gastar bromas.

Los pujadores ocupaban los bancos de madera y bebían zumos. Algunos contaban con esclavos que los abanicaban. Se veían muchos *tokars,* el peculiar atuendo que vestía la Antigua Sangre en la bahía de los Esclavos, tan elegante como poco práctico. Otros llevaban ropa más sencilla: capas con capucha para los hombres y sedas coloridas para las mujeres, que probablemente eran prostitutas, o quizá sacerdotisas. En aquellas tierras orientales costaba establecer la diferencia.

Detrás de los bancos había un grupo de occidentales que intercambiaban bromas y se burlaban de la subasta. Tyrion supo al instante que eran mercenarios. Vio espadas largas, dagas, puñales, hachas arrojadizas y cota de malla bajo las capas. A juzgar por el rostro, el pelo y la barba, muchos de ellos procedían de las Ciudades Libres, pero había algunos que bien podían ser ponientis.

«¿Habrán venido a comprar, o solo a ver el espectáculo?»

—¿Quién abre la puja por esta pareja?

—Trescientas —ofreció una matrona desde un antiguo palanquín.

—Cuatrocientas —superó un yunkio monstruosamente gordo, desparramado en una litera como un leviatán. Iba enfundado en seda amarilla con ribete de oro y abultaba lo que cuatro Illyrios. Tyrion compadeció a los esclavos que tuvieran que portearlo.

«Al menos a nosotros no nos harán trabajar así. Qué lujo, ser un enano.»

—Y una —anunció una vieja vestida con un *tokar* violeta. El subastador le lanzó una mirada cargada de inquina, pero no anuló la puja.

Los marineros esclavos de la *Selaesori Qhoran* se vendieron por separado; sus precios estuvieron entre las quinientas y las novecientas monedas de plata. Un hombre de mar curtido era un bien muy valioso. Ninguno había opuesto la menor resistencia cuando los esclavistas abordaron su maltrecha coca; para ellos solo era un cambio de propietario. Los contramaestres eran libres, pero la viuda de los muelles había firmado un contrato en el que se comprometía a pagar su rescate si se daba una situación como aquella. Los tres dedos de fuego supervivientes no habían salido aún a la venta, pero eran bienes muebles del Señor de Luz y sin duda los compraría algún templo rojo. Llevaban los contratos grabados en la cara, en forma de llamas tatuadas.

Tyrion y Penny no contaban con ninguna garantía semejante.

—Cuatrocientas cincuenta.

—Cuatrocientas ochenta.

—Quinientas.

Unas pujas llegaban en alto valyrio, y otras, en la lengua criolla de Ghis. Algunos compradores indicaban la puja señalando, con un giro de muñeca o con un movimiento del abanico.

—Menos mal que nos venden juntos —susurró Penny.

—¡Silencio! —El subastador les lanzó una mirada rápida.

Tyrion apretó el hombro de Penny. Los mechones de pelo rubio y negro se le pegaban a la frente, y los restos de la túnica, a la espalda, con una mezcla de sudor y sangre seca. No había sido tan idiota como Jorah Mormont y no se había enfrentado a los esclavistas, pero no por eso había escapado indemne. En su caso, los latigazos se los había ganado por hablar.

—Ochocientas.

—Ochocientas cincuenta.

—Y una.

«Valemos tanto como un marinero —pensó Tyrion. Aunque tal vez los compradores pujaran por Cerdita Bonita—. Una cerda bien entrenada no se encuentra todos los días.» Lo que era obvio es que no estaban comprándolos al peso.

La puja empezó a aflojar cuando llegó a las novecientas monedas de plata, y se detuvo en novecientas cincuenta y una, ofrecidas por la vieja. Pero el subastador se había calentado y sabía que nada animaría tanto a los compradores como una muestra del espectáculo de los enanos. Mandó que subieran a los animales a la plataforma. Les resultó difícil montar sin silla ni riendas, así que nada más subirse, Tyrion resbaló de la grupa de la cerda y fue a aterrizar en la suya propia, lo que provocó una carcajada general entre los pujadores.

—Mil —ofreció el gordo grotesco.

—Y una. —Otra vez la vieja.

«Bien entrenados para vuestra diversión.» La boca de Penny estaba paralizada en un rictus que intentaba parecer una sonrisa. Donde quisiera que estuviera su padre, probablemente en un pequeño infierno reservado para los enanos, iba a tener que dar muchas explicaciones.

—Mil doscientas. —El leviatán de amarillo. Un esclavo que tenía al lado le ofreció una bebida.

«Limonada, seguro.» Aquellos ojos amarillos clavados en el estrado lo ponían nervioso.

—Mil trescientas.

—Y una. —La vieja.

«Mi padre dijo siempre que un Lannister valía diez veces más que ningún hombre corriente.»

Al llegar a las mil seiscientas monedas, la subasta volvió a enfriarse, de modo que el esclavista invitó a los posibles compradores a subir para examinar más de cerca a los enanos.

—La hembra es joven —garantizó—. Podéis cruzarlos y sacar un buen dinero por los cachorros.

—A este le falta media nariz —se quejó la vieja tras mirarlos a fondo. Una mueca de desagrado se le dibujó en el rostro arrugado. Tenía la piel de un color blanco gusano, y con el *tokar* violeta parecía una ciruela pasa enmohecida—. Y tiene cada ojo de un color. Es un ultraje para la vista.

—Mi señora no ha visto aún mi lado bueno. —Tyrion se agarró la entrepierna, por si no lo había entendido.

La vieja siseó, ultrajada, y Tyrion se llevó en la espalda un latigazo que lo hizo caer de rodillas. La boca se le llenó de sangre; sonrió y escupió.

—Dos mil —ofreció una voz nueva desde los bancos.

«¿Para qué quiere dos enanos un mercenario?» Tyrion volvió a ponerse en pie y lo miró con atención. El nuevo pujador era un hombre de cierta edad y cabello blanco, pero erguido y en forma, con la piel bronceada, coriácea, y una barba entrecana bien recortada. Llevaba una espada larga y unos cuantos puñales medio ocultos bajo la descolorida capa morada.

—Dos mil quinientas. —En esa ocasión se trataba de una mujer, una joven de grandes caderas y senos generosos que vestía una armadura ornamentada. La coraza de acero negro tenía incrustaciones de oro que mostraban una arpía que alzaba el vuelo con cadenas entre las garras. Dos soldados esclavos la habían levantado a la altura de los hombros sobre un escudo.

—Tres mil. —El hombre de la piel curtida se abrió paso por la multitud, mientras sus camaradas mercenarios empujaban a los lados a los compradores para despejar el camino.

«Eso es, acércate más. —Tyrion sabía tratar con mercenarios. No pensó ni un momento que aquel hombre lo quisiera para animar sus banquetes—. Me conoce. Quiere llevarme de vuelta a Poniente y venderme a mi hermana. —Se frotó la boca para ocultar la sonrisa. Cersei y los Siete Reinos estaban a medio mundo de distancia; antes de que llegaran podían pasar muchas cosas—. Conseguí poner a Bronn de mi parte; puede que con este también me salga bien.»

La vieja y la chica del escudo abandonaron la puja cuando llegó a tres mil monedas de plata, pero no así el gordo de amarillo, que escudriñó a los mercenarios con sus ojos amarillos y se pasó la lengua por los dientes amarillos.

—Cinco mil por todo el lote.

El mercenario frunció el ceño, se encogió de hombros y dio media vuelta.

«Siete Infiernos.» Si algo tenía claro Tyrion, era que no quería convertirse en propiedad del inmenso lord Ballenamarilla. Se le ponían los pelos de punta solo con ver aquella mole de carne temblorosa en la litera, con ojillos porcinos y unas tetas más grandes que las de Cerdita Bonita, apenas contenidas por la seda del *tokar*. Y el olor que emanaba llegaba hasta el estrado.

—Si no hay más pujas...

—¡Siete mil! —gritó Tyrion.

Una risotada recorrió los bancos.

—El enano quiere comprarse a sí mismo —dijo la chica del escudo.

—Un esclavo listo merece un amo listo. —Tyrion le dirigió una sonrisa lasciva—. Lo malo es que todos vosotros parecéis idiotas.

Eso provocó otra carcajada entre los pujadores y una mueca de desagrado en el subastador, que pasó el dedo por el látigo, indeciso, mientras trataba de dilucidar si le saldría bien la jugada.

—¡Cinco mil es un insulto! —siguió Tyrion—. Sé justar y cantar, y digo cosas muy graciosas. Me follaré a vuestra esposa y la haré gritar. O a la esposa de vuestro enemigo si lo preferís, ¿qué mejor manera de humillarlo? Soy mortífero con la ballesta, y hombres tres veces más altos que yo tiemblan cuando me ven al otro lado de un tablero de *sitrang*. Hasta cocino, aunque no mucho. ¡Ofrezco diez mil monedas de plata por mí! ¡Y las valgo! ¡Las valgo! Mi padre me enseñó a pagar siempre mis deudas.

El mercenario de la capa morada dio media vuelta. Su mirada se encontró con la de Tyrion por encima de las hileras de pujadores, y le sonrió.

«Tiene una sonrisa cálida —pensó el enano—, amistosa. Pero vaya con sus ojos, ¡qué fríos son! A lo mejor prefiero que no nos compre.»

La mole amarilla se agitó en la litera, con una expresión de disgusto en la torta enorme que tenía por cara, y masculló unas palabras secas en ghiscario. Tyrion no las entendió, pero el tono lo decía todo.

—¿Eso ha sido otra puja? —El enano ladeó la cabeza—. Ofrezco todo el oro de Roca Casterly.

Oyó el silbido del látigo, agudo y siseante, antes de sentir el golpe. Dejó escapar un gruñido, pero consiguió mantener el equilibrio. No pudo evitar recordar el comienzo de aquel viaje, cuando su problema más acuciante era qué vino tomar con los caracoles a media mañana.

«Mira lo que pasa por perseguir dragones.» Se le escapó una carcajada, con lo que salpicó de sangre y saliva a la primera fila de compradores.

—Se cierra la venta —anunció el subastador. Luego le dio otro latigazo, porque sí. Esta vez, Tyrion cayó.

Un guardia lo incorporó bruscamente y otro empujó a Penny con el asta de la lanza para bajarla de la plataforma. La mercancía que se ofrecía a continuación ya estaba subiendo para ocupar su lugar: era una chica de quince o dieciséis años que no viajaba a bordo de la *Selaesori Qhoran*. Tyrion no la conocía.

«Debe de tener la misma edad que Daenerys Targaryen. —El esclavista no tardó en desnudarla—. Al menos a nosotros no nos han humillado así.»

Tyrion contempló las murallas de Meereen, al otro lado del campamento yunkio. ¡Qué cercanas parecían aquellas puertas! Y, si era cierto lo que se decía en los rediles de los esclavos, Meereen seguía siendo una ciudad libre... por el momento. Dentro de sus ruinosas murallas estaban prohibidos la esclavitud y el tráfico de esclavos. Solo tenía que llegar a aquellas puertas y cruzarlas, y volvería a ser un hombre libre. Pero sería imposible, a menos que abandonara a Penny.

«Querría traerse al perro y a la cerda.»

—No será tan terrible, ¿verdad? —susurró Penny—. Ha pagado mucho por nosotros; nos tratará bien, ¿verdad?

«Sí, mientras le resultemos divertidos.»

—Valemos demasiado para que nos maltrate —dijo para tranquilizarla mientras aún le corría por la espalda la sangre de los dos últimos latigazos.

«Pero cuando se aburra de nuestro espectáculo... Y se aburrirá; nuestro espectáculo aburre.»

El capataz de su amo estaba esperando para hacerse cargo de ellos, con dos soldados y un carro tirado por una mula. Tenía el rostro alargado y enjuto, una barbita larga y fina atada con alambre dorado, y el pelo rojo y negro, que le brotaba muy tieso de las sienes para formar dos manos de uñas largas.

—¡Qué criaturitas más adorables! —dijo—. Me recordáis a mis hijos... No, mejor dicho, me recordaríais a mis hijos si no fuera porque están muertos. Yo me encargo de vosotros. ¿Cómo os llamáis?

—Penny. —Su voz era un susurro quedo, asustado.

«Tyrion de la casa Lannister, señor de Roca Casterly, maldito gusano.»

—Yollo.

—Yollo el Valiente, Penny la Bella, sois propiedad del noble y valeroso Yezzan zo Qaggaz, erudito y guerrero, reverenciado entre los sabios amos de Yunkai. Habéis tenido mucha suerte, porque Yezzan es un amo considerado y benévolo. Será como un padre para vosotros.

«Qué bien», pensó Tyrion, pero en esa ocasión consiguió mantener la boca cerrada. Pronto tendrían que actuar para su nuevo amo, y era mejor que no le dieran otro latigazo.

—Vuestro padre adora sus tesoros especiales por encima de todas las cosas, y os tendrá en muy alta estima —siguió el capataz—. En cuanto a mí, seré como el aya que os cuidaba cuando erais niños. Todos mis niños me llaman así, Aya.

—Lote noventa y nueve —anunció el subastador—. Un guerrero.

La chica se había vendido enseguida y ya se la estaban llevando a su nuevo amo, mientras se sujetaba la ropa, hecha un ovillo, contra los pechos pequeños de pezones rosados. Dos esclavos arrastraron a Jorah Mormont al estrado para que ocupara su lugar. El caballero no llevaba nada aparte de los calzones; tenía la espalda en carne viva por los latigazos y el rostro tan hinchado que resultaba irreconocible. Iba encadenado de pies y manos.

«Ahora prueba el metal, como me hizo probarlo a mí», pensó Tyrion; pero, sin que supiera por qué, la desgracia del caballero no le proporcionaba el menor placer.

Mormont tenía un aspecto temible hasta con las cadenas: era una bestia, una mole de brazos gruesos y hombros poderosos, con tanto vello en el pecho que parecía más fiera que hombre. Le habían dejado los dos ojos morados, pozos oscuros en un rostro hinchado de forma grotesca. Llevaba una marca en la mejilla: una máscara de demonio.

Cuando los esclavistas abordaron en oleadas la *Selaesori Qhoran,* ser Jorah los recibió con la espada en la mano, y consiguió matar a tres antes de que lo subyugaran. Los piratas lo habrían matado de buena gana, pero el capitán se lo impidió; siempre se podía obtener una buena cantidad de plata por un guerrero. Así que encadenaron a Mormont a un remo, le dieron palizas de muerte, le hicieron pasar hambre y lo marcaron, pero no lo mataron.

—Este es grande y fuerte —anunció el subastador—. Tiene mucha rabia. Dará un buen espectáculo en los reñideros. ¿Quién ofrece trescientas monedas de plata?

Nadie.

Nadie, por lo visto.

Mormont no prestó la menor atención a la variopinta multitud; tenía los ojos clavados más allá de las líneas de asedio, en la ciudad lejana de la antigua muralla multicolor. Tyrion leyó su expresión como si fuera un libro abierto: «Tan cerca y, a la vez, tan lejos». El pobre diablo había regresado demasiado tarde. Daenerys Targaryen se había casado, según les habían comentado entre risas los guardias de los rediles. Había tomado como rey a un esclavista meereeno rico y noble, y en cuanto se firmara el fin de las hostilidades, las arenas de combate de Meereen se abrirían de nuevo. Algunos esclavos aseguraban que los guardias mentían, que Daenerys Targaryen jamás firmaría la paz con los esclavistas. La llamaban *mysha,* «madre». La reina de plata saldría pronto de su ciudad, aplastaría a los yunkios y rompería sus cadenas, se susurraban los esclavos entre sí.

«Sí, y luego nos hará un pastel de limón y nos curará las pupitas a besos», pensó el enano.

No tenía la menor fe en los rescates regios. Si se hacía necesario, buscaría la libertad por su cuenta. Las setas que llevaba escondidas en la punta de la bota bastarían para Penny y para él. Crujo y Cerdita Bonita tendrían que apañárselas.

Aya siguió instruyendo a los nuevos juguetes de su amo:

—Haced lo que os digan y nada más, y viviréis como pequeños señores, adorados y entre algodones —les prometió—. Desobedeced y... Pero no, no haríais semejante cosa, ¿a que no, mis pequeñines? —Se inclinó para pellizcar a Penny en la mejilla.

—¡Venga, doscientos! —pidió el subastador—. Un gigante como este vale el doble. ¡Será un gran guardaespaldas! ¡No habrá enemigo que se atreva a molestaros!

—Vamos, mis pequeños amigos —dijo Aya—. Os llevaré a vuestro nuevo hogar. En Yunkai residiréis en la pirámide dorada de Qaggaz y comeréis en vajilla de plata, pero aquí vivimos con sencillez, en las modestas tiendas de los soldados.

—¿Alguien me da cien? —casi suplicó el subastador.

Con eso consiguió por fin una puja, aunque fue solo de cincuenta monedas de plata. El pujador era un hombre flaco con delantal de cuero.

—Y una —anunció la vieja del *tokar* violeta.

Un soldado levantó a Penny en volandas para subirla al carro de la mula.

—¿Quién es esa vieja? —le preguntó Tyrion.

—Zahrina —respondió—. Lo suyo son los luchadores baratos; carne para los héroes. Vuestro amigo no tardará en morir.

«No era amigo mío.» Pero casi sin darse cuenta, Tyrion Lannister se dirigió hacia Aya.

—No podéis dejar que lo compre.

—¿Qué ruido es ese que has hecho? —Aya lo miró con los ojos entrecerrados.

—Forma parte de nuestro espectáculo. —Tyrion señaló al caballero—. El oso y la doncella. Jorah es el oso, Penny es la doncella y yo soy el valiente caballero que la rescata. Bailo a su alrededor y luego le pego una patada en los huevos. Tiene mucha gracia.

—¿Seguro? —El capataz observó el estrado. La puja por Jorah Mormont había llegado a las doscientas monedas de plata.

—Y una —dijo la vieja del *tokar* violeta.

—Ya. Es el oso. —Aya volvió a atravesar la multitud y se inclinó sobre el gigantesco yunkio amarillo de la litera para susurrarle al oído. Su señor asintió, con lo que le temblaron todas las papadas, y alzó el abanico.

—Trescientos —ofreció con voz jadeante.

La vieja soltó un bufido y dio media vuelta.

—¿Por qué has hecho eso? —preguntó Penny en la lengua común.

«Buena pregunta —pensó Tyrion—. ¿Por qué?»

—Tu espectáculo se estaba volviendo aburrido. Todos los titiriteros tienen un oso que baila.

La chica le lanzó una mirada cargada de reproche y se sentó al fondo del carro, con los brazos en torno al cuello de Crujo, como si fuera el único amigo que le quedaba en el mundo.

«Tal vez lo sea.»

Aya regresó con Jorah Mormont, y dos de los soldados esclavos de su amo lo lanzaron al carro, entre los enanos. El caballero no opuso resistencia.

«Ya no le quedan ganas de luchar. Perdió las fuerzas cuando se enteró de que su reina se había casado —comprendió Tyrion. Unas palabras habían logrado lo que no consiguieron puños, palos ni látigos: quebrar su espíritu—. Debería haber dejado que lo comprara la vieja. Nos va a ser tan útil como los pezones en una coraza.»

Aya subió a la parte delantera del carro y cogió las riendas, y emprendieron la marcha por el campamento de asedio hacia la tienda de su nuevo amo, el noble Yezzan zo Qaggaz. Junto a ellos marchaban cuatro soldados esclavos, dos a cada lado del carro.

Penny no lloró, pero tenía los ojos enrojecidos y tristes, y no los apartaba de Crujo.

«¿Cree que todo esto se esfumará si no lo observa?»

Ser Jorah Mormont no miraba nada ni a nadie; se quedó sentado con sus cadenas, melancólico y meditabundo.

Tyrion lo miraba todo y a todos.

El campamento yunkio no era un campamento, sino un centenar de ellos amontonados en forma de media luna en torno a la muralla de Meereen; una ciudad de lona y seda con sus avenidas, sus callejones, sus tabernas, sus prostitutas, sus barrios buenos y sus barrios malos. Entre las líneas de asedio y la bahía, las tiendas habían brotado como setas amarillas. Las había pequeñas y míseras, apenas un trozo de lona sucia para resguardarse de la lluvia y del sol, pero junto a ellas se alzaban tiendas barracón en las que podían dormir cien hombres, y pabellones de seda grandes como palacios con arpías brillantes en los mástiles del techo. Algunos campamentos estaban bien organizados, con las tiendas distribuidas en círculos concéntricos en torno a una hoguera de cocina, con las armas y las armaduras en el círculo interior y los caballos en el exterior. En el resto imperaba el caos.

Las llanuras calcinadas que rodeaban Meereen estaban deforestadas en leguas a la redonda, pero los barcos yunkios habían transportado desde el sur madera suficiente para erigir seis grandes trabuquetes. Los habían colocado a tres lados de la ciudad, dejando libre solo el río, y en torno a ellos había montones de cascotes y barriles de brea y resina a la espera de una antorcha. Uno de los soldados que caminaban junto al carro vio que Tyrion los miraba, y le explicó con orgullo que cada trabuquete tenía un nombre: *Matadragones, Bruja, Hija de la Arpía, Mala Hermana, Fantasma de Astapor* y *Puño de Mazdhan*. Los trabuquetes se elevaban más de diez varas por encima de las tiendas, y eran sin duda lo más destacable del campamento.

—Nada más verlos, la reina dragón se puso de rodillas —alardeó—. Y así va a quedarse, chupándole la noble polla a Hizdahr si no quiere que le echemos abajo la muralla.

Tyrion vio cómo azotaban a un esclavo hasta dejarle la espalda cubierta de sangre, en carne viva. Una fila de hombres encadenados pasó junto a ellos; llevaban lanzas y espadas cortas, pero las cadenas los unían tobillo con tobillo y muñeca con muñeca. El olor de la carne asada impregnaba el aire, y vio a un hombre desollar un perro para echarlo a la olla.

También vio a los muertos y oyó a los moribundos. Por debajo de los jirones de humo, el olor de los caballos y el intenso aroma de la sal que llegaba de la bahía, se podía detectar el hedor de la sangre y la mierda.

«La colerina —comprendió al ver a dos mercenarios sacar de una tienda el cadáver de un tercero. Sintió un escalofrío. En cierta ocasión había oído decir a su padre que esa enfermedad podía acabar con un ejército más deprisa que cualquier batalla—. Razón de más para escapar; cuanto antes, mejor.»

Ciento cincuenta pasos más adelante descubrió buenas razones para recapacitar. Se había formado un corro en torno a tres esclavos fugitivos a los que habían capturado.

—Estoy seguro de que mis tesoritos van a ser buenos y obedientes —comentó Aya—. Mirad lo que les pasa a los que tratan de huir.

Los prisioneros estaban atados a una hilera de cruces, y un par de hombres los utilizaba para probar su puntería con la honda.

—Son tolosios —les comentó un guardia—. Nadie maneja la honda como ellos. En vez de piedras, lanzan bolas de plomo blando.

Tyrion nunca había entendido para qué servían las hondas, cuando los arcos tenían mucho más alcance, pero tampoco había visto nunca a un tolosio en acción. Sus proyectiles de plomo causaban muchísimo más daño que las piedras lisas que utilizaban otros honderos, y hasta más que ningún arco. Uno de ellos acertó a un prisionero en la rodilla, que reventó con una explosión de sangre y hueso, y le dejó la parte inferior de la pierna colgando de un tendón rojo oscuro.

«Uno que ya no irá muy deprisa si intenta escapar otra vez», reconoció Tyrion mientras el hombre empezaba a gritar. Sus alaridos se mezclaron en el aire matutino con las risotadas de los vivanderos y los juramentos de los que habían apostado a que el hondero fallaría. Penny apartó los ojos, pero Aya la agarró por la barbilla y le giró la cabeza para obligarla a mirar.

—Presta atención —ordenó—. Tú también, oso.

Jorah Mormont alzó la cabeza y miró a Aya. Tyrion advirtió que se le tensaban los brazos.

«Se va a lanzar contra él, y ese será nuestro fin.» Pero el caballero se limitó a poner cara de pocos amigos y volverse para contemplar el sanguinario espectáculo.

Al este, la gigantesca muralla de ladrillo de Meereen parecía relucir bajo el sol de la mañana. Era el refugio que tanto habían deseado alcanzar aquellos pobres imbéciles.

«Pero quizá no siga siendo un refugio mucho tiempo.»

Los tres esclavos que habían intentado fugarse ya estaban muertos cuando Aya volvió a coger las riendas y el carro reanudó la marcha.

El campamento de su amo estaba al sudeste de la Bruja, casi a su sombra, y se extendía varias fanegas. La sencilla tienda de Yezzan Qaggaz era un palacio de seda color limón. En las puntas de cada uno de sus nueve tejados picudos aparecía una arpía dorada que refulgía bajo el sol, y estaba rodeada de tiendas menos lujosas.

—Ahí viven los cocineros, las concubinas, los guerreros y los parientes menos favorecidos de nuestro noble amo —les explicó Aya—, pero vosotros, mis tesoritos, tendréis el privilegio de compartir su pabellón. Le gusta tener cerca sus posesiones más preciadas. —Miró a Mormont con el ceño fruncido—. Eso no va contigo, oso. Eres muy grande y muy feo; a ti te encadenaremos fuera. —El caballero no respondió—. Lo primero será poneros la argolla al cuello.

Eran de hierro, con un fino baño dorado para que brillaran a la luz. Llevaban grabado el nombre de Yezzan en glifos valyrios, e incluían unas campanillas debajo de las orejas, para que cada paso de sus portadores sonara con un tintineo alegre. Jorah Mormont aceptó su argolla con un silencio hosco, pero Penny se echó a llorar cuando el armero cerró la suya.

—Pesa mucho —se quejó.

—Es de oro macizo —mintió Tyrion al tiempo que le apretaba la mano—. En Poniente, las damas de alta cuna sueñan con llevar un torque como este.

«Y más vale que nos pongan una argolla a que nos marquen a fuego. Una argolla siempre se puede quitar.» Recordó a Shae, y recordó también cómo brillaba la cadena de oro cuando la estranguló con ella.

Aya ordenó que engancharan las cadenas de ser Jorah a una estaca, cerca de la hoguera de cocina, y acompañó a los dos enanos a la tienda de su amo para señalarles el sitio donde les correspondía dormir: en una alcoba alfombrada separada de la tienda principal por tabiques de seda amarilla. Compartirían el espacio con otros tesoros de Yezzan: un niño con «patas de cabra» retorcidas y velludas, una chica de Mantarys que tenía dos cabezas, una mujer barbuda y una criatura esbelta llamada Golosina, ataviada con adularias y encaje de Myr.

—Os preguntáis si soy hombre o mujer —dijo Golosina a los enanos. Se levantó las faldas y les mostró lo que tenía debajo—. Las dos cosas, y el amo me aprecia más que a nada.

«Es una colección de monstruos —comprendió Tyrion—. En algún sitio hay un dios que se está riendo de mí.»

—Qué maravilla —le dijo a Golosina, que tenía el pelo morado y los ojos violeta—. Y nosotros que pensábamos que en esta ocasión seríamos los guapos, para variar.

Golosina soltó una risita, pero a Aya no le hizo gracia.

—Guárdate las bromas para esta noche, cuando actúes ante nuestro noble amo. Si lo complaces, tendrás una buena recompensa. Si no... —lo abofeteó.

—Será mejor que os andéis con cuidado con Aya —les dijo Golosina cuando salió el capataz—. Aquí solo hay un monstruo, y es él.

La mujer barbuda hablaba un dialecto incomprensible del ghiscario, y el chico cabra, la lengua del comercio, una mezcolanza gutural propia de los marineros. La chica de dos cabezas era retrasada; una de las cabezas era del tamaño de una naranja y no decía nada, mientras que la otra tenía los dientes afilados y gruñía a quien se acercara a su jaula. Golosina, en cambio, dominaba cuatro idiomas, entre ellos el alto valyrio.

—¿Cómo es el amo? —preguntó Penny, nerviosa.

—Tiene los ojos amarillos y huele fatal —respondió Golosina—. Hace diez años viajó a Sothoros, y desde entonces se está pudriendo por dentro. Si le hacéis olvidar que se muere, aunque solo sea un rato, será de lo más generoso. No le digáis que no a nada.

Apenas tuvieron aquella tarde para familiarizarse con el hecho de ser una propiedad. Los esclavos de Yezzan llenaron una bañera con agua caliente y permitieron que los enanos se bañaran, primero Penny y luego Tyrion. A continuación, otro esclavo le untó un ungüento en las heridas de la espalda; le escoció mucho, pero impediría que se gangrenaran. Luego le aplicaron unas cataplasmas refrescantes. A Penny le cortaron el pelo y a Tyrion le arreglaron la barba, y también les dieron zapatillas y ropa sencilla pero limpia.

Cuando cayó la noche, Aya regresó para decirles que era hora de representar su número. Yezzan tenía como invitado al comandante supremo de los yunkios, el noble Yurkhaz zo Yunzak, y tenían que actuar ante él.

—¿Le quitamos las cadenas a vuestro oso?

—No, esta noche no —replicó Tyrion—. Hoy solo justaremos para nuestro amo, y guardaremos al oso para otra ocasión.

—Muy bien. Cuando termine vuestro número, ayudaréis a servir el vino y la comida. No se la echéis encima a un invitado, o lo pagaréis caro.

La primera atracción de aquella noche fue un malabarista, al que siguió un trío de veloces acróbatas. Luego llegó el turno del chico con patas de cabra, que salió y dio unos saltitos grotescos al tiempo que un esclavo de Yurkhaz tocaba una flauta de hueso. Tyrion estuvo tentado de preguntarle si se sabía «Las lluvias de Castamere». Mientras les llegaba el turno de actuar, se dedicó a observar a Yezzan y a sus invitados. La ciruela pasa humana que ocupaba el lugar de honor debía de ser el comandante supremo yunkio; tenía un aspecto tan temible como una diarrea. Otros doce señores yunkios se afanaban por atender todas sus necesidades, y también contaba con dos capitanes mercenarios, cada uno de ellos acompañado por una docena de hombres. Uno de los capitanes era un pentoshi elegante de pelo blanco, que llevaba ropa de seda y una capa que parecía un harapo, de franjas de tela desgarradas y ensangrentadas. El otro era el hombre que había tratado de comprarlos aquella mañana, el pujador de piel curtida y barba entrecana.

—Es Ben Plumm el Moreno —informó Golosina—, capitán de los Segundos Hijos.

«Un ponienti y un Plumm. Esto se pone cada vez mejor.»

—Vosotros vais a continuación —les comunicó Aya—. Sed divertidos, tesoritos míos, o lo lamentaréis.

Tyrion no dominaba todavía ni la mitad de los trucos de Céntimo, pero era capaz de montar a lomos de la cerda, caerse cuando le tocaba, rodar por el suelo y ponerse en pie de un salto. Todo eso fue muy bien recibido. Por lo visto, dos personas pequeñas balanceándose como si estuvieran borrachas y pegándose con armas de madera resultaban tan hilarantes en un campamento de asedio de la bahía de los Esclavos como en el banquete de bodas de Joffrey, en Desembarco del Rey.

«Desprecio —pensó Tyrion—, el idioma universal.»

Su amo, Yezzan, era el que más se reía cada vez que uno de sus esclavos caía al suelo o recibía un golpe, y su gigantesco cuerpo temblaba como la gelatina durante un terremoto; sus invitados esperaron a ver cómo reaccionaba Yurkhaz no Yunkaz antes de unirse a las risas. El comandante supremo tenía un aspecto tan frágil que Tyrion temió que una carcajada pudiera matarlo. Cuando el yelmo de Penny salió volando y fue a caer en el regazo de un yunkio de rostro agrio que vestía un *tokar* verde y dorado, Yurkhaz cloqueó como una gallina, y cuando el yunkio metió la mano en el yelmo y sacó una sandía de pulpa chorreante, resolló hasta que se le puso la cara del color de la fruta. Se volvió hacia su anfitrión y le dijo algo que lo hizo reír y chasquear los labios..., aunque a Tyrion le pareció que en los ojos amarillos entrecerrados había un atisbo de ira.

Más tarde, los enanos se quitaron la armadura de madera y las prendas empapadas de sudor que llevaban debajo, y se pusieron túnicas amarillas limpias para servir la cena. A Tyrion le encomendaron una frasca de vino tinto, y a Penny, otra de agua, y pasearon por la tienda para ir rellenando las copas con suaves pisadas que arrancaban susurros a las gruesas alfombras. Era un trabajo más duro de lo que parecía a simple vista, y Tyrion no tardó en sentir calambres en las piernas. Se le abrió una de las heridas de la espalda y la mancha roja atravesó el lino amarillo de la túnica, pero se mordió la lengua y siguió sirviendo vino.

Casi ningún invitado les prestaba más atención que a los otros esclavos, pero un yunkio borracho declaró que Yezzan debería poner a los dos enanos a follar, y otro quiso saber qué le había pasado a Tyrion en la nariz.

«Que se la metí en el coño a tu mujer y me la arrancó de un mordisco», estuvo a punto de responder... Pero la tormenta lo había persuadido de que no deseaba morir todavía.

—Me la cortaron como castigo por mi insolencia, mi señor —fue lo que dijo.

Más tarde, un señor con *tokar* azul ribeteado con ojos de tigre recordó que Tyrion había alardeado durante la subasta de su maestría en el *sitrang*.

—Vamos a ver si es cierto —dijo.

De inmediato llevaron un tablero y unas piezas, y poco después, el señor, con el rostro congestionado de rabia, volcó el tablero y dispersó las piezas por toda la alfombra coreado por las risas de los yunkios.

—Tendrías que haberle dejado ganar —susurró Penny.

—Ahora voy yo, enano. —Ben Plumm el Moreno recogió el tablero con una sonrisa—. Cuando era joven, los Segundos Hijos estuvieron al servicio de Volantis, y allí aprendí a jugar.

—Solo soy un esclavo. Mi noble amo decide cuándo y con quién juego. —Tyrion se volvió hacia Yezzan—. ¿Mi señor?

Aquello le hizo mucha gracia al señor amarillo.

—¿Qué apuesta sugerís, capitán?

—Si gano, me dais a este esclavo.

—Ni hablar —replicó Yezzan zo Qaggaz—. Pero si derrotáis a mi enano, os daré lo que pagué por él, en oro.

—Trato hecho.

Recogieron las piezas de la alfombra y se sentaron a jugar.

Tyrion ganó la primera partida, y Plumm la segunda, y se doblaron las apuestas. Cuando empezó la tercera, el enano estudió a su adversario. Tenía la piel oscura, con las mejillas y el mentón cubiertos por una barba hirsuta entrecana bien recortada, mil arrugas en el rostro, unas cuantas cicatrices antiguas y aspecto afable, sobre todo cuando sonreía.

«El siervo fiel —decidió Tyrion—. El tío favorito de todos, siempre presto a la risa y a las frases hechas, con cierto aire de hombre de mundo. —Todo era artificial. Las sonrisas nunca llegaban a los ojos de Plumm, donde la codicia se ocultaba tras un velo de cautela—. Es ambicioso, pero precavido.»

El mercenario jugaba casi tan mal como el señor yunkio, pero con un estilo más tenaz y sólido que osado. Cada una de sus aperturas era diferente, pero coincidían en algo: siempre eran pasivas, defensivas, cautas.

«No juega a ganar. Juega a no perder.»

Le salió bien en la segunda partida, cuando el hombre pequeño se extralimitó con un ataque poco meditado, pero no en la tercera, en la cuarta ni en la quinta, que fue también la última.

Ya cercano el final de la última partida, con la fortaleza en ruinas, el dragón muerto, rodeado de elefantes y con la caballería pesada en retaguardia, Plumm alzó la vista, sonriente.

—Yollo vuelve a ganar. Muerte en cuatro jugadas.

—Tres. —Tyrion dio unos toquecitos a su dragón—. He tenido suerte. Deberíais frotarme la cabeza a conciencia antes de la próxima partida, capitán. Igual se os pega la suerte a los dedos. —«Perderás igual, pero igual eres un rival medio decente.»

Sonrió, se levantó, cogió la frasca de vino y volvió a servir, con un Yezzan zo Qaggaz mucho más rico y un Ben Plumm el Moreno mucho más pobre. Su gigantesco amo, borracho como una cuba, se había quedado dormido en la tercera partida, y la copa se le había resbalado de entre los dedos amarillos para derramar su contenido en la alfombra, pero quizá se sintiera satisfecho cuando despertara.

La salida del comandante supremo Yurkhaz zo Yunzak, apoyado en un par de esclavos corpulentos, fue la señal para que el resto de los invitados también se retirasen. Una vez vacía la tienda, Aya reapareció para decir a los sirvientes que podían darse un banquete con las sobras.

—Comed deprisa. Esto tiene que quedar limpio antes de que os vayáis a dormir.

Tyrion estaba de rodillas, con las piernas doloridas y la espalda ensangrentada, tratando de limpiar la mancha del vino que el noble Yezzan había derramado en la alfombra del noble Yezzan, cuando el capataz le dio un golpecito en la mejilla con la punta del látigo.

—Has estado muy bien, Yollo, y tu mujer, igual.

—No es mi mujer.

—Vale, tu puta. Levantaos los dos.

Tyrion se incorporó, inseguro, arrastrando una pierna temblorosa. Tenía los muslos agarrotados y con unos calambres tan dolorosos que Penny tuvo que ayudarlo levantarse.

—¿Qué hemos hecho?

—Mucho, mucho —respondió el capataz—. Aya os dijo que, si complacíais a vuestro padre, seríais recompensados, ¿verdad? Pues aunque, como habéis visto, el noble Yezzan no quiere perder a sus tesoritos, Yurkhaz zo Yunkaz lo ha convencido de que sería egoísta que se guardara unos juguetes tan entretenidos. ¡Alegraos! Para celebrar el acuerdo de paz, tendréis el honor de justar en el reñidero de Daznak. ¡Vendrán a veros miles de personas! ¡Decenas de miles! ¡Y cómo nos vamos a reír!

Jaime

El Árbol de los Cuervos era antiguo. Entre sus viejas piedras crecía un musgo espeso que trepaba por las paredes como las venas por las piernas de una vieja. Dos grandes torreones flanqueaban la entrada principal del castillo, y otros más pequeños defendían los ángulos de la muralla. Todos eran cuadrados. Las torres cilíndricas y las semicirculares protegían mejor de los ataques con catapultas, ya que era más probable que las piedras se desviaran al impactar contra una pared curva, pero el Árbol de los Cuervos se había erigido antes de que los constructores cayeran en la cuenta.

El castillo dominaba las amplias llanuras fértiles que tanto mapas como hombres denominaban valle Bosquenegro. Era un valle, sí, pero allí no había crecido bosque alguno, negro, marrón ni verde, en miles de años. Sí había existido en otros tiempos, pero hacía mucho que el hacha había acabado con el último árbol. En el lugar de robles crecían casas, molinos y torreones. El terreno era un lodazal yermo salpicado por parches de nieve a medio derretir.

En cambio, dentro del castillo quedaba una pequeña parte del bosque. La casa Blackwood seguía adorando a los antiguos dioses, al igual que los primeros hombres anteriores a la llegada de los ándalos a Poniente. Se decía que algunos árboles de su bosque de dioses eran tan viejos como las torres cuadradas de la fortaleza, sobre todo el árbol corazón, un arciano de tamaño colosal cuyas ramas superiores se veían a leguas de distancia, como dedos huesudos que arañaran el cielo.

Poco quedaba de los cultivos, huertos y granjas que en otros tiempos habían rodeado el Árbol de los Cuervos; lo único que encontraron Jaime Lannister y su escolta en las colinas onduladas que daban acceso al valle fue barro y ceniza, y en ocasiones, las ruinas calcinadas de casas y molinos. En aquel erial crecían espinos y matorrales, pero nada parecido a un cultivo. Mirase hacia donde mirase, Jaime veía la mano de su padre, incluso en los huesos que se atisbaban de cuando en cuando junto al camino. Casi todos eran de oveja, pero también los había de caballo y de vaca, y también se veía alguna que otra calavera humana o un esqueleto sin cabeza con hierbajos entre las costillas.

No había grandes ejércitos alrededor del Árbol de los Cuervos, como los había en Aguasdulces. El asedio era más íntimo; se trataba del último paso de un baile que había empezado hacía siglos. Jonos Bracken tenía como mucho quinientos hombres en torno al castillo, y Jaime no vio torres de asedio, arietes ni catapultas. Bracken no tenía intención de derribar las puertas del Árbol de los Cuervos ni tomar por asalto su alta muralla. No había ayuda en perspectiva, así que se daba por satisfecho con rendir por hambre a su enemigo. Sin duda, había habido incursiones y escaramuzas al principio del asedio, y habían volado flechas en ambas direcciones, pero medio año después, todos estaban demasiado cansados para hacer tonterías, y se habían impuesto la rutina y el aburrimiento, enemigos mortales de la disciplina.

«Ya iba siendo hora de que esto terminara —pensó Jaime Lannister. Con Aguasdulces en manos de su familia, el Árbol de los Cuervos era el último vestigio del breve reinado del Joven Lobo. Cuando se rindiera, su misión a lo largo del Tridente habría concluido, y tendría libertad para volver a Desembarco—. Con el rey —se dijo. Pero una vocecita interior susurró—: "Con Cersei".»

Sabía que más tarde o más temprano tendría que enfrentarse a ella; eso, si el septón supremo no la había ajusticiado antes de que volviera a la ciudad. «Vuelve ahora mismo —le había escrito en la carta que Peck había quemado en Aguasdulces—. Ayúdame. Sálvame. Te necesito como no te había necesitado jamás. Te quiero. Te quiero. Te quiero. Vuelve ahora mismo.» A Jaime no le cabía duda de que lo necesitaba de verdad. En cuanto a lo demás...

«Ha estado follando con Lancel y con Osmund Kettleblack y, por lo que yo sé, puede que se tire hasta al Chico Luna.»

Aunque hubiera vuelto, no habría podido salvarla. Era culpable de todas las traiciones de que la acusaban, y a él le faltaba la mano de la espada.

La columna llegó al trote entre los campos, y los centinelas la miraron con más curiosidad que temor. Ninguno dio la voz de alarma, cosa que a Jaime le pareció de maravilla. Tampoco les resultó difícil localizar el pabellón de lord Bracken: era el más grande del campamento y el mejor situado, en la cima de una pequeña loma, junto al río, desde donde tenía una buena vista de las dos puertas del Árbol de los Cuervos.

La tienda era marrón y tenía un mástil central, como la mayoría, con el corcel rojo rampante de la casa Bracken en su escudo dorado. Jaime dio orden de desmontar y les dijo a sus hombres que podían mezclarse con los acampados si lo deseaban.

—Vosotros dos, no —dijo a sus portaestandartes—. Quedaos conmigo. No tardaremos mucho.

Jaime se bajó de Honor y se encaminó hacia la tienda de Bracken con la espada envainada. Los guardias apostados junto a la entrada se miraron, nerviosos.

—¿Queréis que os anunciemos, mi señor? —preguntó uno.

—Ya me anuncio yo. —Jaime apartó la lona de la tienda con la mano dorada y se agachó para entrar.

Los encontró en plena acción, tan concentrados en el apareamiento que no se percataron de su llegada. La mujer tenía los ojos cerrados y las manos engarfiadas en torno a la espalda peluda de Bracken, y gemía con cada embestida. Su señoría tenía la cabeza enterrada entre sus pechos y la agarraba por las caderas. Jaime carraspeó.

—Lord Jonos...

La mujer abrió los ojos de golpe y dejó escapar un grito de sobresalto. Jonos Bracken rodó hacia un lado, echó mano de la vaina y se levantó entre maldiciones con el acero desnudo en la mano.

—Por los siete putos infiernos, ¿quién...? —Entonces vio la capa blanca y la coraza dorada de Jaime, y enseguida bajó la espada—. ¿Lannister?

—Siento interrumpiros en tan buen momento, mi señor —se excusó Jaime con un atisbo de sonrisa—, pero la verdad es que tengo un poco de prisa. ¿Podemos hablar?

—Sí. Claro. —Lord Janos envainó la espada. No era tan alto como Jaime, pero si más corpulento, con hombros anchos y brazos que habrían sido la envidia de un herrero. La barba incipiente que le cubría las mejillas y el mentón era castaña, del mismo color que los ojos en los que no acababa de disimular la rabia—. Me habéis cogido por sorpresa, mi señor. No se me advirtió de vuestro acceso.

—Y yo he obstaculizado el vuestro. —Jaime sonrió a la mujer de la cama, que tenía una mano entre las piernas y la otra en el pecho izquierdo, con lo que el derecho quedaba expuesto. Tenía los pezones más oscuros que Cersei, y el triple de grandes. Al percibir la mirada de Jaime, se cubrió el seno derecho, dejando el pubis a la vista—. ¿Todas las vivanderas son así de recatadas? Para vender berzas hay que mostrar la mercancía.

—No habéis dejado de mirar mis berzas desde que habéis entrado. —La mujer se subió la manta hasta la cintura y se apartó el pelo de los ojos—. Además, no están en venta.

—Lo siento si os he tomado por lo que no sois. —Jaime se encogió de hombros—. Mi hermano pequeño ha conocido a cientos de putas, pero yo solo me he acostado con una.

—Es botín de guerra. —Bracken recogió los calzones del suelo y los sacudió—. Pertenecía a una espada juramentada de Blackwood, pero eso terminó cuando le partí la cabeza. Baja las manos, mujer; mi señor de Lannister quiere verte las tetas.

Jaime hizo como si no lo hubiera oído.

—Os estáis poniendo los calzones al revés, mi señor —dijo a Bracken, que dejó escapar una maldición, y la mujer aprovechó para salir de la cama y recoger su ropa dispersa, cubriéndose los pechos y el sexo con manos nerviosas cada vez que se agachaba o estiraba un brazo. Sus esfuerzos por taparse resultaban más provocativos que la asunción de la desnudez—. ¿Cómo te llamas, mujer? —preguntó.

—Mi madre me puso Hildy, mi señor. —Se puso una camisa manchada y sacudió la cabellera. Tenía la cara casi tan sucia como los pies, y tanto vello entre las piernas que habría podido pasar por hermana de Bracken, pero aun así tenía algo que resultaba realmente atractivo: la nariz respingona, la mata de pelo indómito... o la pequeña reverencia que hizo después de ponerse la falda—. ¿Habéis visto el otro zapato, mi señor?

Lord Bracken se ofendió ante la pregunta.

—¿Te parece que soy una puta criada, para andar buscándote los zapatos? Lárgate descalza si quieres, pero lárgate.

—¿Mi señor quiere decir que ya no va a llevarme a su casa a rezar con su esposa? —Hildy se echó a reír y lanzó una mirada insinuante a Jaime—. ¿Vos también tenéis esposa?

«No, yo tengo hermana.»

—¿De qué color es mi capa?

—Blanca —replicó—, pero vuestra mano es de oro. Me gustan los hombres con manos de oro. ¿Cómo os gustan a vos las mujeres, mi señor?

—Inocentes.

—He dicho las mujeres, no las hijas.

Pensó en Myrcella. «A ella también tendré que decírselo. —Eso no les iba a hacer ninguna gracia a los dornienses. Doran Martell había comprometido a su hijo con ella creyendo que era de la sangre de Robert—. Nudos y enredos», pensó Jaime. ¡Ojalá pudiera deshacerlos con un tajo de la espada!

—He hecho votos —explicó a Hildy con cansancio.

—Entonces os quedáis sin berzas —replicó la joven con tono travieso.

—¡Fuera de aquí! —rugió lord Jonos.

Se marchó, pero no sin antes darle un apretón a Jaime en la polla por encima de los calzones.

—Hildy —le recordó antes de salir medio desnuda de la tienda.

«Hildy», pensó Jaime.

—¿Cómo se encuentra vuestra señora esposa? —preguntó a lord Jonos tras la salida de la chica.

—¿Y yo qué sé? Preguntadle a su septón. Cuando vuestro padre nos quemó el castillo, mi esposa decidió que era un castigo de los dioses y ahora no hace más que rezar. —Jonos había conseguido por fin ponerse los calzones del derecho y se estaba anudando la lazada—. ¿Qué os trae por aquí, mi señor? ¿El Pez Negro? Ya estamos enterados de cómo consiguió escapar.

—¿De verdad? —Jaime se sentó en un taburete—. ¿Os lo ha contado él mismo?

—Ser Brynden no habría cometido la estupidez de acudir a mí. No negaré que le tengo afecto, pero eso no me impedirá cargarlo de cadenas si se acerca a mí o a los míos. Sabe que he hincado la rodilla y él debería haber hecho lo mismo, pero siempre ha sido un cabezota. Mi hermano os habría dado fe de ello.

—Tytos Blackwood no ha hincado la rodilla —señaló Jaime—. ¿Es posible que el Pez Negro intente refugiarse en el Árbol de los Cuervos?

—Podría intentarlo, pero para eso tendría que atravesar mis líneas de asedio, y no me ha llegado noticia de que le hayan salido alas. El propio Tytos va a tener que buscar refugio pronto. Ahí dentro ya solo quedan ratas y raíces; se rendirá antes de la próxima luna llena.

—Se rendirá antes de la puesta de sol. Vengo a ofrecerle condiciones y aceptar su regreso a la paz del rey.

—Ya. —Lord Jonos se puso una túnica de lana marrón con el corcel rojo de los Bracken bordado en la pechera—. ¿Mi señor quiere un cuerno de cerveza?

—No, pero vos no os privéis.

Bracken llenó un cuerno, se bebió la mitad de un trago y se limpió los labios.

—¿Qué condiciones vais a ofrecerle?

—Las de siempre. Lord Blackwood tendrá que confesar su traición y renegar de toda alianza con los Stark y los Tully; prestará solemne juramento ante los dioses y los hombres de que, de hoy en adelante, será leal vasallo de Harrenhal y el Trono de Hierro, y yo le otorgaré el indulto en nombre del rey. También nos llevaremos un par de cofres de oro; es el precio de la rebelión. Y exigiré un rehén, para asegurarnos de que el Árbol de los Cuervos no vuelve a levantarse en armas.

—Su hija —sugirió Bracken—. Blackwood tiene seis hijos, pero solo una hija, y es la niña de sus ojos. Una mocosa; debe de rondar los siete años.

—Es pequeña, pero nos vale.

Lord Jonos apuró la cerveza y dejó el cuerno a un lado.

—¿Qué hay de las tierras y castillos que nos prometieron?

—¿Qué tierras?

—La orilla este del Lavadero de la Viuda, desde Cerro Ballesta a Prado de la Monta, así como todas las islas. El molino Maízmolido, el molino del Señor, las ruinas de Castelbarro, el Rapto, Batalla del Valle, Forjavieja, las aldeas de La Hebilla, Hebillanegra, Hito y Lagobarro, y la ciudad mercado de Latumba. El bosque de la Avispa, el bosque de Lorgen, la colina Verde y las Tetas de Barba. O las Tetas de Missy, como las llaman los Blackwood, pero antes eran las Tetas de Barba. El Árbol de la Miel y todas las colmenas. Lo tengo todo aquí marcado, ¿queréis echarle un vistazo?

Apartó objetos de la mesa hasta dar con un mapa de pergamino. Jaime lo cogió con la mano sana, pero tuvo que utilizar la de oro para mantenerlo extendido.

—Son muchas tierras —observó—. Una cuarta parte de las que tenéis ahora.

—En otros tiempos, todas estas tierras pertenecían a Seto de Piedra. —Bracken apretó los labios con gesto obstinado—. Nos las robaron los Blackwood.

—¿Qué pasa con este pueblo? Aquí, entre las Tetas. —Jaime dio unos golpecitos en el mapa con un nudillo de oro.

—El Árbol de la Moneda. También fue nuestro, pero hace cien años que es un feudo del rey. No lo metamos en esto; nosotros solo pedimos que nos devuelvan las tierras usurpadas por los Blackwood. Vuestro señor padre nos las prometió si conseguíamos que lord Tytos se le rindiera.

—Por el camino he visto estandartes de los Tully y los Stark en la muralla del castillo. Eso parece un indicio claro de que no se ha rendido.

—Hemos conseguido que su ejército se encierre en el Árbol de los Cuervos. Si me proporcionáis hombres suficientes, lanzaré un ataque contra la muralla y se rendirán, pero desde la tumba.

—Si os proporciono hombres suficientes seré yo quien los derrote, no vos, así que tendré que recompensarme a mí mismo. —Volvió a enrollar el mapa—. Me lo quedo, si no os importa.

—Quedaos con el mapa; nosotros nos quedaremos con las tierras. Se dice que un Lannister siempre paga sus deudas, y hemos luchado a vuestro lado.

—Ni la mitad de tiempo que contra nosotros.

—El rey ya nos otorgó su perdón. Vuestras espadas acabaron con mi sobrino y con mi hijo bastardo. Vuestra Montaña me robó la cosecha y quemó todo lo que no se pudo llevar; prendió fuego a mi castillo y violó a una de mis hijas. Quiero mi recompensa.

—La Montaña ha muerto, igual que mi padre —replicó Jaime—, y en opinión de algunos, conservar la cabeza es recompensa suficiente. Jurasteis lealtad a Stark y estuvisteis en su bando hasta que lo mató lord Walder.

—A él y a una docena de hombres de mi familia. —Lord Jonos escupió hacia un lado—. Sí, fui leal al Joven Lobo, igual que os seré leal a vos mientras me tratéis bien. E hinqué la rodilla porque no entendí la necesidad de morir por los muertos, ni la de derramar sangre de los Bracken por una causa perdida.

—Hombre prudente. —«Aunque hay quien consideraría más honorable a lord Blackwood»—. Tendréis las tierras que pedís, o al menos parte de ellas, ya que habéis obligado a los Blackwood a rendirse parcialmente.

—Me conformaré con lo que mi señor considere justo, pero si me aceptáis un consejo, no sirve de nada tratar con guantes a esos Blackwood. La traición corre por sus venas. Antes de que los ándalos llegaran a Poniente, la casa Bracken dominaba este río; éramos reyes, y los Blackwood eran nuestros vasallos, pero nos traicionaron y usurparon la corona. No hay Blackwood que no sea un cambiacapas; no lo olvidéis cuando les presentéis vuestras condiciones.

—No lo olvidaré —prometió Jaime.

Se dirigió a caballo desde el campamento de asedio a las puertas del Árbol de los Cuervos, precedido por Peck, que portaba el estandarte de paz. Antes de que llegaran al castillo ya había veinte pares de ojos que los observaban desde las almenas. Tiró de las riendas de Honor cuando llegó al borde del foso, una zanja profunda con piedras en el fondo y el agua llena de inmundicias. Jaime estaba a punto de ordenar a ser Kennos que hiciera sonar el Cuerno de Herrock cuando el puente levadizo empezó a bajar.

Lord Tytos Blackwood lo recibió en la liza del castillo, a lomos de un corcel tan flaco como él. El señor del Árbol de los Cuervos era muy alto y delgado, y tenía la nariz ganchuda, el pelo largo y la descuidada barba entrecana, aunque con más canas que otra cosa. En la coraza de la armadura bruñida escarlata llevaba grabado en plata un árbol blanco seco, sin hojas, rodeado por una bandada de cuervos de ónice que levantaban el vuelo. Una capa de plumas de cuervo le ondeaba a la espalda.

—Lord Tytos... —saludó Jaime.

—Mi señor...

—Gracias por franquearme la entrada.

—No diré que sois bienvenido, pero tampoco negaré que esperaba vuestra visita. Venís a por mi espada.

—Vengo a poner fin a esta situación. Vuestros hombres han luchado con gran valentía, pero habéis perdido la guerra. ¿Estáis preparado para rendiros?

—Ante el rey, no ante Jonos Bracken.

—Lo entiendo.

Blackwood titubeó un instante.

—¿Queréis que desmonte y me arrodille ante vos aquí y ahora? —Un centenar de ojos los miraba.

—El viento es frío, y el patio, un lodazal —respondió Jaime—. Podemos dejar lo de arrodillarse para cuando estemos en vuestras estancias, con una alfombra, y después de tratar las condiciones.

—Es muy caballeroso por vuestra parte. Acompañadme, mi señor. En mi castillo andamos cortos de comida, pero nunca de cortesía.

Las habitaciones de Blackwood estaban en el segundo piso de un gigantesco edificio de madera. Cuando entraron ardía un fuego en la chimenea del rincón. La estancia era amplia, con grandes vigas de madera oscura de roble que sostenían el techo elevado. De las paredes colgaban tapices de lana, y una ancha puerta doble de celosía daba al bosque de dioses. Jaime vio, a través de los gruesos cristales amarillos en forma de rombo, las ramas retorcidas del árbol que daba nombre al castillo. Era un arciano viejo, colosal, diez veces más grande que el del Jardín de Piedra de Roca Casterly. Pero aquel árbol estaba seco y muerto.

—Lo envenenaron los Bracken —le explicó su anfitrión—. Hace mil años que no le brota una hoja. Según los maestres, dentro de otros mil años estará petrificado. Los arcianos no se pudren.

—¿Y los cuervos? —quiso saber Jaime.

—Vienen al atardecer para posarse en sus ramas, tal como llevan haciendo durante milenios. Nadie sabe cómo ni por qué, pero el árbol los atrae todas las noches. —Blackwood se sentó en una silla de respaldo alto—. El honor exige que pregunte por mi señor.

—Ser Edmure está de camino a Roca Casterly, en condición de prisionero. Su esposa se quedará en Los Gemelos hasta dar a luz, y luego se reunirá con su marido, acompañada por el bebé. Mientras no intente escapar ni rebelarse, Edmure tendrá una vida larga.

—Larga y amarga. Una vida sin honor. Hasta el día de su muerte, los hombres dirán que tuvo miedo de luchar.

«Injustamente —pensó Jaime—. Temía por su hijo. Sabía de quién soy hijo yo; lo sabía mejor que mi propia tía.»

—Tuvo que tomar una decisión. Su tío nos habría hecho mucho daño.

—En eso estamos de acuerdo. —La voz de Blackwood no dejaba traslucir nada—. ¿Os importuna que os pregunte qué habéis hecho con ser Brynden?

—Le ofrecí la oportunidad de vestir el negro, pero prefirió escapar. —Jaime sonrió—. ¿Por casualidad lo tenéis aquí?

—No.

—Si lo tuvierais, ¿me lo diríais?

En esa ocasión fue Tytos Blackwood quien sonrió. Jaime juntó las manos, cubriendo los dedos de oro con los de carne.

—Parece buen momento para negociar las condiciones.

—¿Ahora es cuando me pongo de rodillas?

—Adelante, si queréis. O también podemos decir que os arrodillasteis, y ya está.

Lord Blackwood se quedó sentado. No tardaron en llegar a un acuerdo sobre los aspectos más importantes: confesión, lealtad, perdón, cierta cantidad de oro y plata a modo de compensación...

—¿Qué tierras requerís? —preguntó lord Tytos. Jaime le tendió el mapa; le echó un vistazo y dejó escapar una risita—. Claro, claro. Hay que darle su recompensa al cambiacapas.

—Sí, pero menor de lo que imagina, pues prestó un servicio menor. De esas tierras, ¿cuáles accedéis a entregar?

—Sotobosque, Cerro Ballesta y la Hebilla —respondió lord Tytos tras meditar un instante.

—¿Unas ruinas, un cerro y unas cuantas chozas? Vamos, mi señor, tenéis que pagar por vuestra traición. Exigirá como mínimo uno de los molinos. —Los molinos eran una valiosa fuente de impuestos, ya que el señor recibía un diezmo del grano que en ellos se molía.

—Pues el molino del Señor. El Maízmolido es nuestro.

—Y una aldea más. ¿Pedregal?

—Tengo parientes enterrados bajo las rocas de Hito. —Volvió a consultar el mapa—. Dadle el Árbol de la Miel y sus colmenas. Con tanto dulce, engordará y se le caerán los dientes.

—Bien, trato hecho. Solo falta una cosa.

—Un rehén.

—Sí, mi señor. Tengo entendido que sois padre de una niña.

—Bethany. —Lord Tytos acusó el golpe—. Tengo dos hermanos, una hermana, un par de tías viudas, sobrinos, primos... Esperaba que eligierais...

—Tiene que ser un vástago de vuestra propia sangre.

—Bethany no tiene más que ocho años; es una chiquilla adorable, siempre sonriente. Nunca ha estado a más de una jornada a caballo de aquí.

—¿Y por qué no darle la ocasión de conocer Desembarco del Rey? Su alteza tiene más o menos la misma edad que ella. Le encantaría tenerla de amiga.

—Una amiga a la que ahorcar si su padre hace algo que no le gusta —replicó lord Tytos—. Tengo cuatro hijos, ¿por qué no os lleváis a uno de ellos? Ben tiene doce años y está deseoso de correr aventuras. Sería un excelente escudero para mi señor.

—Tengo tantos escuderos que he perdido la cuenta; se pelean por sujetarme la polla cada vez que voy a mear. Y tenéis seis hijos, mi señor, no cuatro.

—Tenía seis hijos. Robert era el pequeño, y nunca gozó de buena salud. Murió hace seis días, de tripas sueltas. A Lucas lo asesinaron en la Boda Roja. La cuarta esposa de Walder Frey era una Blackwood, pero en Los Gemelos, el parentesco tiene tan poca importancia como el derecho del huésped. Me gustaría enterrar a Lucas bajo el árbol, pero los Frey aún no han considerado oportuno devolverme sus huesos.

—Me encargaré de que lo hagan. ¿Lucas era vuestro hijo mayor?

—El segundo. Mi primogénito y heredero es Brynden. Luego va Hoster; mucho me temo que lo suyo son los libros.

—También tenemos libros en Desembarco del Rey; recuerdo haber visto a mi hermano pequeño leyéndolos de cuando en cuando. ¿Creéis que a vuestro hijo le gustaría echarles un vistazo? Aceptaré a Hoster como rehén.

—Gracias, mi señor. —El alivio de Blackwood era palpable. Titubeó un momento antes de seguir—. Disculpad mi osadía, pero haríais bien en exigir otro rehén a Jonos. Una de sus hijas. Pese a lo mucho que ha ido apareándose por ahí, no le ha llegado la hombría a engendrar hijos varones.

—Tenía un bastardo que murió en la guerra.

—¿Seguro? Harry era bastardo, eso desde luego, pero lo que ya es cuestionable es si Jonos era su padre. Era un muchacho rubio y atractivo, y Jonos no es lo uno ni lo otro. —Lord Tytos se puso en pie—. ¿Me haréis el honor de cenar conmigo?

—Tendrá que ser en otra ocasión, mi señor. —En el castillo se morían de hambre, y Jaime no iba a conseguir nada quitándoles la comida de la boca—. No puedo demorarme más; he de ir a Aguasdulces.

—¿A Aguasdulces o a Desembarco del Rey?

—A los dos sitios.

Lord Tytos no intentó disuadirlo.

—Hoster estará listo para partir en menos de una hora.

Así fue. El muchacho se reunió con Jaime junto a los establos, con el petate al hombro y un montón de pergaminos bajo el brazo. No tenía más de dieciséis años, pero ya era más alto que su padre, casi tres varas de piernas, espinillas y codos: un chaval larguirucho y desmañado con un remolino de pelo rebelde.

—Lord comandante, soy Hoster, vuestro rehén. La gente me llama Hos —sonrió.

«¿Se cree que esto es divertido?»

—¿Qué gente?

—Mis amigos, mis hermanos...

—Yo no soy tu amigo ni tu hermano. —Aquello borró la sonrisa de la cara al muchacho. Jaime se volvió hacia lord Tytos—. No quiero malentendidos, mi señor. Lord Beric Dondarrion, Thoros de Myr, Sandor Clegane, Brynden Tully, la tal Corazón de Piedra y todos esos son forajidos y rebeldes, enemigos del rey y de todos sus súbditos leales. Si llego a enterarme de que vos o los vuestros les dais cobijo, los protegéis o los ayudáis de cualquier manera, os haré llegar la cabeza de vuestro hijo sin dudarlo. Espero que os haya quedado claro. Y que os quede clara otra cosa: no soy Ryman Frey.

—No. —Todo rastro de calidez se había esfumado del rostro de lord Blackwood—. Sé con quién estoy tratando, Matarreyes.

—Bien. —Jaime montó y arrastró a Honor hacia la puerta—. Os deseo buenas cosechas y toda la bienaventuranza de la paz del rey.

No tuvo que cabalgar mucho. Lord Jonos Bracken lo esperaba junto al Árbol de los Cuervos, fuera del alcance de las ballestas. Iba a lomos de un corcel con armadura y llevaba coraza y cota de malla, además de un yelmo de acero gris con el penacho de crin.

—He visto que arriaban el estandarte del lobo huargo —dijo a Jaime en cuanto llegó junto a él—. ¿Se acabó?

—Por completo. Volved a casa y sembrad vuestros campos.

—Espero tener más campos que cuando habéis entrado en ese castillo. —Lord Bracken se levantó el visor.

—La Hebilla, Sotobosque y el Árbol de la Miel con todas sus colmenas. —Se le olvidaba uno—. Ah, y Cerro Ballesta.

—Un molino —replicó Bracken—. Necesito un molino.

—El Molino del Señor.

—Bueno, con ese me basta. Por ahora —bufó. Señaló a Hoster Blackwood, que llegaba cabalgando con Peck—. ¿Ese es vuestro rehén? Os la han dado con queso. Es un debilucho que tiene agua en las venas. Por muy alto que os parezca, cualquiera de mis hijas podría quebrarlo como una ramita podrida.

—¿Cuántas hijas tenéis, mi señor?

—Cinco: dos de mi primera esposa y tres de la tercera. —Demasiado tarde, comprendió que había hablado más de la cuenta.

—Enviad a una a la corte; tendrá el privilegio de ser una de las damas de la reina regente.

El rostro de Bracken se ensombreció cuando entendió el calado de aquellas palabras.

—¿Así recompensáis la amistad de Seto de Piedra?

—Ser dama de la reina es un gran privilegio —le recordó Jaime—. Convendría que se lo explicaseis así a vuestra hija. Esperamos su llegada antes de que acabe el año.

No aguardó la respuesta de lord Bracken; rozó a Honor con las espuelas doradas y se alejó al trote. Sus hombres formaron y lo siguieron, haciendo ondear los estandartes. Pronto, el castillo y el campamento quedaron atrás, ocultos tras la polvareda que levantaban los cascos de los caballos.

Ni lobos ni forajidos los habían molestado en el trayecto hacia el Árbol de los Cuervos, de modo que Jaime decidió regresar por otro camino. Si los dioses le eran propicios, tal vez se tropezara con el Pez Negro o incluso tentara a Beric Dondarrion para lanzar un ataque poco meditado.

Iban siguiendo el curso del Lavadero de la Viuda cuando empezaron a quedarse sin luz. Jaime hizo llamar a su rehén y le pidió que los guiara al vado más cercano. Cuando la columna pasó chapoteando por las aguas bajas, el sol se ponía tras un par de colinas cubiertas de hierba.

—Las Tetas —señaló Hoster Blackwood.

Jaime recordó el mapa de lord Bracken.

—Hay una aldea entre las dos.

—El Árbol de la Moneda —confirmó el muchacho.

—Montaremos campamento allí para pasar la noche. —Si había algún aldeano, tal vez conociera el paradero de ser Brynden o el de los forajidos—. Lord Jonos me comentó algo sobre el propietario legítimo de las Tetas —comentó al joven Blackwood mientras cabalgaban hacia las colinas, cada vez más oscuras—. Los Bracken las llaman de una forma, y los Blackwood, de otra.

—Sí, mi señor. Así ha sido durante unos cien años. Antes eran las Tetas de la Madre, o las Tetas a secas. Como son dos y parecen...

—Ya veo lo que parecen. —Jaime no pudo evitar recordar a la mujer de la tienda y su manera de intentar ocultar aquellos pezones grandes y oscuros—. ¿Qué pasó hace cien años?

—Aegon el Indigno tomó como amante a Barba Bracken —explicó el instruido muchacho—. Por lo que se dice, era una moza de busto generoso, y un buen día, cuando el rey estaba de visita en Seto de Piedra, salió de caza, vio las Tetas y...

—Y les puso el nombre de su amante. —Aegon IV había muerto mucho antes de que naciera Jaime, pero estaba suficientemente familiarizado con la historia del reino para imaginar qué había sucedido a continuación—. Solo que más adelante abandonó a la Bracken y se lio con una Blackwood, ¿a que sí?

—Con lady Melissa —confirmó Hoster—. La llamaban Missy; tenemos una estatua suya en nuestro bosque de dioses. Era mucho más hermosa que Barba Bracken, pero delgada, y se oyó comentar a Barba que era plana como un muchacho. Cuando se enteró el rey Aegon...

—Le dio las tetas de Barba. —Jaime se echó a reír—. ¿Cómo empezó esta enemistad entre los Blackwood y los Bracken? ¿Se recogió por escrito?

—Sí, mi señor —asintió el chico—, pero unas versiones las escribieron sus maestres y otras los nuestros, siempre siglos después de los acontecimientos que narraban en sus crónicas. Todo se remonta a la Edad de los Héroes, a los tiempos en que los Blackwood eran reyes, y los Bracken, señores menores que se dedicaban a la cría de caballos. En vez de pagar los impuestos al rey, emplearon el oro que ganaron con sus caballos para forjar espadas y derrocarlo.

—¿Cuándo fue eso?

—Quinientos años antes de los ándalos; mil si damos crédito a la *Verdadera historia*. Pero nadie sabe cuándo cruzaron los ándalos el mar Angosto. La *Verdadera historia* dice que hace cuatro mil años, pero algunos maestres aseguran que solo hace dos mil. A partir de cierta época, las fechas se vuelven confusas y nebulosas, y la claridad de la historia da paso a la neblina de la leyenda.

«A Tyrion le caería bien este chico. Se pasarían el día hablando y discutiendo de libros.» Durante un momento se le olvidó lo resentido que estaba contra su hermano, hasta que recordó lo que había hecho.

—Así que os peleáis por la corona que quitó una familia a la otra en los tiempos en que Roca Casterly aún pertenecía a los Casterly; la corona de un reino que no existe desde hace miles de años, ¿no es eso? —Dejó escapar una risita—. Tantos siglos, tantas guerras, tantos reyes... y nadie ha conseguido la paz.

—Muchos la consiguieron, mi señor. Hemos firmado la paz con los Bracken cientos de veces; en ocasiones hasta se ha sellado con un matrimonio. Todos los Bracken tienen sangre Blackwood y todos los Blackwood tienen sangre Bracken. La Paz del Viejo Rey duró medio siglo, pero surgió alguna nueva disputa y las heridas antiguas volvieron a sangrar. Mi padre dice que siempre es así: mientras los hombres recuerden cualquier afrenta sufrida por sus antepasados no habrá paz duradera, de manera que así seguimos siglo tras siglo. Odiamos a los Bracken y los Bracken nos odian. Mi padre dice que eso no acabará jamás.

—Puede que sí.

—¿Cómo, mi señor? Según mi padre, las heridas viejas no se curan jamás.

—Mi padre también tenía un dicho: nunca hieras a un enemigo si puedes matarlo. Los muertos no se vengan.

—Pero sus hijos, sí —replicó Hoster con tono de disculpa.

—No si se mata también a los hijos. Si no me crees, pregunta a los Casterly. Pregunta a lord y lady Tarbeck, o a los Reyne de Castamere. Pregunta al príncipe de Rocadragón. —Durante un momento, las nubes rojas oscuras que coronaban las colinas le recordaron a los hijos de Rhaegar, envueltos en capas escarlata.

—¿Por eso matasteis a todos los Stark?

—A todos, no —respondió Jaime—. Las hijas de lord Eddard siguen con vida. Una acaba de contraer matrimonio, y la otra... —«¿Dónde estás, Brienne? ¿La has encontrado?»—. La otra, si los dioses son misericordiosos, se olvidará de que fue una Stark y se casará con un herrero corpulento o con un posadero rechoncho, le llenará la casa de críos y nunca tendrá miedo de que aparezca un caballero para estamparles el cráneo contra la pared.

—Los dioses son misericordiosos —dijo su rehén, inseguro.

«Sí, tú sigue creyendo eso.» Jaime picó espuelas a Honor.

El Árbol de la Moneda era una aldea mucho más grande de lo que esperaba. La guerra también había dejado allí su huella: los huertos quemados y la estructura calcinada de casas semiderruidas así lo atestiguaban; pero por cada edificio en ruinas había tres reconstruidos. En el azul cada vez más oscuro del ocaso, Jaime alcanzó a ver una veintena de tejados de paja nuevos, y también puertas de madera fresca. Entre el estanque de patos y la forja del herrero dio con el árbol al que debía su nombre la aldea, un roble alto y viejo, con raíces retorcidas que sobresalían de la tierra como un entramado de serpientes y cientos de monedas clavadas en el grueso tronco.

Peck se quedó mirando él árbol, y luego, las casas vacías.

—¿Dónde está la gente?

—Escondida —replicó Jaime.

Dentro de las casas, todos los fuegos estaban apagados, pero algunos humeaban aún y ninguno estaba frío del todo. El único ser vivo que encontraron fue una cabra que Harry Merrell el Templado vio pastando en un huerto. Pero el pueblo contaba con un torreón tan inexpugnable como cualquiera de los que se veían en las tierras de los ríos, con una muralla de piedra de cinco varas de altura, y Jaime supo que allí encontraría a los aldeanos.

«Cuando vinieron los atacantes, se escondieron tras esa muralla; por eso sigue existiendo el pueblo. Ahora también se esconden, pero de mí.» Se encaminó a lomos de Honor hasta las puertas del torreón.

—¡Eh, los de dentro! No vamos a haceros daño, somos hombres del rey.

Unos cuantos rostros asomaron sobre la muralla, por encima de la puerta.

—Fueron hombres del rey los que nos quemaron el pueblo —replicó un hombre—. Antes de eso, otros hombres del rey se llevaron nuestras ovejas. Eran de un rey diferente, pero a nuestras ovejas les dio igual. Los hombres del rey mataron a Harsley y a ser Ormond, y violaron a Lacey hasta que murió.

—No fueron mis hombres —dijo Jaime—. Abrid las puertas.

—Cuando os hayáis marchado.

Ser Kennos se le acercó a caballo.

—No nos costaría mucho derribar la puerta, ni pegar fuego a esto.

—¿Mientras nos tiran piedras y nos lanzan flechas? —Jaime negó con la cabeza—. Correría la sangre, y ¿para qué? Esta gente no nos ha hecho ningún daño. Nos instalaremos en las casas, pero no quiero saqueos. Tenemos provisiones suficientes.

Mientras la luna ascendía por el cielo, ataron los caballos y cenaron a base de carnero en salazón, manzanas secas y queso curado. Jaime comió poco y compartió un odre de vino con Peck y Hos. Intentó contar las monedas clavadas en el viejo roble, pero se perdió enseguida; eran demasiadas.

«¿A qué vendrán esas monedas?» Si se lo preguntaba, el joven Blackwood se lo diría, pero entonces se acabaría el misterio.

Apostó centinelas para asegurarse de que nadie salía de los límites de la aldea, y también envió exploradores para que ningún enemigo los cogiera por sorpresa. Era casi medianoche cuando dos de ellos volvieron con una mujer que habían tomado prisionera.

—Se acercaba a caballo sin siquiera esconderse, mi señor, y exige hablar con vos.

Jaime se puso en pie.

—No pensaba que volvería a veros tan pronto, mi señora. —«Por todos los dioses, parece diez años mayor que cuando nos despedimos. ¿Y qué le ha pasado en la cara?»—. Esa venda... ¿Estáis herida?

—Un mordisco. —Se llevó la mano al puño de la espada que él le había regalado. *Guardajuramentos*—. Me encomendasteis una misión, mi señor.

—Sí, la niña. ¿La habéis encontrado?

—Así es —respondió Brienne, la Doncella de Tarth.

—¿Dónde está?

—A una jornada a caballo. Puedo llevaros hasta ella, pero tenéis que venir solo. De lo contrario, el Perro la matará.

Jon

—R'hllor —cantó Melisandre, con los brazos en alto contra la nieve que caía—, tú eres la luz de nuestros ojos, el fuego de nuestros corazones, el calor de nuestras entrañas. Tuyo es el sol que calienta nuestros días; tuyas, las estrellas que nos guardan en la noche oscura.

—Adoremos a R'hllor, Señor de Luz —contestaron los invitados de la boda en un coro de voces disonantes, antes de que una ráfaga de aire helado se llevase sus palabras. Jon Nieve se subió la capucha.

Aquel día, la nieve caía con suavidad, en copos finos que se dispersaban y bailaban en el aire; pero desde el este llegaba un viento que recorría el Muro, frío como el aliento del dragón de hielo de los cuentos de la Vieja Tata. Hasta el fuego de Melisandre temblaba de frío; las llamas se habían apiñado al fondo de la zanja y crujían discretamente mientras la sacerdotisa roja cantaba. El único que parecía no sentir el frío era Fantasma.

—Una boda con nieve presagia un matrimonio frío. Es lo que decía mi señora madre —dijo Alys Karstark, tras acercarse a Jon.

«Seguro que hubo ventisca el día en que se casó con Stannis —pensó Jon mirando a la reina Selyse. Arropada en su manto de armiño y rodeada de damas, doncellas y caballeros, la reina sureña, pálida y diminuta, tenía un aspecto muy frágil. Sus finos labios dibujaban una sonrisa tensa y gélida, pero sus ojos desbordaban veneración—. Detesta el frío, pero adora las llamas. —Bastaba con mirarla para darse cuenta—. Una palabra de Melisandre, y sería capaz de lanzarse al fuego por voluntad propia y abrazarlo como a un amante.»

No todos los hombres de la reina compartían su devoción: ser Brus estaba medio borracho; ser Malegorn agarraba con una mano enguantada el trasero de la dama que tenía al lado; ser Narbert bostezaba, y ser Patrek de la Montaña del Rey tenía cara de pocos amigos. Jon Nieve empezaba a entender por qué Stannis los había dejado con la reina.

—La noche es oscura y alberga horrores —cantó Melisandre—. Solos nacemos y solos morimos, pero en el tránsito de este valle tenebroso sacamos fuerzas unos de otros y de ti, nuestro señor. —La seda y el raso escarlata formaban un torbellino con cada ráfaga de viento—. He aquí a dos personas que van a unir sus vidas, para enfrentarse juntas a la oscuridad de este mundo. Llena sus corazones de fuego, mi señor, para que caminen por tu sendero de luz, de la mano, para siempre.

—¡Señor de Luz, protégenos! —gritó la reina Selyse. Otras voces leales a Melisandre corearon la respuesta: damas pálidas, criadas temblorosas, ser Axell, ser Narbert, ser Lambert, soldados con cota de malla, thenitas con armadura de bronce e incluso varios hermanos negros de Jon—. ¡Señor de Luz, bendice a tus hijos!

Melisandre se alzaba de espaldas al Muro, a un lado de la profunda zanja donde ardía su fuego. Al otro lado, frente a ella, se encontraba la pareja que contraía matrimonio. Tras ellos estaba la reina, con su hija y el bufón tatuado. La princesa Shireen, tan envuelta en pieles que parecía una bola, exhalaba bocanadas blancas a través de la bufanda que le cubría gran parte de la cara. Ser Axell Florent y los hombres de la reina rodeaban la comitiva real.

Aunque solo había unos cuantos hombres de la Guardia de la Noche reunidos alrededor del fuego, otros observaban la escena desde los tejados, las ventanas y la gran escalera zigzagueante. Jon tomó buena nota de quién había asistido y quién no. A algunos les tocaba guardia y muchos otros estaban durmiéndose, pero unos cuantos habían decidido ausentarse para mostrar su desaprobación. Othell Yarwyck y Bowen Marsh se encontraban entre estos últimos. El septón Chayle había aparecido brevemente, toqueteándose el cristal de siete caras que llevaba colgado al cuello; pero en cuanto comenzaron los rezos, volvió a refugiarse en el septo.

Melisandre alzó de nuevo las manos, y el fuego que ardía en la zanja le saltó a los dedos como un gran perro rojo en busca de un premio. Un remolino de chispas acudió al encuentro de los copos de nieve que caían.

—Oh, Señor de Luz, te damos las gracias —cantó a las llamas hambrientas—. Te damos las gracias por el valiente Stannis, nuestro rey por tu voluntad. Guíalo y defiéndelo, R'hllor. Protégelo de la traición de los malvados y dale fuerzas para aniquilar a los que sirven a la oscuridad.

—Dale fuerzas —corearon la reina Selyse, sus caballeros y sus damas—. Dale valor. Dale sabiduría.

Alys Karstark entrelazó el brazo con el de Jon.

—¿Cuánto va a durar esto, lord comandante? Si voy a quedar enterrada en nieve, me gustaría morir como casada.

—Queda poco, mi señora —le aseguró Jon—. Queda poco.

—Te damos las gracias por tu sol, que nos aporta calor —cantó la reina—. Te damos las gracias por tus estrellas, que velan por nosotros. Te damos las gracias por el fuego de los hogares y las antorchas que mantienen a raya la oscuridad. Te damos las gracias por nuestras almas luminosas, por el fuego de nuestras entrañas y nuestros corazones.

—Que se acerquen aquellos que van a unirse —continuó Melisandre. Las llamas proyectaban su sombra en el Muro, y el rubí contrastaba con la palidez de su cuello.

—¿Preparada, mi señora? —preguntó Jon tras volverse hacia Alys Karstark.

—Sí. Claro que sí.

—¿No tienes miedo?

La muchacha sonrió, y a Jon le recordó tanto a su hermana pequeña que casi se le partió el corazón.

—Él debería tenérmelo a mí. —Los copos de nieve se derretían en las mejillas de Alys, pero llevaba el pelo recogido en un remolino de encajes que había encontrado Seda en alguna parte, y, al amontonarse a su alrededor, la nieve había formado una corona de hielo. Tenía las mejillas encendidas y rojas, y le brillaban los ojos.

—Una dama del invierno —dijo Jon mientras le apretaba la mano.

El magnar de Thenn estaba junto al fuego, con su ropa de batalla: piel, cuero, lamas de bronce y una espada también de bronce que le colgaba de la cadera. La calvicie incipiente lo hacía parecer mayor, pero cuando se volvió para observar como se acercaba su prometida, Jon vio al muchacho que había en él. Tenía los ojos abiertos como platos, aunque Jon no sabía si era por causa del fuego, de la sacerdotisa o de la mujer de la que debería tener miedo.

«Alys tenía más razón de lo que pensaba.»

—¿Quién viene a entregar a esta mujer en matrimonio? —preguntó Melisandre.

—Yo —contestó Jon—. He aquí a Alys Karstark, una mujer adulta florecida, de nacimiento legítimo y cuna noble. —Apretó la mano de Alys por última vez y dio un paso atrás para reunirse con el resto.

—¿Quién viene a pedirla? —preguntó Melisandre.

—Yo. —Sigorn se palmeó el pecho—. El magnar de Thenn.

—Sigorn —dijo Melisandre—, ¿compartirás tu fuego con Alys y le darás calor cuando la noche sea oscura y albergue horrores?

—Juro que así será. —La promesa del magnar se convirtió en una nube blanca en el aire. La nieve le manchaba los hombros y tenía las orejas coloradas—. Por las llamas del dios rojo, daré calor a todos sus días.

—Alys, ¿juras compartir tu fuego con Sigorn y darle calor cuando la noche sea oscura y albergue horrores?

—Hasta que le hierva la sangre. —La capa de doncella era de lana negra, como las de la Guardia de la Noche. El rayo de sol de la casa

Karstark que llevaba bordado en la espalda era de la misma piel blanca que el forro.

Los ojos de Melisandre brillaban tanto como el rubí que llevaba al cuello.

—Entonces, acercaos a mí y sed uno. —A su señal, una pared de llamas se elevó con un rugido y lamió los copos de nieve con lenguas ardientes y anaranjadas. Alys Karstark tomó al magnar de la mano.

Saltaron juntos la zanja.

—Dos se han adentrado en las llamas. —Una ráfaga de viento empezó a levantar la túnica escarlata de la mujer roja, que la bajó con la mano—. Uno emerge. —El pelo cobrizo le bailaba alrededor de la cabeza—. Lo que el fuego ha unido, nadie puede separarlo.

—Lo que el fuego ha unido, nadie puede separarlo —corearon los hombres de la reina, los thenitas y algunos hermanos negros.

«Excepto reyes y tíos», pensó Jon Nieve.

Cregan Karstark había aparecido un día después que su sobrina, acompañado por cuatro soldados a caballo, un cazador y una jauría que rastreaba a lady Alys como si fuera un ciervo. Jon Nieve salió a su encuentro en el camino Real, a media legua al sur de Villa Topo, antes de que tuvieran ocasión de presentarse en el Castillo Negro y solicitar la inmunidad del huésped o una reunión. Uno de los hombres de Karstark le había disparado un dardo de ballesta a Ty y había muerto por ello, lo que dejaba solo a cuatro hombres y al propio Cregan. Afortunadamente, contaban con doce celdas de hielo.

«Hay sitio para todos.»

Como muchas otras cosas, la heráldica terminaba en el Muro. Contra la costumbre de las familias nobles de los Siete Reinos, los thenitas no tenían blasón, así que Jon había pedido a los mayordomos que improvisaran, y no se les había dado nada mal. La capa de desposada que Sigorn colocó en los hombros de lady Alys mostraba un disco de bronce sobre campo de lana blanca, rodeado de llamas hechas con jirones de etérea seda escarlata. Si se prestaba atención, también se podía distinguir el rayo de sol de la casa Karstark, suficientemente modificado para que el escudo de armas resultase apropiado para la casa Thenn.

El magnar prácticamente arrancó la capa de doncella de los hombros de Alys, pero le abrochó la capa de desposada casi con ternura. Al inclinarse para besarla en la mejilla, sus alientos se entremezclaron. Las llamas volvieron a rugir, y los hombres de la reina entonaron una oración.

—¿Ya han terminado? —susurró Seda.

—Y que lo digas —murmuró Mully—, y ya era hora. Ellos están casados y yo medio congelado. —Iba envuelto en sus mejores galas negras, de lana tan nueva que aún no había tenido ocasión de desgastarse, pero el viento le había dejado las mejillas tan rojas como el pelo—. Hobb ha preparado vino caliente con clavo y canela. Eso nos caldeará un poco.

—¿Qué es eso del clavo? —preguntó Owen el Bestia.

La nieve había empezado a caer con más fuerza, y el fuego de la zanja ya estaba apagándose. La multitud se dispersó y empezó a desperdigarse por el patio: hombres del rey, hombres de la reina y el pueblo libre; todos igual de impacientes por escapar del viento y el frío.

—¿Mi señor participará de los festejos con nosotros? —preguntó Mully a Jon Nieve.

—Dentro de un rato. —Sigorn se ofendería si no hacía acto de presencia. «Y a fin de cuentas, este matrimonio es cosa mía»—. Pero antes tengo que ocuparme de otros asuntos.

Jon se abrió camino hacia la reina Selyse, con Fantasma detrás. Sus botas hacían crujir la nieve amontonada al pisarla. Cada vez llevaba más tiempo despejar los caminos que iban de una edificación a otra, y los hombres usaban con mayor frecuencia los pasadizos subterráneos a los que llamaban «gusaneras».

—... una ceremonia preciosa —estaba diciendo la reina—. He sentido la poderosa mirada de nuestro señor sobre nosotros. No os imagináis la cantidad de veces que le he suplicado a Stannis que renovemos los votos con una auténtica unión en cuerpo y alma, bendecida por el Señor de Luz. Si estuviéramos atados por el fuego, sé que podría darle más hijos a su alteza.

«Para darle más hijos tendrías que llevártelo a la cama.» Hasta en el Muro se sabía sobradamente que Stannis Baratheon llevaba años rechazando a su esposa. No había que esforzarse mucho para saber cómo había reaccionado su alteza ante la perspectiva de una segunda boda en plena guerra.

—Si os place, alteza, los festejos nos aguardan —dijo Jon tras hacer una reverencia.

—Por supuesto. —La reina miró a Fantasma con suspicacia y levantó la cabeza hacia Jon—. Lady Melisandre conoce el camino.

—Antes he de atender mis fuegos, alteza. Quizá R'hllor quiera ofrecerme una visión de vuestro esposo. A lo mejor, una imagen de una gran victoria —dijo la sacerdotisa roja.

—Vaya. —La reina Selyse estaba visiblemente afligida—. Desde luego... Recemos para que nuestro señor nos envíe una visión...

—Seda, muéstrale el camino a la reina —dijo Jon.

—Yo escoltaré a la reina hasta la fiesta —dijo ser Malegorn, dando un paso al frente—. No precisaremos a vuestro... mayordomo. —La manera en que pronunció la última palabra dejó claro a Jon que había pensado en usar otra distinta.

«¿Muchacho? ¿Mascota? ¿Puta?»

—Como deseéis. —Jon hizo otra reverencia—. En breve me reuniré con vosotros.

Ser Malegorn ofreció el brazo a la reina, que lo aceptó con rigidez y posó la otra mano en el hombro de su hija. Los patitos reales los siguieron cuando cruzaron el patio, todos al ritmo de los cencerros del sombrero del bufón.

—En el fondo del mar, los tritones se atiborran de sopa de estrellas de mar y los criados son cangrejos —proclamó Caramanchada según caminaban—. Lo sé, lo sé, je, je, je.

—Esa criatura es peligrosa. —El rostro de Melisandre se había ensombrecido—. La he visto muchas veces en mis fuegos. A veces está rodeada de calaveras y tiene los labios rojos, cubiertos de sangre.

«Es un milagro que aún no hayas quemado al pobre diablo.»

Una sola palabra al oído de la reina y Caramanchada alimentaría sus fuegos.

—¿Veis bufones en vuestros fuegos, pero ni rastro de Stannis?

—Cuando lo busco, solo veo nieve.

«La misma respuesta inútil.» Clydas había enviado un cuervo a Bosquespeso para avisar al rey de la traición de Arnolf Karstark, pero Jon no sabía si había llegado a tiempo. El banquero braavosi también había partido en su busca, acompañado por los guías que le había proporcionado Jon, pero entre la guerra y el mal tiempo, sería un milagro que lo encontrase.

—Si el rey hubiese muerto, ¿lo sabríais? —preguntó Jon a la sacerdotisa roja.

—No ha muerto. Stannis es el elegido del Señor, destinado a encabezar la lucha contra la oscuridad. Lo he visto en mis fuegos; lo he leído en una antigua profecía. Cuando sangre la estrella roja y reine la oscuridad, Azor Ahai volverá a nacer entre humo y sal para despertar a los dragones de piedra. El lugar del humo y la sal no es otro que Rocadragón.

Jon ya había oído todo aquello.

—Stannis Baratheon era el señor de Rocadragón, pero no nació allí, sino en Bastión de Tormentas, como el resto de sus hermanos. —Frunció el ceño—. ¿Y qué hay de Mance? ¿También se ha perdido? ¿Qué os dicen vuestros fuegos?

—Me temo que lo mismo: solo nieve.

«Nieve. —Jon sabía que nevaba con fuerza en el sur. Se decía que el camino Real ya estaba intransitable a tan solo dos días a caballo de allí—. Melisandre también lo sabe.» Hacia el este, una furiosa tormenta azotaba la bahía de las Focas. Según los últimos informes, la dispar flota que habían reunido para salvar al pueblo libre de Casa Austera seguía resguardada en Guardiaoriente del Mar, atrapada en el puerto a causa de las inclemencias.

—Estáis viendo cenizas que bailan en el aire caliente.

—Veo calaveras. Os veo a vos. Cada vez que miro las llamas aparece vuestro rostro. El peligro del que os hablé se acerca cada vez más.

—Puñales en la oscuridad, ya lo sé. Disculpad, mi señora, pero albergo ciertas dudas. Dijisteis: «Una muchacha vestida de gris, a lomos de un caballo moribundo, huyendo de un matrimonio concertado».

—Y no me equivoqué.

—Pero tampoco acertasteis. Alys no es Arya.

—La visión fue acertada; fui yo quien se equivocó al interpretarla. Soy tan mortal como vos, Jon Nieve. Todos los mortales cometemos errores.

—Hasta los que son lord comandante. —Aún no habían regresado Mance Rayder y las mujeres de las lanzas, y Jon no dejaba de preguntarse si la mujer roja había mentido a propósito.

«¿A qué juega?»

—Aseguraos de mantener cerca a vuestro lobo, mi señor.

—Fantasma nunca se aleja mucho de mí. —El huargo levantó la cabeza al oír su nombre, y Jon lo rascó tras las orejas—. Disculpadme. Fantasma, conmigo.

Las celdas de hielo estaban excavadas en la base del Muro y cerradas con pesadas puertas de madera, y las había pequeñas y minúsculas. Algunas tenían tamaño suficiente para que un hombre pudiera pasear; en otras, los prisioneros solo cabían sentados, y otras eran tan angostas que no permitían ni eso.

Jon le había dado a su cautivo más importante la celda más grande, un cubo para cagar, pieles de sobra para no congelarse y un pellejo de vino. Los guardias tardaron cierto tiempo en abrir la celda, ya que se había formado hielo dentro del cerrojo. Los goznes oxidados gimieron como almas en pena cuando Wick Whittlestick abrió la puerta lo bastante para que Jon pudiera entrar. Lo recibió un débil hedor fecal, aunque no tan penetrante como esperaba. Hasta la mierda se congelaba con aquel frío implacable. Jon Nieve vio su tenue reflejo en las paredes de hielo.

En una esquina de la celda había un montón de pieles tan alto como un hombre.

—Karstark —dijo Jon Nieve—. Levántate.

Las pieles se agitaron. Algunas se habían congelado y se habían quedado pegadas, y la escarcha que las envolvía brilló cuando se movieron. Primero emergió un brazo y luego una cabeza: pelo castaño canoso, enmarañado y apelmazado; dos ojos fieros; una nariz; una boca; una barba. El bigote del prisionero estaba adornado con mocos congelados.

—Nieve. —El aliento se condensó en el aire y cubrió de vaho el hielo, tras su cabeza—. No tienes derecho a retenerme. Las leyes de la hospitalidad...

—No eres mi invitado. Has venido al Muro sin mi consentimiento, armado, con intención de llevarte a tu sobrina contra su voluntad. Con lady Alys hemos compartido el pan y la sal; es una invitada. Tú eres un prisionero. —Jon hizo una pausa para que las palabras surtieran efecto—. Tu sobrina ha contraído matrimonio.

Cregan Karstark mostró los dientes.

—Alys era mi prometida. —Aunque ya pasaba de los cincuenta, Cregan era un hombre fuerte cuando entró en la celda. El frío le había arrebatado aquella fuerza, y lo había dejado débil y agarrotado—. Mi señor padre...

—Tu padre es un castellano, no un señor. Y los castellanos no tienen ningún derecho a pactar matrimonios.

—Mi padre, Arnolf Karstark, es el señor de Bastión Kar.

—Según todas las leyes que conozco, un hijo va antes que un tío.

Cregan consiguió incorporarse y apartó de una patada las pieles que se le enredaban en los tobillos.

—Harrion murió.

«O morirá pronto.»

—Una hija también va antes que un tío. Si su hermano ha muerto, Bastión Kar pertenece a lady Alys, y ha concedido su mano a Sigorn, el magnar de Thenn.

—Un salvaje. Un salvaje miserable, un asesino. —Cregan apretó los puños. Los guantes que los cubrían eran de cuero ribeteado de piel, a juego con la capa que le colgaba de los anchos hombros, apelmazada y rígida. El jubón de lana negra mostraba el blasón del rayo de sol blanco de su casa—. Ahora veo qué eres, Nieve. Mitad lobo, mitad salvaje; un bastardo fruto de un traidor y de una puta, capaz de meter a una doncella de alta cuna en la cama de un salvaje apestoso. Dime, ¿la cataste antes de entregársela? —Rio—. Mátame si es lo que quieres, pero quedarás maldito por matar a la sangre de tu sangre. Los Stark y los Karstark estamos emparentados.

—Me apellido Nieve. —«Un bastardo»—. Es lo único de lo que pueden acusarme.

—Que venga ese magnar a Bastión Kar. Le cortaremos la cabeza y la meteremos en un retrete, para mearle en la boca.

—Sigorn está al mando de doscientos thenitas —apuntó Jon—, y lady Alys cree que Bastión Kar le abrirá sus puertas a ella. Dos de tus hombres ya le han jurado vasallaje y han confirmado todo lo referente a los planes de tu padre con Ramsay Nieve. Tengo entendido que tienes parientes cercanos en Bastión Kar. Una palabra tuya puede salvarles la vida. Entrega el castillo; lady Alys perdonará a las mujeres que la traicionaron y permitirá a los hombres vestir el negro.

Cregan negó con la cabeza. Los mechones de pelo se le habían convertido en trozos de hielo, y cada vez que se movía entrechocaban con suavidad.

—Jamás —dijo—. Jamás, jamás, jamás.

«Debería cortarle la cabeza y ofrecérsela a Alys y al magnar como regalo de boda —pensó Jon, pero no se atrevía a correr ese riesgo. La Guardia de la Noche no tomaba partido en las disputas del reino, y algunos podrían pensar que ya había ayudado demasiado a Stannis—. Si decapito a este imbécil, dirán que me dedico a matar norteños para entregar sus tierras a los salvajes. Si lo libero, hará lo que pueda para destrozar todo lo que he logrado con lady Alys y el magnar. —Jon se preguntó qué habría hecho su padre y cómo habría resuelto el asunto su tío. Pero Eddard Stark estaba muerto, y Benjen Stark, perdido en el bosque helado de más allá del Muro—. No sabes nada, Jon Nieve.»

—«Jamás» es mucho tiempo —dijo Jon—. Puede que cambies de opinión mañana, o dentro de un año. Más tarde o más temprano, el rey Stannis volverá al Muro, y entonces te matará... a no ser que lleves una capa negra. Cuando un hombre viste el negro, todos sus crímenes se borran. —«Incluso los tuyos»—. Discúlpame, por favor, tengo que asistir a una fiesta.

Tras el frío cortante de las celdas de hielo, el sótano estaba tan abarrotado y caliente que Jon tuvo sensación de sofoco nada más pisar la escalera. El aire olía a humo, carne asada y vino especiado. Axell Florent estaba brindando en el momento en el que Jon ocupó su sitio, cerca de la tarima.

—¡Por el rey Stannis y su esposa, la reina Selyse, Luz del Norte! —gritó ser Axell—. ¡Por R'hllor, Señor de Luz; que nos defienda a todos! ¡Una tierra, un dios, un rey!

—¡Una tierra, un dios, un rey! —corearon los hombres de la reina.

Jon bebió con ellos. No sabía si Alys Karstark sería feliz en su matrimonio, pero al menos lo celebrarían aquella noche.

Los mayordomos sacaron el primer plato: caldo de cebolla especiado con trozos de cabra y zanahoria. No era precisamente un banquete real, pero era nutritivo y sabroso, y calentaba el estómago. Owen el Bestia cogió el violín, y se le unieron varios hombres del pueblo libre con flautas y tambores.

«Las mismas flautas y los mismos tambores que tocaron para acompañar el ataque de Mance Rayder contra el Muro.»

Aquella vez, el sonido resultaba más agradable. Con el caldo llegaron rebanadas de pan moreno y basto, recién salidas del horno. El rostro de Jon se ensombreció cuando vio la sal y la mantequilla en las mesas: Bowen Marsh le había dicho que tenían sal de sobra, pero en un mes se habrían quedado sin mantequilla.

El Viejo Flint y el Norrey ocupaban sendos lugares de honor, justo bajo la tarima. Estaban demasiado mayores para acompañar a Stannis y habían enviado en su lugar a sus hijos y nietos, pero se habían apresurado y habían llegado al Castillo Negro a tiempo para la boda, cada uno con una nodriza. La del Norrey tenía cuarenta años y los pechos más grandes que Jon hubiera visto nunca; la de Flint tenía catorce años y era plana como un muchacho, aunque tenía leche de sobra. Entre las dos, el niño al que Val llamaba Monstruo parecía medrar.

Jon les estaba agradecido, aunque ni se le pasó por la cabeza que dos soldados tan viejos y curtidos hubieran bajado de sus colinas solo por eso. Ambos llevaban consigo a unos cuantos guerreros: cinco el Viejo Flint y doce el Norrey; todos vestidos con pieles andrajosas y cuero remachado, fieros como el mismísimo invierno. Algunos llevaban barba larga; otros tenían cicatrices, y los más, las dos cosas; todos adoraban a los dioses del norte, los mismos dioses que el pueblo libre de más allá del Muro. Sin embargo, allí estaban, brindando por un matrimonio auspiciado por un extraño dios rojo procedente del otro lado del mar.

«Mejor que negarse a beber. —Ni Flint ni el Norrey habían volteado la copa para derramar el vino, lo que habría significado cierto grado de aceptación—. O quizá sea que no quieren desperdiciar un buen vino sureño. No debe de abundar mucho en esas colinas rocosas en las que viven.»

Entre plato y plato, ser Axell Florent sacó a bailar a la reina Selyse, y otros los siguieron; los primeros en buscarse una pareja fueron los caballeros de la reina. Ser Brus ofreció el primer baile a la princesa Shireen, y después sacó a su madre. Ser Narbert bailó con todas las damas de la reina.

Los hombres de la reina superaban a las damas en una proporción de tres a una, así que hasta la más humilde de las criadas se vio obligada a bailar. Tras unas cuantas canciones, algunos hermanos negros recordaron ciertas habilidades que habían aprendido de jóvenes en cortes y castillos, antes de que sus pecados los enviaran al Muro, y también bailaron. El viejo granuja Ulmer del Bosque Real demostró ser tan hábil para la danza como para el tiro con arco, y no cabía duda de que regalaba los oídos de sus parejas con anécdotas de la Hermandad del Bosque Real, de cuando cabalgó con Simon Toyne y Ben Barrigas y ayudó a Wenda, la Gacela Blanca, a grabar a fuego su blasón en las nalgas de sus prisioneros de alta cuna. Seda, derrochando gracia, bailó con tres criadas, pero ni siquiera intentó acercarse a ninguna dama de alta cuna, cosa que Jon consideró muy prudente. No le gustaba la forma en que miraban al mayordomo algunos caballeros de la reina, sobre todo ser Patrek de la Montaña del Rey.

«Ese quiere derramar sangre —pensó—. Está buscando cualquier provocación.»

Cuando Owen el Bestia sacó a bailar al bufón Caramanchada, las risas resonaron en el techo abovedado. Aquello hizo sonreír a lady Alys.

—¿Hay muchos bailes aquí, en el Castillo Negro?

—Siempre que se celebra una boda, mi señora.

—Podríais bailar conmigo, aunque solo fuera por cortesía. No sería la primera vez.

—¿Ya hemos bailado? ¿Cuándo? —bromeó Jon.

—Cuando éramos niños. —Partió un pedazo de pan y se lo tiró a la cara—. Como bien sabéis.

—Mi señora debería bailar con su esposo.

—Me temo que mi magnar no es hombre de bailes. Si no queréis bailar conmigo, al menos servidme un poco de vino especiado.

—Como deseéis. —Jon pidió una frasca con un gesto.

—Bueno —dijo Alys mientras Jon servía el vino—, ya soy una mujer casada. Ya tengo un marido salvaje, con su pequeño ejército salvaje.

—Ellos se denominan *pueblo libre*. Bueno, casi todos. Sin embargo, los thenitas son harina de otro costal. Es un pueblo muy antiguo. —Eso le había dicho Ygritte. «No sabes nada, Jon Nieve»—. Vienen de un valle escondido en el extremo norte de los Colmillos Helados, rodeado de montañas muy altas, y durante miles de años han mantenido más contacto con los gigantes que con otros hombres. Eso los ha hecho ser diferentes.

—Diferentes —dijo Alys—, pero más parecidos a nosotros.

—Sí, mi señora. Los thenitas tienen leyes y señores. —«Saben arrodillarse»—. Extraen cobre y estaño de las minas para fabricar bronce y forjan sus propias armas y armaduras, en vez de robarlas. Es un pueblo orgulloso y valiente. Mance Rayder tuvo que derrotar tres veces al antiguo magnar antes de que Styr lo aceptara como Rey-más-allá-del-Muro.

—Y ahora están aquí, a nuestro lado del Muro. Expulsados de su fuerte de las montañas para acabar en mi dormitorio. —Sonrió con ironía—. Es culpa mía. Mi señor padre me dijo que tenía que seducir a vuestro hermano Robb, pero solo tenía seis años y no supe.

«Ya, pero ahora tienes casi dieciséis y más vale que sepas seducir a tu nuevo marido.»

—Mi señora, ¿en qué estado se encuentran los almacenes de comida de Bastión Kar?

—No muy surtidos —suspiró Alys—. Mi padre se llevó a tantos hombres al sur que solo quedaron las mujeres y los jóvenes para sacar adelante las cosechas, junto con los viejos y los tullidos que no pudieron ir a la guerra. Los cultivos se estropearon o se inundaron con las lluvias otoñales, y ahora llega la nieve. Este invierno va a ser duro. Muy pocos ancianos sobrevivirán, y también morirán muchos niños.

Todos los norteños conocían demasiado bien aquella historia.

—La abuela de mi padre era una Flint de las montañas, por parte de madre —le dijo Jon—. Se hacían llamar los Primeros Flint. Proclaman que el resto de los Flint desciende de los hijos menores, que tuvieron que abandonar las montañas en busca de comida, tierras y esposas. Allí arriba, la vida siempre ha sido muy dura. Cuando cae la nieve y la comida empieza a escasear, los más jóvenes tienen que marcharse a Las Inviernas o incorporarse al servicio de algún castillo. Los mayores reúnen todas las fuerzas que les quedan y salen a cazar. Algunos regresan en primavera; otros no vuelven jamás.

—Igual que en Bastión Kar. —Aquello no sorprendió a Jon.

—Mi señora, cuando empiece a faltar comida en tus almacenes, acuérdate de nosotros. Envía a los mayores al Muro, y que pronuncien los votos. Por lo menos, aquí no morirán solos en la nieve sin más consuelo que sus recuerdos. Si sobran jóvenes, envíalos también.

—Como bien decís —le tocó la mano—, Bastión Kar recuerda.

El alce que estaban trinchando olía mejor de lo que cabía esperar. Jon envió una ración a la Torre de Hardin, para Pieles, junto con tres bandejas enormes de verdura asada para Wun Wun, y luego se sirvió una porción generosa.

«Hobb Tresdedos se las ha arreglado muy bien.»

Aquello lo había tenido preocupado. Dos noches antes, Hobb había ido en su busca para quejarse y decirle que se había alistado en la Guardia de la Noche para matar salvajes, no para hacerles la comida.

—Además, nunca he preparado un banquete de boda, mi señor. Los hermanos negros no se casan. Está en los putos votos, maldita sea.

Jon estaba regando un bocado de carne con un trago de vino especiado cuando Clydas apareció a su lado.

—Un pájaro —anunció, y le puso un pergamino en la mano. Estaba sellado con un punto de lacre negro.

Jon supo que provenía de Guardiaoriente antes de abrir el sello. La carta estaba escrita por el maestre Harmune; Cotter Pyke no sabía leer ni escribir. Pero eran las palabras de Pyke, escritas tal como las había pronunciado, directas y precisas:

Hoy, el mar ha estado tranquilo. Han zarpado once barcos hacia Casa Austera con la marea de la mañana: tres braavosi, cuatro lysenos y cuatro nuestros. Hay dos naves lysenas que no aguantarán mucho. Puede que se ahoguen más salvajes de los que se salven. Son vuestras órdenes. A bordo van veinte cuervos y el maestre Harmune. Mandaré informes. Yo estoy al mando desde la *Garra;* Traposal es el segundo, a bordo del *Pájaro Negro,* y ser Glendon se queda al mando en Guardiaoriente.

—¿Alas negras, palabras negras? —preguntó Alys Karstark.

—No, mi señora. Llevábamos tiempo esperando esta noticia.

«Aunque me preocupa la última parte. —Glendon Hewett era un hombre fuerte y curtido, y dejarlo al mando en ausencia de Cotter Pyke era una decisión muy sensata, pero también era tan amigo como se podía ser de Alliser Thorne, y una especie de compinche de Janos Slynt. Jon aún recordaba como Hewett lo había sacado a rastras de la cama y le había clavado la bota en las costillas—. No habría sido mi primera elección.» Volvió a enrollar el pergamino y se lo guardó bajo el cinturón.

A continuación llegaba el plato de pescado, pero mientras cortaban el lucio, lady Alys sacó al magnar a rastras a la zona de baile. Por su manera de moverse, era evidente que no había bailado jamás, pero había bebido suficiente vino especiado para que no le importase mucho.

—Una doncella norteña y un guerrero salvaje, unidos por el Señor de Luz. —Ser Axell Florent ocupó el sitio que acababa de dejar libre lady Alys—. Su alteza lo aprueba. Lo sé porque la reina y yo estamos muy unidos, mi señor. El rey Stannis también lo aprobará.

«A no ser que Roose Bolton haya clavado su cabeza en una pica.»

—Pero no todos piensan lo mismo —prosiguió ser Axell. Su barba era un arbusto enmarañado bajo la barbilla hundida; un vello áspero le brotaba de las orejas y de las ventanas de la nariz—. Ser Patrek cree que él habría sido un marido mucho más adecuado para lady Alys. Perdió todas sus tierras cuando vino al norte.

—En esta sala hay muchos que han perdido bastante más que eso —dijo Jon—, y muchos más que han puesto su vida al servicio del reino. Ser Patrek debería considerarse afortunado.

—El rey diría lo mismo si estuviese aquí —dijo Axell Florent con una sonrisa—. Aun así, deberíamos reservar algo para los leales caballeros de su alteza, ¿no creéis? Lo han seguido desde muy lejos, y a un alto precio. También tenemos que conseguir que los salvajes se sientan comprometidos con el rey y el reino. Este matrimonio es un primer paso, pero sé que a la reina la complacería casar también a la princesa salvaje.

Jon suspiró. Estaba harto de explicar que Val no era ninguna princesa, pero por mucho que lo dijera, nadie le hacía caso.

—Sois persistente, ser Axell, eso lo reconozco.

—¿Acaso me culpáis, mi señor? Es un trofeo difícil de conseguir. Tengo entendido que es una muchacha núbil, nada desagradable a la vista. Buenas caderas y buenos pechos; bien dotada para tener hijos.

—¿Y quién sugerís que sea el padre? ¿Ser Patrek? ¿Vos?

—¿Quién si no? Por las venas de los Florent corre la sangre de los viejos reyes de la casa Jardinero. Lady Melisandre podría oficiar la ceremonia, como ha hecho con lady Alys y el magnar.

—Solo os falta la novia.

—Eso tiene fácil remedio. —La sonrisa de Florent era tan falsa que dolía mirarla—. ¿Dónde está, lord Nieve? ¿La habéis llevado a otro de vuestros castillos? ¿A Guardiagrís o a Torre Sombría? ¿Al Túmulo de las Putas, con el resto de las zorras? —Se inclinó más hacia él—. Hay quien dice que os la habéis guardado para vuestro propio disfrute. A mí no me importa, siempre que no se quede embarazada; quiero hacerle mis propios hijos. Si ya la habéis adiestrado... Bueno, los dos somos hombres de mundo, ¿verdad?

Jon ya había oído suficiente.

—Ser Axell, si es cierto que sois la mano de la reina, compadezco a su alteza.

—Así que es verdad. —El rostro de Florent enrojeció de ira—. Ya veo que pensabais quedárosla para vos. El bastardo quiere el trono de su padre.

«El bastardo ha renunciado al trono de su padre. Si el bastardo hubiera querido a Val, le habría bastado con pedirla.»

—Os ruego que me disculpéis; necesito tomar el aire. —«Aquí apesta.» Giró la cabeza—. Eso ha sido un cuerno.

Los demás también lo habían oído. La música y las risas se apagaron al instante. Los bailarines se quedaron petrificados, a la escucha. Incluso Fantasma levantó las orejas.

—¿Habéis oído eso? —preguntó la reina Selyse a sus caballeros.

—Un cuerno de guerra, alteza —dijo ser Narbert.

—¿Estamos bajo asedio? —preguntó la reina, llevándose la mano al cuello.

—No, alteza —dijo Ulmer del Bosque Real—. Solo son los vigilantes del Muro.

«Un toque —pensó Jon—. Exploradores que regresan.»

El cuerno volvió a sonar por todo el sótano.

—Dos toques —dijo Mully.

Los hermanos negros, los norteños, el pueblo libre, los thenitas y los hombres de la reina se quedaron en silencio, escuchando. El corazón les latió cinco veces; diez; veinte. Entonces, Owen el Bestia soltó una risa nerviosa y Jon Nieve respiró de nuevo.

—Dos toques —anunció—. Salvajes. —«Val.»

Por fin había llegado Tormund Matagigantes.

Daenerys

En el salón resonaban risas yunkias, canciones yunkias, plegarias yunkias. Los bailarines bailaban; los músicos tocaban melodías extrañas con campanillas, chirimías y gaitas; los cantantes entonaban canciones de amor ancestrales en la lengua ininteligible del Antiguo Ghis. Corría el vino; no el vino clarucho y aguado de la bahía de los Esclavos, sino excelentes caldos del Rejo, dulces y añejos, y vino del sueño de Qarth, aderezado con especias exóticas. Los yunkios habían acudido por invitación del rey Hizdahr para firmar la paz y asistir al renacimiento de las famosas arenas de combate de Meereen, y su noble esposo había abierto la Gran Pirámide para agasajarlos.

«No soporto esto —se dijo Daenerys Targaryen—. ¿Cómo ha podido ocurrir? ¿Por qué estoy bebiendo y sonriendo a hombres a los que preferiría desollar?»

Les sirvieron una docena de carnes y pescados diferentes: camello, cocodrilo, calamares silbones, pato laqueado y larvas espinosas, además de cabra, jamón y caballo para los menos exquisitos. Y perro: el perro no podía faltar en ningún banquete ghiscario que se preciase. Los cocineros de Hizdahr conocían cuatro formas distintas de prepararlo.

—Los ghiscarios se comen cualquier cosa que nade, vuele o se arrastre, salvo dragones y personas —le había advertido Daario—, y seguro que también comerían dragones si surgiera la ocasión. —Pero la carne por sí sola no hacía una comida, por lo que también había fruta, verdura y cereales. El aroma de las especias impregnaba el aire: azafrán, canela, clavo, pimienta y otras especias valiosas.

«Esto es la paz. —Dany apenas probó bocado—. Es lo que yo quería, el fruto de mi trabajo, el motivo por el que me casé con Hizdahr. Entonces, ¿por qué sabe tanto a derrota?»

—No durará mucho, mi amor —le había asegurado Hizdahr—. Los yunkios se marcharán pronto, y con ellos, sus mercenarios y aliados. Tendremos todo lo que deseamos: paz, comida y comercio. El puerto ha vuelto a abrirse, y los barcos pueden ir y venir.

—Les permiten ir y venir, sí, pero los barcos de guerra no se van —replicó—. Pueden volver a estrangularnos cuando les venga en gana. ¡Han abierto un mercado de esclavos delante de mi muralla!

—Fuera de nuestra muralla, mi dulce reina. La paz se firmó con la condición de que Yunkai pudiese reanudar el comercio de esclavos sin impedimentos.

—En su ciudad, no donde yo tenga que verlo. —Los sabios amos habían instalado los rediles de esclavos y la tarima de subastas justo al sur del Skahazadhan, donde el ancho río marrón desembocaba en la bahía de los Esclavos—. Están riéndose en mi cara, convirtiendo en espectáculo mi impotencia para detenerlos.

—Solo es una demostración —repuso su noble esposo—. Un espectáculo, como tú misma has dicho. Que sigan con la pantomima; cuando se vayan, convertiremos ese lugar en un mercado de fruta.

—Cuando se vayan —repitió Dany—. ¿Y cuándo se irán? Se han visto jinetes al otro lado del Skahazadhan; Rakharo afirma que son exploradores dothrakis, con un *khalasar* detrás. Traerán cautivos: hombres, mujeres y niños, regalos para los esclavistas. —Los dothrakis no vendían ni compraban; daban y recibían regalos—. Por eso han organizado este mercado los yunkios: se irán con miles de esclavos nuevos.

—Pero se irán, y eso es lo importante, mi amor. —Hizdahr zo Loraq se encogió de hombros—. Yunkai puede comerciar con esclavos; Meereen, no. Es lo acordado. Sopórtalo un poco más y se acabó.

De modo que Daenerys guardó silencio durante la comida, envuelta en un *tokar* bermellón y unos pensamientos negros, hablando solo cuando le dirigían la palabra, sin dejar de pensar en los hombres y mujeres que los esclavistas vendían y compraban al otro lado de la muralla mientras ellos celebraban un banquete en la ciudad. Que su noble esposo se encargara de conversar y de reír los chistes malos de los yunkios; tal era el derecho y el deber del rey.

Los combates del día siguiente acaparaban buena parte de las conversaciones: Barsena Pelonegro iba a enfrentarse a un jabalí, puñal contra colmillos; combatían Khrazz y el Gato Moteado, y en el enfrentamiento final, Goghor el Gigante lucharía contra Belaquo Rompehuesos. Uno de ellos moriría antes de la puesta de sol.

«Ninguna reina tiene las manos limpias —reflexionó Dany. Pensó en Doreah, en Quaro, en Eroeh..., en una niña llamada Hazzea que no había llegado a conocer—. Mejor unos pocos muertos en la arena que miles ante las puertas. Si es el precio de la paz, estoy dispuesta a pagarlo. Si vuelvo la vista atrás, estoy perdida.» A juzgar por su aspecto, Yurkhaz zo Yunzak, el comandante supremo yunkio, podría haber nacido antes de la Conquista de Aegon. Arrugado, desdentado y encorvado, llegó a la mesa sobre los hombros de dos musculosos esclavos. Los otros señores yunkios tampoco eran precisamente imponentes: uno era bajo y escuchimizado, aunque los soldados esclavos que lo atendían eran altos y delgados hasta rozar lo grotesco; el tercero era joven y gallardo y estaba en forma, pero tan borracho que Dany apenas le entendía una palabra.

«¿Cómo es posible que semejantes seres me hayan arrastrado a una situación así?»

Los mercenarios eran harina de otro costal. Las cuatro compañías libres que servían a Yunkai habían enviado a sus respectivos comandantes. A los Hijos del Viento los representaba el noble pentoshi al que llamaban el Príncipe Desharrapado, y a los Lanzas Largas, Gylo Rhegan, que tenía más aspecto de zapatero que de soldado y hablaba siempre en susurros. Barbasangre, de la Compañía del Gato, era más escandaloso que una docena de mercenarios: un hombre descomunal con una barba frondosa y un apetito desmesurado por el vino y las mujeres, que hablaba a gritos, eructaba, se tiraba pedos como truenos y pellizcaba a todas las sirvientas que se le ponían a tiro. De vez en cuando obligaba a una a sentarse en su regazo para estrujarle los senos y manosearla entre las piernas.

También había un representante de los Segundos Hijos.

«Si Daario estuviese aquí, esta comida acabaría en un baño de sangre.» Ninguna promesa de paz podría persuadir a su capitán de permitir a Ben Plumm el Moreno pasearse por Meereen y salir con vida. Dany había jurado que los siete enviados y comandantes no sufrirían daño alguno, pero los yunkios no se habían conformado con su palabra y habían exigido rehenes. A cambio de los tres nobles yunkios y los cuatro capitanes de mercenarios, Meereen había enviado a siete de los suyos al campamento de asedio: la hermana de Hizdahr y dos de sus primos; Jhogo, el jinete de sangre de Dany; el almirante Groleo; Héroe, capitán de los Inmaculados, y Daario Naharis.

—Te dejo a mis chicas —le había dicho su capitán al tiempo que le tendía el cinto de la espada con las mujeres lascivas de oro— Mantenlas a salvo en mi nombre, amada. No queremos que hagan travesuras y corra la sangre entre los yunkios.

El Cabeza Afeitada también se encontraba ausente. Cuando Hizdahr se puso la corona, lo primero que hizo fue destituirlo como comandante de las Bestias de Bronce y colocar en su lugar a su primo Marghaz zo Loraq, un hombre pálido y rollizo.

«Es mejor así. La gracia verde afirma que había sangre entre los Loraq y los Kandaq, y el Cabeza Afeitada nunca ocultó su desdén por mi señor esposo. Y Daario...»

Desde la boda, Daario se había vuelto cada vez más indómito. No estaba satisfecho con la paz, y menos aún con el matrimonio de Dany, y lo enfurecía el engaño de los dornienses. Cuando el príncipe Quentyn les dijo que los otros ponientis se habían pasado a los Cuervos de Tormenta por orden del Príncipe Desharrapado, solo la intervención de Gusano Gris y sus Inmaculados pudo evitar que Daario acabara con todos ellos. Los falsos desertores estaban a salvo, prisioneros en las entrañas de la pirámide, pero la ira de Daario era cada vez más enconada.

«Correrá menos riesgos como rehén. Mi capitán no está hecho para la paz.» Dany no podía arriesgarse a que despedazara a Ben Plumm el Moreno, se mofase de Hizdahr ante la corte, provocase a los yunkios o desbaratara de cualquier otra forma el acuerdo por el que había sacrificado tanto. Daario era guerra y congoja; en adelante, debía mantenerlo apartado de su cama, de su corazón y de su persona; si no la traicionaba, la dominaría, y no sabía cuál de las dos cosas le daba más miedo.

Saciada la gula, y retiradas las viandas a medio comer para dárselas a los pobres congregados abajo, por insistencia de la reina, les sirvieron unas estilizadas copas con un licor especiado de Qarth, oscuro como el ámbar, y comenzó el espectáculo.

Una compañía de eunucos cantores yunkios, propiedad de Yurkhaz zo Yunzak, cantó para ellos en la lengua del Antiguo Imperio, con voces melodiosas y agudas de una pureza inconcebible.

—¿Alguna vez habías oído cantar así, mi amor? —le preguntó Hizdahr—. Poseen la voz de los dioses, ¿verdad?

—Sí, pero no sé si no preferirían poseer los atributos de los hombres.

Todos los artistas eran esclavos; como condición para la paz, los esclavistas debían gozar del derecho de llevar sus pertenencias a Meereen sin miedo de que las liberasen. A cambio, los yunkios habían prometido respetar los derechos y libertades de los antiguos esclavos que había liberado Dany. Un trato razonable, según Hizdahr, pero para la reina tenía un regusto nauseabundo. Bebió otra copa de vino para quitárselo de la garganta.

—Yurkhaz nos dará a los cantantes si son de tu agrado, estoy seguro —afirmó su noble esposo—. Un regalo para sellar la paz; un adorno para nuestra corte.

«Nos regalará a estos eunucos —pensó Dany—, y luego se irá a casa y castrará a unos cuantos más. En el mundo hay niños de sobra.»

Los acróbatas que actuaron a continuación tampoco lograron emocionarla, ni siquiera cuando formaron una pirámide humana de nueve plantas con una niña desnuda en la cima.

«¿Se supone que representan mi pirámide? —se preguntó la reina—. ¿Se supone que esa chica de la cima soy yo?»

Después, su señor esposo llevó a los invitados a la terraza inferior, para que los visitantes de la Ciudad Amarilla pudiesen admirar Meereen de noche. Los yunkios paseaban por el jardín en pequeños grupos, bajo los limoneros y las flores nocturnas, con copas de vino en la mano, y Dany se encontró cara a cara con Ben Plumm el Moreno, que se inclinó en una profunda reverencia.

—Estáis bellísima, adoración. Bueno, siempre lo estáis; no hay nadie en Yunkai que pueda competir con vos. Quería traeros un regalo de boda, pero las pujas eran demasiado altas para el viejo Ben el Moreno.

—No quiero vuestros regalos.

—Este lo querríais: la cabeza de un antiguo enemigo.

—¿La vuestra? —dijo ella en voz baja—. Me traicionasteis.

—Esa es una forma demasiado dura de expresarlo, si se me permite la observación. —Ben el Moreno se rascó el bigote gris salpicado de blanco—. Nos pasamos al lado vencedor, eso es todo, igual que habíamos hecho antes. Tampoco fui el único responsable: dejé decidir a mis hombres.

—¿Queréis decir que fueron ellos quienes me traicionaron? ¿Por qué? ¿Acaso traté mal a los Segundos Hijos? ¿Os engañé con la paga?

—Nunca —contestó Ben el Moreno—, pero el dinero no lo es todo, alta y soberana. Lo aprendí hace mucho, a la mañana siguiente de mi primera batalla: hurgaba entre los muertos, buscando algo que saquear, por así decirlo, y me encontré con un cadáver al que un hacha había arrancado el brazo entero de cuajo; estaba cubierto de moscas y de una costra de sangre seca, tal vez por eso nadie lo había tocado, pero debajo de todo eso llevaba un coleto tachonado que parecía de cuero bueno. Me figuré que me quedaría bien, así que espanté las moscas y se lo quité, pero el maldito pesaba más de lo previsto: tenía monedas ocultas bajo el forro, una fortuna. Oro, vuestra adoración, dulce oro amarillo, suficiente para vivir como un señor toda la vida. Pero ¿de qué le sirvió? Ahí estaba, con todo su dinero, tirado entre la sangre y el barro con el puto brazo cortado. Y esa es la lección, ¿os dais cuenta? La plata es dulce y el oro es nuestra madre, pero cuando llega la muerte, valen menos que la última mierda que caga un moribundo. Os lo dije en cierta ocasión: hay mercenarios audaces y mercenarios viejos, pero no hay mercenarios audaces y viejos. Mis muchachos no tenían ganas de morir, eso es todo, y cuando les dije que no podíais lanzar a los dragones contra Yunkai, pues...

«Me considerasteis derrotada —pensó Dany—, ¿y quién soy yo para decir que os equivocabais?»

—Comprendo. —Pudo haberlo dejado ahí, pero sentía curiosidad—. Suficiente oro para vivir como un señor, decís. ¿Qué hicisteis con toda esa riqueza?

—Tonto de mí —Ben el Moreno se echó a reír—; se lo conté a un hombre al que tomaba por amigo; él se lo dijo al sargento y mis compañeros de armas me liberaron de la carga. El sargento decía que yo era demasiado joven, que me lo gastaría todo en putas y cosas por el estilo. Aunque me dejó quedarme con el coleto. —Escupió—. No confiéis nunca en un mercenario, mi señora.

—He aprendido la lección; algún día tendré que agradecérosla.

—No hace falta. Ya sé qué clase de gratitud tenéis en mente. —Ben el Moreno entornó los ojos, hizo otra reverencia y se alejó.

Dany se volvió para contemplar la ciudad. Más allá de la muralla, junto al mar, las tiendas amarillas de los yunkios se alzaban en filas ordenadas, protegidas por las zanjas excavadas por los esclavos. Dos legiones de hierro del Nuevo Ghis, entrenadas y armadas a la manera de los Inmaculados, se encontraban acampadas al norte del río. Otras dos legiones ghiscarias acampaban al este, cortando el camino del paso de Khyzai. Al sur se distinguían los caballos y las hogueras de las compañías libres. De día se veían finas columnas de humo suspendidas en el cielo como jirones grises; de noche, las hogueras distantes. Junto a la bahía se alzaba la abominación, el mercado de esclavos que habían plantado a sus puertas; no podía verlo, pues ya se había puesto el sol, pero sabía que estaba ahí y eso la enfurecía más aún.

—¿Ser Barristan? —dijo con voz queda.

—¿Alteza? —El caballero blanco apareció al instante.

—¿Cuánto habéis llegado a oír?

—Lo suficiente. Estaba en lo cierto: no confiéis nunca en un mercenario.

«Ni en una reina», pensó Dany.

—¿Hay algún miembro de los Segundos Hijos a quien podamos persuadir para... retirar a Ben el Moreno?

—¿Del mismo modo en que Daario Naharis retiró a los otros capitanes de los Cuervos de Tormenta? —El anciano caballero parecía estar incómodo—. No sabría deciros, alteza. Tal vez.

«No, vos sois demasiado honorable, demasiado honrado.»

—Si no, los yunkios tienen tres compañías más a su servicio.

—Bribones y asesinos, la escoria de cien campos de batalla —advirtió ser Barristan—, con capitanes tan traicioneros como Plumm.

—No soy más que una niña y no entiendo de estas cosas, pero me da la impresión de que nos conviene que sean traicioneros. Recordaréis que cierta vez convencí a los Segundos Hijos y a los Cuervos de Tormenta para que se nos uniesen.

—Si vuestra alteza desea hablar en privado con Gylo Rhegan o con el Príncipe Desharrapado, puedo llevarlos a vuestros aposentos.

—No es buen momento; demasiados ojos y oídos. Aunque consiguieseis apartarlos discretamente de los yunkios, se notaría su ausencia. Debemos dar con una forma más discreta de llegar a ellos... No esta noche, pero pronto.

—Como ordenéis, aunque me temo que no soy muy adecuado para semejante tarea. En Desembarco del Rey, estas tareas correspondían a lord Meñique o a la Araña. Nosotros, los viejos caballeros, somos hombres sencillos; solo valemos para luchar. —Acarició la empuñadura de la espada.

—Los prisioneros —propuso Dany—. Los ponientis que se pasaron a los Hijos del Viento con los tres dornienses siguen en las celdas, ¿no es así? Usadlos.

—¿Queréis decir que los libere? ¿Lo consideráis prudente? Los enviaron a ganarse vuestra confianza y así poder traicionaros a la primera oportunidad.

—Pues fallaron; no confío en ellos, ni confiaré nunca. —En honor a la verdad, Dany estaba olvidando qué era la confianza—. Pero podemos utilizarlos. Una era una mujer, Meris. Enviadla de regreso, como... señal de respeto. Si el capitán es espabilado, lo entenderá.

—La mujer es la peor de todos.

—Mejor aún. —Dany reflexionó un momento—. Deberíamos tantear también a los Lanzas Largas y a la Compañía del Gato.

—Barbasangre. —Ser Barristan frunció más el ceño . Con el beneplácito de vuestra alteza, no nos interesa tener nada que ver con él. Vuestra alteza es demasiado joven para recordar a los reyes Nuevepeniques, pero este Barbasangre es un salvaje de la misma calaña. No tiene honor, solo hambre... de oro, de gloria, de sangre.

—Conocéis mejor a ese tipo de hombres que yo. —Si Barbasangre era de verdad el mercenario más indigno y codicioso, quizá fuera también el más fácil de convencer, pero se resistía a desoír el consejo de ser Barristan en tales asuntos—. Haced lo que os parezca, pero pronto. Si se rompe la paz de Hizdahr, quiero estar preparada. No confío en los esclavistas. —«No confío en mi esposo»—. Se volverán contra nosotros a la primera señal de debilidad.

—Los yunkios también se debilitan. Dicen que la colerina sangrienta se ha propagado entre los tolosios y se extiende por el río hacia la tercera legión ghiscaria.

«La yegua clara. —Daenerys suspiró—. Quaithe me advirtió de la llegada de la yegua clara. También me habló del príncipe dorniense, el hijo del sol. Me dijo muchas cosas, pero todo en acertijos.»

—No puedo esperar a que la plaga me salve de mis enemigos. Liberad a Meris de inmediato.

—Como ordenéis. Aunque... Vuestra alteza, si me permitís el atrevimiento, hay otro camino...

—¿El camino de Dorne? —Dany volvió a suspirar. Los tres dornienses habían asistido al banquete, como tributo obligado al príncipe Quentyn, aunque Reznak se había asegurado de sentarlos tan lejos como fuera posible de su esposo. Hizdahr no parecía celoso, pero a ningún hombre le gustaba la presencia de un pretendiente rival junto a su nueva esposa—. El chico parece agradable y bienhablado, pero...

—La casa Martell es antigua y noble, y ha sido amiga fiel de la casa Targaryen durante más de un siglo, alteza. Tuve el honor de servir con el tío abuelo del príncipe Quentyn en los Siete de vuestro padre. El príncipe Lewyn era el compañero más valiente que ningún hombre pudiera desear. Quentyn Martell es de la misma sangre, si a vuestra alteza le complace recordarlo.

—Me complacería que se hubiese presentado con esas cincuenta mil espadas de las que habla; en vez de eso, trae dos caballeros y un pergamino. ¿Un pergamino me servirá de escudo contra los yunkios? Si hubiese venido con una flota...

—Lanza del Sol no ha sido nunca una potencia marítima, alteza.

—No. —Los conocimientos de Dany sobre la historia de Poniente incluían datos como aquel. Nymeria atracó con diez mil naves en la orilla arenosa de Dorne, pero las quemó todas cuando se casó con el príncipe dorniense y dio la espalda al mar para siempre—. Dorne está demasiado lejos; para complacer a este príncipe tendría que abandonar a mi pueblo. Deberíais enviarlo a casa.

—Los dornienses son célebres por su obstinación, alteza. Los antepasados del príncipe Quentyn lucharon contra los vuestros durante casi doscientos años. No querrá irse sin vos.

«Entonces morirá aquí, salvo que haya en él algo más que lo que salta a la vista.»

—¿Sigue ahí dentro?

—Está bebiendo con los caballeros.

—Traedlo. Va siendo hora de que conozca a mis hijos.

—Como ordenéis. —Una sombra de duda pasó por la cara alargada y solemne de Barristan Selmy.

El rey estaba riendo con Yurkhaz zo Yunzak y los demás señores yunkios. Dany no creía que fuese a echarla en falta pero, por si acaso, les dijo a sus doncellas que, si preguntaba por ella, había acudido a atender una llamada de la naturaleza.

Ser Barristan esperaba en las escaleras con el príncipe dorniense. El rostro cuadrado de Martell se veía enrojecido y congestionado.

«Demasiado vino —pensó la reina, aunque el dorniense se esforzaba por disimularlo. Al margen de la hilera de soles de cobre que le adornaba el cinturón, iba vestido con sencillez—. Lo llaman Rana», recordó. No le extrañaba: no era un hombre agraciado.

—Mi príncipe. —Sonrió—. El descenso es largo. ¿Estáis seguro de que deseáis bajar?

—Si a vuestra alteza le place...

—Entonces, vamos.

Los precedían dos inmaculados que portaban antorchas; tras ellos bajaban dos bestias de bronce, uno con máscara de pez y el otro con máscara de halcón. Incluso en su propia pirámide, en aquella noche feliz, de paz y celebración, ser Barristan insistía en que los guardias la acompañasen adondequiera que fuese. La comitiva recorrió en absoluto silencio el largo camino de bajada, deteniéndose tres veces para tomar aliento.

—El dragón tiene tres cabezas —señaló Dany cuando llegaron al último tramo—. Mi matrimonio no tiene por qué ser el fin de vuestras esperanzas. Sé qué buscáis aquí.

—A vos —repuso Quentyn con torpe galantería.

—No —replicó Dany—. Sangre y fuego.

A su paso, un elefante barritó desde el establo. De abajo respondió un rugido seguido de un calor repentino que la hizo enrojecer. El príncipe Quentyn alzó la vista, alarmado.

—Los dragones saben que está cerca —le dijo ser Barristan.

«Todos los hijos reconocen a su madre —pensó Dany—. Cuando los mares se sequen y las montañas se mezan como hojas al viento...»

—Me están llamando. Vamos. —Cogió de la mano al príncipe Quentyn y lo guio a la fosa donde estaban encerrados dos de sus dragones—. Esperad fuera; el príncipe Quentyn me protegerá —ordenó a ser

Barristan cuando los Inmaculados abrieron las enormes puertas de hierro. Arrastró al príncipe tras de sí y se situó sobre la fosa.

Los dragones estiraron el cuello y los miraron con ojos ardientes. Viserion había destrozado una cadena y derretido las otras; estaba aferrado al techo como un murciélago blanco gigante, con las garras profundamente clavadas en los ladrillos quemados y a punto de desmoronarse. Rhaegal, todavía encadenado, roía los despojos de un toro. La capa de huesos que cubría el suelo de la fosa se había hecho más profunda desde la última vez que había ido a verlos, y el suelo y las paredes estaban grises y ennegrecidos, con más ceniza que ladrillo. No aguantarían mucho más..., pero detrás solo había tierra y piedras.

«¿Los dragones podrán excavar túneles en la roca, como los gusanos de fuego de la antigua Valyria?» Esperaba que no.

—Tenía... tenía entendido que eran tres. —El príncipe dorniense se había puesto blanco como la leche.

—Drogon está de caza. —No creyó necesario explicarle el resto—. El blanco es Viserion; el verde, Rhaegal. Los llamé así por mis hermanos. —La voz despertaba ecos en las abrasadas paredes de piedra. Sonaba insignificante: la voz de una niña, no la voz de una reina conquistadora ni la voz alegre de una recién casada.

Rhaegal respondió con un rugido y la fosa se llenó de fuego, una lanza roja y amarilla. Viserion rugió a su vez, con llamas naranja y doradas. Cuando batió las alas, el aire se convirtió en una nube de ceniza gris. Las cadenas rotas le repiqueteaban en torno a las patas. Quentyn Martell retrocedió de un salto.

Alguien más cruel podría haberse reído, pero Dany le apretó la mano.

—A mí también me asustan; no hay de qué avergonzarse. En la oscuridad, mis hijos se han vuelto asilvestrados y furiosos.

—¿Vais...? ¿Vais a montarlos?

—Solo a uno. Todo lo que sé de los dragones es lo que me contó mi hermano cuando era pequeña, y algunas cosas que he leído, pero se dice que ni siquiera Aegon el Conquistador se atrevía a montar a Vhagar ni a Meraxes, ni sus hermanas a montar a Balerion, el Terror Negro. Los dragones viven más que los hombres, algunos durante cientos de años, así que Balerion tuvo otros jinetes tras la muerte de Aegon..., pero ningún jinete montó jamás a dos dragones.

Viserion volvió a sisear; le salía humo entre los dientes y en el fondo de su garganta se veía el fuego agitándose.

—Son... son criaturas aterradoras.

—Son dragones, Quentyn. —Dany se puso de puntillas y lo besó con suavidad, una vez en cada mejilla—. Igual que yo.

—Yo... también tengo sangre de dragón, vuestra alteza. —El joven príncipe tragó saliva—. Puedo trazar mi linaje hasta la primera Daenerys, la princesa Targaryen hermana del rey Daeron el Bueno y esposa del príncipe de Dorne, que le construyó los Jardines del Agua.

—¿Los Jardines del Agua? —A decir verdad, Dany apenas sabía nada de Dorne ni de su historia.

—Es el palacio preferido de mi padre. Me gustaría enseñároslo algún día. Es de mármol rosa, con estanques y fuentes que miran al mar.

—Suena precioso. —Lo apartó de la fosa. «Este no es su sitio; no tendría que haber venido»—. Deberíais regresar. Temo que mi corte no sea un lugar seguro para vos. Tenéis más enemigos de los que creéis; dejasteis en ridículo a Daario, y no es hombre que olvide semejante desaire.

—Tengo a mis caballeros, mis escudos juramentados.

—Tenéis dos caballeros; Daario tiene quinientos cuervos de tormenta. Y también deberíais guardaros de mi señor esposo. Parece afable y cordial, lo sé, pero no os dejéis engañar: la corona de Hizdahr proviene de la mía y cuenta con la lealtad de los guerreros más temibles del mundo; si alguno de ellos quisiese ganar su favor eliminando a un rival...

—Soy príncipe de Dorne, vuestra alteza. No pienso huir de esclavos y mercenarios.

«Entonces eres tonto de verdad, príncipe Rana. —Dany contempló a sus feroces hijos por última vez. Los oyó bramar mientras conducía al chico hacia la puerta y vio el juego de la luz en los ladrillos, el reflejo de los fuegos—. Si vuelvo la vista atrás, estoy perdida.»

—Ser Barristan habrá pedido sillas de mano para devolvernos al banquete, pero la subida seguirá siendo tediosa. —Tras ellos, las grandes puertas de hierro se cerraron con un estruendo—. Habladme de la otra Daenerys. No conozco la historia del reino de mi padre como debería; nunca tuve un maestre que me instruyese.

«Solo un hermano.»

—Será un placer, vuestra alteza.

Ya era bien pasada la medianoche cuando se fueron los últimos invitados y Dany se retiró a sus aposentos para reunirse con su rey y señor. Al menos él estaba contento, si bien algo borracho.

—He cumplido mi promesa —le dijo Hizdahr mientras Irri y Jhiqui los preparaban para la cama—. Querías la paz y la has conseguido.

«Y tú querías sangre y tendré que dártela muy pronto», pensó Dany.

—Te estoy agradecida.

La emoción del día había inflamado la pasión de su esposo. En cuanto se retiraron las doncellas, le desgarró el camisón y la tumbó en la cama. Dany lo rodeó con los brazos y le dejó hacer; borracho como estaba, no aguantaría mucho tiempo dentro de ella. Así fue.

—Quieran los dioses que esta noche hayamos hecho un hijo —le susurró Hizdahr al oído cuando terminó.

«Cuando el sol salga por el oeste y se ponga por el este; cuando los mares se sequen y las montañas se mezan como hojas al viento; cuando tu vientre vuelva a agitarse y des a luz un niño vivo.» Las palabras de Mirri Maz Duur le resonaban en la cabeza. El significado estaba claro: era tan probable que Khal Drogo volviese de la muerte como que ella concibiese. Pero había secretos que no se podían compartir, ni siquiera con el cónyuge, así que dejó a Hizdahr zo Loraq con sus esperanzas.

Su noble esposo no tardó en quedarse profundamente dormido, pero Daenerys solo fue capaz de dar vueltas y vueltas a su lado. Quería sacudirlo, despertarlo, obligarlo a abrazarla, besarla, follarla otra vez... Pero de todas formas, volvería a dormirse y dejarla sola a oscuras. Se preguntó qué estaría haciendo Daario. ¿Se sentiría igual de inquieto? ¿Pensaría en ella? ¿La amaba de verdad? ¿La odiaba por haberse casado con Hizdahr?

«Nunca debí llevármelo a la cama. —No era más que un mercenario, indigno de ser consorte de una reina; sin embargo...—. Siempre lo supe, pero me lo llevé a la cama de todos modos.»

—¿Mi reina? —dijo una voz queda en la oscuridad.

—¿Quién anda ahí? —Dany se estremeció.

—Solo Missandei. —La escriba naathi se acercó a la cama—. Una os ha oído llorar.

—¿Llorar? No estaba llorando. ¿Por qué iba a llorar? Tengo la paz, tengo a mi rey, tengo todo lo que puede desear una reina. Has tenido una pesadilla, eso es todo.

—Como digáis, alteza. —Se inclinó e hizo ademán de irse.

—Quédate —le pidió Dany—. No quiero estar sola.

—Su alteza está con vos —señaló Missandei.

—Su alteza duerme, pero yo no puedo. Por la mañana me espera un baño de sangre; el precio de la paz. —Sonrió con languidez y dio unos golpecitos en la cama—. Ven, siéntate. Habla conmigo.

—Como deseéis. —Missandei se sentó junto a ella—. ¿De qué queréis hablar?

—De tu casa —contestó Dany—. De Naath. De mariposas y hermanos. Háblame de lo que te hacía feliz, de lo que te hacía reír, de tus recuerdos más queridos; recuérdame que quedan cosas buenas en el mundo.

Missandei hizo todo lo posible. Seguía hablando cuando Dany se quedó dormida por fin, para soñar sueños extraños y difusos de humo y fuego.

La mañana llegó demasiado pronto.

Theon

El día se les escabulló igual que Stannis: sin que nadie lo viera aparecer.

Invernalia llevaba horas despierta, con las almenas y las torres rebosantes de hombres ataviados con prendas de lana, malla y cuero, esperando un ataque que no llegaba. El cielo ya clareaba cuando se disipó el sonido de los tambores, aunque los cuernos se dejaron oír tres veces más, un poco más cerca en cada ocasión. Y la nieve no dejaba de caer.

—La tormenta terminará hoy —insistió uno de los mozos de cuadra que habían sobrevivido—. ¡Si es que ni siquiera ha llegado el invierno!

De haberse atrevido, Theon se habría echado a reír. Recordaba los cuentos que les contaba la Vieja Tata sobre tormentas que duraban cuarenta días y cuarenta noches, un año, diez años... Tormentas que enterraban castillos, ciudades y reinos enteros bajo cuarenta varas de nieve.

Se sentó al fondo del salón principal, cerca de los caballos, y observó como Abel, Serbal y una lavandera arratonada de pelo castaño a la que llamaban Ardilla devoraban rebanadas de pan duro fritas en manteca de panceta. El desayuno de Theon fue una jarra de cerveza negra, turbia de levadura y tan densa que se podía masticar. Tal vez, con unas cuantas jarras más, el plan de Abel dejaría de parecerle tan demencial.

Roose Bolton llegó muy pálido, entre bostezos, acompañado de Walda la Gorda, su oronda esposa encinta. Lo precedían varios señores y capitanes, entre ellos Umber Mataputas, Aenys Frey y Roger Ryswell. Wyman Manderly ya se había sentado a la mesa y estaba engullendo salchichas y huevos duros; a su lado, el anciano lord Locke se llevaba a la boca desdentada cucharadas de gachas.

Lord Ramsay no tardó en hacer acto de presencia, abrochándose el cinturón de la espada mientras se dirigía a la parte delantera del salón.

«Esta mañana está de un humor de perros —advirtió Theon—. Los tambores no lo han dejado dormir en toda la noche, o tal vez alguien haya incurrido en su ira. —Una palabra inoportuna, una mirada poco meditada, una carcajada a destiempo... Eran muchas las cosas que podían provocar el enfado de su señoría y que le costarían a cualquiera una tira de piel—. Por favor, mi señor, no me mires. —A Ramsay solo le haría falta echarle un vistazo para descubrirlo todo—. Me lo leerá en la cara. Se enterará. Siempre se entera.» Se volvió hacia Abel.

—No va a salir bien. —Hablaba tan bajo que ni siquiera los caballos habrían podido oírlo—. Nos atraparán antes de que salgamos del castillo.

Aunque consigamos huir, lord Ramsay nos dará caza con Ben Huesos y las chicas.

—Lord Stannis está al otro lado de la muralla, y no muy lejos a juzgar por los tambores. Solo tenemos que llegar hasta él. —Los dedos de Abel danzaron sobre las cuerdas del laúd. Tenía la barba castaña, aunque su cabellera larga era canosa—. Si al Bastardo le da por perseguirnos, tal vez viva lo suficiente para lamentarlo.

«Tú créete eso —pensó Theon—. Ten fe. Repítete que es verdad.»

—Ramsay dará caza a tus mujeres —le dijo al bardo—. Las perseguirá, las violará y echará sus cadáveres a los perros. Si le proporcionan una buena caza, puede que ponga sus nombres a la próxima camada de perras. A ti te desollará. Desollador, Damon Bailaparamí y él se lo pasarán en grande contigo, y acabarás por suplicarles que te maten. —Agarró el brazo del bardo con una mano mutilada—. Me juraste que no permitirías que volviera a caer en sus manos. Me diste tu palabra. —Necesitaba escucharlo de nuevo.

—Palabra de Abel —dijo Ardilla—. Firme como un roble.

Abel se limitó a encogerse de hombros.

—Pase lo que pase, mi príncipe.

Arriba, en el estrado, Ramsay estaba discutiendo con su padre. Theon se encontraba demasiado lejos para distinguir las palabras, pero el miedo reflejado en el rostro redondo y rosado de Walda la Gorda lo decía todo. Sí oyó a Wyman Manderly pedir más salchichas, y las risas de Roger Ryswell tras un chiste del manco Harwood Stout.

Se preguntó si vería alguna vez las estancias acuosas del Dios Ahogado, o su fantasma quedaría para siempre en Invernalia.

«Estaré muerto, y nada más. Es mejor que ser Hediondo. —Si el plan de Abel fallaba, Ramsay les proporcionaría una muerte lenta y dolorosa—. Esta vez, me despellejará de los pies a la cabeza, y por mucho que suplique, no le pondrá fin. —Theon no había sentido jamás un dolor comparable al que podía causar Desollador con su cuchillito de desollar. Abel no tardaría en aprender aquella lección, y ¿por qué?—. Jeyne se llama Jeyne, y los ojos están mal. —Una comedianta que representaba su papel—. Lord Bolton lo sabe; Ramsay lo sabe, pero los demás están ciegos, todos, hasta este bardo de mierda, con sus sonrisas taimadas. Pues es de ti de quien van a reírse, Abel, y de tus putas asesinas. Vas a morir, y por la chica que no es.»

Había estado a punto de decirles la verdad cuando Serbal lo condujo hasta Abel, en las ruinas de la Torre Quemada, pero se había mordido la lengua en el último momento. El bardo estaba decidido a escapar con la hija de Eddard Stark. Si se enteraba de que la esposa de lord Ramsay no era más que la cría del mayordomo...

Las puertas del salón principal se abrieron de golpe.

Entró una ráfaga de viento gélido, y una nube de cristales de hielo invadió la estancia con un centelleo blanquiazul. En medio hizo su entrada ser Hosteen Frey, cubierto de nieve y con un cadáver en brazos. Los hombres de los bancos dejaron en la mesa las tazas y cucharas para contemplar con asombro aquella escena espeluznante. Se hizo el silencio.

«Otro asesinato.»

La nieve se iba desprendiendo de la capa de ser Hosteen a medida que avanzaba hacia la mesa principal; sus pisadas retumbaban contra el suelo. Lo seguía una docena de caballeros y soldados de los Frey, entre ellos, un niño al que Theon conocía bien: Walder el Mayor, que en realidad era el menudo, con cara de raposa y flaco como un palo. Tenía el pecho, los brazos y la capa salpicados de sangre.

El olor alborotó a los caballos, que empezaron a relinchar. Los perros salieron de debajo de las mesas olfateando el aire. Los hombres se levantaron de los bancos. El cadáver que ser Hosteen llevaba en brazos brillaba a la luz de las antorchas, con su armadura de escarcha rosa: el frío del exterior le había helado la sangre.

—El hijo de mi hermano Merrett. —Hosteen Frey dejó el cadáver en el suelo, ante el estrado—. Sacrificado como un cerdo y enterrado bajo un banco de nieve. ¡Era un niño!

«Walder el Pequeño —pensó Theon—. El grandote. —Miró de reojo a Serbal—. Son seis —recordó—, puede haber sido cualquiera de ellas.» Pero la lavandera captó su mirada.

—No ha sido cosa nuestra —dijo.

—Silencio —avisó Abel.

Lord Ramsay bajó del estrado para ver el cadáver. Su padre se levantó más despacio, con gesto preocupado y solemne.

—Es una traición. —Para variar, Roose Bolton habló con suficiente fuerza para que su voz se oyera en toda la sala—. ¿Dónde habéis encontrado el cadáver?

—Bajo ese torreón que está en ruinas, mi señor —respondió Walder el Mayor—. El de las gárgolas viejas. —El chico llevaba los guantes empapados en la sangre de su primo—. Le dije que no saliera solo, pero me respondió que iba a reunirse con un hombre que le debía muchas monedas de plata.

—¿Qué hombre? —exigió saber Ramsay—. Dame su nombre, chico; señálamelo y te haré una capa con su piel.

—No me lo dijo, mi señor. Solo me dijo que le había ganado a los dados. —El joven Frey titubeó—. Fueron unos hombres de Puerto Blanco, que enseñan a jugar a los dados. No sé cuáles, pero eran de Puerto Blanco.

—Mi señor —rugió Hosteen Frey—, sabemos bien quién ha hecho esto, quién ha matado a este muchacho y a los demás. No con su propias manos, claro, porque es demasiado gordo y cobarde para eso, pero dio la orden. —Se volvió hacia Wyman Manderly—. ¿Lo negáis?

El señor de Puerto Blanco se metió media salchicha en la boca.

—Confieso... —Se limpió la grasa de los labios con la manga—. Confieso que apenas conocía al pobre chico. Era escudero de lord Ramsay, ¿no? ¿Cuántos años tenía?

—Celebró nueve días de su nombre.

—Qué joven —suspiró Wyman Manderly—. Aunque puede que haya sido una suerte, en el fondo. De haber vivido, se habría convertido en un Frey.

Ser Hosteen asestó una patada al tablero de la mesa y lo derribó de los caballetes, contra la barriga de lord Wyman. Copas y fuentes volaron por los aires; salieron salchichas despedidas en todas direcciones, y una docena de hombres de Manderly se pusieron en pie entre juramentos. Algunos echaron mano de cuchillos, platos, frascas y cualquier cosa que pudieran utilizar como arma.

Ser Hosteen Frey desenvainó la espada larga y se lanzó contra Wyman Manderly. El señor de Puerto Blanco trató de esquivarlo, pero la mesa lo mantuvo clavado a la silla. La hoja le traspasó tres de las cuatro papadas y la sangre roja salpicó a su alrededor. Lady Walda lanzó un grito y se agarró al brazo de su señor esposo.

—¡Alto! —gritó Roose Bolton—. ¡Esto es una locura!

Sus hombres se precipitaron hacia allí a la vez que los Manderly derribaban los bancos para lanzarse sobre los Frey. Uno intentó apuñalar a ser Hosteen, pero el corpulento caballero giró en redondo y le cortó el brazo por el hombro. Lord Wyman consiguió ponerse en pie, pero se derrumbó al momento. El viejo lord Locke pidió a gritos que acudiera un maestre, mientras Manderly se retorcía en el suelo como una morsa apaleada, sobre un creciente charco de sangre. A su alrededor, los perros se peleaban por las salchichas.

Hicieron falta cuarenta lanceros de Fuerte Terror para separar a los contendientes y poner fin a la carnicería, y para entonces ya habían muerto seis hombres de Puerto Blanco y dos Frey. Bastantes más habían resultado heridos, y Luton, de los Bribones del Bastardo, agonizaba entre gritos, llamando a su madre mientras trataba de meterse las tripas en su sitio por el tajo del que salían. Lord Ramsay lo hizo callar clavándole en el pecho una lanza que le quitó a un hombre de Patas de Acero, pero los gritos, las plegarias y los juramentos siguieron resonando contra las vigas del techo. Walton Patas de Acero tuvo que golpear el asta de la lanza una docena de veces contra el suelo para que se hiciera el silencio, o al menos para que el ruido permitiera escuchar la voz de Roose Bolton.

—Ya veo que todos queréis sangre —dijo el señor de Fuerte Terror. El maestre Rhodry estaba a su lado, con un cuervo posado en el brazo. El plumaje negro brillaba como el carbón aceitado a la luz de las antorchas.

«Está empapado —advirtió Theon—. Y su señoría tiene un pergamino en la mano. Seguro que también está empapado. Alas negras, palabras negras.»

—En lugar de utilizar esas espadas unos contra otros, tal vez prefiráis usarlas contra lord Stannis —prosiguió lord Bolton mientras desenrollaba el pergamino—. Su ejército está a menos de tres días a caballo de aquí, detenido por la nieve y al borde de la inanición, y yo ya me he cansado de esperar a que se digne venir. Ser Hosteen, reunid a vuestros caballeros y soldados ante la puerta principal. Ya que estáis tan deseoso de entrar en combate, seréis vos quien aseste el primer golpe. Lord Wyman, que los hombres de Puerto Blanco se congreguen en la puerta este. Ellos también irán.

La espada de Hosteen Frey estaba enrojecida casi hasta el puño, y las salpicaduras de sangre eran como pecas en sus mejillas. Bajó el arma.

—Como ordene mi señor. Os traeré la cabeza de Stannis Baratheon, pero después terminaré de cortar la de lord Grasas.

Cuatro caballeros de Puerto Blanco habían formado un cerco en torno a lord Wyman, mientras el maestre Medrick se afanaba por detener la hemorragia.

—¡Antes tendréis que pasar por encima de nuestro cadáver! —replicó el de más edad, un hombre de barba entrecana y rostro curtido en cuya sobrevesta manchada de sangre se veían tres sirenas de plata sobre campo púrpura.

—Cuando queráis. De uno en uno o todos a la vez; a mí no me importa.

—¡Basta! —rugió lord Ramsay, con la lanza ensangrentada en la mano—. ¡Una amenaza más y yo mismo os destripo a todos! ¡Mi señor padre ha hablado! ¡Guardad toda esa ira para el usurpador Stannis!

Roose Bolton asintió en ademán de aprobación.

—Bien dicho. Ya tendremos tiempo para pelearnos entre nosotros cuando acabemos con Stannis. —Recorrió la estancia con los gélidos ojos claros hasta que localizó a Abel, al lado de Theon—. ¡Bardo! Ven aquí y cántanos algo que nos sosiegue.

—Como ordene su señoría.

Abel hizo una reverencia y se encaminó hacia el estrado con el laúd en la mano; saltó con agilidad sobre un par de cadáveres y se sentó en la mesa con las piernas cruzadas. Cuando empezó a cantar, una canción lenta y triste que Theon Greyjoy no conocía, ser Hosteen, ser Aenys y sus compañeros Frey se volvieron para sacar sus caballos. Serbal agarró a Theon por el brazo.

—El baño. Tiene que ser ahora.

—¿De día? —Se liberó de su presa—. Van a vernos.

—La nieve nos ocultará. ¿Acaso estás sordo? Bolton va a enviar a sus hombres. Tenemos que llegar al rey Stannis antes que ellos.

—Pero... Abel...

—Abel sabe cuidarse solo —masculló Ardilla.

«Es una locura. Una locura desesperada y condenada al fracaso.» Theon apuró el resto de la cerveza y, de mala gana, se puso en pie.

—Ve a buscar a tus hermanas. Hace falta mucha agua para llenar la bañera de mi señora.

Ardilla se escabulló con sus habituales pasos silenciosos, y Serbal salió de la estancia con Theon. Desde que sus hermanas y ella lo habían localizado en el bosque de dioses, no había momento en que no estuviera acompañado de mujeres. No lo perdían de vista; no se fiaban de él.

«¿Por qué iban a fiarse? Fui Hediondo y podría volver a serlo. Hediondo, Hediondo, rima con me escondo.»

Fuera seguía nevando. Los muñecos de nieve que habían hecho los escuderos eran ya gigantes monstruosos de cuatro varas de altura, espantosamente deformados. Serbal y él se encaminaron al bosque de dioses, siempre entre murallas blancas; los caminos que unían los edificios y torreones se habían convertido en una maraña de zanjas heladas que había que despejar cada poco. Era muy fácil perderse en aquel laberinto helado, pero Theon Greyjoy conocía cada giro, cada recoveco.

Hasta el bosque de dioses estaba volviéndose blanco. Sobre el estanque, al pie del árbol corazón, se había formado una fina capa de hielo, y el rostro tallado en la corteza blanca tenía un bigote de carámbanos. A aquella hora no podrían quedarse a solas con los antiguos dioses, así que

Serbal tiró de Theon para alejarlo de los norteños que rezaban junto al árbol y lo guio hasta un lugar más aislado, entre la pared de un barracón y una poza de lodo caliente que apestaba a huevos podridos. Theon advirtió que hasta aquel barro empezaba a helarse por los bordes.

—Se acerca el invierno...

—No tienes derecho a pronunciar el lema de lord Eddard —interrumpió Serbal—. No te atrevas, jamás. Después de lo que hiciste...

—Vosotros también habéis matado a un niño.

—No hemos sido nosotros. Ya te lo he dicho.

—Las palabras se las lleva el viento. —«Estas personas no son mejores que yo. Somos iguales»—. Matasteis a los otros, ¿por qué no a este? Polla Amarilla...

—... olía tan mal como tú. Era un cerdo.

—Y Walder el Pequeño era un cerdito, y al matarlo habéis enfrentado a los Manderly y los Frey. Muy astutos...

—No hemos sido nosotros. —Serbal lo agarró por el cuello, lo empujó contra la pared del barracón y se le acercó mucho a la cara—. Como vuelvas a decir eso, te arranco esa lengua mentirosa, asesino de la sangre de tu sangre.

Theon sonrió, mostrando los dientes rotos.

—No vas a matarme. Os hace falta mi lengua para que los guardias os dejen pasar. Os hacen falta mis mentiras.

Serbal le escupió a la cara, lo soltó y se limpió las manos enguantadas contra las piernas, como si su simple contacto la ensuciara. Theon sabía que no debía provocarla; a su manera, aquella mujer era tan peligrosa como Desollador o Damon Bailaparamí. Pero estaba cansado, tenía frío, le dolían horriblemente las sienes y llevaba días sin conciliar el sueño.

—He hecho cosas espantosas. Traicioné a los míos, cambié de capa, ordené la muerte de hombres que confiaban en mí... Pero no he matado a la sangre de mi sangre.

—Ya, ya, los pequeños Stark no eran tus hermanos de sangre. Ya lo sabemos.

Cierto, pero eso no era lo que quería decir Theon.

«No eran de mi sangre, pero ni así pude hacerles daño. Los críos que matamos no eran más que los hijos de un molinero. —Theon no quería pensar en la madre de aquellos niños. Conocía de toda la vida a la mujer del molinero; hasta se había acostado con ella—. Pechos generosos con pezones grandes y oscuros, boca dulce, risa alegre. Delicias que no volveré a probar.» Era inútil que se lo explicara a Serbal. No prestaría oído a su negación, igual que él no la creía a ella.

—Tengo las manos manchadas de sangre, pero no es sangre de mis hermanos —dijo con voz cansada—. Y ya he recibido mi castigo.

—Ni para empezar. —Serbal le dio la espalda.

«Mujer estúpida.» Theon estaba deshecho, pero seguía teniendo un puñal. No le habría costado nada desenvainarlo y clavárselo entre los omoplatos; eso podía hacerlo hasta con los dientes rotos. Incluso sería un gesto misericordioso: una muerte más rápida y limpia que la que sufrirían sus hermanas y ella a manos de Ramsay cuando las atrapara.

Hediondo podría haber sido capaz. Hediondo habría sido capaz, con la esperanza de complacer a lord Ramsay. Aquellas rameras querían llevarse a la esposa de Ramsay; Hediondo no podía permitirlo. Pero los antiguos dioses lo habían reconocido; lo habían llamado Theon.

«Fui hijo del hierro, hijo del hierro, hijo de Balon Greyjoy y heredero de Pyke.» Los muñones de los dedos le picaban, pero no echó mano del puñal.

Ardilla regresó acompañada por las otras cuatro: la flaca y canosa Mirto; Sauce Ojo de Bruja con su larga trenza negra; Frenya, la de la cintura amplia y los pechos enormes; y Acebo, con su cuchillo. Iban vestidas de sirvientas, con prendas de deslucida tela basta y gris, y todas llevaban una capa de lana marrón forrada de piel de conejo blanca.

«Sin espada —advirtió Theon—. Sin hacha, ni martillo, ni más arma que los cuchillos.» Acebo se sujetaba la capa con un broche de plata, y Frenya se ceñía la cintura con una cuerda de cáñamo que le daba varias vueltas, de las caderas a los pechos, y la hacía parecer aún más corpulenta. Mirto llevaba otro vestido de sirvienta para Serbal.

—Los patios están atestados de imbéciles —advirtió a las otras—, Van a emprender la marcha.

—Arrodillados —bufó Sauce, despectiva—. Su señorial señor ha hablado y tienen que obedecer.

—Van a morir —canturreó Acebo alegremente.

—Nosotros también —dijo Theon—. Aunque consiguiéramos pasar ante los guardias, ¿cómo vamos a sacar a lady Arya?

—Seis mujeres entran, seis mujeres salen. —Acebo sonrió—. ¿Quién se fija en las criadas? Vestiremos a la Stark con la ropa de Ardilla.

«Son más o menos de la misma estatura. —Theon echó un vistazo a Ardilla—. Puede que salga bien.»

—¿Y Ardilla? ¿Cómo saldrá luego?

—Por la ventana —contestó la chica—, directa de un salto al bosque de dioses. Cuando tenía doce años, mi hermano me llevó por primera vez de expedición al sur de vuestro Muro, y fue entonces cuando me pusieron el nombre. Mi hermano dijo que parecía una ardilla trepando por un árbol. Desde entonces, he escalado el Muro seis veces, para ir y para volver. Creo que seré capaz de escapar de una torre de piedra, sí.

—¿Satisfecho, cambiacapas? —preguntó Serbal—. Vamos, en marcha.

Las inmensas cocinas de Invernalia ocupaban un edificio entero, aislado de las otras estancias y torreones del castillo para prevenir los incendios. Dentro, el olor cambiaba de hora en hora, con los aromas de la carne asada, los puerros y las cebollas o el pan recién horneado. Roose Bolton había apostado guardias ante las puertas: con tantas bocas que alimentar, cada miga era preciosa, y hasta los cocineros y pinches tenían vigilancia constante. Pero los guardias conocían a Hediondo y les gustaba meterse con él cuando iba a buscar agua caliente para el baño de lady Arya. Claro que no se atrevían a ir más lejos: todo el mundo sabía que Hediondo era el juguete de lord Ramsay.

—El Príncipe Apestoso viene a por agua caliente —anunció un guardia mientras abría la puerta a Theon y a las criadas—. Venga, deprisa, que no se escape el aire caliente.

Una vez dentro, Theon agarró a un pinche de cocina por el brazo.

—Agua para el baño de la señora —ordenó—. Seis cubos llenos, y que esté caliente. Lord Ramsay la quiere bien limpia y sonrosada.

—Sí, mi señor —respondió el muchacho—. Enseguida, mi señor.

«Enseguida» tardó en llegar más de lo que Theon habría querido. Las ollas grandes estaban todas sucias, así que el chico tuvo que fregar una antes de llenarla de agua, que luego pareció tardar años en hervir y siglos en proporcionar la suficiente para llenar seis baldes de madera. Las mujeres de Abel aguardaron con el rostro oculto bajo la capucha.

«Lo hacen todo al revés.» Las criadas de verdad siempre estaban bromeando con los pinches, coqueteando con los cocineros, robando un pellizco de esto, un mordisco de aquello... Serbal y sus intrigantes hermanas no querían llamar la atención, pero por su silencio hosco, los guardias no tardaron en mirarlas con extrañeza.

—¿Dónde están Maisie, Jez y las otras chicas? ¿Las de siempre? —preguntó uno a Theon.

—Lady Arya no estaba contenta con ellas —mintió—. La última vez, el agua llegó fría a la bañera.

El agua caliente lanzaba al aire nubes de vapor que fundían los copos de nieve al descender. La procesión de cubos volvió por el laberinto de muros de hielo, mientras el agua se iba enfriando a cada paso. Se cruzaron con muchos hombres: caballeros con armadura, sobrevesta de lana y capa de pieles; soldados con lanzas cruzadas a la espalda; arqueros con el arco sin armar y el carcaj lleno; jinetes libres; mozos de cuadra que llevaban a los corceles por las riendas... Los hombres de los Frey lucían el blasón de las dos torres, y los de Puerto Blanco, el del tritón y el tridente. Se cruzaban en medio de la nieve y se miraban con desconfianza, pero nadie desenvainó la espada.

«No, aquí no. Pero fuera, en el bosque, puede que cambie la cosa.»

Media docena de hombres curtidos de Fuerte Terror montaba guardia ante las puertas del Gran Torreón.

—¿Otro puto baño? —preguntó el sargento al ver los cubos de agua humeante; él tenía las manos metidas bajo los sobacos para darse calor—. Ya se bañó anoche. ¿Cómo puede ensuciarse tanto una mujer que no sale de la cama?

«Es más fácil de lo que crees, si comparte esa cama con Ramsay», pensó Theon, recordando la noche de bodas y las cosas que les había obligado a hacer.

—Son órdenes de lord Ramsay.

—Pues entrad antes de que se congele el agua —replicó el sargento. Dos guardias abrieron las puertas.

La entrada era casi tan gélida como el exterior. Acebo se sacudió la nieve de las botas y se quitó la capucha.

—Creía que iba a ser más difícil. —Su aliento se condensaba en el aire.

—Hay más guardias arriba, ante el dormitorio de mi señor —le advirtió Theon—. Son hombres de Ramsay. —No se atrevió a llamarlos «bribones del bastardo» allí, donde cualquiera podía estar escuchando—. No os quitéis la capucha y agachad la cabeza.

—Haz lo que te dice, Acebo —intervino Serbal—. Puede que te reconozcan, y no queremos problemas.

Subieron por las escaleras, con Theon a la cabeza.

«He venido por aquí mil veces», se dijo Theon mientras encabezaba el ascenso por las escaleras. De niño subía corriendo y bajaba los escalones de tres en tres. En cierta ocasión se dio de bruces con la Vieja Tata y la derribó, con lo que se ganó la peor regañina que había recibido en Invernalia, aunque fue poco más que una caricia en comparación con las palizas que le daban sus hermanos en Pyke. Robb y él habían librado muchas batallas heroicas en aquellos peldaños, lanzándose estocadas con espadas de madera; un buen entrenamiento que les enseñó lo difícil que era subir por una escalera de caracol defendida por un rival tenaz. Ser Rodrik solía decir que un buen luchador, en una posición de ventaja, podía cortar el paso a cien hombres.

Pero de eso hacía mucho, y ya habían muerto todos. Jory; el viejo ser Rodrik; lord Eddard; Harwin; Hullen; Cayn; Desmond; Tom el Gordo; Alyn, con sus sueños de convertirse en caballero; Mikken, que le había dado la primera espada de verdad... Hasta la Vieja Tata, con toda probabilidad.

Y Robb. Robb, que había sido un hermano para Theon, mucho más que ninguno de los hijos engendrados por Balon Greyjoy.

«Asesinado en la Boda Roja, por los Frey. Yo tendría que haber estado con él. ¿Por qué no fui? Yo tendría que haber muerto con él.»

Theon se detuvo tan bruscamente que Sauce estuvo a punto de chocar contra su espalda. La puerta del dormitorio de Ramsay se alzaba ante él, vigilada por Alyn el Amargo y Gruñón, dos bribones del bastardo.

«Los antiguos dioses están con nosotros.» Como solía decir lord Ramsay, Gruñón no tenía lengua y Alyn el Amargo no tenía seso. Uno era brutal y el otro cruel, pero los dos se habían pasado la vida al servicio de Fuerte Terror y siempre hacían lo que les ordenaba.

—Traigo agua caliente para lady Arya —les dijo Theon.

—Prueba a bañarte tú, Hediondo —replicó Alyn el Amargo—. Hueles a meados de caballo.

Gruñón gruñó para indicar que estaba de acuerdo, o quizá ese gruñido intentara ser una risa. En cualquier caso, Alyn abrió la puerta del dormitorio e indicó a Theon y a las mujeres que entraran.

En la habitación no había amanecido; las sombras lo cubrían todo. El último leño crepitaba sin llamas entre las brasas moribundas de la chimenea, y en la mesilla de noche titilaba una vela que iluminaba la cama deshecha, vacía.

«No está —pensó Theon—. Se ha tirado por una ventana, desesperada.»

Pero los postigos estaban cerrados para proteger la habitación de la tormenta, y la nieve y el hielo los habían sellado firmemente.

—¿Dónde está? —preguntó Acebo. Sus hermanas vaciaron los baldes en la gran bañera redonda de madera. Frenya cerró la puerta y apoyó la espalda contra ella—. ¿Dónde está? —insistió Acebo.

En el exterior sonó un cuerno.

«Es una trompeta. Los Frey se reúnen para la batalla.» Theon sintió picor en los dedos que le faltaban.

Entonces la vio. Estaba acurrucada en el rincón más oscuro del dormitorio, en el suelo, hecha un ovillo bajo un montón de pieles de lobo. Tal vez no la habría encontrado en la vida de no ser porque temblaba, ya que se había subido las pieles hasta la cabeza para esconderse.

«¿De nosotros? ¿O acaso esperaba a su señor esposo?» La sola idea de que Ramsay pudiera llegar en cualquier momento le dio ganas de gritar.

—Mi señora. —Theon no era capaz de llamarla Arya, pero no se atrevía a llamarla Jeyne—. No hace falta que os escondáis. Estas mujeres son amigas.

Las pieles se movieron, y un ojo brillante de lágrimas los miró.

«Un ojo oscuro, muy oscuro. Es marrón.»

—¿Theon?

—Lady Arya. —Serbal se acercó más—. Tenéis que venir con nosotros enseguida. Hemos venido a llevaros con vuestro hermano.

—¿Con mi hermano? —El rostro de la niña emergió de entre las pieles de lobo—. Yo no tengo hermanos.

«Ha olvidado quién es. Ha olvidado su nombre.»

—Cierto —dijo Theon—, pero los tuvisteis. Eran tres: Robb, Bran y Rickon.

—Están muertos. Ya no tengo hermanos.

—Tenéis uno —insistió Serbal—. Lord Cuervo.

—¿Jon Nieve?

—Venimos a llevaros con él, pero tenéis que daros prisa.

Jeyne se subió las pieles de lobo hasta la barbilla.

—No. Es una trampa. Es alguna argucia de de mi señor, de mi amado señor. Os ha enviado para ponerme a prueba, para comprobar que lo quiero. ¡Lo quiero, lo quiero, más que a nada en el mundo! —Una lágrima le corrió por la mejilla—. Decídselo, id a decírselo. Haré lo que quiera... Todo lo que quiera... con él, o... con el perro, o... Por favor, no tiene por qué cortarme los pies, no intentaré escapar nunca, le daré hijos, lo juro, lo juro...

Serbal dejó escapar un silbido quedo.

—Maldito sea ese hombre.

—Soy una buena chica —sollozó Jeyne—. Me han entrenado.

—Que alguien la haga dejar de llorar —dijo Sauce con el ceño fruncido—. Ese guardia está mudo, no sordo. Van a oírnos.

—Ponla de pie, cambiacapas. —Acebo tenía el cuchillo en la mano—. Levántala, o la levanto yo. Tenemos que largarnos. Levanta a esa putilla y dale un par de bofetadas, a ver si le entra un poco de valor.

—¿Y si grita? —preguntó Serbal.

«Si grita, podemos darnos por muertos —pensó Theon—. Ya les dije que era una locura, pero no me hicieron caso. —Abel los había enviado a la perdición; todos los bardos estaban medio locos. En las canciones, el héroe siempre rescataba a la doncella del castillo del monstruo, pero la vida no era una canción, igual que Jeyne no era Arya Stark—. Tiene los ojos mal. Y aquí no hay héroes, solo putas.» Pero se arrodilló al lado de la niña, apartó las pieles y le acarició la mejilla.

—Me conoces, soy Theon, ¿te acuerdas? Yo también te conozco. Sé tu nombre.

—¿Mi nombre? —Ella sacudió la cabeza—. Mi nombre... es...

Theon le puso un dedo en los labios.

—Ya hablaremos luego de eso. Ahora, tienes que estar muy callada. Ven con nosotros. Conmigo. Te sacaremos de aquí. Te llevaremos lejos de él.

—Por favor —susurró Jeyne con los ojos muy abiertos—. Sí, por favor.

Theon le cogió la mano, y los muñones de los dedos le picaron cuando la ayudó a ponerse en pie. Las pieles de lobo cayeron al suelo; estaba desnuda, con los pequeños pechos blancos llenos de dentelladas. Oyó tragar saliva a una mujer, y Serbal le puso un fardo de ropa en las manos.

—Vístela. Fuera hace frío.

Ardilla se había quedado en ropa interior, y estaba revolviendo el contenido de un arcón de cedro para buscar algo con que abrigarse. Al final se decidió por un jubón acolchado de lord Ramsay y unos calzones muy usados que le ondeaban alrededor de las piernas como las velas de un barco en una tormenta.

Serbal ayudó a Theon a vestir a Jeyne Poole con la ropa de Ardilla.

«Si los dioses son misericordiosos y los guardias están ciegos, puede pasar por ella.»

—Ahora, vamos a salir y bajaremos por las escaleras —explicó Theon a la niña—. Mantén la cabeza gacha y no te quites la capucha. Sigue a Acebo. No corras, no llores, no hables y no mires a nadie a la cara.

—Quédate a mi lado —suplicó Jeyne—. No me dejes.

—No me apartaré de ti —prometió Theon mientras Ardilla se metía en la cama de lady Arya y se cubría con la manta. Frenya abrió la puerta del dormitorio.

—¿Qué, Hediondo? ¿La has bañado bien? —preguntó Alyn el Amargo cuando salieron.

Gruñón le dio un pellizco a Sauce en un pecho cuando pasó junto a él. Tuvieron suerte de que la eligiera a ella: si hubiera tocado a Jeyne, la niña habría gritado, y Acebo habría degollado al guardia con el cuchillo que llevaba en la manga. En cambio, Sauce se apartó y pasó de largo. Durante un momento, Theon estuvo a punto de desmayarse de alivio.

«No han mirado. No la han visto. ¡Hemos sacado a la niña delante de sus narices!»

Pero cuando llegaron a las escaleras, el miedo regresó. ¿Y si se encontraban con Desollador, con Damon Bailaparamí o con Walton Patas de Acero? ¿O con Ramsay en persona?

«¡Los dioses me amparen! Ramsay no, cualquiera menos Ramsay.»

¿De qué había servido sacar a la niña del dormitorio? Seguían en el castillo, con todas las puertas cerradas y atrancadas, y las almenas pobladas de centinelas. Los guardias apostados a la entrada del torreón iban a detenerlos, seguro. Acebo y su cuchillo no servirían de gran cosa contra seis hombres con armadura, espada y lanza.

Pero los guardias del exterior estaban acurrucados junto a las puertas, de espaldas al viento gélido que lanzaba la nieve contra ellos. Ni siquiera el sargento les dedicó más que un vistazo rápido. Durante un momento, Theon los compadeció. Cuando se diera cuenta de que su esposa había desaparecido, Ramsay los desollaría, y no quería ni imaginar qué haría con Gruñón y Alyn el Amargo.

A menos de diez pasos de la puerta, Serbal dejó caer el balde vacío y sus hermanas la imitaron. El Gran Torreón ya se había perdido de vista tras ellas, y el patio era una llanura blanca en la que los sonidos amortiguados resonaban con ecos extraños en la tormenta. Las trincheras de hielo se alzaban en torno a ellos a la altura de la rodilla, luego por la cintura, luego por encima de la cabeza. Estaban en el centro de Invernalia, en el corazón del castillo, pero no se veía ni rastro de él. Igual podrían haberse encontrado perdidos en las Tierras del Eterno Invierno, mil leguas más allá del Muro.

—Hace frío —sollozó Jeyne Poole, que se tambaleaba al lado de Theon.

«Y pronto hará más. —Al otro lado de la muralla del castillo aguardaba el invierno con sus colmillos de hielo—. Si es que llegamos hasta allí.»

—Por aquí —dijo cuando llegaron a una bifurcación.

—Frenya, Acebo, id con ellos —ordenó Serbal—. Nosotras iremos luego con Abel. No nos esperéis.

Sin añadir palabra, se volvió y se perdió en la nieve, en dirección al salón principal. Sauce y Mirto se apresuraron a seguirla, con las capas ondeando al viento.

«Esto es cada vez más demencial —pensó Theon. Ya le parecía improbable que consiguieran huir con la ayuda de las seis mujeres de Abel; con dos nada más, era imposible directamente, pero habían llegado demasiado lejos para devolver a la chica al dormitorio y fingir que no había pasado nada. Cogió a Jeyne del brazo y la arrastró camino abajo, hacia la puerta de las Almenas—. Solo es media puerta —se recordó—. Aunque los guardias nos dejen pasar, aún nos quedará la muralla exterior. —Los guardias le habían franqueado el paso en ocasiones, por la noche, pero siempre iba solo. No le resultaría tan fácil salir con tres criadas, y si los guardias le quitaban la capucha a Jeyne, reconocerían a la esposa de lord Ramsay.

El pasaje giró hacia la izquierda y, de repente, tras un velo de nieve que no dejaba de caer, apareció ante ellos la puerta de las Almenas, flanqueada por dos guardias que parecían osos con sus prendas de cuero y pieles. Sujetaba una lanza de tres varas.

—¿Quién vive? —gritó uno. Theon no reconoció la voz. El rostro del hombre estaba oculto casi por completo por una bufanda que solo dejaba a la vista los ojos—. ¿Eres tú, Hediondo?

«Sí», estuvo a punto de decir.

—Theon Greyjoy —se oyó responder—. Os... os traigo unas mujeres.

—Tenéis que estar helados, chicos —comentó Acebo—. Esperad, que voy a daros calor.

Apartó a un lado la lanza del guardia, le aflojó la bufanda medio congelada y le estampó un beso en la boca. Mientras sus labios se tocaban, el cuchillo de la mujer se clavó en la carne del cuello, justo debajo de la oreja. Theon vio como los ojos del hombre se abrían de par en par. Cuando Acebo retrocedió, tenía sangre en los labios, y también manaba sangre de la boca del guardia cuando se desplomó.

El segundo guardia seguía contemplando toda la escena, estupefacto, cuando Frenya le agarró la lanza por el asta. Forcejearon un momento, pero la mujer consiguió arrancársela de las manos y golpearlo en la sien con la madera. Cuando él se tambaleó hacia atrás, Frenya aprovechó para girar la lanza y clavarle la punta en la tripa.

Al verlo, Jeyne Poole soltó un alarido.

—¡Mierda puta! —exclamó Acebo—. Esto va a atraer a un montón de arrodillados. ¡Corred!

Theon le tapó la boca a Jeyne con una mano, la agarró por la cintura con la otra y la obligó a pasar entre el guardia muerto y el moribundo para cruzar la puerta y salvar el foso congelado. Tal vez velaran por ellos los antiguos dioses, porque el puente levadizo había quedado bajado para que los defensores de Invernalia pudieran ir y volver más deprisa de las almenas exteriores. Tras ellos oyeron el sonido de pies que corrían, y también una trompeta, en la cima de la muralla interior.

Cuando llegaron al puente levadizo, Frenya se detuvo y se volvió.

—Vosotros seguid; yo detendré aquí a los arrodillados. —Aún tenía la lanza ensangrentada en las manazas.

Cuando llegaron al pie de la escalera, Theon estaba tambaleándose. Se cargó al hombro a la niña y empezó a subir. Jeyne ya no se debatía, y además era tan menuda... Pero los escalones estaban resbaladizos por la capa de hielo que se había formado bajo la fina nieve en polvo, y a medio camino perdió pie y cayó sobre una rodilla. El dolor fue tan agudo que estuvo a punto de soltar a la niña, y durante un momento temió que aquel fuera el final de su fuga. Pero Acebo lo obligó a ponerse en pie, y entre los dos consiguieron subir a Jeyne a las almenas. Theon se apoyó contra una, jadeante. Abajo, los gritos señalaban el lugar donde Frenya luchaba contra una docena de guardias, rodeada de nieve.

—Ahora, ¿qué? —gritó a Acebo—. ¿Adónde vamos? ¿Cómo salimos de aquí?

La rabia dibujada en el rostro de Acebo se transformó en espanto.

—Oh, no, mierda puta. La cuerda. —Dejó escapar una risa histérica—. La cuerda la tiene Frenya. —De pronto soltó un gruñido y se llevó las manos a la tripa, de donde acababa de brotarle una saeta. La agarró, y la sangre le corrió entre los dedos—. Arrodillados, en la muralla interior... —dijo entre jadeos y, en aquel momento, otra saeta le apareció en el pecho. Fue a agarrarse a la almena y cayó. La nieve que había soltado la enterró en un lecho mullido.

Se oyeron más gritos a la izquierda. Jeyne Poole se había quedado con la vista fija en Acebo, que yacía en una manta blanca que iba tiñéndose de rojo. Theon sabía que, en la muralla interior, los ballesteros estarían preparándose para disparar de nuevo. Miró hacia la derecha, pero por allí también se acercaban hombres corriendo con la espada desenvainada.

«Stannis —pensó, aterrado—. Stannis es nuestra única esperanza. Tenemos que llegar a él.»

El viento aullaba, y la chica y él estaban atrapados.

Restalló una ballesta. La saeta pasó de largo a un palmo de él, atravesando la nieve helada de la almena más cercana. No había ni rastro de Abel, Serbal, Ardilla ni las demás. Estaba solo con la niña.

«Si nos cogen con vida, nos entregarán a Ramsay.»

Theon agarró a Jeyne por la cintura y saltó.

Daenerys

El cielo era de un azul despiadado, sin el menor rastro de nubes.

«Los ladrillos tardarán poco en recalentarse con este sol —pensó Dany—. Abajo, en la arena, los luchadores notarán el calor a través de las suelas de las sandalias.»

Jhiqui le quitó la túnica de seda e Irri la ayudó a entrar en el estanque. La luz del sol naciente resplandecía en el agua, quebrada por la sombra del caqui.

—Aunque haya que abrir las arenas de combate, ¿es necesaria la presencia de vuestra alteza? —preguntó Missandei mientras le lavaba el pelo.

—Medio Meereen acudirá a verme.

—Alteza —dijo Missandei—, una pide permiso para decir que medio Meereen acudirá para ver a hombres que mueren desangrados.

«Tiene razón —reconoció la reina—, pero da igual.»

Poco después, Dany estaba tan limpia como podía estar. Se puso en pie, salpicando a su alrededor, y el agua le corrió por las piernas y le perló el pecho mientras el sol ascendía en el cielo; pronto, su pueblo estaría congregado. Habría preferido quedarse todo el día flotando en el estanque perfumado, comer fruta helada en bandejas de plata y soñar con una casa con la puerta roja, pero la reina no era su propia dueña: pertenecía a su pueblo.

—*Khaleesi*, ¿qué *tokar* queréis poneros hoy? —preguntó Irri mientras Jhiqui la secaba con una toalla suave.

—El de seda amarilla. —La reina de los conejos no podía aparecer sin sus orejas largas. La seda amarilla era fresca y ligera, y en el reñidero haría un calor abrasador. Las arenas rojas quemarían la planta de los pies a los que estaban a punto de morir—. Con el velo rojo largo por encima. —El velo impediría que el viento le llenase la boca de arena, y el color rojo ocultaría cualquier salpicadura de sangre.

Mientras una le cepillaba el pelo y otra le pintaba las uñas, Jhiqui e Irri charlaban alegremente sobre los combates de la jornada.

—Alteza —Missandei había regresado—, el rey solicita que os reunáis con él cuando estéis vestida, y ha venido el príncipe Quentyn con los dornienses: ruegan que les concedáis audiencia, si os complace.

«Pocas cosas me complacerán en este día.»

—En otro momento.

En la base de la Gran Pirámide los esperaba ser Barristan junto a un ornamentado palanquín abierto, rodeado de bestias de bronce.

«Ser Abuelo», pensó Dany. Pese a su edad, se veía alto y apuesto con la armadura que le había regalado.

—Preferiría que hoy os acompañasen vuestros guardias inmaculados, alteza —dijo el anciano mientras Hizdahr iba a saludar a su primo—. Muchas de estas bestias de bronce son libertos que no han demostrado su valía. —«Y los demás, meereenos de lealtad dudosa», parecía añadir sin palabras. Selmy desconfiaba de todos los meereenos, incluidos los cabezas afeitadas.

—Y seguirán sin demostrarla hasta que les demos la oportunidad.

—La máscara puede ocultar muchas cosas, alteza. El hombre de la máscara de búho ¿es el mismo búho que os guardó ayer y anteayer? ¿Cómo podemos saberlo?

—¿Cómo pretendemos que Meereen confíe en las Bestias de Bronce si yo no muestro confianza? Tras esas máscaras hay hombres buenos y valientes; pongo mi vida en sus manos. —Dany le sonrió—. Creo que os preocupáis demasiado. Os tengo a vos a mi lado, ¿qué otra protección necesito?

—Soy viejo, vuestra alteza.

—Belwas el Fuerte también estará conmigo.

—Como digáis. —Ser Barristan bajó la voz—. Alteza, hemos liberado a esa mujer, Meris, tal como ordenasteis. Antes de marcharse, quería hablar con vos, y me reuní con ella en vuestro nombre. Sostiene que la intención del Príncipe Desharrapado era, desde el principio, unir a los Hijos del Viento a vuestra causa; que la envió para que negociara con vos en secreto, pero los dornienses los desenmascararon y los traicionaron antes de que pudiera abordaros.

«Traición sobre traición —meditó la reina, cansada—. ¿Es que no acabará nunca?»

—¿Hasta qué punto la creéis?

—No me creo ni una palabra, alteza, pero eso dijo.

—¿Se pasarán a nuestro lado, si es necesario?

—Según ella, sí, pero a cambio de un precio.

—Pagadlo. —Meereen necesitaba hierro, no oro—. El Príncipe Desharrapado no se conforma con dinero, alteza: Meris afirma que pide Pentos.

—¿Pentos? —Entornó los ojos—. ¿Cómo voy a darle Pentos? Está a medio mundo de distancia.

—Meris ha dado a entender que no le importa esperar hasta que marchemos sobre Poniente.

«¿Y qué pasa si ese día no llega nunca?»

—Pentos pertenece a los pentoshis. Además, el magíster Illyrio está en Pentos; él fue quien concertó mi matrimonio con Khal Drogo y me regaló los huevos de dragón; quien os envió a vos, a Belwas y a Groleo. He contraído una gran deuda con él, y no le pagaré entregando su ciudad a un mercenario. Ni hablar.

—Vuestra alteza es sabia. —Ser Barristan inclinó la cabeza.

—¿Has visto alguna vez un día tan propicio, mi amor? —comentó Hizdahr zo Loraq cuando fue a reunirse con él. La ayudó a subir al palanquín, donde esperaban dos estilizados tronos, uno junto al otro.

—Tal vez sea propicio para ti, pero no tanto para quienes van a morir antes de la puesta de sol.

—Todos los hombres mueren —repuso Hizdahr—, pero no todos pueden morir con gloria, con los vítores de la ciudad resonando en los oídos. —Hizo una seña a los soldados de las puertas—. Abrid.

La plaza que se extendía ante la pirámide estaba pavimentada con adoquines multicolores, y el calor se elevaba de ellos en ondas trémulas. Por todas partes pululaba gente: algunos iban en literas o sillas de mano; otros, montados en burro, y muchos, a pie. Nueve de cada diez se dirigían al oeste por la ancha vía adoquinada, en dirección al reñidero de Daznak. Cuando vieron que el palanquín salía de la pirámide, los que estaban más cerca prorrumpieron en aclamaciones que recorrieron toda la plaza.

«Qué cosas —se dijo la reina—. Me aclaman en la misma plaza donde empalé a ciento sesenta y tres grandes amos.»

El cortejo real iba encabezado por un gran tambor que despejaba el camino. Entre redoble y redoble, un heraldo de cabeza afeitada y cota de discos de cobre bruñido gritaba a la multitud que se apartase. *BUM.* «¡Aquí vienen!» *BUM.* «¡Abran paso!» *BUM.* «¡La reina!» *BUM.* «¡El rey!» *BUM.* Tras el tambor iban las bestias de bronce, de cuatro en cuatro. Unos portaban garrotes; otros, bastones; todos llevaban falda plisada, sandalias de cuero y una abigarrada capa de retales cuadrados que hacían juego con los ladrillos multicolores de Meereen. Las máscaras brillaban al sol: jabalíes, toros, halcones, garzas, leones, tigres, osos, serpientes de lengua bífida y espeluznantes basiliscos.

Belwas el Fuerte, que no se llevaba bien con los caballos, marchaba al frente con su chaleco tachonado; su panza bronceada y llena de cicatrices se balanceaba con cada paso. Irri y Jhiqui lo seguían a caballo, con Aggo y Rakharo, y a continuación iba Reznak en una silla de mano ornamentada, con la cabeza protegida por un toldo. Ser Barristan Selmy cabalgaba junto a Dany, con la armadura resplandeciente al sol y la capa marfileña por los hombros; en el brazo izquierdo llevaba un gran escudo blanco. Un poco más atrás iba Quentyn Martell, el príncipe dorniense, con sus dos acompañantes.

La columna avanzaba lentamente por la larga calle de baldosas. *BUM.* «¡Aquí vienen!». *BUM.* «¡Nuestra reina! ¡Nuestro rey!». *BUM.* «¡Abrid paso!»

A su espalda, Dany oía la discusión de sus doncellas sobre quién ganaría el último combate de la jornada. Jhiqui apostaba por el gigante Goghor, que tenía más aspecto de toro que de hombre y hasta llevaba una anilla de bronce en la nariz. Irri insistía en que el mangual de Belaquo Rompehuesos sería la perdición del gigante.

«Mis doncellas son dothrakis —se dijo—. La muerte cabalga con todo *khalasar.*» El día de su boda con Khal Drogo, durante el banquete, resplandecieron los *arakhs,* y unos hombres murieron mientras otros bebían y copulaban. Entre los señores de los caballos, la vida y la muerte iban de la mano, y el derramamiento de sangre bendecía un matrimonio. Su reciente matrimonio quedaría empapado muy pronto. Menuda bendición.

BUM, BUM, BUM, BUM, BUM, BUM. Los tambores aceleraron el ritmo, de pronto enojados e impacientes. Ser Barristan desenvainó la espada cuando la columna se detuvo abruptamente entre la pirámide blanquirrosa de Pahl y la verdinegra de Naqqan.

—¿Por qué nos paramos? —preguntó Dany, mirando atrás.

—El camino está bloqueado. —Hizdahr se puso en pie.

Un palanquín volcado les cerraba el camino; un porteador se había desplomado en los adoquines, con un golpe de calor.

—Ayudad a ese hombre —ordenó Dany—. Sacadlo de la calle antes de que lo pisoteen, y dadle comida y agua. Por su aspecto, parece que no haya comido en dos semanas.

Ser Barristan miró con inquietud a derecha e izquierda. En las terrazas se veían rostros ghiscarios que los miraban con ojos fríos e indiferentes.

—Alteza, esta parada me da mala espina. Podría ser una trampa. Los Hijos de la Arpía...

—Están domesticados —declaró Hizdahr zo Loraq—. ¿Por qué iban a querer hacer daño a la reina, ahora que me ha aceptado como rey y consorte? Vamos, ayudad a ese hombre, tal como ha ordenado mi bienamada reina. —Tomó a Dany de la mano y sonrió.

Las bestias de bronce obedecieron, bajo la mirada de Dany.

—Esos porteadores eran esclavos antes de mi llegada. Los liberé, pero no por eso pesa menos el palanquín.

—Es cierto —repuso Hizdahr—, pero ahora les pagan por soportar el peso. Antes de tu llegada, el capataz se habría abalanzado sobre el hombre caído y le habría desollado la espalda a latigazos; sin embargo, ahora recibe ayuda.

En efecto, una bestia de bronce con máscara de jabalí había tendido al porteador un pellejo de agua.

—Supongo que debo alegrarme por las pequeñas victorias —reconoció la reina.

—Un paso y luego otro, y pronto estaremos corriendo. Juntos crearemos una nueva Meereen. —Por fin habían despejado la calle—. ¿Continuamos?

«Un paso y luego otro, pero ¿adónde me llevan?» No podía hacer nada, salvo asentir.

A las puertas del reñidero de Daznak, dos enormes guerreros de bronce estaban enzarzados en un combate mortal. Uno blandía una espada; el otro, un hacha. El escultor los había representado en el acto de matarse mutuamente, formando un arco sobre la entrada.

«El arte mortal», pensó Dany.

Desde su terraza había contemplado muchas veces las arenas de combate. Las pequeñas salpicaban el rostro de Meereen como marcas de viruelas; las grandes eran llagas supurantes, rojas y en carne viva; pero ninguna podía compararse con aquella. Belwas el Fuerte y ser Barristan se situaron a los lados cuando la reina y su señor esposo pasaron bajo las estatuas para salir a la parte superior de un gran ruedo de ladrillo rodeado de gradas descendentes, cada una de un color. Hizdahr zo Loraq la condujo escaleras abajo, dejando atrás las gradas negras, moradas, azules, verdes, blancas, amarillas y naranja hasta llegar a la roja, donde los ladrillos escarlata adoptaban el color de la arena que se extendía a continuación. En torno a ellos, los vendedores ambulantes ofrecían salchichas de perro, cebollas asadas y pinchos de cachorro nonato, pero a Dany no le hacían ninguna falta; Hizdahr había surtido el palco con jarras de vino helado y aguadulce; higos, dátiles, melones, granadas, pacanas, guindillas y un gran cuenco de langostas con miel.

—¡Langostas! —bramó Belwas el Fuerte, que se apoderó del cuenco para engullirlas a puñados.

—Son muy sabrosas. Pruébalas, amor mío —le recomendó Hizdahr—. Las marinan en especias antes de echarles la miel, así que son dulces y picantes a la vez.

—Ahora entiendo por qué suda tanto Belwas —contestó Dany—. No, me conformo con los higos y los dátiles.

Al otro lado del reñidero estaban las gracias, vestidas con túnicas vaporosas de diversos colores y apiñadas en torno a la austera figura de Galazza Galare, la única que vestía de verde. Los grandes amos de Meereen ocupaban las gradas rojas y naranja. Las mujeres llevaban velo, y los hombres se habían esculpido cuernos, manos y púas en el pelo. Los parientes de Hizdahr, la antigua estirpe de Loraq, parecían preferir el *tokar* morado, añil o lila, mientras que los de Pahl se decantaban por las rayas blancas y rosadas. Los enviados de Yunkai iban todos de amarillo y ocupaban el palco inmediato al del rey, cada uno con sus esclavos y siervos. Los meereenos de menor categoría se apelotonaban en las gradas superiores, más lejos de la matanza. Los bancos más altos y alejados de la arena, los negros y morados, estaban repletos de libertos y otras gentes del pueblo llano. Dany observó que los mercenarios también se encontraban allí, los capitanes sentados entre los soldados rasos; atisbó el rostro curtido de Ben el Moreno, y los bigotes y trenzas rojo fuego de Barbasangre.

—¡Grandes amos! —Su señor esposo se puso en pie y levantó las manos—. En este día, mi reina ha venido a demostrar el amor profundo que siente por su pueblo. Por su gracia y con su aprobación, os ofrezco ahora nuestro arte mortal. ¡Meereen! ¡Que la reina Daenerys oiga tu amor!

Diez mil gargantas rugieron en agradecimiento; luego, veinte mil; luego, todas. No decían su nombre, que pocos sabían pronunciar, sino que gritaban «¡Madre!» en la arcaica lengua muerta de Ghis; la palabra era *mhysa*. Pateaban el suelo, se palmeaban el vientre y gritaban: «Mhysa, Mhysa, Mhysa», hasta que todo el recinto pareció estremecerse.

«No soy vuestra madre —podría haber respondido en medio del clamor—. Soy la madre de vuestros esclavos, de todos los muchachos que murieron en estas arenas mientras os atiborrabais de langostas con miel.»

—Magnificencia, ¡oíd cómo os aman! —le susurró Reznak.

«No, lo que aman es su arte mortal.» Cuando las ovaciones comenzaron a apagarse, se permitió tomar asiento. El palco estaba a la sombra, pero tenía la cabeza a punto de reventar.

—Jhiqui —llamó—, aguadulce, por favor. Tengo muy seca la garganta.

—Khrazz tendrá el honor de realizar la primera matanza del día —le anunció Hizdahr—. Nunca ha existido mejor luchador.

—Belwas el Fuerte era mejor —protestó Belwas el Fuerte.

Khrazz era meereeno, de origen humilde: un hombre alto con una cresta de pelo tieso, negro rojizo. Su adversario era un lancero de piel de ébano de las islas del Verano cuyas ofensivas mantuvieron a Khrazz a raya durante un rato, pero en cuanto se cerró la distancia, el duelo de lanza contra espada corta fue una simple carnicería. Cuando todo acabó, Khrazz le arrancó el corazón al negro, lo levantó con el brazo extendido, rojo y goteante, y le dio un bocado.

—Khrazz cree que los corazones de hombres valientes lo hacen más fuerte —explicó Hizdahr. Jhiqui murmuró en aprobación. En cierta ocasión, Dany se había comido el corazón de un semental para dar fuerza a Rhaego, su hijo nonato..., pero eso no impidió que la *maegi* lo asesinara en su vientre.

«Tres traiciones conocerás. Esa fue la primera; después llegó la de Jorah, y la de Ben Plumm el Moreno fue la tercera.» ¿La aguardaban aún más traiciones?

—Ah —gritó Hizdahr, satisfecho—. Ahora viene el Gato Moteado. Mira cómo se mueve, mi reina. Es un poema andante.

El rival que había encontrado Hizdahr para su poema andante tenía la altura de Goghor y la corpulencia de Belwas, pero era lento. Estaban luchando a dos pasos del palco de Dany cuando el Gato Moteado le cortó el tendón de la corva a su rival, que cayó de rodillas. El Gato le puso un pie en la espalda, le agarró la cabeza y lo degolló de oreja a oreja. Las arenas rojas bebieron la sangre, el viento barrió sus últimas palabras y la multitud vociferó en aprobación.

—Ha peleado mal y ha muerto bien —juzgó Belwas el Fuerte—. Belwas el Fuerte odia que griten. —Se había terminado las langostas con miel; eructó y tomó un trago de vino.

Qarthienses pálidos, negros de las islas del Verano, dothrakis de piel cobriza, tyroshis de barba azul, hombres cordero, jogos nhais, hoscos braavosi, semihombres de piel atigrada de las selvas de Sothoros: habían acudido de todos los confines del mundo para morir en el reñidero de Daznak.

—Ese promete mucho, dulzura —comentó Hizdahr cuando apareció un joven lyseno, de larga melena rubia que ondeaba al viento. Pero su adversario lo agarró por esa misma melena, le hizo perder el equilibrio y lo destripó. Muerto parecía aún más joven que cuando sostenía la espada.

—Un niño —se lamentó Dany—. No era más que un niño.

—Dieciséis años —insistió Hizdahr—. Un hombre adulto, que se jugó el pellejo voluntariamente por el oro y la gloria. Mi amable reina, en su sabiduría, ha decretado que hoy no muera ningún niño en Daznak, y así será.

«Otra pequeña victoria. Tal vez no pueda lograr que mi pueblo sea compasivo —se dijo—, pero al menos debo intentar que sea un poco menos mezquino.» También había intentado prohibir los combates entre mujeres, pero Barsena Pelonegro argumentó que tenía tanto derecho como cualquier hombre a arriesgar la vida. También le habría gustado prohibir los disparates, unos combates cómicos en los que se enfrentaban tullidos, enanos y viejas armados con cuchillos, antorchas y martillos; el disparate se consideraba mucho más gracioso cuanto más ineptos fueran los luchadores. Pero Hizdahr la convenció de que el amor de su pueblo sería mayor si reía con él y la hizo transigir aduciendo que, si no fuera por esos juegos, los tullidos, los enanos y las viejas se morirían de hambre.

La tradición dictaba que se sentenciase a los delincuentes a combatir en las arenas. La reina aceptó que se reanudase esa práctica, pero solo para algunos crímenes: se podía obligar a luchar a asesinos, a violadores y a esclavistas del mercado negro, pero no a ladrones ni a deudores.

Los animales seguían estando permitidos. Dany contempló como un elefante se quitaba de encima con facilidad una manada de seis lobos rojos; después llegó el turno del toro contra el oso, en una batalla sangrienta que dejó a ambos animales destrozados y moribundos.

—La carne no se desperdicia —explicó Hizdahr—. Los carniceros utilizan los despojos para hacer un saludable guiso para los hambrientos. Cualquiera que se presente ante las Puertas del Destino recibirá un cuenco.

—Buena ley —reconoció Dany. «De las pocas que tenéis»—. Es una tradición que debemos conservar.

Tras los combates de animales llegó una parodia de batalla: seis hombres a pie contra seis a caballo, los primeros armados con escudo y lanza larga, y los segundos, con *arakh* dothraki. Los supuestos caballeros llevaban cota de malla, mientras que los supuestos dothrakis iban sin armadura. Al principio, los jinetes parecían llevar ventaja: arrollaron a dos enemigos y le cortaron la oreja a un tercero; pero entonces, los caballeros supervivientes atacaron a los caballos, y desmontaron y mataron a los jinetes uno por uno.

—No era un auténtico *khalasar* —sentenció Jhiqui con repugnancia.

—Espero que estos despojos no vayan a parar a tu saludable guiso —dijo Dany mientras retiraban a los caídos.

—Los caballos, sí —contestó Hizdahr—. Los hombres, no.

—La carne de caballo y la cebolla fortalecen —comentó Belwas.

Después de la batalla llegó el primer disparate de la jornada, una justa entre una pareja de enanos, ofrecida por un yunkio que Hizdahr había invitado a los juegos. Uno iba montado en un perro y el otro en una cerda. Las armaduras de madera estaban recién pintadas; una lucía el venado del usurpador Robert Baratheon, y la otra, el león dorado de la casa Lannister, en un claro intento de ganarse el favor de la reina. Las payasadas de los enanos consiguieron que Belwas se desternillara, pero la risa de Dany era débil y forzada.

El enano de la armadura roja se cayó de la silla y se puso a perseguir a la cerda por la arena, mientras el del perro lo seguía al galope azotándole las nalgas con una espada de madera

—Esto es estúpido y gracioso, pero...

—Ten paciencia, dulzura. Están a punto de soltar los leones.

—¿Leones? —Daenerys le lanzó una mirada interrogante.

—Tres leones. Los enanos no se lo esperan.

—Los enanos llevan espadas y armaduras de madera. ¿Cómo esperas que se enfrenten a los leones? —dijo con gesto indignado.

—Bastante mal —replicó Hizdahr—. Puede que nos sorprendan, pero lo más probable es que se pongan a chillar y a correr intentando salir de la arena: he ahí el disparate.

—¡Lo prohíbo! —La aclaración no le había gustado en absoluto.

—Mi gentil reina, no querrás decepcionar a tu pueblo.

—Me juraste que los luchadores serían adultos que arriesgarían la vida voluntariamente, por oro y por honor. Estos enanos no han accedido a luchar contra leones con espadas de madera. Detenlo. Ahora mismo.

El rey apretó los labios; durante un instante, Dany creyó ver un destello de ira en sus ojos plácidos.

—Como ordenes. —Hizdahr hizo una seña al sobrestante del reñidero—. Nada de leones —ordenó cuando el hombre trotó hacia él, látigo en mano.

—¿Ni uno, Magnificencia? Entonces, ¿dónde está la diversión?

—Mi reina ha hablado: los enanos no sufrirán daño alguno.

—A la muchedumbre no le va a gustar.

—Entonces saca a Barsena, eso los apaciguará.

—Su adoración sabe qué es lo mejor. —El sobrestante hizo restallar el látigo y se puso a gritar órdenes. Se llevaron a los enanos, perro y cerda incluidos, sin miramientos, entre los silbidos de desaprobación de los espectadores, que arrojaban piedras y fruta podrida.

La multitud rugió cuando Barsena Pelonegro entró a zancadas en la arena, desnuda salvo por el calzón y las sandalias. Era alta y morena, de unos treinta años, y se movía con la elegancia salvaje de una pantera.

—Barsena es muy popular —aseguró Hizdahr, al tiempo que el clamor crecía hasta llenar el recinto—. Es la mujer más valiente que he visto.

—No hay que serlo tanto para pelear contra chicas. Para enfrentarse a Belwas el Fuerte sí que hace falta valor —se jactó Belwas el Fuerte.

—Hoy se enfrentará a un jabalí —anunció Hizdahr.

«Sí —caviló Dany—, porque no pudiste encontrar a una mujer que le hiciese frente, por mucho que abultase la bolsa.»

—Y, por lo que veo, no con una espada de madera.

El jabalí era una bestia enorme, con colmillos de la longitud de un antebrazo y ojos pequeños, inundados de rabia. Dany se preguntó si el que había matado a Robert Baratheon tendría un aspecto tan feroz.

«Una muerte terrible a manos de una criatura terrible.» Durante un momento, casi sintió pena por el Usurpador.

—Barsena es muy rápida —le aseguró Reznak—. Bailará con el jabalí, magnificencia, y le lanzará tajos cuando pase a su lado. Estará bañado en sangre antes de caer, ya verás.

Comenzó tal como dijo: el jabalí cargó y Barsena se apartó de un giro, con la hoja centelleando como la plata al sol.

—Necesita una lanza —intervino ser Barristan cuando Barsena saltó para esquivar el segundo ataque del animal—. Esa no es manera de enfrentarse a un jabalí. —Sonaba como un abuelo quisquilloso, como decía siempre Daario.

«Es más listo que los toros —comprendió Dany. La espada de Barsena se iba tornando roja, pero el jabalí tardó poco en dejar de embestir—. No va a seguir atacando.»

Barsena también llegó a la misma conclusión. Profiriendo gritos, fue acercándose al jabalí, pasándose el cuchillo de una mano a otra. Cuando la bestia retrocedió, maldijo y le lanzó un tajo al hocico con intención de provocarlo... y lo consiguió. En aquella ocasión, el salto se demoró un instante, y un colmillo le desgarró la pierna izquierda de la rodilla a la entrepierna.

Treinta mil gargantas gimieron a la vez. Barsena se agarró la pierna destrozada, dejó caer el cuchillo e intentó apartarse cojeando, pero no se había alejado ni dos pasos cuando el jabalí embistió de nuevo. Dany apartó la mirada.

—¿Te ha parecido lo bastante valiente? —le preguntó a Belwas el Fuerte por encima del griterío que resonaba en la arena.

—Pelear con cerdos es de valientes, pero gritar tanto, no. A Belwas el Fuerte le hace daño en los oídos. —El eunuco se frotó el estómago hinchado, surcado de cicatrices viejas y blancuzcas—. También le da dolor de tripa.

El jabalí hundió el hocico en las entrañas de Barsena y se puso a hozar. El olor colmó la capacidad de aguante de la reina. El calor, las moscas, el vocerío de la multitud...

«No puedo respirar.» Se levantó el velo y dejó que se lo llevase el viento. También se quitó el *tokar;* las perlas entrechocaron cuando se desenrolló la seda.

—¿*Khaleesi?* —dijo Irri—. ¿Qué hacéis?

—Quitarme las orejas largas. —Una docena de hombres con espontones irrumpió en la arena para alejar al animal del cadáver y devolverlo al redil. El sobrestante del reñidero iba entre ellos, con un látigo de púas. Cuando fustigó al jabalí, la reina se levantó—. Ser Barristan, ¿podéis devolverme sana y salva a mi jardín?

—Aún quedan cosas. —Hizdahr parecía confuso—. Un disparate, seis viejas y tres combates más. ¡Belaquo contra Goghor!

—Ganará Belaquo —afirmó Irri—. Lo sabe todo el mundo.

—No lo sabe nadie —protestó Jhiqui—. Belaquo morirá.

—Uno u otro va a morir —las atajó Dany—, y el que viva morirá cualquier otro día. Esto ha sido un error.

—Belwas el Fuerte ha comido demasiadas langostas. —El mareo se dibujaba en el ancho rostro de Belwas—. Belwas el Fuerte necesita leche.

—Magnificencia —dijo Hizdahr, sin prestar atención al eunuco—, el pueblo de Meereen ha acudido a celebrar nuestra unión. Ya has oído las aclamaciones; no desprecies su amor.

—Aclamaban mis orejas largas, no a mí. Sácame de este matadero, esposo. —A sus oídos llegaban los gruñidos del jabalí, los gritos de los lanceros y el restallido del látigo del sobrestante.

—No, mi dulce señora. Quédate un rato, para presenciar el disparate y un combate más. Cierra los ojos; nadie se dará cuenta. Estarán mirando a Goghor y a Belaquo. No es momento de... —Una sombra le cruzó el rostro.

Se apagaron los gritos y el tumulto; millares de voces se acallaron; todos se volvieron hacia el cielo. Un viento cálido rozó las mejillas de

Dany y, por encima de los latidos de su corazón, oyó un batir de alas. Dos lanceros huyeron en busca de refugio; el sobrestante se quedó petrificado; el jabalí, gruñendo, regresó junto a Barsena; Belwas el Fuerte gimió y cayó de rodillas.

El dragón describió un círculo por encima de ellos, una silueta oscura que se recortaba en el cielo iluminado por el sol. Tenía las escamas negras, y los ojos, los cuernos y la columna, rojos como la sangre. Siempre había sido el mayor de los tres, pero en libertad había crecido más todavía. Las alas, negras como el azabache, tenían una envergadura de ocho varas. Las batió una vez mientras sobrevolaba el reñidero, y el sonido fue atronador. El jabalí levantó la cabeza con un gruñido... y el fuego lo envolvió con llamas rojinegras. Dany sintió la oleada de calor a once pasos de distancia. Los alaridos de agonía del animal parecían casi humanos. Drogon aterrizó sobre los despojos y hundió las garras en la carne humeante; cuando se puso a comer, no hizo distinción entre Barsena y el jabalí.

—¡Por todos los dioses! —gimió Reznak—. ¡Se la está comiendo! —El senescal se tapó la boca. Belwas el Fuerte profirió unas ruidosas arcadas. Una singular mirada cruzó el rostro alargado y pálido de Hizdahr zo Loraq: en parte miedo, en parte lujuria y en parte éxtasis; se humedeció los labios. Dany alcanzaba a ver a los Pahl subiendo en tropel por la escalera, agarrándose el *tokar* y tropezando con los flecos en su prisa por alejarse.

Un hombre quiso hacerse el héroe.

Se trataba de uno de los lanceros que habían salido a por el jabalí. Quizá estuviera borracho, o loco; quizá estuviera enamorado de Barsena Pelonegro en secreto, o hubiera oído rumores sobre la pequeña Hazzea; quizá solo fuera un hombre normal que soñaba con que los bardos cantasen sobre él. Se lanzó hacia delante, espontón en mano, levantando arena roja con los pies, y las gradas prorrumpieron en gritos. Drogon alzó la cabeza, con los dientes chorreando sangre. El héroe se encaramó a su espalda de un brinco y clavó la punta de hierro del espontón en la base del cuello largo y escamoso del dragón.

Dany y Drogon gritaron al unísono.

El héroe se apoyó en la lanza y utilizó su peso para hundir más la punta. Drogon se arqueó hacia arriba con un siseo de dolor y movió la cola como un látigo. Dany lo vio girar la cabeza, que remataba el largo cuello sinuoso, y desplegar las alas negras. El matadragones perdió pie y cayó en la arena; cuando intentó incorporarse, los dientes del dragón se le cerraron firmemente en torno al antebrazo.

—¡No! —fue todo lo que alcanzó a gritar. Drogon le arrancó el brazo y lo arrojó a un lado, como un perro a un roedor en un reñidero de ratas.

—Matadlo —gritó Hizdahr zo Loraq a los lanceros que quedaban—. ¡Matad a esa bestia!

—No miréis, alteza. —Ser Barristan la sujetó con fuerza.

—¡Soltadme! —Dany se liberó de su abrazo. Cuando salvó el pretil, el tiempo pareció transcurrir más despacio. Perdió una sandalia al aterrizar en el reñidero. Mientras corría sentía la arena en los dedos, caliente y áspera; ser Barristan la llamaba y Belwas el Fuerte no dejaba de vomitar. Echó a correr más deprisa.

Los lanceros también corrían. Algunos se abalanzaban sobre el dragón, espontón en ristre; otros corrían en dirección contraria, soltando el arma durante la huida. El héroe se sacudía en la arena; le manaba sangre brillante de la desgarradura del hombro. El espontón seguía clavado en la espalda de Drogon, y se mecía con cada batir de alas. De la herida salía humo. Cuando se acercaron los otros lanceros, el dragón escupió fuego y bañó a dos hombres en llamas negras. Sacudió la cola y partió por la mitad al sobrestante, que intentaba acercarse con sigilo. Otro atacante trató de clavarle el espontón en el ojo, pero el dragón lo atrapó entre las fauces y lo destripó. Los meereenos gritaban, maldecían y aullaban. Dany oía golpes a su espalda.

—Drogon —gritó—. ¡Drogon!

El dragón volvió la cabeza. Le salía humo de entre los dientes; su sangre también humeaba al caer. Batió las alas una vez más, levantando una tormenta de arena escarlata. Dany entró a trompicones en la sofocante nube roja. Drogon chasqueó los dientes.

—No. —No tuvo tiempo de decir nada más.

«No, a mí no, ¿es que no me conoces? —Los dientes negros se cerraron a escasa distancia de su rostro—. ¡Quería arrancarme la cabeza!» Cegada por la arena en los ojos, tropezó con el cadáver del sobrestante y cayó de espaldas.

Drogon rugió, y el sonido retumbó en el reñidero. La envolvió una vaharada abrasadora, como la de un horno al abrirse. El dragón estiró hacia ella el cuello largo y escamoso y, cuando abrió la boca, Dany vio astillas de huesos rotos y restos de carne carbonizada entre los dientes negros. Los ojos eran de lava fundida.

«Estoy viendo el infierno, pero no puedo apartar la mirada. —Nunca había estado tan segura de nada—. Si huyo de él, me abrasará y me devorará.»

Los septones de Poniente hablaban de siete cielos y siete infiernos, pero los Siete Reinos y sus dioses se encontraban muy lejos. Si moría allí, ¿se presentaría a reclamarla el dios caballo de los dothrakis? ¿Hendiría el mar de hierba para llevarla a su *khalasar* estrellado, a cabalgar por las tierras de la noche al lado de su sol y estrellas? ¿O serían los dioses enojados de Ghis quienes enviasen a sus arpías a apoderarse de su alma y arrastrarla al tormento? El rugido de Drogon la alcanzó en pleno rostro, con un aliento tan caliente que podría levantar ampollas.

—¡A mí! Prueba conmigo. Aquí —gritó Barristan Selmy, a su derecha.

En los rojos pozos ardientes que Drogon tenía por ojos, Dany vio su reflejo. Parecía tan pequeña, tan frágil, tan débil y asustada...

«No puedo dejar que note mi miedo.»

Tanteó la arena, apartó el cadáver del sobrestante y rozó el mango del látigo. El contacto le infundió valor: era un cuero cálido, vivo. Drogon volvió a rugir, con un sonido tan potente que casi le hizo soltar el arma, y chasqueó los dientes hacia ella.

—¡No! —gritó Dany, al tiempo que lo fustigaba con toda la fuerza de que era capaz. El dragón sacudió la cabeza hacia atrás—. ¡No! —gritó de nuevo—. ¡No! —Las púas le arañaron el hocico. Drogon se irguió. Dany, cubierta por la sombra de las alas, azotó el abdomen escamoso, una y otra vez, hasta que empezó a dolerle el brazo. El largo cuello sinuoso se dobló como un arco. Con un silbido, escupió fuego negro hacia ella. Dany se lanzó bajo las llamas mientras blandía el látigo y gritaba—. ¡No, no, no! ¡ABAJO! —El dragón respondió con un rugido cargado de ira y miedo; de dolor. Batió las alas una vez, dos...

... y las plegó. Con un último silbido, se tumbó boca abajo. Manaba sangre negra de allí donde le habían clavado el espontón, y humeaba al caer a la arena abrasadora.

«Es fuego hecho carne —pensó Dany—. Igual que yo.»

Daenerys Targaryen saltó al lomo del dragón, cogió el espontón y se lo arrancó. La punta estaba medio fundida; el hierro, incandescente, al rojo vivo. Lo tiró a un lado. Drogon se retorció bajo ella al tensar los músculos para recabar fuerzas. El aire estaba cargado de polvo; Dany no podía ver, no podía respirar, no podía pensar. Las alas negras restallaron como un trueno y, de pronto, vio alejarse la arena escarlata.

Cerró los ojos, mareada. Cuando los abrió, nublados por el polvo y las lágrimas, vislumbró abajo a los meereenos, que se precipitaban por las escaleras hacia la calle.

Todavía llevaba el látigo en la mano. Lo hizo chasquear contra el cuello de Drogon.

—¡Más arriba! —gritó. Con la otra mano se aferró a las escamas, buscando asidero con los dedos. Las amplias alas negras de Drogon hendieron el aire. Dany sentía su calor entre los muslos; tenía el corazón a punto de estallar.

«Sí —pensó—, sí, ahora, ahora, adelante, adelante, vamos, vamos, ¡VUELA!»

Jon

Tormund Matagigantes no era alto, pero los dioses le habían otorgado un pecho amplio y una tripa descomunal. Mance Rayder lo había apodado Soplador del Cuerno por la fuerza de sus pulmones, y decía que sus risotadas podían barrer la nieve de las montañas. Cuando bramaba al enfadarse, a Jon le recordaba el barritar de un mamut.

Aquel día, Tormund bramó mucho y muy alto. Rugió, gritó y golpeó la mesa con tanta fuerza que derramó una frasca de agua. Siempre tenía a mano un cuerno de hidromiel, de modo que escupía saliva dulce cuando vociferaba amenazas. Recriminó a Jon Nieve que fuera un cobarde, un mentiroso y un cambiacapas; lo maldijo por ser un arrodillado de corazón podrido, un ladrón y un cuervo carroñero; lo acusó de querer dar por culo al pueblo libre. Le arrojó dos veces el cuerno a la cabeza, aunque no sin antes haberlo vaciado; Tormund no era de los que desperdiciarían un buen hidromiel. Jon aguantó el chaparrón: no levantó la voz ni respondió a las amenazas; pero tampoco cedió más terreno del que tenía previsto.

Al final, cuando en el exterior de la tienda ya se alargaban las sombras del atardecer, Tormund Matagigantes, o el Gran Hablador, Soplador del Cuerno, Rompedor del Hielo, Puño de Trueno, Marido de Osas, Rey del Hidromiel en el Salón Rojo, Portavoz ante los Dioses y Padre de Ejércitos, extendió la mano con decisión.

—Trato hecho, y que los dioses me perdonen. Sé que hay un centenar de madres que no serán capaces.

Jon estrechó la mano que le ofrecía. En su cabeza resonaban los votos de la Guardia.

«Soy la espada en la oscuridad. Soy el vigilante del Muro. Soy el fuego que arde contra el frío, la luz que trae el amanecer, el cuerno que despierta a los durmientes, el escudo que defiende los reinos de los hombres. —Y añadió una frase nueva de cosecha propia—: Soy el guardián que abrió las puertas para dejar entrar al enemigo.»

Habría dado cualquier cosa por saber que hacía lo correcto, pero ya era tarde para echarse atrás.

—Trato hecho —dijo.

El apretón de manos de Tormund casi le rompió los huesos: en eso no había cambiado. También lucía la misma barba, aunque la cara que ocultaba aquel matorral de pelo canoso había adelgazado considerablemente, y profundas arrugas surcaban las mejillas enrojecidas.

—Mance debería haberte matado cuando tuvo ocasión —dijo, mientras ponía todo su empeño en reducir a pulpa y huesos la mano de Jon—. Oro por gachas, y los muchachos... Es un precio atroz. ¿Qué fue de aquel chaval encantador al que conocí?

«Lo nombraron lord comandante.»

—Se dice que un negocio justo siempre deja a ambas partes insatisfechas. ¿Tres días?

—Si es que vivo tanto tiempo. Varios de mis hombres me escupirán a la cara cuando oigan estas condiciones. —Tormund liberó la mano de Jon—. Los tuyos también protestarán, si no me equivoco. Y los conozco; he matado más cuervos de los que recuerdo.

—Será mejor que no comentes eso cuando vengas al sur del Muro.

—¡Ja! —Tormund rio. Aquello tampoco había cambiado: aún se echaba a reír a la mínima ocasión—. Sabias palabras. No quiero que tus cuervos me maten a picotazos. —Dio una palmada en la espalda a Jon—. Cuando toda mi gente esté a salvo tras tu Muro, compartiremos carne e hidromiel. Hasta entonces... —El salvaje se quitó el brazalete del brazo izquierdo y se lo tendió a Jon; luego hizo lo mismo con el del derecho—. Tu primer pago. Heredé estos brazaletes de mi padre, y él del suyo. Ahora son tuyos, cabrón de negro.

Los brazaletes eran de oro viejo, sólidos y pesados, grabados con las runas antiguas de los primeros hombres. Tormund Matagigantes los llevaba desde que Jon lo conocía; eran tan característicos de él como la barba.

—Los braavosi los fundirán para aprovechar el oro, es una lástima. Quizá deberías quedártelos.

—No quiero que se diga que Tormund Puño de Trueno obligó al pueblo libre a entregar los tesoros mientras él conservaba los suyos. —Sonrió—. Pero me quedaré con la anilla que llevo en el miembro, es mucho más grande que esas bagatelas. A ti te quedaría bien en el cuello.

—No cambiarás nunca. —Jon no pudo evitar reírse.

—Ya he cambiado. —La sonrisa se derritió como la nieve en verano—. No soy el hombre que era en el Salón Rojo. He visto demasiada muerte, y cosas aún peores. Mis hijos... —El rostro de Tormund se entristeció—. A Dormund lo mataron en la batalla del Muro; solo era un muchacho. Fue un caballero de tu rey, un cabrón vestido de acero gris con polillas pintadas en el escudo. Vi como lo atacaban, pero murió antes de que pudiera llegar hasta él. Y Torwynd... A él se lo llevó el frío. Siempre fue muy enfermizo. Una noche se murió, sin más. Lo peor fue que, antes de que nos diéramos cuenta de que había muerto, se levantó, pálido

y con esos ojos azules. Pasó delante de mis narices y fue muy duro, Jon.
—Le brillaban las lágrimas en los ojos—. La verdad es que no era muy
hombre, pero era mi niño, y lo quería.

—Lo siento mucho. —Jon puso una mano en el hombro de Tormund.

—¿Por qué? No tuviste nada que ver. Tienes las manos manchadas de
sangre, como yo, pero no con la suya. —Tormund sacudió la cabeza—.
Aún tengo dos hijos fuertes.

—¿Tu hija...?

—Munda. —Aquello le devolvió la sonrisa—. Se casó con ese tal Ryk
Lanzalarga, ¿te lo puedes creer? La verdad es que tiene más polla que
cabeza, pero la trata bastante bien. Le dije que si alguna vez le hace daño,
le arranco el miembro y lo uso de porra para matarlo. —Volvió a palmear
a Jon con fuerza—. Ya va siendo hora de que vuelvas. Si te quedas más
tiempo, pensarán que te hemos comido.

—Al amanecer, entonces. Dentro de tres días. Primero, los muchachos.

—Ya te he oído las diez primeras veces, cuervo. Hay quien podría
pensar que no nos tenemos confianza. —Escupió—. Sí, primero los
muchachos. Los mamuts tendrán que dar un rodeo, así que asegúrate de
que los esperan en Guardiaoriente. Yo me encargaré de que no haya
peleas ni ataques en tu maldita puerta. Iremos en calma y en orden, como
patitos en fila. Y yo seré mamá pato, ¡ja! —Tormund condujo a Jon al
exterior de la tienda.

Fuera, el día era luminoso y despejado. El sol había vuelto al cielo
tras quince días de ausencia, y al sur se alzaba el Muro, blanco, azul, y
brillante. Un dicho que Jon había oído a los ancianos decía: «El Muro
cambia tanto de humor como Aerys, el Rey Loco». Otro rezaba: «El
Muro es más voluble que una mujer». Los días nublados parecía estar
tallado en roca blanca; en las noches sin luna era negro como el carbón;
cuando había tormenta parecía una escultura de nieve. Pero en días como
aquel no había manera de confundirlo con nada que no fuera hielo. En
días como aquel, el Muro destellaba como el cristal de un septón; todas
sus grietas y brechas reflejaban la luz del sol, y los arcoíris helados bailaban y morían tras ondas traslúcidas. En días como aquel, el Muro
ofrecía un espectáculo arrebatador.

El hijo mayor de Tormund se encontraba junto a los caballos, hablando
con Pieles. El pueblo libre lo llamaba Toregg el Alto. Aunque solo sacaba
un dedo a Pieles, le llevaba más de un palmo a su padre. Hareth, el hombretón de Villa Topo al que llamaban Caballo, estaba acurrucado frente
a la hoguera, de espaldas a los otros dos. Pieles y él eran los únicos que
había llevado Jon a la reunión. Si hubiera acudido con más, se habría

interpretado como una señal de miedo, y veinte hombres les habrían valido de poco si Tormund hubiera querido derramar sangre. La única protección que necesitaba era la de Fantasma; el huargo olía a los enemigos a distancia, incluso a aquellos que ocultaban la hostilidad tras una sonrisa.

Pero Fantasma se había ido. Jon se quitó un guante negro, se llevó dos dedos a la boca y silbó.

—¡Fantasma! ¡Conmigo!

Desde arriba llegó el sonido repentino de unas alas. El cuervo de Mormont se acercó revoloteando de la rama de un viejo roble a la montura de Jon.

—Maíz —gritó—. Maíz, maíz, maíz.

—¿Tú también me has seguido hasta aquí? —Jon se acercó para apartar al pájaro de un manotazo, pero acabó acariciándole el plumaje. El cuervo clavó un ojo en él.

—Nieve —murmuró, mientras inclinaba la cabeza con gesto inteligente. Fantasma apareció entre dos árboles, acompañado por Val.

«Parecen hechos el uno para el otro.»

Val iba de blanco de los pies a la cabeza: unos calzones blancos de lana embutidos en unas botas altas de cuero blanqueado, una capa blanca de piel de oso sujeta al hombro por un broche con el rostro tallado de un arciano y una túnica blanca con botones de hueso. Su aliento también era blanco... Pero tenía los ojos azules; la larga trenza, del color de la miel oscura, y las mejillas, rojas por el frío. Hacía mucho tiempo que Jon no veía nada tan hermoso.

—¿Intentas robarme el lobo? —preguntó.

—No es mala idea. Si todas las mujeres tuvieran un huargo, los hombres serían mucho más agradables. Hasta los cuervos.

—¡Ja! —rio Tormund Matagigantes—. No intentes engatusar a esta mujer, lord Nieve, es demasiado lista para los tipos como nosotros. Mejor llévatela cuanto antes, no sea que Toregg se despierte y se la quede.

¿Qué había dicho Axell Florent sobre Val? «Una muchacha núbil, nada desagradable a la vista. Buenas caderas y buenos pechos; bien dotada para tener hijos.» Todo aquello era cierto, pero la salvaje era mucho más que eso. Lo había demostrado al encontrar a Tormund, una misión en la que habían fracasado muchos exploradores curtidos de la Guardia.

«Puede que no sea una princesa, pero sería una esposa digna para cualquier señor.»

Pero aquel puente se había quemado tiempo atrás: el propio Jon le había prendido fuego.

—Que se la quede Toregg —proclamó—. Yo hice un juramento.

—A ella no le importa. ¿A que no, muchacha?

Val dio unos golpecitos al largo cuchillo de hueso que llevaba en la cadera.

—Lord Cuervo puede colarse en mi cama cualquier noche, si se atreve. Después de que lo castre, le resultará más fácil mantener sus votos.

—¡Ja! —volvió a reír Tormund—. ¿Has oído eso, Toregg? Mantente alejado de ella. Ya tengo una hija; no necesito otra. —El jefe de los salvajes sacudió la cabeza y volvió a resguardarse en su tienda.

Jon estaba rascando a Fantasma entre las orejas cuando llegó Toregg con el caballo de Val. Aún iba a lomos del jamelgo gris que le había proporcionado Mully el día en que abandonó el Muro, un animal peludo, raquítico y tuerto.

—¿Cómo está el pequeño monstruo? —preguntó mientras se encaminaba con el caballo hacia el Muro.

—El doble de grande que cuando te fuiste, y el triple de gritón. Cuando quiere mamar, su llanto se oye hasta en Guardiaoriente. —Subió al caballo y cabalgó junto a Val.

—Bueno, te he traído a Tormund, tal como prometí. Ahora, ¿qué? ¿Vas a volver a meterme en mi antigua celda?

—Tu antigua celda está ocupada, y la reina Selyse se ha aposentado en la Torre del Rey. ¿Recuerdas la Torre de Hardin?

—¿Es esa que parece que se va a caer?

—Lleva así cien años. Te he acondicionado la parte de arriba. Tendrás más espacio que en la Torre del Rey, aunque no creo que estés igual de cómoda. No lo llaman Palacio de Hardin, y por algo será.

—Prefiero la libertad a la comodidad.

—Tendrás toda la libertad que quieras en el Castillo, pero lamento informarte de que sigues siendo una prisionera. No obstante, te prometo que no te molestará ninguna visita inoportuna. Son mis hombres los que vigilan la Torre de Hardin, no los de la reina. Y Wun Wun duerme en la entrada.

—¿Tengo un gigante como protector? Ni siquiera Dalla recibía semejante honor.

Los salvajes de Tormund se asomaron desde las tiendas, bajo los árboles sin hojas, y los observaron mientras se alejaban. Por cada hombre en edad de luchar, Jon vio tres mujeres y otros tantos niños, con rostros demacrados, mejillas hundidas y ojos abiertos de par en par. Cuando Mance Rayder guio al pueblo libre hasta el Muro, sus seguidores pastoreaban grandes rebaños de ovejas, cabras y cerdos, pero ya solo quedaban mamuts. Estaba seguro de que, si no hubiera sido por la fiereza de los gigantes, también los habrían sacrificado. Alrededor de los huesos de mamut había mucha carne.

Jon también observó indicios de enfermedad, cosa que le produjo una honda inquietud. Si la gente de Tormund estaba hambrienta y enferma, ¿cómo estarían los millares de personas que habían seguido a Madre Topo a Casa Austera?

«Cotter Pyke los alcanzará pronto. Si los vientos son favorables, puede que la flota ya esté de camino a Guardiaoriente, y los barcos, abarrotados de salvajes.»

—¿Qué tal te ha ido con Tormund? —preguntó Val.

—Vuelve a preguntármelo dentro de un año. Todavía queda lo peor: convencer a los míos para que se traguen el guiso que les he preparado. Mucho me temo que a nadie le va a gustar el sabor.

—Puedo ayudarte.

—Ya me has ayudado; me has traído a Tormund.

—Puedo hacer mucho más.

«¿Por qué no? —pensó Jon—. Todo el mundo está convencido de que es una princesa. —Miró a Val, que montaba como si hubiera nacido a lomos de un caballo—. Una princesa guerrera —decidió—, no una criatura endeble que se sienta en una torre a cepillarse el pelo y esperar a que la rescate un caballero.»

—Debo informar de este acuerdo a la reina —dijo—. Puedes venir a conocerla, si te ves capaz de hincar la rodilla. —No era buena idea ofender a su alteza antes de tener ocasión de abrir la boca.

—¿Puedo reírme mientras me arrodillo?

— No. Esto no es un juego. Entre nuestros pueblos corren ríos de sangre, viejos, profundos y rojos. Stannis Baratheon es de los pocos que está a favor de admitir a los salvajes en el reino. Necesito que la reina me apoye en lo que acabo de hacer.

La sonrisa traviesa de Val se desvaneció.

—Tienes mi palabra, lord Nieve. Seré una digna princesa de los salvajes para tu reina.

«No es mi reina —podía haber contestado—. A decir verdad, daría lo que fuera por que se marchase cuanto antes. Si los dioses son benevolentes, el día que lo haga se llevará con ella a Melisandre.»

Hicieron el resto del camino en silencio, con Fantasma pisándoles los talones. El cuervo de Mormont los siguió hasta la puerta y luego se alejó revoloteando hacia arriba mientras desmontaban. Caballo se adelantó con una tea para iluminar el túnel helado.

Cuando Jon y sus acompañantes aparecieron al sur del Muro, un grupito de hermanos negros los esperaba junto a la puerta. Entre ellos estaba Ulmer del Bosque Real, y fue el viejo arquero quien se adelantó para hablar en nombre de todos.

—Si le place a nuestro señor, los muchachos tienen ciertas preguntas. ¿Habrá paz, mi señor? ¿O sangre y hierro?

—Paz —respondió Jon Nieve—. Dentro de tres días, Tormund Matagigantes traerá a su pueblo a este lado del Muro. Vendrán como amigos, no como enemigos. Incluso puede que algunos se nos unan y vistan el negro. Tenemos que darles una buena acogida. Ahora, volved a vuestras tareas. —Le tendió las riendas del caballo a Seda—. Tengo que ver a la reina Selyse. —Su alteza se ofendería si no iba a visitarla de inmediato—. Después tengo que escribir unas cuantas cartas. Lleva a mis aposentos pergamino, plumas y un bote de tinta de maestre negra. Luego convoca a Marsh, a Yarwyck, al septón Cellador y a Clydas. —El septón Cellador estaría medio borracho y Clydas no era el mejor sustituto de un verdadero maestre, pero no tenía nada más. «Hasta que regrese Sam»—. Que vengan también los norteños, Flint y el Norrey. Pieles, tú también.

—Hobb está haciendo tartas de cebolla —dijo Seda—. ¿Les digo a todos que se reúnan con vos para la cena?

—No —dijo Jon tras sopesar la propuesta—. Diles que se reúnan conmigo en la cima del Muro, al atardecer. —Se volvió hacia Val—. Mi señora, acompáñame, por favor.

—El cuervo ordena; la prisionera obedece —dijo en tono travieso—. Esa reina tuya debe de ser realmente temible si a hombres hechos y derechos les flaquean las piernas en su presencia. ¿Tendría que haberme puesto cota de malla en vez de lana y pieles? Esta ropa me la dio Dalla; preferiría no mancharla de sangre.

—Si las palabras hicieran sangre, harías bien en tener miedo, pero creo que tu ropa estará a salvo.

Se abrieron paso hasta la Torre del Rey, a través de caminos recién despejados que transcurrían entre montañas de nieve sucia.

—Tengo entendido que tu reina luce una frondosa barba negra.

Jon sabía que no debía sonreír, pero no pudo evitarlo.

—Solo tiene bigote, y bastante ralo. Se le pueden contar los pelos.

—Qué decepción.

A pesar de su insistencia en adueñarse de sus dominios, Selyse Baratheon no parecía tener ninguna prisa por cambiar las comodidades del Castillo Negro por las sombras del Fuerte de la Noche. Había apostado a sus guardias, por supuesto: cuatro hombres en la puerta, dos en las escaleras y otros dos en el interior, junto al brasero. Al mando de todos ellos estaba ser Patrek de la Montaña del Rey, que iba ataviado con ropajes de caballero de colores blanco, azul y plata, y con una capa salpicada de estrellas de cinco puntas. Cuando le presentaron a Val, el caballero hincó una rodilla en el suelo para besarle la mano enguantada.

—Sois aún mucho más hermosa de lo que me habían dicho, princesa —declaró—. La reina me ha hablado maravillas de vuestra belleza.

—Es algo sorprendente, dado que no me ha visto nunca. —Val dio unos golpecitos en la cabeza de ser Patrek—. Venga, levántate, señor arrodillado. Vamos, vamos, arriba. —Parecía que estuviera hablando a un perro.

Jon hizo cuanto pudo para no reírse. Con el rostro pétreo, indicó al caballero que solicitaban audiencia con la reina. Ser Patrek envió a un soldado escaleras arriba, a preguntar si su alteza estaba dispuesta a recibirlos.

—El lobo tiene que quedarse aquí —insistió ser Patrek. Jon no se sorprendió: la presencia del huargo ponía muy nerviosa a la reina Selyse, casi tanto como la de Wun Weg Wun Dar Wun.

—Fantasma, espera.

Su alteza estaba cosiendo al lado del fuego, mientras su bufón bailaba al ritmo de una música que solo oía él y hacía sonar los cencerros que le colgaban de las astas.

—El cuervo, el cuervo —gritó cuando vio a Jon—. En el fondo del mar, los cuervos son blancos como la nieve, lo sé, lo sé, je, je, je. —La princesa Shireen estaba acurrucada en un asiento, junto a la ventana, con la capucha calada para esconder la parte más llamativa de la psoriagrís que le había desfigurado la cara. No había ni rastro de lady Melisandre, cosa de la que Jon se alegró. Más tarde o más temprano tendría que enfrentarse a la sacerdotisa roja, pero prefería que no ocurriese en presencia de la reina.

—Alteza. —Hincó la rodilla; Val lo imitó.

—Podéis levantaros —dijo la reina Selyse, tras dejar su labor.

—Permitidme que os presente a lady Val, alteza. Su hermana Dalla era...

—... la madre de ese crío llorón que no nos deja dormir. Ya sé quién es, lord Nieve. —La reina frunció la nariz—. Es una suerte para vos que haya regresado antes que mi esposo, el rey, o habríais tenido muchos problemas. Muchos.

—¿Eres la princesa de los salvajes? —preguntó Shireen a Val.

—Hay quien me llama así —respondió Val—. Mi hermana estaba casada con Mance Rayder, el Rey-más-allá-del-Muro. Murió al dar a luz a su hijo.

—Yo también soy una princesa —declaró Shireen—, aunque nunca he tenido una hermana. Tenía un primo, pero se fue en un barco. Solo era un bastardo, pero me caía bien.

—Vamos, Shireen —dijo su madre—. Estoy segura de que el lord comandante no ha venido a escuchar las hazañas de Robert. Caramanchada, sé un buen bufón y llévate a la princesa a su cuarto.

—Lejos, lejos —cantó el bufón al tiempo que hacía sonar los cencerros del gorro—. Ven conmigo al fondo del mar, lejos, lejos, lejos. —Tomó a la princesita de la mano y se la llevó de la estancia dando saltos.

—Alteza, el cabecilla del pueblo libre ha aceptado mis condiciones —dijo Jon.

—Mi esposo siempre ha querido dar refugio a esos salvajes —dijo la reina Selyse tras asentir brevemente—. Mientras mantengan la paz del rey y obedezcan sus leyes, serán bien recibidos en nuestro reino. —Apretó los labios—. Tengo entendido que tienen más gigantes.

—Casi doscientos, alteza —dijo Val—. Y más de ochenta mamuts.

—Son unas criaturas repelentes. —La reina se estremeció. Jon no sabía si se refería a los mamuts o a los gigantes—. Aunque puede que esas bestias le resulten útiles a mi señor esposo en la batalla.

—Es posible, alteza —respondió Jon—, pero los mamuts son demasiado grandes para atravesar la puerta.

—¿No hay forma de ensancharla?

—Eso sería una... insensatez, a mi juicio.

—Si vos lo decís... —La reina frunció la nariz—. Imagino que sabéis lo que os decís. ¿Dónde pensáis alojar a estos salvajes? Villa Topo no es bastante grande para acoger a... ¿Cuántos son?

—Cuatro mil, alteza. Nos ayudarán a guarnecer nuestros castillos abandonados y así defender todo el Muro.

—Tengo entendido que esos castillos están en ruinas, que son lugares deprimentes, inhóspitos y fríos, poco más que montañas de escombros. En Guardiaoriente nos dijeron que había ratas y arañas.

«Las arañas ya habrán muerto de frío —pensó Jon—, y las ratas pueden constituir una buena fuente de carne cuando llegue el invierno.»

—Es cierto, alteza..., pero hasta las ruinas son un refugio, y el Muro se interpondrá entre ellos y los Otros.

—Veo que habéis tenido en cuenta todos los detalles, lord Nieve. Estoy segura de que el rey Stannis estará satisfecho cuando regrese triunfante de la batalla.

«Si es que vuelve.»

—Pero en primer lugar —continuó la reina—, los salvajes tienen que reconocer a Stannis como su rey y a R'hllor como su dios.

«Aquí estamos, cara a cara, en este pasillo estrecho.»

—Disculpad, alteza, pero esas no son las condiciones que hemos acordado.

—Un descuido imperdonable —contestó la reina con expresión adusta. Cualquier rastro de calidez que pudiera haber en su voz se había desvanecido de un plumazo.

—El pueblo libre no se arrodilla —le dijo Val.

—Pues habrá que hacerlo arrodillarse —declaró la reina.

—En tal caso, alteza, nos alzaremos de nuevo a la menor ocasión —respondió Val—. Bien armados.

—Sois una insolente —respondió la reina, con los labios apretados y un ligero temblor en la barbilla—. Claro que no cabía esperar otra cosa de una salvaje. Tendremos que buscaros un esposo que os enseñe modales. —Se volvió hacia Jon—. No apruebo esto, lord comandante, ni tampoco lo aprobará mi señor esposo. Ambos sabemos que no está en mi mano evitar que abráis vuestras puertas, pero os prometo que habrá consecuencias en cuanto mi marido regrese de la batalla. Quizá queráis reconsiderarlo.

—Alteza —Jon volvió a arrodillarse; Val no lo imitó—. Siento que mis acciones os hayan disgustado. He hecho lo que me ha parecido más adecuado. ¿Tenemos vuestro permiso para retirarnos?

—Sí, y de inmediato.

Cuando ya estaban fuera, lejos de los hombres de la reina, Val dio rienda suelta a su enfado.

—Lo de la barba era mentira. Tiene más pelo en el mentón que yo entre las piernas. Y su hija... la cara...

—Psoriagrís.

—Nosotros lo llamamos *la muerte gris*.

—En los niños no tiene por qué ser mortal.

—Lo es al norte del Muro. La cicuta es un remedio muy eficaz, pero también sirve una almohada o una espada. Si yo hubiera dado a luz a esa pobre niña, la habría liberado de su sufrimiento hace ya mucho tiempo.

Aquella faceta de Val era nueva para Jon.

—La princesa Shireen es la única hija de la reina.

—Lo siento por las dos. La niña no está limpia.

—Si Stannis gana su guerra, Shireen será la heredera del Trono de Hierro.

—Entonces, lo siento por tus Siete Reinos.

—Los maestres dicen que la psoriagrís no...

—Los maestres pueden decir lo que les dé la gana. Si quieres saber la verdad, pregúntale a la bruja de los bosques. La muerte gris permanece latente, pero siempre renace. ¡La niña no está limpia!

—A mí me parece una chiquilla encantadora. No sabes si...

—Sí que lo sé. No sabes nada, Jon Nieve —Val lo agarró del brazo—. Quiero que saques de aquí al monstruo. A él y a las nodrizas. No puedes dejarlo aquí, en la misma torre que la chica muerta.

—No está muerta —dijo Jon, tras zafarse de la mano de Val.

—Claro que sí. Su madre no se da cuenta, y ya veo que tú tampoco, pero lo que tiene dentro es muerte. —Se alejó, se detuvo y regresó a su lado—. Te llevé a Tormund Matagigantes. Ahora, tú tráeme a mi monstruo.

—Lo intentaré.

—No lo intentes, tráemelo. Estás en deuda conmigo, Jon Nieve.

Jon vio como se alejaba.

«No puede ser, es imposible que tenga razón. La psoriagrís no es tan mortal como dice, al menos en los niños. —Fantasma había vuelto a marcharse, y el sol se escondía por el oeste—. Me vendría muy bien una copa de vino caliente, y dos me vendrían mejor aún.» Pero aquello tendría que esperar. Tenía que enfrentarse a unos enemigos verdaderamente temibles: sus hermanos.

Pieles lo esperaba junto a la jaula, y montaron juntos. Cuanto más subían, más fuerte era el viento. Veinte varas más arriba, la pesada jaula comenzó a balancearse con cada ráfaga de viento, y de vez en cuando rozaba el Muro y desprendía nubecillas de hielo cristalino que, al caer, brillaban con la luz del sol. Subieron por encima de las torres más altas del castillo. A ciento cincuenta varas de altura, el viento tenía colmillos que le tiraban de la capa negra y la estrellaban estrepitosamente contra los barrotes de hierro. A doscientos cincuenta, lo atravesaban de lado a lado.

«El Muro es mío —se recordó mientras los hombres se balanceaban en la jaula—, al menos durante dos días más.»

Jon saltó al hielo, dio las gracias a los encargados de la jaula y saludó con la cabeza a los lanceros que montaban guardia. Ambos llevaban capuchas de lana que les cubrían por completo la cabeza y no dejaban ver más que los ojos, pero reconoció a Ty por la maraña de pelo negro y grasiento que le caía por la espalda, y a Owen por el salchichón que llevaba en la funda colgada el cinto. De todos modos, los habría reconocido solo por la postura.

«Un buen señor debe conocer a sus hombres», les había dicho su padre en cierta ocasión a Robb y a él, en Invernalia.

Se dirigió al borde del Muro y miró hacia abajo, al suelo donde habían caído las huestes de Mance Rayder. Se preguntó dónde estaría Mance.

«¿Te habrá encontrado, hermanita? ¿O solo te usó de ardid para que lo liberase? —Hacía mucho que no veía a Arya. ¿Qué aspecto tendría? ¿Sería capaz de reconocerla?—. Arya Entrelospiés. Siempre llevaba la cara sucia. —¿Conservaría la pequeña espada que le había forjado Mikken? "Tienes que clavarla por el extremo puntiagudo", le había dicho; unas palabras que le habrían resultado muy útiles en su noche de bodas, si era verdad la mitad de lo que se decía de Ramsay Bolton—. Tráemela, Mance. Salvé a tu hijo de Melisandre, y ahora estoy a punto de salvar a cuatro mil personas del pueblo libre. Me debes a esa niña.»

En el bosque Encantado, más al norte, las sombras del atardecer se deslizaban entre los árboles. El cielo del oeste era una llamarada roja, pero al este ya empezaban a aparecer las primeras estrellas. Jon flexionó la mano de la espada y recordó todo lo que había perdido.

«Sam, mi querido gordo idiota, pero qué broma tan cruel me gastaste al proponerme para el cargo. Un lord comandante no tiene amigos.»

—¿Lord Nieve? —dijo Pieles—. La jaula está subiendo.

—Ya la oigo. —Jon se apartó del borde del Muro.

Los primeros en llegar arriba fueron los cabecillas de los clanes Flint y Norrey, envueltos en pieles y hierro. El Norrey parecía un zorro viejo: arrugado y de constitución ligera, pero vivaz y de mirada astuta. Torghen Flint le llegaba por la mitad de la cabeza, pero pesaba el doble: era un hombre tosco y robusto de manos grandes como jamones, callosas y de nudillos rojos, y para cruzar el hielo apoyaba todo su peso en un bastón de endrino. A continuación llegó Bowen Marsh, envuelto en una piel de oso, y tras él, Othell Yarwyck y el septón Cellador, que solo iba medio borracho.

—Acompañadme —dijo Jon. Recorrieron el Muro por senderos de gravilla, en dirección al sol poniente. Cuando estuvieron a sesenta pasos del cobertizo, se volvió hacia ellos—. Ya sabéis por qué os he reunido. Dentro de tres días, al amanecer, se abrirá la puerta para que Tormund y su pueblo crucen el Muro. Hay que hacer muchos preparativos.

La noticia se recibió en silencio.

—Lord comandante, hay miles de... —dijo por fin Othell Yarwyck.

—... salvajes escuálidos, en los huesos, hambrientos, lejos de casa. —Jon señaló la luz de las hogueras—. Ahí los tenéis. Tormund dice que son cuatro mil.

—Por las hogueras diría que son tres mil. —Bowen Marsh vivía por y para hacer cuentas y mediciones—. Al parecer, los que vienen de Casa Austera con la bruja de los bosques son más del doble. Y ser Denys nos ha escrito para decirnos que hay grandes campamentos en las montañas, más allá de Torre Sombría...

Jon no lo negó.

—Tormund dice que el Llorón va a intentar atravesar de nuevo el Puente de los Cráneos.

El Viejo Granada se tocó la cicatriz que se había hecho mientras defendía el Puente de los Cráneos la última vez que el Llorón intentó abrirse camino a través de la Garganta.

—No es posible que el lord comandante tenga intención de permitir que ese... ese demonio también atraviese el Muro, ¿verdad?

—No es que me apetezca. —Jon no olvidaba las cabezas que le había dejado el Llorón, con agujeros sangrientos donde habían estado los ojos. «Jack Bulwer el Negro, Hal el Peludo, Garth Plumagrís. No puedo vengarlos, pero no olvidaré sus nombres»—. Pero sí, mi señor, va a atravesarlo. No somos quiénes para decidir qué gente del pueblo libre puede pasar y cuál no. La paz significa paz para todos.

—Más nos valdría hacer las paces con los lobos y los cuervos carroñeros —dijo el Norrey tras carraspear y escupir.

—En mis mazmorras reina la paz —protestó el Viejo Flint—. Dejadme a mí al Llorón.

—¿A cuántos exploradores ha matado? —preguntó Othell Yarwyck—. ¿A cuántas mujeres ha violado, asesinado o secuestrado?

—De mi gente, a tres —dijo el Viejo Flint—. A las que no se lleva, las deja ciegas.

—Cuando un hombre viste el negro, se perdonan todos sus delitos —les recordó Jon—. Si queremos que el pueblo libre luche a nuestro lado, debemos perdonarles su pasado, como hacemos con los nuestros.

—El Llorón no va a pronunciar los votos —insistió Yarwyck—. No va a vestir el negro. Ni siquiera los otros saqueadores confían en él.

—No hace falta confiar en un hombre para que sea útil. —«Si no, ¿cómo ibais a serme útiles vosotros?»—. Necesitamos al Llorón, y a más como él. ¿Quién conoce el bosque mejor que los salvajes? ¿Quién conoce mejor a nuestros enemigos, sino el que ha luchado con ellos?

—El Llorón solo sabe de violación y asesinato —dijo Yarwyck.

—Cuando hayan cruzado el Muro, los salvajes nos triplicarán en número —dijo Bowen Marsh—. Y eso solo con el grupo de Tormund. Si añadimos a los hombres del Llorón y a los que vengan de Casa Austera, pueden acabar con la Guardia en una sola noche.

—No son los números los que ganan guerras. Tendríais que verlos; casi todos están medio muertos.

—Preferiría que estuviesen muertos del todo —dijo Yarwyck—. Si le place a mi señor.

—No me place en absoluto. —La voz de Jon era fría como el viento que les azotaba las capas—. En ese campamento hay cientos de niños, miles; también hay mujeres.

—Mujeres de las lanzas.

—Unas cuantas. Además de madres, abuelas, viudas, doncellas... ¿Quieres condenarlas a morir a todas?

—No debería haber discusiones entre hermanos —dijo el septón Cellador—. Recemos a la Vieja para que ilumine nuestro camino hacia la sabiduría.

—Lord Nieve —dijo el Norrey—, ¿dónde pensáis meter a esos salvajes? No será en mis tierras, espero.

—Sí —declaró el Viejo Flint—. Si queréis que se queden en el Agasajo, es vuestro problema, pero como salgan de ahí, os devuelvo sus cabezas. El invierno acecha, y no quiero más bocas que alimentar.

—Los salvajes se quedarán en el Muro —aseguró Jon—. Los enviaremos a casi todos a nuestros castillos abandonados. —La Guardia tenía ya guarnecidos Marcahielo, Túmulo Largo, la Fortaleza de Azabache, Guardiagrís y Lago Hondo; ninguno contaba con hombres suficientes, pero aún quedaban diez castillos vacíos y abandonados—. Hombres con esposa e hijos, huérfanos menores de diez años, ancianas, viudas, mujeres que no quieran luchar... Enviaremos a las mujeres de las lanzas a Túmulo Largo, con sus hermanas, y a los solteros, a otros fuertes que hemos vuelto a abrir. Los que quieran vestir el negro se quedarán aquí, o los enviaremos a Guardiaoriente o a la Torre Sombría. Tormund se asentará en el Escudo de Roble; así lo tendremos cerca.

—Si no nos matan con espadas, nos matarán con la boca. Decidme, ¿cómo piensa el lord comandante dar de comer a Tormund y a los miles de personas que lo acompañan? —preguntó Bowen Marsh tras suspirar. Jon ya había previsto aquella pregunta.

—Con la comida que traigamos por barco, a través de Guardiaoriente. Traeremos tanta como sea necesaria de las tierras de los ríos y las de la tormenta, del Valle de Arryn, de Dorne, del Dominio y desde las Ciudades Libres, por el mar Angosto.

—¿Y cómo vamos a pagar esa comida, si se puede saber?

«Con oro del Banco de Hierro de Braavos», podría haber contestado Jon. Pero se abstuvo.

—He llegado a un acuerdo: el pueblo libre puede quedarse con sus pieles y pellejos: les harán falta para mantenerse calientes cuando llegue el invierno. Pero deben entregar el resto de sus riquezas: oro, plata, ámbar, piedras preciosas, tallas y cualquier cosa de valor. Las enviaremos al otro lado del mar Angosto, para venderlas en las Ciudades Libres.

—Todas las riquezas de los salvajes —dijo el Norrey—. Con eso dará para comprar una fanega de cebada. Puede que dos.

—Lord comandante, ¿por qué no pedís a los salvajes que entreguen también sus armas? —preguntó Clydas.

—Queréis que el pueblo libre luche a vuestro lado frente al enemigo común —respondió Pieles entre risas—. ¿Cómo se supone que vamos a luchar sin armas? ¿Qué hacemos? ¿Tirar bolas de nieve a los espectros? ¿O nos daréis palos para pegarles con ellos?

«La mayoría de los salvajes tiene poco más que palos», pensó Jon. Garrotes de madera, hachas de piedra, mazos, lanzas de punta endurecida al fuego, cuchillos de hueso, piedra y vidriagón; escudos de mimbre, armaduras de hueso, cuero endurecido... Los thenitas trabajaban el bronce, y los saqueadores, como el Llorón, portaban acero y espadas de hierro procedentes de cadáveres. Pero incluso aquellas armas eran antiguas, y los años y el uso las habían dejado abolladas y cubiertas de óxido.

—Tormund Matagigantes jamás desarmará a su pueblo voluntariamente —dijo Jon—. No es el Llorón, pero tampoco es un cuervo. Si le pido algo así, correrá la sangre.

—Podéis llevar a vuestros salvajes a esos fuertes en ruinas, lord Nieve, pero ¿cómo lograréis que se queden? ¿Qué les impedirá marchar hacia el sur, a tierras más cálidas? —preguntó el Norrey, mesándose la barba.

—A nuestras tierras —apuntó el Viejo Flint.

—Tormund me ha dado su palabra. Nos prestará servicio hasta la primavera. El Llorón y el resto de sus capitanes jurarán lo mismo, o no les permitiremos pasar.

—Nos traicionarán. —El Viejo Flint negó con la cabeza.

—La palabra del Llorón no vale nada —dijo Othell Yarwyck.

—Esos salvajes no tienen dios —dijo el septón Cellador—. Hasta en el sur se conoce su fama de traidores.

—¿Recordáis la batalla que tuvo lugar ahí abajo? —preguntó Pieles, cruzándose de brazos—. Yo estaba en el otro bando. Ahora visto el negro y enseño a vuestros muchachos a matar. Algunos me llamarían cambiacapas, y puede que lo sea..., pero no soy más salvaje que el resto de los cuervos. También tenemos dioses. Los mismos que velan por Invernalia.

—Los dioses del norte, desde antes de que se levantara este Muro —dijo Jon—. Esos son los dioses a los que adora Tormund. Mantendrá su palabra. Lo conozco, igual que conocía a Mance Rayder. Recordaréis que pasé un tiempo con ellos.

—No lo he olvidado —dijo el lord mayordomo.

«No —pensó Jon—, ya me imaginaba que no.»

—Mance Rayder también hizo un juramento —prosiguió Marsh—. Juró no llevar corona, tomar esposa ni engendrar hijos. Luego cambió de capa, hizo todo eso y encabezó un ataque encarnizado contra el reino. Lo que espera más allá del Muro son los restos de ese ejército.

—Restos rotos.

—Una espada rota se puede volver a forjar. Una espada rota puede matar.

—El pueblo libre no tiene leyes ni señores —dijo Jon—, pero quiere a sus hijos. ¿Estáis dispuestos a admitir eso, por lo menos?

—No nos preocupan los hijos, sino los padres.

—A mí también me preocupan. Así que he insistido en que nos den rehenes. —«No soy ese idiota ingenuo por el que me tomáis..., ni soy medio salvaje, penséis lo que penséis»—. Cien muchachos de entre ocho y dieciséis años: un hijo de cada uno de sus capitanes y jefes; el resto, escogido por sorteo. Los chicos prestarán servicio como pajes y escuderos, y así nuestros hombres quedarán libres para desempeñar otras tareas. Puede que alguno decida vestir el negro, más adelante. Cosas más raras

GEORGE R. R. MARTIN

se han visto. Los demás se quedarán como rehenes para garantizar la lealtad de sus padres.

Los norteños intercambiaron miradas.

—Rehenes —musitó el Norrey—. ¿Tormund está de acuerdo?

«Tenía que escoger entre eso y ver morir a su pueblo.»

—Él lo llama «mi precio de sangre» —dijo Jon Nieve—, pero lo pagará.

—Sí, ¿por qué no? —El Viejo Flint golpeó el hielo con el bastón—. Cuando Invernalia nos pedía muchachos, los llamábamos pupilos, pero en realidad eran rehenes, y tampoco era tan grave.

—Al menos mientras sus padres no llevaran la contraria a los reyes del Invierno —dijo el Norrey—, porque entonces volvían a casa con una cabeza menos. Así que decidme, muchacho: si esos salvajes amigos vuestros nos traicionan, ¿tenéis agallas para hacer lo necesario?

«Pregúntale a Janos Slynt.»

—Tormund Matagigantes es suficientemente listo para no ponerme a prueba. Puedo pareceros un novato, lord Norrey, pero sigo siendo hijo de Eddard Stark. —Ni siquiera aquello aplacó a su lord mayordomo.

—Decís que esos chicos servirán como escuderos. Eso no querrá decir que vais a entrenarlos con armas, ¿verdad?

—No, mi señor, voy a ponerlos a coser ropa interior de encaje. —Jon se encendió de ira—. Por supuesto que se entrenarán en las armas. También harán mantequilla, cortarán leña, limpiarán los establos, vaciarán los cubos de noche, enviarán mensajes... y en los ratos libres, los instruiremos en el manejo de la lanza, la espada y el arco.

Marsh se puso aún más rojo.

—Disculpadme si hablo con franqueza, lord comandante, pero no encuentro una manera mejor de decir esto: lo que proponéis es poco menos que una traición. Durante ocho mil años, los hombres de la Guardia de la Noche han permanecido en el Muro y han luchado contra esos salvajes. Ahora, pretendéis dejarlos pasar, darles cobijo en nuestros castillos, darles de comer, vestirlos y enseñarlos a luchar. ¿Debo recordaros que hicisteis un juramento?

—Recuerdo perfectamente lo que juré: Soy la espada en la oscuridad. Soy el vigilante del Muro. Soy el fuego que arde contra el frío, la luz que trae el amanecer, el cuerno que despierta a los durmientes, el escudo que defiende los reinos de los hombres. ¿Son las mismas palabras que pronunciasteis al hacer vuestros votos?

—Lo son, como sin duda sabéis, lord comandante.

—¿Seguro que no se me han olvidado unas cuantas? Las que hablan del rey y de sus leyes, y de cómo debemos defender cada palmo de su tierra y aferrarnos a cualquier castillo en ruinas. ¿Cómo era aquella parte? —Jon esperó respuesta, pero no la obtuvo—. Soy el escudo que defiende los reinos de los hombres. Eso dicen los votos. Así que dime, ¿qué son esos salvajes, sino hombres?

Bowen Marsh abrió la boca, pero de ella no salió palabra alguna. El rubor le subió por el cuello.

Jon Nieve se volvió. Los últimos rayos de sol empezaban a disiparse. Observó como las grietas del Muro pasaban del rojo al gris y después al negro; de vetas de fuego a ríos de hielo oscuro. Más abajo, lady Melisandre ya estaría encendiendo su hoguera nocturna y entonando: «Señor de Luz, defiéndenos, pues la noche es oscura y alberga horrores».

—Se acerca el invierno —Jon rompió por fin el tenso silencio—, y con él, los caminantes blancos. Es en el Muro donde debemos detenerlos; para eso se erigió. Pero alguien tiene que defender el Muro. Esta conversación ha terminado. Tenemos mucho que hacer antes de abrir la puerta. Tormund y los suyos necesitarán comida, ropa y refugio. Algunos están enfermos y precisarán cuidados. Esos serán asunto tuyo, Clydas; salva a tantos como puedas.

Clydas entrecerró los ojos irritados y apagados.

—Haré todo cuanto esté en mi mano, Jon, digo..., mi señor.

—Tenemos que preparar todos los carromatos disponibles para llevar al pueblo libre a su nuevo hogar. Esa es tu misión, Othell.

—A la orden —contestó torciendo el gesto.

—Lord Bowen, tú recogerás sus pertenencias. Oro, plata, ámbar, torques, pulseras y collares. Clasifícalo, cuéntalo y encárgate de que llegue intacto a Guardiaoriente.

—A la orden, lord Nieve.

«¿Cómo decía Melisandre? Hielo y cuchillos en la oscuridad. Sangre helada y roja, y acero desnudo.» Flexionó los dedos de la mano de la espada. Se estaba levantando viento.

Cersei

Cada noche era más fría que la anterior.

En la celda no había chimenea ni brasero. La única ventana estaba tan alta que no le permitía ver el exterior, y era tan estrecha que jamás habría podido pasar por ella, pero tenía tamaño más que suficiente para dejar entrar el frío. Cersei había destrozado la primera muda que le dieron, exigiendo que se le devolviera su ropa, pero solo había conseguido quedarse desnuda y aterida. Cuando le llevaron otra muda, se la puso y dio las gracias con palabras atragantadas.

La ventana también dejaba entrar los sonidos, y era la única manera que tenía la reina de saber qué pasaba en la ciudad, ya que las septas que le llevaban la comida no le contaban nada.

Era algo que no podía soportar. Jaime acudiría presto a rescatarla, pero ¿cómo iba a enterarse de su llegada? Cersei esperaba que no cometiera la necedad de adelantarse a su ejército: le harían falta todas sus espadas para enfrentarse a la harapienta horda de clérigos humildes que rodeaba el Gran Septo. Preguntó muchas veces por su hermano mellizo, pero las carceleras no le dieron respuesta. También preguntó por ser Loras. Según el último informe, el Caballero de las Flores estaba agonizando en Rocadragón tras sufrir heridas terribles durante la toma del castillo.

«Pues que se muera, y cuanto antes», pensó Cersei. La muerte del muchacho crearía una vacante en la Guardia Real, y ahí podía residir su salvación. Lo malo era que las septas guardaban tanto silencio sobre Loras Tyrell como sobre Jaime.

Lord Qyburn había sido su último visitante, y también el único. En el mundo de Cersei, la población era de cuatro personas: ella y sus tres carceleras, tan piadosas como intransigentes. La septa Unella era hombruna y corpulenta, fea, con las manos encallecidas y el ceño siempre fruncido. La septa Moelle tenía el pelo blanco y tieso, y unos ojillos permanentemente entrecerrados en gesto de desconfianza, incrustados en un rostro anguloso y surcado de arrugas. La septa Scolera era baja y rechoncha, de pechos grandes, piel olivácea y olor acre, como de leche a punto de agriarse. Le llevaban a Cersei comida y agua; le vaciaban el orinal y, cada dos días, le quitaban la ropa para lavársela, con lo que tenía que acurrucarse desnuda bajo la manta hasta que se la devolvían. A veces, Scolera le leía fragmentos de *La estrella de siete puntas* o *El libro de la sagrada oración,* pero al margen de eso, ninguna le dirigía la palabra ni respondía a sus preguntas.

Cersei las detestaba y despreciaba a las tres, casi tanto como detestaba y despreciaba a los hombres que la habían traicionado.

Amigos espurios, sirvientes desleales, hombres que le habían jurado amor eterno y hasta la sangre de su sangre: todos la habían abandonado cuando más los necesitaba. El debilucho de Osney Kettleblack se había quebrado bajo el látigo y había llenado los oídos del Gorrión Supremo de secretos que debería haberse llevado a la tumba, y sus hermanos, basura plebeya que ella había encumbrado, se habían quedado cruzados de brazos. Aurane Mares, su almirante, había huido por mar con los dromones que ella le había construido. Orton Merryweather había corrido a esconderse en Granmesa y se había llevado a su esposa, Taena, que había sido la única amiga sincera de la reina en aquellos tiempos espantosos. Harys Swyft y el gran maestre Pycelle la habían abandonado en su cautiverio para poner el reino en manos de aquellos que habían conspirado contra ella. Meryn Trant y Boros Blount, los protectores juramentados del rey, habían desaparecido de la faz de la Tierra. Hasta su primo Lancel, que tanto amor decía profesarle, era uno de sus acusadores. Su tío se había negado a ayudarla, y eso que ella lo habría convertido en mano del rey.

Y Jaime...

No, eso no podía creerlo; eso no estaba dispuesta a creerlo. Jaime llegaría en cuanto supiera de sus cuitas. «Vuelve ahora mismo —le había escrito—. Ayúdame. Sálvame. Te necesito como no te había necesitado jamás. Te quiero. Te quiero. Te quiero. Vuelve ahora mismo.» Qyburn le había jurado que haría llegar la misiva a manos de su hermano, que se encontraba con su ejército en las tierras de los ríos. Pero Qyburn no había vuelto a visitarla. Bien podía estar muerto, y su cabeza, clavada en una estaca en las puertas de la ciudad, o tal vez languideciera en cualquiera de las celdas negras situadas bajo la Fortaleza Roja, sin haber enviado su carta. Había preguntado por él un centenar de veces, pero sus carceleras no respondían. Lo único que sabía con seguridad era que Jaime no había acudido a su llamada.

«Aún no —se dijo—. Pero vendrá pronto. Y cuando venga, el Gorrión Supremo y esas putas van a saber lo que es bueno.»

No soportaba sentirse impotente.

Había proferido amenazas, que fueron recibidas con rostros pétreos y oídos sordos. Había dado órdenes, pero nadie les hizo el menor caso. Había invocado la misericordia de la Madre, apelando al entendimiento natural entre mujeres, pero las tres septas arrugadas habían perdido cualquier vestigio de feminidad al pronunciar sus votos. Había tratado de congraciarse con ellas, hablándoles con dulzura y aceptando mansamente cada nuevo ultraje, pero se mostraron impertérritas. Les había ofrecido recompensas, el indulto, honores, oro y puestos en la corte, pero daban a sus promesas el mismo trato que a sus amenazas.

Y había rezado. ¡Cómo había rezado! Querían plegarias, así que plegarias les había dado, de rodillas como si fuera una prostituta callejera y no una hija de la Roca. Había rezado pidiendo alivio, liberación, la llegada de Jaime. Había suplicado en voz alta a los dioses que defendieran su inocencia; en silencio, rezaba para que sus acusadores sufrieran una muerte repentina y dolorosa. Rezó hasta que se le quedaron las rodillas en carne viva, hasta que notó la lengua tan pesada que casi habría podido ahogarse con ella. Cersei recordó en aquella celda todas las oraciones que le habían enseñado de niña, inventó otras a medida que las iba necesitando y clamó a la Madre, a la Doncella, al Padre, al Guerrero, a la Vieja y al Herrero. Incluso llegó a rezar al Desconocido.

«Cualquier dios sirve durante una tormenta. —Los Siete se mostraron tan sordos como sus siervos terrenales. Cersei les entregó todas las palabras que conocía; les entregó todo menos sus lágrimas—. Eso, nunca. —No soportaba sentirse débil—. ¡Qué no daría yo por tener una espada y saber manejarla!» Si los dioses le hubieran dado la fuerza que otorgaron a Jaime y al imbécil fanfarrón de Robert, habría escapado por sus propios medios. Tenía el corazón de un guerrero, pero esos dioses, en su ciega crueldad, la habían encerrado en el débil cuerpo de una mujer. La reina había tratado de luchar, pero las septas la habían dominado; eran demasiadas, y más fuertes de lo que aparentaban: aquellas viejas feas tenían los músculos duros como raíces de tanto rezar, fregar y tratar a palos a las novicias.

Además, no le permitían descansar. Día y noche, cada vez que cerraba los ojos para dormir, una de sus carceleras acudía a despertarla para exigir que confesara sus pecados. La acusaban de adulterio, fornicio, alta traición y hasta asesinato, pues Osney Kettleblack había confesado que asfixió al septón supremo anterior por orden suya.

«Vengo a escuchar la confesión de tus asesinatos y fornicios», gruñía pomposa la septa Unella tras sacudir a la reina para despertarla. La septa Moelle decía que eran los pecados los que le impedían dormir.

—Solo los inocentes conocen la paz del sueño reparador. Confiesa tus pecados, y dormirás con la tranquilidad de un recién nacido.

Despertar, dormir, despertar otra vez... Las manos de sus torturadoras rompían todas las noches en mil pedazos, y cada noche era más fría y dura que la anterior. La hora del búho, la hora del lobo, la hora del ruiseñor, la salida de la luna, la puesta de la luna, el ocaso y el amanecer;

todos ellos se tambaleaban como borrachos. ¿Qué hora era? ¿Qué día era? ¿Dónde se encontraba? ¿Soñaba o había despertado? Los diminutos fragmentos de sueño que le permitían se habían convertido en navajas que le rebanaban el cerebro. Cada día estaba más embotada que el anterior, más agotada y febril. Había perdido la noción del tiempo que llevaba prisionera en aquella celda, en lo alto de una de las siete torres del Gran Septo de Baelor.

«Envejeceré y moriré aquí», pensó, desesperada.

Pero no estaba dispuesta a permitirlo. Su hijo la necesitaba. El reino la necesitaba. Tenía que salir, por arriesgado que fuera. Su mundo se había reducido a una celda de tres pasos por tres con un orinal, un lecho de paja y una fina manta de lana marrón que le irritaba la piel, pero seguía siendo la heredera de lord Tywin, hija de la Roca.

Extenuada por la falta de sueño, tiritando a causa del frío que se colaba por la noche en la celda de la torre, febril la mitad del tiempo y desfallecida de hambre la otra mitad, Cersei comprendió por fin que debía confesar.

Aquella noche, cuando la septa Unella llegó para despertarla, se encontró a la reina de rodillas.

—He pecado —dijo Cersei. Le costaba vocalizar, y tenía los labios resecos y agrietados—. He cometido pecados espantosos. Ahora lo sé. ¿Cómo he podido estar tan ciega, tanto tiempo? La Vieja me ha visitado con su farol en alto, y a su santa luz he visto el camino que debo recorrer. Quiero volver a estar limpia. No deseo más que la absolución. Por favor, buena septa, os suplico que me llevéis ante el septón supremo para que pueda confesar mis crímenes y fornicios.

—Se lo diré, alteza —respondió la septa Unella—. Su altísima santidad estará muy satisfecho. La confesión y el arrepentimiento sincero son la única manera en que podemos alcanzar la salvación para nuestras almas.

La dejaron dormir durante el resto de aquella larga noche; horas y horas de maravilloso descanso. Por una vez, el búho, el lobo y el ruiseñor pasaron de largo inadvertidos, mientras Cersei disfrutaba de un largo y hermoso sueño en el que Jaime era su esposo y el hijo de ambos seguía vivo.

Cuando llegó la mañana, la reina casi había vuelto a su ser. Cuando sus carceleras fueron a buscarla, balbuceó más tonterías piadosas de nuevo e insistió en lo decidida que estaba a confesar sus pecados para recibir el perdón por sus actos.

—Nos regocijamos —dijo la septa Moelle.

—Vais a quitaros un enorme peso del alma —aportó la septa Scolera—. Después os sentiréis mucho mejor, alteza.

«Alteza.» Aquella palabra la emocionó. Durante el largo cautiverio, sus carceleras no solían tomarse la molestia de tratarla con cortesía.

—Su altísima santidad os aguarda —dijo la septa Unella.

Cersei agachó la cabeza, humilde y obediente.

—¿Se me podría permitir que me bañara antes? No estoy en condiciones de presentarme ante él.

—Podéis bañaros más tarde, si su altísima santidad lo permite —respondió la septa Unella—. Lo que debería importaros es la limpieza de vuestra alma inmortal, no las vanidades de la carne.

Las tres septas la escoltaron por las escaleras de la torre; la septa Unella iba delante, mientras que Moelle y Scolera le pisaban los talones como si tuvieran miedo de que saliera volando.

—Hace tanto que no recibo visitas... —murmuró Cersei mientras bajaban—. ¿El rey se encuentra bien? Es la pregunta de una madre que se preocupa por su hijo.

—Su alteza goza de buena salud —dijo la septa Scolera—, y está bien protegido, día y noche. La reina no se aparta de su lado ni un solo momento.

«¡La reina soy yo!» Tragó saliva y sonrió.

—Me alegro, me alegro. Tommen le tiene mucho cariño. Nunca presté oído a esas cosas tan horribles que se decían sobre ella. —¿Acaso Margaery Tyrell se había librado de las acusaciones de fornicio, adulterio y alta traición?—. ¿Ya se ha celebrado el juicio?

—Será pronto —respondió la septa Scolera—, pero su hermano...

—¡Silencio! —La septa Unella se volvió para mirar a Scolera con severidad—. Hablas demasiado, vieja idiota. No nos corresponde a nosotras contarle esas cosas.

—Te ruego que me perdones. —Scolera agachó la cabeza.

Ninguna volvió a decir palabra durante el tiempo que duró el descenso.

El Gorrión Supremo la recibió en su santuario, una estancia austera de siete paredes de piedra, desde las que los rostros de los Siete, tallados de manera rudimentaria, los contemplaban con expresión casi tan amargada y reprobatoria como la de su altísima santidad. Cuando llegó Cersei, lo encontró sentado a una mesa de madera basta, escribiendo. No había cambiado nada desde la última vez que la habían llevado ante su presencia, el día en que la tomaron prisionera: seguía siendo un viejo flaco y canoso, de rostro tan demacrado que parecía muerto de hambre, anguloso y surcado de arrugas, con ojos desconfiados, y vestido con una túnica informe de lana cruda que le llegaba por los tobillos.

—Alteza —saludó—, tengo entendido que deseáis confesar.

Cersei se hincó de rodillas.

—Así es, altísima santidad. La Vieja vino a verme mientras dormía, con su farol en alto...

—Claro, claro. Unella, por favor, quédate para tomar nota de lo que diga su alteza. Scolera, Moelle, podéis retiraros.

Apretó las yemas de los dedos, en un gesto idéntico al que Cersei había visto hacer a su padre mil veces. Cuando la septa Unella se sentó detrás de ella, estiró un pergamino y mojó la pluma en tinta de maestre, la reina sintió un aguijonazo de terror.

—Cuando confiese, ¿se me permitirá...?

—Trataremos a vuestra alteza según la gravedad de vuestros pecados.

«Este hombre es implacable», comprendió. Respiró profundamente para recuperar la compostura.

—Entonces, que la Madre se apiade de mí. He yacido con hombres fuera del vínculo del matrimonio. Lo confieso.

—¿Con quiénes? —Los ojos del septón supremo estaban clavados en ella.

Cersei oyó escribir a Unella. La pluma rasgaba el papel con un sonido tenue.

—Con mi primo, Lancel Lannister. Y con Osney Kettleblack. —Los dos habían confesado que se habían acostado con ella, así que no le serviría de nada negarlo—. Y también con sus hermanos. Con los dos. —No sabía qué habían dicho Osfryd y Osmund, y más le valía pasarse en sus confesiones que quedarse corta—. No es excusa para mi pecado, altísima santidad, pero tenía miedo y estaba sola. Los dioses me arrebataron al rey Robert, mi esposo y protector. Me quedé sin nadie a quien recurrir, rodeada de conspiradores, amigos engañosos y traidores que tramaban para asesinar a mis hijos. No sabía en quién confiar, así que... Así que usé los únicos medios de que disponía para procurarme la ayuda de los Kettleblack.

—¿Os referís a vuestras partes femeninas?

—Mi carne. —Se estremeció y ocultó la cara entre las manos. Cuando las retiró, tenía los ojos llenos de lágrimas—. Sí. Que la Doncella se apiade de mí. Lo hice por mis hijos, por el reino, y no me proporcionó ningún placer. Los Kettleblack... son hombres duros y crueles que me usaron sin miramientos, pero ¿qué otra cosa podía hacer? Tenía que rodear a Tommen de hombres de mi confianza.

—Su alteza ya contaba con la protección de la Guardia Real.

—La Guardia Real no sirvió de nada cuando murió su hermano Joffrey, asesinado en su banquete de bodas. Ya he visto morir a un hijo, ¡no puedo perder a otro! He pecado, he cometido fornicio, pero lo hice por Tommen. Perdonadme, altísima santidad, pero me abriría de piernas para todo hombre de Desembarco del Rey con tal de proteger a mis hijos.

—El perdón solo viene de los dioses. ¿Qué hay de ser Lancel, que era primo vuestro y escudero de vuestro señor esposo? ¿También a él os lo llevasteis a la cama para procuraros su lealtad?

—Lancel. —Cersei titubeó. «Cuidado. Lancel se lo habrá contado todo»—. Lancel me amaba. Era casi un niño, pero nunca tuve dudas de su devoción hacia mi hijo y hacia mí.

—Y aun así, lo corrompisteis.

—Me sentía sola. —Contuvo un sollozo—. Había perdido a mi esposo, a mi hijo y a mi señor padre. Era la regente, pero una reina sigue siendo una mujer, y las mujeres somos frágiles vasijas proclives a caer en la tentación... Su altísima santidad sabe que es así. Hasta se sabe de santas septas que han pecado. Me dejé consolar por Lancel. Era bueno y cariñoso, y yo necesitaba a alguien. Estuvo mal, lo sé, pero no tenía a nadie más... Una mujer necesita que la amen, necesita tener a un hombre a su lado, es... es... —Empezó a sollozar de manera incontrolable.

El septón supremo no hizo ademán de consolarla, sino que se quedó sentado, mirándola sin pestañear mientras lloraba, tan pétreo como las estatuas de los Siete del septo que se alzaba sobre ellos. Pasó un largo rato antes de que se le agotaran las lágrimas, aunque los ojos le quedaron hinchados y enrojecidos, y se sentía al borde del desmayo. Pero el Gorrión Supremo no había terminado con ella.

—Esos son pecados comunes —dijo—. De todos es sabido que las viudas son malvadas, y todas las mujeres tienen un corazón lascivo y no dudan en usar su belleza y todo tipo de artimañas para imponer su voluntad a los hombres. En eso no hay traición, siempre que no violarais los votos matrimoniales en vida de su alteza el rey Robert.

—Eso nunca —susurró ella—. ¡Nunca, lo juro!

—Hay otras acusaciones contra vuestra alteza —continuó, sin prestarle atención—. De crímenes mucho más graves que el simple fornicio. Admitís que ser Osney Kettleblack era vuestro amante, y ser Osney jura que asfixió a mi predecesor porque vos se lo ordenasteis. También insiste en que presentó falso testimonio contra la reina Margaery y sus primas, que inventó falsedades de fornicio, adulterio y alta traición, siempre siguiendo vuestras órdenes.

—No —replicó Cersei—. No es cierto. Margaery es como una hija para mí. En cuanto a lo otro... Reconozco que tenía quejas contra el septón supremo, sí. Ocupó ese puesto gracias a Tyrion; era débil y corrupto, una afrenta para la sagrada fe. Vuestra altísima santidad lo sabe tan bien como yo. Tal vez Osney pensara que su muerte me complacería. Si es así, me corresponde parte de la culpa... pero jamás pensé en asesinarlo. De eso soy inocente. Llevadme al septo y lo juraré ante el Padre.

—Cada cosa a su tiempo —replicó el septón supremo—. También se os acusa de conspirar para asesinar a vuestro señor esposo, nuestro amado rey Robert, el primero de su nombre.

«Lancel», pensó Cersei.

—A Robert lo mató un jabalí. ¿Qué pasa? ¿Ahora soy una cambiapieles? ¿Se me acusa también de matar a Joffrey, mi amado hijo, mi primogénito?

—No, solo a vuestro esposo. ¿Lo negáis?

—Sí, lo niego. Lo niego ante los dioses y ante los hombres.

—Por último, lo más grave: hay quienes dicen que vuestros hijos no fueron hijos del rey Robert, sino bastardos nacidos del incesto y el adulterio.

—Eso es lo que dice Stannis —replicó Cersei al instante—. Mentira, ¡mentira! Stannis quiere el Trono de Hierro, y los hijos de su hermano se interponen en su camino; por eso alega que no son de su hermano. En esa sucia carta que mandó no hay ni una letra que sea verdad. ¡Todo mentiras!

El septón supremo apoyó en la mesa las palmas de las manos y se levantó.

—Bien. Lord Stannis se ha apartado de la verdad de los Siete para adorar al demonio rojo, y no hay lugar en los Siete Reinos para su falsa fe. —Aquello casi resultaba tranquilizador. Cersei asintió—. Pese a todo, son acusaciones muy graves —siguió su altísima santidad—, y el reino tiene que saber la verdad. Si es cierto lo que dice vuestra alteza, en el juicio se demostrará vuestra inocencia.

«En el juicio; pese a todo, habrá juicio.»

—Pero si he confesado...

—... algunos pecados, sí. Otros los negáis. En el juicio se pondrán de manifiesto la verdad y la mentira. Pediré a los Siete que perdonen los pecados que habéis confesado, y rezaré para que seáis hallada inocente de las demás acusaciones.

—Me inclino ante la sabiduría de vuestra altísima santidad. —Cersei se levantó muy despacio—. Pero, si me permitís suplicar aunque sea una gota de la misericordia de la Madre..., hace tanto que no veo a mi hijo... Por favor...

Los ojos del anciano eran esquirlas de pedernal.

—No sería oportuno dejar que os acercarais al rey antes de quedar limpia de todas vuestras maldades. Pero habéis dado el primer paso para volver al camino del bien, y a la luz de este progreso permitiré que recibáis otras visitas. Una al día.

La reina se echó a llorar de nuevo, y en aquella ocasión fueron lágrimas sinceras.

—Sois demasiado clemente conmigo. Gracias.

—La misericordia viene de la Madre; dadle las gracias a ella.

Moelle y Scolera la esperaban para encabezar el camino de vuelta a la celda de la torre, y Unella cerraba la marcha.

—Todas estábamos rezando por vuestra alteza —dijo la septa Moelle mientras subían.

—Sí —asintió la septa Scolera—. Seguro que ahora os sentís mucho más ligera; limpia e inocente como una doncella en la mañana del día de su boda.

«En la mañana del día de mi boda estuve follando con Jaime», recordó la reina.

—Así es —dijo—. Es como si me hubieran abierto un forúnculo infectado y ya pudiera empezar a curarse. Casi podría volar. —Se imaginó lo bien que se sentiría estampando un codo en el rostro de la septa Scolera para mandarla rodando escaleras abajo. Dioses mediante, la vieja puta chocaría con la septa Unella y se la llevaría por delante.

—Me alegra veros sonreír —comentó Scolera.

—Su altísima santidad dijo que podía recibir visitas.

—Cierto —asintió la septa Unella—. Vuestra alteza solo tiene que decirnos a quién quiere ver, y le enviaremos recado.

«A Jaime, necesito a Jaime.» Pero si su hermano mellizo estaba en la ciudad, ¿por qué no había acudido a verla? Sería mejor que dejara a Jaime para cuando tuviera una noción más clara de lo que sucedía al otro lado de los muros del Gran Septo de Baelor.

—A mi tío —dijo—. Ser Kevan Lannister, el hermano de mi padre. ¿Sabéis si se encuentra en la ciudad?

—Sí —respondió la septa Unella—. El lord regente reside ahora en la Fortaleza Roja. Mandaremos a buscarlo.

—Gracias. —«Lord regente, ¿eh?» No podía fingir sorpresa.

Resultó que el corazón contrito y humilde tenía otras ventajas, aparte de limpiar el alma de pecados. Aquella noche trasladaron a la reina a una celda más grande, dos pisos más abajo, con una ventana que sí le permitía ver el exterior y una cama con mantas cálidas y suaves. A la hora de la cena, en vez de pan duro y gachas de avena le sirvieron capón asado, un cuenco de ensalada con nueces picadas y una montaña de puré de nabos flotando en mantequilla. Se metió en la cama con el estómago lleno por primera vez desde que la habían encerrado, y durmió de un tirón.

Al día siguiente, con el amanecer, llegó su tío.

Cersei estaba desayunando cuando se abrió la puerta y entró ser Kevan Lannister.

—Dejadnos a solas —dijo a las carceleras.

La septa Unella mandó salir a Scolera y Moelle, y las siguió para luego cerrar desde fuera. La reina se puso en pie.

Ser Kevan parecía envejecido. Era un hombre corpulento, de hombros anchos y cintura amplia, con una barba rubia muy recortada que le perfilaba la fuerte mandíbula y amplias entradas en el pelo rubio corto. Vestía una gruesa capa de lana carmesí, que se sujetaba al hombro con un broche dorado con forma de cabeza de león.

—Gracias por venir —dijo la reina.

—Será mejor que te sientes —replicó su tío con el ceño fruncido—. Hay cosas que debo decirte.

Pero Cersei no quería sentarse.

—Sigues enfadado conmigo, te lo noto en la voz. Perdóname, tío. Hice mal en tirarte el vino, pero...

—¿Crees que lo que me importa es una copa de vino? Lancel es mi hijo, Cersei, ¡es tu sobrino! Por eso estoy furioso contigo. Tendrías que haber cuidado de él; deberías haberle buscado una chica adecuada, de buena familia, y en vez de eso...

—Lo sé. Lo sé. —«Lancel me deseaba más que yo a él, y me juego lo que sea a que sigue igual»—. Estaba sola, tío, fui débil. Perdóname, te lo ruego. Me alegro tanto de verte otra vez... He hecho cosas horribles, lo sé, pero no soportaría que me odiaras. —Le echó los brazos al cuello y lo besó en la mejilla—. Perdóname. Perdóname.

Ser Kevan soportó el abrazo un momento antes de devolvérselo con torpeza, brevemente.

—Ya basta —dijo con una voz que seguía siendo fría, átona—. Te perdono. Ahora, siéntate. Lo que debo contarte no es halagüeño.

—¿Le ha pasado algo a Tommen? —preguntó, aterrada—. No, por favor, no. He pasado tanto miedo por mi hijo... Nadie quería contarme nada. Por favor, dime que Tommen está bien.

—Su alteza se encuentra perfectamente y pregunta por ti a menudo. —Ser Kevan le puso las manos en los hombros para apartarla.

—Entonces, ¿es Jaime? ¿Le ha pasado algo a Jaime?

—No. Jaime sigue en las tierras de los ríos, no sabemos dónde.

—¿Que no sabéis dónde? —Aquello no le gustó en absoluto.

—Tomó el Árbol de los Cuervos y aceptó la rendición de lord Black- wood —explicó su tío—, pero en el camino de vuelta a Aguasdulces, se apartó de su escolta y se fue con una mujer.

—¿Una mujer? —Cersei lo miró, desconcertada—. ¿Qué mujer? ¿Por qué? ¿Adónde fueron?

—Nadie lo sabe, y no hemos recibido más noticias de él. Puede que la mujer fuera lady Brienne, la hija del Lucero de la Tarde.

«¿Esa? —La reina recordaba a la Doncella de Tarth, una mujerona corpulenta, desmañada y fea que se vestía con cota de malla, como los hombres—. Jaime no me abandonaría nunca por una criatura así. Mi cuervo no le llegó, o ya habría venido.»

—Hemos recibido informes de la aparición de mercenarios por todo el sur —siguió ser Kevan—. Tarth, los Peldaños de Piedra, el cabo de la Ira... Ya me gustaría saber de dónde ha sacado Stannis el dinero para con- tratar a una compañía libre. Aquí no tengo las fuerzas necesarias para enfrentarme a ellos. Mace Tyrell las tiene, pero se niega a mover un dedo hasta que se resuelva el asunto de su hija.

«El hacha del verdugo resolvería enseguida el asunto de Margaery. —A Cersei no le importaban un bledo Stannis ni sus mercenarios—. Los Otros se los lleven, a él y a los Tyrell. Que se maten entre sí; mejor que mejor para el reino.»

—Por favor, tío, sácame de aquí.

—¿Cómo? ¿Por la fuerza? —Ser Kevan se acercó a la ventana y miró hacia fuera con el ceño fruncido—. Tendría que organizar una carnicería en este lugar santo, y además, no tengo hombres suficientes. La mayor parte de nuestras fuerzas está en Aguasdulces, con tu hermano. No dis- pongo de tiempo para reunir otro ejército. —Se volvió para enfrentarse a ella—. He hablado con su altísima santidad. No te dejará salir hasta que hayas expiado tus pecados.

—Ya he confesado.

—He dicho «expiado». Ante toda la ciudad. Caminarás...

—No. —Sabía qué estaba a punto de decir su tío, y no quería escucharlo—. Jamás. Díselo si es que vuelves a verlo. Soy la reina, no una ramera del puerto.

—No te pasará nada; nadie te tocará...

—¡No! —gritó de nuevo—. Antes la muerte.

—Si eso es lo que quieres, se puede arreglar. Su altísima santidad ha decidido que se te juzgue por regicidio, deicidio, incesto y alta traición.

—¿Deicidio? —Estuvo a punto de echarse a reír—. ¿Cuándo he matado yo a un dios?

—El septón supremo es la voz de los Siete en la tierra, y quien lo ataca a él ataca a los mismísimos dioses. —Su tío alzó una mano para zanjar la protesta que estaba a punto de formular Cersei—. No sirve de nada hablar de eso, y menos aquí. Ya llegará el momento, durante el juicio. —Paseó la vista por la celda. La expresión de su rostro hablaba a gritos.

«Nos están escuchando.» Ni en aquel momento podía hablar con libertad. Cersei respiró profundamente.

—¿Quién me va a juzgar?

—La fe —respondió su tío—, a menos que exijas un juicio por combate, en cuyo caso tu campeón será un caballero de la Guardia Real. Sea cual sea el resultado, tus días de gobierno han llegado a su fin. Yo seré el regente de Tommen hasta que cumpla la mayoría de edad. Mace Tyrell es la nueva mano del rey. El gran maestre Pycelle y ser Harys Swyft seguirán como hasta ahora, pero a Paxter Redwyne lo han nombrado lord almirante y Randyll Tarly ha asumido el cargo de justicia mayor.

«Los dos son vasallos de los Tyrell.» El gobierno de todo el reino estaba pasando a manos de sus enemigos: los parientes y amigos de la reina Margaery.

—Margaery también fue acusada, igual que sus primas. ¿Cómo es que los gorriones las han soltado a ellas y no a mí?

—Randyll Tarly insistió mucho. Fue el primero en llegar a Desembarco del Rey cuando se desencadenó la tormenta, y se trajo a su ejército. Las jóvenes Tyrell serán juzgadas, pero su altísima santidad reconoce que el caso contra ellas se sustenta a duras penas. Todos los hombres a los que se mencionó como amantes de la reina han negado la acusación o se han retractado, con excepción de tu bardo tullido, que por lo visto está medio loco. Así que el septón supremo ha puesto a las muchachas bajo la custodia de Tarly, y lord Randyll ha jurado por lo más sagrado entregarlas cuando llegue el momento del juicio.

—¿Y quién tiene a sus acusadores? —preguntó la reina.

—Osney Kettleblack y el Bardo Azul están aquí, en las criptas del septo. Los gemelos Redwyne han sido declarados inocentes, y Hamish el Arpista ha muerto. Los demás están en las mazmorras de la Fortaleza Roja a cargo de tu hombre, Qyburn.

«Qyburn —pensó Cersei. Eso era un punto positivo, al fin un clavo al que agarrarse. Estaban en manos de lord Qyburn, que era capaz de obrar maravillas—. Y cosas terribles. También es capaz de hacer cosas terribles.»

—Hay algo más, y es peor. Siéntate.

—¿Que me siente? —Cersei sacudió la cabeza. ¿Qué podía ser peor? Iban a juzgarla por alta traición mientras la reinecita y sus primas volaban libres como pájaros—. ¿Qué pasa?

—Se trata de Myrcella. Hemos recibido malas noticias de Dorne.

—¡Tyrion! —exclamó. Tyrion había mandado a su hijita a Dorne, y ella había enviado a ser Balon Swann para recuperarla. Todos los dornienses eran serpientes, y los Martell eran los peores. Para colmo, la Víbora Roja había tratado de defender al Gnomo y había faltado muy poco para que obtuviera una victoria que habría exculpado al enano del asesinato de Joffrey—. Ha sido él; ha estado en Dorne todo este tiempo, y ahora tiene a mi hija...

—A Myrcella la atacó un caballero dorniense llamado Gerold Dayne. —Ser Kevan la miró con el ceño fruncido—. Está viva, pero resultó herida. Le rajó la cara y... siento decírtelo, pero ha perdido una oreja.

—Una oreja. —Cersei se quedó mirándolo, horrorizada. «No es más que una niña; es mi princesita preciosa, tan bella, tan bella...»—. Le cortó una oreja. ¿Dónde estaban el príncipe Doran y sus caballeros dornienses? ¿Cómo es que no fueron capaces de defender a una niña? ¿Dónde estaba Arys Oakheart?

—Murió defendiéndola. Por lo visto, Dayne lo mató.

La Espada del Amanecer había sido un Dayne, pero llevaba mucho tiempo muerto. ¿Quién era aquel ser Gerold? Y ¿por qué quería hacer daño a su hija? No tenía ni pies ni cabeza, a menos que...

—Tyrion perdió media nariz en la batalla del Aguasnegras. La cara rajada y la oreja cortada llevan su firma.

—El príncipe Doran no ha mencionado a tu hermano en ningún momento, y según Balon Swann, Myrcella le echa toda la culpa a ese tal Gerold Dayne. Lo llaman Estrellaoscura.

Cersei soltó una carcajada amarga.

—Lo llamen como lo llamen, es una marioneta de mi hermano. Tyrion tiene amigos en Dorne; tenía planeado esto desde el principio. Fue él quien comprometió a Myrcella con el príncipe Trystane, y ahora entiendo por qué.

—Ves a Tyrion en todas las sombras.

—Es una criatura de las sombras. Mató a Joffrey, a mi padre... ¿Creías que iba a parar ahí? Tenía miedo de que siguiera en Desembarco del Rey y tramara algo contra Tommen, pero debe de haber ido a Dorne para matar primero a Myrcella. —Cersei recorrió la celda, furiosa—. Tengo que estar al lado de Tommen. La Guardia Real es tan inútil como los pezones en una coraza. —Se volvió hacia su tío, furiosa—. ¿Dices que ser Arys ha muerto?

—A manos de ese tal Estrellaoscura, sí.

—¿Está muerto? ¿Muerto, muerto? ¿Seguro?

—Eso nos han dicho.

—Entonces hay una vacante en la Guardia Real. Hay que ocuparla cuanto antes para proteger a Tommen.

—Lord Tarly está preparando una lista de buenos caballeros para que tu hermano tome una decisión, pero hasta el regreso de Jaime...

—El rey tiene potestad para otorgar la capa blanca. Tommen es un buen chico; dile a quién tiene que nombrar y te hará caso.

—¿A quién quieres que nombre?

Para eso no tenía respuesta preparada.

«Mi campeón necesitará un nombre nuevo, además de una cara nueva.»

—Qyburn lo sabrá. En este asunto, confía en él. Tú y yo hemos tenido nuestras diferencias, tío, pero por la sangre que compartimos, por el amor que profesabas a mi padre, por el bien de Tommen y su pobre hermana herida, haz lo que te pido. Ve a hablar con lord Qyburn de mi parte, llévale una capa blanca y dile que ha llegado la hora.

El guardia de la reina

—Eras el hombre de confianza de la reina —señaló Reznak mo Reznak—. El rey quiere estar rodeado de sus hombres cuando conceda audiencia.

«Sigo siendo un hombre de la reina. Hoy, mañana y siempre, hasta mi último aliento, o el suyo. —Selmy se negaba a creer que Daenerys Targaryen hubiera muerto; quizá por eso lo daban de lado—. Hizdahr se está deshaciendo de nosotros, uno por uno. —Belwas el Fuerte se encontraba a las puertas de la muerte, bajo los cuidados de las gracias azules, en el templo, aunque Selmy albergaba la sospecha de que pretendían rematar la labor de las langostas con miel. Skahaz el Cabeza Afeitada había sido despojado del mando; los inmaculados se habían retirado a sus barracones; Jhogo, Daario Naharis, el almirante Groleo y el inmaculado llamado Héroe permanecían como rehenes de los yunkios; a Aggo, a Rakharo y al resto del *khalasar* de Daenerys los habían enviado al otro lado del río a buscar a su reina perdida; incluso habían sustituido a Missandei, pues el rey no consideraba adecuado que su heraldo fuera una niña y, para colmo una antigua esclava naathi—. Y ahora, yo.»

Hubo un tiempo en que la destitución le habría parecido una mancha en su honor. Pero eso habría sido en Poniente; en el nido de víboras que era Meereen, el honor parecía más ridículo que el traje de un bufón. Y la desconfianza era mutua: Hizdahr zo Loraq podía ser el consorte de su reina, pero no sería nunca su rey.

—Si vuestra majestad desea que abandone la corte...

—Vuestro esplendor —corrigió el senescal—. No, no, no, me habéis interpretado mal. Su adoración va a recibir a una delegación yunkia, para negociar la retirada de los ejércitos. Es posible... Bueno, que pidan un desagravio por las vidas que arrebató la furia del dragón. Se trata de una situación delicada; el rey considera que sería mejor que viesen en el trono a un meereeno, protegido por soldados meereenos. Seguro que lo comprendéis.

«Mejor de lo que crees.»

—¿Puedo saber a quiénes ha escogido su alteza para que lo protejan?

—Son guerreros temibles, que profesan un gran amor por su adoración —le respondió Reznak mo Reznak, esbozando aquella sonrisa obsequiosa suya—. Goghor el Gigante, Khrazz, el Gato Moteado y Belaquo Rompehuesos. Héroes, todos ellos.

«Luchadores de los reñideros, todos ellos.» Ser Barristan no se sorprendió. La posición de Hizdahr zo Loraq en su nuevo trono era inestable. Había transcurrido un millar de años desde que el último rey gobernara en Meereen, y había gente de la Antigua Sangre que se creía con más derecho al cargo. Fuera de la ciudad acampaban los yunkios con sus aliados y mercenarios; dentro acechaban los Hijos de la Arpía.

Mientras tanto, los protectores del rey menguaban en número día tras día. El encontronazo con Gusano Gris le había costado a Hizdahr los Inmaculados. Cuando su alteza trató de colocar a un primo suyo al mando, como había hecho con las Bestias de Bronce, Gusano Gris lo informó de que eran hombres libres y solo aceptaban órdenes de su madre. En cuanto a las Bestias de Bronce, estaban compuestas a partes iguales por libertos y cabezas afeitadas, cuya verdadera lealtad era seguramente para con Skahaz mo Kandaq. Los luchadores de las arenas de combate eran los únicos en los que podía confiar el rey Hizdahr, frente a un sinfín de enemigos.

—Ojalá sepan defender a su majestad de toda amenaza. —La voz de ser Barristan no dejaba entrever sus sentimientos: había aprendido a ocultarlos años atrás, cuando servía en Desembarco del Rey.

—¡A su magnificencia! —recalcó Reznak mo Reznak—. El resto de vuestras obligaciones no varía. Si fracasa la paz, su esplendor querrá que os pongáis al frente de sus tropas contra los enemigos de nuestra ciudad.

«Por lo menos tiene algo de sensatez.» Belaquo Rompehuesos y Goghor el Gigante podían servirle de escudos, pero la idea de enviar a cualquiera de ellos al frente de un ejército era tan absurda que casi hizo sonreír al anciano caballero.

—Estoy a las órdenes de su majestad.

—Nada de «majestad» —se quejó el senescal—. Ese es el estilo de Poniente. Su magnificencia, su esplendor, su adoración.

«"Su vanidad" sería más apropiado.»

—Como digáis.

—Entonces, hemos terminado. —Reznak se humedeció los labios. En aquella ocasión, la sonrisa empalagosa era una indicación para que se fuera. Ser Barristan se despidió, agradecido de dejar atrás el hedor del perfume del senescal.

«Los hombres deberían oler a sudor, no a flores.»

La Gran Pirámide de Meereen medía trescientas varas de la base a la cima. Las habitaciones del senescal estaban en la segunda planta; los aposentos de la reina, igual que los suyos, ocupaban el nivel superior.

«Una subida muy larga para un hombre de mi edad —pensó ser Barristan al llegar a la escalera. Antes recorría ese camino cinco o seis veces al día, al servicio de la reina, como atestiguaba el dolor que sentía en las rodillas y la espalda—. Llegará el día en que ya no pueda enfrentarme a estos escalones, y me temo que pronto. —Antes de ese día debía contar con unos cuantos muchachos preparados para ocupar su lugar al lado de la reina—. Yo mismo los nombraré caballeros cuando sean dignos, y entregaré a cada uno un caballo y unas espuelas de oro.»

En los aposentos de Daenerys reinaban la calma y el silencio. Hizdahr no se había instalado en ellos; había preferido establecer sus habitaciones en lo más profundo de la Gran Pirámide, rodeado por todas partes de sólidas paredes de ladrillo. Mezzara, Miklaz, Qezza y el resto de los jóvenes coperos de la reina, que en realidad eran rehenes, aunque tanto Selmy como la reina les habían cobrado tanto afecto que les costaba pensar en ellos como tales, se habían trasladado con el rey, mientras que Irri y Jhiqui habían vuelto con los demás dothrakis. Solo quedaba Missandei, un pequeño fantasma desamparado que vagaba por los aposentos de la reina, en la cúspide de la pirámide.

Ser Barristan salió a la terraza. El cielo de Meereen tenía el color de la piel de un cadáver, pálido, blanquecino y opresivo; una masa interminable de nubes que abarcaba todo el horizonte, una muralla que ocultaba el sol. Nadie contemplaría su puesta ese día, igual que nadie lo había visto salir. La noche sería calurosa, una noche sofocante, húmeda, bochornosa, sin una brizna de aire. Amenazaba lluvia desde hacía tres días, aunque no había caído ni una gota.

«La lluvia sería un alivio; ayudaría a limpiar la ciudad.»

Desde allí alcanzaba a ver cuatro pirámides menores, la muralla occidental de la ciudad y los campamentos yunkios levantados a orillas de la bahía de los Esclavos, donde una gruesa columna de humo grasiento se elevaba, retorciéndose como una serpiente monstruosa.

«Los yunkios están quemando a sus muertos —comprendió—. La yegua clara galopa por los campamentos de asedio. —Pese a todos los esfuerzos de la reina, la enfermedad se había extendido, dentro y fuera de la muralla. Los mercados de Meereen estaban cerrados; las calles, desiertas. El rey Hizdahr había permitido que las arenas de combate continuasen abiertas, pero la asistencia era escasa. Incluso se decía que los meereenos habían empezado a rehuir el templo de las Gracias—. Los esclavistas también le echarán a Daenerys la culpa de eso —supuso con amargura. Casi podía oír los cuchicheos: grandes amos, hijos de la arpía, yunkios; todos corriendo la voz de que su reina había muerto. Así lo creía media ciudad, aunque de momento nadie tenía valor para decirlo en voz alta—. Pero no tardarán.»

«¿Adónde han ido a parar todos estos años? —Ser Barristan se sentía terriblemente viejo y cansado. Últimamente, cuando se agachaba a beber en un estanque tranquilo, el rostro de un desconocido lo miraba desde el fondo. ¿Cuándo le habían salido aquellas patas de gallo alrededor de los ojos azul claro? ¿Cuánto hacía que su pelo había dejado de ser como la luz del sol para convertirse en nieve?—. Años, viejo. Décadas.»

Sin embargo, tenía la impresión de que acababan de armarlo caballero, después del torneo de Desembarco del Rey. Aún recordaba el roce de la espada de Aegon en el hombro, ligero como el beso de una doncella. Le temblaba la voz cuando pronunció los votos. En el banquete de aquella noche había comido costillas de jabalí al estilo dorniense, con guindillas dragón, tan picantes que le quemaron la boca. Cuarenta y siete años después, el sabor perduraba en su memoria, pero no habría sabido decir qué había cenado diez días atrás aunque los Siete Reinos dependiesen de ello.

«Seguro que perro cocido o alguna guarrería por el estilo.»

Selmy reflexionó, y no por primera vez, sobre los caprichos del destino que lo habían llevado a aquel lugar. Él era un caballero de Poniente, un hombre de las tierras de la tormenta y de las Marcas de Dorne; su lugar estaba en los Siete Reinos, no allí, en la sofocante orilla de la bahía de los Esclavos.

«Vine para llevar a Daenerys a casa. —Pero la había perdido, igual que a su padre y a su hermano—. Hasta a Robert; a él también le fallé.» A lo mejor, Hizdahr era más sensato de lo que parecía.

«Hace diez años habría intuido qué se proponía Daenerys; hace diez años habría sido lo bastante rápido para detenerla. —Sin embargo, se había quedado ofuscado cuando Daenerys saltó a la liza; la había llamado a gritos y había atravesado inútilmente la arena escarlata en pos de ella—. Me he vuelto viejo y lento. —No le extrañaba que Naharis se burlara de él y lo llamase "ser Abuelo"—. De haber estado Daario junto a la reina, ¿habría sido más rápido?» Selmy creía conocer la respuesta, aunque no lo complacía.

Esa noche había vuelto a soñar con ello: Belwas, de rodillas, vomitaba bilis y sangre; Hizdahr espoleaba a los aspirantes a matadragones; hombres y mujeres huían presas del pánico, peleaban en las escaleras y se atropellaban entre gritos y alaridos. Y Daenerys...

«Tenía el cabello en llamas. Llevaba el látigo en la mano y gritaba; de pronto, se había encaramado al dragón y estaba volando.» Le escocían los ojos por la arena que había levantado Drogon al alzar el vuelo, pero a través del velo de lágrimas pudo ver a la bestia alejarse del reñidero, con las enormes alas negras golpeando los hombros de los guerreros de bronce que guardaban las puertas.

Del resto se había enterado más adelante: la gente se había agolpado al otro lado de las puertas; los caballos, enloquecidos por el olor del dragón, se encabritaron y arremetieron contra la muchedumbre con los cascos herrados; volcaron palanquines y tenderetes de comida sin distinción, y derribaron y atropellaron a los viandantes. Volaron lanzas, silbaron las saetas y algunas dieron en el blanco. El dragón se retorció en el aire con violencia, con las heridas humeando y la chica aferrada a la espalda. Y lanzó fuego.

Las Bestias de Bronce habían tardado lo que quedaba del día y casi toda la noche en recoger los cadáveres. El recuento definitivo fue de doscientos catorce muertos, y el triple de heridos y quemados. Para entonces, Drogon ya había abandonado la ciudad; lo habían divisado por última vez volando muy por encima del Skahazadhan, rumbo al norte. No había ni rastro de Daenerys Targaryen. Unos juraban que la habían visto caer; otros insistían en que el dragón se la había llevado para devorarla.

«Se equivocan.»

Ser Barristan no sabía nada de dragones, al margen de los cuentos que se contaban a todos los niños, pero conocía a los Targaryen. Daenerys estaba cabalgando a lomos del dragón, igual que Aegon había cabalgado a Balerion.

—Tal vez vaya volando hacia casa —caviló en voz alta.

—No —murmuró una voz baja a su espalda—. No sería capaz de hacer nada semejante. No se iría a casa sin nosotros.

—Missandei, niña. —Ser Barristan se volvió—. ¿Cuánto tiempo llevas ahí?

—Poco. Una siente haberos molestado. —Vaciló—. Skahaz mo Kandaq desea hablaros.

—¿El Cabeza Afeitada? ¿Has hablado con él? —Imprudente, muy imprudente. La enemistad entre Skahaz y el rey era muy profunda, y la niña no era tonta; debería saberlo. Skahaz se había opuesto sin rodeos al matrimonio de la reina, y Hizdahr no lo había olvidado—. ¿Está aquí? ¿En la pirámide?

—Va y viene cuando le place.

«Sí, muy propio de él.»

—¿Quién te ha dicho que quiere hablar conmigo?

—Una bestia de bronce con máscara de búho.

«Llevaba máscara de búho cuando habló contigo, pero ahora podría ser un chacal, un tigre o un perezoso.» Ser Barristan había detestado las máscaras desde la primera vez que las vio, y nunca más que en ese momento. Los hombres de bien no tenían por qué ocultar la cara. Y el Cabeza Afeitada...

«¿En qué estaría pensando? —Después de que Hizdahr pusiera al mando de las Bestias de Bronce a su primo Marghaz zo Loraq, Skahaz había sido nombrado guardián del río, responsable de todos los transbordadores, dragas y canales de riego de un tramo de cincuenta leguas del Skahazadhan; sin embargo, el Cabeza Afeitada había rechazado aquel "antiguo y honorable cargo", como lo había llamado Hizdahr, y había preferido retirarse a la modesta pirámide de Kandaq—. Sin la protección de la reina, corre un gran riesgo al venir aquí.» Y si veían a ser Barristan hablando con él, las sospechas podrían salpicarlo.

El asunto le daba mala espina. Olía a engaño, a mentiras, a susurros y conspiraciones urdidos en la oscuridad, a todo aquello que confiaba en haber dejado atrás junto con la Araña, lord Meñique y los de su ralea. Barristan Selmy no era aficionado a las letras, pero había hojeado el *Libro blanco,* donde se recordaban las hazañas de sus predecesores. Algunos habían sido héroes; otros, peleles, cobardes o bellacos. Casi todos habían sido simples hombres: más fuertes y rápidos que la mayoría, más hábiles con la espada y el escudo, y no obstante, presas del orgullo, la ambición, la lujuria, el amor, la ira, los celos, la codicia, el hambre de poder y los demás defectos que aquejaban al común de los mortales. Los mejores habían superado sus debilidades, cumplido con su deber y muerto con la espada en la mano. Los peores...

«Los peores eran los que jugaban al juego de tronos.»

—¿Puedes localizar al búho? —pidió a Missandei.

—Una puede intentarlo.

—Dile que hablaré con... nuestro amigo al anochecer, en los establos. —La puerta principal de la pirámide se cerraba y atrancaba al ocaso; a esa hora no habría nadie con los caballos—. Asegúrate de que se trata del mismo búho. —No sería conveniente que el asunto llegara a oídos de la bestia de bronce incorrecta.

—Una comprende. —Missandei hizo ademán de irse, pero se detuvo un instante—. Se comenta que los yunkios han rodeado la ciudad de escorpiones, para disparar dardos de hierro al cielo si Drogon regresa.

—No es tan fácil matar a un dragón en pleno vuelo. —Ser Barristan también lo había oído—. En Poniente, muchos intentaron abatir a Aegon y sus hermanas. Nadie lo consiguió.

Missandei asintió. Resultaba difícil saber si la había tranquilizado.

—¿Creéis que la encontrarán? La pradera es muy extensa, y los dragones no dejan rastro en el cielo.

—Aggo y Rakharo son la sangre de su sangre... ¿y quién conoce el mar dothraki mejor que los dothrakis? —Le dio un apretón en el hombro—. Si es posible encontrarla, la encontrarán. —«Si es que sigue viva.» Por la pradera merodeaban otros *khals,* señores de los caballos con *khalasars* de decenas de miles de guerreros, pero no creyó conveniente mencionarlo—. Sé en cuánta estima la tienes. La mantendré a salvo, lo juro. —Esas palabras parecieron reconfortar a la niña.

«Las palabras son aire —se dijo ser Barristan—. ¿Cómo voy a proteger a la reina si no estoy a su lado?»

Barristan Selmy había conocido muchos reyes. Había nacido durante el turbulento reinado de Aegon el Improbable, tan querido por el pueblo; él lo había armado caballero. Su hijo Jaehaerys le había otorgado la capa blanca cuando tenía veintitrés años, después de que matara a Maelys el Monstruoso en la guerra de los reyes Nuevepeniques. Era la misma capa que llevaba cuando, junto al Trono de Hierro, veía como la locura consumía a Aerys, el hijo de Jaehaerys.

«Estaba allí; lo veía y lo oía, y aun así no hice nada.»

Pero no, eso no era justo: había cumplido con su deber. A veces, por la noche, ser Barristan se preguntaba si no lo habría cumplido demasiado bien. Había pronunciado sus votos ante los ojos de los dioses y los hombres; no podía romperlos sin mancillar su honor..., aunque durante los últimos años del reinado de Aerys se fue haciendo cada vez más difícil mantenerlos. Había visto cosas cuyo recuerdo le dolía, y más de una vez se preguntaba cuánta de esa sangre se había derramado por su causa. Si no hubiese irrumpido en el Valle Oscuro para rescatar a Aerys de las mazmorras de lord Darklyn, podría haber muerto mientras Tywin Lannister saqueaba la ciudad. El príncipe Rhaegar habría ascendido al trono y quizá hubiera curado las heridas del reino. Pese a que el Valle Oscuro había sido su momento más glorioso, el recuerdo le dejaba un sabor amargo; pero eran los fracasos lo que lo atormentaba por las noches.

«Jaehaerys, Aerys, Robert. Tres reyes muertos. Rhaegar, que habría sido mejor rey que ninguno de ellos. La princesa Elia y sus hijos: Aegon, que tan solo era un niño de teta; Rhaenys, con su gatito. —Muertos, todos ellos, mientras que él, que había jurado protegerlos, seguía con vida. Y por último Daenerys, su radiante niña reina—. No está muerta; me niego a creerlo.»

La tarde le proporcionó un breve respiro de sus dudas. La pasó en la sala de entrenamiento del tercer nivel de la pirámide, trabajando con los chicos, instruyéndolos en el arte de la espada, el escudo, el caballo, la lanza... y la caballería, el código que distinguía a los caballeros de los luchadores de las arenas de combate. Daenerys necesitaría protectores de su edad cuando él no estuviera, y estaba decidido a proporcionárselos. Los jóvenes a los que aleccionaba tenían edades comprendidas entre los ocho y los veinte años. Había comenzado con más de sesenta, pero el entrenamiento había resultado demasiado riguroso para muchos de ellos. Quedaba menos de la mitad, aunque algunos prometían mucho.

«Sin rey al que proteger, ahora tendré más tiempo para prepararlos —comprendió mientras iba de una pareja a otra y las observaba atacarse con espadas embotadas y lanzas de punta roma—. Muchachos valientes. De origen humilde, sí, pero algunos se convertirán en buenos caballeros, y adoran a la reina. De no ser por ella, todos habrían acabado en las arenas de combate. El rey Hizdahr tiene a sus luchadores de reñidero, pero Daenerys tendrá caballeros.»

—No bajes el escudo —decía—. Muéstrame cómo atacas. Ahora juntos. Abajo, arriba, abajo, abajo, arriba, abajo...

Más tarde, Selmy salió a la terraza de la reina con una cena frugal y se la tomó mientras contemplaba el ocaso. Sumido en el crepúsculo violáceo observó las hogueras que despertaban una tras otra en las grandes pirámides escalonadas, al tiempo que los ladrillos multicolores de Meereen se tornaban grises y luego negros. Abajo, las sombras se congregaban en calles y callejones, formando estanques y ríos. En la penumbra, la ciudad tenía un aspecto apacible, incluso estaba bonita.

«Es por la peste, no por la paz», razonó el anciano caballero mientras apuraba el vino.

No quería llamar la atención, de modo que, cuando terminó de cenar, se quitó la ropa de la corte y reemplazó la capa blanca de la Guardia de la Reina por otra de viajante, parda y con capucha, como la que llevaría cualquier hombre de la calle, aunque se quedó con la espada y el puñal.

«A fin de cuentas, puede que sea una trampa. —Confiaba poco en Hizdahr, y menos en Reznak mo Reznak. El senescal perfumado bien podía pretender atraerlo a una reunión secreta para deshacerse de Skahaz y de él de un plumazo, acusándolos de conspirar contra el rey—. Si el Cabeza Afeitada habla de traición, no me quedará más remedio que detenerlo. Hizdahr es el consorte de mi reina, me guste o no. Mi deber es para con él, no para con Skahaz.»

¿O no era así?

El cometido principal de la Guardia Real consistía en proteger al rey de cualquier daño o amenaza. Los caballeros blancos también juraban obedecer las órdenes del rey, guardar sus secretos, aconsejarlo cuando se lo pidiera y guardar silencio cuando no, cumplir su voluntad y defender su nombre y su honor. En rigor, era el rey quien decidía si la Guardia Real debía proteger también a otras personas, incluso las de sangre real. Algunos reyes consideraban adecuado enviar a la guardia a servir y defender a sus esposas, hijos, hermanos, tíos y primos más cercanos o menos, y a veces incluso a sus amantes, concubinas y bastardos; otros preferían utilizar a sus caballeros y soldados para tal propósito, y mantener a los Siete como guardia personal, siempre a su lado.

«Si la reina me hubiese ordenado proteger a Hizdahr, no me habría quedado más remedio que obedecer. —Pero Daenerys Targaryen no había llegado a instituir una guardia de la reina como era debido, ni había dado instrucciones respecto a su consorte—. El mundo era más sencillo cuando contaba con un lord comandante que decidía esas cuestiones por mí —reflexionó Selmy—. Ahora que el lord comandante soy yo, me resulta difícil hallar el camino correcto.»

Cuando bajó el último tramo de la escalera se encontró a solas en los pasillos iluminados por antorchas que recorrían el interior de los macizos muros de ladrillo de la pirámide. Las enormes puertas estaban cerradas y atrancadas, como esperaba. Cuatro bestias de bronce montaban guardia en el interior, y otras cuatro, al otro lado. Barristan se topó con los primeros: hombretones con máscaras de jabalí, oso, ratón y mantícora.

—Todo está tranquilo, señor —informó el oso.

—Que siga así. —Era costumbre de ser Barristan pasear por la noche para asegurarse de que la pirámide estaba bien guardada.

En las profundidades del edificio había otras cuatro bestias de bronce que custodiaban las puertas de hierro de la fosa en la que estaban encadenados Viserion y Rhaegal. La luz de las antorchas arrancaba destellos de las máscaras: mono, carnero, lobo y cocodrilo.

—¿Han comido? —inquirió ser Barristan.

—Sí, mi señor —respondió el mono—. Una oveja cada uno.

«¿Durante cuánto tiempo les bastará con eso?» El apetito de los dragones crecía al mismo ritmo que ellos.

Había llegado la hora de ir al encuentro del Cabeza Afeitada. Ser Barristan pasó frente a los elefantes y la yegua plateada de la reina, de camino al fondo de los establos. Un burro resolló a su paso, y unos cuantos caballos se agitaron con la luz del farol. Por lo demás, todo estaba oscuro y en silencio.

Entonces, una sombra se desprendió de un establo vacío para convertirse en otra bestia de bronce. Llevaba una falda negra plisada, canilleras y una coraza musculada.

—¿Un gato? —preguntó Barristan Selmy al ver el bronce, bajo la capucha. Cuando el Cabeza Afeitada estaba al mando de las Bestias de Bronce mostraba preferencia por la máscara de cabeza de serpiente, imponente e intimidatoria.

—Los gatos van adonde les place —respondió la voz familiar de Skahaz mo Kandaq—. Nadie les presta atención.

—Si Hizdahr supiera que estáis aquí...

—¿Quién va a decírselo? ¿Marghaz? Marghaz se entera de lo que yo quiero. Las Bestias siguen siendo mías; no lo olvidéis. —La máscara amortiguaba la voz del Cabeza Afeitada, pero Selmy alcanzaba a oír la ira que encerraba—. Tengo al envenenador.

—¿A quién?

—Al confitero de Hizdahr. Su nombre no os diría nada; solo es un instrumento. Los Hijos de la Arpía se llevaron a su hija y juraron devolverla sana y salva cuando la reina hubiera muerto. Belwas y el dragón salvaron a Daenerys, pero nadie pudo salvar a la niña. Se la devolvieron a su padre en plena noche, en nueve trozos: uno por cada año que vivió.

—¿Por qué? —la incertidumbre lo corroía—. Los Hijos habían dejado de matar. La paz de Hizdahr...

—Es pura farsa. No desde un principio: los yunkios tenían miedo de nuestra reina, o de los Inmaculados, o de los dragones. Esta tierra ya había conocido dragones. Yurkhaz zo Yunzak lo sabía; había leído las crónicas, igual que Hizdahr. ¿Por qué no la paz? Daenerys la deseaba, eso era evidente. La buscaba con demasiado ahínco; debería haber marchado sobre Astapor. —Skahaz se le acercó—, Pero eso era antes. Todo cambió en el reñidero. Daenerys, desaparecida; Yurkhaz, muerto. En lugar de un viejo león, una manada de chacales. Ese Barbasangre... no tiene ningún interés por la paz. Y aún hay más. Aún hay algo peor. Volantis ha lanzado su flota contra nosotros.

—Volantis. —Selmy notó un cosquilleo en la mano de la espada—. ¿Estáis seguro?

«Pactamos la paz con Yunkai, no con Volantis.»

—Por supuesto. Los sabios amos lo saben; sus amigos, también. La Arpía, Reznak, Hizdahr. Este rey abrirá las puertas de la ciudad cuando lleguen los volantinos. Todos los libertos de Daenerys volverán a convertirse en esclavos; incluso algunos que nunca lo fueron se verán cargados de cadenas. Podéis acabar vuestros días en las arenas de combate, viejo. Khrazz se comerá vuestro corazón.

—Hay que decírselo a Daenerys. —La cabeza iba a estallarle.

—Para eso habría que encontrarla. —Skahaz lo agarró del antebrazo con dedos de hierro—. No podemos esperarla. He hablado con los Hermanos Libres, los Hombres de la Madre y los Escudos Fornidos. No confían en Loraq. Debemos deshacernos de los yunkios, pero necesitamos a los Inmaculados. Gusano Gris os escuchará; hablad con él.

—¿Con qué fin? —«Lo que propone es una traición. Una conspiración.»

—Vivir. —Tras la broncínea máscara de gato, los ojos del Cabeza Afeitada brillaban como lagos negros—. Debemos atacar antes de que lleguen los volantinos. Romper el cerco, matar a los señores esclavistas, ganarnos a sus mercenarios. Los yunkios no esperan un ataque. Tengo espías en sus campamentos: la enfermedad se extiende más cada día. La disciplina se ha venido abajo; los señores pasan más tiempo borrachos que sobrios, hartándose en banquetes, fantaseando entre sí sobre las riquezas que se repartirán cuando caiga Meereen, peleando por la supremacía. Barbasangre y el Príncipe Desharrapado se desprecian mutuamente. Nadie espera un enfrentamiento, y menos ahora. Creen que la paz de Hizdahr nos ha vuelto confiados.

—Daenerys firmó esa paz —argumentó ser Barristan—. No tenemos autoridad para romperla sin su consentimiento.

—¿Y si está muerta? —quiso saber Skahaz—. Entonces, ¿qué? Habría querido que protegiésemos su ciudad. A sus hijos.

«*Mhysa,* la llamaban todos aquellos a quienes había liberado de las cadenas.» Los libertos eran sus hijos.

—Madre. —El Cabeza Afeitada estaba en lo cierto. Daenerys querría que sus hijos estuviesen protegidos—. ¿Y qué pasa con Hizdahr? Todavía es su consorte. Su rey. Su esposo.

—Su envenenador.

«¿Será cierto?»

—¿Qué pruebas tenéis?

—Esa corona que lleva es prueba suficiente. El trono en el que se sienta. Abrid los ojos, viejo: eso era todo lo que necesitaba de Daenerys, todo lo que quería. Ahora que lo tiene, ¿por qué compartirlo?

«Es cierto, ¿por qué? —En el reñidero hacía mucho calor. Aún podía ver la reverberación del aire en la arena escarlata, oler la sangre que manaba de los hombres muertos para su diversión. Y podía oír a Hizdahr, insistiendo para que la reina probase las langostas con miel: "Son muy sabrosas..., dulces y picantes... ", pero él no había probado ni una. Selmy se frotó las sienes—. Nunca he jurado fidelidad a Hizdahr zo Loraq, y en cualquier caso, me ha dejado de lado, como hizo Joffrey.»

—Ese confitero... Quiero interrogarlo yo mismo. A solas.

—¿Ah, sí? Podéis interrogarlo como os plazca, si es vuestro deseo. —El Cabeza Afeitada se cruzó de brazos.

—Si... si lo que tiene que decir me convence..., si me uno a vos en esto..., necesito vuestra palabra de que Hizdahr zo Loraq no sufrirá daño alguno hasta que... A no ser que podamos probar que tuvo algo que ver en esto.

—¿Por qué os preocupáis tanto por Hizdahr, viejo? Si no es la mismísima Arpía, es su primogénito.

—Lo único que sé con certeza es que se trata del consorte de la reina. Quiero vuestra palabra, o juro que os encontraréis con mi oposición.

—En tal caso, tenéis mi palabra. —La sonrisa de Skahaz era despiadada—. Hizdahr no sufrirá ningún daño hasta que se demuestre su culpa, pero cuando quede demostrada, tengo intención de matarlo con mis propias manos. Quiero sacarle las entrañas y mostrárselas antes de dejarlo morir.

«No —pensó el viejo caballero—. Si Hizdahr conspiró para asesinar a mi reina, yo mismo haré el trabajo, pero tendrá una muerte limpia y rápida. —Los dioses de Poniente estaban lejos, pero ser Barristan Selmy guardó silencio un momento para rogar a la Vieja que lo iluminase con su sabiduría—. Por los hijos —se dijo—. Por la ciudad. Por mi reina.»

—Hablaré con Gusano Gris.

El aspirante del hierro

El *Dolor* apareció, solitario, al amanecer, con las lúgubres velas negras recortadas contra el cielo rosa claro de la mañana.

«Cincuenta y cuatro —pensó Victarion con amargura cuando lo despertaron—, y llega solo. —Maldijo para sus adentros la perversidad del Dios de la Tormenta; sentía la rabia como un nudo negro en las tripas—. ¿Dónde están mis barcos?»

Había zarpado de las Escudo con noventa y tres de los cien que habían llegado a componer la Flota de Hierro, una flota que no pertenecía a un solo señor, sino al Trono de Piedramar, capitaneada y tripulada por hombres de todas las islas. Eran navíos menores que los grandes dromones de las tierras verdes, sí, pero tres veces más grandes que ningún otro barcoluengo, con casco alto y contundente, perfectos para enfrentarse en batalla con los barcos del rey.

En los Peldaños de Piedra, tras el prolongado viaje a lo largo de la costa desolada y yerma de Dorne, llena de bajíos y remolinos, se habían abastecido de cereales, caza y agua dulce. Allí, el *Victoria de Hierro* había capturado un barco mercante, la gran coca *Dama Noble,* que se dirigía a Antigua pasando por Puerto Gaviota, Valle Oscuro y Desembarco del Rey, con un cargamento de bacalao en salazón, grasa de ballena y arenques en escabeche. Aquella comida pasó a engrosar sus despensas. Tres cocas, una galeaza y una galera, los otros cinco trofeos que consiguieron en los Estrechos de Redwyne y a lo largo de la costa dorniense elevaron el total a noventa y nueve barcos.

Noventa y nueve barcos habían zarpado de los Peldaños de Piedra en tres flamantes flotas, todas con orden de reagruparse al sur de la isla de los Cedros. Cuarenta y cinco habían llegado ya al otro extremo del mundo: veintitrés de Victarion, en grupos de tres o cuatro y algunos solos; catorce de Ralf el Cojo; tan solo nueve de los que habían zarpado con Ralf Stonehouse el Rojo, y el propio Ralf estaba entre los desaparecidos. Se habían sumado a la flota los nueve trofeos conseguidos en el mar, con lo que el número total ascendía a cincuenta y cuatro... Pero los barcos capturados eran cocas, pesqueros y barcos mercantes y esclavistas, no navíos de guerra. Cuando llegara la batalla, no sustituirían a los barcos perdidos de la Flota de Hierro.

El último en aparecer había sido el *Veneno de Doncella,* tres días atrás. La jornada anterior presenció la llegada de tres barcos juntos, procedentes del sur: la *Dama Noble,* cautiva entre el *Carroña* y el *Beso de Hierro.*

Pero los dos días previos no había llegado ninguno, y antes, solo el *Jeyne Decapitada* y el *Temor,* y habían pasado otros dos días de mares desiertos y cielos sin nubes antes de que apareciera Ralf el Cojo con lo que quedaba de su flota: el *Lord Quellon,* el *Viuda Blanca,* el *Lamento,* el *Pesar,* el *Leviatán,* el *Dama de Hierro,* el *Viento del Cosechador* y el *Martillo de Guerra,* seguidos de seis barcos, dos de ellos tan dañados por la tormenta que llegaron a remolque.

—Tormentas —masculló Ralf el Cojo cuando consiguió llegar hasta Victarion—. Tres tormentas de las fuertes, y entre una y otra, los peores vientos: vientos rojos de Valyria que olían a ceniza y a azufre, y vientos negros que nos empujaron hacia esa costa asolada. Esta expedición estaba maldita desde el principio. Ojo de Cuervo te tiene miedo. Si no, ¿por qué te manda tan lejos? Lo que quiere es que no volvamos.

A Victarion se le había pasado lo mismo por la cabeza cuando se tropezó con la primera tormenta a una singladura de la Antigua Volantis.

«Los dioses aborrecen a todo aquel que mata a la sangre de su sangre —meditó—. De lo contrario, Euron Ojo de Cuervo ya habría muerto a mis manos una docena de veces. —Mientras el mar se embravecía a su alrededor y la cubierta subía y bajaba bruscamente bajo sus pies, había visto al *Festín de Dragón* y al *Marea Roja* chocar con tal fuerza que ambos saltaron en astillas—. Es obra de mi hermano», pensó. Fueron los dos primeros barcos que perdió de su tercio de la flota, pero no los últimos.

Su reacción fue abofetear al Cojo, dos veces.

—La primera es por los barcos que has perdido, y la segunda, por hablar de maldiciones. Como vuelvas a pronunciar esa palabra, te clavo la lengua al mástil. Ojo de Cuervo no es el único que sabe dejar muda a la gente. —El dolor de la mano izquierda hizo que sus palabras sonaran más bruscas de lo que pretendía, pero hablaba en serio—. Vendrán más barcos. Las tormentas han terminado por ahora, y tendré mi flota.

Un mono subido a un mástil chilló despectivo, casi como si percibiera su frustración.

«Bicho escandaloso.» Le entraron ganas de mandar a un hombre a cazarlo, pero al parecer, a los monos les encantaba aquel juego, y ya habían demostrado que eran más ágiles que los tripulantes. Pero los chillidos le retumbaban en los oídos y subrayaban el dolor de la mano.

—Cincuenta y cuatro —gruñó.

Para un viaje tan largo, conservar toda la Flota de Hierro era mucho esperar, pero el Dios Ahogado podría haberles concedido al menos setenta u ochenta naves.

«Ojalá nos acompañara Pelomojado o algún otro sacerdote. —Victarion había hecho un sacrificio antes de zarpar y otro en los Peldaños de Piedra, al dividir la flota en tres; pero tal vez se hubiera equivocado de oraciones—. O eso, o el Dios Ahogado no tiene ningún poder aquí.» Cada vez tenía más miedo de haberse aventurado demasiado lejos, en mares extraños con dioses desconocidos... Pero las dudas de aquella clase solo se las confiaba a la mujer de piel oscura, que no tenía lengua con que repetirlas.

Cuando divisaron el *Dolor,* Victarion hizo llamar a Wulfe Una Oreja.

—Quiero hablar con el Cobaya. Díselo a Ralf el Cojo, a Tom Sin Sangre y al Pastor Negro. Hay que convocar a todas las partidas de caza; los campamentos de la orilla se levantarán en cuanto amanezca. Que carguen con tanta fruta como puedan y traigan los jabalíes a bordo; iremos matándolos a medida que sea necesario. El *Tiburón* se quedará aquí para informar de nuestro destino a los rezagados. —De todos modos, tenían que hacer reparaciones de envergadura en el barco, que las tormentas habían dejado convertido en un cascarón. Con eso, su número se reduciría a cincuenta y tres, pero no había otra solución—. La flota zarpará mañana, con la marea de la tarde.

—Como ordenes, lord capitán, pero si esperamos un día más, puede llegar otro barco.

—Sí, y si esperamos diez días, pueden llegar diez, o ninguno. Ya hemos perdido demasiado tiempo por si avistábamos más velas. La victoria será más dulce cuanto más reducida sea la flota con que la consigamos. —«Y tengo que llegar a la reina dragón antes que los volantinos.»

En Volantis había visto como se aprovisionaban las galeras. La ciudad entera parecía ebria: marineros, soldados y caldereros bailaban por las calles con nobles y con gordos mercaderes, y en todas las tabernas y posadas se bebía a la salud de los nuevos triarcas. No se hablaba más que del oro, las piedras preciosas y los esclavos que inundarían Volantis en cuanto mataran a la reina dragón. Victarion Greyjoy no tenía el menor deseo de soportar otro día más de informes por el estilo: pagó el precio del oro por las provisiones y el agua, pese a lo humillante que le resultó, y volvió a hacerse a la mar.

Las tormentas habrían dispersado y retrasado a los volantinos tanto como a ellos. Si la fortuna les era propicia, muchos de sus navíos de guerra estarían hundidos o embarrancados. Pero no todos; no había dios tan generoso, y las galeras verdes que hubieran sobrevivido podían estar ya rodeando Valyria.

«Virarán hacia el norte, hacia Meereen y Yunkai; grandes dromones de guerra llenos de soldados esclavos. Si el Dios de la Tormenta los protegió, a estas alturas pueden estar ya en el golfo de las Penas.» Sus aliados ya habían llegado a Meereen: yunkios, astaporis, hombres del Nuevo Ghis, Qarth, Tolos y de Dios sabe cuántos sitios más, hasta los navíos de guerra de Meereen que habían conseguido salir de la ciudad antes de que cayera. Y para enfrentarse a ellos, Victarion contaba con cincuenta y cuatro barcoluengos, cincuenta y tres descontando el *Tiburón*.

Ojo de Cuervo había recorrido medio mundo, robando y saqueando desde Qarth hasta Árboles Altos y atracando en puertos malditos más allá de los cuales solo se aventurarían los locos. Euron se había atrevido hasta con el mar Humeante y había vivido para contarlo.

«Y todo eso con un solo barco; si él puede burlar a los dioses, yo también.»

—A la orden, capitán —dijo Wulfe Una Oreja. No era ni la mitad de hombre que Nute el Barbero, pero Ojo de Cuervo le había arrebatado a Nute: al nombrarlo señor del Escudo de Roble se había granjeado la lealtad de la mano derecha de Victarion—. ¿Rumbo a Meereen?

—¿Adónde, si no? Allí es donde me aguarda la reina dragón.

«La mujer más bella del mundo, si mi hermano es digno de crédito. Tiene el cabello de oro y plata y los ojos de amatista. —¿Era demasiado esperar que Euron hubiera dicho la verdad por una vez?—. Puede. —Lo más probable era que se tratara de una mujer normal, con la cara picada de viruelas y las tetas caídas hasta las rodillas, y sus «dragones», vulgares lagartos tatuados de los pantanos de Sothoryos—. Pero si es como dice Euron... —Habían oído comentarios sobre la belleza de Daenerys Targaryen de labios de piratas de los Peldaños de Piedra y obesos mercaderes de la Antigua Volantis. Tal vez dijeran la verdad. Y Euron no la había elegido para Victarion; la quería para sí—. Me manda como a un criado, a buscársela. ¡Cómo aullará cuando se entere de que me la quedo!» Que los hombres murmuraran; habían llegado muy lejos y habían perdido demasiado para que Victarion virase de vuelta al oeste sin su trofeo. El capitán del hierro apretó el puño sano.

—Encárgate de que se cumplan mis órdenes. Y busca al maestre, que no sé dónde se ha metido, para que venga a mi camarote.

Wulfe asintió y se alejó cojeando. Victarion Greyjoy se volvió hacia la proa y recorrió su flota con la mirada. Los barcoluengos poblaban el mar, con las velas plegadas y los remos fuera del agua, anclados o varados en la playa de arena blanca.

«La isla de los Cedros.» ¿Dónde estaban los cedros? Por lo visto, el agua los había cubierto hacía cuatro siglos. Victarion había bajado a la orilla una docena de veces para cazar, y aún no había visto el primer cedro.

El afeminado maestre con que los había cargado Euron en Poniente decía que aquel lugar se había llamado en otros tiempos la isla de las Cien Batallas, pero los hombres que habían luchado en ellas se habían convertido en polvo muchos siglos atrás.

«La isla de los Monos sería mejor nombre. —También había jabalíes, más grandes y negros que ningún otro que los hijos del hierro hubieran visto jamás, y montones de jabatos que chillaban entre los arbustos. Eran criaturas osadas que no temían al hombre—. Pero ya están aprendiendo. —Las despensas de la Flota de Hierro se habían llenado de jamones ahumados, jabalí en salazón y tiras de tocino.

Pero los monos eran una verdadera plaga. Victarion había prohibido a sus hombres que subieran a bordo a aquellas criaturas demoniacas, pero la mitad de su flota estaba infestada de ellas, incluido el *Victoria de Hierro*. En aquel mismo instante había unos cuantos saltando de mástil en mástil, de barco en barco.

«Ojalá tuviera una ballesta.»

A Victarion no le gustaba aquel mar; no le gustaban aquellos interminables cielos sin nubes ni el sol abrasador que calentaba la cubierta de los barcos hasta que les quemaba los pies descalzos. No le gustaban aquellas tormentas que parecían surgir de la nada. Los mares que rodeaban Pyke eran tormentosos, pero allí, al menos, las tormentas se podían oler antes de que llegaran. Las sureñas eran más imprevisibles que las mujeres. Hasta el color de las aguas era extraño, de un turquesa deslumbrante cerca de la orilla, y mar adentro, de un azul tan oscuro que casi parecía negro. Victarion añoraba las aguas grises verdosas de su tierra, con sus corrientes y sus olas de cresta blanca.

Tampoco le gustaba la isla de los Cedros. Había buena caza, pero los bosques eran demasiado verdes y tranquilos, llenos de árboles retorcidos y extrañas flores de colores vivos que nadie había visto nunca, y entre las ruinas de los palacios y las estatuas de la ciudad inundada de Velos, media legua al norte del lugar donde estaba anclada la flota, acechaban horrores indescriptibles. La última vez que había pasado una noche en la orilla había tenido sueños sombríos y angustiosos, y al despertar tenía la boca llena de sangre. El maestre le dijo que se había mordido la lengua mientras dormía, pero él lo interpretó como una señal del Dios Ahogado, una advertencia de que, si se quedaba allí demasiado tiempo, se ahogaría en su propia sangre.

Según se decía, el día en que la Maldición cayó sobre Valyria, una muralla de agua de cien varas de altura se precipitó sobre la isla y ahogó a cientos de miles de hombres, mujeres y niños, sin que quedara nadie para contarlo, salvo algunos pescadores que estaban en sus barcos y un puñado de lanceros velosios apostados en una torre de piedra, en el monte más alto de la isla, que vieron como las colinas y valles se transformaban en un mar asesino. La hermosa Velos, con sus palacios de cedro y mármol rosado, desapareció en un instante. En el cabo norte de la isla, los muros de ladrillo y las pirámides escalonadas del puerto esclavista de Ghozai sufrieron el mismo destino.

«Con tanta gente como se ahogó, el Dios Ahogado debe de ser muy fuerte aquí —pensaba cuando eligió la isla como punto de reunión para las tres partes de su flota. Pero no era sacerdote; tal vez lo hubiera interpretado todo al revés. Tal vez el Dios Ahogado hubiera destruido la isla en un arranque de cólera. Su hermano Aeron lo habría sabido, pero se encontraba en las islas del Hierro, predicando contra Ojo de Cuervo y su mandato—. Un hombre sin dios no puede sentarse en el Trono de Piedramar.» Pero los capitanes y reyes habían alzado la voz por Euron en la asamblea de sucesión; lo habían preferido a Victarion y a otros hombres píos.

El sol de la mañana arrancaba del agua destellos tan brillantes que hacían daño a los ojos. A Victarion empezaba a dolerle la cabeza, aunque no sabía si era por el sol, por la mano o quizás por las dudas que lo acuciaban. Bajó a su camarote, más fresco y resguardado del sol, donde la mujer de piel oscura sabía lo que quería sin que tuviera que decírselo. Se acomodó en la silla, y ella humedeció un paño en la jofaina y se lo puso en la frente.

—Bien —dijo—. Bien. Ahora, la mano.

La mujer de piel oscura no respondió: Euron le había cortado la lengua antes de entregársela. A Victarion no le cabía duda de que Ojo de Cuervo se había acostado con ella, también; era el estilo de su hermano.

«Los regalos de Euron están envenenados —se había dicho el día que la mujer subió a bordo—. No quiero sus sobras.» En aquel momento había tomado la decisión de degollarla y echarla al mar, como sacrificio de sangre para el Dios Ahogado, pero había ido dejando pasar la ocasión.

Desde entonces habían ocurrido muchas cosas. Victarion hablaba con la mujer de piel oscura, que nunca intentaba responder.

—El *Dolor* es el último —le dijo mientras le quitaba el guante—. Los demás se han perdido, o se han ido a pique, o llegan demasiado tarde. —Hizo un gesto de dolor cuando la mujer pasó la punta del cuchillo bajo el lino sucio de la venda que le envolvía la mano del escudo—. Hay quien dice que no debí dividir la flota. Serán imbéciles. Teníamos noventa y nueve barcos, una bestia demasiado pesada para cruzar los mares con ella hasta el otro extremo del mundo. Si hubiera mantenido los barcos juntos, los más rápidos serían rehenes de los más lentos. Además, ¿dónde conseguiríamos provisiones para tantas bocas? No hay puerto que quiera ver tantos navíos de guerra juntos en sus aguas. De todos modos, las tormentas nos habrían dispersado como hojas al viento por todo el mar del Verano.

Lo que había hecho era dividir la gran flota en escuadrones y enviarlos por rutas diferentes hacia la bahía de los Esclavos. Puso los barcos más rápidos bajo el mando de Ralf Stonehouse el Rojo, que seguiría la ruta de los corsarios por la costa norte de Sothoryos. Cualquier marinero sabía que convenía esquivar las ciudades muertas y putrefactas de aquella orilla bochornosa, pero en los pueblos de barro y sangre de las islas del Basilisco, habitadas por esclavos fugados, esclavistas, desolladores, prostitutas, cazadores, mestizos y otra chusma, aquellos que no temieran pagar el precio del hierro siempre podían hacerse con provisiones.

Los navíos más grandes, pesados y lentos fueron hacia Lys para vender a los prisioneros que habían tomado en las Escudo, a las mujeres y niños de Ciudad de Lord Hewett y a los hombres que optaron por rendirse en lugar de morir. Victarion los despreciaba por su debilidad, pero venderlos le dejaba mal sabor de boca. Estaba bien capturar a un hombre como siervo o a una mujer como esposa de sal, pero los seres humanos no eran cabras ni gallinas que se pudieran cambiar por oro. Por eso encargó la transacción a Ralf el Cojo, que utilizaría el dinero para cargar los enormes barcos con provisiones para la larga y lenta travesía hacia el este por la ruta esclavista.

Sus naves recorrieron la costa de las Tierras de la Discordia para aprovisionarse de comida, vino y agua en Volantis antes de virar hacia el sur rodeando Valyria. Era la ruta más habitual hacia el este, y también la más concurrida, en la que encontrarían trofeos que capturar e islotes donde refugiarse en caso de tormenta, hacer reparaciones y, de ser necesario, llenar las bodegas.

—Cincuenta y cuatro barcos son muy pocos —le dijo a la mujer de piel oscura—, pero no puedo esperar más. La única manera... —Dejó escapar un gruñido cuando ella retiró la venda, llevándose también la costra. La carne que quedó al descubierto estaba verde y negruzca por donde la había cortado la espada—. Solo conseguiremos lo que queremos si cogemos a los esclavistas por sorpresa, como hice en Lannisport. Entrar por mar, acabar con ellos, capturar a la chica y poner rumbo a casa antes de que los volantinos nos caigan encima. —Victarion no era ningún cobarde, pero tampoco era ningún idiota; con cincuenta y cuatro barcos no podría vencer a trescientos—. Será mi esposa, y tú serás su doncella. —Una doncella sin lengua no divulgaría ningún secreto.

Habría seguido hablando, pero en aquel momento llegó el maestre, que golpeó la puerta del camarote con la timidez de un ratoncillo.

—¡Adelante! —respondió Victarion—. Y atranca la puerta. Ya sabes por qué estás aquí.

—Lord capitán. —Además de comportarse como un ratón, también lo parecía, con su túnica gris y su bigotito pardo. «¿Pensará que le da un aspecto más varonil?» Se llamaba Kerwin y, para colmo, era muy joven; tenía unos veintidós años—. ¿Me permitís que os vea esa mano?

«Qué pregunta más idiota.» Los maestres resultaban útiles, pero el tal Kerwin solo le inspiraba desprecio. De mejillas sonrosadas y lampiñas, manos tiernas y rizos castaños, era más femenino que la mayoría de las mujeres. Cuando llegó a bordo del *Victoria del Hierro* lucía también una sonrisita afectada, pero una noche, en los Peldaños de Piedra, sonrió a quien no debía y Burton Humble le saltó cuatro dientes. Poco más adelante, Kerwin fue a quejarse al capitán de que cuatro miembros de la tripulación lo habían arrastrado a las bodegas y lo habían usado como a una mujer.

—Esto sirve para poner fin a esas cosas —le había respondido Victarion al tiempo que dejaba un puñal en la mesa, entre ellos. Kerwin lo había cogido, probablemente para no hacerlo enfadar, pero no había llegado a utilizarlo.

—Aquí tienes la mano. Mírala cuanto quieras.

El maestre Kerwin se dejó caer sobre una rodilla para inspeccionar la herida, y hasta la olisqueó como si fuera un perro.

—Hay que sacar el pus otra vez. Y este color... El corte no se está curando, lord capitán. Puede que tenga que amputaros la mano. —No era la primera vez que lo comentaba.

—Si me cortas la mano, te mato. Pero antes te ataré a la baranda y pondré tu culo al servicio de toda la tripulación. Empieza de una vez.

—Va a doleros.

—Todo duele. —«La vida es dolor, idiota. Solo hay alegría en las estancias acuosas del Dios Ahogado»—. Adelante.

El muchacho, pues costaba considerar hombre a un ser tan suave y rosado, puso el filo del puñal en la palma de la mano del capitán y rajó. El pus que brotó era espeso y amarillo como la leche agriada. La mujer de piel oscura frunció la nariz; el maestre sufrió arcadas, y hasta al propio Victarion se le revolvió el estómago.

—Corta más hondo. Sácalo todo. Quiero ver sangre.

El maestre Kerwin hundió más el puñal, hasta que brotó sangre junto con el pus, una sangre tan oscura que parecía negra a la luz de la lámpara.

La sangre era buena señal, y Victarion soltó un gruñido de aprobación. No parpadeó mientras el maestre manipulaba, apretaba y limpiaba el pus con paños de tela suave hervidos en vinagre. Cuando terminó, el agua limpia de la jofaina era un caldo repulsivo que daba ganas de vomitar.

—Saca de aquí esa mierda. —Victarion señaló con un gesto a la mujer de piel oscura—. Ella puede vendarme la mano.

Aunque el chico se llevó el agua sucia, el hedor no desapareció. En los últimos días estaba siempre presente. El maestre decía que sería mejor drenar la herida en la cubierta, con aire fresco y luz, pero Victarion se negaba; no podía permitir que la tripulación viera aquello. Estaban a medio mundo de su hogar, demasiado lejos para permitir que vieran que su capitán del hierro se estaba oxidando.

La mano izquierda seguía doliéndole con un dolor sordo, persistente. Cuando apretó el puño, el dolor se tornó tan agudo como si se le clavara un cuchillo.

«No, no es un cuchillo, es una espada larga. Una espada larga esgrimida por un fantasma. —Se llamaba Serry, un caballero destinado a heredar el Escudo del Sur—. Lo maté, pero él sigue clavándome su espada desde la tumba. Desde el corazón del infierno al que lo mandé, me hinca el acero en la mano y lo retuerce.»

Victarion recordaba la lucha como si hubiera sucedido el día anterior. Su escudo era un montón de astillas inservibles que le colgaba del brazo, de modo que, cuando la espada larga de Serry descendió hacia él, tuvo que alzar la mano para detenerla. El mozalbete era más fuerte de lo que parecía, y la hoja atravesó las lamas de acero del guantelete, así como el guante acolchado, para enterrarse en la palma de la mano. «Un arañazo de gatito», se había dicho Victarion en aquel momento. Se limpió el corte, se lo curó con vinagre hervido, se lo vendó y no volvió a pensar en él, dando por hecho que el dolor amainaría y la mano se curaría sola con el tiempo.

Pero la herida se había infectado tanto que Victarion llegó a pensar que la espada de Serry estaba envenenada. ¿Por qué, si no, el corte se resistía a cerrarse? La sola idea lo enfurecía: un hombre de verdad no mataba con veneno. En Foso Cailin, los demonios de los pantanos disparaban flechas envenenadas contra sus hombres, pero ¿qué otra cosa cabía esperar de criaturas tan degeneradas? Serry, en cambio, era caballero y de alta cuna. El veneno era cosa de cobardes, mujeres y dornienses.

—Y si no fue Serry, entonces, ¿quién? —preguntó a la mujer de piel oscura—. ¿Me lo está haciendo ese ratón que tengo por maestre? Los maestres conocen hechizos y otros trucos; tal vez me esté envenenando para que le deje cortarme la mano. —Cuanto más lo pensaba, más probable le parecía—. Fue Ojo de Cuervo quien lo puso a mi servicio. —Euron había sacado a Kerwin del Escudo Verde, donde cuidaba los cuervos e instruía a los hijos de lord Chester para..., o quizá fuera al revés. ¡Y cómo chillaba el ratón cuando un mudo de Euron lo llevó a bordo del *Victoria del Hierro,* arrastrándolo por la cadena del cuello que tan útil resultó en ese momento!—. Si es su venganza, se equivoca conmigo. Euron fue quien se empecinó en que me lo llevara, porque no le parecía fiable como encargado de los cuervos. —Su hermano también le había dado tres jaulas de cuervos para que Kerwin pudiera enviar noticias sobre el viaje, pero Victarion le había prohibido soltarlos. «Que Ojo de Cuervo se muera de impaciencia.»

La mujer de piel oscura estaba poniéndole vendas limpias, y ya había dado seis vueltas a la mano con la tira de tela cuando Longwater Pyke llamó a la puerta para decirle que el capitán del *Dolor* acababa de subir a bordo con un prisionero.

—Dice que nos trae un mago, capitán; que lo ha pescado en el mar.

—¿Un mago? —¿Acaso el Dios Ahogado le enviaba un regalo allí, al otro lado del mundo? Su hermano Aeron lo habría sabido con certeza, pero Aeron había visto la majestad de las estancias acuosas del Dios Ahogado, en el fondo del mar, antes de volver a la vida. Victarion albergaba un sano temor hacia el dios, igual que todos sus hombres, pero la verdadera fe la depositaba en el acero. Flexionó la mano herida y, con una mueca, se puso el guante y se levantó—. Veamos a ese mago.

El señor del *Dolor* estaba esperando en la cubierta. Era un hombrecillo menudo, tan peludo como feo. Su nombre era Spari, pero todos los que servían a sus órdenes lo llamaban Cobaya.

—Lord capitán —dijo cuando vio a Victarion—, este es Morroqo, un regalo que nos manda el Dios Ahogado.

El mago era un verdadero monstruo, tan alto como el propio Victarion y el doble de ancho, con una barriga como una roca y una mata enmarañada de pelo blanco que le crecía por toda la cabeza como la melena de un león. Tenía la piel negra; no del marrón de los isleños del verano que navegaban en sus naves cisne, ni del pardo rojizo de los señores dothrakis de los caballos, ni como la hulla terrosa de la mujer de piel oscura, sino negra. Más negra que el carbón, más negra que el azabache, más negra que el ala de un cuervo.

«Quemado —pensó Victarion—, como si lo hubieran asado sobre las llamas hasta que la carne se abrasara y se le cayera de los huesos. —Los fuegos que lo habían carbonizado le bailaban todavía en la frente y en las mejillas; los ojos del hombre miraban a través de un antifaz de llamas inmóviles—. Tatuajes de esclavo —identificó el capitán—. La marca del mal.»

—Lo encontramos agarrado a los restos de un mástil —comentó el Cobaya—. Después de que su barco se hundiera, pasó diez días en el agua.

—Si se hubiera pasado diez días en el agua, habría muerto o habría enloquecido por beber agua salada. —El agua salada era sagrada. Aeron Pelomojado y los otros sacerdotes bendecían a los demás con ella y podían beber un sorbo de cuando en cuando para apuntalar su fe, pero ningún mortal la bebía durante días y vivía para contarlo—. ¿Dices que eres hechicero? —preguntó al prisionero.

—No, capitán —respondió el negro en la lengua común. Tenía una voz tan grave que parecía salir del fondo del mar—. Solo soy un humilde esclavo de R'hllor, el Señor de Luz.

«R'hllor. Un sacerdote rojo.» Victarion los había visto en ciudades extranjeras, siempre junto a sus fuegos sagrados, pero vestían suntuosas túnicas rojas de seda, terciopelo o buena lana. Aquel llevaba harapos descoloridos y llenos de salitre que se le pegaban al torso y a las fuertes piernas. El capitán los examinó más de cerca y le pareció que podrían haber sido rojos.

—Un sacerdote rosa —anunció Victarion.

—Un sacerdote del demonio. —Wulfe Una Oreja escupió.

—A lo mejor se le prendió la túnica y por eso saltó al mar —sugirió Longwater Pyke, lo que provocó una carcajada general. Hasta los monos parecían divertirse, chillando sobre ellos. Uno lanzó contra la cubierta un puñado de excrementos.

Victarion Greyjoy desconfiaba de la risa; las carcajadas siempre le dejaban la sensación de que había algún aspecto de la broma que se le escapaba. Euron Ojo de Cuervo acostumbraba burlarse de él cuando eran niños, igual que Aeron antes de convertirse en Pelomojado. Sus mofas solían ir disfrazadas de alabanzas, y a veces, Victarion no se daba cuenta de que estaban burlándose de él hasta que oía las risotadas. Entonces llegaba la rabia, que le subía hirviendo desde el fondo de la garganta hasta que tenía la impresión de que su sabor iba a ahogarlo. Era la misma sensación que le provocaban los monos. Sus piruetas no consiguieron nunca dibujar una sonrisa en la cara del capitán, por más que la tripulación aplaudiera y silbara.

—Vamos a mandarlo con el Dios Ahogado antes de que nos lance una maldición —propuso Burton Humble.

—¿Un barco se hunde y solo queda él entre los restos? —aportó Wulfe Una Oreja—. ¿Dónde está la tripulación? ¿Acaso invocó a demonios que la devoraron? ¿Qué le pasó a su nave?

—Fue una tormenta. —Morroqo se cruzó de brazos; no parecía asustado, pese a estar rodeado de hombres que pedían su muerte. Aquel mago no les gustaba ni a los monos, que saltaban sobre él de cabo en cabo sin dejar de chillar. Victarion dudaba.

«Ha venido del mar. ¿Por qué lo habría escupido el Dios Ahogado, si no para que lo encontráramos?» Su hermano Euron se hacía acompañar por magos, así que tal vez el Dios Ahogado quisiera que Victarion contara también con uno.

—¿Por qué dices que es un mago? —preguntó al Cobaya—. Yo no veo más que a un sacerdote rojo harapiento.

—Lo mismo me pareció a mí, capitán, pero sabe muchas cosas. Sabía que íbamos a la bahía de los Esclavos antes de que nadie lo mencionara, y también sabía que estarías aquí, en esta isla. —El hombrecillo titubeó un momento—. Me dijo... me dijo que morirías seguro a menos que lo trajéramos a tu presencia, lord capitán.

—¿Que voy a morir? —bufó Victarion. «Degüéllalo y échalo al mar», estaba a punto de añadir, cuando una puñalada de dolor le subió por la mano hasta el codo, tan intensa que las palabras se le convirtieron en bilis en la garganta. Se tambaleó y tuvo que aferrarse a la borda para no caer.

—¡El hechicero ha lanzado una maldición al capitán! —clamó una voz.

—¡Cortadle el cuello! —gritaron otros hombres—. ¡Matadlo antes de que llame a sus demonios! —Longwater Pyke fue el primero en desenfundar el puñal.

—¡No! —exclamó Victarion—. ¡Atrás todos! Guarda ese acero, Pyke. Cobaya, vuelve a tu barco. Humble, lleva al mago a mi camarote; los demás, volved a vuestras tareas.

Durante un momento, no tuvo la certeza de que fueran a obedecer. Se quedaron en el sitio, murmurando entre sí, algunos con el puñal en la mano, y se miraron como para reunir valor. La mierda de mono llovía en torno a ellos. Nadie hizo ademán de moverse hasta que Victarion agarró al hechicero por el brazo y tiró de él hacia la escotilla.

Cuando abrió la puerta del camarote del capitán, la mujer de piel oscura se volvió hacia él, silenciosa y sonriente, pero, al ver al sacerdote rojo a su lado, mostró los dientes y siseó con la furia salvaje de una serpiente. Victarion la derribó con un revés de la mano sana.

—Cállate, mujer. Sírvenos vino. —Se volvió hacia el negro—. ¿Es cierto lo que dice el Cobaya? ¿Has visto mi muerte?

—Y muchas cosas más.

—¿Dónde? ¿Cuándo? ¿Moriré en combate? —Flexionó los dedos de la mano sana—. Si me mientes, te romperé la cabeza como si fuera un melón y dejaré que los monos te coman los sesos.

—Vuestra muerte se encuentra entre nosotros ahora mismo, mi señor. Dejadme ver la mano.

—¿Qué sabes de mi mano?

—Os he visto en los fuegos nocturnos, Victarion Greyjoy. Salís de entre las llamas, fiero y decidido, con el hacha chorreando sangre, sin ver los tentáculos que os sujetan por la muñeca, por el cuello, por el tobillo, sin ver los cordeles negros que os hacen bailar.

—¿Bailar? —repitió enojado—. Tus fuegos nocturnos te engañan. No nací para bailar ni soy la marioneta de nadie. —Se quitó el guante y puso la mano enferma ante la cara del sacerdote—. ¿Esto era lo que querías ver? —El vendaje nuevo ya estaba empapado de sangre y pus—. El hombre que me hizo esto tenía una rosa en el escudo, y me arañé con una espina.

—Hasta el arañazo más leve puede ser mortal, lord capitán; pero, si me lo permitís, os curaré. Me hará falta una hoja afilada; mejor si es de plata, pero también vale de hierro. Y un brasero, porque he de encender fuego. Os dolerá; será el dolor más espantoso que hayáis sentido jamás; pero cuando termine, habréis recuperado la mano.

«Todos los magos son iguales; el ratón también me advirtió de que me iba a doler.»

—Soy hijo del hierro, sacerdote; me río del dolor. Te daré lo que pides... Pero si fracasas, si mi mano no sana, yo mismo te degollaré y te tiraré al mar.

Morroqo hizo una reverencia; los ojos oscuros le brillaban.

—Así sea.

Nadie volvió a ver aquel día al capitán del hierro, pero durante aquellas largas horas, la tripulación de su *Victoria del hierro* aseguró haber oído risas enloquecidas que procedían de su camarote; unas carcajadas sombrías, roncas, demenciales. Cuando Longwater Pyke y Wulfe Una Oreja trataron de abrir la puerta, se la encontraron atrancada. Más tarde se oyeron plegarias, un extraño alarido agudo en una lengua que, según el maestre, era alto valyrio. Al oírlo, los monos chillaron y se tiraron al agua.

Cuando anocheció, a medida que el mar se tornaba negro como la tinta y el sol hinchado pintaba el cielo de rojo sangre, Victarion volvió a cubierta. Iba desnudo de cintura para arriba, y tenía el brazo izquierdo ensangrentado hasta el codo. La tripulación se congregó a su alrededor, intercambiando susurros y miradas, y él alzó la mano ennegrecida; jirones de humo oscuro se alzaron de sus dedos cuando señaló al maestre.

—Degollad a ese y tiradlo al mar, y los vientos nos serán favorables durante todo el viaje hasta Meereen. —Morroqo lo había visto en sus fuegos. También había visto el matrimonio de la mujer, pero eso daba igual. No sería la primera a la que Victarion Greyjoy dejaba viuda.

Tyrion

El sanador entró en la tienda musitando trivialidades amables, pero en cuanto notó el hedor del aire y echó un vistazo a Yezzan zo Qaggaz, se detuvo en seco.

—La yegua clara —dijo a Golosinas.

«Qué sorpresa —pensó Tyrion—, ¿quién se lo iba a imaginar? Aparte de cualquiera que tenga nariz, y yo, que solo tengo media.» Yezzan estaba ardiendo de fiebre y se retorcía en un charco de excrementos, un líquido marrón mezclado con sangre. A Yollo y a Penny les había tocado limpiarle el trasero amarillo. Su amo no era capaz de levantar su propio peso ni con ayuda, y tenía que hacer acopio de todas sus exiguas fuerzas para rodar hacia un lado.

—Mis artes no servirán de nada aquí —anunció el sanador—. La vida del noble Yezzan está en manos de los dioses. Procurad que no pase calor; hay quien dice que eso ayuda. Y que beba mucha agua. —Los afectados por la yegua clara siempre tenían sed, y bebían cubos de agua entre cagada y cagada—. Agua limpia, tanta como quiera.

—Pero no del río —apuntó Golosinas.

—Eso, ni pensarlo. —Sin añadir nada más, el sanador se largó a toda prisa.

«Nosotros también deberíamos largarnos —pensó Tyrion. Era un esclavo con argolla dorada y campanillas que tintineaban alegres cada vez que daba un paso—. Uno de los tesoros de Yezzan. Un honor que no se distingue en nada de la pena de muerte.» A Yezzan zo Qaggaz le gustaba tener cerca a sus tesoritos, así que a Yollo, Penny, Golosinas y al resto de su colección les correspondió cuidarlo cuando enfermó.

«Pobre Yezzan.» El señor del sebo no era tan mal amo: en eso, Golosinas les había dicho la verdad. Sirviendo a los invitados en sus banquetes nocturnos, Tyrion no había tardado en descubrir que Yezzan era uno de los señores yunkios que más habían hablado a favor de mantener la paz con Meereen. Casi todos los demás se limitaban a esperar su oportunidad, cuando llegaran los ejércitos de Volantis, y unos pocos querían tomar la ciudad por asalto de inmediato, no fuera que los volantinos les arrebataran la gloria y la mejor parte del botín. Yezzan no quería ni oír hablar de aquello, y tampoco dio su aprobación a la sugerencia del mercenario Barbasangre de devolver los rehenes meereenos con los trabuquetes.

Pero en dos días podían cambiar muchas cosas. Hacía dos días, Aya estaba sano y robusto. Hacía dos días, Yezzan no había oído los cascos espectrales de la yegua clara. Hacía dos días, las flotas de la Antigua Volantis se encontraban a dos días de distancia. Y en aquel momento...

—¿Yezzan va a morir? —preguntó Penny con aquella vocecita suya de «Por favor, dime que no».

—Todos vamos a morir.

—Quiero decir de la colerina.

—Yezzan no puede morir. —Golosinas los miró con desesperación.

El hermafrodita acarició la frente de su gigantesco amo para retirarle el pelo empapado de sudor. El yunkio gimió, y otro chorro de agua marrón le brotó de entre las piernas. Tenía el lecho empapado y apestoso, pero no había manera de moverlo.

—Hay amos que, cuando mueren, liberan a sus esclavos —dijo Penny.

—Solo a los favoritos. —Golosinas dejó escapar una risita aterradora—. Los liberan de los pesares del mundo, para que acompañen a su querido amo a la tumba y le sirvan en la otra vida.

«Lo sabe mejor que nadie. Será el primero al que corten el cuello.»

—La reina de plata... —empezó el chico cabra.

—... está muerta —insistió Golosinas—. ¡Olvidaos de ella! El dragón se la llevó al otro lado del río; ya se habrá ahogado en ese mar dothraki.

—Nadie se ahoga en la hierba —replicó el chico cabra.

—Si estuviéramos libres, podríamos buscar a la reina —dijo Penny.

«Sí, tú a lomos del perro y yo de la cerda, persiguiendo a un dragón por el mar dothraki.» Tyrion se rascó la cicatriz para contener la carcajada.

—Lo malo es que este dragón se ha aficionado al cerdo asado, y el enano asado es el doble de sabroso.

—Solo estaba pensando en voz alta. Podríamos irnos por mar. Ahora que ha terminado la guerra, vuelve a haber barcos. —«¿De verdad ha terminado?» Tyrion albergaba serias dudas. Se habían firmado pergaminos, sí, pero las guerras no se libraban con tinta—. Podríamos ir a Qarth —siguió Penny—. Mi hermano me contaba siempre que las calles están empedradas de jade, y que la muralla de la ciudad es una de las maravillas del mundo. Cuando actuemos en Qarth nos lloverán oro y plata, ya lo verás.

—Algunos barcos de la bahía son qarthienses —le recordó Tyrion—. Lomas Pasolargo vio la muralla de Qarth y a mí me basta con sus libros; no pienso ir más hacia el este.

Golosinas pasó un paño húmedo por el rostro febril de Yezzan.

—Yezzan no puede morir, o todos moriremos con él. La yegua clara no se lleva a todos sus jinetes. El amo se recuperará.

Era mentira, por supuesto; sería un milagro que Yezzan viviera un día más. En opinión de Tyrion, el señor del sebo estaba agonizando de la espantosa enfermedad que había contraído durante su visita a Sothoryos, y aquello no hacía más que acelerar su fin.

«En realidad, casi es lo mejor para él.» Pero no era la suerte que el enano querría para sí mismo.

—El sanador ha dicho que necesita agua fresca. Nosotros nos encargamos.

—Muy bien, gracias. —Golosinas estaba consternado, no solo por la perspectiva de perder la vida: también era el único de los tesoros de Yezzan que sentía verdadero afecto por su inmenso amo.

—Ven conmigo, Penny. —Tyrion levantó la solapa de la tienda y salieron al calor de la mañana meereena. El aire era húmedo y bochornoso, pero aun así se agradecía en comparación con el olor de sudor, mierda y enfermedad del majestuoso pabellón de Yezzan.

—El amo se sentirá mejor con un poco de agua —dijo Penny—. Lo ha dicho el sanador, así que debe de ser verdad. Agua fresca y limpia.

—El agua fresca y limpia no le sirvió de nada a Aya.

«Pobre Aya. —Los soldados de Yezzan lo habían tirado al carromato de los cadáveres el día anterior, al anochecer; una víctima más de la yegua clara. Cada hora que pasaba morían hombres, así que nadie prestaba atención a otro cadáver, mucho menos si era el de alguien tan poco querido como Aya. Cuando el capataz empezó a sentir retortijones, el resto de los esclavos de Yezzan se había negado a acercársele, y Tyrion fue el único que se ocupó de que estuviera cómodo y de llevarle bebida—. Vino aguado, limonada dulce y un buen caldito de cola de perro con setas. Bébetelo, Aya; tienes que reponer toda esa agua que estás cagando.» La última palabra que dijo Aya fue «No». Las últimas palabras que escuchó fueron: «Un Lannister siempre paga sus deudas».

Tyrion se lo había ocultado a Penny, pero tenía que hacerle comprender la situación con respecto a su amo.

—Me sorprendería mucho que Yezzan siguiera vivo al amanecer.

—¿Qué pasará con nosotros? —Penny se agarró de su brazo.

—Tiene herederos, sus sobrinos. —Cuatro de ellos habían acompañado a Yezzan desde Yunkai para dirigir su ejército de soldados esclavos. Uno había muerto a manos de los mercenarios de los Targaryen durante una escaramuza, así que los tres restantes se repartirían a los esclavos de la mole amarilla. Pero nada garantizaba que alguno de los sobrinos compartiera el gusto de Yezzan por los monstruos, las rarezas y los tullidos—. Nos heredarán, o puede que nos subasten de nuevo.

—No. —Penny abrió mucho los ojos—. Eso no, por favor.

—Tampoco a mí me apetece mucho.

A pocos pasos de allí, seis soldados esclavos de Yezzan jugaban a las tabas acuclillados en el suelo mientras se pasaban de mano en mano un pellejo de vino. Uno era el sargento Cicatriz, un animal de mal genio con la cabeza más pelada que una piedra y hombros de toro.

«Y también sesos de toro», recordó Tyrion. Anadeó hacia el grupo.

—¡Cicatriz! —rugió—, el noble Yezzan necesita agua fresca y limpia. Elige a dos hombres y traed tantos cubos como podáis acarrear. ¡Y que sea deprisa!

Los soldados dejaron de jugar, y Cicatriz se levantó con el prominente ceño fruncido.

—¿Qué has dicho, enano? ¿Quién te crees que eres?

—Ya sabes quién soy: Yollo, uno de los tesoros del amo. ¡Haz lo que te he dicho!

Los soldados se echaron a reír.

—Venga, Cicatriz —dijo uno, burlón—. ¡Y que sea deprisa! ¡El mono de Yezzan te ha dado una orden!

—Tú no das órdenes a los soldados —bufó Cicatriz.

—¿Soldados? —Tyrion fingió asombrarse—. Yo aquí solo veo esclavos. Llevas una argolla igualita que la mía.

El brutal revés que le asestó Cicatriz lo hizo caer y le partió el labio.

—La argolla de Yezzan, no la tuya —dijo el sargento.

Tyrion se limpió la sangre de la boca con el dorso de la mano. Intentó levantarse, pero le falló una pierna y volvió a caer de rodillas, así que Penny tuvo que ayudarlo.

—Golosinas dice que el amo necesita agua —dijo con su mejor versión de un gimoteo.

—A Golosinas, que lo follen, o que se folle él solo. Ese monstruo tampoco nos da órdenes.

«No, claro.» Había tardado muy poco en descubrir que entre los esclavos también había señores y plebeyos. El hermafrodita había sido el juguete preferido de su amo durante mucho tiempo, siempre consentido y demasiado mimado, lo que provocaba el resentimiento de los otros esclavos del noble Yezzan. Los soldados estaban acostumbrados a aceptar órdenes de su amo y del capataz, pero Aya había muerto y Yezzan estaba tan enfermo que no podía nombrarle un sustituto. En cuanto a los tres sobrinos, en cuanto se dejaron oír los cascos de la yegua clara, aquellos valerosos hombres libres recordaron de repente que tenían asuntos apremiantes de los que ocuparse.

—El a-a-agua —tartamudeó Tyrion—. El sanador dice que no sea agua del río. Agua fresca y limpia.

—Pues id vosotros a por ella —gruñó Cicatriz—. Y que sea deprisa.

—¿Nosotros? —Tyrion cruzó una mirada desesperada con Penny—. El agua pesa mucho, y no somos tan fuertes como vosotros. ¿Podemos llevarnos el carro de la mula?

—Id a patita.

—Tendremos que hacer una docena de viajes.

—¿Y a mí qué? Como si tenéis que hacer un centenar.

—Es que los dos solos no podemos traer tanta agua como necesita el amo...

—Pues llevaos a vuestro oso —sugirió Cicatriz—. Parece que solo vale para acarrear agua...

—Como digas, amo —respondió Tyrion.

«Eso de "amo" le ha gustado», pensó al ver la sonrisa de Cicatriz.

—Morgo, trae las llaves. Vosotros, enanos, llenad los baldes y volved de inmediato. Ya sabéis qué les pasa a los esclavos que intentan escapar.

—Ve a buscar los baldes —dijo Tyrion a Penny. Él acompañó a Morgo para sacar de la jaula a ser Jorah Mormont.

El caballero no se había adaptado bien al cautiverio. Cuando lo requerían para representar el papel del oso y llevarse a la doncella, se mostraba hosco y poco cooperativo, y arrastraba los pies sin entusiasmo en las escasas ocasiones en que se dignaba tomar parte en la farsa. No había intentado escapar ni se había enfrentado a sus captores, pero hacía caso omiso de las órdenes que le daban, o mascullaba juramentos como toda respuesta. A Aya no le hacía la menor gracia, y había dejado clara su opinión encerrando a Mormont en una jaula de hierro y ordenando que le dieran una paliza cada noche, mientras el sol se hundía en la bahía de los Esclavos. El caballero encajaba los golpes en silencio, y solo se oían las maldiciones de los esclavos que le pegaban y el sonido sordo de los palos contra la carne maltratada de ser Jorah.

«Es un cascarón vacío —pensó Tyrion la primera vez que vio como golpeaban al corpulento caballero—. Tendría que haberme callado; habría sido mejor para él que lo comprara Zahrina.»

Mormont salió encorvado de los estrechos confines de la jaula, con los dos ojos morados y la espalda llena de costras. Tenía el rostro tan hinchado y magullado que no parecía ni humano. No llevaba más ropa que un taparrabos, un trapo amarillo sucio y desgarrado.

—Ayúdalos a acarrear agua —le dijo Morgo.

La única respuesta de ser Jorah fue una mirada hosca.

«Bueno, hay hombres que prefieren morir a vivir como esclavos.» Tyrion no era uno de ellos, por suerte, pero si Mormont asesinaba a Morgo, era posible que los otros esclavos no apreciaran la diferencia.

—Vamos —dijo antes de que el caballero cometiera alguna estupidez valerosa. Echó a andar, con la esperanza de que Mormont lo siguiera.

Por una vez, los dioses fueron misericordiosos y Mormont lo siguió.

Dos baldes para Penny, dos para Tyrion y cuatro para ser Jorah, dos en cada mano. El pozo más próximo estaba al sudoeste de la Bruja, y hacia él se encaminaron acompañados por el alegre tintineo de las campanillas de las argollas. Nadie les prestó la menor atención; no eran más que esclavos que iban a buscar agua para su amo. La argolla proporcionaba ciertas ventajas, sobre todo si era dorada y llevaba el nombre de Yezzan zo Qaggaz: el tintineo de aquellas campanillas proclamaba muy alto su valor. Un esclavo solo era tan importante como su amo, y Yezzan era el hombre más adinerado de la Ciudad Amarilla; había aportado seiscientos soldados esclavos a aquella guerra, y poco importaba que pareciera una babosa amarilla gigante y apestara a meados. Aquellas argollas les permitían desplazarse libremente dentro de los límites del campamento.

«Hasta que Yezzan muera.»

Los Señores del Estrépito habían puesto a sus soldados esclavos a formar en un campo cercano. El tintineo de las cadenas que los ataban unos a otros creaba una rudimentaria música cuando marchaban por la arena con paso trabado para formar con las lanzas largas. En otros lugares, los equipos de esclavos construían rampas de piedra y arena bajo los maganeles y los escorpiones para hacer que apuntaran hacia el cielo y defender mejor el campamento en caso de que volviera el dragón negro. El enano no pudo contener una sonrisa al verlos sudar y maldecir mientras empujaban las pesadas máquinas por las pendientes. También se veían ballestas por todas partes: uno de cada dos hombres exhibía una, así como un carcaj lleno de saetas colgado del cinturón.

Si hubieran consultado a Tyrion, les habría dicho que no se molestaran. A no ser que un largo dardo de hierro del escorpión acertara al gatito de la reina en pleno ojo, aquellos juguetes no servirían de nada.

«No es tan fácil matar a un dragón. Si le hacéis cosquillas con eso, lo único que conseguiréis será enfurecerlo.»

Los ojos, situados justo delante del cerebro, eran el punto débil del dragón; no el vientre, como narraban las antiguas leyendas. Las escamas del abdomen eran tan duras como las del dorso y los flancos. Tampoco servía de nada apuntar al gaznate; era un despropósito. Tanto daría que aquellos aspirantes a matadragones intentaran apagar un fuego a lanzadas. «La muerte sale por la boca del dragón —había escrito el septón Barth en su *Historia antinatural*—. Pero no entra por el mismo camino.»

Un poco más allá, dos legiones del Nuevo Ghis se enfrentaban, línea de escudos contra línea de escudos, mientras los sargentos, con sus medios yelmos de hierro adornados con penacho de crines, gritaban órdenes en su dialecto incomprensible. A simple vista, los ghiscarios parecían más temibles que los soldados esclavos yunkios, pero Tyrion no estaba tan seguro. La Legión estaba armada y organizada igual que los Inmaculados, pero los eunucos no conocían otra vida, mientras que los legionarios eran ciudadanos libres que se alistaban durante periodos de tres años.

La cola para llegar al pozo se alargaba quinientos pasos.

A menos de un día a pie de Meereen solo había un puñado de pozos, de modo que siempre había que esperar mucho tiempo. La mayor parte del ejército yunkio sacaba el agua para beber del Skahazadhan, cosa que a Tyrion le parecía una pésima idea incluso antes de escuchar la advertencia del sanador. Los más listos cogían el agua corriente arriba, antes de que pasara por las letrinas, pero siempre tras su paso por la ciudad.

Que aún quedaran pozos a menos de un día de marcha de la ciudad demostraba que Daenerys Targaryen era una ingenua en lo que respectaba a los asedios.

«Tendría que haber envenenado hasta el último; así, los yunkios se verían obligados a beber del río. El asedio se habría acabado en un suspiro.» No le cabía duda de que eso habría hecho su padre.

Cada vez que se movían, las campanillas de sus argollas tintineaban.

«Es un sonido tan alegre que me dan ganas de sacarle a alguien los ojos con una cuchara. —A aquellas alturas, Grif, Pato y Haldon Mediomaestre ya debían de estar en Poniente con el joven príncipe—. Y yo debería estar con ellos... Pero no, claro, tuve que irme de putas. No me bastaba con haber matado a mi padre; necesitaba vino y coños para celebrar mi desgracia, y aquí estoy, al otro lado del mundo, con una argolla de esclavo y campanillas de oro que tintinean a cada paso que doy. Si me muevo bien, igual puedo tocar "Las lluvias de Castamere".»

No había mejor lugar que los alrededores de un pozo para enterarse de las últimas noticias y rumores.

—Yo sé lo que vi —estaba comentando un esclavo viejo con argolla de hierro oxidado cuando Tyrion y Penny se pusieron a la cola—. Vi como ese dragón despedazaba a la gente y la achicharraba hasta los huesos. Todo el mundo corría intentando salir de la arena, pero yo había ido a ver un espectáculo, y por todos los dioses de Ghis que lo vi. Estaba arriba, en el gallinero, así que me imaginé que el dragón ni me miraría.

—La reina se subió al lomo del dragón y escapó volando —insistió una mujer alta de piel morena.

—Lo intentó —replicó el anciano—, pero no pudo agarrarse. Las saetas alcanzaron al dragón, y una se le clavó a la reina entre esas tetas tan monas y rosadas, me lo han dicho. Cayó al suelo y murió aplastada bajo las ruedas de un carromato. Tengo una amiga que conoce a un hombre que la vio morir.

Cuando se estaba rodeado de gente así, el silencio era muestra de inteligencia, pero Tyrion no fue capaz de contenerse.

—No se ha encontrado el cadáver —dijo.

—¿Y tú qué sabes? —preguntó el anciano con el ceño fruncido.

—Lo sabe porque estaban allí —intervino la mujer de piel morena—. Son los enanos del espectáculo; justaron ante la reina.

El viejo entrecerró los ojos como si los viera por primera vez.

—Sois los que vais montados en cerdos.

«Nuestra fama nos precede.» Tyrion amagó una reverencia y se abstuvo de señalar que uno de los cerdos era más bien un perro.

—La cerda que monto es mi hermana, en realidad. ¿No se nota? Tenemos la misma nariz. Un mago la hechizó, pero si le das un beso con lengua, se transformará en una hermosa mujer. Lo malo es que cuando la conozcas bien querrás volver a besarla para transformarla de nuevo.

Todos estallaron en carcajadas a su alrededor, hasta el anciano.

—Entonces, la visteis. Visteis a la reina —dijo el chico pelirrojo que se había puesto a la cola tras ellos—. ¿Es tan hermosa como dicen?

«Vi a una muchacha esbelta de pelo plateado, vestida con un *tokar* —podría haberles dicho—. Llevaba un velo, así que no le vi la cara, y además estaba un poco lejos. Y yo iba montado en un cerdo. —Daenerys Targaryen estaba en el palco del propietario de la arena, junto a su rey ghiscario, pero Tyrion se había fijado enseguida en el caballero de armadura blanca y dorada que había tras ella. Tenía la cara tapada por el yelmo, pero habría reconocido a Barristan Selmy entre un millón.

Recordó haber pensado que, al menos en eso, Illyrio había dado en el clavo—. Pero ¿me reconocerá él a mí? ¿Y qué pasará entonces?»

Había estado a punto de descubrirse en aquel momento, pero la precaución, la cobardía, el instinto o lo que fuera se lo impidió. No esperaba que Barristan el Bravo lo recibiera con nada que no fuera hostilidad. Selmy no había aprobado nunca el ingreso de Jaime en su adorada Guardia Real: antes de la rebelión lo consideraba demasiado joven e inexperto; después llegó a decir que el Matarreyes debería teñirse de negro la capa blanca. Y los crímenes de Tyrion eran mucho peores: Jaime solo había matado a un loco, mientras que Tyrion le había clavado una saeta en la ingle a su propio padre, a quien ser Barristan había servido durante años. Tal vez habría optado por arriesgarse, pero en aquel momento Penny le asestó un golpe en el escudo, y pasó la ocasión.

—La reina nos miró justar —estaba contando Penny a los otros esclavos de la cola—, pero fue la única vez que la vimos.

—¡Pero seguro que visteis el dragón! —dijo el anciano.

«Ojalá.» Ni siquiera eso le habían concedido los dioses. Justo cuando Daenerys Targaryen salía volando, Aya estaba poniéndoles los grilletes de hierro en los tobillos para que no intentaran escapar en el camino de vuelta. Si el capataz se hubiera marchado después de dejarlos en el matadero, o si hubiera huido como los demás esclavistas cuando el dragón bajó en picado sobre ellos, los dos enanos habrían quedado libres.

«Más bien habríamos salido corriendo, con todas las campanitas tintineando.»

—Ah, pero ¿hubo un dragón? —Tyrion se encogió de hombros—. Yo lo único que sé es que no apareció ninguna reina muerta.

—Había cientos de cadáveres. —El viejo no parecía convencido—. Los arrastraron a la arena y los quemaron, aunque la verdad es que muchos de ellos ya estaban achicharrados. Puede que no la reconocieran, toda quemada, ensangrentada y aplastada. O puede que sí la reconocieran, pero dijeran que no para que los esclavos siguierais tranquilitos.

—¿Por qué te excluyes? —dijo la mujer de piel morena—. Tú también llevas argolla.

—Pero es la de Ghazdor —dijo el viejo, ufano—. Lo conozco desde que nació; soy como un hermano para él. Los esclavos como vosotros, las sobras de Astapor y Yunkai, os pasáis el día lloriqueando por la libertad, pero yo no le entregaría mi argolla a la reina dragón ni aunque me chupara la polla a cambio. No hay nada como tener un buen amo.

Tyrion no le llevó la contraria. Lo más insidioso de la esclavitud era lo poco que costaba acostumbrarse a ella. La vida de la mayoría de los esclavos no se diferenciaba en gran cosa de la de los criados de Roca Casterly. Sí, algunos amos y capataces eran crueles y brutales, pero lo mismo se podía decir de algunos señores ponientis, sus mayordomos y sus alguaciles. Casi todos los yunkios trataban aceptablemente bien a sus propiedades y se daban por satisfechos con que hicieran bien su trabajo y no causaran ningún problema. Aquel anciano de la argolla oxidada, con su vehemente lealtad hacia lord Nalgasblandas, no era nada excepcional.

—¿Ghazdor el Bueno? —preguntó Tyrion con voz inocente—. Ah, nuestro amo Yezzan habla a menudo de su cerebro. —Lo que Yezzan solía decir venía a ser más o menos «Yo tengo más cerebro en la nalga izquierda que Ghazdor y todos sus hermanos juntos», pero le pareció más prudente no citar las palabras exactas.

Pasó el mediodía antes de que Penny y él llegaran al pozo, donde un esclavo flaco con una sola pierna, encargado de sacar el agua, los miró con desconfianza.

—Aya es el que viene siempre a por el agua de Yezzan, con cuatro hombres y un carro tirado por una mula. —Bajó el balde al fondo del pozo, y se oyó una salpicadura lejana. El esclavo llenó el balde y lo subió; tenía los brazos quemados por el sol y despellejados, flacos, pero todo músculo.

—La mula se ha muerto —dijo Tyrion—, igual que Aya, el pobre. Ahora es Yezzan el que monta la yegua clara, y seis de sus soldados también están con cagalera. ¿Me llenas dos baldes, por favor?

—Como quieras. —Se acabó la conversación indolente. «¿Oyes los cascos de la yegua?» El embuste relativo a los soldados hizo que el viejo trabajara mucho más deprisa.

Emprendieron el camino de vuelta. Los enanos acarreaban dos baldes de agua fresca llenos hasta el borde, y ser Jorah, cuatro. Cada vez hacía más calor, y el aire denso y húmedo los envolvía como una manta de lana mojada; su carga se hacía más pesada con cada paso.

«Un paseo muy largo para unas piernas tan cortas.» Con cada zancada caía agua de los baldes y le salpicaba las piernas al son de la marcha que tocaban las campanillas.

«De haber sabido que iba a acabar así, igual te habría dejado con vida, padre. —A lo lejos, en el este, una columna de humo oscuro se alzaba sobre una tienda en llamas—. Están quemando a los que murieron por la noche.»

—Por aquí —dijo Tyrion, señalando hacia la derecha con la barbilla.

—No hemos venido por ese camino —se extrañó Penny.

—Prefiero no respirar ese humo; está lleno de humores malignos.
—No era mentira. «No del todo.»

Penny no tardó en empezar a jadear bajo el peso de los baldes.

—Tengo que descansar un momento.

—Como quieras. —Tyrion dejó los baldes en el suelo, agradecido por la posibilidad de tomarse un respiro. Sentía calambres en las piernas, así que se sentó en una roca para frotarse los muslos.

—Si quieres ya te lo hago yo —se ofreció Penny—. Sé qué músculos se agarrotan.

Por mucho cariño que le hubiera tomado a la chica, seguía sintiéndose incómodo cuando lo tocaba, así que se giró hacia ser Jorah.

—Un par de palizas más y serás más feo que yo, Mormont. Dime una cosa, ¿te quedan ganas de pelear?

El corpulento caballero clavó en él los ojos amoratados y lo miró como si fuera un insecto.

—Las suficientes para romperte el cuello, Gnomo.

—Bien. —Tyrion recogió los baldes—. Entonces, por aquí.

Penny frunció el ceño.

—Qué va, es por la izquierda —señaló—. Allí está la Bruja.

—Y allí, la Hermana Malvada. —Tyrion señaló con la cabeza en sentido contrario—. Tú confía en mí; llegaremos antes. —Echó a andar con un tintineo de campanillas, seguro de que Penny lo seguiría.

A veces envidiaba a la chica, con sus sueños inocentes. Le recordaba a Sansa Stark, la esposa niña que había perdido. Pese a todo lo que había sufrido, seguía siendo igual de confiada.

«Ya debería haber escarmentado. Es mayor que Sansa, y además es enana, pero se comporta como si se le hubiera olvidado, como si fuera hermosa y de alta cuna, no una esclava en una colección de monstruos. —Por las noches la oía rezar—. Un desperdicio de palabras. Si hay algún dios que escuche, es un dios monstruoso que nos tortura por diversión. ¿Por qué, si no, creó un mundo como aquel, tan lleno de cadenas, sangre y dolor? ¿Por qué, si no, nos hizo como somos? —En ocasiones le daban ganas de abofetear a Penny, de zarandearla, de gritarle, de hacer lo que fuera con tal de despertarla de aquella ensoñación. "Nadie va a salvarnos —habría querido decirle—, y lo peor está por venir." Pero sabía que no se lo diría jamás. En vez de darle una buena bofetada para que se le cayera el velo de los ojos, siempre acababa apretándole el hombro o abrazándola—. Cada vez que la toco es una mentira. Le he dado tantas monedas falsas que ya se cree rica. —Hasta le había ocultado la verdad sobre el reñidero de Daznak—. Leones. Iban a soltar a los leones para que nos devorasen.» Habría sido de una ironía exquisita. A lo mejor hasta le habría dado tiempo a soltar una carcajada amarga, muy breve, antes de que lo despedazaran.

Nadie le había explicado el final que les tenían preparado, al menos con todas las palabras, pero no le había costado imaginárselo bajo los ladrillos del reñidero de Daznak, en el mundo oculto bajo las gradas, en los dominios lóbregos de los luchadores y los criados que se ocupaban de ellos, vivos y muertos: los cocineros que les daban de comer, los herreros que los armaban, los barberos cirujanos que los sangraban, los afeitaban y les vendaban las heridas, las putas que les prestaban servicio antes y después de los combates, y los encargados de sacar de la arena los cadáveres de los perdedores, arrastrándolos con cadenas y ganchos de hierro...

El rostro de Aya le había dado el primer indicio. Cuando terminó el espectáculo, Penny y él volvieron a la cripta iluminada por antorchas adonde llevaban a los luchadores antes y después de los combates. Unos afilaban las hachas, otros hacían sacrificios a dioses extraños y algunos apaciguaban los nervios con la leche de la amapola antes de salir a morir. Los que acababan de combatir y ganar jugaban a los dados en un rincón y se reían como solo pueden reír aquellos que acaban de enfrentarse a la muerte y viven para contarlo.

Aya estaba pagando unas monedas de plata al encargado del reñidero por una apuesta perdida cuando vio a Penny, que volvía con Crujo. El desconcierto desapareció de sus ojos en un instante, pero no antes de que Tyrion comprendiera qué significaba.

«No esperaba que volviéramos. —Miró a su alrededor y estudió el resto de las caras—. Nadie lo esperaba. Se suponía que íbamos a morir.» La última pieza del rompecabezas encajó cuando oyó a un entrenador de animales que se quejaba en voz alta al encargado del reñidero:

—Los leones tienen hambre; llevan dos días sin comer. Me dijeron que no les diera de comer e hice caso. La reina tendría que pagar la carne.

—Pues pídele audiencia y reclámasela —replicó el encargado del reñidero.

Pese a aquello, Penny seguía sin sospechar nada. Lo que más preocupada la tenía de lo sucedido en la arena era que la gente no se había reído demasiado.

«Se habrían meado de risa si llegan a soltar los leones», estuvo a punto de decirle Tyrion, pero le apretó el hombro.

—Creo que nos hemos equivocado de camino. —Penny se paró en seco.

—No. —Tyrion dejó los baldes en el suelo. Las asas le habían dejado marcas profundas en los dedos—. Esas de allí son las tiendas que estamos buscando.

—¿Los Segundos Hijos? —Una sonrisa torva cruzó el rostro de ser Jorah—. Si crees que ahí vas a conseguir ayuda, es que no conoces a Ben Plumm el Moreno.

—Pues sí que lo conozco. Plumm y yo hemos jugado cinco partidas de *sitrang*. Es astuto y tenaz, y no es tonto..., pero sí cauto. Prefiere dejar que su adversario corra los riesgos, mientras él aguarda con todas las opciones abiertas para reaccionar según vaya cobrando forma la batalla.

—¿La batalla? ¿Qué batalla? —Penny retrocedió un paso—. Tenemos que volver. El amo necesita agua fresca; como tardemos demasiado, nos azotarán. Además, Cerdita Bonita y Crujo están allí.

—Golosinas cuidará de ellos —mintió Tyrion. Lo más probable era que Cicatriz y sus amigos se dieran un banquete a base de jamón, tocino y sabroso guiso de perro, pero no era lo que Penny quería oír—. Aya ha muerto y Yezzan tiene un pie en la tumba. Anochecerá antes de que nadie nos eche de menos; no vamos a tener una ocasión mejor que esta.

—¡No! Ya sabes qué les hacen a los esclavos que intentan escapar. No, por favor, no permitirán que salgamos del campamento.

—No hemos salido del campamento. —Tyrion recogió los baldes y echó a andar sin volver la vista atrás. Mormont lo siguió, y al cabo de un momento oyó a Penny, que se apresuraba a seguirlo pendiente arenosa abajo hacia el círculo de tiendas desastradas.

El primer guardia apareció cuando ya estaban cerca de los caballos. Era un lancero delgado de barba cobriza; obviamente, un tyroshi.

—¿Qué tenemos aquí? ¿Qué traéis en esos baldes?

—Agua, con tu permiso —dijo Tyrion.

—Preferiría que fuera cerveza. —La punta de una lanza le pinchó la espalda: un segundo guardia se les había acercado por detrás, y tenía acento de Desembarco del Rey. «Lo peorcito del Lecho de Pulgas.»

—¿Te has perdido, enano? —preguntó.

—Venimos a unirnos a vuestra compañía.

A Penny se le cayó un balde de la mano, y la mitad del agua se derramó antes de que tuviera tiempo de recogerlo.

—Aquí ya estamos sobrados de bufones, ¿para qué queremos tres más? —El tyroshi tocó la argolla de Tyrion con la punta de la lanza e hizo sonar las campanillas doradas—. Esclavos fugados, ¿eh? Y tres, nada menos. ¿Qué argolla llevan?

—La de la Ballena Amarilla —aportó un tercer hombre atraído por las voces, un tipo flaco y mal afeitado con los dientes manchados de hojamarga. «Es un sargento —supo Tyrion en cuanto advirtió la deferencia con que lo trataban los otros dos. En lugar de mano derecha tenía un garfio—. Si este no es el hermano hijoputa de Bronn, yo soy Baelor el Santo.»

—Son los enanos que quería comprar Ben —dijo el sargento a los lanceros—. Pero el grande... Traedlos a los tres por si acaso.

El tyroshi movió la lanza y Tyrion echó a andar. El otro mercenario, un jovencito, casi un niño con pelusa en las mejillas y el pelo del color de la paja sucia, alzó en brazos a Penny.

—¡Anda, el mío tiene tetas! —comentó entre risas; metió la mano bajo la túnica para confirmarlo.

—Tú llévala y calla —le espetó el sargento.

El muchacho se cargó a Penny a un hombro, y Tyrion caminó tan deprisa como le permitieron las piernas atrofiadas. Sabía adónde iban: a la tienda grande, situada al otro lado del foso de la hoguera, con las paredes de lona pintada descoloridas tras años de sol y lluvias. Unos cuantos mercenarios los miraron al pasar y una vivandera soltó una risita, pero nadie se entrometió.

Dentro de la tienda había taburetes, una mesa de caballetes, un astillero para lanzas y alabardas, un montón de alfombras deshilachadas de colores mal combinados y tres oficiales. Uno era esbelto y elegante, con barba puntiaguda y espada de jaque, y vestía un jubón con cortes que dejaban ver el forro rosa. Otro era calvo y regordete, tenía los dedos manchados de tinta y sujetaba una pluma en la mano.

El tercero era el hombre al que Tyrion quería ver. Lo saludó con una reverencia.

—Capitán...

—Los hemos pillado colándose en el campamento. —El muchacho soltó a Penny en la alfombra.

—Esclavos fugados —declaró el tyroshi—. Con baldes.

—¿Con baldes? —dijo Ben Plumm el Moreno. Nadie le ofreció una explicación—. Volved a vuestros puestos, y ni una palabra de esto a nadie. —Cuando hubieron salido, dedicó una sonrisa a Tyrion—. ¿Vienes a jugar al *sitrang*, Yollo?

—Si queréis... Es un placer ganaros. Tengo entendido que habéis cambiado de capa dos veces, Plumm. Sois mi tipo.

La sonrisa de Ben el Moreno no le llegó a los ojos. Examinó a Tyrion como si fuera una serpiente parlante.

—¿A qué has venido?

—A hacer realidad vuestros sueños. En la subasta intentasteis comprarnos, y luego tratasteis de ganarnos al *sitrang*. Ni cuando tenía la nariz entera era yo tan guapo como para despertar tal pasión..., excepto para quienes conocían mi verdadero valor. Pues mirad, aquí me tenéis, y gratis. Vamos, sed bueno y llamad al herrero para que nos quite estas argollas. Estoy harto del tintineo.

—No quiero problemas con vuestro noble amo.

—En estos momentos, Yezzan tiene entre manos asuntos más apremiantes que la ausencia de tres esclavos: cabalga a lomos de la yegua clara. Además, ¿por qué iban a venir a buscarnos aquí? Tenéis suficientes espadas para espantar a cualquiera que venga a husmear. Arriesgáis poco por mucho.

—Nos han traído la enfermedad —siseó el mequetrefe del jubón con forro rosa—. A nuestras mismísimas tiendas. —Se volvió hacia Ben Plumm—. ¿Le corto la cabeza, capitán? El resto podemos tirarlo a la zanja de las letrinas. —Desenvainó una estilizada espada de jaque con piedras preciosas en la empuñadura.

—Tened cuidado con mi cabeza, no sea que os salpique la sangre —le advirtió Tyrion—. La sangre contagia la enfermedad. Y tendréis que hervir nuestra ropa, o quemarla.

—Me dan ganas de quemarla contigo dentro, Yollo.

—No me llamo así, ya lo sabéis. Lo habéis sabido desde que me visteis por primera vez.

—Es posible.

—Yo también os conozco, mi señor —siguió Tyrion—. Tenéis la piel más morena que los Plumm del otro lado del mar, pero si vuestro nombre es verdadero, sois de Poniente, aunque sea por sangre y no por nacimiento. La casa Plumm juró lealtad a Roca Casterly, y da la casualidad de que conozco su historia. Vuestra rama brotó de un hueso que escupió alguien al otro lado del mar Angosto, no me cabe duda. Seguro que sois uno de los hijos menores de Viserys Plumm. ¿A que los dragones de la reina os tenían cariño?

Aquello le hizo gracia al mercenario.

—¿Quién te lo ha dicho?

—Nadie. Casi todo lo que se dice sobre los dragones es bazofia para idiotas: dragones que hablan, dragones que atesoran oro y piedras preciosas, dragones con cuatro patas y barriga de elefante, dragones que juegan a los acertijos con esfinges... Bobadas y más bobadas. Pero los viejos libros también relatan a veces cosas que son verdad. No solo sé que los dragones de la reina os tenían afecto; también sé por qué.

—Según mi madre, mi padre tenía una gota de sangre de dragón.

—Dos gotas. O eso, o una polla de diez palmos. ¿Conocéis la leyenda? Yo sí. Como sois un Plumm listo, sabéis que mi cabeza vale un señorío... en Poniente, a medio mundo de aquí. Cuando hayáis cruzado el mar solo quedarán huesos y gusanos; mi querida hermana negará que sea mi cabeza y te escamoteará la recompensa prometida. Ya sabéis cómo son las reinas, todas unas putas caprichosas, y Cersei es la peor.

Ben el Moreno se rascó la barba.

—Podría entregarte vivito y coleando. O meter tu cabeza en un tarro de salmuera.

—O conservarme a vuestro lado. Sería lo más astuto. —Sonrió—. Yo también fui hijo menor, así que estaba destinado a esta compañía.

—En los Segundos Hijos no tenemos sitio para titiriteros —bufó despectivo el jaque de rosa—. Lo que nos hace falta son guerreros.

—Aquí os traigo uno. —Tyrion señaló a Mormont con el pulgar.

—¿Ese? —El jaque se echó a reír—. Es un bicho feo, sí, pero no basta con unas cicatrices para ser segundo hijo.

Tyrion puso en blanco los ojos dispares.

—¿Quiénes son estos amigos vuestros, lord Plumm? El de rosa es muy molesto.

El jaque puso cara de odio mientras el de la pluma se reía ante su insolencia, pero fue ser Jorah quien le proporcionó los nombres:

—Tintero es el tesorero, y el pavo real se hace llamar Kasporio el Astuto, aunque debería ser Kasporio el Puto. Mal bicho.

Tras las palizas, el rostro de Mormont estaba irreconocible, pero su voz no había cambiado. Kasporio lo miró sobresaltado, mientras que las arrugas en torno a los ojos de Plumm se hicieron más profundas cuando sonrió divertido.

—¿Jorah Mormont? ¿Eres tú? Te veo menos crecido que cuando te marchaste. ¿Aún tenemos que llamarte ser Jorah?

Mormont frunció los labios tumefactos en una sonrisa grotesca.

—Dame una espada y llámame como quieras, Ben.

Kasporio retrocedió un paso.

—Pero si estás... La reina te echó...

—He vuelto. Soy idiota.

«Un idiota enamorado.» Tyrion carraspeó para aclararse la garganta.

—Ya charlaréis luego sobre los viejos tiempos... cuando termine de explicar por qué mi cabeza es más valiosa si sigue sobre mis hombros. Puedo llegar a ser muy generoso con mis amigos, lord Plumm. Si no me creéis, preguntadle a Bronn. Preguntadle a Shagga hijo de Dolf. Preguntadle a Timett hijo de Timett.

—¿Quiénes son esos? —preguntó el que llamaban Tintero.

—Hombres buenos que me sirvieron con la espada y prosperaron a mi servicio. —Se encogió de hombros—. Vale, vale, es mentira. No eran buenos. Eran unos cabrones sanguinarios, igual que vosotros.

—Es posible —replicó Ben el Moreno—. Y también es posible que te hayas inventado los nombres. ¿Shagga? ¿No es nombre de mujer?

—Tenía un buen par de tetas. La próxima vez que lo vea le echaré un vistazo dentro de los calzones para confirmarlo. ¿Aquello de allí es un tablero de *sitrang*? Traedlo y jugaremos una partida. Pero antes, una copa de vino. Tengo la garganta seca, y ya veo que me va a tocar hablar mucho.

Jon

Aquella noche soñó con salvajes que aullaban en el bosque y avanzaban al son del lamento de los cuernos de guerra y del redoble de los tambores. El sonido llegaba, *BUM dum BUM dum BUM dum,* como mil corazones que latieran al unísono. Algunos llevaban lanzas; otros, arcos, y otros, hachas. Muchos iban en carros de huesos, tirados por manadas de perros grandes como ponis. Había gigantes de quince varas de altura que avanzaban con paso torpe y mazas del tamaño de robles.

—¡Firmes! —ordenó Jon—. Que no avancen. —Estaba en la cima del Muro, solo—. ¡Prendedles fuego! —gritó. —Pero nadie lo escuchaba.

«Se han ido todos. Me han abandonado.»

Ascendían saetas encendidas entre siseos, dejando un rastro de fuego a su paso. Los hermanos espantapájaros se derrumbaban, con las capas negras en llamas.

—¡Nieve! —gritó un águila, mientras los enemigos trepaban por el hielo como arañas. Jon vestía una armadura de hielo negro, pero en su puño ardía una espada al rojo vivo. A medida que los muertos alcanzaban la cima del Muro, los enviaba abajo a morir de nuevo. Mató a un anciano, a un muchacho imberbe, a un gigante, a un hombre demacrado de dientes afilados y a una chica con una espesa melena pelirroja. Ya era tarde cuando se dio cuenta de que era Ygritte. Desapareció tan deprisa como había aparecido.

El mundo se desvaneció en una neblina roja. Jon lanzaba estocadas, tajos y golpes de espada. Hizo caer a Donal Noye y le rajó las tripas a Dick Follard el Sordo. Qhorin Mediamano cayó de rodillas, intentando en vano contener el chorro de sangre que le brotaba del cuello.

—¡Soy el señor de Invernalia! —gritó Jon. Robb estaba ante él, con el pelo húmedo de nieve derretida. *Garra* le cortó la cabeza. Una mano nudosa lo agarró con fuerza por el hombro. Dio la vuelta y...

... y se despertó, con un cuervo picoteándole el pecho.

—Nieve —graznó el pájaro. Jon lo espantó. El cuervo chilló disgustado, revoloteó hasta el poste de la cama y desde allí le dirigió una mirada tétrica a través de la penumbra previa al amanecer.

Había llegado el día. Era la hora del lobo. Muy pronto, el sol se levantaría y cuatro mil salvajes cruzarían el Muro en avalancha.

«Es una locura. —Jon se pasó la mano quemada por el pelo y se preguntó otra vez qué estaba haciendo. Cuando abrieran la puerta, ya no habría vuelta atrás—. Tendría que haber sido el Viejo Oso el que negociara con Tormund. Tendría que haber sido Jaremy Rykker, o Qhorin Mediamano, o Denys Mallister, o cualquier otro hombre con experiencia. Tendría que haber sido mi tío.»

Pero ya era tarde para tales dudas. Toda elección conllevaba sus riesgos; toda elección acarreaba sus consecuencias. Jugaría hasta el final.

Se levantó y se vistió a oscuras, mientras el cuervo de Mormont murmuraba por la habitación.

—Maíz —decía—. Rey. Nieve, Jon Nieve, Jon Nieve. —Era extraño; Jon no recordaba que el pájaro hubiera pronunciado nunca su nombre completo.

Desayunó en el sótano con sus oficiales. La comida consistió en pan frito, huevos fritos, morcillas y gachas de cebada, todo regado con cerveza rubia. Mientras comían repasaron los preparativos.

—Todo está listo —aseguró Bowen Marsh—. Si los salvajes mantienen su parte del trato, todo irá como habéis dispuesto.

«Y si no, se convertirá en una carnicería sangrienta.»

—Recordad —dijo Jon—. La gente de Tormund tiene hambre, frío y miedo. Algunos nos odian tanto como vosotros a ellos. Pisamos un hielo muy quebradizo, tanto unos como otros. Si se abre una grieta, nos ahogaremos todos. Si hoy tiene que derramarse sangre, que no sea uno de los nuestros quien aseste el primer golpe, o juro por los dioses antiguos y nuevos que le cortaré la cabeza.

Le respondieron con afirmaciones y susurros.

—Como ordenéis.

—Así será.

—De acuerdo, mi señor.

Uno a uno, se levantaron de la mesa, se colgaron la espada al cinto y, envueltos en cálidas capas negras, salieron al frío.

El último en abandonar la mesa fue Edd Tollett el Penas, que durante la noche había regresado con seis carromatos de Túmulo Largo, más conocido entre los hermanos negros como Túmulo de las Putas. Habían enviado a Edd a recoger a tantas mujeres de las lanzas como fuera posible para llevarlas con sus hermanas.

Jon lo observó mientras mojaba pan en la yema del huevo. Le resultaba extrañamente reconfortante ver de nuevo el semblante austero de Edd.

—¿Cómo van los trabajos de restauración? —preguntó a su antiguo mayordomo.

—Terminaremos en diez años o así —respondió Tollett con su tono lúgubre habitual—. Cuando llegamos, todo estaba infestado de ratas. Las mujeres de las lanzas acabaron con esos bichos asquerosos, y ahora son ellas las que infestan el lugar. A veces desearía que volviesen las ratas.

—¿Qué tal es estar a las órdenes de Férreo Emmett? —preguntó Jon.

—En realidad, Maris la Negra es la que está a sus órdenes la mayor parte del tiempo. Yo me encargo de las mulas. Ortigas dice que estoy emparentado con ellas y es cierto que tenemos el mismo rostro alargado, pero yo no soy ni la mitad de cabezota. De todas formas, juro por mi honor que nunca conocí a sus madres. —Acabó el último huevo y suspiró—. Me gustan los huevos poco hechos. Por favor, mi señor, no dejéis que los salvajes se coman todas nuestras gallinas.

Fuera, en el patio, el cielo del este había empezado a iluminarse. No había ni rastro de nubes.

—Parece que hará un buen día —dijo Jon—. Un día luminoso, cálido y soleado.

—El Muro llorará, y eso que tenemos el invierno casi encima. No es natural, mi señor. De hecho, creo que es una mala señal.

—¿Y si nieva? —dijo Jon, con una sonrisa.

—Peor todavía.

—¿Qué tiempo te gustaría que hiciera?

—El mismo que junto a la chimenea. Si no os importa, debería regresar con mis mulas. Cuando no estoy con ellas me echan de menos, que ya es más de lo que puedo decir de las mujeres de las lanzas.

Se separaron allí mismo: Tollett fue por el camino del este en busca de los carromatos, y Jon, hacia los establos. Seda ya estaba esperándolo con el caballo ensillado y aparejado: un fogoso corcel gris de crines brillantes y negras como tinta de maestre. No era el tipo de montura que Jon escogería para una expedición, pero aquella mañana le convenía tener un aspecto imponente, y aquel semental era la elección perfecta.

Su escolta también estaba esperándolo. A Jon no le había gustado nunca estar rodeado de guardias pero, aquel día, tener cerca a un buen puñado de hombres parecía lo más sensato. Formaban una estampa lúgubre, todos con cota de malla, casco de hierro y capa negra, y llevaban lanzas altas en las manos y espadas, y puñales en los cinturones. Para la ocasión, Jon desestimó a los reclutas y ancianos que tenía a su cargo y escogió a ocho hombres en la flor de la vida: Ty, Mully, Lew el Zurdo, el Gran Liddle, Rory, Fulk el Pulga, Garrett Lanzaverde y Pieles, el nuevo maestro de armas del Castillo Negro, para mostrar al pueblo libre que incluso un hombre que había luchado por Mance bajo el Muro podía optar a un puesto de honor en la Guardia de la Noche.

Cuando se reunieron junto a la puerta, un fulgor rojo intenso iluminaba ya el este.

«Se están apagando las estrellas», pensó. Cuando reaparecieran brillarían sobre un mundo cambiado para siempre. Unos cuantos hombres de la reina observaban junto a las ascuas de los fuegos nocturnos de Melisandre. Cuando Jon miró hacia la Torre del Rey divisó de reojo un destello rojo tras una ventana. De la reina Selyse no vio ni rastro.

Había llegado el momento.

—Abrid la puerta —dijo Jon Nieve con voz queda.

—¡Abrid la puerta! —gritó el Gran Liddle. Su voz era como un trueno. Doscientas cincuenta varas más arriba, los centinelas lo oyeron y se llevaron el cuerno de guerra a la boca. El sonido retumbó por todo el Muro y a lo largo del mundo. *Aaauuuuuuuuuuuuuuuuuuuuuuuu...*

Un toque largo. Durante más de mil años, aquel sonido había indicado que los exploradores volvían a casa. Aquel día adquirió un nuevo significado. Aquel día convocaba a los salvajes a su nuevo hogar.

A ambos lados del largo túnel, las puertas se abrieron y las barras de hierro se levantaron. La luz del amanecer brillaba sobre el hielo del Muro y despedía destellos rosados, dorados y violeta. A Edd el Penas no le faltaba razón: el Muro lloraría pronto.

«Quieran los dioses que sea el único que llore.»

Seda los guio bajo el hielo con un farol de hierro para iluminar el camino que atravesaba el túnel. Jon lo siguió a pie, con el caballo de la brida. Tras ellos iba la guardia, y más atrás, Bowen Marsh y veinte mayordomos, cada uno con una tarea asignada. Mucho más arriba, Ulmer del Bosque Real había quedado al mando del Muro. Lo acompañaban los cuarenta mejores arqueros del Castillo Negro, listos para responder ante cualquier problema que surgiera abajo con un diluvio de flechas.

Al norte del Muro esperaba Tormund Matagigantes a lomos de una pequeña montura que apenas podía soportar su peso. Junto a él estaban Toregg el Alto y el joven Dryn, los dos hijos que le quedaban, además de sesenta guerreros.

—¡Ja! —exclamó Tormund—. ¿Son guardias lo que veo? ¿Qué ha sido de la confianza, cuervo?

—Tú has traído más hombres que yo.

—Es cierto. Ven aquí, muchacho. Quiero que te vea mi pueblo. Aquí hay miles de personas que no han visto nunca a un lord comandante;

hombres hechos y derechos a los que decían de niños que tus exploradores se los comerían si se portaban mal. Necesitan ver cómo eres en realidad: un muchacho de cara larga con una capa negra y vieja. Necesitan saber que no tienen nada que temer de la Guardia de la Noche.

«Preferiría que no lo supieran.» Jon se quitó el guante de la mano quemada, se llevó dos dedos a la boca y silbó. Fantasma llegó corriendo desde la puerta. El caballo de Tormund respingó tanto que estuvo a punto de derribarlo.

—¿Nada que temer? Fantasma, quieto.

—Eres un bastardo de corazón podrido, lord Cuervo. —Tormund, el Soplador del Cuerno, se llevó el cuerno de guerra a los labios. El sonido retumbó por el hielo como un trueno, y el pueblo libre empezó a avanzar hacia la puerta.

Desde el amanecer hasta que cayó el sol, Jon los observó pasar.

Los primeros fueron los rehenes: cien muchachos de entre ocho y dieciséis años.

—Tu precio de sangre, lord Cuervo —declaró Tormund—. Espero que el llanto de sus pobres madres no te provoque pesadillas. —Algunos chicos llegaron a la puerta de la mano de sus padres; otros, con sus hermanos mayores. Muchos caminaban solos. Los chicos de quince y dieciséis años eran casi adultos y no querían que los vieran colgados de las faldas de una mujer.

Dos mayordomos se encargaron de contar a los chicos según pasaban y apuntar todos los nombres en pergaminos de piel de oveja. Un tercero recogió sus objetos de valor como peaje y también los enumeró. Los jóvenes se dirigían a un lugar donde no habían estado nunca, para servir a una orden que había sido enemiga de su pueblo durante miles de años, pero aun así, Jon no vio lágrimas ni oyó los lamentos de ninguna madre.

«Es la gente del invierno —recordó—. En el lugar del que vienen, las lágrimas se congelan en las mejillas.» Ni un rehén retrocedió ni intentó huir cuando le llegó el turno de pasar por el túnel sombrío.

Casi todos estaban delgados y algunos hasta demacrados, con piernas flacas y brazos finos como ramitas. Jon no esperaba otra cosa. Por lo demás, eran de mil formas, tamaños y colores: vio a chicos altos y bajos, castaños, morenos, rubios como la miel, rubios color fresa y pelirrojos besados por el fuego, como Ygritte. Vio a chicos con cicatrices, chicos cojos y chicos con marcas de viruelas. Muchos de los mayores tenían vello en las mejillas o bigotes ralos, aunque uno lucía una barba tan frondosa como la de Tormund. Algunos vestían pieles suaves y de buena calidad, y otros, cuero endurecido y piezas de armadura; muchos lleva-ban lana y piel de foca, y unos cuantos iban en harapos. Ninguno estaba desnudo. Los había que portaban armas: lanzas afiladas, mazos de cabeza de piedra, cuchillos de hueso, piedra o vidriagón, garrotes con pinchos y redes, e incluso vio alguna vieja espada roída por el óxido aquí y allá. Los pies de cuerno caminaban por la nieve despreocupados y descalzos. Otros llevaban zarpas de oso y andaban sin hundirse. Seis llegaron a lomos de caballos, y dos, a lomos de mulas. Dos hermanos aparecieron con una cabra. El rehén más corpulento medía dos varas y media, aunque tenía cara de niño; y el menor era un chico menudo que afirmó tener nueve años aunque no aparentaba más de seis.

Los hijos de hombres de prestigio fueron de especial interés. Tormund se ocupó de señalarlos según pasaban.

—Ese de ahí es el hijo de Soren Rompescudos —dijo de un joven alto—. Aquel pelirrojo es el de Gerrick Sangrerreal. Afirma descender del linaje de Raymun Barbarroja, pero en realidad es descendiente de su hermano pequeño. —Había dos muchachos que se asemejaban lo bas-tante como para ser gemelos, pero Tormund insistió en que eran primos, nacidos con un año de diferencia—. A uno lo crió Harle el Cazador, y al otro, Harle el Bello, pero son hijos de la misma mujer. Sus padres se odian, así que yo en tu lugar mandaría uno a Guardiaoriente y el otro a la Torre Sombría.

Presentó a otros rehenes como hijos de Howd el Trotamundos, Brogg, Devyn Desollafocas, Kyleg de la Oreja de Madera, Morna Más-cara Blanca, el Gran Morsa...

—¿El Gran Morsa? ¿De veras?

—En la Costa Helada tienen nombres muy raros.

Tres rehenes eran hijos de Alfyn Matacuervos, un infame saqueador abatido por Qhorin Mediamano, o eso decía Tormund.

—No parecen hermanos —observó Jon.

—Son de madres distintas. Alfyn la tenía muy pequeña, más que tú, pero nunca dudó a la hora de meterla donde fuera. Ese tenía un hijo en cada aldea. —Luego apareció un chico escuálido con cara de rata—. Ese es cachorro de Varamyr Seispieles. ¿Recuerdas a Varamyr, lord Cuervo?

—El cambiapieles. —Jon se acordaba perfectamente.

—Sí, cambiapieles, hijoputa y cruel. Es probable que haya muerto. Nadie ha vuelto a verlo desde la batalla.

Dos chicos eran en realidad chicas disfrazadas. En cuanto las vio, Jon pidió a Rory y al Gran Liddle que las llevasen ante él. Una acudió man-samente, y la otra, dando mordiscos y patadas.

«Esto puede acabar mal.»

—¿También tienen padres famosos?

—¿Estos críos escuálidas? No creo, estarán escogidos a suerte.

—Son chicas.

—¿Sí? —Tormund las miró desde la silla con los ojos entornados—. Lord Cuervo y yo hemos hecho una apuesta para ver cuál de los dos tiene el miembro más grande. Bajaos los calzones y dejadnos echar un ojo.

Una chica se puso roja; la otra lo miró desafiante.

—Déjanos en paz, Tormund Matapestes.

—¡Ja! Tú ganas, cuervo. Entre las dos no juntan una polla, pero la pequeña tiene un buen par de huevos. Una mujer de las lanzas en potencia. —Llamó a sus hombres—. Traedles ropa de mujer antes de que lord Nieve se mee en los calzones.

—Faltan dos chicos que las reemplacen.

—¿Por qué? Un rehén es un rehén. Esa espada enorme que llevas puede cortar tanto la cabeza de una chica como la de un chico. Los padres también quieren a sus hijas. Bueno, la mayoría de los padres.

«No me preocupan sus padres.»

—¿Alguna vez oíste a Mance cantar la historia de Danny Flint el Valiente?

—No, que yo recuerde. ¿Quién era?

—Una chica que se disfrazó de chico para vestir el negro. La canción es triste y muy bonita; lo que le pasó ya no lo fue tanto. —En algunas versiones de la canción, el fantasma de la chica aún vagaba por el Fuerte de la Noche—. Mandaré a las chicas a Túmulo Largo. —Los únicos hombres que había allí eran Férreo Emmett y Edd el Penas, y confiaba en ambos, algo que no podía decir de todos sus hermanos.

—Los cuervos sois unos pájaros repugnantes. —Escupió el salvaje, que lo había entendido . De acuerdo, te traeré a otros dos chicos.

Cuando ya habían cruzado el Muro noventa y nueve rehenes, Tormund Matagigantes presentó al último.

—Mi hijo Dryn. Asegúrate de que lo cuidan bien, cuervo, o te arrancaré ese hígado negro y me lo comeré.

Jon inspeccionó de cerca al muchacho.

«Tiene la edad de Bran, o la que tendría si Theon no lo hubiese matado.»

Sin embargo, Dryn carecía de la dulzura de Bran. Era un muchacho fornido, de piernas cortas, brazos gruesos y rostro ancho y enrojecido: una versión en miniatura de su padre, con una mata de pelo castaño.

—Será mi propio paje —prometió Jon a Tormund.

—¿Has oído eso, Dryn? Procura que no se te suba a la cabeza. —Se volvió hacia Jon—. Tendrás que darle una buena azotaina de vez en cuando. Y ten cuidado con sus dientes, que muerde.

Agarró de nuevo el cuerno, lo alzó y dio otro toque. Se adelantaron los guerreros, pero eran más de ciento.

«Casi quinientos —calculó Jon cuando los vio salir de entre los árboles—, puede que incluso mil.» Solo uno de cada diez iba a caballo, pero todos estaban armados. De la espalda les colgaban escudos de mimbre redondos cubiertos de piel y cuero endurecido, que exhibían pinturas de serpientes, arañas, cabezas cortadas, martillos sangrientos, calaveras rotas y demonios. Unos cuantos llevaban acero robado: restos abollados de armaduras saqueadas a cadáveres de exploradores. Otros llevaban armaduras de hueso, como Casaca de Matraca. Todos vestían piel y cuero.

Con ellos iban las mujeres de las lanzas, de largas melenas que ondeaban al viento. Jon no podía mirarlas sin acordarse de Ygritte: el reflejo del fuego en su pelo, su mirada cuando se había desnudado ante él en la gruta, el sonido de su voz. «No sabes nada, Jon Nieve», le había dicho cientos de veces.

«Ni lo sabía ni lo sé.»

—Podrías haber traído antes a las mujeres —le dijo a Tormund—. A las madres y las doncellas.

—Sí, claro. —El salvaje le dedicó una mirada taimada—. Y vosotros podríais haber cerrado la puerta. Pero con unos cuantos guerreros al otro lado, la puerta se mantendrá abierta, ¿verdad? —Sonrió—. Te he comprado el puto caballo, Jon Nieve, pero no creas que no voy a mirarle los dientes. Y no vayas por ahí diciendo que no confío en vosotros. Confío en vosotros tanto como tú en nosotros. —Resopló—. Querías guerreros, ¿no? Ahí los tienes. Cada uno de ellos vale tanto como seis de tus cuervos.

Jon no tuvo más remedio que sonreír.

—Mientras reserven esas armas para nuestro enemigo común, todo va bien.

—Te di mi palabra, ¿no? La palabra de Tormund Matagigantes. Es tan fuerte como el hierro. —Se volvió para escupir.

En el río de guerreros estaban los padres de muchos de los rehenes de Jon. Al pasar a su lado, algunos se quedaron mirándolo con ojos fríos y muertos, y se llevaron la mano a la empuñadura de la espada. Otros le sonrieron como si fuese un familiar lejano y perdido hacía tiempo, aunque aquellas sonrisas le resultaron más incómodas que cualquier mirada. Ninguno se arrodilló, pero muchos le hicieron juramentos.

—Los juramentos de Tormund son los míos —declaró Brogg, un hombre de pelo negro y pocas palabras.

—El hacha de Soren es tuya, Jon Nieve, si la necesitas alguna vez —rugió Soren Rompescudos tras agachar ligeramente la cabeza.

Gerrick Sangrerreal, de barba pelirroja, llegó con tres hijas.

—Serán unas esposas excelentes y les darán a sus maridos hijos fuertes de sangre real —presumió—. Al igual que su padre, descienden de Raymun Barbarroja, que fue Rey-más-allá-del-Muro.

Jon sabía por Ygritte que la sangre significaba menos que nada para el pueblo libre. Las hijas de Gerrick eran tan pelirrojas como ella, aunque el pelo de Ygritte era una maraña de rizos, y ellas lo tenían lacio.

«Besadas por el fuego.»

—Tres princesas, a cual más bella —dijo a su padre—. Me encargaré de que las presenten ante la reina. —Sospechaba que Selyse Baratheon se llevaría con ellas mejor que con Val: eran más jóvenes y mucho más recatadas.

«Son hermosas, aunque su padre parece idiota.»

Howd el Trotamundos juró por su espada, el trozo de hierro con más muescas y abolladuras que Jon había visto en su vida. Devyn Desollafocas le regaló un gorro de piel del animal que le daba su nombre, y Harle el Cazador, un collar de uñas de oso. La bruja guerrera Morna se quitó la máscara de arciano el tiempo justo para besarle la mano enguantada y jurar ser su hombre o su mujer, lo que él prefiriese. Y así, siguieron pasando uno tras otro.

Al cruzar, todos los guerreros se desprendían de sus tesoros y los depositaban en el carro que los mayordomos habían colocado junto a la puerta. Pendientes de ámbar, torques dorados, puñales enjoyados, broches de plata decorados con piedras preciosas, pulseras, anillos, copas nieladas, cálices dorados, cuernos de guerra y de cerveza, un cepillo de jade verde, un collar de perlas de agua dulce... Bowen Marsh lo anotó todo meticulosamente. Un hombre entregó una camisa de lamas de plata que sin duda había pertenecido a un gran señor. Otro cedió una espada rota con tres zafiros en la empuñadura.

Había objetos de lo más extraño: un mamut de juguete hecho con pelo de mamut auténtico, un falo de marfil, un yelmo fabricado con la cabeza de un unicornio, con cuerno y todo... Jon no tenía ni idea de cuánta comida se podría comprar con todo aquello en las Ciudades Libres.

Tras los jinetes llegaron los hombres de la Costa Helada. Jon vio como desfilaba a su lado una docena de enormes carros de huesos, que repiqueteaban igual que Casaca de Matraca. La mitad iba sobre ruedas, pero el resto las había reemplazado por patines y se deslizaba con suavidad por la nieve, mientras que los otros zozobraban y se hundían.

Los perros que tiraban de los carros eran bestias aterradoras, grandes como huargos. Las mujeres vestían pieles de foca, y algunas llevaban niños de pecho. Los niños mayores iban a rastras tras sus madres y miraban a Jon con ojos tan negros y duros como las piedras que llevaban en las manos. Algunos hombres lucían gorros con astas de ciervo, y otros, con colmillos de morsa. Jon se dio cuenta enseguida de que no se llevaban bien entre sí. En la retaguardia iba un puñado de renos flacos, y unos perros enormes ladraban a los más rezagados.

—Ten cuidado con estos, Jon Nieve —le advirtió Tormund—. Son unos animales. Los hombres son malos, y las mujeres, peores. —Cogió un pellejo de la silla y se lo ofreció a Jon—. Toma, con esto te parecerán menos fieros, y de paso te dará calor esta noche. No, no, quédatelo. Echa un buen trago.

El hidromiel que contenía era tan fuerte que a Jon se le saltaron las lágrimas y le bajaron serpientes de fuego por el pecho. Bebió con ganas.

—Eres un buen hombre, Tormund Matagigantes. Hasta para ser un salvaje.

—Puede que sea mejor que la mayoría. No tanto como unos pocos.

Los salvajes seguían llegando a medida que el sol se arrastraba por el cielo despejado y azul. Poco antes del mediodía hubo un parón, cuando un carro de bueyes se quedó atascado en un recoveco del túnel. Jon Nieve fue en persona para echar un vistazo. El carro estaba totalmente aprisionado. Los hombres que iban detrás amenazaban con hacerlo pedazos y despiezar al buey allí mismo, mientras que el conductor y su familia juraban matarlos a todos si lo intentaban. Pero con la ayuda de Tormund y su hijo Toregg, Jon se las arregló para evitar que los salvajes llegaran a la sangre, aunque tardaron casi una hora en reabrir el camino.

—Aquí hace falta una puerta más grande —protestó Tormund mientras miraba con preocupación el cielo, donde empezaban a juntarse las nubes—. Este camino es demasiado lento. Es como intentar beberse el Agualechosa con una caña. ¡Ja! Si tuviera el cuerno de Joramun, le daría un buen soplido y treparíamos por los escombros.

—Melisandre quemó el cuerno de Joramun.

—¿En serio? —Tormund se palmeó el muslo y silbó—. Vaya, quemó ese cuerno tan grande y bonito. Me parece un puto pecado. Tenía mil años. Lo encontramos en la tumba de un gigante; ninguno había visto nunca un cuerno tan grande. Sería por eso por lo que a Mance se le ocurrió lo de deciros que era el de Joramun. Quería que los cuervos pensarais que era capaz de dejaros vuestro puto Muro a la altura de las rodillas. Pero la verdad es que nunca encontramos el cuerno auténtico, y eso que excavamos muchísimo. Si lo tuviéramos, todos los arrodillados de los Siete Reinos tendrían hielo de sobra para enfriar el vino el verano entero.

Jon giró su montura con el ceño fruncido.

«Y Joramun hizo sonar el Cuerno del Invierno y despertó a los gigantes de la tierra. —Aquel cuerno enorme con bandas de oro viejo, tallado con runas antiguas... ¿Le había mentido Mance Rayder? ¿O era Tormund quien mentía?—. Si el cuerno de Mance era falso, ¿dónde está el verdadero?»

Por la tarde, el sol desapareció de la vista y el día se volvió gris y ventoso.

—Cielo de nieve —anunció Tormund, sombrío.

No fueron los únicos que vieron aquel presagio en las nubes blancas. Parecía instarlos a ir más deprisa, y los ánimos empezaron a caldearse. Hubo un apuñalamiento cuando un hombre intentó adelantarse a otros que llevaban horas en la columna. Toregg arrebató el cuchillo al atacante, arrastró a los dos rivales lejos del tumulto y los envió al campamento salvaje para que empezasen de nuevo el recorrido.

—Tormund —dijo Jon, mientras observaban a cuatro ancianas que empujaban un carro lleno de niños hacia la puerta—, háblame de nuestro enemigo. Quiero saber todo lo posible sobre los Otros.

—Aquí no —murmuró Tormund tras frotarse la boca . A este lado de tu Muro, no. Echó una mirada rápida e insegura hacia los árboles cubiertos de un manto blanco—. Nunca andan muy lejos, ¿sabes? No salen de día, ni cuando brilla ese viejo sol, pero no creas que se han ido. Las sombras nunca se van. Puede que no las veas, pero siempre están pisándonos los talones.

—¿Os dieron problemas cuando veníais hacia el sur?

—Nunca atacaron en gran número, si te refieres a eso, pero estaban ahí, en los alrededores. Nos desaparecieron tantos oteadores que perdí la cuenta, y cualquiera que se quedase atrás o se extraviase podía perder la vida. Todas las noches, trazábamos un círculo de fuego alrededor del campamento. El fuego no les gusta nada. Pero luego empezó a nevar...

Nieve, aguanieve, lluvia helada... Estaba jodido encontrar madera seca o encender un fuego, y el frío... Algunas noches las hogueras se encogían y morían, así, sin más. En noches como esas, siempre nos encontrábamos algún muerto al amanecer. A no ser que ellos te encontraran antes. La noche en que Torwynd..., mi chico... se... —Tormund apartó la mirada.

—Lo sé —dijo Jon Nieve.

—No sabes nada. —Tormund se volvió de nuevo hacia él—. Sí, ya sé que mataste a un muerto. Mance mató a cientos. Se puede luchar contra los muertos, pero cuando llegan sus amos, cuando empieza a levantarse esa neblina blanca... ¿Cómo se lucha contra la niebla, cuervo? Sombras con dientes... Un aire tan frío que duele hasta respirar, como un cuchillo que atraviesa el pecho... No sabes nada, no puedes saberlo. ¿Tu espada puede atravesar el frío?

«Ya lo veremos —pensó Jon, mientras recordaba todo lo que le había contado Sam y lo que había averiguado en sus viejos libros. *Garra* había sido forjada en los fuegos de la antigua Valyria, en llama de dragón, y protegida con hechizos—. Sam lo llamaba *acerodragón*. Es más fuerte que el acero común, más ligero, más duro, más afilado...» Pero una cosa era lo que dijeran los libros, y otra, la verdadera prueba que tendría lugar en la batalla.

—No te equivocas —dijo Jon—. No sé nada. Y, si los dioses son benevolentes, no lo sabré nunca.

—Los dioses rara vez son benevolentes, Jon Nieve. —Tormund señaló hacia arriba—. El cielo se está oscureciendo y cubriendo de nubes, y cada vez hace más frío. Mira, tu Muro ya no llora. —Se giró y llamó a su hijo Toregg—. Vuelve al campamento y diles que se apresuren. Los enfermos, los débiles, los holgazanes y los cobardes, que muevan los putos pies. Prende fuego a las tiendas si hace falta. La puerta tiene que estar cerrada antes de que caiga la noche. Cualquier hombre que no haya pasado al otro lado para entonces, que rece para que los Otros lo cojan antes que yo. ¿Me has oído?

—Te he oído. —Toregg azuzó al caballo y se dirigió al galope hacia el final de la columna.

Los salvajes siguieron llegando. Tal como había señalado Tormund, el cielo se iba oscureciendo. Las nubes lo cubrieron de horizonte a horizonte, y todo rastro de calidez se disipó. En la puerta comenzaron los empellones: hombres, cabras y bueyes se empujaban unos a otros para abrirse paso.

«Es más que impaciencia —comprendió Jon—. Están asustados. Los guerreros, las mujeres de las lanzas, los saqueadores: todos temen ese bosque y las sombras que se mueven entre los árboles. Quieren tener el Muro de por medio antes de que caiga la noche. —Un copo de nieve bailó en el aire; luego, otro—. Baila conmigo, Jon Nieve. Pronto bailarás conmigo.»

Los salvajes siguieron llegando. Ya iban algo más deprisa y cruzaban el campo de batalla con presteza, aunque los más ancianos, jóvenes o débiles casi no podían moverse. Por la mañana, el suelo estaba cubierto por un grueso manto de nieve vieja que refulgía blanca a la luz del sol, pero al caer la noche ya estaba marrón, negruzca y cenagosa. El paso continuo de los salvajes había convertido el suelo en barro y mugre. Todos habían ido dejando sus huellas: las ruedas de madera y las herraduras de los caballos; los patines de hueso, cuerno y hierro; las botas pesadas; las pezuñas de cerdos, vacas y bueyes; los pies negros y descalzos de los pies de cuerno. El terreno resbaladizo hacía que avanzasen aún más lentos.

—Aquí hace falta una puerta mucho más grande —volvió a protestar Tormund.

Ya entrada la tarde, la nieve caía de manera constante, pero el río de salvajes se había reducido a un arroyo. De los campamentos recién abandonados salían columnas de humo que se alzaban sobre los árboles.

—Es Toregg —explicó Tormund—. Está quemando a los muertos. Siempre hay alguien que se duerme y no despierta. Están dentro de las tiendas, al menos los que las tienen, acurrucados y congelados. Toregg ya sabe qué tiene que hacer.

El flujo constante ya no era más que un goteo cuando Toregg emergió del bosque. Lo acompañaban doce guerreros a caballo, armados con lanzas y espadas.

—Mi retaguardia —dijo Tormund con una sonrisa en la que faltaban varios dientes—. Los cuervos tenéis exploradores. Nosotros también. Los dejé en el campamento por si nos atacaban antes de que saliera todo el mundo.

—Tus mejores hombres.

—O los peores. Todos han matado algún cuervo.

Entre los jinetes había un hombre que iba a pie, con una gran bestia pisándole los talones.

«Un jabalí —vio Jon—. Un jabalí monstruoso.»

La criatura era el doble de grande que Fantasma, estaba cubierta de pelaje negro e hirsuto, y tenía unos colmillos del tamaño del brazo de un hombre. Jon no había visto nunca un jabalí tan grande ni tan feo. El hombre que iba con él tampoco era ninguna belleza: musculoso, de cejas negras, nariz chata, mandíbula oscurecida por una barba incipiente, y ojos pequeños y juntos.

—Borroq. —Tormund volvió la cabeza y escupió.

—Un cambiapieles. —No era una pregunta. Sin saber cómo, se había dado cuenta.

Fantasma volvió la cabeza. Hasta entonces, la nieve había enmascarado el olor del jabalí, pero en aquel momento lo percibió. Se adelantó a Jon y enseñó los dientes con un gruñido silencioso.

—¡No! —espetó Jon—. Fantasma, tranquilo. Quieto. ¡Quieto!

—Jabalíes y lobos —dijo Tormund—. Será mejor que dejes a tu bestia encerrada esta noche. Me ocuparé de que Borroq haga lo mismo con su cerdo. —Levantó la vista hacia el cielo oscuro—. Son los últimos, y en buena hora. Seguro que nieva toda la noche. Ya va siendo hora de que eche un vistazo al otro lado de todo este hielo.

—Ve tú delante —dijo Jon—. Quiero ser el último en pasar. Nos vemos en el banquete.

—¿Banquete? ¡Ja! Me gusta cómo suena esa palabra. —El salvaje giró su montura hacia el Muro y le palmeó el lomo. Lo siguieron Toregg y el resto de los jinetes, que descabalgaron al llegar a la puerta para guiar a sus caballos por las riendas a través del túnel. Bowen Marsh se quedó un rato más para supervisar a sus mayordomos, que tiraban de los últimos carros. Solo quedaron Jon Nieve y su guardia.

El cambiapieles se detuvo a diez pasos. Su monstruo revolvió el barro con las patas, entre resoplidos. Una fina capa de nieve le cubría el lomo jorobado y negro. De repente gruñó con la cabeza gacha y, durante un momento, Jon pensó que estaba a punto de atacar. Los hombres que lo flanqueaban bajaron las lanzas.

—Hermano —saludó Borroq.

—Será mejor que continúes. Estamos a punto de cerrar la puerta.

—Sí, ciérrala. Y más vale que la cierres a conciencia. Ya vienen, cuervo. —Le dedicó la sonrisa más fea que Jon había visto nunca, y empezó a caminar hacia la puerta. El jabalí lo siguió. Tras ellos, la nieve cubrió las huellas que dejaban.

—Bueno, se acabó —dijo Rory cuando ya no quedaba nadie.

«No —pensó Jon Nieve—. Acaba de empezar.»

Bowen Marsh lo esperaba al sur del Muro, con una pizarra de mano llena de números.

—Hoy han cruzado la puerta tres mil ciento diecinueve salvajes —le comentó el lord mayordomo—. Hemos enviado sesenta rehenes a Torre

Sombría y a Guardiaoriente, después de darles de comer. Edd Tollett ha regresado a Túmulo Largo con seis carromatos de mujeres; el resto sigue aquí.

—No estarán aquí mucho tiempo —prometió Jon—. Tormund quiere guiar a su gente hasta el Escudo de Roble dentro de uno o dos días. Los demás irán en cuanto decidamos dónde alojarlos.

—Como digáis, lord Nieve. —Hablaba con un tono rígido que dejaba entrever que Bowen Marsh tenía una idea muy precisa de dónde los alojaría él.

Jon regresó a un castillo que no tenía nada que ver con el que había dejado aquella mañana. Desde que lo conocía, el Castillo Negro había sido un lugar de silencio y sombras, donde unos pocos hombres de negro se movían como fantasmas entre las ruinas de una fortaleza que otrora albergara a diez veces más hombres que entonces. Se veía luz en ventanas que Jon siempre había visto oscuras. Por los patios resonaban voces extrañas, y el pueblo libre iba y venía por caminos de hielo que durante años solo habían conocido las botas negras de los cuervos. Delante de los Barracones de Pedernal se encontró con una docena de hombres que se lanzaban bolas de nieve.

«Están jugando —pensó, asombrado—. Adultos que juegan como niños y se tiran bolas de nieve, como hacían Bran y Arya, y Robb y yo antes que ellos.»

La vieja armería de Donal Noye, sin embargo, permanecía oscura y en silencio, y las habitaciones de Jon, en la parte de atrás de la vieja forja, estaban todavía más oscuras. Pero aún no había tenido tiempo de quitarse la capa cuando Dannel asomó la cabeza por la puerta para anunciar que Clydas le llevaba un mensaje.

—Que pase. —Jon encendió un cirio en el brasero y prendió tres velas con él.

Clydas entró parpadeando, con el rostro congestionado y un pergamino agarrado firmemente.

—Disculpad, lord comandante. Sé que debéis de estar muy cansado, pero me pareció que querríais ver esto enseguida.

—Bien hecho. —Jon leyó:

En Casa Austera, con seis barcos. Mar bravía. Perdidos el *Pájaro Negro* y su tripulación; dos barcos lysenos encallados en Skane; la *Garra* hace agua. Nada marcha bien. Los salvajes se comen los cadáveres de los suyos. Cosas muertas en el bosque. Los capitanes braavosi solo quieren llevar mujeres y niños en sus barcos. Las brujas nos llaman esclavistas. Renunciamos a hacernos con la *Cuervo de Tormenta;* seis tripulantes y muchos salvajes muertos. Quedan ocho cuervos. Cosas muertas en el agua. Enviad ayuda por tierra; mar azotado por las tormentas. Desde la *Garra,* por la mano del maestre Harmune.

Bajo el texto figuraba la furiosa firma de Cotter Pyke.

—¿Es grave, mi señor? —preguntó Clydas.

—Bastante grave.

«Cosas muertas en el bosque. Cosas muertas en el agua. Quedan seis barcos de los once que zarparon. —Jon enrolló el pergamino con el ceño fruncido—. Cae la noche y comienza mi guerra.»

El caballero olvidado

—Arrodillaos todos ante su magnificencia Hizdahr zo Loraq, el decimocuarto de su noble nombre, rey de Meereen, Vástago de Ghis, Octarca del Antiguo Imperio, Amo del Skahazadhan, Consorte de Dragones y Sangre de la Arpía —clamó el heraldo. Su voz resonó en el suelo de mármol y retumbó entre las columnas.

Ser Barristan Selmy pasó una mano bajo los pliegues de la capa y aflojó la espada de la vaina. Nadie podía ir armado en presencia del rey, con excepción de sus protectores. Parecía que seguía contándose entre ellos, pese a que lo habían destituido; al menos, no habían intentado quitarle la espada.

En la sala de audiencias, Daenerys Targaryen prefería sentarse en un banco de ébano pulido, liso y sencillo, cubierto con los cojines que le había llevado ser Barristan para hacerlo más cómodo. El rey Hizdahr había sustituido el banco por dos imponentes tronos de madera dorada con respaldo alto tallado en forma de dragón. El rey se sentaba en el de la derecha, con una corona de oro y un cetro enjoyado en la mano pálida. El segundo trono permanecía vacío.

«El que importa de verdad —pensó ser Barristan—. Ninguna silla con forma de dragón puede reemplazar a un dragón de verdad, por muy intrincada que sea la talla.»

A la derecha de los tronos gemelos se encontraba Goghor el Gigante, una inmensa mole de rostro fiero y surcado de cicatrices; a la izquierda, el Gato Moteado, con una piel de leopardo al hombro; detrás de ellos, Belaquo Rompehuesos y Khrazz, el de los ojos fríos.

«Asesinos avezados, todos ellos —se dijo Selmy—, aunque una cosa es enfrentarse a un enemigo en la arena de combate, cuando los cuernos y tambores pregonan su llegada, y otra, identificar a un asesino oculto antes de que ataque.»

El día era joven y fresco, pero Barristan Selmy notaba el cansancio en los huesos, como si se hubiera pasado la noche luchando. Cuanto más viejo se hacía, menos sueño parecía necesitar. En sus tiempos de escudero podía dormir diez horas por la noche y aun así llegar al patio de entrenamiento bostezando y dando traspiés. A los sesenta y tres años, cinco horas le parecían más que suficiente, pero esa noche apenas había pegado ojo. Su habitación era una celda diminuta situada junto a los aposentos de la reina, antes destinada a los esclavos; su mobiliario consistía en una cama, un orinal, un armario ropero y hasta una silla, por si quería sentarse. En la mesita tenía una vela de cera de abeja y una estatuilla del Guerrero; aunque no era devoto, lo hacía sentirse menos solo en aquella ciudad desconocida y extranjera, y lo acompañaba en las oscuras vigilias. «Guárdame de estas dudas que me carcomen y concédeme fuerza para hacer lo correcto», rezaba. Sin embargo, ni las oraciones ni el amanecer le habían proporcionado ninguna certeza.

La sala estaba abarrotada, pero lo que más le llamó la atención fueron las ausencias: Missandei, Belwas, Gusano Gris, Aggo, Jhogo, Rakharo, Irri, Jhiqui, Daario Naharis... En lugar del Cabeza Afeitada había un hombre gordo con coraza musculada y máscara de león, de piernas gruesas que asomaban por debajo de la falda de tiras de cuero: Marghaz zo Loraq, primo del rey, nuevo comandante de las Bestias de Bronce. Selmy ya sentía hacia él un abierto desdén. Había conocido a otros de su calaña en Desembarco del Rey: adulador con sus superiores, duro con sus inferiores, tan ciego como fanfarrón, y muy, muy orgulloso. Demasiado.

«Skahaz también podría estar aquí —comprendió—, con su fea cara escondida tras una máscara.» Apostadas entre las columnas aguardaban cuatro decenas de bestias de bronce, cuyas máscaras de cobre bruñido brillaban a la luz de las antorchas. El Cabeza Afeitada podía ser cualquiera de ellos.

La sala retumbaba con un centenar de voces que despertaban ecos en las columnas y el suelo de mármol. El sonido era furioso, amenazador; a Selmy le evocó un avispero justo antes de empezar a vomitar avispas. En los rostros de la multitud vio ira, pesar, sospecha, miedo.

Apenas el nuevo heraldo ordenó silencio en la sala, las cosas empezaron a ponerse feas. Una mujer sollozaba por su hermano, muerto en el reñidero de Daznak; otra, por los daños que había sufrido su palanquín. Un hombre gordo se arrancó los vendajes para mostrar a la corte un brazo quemado, todavía supurante y en carne viva. Y cuando otro, que llevaba un *tokar* azul y dorado se puso a hablar de Harghaz el Héroe, el liberto que se encontraba a su espalda lo tiró al suelo de un empellón. Hicieron falta seis bestias de bronce para separarlos y llevárselos a rastras: un zorro, un halcón, una foca, una langosta, un león y un sapo. Selmy se preguntó si las máscaras encerrarían algún significado para los hombres que las llevaban. ¿Se ponían siempre las mismas, o escogían un rostro distinto cada mañana?

—¡Silencio! —suplicaba Reznak mo Reznak—. ¡Por favor! Os responderé si tan solo...

—¿Es cierto? —gritó una liberta—. ¿Nuestra madre ha muerto?

—¡No, no, no! —chilló Reznak—. La reina Daenerys regresará a Meereen a su debido tiempo, en todo su poder y majestad. Hasta entonces, su adoración el rey Hizdahr...

—¡No es mi rey! —vociferó un liberto. Los asistentes empezaron a empujarse.

—¡La reina no ha muerto! —proclamó el senescal—. Los jinetes de sangre de su alteza han cruzado el Skahazadhan para buscarla y devolverla a su amante esposo y a sus leales súbditos. Partieron con diez jinetes selectos cada uno y tres caballos veloces por jinete, para llegar lejos y deprisa. Encontrarán a la reina Daenerys.

Tomó la palabra un ghiscario alto con túnica de brocado, de voz tan sonora como fría. El rey Hizdahr se revolvía en su trono de dragón, con el rostro como una máscara de piedra en un esfuerzo por aparentar al mismo tiempo preocupación e impasibilidad. De nuevo tuvo que responder el senescal.

Ser Barristan dejó que las palabras untuosas de Reznak le resbalaran. Los años pasados en la Guardia Real lo habían enseñado a oír sin escuchar, cosa que resultaba especialmente útil cuando el orador se empeñaba en demostrar que las palabras son aire. Al fondo de la sala atisbó al principito dorniense y a sus compañeros.

«No tendrían que haber venido. Martell no es consciente del peligro. Daenerys era su única amiga en la corte, y ahora no está.» ¿Hasta qué punto comprendían lo que se estaba diciendo? Incluso a él le costaba a veces entender aquel híbrido de la lengua ghiscaria que usaban los esclavistas, sobre todo si hablaban deprisa.

El príncipe Quentyn, por lo menos, escuchaba con atención.

«Es hijo de su padre. —Bajo y fornido, de rostro achatado, parecía un buen chico: serio, sensato, consciente de sus deberes..., aunque no era de los que aceleraban el corazón de las jóvenes. Y Daenerys Targaryen, al margen de todo lo demás, seguía siendo una niña, como ella misma decía cuando le daba por hacerse la inocente. Como toda buena reina, su pueblo era lo primero; de lo contrario, jamás se habría casado con Hizdahr zo Loraq. Pero la niña que era en el fondo anhelaba poesía, pasión y risas—. Quiere fuego, y Dorne le envía barro.» El barro servía para hacer cataplasmas contra la fiebre; para plantar semillas y obtener una cosecha con que alimentar a tus hijos; el barro podía nutrir, mientras que el fuego solo consumía, pero los necios, los niños y las muchachas siempre preferían el fuego.

Detrás del príncipe, ser Gerris del Manantial le susurraba algo a Yronwood. Ser Gerris tenía todo lo que le faltaba al príncipe: era alto, esbelto y atractivo, y poseía la gracia de un hombre de espada y el ingenio de un cortesano. Selmy no dudaba que más de una doncella dorniense habría peinado con los dedos los mechones dorados de su pelo y besado aquella sonrisa socarrona que lucía en los labios.

«Si el príncipe hubiera sido él, las cosas podrían haber sido diferentes —no podía dejar de pensar. Pero Gerris del Manantial tenía algo... demasiado agradable para su gusto—. Como una moneda falsa», decidió el anciano caballero. Había conocido a otros como él.

Lo que quisiera que estuviese susurrando debía de ser gracioso, porque su amigo el grandullón calvo rompió a reír en tono bastante alto para que el rey volviese la mirada hacia los dornienses. Al ver al príncipe, Hizdahr zo Loraq puso cara de pocos amigos.

El gesto no le gustó a ser Barristan; y, cuando el rey hizo una seña a su primo Marghaz para que se acercara, y se inclinó y le habló al oído, le gustó menos todavía.

«Mis votos no son para con Dorne —se recordó. Sin embargo, Lewyn Martell había sido su hermano juramentado en los días en que los lazos entre los hombres de la Guardia Real eran fuertes—. No pude hacer nada por el príncipe Lewyn en el Tridente, pero ahora puedo ayudar a su sobrino. —Martell bailaba en un nido de víboras y ni siquiera las veía. Su continua presencia, incluso después de que Daenerys se hubiese entregado a otro ante los ojos de los dioses y de los hombres, provocaría a cualquier esposo, y Quentyn ya no contaba con la reina para protegerlo de la ira de Hizdahr—. Aunque...»

El pensamiento fue tan repentino como una bofetada. Quentyn había crecido en la corte de Dorne; las conspiraciones y los envenenamientos no le resultaban desconocidos. Además, el príncipe Lewyn no había sido su único tío.

«Es de la sangre de la Víbora Roja. —Daenerys había tomado a otro consorte pero, si Hizdahr moría, podría casarse de nuevo—. ¿Y si el Cabeza Afeitada se equivoca? ¿Quién puede asegurar que las langostas eran para Daenerys? Estaban en el palco privado del rey. ¿Y si era él la víctima que buscaban?» La muerte de Hizdahr habría hecho añicos la frágil paz. Los Hijos de la Arpía habrían reanudado los asesinatos, y los yunkios, la guerra. Quentyn y su pacto de matrimonio podrían haber sido la mejor opción que le quedase a Daenerys.

Ser Barristan seguía debatiéndose con aquella sospecha cuando oyó unas botas pesadas que subían por las empinadas escaleras de piedra del fondo de la sala. Habían llegado los yunkios. Tres sabios amos encabezaban la comitiva de la Ciudad Amarilla, cada uno con su séquito armado.

Un esclavista vestía un *tokar* de seda granate con flecos dorados; otro, uno de rayas naranjas y azuladas, y el tercero, una coraza con recargadas incrustaciones que formaban escenas eróticas en nácar, jade y azabache. Los acompañaba el capitán mercenario Barbasangre, con un costal de cuero colgado de un fuerte hombro y una expresión jovial y asesina en el rostro.

«No han venido el Príncipe Desharrapado ni Ben Plumm el Moreno. —Ser Barristan miró a Barbasangre con frialdad—. Dame la más mínima razón para que baile contigo y veremos quién ríe el último.»

—Sabios amos, es un honor —exclamó Reznak mo Reznak, abriéndose paso hacia ellos—. Su esplendor, el rey Hizdahr, da la bienvenida a sus amigos de Yunkai. Comprendemos que...

—A ver si comprendéis esto. —Barbasangre sacó una cabeza del saco y se la tiró al senescal. Reznak se apartó con un chillido de miedo. La cabeza rebotó, manchando de sangre el mármol lila del suelo, y rodó hasta ir a parar al pie del trono de dragón del rey Hizdahr. Por toda la sala, las bestias de bronce apuntaron con las lanzas. Goghor el Gigante avanzó pesadamente para situarse ante el trono, y Khrazz y el Gato Moteado se apostaron a ambos lados para cubrir al rey.

—No muerde; está muerto —señaló Barbasangre con una risotada.

Con cautela, con mucha cautela, el senescal se aproximó a la cabeza y la cogió remilgadamente por el pelo.

—El almirante Groleo.

Ser Barristan miró hacia el trono. Había servido a tantos reyes que no podía dejar de imaginar cómo habría reaccionado cada uno ante semejante provocación. Aerys habría retrocedido horrorizado y probablemente se habría cortado con los filos del Trono de Hierro; después se habría puesto a gritar que despedazaran a los yunkios. Robert habría pedido a gritos su martillo para pagar a Barbasangre con la misma moneda. Incluso Jaehaerys, al que muchos consideraban débil, habría ordenado la detención de Barbasangre y los esclavistas de Yunkai.

Hizdahr se quedó completamente inmóvil como una estatua. Reznak depositó la cabeza en un cojín de raso, a los pies del rey, y se apartó a toda prisa, con la boca distorsionada por una mueca de desagrado. Ser Barristan percibía el penetrante olor del perfume floral del senescal a varios pasos de distancia.

El muerto miraba hacia arriba con los ojos cargados de reproche. Tenía la barba encostrada de sangre reseca, pero del cuello todavía le goteaba un hilillo rojo. Por su aspecto, había hecho falta más de un tajo para separarle la cabeza del cuerpo. Al fondo de la sala, los peticionarios comenzaron a escabullirse. Una bestia de bronce se arrancó la máscara de halcón y vomitó el desayuno.

Barristan Selmy ya había visto muchas cabezas cortadas, pero aquella... Había cruzado medio mundo con el viejo marino, de Pentos a Qarth y de regreso a Astapor.

«Groleo era un buen hombre. No merecía acabar así. Lo único que quería era volver a casa.» El caballero aguardó expectante, tenso.

—Esto... —dijo al fin el rey Hizdahr— esto no... no nos satisface, esto... ¿Qué significa este... este...?

—Tengo el honor de traeros un mensaje del Consejo de Amos. —El esclavista del *tokar* granate desenrolló un pergamino—. Aquí está escrito: «Siete entraron en Meereen para firmar la paz y asistir a los juegos de celebración en el reñidero de Daznak. Como garantía de su seguridad nos fueron entregados siete rehenes. La Ciudad Amarilla llora a su noble hijo Yurkhaz zo Yunzak, que sufrió una muerte horrible cuando se encontraba en Meereen en calidad de invitado. La sangre se paga con sangre».

«¿Por qué lo eligieron a él entre todos los rehenes? —Groleo tenía en Pentos esposa, hijos y nietos. Jhogo, Héroe y Daario Naharis tenían soldados a su mando, pero Groleo era un almirante sin flota—. ¿Lo echaron a suertes, o consideraron que era el menos valioso, el que menos represalias provocaría? —se preguntó. Aunque era más fácil plantear la pregunta que responderla—. No se me dan bien los acertijos.»

—Alteza —intervino ser Barristan—, si tenéis a bien recordarlo, la muerte del noble Yurkhaz fue un accidente. Tropezó en los escalones cuando intentaba huir del dragón y pereció aplastado bajo los pies de sus propios acompañantes y esclavos. O tal vez le reventó el corazón de terror; era un anciano.

—¿Quién es el que habla sin permiso del rey? —preguntó el señor yunkio del *tokar* de rayas, un hombre menudo de barbilla hundida y dientes demasiado grandes para su boca. A Selmy le recordaba un conejo—. ¿Acaso los señores de Yunkai tienen que escuchar el parloteo de los guardias? —Sacudió los flecos de perlas del *tokar*.

Hizdahr zo Loraq no podía apartar la mirada de la cabeza. No recuperó la movilidad hasta que Reznak le susurró algo al oído.

—Yurkhaz zo Yunzak era vuestro comandante supremo —declaró—. ¿Quién de vosotros representa ahora a Yunkai?

—Todos nosotros —contestó el roedor—. El Consejo de Amos.

—Entonces, todos sois responsables de esta transgresión del acuerdo de paz. —Al fin, el rey Hizdahr había conseguido reunir algo de valor.

—No se ha transgredido nada —respondió el yunkio de la coraza—. La sangre se paga con sangre, y una vida, con otra. En prueba de nuestra buena fe, os devolvemos a tres de vuestros rehenes. —A su espalda, las filas férreas se abrieron para dejar paso a tres meereenos que avanzaban sujetándose firmemente el *tokar:* un hombre y dos mujeres.

—Hermana... —saludó con frialdad Hizdahr zo Loraq—. Primos... —Señaló la cabeza sanguinolenta—. Quitad eso de nuestra vista.

—El almirante era un hombre de mar —le recordó ser Barristan—. Tal vez vuestra magnificencia pueda pedir a los yunkios que nos devuelvan el cuerpo, para darle sepultura bajo las olas.

—Así se hará, si a vuestro esplendor le complace —concedió el señor de dientes de conejo con un gesto de la mano—. En señal de respeto.

—No pretendo ofenderos —intervino Reznak mo Reznak tras aclararse ruidosamente la garganta—, pero me parece que su adoración la reina Daenerys os entregó..., eh..., siete rehenes. Los otros tres...

—Serán nuestros huéspedes —concluyó el señor yunkio de la coraza— hasta que los dragones estén muertos.

La sala quedó en silencio. Acto seguido, se llenó de murmullos y bisbiseos, de susurros que entonaban maldiciones o plegarias, como un avispero agitado.

—Los dragones... —comenzó a decir el rey Hizdahr.

—Son monstruos; todos pudieron verlo en el reñidero de Daznak. No hay paz posible mientras sigan con vida.

—Su Magnificencia la reina Daenerys es la Madre de Dragones —le repuso Reznak—. Solo ella puede...

—Ya no está —cortó Barbasangre con desdén—. Acabó quemada y devorada; ahora, los hierbajos crecen por los orificios de su calavera.

Aquella afirmación provocó un rugido. Algunos se pusieron a gritar y maldecir; otros, a estampar los pies contra el mármol y silbar en señal de aprobación. Las bestias de bronce impusieron silencio golpeando el suelo con el asta de la lanza. Ser Barristan tenía los ojos clavados en Barbasangre.

«Vino a saquear la ciudad, y la paz de Hizdahr lo privó de su botín. Haría lo que fuese por comenzar el baño de sangre.»

—Debo consultar al Consejo. —Hizdahr zo Loraq se levantó lentamente del trono de dragón—. La audiencia ha terminado.

—Arrodillaos ante su magnificencia Hizdahr zo Loraq, el decimocuarto de su venerable nombre, rey de Meereen, Vástago de Ghis, Octarca del Antiguo Imperio, Amo del Skahazadhan, Consorte de Dragones y

Sangre de la Arpía —gritó el heraldo. Las bestias de bronce se desplazaron entre las columnas para formar una fila y emprendieron un lento avance al unísono para conducir a los peticionarios fuera de la sala.

Los dornienses no tuvieron que caminar tanto como otros. Como correspondía a su rango y posición, a Quentyn Martell se le habían asignado habitaciones en la Gran Pirámide, dos niveles más abajo: unos preciosos aposentos con terraza y escusado privados. Quizás por ese motivo, sus compañeros y él se rezagaron, esperando a que se disolviera la muchedumbre antes de dirigirse a las escaleras. Ser Barristan los observó, pensativo.

«¿Qué querría Daenerys?», se preguntó. Creía conocer la respuesta. El anciano caballero cruzó la sala a zancadas, con la larga capa blanca ondeando tras él, y alcanzó a los dornienses junto a la escalera.

—En las audiencias de tu padre nunca hay ni la mitad de animación —oyó que bromeaba Gerris del Manantial.

—Príncipe Quentyn, ¿podemos hablar un momento?

—Por supuesto, ser Barristan —Quentyn Martell se volvió hacia él—. Mis habitaciones están más abajo.

«No.»

—No soy quién para daros consejos, príncipe Quentyn..., pero si yo estuviera en vuestro lugar, no volvería a mis habitaciones. Deberíais bajar con vuestros amigos y marcharos.

—¿Abandonar la pirámide? —preguntó el príncipe Quentyn con la mirada fija en el caballero.

—Abandonar la ciudad. Regresar a Dorne.

—Tenemos las armas y las armaduras en nuestros aposentos —dijo Gerris del Manantial. Los dornienses cruzaron miradas—. Por no mencionar casi todo el dinero que nos queda.

—Las espadas se pueden reemplazar —advirtió ser Barristan—. Puedo proporcionaros dinero para el pasaje a Dorne. Príncipe Quentyn, el rey se ha fijado hoy en vos y no ha puesto buena cara.

—¿Deberíamos tener miedo de Hizdahr zo Loraq? —preguntó Gerris del Manantial entre risas—. Acabáis de ver cómo temblaba ante los yunkios. ¡Le han enviado una cabeza y no ha hecho nada!

—Los príncipes deben pensar antes de actuar —intervino Quentyn Martell con un gesto de asentimiento—. Este rey... No sé qué pensar. La reina también me previno contra él, es cierto, pero...

—¿Os previno? —preguntó Selmy con el ceño fruncido—. ¿Y por qué seguís aquí?

—Por el pacto de matrimonio... —El príncipe Quentyn se sonrojó.

—Lo negociaron dos muertos, y no decía una palabra de la reina ni de vos. Prometía la mano de vuestra hermana al hermano de la reina, otro muerto. No tiene validez. Hasta que llegasteis, su alteza ignoraba su existencia. Vuestro padre guarda bien los secretos, príncipe Quentyn; me temo que demasiado bien. Si la reina hubiese tenido noticia del pacto en Qarth, puede que no hubiera puesto rumbo a la bahía de los Esclavos, pero llegasteis demasiado tarde. No deseo poner el dedo en la llaga, pero su alteza tiene un nuevo esposo y un antiguo pretendiente, y parece que los prefiere a ambos antes que a vos.

—Este señor ghiscario de poca monta no es consorte adecuado para la soberana de los Siete Reinos —replicó el príncipe, con los ojos oscuros centelleantes de ira.

—Eso no os corresponde juzgarlo... —Ser Barristan se interrumpió, preguntándose si no habría dicho demasiado. «No. Tengo que explicarle el resto»—. Aquel día, en el reñidero de Daznak, parte de la comida que había en el palco real estaba envenenada. Fue pura casualidad que Belwas el Fuerte se la comiese toda. Las gracias azules aseguran que si se salvó fue gracias a su tamaño y su fuerza inusitada, aunque estuvo a las puertas de la muerte. Aún es posible que muera.

—¿Veneno? —La conmoción era evidente en el rostro del príncipe Quentyn—. ¿Para Daenerys?

—O para Hizdahr, o puede que para los dos. Aunque el palco era del rey, y él lo había dispuesto todo. Si el veneno fue cosa suya, le hará falta alguien que cargue con la culpa, y ¿quién más indicado que un rival de una tierra lejana, sin amigos en la corte? ¿Quién mejor que un pretendiente rechazado por la reina?

—¿Yo? —Quentyn Martell palideció—. Yo nunca sería capaz de... No podéis creer que tenga algo que ver...

«O dice la verdad, o es un maestro de la comedia.»

—Otros pueden creerlo. Sois sobrino de la Víbora Roja y tenéis buenos motivos para desear la muerte del rey Hizdahr.

—No es el único —protestó Gerris del Manantial—. Naharis, por ejemplo. Y la reina tiene un...

—Un amante —terminó ser Barristan, antes de que el dorniense pudiera decir algo que mancillase el honor de Daenerys—. En Dorne no está mal visto tener amantes, ¿verdad? —No esperó respuesta—. El príncipe Lewyn era mi hermano juramentado. En aquellos tiempos, los miembros de la Guardia Real nos ocultábamos pocas cosas. Sé que tenía una amante, y no se comportaba como si fuera algo vergonzoso.

—No —repuso Quentyn con la cara congestionada—, pero...

—Daario acabaría con Hizdahr en un abrir y cerrar de ojos, si se atreviese —continuó ser Barristan—. Pero no con veneno. Nunca. Y en cualquier caso, no estaba allí. A Hizdahr le encantaría culparlo por las langostas envenenadas, de todos modos, pero aún puede necesitar a los Cuervos de Tormenta, y los perderá si se implica en la muerte de su capitán. No, mi príncipe: si su alteza necesita un envenenador, recurrirá a vos. —Había dicho cuanto podía decir sin arriesgarse. En un par de días, si los dioses les sonreían, Hizdahr zo Loraq habría dejado de gobernar Meereen, pero no le serviría de nada que el baño de sangre que se aproximaba arrastrara al príncipe Quentyn—. Si insistís en quedaros en Meereen, más os vale manteneros alejado de la corte y confiar en que Hizdahr se olvide de vos —concluyó ser Barristan—, aunque lo más prudente sería que embarcarais hacia Volantis, mi príncipe. Cualquiera que sea vuestra elección, os deseo suerte.

No se había alejado ni tres pasos cuando Quentyn Martell se dirigió a él.

—Os llaman Barristan el Bravo.

—Algunos. —Selmy se había ganado aquel sobrenombre a los diez años. Acababan de nombrarlo escudero, pero era tan orgulloso, vanidoso y estúpido que se le había metido en la cabeza que podía enfrentarse a caballeros con experiencia en un torneo, de modo que tomó prestado un caballo de batalla y una armadura de la armería de lord Dondarrion y se inscribió en las lizas de Refugionegro como caballero misterioso.

«Hasta el heraldo se rio. Tenía los brazos tan flacos que, cuando bajé la lanza, bastante tenía con evitar que la punta fuese abriendo surcos en la tierra. —Lord Dondarrion habría tenido todo el derecho de bajarlo del caballo y darle una azotaina, pero el Príncipe de las Libélulas se compadeció del atolondrado niño de la armadura mal ajustada y le concedió la deferencia de aceptar el desafío. Una sola carrera, y todo había acabado. Después, el príncipe Duncan lo ayudó a ponerse en pie y quitarse el yelmo. "Un muchacho —proclamó a la multitud—. Un muchacho muy bravo"—. Hace cincuenta y tres años. ¿Cuántos de los que estaban en Refugionegro seguirán con vida?»

—¿Cómo creéis que me llamarán a mí si vuelvo a Dorne sin Daenerys? —preguntó el príncipe Quentyn—. ¿Quentyn el Cauto? ¿Quentyn el Cobarde? ¿Quentyn el Gallina?

«El Príncipe que Llegó Tarde», pensó el anciano caballero. Pero si algo aprendían los caballeros de la Guardia Real, era a contener la lengua.

—Quentyn el Sabio —sugirió. Confiaba en que fuese cierto.

El pretendiente rechazado

Casi había llegado la hora de los fantasmas cuando ser Gerris del Manantial regresó a la pirámide con la noticia de que había encontrado a Habas, a Libros y al Viejo Bill Huesos en una de las bodegas más sórdidas de Meereen, bebiendo vino amarillo y viendo matarse entre sí a unos esclavos desnudos y desarmados, de dientes puntiagudos.

—Habas sacó un cuchillo, propuso averiguar si los desertores tienen la tripa llena de cieno amarillo y abrió las apuestas —informó ser Gerris—, así que le lancé un dragón y le pregunté si no le bastaba con oro amarillo. Lo mordió y me preguntó qué pretendía comprar; cuando se lo dije, guardó el cuchillo y me preguntó si estaba loco o borracho.

—Que piense lo que quiera, con tal de que entregue el mensaje —dijo Quentyn.

—Lo entregará. Seguro que también consigues esa reunión, aunque solo sea para que Harapos le pida a Meris la Bella que te saque el hígado y lo fría con cebolla. Deberíamos hacer caso a Selmy: cuando Barristan el Bravo aconseja correr, es de sabios atarse las botas. Tendríamos que estar buscando un barco a Volantis mientras el puerto siga abierto.

—Nada de barcos. —La mera mención hizo que las mejillas de ser Archibald adquiriesen un tono verdoso—. Prefiero volver a Volantis a la pata coja.

«Volantis —pensó Quentyn—; luego, Lys, y por fin a casa. Vuelvo por el mismo camino, con las manos vacías. Tres valientes muertos y ¿para qué?»

Sería agradable volver a ver el Sangreverde, visitar Lanza del Sol y los Jardines del Agua y respirar el aire puro y fragante de la montaña en Palosanto, en vez de los efluvios sofocantes, húmedos y nauseabundos de la bahía de los Esclavos. Quentyn sabía que de los labios de su padre no saldría ni un reproche, pero tendría la mirada cargada de decepción. Su hermana lo desdeñaría; las Serpientes de Arena se mofarían de él con sonrisas hirientes como cuchillos, y lord Yronwood, su segundo padre, que había enviado a su propio hijo a protegerlo durante el viaje...

—No os retendré aquí —dijo a sus amigos—. Mi padre me encomendó esta tarea a mí, no a vosotros. Volved a casa si queréis y como queráis. Yo me quedo.

—Entonces, Manan y yo también nos quedamos —respondió el grandullón.

A la noche siguiente, Denzo D'han se presentó en los aposentos del príncipe Quentyn para negociar las condiciones.

—Se reunirá con vos por la mañana, junto al mercado de especias. Veréis una puerta marcada con un loto violeta; llamad dos veces y gritad «Libertad».

—De acuerdo —asintió Quentyn—. Arch y Gerris me acompañarán; decidle que puede llevar también dos hombres, no más.

—Como desee mi príncipe. —Las palabras eran corteses, pero había malicia en el tono, y los ojos del poeta guerrero tenían un destello de burla—. Venid al anochecer y aseguraos de que no os siguen.

Los dornienses salieron de la Gran Pirámide una hora antes del ocaso, por si se perdían en algún callejón o no encontraban el loto violeta a la primera. Quentyn y Gerris llevaban la espada al cinto; el grandullón, el martillo cruzado tras la ancha espalda.

—Aún no es tarde para salir de este sainete —suplicó Gerris cuando tomaron un fétido callejón que conducía al viejo mercado de especias. El aire olía a orina, y a lo lejos se oía el estruendo de las llantas de hierro de un carro de cadáveres—. El Viejo Bill Huesos decía siempre que Meris la Bella podía prolongar la agonía de un hombre durante toda una luna. ¡Les mentimos, Quent! Los utilizamos para llegar aquí y luego nos pasamos a los Cuervos de Tormenta.

—Como nos habían ordenado.

—Ya, pero Remiendos no esperaba que lo consiguiéramos —intervino el grandullón—. Los otros, ser Orson, Dick Heno, Hungerford y Will de los Bosques, siguen en alguna mazmorra gracias a nosotros. No creo que al viejo Harapos le hiciera mucha gracia.

—No —reconoció el príncipe Quentyn—, pero le gusta el oro.

—Una pena que no tengamos —dijo Gerris entre risas—. ¿Confías en esta paz, Quent? Yo no. Media ciudad llama héroe al matadragones, y la otra media escupe sangre con solo oír su nombre.

—Harzoo —dijo el grandullón.

—Se llamaba Harghaz —Quentyn frunció el ceño.

—Hizdahr, Humzum, Hagnag, ¿qué más da? Yo los llamo Harzoo a todos. Y ese no tenía nada de matadragones; lo único que consiguió fue dejarse el culo churruscado y crujiente.

—Actuó con valentía.

«¿Yo habría tenido valor para enfrentarme a ese monstruo con una simple lanza?»

—Querrás decir que murió con valentía.

—Murió entre gritos —corrigió Arch.

—Aunque vuelva la reina, seguirá estando casada —le recordó Gerris a Quentyn, al tiempo que le ponía una mano en el hombro.

—Lo del rey Harzoo se arregla con un golpecito de martillo —sugirió el grandullón.

—Hizdahr —repuso Quentyn—. Se llama Hizdahr.

—Un beso de mi martillo, y a nadie le importará cómo se llame —insistió Arch.

«No lo comprenden. —Sus amigos habían perdido de vista la verdadera finalidad de su viaje—. Ella no es el objetivo, sino parte del trayecto. Daenerys es necesaria para conseguir el premio; no es la recompensa en sí.»

—Recordad sus palabras: «El dragón tiene tres cabezas. Mi matrimonio no tiene por qué ser el fin de vuestras esperanzas. Sé qué buscáis aquí: sangre y fuego.» Yo también tengo sangre Targaryen, como sabéis. Mi linaje se remonta a...

—A la mierda tu linaje —lo atajó Gerris—. A los dragones les importa un comino tu sangre, salvo quizá por su sabor. No se doman con lecciones de historia; son monstruos, no maestres. ¿Estás seguro de que es lo que quieres hacer?

—Es lo que tengo que hacer. Por Dorne, por mi padre, por Cletus, por Will y por el maestre Kedry.

—A ellos les da igual —replicó Gerris—. Están muertos.

—Sí, todos muertos —concedió Quentyn—. Y ¿para qué? Para traerme aquí, para que pudiera casarme con la reina dragón. Una aventura fabulosa, así la llamó Cletus: caminos demoniacos, mares tormentosos y, al final, la mujer más hermosa del mundo; algo para contar a nuestros nietos. Pero como no le dejara un bastardo en la barriga a aquella tabernera que le gustaba, Cletus no tendrá hijos. Will no tendrá su boda. Sus muertes deberían tener algún sentido.

—¿Acaso lo tuvo esta?—Gerris señalaba un cadáver desplomado contra una pared de ladrillo, rodeado de una refulgente nube de moscas verdes.

—Ha muerto de colerina; ni os acerquéis a él. —Quentyn lo contempló con repugnancia. La yegua clara había traspasado la muralla de la ciudad; no era extraño que las calles estuviesen tan desiertas—. Los Inmaculados enviarán un carro a recogerlo.

—No me cabe duda, aunque no me refería a eso. Lo que tiene sentido son las vidas, no las muertes. Yo también apreciaba a Will y a Cletus, pero eso no nos los devolverá. Esto es un error; los mercenarios no son de fiar.

—Son hombres como los demás; quieren oro, poder y gloria. En eso deposito mi confianza.

«En eso y en mi destino. Soy un príncipe dorniense, y por mis venas corre la sangre del dragón.»

El sol ya había desaparecido detrás de la muralla cuando dieron con el loto violeta, pintado en la desgastada puerta de madera de un pequeño tugurio de ladrillo, en mitad de una hilera de cuchitriles similares, a la sombra de la gran pirámide verde y amarilla de Rhazdar. Quentyn llamó dos veces, según lo acordado; respondió una voz áspera, un gruñido ininteligible en la lengua criolla de la bahía de los Esclavos, una desagradable mezcla de ghiscario antiguo y alto valyrio. El príncipe respondió «libertad» en el mismo idioma.

Se abrió la puerta, y Gerris entró el primero, por precaución. Quentyn lo siguió de cerca, y el grandullón cerró la comitiva. Dentro, los envolvió una neblina de humo azulado cuyo olor dulzón no lograba encubrir los hedores, más intensos: orina, vino agrio y carne podrida. Era un espacio mucho más amplio de lo que parecía desde fuera, ya que se prolongaba a izquierda y derecha por las casuchas colindantes. Lo que desde la calle parecía una docena de construcciones resultó ser una estancia alargada.

A aquella hora, la casa apenas estaba medio llena. Un puñado de clientes obsequió a los dornienses con miradas de hastío, aburrimiento o curiosidad; los demás se apiñaban en torno al reñidero que había al fondo de la estancia, donde dos hombres desnudos se atacaban con cuchillos, entre las aclamaciones de los espectadores.

Quentyn no veía ni rastro de los hombres con los que habían ido a reunirse; de pronto se abrió una puerta en la que no había reparado, por la que entró una anciana marchita con un *tokar* rojo oscuro ribeteado de pequeñas calaveras doradas. Tenía la piel tan blanca como la leche de yegua, y el pelo, tan ralo que dejaba ver el cuero cabelludo.

«Dorne —les dijo—, yo Zahrina. Loto Violeta. Ir abajo, hombres allí.» Sujetó la puerta y les indicó mediante gestos que pasaran.

Al otro lado había un tramo de escalones de madera, empinados y retorcidos. Bajó en primer lugar el grandullón, y Gerris se situó en la retaguardia para proteger al príncipe, que iba en medio.

«Una bodega subterránea.» Era un descenso largo, y tan oscuro que Quentyn tenía que ir tanteando para no resbalar. Ser Archibald desenvainó el puñal cuando se aproximaban al final.

Salieron a un sótano de ladrillo tres veces mayor que el tugurio de arriba. En las paredes, hasta donde alcanzaba la vista del príncipe, se alineaban enormes cubas de madera. La única luz provenía de un farol rojo que había colgado de un gancho, junto a la puerta, y de una vela negra y grasienta que titilaba en un barril volteado que hacía las veces de mesa.

Daggo Matamuertos caminaba de un lado a otro entre los toneles, con el *arakh* colgado a la cadera. Meris la Bella sostenía una ballesta; tenía los ojos tan fríos y muertos que parecían dos piedras grises. Denzo D'han atrancó la puerta cuando entraron los dornienses y se apostó frente a ella, con los brazos cruzados al pecho.

«Uno más de la cuenta», pensó Quentyn.

El Príncipe Desharrapado en persona estaba sentado a la mesa, con una copa de vino en la mano. A la luz amarilla de la vela, su pelo canoso parecía casi dorado, aunque se le marcaban unas ojeras que parecían alforjas. Vestía una capa de viaje de lana marrón, bajo la que brillaba una cota de malla plateada. ¿Señal de traición o simple prudencia?

«Un mercenario viejo es un mercenario cauto.»

—Mi señor, estáis muy distinto sin vuestra capa —comentó Quentyn mientras se aproximaba a la mesa.

—¿Esos andrajos? —El pentoshi se encogió de hombros—. No son más que trapos... pero infunden temor a mis enemigos, y en el campo de batalla, cuando ondean al viento, imbuyen a mis hombres más valor que ningún estandarte. Además, si quiero pasar desapercibido, no tengo más que quitármelos para que nadie se fije en mí. —Señaló el banco que tenía delante—. Sentaos. Así que príncipe, ¿eh? Ojalá lo hubiera sabido antes. ¿Queréis tomar algo? Zahrina también sirve comidas. El pan está rancio y el estofado es inaudito: sal y grasa, con un bocado de carne o dos. Dice que es de perro, pero yo diría que es de rata. De todas maneras, nadie se ha muerto por comerlo. He llegado a la conclusión de que la comida peligrosa es la tentadora; los envenenadores siempre eligen los platos más selectos.

—Habéis traído tres hombres —señaló ser Gerris con voz tensa—. Acordamos que dos cada uno.

—Meris no es un hombre. Meris, cariño, desátate el jubón y muéstraselo.

—No es necesario —dijo Quentyn. Si los rumores eran ciertos, bajo el jubón de Meris la Bella solo quedaban las cicatrices que le habían dejado los hombres que le cortaron los pechos—. Meris es una mujer, estoy de acuerdo, pero aun así habéis tergiversado las condiciones.

—Desharrapado y tergiversador, menuda pieza. Tres contra dos no es una gran ventaja, reconozcámoslo, aunque algo cuenta. En este mundo hay que aprender a aprovechar los regalos de los dioses; es una lección que aprendí a un alto precio. Os la ofrezco en señal de buena fe. —Volvió a señalar el asiento—. Sentaos y decid lo que hayáis venido a decir. Prometo no mataros hasta haberos escuchado; es lo mínimo que puede hacer un príncipe por otro. Quentyn, ¿verdad?

—Quentyn de la casa Martell.

—*Rana* os pega más. No acostumbro a beber con mentirosos y desertores; sin embargo, me habéis despertado la curiosidad.

«Una palabra incorrecta, y correrá la sangre en un abrir y cerrar de ojos.» Quentyn se sentó.

—Os pido perdón por el engaño; los únicos barcos que zarpaban hacia la bahía de los Esclavos eran los que habíais contratado para traeros a la guerra.

—Todo cambiacapas tiene su historia. —El Príncipe Desharrapado se encogió de hombros—. No sois el primero que me jura su espada y huye con mi dinero. Todos tienen sus motivos: «Mi hijito está enfermo», o «Mi mujer me pone los cuernos», o «Todos los demás me obligan a que les chupe la polla». Un chico encantador, este último, pero no por eso le perdoné la deserción. Otro tipo me dijo que nuestra comida era tan nauseabunda que había tenido que irse para no caer enfermo, así que le corté un pie, lo asé y se lo hice comer. Luego lo nombré cocinero del campamento; la comida mejoró considerablemente, y cuando se le terminó el contrato, volvió a firmar. Vos, sin embargo... Varios de mis mejores hombres han dado con sus huesos en las mazmorras de la reina por culpa de esa lengua mentirosa que tenéis, y para colmo, dudo que sepáis cocinar.

—Soy un príncipe de Dorne —aclaró Quentyn—. Tenía un deber para con mi padre y mi pueblo; había un pacto secreto de matrimonio.

—Eso tengo entendido. Y cuando la reina de plata vio vuestro jirón de pergamino, se arrojó a vuestros brazos, ¿no es así?

—No —intervino Meris la Bella.

—¿No? Ah, ya me acuerdo: vuestra prometida se montó en un dragón y se largó volando. Bueno, cuando vuelva, no olvidéis invitarnos a la boda. A los chicos de la compañía les encantaría brindar por vuestra felicidad, y a mí me gustan mucho las bodas al estilo de Poniente. Sobre todo la parte del encamamiento, solo que... Oh, esperad. —Se volvió hacia Denzo D'han—. Denzo, ¿no me comentaste que la reina dragón se había casado con un ghiscario?

—Un meereeno noble y rico.

—¿Será verdad? —El Príncipe Desharrapado miró de nuevo a Quentyn—. Seguro que no. ¿Qué hay de vuestro pacto de matrimonio?

—Se rio de él —afirmó Meris la Bella.

«Daenerys no se rio.» Quizá el resto de Meereen lo considerase un bicho raro y entretenido, igual que el isleño del verano exiliado que había acogido Robert en Desembarco del Rey, pero la reina siempre le había hablado con amabilidad.

—Llegamos tarde —se defendió Quentyn.

—Una pena que no desertaseis antes. —El Príncipe Desharrapado bebió un trago de vino—. Así que no hay boda para el Príncipe Rana. ¿Por eso habéis vuelto croando? ¿Acaso mis tres valientes muchachos dornienses han decidido cumplir su contrato?

—No.

—Qué fastidio.

—Yurkhaz zo Yunzak ha muerto.

—Menuda novedad; lo vi morir. El pobre vio un dragón, tropezó en la huida, y un millar de sus mejores amigos lo pisoteó. Seguro que la Ciudad Amarilla está inundada de lágrimas. ¿Me habéis hecho venir para brindar en su memoria?

—No. ¿Los yunkios han elegido comandante?

—El Consejo de Amos ha sido incapaz de llegar a un acuerdo. Yezzan zo Qaggaz era quien tenía más apoyo, pero también ha muerto. Los sabios amos se turnan en el mando supremo: hoy le toca al que tus amigos de la tropa apodaban el Conquistador Borracho; mañana, a lord Nalgasblandas.

—Al Conejo —dijo Meris—. Lord Nalgasblandas fue ayer.

—Gracias por la corrección, querida. Nuestros amigos yunkios tuvieron la amabilidad de darnos una lista; tengo que acordarme de mirarla más a menudo.

—Quien os contrató fue Yurkhaz zo Yunzak.

—Asi es: firmó el contrato en nombre de su ciudad.

—Meereen y Yunkai han hecho las paces. Se levantará el asedio y se disolverán los ejércitos; no habrá batalla, masacre, ciudad que saquear ni botín que llevarse.

—La vida está llena de decepciones.

—¿Durante cuánto tiempo creéis que los yunkios seguirán pagando los salarios de cuatro compañías libres?

—Una pregunta fastidiosa. —El Príncipe Desharrapado volvió a beber antes de seguir hablando—. Pero así es la vida para los hombres de las compañías libres. Termina una guerra, comienza otra. Por suerte, siempre hay alguien que pelea contra alguien en algún lugar. Puede que aquí mismo: mientras estamos aquí, sentados y bebiendo, Barbasangre trata de convencer a nuestros amigos yunkios para que le presenten otra cabeza al rey Hizdahr; esclavistas y libertos se miden el cuello con los ojos y afilan los cuchillos; los Hijos de la Arpía conspiran en sus pirámides; la yegua clara arrolla a esclavos y señores por igual; nuestros amigos de la Ciudad Amarilla dirigen la vista al mar, y en algún lugar del mar de hierba, un dragón mordisquea la tierna carne de Daenerys Targaryen. ¿Quién gobierna Meereen esta noche? ¿Quién gobernará mañana? —El pentoshi se encogió de hombros—. De una cosa estoy seguro: alguien necesitará nuestras espadas.

—Yo necesito esas espadas. Dorne os contrata.

—No le falta descaro a este Rana —dijo el Príncipe Desharrapado con la vista fija en Meris la Bella—. ¿Tendré que recordárselo? Mi querido príncipe, el último contrato que firmamos os sirvió para limpiaros ese bonito trasero rosado.

—Pagaré el doble que los yunkios.

—En oro y en el momento de la firma, ¿verdad?

—Os daré una parte cuando lleguemos a Volantis y el resto cuando regrese a Lanza del Sol. Cuando zarpamos llevábamos oro, pero habría sido difícil ocultarlo cuando nos unimos a vuestra compañía, así que lo depositamos en los bancos. Puedo mostraros los documentos.

—Ah, papeles. Pero nos pagaréis el doble.

—Sí, el doble de papeles —se burló Meris la Bella.

—Recibiréis el resto en Dorne —insistió Quentyn—. Mi padre es un hombre de honor, y si yo sello un acuerdo, él cumplirá las condiciones. Tenéis mi palabra.

—Vamos a ver si lo entiendo. —El Príncipe Desharrapado se acabó el vino y puso la copa boca abajo entre ellos—. Un mentiroso y perjuro demostrado quiere contratarnos y pagarnos con promesas. ¿A cambio de qué servicios? A lo mejor quiere que mis hijos del viento aplasten a los yunkios y saqueen la Ciudad Amarilla. O tal vez que venzan a un *khalasar* dothraki en campo abierto. O que lo escolten de vuelta a casa, con su padre. ¿U os conformaréis con que llevemos a la reina Daenerys a vuestra cama, húmeda y dispuesta? Decidme la verdad, Príncipe Rana, ¿qué queréis de mí y de los míos?

—Necesito que me ayudéis a robar un dragón.

Daggo Matamuertos soltó una risita; los labios de Meris la Bella se torcieron hasta casi formar una sonrisa; Denzo D'han silbó. El Príncipe Desharrapado se limitó a reclinarse en la silla.

—Con el doble no basta para pagar dragones, principito. Eso lo saben hasta las ranas. Los dragones son caros, y un hombre que paga con promesas debería, al menos, tener el sentido común de prometer más.

—Si lo que queréis es el triple...

—Lo que quiero —dijo el Príncipe Desharrapado— es Pentos.

El grifo redivivo

Envió por delante a los arqueros.

Balaq el Negro tenía el mando de mil hombres armados con arcos. De joven, Jon Connington sentía hacia los arqueros el mismo desdén que la mayoría de los caballeros, pero el exilio le había enseñado mucho. A su manera, la flecha era tan mortífera como la espada, así que le había insistido a Harry Strickland Sintierra para que dividiera la compañía de Balaq en diez centurias y enviara una en cada barco para el largo viaje.

Seis de aquellos barcos habían conseguido permanecer juntos lo suficiente para descargar a sus pasajeros en las costas del cabo de la Ira. Los volantinos les aseguraban que los otros cuatro se habían retrasado y no tardarían en llegar, pero Grif pensaba que también podían haberse hundido, o haber tomado tierra en otro lugar. De momento, la compañía contaba con seiscientos arcos. Para aquello, le habría bastado con doscientos.

—Seguro que intentan mandar cuervos —dijo a Balaq el Negro—. Esta es la torre del maestre. —La señaló en el mapa que había dibujado en el barro del campamento—. Hay que vigilarla y abatir cualquier pájaro que salga del castillo.

—Se hará —replicó el isleño del verano.

Un tercio de los hombres de Balaq usaba ballestas; otro tercio, los arcos de doble curva, de cuerno y tendón, típicos de oriente. Pero los mejores eran los arcos largos de tejo que preferían los arqueros de sangre ponienti, y entre ellos, los más codiciados eran los grandes arcos de aurocorazón que usaban Balaq y sus cincuenta isleños del verano. Las únicas flechas que llegaban más lejos que las de un arco de aurocorazón eran las de un arco de huesodragón. Pero independientemente de su arma, todos los arqueros de Balaq eran veteranos con vista de águila que ya habían demostrado su valía en un centenar de batallas, ataques y escaramuzas. Volvieron a demostrarla en el Nido del Grifo.

El castillo se alzaba en el cabo de la Ira, un grupo de riscos elevados de piedra rojiza rodeados por tres lados por las aguas agitadas de la bahía de los Naufragios. Ante la única vía de acceso había una torre de entrada; detrás, se encontraba el risco alargado y yermo que los Connington llamaban el Gaznate del Grifo. Si se arriesgaban a pasar por allí, correría sangre, porque el puente natural estaba expuesto a los ataques de las lanzas, piedras y flechas de los defensores situados en las dos torres redondas que flanqueaban la entrada principal del castillo.

Y cuando llegaran a aquellas puertas, les echarían aceite hirviendo desde dentro. Grif daba por hecho que perderían un centenar de hombres, tal vez más.

Perdieron cuatro.

Se había permitido que el bosque engullera los prados que llegaban a la torre de entrada, de modo que a Franklyn Flores le bastó con camuflarse en la maleza para presentarse con sus hombres a veinte pasos de las puertas, antes de salir de entre los árboles con el ariete que habían preparado en el campamento. El crujido de la madera contra la madera hizo que dos hombres se asomaran a las almenas; los arqueros de Balaq el Negro los derribaron antes de que tuvieran tiempo de frotarse los ojos somnolientos. Resultó que la puerta estaba cerrada, pero no atrancada, y cedió al segundo golpe, de manera que los hombres de ser Franklyn ya habían recorrido medio Gaznate antes de que el cuerno de guerra diera la señal de alarma en el castillo.

El primer cuervo salió de la torre cuando los arpeos ya pasaban sobre el muro exterior, seguido por el segundo momentos más tarde. Ningún pájaro llegó a volar cien pasos antes de que lo abatieran las flechas. Un guardia volcó un cubo de aceite sobre los primeros hombres que llegaron ante las puertas, pero como no había tenido tiempo de calentarlo, el recipiente causó más daño que el contenido. Pronto se oyó la canción de las espadas en media docena de lugares a lo largo de las almenas. Los hombres de la Compañía Dorada se encaramaron a los adarves al grito de «¡Un grifo! ¡Un grifo!», el grito de batalla ancestral de la casa Connington, lo que sin duda confundió aún más a los defensores.

Todo terminó en cuestión de minutos. Grif recorrió el Gaznate a lomos de un corcel blanco, al lado de Harry Strickland Sintierra. Cuando se aproximaba, un tercer cuervo salió volando de la torre del maestre, pero lo abatió Balaq el Negro en persona.

—Ni un mensaje más —dijo a Franklyn Flores en el patio.

Lo siguiente en salir volando por la ventana de la torre fue el maestre, que agitaba tanto los brazos que casi parecía un pájaro más.

Aquello puso fin a cualquier resistencia, y los guardias que quedaban depusieron las armas. De esa manera, Jon Connington recuperó el Nido del Grifo y volvió a ser su señor.

—Ser Franklyn —ordenó—, id al torreón principal y a las cocinas, y que salga todo el mundo. Malo, lo mismo con la torre del maestre y la armería. Ser Brendel, los establos, el septo y los barracones. Quiero que todos salgan al patio y que no haya ninguna matanza. No olvidéis mirar bajo el altar de la Madre; hay una escalera oculta que lleva a un refugio secreto. Hay otra bajo la torre noroeste; esa baja hasta el mar. ¡Que no escape nadie!

—Nadie escapará, mi señor —prometió Franklyn Flores.

Connington esperó a que se alejaran y llamó al Mediomaestre.

—Haldon, hazte cargo de los pájaros. Esta noche tendré que enviar mensajes.

—Espero que nos hayan dejado algún cuervo.

Hasta Harry Sintierra se había quedado impresionado por la rapidez de su victoria.

—No esperaba que fuera tan fácil —comentó el capitán general mientras entraban en el salón principal para ver el Trono del Grifo, de madera tallada chapada de oro, donde se habían sentado y habían gobernado cincuenta generaciones de la familia Connington.

—Ya vendrá lo difícil. Por ahora hemos ido cogiéndolos por sorpresa, pero eso se acabará más tarde o más temprano, aunque Balaq el Negro acabe con el último cuervo del reino.

Strickland examinó los tapices descoloridos de las paredes, las ventanas de medio punto con sus vidrieras de miles de rombos rojos y blancos, y las astilleros de lanzas, espadas y martillos de guerra.

—Pues que vengan. Podemos defender este lugar contra un ejército que supere veinte veces en número al nuestro; solo hacen falta suficientes provisiones. También dijisteis que se podía entrar y salir por mar, ¿verdad?

—Sí, hay una cala oculta bajo el risco, que aparece con la marea baja.

—Pero Connington no tenía la menor intención de dejar «que vengan». El Nido del Grifo era fuerte, pero pequeño, y mientras estuvieran allí, ellos también parecerían pequeños. Cerca había otro castillo mucho más grande e inexpugnable. «Si lo tomamos, el reino se tambaleará»—. Disculpadme un momento, capitán general. Mi señor padre está enterrado bajo el septo, y hace ya demasiados años que no rezo por él.

—Por supuesto, mi señor.

Pero, cuando se separaron, Jon Connington no fue al septo, sino que se encaminó hacia el tejado de la torre este, la más alta del Nido del Grifo. Mientras subía, recordó las veces que había realizado aquel ascenso, un centenar con su señor padre, que gustaba de contemplar desde allí el bosque, los riscos y el mar, sabiendo que todo lo que veía pertenecía a la casa Connington; y una vez, una tan solo, con el príncipe Rhaegar Targaryen, cuando volvía de Dorne y se alojó allí, junto con su escolta, durante quince días.

«Qué joven era entonces, y yo era más joven aún. Unos críos, los dos. —En el banquete de bienvenida, el príncipe tocó para ellos con su arpa de cuerdas de plata—. Una canción de amor desdichado —recordó Jon Connington—. Cuando acabó, no había en la sala una mujer con los ojos secos.» Los hombres, en cambio, no lloraron, y menos su padre, que solo sentía amor por las tierras. Lord Armond Connington se pasó toda la velada tratando de atraer al príncipe a su bando en la disputa que mantenía con lord Morrigen.

La puerta que daba al tejado de la torre estaba tan atascada que era obvio que no se había abierto en muchos años. Tuvo que apoyar el hombro y empujar con todas sus fuerzas para hacerla ceder, pero cuando finalmente consiguió salir a las almenas, el paisaje era tan embriagador como recordaba: el risco, con sus rocas esculpidas por el viento; el mar, que rompía rugiente contra la base del castillo, como una bestia incansable; leguas y leguas de cielo y nubes; el bosque, con sus colores otoñales.

—Las tierras de tu padre son hermosas —había dicho el príncipe Rhaegar allí, en el mismo lugar donde se encontraba Jon Connington en aquel momento.

—Algún día serán mías —respondió el niño que había sido.

«Como si con eso fuera a impresionar a un príncipe, al heredero de todo el Reino, desde el Rejo hasta el Muro.»

El Nido del Grifo le perteneció, pero tan solo unos pocos años. Desde aquel lugar, Jon Connington había gobernado sobre tierras que se extendían a lo largo de leguas y leguas hacia el oeste, el norte y el sur, igual que su padre y el padre de su padre. Pero ni su padre ni el padre de su padre habían perdido jamás sus dominios, y él sí.

«Subí demasiado, amé con demasiada pasión, fui demasiado osado. Intenté alcanzar una estrella, no llegué y caí.»

Tras la batalla de las Campanas, cuando Aerys Targaryen, en un demencial ataque de ingratitud y desconfianza, lo desposeyó de todos sus títulos y lo mandó al exilio, las tierras y el señorío permanecieron en manos de la familia Connington y pasaron a su primo ser Ronald, a quien Jon había nombrado castellano cuando se marchó a Desembarco del Rey para acompañar al príncipe Rhaegar. Más tarde, tras la guerra, Robert Baratheon había terminado de destruir a los grifos. A su primo Ronald se le permitió conservar el castillo y la cabeza, pero no el señorío, y desde entonces no era más que el caballero del Nido del Grifo; también le arrebataron nueve décimas partes de sus tierras para distribuirlas entre los señores vecinos que habían apoyado a Robert.

Ronald Connington había muerto años atrás, y el actual caballero del Nido del Grifo, su hijo Ronnet, había partido a la guerra en las tierras de los ríos, según se decía. Mejor que mejor. Jon Connington sabía que la gente luchaba por aquello que creía suyo, aunque lo hubiera obtenido mediante el robo, y lo último que deseaba era celebrar su regreso matando a la sangre de su sangre. El padre de Ronnet el Rojo se había apresurado a aprovecharse de la caída en desgracia de su señor primo, pero por aquel entonces, Ronnet no era más que un niño. Jon Connington ya ni siquiera detestaba al difunto ser Ronald tanto como antaño. Al fin y al cabo, él había tenido la culpa. Él era quien lo había perdido todo en Septo de Piedra, por su arrogancia.

Jon Connington sabía que Robert Baratheon, solo y herido, se escondía en la ciudad, y sabía también que la cabeza de Robert en la punta de una lanza habría zanjado la rebelión de inmediato. Era joven y altanero, ¿cómo no iba a serlo? El rey Aerys lo había nombrado mano y había puesto un ejército a sus órdenes, y él estaba decidido a demostrar que era digno de aquella confianza y del afecto de Rhaegar. Él en persona mataría al rebelde, y todas las historias de los Siete Reinos hablarían de él.

De modo que avanzó hacia Septo de Piedra, cercó la ciudad y ordenó un registro. Sus caballeros fueron casa por casa, derribaron todas las puertas, registraron todas las bodegas e incluso recorrieron a gatas las cloacas, pero Robert los eludió. Los habitantes lo apoyaban y lo pasaban de un escondrijo a otro, siempre un paso por delante de los hombres del rey. La ciudad entera era un nido de traidores. Al final, el usurpador acabó escondido en un burdel. ¿Qué rey se escondería tras faldas de mujeres? Pero mientras proseguía la búsqueda, Eddard Stark y Hoster Tully llegaron a Septo de Piedra con un ejército rebelde. Luego llegaron las campanas y la batalla, y Robert salió del burdel con una espada en la mano y estuvo a punto de matar a Jon en los peldaños del antiguo septo que daba nombre a la ciudad.

Después de aquello, Jon Connington se dijo durante muchos años que no había sido culpa suya, que había hecho todo lo humanamente posible. Registró cada agujero de cada choza, ofreció indultos y recompensas, colgó a rehenes en jaulas y juró que no les daría comida ni bebida hasta que le entregaran a Robert. No sirvió de nada.

—Ni Tywin Lannister en persona habría podido hacer más —le insistió una noche a Corazón Negro durante su primer año de exilio.

—En eso te equivocas —replicó Myles Toyne—. Lord Tywin no se habría molestado en buscar a Robert. Habría quemado la ciudad con todo el mundo dentro: hombres, niños, bebés, nobles, santos septones, cerdos, putas, ratas y rebeldes. No habría dejado a uno con vida. Luego, cuando el fuego se hubiera apagado y solo quedaran cenizas y brasas, habría mandado a sus hombres a buscar los huesos de Robert Baratheon. Y al final, cuando hubieran llegado Stark y Tully, les habría ofrecido el indulto real y los dos lo habrían aceptado para luego volver a casa con el rabo entre las piernas.

«Estaba en lo cierto —reflexionó Jon Connington, apoyado en las almenas de sus antepasados—. Yo quería la gloria de matar a Robert en combate singular, y no que se me recordara como a un carnicero. Y por eso, Robert se me escapó y detuvo a Rhaegar en el Tridente.»

—Le fallé al padre, pero no fallaré al hijo —murmuró.

Cuando Connington volvió abajo, sus hombres ya habían agrupado en el patio a la guarnición del castillo y a los aldeanos supervivientes. Era cierto que ser Ronnet había partido al norte con Jaime Lannister, pero aún quedaban grifos en el Nido: entre los prisioneros estaban Raymund, el hermano pequeño de Ronnet; su hermana Alynne, y Ronald Tormenta, su hijo bastardo, un muchacho de pelo rojo como las llamas; todos ellos rehenes muy útiles si Ronnet el Rojo volvía y trataba de recuperar el castillo que había robado su padre. Connington ordenó que los confinaran en la torre oeste y apostaran guardias en la puerta. Al oírlo, la chica se echó a llorar, y el bastardo intentó morder al lancero que tenía más cerca.

—Parad los dos —espetó—. No os pasará nada, a menos que Ronnet el Rojo resulte ser un perfecto idiota.

De todos los prisioneros, solo unos pocos vivían allí cuando Jon Connington era el señor del castillo: un viejo sargento tuerto; un par de lavanderas; un encargado de caballerizas que era mozo de cuadra en tiempos de la Rebelión de Robert; el cocinero, que había engordado monstruosamente, y el maestro armero. Grif había vuelto a dejarse barba durante el viaje, por primera vez en muchos años, y para su sorpresa, le había salido casi toda roja, aunque había cenizas en medio del fuego. Ataviado con la larga túnica roja y blanca que lucía los dos grifos enfrentados de su casa bordados, parecía el mismo señor que fuera amigo y compañero del príncipe Rhaegar, solo que más viejo y curtido. Pero los habitantes del Nido del Grifo seguían mirándolo sin identificarlo.

—Algunos ya me conocéis —les dijo—. Los demás aprenderéis pronto. Soy vuestro señor legítimo y he vuelto del exilio. Mis enemigos os habrán dicho que estoy muerto. Como podéis ver, es mentira. Servidme con la misma lealtad con que habéis servido a mi primo, y no os pasará nada.

Fue pidiéndoles uno a uno que se adelantaran, les preguntó cómo se llamaban y les ordenó que se arrodillaran para jurarle lealtad. Todo transcurrió muy deprisa. Solo habían sobrevivido al ataque cuatro soldados de la guarnición, el viejo sargento y tres muchachos, y todos depositaron la espada a sus pies. Nadie se negó. Nadie murió.

Aquella noche, los vencedores celebraron un banquete en el que devoraron carne asada y pescado fresco, todo regado con los excelentes tintos de las bodegas del castillo. Jon Connington lo presidió desde el Trono del Grifo y compartió la mesa con Harry Strickland Sintierra, Balaq el Negro, Franklyn Flores y los tres jóvenes grifos que había tomado prisioneros. Los niños eran sangre de su sangre y quería conocerlos mejor, pero cuando el joven bastardo le anunció que su padre iba a matarlo, decidió que ya los había conocido lo suficiente, ordenó que los llevaran de nuevo a sus celdas y abandonó el banquete.

Haldon Mediomaestre no había acudido. Jon fue a buscarlo a la torre del maestre, donde lo encontró encorvado ante un montón de pergaminos y rodeado de mapas extendidos.

—¿Qué buscáis? ¿El paradero del resto de la compañía?

—Ya me gustaría que estuviera en mi mano, mi señor.

Diez mil hombres habían zarpado de Volon Therys con sus armas, sus caballos y sus elefantes. De momento, ni la mitad había atracado en Poniente, en el lugar de desembarco acordado, un tramo de costa desierta que daba paso a la selva. Jon Connington conocía bien aquellas tierras, pues habían sido suyas.

Unos años antes no se habría atrevido a atracar en el cabo de la Ira; los señores de la tormenta eran muy leales a la casa Baratheon y al rey Robert. Pero todo había cambiado con la muerte de Robert y de su hermano Renly. Stannis era tan brusco y frío que habría inspirado poca lealtad, por no mencionar que estaba a medio mundo de distancia, y la casa Lannister no había hecho gran cosa por ganarse el afecto de las tierras de la tormenta. Además, a Jon Connington no le faltaban amigos allí.

«Los señores más entrados en años me recordarán, y sus hijos habrán oído hablar de mí. Todo el mundo sabe de Rhaegar y de cómo a su hijo le estamparon la cabeza contra una pared.»

Por suerte, su barco había sido de los primeros en tomar tierra, con lo que les bastó con levantar un campamento, reunir a los hombres a medida que iban llegando a la orilla y moverse con rapidez para que los señores de la zona no se percataran del peligro. Allí era donde la Compañía Dorada había demostrado su temple. En ningún momento se vieron entorpecidos por el caos que habría surgido inevitablemente con un ejército improvisado de caballeros y levas locales; aquellos hombres eran los herederos de Aceroamargo y habían mamado disciplina.

—Mañana a estas horas deberíamos tener tres castillos —les dijo. Los hombres que habían tomado el Nido del Grifo eran una cuarta parte de su ejército. Ser Tristan Ríos había partido al mismo tiempo que él en dirección al Nido del Cuervo, a la residencia de la casa Morrigen, mientras que Laswell Peake avanzó hacia Aguasmil, la fortaleza de los Wylde, con un ejército comparable a los otros dos. Los demás se habían quedado en el campamento para montar guardia y proteger al príncipe, bajo el mando del tesorero de la compañía, el volantino Gorys Edoryen. Era de suponer que su número iría en aumento, ya que cada día llegaba algún barco—. Pero seguimos contando con pocos caballos.

—Y no tenemos elefantes —le recordó el Mediomaestre. Ni una de las grandes cocas que transportaban aquellos animales había tocado tierra. Las habían visto por última vez en Lys, antes de la tormenta que había dispersado la mitad de la flota—. En Poniente podemos conseguir más caballos, pero los elefantes...

—No importa. —Las enormes bestias habrían sido muy útiles en una batalla campal, sin duda, pero aún faltaba bastante para que tuvieran las fuerzas necesarias para enfrentarse al enemigo en el campo de batalla—. ¿Os dicen algo útil esos pergaminos?

—Desde luego, desde luego. —Haldon le dedicó una sonrisa con los labios apretados—. A los Lannister no les cuesta nada ganarse enemigos, pero conservar a los amigos no se les da tan bien. A juzgar por lo que he leído, su alianza con los Tyrell se está desmoronando. La reina Cersei y la reina Margaery se pelean por el pequeño rey como dos perras por un hueso de pollo, y se ha acusado a las dos de traición y libertinaje. Mace Tyrell ha abandonado el asedio de Bastión de Tormentas para volver a Desembarco del Rey a salvar a su hija, y solo ha dejado un ejército simbólico para mantener a los hombres de Stannis encerrados en su castillo.

—Seguid. —Connington tomó asiento.

—En el norte, los Lannister dependen de los Bolton, y en las tierras de los ríos, de los Frey. Son dos casas con un largo historial de crueldad y traiciones. Lord Stannis Baratheon sigue en rebeldía, y los hijos del hierro han elegido a otro rey en las islas. El Valle no se menciona en ningún momento, lo que parece indicar que los Arryn no han tomado partido.

—¿Y Dorne? —El Valle estaba muy lejos; Dorne estaba cerca.

—El hijo pequeño del príncipe Doran está prometido a Myrcella Baratheon, lo que parece indicar que los dornienses apoyan a la casa

Lannister, pero tienen un ejército apostado en el Sendahueso y otro en el Paso del Príncipe, a la espera.

—A la espera. —Frunció el ceño—. A la espera ¿de qué? Sin Daenerys ni los dragones, todas sus esperanzas dependían de Dorne—. Escribid a Lanza del Sol. Hay que informar a Doran Martell de que el hijo de su hermana sigue con vida y ha vuelto para recuperar el trono de su padre.

—Como digáis, mi señor. —El Mediomaestre echó una ojeada a otro pergamino—. No podríamos haber llegado en mejor momento. Tenemos amigos y aliados en potencia por todas partes.

—Pero no tenemos dragones —señaló Jon Connington—, así que necesitamos algo que ofrecerles para atraerlos a nuestra causa.

—Los incentivos tradicionales son el oro y las tierras.

—Ojalá tuviéramos lo uno o lo otro. Con promesas de oro y tierras convenceremos a algunos, pero Strickland y sus hombres querrán ser los primeros en elegir para quedarse con los mejores terrenos y castillos, los que pertenecieron a sus antepasados antes del exilio. No.

—Mi señor tiene algo más que ofrecer —señaló Haldon Mediomaestre—. La mano del príncipe Aegon: una alianza por matrimonio para atraer a alguna gran casa.

«Una esposa para nuestro amado príncipe. —Jon Connington recordaba demasiado bien la boda del príncipe Rhaegar—. Elia nunca fue digna de él. Ya era frágil y enfermiza, y el parto la debilitó más aún.» Tras el nacimiento de la princesa Rhaenys, Elia tuvo que permanecer en cama medio año, y el parto del príncipe Aegon estuvo a punto de matarla. Los maestres comunicaron después al príncipe Rhaegar que no podría volver a concebir.

—Aún es posible que Daenerys Targaryen vuelva algún día —respondió al Mediomaestre—. Aegon debe estar libre para casarse con ella.

—Mi señor sabe qué es lo más adecuado. Pero entonces tenemos que sopesar la posibilidad de ofrecer una recompensa inferior a nuestros posibles amigos.

—¿Por ejemplo?

—Vos. No tenéis esposa. Un gran señor, todavía viril, sin más herederos que esos primos a los que acabamos de desposeer, hijo de una antigua casa, con un buen castillo y muchas tierras fértiles que sin duda le serán devueltas con creces por un rey agradecido en cuanto triunfemos. Tenéis fama de buen guerrero, y como mano del rey Aegon, hablaréis por él y gobernaréis el reino. En mi opinión, más de un señor ambicioso querrá casar a su hija con vos. Tal vez hasta el príncipe de Dorne.

La respuesta de Jon Connington fue una mirada larga y fría. A veces, el Mediomaestre le resultaba tan irritante como aquel enano.

—No. —«La muerte me sube por el brazo. Nadie debe saberlo, y menos una esposa.» Se puso en pie—. Escribid la carta para el príncipe Doran.

—Como mi señor ordene.

Aquella noche, Jon Connington durmió en las habitaciones del señor, en la cama que había sido de su padre, bajo un polvoriento dosel de terciopelo rojo y blanco. Al amanecer lo despertaron la lluvia y el golpe tímido en la puerta de un criado deseoso de averiguar qué le gustaba desayunar a su nuevo señor.

—Huevos duros, pan frito y judías. Y una jarra de vino. El peor que haya en la bodega.

—¿El...? ¿El peor, mi señor?

—Ya me has oído.

Cuando le llevaron la comida y el vino, atrancó la puerta, vertió en una palangana el contenido de la jarra e introdujo la mano. Lady Lemore le había prescrito al enano un tratamiento a base de baños y cataplasmas de vinagre para tratar la psoriagrís en caso de que la hubiera contraído, pero si pedía una jarra de vinagre cada mañana, acabaría por delatarse. Tendría que conformarse con vino, y no tenía sentido desperdiciar una buena cosecha. Ya tenía negras todas las uñas menos la del pulgar. En el dedo corazón, el gris pasaba del segundo nudillo.

«Tendría que cortármelos —pensó—, pero ¿cómo iba a explicar la falta de los dedos? —No podía permitir que se conociera su enfermedad. Era extraño, pero los hombres que iban alegres a la batalla y arriesgaban la vida para rescatar a un compañero abandonarían sin pensarlo a ese mismo compañero si supieran que estaba aquejado de psoriagrís—. Debería haber dejado ahogarse al puto enano.»

Más tarde, otra vez con su indumentaria y sus guantes, Connington inspeccionó el castillo y llamó a Harry Strickland Sintierra y a sus capitanes para celebrar un consejo de guerra. Fueron nueve los que se reunieron en la sala: Connington, Strickland, Haldon Mediomaestre, Balaq el Negro, ser Franklyn Flores, Malo Jayn, ser Brendel Byrne, Dick Cole y Lymond Pease. El Mediomaestre era portador de buenas nuevas.

—Hemos recibido noticias de Marq Mandrake. Los volantinos lo dejaron en la costa, en lo que resultó ser Estermont, con casi quinientos hombres. Ha tomado Piedraverde.

Estermont era una isla cercana al cabo de la Ira que en ningún momento había figurado entre sus objetivos.

—Los puñeteros volantinos tienen tantas ganas de deshacerse de nosotros que nos sueltan en la primera playa que ven —comentó Franklyn Flores—. Seguro que tenemos a los muchachos dispersos por medio Peldaños de Piedra.

—Con mis elefantes —agregó Harry Strickland, desolado. Harry Sintierra echaba de menos sinceramente a sus animales.

—Mandrake no llevaba arqueros —señaló Lymond Pease—. ¿Sabemos si Piedraverde mandó algún cuervo antes de caer?

—Es de suponer —dijo Jon Connington—. Pero ¿qué mensaje podían transportar? Un relato inconexo sobre unos atacantes llegados por mar, en el peor de los casos. —Antes de zarpar de Volon Therys había dado a sus capitanes instrucciones de no exhibir estandarte alguno durante los primeros ataques: ni el dragón de tres cabezas del príncipe Aegon, ni sus grifos, ni las calaveras doradas de la compañía. Era mejor que los Lannister sospecharan de Stannis Baratheon, de los piratas de los Peldaños de Piedra, de los forajidos del bosque o de quien les diera la gana. Cuanto más tardara en reaccionar el Trono de Hierro, más tiempo tendrían ellos para congregar a sus hombres y atraer aliados para su causa—. En Estermont tiene que haber barcos; es una isla. Haldon, enviad un mensaje a Mandrake. Decidle que deje allí una guarnición y que venga, con el resto de sus hombres y con los prisioneros nobles que haya tomado.

—A vuestras órdenes, mi señor. Resulta que la casa Estermont tiene lazos de sangre con los dos reyes, así que serán buenos rehenes.

—Y pagarán buenos rescates por ellos —añadió alegre Harry Sintierra.

—También deberíamos traer al príncipe Aegon —anunció lord Jon—. Estará mucho más seguro tras los muros del Nido del Grifo que en el campamento.

—Mandaré un jinete con el mensaje, pero al chico no le hará gracia eso de estar a salvo, os lo digo yo —apuntó Franklyn Flores—. Quiere ir adonde esté la acción.

«Como todos a su edad», recordó lord Jon.

—¿Ha llegado ya la hora de levantar su estandarte? —quiso saber Pease.

—No, aún no. Que en Desembarco crean que no es más que un señor exiliado que vuelve con unas cuantas espadas mercenarias para recuperar su derecho de nacimiento. No es desacostumbrado; hasta escribiré al rey Tommen para decírselo, y le pediré el indulto y la devolución de tierras y títulos. Así los tendremos entretenidos durante un tiempo, que aprovecharemos para ponernos en contacto en secreto con nuestros posibles aliados de las tierras de la tormenta y el Dominio. Y los de Dorne.

—Aquel era un paso crucial. Otros señores menores podrían unirse a su causa por temor a las represalias o con la esperanza de conseguir algo, pero el único que tenía poder para plantar cara a la casa Lannister y a sus aliados era el príncipe de Dorne—. Necesitamos a Doran Martell por encima de todo.

—Pues no lo veo nada claro —replicó Strickland—. El dorniense tiene miedo hasta de su sombra. No es lo que se dice un tipo osado.

«Más o menos como tú.»

—El príncipe Doran es hombre cauteloso, sí, y no se nos unirá a menos que esté convencido de que vamos a ganar. Por tanto, para convencerlo tenemos que hacer una demostración de fuerza.

—Si Peake y Ríos consiguen sus objetivos, tendremos controlado casi todo el cabo de la Ira —replicó Strickland—. Cuatro castillos en cuatro días es un muy buen comienzo, pero todavía faltan la mitad de los hombres. Tenemos que esperarlos. También nos faltan caballos, y no tenemos elefantes. En mi opinión, debemos aguardar, hacer acopio de fuerzas, ganarnos a algún que otro señor menor, dar tiempo a que Lysono Maar envíe espías para averiguar lo que pueda sobre nuestros enemigos...

Connington lanzó una mirada gélida al regordete capitán general.

«Este hombre no es Corazón Negro; no es Aceroamargo; no es Maelys. Esperará a que los siete infiernos se congelen antes que arriesgarse a que le salga otra ampolla.»

—No hemos atravesado medio mundo para sentarnos a esperar.

—Nuestra ventaja estriba en un ataque rápido y eficaz, antes de que en Desembarco del Rey se sepa quiénes somos. Mi intención es tomar Bastión de Tormentas, una fortaleza casi inexpugnable y la única que le queda a Stannis Baratheon en el sur. Cuando esté en nuestro poder, será un fuerte al que podemos retirarnos en caso de necesidad, por no mencionar que con su toma demostraremos nuestro poderío.

Los capitanes de la Compañía Dorada cruzaron miradas.

—Si los defensores de Bastión de Tormentas aún siguen siendo leales a Stannis, le estaríamos arrebatando el castillo a él, no a los Lannister —objetó Brendel Byrne—. ¿Por qué no hacemos causa común con él contra los leones?

—Stannis es hermano de Robert; es de la misma calaña que acabó con la casa Targaryen —le recordó Jon Connington—. Más aún, está a mil leguas de aquí, en la otra punta del reino, con el parco ejército que le queda. Tardaría medio año simplemente en llegar, y tiene bien poco que ofrecernos.

—Supongamos que Bastión de Tormentas es tan inexpugnable como decís. ¿Cómo pensáis tomarlo?

—Con astucia.

—Deberíamos esperar. —Harry Strickland Sintierra insistía en demostrar su oposición diametral.

—Y esperaremos. —Jon Connington se levantó—. Diez días, ni uno más. Es lo que tardaremos en prepararnos. El undécimo día por la mañana cabalgaremos hacia Bastión de Tormentas.

El príncipe se reunió con ellos cuatro días después, a la cabeza de una columna de cien jinetes, seguidos por tres parsimoniosos elefantes. Lady Lemore iba con él, ataviada una vez más con una túnica de septa. Los precedía ser Rolly Campodepatos con una capa nívea ondeando a la espalda.

«Es un buen hombre, íntegro y leal —pensó Connington al verlo desmontar—, pero no es adecuado para la Guardia Real.» Había hecho lo imposible por disuadir al príncipe de que otorgara la capa a Pato, insistiendo en que debería reservar aquel honor para guerreros de más renombre cuya lealtad daría lustre a su causa, y para los hijos menores de grandes señores cuyo apoyo pudieran necesitar, pero el muchacho se mostró firme.

—Pato daría la vida por mí si hiciera falta —fue su respuesta—. Eso es lo único que pido a mi Guardia Real. —El Matarreyes era un guerrero de renombre, y también hijo de un gran señor.

«Al menos logré persuadirlo para que dejara vacantes los otros seis puestos; de lo contrario, Pato ya llevaría seis patitos detrás, a cual menos adecuado.»

—Acompañad a su alteza a mis habitaciones —ordenó—. Que venga enseguida.

Pero el príncipe Aegon Targaryen no era ni mucho menos tan sumiso como Grif el Joven, y transcurrió casi una hora antes de que se presentara, acompañado por Pato.

—Me gusta mucho vuestro castillo, lord Connington —comentó.

«"Las tierras de tu padre son hermosas." Eso me dijo, y el viento le acariciaba el pelo de plata, y tenía los ojos violeta oscuro, más oscuro que los de este chico.»

—A mí también, alteza. Sentaos, os lo ruego. Ser Rolly, podéis retiraros por ahora.

—No. Quiero que Pato se quede. —El príncipe se sentó—. Hemos estado hablando con Flores y Strickland, y dicen que tenéis intención de asaltar Bastión de Tormentas.

Jon Connington no dejó que la ira asomara a su rostro.

—Supongo que Harry Sintierra intentó convenceros para que lo retrasáramos.

—Pues sí —convino el príncipe—, pero no lo logró. Harry es más miedoso que una vieja, ¿eh? Tenéis razón, mi señor. Quiero que sigan adelante los planes para ese ataque; con un solo cambio: yo iré al frente.

El sarificio

Los hombres de la reina levantaron la pira en el prado de la aldea.

A decir verdad, era más bien el ventisquero de la aldea. La nieve llegaba por la rodilla en todos los lugares que no habían despejado a golpe de pala, hacha y pico para cavar hoyos en el terreno helado. Desde el oeste soplaban remolinos de viento que lanzaban aún más nieve sobre los lagos congelados.

—No tenéis por qué mirar —dijo Aly Mormont.

—Lo prefiero. —Asha Greyjoy era la hija del kraken, no una niña consentida que no soportase las cosas desagradables.

Había sido un día oscuro, frío, un día de hambre, igual que el anterior y los anteriores. Habían pasado casi todo el tiempo en el hielo, tiritando junto a un par de agujeros que habían abierto en la superficie del lago menor, tratando de sujetar el sedal con las manos entorpecidas por las manoplas. Jornadas atrás, todavía podían atrapar uno o dos peces por cabeza, y los hombres del bosque de los Lobos, más expertos en pescar en el hielo, conseguían hasta cuatro o cinco. Lo único que había logrado pescar Asha en toda la jornada era un frío que la caló hasta los huesos, y Aly no había tenido mejor suerte; llevaban tres días sin capturar un pez.

—Pues a mí no me hace ninguna falta verlo —insistió la Osa.

«No es a ti a quien pretenden quemar los hombres de la reina.»

—Pues marchaos. Os doy mi palabra de que no escaparé. ¿Adónde iba a ir? ¿A Invernalia? —Asha soltó una carcajada—. Tengo entendido que solo son tres días a caballo.

Seis hombres de la reina se afanaban en introducir dos enormes postes de madera de pino en los hoyos que otros seis habían cavado. Asha no tuvo que preguntarles para qué; ya lo sabía.

«Estacas. —Pronto sería completamente de noche y había que alimentar al dios rojo—. Una ofrenda de sangre y fuego. —Así la llamaban los hombres de la reina—. "Para que el Señor de Luz vuelva hacia nosotros su ardiente mirada y nos libre de esta nieve tres veces maldita."»

—Incluso en este lugar de miedo y oscuridad, el Señor de Luz nos protege —sermoneaba ser Godry Farring a los hombres congregados para contemplar como clavaban las estacas a martillazos.

—¿Qué tiene que ver vuestro dios sureño con la nieve? —quiso saber Artos Flint, cuya barba negra era una costra de hielo—. Es la ira de los antiguos dioses la que cae sobre nosotros; a ellos deberíamos apaciguar.

—Sí —dijo Wull Cubo Grande—. R'hllor el Rojo no pinta nada aquí. Lo único que conseguiréis es enfadar a los antiguos dioses, que observan desde su isla.

La aldea de campesinos se encontraba entre dos lagos, y el mayor de ellos estaba salpicado de pequeñas islas boscosas que asomaban en el hielo como los puños helados de un gigante ahogado. En una de ellas se alzaba un arciano viejo y retorcido, con el tronco y las ramas tan blancos como la nieve que lo rodeaba. Ocho días atrás, Asha se había acercado con Aly Mormont para ver mejor los ojos rojos hendidos y la boca ensangrentada.

«No es más que savia —se había dicho—, la savia roja que fluye por los arcianos.» Pero sus ojos no acababan de convencerse; había que ver para creer, y lo que veía era sangre congelada.

—Los norteños sois los que habéis provocado estas nieves —replicó Corliss Penny—. Vosotros y vuestros árboles demoniacos. R'hllor nos salvará.

—R'hllor nos condenará —insistió Artos Flint.

«Mal rayo parta a todos vuestros dioses», pensó Asha Greyjoy.

Ser Godry Masacragigantes inspeccionó las estacas y empujó una para comprobar su firmeza.

—Bien, bien, nos valen. Adelante con el sacrificio, ser Clayton.

Ser Clayton Suggs era la mano derecha o, mejor dicho, el brazo atrofiado de Godry. A Asha le disgustaba profundamente. Así como Farring mostraba una intensa devoción por su dios rojo, lo de Suggs era simple crueldad. Lo había visto junto a las hogueras nocturnas, las observaba boquiabierto y con ojos ávidos.

«No ama al dios, sino las llamas.» Cuando le preguntó a ser Justin si Suggs siempre había sido así, respondió con un rictus de desagrado.

—En Rocadragón se juntaba con los torturadores, y le gustaba echar una mano en los interrogatorios, sobre todo los de mujeres jóvenes.

Asha no se sorprendió; no le cabía ninguna duda de que Suggs disfrutaría mucho quemándola.

«A menos que amaine la tormenta. —Llevaban diecinueve días a tres jornadas de Invernalia—. "Cien leguas de Bosquespeso a Invernalia, algo menos a vuelo de cuervo."» Pero ellos no eran cuervos, y la tormenta no cesaba. Por las mañanas, Asha se despertaba con la esperanza de ver el sol, solo para encontrarse con otro día de nieve. Todas las chozas y casuchas estaban enterradas bajo un manto cochambroso, y la nieve tardaría poco en sepultar la construcción principal.

Para colmo, no tenían más comida que los caballos que sucumbían, los peces que sacaban de los lagos, cada día más escasos, y los exiguos alimentos que encontraban los forrajeadores en aquel bosque frío y muerto. Los caballeros y los señores del rey reclamaban la mayor parte de cada caballo que perdían, con lo que apenas quedaba nada para los demás; no era extraño que hubiesen empezado a comerse a los muertos.

Asha se había quedado tan horrorizada como los demás cuando la Osa le dijo que habían sorprendido a cuatro hombres de Peasebury descuartizando a un lord Fell difunto, trinchando la carne de los muslos y las nalgas mientras un antebrazo daba vueltas en un espetón; pero en el fondo, no se sorprendió. Se habría jugado cualquier cosa a que esos cuatro no habían sido los primeros en probar la carne humana durante aquella fatigosa marcha; solo eran los primeros a los que habían pillado.

El rey había decretado que los cuatro de Peasebury pagasen el banquete con la vida... y, según aseguraban los hombres de la reina, su sacrificio haría amainar la tormenta. Asha Greyjoy no tenía ninguna fe en el dios rojo, pero rezaba por que tuvieran razón; en caso contrario habría otras piras, y tal vez ser Clayton Suggs obtuviese lo que tanto anhelaba.

Ser Clayton regresó con los cuatro caníbales, que iban desnudos y con las muñecas atadas a la espalda con cintas de cuero. El más joven lloraba al avanzar a trompicones por la nieve; otros dos caminaban como si ya estuviesen muertos, con los ojos fijos en el suelo. A Asha le llamó la atención lo normal de su aspecto.

«No son monstruos —comprendió—, solo hombres.»

El mayor de los cuatro era su sargento. Solo él se mantenía desafiante, y escupía palabras cargadas de veneno a los hombres de la reina que lo hacían avanzar a punta de lanza.

—¡Que os jodan a todos, y a vuestro dios rojo también! —gritaba—. ¿Me oyes, Farring Masacragigantes? Me reí de tu puto primo cuando murió, Godry. Tendríamos que habérnoslo comido también; olía de maravilla cuando lo asaron. Seguro que el crío estaba tierno y delicioso, de lo más jugoso. —El golpe del asta de una lanza lo hizo caer de rodillas, pero ni así se calló. Al levantarse, escupió una flema de sangre y dientes rotos y continuó—. La polla es lo más rico, si se dora en el espetón hasta que queda bien crujiente; una salchicha gordita. —Siguió lanzando pullas mientras lo envolvían en cadenas—. Ven aquí, Corliss Penny. ¿Qué clase de apellido es ese? ¿Es lo que cobra tu madre, un penique? Y tú, Suggs, maldito bastardo...

Ser Clayton no se molestó en abrir la boca; le rebanó el cuello de un tajo rápido que le dejó el pecho bañado de sangre.

El más joven sollozaba cada vez con más fuerza, y su cuerpo se agitaba. Estaba tan delgado que se le podían contar las costillas.

—No —rogaba—, por favor, estaba muerto, estaba muerto, y teníamos hambre, por favor...

—El sargento ha sido el más listo —comentó Asha a Aly Mormont—. Ha provocado a Suggs hasta que ha conseguido que lo mate. —¿Volvería a funcionar si le tocaba el turno a ella?

Ataron a las cuatro víctimas, los tres vivos y el muerto, espalda contra espalda, dos en cada estaca, y los devotos del Señor de Luz se pusieron a apilar troncos y ramas a sus pies, para después rociar las piras con aceite de lámpara. Tenían que darse prisa, porque la nevada no había aminorado y pronto empaparía la madera.

—¿Dónde está el rey? —preguntó ser Corliss Penny.

Cuatro días atrás, un escudero del rey había sucumbido al hambre y al frío; era un joven llamado Bryen Farring, pariente de ser Godry. Stannis Baratheon había permanecido junto a la pira funeraria, con el rostro sombrío, mientras entregaban el cuerpo a las llamas; después se había retirado a su atalaya y no había vuelto a salir, aunque de vez en cuando veían su silueta en el tejado de la torre, recortada contra el fuego de la almenara, encendida día y noche.

«Habla con el dios rojo», decían algunos. «Llama a lady Melisandre», aseguraban otros. Fuera lo que fuera, a Asha Greyjoy le parecía que el rey se sentía perdido e imploraba ayuda.

—Canty, vete a decirle al rey que ya está listo —ordenó ser Godry al soldado que tenía más cerca.

—El rey está aquí —dijo Richard Horpe.

Sobre la armadura y la cota de malla, ser Richard llevaba un jubón acolchado blasonado con tres esfinges de calavera sobre campo de ceniza y marfil; el rey Stannis caminaba a su lado. Tras ellos, esforzándose por seguirles el paso, Arnolf Karstark cojeaba apoyado en su bastón de endrino. Lord Arnolf los había localizado hacía ocho días; el norteño iba acompañado de un hijo, tres nietos, cuatrocientos lanceros, de los cuales una docena iba a caballo, dos veintenas de arqueros, un maestre y una jaula de cuervos. Pero solo llevaba provisiones suficientes para su sustento.

Asha se había enterado de que Karstark no era un verdadero señor; solo ejercía de castellano de Bastión Kar mientras el legítimo señor siguiera cautivo de los Lannister. Demacrado y encorvado, con el hombro izquierdo un palmo y medio más alto que el derecho, tenía el cuello enjuto, los ojos grises y estrábicos, y los dientes amarillos; estaba casi calvo, salvo por unos cuantos cabellos blancos; llevaba la barba, blanca y salpimentada a partes iguales, separada en dos puntas, aunque siempre desgreñada. A Asha, su sonrisa le resultaba un tanto avinagrada. Pero si se podía prestar oído a las habladurías, sería Karstark quien se hiciera cargo de Invernalia si lograban tomarla. La casa Karstark había surgido de la casa Stark en tiempos remotos, y lord Arnold había sido el primer señor vasallo de Eddard Stark en apoyar a Stannis.

Que Asha supiera, los dioses de los Karstark eran los antiguos dioses del norte, los mismos que adoraban los Wull, los Norrey, los Flint y los demás clanes de las colinas. Se preguntó si lord Arnolf habría ido a presenciar la quema porque el rey se lo había pedido, para que presenciara el poder del dios rojo.

Al ver a Stannis, dos de los hombres atados a las estacas suplicaron clemencia. El rey los escuchó en silencio, con los dientes apretados.

—Podéis empezar —le dijo a Godry Farring.

—Señor de Luz, escúchanos —dijo el Masacragigantes con los brazos levantados.

—Señor de Luz, defiéndenos —entonaron los hombres de la reina—, porque la noche es oscura y alberga horrores.

—Te damos gracias por el sol que nos calienta, y rogamos que nos lo devuelvas, oh Señor, para que nos ilumine en la búsqueda de tus enemigos —salmodió ser Godry con la mirada vuelta hacia el cielo oscuro, mientras los copos de nieve se derretían en su rostro—. Te damos gracias por las estrellas que velan por nosotros de noche, y te rogamos que arranques el velo que las oculta para que podamos regocijarnos de nuevo en su contemplación.

—Señor de Luz, protégenos —suplicaron los hombres de la reina—, y aleja de nosotros esta noche despiadada.

Ser Corliss Penny se adelantó, con la antorcha asida con las dos manos, y la hizo girar por encima de su cabeza para avivar las llamas. Un cautivo se puso a gemir.

—R'hllor —entonó ser Godry—, te entregamos cuatro hombres malvados. Con alegría y rectitud en el corazón, los encomendamos a tu fuego purificador, para que consuma la oscuridad de sus almas. Abrasa y consume su carne vil, para que su espíritu pueda ascender libre y puro hacia la luz. Acepta su sangre, oh Señor, y derrite las cadenas de hielo que atan a tus siervos. Escucha su dolor y concede a nuestras espadas fuerza para derramar la sangre de tus enemigos. Acepta este sacrificio y muéstranos el camino de Invernalia, para que podamos derrotar a los impíos.

—Señor de Luz, acepta este sacrificio —repitieron cien voces como un eco. Ser Corliss encendió la primera pira y clavó la antorcha al pie de la segunda. Comenzaron a brotar volutas de humo; los cautivos se echaron a toser. Aparecieron las primeras llamas, tímidas como doncellas, danzando y saltando de los troncos a las piernas de los atados. Un momento después, las lenguas de fuego envolvían las estacas.

—Estaba muerto —gritó el chico llorón cuando las llamas le lamieron las piernas—. Lo encontramos muerto..., por favor..., teníamos hambre... —El fuego ya le llegaba por las pelotas; cuando prendió en el vello que le rodeaba la polla, sus súplicas se fundieron en un chillido prolongado e inarticulado.

Asha Greyjoy notaba un regusto de bilis en el fondo de la garganta. En las islas del Hierro había visto a los sacerdotes de su pueblo degollar a esclavos y entregar sus cadáveres al mar para honrar al Dios Ahogado; una costumbre brutal, pero aquello era peor.

«Cierra los ojos —se dijo—. No escuches. Ponte de espaldas. No tienes por qué verlo.» Los hombres de la reina cantaban un himno de alabanza a R'hllor el Rojo, pero los alaridos le impedían entender la letra. Se estremeció, pese al calor de las llamas que le azotaba el rostro. El aire estaba cargado de humo y del hedor de la carne quemada, y un hombre seguía tirando de las cadenas al rojo vivo que lo sujetaban a la estaca.

Al cabo de un rato, los gritos cesaron. Sin pronunciar palabra, el rey Stannis se alejó en dirección a la soledad de su atalaya.

«Regresa a su almenara —comprendió Asha—, a buscar respuestas en las llamas.» Arnolf Karstark hizo ademán de salir renqueando tras él, pero ser Richard Horpe lo tomó del brazo y lo condujo a la cabaña principal. Los observadores comenzaron a dispersarse, cada uno rumbo a su hoguera, a dar cuenta de la mísera cena.

—¿Disfrutas del espectáculo, puta del hierro? —le preguntó Clayton Suggs, que se le había acercado sigilosamente. El aliento le olía a cebolla y cerveza.

«Tiene ojos de cerdo». Asha lo juzgó muy apropiado: hacía juego con el cerdo alado que le adornaba el escudo y la sobrevesta.

—Espera a ver la multitud que se congregará cuando te llegue el turno de retorcerte en la estaca —prometió Suggs, con la cara tan cerca que Asha pudo contarle los puntos negros de la nariz.

No iba desencaminado. Los lobos no le tenían el menor cariño; era hija del hierro y debía responder por los crímenes de su pueblo: por Foso Cailin, Bosquespeso y la Ciudadela de Torrhen; por siglos de rapiña a lo largo de la Costa Pedregosa; por lo que había hecho Theon en Invernalia.

—Soltadme, caballero. —Siempre que Suggs se dirigía a ella, Asha echaba de menos sus hachas. Bailaba la danza del dedo tan bien como cualquier hombre de las islas, y tenía diez que lo demostraban.

«¡Cómo me gustaría bailarla contigo!» Igual que algunos rostros pedían a gritos una barba, el de ser Clayton estaba hecho para estamparle un hacha entre los ojos. Pero claro, no llevaba ninguna encima, de modo que tuvo que conformarse con tratar de escabullirse, con lo que solo consiguió que la agarrase con más fuerza, clavándole los dedos enguantados en el brazo como si fueran de hierro.

—Mi señora os ha dicho que la soltéis —intervino Aly Mormont—. Será mejor que le hagáis caso; lady Asha no está destinada a la hoguera.

—Ya veremos —se empeñó Suggs—. Ya hemos acogido demasiado tiempo a esta adoradora de demonios. —Pero soltó el brazo de Asha; no convenía provocar a la Osa si se podía evitar.

—El rey tiene otros planes para su trofeo. — Justin Massey apareció de repente, con su característica sonrisa fácil en los labios. Tenía las mejillas rojas de frío.

—¿El rey o vos? —Suggs resopló con desdén—. No importan vuestros planes, Massey; irá a parar a la hoguera, con toda su sangre real. La mujer roja dice que la sangre de los reyes tiene poder; un poder que será del agrado de nuestro señor.

—Que R'hllor se conforme con los cuatro que acabamos de mandarle.

—Cuatro patanes de baja cuna; una ofrenda propia de mendigos. Con esa escoria no conseguiremos nunca aplacar la nieve, pero con ella...

—Y si la quemáis y sigue nevando, ¿qué? —atajó la Osa—. ¿A quién quemaréis a continuación? ¿A mí?

—¿Por qué no a ser Clayton? —propuso Asha, que ya no podía contener más la lengua—. A lo mejor a R'hllor le gustaría tener a uno de los suyos, un hombre de fe que cantase sus alabanzas cuando las llamas le lamiesen la polla.

Ser Justin soltó una carcajada.

—Disfruta de tus risitas, Massey. —Suggs no lo consideraba nada divertido—. Si sigue nevando, ya veremos quién ríe. —Echó una mirada a los cadáveres atados a las estacas, sonrió y fue a reunirse con ser Godry y los demás hombres de la reina.

—¡Mi campeón! —dijo Asha a Justin Massey. Cualesquiera que fueran sus motivos, se lo había ganado—. Muchas gracias por el rescate.

—Así no conseguiréis amigos entre los hombres de la reina —advirtió la Osa—. ¿Habéis perdido la fe en R'hllor el Rojo?

—He perdido la fe en muchas cosas —respondió Massey, cuyo aliento se condensaba en el aire—, pero sigo creyendo en la cena. ¿Me acompañarán mis señoras?

—No tengo apetito —replicó Aly Mormont con un gesto de rechazo.

—Ni yo. Pero será mejor que os forcéis a comer un poco de carne de caballo, o pronto os arrepentiréis. Salimos de Bosquespeso con ochocientas monturas, pero anoche solo quedaban sesenta y cuatro.

La noticia no la cogió desprevenida. Habían perdido casi todos los caballos de guerra, incluido el de Massey, además de la mayoría de los palafrenes; hasta los robustos rocines de los norteños flaqueaban por falta de forraje. Pero ¿para qué necesitaban monturas? Stannis ya no iba a ningún lado. Hacía tanto que no veían el sol, la luna ni las estrellas, que Asha empezaba a creer que eran fruto de su imaginación.

—Yo sí quiero comer.

—Yo no —Aly volvió a negarse.

—En ese caso, yo cuidaré de lady Asha —ofreció ser Justin—. Tenéis mi palabra de que no la dejaré escapar.

La Osa accedió a regañadientes, haciendo oídos sordos a la burla de su tono, y regresó a la tienda, y Asha y Justin Massey se dirigieron a la construcción principal. No estaba lejos, pero los ventisqueros eran profundos; el viento, inclemente; los pies de Asha, bloques de hielo, y cada paso, una puñalada en el tobillo.

La cabaña, aunque pequeña y humilde, era el mayor edificio de la aldea, así que los señores y capitanes se la habían apropiado, mientras que Stannis se había instalado en la atalaya de piedra de la orilla del lago. Dos guardias flanqueaban la puerta, apoyados en lanzas largas. Uno levantó la cortina engrasada que hacía de puerta para que pasara Massey, y ser Justin escoltó a Asha hacia la acogedora calidez del interior.

Los bancos y mesas de caballetes situados a ambos lados ofrecían espacio para cincuenta hombres, aunque se había conseguido encajar el doble. El suelo de tierra estaba dividido en dos por una zanja para el fuego, bajo la hilera de tragaderas de humo del techo. Los lobos se habían sentado a un lado, y los caballeros y señores sureños, al otro.

A Asha le pareció que los sureños ofrecían un aspecto lamentable, demacrados y con las mejillas hundidas, algunos pálidos y enfermos, otros con la cara enrojecida y cortada por el viento. En contraste, los norteños parecían robustos y saludables: hombretones rubicundos con la barba más frondosa que un arbusto, cubiertos de pieles y hierro. Ellos también tenían frío y hambre, pero habían resistido mejor la marcha, con sus rocines y sus zarpas de oso.

Asha se quitó las manoplas de piel y flexionó los dedos con una mueca de dolor. A medida que la sangre volvía a circularle por los pies medio congelados el dolor le fue ascendiendo por las piernas. Al huir, los aldeanos habían dejado una buena reserva de turba, de modo que el aire estaba impregnado de humo, además de un fuerte olor terroso. Se sacudió la nieve de la capa y la colgó en un gancho de la puerta.

Ser Justin consiguió sitio en el banco y llevó la cena para ambos: cerveza y filetes de caballo, carbonizados por fuera y rojos por dentro. Asha bebió un trago de cerveza y se abalanzó sobre la comida. La ración era más escasa que la última, pero el olor le hizo rugir las tripas.

—Muchas gracias, caballero —dijo, con la barbilla chorreante de sangre y grasa.

—Justin, por favor. —Massey troceó la carne de su plato y pinchó un pedazo con el cuchillo.

Un poco más allá, Will Foxglove explicaba a los que lo rodeaban que Stannis reanudaría la marcha sobre Invernalia al cabo de tres días; lo había oído de boca de un mozo de cuadra que cuidaba los caballos del rey.

—Su alteza ha visto la victoria en sus fuegos —relató Foxglove—, una victoria que se cantará durante mil años, desde los castillos de los señores hasta las cabañas de los campesinos.

—Anoche, el frío se cobró ochenta vidas. —Ser Justin Massey levantó la mirada de la carne de caballo, se sacó un cartílago de entre los dientes y se lo lanzó al perro que tenía más cerca—. Si proseguimos la marcha, moriremos a cientos.

—Si nos quedamos, moriremos a miles —repuso ser Humfrey Clifton—. Proseguir o morir, es lo que digo yo.

—Proseguir y morir, es lo que yo os respondo. Y ¿qué pasará si llegamos a Invernalia? ¿Cómo nos apoderaremos del castillo? Muchos de nuestros hombres están tan débiles que a duras penas pueden dar un paso. ¿Vais a ponerlos a escalar murallas? ¿A construir torres de asedio?

—Deberíamos quedarnos aquí hasta que mejore el tiempo —propuso ser Ormund Wylde, un viejo caballero de aspecto cadavérico. Por los rumores que había oído Asha, los soldados cruzaban apuestas sobre cuál sería el siguiente señor o caballero en morir, y ser Ormund se mostraba como el claro favorito.

«¿Cuánto habrán apostado por mí? A lo mejor estoy a tiempo de jugarme algo.»

—Aquí, al menos, tenemos cierto refugio —insistió Wylde—, y hay peces en los lagos.

—Poco pescado para muchos pescadores —dijo lord Peasebury con voz sombría. Tenía buenos motivos para el humor lúgubre: los hombres que acababa de quemar ser Godry eran de los suyos, y en aquella misma sala había gente a la que se había oído afirmar que el propio Peasebury estaba al corriente y hasta podía haber participado en los banquetes.

—Tiene razón —rezongó Ned Woods, un explorador de Bosquespeso. Lo llamaban Ned el Desnarigado, porque había perdido la punta de la nariz en una helada, dos inviernos atrás. Nadie podía jactarse de conocer el bosque de los Lobos mejor que él, e incluso los caballeros del rey más altaneros habían aprendido a hacerle caso—. Conozco esos lagos. Os habéis abalanzado sobre ellos por centenares, como los gusanos sobre un cadáver; habéis abierto tantos agujeros en el hielo que me extraña que no os hayáis hundido todos. Cerca de la isla hay sitios que parecen quesos tras el paso de las ratas. —Sacudió la cabeza—. Los lagos están esquilmados. Habéis acabado con la pesca.

—Razón de más para marchar —se empecinó Humfrey Clifton—. Si nuestro destino es morir, que sea con la espada en la mano.

«Proseguir y morir, quedarse y morir, dar marcha atrás y morir.» La misma discusión que la noche pasada y la anterior.

—Sois libre de perecer como os plazca, Humfrey —concedió Justin Massey—. Yo, por mi parte, preferiría vivir para ver una nueva primavera.

—Hay quien os tacharía de cobarde —replicó lord Peasebury.

—Mejor cobarde que caníbal.

—Hijo de... —comenzó a decir Peasebury, con el semblante desencajado por la cólera.

—La muerte forma parte de la guerra, Justin. —Ser Richard Horpe estaba junto a la puerta, con el pelo oscuro empapado de nieve derretida—. Quienes marchéis con nosotros tendréis una parte del botín que saqueemos a Bolton y a su bastardo, y una parte aún mayor de gloria imperecedera. Los que estéis demasiado débiles para soportar la marcha quedáis en la mano del dios, pero tenéis mi palabra de que os enviaremos provisiones en cuanto tomemos Invernalia.

—¡No vais a tomar Invernalia!

—Desde luego que sí —dijo una voz chirriante desde la mesa principal, ocupada por Arnolf Karstark, con su hijo Arthor y sus tres nietos. Lord Arnolf se puso en pie como un buitre que acechase a una presa, apoyando una mano llena de manchas en el hombro de su hijo—. La tomaremos por Ned y por su hija. Y también por el Joven Lobo, que tan cruelmente fue asesinado. Los míos y yo os mostraremos el camino si es necesario. Así se lo he dicho a su bondadosa alteza el rey: «Marchemos, y antes de que cambie la luna nos bañaremos en sangre Frey y Bolton».

Los hombres se pusieron a patear el suelo y golpear las mesas con los puños. Asha observó que casi todos eran norteños; al otro lado de la zanja, los señores sureños seguían sentados en silencio.

Justin Massey aguardó a que se apaciguara el bullicio para hablar.

—Vuestro valor es admirable, lord Karstark, pero eso no basta para abrir una brecha en los muros de Invernalia. Decidme, ¿cómo pensáis tomar el castillo? ¿Con bolas de nieve?

—Talaremos árboles para construir arietes y poder derribar las puertas —respondió un nieto de lord Arnolf.

—Y moriréis.

—Haremos escalas para trepar por la muralla —intervino otro nieto.

—Y moriréis.

—Levantaremos torres de asedio. —Quien alzó la voz fue Arthor Karstark, el hijo menor de lord Arnolf.

—Y moriréis, y moriréis, y moriréis. —Ser Justin puso los ojos en blanco—. Dioses misericordiosos, ¿todos los Karstark estáis locos?

—¿Dioses? —le espetó Richard Horpe—. Olvidáis una cosa, Justin: solo tenemos un dios. No habléis aquí de demonios; ahora, solo el Señor de Luz puede salvarnos, ¿no os parece? —Acentuó sus palabras llevándose la mano al puño de la espada, pero no apartó los ojos del rostro de Justin Massey, que pareció encogerse bajo su mirada.

—El Señor de Luz, claro. Mi fe es tan sincera como la vuestra, ya lo sabéis.

—No pongo en duda vuestra fe, sino vuestro valor. Habéis pregonado la derrota a cada paso desde que salimos de Bosquespeso. A veces no sé de qué lado estáis.

—No estoy dispuesto a dejarme insultar —respondió Massey, mientras el rubor le subía por el cuello. Descolgó la capa húmeda de la pared con un tirón tan brusco que Asha oyó como se desgarraba, pasó junto a Horpe y cruzó la puerta. La ráfaga de aire frío que cruzó la estancia levantó cenizas de la zanja y avivó las llamas.

«No hace falta gran cosa para que se venga abajo —pensó Asha—. Mi campeón tiene los pies de barro.» Pese a todo, ser Justin era uno de los pocos que tal vez se opusieran a que los hombres de la reina la quemasen, así que se levantó, se puso la capa y se adentró en la ventisca para seguirlo. No había dado ni diez pasos y ya estaba perdida. Alcanzaba a ver el fuego que ardía en la atalaya, un débil resplandor anaranjado que flotaba en el aire, pero el resto de la aldea había desaparecido; estaba sola en un mundo blanco de silencio, abriéndose camino por una nieve que le llegaba a los muslos.

—¿Justin? —llamó. No obtuvo respuesta. A la izquierda oyó relinchar a un caballo.

«El pobre animal parece asustado; quizá sepa que va a convertirse en la cena de mañana.» Asha se arrebujó en la capa.

Por casualidad fue a dar al prado de la aldea. Las estacas de pino carbonizadas seguían en pie; el fuego no las había consumido por completo. Vio que las cadenas ya se habían enfriado, pero seguían aprisionando los cadáveres con su abrazo de hierro. Un cuervo, posado en una de ellas, arrancaba jirones de carne quemada de un cráneo ennegrecido. La nieve había cubierto las cenizas de la base de la pira y trepaba por las piernas del hombre, hasta el tobillo.

«Los antiguos dioses quieren darle sepultura —se dijo—. Esto no ha sido obra suya.»

—No te pierdas detalle, puta —dijo la voz grave de Clayton Suggs a su espalda—. Te quedarás igual de guapa cuando te asemos. Dime una cosa, ¿los calamares gritan?

«Dios de mis ancestros, si puedes oírme desde tus estancias acuosas, bajo las olas, dame tan solo un hacha pequeñita para que se la lance.» El Dios Ahogado no respondió; no solía responder, como ningún dios.

—¿Habéis visto a ser Justin?

—¿Ese imbécil arrogante? ¿Qué quieres de él, puta? Si necesitas un polvo, yo soy más hombre que Massey.

«Y dale con *puta*. —No acababa de entender que los hombres como Suggs usasen esa palabra para degradar a las mujeres, cuando las putas eran las únicas que querrían tener algo que ver con ellos. Y Suggs era peor que Liddle el de Enmedio—. Pero me lo llama en serio.»

—Vuestro rey castra a los violadores —le recordó.

—El rey se ha quedado medio ciego de tanto mirar al fuego —replicó ser Clayton con una risita—. Pero no tengas miedo, puta, no voy a violarte; después tendría que matarte, y prefiero verte arder.

—¿Habéis oído eso? —De nuevo le llegó el relincho del caballo.

—¿El qué?

—Un caballo. No, más de uno. —Inclinó la cabeza para escuchar. La nieve distorsionaba el sonido, y era difícil saber de dónde procedía.

—¿Es un truco de calamares? No oigo... —Suggs frunció el ceño—. ¡Maldita sea! ¡Jinetes! —Tanteó en busca de la espada, con manos torpes por culpa de los guantes de piel y cuero, hasta que consiguió arrancarla de la vaina.

Ya tenían encima a los jinetes.

Salieron de la tormenta como un escuadrón fantasmagórico: hombres corpulentos, que parecían aún más grandes por las gruesas pieles que vestían, montados en caballitos. Las espadas que llevaban al cinto cantaban la suave canción del acero al repiquetear en la vaina. Asha vio un hacha de guerra colgada de una silla de montar, y un hombre con un martillo a la espalda; también llevaban escudos, pero tan cubiertos de hielo y nieve que era imposible distinguir los blasones. Pese a todas las capas de lana, pieles y cuero endurecido, Asha se sintió desnuda.

«Un cuerno, necesito un cuerno para alertar al campamento.»

—¡Corre, puta estúpida! —gritó ser Clayton—. ¡Corre a avisar al rey! ¡Lord Bolton se nos echa encima! —Por muy bruto que fuera, Suggs no andaba falto de valor. Espada en mano, avanzó por la nieve y se interpuso entre los jinetes y la atalaya del rey, cuya almenara resplandecía tras él como el ojo anaranjado de algún dios extraño—. ¿Quién vive? ¡Alto! ¡Alto!

El jinete que iba en cabeza detuvo el caballo ante él. Había otros detrás, quizá hasta una veintena. Asha no tenía tiempo de contarlos. Podía haber centenares ocultos por la tormenta, pisándoles los talones; podían ser todas las huestes de Roose Bolton agazapadas en la oscuridad y en los remolinos de nieve, a punto de caer sobre ellos. Pero...

«Son demasiados para ser exploradores y muy pocos para ser una avanzadilla. —Y dos iban de negro—. La Guardia de la Noche», comprendió de pronto.

—¿Quiénes sois? —preguntó.

—Amigos —respondió una voz vagamente conocida—. Estuvimos buscándoos en Invernalia, pero solo encontramos a Umber Carroña repicando tantos tambores y soplando tantos cuernos como podía. Nos ha llevado cierto tiempo encontraros. —El jinete saltó de la silla, se quitó la capucha e hizo una reverencia. Tenía la barba tan espesa y encostrada de hielo que Asha tardó un momento en reconocerlo.

—¿Tris? —dijo por fin.

—Mi señora. —Tristifer Botley se arrodilló—. He venido con la Doncella, Roggon, Lenguamarga, Dedos, Grajo... Somos seis, todos los que estábamos en condiciones de montar. Cromm murió de sus heridas.

—¿Qué pasa aquí? —exigió saber ser Clayton Suggs—. ¿Eres de los suyos? ¿Cómo has escapado de las mazmorras de Bosquespeso?

—Sybelle Glover recibió un generoso rescate por liberarnos, y decidió aceptarlo en nombre del rey. —Tris se levantó y se sacudió la nieve de las rodillas.

—¿De qué rescate hablas? ¿Quién iba a pagar nada por la escoria del mar?

—Yo, mi señor. —El que había hablado se adelantó a lomos de su caballo. Era muy alto y delgado, con las piernas tan largas que resultaba increíble que no le arrastraran los pies—. Necesitaba una escolta fuerte para llegar sano y salvo hasta el rey, y lady Sybelle necesitaba menos bocas que alimentar. —Las facciones del hombre alto quedaban ocultas tras el embozo, pero llevaba el sombrero más extraño que había visto Asha desde la última vez que visitó Tyrosh: sin ala, de una tela muy lisa, una torre formada por tres cilindros apilados—. Tengo entendido que el rey Stannis está aquí. Es muy urgente que hable con él de inmediato.

—Por el hedor de los siete infiernos, ¿quién sois vos?

—Tengo el privilegio de ser Tycho Nestoris, humilde servidor del Banco de Hierro de Braavos. —El hombre alto desmontó del caballo con un movimiento elegante, se quitó el peculiar sombrero e hizo una reverencia.

De todas las cosas raras que podían haber llegado a caballo en mitad de la noche, lo último que habría esperado Asha Greyjoy era un banquero braavosi; era tan absurdo que no tuvo más remedio que echarse a reír.

—El rey Stannis se ha asentado en la atalaya. Ser Clayton estará encantado de conduciros hasta él, estoy segura.

—Muy amable por su parte. El tiempo apremia. —El banquero la examinó con unos ojos oscuros y suspicaces—. La dama Asha de la casa Greyjoy, si no me equivoco.

—Sí, soy Asha de la casa Greyjoy, aunque en lo de *dama* no todos están de acuerdo.

—Os traemos un regalo —dijo el braavosi con una sonrisa, e hizo una seña a los hombres que lo seguían—. Esperábamos dar con el rey en Invernalia, pero por desgracia, el castillo se halla envuelto en esta misma tormenta. Al pie de la muralla nos encontramos con Mors Umber y una tropa de novatos que esperaban a su alteza, y nos dio esto.

«Una muchacha y un viejo», pensó Asha cuando los arrojaron de mala manera sobre la nieve, ante ella. La chica era presa de fuertes temblores, pese a las pieles que la arropaban; de no haber estado tan asustada, hasta podía ser bonita, aunque la punta de la nariz se le había ennegrecido por la congelación. En cuanto al viejo, daba un poco de repelús; había visto espantapájaros con más carne. La cara era una calavera cubierta de piel, y tenía el pelo blanco como el marfil, y mugriento. Y apestaba. Solo con verlo, a Asha se le revolvieran las tripas.

Entonces, el viejo levantó la mirada.

—Hermana. Ya ves, esta vez te he reconocido.

—¿Theon? —El corazón de Asha dio un vuelco.

Retrajo los labios para esbozar lo que tal vez fuera una sonrisa. Le faltaba la mitad de los dientes, y los que le quedaban estaban rotos y astillados.

—Theon —repitió—. Me llamo Theon. Tengo que recordarlo.

Victarion

En un mar negro, bajo una luna de plata, la Flota de Hierro cayó sobre su presa.

La avistaron en los estrechos que separaban la isla de los Cedros de las colinas rocosas de la costa astapori, tal como había predicho Morroqo, el sacerdote negro.

—¡Ghiscarios! —gritó Longwater Pyke desde la cofa.

En el castillo de proa, Victarion Greyjoy observaba la vela del barco; se iba haciendo más grande. No tardaría en oír el movimiento rítmico de los remos y divisar a la luz de la luna la larga estela blanca que dejaba a su paso, como una cicatriz que cruzara el mar.

«No es un navío de guerra —advirtió—. Es una galera mercante, de las grandes.» Sería un buen trofeo. Hizo una seña a sus capitanes para que empezara la persecución. Abordarían el barco y se harían con él.

Para entonces, el capitán de la galera ya se había apercibido del peligro. Viró al oeste, poniendo proa a la isla de los Cedros, quizá buscando refugio en alguna cala oculta o con la esperanza de arrastrar a sus perseguidores contra las rocas dentadas que sobresalían a lo largo de la costa noreste, pero transportaba mucha carga, y los hijos del hierro tenían el viento a favor. El *Dolor* y el *Victoria de Hierro* interceptaron a su presa, mientras que el veloz *Gavilán* y el ágil *Danzarín del Dedo* se dispusieron tras ella. Ni siquiera entonces arrió sus estandartes el capitán ghiscario. Cuando el *Lamento* se situó a la altura del trofeo, raspándole el casco de babor y destrozándole los remos, los dos navíos se encontraban ya tan cerca de las ruinas malditas de Gohzai que les llegaba el parloteo de los monos, mientras la primera luz del alba se derramaba sobre las pirámides derruidas de la ciudad.

Amanecer Ghiscario: así se llamaba su trofeo, según le dijo a Victarion el capitán de la galera cuando lo llevaron encadenado ante él. Había partido del Nuevo Ghis y volvía por Yunkai después de comerciar en Meereen. No hablaba ninguna lengua civilizada, solo el ghiscario: gutural, todo gruñidos y silbidos; era el idioma más espantoso que Victarion Greyjoy hubiera oído jamás. Morroqo tradujo las palabras del capitán a la lengua común de Poniente. Según afirmaba, la guerra por Meereen ya tenía un vencedor. La reina dragón había muerto, y un noble ghiscario llamado Hizdak gobernaba la ciudad.

Victarion hizo que le arrancaran la lengua por mentiroso. Morroqo le había asegurado que Daenerys Targaryen seguía con vida. R'hllor, su dios rojo, se la había mostrado en sus llamas sagradas. El capitán del hierro no toleraba las mentiras, de modo que ordenó que ataran de pies y manos al capitán ghiscario y lo arrojasen por la borda como sacrificio al Dios Ahogado.

—Tu dios rojo recibirá lo suyo —le prometió a Morroqo—, pero los mares son el dominio del Dios Ahogado.

—No hay más dioses que R'hllor y el Otro, aquel cuyo nombre no se debe pronunciar.

Toda la indumentaria del sacerdote brujo era negra, salvo por los detalles de hilo dorado en el cuello, las mangas y el dobladillo. No había tela roja a bordo del *Victoria de Hierro,* pero no resultaba apropiado que Morroqo siguiera luciendo los harapos estropeados por la sal que llevaba cuando el Cobaya lo rescató del mar, así que Victarion ordenó a Tom Tidewood que le confeccionara ropa nueva con lo que tuviera a mano, e incluso ofreció algunas de sus túnicas para tal fin. Eran doradas y negras, pues el escudo de la casa Greyjoy mostraba un kraken dorado sobre campo de sable, y los estandartes y las velas de sus barcos tenían los mismos colores. Las túnicas escarlata de los sacerdotes rojos resultaban chocantes para los hijos del hierro, pero Victarion albergaba la esperanza de que sus hombres tolerasen mejor a Morroqo cuando luciese los colores de los Greyjoy.

Pero sus esperanzas demostraron ser vanas. Vestido de negro de pies a cabeza y con la máscara de llamas rojas y anaranjadas tatuada, el sacerdote resultaba aún más siniestro. La tripulación lo rehuía cuando caminaba por cubierta, y los hombres escupían cuando su sombra los rozaba por casualidad. Incluso el Cobaya, que había rescatado al sacerdote rojo, presionaba a Victarion para que se lo ofreciese al Dios Ahogado.

Pero Morroqo, a diferencia de los hombres del hierro, conocía aquellas costas extrañas, así como los secretos de los dragones.

«Ojo de Cuervo se rodea de hechiceros; ¿por qué voy a ser menos?» Su brujo negro era más poderoso que los tres de Euron juntos, incluso aunque los metiese en un caldero y los fundiese para convertirlos en uno. Pelomojado no estaría de acuerdo, pero Aeron y sus beaterías estaban muy lejos de allí. Victarion apretó el puño de la mano quemada.

—*Amanecer Ghiscario* no es nombre digno de un barco de la Flota de Hierro. Por ti, hechicero, lo rebautizaré *Cólera del Dios Rojo.*

—Como diga el capitán. —El hechicero inclinó la cabeza, y la Flota de Hierro volvió a contar con cuarenta y cinco barcos.

Al día siguiente los sorprendió una borrasca. Morroqo también lo había predicho. Cuando escampó, descubrieron que tres barcos habían desaparecido. Victarion no tenía forma de saber si habían naufragado o encallado, o si el viento los había alejado de su ruta.

—Saben adónde nos dirigimos —dijo a su tripulación—. Si se mantienen a flote, volveremos a reunirnos. —No tenía tiempo para esperar a los rezagados; su futura esposa se encontraba rodeada de enemigos.

«La mujer más bella del mundo necesita mi hacha con urgencia.»

Además, Morroqo le aseguró que los tres barcos seguían a flote. Todas las noches, el sacerdote brujo encendía una hoguera en el castillo de proa del *Victoria de Hierro* y caminaba alrededor de las llamas, entonando oraciones. El fuego arrancaba a su piel negra un brillo de ónice pulido y, en ocasiones, Victarion habría jurado que las llamas que tenía tatuadas también bailaban, retorciéndose y enroscándose, fundiéndose entre sí, mientras sus colores cambiaban con cada movimiento de la cabeza del sacerdote.

—El sacerdote negro está invocando demonios para que vengan a por nosotros —comentó un remero. Cuando Victarion se enteró, hizo que lo azotaran cruelmente hasta dejarlo en carne viva de los hombros a las nalgas.

—Vuestras ovejas descarriadas volverán al redil frente a la costa de la isla llamada Yaros —le dijo Morroqo.

—Reza para que sea así, sacerdote —replicó el capitán—. Si no, puede que seas el próximo en probar el látigo.

El mar relucía azul y verde, y el sol brillaba deslumbrante desde un cielo azul y despejado, cuando la Flota de Hierro se hizo con su segundo trofeo, al noroeste de Astapor.

En aquella ocasión se trataba de una coca myriense, la *Paloma,* que iba de camino a Yunkai pasando por el Nuevo Ghis cargada de alfombras, vinos verdes dulces y encaje de Myr. El capitán poseía un ojo myriense que hacía que las cosas lejanas parecieran estar más cerca; se trataba de dos lentes de vidrio encajadas en una serie de tubos de latón dispuestos ingeniosamente, de forma que cada sección se podía introducir en la siguiente, hasta que el ojo quedaba del largo de una daga. Victarion reclamó aquel tesoro para sí, rebautizó la coca como *Alcaudón* y decretó que se retendría a la tripulación para exigir su rescate. No eran esclavos ni esclavistas, sino myrienses libres y marineros curtidos. Los hombres como aquellos valían su peso en oro. La *Paloma* había partido de Myr, así que no les aportó ninguna novedad sobre Meereen ni sobre Daenerys, únicamente noticias trasnochadas sobre los jinetes dothrakis que seguían el curso del Rhoyne, la Compañía Dorada, que se había puesto en marcha, y otras cosas que Victarion ya sabía.

—¿Qué ves? —preguntó aquella noche a su sacerdote negro, que contemplaba la hoguera nocturna—. ¿Qué nos espera mañana? ¿Más lluvias? —Le parecía que olía a lluvia.

—Cielos grises y vendavales —respondió Morroqo—. Nada de lluvia. Por detrás vienen los tigres. Por delante, vuestro dragón os aguarda.

«Vuestro dragón.» A Victarion le gustó cómo sonaba.

—Dime algo que no sepa, sacerdote.

—El capitán ordena y yo obedezco —dijo Morroqo. La tripulación lo llamaba la *Llama Negra;* era el nombre que le había puesto Steffar el Tartamudo, porque no conseguía pronunciar «Morroqo». Lo llamasen como lo llamasen, el sacerdote tenía poderes—. Aquí, la línea de la costa va de este a oeste. Cuando gire hacia el norte os encontraréis dos liebres más. Veloces, con muchas patas.

Y así fue. En aquella ocasión las presas resultaron ser dos galeras alargadas, elegantes y veloces. Ralf el Cojo fue el primero en avistarlas, pero pronto dejaron atrás al *Pesar* y al *Vana Esperanza,* así que Victarion envió tras ellas el *Ala de Hierro,* el *Gavilán* y el *Beso del Kraken,* sus tres barcos más rápidos. La persecución duró gran parte del día, pero al final, las galeras fueron abordadas y conquistadas, tras combates breves pero enconados. Victarion se enteró de que viajaban sin carga, rumbo al Nuevo Ghis, con el fin de aprovisionarse de suministros y armas para las legiones ghiscarias acampadas frente a Meereen... y para llevar a guerrear a nuevos legionarios que reemplazaran a los caídos.

—¿Caídos en combate? —preguntó Victarion. Las tripulaciones de las galeras lo negaron: las muertes se debían a un brote de colerina sangrienta. La yegua clara, la llamaban. Y al igual que el capitán del *Amanecer Ghiscario,* los capitanes de las galeras insistieron en mentir y afirmaron que Daenerys Targaryen había muerto.

—Dadle un beso de mi parte en el infierno en que os la encontréis —les dijo Victarion. Pidió su hacha y los decapitó allí mismo. Después ejecutó también al resto de la tripulación, salvo a los esclavos encadenados a los remos. Victarion en persona rompió las cadenas y les anunció que, desde aquel momento, eran libres y que tendrían el privilegio de remar para la Flota de Hierro, un honor con el que soñaba todo muchacho de las islas del Hierro.

—La reina dragón libera esclavos y lo mismo hago yo —proclamó.

A las galeras las rebautizó como *Fantasma y Espectro.*

—Porque pretendo volver y aterrorizar a esos yunkios —le dijo aquella noche a la mujer de piel oscura, después de utilizarla para su placer. Ya estaban cerca, más cerca cada día—. Caeremos sobre ellos como un relámpago —dijo mientras le pellizcaba un pecho. ¿Sería eso lo que sentía su hermano Aeron cuando le hablaba el Dios Ahogado? Casi le parecía oír la voz del Dios emergiendo de las profundidades del mar. «Me servirás bien, capitán —susurraban las olas—. Para eso te creé.»

Pero también alimentaba al dios rojo, el dios del fuego de Morroqo. El brazo que le había curado el sacerdote tenía un aspecto grotesco, como una corteza dura y quebradiza desde el codo hasta la punta de los dedos. A veces, cuando cerraba el puño, la piel se partía y humeaba, pero el brazo de Victarion tenía más fuerza que nunca.

—Dos dioses son mejores que uno —le comentó a la mujer de piel oscura—. Ningún enemigo es rival para dos dioses. —Después, la tumbó sobre la espalda y volvió a poseerla.

Cuando los acantilados de Yaros aparecieron por las amuras de babor, Victarion se encontró con sus tres barcos perdidos esperándolo, tal como prometió Morroqo. Le entregó un torque de oro a modo de recompensa.

Había llegado el momento de tomar una decisión: podía arriesgarse por los estrechos o hacer que la Flota de Hierro rodease la isla. El recuerdo de isla Bella seguía flagelando la memoria del capitán del hierro. Stannis Baratheon había descendido a la vez desde el norte y el sur sobre la Flota de Hierro, mientras esta se encontraba atrapada en el canal que separaba la isla del continente. Aquella fue la derrota más abrumadora que Victarion había sufrido jamás. Pero tardarían días en rodear Yaros, y el tiempo apremiaba. Con Yunkai tan cerca, quizá resultase dura la travesía de los estrechos, pero no esperaba encontrarse con navíos de guerra yunkios hasta estar más cerca de Meereen.

«¿Qué haría Ojo de Cuervo?» Meditó sobre aquello durante un rato; después hizo una seña a sus capitanes.

—Cruzaremos los estrechos.

Consiguieron tres trofeos más antes de que Yaros desapareciera tras sus popas. Una gran galeaza fue presa del Cobaya y el *Dolor,* y una galera mercante cayó en manos de Manfryd Merlyn y su *Milano.* Las bodegas estaban repletas de mercancía: vinos, sedas, especias, maderas extrañas y perfumes aún más extraños, pero el auténtico botín eran los propios barcos. Ese mismo día, el *Siete Cráneos* y el *Perdición de la Esclavitud* apresaron un queche pesquero. Era un trasto pequeño, lento y sucio que ni merecía la pena abordar. Victarion se mostró contrariado al enterarse de que habían sido necesarios dos barcos para reducir a los pescadores, pero gracias a ellos se enteró de que el dragón negro había regresado.

—La reina de plata se ha ido —le dijo el capitán del queche—. Se marchó volando sobre su dragón, más allá del mar dothraki.

—¿Dónde está ese mar dothraki? —exigió saber—. Lo atravesaré con mi Flota de Hierro y encontraré a la reina donde quiera que se encuentre.

—Eso sí que me gustaría verlo —rio el pescador—. El mar dothraki es de hierba, idiota.

No debería haber dicho aquello. Victarion lo cogió por el cuello con la mano quemada, lo levantó a pulso, lo empotró contra el mástil y apretó hasta que el rostro del yunkio se puso tan negro como los dedos que se le hundían en la carne. Pataleó y se debatió durante unos instantes, tratando en vano de librarse de la presa del capitán.

—Nadie llama idiota a Victarion Greyjoy y vive para alardear de ello.

Cuando abrió la mano, el cuerpo inerte del hombre se desplomó en la cubierta. Longwater Pyke y Tom Tidewood lo lanzaron por la borda: una ofrenda más para el Dios Ahogado.

—Vuestro Dios Ahogado es un demonio —dijo Morroqo después—. No es más que un siervo del Otro, el dios oscuro, aquel cuyo nombre no se debe pronunciar.

—Cuidado, sacerdote —le advirtió Victarion—. En este barco hay hombres devotos que te arrancarían la lengua por proferir semejantes blasfemias. Tu dios rojo tendrá lo que merece, lo juro. Mi palabra es hierro; pregunta a cualquiera de mis hombres.

—No será necesario. —El sacerdote negro inclinó la cabeza—. El Señor de Luz me ha mostrado vuestra valía, lord capitán. Todas las noches atisbo en mis fuegos la gloria que os aguarda.

Aquellas palabras complacieron enormemente a Victarion Greyjoy, tal como le contó aquella noche a la mujer de piel oscura.

—Mi hermano Balon era un gran hombre —dijo—, pero yo conseguiré lo que él no logró. Las Islas del Hierro serán libres de nuevo, y reinstauraremos las antiguas costumbres. Ni siquiera Dagon lo consiguió.

Aunque ya habían pasado casi cien años desde que Dagon Greyjoy ocupara el Trono de Piedramar, los hijos del hierro seguían relatando anécdotas sobre sus incursiones y sus batallas. En la época de Dagon, el Trono de Hierro estaba ocupado por un rey débil que tenía sus legañosos ojos puestos al otro lado del mar Angosto, donde bastardos y exiliados planeaban una rebelión. Así, lord Dagon partió de Pyke para hacer suyo el mar del Ocaso.

—Se enfrentó al león en su propio terreno y le anudó la cola al lobo huargo, mas ni siquiera Dagon pudo derrotar a los dragones. Pero yo haré mía a la reina dragón. Compartirá mi lecho y me dará muchos y poderosos hijos.

A la caída de la noche, la Flota de Hierro contaba con sesenta barcos.

Las velas extrañas se volvieron cada vez más frecuentes al norte de Yaros. Se encontraban muy cerca de Yunkai, y la costa que se extendía entre la Ciudad Amarilla y Meereen estaría rebosante de mercaderes y barcos de provisiones yendo y viniendo, así que Victarion dirigió la Flota de Hierro hacia aguas más profundas, para impedir que la avistaran desde tierra. Incluso allí se toparían con otros navíos.

—No dejéis que se escapen y alerte a nuestros enemigos —ordenó el capitán del hierro. Ninguno escapó.

El mar estaba verde, y el cielo, gris, la mañana en que el *Dolor* y el *Moza Guerrera* capturaron una galera esclavista procedente de Yunkai, que se dirigía al norte de la Ciudad Amarilla. En sus bodegas se apiñaban veinte muchachos perfumados y ochenta muchachas, todos destinados a las casas de placer de Lys. A la tripulación ni se le había pasado por la cabeza que se encontraría con semejante amenaza en sus propias aguas, y los hijos del hierro tuvieron pocas dificultades para hacerse con el barco, al que llamaron *Doncella Dispuesta*.

Victarion pasó por la espada a los esclavistas y envió a sus hombres a las bodegas para que desencadenaran a los remeros.

—Ahora remáis para mí. Remad con fuerza y prosperaréis. —A las chicas las repartió entre sus capitanes—. Los lysenos os habrían convertido en putas —les dijo—, pero nosotros os hemos salvado. Ahora solo tendréis que servir a un hombre, no a muchos. Aquellas que satisfagan a sus capitanes serán tomadas como esposas de sal, todo un honor.

A los chicos perfumados los cargó de cadenas y los arrojó al mar. Eran criaturas antinaturales, y el barco olió mejor una vez purgado de su presencia.

Victarion reclamó para sí a las siete muchachas más apetecibles. Una tenía el pelo cobrizo y las tetas pecosas; otra estaba totalmente afeitada; otra tenía el pelo castaño y los ojos marrones, y era tímida como un ratón; otra tenía los pechos más grandes que hubiera visto nunca. La quinta era una cosita menuda, de cabello negro liso, piel dorada y ojos ambarinos. La sexta era blanca como la leche, y llevaba anillos dorados en los pezones y los labios del sexo. La séptima era negra cual tinta de calamar. Los esclavistas de Yunkai las habían instruido en el camino de los siete suspiros, pero Victarion no las quería para eso. La mujer de piel oscura le bastaba para satisfacer sus apetitos hasta que llegara a Meereen y reclamara a su reina. Ningún hombre necesitaba velas cuando el sol lo aguardaba.

Cambió el nombre de la galera por *Grito del Esclavista,* y así, la Flota de Hierro pasó a contar con sesenta y un navíos.

—Cada barco que capturamos nos hace más fuertes —anunció Victarion a los hijos del hierro—, pero las cosas se pondrán más difíciles a partir de ahora. Es probable que mañana o pasado nos encontremos con barcos de guerra. Estamos entrando en aguas de Meereen, donde aguardan las flotas de nuestros enemigos. Nos enfrentaremos a barcos de las tres ciudades esclavistas; también de Tolos, de Elyria, del Nuevo Ghis e incluso de Qarth. —Tuvo la precaución de no mencionar las galeras verdes de la Antigua Volantis, que seguramente cruzaban el golfo de las Penas en aquellos momentos—. Esos esclavistas no son nada para nosotros. Ya habéis visto como huyen cuando nos ven; ya habéis oído como chillan cuando los pasamos por la espada. Cada uno de vosotros vale por veinte de ellos, porque solo nosotros estamos hechos de hierro. Recordad esto en cuanto volvamos a divisar las velas de algún esclavista: no deis cuartel ni lo esperéis. ¿Qué necesidad tenemos de clemencia? Somos los hijos del hierro, y dos dioses nos protegen. Nos apoderaremos de sus barcos, aplastaremos sus esperanzas y teñiremos de sangre su bahía.

Un enorme clamor acogió sus palabras. El capitán asintió, con semblante adusto; y luego mandó subir a cubierta a las siete muchachas que había seleccionado, las más hermosas que habían encontrado a bordo de la *Doncella Dispuesta*. Las besó a todas en las mejillas y les dijo que les esperaba un gran honor, aunque no entendieron ni palabra. Después ordenó que las subieran al queche pesquero que habían capturado, soltaran las amarras y le prendieran fuego.

—Con esta ofrenda de belleza e inocencia honramos a ambos dioses —proclamó mientras los barcos de guerra de la Flota de Hierro pasaban remando junto al queche en llamas—. Que estas jóvenes renazcan en la luz, libres de toda mácula de lujuria terrenal, o que desciendan a las acuosas estancias del Dios Ahogado para disfrutar de festines, bailes y risas hasta que se sequen los mares.

Casi al final, antes de que el mar se tragara el queche humeante, a Victarion Greyjoy le pareció que los gritos de las siete muchachas se convertían en una canción de gozo y dicha. Entonces se levantó un fuerte viento, un viento que hinchó las velas y los empujó velozmente hacia el noreste y luego de nuevo hacia el norte, rumbo a Meereen y a sus pirámides de ladrillos multicolores.

«Vuelo hacia ti sobre las alas de una canción, Daenerys», pensó el capitán del hierro.

Aquella noche pidió por primera vez que le llevaran el cuerno para dragones que había encontrado Ojo de Cuervo en las humeantes tierras baldías de la gran Valyria. Era un objeto retorcido, de dos varas de largo, de un color negro lustroso, adornado con bandas de acero valyrio oscuro y oro bruñido.

«El cuerno infernal de Ojo de Cuervo.» Victarion lo recorrió con los dedos. Era tan cálido y suave como las caderas de la mujer de piel oscura, y brillaba tanto que veía el reflejo distorsionado de sus facciones en las negras profundidades. Las bandas que lo rodeaban tenían grabados extraños símbolos arcanos. Morroqo los llamaba *glifos valyrios*, pero eso era todo lo que sabía Victarion.

—¿Qué pone aquí?

—Muchas cosas. —El sacerdote negro señaló una banda dorada—. Este es el nombre del cuerno: «Yo soy *Atadragones*». ¿Habéis escuchado su sonido en alguna ocasión?

—Una vez. —Un mestizo de su hermano había hecho sonar el cuerno infernal durante la asamblea de sucesión, en Viejo Wyk. Era un hombre monstruosamente grande de cabeza rapada, y se adornaba los musculosos brazos con brazaletes de oro, azabache y jade; también lucía un enorme halcón tatuado en el pecho—. El sonido que emitió..., no sé cómo explicarlo..., quemaba. Era como si me ardieran los huesos, como si me quemaran la carne desde dentro. Esos símbolos brillaron, primero como fuego rojo y después como fuego blanco, y dolía hasta mirarlos. Parecía que aquel sonido no iba a cesar jamás; era como una especie de aullido sin fin, como mil gritos fundidos en uno.

—¿Qué le ocurrió al hombre que sopló el cuerno?

—Murió. Los labios se le llenaron de ampollas. Su ave también sangraba. —El capitán se golpeó el pecho—. El halcón que llevaba aquí. Todas las plumas supuraban sangre. Me dijeron que el hombre estaba completamente quemado por dentro, pero puede que fuera un cuento.

—Era la verdad. —Morroqo dio la vuelta al cuerno infernal para examinar las extrañas letras que reptaban a lo largo de la segunda banda dorada—. Aquí lo pone: «Ningún mortal me hará sonar y seguirá con vida».

«Los regalos de Euron siempre están envenenados.» Victarion caviló con amargura sobre la traición entre hermanos.

—Ojo de Cuervo me juró que este cuerno sometería a los dragones a mi voluntad, pero ¿de qué me sirve si el precio es la muerte?

—Vuestro hermano no hizo sonar el cuerno personalmente. No lo hagáis vos. —Morroqo señaló la banda de acero—. Aquí pone: «Sangre por fuego, fuego por sangre». Da igual quién sople el cuerno; los dragones acudirán a su dueño. Debéis hacerlo vuestro. Con sangre.

La niña fea

Aquella noche se reunieron bajo el templo once sirvientes del Dios de Muchos Rostros, más de los que nunca había visto juntos. Los únicos que entraron por la puerta fueron el señor menor y el hombre gordo; los demás llegaron por pasadizos secretos, a través de túneles y pasajes. Vestían sus túnicas blancas y negras, pero cuando se sentaron, todos se quitaron la capucha para dejar al descubierto el rostro que habían elegido aquel día. Las sillas altas, al igual que las puertas del templo que se alzaba sobre ellos, eran de ébano y de arciano. Las de ébano llevaban, en la parte trasera del respaldo, una incrustación de arciano con un rostro tallado, y las de arciano, un rostro tallado en ébano.

Un acólito montaba guardia en un rincón con una frasca de vino tinto. A ella le había tocado el agua. Cuando algún devoto quería beber, alzaba la vista o movía un dedo, y uno de ellos, o los dos, acudía a llenarle la copa. Pero la mayor parte del tiempo estaban allí de pie, a la espera de miradas que no llegaban nunca.

«Estoy esculpida en piedra —se recordó—. Soy una estatua, como los señores del mar que se alzan a lo largo del Canal de los Héroes.» La jarra de agua pesaba mucho, pero tenía los brazos fuertes.

Los sacerdotes se comunicaban en el idioma de Braavos, aunque en una ocasión, tres de ellos se pusieron a discutir acaloradamente en alto valyrio. La niña lo entendía casi todo, pero hablaban en voz baja y no siempre alcanzaba a distinguir las palabras.

—Conozco a este hombre —dijo un sacerdote con la cara marcada por la peste.

—Conozco a este hombre —repitió el hombre gordo mientras ella le servía agua.

—Yo no lo conozco —intervino el hombre guapo—. Yo le haré entrega del don.

Más tarde, el bizco dijo lo mismo de otra persona.

Pasadas tres horas de vino y conversación, se marcharon todos los sacerdotes menos el hombre bondadoso, la niña abandonada y el de las marcas de la peste. Había perdido el pelo y tenía las mejillas llenas de llagas supurantes; le goteaba sangre de un agujero de la nariz, y también tenía sangre seca en las comisuras de los ojos.

—Nuestro hermano quiere hablar contigo, niña —le dijo el hombre bondadoso—. Si quieres, siéntate.

Se sentó en una silla de arciano con rostro de ébano. Las llagas supurantes no le inspiraban temor: llevaba demasiado tiempo en la Casa de Blanco y Negro para asustarse de un rostro falso.

—¿Quién eres? —le preguntó el hombre de la peste cuando se quedaron a solas.

—Nadie.

—No es verdad. Eres Arya de la casa Stark, la que se muerde el labio y no sabe mentir.

—Esa fui. Ya no lo soy.

—¿Para qué estás aquí, mentirosa?

—Para servir. Para aprender. Para cambiar de cara.

—Cambia primero tu corazón. El don del Dios de Muchos Rostros no es ningún juego de niños. Serías capaz de matar por motivos propios, por placer. ¿Lo niegas?

—Lo... —Se mordió el labio, y el hombre la abofeteó. Le ardía la mejilla, pero sabía que se lo había ganado—. Gracias. —Unas cuantas bofetadas más y dejaría de morderse el labio. La que se mordía el labio era Arya, no la loba nocturna—. Lo niego.

—Mientes. Veo la verdad en tus ojos. Tienes ojos de lobo y te gusta la sangre.

«Ser Gregor —pensó sin poder contenerse—. Dunsen, Raff el Dulce, ser Ilyn, ser Meryn, la reina Cersei.» Sabía que, si decía algo, tendría que mentir, de modo que guardó silencio.

—Me han dicho que fuiste una gata que rondaba por los callejones y olía a pescado, que vendía berberechos y mejillones. Llevabas una vida insignificante, lo adecuado para una criatura insignificante como tú. Solo tienes que pedirlo y te la devolveremos. Empujarás la carretilla, pregonarás tus berberechos y serás feliz. Tienes el corazón demasiado blando para ser una de nosotros.

«Quiere echarme.»

—No tengo corazón; solo un agujero. He matado a mucha gente. Puedo matar, si es lo que queréis de mí.

—¿Te gustaría?

—Puede. —No conocía la respuesta.

—Entonces, este no es tu lugar. En esta casa, la muerte no es plato de gusto. No somos guerreros, soldados ni jaques henchidos de arrogancia. No matamos para servir a un señor ni para llenarnos la bolsa, y tampoco por vanidad. Nunca otorgamos el don por placer ni decidimos a quiénes matamos. Solo somos sirvientes del Dios de Muchos Rostros.

—*Valar dohaeris.* —«Todo hombre tiene que servir.»

—Las palabras te las sabes, pero tienes demasiado orgullo para servir. Un sirviente tiene que obedecer con humildad.

—Obedezco. Puedo ser más humilde que nadie.

—No me cabe duda de que serías la mismísima diosa de la humildad —dijo con una risita—. Pero ¿estás dispuesta a pagar el precio?

—¿Qué precio?

—El precio eres tú. El precio es todo lo que tienes y todo lo que puedas esperar tener. Te quitamos los ojos y te los devolvimos. Te quitaremos las orejas y caminarás en silencio. Nos darás las piernas y te arrastrarás. No serás hija de nadie, esposa de nadie ni madre de nadie. Tu nombre será un embuste, y ni la cara que lleves será la tuya.

Estuvo a punto de morderse el labio otra vez, pero se contuvo a tiempo.

«Mi rostro es un estanque oscuro, lo oculta todo, no muestra nada.» Pensó en todos los nombres que había tenido: Arry, Comadreja, Perdiz, Gata de los Canales... Pensó en Arya Caracaballo, la niña idiota de Invernalia. Los nombres no tenían importancia.

—Estoy dispuesta a pagar el precio. Dadme un rostro.

—Los rostros hay que ganárselos.

—Decidme cómo.

—Entregando cierto don a cierto hombre. ¿Serás capaz?

—¿A qué hombre?

—A uno que no conoces.

—Hay mucha gente a la que no conozco.

—Pues está entre ellos. Un desconocido. Alguien a quien no odias, alguien a quien no quieres, alguien a quien nunca has visto. ¿Lo matarás?

—Sí.

—En ese caso, mañana volverás a ser Gata de los Canales. Ponte esa cara, escucha y obedece. Y entonces veremos si realmente eres digna de servir al Dios de Muchos Rostros.

De modo que al día siguiente volvió a la casa del canal, con Brusco y sus hijas. Brusco abrió mucho los ojos al verla, y a Brea se le escapó una exclamación.

—*Valar morghulis* —saludó Gata.

—*Valar dohaeris* —respondió Brusco . Y con eso, fue como si nunca se hubiera marchado.

Más entrada aquella misma mañana, cuando empujaba la carretilla por las calles empedradas que se extendían ante el puerto Púrpura, vio por primera vez al hombre al que debía matar. Era un anciano; pasaba con mucho de la cincuentena.

«Ha vivido demasiado —trató de decirse—. ¿Por qué va a disponer de tantos años cuando mi padre tuvo tan pocos?» Pero Gata de los Canales no tenía padre, así que desechó el pensamiento.

—¡Berberechos, mejillones, almejas! —voceó Gata al pasar junto a él—. ¡Ostras y langostinos, navajas gordas! —Hasta sonrió al hombre; a veces le bastaba con una sonrisa para que se detuvieran y le compraran algo. Pero no le devolvió el gesto, sino que la miró con el ceño fruncido y siguió su camino, atravesando un charco. El agua salpicó los pies de la niña.

«Es antipático —pensó mientras lo veía alejarse—. Tiene cara de ser cruel y malvado.» El viejo tenía la nariz afilada y ganchuda; los labios, finos, y los ojos, pequeños y muy juntos. Ya peinaba muchas canas, pero su barbita puntiaguda seguía siendo negra. Supuso que se la teñía, y se preguntó por qué no se había cambiado también el color del pelo. Caminaba algo encorvado, con un hombro más alto que el otro.

—Es una mala persona —anunció aquella noche cuando volvió a la Casa de Blanco y Negro—. Tiene labios crueles, ojos antipáticos y barba de malvado.

—Es una persona como otra cualquiera, con sus luces y sus sombras —replicó el hombre bondadoso con una risita—. No te corresponde a ti juzgarlo.

Aquello hizo que la niña se detuviera un momento para pensar.

—¿Lo han juzgado los dioses?

—Puede que algunos, sí. ¿Para qué sirven los dioses, si no es para juzgar a los hombres? Pero el Dios de Muchos Rostros no sopesa el alma de las personas. Entrega su don a los mejores y a los peores por igual. De lo contrario, los hombres justos vivirían eternamente.

Al día siguiente, mientras estaba observándolo disimuladamente desde detrás de la carretilla, Gata llegó a la conclusión de que lo más espeluznante del viejo eran las manos. Tenía los dedos largos y huesudos, y no paraba de moverlos: se rascaba la barba, se hurgaba una oreja, tamborileaba con ellos en la mesa... No se estaban quietos nunca, nunca, nunca.

«Esas manos son como dos arañas blancas.» Cuanto más le miraba las manos, más odio sentía hacia ellas.

—Mueve demasiado las manos —comentó en el templo—. Debe de tener mucho miedo. El don le dará la paz.

—El don da la paz a todo hombre.

—Cuando lo mate, me mirará a los ojos y me lo agradecerá.

—Eso querrá decir que has fracasado. Sería mucho mejor que no llegara a reparar en ti.

El viejo era comerciante o algo parecido, concluyó Gata tras observarlo durante unos días. Su negocio estaba relacionado con el mar, aunque nunca lo había visto pisar un barco. Mataba el tiempo en un garito de sopas cercano al puerto Púrpura, con un tazón de caldo de cebolla que se le quedaba frío en la mesa mientras repasaba papeles, ponía sellos de lacre y hablaba en tono brusco con un desfile de capitanes, navieros y otros comerciantes; ninguno de los cuales parecía buscar su presencia por gusto.

Pero le llevaban dinero: bolsas de cuero llenas de oro, plata y las monedas cuadradas de hierro de Braavos. El anciano lo contaba con sumo cuidado: clasificaba las monedas en pulcros montones y las mordía sin molestarse en mirarlas, siempre con el lado izquierdo de la boca, en el que conservaba todos los dientes. De cuando en cuando hacía girar una en la mesa y escuchaba el sonido que hacía al detenerse.

Una vez contadas y comprobadas todas las monedas, el viejo garabateaba algo en un pergamino, lo sellaba y se lo entregaba al visitante, o bien negaba con la cabeza y le devolvía las monedas. En el segundo caso, el otro se iba congestionado y furioso, o pálido y asustado.

—Le pagan oro y plata, y él no les da más que cosas escritas. —Gata no comprendía nada—. ¿Son idiotas o qué?

—Puede que algunos. Casi todos son cautelosos, nada más. Otros intentan engañarlo, pero no es fácil.

—¿Qué les vende? No lo entiendo.

—A cada uno le escribe un contrato. Si resulta que su barco naufraga por culpa de una tormenta o lo capturan los piratas, se compromete a pagar una parte de la nave y su contenido.

—¿Es como una apuesta?

—En cierto sentido, aunque todos los capitanes esperan perder.

—Sí, pero si ganan...

—Pierden el barco, puede que incluso la vida. El mar es peligroso, sobre todo en otoño. No cabe duda de que más de un capitán ha sentido alivio cuando se hundía en medio de una tormenta, al pensar que gracias al contrato que firmó en Braavos, su viuda e hijos no pasarán necesidad. —Una sonrisa triste se le dibujó en los labios—. Pero una cosa es escribir un contrato, y otra, cumplirlo.

«Uno de esos hombres debe de odiarlo mucho —comprendió Gata—. Uno de ellos vino a la Casa de Blanco y Negro y rezó al dios para que se lo llevara.» Le habría gustado saber de quién se trataba, pero el hombre bondadoso no quiso decírselo.

—No es asunto tuyo. ¿Quién eres?

—Nadie.

—Nadie no hace preguntas. —Le cogió las manos—. Si te consideras incapaz de hacer esto, no tienes más que decirlo. No hay motivo para avergonzarse. Algunos han nacido para servir al Dios de Muchos Rostros, y otros, no. Solo tienes que decirlo, y te quitaré la carga de esta misión.

—Lo haré. Ya dije que lo haría, y lo haré.

Pero ¿cómo? Eso era lo más difícil.

Tenía dos guardias: un hombre alto y delgado, y otro bajo y corpulento. Lo acompañaban a todas partes, desde que salía de su casa por la mañana hasta que volvía por la noche, y no permitían que nadie se acercara al anciano sin su visto bueno. En cierta ocasión, un borracho tambaleante estuvo a punto de tropezar con él cuando salía del garito de sopas, pero el guardia más alto se interpuso entre ellos y derribó al borracho de un empujón. En el garito, el guardia más bajo siempre probaba en primer lugar el caldo de cebolla, y el viejo esperaba para beberlo hasta que estaba frío, tiempo suficiente para asegurarse de que su guardia se encontraba bien.

—Tiene miedo —comprendió—, o sabe que alguien quiere matarlo.

—No lo sabe, lo sospecha —corrigió el hombre bondadoso.

—Los guardias lo siguen hasta cuando va a hacer aguas menores, pero él no los acompaña cuando van ellos. El alto es el más rápido. Esperaré hasta que vaya a aliviarse, entraré en el garito y le clavaré un puñal al viejo en el ojo.

—¿Qué hay del otro guardia?

—Es muy lento y torpe. También puedo matarlo.

—¿Acaso en el campo de batalla eres una carnicera que mata a todo el que se cruza en su camino?

—No.

—Eso creía. Sirves al Dios de Muchos Rostros, y los que servimos al Dios de Muchos Rostros solo entregamos su don a los elegidos, a los que llevan la marca.

«Matarlo a él. Solo a él», comprendió la niña.

Aún tuvo que observarlo tres días más antes de dar con la manera, y necesitó practicar un día entero con el dedal de cuchilla. Roggo el Rojo la había enseñado a utilizarlo, pero no había robado un monedero desde antes de que le quitaran los ojos y tenía que asegurarse de que no se le había olvidado.

«Con velocidad y sigilo, así, sin torpezas», se dijo mientras sacaba la cuchilla de la manga una y otra vez. Cuando supo con certeza que aún se le daba bien, afiló el acero con una piedra de amolar hasta que brilló con luz azul plateada a la llama de la vela. Lo que le faltaba era más complicado, pero contaba con la ayuda de la niña abandonada.

—Mañana entregaré el don a ese hombre —le anunció durante el desayuno.

—El Dios de Muchos Rostros estará complacido. —El hombre bondadoso se levantó—. Hay mucha gente que conoce a Gata de los Canales; si se sabe de esto, Brusco y sus hijas pueden tener problemas. Ya es hora de que dispongas de otro rostro.

La niña no sonrió, pero estaba satisfecha. Ya había perdido a Gata en una ocasión y la había llorado; no quería volver a perderla.

—¿Cómo seré?

—Fea. Las mujeres apartarán la mirada al verte, los niños te señalarán con el dedo y los hombres fuertes se compadecerán de ti; puede que alguno hasta derrame una lágrima. Cualquiera que te vea tardará en olvidarte. Vamos.

El hombre bondadoso descolgó la lámpara de hierro del gancho y la guio más allá del estanque de aguas negras y las hileras de dioses oscuros y silenciosos, hasta los peldaños de la parte trasera del templo. Bajaron por ellos, seguidos por la niña abandonada. Ninguno decía una palabra; solo se oía el susurro quedo de las zapatillas en los escalones. Los dieciocho peldaños los llevaron a las criptas, donde se abrían cinco pasadizos abovedados, dispuestos como los dedos de una mano. Al llegar allí, los escalones se volvían más estrechos y empinados, pero la niña los había subido y bajado corriendo mil veces, y no la asustaban. Otros veintidós peldaños los llevaron al subsótano, donde los túneles eran angostos y retorcidos, como gusaneras negras que se adentraban en el corazón de la gran roca. Un pasaje estaba bloqueado por una fuerte puerta de hierro. El sacerdote colgó la lámpara de un gancho y se sacó una llave ornamentada de los pliegues de la túnica.

«El santuario.» A la niña se le erizó el vello de los brazos. Todavía tenían que bajar más, hasta el tercer nivel, donde se encontraban las cámaras secretas a las que solo podían acceder los sacerdotes.

El hombre bondadoso hizo girar la llave tres veces, con un sonido quedo, y la puerta se abrió en silencio gracias a las bisagras de hierro bien aceitadas. Al otro lado había más peldaños, labrados en la roca. El sacerdote volvió a coger la lámpara y bajó, seguido por la niña, que iba contando los escalones.

«Cuatro, cinco, seis, siete. —Ojalá se hubiera llevado el bastón—. Diez, once, doce.» Sabía cuántos escalones había entre el templo y la bodega, y entre la bodega y el subsótano; hasta había contado los de la escalera de caracol que subía a la buhardilla, y los de la escalerilla de madera que llevaba a la trampilla del tejado que daba paso a la alcándara del exterior, siempre azotada por los vientos.

Pero aquella escalera no la conocía de nada y, por tanto, era peligrosa.

«Veintiuno, veintidós, veintitrés. —El aire parecía más frío a cada paso. Cuando llegó a treinta se dio cuenta de que estaban por debajo de los canales. —Treinta y cuatro, treinta y cinco.» ¿Hasta dónde iban a bajar?

Llevaba contados cincuenta y cuatro peldaños cuando por fin se detuvieron ante otra puerta de hierro. Aquella no estaba cerrada con llave. El hombre bondadoso la abrió y la cruzó, y ella lo siguió con la niña abandonada pisándole los talones. Las pisadas de los tres resonaban en la oscuridad. El hombre bondadoso alzó la lámpara y abrió los postigos, y la luz bañó las paredes que los rodeaban.

Un millar de rostros la contemplaban desde las alturas.

Estaban colgados de las paredes, ante ella y detrás de ella, a mayor o menor distancia, mirase hacia donde mirase, se volviese hacia donde se volviese. Vio rostros viejos y jóvenes, de piel clara y oscura, tersa y arrugada, con pecas y con cicatrices, caras hermosas y poco agraciadas, hombres y mujeres, niños y niñas, bebés, rostros sonrientes, rostros huraños, rostros que reflejaban codicia, lujuria o rabia, rostros lampiños y barbudos.

«Son máscaras —se dijo—, no son más que máscaras», pero mientras lo pensaba, sabía que no era verdad. Se trataba de pieles.

—¿Te dan miedo, niña? —preguntó el hombre bondadoso—. Aún estás a tiempo de dejarnos. ¿De verdad es esto lo que quieres?

Arya se mordió el labio. No sabía qué quería.

«Si me marcho, ¿adónde puedo ir? —Había lavado y desnudado cientos de cadáveres; las cosas muertas no le daban miedo—. Los traen aquí abajo y les cortan la cara. ¿Y qué? —Era la loba de la noche; no se asustaba por unos trozos de piel—. Son como caretas de cuero; no pueden hacerme daño.»

—Quiero seguir.

El sacerdote la guio hacia el otro extremo de la estancia, pasando frente a una hilera de túneles que conducían a pasadizos laterales; la lámpara iba iluminándolos a su paso. Un túnel tenía las paredes cubiertas de huesos humanos, y el techo reposaba sobre columnas de calaveras. Otro daba a una escalera de caracol que descendía más aún.

«¿Cuántos sótanos hay? —se preguntó—. Bajan, y bajan, y bajan... ¿Es que no acaban nunca?»

—Siéntate —le ordenó el sacerdote; ella obedeció—. Ahora, cierra los ojos. —Eso hizo—. Esto te dolerá, pero el dolor es el precio del poder. No te muevas.

«Inmóvil como una piedra», pensó. Se sentó, completamente quieta. El corte fue rápido; la hoja estaba muy afilada. Debería haber notado el metal frío contra la piel, pero era cálido. Notó como le corría la sangre cara abajo, como un velo, cubriéndole la frente, las mejillas y la barbilla, y comprendió por qué le había hecho cerrar los ojos el sacerdote. Cuando le llegó a los labios, le supo a sal y a cobre. Se los lamió y se estremeció.

—Tráeme la cara —dijo el hombre bondadoso. La niña abandonada no respondió, pero se oyeron sus pisadas contra el suelo de piedra—. Bebe esto —le dijo a Arya al tiempo que le ponía una copa en la mano.

Se bebió el contenido de un trago. Era muy ácido, como morder un limón. Mil años atrás había conocido a una niña que adoraba los pasteles de limón.

«No, aquella no era yo, solo era Arya.»

—Los titiriteros se cambian de cara con artificios —le explicó el hombre bondadoso—, y los hechiceros tejen sus apariencias con luces, sombras y deseos, para engañar a la vista. Aprenderás esas artes, pero lo que hacemos aquí es más profundo. Los hombres sabios pueden ver lo que ocultan los artificios, y las apariencias se disuelven bajo una mirada atenta, pero el rostro que vas a ponerte será tan sólido y verdadero como aquel con el que naciste. No abras los ojos. —Le echó el pelo hacia atrás con los dedos—. Quédate quieta. Vas a notar una sensación extraña; puede que te marees un poco, pero no te muevas.

Sintió un tirón y oyó un susurro cuando le extendieron la cara nueva sobre la antigua. La piel, seca y rígida, le arañó la frente, pero cuando su sangre la empapó se tornó más suave y elástica. Las mejillas se le caldearon y sonrojaron. Sintió que el corazón le aleteaba en el pecho, y durante un momento fue incapaz de respirar. Unas manos se le cerraron en torno al cuello, duras como la piedra, para ahogarla; alzó las suyas para defenderse del atacante, pero no había nadie. La invadió un miedo espantoso, y entonces oyó un sonido, un crujido estremecedor, acompañado por una oleada cegadora de dolor. Ante ella flotó un rostro, gordo, barbudo, cruel, con la boca deformada por la rabia.

—Respira, niña. Respira y expulsa el miedo. Expulsa las sombras. Él está muerto. Ella está muerta y ya no sufre. Respira.

Se llenó los pulmones con una respiración entrecortada y se dio cuenta de que era verdad. Nadie la estrangulaba ni la golpeaba, pero aun así le temblaba la mano cuando se la llevó a la cara. La sangre seca se desmoronó en escamas cuando la rozó con los dedos, negra a la luz de la lámpara. Se palpó las mejillas, se tocó los ojos y se siguió con el dedo la línea de la barbilla.

—Sigo teniendo la misma cara.

—¿De verdad? ¿Estás segura?

¿Estaba segura? No había notado ningún cambio, pero tal vez fuera una de esas cosas que no se notaban. Se pasó la mano por la cara, de arriba abajo, como había visto hacer a Jaqen H'ghar en Harrenhal. Cuando lo hizo él, su cara onduló y cambió. Cuando lo hizo ella, no pasó nada.

—La noto igual.

—Eso te parece —replicó el sacerdote—. Pero ha cambiado.

—A ojos de otros, tienes rotas la nariz y la mandíbula —intervino la niña abandonada—. También tienes un pómulo hundido y te falta la mitad de los dientes.

Se recorrió la boca con la lengua, pero no encontró agujeros ni dientes rotos.

«Es brujería —pensó—. Tengo una cara nueva. Una cara fea, maltratada.»

—Puede que sufras pesadillas una temporada —le advirtió el hombre bondadoso—. Su padre le daba palizas tan brutales y frecuentes que no dejó de sentir miedo y dolor hasta que vino a vernos.

—¿Lo matasteis?

—Pidió el don para sí, no para él.

«Pues tendríais que haberlo matado a él.»

Fue como si el sacerdote le leyera la mente.

—La muerte acabó por acudir a buscarlo, como les sucede a todos los hombres. Como le sucederá mañana a un hombre concreto. —Cogió la lámpara—. Ya no tenemos nada más que hacer aquí.

«Por ahora.» Las pieles que colgaban sobre ellos parecían seguirlos con los agujeros vacíos de los ojos cuando desanduvieron el camino hacia las escaleras. Durante un momento, casi le pareció que movían los labios y se susurraban secretos con palabras tan quedas que no alcanzaba a oírlas.

Aquella noche tardó en conciliar el sueño. Enredada en las sábanas, en la habitación fría y oscura, se agitaba sin parar, pero seguía viendo las caras en cualquier lado hacia el que se volviera.

«No tienen ojos, pero me ven. —Había distinguido el rostro de su padre en la pared, y a su lado, el de su señora madre. Bajo ellos, en fila, estaban los de sus tres hermanos—. No. Esa es otra niña. Yo soy Nadie, y mis únicos hermanos visten túnicas blancas y negras.» Pero allí estaba el bardo negro, y también el mozo de cuadra al que había matado con *Aguja*, y el escudero regordete de la posada de la encrucijada, y más allá, el guardia al que había degollado en Harrenhal. El Cosquillas también colgaba de la pared, con los agujeros negros de los ojos cargados de maldad. Solo con verlo volvió a sentir el peso del puñal en la mano mientras se lo clavaba en la espalda una y otra vez.

Cuando por fin amaneció sobre Braavos, el día llegó gris y encapotado. Había albergado la esperanza de que hubiera niebla, pero los dioses desoyeron sus plegarias, como solían hacer los dioses. La mañana era fría y despejada, y el viento, cortante.

«Un buen día para morir —pensó. La plegaria acudió a sus labios sin que pudiera evitarlo—. Ser Gregor, Dunsen, Raff el Dulce. Ser Ilyn, ser Meryn, la reina Cersei.» Pronunció los nombres en silencio. En la Casa de Blanco y Negro no se sabía nunca quién podía estar escuchando.

Los sótanos estaban llenos de ropa, de indumentaria recogida de los que acudían a la Casa de Blanco y Negro para beber la paz del estanque del templo. Había de todo, desde harapos de mendigo hasta sedas y terciopelos de gran valor.

«Una niña fea tiene que llevar ropa fea», decidió, así que eligió una capa marrón sucia y deshilachada, una túnica verde mohosa que olía a pescado y unas botas pesadas. Por último ocultó el dedal de cuchilla.

No tenía ninguna prisa, de modo que se dirigió al puerto Púrpura por el camino más largo, cruzando el puente que conducía a la isla de los Dioses. Gata de los Canales vendía berberechos y mejillones allí, entre los templos, cuando Talea, la hija de Brusco, tenía la sangre de la luna y se quedaba postrada en cama. Casi esperaba verla vendiendo aquel día, tal vez junto a la Casa de las Mil Habitaciones, que alojaba los altares abandonados de los dioses menores caídos en el olvido, pero era una estupidez. Hacía demasiado frío, y a Talea nunca le había gustado madrugar. La estatua que adornaba la entrada del santuario de la Dama Doliente de Lys derramaba lágrimas de plata cuando la niña fea pasó junto a ella. Los jardines de Gelenei estaban adornados con un árbol de cuarenta varas chapado en oro, con las hojas de plata batida. Tras las vidrieras del pabellón de madera del Señor de la Armonía brillaban unas antorchas, que iluminaban medio centenar de mariposas de vivos colores.

La niña recordó que, en cierta ocasión, la Esposa del Marinero la había acompañado en su ronda y había estado hablándole de los dioses más extraños de la ciudad.

—Esa es la casa del Gran Pastor. Trios, el tricéfalo, tiene aquella torre de las tres torretas; la primera cabeza devora a los moribundos, que renacen por la tercera. No sé para qué sirve la de en medio. Esas son las Piedras del Dios Silencioso, y ahí está la entrada del Laberinto del Fijador de Pautas: según sus sacerdotes, solo aquellos que aprendan a recorrerlo pueden hallar el camino de la sabiduría. Detrás, ese edificio que hay junto al canal es el templo de Aquan, el Toro Rojo. Cada trece días, sus sacerdotes degüellan a un ternero blanco y reparten cuencos de sangre entre los mendigos.

No debía de ser el decimotercer día, porque los peldaños del Toro Rojo estaban desiertos. Los dioses hermanos Semosh y Selloso soñaban en sus templos gemelos, cada uno en una orilla del Canal Negro, unidos por un puente de piedra labrada. La niña lo cruzó y se dirigió hacia los muelles; pasó por el puerto del Trapero y junto a las torres y cúpulas medio hundidas de la Ciudad Ahogada.

Se cruzó con un grupo de marineros lysenos tambaleantes que salían en aquel momento del Puerto Feliz, pero no vio a ninguna puta. El Barco estaba cerrado y vacío; sin duda, los titiriteros aún dormían. Pero más allá, en el muelle, junto a un ballenero ibbenés, divisó a Tagganaro, el viejo amigo de Gata, que lanzaba una pelota a Casso, el Rey de las Focas, mientras el último ratero al que había contratado trabajaba entre los espectadores. Se detuvo para mirar y escuchar un momento, y Tagganaro no la reconoció, pero Casso ladró y aplaudió con las aletas.

«Sabe quién soy, o quizá es que huele el pescado.» Se apresuró a seguir su camino.

Cuando llegó al puerto Púrpura, el viejo ya se había refugiado en el garito de sopas y estaba contando las monedas de una bolsa mientras regateaba con el capitán de un barco. El guardia alto y flaco se encontraba junto a él, de pie, mientras que el bajo y regordete se había sentado cerca de la puerta para ver bien a cualquiera que entrara. Eso no tenía importancia, porque ella no pensaba entrar. Lo que hizo fue acomodarse en los pilotes de madera, a veinte pasos, mientras el viento borrascoso le agitaba la capa con dedos fantasmales.

El puerto estaba muy transitado incluso en los días fríos y grises como aquel. Vio marineros en busca de prostitutas y prostitutas en busca de marineros. Dos jaques pasaron junto a ella, con las galas arrugadas y la espada golpeándoles los muslos, sosteniéndose el uno contra el otro en su caminar ebrio. Un sacerdote rojo se cruzó en su camino, con la túnica escarlata y carmesí chasqueando al viento.

Ya era casi mediodía cuando divisó al hombre que le interesaba, un próspero naviero al que había visto hacer negocios con el viejo en tres ocasiones. Era calvo y corpulento, y llevaba una gruesa capa de lujoso terciopelo marrón con ribete de piel y un cinturón de cuero también marrón adornado con lunas y estrellas de plata. Algún percance le había dejado una pierna rígida, y caminaba despacio con ayuda de un bastón.

Le sería tan útil como cualquiera y más que la mayoría, así que la niña fea se decidió por él. Saltó del pilote para seguirlo a una docena de zancadas, con la cuchilla lista. El hombre llevaba el monedero a la derecha, colgado del cinturón, pero cubierto por la capa. La cuchilla centelleó veloz, silenciosa; un tajo rápido a través del terciopelo, que su víctima ni sintió. Roggo el Rojo habría sonreído al verla. La niña pasó la mano por la abertura, abrió el monedero con el dedal, se llenó la mano de oro...

El hombre corpulento se volvió.

—¿Qué...? —El movimiento hizo que a la niña se le enredara la capa en el brazo justo cuando lo iba a retirar, y las monedas cayeron al suelo en torno a ellos—. ¡Ladrona!

Alzó el bastón para golpearla, pero ella le dio una patada en la pierna lesionada y echó a correr durante su caída, pasando como un rayo junto a una madre con su hijo. Más monedas se le cayeron de los dedos y rodaron por el suelo. Los gritos de «¡Ladrona! ¡Ladrona!» resonaban tras ella. Un posadero regordete junto al que pasó hizo una torpe tentativa de agarrarla del brazo, pero la niña lo rodeó, pasó junto a una prostituta que se desternillaba de risa y escapó por el callejón más próximo.

Gata de los Canales conocía bien aquellas callejas, y la niña fea las recordaba. Corrió hacia la izquierda, salvó un muro bajo, cruzó de un salto un canal estrecho y se coló por una puerta abierta que daba a una especie de almacén polvoriento. Los sonidos de la persecución llegaban muy lejanos, de modo que se agazapó tras unas cajas y aguardó, abrazándose las rodillas. Se quedó allí casi una hora, hasta que consideró que podía salir sin riesgo; trepó por la pared del edificio y recorrió los tejados, casi hasta el Canal de los Héroes. Para entonces, el naviero ya habría recogido las monedas y el bastón, y estaría en el garito de sopas. Tal vez estuviera tomándose un caldo caliente al tiempo que echaba pestes con el viejo de la niña fea que había intentado robarle la bolsa.

El hombre bondadoso la esperaba en la Casa de Blanco y Negro, sentado en el borde del estanque. La niña fea se sentó a su lado y puso una moneda entre ellos. Era de oro, con un rey en la cara y un dragón en la cruz.

—Un dragón dorado de Poniente —dijo el hombre bondadoso—. ¿Cómo ha llegado a tus manos? Nosotros no robamos.

—No lo he robado. Le he cogido una moneda, pero le he dejado otra de las nuestras.

El hombre bondadoso comprendió al instante.

—Y con esa moneda y las otras que lleva en la bolsa, pagará a cierto hombre. Poco después, a ese hombre le fallará el corazón. ¿Es así? Qué triste. —El sacerdote cogió la moneda y la tiró al estanque—. Te queda mucho por aprender, pero quizá no seas un caso perdido.

Aquella noche le devolvieron la cara de Arya Stark.

También le llevaron una túnica, una de las túnicas gruesas y suaves que llevaban los acólitos, negra por un lado y blanca por el otro.

—Mientras estés aquí, siempre debes llevar esto —le dijo el sacerdote—, pero no lo necesitarás mucho de momento. Mañana acudirás a Izembaro, para empezar el primer aprendizaje. Coge la ropa que quieras de las criptas. La guardia de la ciudad está buscando a cierta niña fea que frecuenta el puerto Púrpura, así que será mejor que tengas un nuevo rostro. —Le puso los dedos bajo la barbilla y le movió la cabeza a un lado y otro—. Esta vez, que sea bonito. Tan bonito como el tuyo. ¿Quién eres, niña?

—Nadie.

Cersei

La reina no logró conciliar el sueño la última noche de su encierro. Cada vez que cerraba los ojos, la cabeza se le llenaba de presagios y fabulaciones de lo que sucedería al día siguiente.

«Me pondrán guardias —se dijo—. No dejarán que se acerque la chusma. Nadie podrá tocarme.» El Gorrión Supremo se lo había prometido.

Pese a todo, tenía miedo. El día en que Myrcella zarpó hacia Dorne, el día de las revueltas del pan, había capas doradas apostados a lo largo de la ruta de la comitiva, pero la multitud consiguió romper sus filas para despedazar al viejo septón supremo y violar cincuenta veces a Lollys Stokeworth. Y si aquella criatura fofa y estúpida había incitado a los animales con la ropa puesta, ¿qué lujuria no les inspiraría una reina?

Cersei paseaba por su celda, inquieta, como los leones enjaulados que vivían en las entrañas de Roca Casterly cuando era niña, legado de los tiempos de su abuelo. Jaime y ella siempre se desafiaban a trepar por los barrotes de la jaula, y en cierta ocasión, ella había reunido valor para introducir la mano y rozar a una de las grandes bestias. Siempre había sido más osada que su hermano. El león movió la cabeza para mirarla con sus grandes ojos dorados y le lamió los dedos. Tenía la lengua áspera como una lima, pero no se apartó hasta que Jaime la cogió por los hombros y la separó de la jaula.

—Te toca a ti —le dijo ella—. ¿A que no te atreves a tirarle de la melena?

«No se atrevió. Debí ser yo quien empuñara la espada, no él.»

Recorría la habitación descalza, tiritando, con una fina manta sobre los hombros. Tenía miedo del día que se avecinaba, pero todo habría terminado cuando llegara la noche.

«Solo tengo que caminar un poco y estaré en casa, estaré con Tommen, en mis estancias del Torreón de Maegor. —Según su tío, era la única manera que tenía de salvarse, pero ¿le habría dicho la verdad? No confiaba en él, igual que no confiaba en el septón supremo—. Todavía puedo negarme. Puedo insistir en mi inocencia y jugármelo todo en un juicio.

Pero no se atrevía a dejarse juzgar por la Fe, como pensaba hacer Margaery Tyrell. La florecita podía permitirse aquel lujo, a diferencia de

Cersei, que no contaba con muchos amigos entre las septas y los gorriones que rodeaban al nuevo septón supremo. Su única esperanza radicaba en un juicio por combate, y para eso le hacía falta un campeón.

«Si Jaime no hubiera perdido la mano...»

Por ahí no llegaba a ninguna parte. Además, su hermano había desaparecido en las tierras de los ríos con la tal Brienne, así que tenía que buscarse otro defensor, o el tormento que la aguardaba aquel día sería el menor de sus problemas. Sus enemigos la acusaban de traición, de modo que tenía que llegar junto a Tommen a toda costa.

«Me quiere; no rechazará a su propia madre. Joff era testarudo e imprevisible, pero Tommen es un niño bueno, es un reyecito bueno y hará lo que le diga.» Si se quedaba allí, estaba perdida, y la única manera de volver a la Fortaleza Roja consistía en caminar. El Gorrión Supremo se había mostrado intransigente, y ser Kevan se negaba a plantarle cara.

—No me pasará nada —se dijo Cersei cuando las primeras luces acariciaron su ventana—. Lo único que sufrirá será mi orgullo. —Las palabras le sonaron vacías.

«Aún es posible que aparezca Jaime. —Se lo imaginó atravesando la bruma matinal, con la armadura dorada brillando a la primera luz del sol—. Jaime, si alguna vez me has querido...»

Cuando fueron a buscarla, las septas Unella, Moelle y Scolera iban a la cabeza del grupo de carceleras, seguidas por cuatro novicias y dos hermanas silenciosas. Cuando vio a las últimas, con su túnica gris, una oleada de terror recorrió a la reina.

«¿Qué hacen aquí? ¿Voy a morir?» Las hermanas silenciosas eran las encargadas de atender a los muertos.

—El septón supremo dice que no me pasará nada.

—Y nada os pasará. —La septa Unella hizo una seña a las novicias, que se acercaron con jabón de sosa, una jofaina de agua caliente, unas tijeras y una navaja de buen tamaño. Cersei sintió un escalofrío al ver el acero.

«Van a raparme. Un poco más de humillación; la guinda del pastel. —No les daría la satisfacción de oírla suplicar—. Soy Cersei de la casa Lannister; soy una leona de la Roca y la reina de estos Siete Reinos, la hija legítima de Tywin Lannister. Y el pelo vuelve a crecer.»

—Adelante —dijo.

La mayor de las hermanas silenciosas cogió las tijeras. Sin duda tenía práctica, porque su orden se encargaba de limpiar los cadáveres de los nobles caídos en combate antes de devolverlos a sus familiares, y ese trabajo incluía recortarles el pelo y la barba. Lo primero que hizo fue desnudarle la cabeza; Cersei permaneció sentada, inmóvil como una estatua, mientras las tijeras hacían su labor. Los mechones dorados fueron cayendo al suelo. En la celda no le habían permitido cuidarse el pelo como era debido, pero hasta enmarañado y sucio, seguía brillando al recibir la caricia del sol.

«Mi corona —pensó—. Me quitaron la otra corona, y ahora me arrebatan también esta.»

Cuando sus rizos y bucles se hubieron convertido en un montón informe, a sus pies, una novicia le enjabonó la cabeza, y la hermana silenciosa afeitó los restos de pelo con la navaja.

Cersei creía que con aquello habían terminado, pero no era así.

—Quitaos la ropa, alteza —ordenó la septa Unella.

—¿Aquí? —preguntó, sorprendida—. ¿Por qué?

—Tenemos que rasuraros.

«Van a esquilarme como a una oveja.» Se quitó el vestido y lo dejó caer.

—Cumplid vuestro deber.

De nuevo el jabón, el agua caliente y la navaja. Le afeitaron en primer lugar las axilas y las piernas, y por último, el fino vello dorado que le cubría el sexo. Mientras la hermana silenciosa trabajaba entre sus piernas con la navaja, a Cersei le acudieron a la mente las veces en que Jaime se arrodillaba igual que aquella mujer para llenarle los muslos de besos y llevarla al borde de la excitación. Pero sus besos eran cálidos, y la navaja, fría como el hielo.

Cuando terminaron estaba tan desnuda e indefensa como podía estarlo una mujer.

«Ni un pelo tras el que esconderme.» Se le escapó, incontenible, una carcajada amarga.

—¿A vuestra alteza le parece gracioso? —preguntó la septa Scolera.

—No.

«Pero algún día te arrancaré la lengua con unas tenazas al rojo, y eso sí que me parecerá tronchante.»

Una novicia le había llevado una túnica de septa, blanca y suave, para que se cubriera mientras bajaban por las escaleras de la torre y atravesaban el septo, de manera que ningún fiel tuviera que ver su piel desnuda.

«Que los Siete nos amparen, menudo hatajo de hipócritas.»

—¿Se me permitirá llevar sandalias? —preguntó—. La calle está sucia.

—No tanto como vuestra conciencia —replicó la septa Moelle—. Su altísima santidad ha ordenado que salgáis tal como os hicieron los dioses. ¿Acaso llevabais sandalias al salir del vientre de vuestra madre?

—No —tuvo que responder la reina.

—Entonces, ya sabéis.

Una campana empezó a doblar. El largo encarcelamiento de la reina tocaba a su fin. Cersei se arrebujó en la túnica, agradecida por el calor que le proporcionaba.

—Vamos —dijo.

Su hijo la aguardaba al otro lado de la ciudad. Cuanto antes se pusiera en marcha, antes llegaría a su lado.

La piedra basta de los peldaños arañó las plantas de los pies de Cersei Lannister cuando empezó a bajar. Había llegado al Septo de Baelor como una reina, en su litera, y salía rapada y descalza.

«Pero salgo, que es lo que importa.»

Las campanas de las torres repicaban para convocar a los ciudadanos a presenciar su humillación. El Gran Septo de Baelor estaba abarrotado de fieles que habían acudido a la ceremonia matinal, y el murmullo de sus plegarias resonaba en la cúpula; pero cuando apareció la comitiva de la reina se hizo un silencio repentino, y un millar de ojos siguieron su recorrido mientras atravesaba el pasillo y cruzaba el lugar de la capilla ardiente de su padre. Pasó entre los creyentes sin mirar a un lado ni a otro, recorriendo con los pies descalzos el frío mármol del suelo. Notaba los ojos clavados en ella, y hasta los Siete, tras sus altares, parecían observarla.

En la sala de las Lámparas, una docena de hijos del guerrero esperaba su llegada. Llevaban capas arcoíris, y los cristales que remataban sus yelmos brillaban centelleantes. Su armadura era de plata tan bruñida como un espejo, pero la reina sabía que debajo llevaban una camisa de cerdas. Sus escudos de lágrima lucían una espada de cristal que relucía en la oscuridad, el antiguo blasón de aquellos a los que el pueblo llamaba *espadas*.

Su capitán se arrodilló ante ella.

—Tal vez me recuerde vuestra alteza. Soy ser Theodan el Fiel, y su altísima santidad me ha puesto al mando de la escolta que os acompañará. Mis hermanos y yo nos encargaremos de que atraveséis la ciudad sin sufrir daño alguno.

Cersei recorrió con la mirada los rostros de los hombres situados tras él, y no tardó en verlo: Lancel, su primo, el hijo de ser Kevan, que le había jurado amor antes de decidir que amaba más a los dioses.

«Mi familia me traiciona.» No se olvidaría de él.

—Podéis levantaros, ser Theodan. Estoy preparada.

El caballero se puso en pie, se volvió y levantó una mano. Dos de sus hombres se dirigieron a las imponentes puertas y las abrieron, y Cersei salió al aire libre, parpadeando como un topo arrancado de su madriguera.

Soplaban ráfagas de viento que hacían que la túnica le azotara las piernas. El aire de la mañana llegaba cargado con todos los olores habituales de Desembarco del Rey. Percibió el de vino agriado, el del pan en los hornos, el del pescado podrido, y los de los excrementos, el humo, el sudor y la orina de caballo. No hubo jamás flor alguna que le oliera tan bien. Arrebujada en su túnica, Cersei se detuvo ante los peldaños de mármol, mientras los hijos del guerrero formaban a su alrededor.

De repente se dio cuenta de que estaba en aquel mismo lugar cuando decapitaron a lord Eddard Stark.

«Todo salió mal. El plan era que Joff le perdonara la vida y lo enviara al Muro. —El hijo mayor de Stark lo habría sucedido como señor de Invernalia, pero Sansa se habría quedado de rehén en la corte. Varys y Meñique habían establecido las condiciones, y Ned Stark se había tragado su adorado orgullo y había confesado su traición para salvar la cabecita hueca de su hija—. Yo me habría encargado de casar bien a Sansa, con un Lannister. No con Joff, claro, pero tal vez con Lancel o con cualquiera de sus hermanos pequeños. —Recordó que Petyr Baelish se había ofrecido a casarse con la muchacha, pero era improcedente, por supuesto; su origen era demasiado humilde—. ¡Si Joff hubiera hecho lo que se le dijo, Invernalia no habría entrado en guerra y mi padre se habría encargado de los hermanos de Robert!»

Pero Joff ordenó que decapitaran a Stark, y tanto lord Slynt como ser Ilyn Payne se apresuraron a obedecer.

«Yo estaba aquí mismo», recordó la reina. Janos Slynt había levantado la cabeza de Ned Stark por el pelo mientras la sangre del norteño corría peldaños abajo, y ya no hubo vuelta atrás.

Todo quedaba tan lejos... Joffrey había muerto, al igual que todos los hijos varones de Stark. Hasta su padre, Tywin Lannister, había perecido, y ella volvía a los peldaños del Gran Septo de Baelor; pero en aquella ocasión, la turba la contemplaba a ella, no a Eddard Stark.

En la amplia plaza de mármol había tanta gente como aquel día en que ajusticiaron a Stark. Mirase hacia donde mirase, la reina veía ojos. La multitud parecía compuesta de hombres y mujeres a partes iguales, y algunos llevaban niños a hombros. Mendigos, ladrones, taberneros, comerciantes, curtidores, mozos de cuadra, titiriteros, prostitutas y todos los desechos de la ciudad habían acudido para presenciar la humillación de una reina. Con ellos se habían mezclado los clérigos humildes, unos hombrecillos sucios y mal afeitados, armados con hachas y lanzas y protegidos con restos de armadura oxidada y mellada, cuero agrietado y sobrevestas de tejido basto mal teñidas de blanco con la estrella de siete puntas, emblema de la Fe, el andrajoso ejército del Gorrión Supremo.

Seguía albergando la remota esperanza de que apareciera Jaime y la rescatara de aquella humillación, pero no lo veía por ningún lado. Tampoco veía a su tío, aunque eso no la sorprendió. Durante su visita, ser Kevan había dejado muy clara cuál era su postura: la vergüenza que iba a sufrir no debía empañar lo más mínimo el honor de Roca Casterly, así que ningún león caminaría con ella. Tendría que soportar a solas el tormento.

La septa Unella se situó a su derecha; la septa Moelle, a su izquierda, y la septa Scolera, detrás de ella. Si intentara huir o mostrara resistencia, las tres brujas la arrastrarían de nuevo al interior del templo y nunca volvería a salir de la celda.

Cersei alzó la cabeza. Más allá de la plaza, más allá del mar de ojos hambrientos, bocas abiertas y rostros sucios, al otro lado de la ciudad, se alzaba la Colina Alta de Aegon, y las torres y almenas de la Fortaleza Roja se tornaban rosadas a la luz del sol naciente.

«No está tan lejos. —Cuando llegara a las puertas, lo peor habría pasado, y volvería a ver a su hijo. Tendría a su campeón. Su tío se lo había prometido—. Me espera Tommen, mi pequeño rey. Tengo que ir. Tengo que ir.»

—Una pecadora se presenta ante vosotros —declaró la septa Unella, adelantándose—. Se trata de Cersei de la casa Lannister, madre de su alteza el rey Tommen, viuda de su alteza el rey Robert, culpable de maquinaciones y fornicios espantosos.

La septa Moelle, a la derecha de la reina, dio un paso al frente.

—Esta pecadora ha confesado todos sus pecados y ha suplicado perdón y absolución. Su altísima santidad ha ordenado que demuestre el arrepentimiento que siente despojándose de todo orgullo y artificio, y presentándose ante los habitantes de esta ciudad tal como la hicieron los dioses.

—Así —concluyó la septa Scolera—, esta pecadora se presenta ante vosotros con humildad en el corazón, sin secretos ni nada que ocultar, desnuda a los ojos de los dioses y los hombres, para realizar el recorrido como penitente.

Cersei tenía un año cuando falleció su abuelo, y lo primero que hizo su señor padre al sucederlo fue expulsar de Roca Casterly a su amante plebeya. Le arrebataron las sedas y terciopelos que le había regalado lord Tytos, y las joyas de las que ella se había apropiado, y la echaron desnuda a las calles de Lannisport para que todo el oeste la viera tal como era.

Aunque era muy niña para presenciar el espectáculo, Cersei oyó como la historia se magnificaba al pasar de boca en boca entre las lavanderas y los guardias. Hablaban de lo que lloró y suplicó la mujer, de la desesperación con que se aferraba a la ropa cuando le ordenaron desnudarse, de los esfuerzos inútiles por cubrirse los pechos y el sexo con las manos mientras caminaba descalza y desnuda por las calles, hacia el exilio.

—Con lo engreída y orgullosa que era antes —recordó haber oído comentar a un guardia—, tan altiva que cualquiera diría que se le había olvidado que venía del arroyo. Pero cuando le quitaron la ropa volvió a ser una puta más.

Si ser Kevan y el Gorrión Supremo creían que ella iba a hacer lo mismo, estaban muy equivocados. Llevaba en las venas la sangre de lord Tywin.

«Soy una leona. No van a acobardarme.»

La reina se quitó la túnica.

Se desnudó con un movimiento elegante, sin apresurarse, como si estuviera en sus estancias y se dispusiera a tomar un baño, rodeada solo por sus doncellas. Cuando el viento helado le rozó la piel, sintió un violento escalofrío y tuvo que hacer acopio de toda su fuerza de voluntad para no tratar de cubrirse con las manos, como la puta de su abuelo. Apretó los puños hasta clavarse las uñas en las palmas. Estaban mirándola; todos aquellos ojos hambrientos estaban clavados en ella. Pero ¿qué veían?

«Soy hermosa», se recordó. ¿Cuántas veces se lo había dicho Jaime? Hasta Robert se lo reconocía cuando se metía en su cama después de beber demasiado para rendirle ebrio homenaje con la polla.

«Pero también miraban así a Ned Stark.»

Tenía que empezar a andar. Desnuda, esquilada y descalza, Cersei Lannister bajó lentamente la amplia escalinata de mármol. Se le había erizado la piel de brazos y piernas, pero aun así mantuvo la cabeza bien alta, tal como correspondía a una reina. Su escolta se desplegó ante ella. Los clérigos humildes empujaban a los hombres a los lados para abrirle camino a través de la multitud, y las Espadas se situaron a ambos lados.

Las septas Unella, Scolera y Moelle la seguían, y las novicias de blanco cerraban la marcha.

—¡Puta! —gritaron. Era una voz de mujer. Siempre eran las más crueles a la hora de herir a otras mujeres. Cersei le hizo oídos sordos.

«Habrá más gritos, y serán peores. Estos seres no conocen mayor dicha que la de burlarse de quienes los superan.» No podía obligarlos a callar, así que era mejor que no les prestara atención. Tampoco los veía: mantendría los ojos clavados en la Colina Alta de Aegon, al otro lado de la ciudad, en las torres de la Fortaleza Roja, que refulgían a la luz del amanecer. Si su tío mantenía su parte del trato, allí la aguardaba la salvación. «Esto es porque mi tío lo ha querido. Mi tío, el Gorrión Supremo y la florecita, seguro. He pecado y debo expiar mi culpa, exhibiendo mi vergüenza ante todos los mendigos de la ciudad. Creen que doblegarán mi orgullo, que así acabarán conmigo, pero se equivocan.»

Las septas Unella y Moelle caminaban a su paso, mientras que la septa Scolera iba tras ellas haciendo sonar una campana.

—¡Avergüénzate! —gritaba la vieja bruja—. ¡Avergüénzate, pecadora! ¡Avergüénzate! ¡Avergüénzate!

A la derecha, fuera de su vista, un aprendiz de panadero proclamaba su mercancía.

—¡Empanadas de carne! ¡A tres peniques! ¡Calientes! ¡Empanadas calientes!

El mármol estaba frío y resbaladizo, y Cersei tenía que avanzar con cuidado para no caerse. Pasaron junto a la estatua de Baelor el Santo, que se alzaba alto y sereno en su pedestal con un rostro que rezumaba benevolencia. No reflejaba en nada al imbécil que había sido en vida. La dinastía Targaryen había dado al mundo reyes buenos y malos, pero ninguno tan querido como Baelor, el bondadoso rey septón que amaba a su pueblo y a los dioses por igual, aunque mantuvo prisioneras a sus propias hermanas. Era increíble que la estatua no se desmoronara ante la visión de unos pechos; según Tyrion, al rey Baelor le daba miedo verse la polla. En cierta ocasión expulsó a todas las prostitutas de Desembarco del Rey. Rezaba por ellas mientras las llevaban a rastras a las puertas de la ciudad, pero no se atrevió a mirarlas.

—¡Ramera! —gritaron. Otra mujer. De algún lado le lanzaron una verdura podrida, marrón y rezumante, que le pasó volando por encima de la cabeza y fue a estrellarse a los pies de un clérigo humilde.

«No tengo miedo. Soy una leona.» Siguió caminando.

—¡Empanadas calientes! —pregonaba el aprendiz de panadero—. ¡Traigo empanadas! ¡Recién hechas!

—¡Avergüénzate! ¡Avergüénzate! ¡Avergüénzate, pecadora! ¡Avergüénzate! ¡Avergüénzate! —seguía proclamando la septa Scolera.

Las precedían los clérigos humildes que, con sus escudos, forzaban a los hombres a apartarse para abrir un estrecho paso. Cersei los seguía con la cabeza rígida y los ojos clavados en la distancia. Cada paso la acercaba un poco más a la Fortaleza Roja. Cada paso la acercaba un poco más a su hijo, a la salvación.

Tardó lo que le parecieron cien años en cruzar la plaza, pero, por fin, el mármol dejó paso al empedrado bajo sus pies, y las tiendas, establos y casas se cernieron sobre ellos; empezaban a bajar por la colina de Visenya.

La marcha se hizo más lenta. La calle era empinada y estrecha, y la multitud estaba más apiñada. Los clérigos humildes intentaban apartar a empellones a la gente que bloqueaba el camino, aunque no tenía dónde meterse porque los que habían quedado atrás seguían empujando. Cersei trataba de mantener la cabeza alta, pero pisó algo blando y húmedo que la hizo resbalar. Se habría caído si la septa Unella no la hubiera sostenido por un brazo.

—Vuestra alteza debería mirar dónde pisa.

—Sí —respondió con voz humilde al tiempo que se liberaba de su mano.

Estaba tan rabiosa que tenía ganas de escupir. Siguió caminando, envuelta solo en piel de gallina y orgullo. Trató de buscar la Fortaleza Roja con la vista, pero los edificios de madera la ocultaban.

—¡Avergüénzate! ¡Avergüénzate! —iba entonando la septa Scolera al ritmo de su campana.

Cersei intentó caminar más deprisa, pero enseguida tropezó con la espalda de los guardias que la precedían y tuvo que aminorar el paso. La procesión se detuvo cuando los clérigos humildes apartaron del paso a un vendedor ambulante con una carretilla cargada de brochetas de carne. A ojos de Cersei, aquella carne parecía de rata, pero su olor impregnaba el aire, y cuando se despejó la calle y reanudaron la marcha, muchos espectadores estaban mordisqueando los pinchos.

—¿Queréis un poco, alteza? —le gritó uno.

Era una bestia grande, corpulenta, con ojillos de cerdo, barriga enorme y barba negra descuidada que le recordaba la de Robert. Apartó la vista, asqueada, y él le lanzó la brocheta, que le dio en la pierna antes de caer al suelo; la carne medio cruda le dejó un reguero de grasa y sangre en el muslo.

Allí los gritos parecían sonar más altos, quizá porque la turba estaba más cerca. Los más frecuentes eran «Puta» y «Pecadora», seguidos de

«Zorra», «Traidora» y «Follahermanos». De cuando en cuando, también se escuchaban aclamaciones dedicadas a Stannis o a Margaery. El empedrado estaba muy sucio, y la reina tenía tan poco espacio que ni siquiera podía esquivar los charcos.

«Nadie se ha muerto por mojarse los pies», se dijo. Le habría gustado creer que era agua de lluvia, aunque lo más probable era que se tratara de orina de caballo.

También llovían desperdicios desde ventanas y balcones: fruta medio podrida, jarras de cerveza, huevos que estallaban con un hedor sulfuroso al estrellarse contra el suelo... Alguien lanzó un gato muerto sobre los clérigos humildes y los hijos del Guerrero. El cadáver golpeó el empedrado con tal fuerza que se reventó y salpicó las piernas de Cersei de entrañas y gusanos. Siguió caminando.

«No veo nada, no oigo nada, son simples insectos», se decía.

—¡Avergüénzate! ¡Avergüénzate! —entonaban las septas.

—¡Castañas! ¡Castañas asadas! —pregonaba un vendedor callejero.

—¡Salve, reina puta! —saludó solemnemente un borracho desde un balcón—. ¡Larga vida a tus regias tetas!

«Las palabras se las lleva el viento —pensó Cersei—. Las palabras no pueden hacerme daño.»

A medio camino de descenso de la colina de Visenya, la reina cayó por primera vez al resbalar con algo que probablemente fueran excrementos. La septa Unella la ayudó a ponerse en pie, con una rodilla raspada y ensangrentada. Entre las carcajadas de la multitud, un hombre se ofreció a gritos a darle un besito en la herida para curársela. Cersei miró hacia atrás. Aún divisaba la gran cúpula y las siete torres de cristal del Gran Septo de Baelor, en la cima.

«¡Qué poco he avanzado!» Y lo peor era que había perdido de vista la Fortaleza Roja.

—¿Dónde...?

—Alteza, tenéis que seguir. —El capitán de la escolta se situó a su lado. Cersei no recordaba su nombre—. La multitud se está volviendo incontrolable.

«Incontrolable, sí.»

—No tengo miedo...

—Pues deberíais.

La agarró por el brazo y tiró de ella. Cersei se tambaleó colina abajo, siempre hacia abajo, siempre hacia abajo, apretando los dientes por el dolor a cada paso, apoyada en él.

«Debería ser Jaime el que me sostuviera.» Desenvainaría su espada dorada para abrirse camino a tajos por la multitud, y le sacaría los ojos a cualquier hombre que osara mirarla.

Los adoquines irregulares estaban agrietados, eran resbaladizos y le laceraban los delicados pies. Pisó con el talón algo afilado, tal vez un guijarro o un trozo de loza, y gritó de dolor.

—¡Os pedí unas sandalias! —escupió a la septa Unella—. ¡Al menos podríais haberme dado unas sandalias!

El caballero volvió a agarrarla por el brazo como si fuera una criaducha. «¿Se ha olvidado de quién soy?» Era la reina de Poniente, y aquel hombre no tenía derecho a tratarla con tanta brusquedad.

Ya casi al pie de la colina, la ladera se hacía menos empinada y la calle se ensanchaba de nuevo. Cersei volvió a ver la Fortaleza Roja, que relucía escarlata al sol de la mañana en lo alto de la Colina Alta de Aegon.

«Tengo que seguir caminando.» Se liberó de la mano de ser Theodan.

—No hace falta que tiréis de mí. —Avanzó, coja, dejando en las piedras, a su paso, un rastro de huellas ensangrentadas.

Caminó por fango y excrementos, aterida, cojeando. La rodeaba un mar de sonidos confusos.

—¡Mi mujer tiene mejores tetas! —gritó un hombre.

Un carretero lanzó una retahíla de insultos cuando los clérigos humildes le ordenaron que se apartara del camino.

—¡Avergüénzate! ¡Avergüénzate! ¡Avergüénzate, pecadora! —entonaban las septas.

—¡Mirad esto! —gritó una puta desde el balcón de un burdel, al tiempo que se levantaba las faldas para que los hombres la vieran desde abajo—. ¡Aquí no ha entrado ni la mitad de pollas que ahí!

Las campanas sonaban, sonaban, sonaban sin cesar.

—No puede ser la reina —dijo un niño—. Está tan flácida como mi madre.

«Esta es mi penitencia —se dijo Cersei—. He cometido pecados espantosos; así los expío. Todo acabará pronto y podré olvidarlo.»

Empezó a ver algunas caras conocidas. Un calvo de patillas pobladas la miraba desde una ventana con el ceño fruncido en un gesto idéntico al de su padre, y se parecía tanto a lord Tywin que la hizo tropezar. Una niña sentada bajo una fuente, empapada por el agua que salpicaba, tenía los ojos acusadores de Melara Hetherspoon. Vio a Ned Stark y, a su lado, a la pequeña Sansa, con la cabellera castaña rojiza y un chucho gris que tal vez fuera su loba. Todos los niños que le hacían muecas se convertían en su hermano Tyrion, y todos se burlaban igual que se había burlado él cuando murió Joffrey. También Joffrey estaba allí, su hijo, su primogénito, su hermoso muchachito de rizos dorados y sonrisa dulce, con aquellos labios tan bellos que...

En aquel momento se cayó por segunda vez. Cuando la levantaron estaba tiritando.

—Por favor —dijo—. Madre, apiádate de mí. He confesado.

—Así es —replicó la septa Moelle—. Esta es vuestra penitencia.

—Ya queda poco —intervino la septa Unella—. ¿Veis? —señaló—. Solo tenéis que subir la colina.

«Solo tengo que subir la colina.» Era verdad. Estaban al pie de la Colina Alta de Aegon, y el castillo se alzaba sobre ellos.

—¡Puta! —se oyó gritar.

—¡Te follas a tu hermano!

—¡Monstruo!

—¿Queréis chupar esto, alteza? —Un hombre con delantal de carnicero se sacó la polla de los calzones y sonrió. No le importaba. Casi había llegado a casa.

Cersei empezó a subir. Allí, los gritos e insultos eran más enconados. La ruta de la expiación no pasaba por el Lecho de Pulgas, de modo que sus habitantes habían acudido a la ladera de la Colina para ver el espectáculo. Los rostros que la miraban burlones desde detrás de los escudos y las lanzas de los clérigos humildes le parecieron deformes, monstruosos, repulsivos. Por doquier había cerdos y niños desnudos; los mendigos tullidos y los rateros pululaban por la multitud como cucarachas; vio a hombres con los dientes afilados como sierras, a viejas con un bocio más grande que la cabeza, a una prostituta con una serpiente enorme alrededor del pecho y los hombros, a un hombre con la cara cubierta de pústulas que rezumaban un pus grisáceo... Todos sonreían, se humedecían los labios y aullaban al verla pasar, cojeando, con el pecho sacudido por la respiración jadeante del esfuerzo. Unos le gritaban proposiciones deshonestas; otros, insultos.

«Las palabras se las lleva el viento —pensó—. Las palabras no me pueden hacer daño. Soy la mujer más hermosa de todo Poniente. Lo dice Jaime, y Jaime no me mentiría jamás. Hasta Robert, que no me quiso nunca, decía lo mismo, me decía que era hermosa, me deseaba.»

Pero no se sentía hermosa. Se sentía vieja, usada, sucia y fea. Tenía en el vientre las estrías de los partos, y sus senos habían perdido la firmeza de la juventud. Sin un vestido que los contuviera, le colgaban contra las costillas, flácidos. «No debería haber aceptado. Era su reina, pero ahora me han visto, me han visto, me han visto. No debí permitir que me vieran. —Con el vestido y la corona, era una reina. Desnuda, ensangrentada y cojeando, solo era una mujer, no muy distinta de las esposas, las madres y las hijitas doncellas de los que la miraban—. ¿Qué he hecho?»

Notó en los ojos algo que le escocía y le nublaba la vista. No podía llorar; no debía llorar. Los insectos no la verían llorar. Se frotó los ojos. Una ráfaga de viento gélido la hizo tiritar. Y de repente allí estaba la vieja, en medio de la multitud, con las tetas caídas y la piel cetrina llena de verrugas. Se reía igual que los demás, con unos ojos legañosos y amarillentos cargados de maldad. «Reina serás, hasta que llegue otra más joven y bella para derrocarte y apoderarse de todo lo que te es querido.»

De repente no pudo seguir conteniendo las lágrimas, que le corrieron por las mejillas quemándolas como el ácido. Dejó escapar un gemido, se cubrió los pezones con un brazo, se puso la otra mano sobre el sexo y echó a correr colina arriba, adelantando a los clérigos humildes, encorvada, torpe. A los pocos pasos tropezó, se cayó y se levantó, y al poco volvió a caer. Antes de darse cuenta estaba avanzando a cuatro patas colina arriba, como un perro, mientras las buenas gentes de Desembarco del Rey le abrían paso entre risas, burlas y aplausos.

Y entonces, de improviso, la multitud se dispersó, como si se hubiera disuelto en el aire. Las puertas del castillo se alzaron ante ella, y vio a una hilera de lanceros de yelmo dorado y capa roja. Oyó el gruñido tan familiar de las órdenes de su tío, y divisó un atisbo de blanco a cada lado cuando se le acercaron ser Boros Blount y ser Meryn Trant con sus corazas blancas y sus capas níveas.

—¡Mi hijo! —gritó—. ¿Dónde está mi hijo? ¿Dónde está Tommen?

—Aquí no, desde luego. Ningún hijo tiene por qué contemplar la vergüenza de su madre. —La voz de ser Kevan era brusca y cortante—. Dadle algo para que se tape.

Jocelyn se inclinó sobre ella y cubrió su desnudez con una suave manta de lana verde. Una sombra cayó sobre ellos. La reina sintió el acero frío que se interponía entre el suelo y su cuerpo, unos brazos enfundados en armadura que la levantaron con tanta facilidad como levantaba ella a Joffrey cuando era un bebé.

«Un gigante —pensó aturdida, mientras la transportaba a grandes zancadas hacia la torre de entrada. Había oído decir que más allá del Muro, en aquellas tierras salvajes, aún quedaban gigantes—. Pero no es más que un cuento. ¿Acaso estoy soñando?»

No. Su salvador era real. Medía tres varas o más, y tenía unas piernas como árboles, un pecho digno de un caballo de tiro y unos hombros con los que bien se conformaría cualquier toro. Su armadura era de placas de acero esmaltadas de blanco, tan luminosa y brillante como las esperanzas de una doncella, y debajo llevaba una cota de malla dorada. El yelmo le ocultaba el rostro por completo, y lo remataba un penacho con siete plumas de seda, el arcoíris de la Fe. Se sujetaba la capa a los hombros con dos broches dorados en forma de estrella de siete puntas.

«La capa es blanca.»

Ser Kevan había cumplido su parte del trato. Tommen, su hijito adorado, había hecho miembro de la Guardia Real a su campeón.

No vio llegar a Qyburn, pero de pronto lo tenía al lado, trotando para seguir el paso a su campeón.

—No sabéis cuánto me alegro de que hayáis vuelto, alteza —dijo—. Tengo el honor de presentaros al miembro más reciente de la Guardia Real: ser Robert Strong.

—Ser Robert —susurró Cersei mientras cruzaban las puertas.

—Con el permiso de vuestra alteza, ser Robert ha hecho voto de silencio —le explico Qyburn—. Ha jurado que no hablará hasta que los enemigos de nuestro rey hayan muerto y el reino haya quedado libre de todo mal.

«Sí —pensó Cersei Lannister—. Sí, sí, ¡sí!»

Tyrion

Había una verdadera torre de pergaminos. Tyrion suspiró al verla.

—¿No éramos como hermanos? ¿Y este es el amor que los hermanos se profesan entre sí? ¿Dónde ha quedado la confianza? ¿Qué ha sido de la amistad, del profundo afecto, de la viril camaradería que solo pueden sentir aquellos que han luchado juntos, y juntos han derramado su sangre?

—Cada cosa a su tiempo —replicó Ben Plumm el Moreno.

—Firma antes —añadió Tintas al tiempo que afilaba una pluma.

—Pero si quieres empezar a derramar tu sangre, yo estaré encantado. —Kasporio el Astuto se llevó la mano al puño de la espada.

—Qué oferta más amable, pero no, gracias —replicó Tyrion.

El tesorero le puso delante los pergaminos y le tendió la pluma.

—Esta tinta es de la Antigua Volantis, tan duradera como la de maestre. Solo tienes que firmar las notas e ir pasándomelas. Yo me encargo de lo demás.

—¿Puedo leerlas primero? —preguntó Tyrion con una sonrisa aviesa.

—Si quieres... Pero en todas pone casi lo mismo. Excepto en las últimas, claro, pero ya llegaremos a eso.

«No me cabe duda.» La mayoría de los hombres no tenía que pagar precio alguno por unirse a una compañía, pero él no era como la mayoría de los hombres. Mojó la pluma en el tintero, se inclinó sobre el primer pergamino, se detuvo y alzó la vista.

—¿Cómo quieres que firme? ¿Como Yollo o como Hugor Colina?

—¿Qué prefieres tú? ¿Que te devuelva a los herederos de Yezzan o que te corte la cabeza directamente? —respondió Ben el Moreno con los ojos entrecerrados en un mar de arrugas.

El enano se echó a reír y firmó el pergamino con su nombre, Tyrion de la casa Lannister. Se lo pasó a Tintas, a su izquierda, y examinó la pila que quedaba.

—¿Cuántos hay? ¿Cincuenta? ¿Sesenta? Tenía entendido que hay quinientos hombres en los Segundos Hijos.

—A día de hoy, quinientos trece —respondió Tintas—. Cuando firmes en el libro seremos quinientos catorce.

—Entonces, ¿solo uno de cada diez recibe una nota? No es justo; yo creía que, en las compañías libres, todos los hombres compartían el botín por igual. —Firmó otra hoja.

—Compartimos, desde luego. —Ben el Moreno dejó escapar una risita—. Pero no por igual. En cierto modo, los Segundos Hijos somos como una familia...

—... y en ninguna familia faltan los primos tontos. —Tyrion firmó otra nota. El pergamino crujió cuando se lo pasó al tesorero—. En lo más profundo de Roca Casterly, hay unas celdas donde mi padre nos encerraba a los peores. —Mojó la pluma en el tintero. «Tyrion de la casa Lannister», garabateó bajo la promesa de pagar cien dragones de oro al portador de la nota. «Cada trazo me deja más pobre..., o me dejaría, si no estuviera ya en la ruina.» Tal vez llegara un día en que lamentase haber firmado aquellos documentos, pero en cualquier caso faltaba mucho para eso. Sopló la tinta húmeda, pasó el pergamino al tesorero y firmó el siguiente. Así una vez, y otra, y otra, y otra—. Que sepáis que esto me ofende mucho —comentó entre firma y firma—. En Poniente, la palabra de un Lannister vale tanto como el oro.

—No estamos en Poniente —replicó Tintas, encogiéndose de hombros—. A este lado del mar Angosto, las promesas las escribimos. —Cada vez que Tyrion le pasaba un pergamino, espolvoreaba la tinta con arena fina para secarla, lo sacudía y lo dejaba a un lado—. Las deudas que se escriben en el aire se olvidan con facilidad.

—No en nuestro caso. —Tyrion firmó otra nota, y otra; ya iba a buen ritmo—. Un Lannister siempre paga sus deudas.

—Sí, pero la palabra de un mercenario no vale nada —replicó Plumm con una risita.

«La tuya no, desde luego —pensó Tyrion—, gracias a los dioses.»

—Cierto, pero no seré mercenario hasta que haya firmado vuestro libro.

—Enseguida. Primero, las notas.

—Bailo tan deprisa como puedo. —Habría querido echarse a reír, pero eso lo habría delatado. Plumm se lo estaba pasando en grande, y no tenía la menor intención de estropearle la diversión.

«Mejor que siga pensando que me ha puesto de espaldas y me está dando por culo; mientras, yo seguiré comprando espadas de acero con dragones de pergamino. —Si alguna vez volvía a Poniente y podía reclamar su herencia, dispondría de todo el oro de Roca Casterly para cumplir sus promesas. Si no, seguramente estaría muerto, y sus nuevos hermanos podrían limpiarse el culo con los pergaminos. Tal vez alguno se presentara en Desembarco del Rey con la nota en la mano para pedirle a su querida hermana que pagara la deuda—. Quién fuera cucaracha para verlo desde los juncos del suelo.»

Por la mitad de la pila cambiaba el texto de los pergaminos. Las notas de cien dragones eran para los sargentos; luego aumentaban las cantidades de repente, y Tyrion empezó a prometer pagos al portador por un millar de dragones de oro. Sacudió la cabeza, se echó a reír y firmó. Firmó, firmó y firmó.

—Bueno —preguntó por pasar el rato—, ¿cuáles serán mis obligaciones en la compañía?

—Eres muy feo para ponerle el culo a Bokkoko, pero te podemos usar de carne de flecha, para ir en primera línea de combate.

—Y mejor de lo que crees —replicó Tyrion, negándose a morder el anzuelo—. Un hombre pequeño con un escudo grande vuelve locos a los arqueros. Me lo dijo alguien más listo que tú.

—Trabajarás con Tintas —replicó Ben Plumm el Moreno.

—Trabajarás para Tintas —corrigió el interesado—. Me ayudarás a llevar los libros, a contar monedas, a escribir cartas y contratos...

—Encantado. Me gustan los libros.

—¿Qué otra cosa puedes hacer? —se burló Kasporio—. Luchar, no, desde luego.

—Cuando era joven me pusieron al cargo de los desagües de Roca Casterly —comentó Tyrion como quien no quiere la cosa—. Algunos llevaban años atascados, pero los desatranqué. —Volvió a mojar la pluma; doce notas más y habría terminado—. Podría supervisar a las vivanderas del campamento, para que ningún hombre se encuentre una atascada, ¿no?

Ben el Moreno no le rio la gracia.

—Ni te acerques a las putas —le advirtió—. Casi todas tienen la sífilis, y hablan demasiado. No eres el primer esclavo fugado que se alista en la compañía, pero tampoco tenemos que proclamarlo. No te quiero a la vista de todo el mundo. Dentro de lo posible, no salgas de la tienda, y si tienes que cagar, que sea en el cubo. En las letrinas te vería todo el mundo. No se te ocurra salir del campamento sin mi permiso. Podemos darte una armadura de escudero y hacer creer que le pones el culo a Jorah, pero habrá quien no se lo crea. En cuanto tomemos Meereen y emprendamos la marcha hacia Poniente, puedes pavonearte lo que te dé la gana vestido de rojo y dorado, pero mientras...

—... me esconderé bajo una piedra y no haré el menor ruido. Te doy mi palabra. —«Tyrion de la casa Lannister», firmó una vez más con una rúbrica florida. Era el último pergamino. Quedaban tres notas que, a diferencia de las demás, eran nominales y estaban escritas en vitela fina. Diez mil dragones para Kasporio el Astuto y la misma cantidad para Tintas, cuyo verdadero nombre era, por lo visto, Tybero Istarion—. ¿Tybero? Suena a Lannister. ¿Somos primos lejanos, o qué?

—Puede. Yo también pago siempre mis deudas; es lo que se espera de un tesorero. Firma.

Firmó.

La nota de Ben el Moreno era la última, y estaba escrita en un rollo de badana.

Cien mil dragones de oro, cincuenta fanegas de tierra fértil, un castillo y el título de señor.

«Vaya, vaya, el amigo Plumm no se vende barato.» Tyrion se rascó la cicatriz y sopesó la posibilidad de fingir indignación. Cuando dan por culo a un hombre, lo normal es que chille un poco. Tal vez debería soltar unos cuantos tacos y maldiciones, protestar por el robo y negarse a firmar, para luego acceder de mala gana, rezongando. Pero estaba harto de tanta palabrería, así que hizo un gesto de dolor, firmó y entregó la nota a Ben el Moreno.

—Tienes la polla tan grande como dicen —comentó—. Me doy por jodido y bien jodido, lord Plumm.

Ben el Moreno sopló en la firma.

—No hay de qué, Gnomo. Ahora viene cuando te conviertes en uno de los nuestros. Tintas, trae el libro.

El libro, de cuero con bisagras de hierro, era tan grande como una mesa. Los nombres y fechas que había entre sus pesadas cubiertas de madera se remontaban a hacía más de un siglo.

—Los Segundos Hijos somos una de las compañías libres más antiguas —comentó Tintas mientras pasaba las páginas—. Este es el cuarto libro. Aquí figuran el nombre y otros datos de todos los que han formado nuestras filas: cuándo se alistaron, dónde lucharon, cuánto tiempo sirvieron, cómo murieron... Todo está en el libro. Verás nombres famosos, algunos de tus Siete Reinos. Aegor Ríos sirvió un año con nosotros antes de crear la Compañía Dorada. Tú lo conoces como Aceroamargo. Aerion Targaryen, el Príncipe Luminoso, también fue segundo hijo, igual que Rodrik Stark, el Lobo Errante. No, con esa tinta no. Para esto se usa otra.

Abrió otro frasco y se lo puso delante. Tyrion ladeó la cabeza.

—¿Tinta roja?

—Es una tradición de la compañía —le explicó el tesorero—. En los primeros tiempos, cada vez que se alistaba un hombre, firmaba con su sangre, pero a la larga nos dimos cuenta de que la sangre, como tinta, no vale una mierda.

—A los Lannister nos encantan las tradiciones. Déjame ese cuchillo.

Tintas levantó una ceja, se encogió de hombros, desenvainó el puñal y se lo tendió por el puño.

«Por cierto, Mediomaestre, muchas gracias, pero todavía me duele —pensó Tyrion al tiempo que se pinchaba la yema del pulgar. Se apretó la herida para que una gruesa gota cayera en el tintero, cambió el puñal por una pluma limpia y escribió: "Tyrion de la casa Lannister, señor de Roca Casterly" con letra grande, decidida, justo debajo de la firma mucho más modesta de Jorah Mormont—. Y ya está.»

—¿Qué más queréis que haga? —El enano se balanceó en el taburete—. ¿Tengo que recitar un juramento? ¿Tengo que matar a un bebé? ¿Tengo que chuparle la polla al capitán?

—Por mí, chupa lo que quieras. —Tintas dio la vuelta al libro y espolvoreó la página con arena fina—. A casi todos los demás nos basta con la firma, pero oye, no queremos coartar a nuestro nuevo hermano de armas. Bienvenido a los Segundos Hijos, lord Tyrion.

«Lord Tyrion.» La verdad era que sonaba bien. Los Segundos Hijos no tenían la deslumbrante reputación de la Compañía Dorada, pero a lo largo de los siglos habían conseguido un puñado de victorias famosas.

—¿Han servido otros señores en la compañía?

—Señores sin tierras —dijo Ben el Moreno—. Igual que tú, Gnomo.

Tyrion se bajó del taburete de un salto.

—Acabé muy descontento con mi hermano anterior, así que espero más de los nuevos. ¿Cómo hago para que me den armas y armadura?

—¿También quieres una cerda para montar? —preguntó Kasporio.

—Ah, no sabía que tu mujer estuviera en la compañía —replicó Tyrion—. Te agradezco el ofrecimiento, pero prefiero un caballo.

El jaque se puso rojo, pero Tintas soltó una sonora carcajada, y hasta Ben el Moreno dejó escapar una risita.

—Que lo lleven a los carromatos, Tintas. Que elija lo que quiera del acero de la compañía. Y que vaya también la chica; debería ponerse un yelmo, una cota de malla, algo para que la tomen por un muchacho.

—Sígueme, lord Tyrion. —Tintas le abrió la cortina de la tienda—. Le diré a Snatch que te lleve a los carromatos. Ve a buscar a tu mujer y reuníos con él en la cocina.

—No es mi mujer. ¿Por qué no te la quedas tú? Últimamente no hace más que dormir y lanzarme miradas torvas.

—Deberías pegarle más fuerte y follártela más —le aconsejó el tesorero—. Tráela o no la traigas; a mí no me importa, y a Snatch, menos.

Cuando tengas la armadura, ven a verme y te explicaré cómo llevamos los libros de cuentas.

—A tus órdenes.

Tyrion volvió a su tienda, donde Penny dormía en un rincón, acurrucada en un delgado lecho de paja y cubierta con unas mantas sucias. La tocó con la puntera de la bota y la chica dio media vuelta, lo miró entre parpadeos y bostezó.

—¿Hugor? ¿Qué pasa?

—Vaya, al parecer vuelves a tener lengua. —Aquello era mejor que el hosco silencio habitual. «Y todo por un perro y una cerda que tuvimos que abandonar. La salvé de la esclavitud; ya podría darme las gracias»—. Como sigas durmiendo, te vas a perder la guerra.

—Estoy triste. —Volvió a bostezar—. Y cansada, muy cansada.

«¿Cansada o enferma?» Se arrodilló junto a ella.

—Estás pálida. —Le tocó la frente.

«¿Aquí dentro hace calor, o tiene un poco de fiebre? —No se atrevió a formular la pregunta en voz alta. Hasta los hombres curtidos como los segundos hijos sentían pánico ante la idea de montar en la yegua clara. Si se les pasaba por la cabeza la posibilidad de que Penny estuviera enferma, la echarían sin pensárselo dos veces—. Hasta puede que nos devolvieran a los herederos de Yezzan, con notas o sin ellas.»

—He firmado en su libro, y a la antigua usanza, con sangre. Ahora soy un segundo hijo.

—¿Y yo? —Penny se incorporó y se frotó los ojos somnolientos—. ¿También puedo firmar?

—Me parece que no. Hay compañías libres que aceptan mujeres, pero... Bueno, no parece que tengan segundas hijas.

—Tengamos —corrigió Penny—. Si eres uno de ellos, debes decir *tengamos,* no *tengan.* ¿Alguien ha visto a Cerdita Bonita? Tintas dijo que preguntaría por ella. ¿Y Crujo? ¿Se sabe algo de Crujo?

«Solo si te crees lo que dice Kasporio.» El segundo al mando de Plumm, que no destacaba por su astucia, aseguraba que tres yunkios cazadores de esclavos recorrían los campamentos preguntando por un par de enanos fugados. Por lo que decía Kaspo, uno de ellos portaba una lanza con una cabeza de perro clavada en la punta. Pero con eso no iba a conseguir que Penny saliera de la cama.

—Aún no se sabe nada —mintió—. Vamos, tenemos que buscarte una armadura.

—¿Una armadura? —La chica lo miró con desconfianza—. ¿Por qué?

—Por una cosa que me dijo mi viejo maestro de armas: «No vayas desnudo a la batalla, chico». Siempre le he hecho caso. Ahora que he decidido convertirme en mercenario y vender mi espada al mejor postor, más me vale tener esa espada. —Ni aun así consiguió que se moviera. La agarró por la muñeca, la obligó a ponerse en pie y le tiró la ropa a la cara—. Vístete. Cúbrete con la capucha y agacha la cabeza. Tenemos que parecer un par de niños, por si vienen a buscarnos los cazadores de esclavos.

Cuando los enanos llegaron, Snatch estaba en la carpa que servía de cocina mascando hojamarga, con la capucha calada.

—Me han dicho que vais a luchar en nuestro bando —comentó el sargento—. Seguro que en Meereen se cagan de miedo. ¿Alguno de los dos ha matado alguna vez a alguien?

—Yo —respondió Tyrion—. Caen como moscas.

—¿Con qué los matas?

—Con un hacha, un puñal, una observación certera... Pero soy más mortífero con la ballesta.

Snatch se rascó la barbilla con la punta del garfio.

—Mala cosa, las ballestas. ¿A cuántos hombres has matado con eso?

—A nueve. —Su padre valía por nueve como mínimo. Señor de Roca Casterly, Guardián del Oeste, Escudo de Lannisport, mano del rey, esposo, hermano, padre, padre, padre...

—Nueve —bufó Snatch, y escupió un salivazo de flema rojiza. Tal vez apuntara a los pies de Tyrion, pero le dio en la rodilla. Obviamente, eso era lo que pensaba de sus nueve. Se llevó a la boca dos dedos rojos de hojamarga y silbó—. ¡Kem! ¡Ven aquí, imbécil! —Kem acudió a toda prisa—. Lleva a lord y lady Gnomo a los carromatos, y que Martillo les ponga un poco de acero de la compañía.

—Martillo debe de estar durmiendo la mona —le advirtió Kem.

—Pues méale en la cara y seguro que se despierta. —Snatch se volvió hacia Tyrion y Penny—. Aquí nunca hemos tenido ni a un puto enano, pero sí muchos chavales; eso no falta nunca. Los hijos de tal o cual puta, críos que se escapan de casa para correr aventuras, mocosos que ponen el culo, escuderos... Puede que algunas de sus mierdas valgan para los enanos. Son las mierdas que llevaban cuando murieron, pero seguro que, a un par de cabrones tan valientes como vosotros, eso os da igual. Nueve, ¿eh? —Sacudió la cabeza y se alejó a zancadas.

Las armaduras de la compañía se guardaban en seis carromatos grandes, cerca del centro del campamento. Kem los llevó hasta ellos, dando vueltas a la lanza como si fuera un bastón.

—¿Cómo ha acabado en una compañía libre un chico de Desembarco del Rey? —le preguntó Tyrion.

El muchacho lo miró de reojo con desconfianza.

—¿Quién te ha dicho que soy de Desembarco?

—Nadie. —«Cada palabra que dices apesta al Lecho de Pulgas»—. Te ha traicionado el ingenio; se dice que no hay nadie más astuto que un desembarqueño.

—¿Quién lo dice? —se sobresaltó.

—Todo el mundo —«Yo.»

—¿Desde cuándo?

—Desde siempre. —«Desde que me lo he inventado hace solo un momento»—. Mi padre no paraba de repetirlo. ¿Llegaste a conocer a lord Tywin?

—¿A la mano? Lo vi una vez, subiendo a caballo por la colina. Sus hombres llevaban capa roja y un leoncito en el yelmo. Eran unos yelmos estupendos. —Apretó los labios—. Pero nunca me gustó. Saqueó la ciudad y luego nos aplastó en el Aguasnegras.

—¿Estuviste en aquella batalla?

—Con Stannis. Lord Tywin se presentó con el fantasma de Renly y nos atacó por el flanco. Yo solté la lanza y salí corriendo, pero luego, en los barcos, va un puto caballero y me suelta: «¿Dónde está tu lanza, chico? Aquí no queremos cobardes». Y se largaron y me dejaron plantado, como a varios millares de hombres. Luego me enteré de que tu padre los mandaba al Muro, a luchar contra Stannis, de modo que crucé el mar Angosto y me alisté en los Segundos Hijos.

—¿Echas de menos Desembarco del Rey?

—Un poco. Echo de menos a un chico; éramos... amigos. Y a mi hermano Kennet, pero murió en el puente de barcos.

—Demasiados hombres buenos murieron aquel día. —A Tyrion le picaba la cicatriz de manera insoportable, y se la hurgó con una uña.

—También echo de menos la comida —añadió Kem, pensativo.

—¿La que preparaba tu madre?

—La de mi madre no se la comían ni las ratas. Pero había un tenderete de calderos donde preparaban un guiso gordo increíble, tan espeso que la cuchara se tenía en pie, con trozos de muchas cosas. ¿Probaste el guiso gordo, Mediohombre?

—Un par de veces. Yo lo llamo Guiso del Cantor.

—¿Por qué?

—Porque está tan bueno que me da ganas de cantar.

—Guiso del Cantor. —A Kem le gustó la explicación—. Cuando vuelva al Lecho de Pulgas, lo pediré. ¿Tú qué echas de menos, Mediohombre?

«A Jaime —pensó Tyrion—. A Shae. A Tysha. A mi esposa, echo de menos a mi esposa, a la esposa que casi no llegué a conocer.»

—El vino, las putas y el dinero —respondió—. Sobre todo el dinero, porque con dinero se compran vino y putas. —«También se compran espadas, y Kems que las esgrimen.»

—¿Es verdad que los orinales de Roca Casterly son de oro macizo? —le preguntó el chico.

—No te creas todo lo que oyes, y menos si es sobre la casa Lannister.

—Se dice que todos los Lannister son serpientes venenosas.

—¿Serpientes? —Tyrion se echó a reír—. ¿Oyes eso? Es mi señor padre, silbando de rabia en su tumba. Somos leones, o al menos eso decimos siempre. Pero tampoco importa, Kem. Si le pisas la cola a un león o a una serpiente, acabas igual de muerto.

Ya habían llegado a lo que hacía las veces de armería. El herrero, el famoso Martillo, era una mole de aspecto bestial con el brazo izquierdo el doble de grueso que el derecho.

—Se pasa más tiempo borracho que sobrio —comentó Kem—. Ben el Moreno se lo deja pasar, pero algún día conseguiremos un herrero de verdad.

El aprendiz de Martillo era un joven enjuto y pelirrojo llamado Clavo.

«Claro, ¿cómo si no?», pensó Tyrion.

Tal como había profetizado Kem, Martillo estaba durmiendo la borrachera cuando llegaron a la forja, pero Clavo no puso ningún reparo a que los dos enanos rebuscaran en los carromatos.

—La mayor parte es chatarra —avisó—, pero si encontráis algo que os valga, quedáoslo.

Bajo las cubiertas de madera combada y cuero tirante, los carromatos estaban cargados de viejas armas y armaduras. Tyrion miró a su alrededor y no pudo contener un suspiro de nostalgia al recordar las deslumbrantes hileras de espadas, lanzas y alabardas de la armería de los Lannister, en las entrañas de Roca Casterly.

—Tenemos para rato —comentó.

—Ahí dentro hay buen acero, si eres capaz de encontrarlo —gruñó una voz ronca—. No queda bonito, pero sirve para parar una espada.

Un caballero corpulento saltó de un carromato, cubierto de los pies a la cabeza de acero de la compañía. La canillera izquierda era distinta de la derecha y el gorjal estaba oxidado, mientras que los avambrazos eran lujosos y ornamentados, con flores nieladas. En la mano derecha llevaba un guantelete de lamas de acero, y en la izquierda, un mitón de malla oxidada. Los pezones de la coraza musculada estaban atravesados por anillas de hierro, y uno de los dos cuernos de carnero que remataban el yelmo estaba roto.

Se lo quitó para revelar el maltratado rostro de Jorah Mormont.

«Parece un mercenario de los pies a la cabeza; no es ni de lejos el hombre destrozado que sacamos de la jaula de Yezzan», pensó Tyrion. Las magulladuras del rostro casi habían desaparecido, así como la hinchazón, con lo que volvía a parecer humano, aunque no acababa de parecerse a sí mismo. La máscara de demonio que le habían marcado a fuego en la mejilla derecha para identificarlo como esclavo peligroso y díscolo no desaparecería jamás. Nunca había sido atractivo, pero aquella marca lo convertía en un ser aterrador.

—Con estar más guapo que tú ya me conformo —respondió Tyrion con una sonrisa, y se volvió hacia Penny—. Empieza con ese carromato; yo me encargo de este.

—Acabaremos antes si buscamos juntos. —Cogió un yelmo de hierro oxidado, soltó una risita y se lo puso—. ¿Parezco peligrosa?

«Pareces una titiritera con un orinal en la cabeza.»

—Necesitas un yelmo completo.—Cogió uno y se lo puso a la enana.

—Me queda grande. —La voz de Penny resonó en las paredes de acero—. Y no veo nada. —Se lo quitó y lo tiró a un lado—. ¿Qué tenía de malo el otro?

—Que te dejaba toda la cara al descubierto. —Tyrion le pellizcó la nariz—. Me gusta esa naricita y quiero que la conserves por mucho tiempo.

—¿Te gusta mi nariz? —preguntó Penny abriendo mucho los ojos.

«Ay, dioses, los Siete me protejan.» Tyrion se volvió y se puso a hurgar en los montones de piezas de armadura del fondo del carromato.

—¿Te gusta alguna otra parte de mí? —insistió Penny.

Tal vez pretendiera parecer juguetona, pero sonó patética.

—Me gustan todas tus partes —replicó él con la esperanza de zanjar el tema—, y las mías me gustan más aún.

—¿Para qué necesitamos armaduras? No somos más que titiriteros; solo hacemos como que luchamos. Fingimos.

—Tú lo haces muy bien. —Examinó una pesada cota de malla tan llena de agujeros que parecía apolillada. «Pero las polillas no comen acero»—. Fingirse muerto es una manera de sobrevivir en la batalla. Hay otra manera, y es llevar una buena armadura. —«Aunque aquí de eso hay poco.» En el Forca Verde había usado trozos dispares de armadura sacados de los carromatos de lord Lefford, con un yelmo cilíndrico que parecía un cubo. El acero de aquella compañía tenía un aspecto mucho peor. No solo era viejo y dispar, sino que también estaba mellado, agrietado y abollado.

—¿Esto es óxido o sangre seca? —Lo olisqueó, pero ni así habría sabido decirlo.

—Mira, una ballesta —señaló Penny.

Tyrion le echó un vistazo.

—No me vale, es de estribo. Tengo las piernas muy cortas. Una ballesta con cranequín me iría mejor.

Pero lo cierto era que no quería usar ballesta; se tardaba demasiado en recargarla. Aunque se apostara en una letrina y esperase a que un enemigo fuera a cagar, lo más probable era que solo consiguiera disparar una vez.

Cogió una maza, pero volvió a dejarla porque pesaba demasiado. Dejó de lado un martillo de guerra demasiado largo, una clava con púas, también muy pesada, y una docena de espadas largas, antes de dar con una daga que le gustó, un buen trozo de acero de hoja triangular.

—Esta está bien —dijo. Tenía un poco de óxido, pero eso la hacía más peligrosa. Dio con una vaina de madera y cuero, y la metió dentro.

—¿Una espada pequeña para un hombre pequeño? —bromeó Penny.

—Es una daga, y la hicieron para un hombre grande. —Tyrion le señaló una vieja espada larga—. Eso es una espada. Prueba a levantarla.

Penny la tomó, la blandió y frunció el ceño.

—Pesa demasiado.

—El acero pesa más que la madera, pero si le cortas el cuello a alguien con eso, no resultará que su cabeza era un melón. —Le cogió la espada y la examinó detenidamente—. Acero barato. Y mellado. Mira, aquí, ¿ves? Retiro lo dicho, para cortar cabezas hace falta una hoja mejor.

—Es que no quiero cortar cabezas.

—Ni tienes por qué. Lanza tajos por debajo de la rodilla: a la pantorrilla, a la corva, al tobillo... Cuando se les cortan los pies, hasta los gigantes caen, y cuando están en el suelo dejan de ser más altos que tú.

Penny parecía a punto de echarse a llorar.

—Anoche soñé que mi hermano seguía vivo. Estábamos justando ante un gran señor, con Crujo y Cerdita Bonita, y todos nos tiraban rosas. Éramos tan felices que...

Tyrion la abofeteó.

Fue un cachetito, un simple movimiento de muñeca, sin fuerza, y ni siquiera dejó marca, pero a la chica se le anegaron los ojos.

—Si quieres soñar, vuelve a dormirte —le dijo—. Pero cuando te despiertes seguiremos siendo esclavos fugados en mitad de un asedio. Crujo está muerto, y seguro que la cerda también. Ahora, empieza a buscar trozos de armadura y póntelos, y si te queda mal, me da lo mismo. Se ha acabado la función. Ahora tienes que luchar, esconderte o cagarte encima, lo que prefieras, pero con una armadura puesta.

Penny se rozó la mejilla, donde la había abofeteado.

—No tendríamos que haber escapado. No somos mercenarios, no sabemos luchar. Con Yezzan no estábamos tan mal. Nada de eso. Aya era cruel a veces, pero Yezzan no. Éramos sus favoritos, sus..., sus...

—Sus esclavos. La palabra que buscas es *esclavos*.

—Vale, esclavos. —La enana se sonrojó—. Pero éramos sus esclavos especiales, igual que Golosinas. Éramos sus tesoros.

«Sus juguetes —pensó Tyrion—, y nos quería tanto que nos mandó a la arena para que nos devoraran los leones.»

Pero a Penny no le faltaba razón. Los esclavos de Yezzan comían mejor que muchos campesinos de los Siete Reinos, y serían menos propensos a morir de hambre en invierno. Los esclavos eran propiedades, sí. Se los podía comprar, vender, azotar y marcar; sus dueños podían utilizarlos para su placer y cruzarlos para conseguir más esclavos. En ese sentido eran como perros o caballos. Pero casi todos los señores trataban bien a sus perros y a sus caballos. Un hombre orgulloso podía gritar que prefería morir libre antes que vivir como esclavo, pero el orgullo era barato; a la hora de la verdad, los hombres capaces de mantener su palabra escaseaban más que los dientes de dragón. De lo contrario, el mundo no estaría lleno de esclavos.

«Nunca ha habido un esclavo que no eligiera serlo —reflexionó el enano—. Puede que tengan que elegir entre las cadenas y la muerte, pero el caso es que tienen elección.»

Tyrion Lannister no se consideraba ninguna excepción. La lengua demasiado suelta le granjeó unos cuantos latigazos al principio, pero no había tardado en aprender a complacer a Aya y al noble Yezzan. Jorah Mormont se había resistido más tiempo, había opuesto más resistencia, pero había acabado igual que él.

«En cuanto a Penny... —Penny había estado buscando un nuevo amo desde el día en que murió su hermano Céntimo—. Quiere alguien que cuide de ella, que le diga qué hacer.» Pero habría sido demasiado cruel decírselo así.

—Los esclavos especiales de Yezzan no escaparon de la yegua clara —le explicó—. Todos han muerto. Golosinas fue el primero. —Según le había dicho Ben Plumm el Moreno, su gigantesco amo había muerto el mismo día en que se fugaron. Ni él ni Kasporio ni ningún mercenario sabía qué había sido del resto de los esclavos de la colección de Yezzan, pero si Penny necesitaba mentiras para despertar, mentiras le daría—. Si quieres volver a ser esclava, te buscaré un buen amo en cuanto acabe la guerra, y te venderé por una buena cantidad de oro, suficiente para volver a casa —le prometió—. Seguro que algún yunkio amable te regala otra argolla dorada con campanitas que suenen a cada paso. Pero antes tendrás que sobrevivir a lo que se avecina. Nadie compra cómicas muertas.

—Ni enanos muertos —intervino Jorah Mormont—. Lo más probable es que, de aquí a que termine esto, todos seamos pasto de los gusanos. Los yunkios ya han perdido esta guerra, aunque puede que aún tarden cierto tiempo en enterarse. Meereen tiene un ejército de inmaculados, la mejor infantería del mundo. Y Meereen tiene dragones, tres, o los tendrá en cuanto vuelva la reina. Y volverá, tiene que volver. En nuestro bando hay tres docenas de señores menores yunkios, cada uno con su ejército de hombres mono mal entrenados: esclavos con zancos, esclavos encadenados... Puede que también tengan legiones de ciegos o de niños paralíticos, no lo descarto.

—Ya lo sé. Ya lo sé —replicó Tyrion—. Los Segundos Hijos están en el bando perdedor. Tienen que volver a cambiar de capa, y de inmediato. —Sonrió—. Yo me encargo de eso.

El derrocador de reyes

Los conspiradores, una figura pálida y otra oscura, se reunieron en el silencio de la armería del segundo nivel de la Gran Pirámide, entre hileras de lanzas, haces de flechas y paredes llenas de trofeos de batallas olvidadas.

—Esta noche —informó Skahaz mo Kandaq. Bajo la capucha de su capa de retales asomaba un rostro broncíneo de murciélago chupasangre—. Mis hombres estarán en sus puestos. La contraseña es *Groleo*.

«Sí, es lo apropiado.»

—Groleo. Sí, lo que le hicieron... ¿Estabais presente en la audiencia?

—Un guardia más entre cuarenta; todos deseando que aquel tabardo vacío sentado en el trono diese la orden, para poder despedazar a Barbasangre y a los demás. ¿Os parece que los yunkios habrían osado entregarle a Daenerys la cabeza de un rehén?

«No», pensó Selmy.

—Hizdahr parecía consternado.

—Pura comedia. Le devolvieron ilesos a sus parientes de Loraq, ya lo visteis. Los yunkios representaron una farsa, y el noble Hizdahr era el titiritero mayor. Yurkhaz zo Yunzak no fue nunca el problema; los demás esclavistas también habrían pisoteado con gusto al viejo idiota. Solo se trataba de darle un pretexto a Hizdahr para que matara a los dragones.

—¿Se atrevería?

—Se atrevió a matar a su reina. ¿Por qué no a sus animales de compañía? Si no intervenimos, Hizdahr fingirá dudar durante un tiempo para demostrar su renuencia y dar a los sabios amos la oportunidad de librarlo del cuervo de tormenta y el jinete de sangre; entonces actuará. Antes de que llegue la flota de Volantis, los dragones tienen que estar muertos.

«No es de extrañar.» Todo encajaba, pero a Barristan Selmy seguía sin gustarle aquello.

—No lo conseguirán. —Su reina era la Madre de Dragones; no permitiría que sus hijos sufriesen ningún daño—. A la hora del lobo. En lo más oscuro de la noche, cuando todo el mundo duerme. —Había oído por primera vez aquellas palabras a Tywin Lannister, ante la muralla del Valle Oscuro.

«Me dio un día para ir a buscar a Aerys. Me dijo que, si al alba del día siguiente no había regresado con el rey, tomaría la ciudad a fuego y acero. Era la hora del lobo cuando entré, y la hora del lobo cuando salimos.»

—Gusano Gris y los Inmaculados cerrarán y atrancarán las puertas cuando despunte el día.

—Lo mejor sería atacar con la primera luz —señaló Skahaz—. Salir en estampida, atravesar las líneas de asedio y aplastar a los yunkios cuando aún intenten despertarse.

—No. —Ya lo habían discutido—. Existe un armisticio, firmado y sellado por su alteza la reina. No seremos nosotros quienes lo rompamos. Cuando tengamos a Hizdahr, formaremos un consejo que gobierne en su lugar y exigiremos que los yunkios devuelvan a los rehenes y retiren los ejércitos. Si se niegan, y solo si se niegan, los informaremos de que se ha roto el tratado y les presentaremos batalla. Vuestro plan es deshonroso.

—Y el vuestro es estúpido —replicó el Cabeza Afeitada—. El momento es propicio; nuestros libertos están listos y hambrientos.

Era cierto, y Selmy lo sabía. Tanto Symon Espalda Lacerada, de los Hermanos Libres, como Mollono Yos Dob, de los Escudos Fornidos, estaban deseando entrar en combate, resueltos a demostrar su valía y lavar con una marea de sangre yunkia todas las afrentas que habían sufrido. Solo Marselen, de los Hombres de la Madre, compartía las dudas de ser Barristan.

—Ya lo hemos hablado, y accedisteis a hacerlo a mi manera.

—Eso fue antes de que trajesen la cabeza de Groleo —refunfuñó Skahaz—. Los esclavistas carecen de honor.

—Nosotros no —contestó ser Barristan.

—Como queráis —accedió el Cabeza Afeitada después de murmurar algo en ghiscario—. Pero me parece a mí que nos arrepentiremos de vuestro honor trasnochado antes de que acabe la partida. ¿Qué pasa con los guardias de Hizdahr?

—Su alteza aposta a dos hombres para que velen su sueño; uno en la puerta de su dormitorio y el otro dentro, en una alcoba contigua. Esta noche les toca a Khrazz y Piel de Acero.

—Khrazz —rezongó el Cabeza Afeitada—. Eso no me gusta.

—No es necesario derramar sangre —aseguró ser Barristan—. Mi intención es hablar con Hizdahr; si comprende que no deseamos matarlo, tal vez ordene a sus guardias que se rindan.

—¿Y si no? Hizdahr no debe escapar.

—No escapará. —Selmy no temía a Khrazz, y mucho menos a Piel de Acero; no eran más que luchadores de las arenas de combate. Como guardianes, los antiguos esclavos de la temible colección de los reñideros de

Hizdahr resultaban mediocres en el mejor de los casos. Eran veloces, fuertes y fieros, y poseían cierta habilidad con las armas, pero los juegos sangrientos no los preparaban para defender a un rey. En los reñideros, sus adversarios entraban anunciados por cuernos y trompetas y, tras la batalla, los vencedores podían vendarse las heridas y tomar la leche de amapola para aliviar el dolor; sabían que la amenaza ya había pasado, y que eran libres para beber y hartarse de banquetes y putas hasta el siguiente combate. Sin embargo, para un caballero de la Guardia Real, la batalla no conocía fin; las amenazas llegaban de todas partes y de ninguna, en cualquier momento del día o de la noche, y no había trompetas que anunciasen al enemigo: vasallos, criados, amigos, hermanos, hijos y hasta esposas podían ocultar un cuchillo bajo la capa y el asesinato en el corazón. Por cada hora de lucha, un caballero de la Guardia Real pasaba otras diez mil vigilando, a la espera, oculto y silencioso entre las sombras. Los combatientes del rey Hizdahr empezaban a aburrirse e impacientarse con sus nuevas obligaciones, y los hombres aburridos eran descuidados, de reacciones lentas.

—Yo me ocuparé de Khrazz —aseguró ser Barristan—. Procurad tan solo que no tenga que enfrentarme además a ninguna bestia de bronce.

—No temáis. Marghaz estará cargado de cadenas antes de que pueda causar problemas. Las Bestias de Bronce son mías, ya os lo dije.

—¿De verdad tenéis hombres entre los yunkios?

—Espías y soplones. Reznak tiene más.

«Reznak no es de fiar. Su olor es demasiado agradable, y su presencia, demasiado repugnante.»

—Alguien tiene que liberar a los rehenes. Si no conseguimos recuperarlos, los yunkios los usarán contra nosotros.

—Qué fácil es hablar de rescates. —Skahaz resopló por la nariz de la máscara—. Lo difícil es llevarlos a cabo. Si los esclavistas quieren amenazar, que amenacen.

—¿Y si no se limitan a eso?

—¿Tanto los echaríais de menos, viejo? Son un esclavo, un salvaje y un mercenario.

«Héroe, Jhogo y Daario.»

—Jhogo es jinete de sangre de la reina, sangre de su sangre; atravesaron juntos el desierto rojo. Héroe es el segundo al mando después de Gusano Gris. Y Daario... «Ella ama a Daario.» —Lo había visto en sus ojos cuando lo miraba; lo había oído en su voz cuando hablaba de él—. Daario es vanidoso e imprudente, pero su alteza lo aprecia. Debemos rescatarlo antes de que sus Cuervos de Tormenta decidan encargarse. No es imposible; cierta vez rescaté al padre de la reina, sano y salvo, del Valle Oscuro, donde estaba cautivo de un señor rebelde, pero...

—No podéis pasar desapercibido entre los yunkios. A estas alturas, todos conocen vuestro rostro.

«Podría ocultarlo, igual que tú», pensó Selmy, aunque sabía que el Cabeza Afeitada tenía razón. Hacía una eternidad de lo del Valle Oscuro; ya estaba mayor para semejantes heroicidades.

—Entonces debemos hallar otra manera; otro rescatador; alguien que no les resulte conocido, que pase inadvertido en el campamento yunkio...

—Daario os llama «ser Abuelo» —le recordó Skahaz—. Mejor no digo cómo me llama a mí. Si vos y yo fuésemos los rehenes, ¿arriesgaría el pellejo por nosotros?

«No lo creo.»

—Tal vez.

—Tal vez nos mease encima si estuviéramos quemándonos, pero no esperéis más ayuda de él. Que los Cuervos de Tormenta nombren otro capitán que sepa cuál es su lugar. Si la reina no regresa, habrá un mercenario menos en el mundo. ¿Quién lo lamentará?

—¿Y cuando regrese?

—Llorará, se mesará los cabellos y maldecirá a los yunkios, no a nosotros. No tendremos las manos manchadas de sangre. Podréis consolarla contándole alguna anécdota de tiempos pasados, de esas que le gustan. Pobre Daario, su valiente capitán. Nunca lo olvidará, no... Sin embargo, si muere, mejor para todos, ¿verdad? Incluso para Daenerys.

«Mejor para Daenerys y para Poniente. —La que amaba al capitán era la muchacha que llevaba dentro Daenerys Targaryen, no la reina. El príncipe Rhaegar amó a lady Lyanna y miles de personas murieron por ello; Daemon Fuegoscuro amó a la primera Daenerys y se alzó en rebelión cuando se la negaron; Aceroamargo y Cuervo de Sangre amaron a Shiera Estrelladémar, y los Siete Reinos sangraron; el Príncipe de las Libélulas amaba tanto a Jenny de Piedrasviejas que renunció a la corona, y Poniente pagó la dote de la novia en cadáveres. Los tres hijos del quinto Aegon se habían casado por amor, contraviniendo los deseos de su padre, y puesto que el extravagante monarca también había seguido el dictado de su corazón para elegir reina, les permitió dar rienda suelta a sus caprichos, y los que podrían haber sido amigos leales se convirtieron en enemigos acérrimos. Siguieron traiciones y tumultos, igual que la noche sigue al día, y todo culminó en Refugio Estival con hechicería, fuego y dolor—. Su amor por Daario es veneno; un veneno más lento que el de las langostas, pero al cabo, igual de mortífero.»

—También están Jhogo y Héroe —repuso ser Barristan—, ambos muy valiosos para su alteza.

—Nosotros también tenemos rehenes —le recordó Skahaz el Cabeza Afeitada—. Si los esclavistas matan a uno de los nuestros, mataremos a uno de los suyos.

De entrada, ser Barristan no entendió a quién se refería, hasta que lo comprendió de repente.

—¿Los coperos de la reina?

—Los rehenes —corrigió Skahaz mo Kandaq—. Grazhar y Qezza son de la sangre de la gracia verde. Mezzara es una Merreq; Kezmya, una Pahl; Azzak, una Ghazeen. Bhakaz es un Loraq, pariente del mismísimo Hizdahr. Todos son hijos de las pirámides, retoños de los grandes amos: Zhak, Quazzar, Uhlez, Hazkar, Dhazak, Yherizan.

—Chicas inocentes y muchachos de mirada cándida. —Ser Barristan había llegado a conocerlos a todos desde que entraran al servicio de la reina: Grazhar, con sus sueños de gloria; la tímida Mezzara; el perezoso Miklaz; la bonita y presumida Kezmya; Qezza, con sus ojos tiernos y su voz de ángel; Dhazzar, que gustaba de bailar, y los demás—. Son niños.

—Son hijos de la Arpía; la sangre se paga con sangre.

—Lo mismo dijo el yunkio que trajo la cabeza de Groleo.

—Tenía razón.

—No lo permitiré.

—¿De qué sirven los rehenes si son intocables?

—Quizá podamos ofrecer a tres niños a cambio de Daario, Héroe y Jhogo —concedió ser Barristan—. Su alteza...

—No está. A vos y a mí nos corresponde hacer lo necesario. Sabéis que tengo razón.

—El príncipe Rhaegar tenía dos hijos —señaló ser Barristan—. Rhaenys era una niña, y Aegon, un bebé. Cuando Tywin Lannister tomó Desembarco del Rey, sus hombres los mataron a los dos; presentó los cadáveres ensangrentados, envueltos en capas carmesí, como regalo para el nuevo rey.

«¿Y qué dijo Robert al verlos? ¿Acaso sonrió? —Barristan Selmy había sufrido graves heridas en el Tridente, de modo que no tuvo que presenciar el regalo de lord Tywin, pero a veces se lo preguntaba—. Si lo hubiera visto sonreír ante los cadáveres de los hijos de Rhaegar, ningún ejército me habría impedido que lo matara.»

—No estoy dispuesto a consentir el infanticidio. Aceptadlo, o no contéis conmigo.

—Sois un viejo testarudo —dijo Skahaz con una risita—. Esos muchachos de mirada cándida crecerán y se convertirán en hijos de la Arpía; matadlos ahora, o tendréis que matarlos entonces.

—A los hombres se los mata por el mal que han consumado, no por el que tal vez perpetren algún día.

—Pues que así sea —gruñó el Cabeza Afeitada mientras inspeccionaba un hacha que había descolgado de la pared—. Ni Hizdahr ni los rehenes sufrirán daño alguno. ¿Satisfecho, ser Abuelo?

«Nada de esto me satisface.»

—Tendrá que bastarme. Recordad: a la hora del lobo.

—No lo olvidaré. —Aunque la boca de bronce del murciélago permanecía inmóvil, ser Barristan intuía la sonrisa tras la máscara—. Kandaq lleva largo tiempo esperando esta noche.

«Eso es lo que me da miedo. —Si el rey Hizdahr era inocente, estarían cometiendo traición. Aunque ¿cómo podía ser inocente? Selmy lo había oído instar a Daenerys a probar las langostas envenenadas y gritar a sus hombres que matasen al dragón—. Si no intervenimos, Hizdahr matará a los dragones y abrirá las puertas a los enemigos de la reina. No tenemos elección.» Pero, por muchas vueltas que le diese, el anciano caballero no veía honor en lo que hacían.

El resto del día transcurrió a paso de tortuga.

Ser Barristan sabía que el rey Hizdahr se había reunido con Reznak mo Reznak, Marghaz zo Loraq, Galazza Galare y el resto de los consejeros meereenos para decidir la mejor respuesta a las exigencias de Yunkai..., pero él ya no formaba parte del Consejo ni tenía rey al que guardar.

Dedicó la mayor parte de la mañana a recorrer la pirámide de arriba abajo para cerciorarse de que todos los centinelas estaban en sus puestos; la tarde la pasó con los huérfanos; incluso blandió personalmente la espada y el escudo para que los chicos mayores tuvieran un rival de nivel. Algunos se habían entrenado para combatir en los reñideros, hasta que Daenerys Targaryen conquistó Meereen y los liberó de las cadenas; ya estaban bien acostumbrados a la espada, la lanza y el hacha antes de que ser Barristan se hiciese cargo de ellos. Unos cuantos bien podían estar preparados. «El primero, el chico de las islas del Basilisco. Tumco Lho. —Negro como tinta de maestre, rápido y fuerte, poseedor de un don innato para la espada; el mejor que había visto desde Jaime Lannister—. Larraq también. El Azote. —Pese a que ser Barristan no aprobaba su estilo de lucha, tenía una habilidad indudable. Larraq debería trabajar durante años hasta llegar a dominar las armas caballerescas: la espada, la lanza y la maza; pero no había quien le plantase cara con el látigo y el tridente. El anciano caballero le había advertido de que el látigo le resultaría inútil contra un adversario con armadura... hasta que lo vio emplearlo: Larraq lo enroscaba en torno a las piernas de sus contrincantes y los derribaba de un tirón—. Aún no es muy caballeresco, pero sí es un luchador fiero.»

Larraq y Tumco eran los mejores. Después iba el lhazareeno al que los chicos llamaban Cordero Rojo, aunque por el momento solo contaba con fiereza; le faltaba técnica. Quizá también los hermanos, tres ghiscarios de baja cuna a los que su padre había esclavizado para pagar sus deudas. Con ellos ya eran seis.

«Seis de veintisiete. —Aunque Selmy habría preferido tener más, no era mal comienzo. Casi todos los demás eran menores y estaban más familiarizados con los telares, los arados y los orinales que con la espada y el escudo, pero trabajaban con ahínco y aprendían deprisa. Unos pocos años como escuderos, y tal vez contase con otros seis caballeros que ofrecer a su reina. En cuanto a los que nunca llegarían a un nivel aceptable... Bueno, no todos los muchachos estaban destinados a ser caballeros—. El reino también necesita cereros, posaderos y armeros.» Aquello se aplicaba tanto a Meereen como a Poniente.

Mientras observaba la instrucción, ser Barristan sopesó la posibilidad de armar caballeros a Tumco y a Larraq en aquel preciso momento, y quizá también a Cordero Rojo. Solo un caballero podía investir a otro, y si se torcían los planes de aquella noche, podía amanecer muerto o encerrado en una mazmorra, y ¿quién armaría a sus escuderos? Por otro lado, la reputación de un caballero joven derivaba, al menos en parte, del honor del hombre que le hubiese conferido ese título. Los chicos no ganarían nada si obtenían las espuelas de un traidor, y hasta era posible que acabasen haciéndole compañía en la celda.

«Merecen algo mejor —decidió ser Barristan—. Más vale una vida larga como escudero que una vida corta como caballero mancillado.»

Cuando la tarde daba ya paso a la noche, les pidió que depusieran los escudos y las espadas y se acercasen, y les habló de lo que significaba ser caballero.

—Es el código de caballería, no la espada, lo que hace a un caballero —explicó—. Sin honor, en nada se distingue de un vulgar asesino. Más vale morir con honor que vivir sin él. —Le pareció que los chicos lo miraban con extrañeza, pero algún día lo entenderían.

Más tarde, en la cúspide de la pirámide, ser Barristan encontró a Missandei entre pilas de libros y pergaminos, entregada a la lectura.

—Quédate aquí esta noche, niña. Pase lo que pase, no importa lo que veas u oigas, no abandones los aposentos de la reina.

—Una os oye —repuso la muchacha—. Si pudiera preguntar...

—Mejor que no. —Ser Barristan se dirigió, a solas, a la terraza ajardinada.

«No estoy hecho para esto —reflexionó al contemplar la ciudad que se extendía a sus pies. Una por una, las pirámides despertaban; antorchas y faroles cobraban vida y parpadeaban al tiempo que las sombras se congregaban abajo, en las calles—. Conspiraciones, ardides, susurros y mentiras; un secreto dentro de otro, y de algún modo he pasado a formar parte de eso. —A esas alturas ya debería haberse acostumbrado. La Fortaleza Roja también tenía sus secretos—. Incluso Rhaegar. —El príncipe de Rocadragón nunca había confiado en él del mismo modo que en Arthur Dayne, como quedó demostrado en Harrenhal—. El año de la falsa primavera.»

El recuerdo seguía evocándole un regusto amargo. El viejo lord Whent había anunciado el torneo poco después de una visita de su hermano ser Oswell Whent, de la Guardia Real. Con Varys susurrándole al oído, el rey Aerys se convenció de que su hijo conspiraba para destronarlo y el torneo de Harrenhal no era sino una estratagema, un pretexto para que Rhaegar pudiese reunirse con todos los grandes señores que acudieran. Aerys, que no había puesto un pie fuera de la Fortaleza Roja desde los sucesos del Valle Oscuro, anunció inesperadamente que acompañaría al príncipe Rhaegar a Harrenhal. A partir de entonces, todo marchó mal.

«Si hubiera sido mejor caballero... Si hubiese desmontado al príncipe en la última lid, igual que desmonté a tantos otros, me habría correspondido a mí nombrar a la reina del amor y la belleza...»

Rhaegar había elegido a Lyanna Stark de Invernalia. Barristan Selmy habría hecho una elección diferente. No la reina, que no se hallaba presente, ni Elia de Dorne, aunque era buena y amable, y aunque habría evitado mucha guerra y congoja. Habría elegido a una joven doncella recién llegada a la corte hacía poco, una dama de compañía de Elia... Comparada con Ashara Dayne, la princesa dorniense parecía una criada de las cocinas.

Incluso después de tantos años, ser Barristan seguía recordando la sonrisa de Ashara, el sonido de su risa. Solo tenía que cerrar los ojos para verla: el largo pelo moreno que le caía por los hombros, aquellos ojos violeta tan cautivadores... Daenerys tenía los mismos ojos. A veces, cuando la reina lo miraba, sentía que estaba ante la hija de Ashara...

Sin embargo, la hija de Ashara nació muerta, y su hermosa dama se arrojó desde una torre poco después, loca de dolor por la hija que había perdido y, tal vez, también por el hombre que la había deshonrado en Harrenhal. Murió sin saber que ser Barristan la amaba.

«¿Cómo iba a saberlo? —Era un caballero de la Guardia Real que había hecho voto de celibato; hablarle de sus sentimientos no habría traído nada bueno—. Tampoco el silencio tuvo mejores consecuencias. Si hubiese desmontado a Rhaegar y coronado a Ashara reina del amor y la belleza, ¿se habría fijado en mí y no en Stark?» Nunca lo sabría, pero de todos sus fracasos, ninguno lo obsesionaba tanto como aquel.

El cielo estaba encapotado, y el aire, cargado, bochornoso y opresivo, pero transportaba algo que le daba escalofríos.

«Lluvia —pensó—. Se acerca una tormenta. Si no esta noche, mañana. —Ser Barristan se preguntó si viviría para verla—. Si Hizdahr tiene su propia Araña, ya puedo darme por muerto.» Si llegaba el caso, tenía intención de morir como había vivido, con la espada larga en la mano.

Cuando las últimas luces desaparecieron por occidente, más allá de las velas de los barcos que navegaban por la bahía de los Esclavos, ser Barristan regresó al interior, llamó a unos criados y les pidió que le calentasen agua para el baño. El entrenamiento con los escuderos en plena tarde lo había dejado sucio y sudoroso.

Cuando llegó el agua, solo estaba templada, pero Selmy se demoró en el baño hasta después de que se hubiera enfriado, restregándose la piel hasta quedarse en carne viva. Tan limpio como podía estar, se incorporó, se secó y se vistió con sus prendas blancas: medias, ropa interior, túnica de seda y jubón acolchado, todo recién lavado y blanqueado. Se puso encima la indumentaria de caballero que le había regalado la reina como muestra de aprecio. La cota era de malla dorada, delicadamente labrada, con anillas tan finas y flexibles como el cuero de calidad; la armadura esmaltada, dura como el hielo y resplandeciente como la nieve recién caída. Se colgó el puñal a un lado y la espada larga al otro, en un cinto de cuero blanco con hebilla de oro. Por último se ciñó la larga capa blanca en torno a los hombros. El yelmo lo dejó en el gancho; la estrecha rendija de los ojos le limitaba el campo de visión, y necesitaba ver lo que se avecinaba. De noche, los pasillos de la pirámide estaban a oscuras, y los enemigos podían llegar de cualquier lado. Además, pese a que las ornamentadas alas de dragón que lo adornaban ofrecían un espléndido aspecto, brindaban un blanco fácil para espadas y hachas; las reservaría para el torneo siguiente, si los Siete tenían a bien concedérselo.

Armado y protegido, el anciano caballero esperó sentado en la penumbra de su pequeña cámara, contigua a los aposentos de la reina. En la oscuridad, ante su rostro desfilaron los semblantes de todos los reyes a los que había servido y fallado, y los de todos los hermanos que habían servido a su lado en la Guardia Real. Se preguntó cuántos habrían hecho lo que él se disponía a acometer.

«Algunos, sin duda; pero no todos. Muchos no habrían dudado en ajusticiar al Cabeza Afeitada por traidor. —Se puso a llover. Ser Barristan permaneció sentado en la sombra, escuchando—. Suena como las lágrimas. Suena como si llorasen los reyes muertos.»

Había llegado la hora.

La Gran Pirámide de Meereen se había construido a imagen de la Gran Pirámide de Ghis, cuyas ruinas colosales había visitado Lomas Pasolargo. Al igual que su vetusta predecesora, cuyas salas de mármol rojo se habían convertido en guarida de arañas y murciélagos, la pirámide de Meereen tenía treinta y tres niveles, un número consagrado por algún motivo a los dioses de Ghis. Ser Barristan emprendió el largo descenso en solitario, con la capa blanca ondeando tras él. No usó la grandiosa escalinata de mármol veteado, sino la escalera de servicio estrecha, empinada y recta que ocultaban en su interior los gruesos muros de ladrillo.

Doce niveles más abajo lo esperaba el Cabeza Afeitada, con las toscas facciones todavía ocultas tras la máscara de murciélago chupasangre que llevaba por la mañana. Lo acompañaban seis bestias de bronce, todos con máscaras de insecto idénticas.

«Langostas», observó Selmy.

—Groleo —dijo.

—Groleo —respondió una langosta.

—Tengo más langostas, si hacen falta —ofreció Skahaz.

—Con seis bastará. ¿Qué pasa con los hombres de las puertas?

—Son de los míos; no os darán ningún problema.

—No derraméis sangre a menos que sea necesario. —Ser Barristan aferró el brazo del Cabeza Afeitada—. Mañana convocaremos un consejo y explicaremos a la ciudad qué hemos hecho y por qué.

—Como digáis. Que la suerte os acompañe, viejo.

Se fueron por caminos separados. Las bestias de bronce siguieron a ser Barristan escaleras abajo.

Los aposentos del rey estaban enterrados en el mismísimo corazón de la pirámide, en los niveles decimosexto y decimoséptimo. Cuando Selmy llegó a su altura, encontró las puertas cerradas con cadenas, y a dos bestias de bronce de guardia. Bajo las capuchas de retales, una era una rata, y la otra, un toro.

—Groleo —dijo ser Barristan.

—Groleo —respondió el toro—. La tercera sala por la derecha. —La rata soltó la cadena, y ser Barristan y su escolta cruzaron la puerta, que daba a un estrecho pasillo de servicio de ladrillos rojos y negros, iluminado con antorchas. Sus pasos despertaron ecos mientras atravesaban dos salas y llegaban a la tercera, a la derecha.

Frente a las puertas de madera noble tallada que daban a las estancias del rey aguardaba Piel de Acero, un luchador joven de los reñideros que aún no había alcanzado la categoría superior. Tenía la frente y las mejillas surcadas de intrincados tatuajes en verde y negro, antiguos símbolos de hechicería valyria que supuestamente conferirían a su carne y a su piel la dureza del metal. Marcas similares le cubrían el pecho y los brazos, aunque estaba por ver si detendrían una espada o un hacha. Incluso sin los tatuajes, Piel de Acero habría tenido un aspecto imponente: un joven esbelto y nervudo que le sacaba casi un palmo a ser Barristan.

—¿Quién vive? —dijo, y blandió el hacha larga a los lados para impedirles el paso. Cuando vio a ser Barristan seguido por las langostas de bronce, la bajó—. El viejo.

—Necesito hablar con el rey, con su venia.

—¿A esta hora tan tardía?

—Es tarde, pero apremia la necesidad.

—Le preguntaré. —Piel de Acero llamó a la puerta del dormitorio real con el asta del hacha. Se abrió una mirilla y apareció un ojo infantil; una voz de niño habló desde el otro lado, y Piel de Acero respondió; ser Barristan oyó el sonido que hacían al retirar una barra pesada, y se abrió la puerta.

—Solo vos —ordenó Piel de Acero—. Las bestias aguardarán aquí.

—Como digáis. —Ser Barristan hizo un gesto de asentimiento y una langosta se lo devolvió. Selmy cruzó la puerta, solo.

Oscuras y sin ventanas, rodeadas por todos lados de muros de ladrillo de tres varas de grosor, las estancias donde se había instalado el rey eran amplias y lujosas. Los altos techos descansaban sobre grandes vigas de roble negro, y el suelo estaba cubierto de alfombras de seda de Qarth. En las paredes, antiguos tapices muy descoloridos, de valor incalculable, mostraban la gloria del Antiguo Imperio de Ghis. El más grande representaba a los últimos supervivientes de un ejército valyrio derrotado, sometidos al yugo y encadenados. Dos amantes tallados en sándalo, pulidos y aceitados, custodiaban el arco que conducía a la alcoba real. A ser

Barristan le parecieron de mal gusto, aunque sin duda pretendían resultar excitantes.

«Cuanto antes salgamos de este lugar, mejor.»

La única luz provenía de un brasero de hierro. Junto a él aguardaban Draqaz y Qezza, dos coperos de la reina.

—Miklaz ha ido a despertar al rey —anunció Qezza—. ¿Queréis que os traigamos vino?

—No, gracias.

—Podéis sentaros —ofreció Draqaz al tiempo que señalaba un banco.

—Prefiero quedarme de pie. —Oía voces a través del arco que daba al dormitorio; una era la del rey.

Pasó un buen rato antes de que el rey Hizdahr zo Loraq, decimocuarto de su noble nombre, apareciese bostezando y anudándose el fajín que cerraba la túnica de satén verde, lujosamente adornada con perlas e hilo de plata. No llevaba nada debajo; buena señal: los hombres desnudos se sentían indefensos y menos inclinados a actos de heroísmo suicida.

Ser Barristan vislumbró a una mujer que los observaba a través del arco, detrás de una cortina de gasa. También estaba desnuda; los pliegues de seda no llegaban a ocultarle los pechos y caderas.

—Ser Barristan —Hizdahr bostezó de nuevo—, ¿qué hora es? ¿Tenemos noticias de mi dulce reina?

—Ninguna, alteza.

—Magnificencia, por favor —repuso Hizdahr con un suspiro—. Aunque, a esta hora, *somnolencia* sería más apropiado. —El rey se acercó al aparador para servirse una copa de vino, pero en la jarra solo quedaba una gota. Una sombra de contrariedad le cruzó la cara—. Miklaz, vino. Ahora mismo.

—A la orden, adoración.

—Que te acompañe Draqaz. Una jarra de dorado del Rejo y otra de ese tinto dulce; nada de vuestros meados amarillentos, gracias. Y la próxima vez que me encuentre la jarra vacía, puede que tenga que usar la vara con esas mejillas tan sonrosadas que tienes. —El chico salió corriendo, y el rey se dirigió de nuevo a Selmy—. He soñado que encontrabais a Daenerys.

—Los sueños pueden ser engañosos, alteza.

—Esplendor, por favor. ¿Qué os trae ante mí a estas horas? ¿Hay problemas en la ciudad?

—La ciudad está en calma.

—¿Ah, sí? —Hizdahr parecía confuso—. ¿A qué habéis venido?

—A haceros una pregunta, magnificencia. ¿Sois la Arpía?

—¿Os presentáis en mi dormitorio en plena noche para preguntarme eso? ¿Estáis loco? —La copa le resbaló de entre los dedos, rebotó en la alfombra y salió rodando. Hizdahr pareció darse cuenta en ese momento de que ser Barristan llevaba cota de malla y armadura—. ¿Qué...? ¿Por qué...? ¿Cómo os atrevéis...?

—¿El veneno fue cosa vuestra, magnificencia?

—¿Las langostas? —El rey retrocedió un paso—. Fue... Fue el dorniense; Quentyn, el supuesto príncipe. Si no me creéis, preguntad a Reznak.

—¿Tenéis pruebas? ¿Las tiene Reznak?

—No: de lo contrario, los habría prendido. Debería hacerlo de todos modos; Marghaz les arrancará la confesión, estoy seguro. Esos dornienses son todos unos envenenadores; dice Reznak que adoran a las serpientes.

—Se las comen —corrigió ser Barristan—. Eran vuestro reñidero, vuestro palco y vuestros asientos. Cojines mullidos, vino dulce, higos, melones y langostas con miel: todo provenía de vos. Incitabais a su alteza a probar las langostas, pero no las tocasteis.

—Es que... Es que no me sienta bien el picante. Era mi esposa, mi reina. ¿Por qué iba a querer envenenarla?

«"Era." La da por muerta.»

—Solo vuestra magnificencia conoce la respuesta. Tal vez desearais poner a otra en su lugar. —Señaló con la cabeza a la joven que atisbaba tímidamente desde el dormitorio—. Puede que a esa mujer.

—¿A esa? —El rey lanzó una mirada rápida a su alrededor—. No es nadie. Una esclava de cama. —Levantó las manos—. No, no quería decir eso; esclava no, liberta. Entrenada para el placer. Hasta los reyes tenemos necesidades. No os preocupéis por ella. Lo importante es que yo nunca haría daño a Daenerys. Nunca.

—Oí como insistíais para que probase las langostas.

—Pensé que le gustarían. —Hizdahr retrocedió otro paso—. Dulces y picantes a la vez.

—Dulces, picantes y envenenadas. En el reñidero oí con mis propios oídos como ordenabais a los hombres que matasen a Drogon. A gritos.

—Esa bestia devoró a Barsena. Los dragones se alimentan de carne humana. —Hizdahr se humedeció los labios—. Lo habíamos visto asesinar, quemar...

—A hombres que pretendían hacer daño a vuestra reina. Hijos de la Arpía, sin duda. Vuestros amigos.

—No eran mis amigos.

—Eso decís, pero os obedecieron cuando ordenasteis que dejaran de matar. ¿Por qué os hacen caso, si no sois uno de ellos? —Hizdahr hizo un gesto de negación, pero no respondió—. Decidme la verdad —insistió ser Barristan—, ¿alguna vez la quisisteis, siquiera un poco? ¿O solo deseabais la corona?

—¿Desear? ¿Os atrevéis a hablarme de deseo? —La cólera desfiguró el rostro del rey—. Deseaba la corona, sí, pero ni la mitad de lo que ella deseaba a ese mercenario. A lo mejor fue su preciado capitán quien trató de envenenarla, por haberlo dejado de lado. Y si yo también hubiese comido las langostas, tanto mejor para él.

—Daario es un asesino, pero no un envenenador. —Ser Barristan se aproximó al rey—. ¿Sois la Arpía? —Se llevó la mano a la empuñadura de la espada—. Decidme la verdad, y os prometo una muerte rápida y limpia.

—Dais mucho por sentado —replicó Hizdahr—. Me he cansado de vuestras preguntas y de vos. Quedáis dispensado de mi servicio; abandonad Meereen de inmediato y os perdonaré la vida.

—Si no sois la Arpía, decidme su nombre. —Ser Barristan desenvainó la espada; el borde afilado reflejó la luz del brasero y se convirtió en una línea de fuego anaranjado.

—¡Khrazz! —gritó Hizdahr, y retrocedió a trompicones hacia la alcoba—. ¡Khrazz! ¡Khrazz!

Ser Barristan oyó una puerta que se abría, a su izquierda. Se volvió a tiempo para ver a Khrazz, que salía de detrás de un tapiz. Se movía lentamente, todavía aturdido por el sueño, pero llevaba en la mano su arma favorita: un *arakh* dothraki, largo y curvado. Una espada para rajar, para provocar cortes y tajos profundos a lomos de un caballo; una hoja asesina contra enemigos medio desnudos, en el campo de batalla o las arenas de combate. Sin embargo, en aquel espacio cerrado, la longitud del *arakh* sería una desventaja, y Barristan Selmy estaba protegido con acero.

—He venido a por Hizdahr —le advirtió el caballero—. Deponed el arma y manteneos al margen, y no sufriréis ningún daño.

—Voy a comerme tu corazón, viejo —dijo Khrazz con una risotada. Los dos medían lo mismo, pero Khrazz pesaba dos arrobas más y tenía cuarenta años menos. Tenía la piel pálida y los ojos mortecinos, y su pelo era una hirsuta cresta rojinegra que iba de la frente a la nuca.

—Venid, pues —invitó Barristan el Bravo. Khrazz obedeció.

«Para esto he nacido —pensó Selmy. Por primera vez en aquel día, se sentía seguro—. El baile, la melodiosa canción del acero, la espada en la mano y el enemigo ante mí.»

El luchador de las arenas era rápido como el rayo, más que nadie a quien se hubiera enfrentado ser Barristan. Manejado por sus grandes manos, el *arakh* se convirtió en un borrón sibilante, una tormenta de acero que parecía atacar al anciano caballero desde tres direcciones a la vez. Casi todos los tajos iban dirigidos a la cabeza. Khrazz no era ningún idiota; sin yelmo, el punto débil de Selmy quedaba por encima del cuello.

Bloqueó las acometidas con calma, deteniendo y desviando cada tajo con la espada larga, y las hojas resonaron una y otra vez. Ser Barristan cedió terreno. Vio de reojo que los coperos observaban con los ojos tan grandes y blancos como huevos de gallina. Khrazz maldijo y convirtió un golpe alto en otro bajo, con lo que consiguió esquivar la espada del veterano caballero, solo para arañar inútilmente una canillera de acero blanco. Selmy respondió con un tajo que acertó al luchador de las arenas en el hombro, desgarró la fina camisa de dormir y mordió la carne. La túnica amarilla se fue tornando rosada, y luego, roja.

—Solo los cobardes se visten de hierro —declaró Khrazz mientras describía un círculo. En los reñideros, nadie llevaba armadura; lo que el público pedía eran sangre, muerte, desmembramientos y gritos de agonía: la música de las arenas escarlata.

—Este cobarde está a punto de mataros —respondió ser Barristan al tiempo que giraba con él. Aquel hombre no era un caballero, pero su coraje lo hacía merecedor de cierta deferencia. En sus ojos, ser Barristan leía duda, confusión y un miedo incipiente: no sabía combatir contra un hombre con armadura. El luchador de las arenas reanudó el ataque mientras profería un grito, como si el sonido pudiese acabar con un enemigo que se resistía al acero. El *arakh* golpeó bajo, luego alto, y bajo de nuevo.

Selmy bloqueó los golpes que iban dirigidos a la cabeza y dejó que la armadura se encargase del resto mientras, con la espada, le rajó la mejilla al luchador de la oreja a la boca y le trazó un corte rojo y descarnado a lo largo del pecho. Aunque de las heridas de Khrazz manaba sangre, solo habían conseguido enfurecerlo; cogió el brasero con la mano libre y lo lanzó contra los pies de Selmy, esparciendo una lluvia de ascuas y carbón recalentado que ser Barristan esquivó de un salto. Khrazz le lanzó un golpe al brazo y acertó, pero el *arakh* solo consiguió descascarillar el esmalte endurecido antes de chocar con el acero.

—En el reñidero te habrías quedado sin brazo, viejo.

—No estamos en las arenas de combate.

—¡Quítate esa armadura!

—No es tarde para que depongáis el acero. Rendíos.

—¡Muere! —escupió Khrazz. Pero cuando levantó el *arakh,* la punta se enganchó en un tapiz. Esa era la oportunidad que esperaba ser Barristan: de un tajo, le abrió el vientre al luchador y rechazó el *arakh* que había liberado de un tirón. A continuación acabó con él de una rápida estocada al corazón, mientras las entrañas se le salían del cuerpo como un nido de anguilas aceitosas.

Las alfombras de seda del rey habían quedado llenas de sangre y vísceras. Selmy retrocedió un paso; la espada que llevaba en la mano estaba teñida de rojo hasta la mitad. Las alfombras comenzaban a humear aquí y allá, donde habían caído las brasas dispersas.

—No temas —dijo al oír los sollozos de la pobre Qezza—. No voy a hacerte daño, pequeña. Solo he venido a por el rey.

Limpió la espada en una cortina y entró en la alcoba, donde Hizdahr zo Loraq, el decimocuarto de su noble nombre, gimoteaba escondido tras un tapiz.

—Por favor —le rogó—, no quiero morir.

—Pocos hombres lo desean, pero todos mueren. —Ser Barristan enfundó la espada y ayudó a Hizdahr a incorporarse—. Venid, os escoltaré a una celda. —A aquellas alturas, las bestias de bronce ya habrían desarmado a Piel de Acero—. Os mantendremos prisionero hasta el regreso de la reina; si no hay pruebas contra vos, os doy mi palabra de caballero de que no sufriréis daño alguno. —Tomó al rey del brazo y lo sacó de la habitación. Se sentía extrañamente aturdido, como borracho.

«Fui miembro de la Guardia Real. ¿En qué me he convertido ahora?»

Miklaz y Draqaz, que habían regresado con el vino de Hizdahr, se quedaron ante la puerta abierta, sosteniendo las jarras contra el pecho y mirando el cadáver de Khrazz con los ojos muy abiertos. Qezza seguía llorando, y Jezhene había ido a consolarla; abrazada a la pequeña, le acariciaba el pelo. Detrás de ellas, otros coperos los observaban.

—Adoración —titubeó Miklaz—, el noble Reznak mo Reznak me pide que os diga que vayáis inmediatamente. —El chico se dirigía al rey como si ser Barristan no estuviese allí, como si no hubiese un muerto despatarrado en la alfombra y la sangre que le había dado vida no se extendiera en un charco rojo por la seda.

«Se suponía que Skahaz iba a tomar a Reznak bajo custodia hasta que estuviésemos seguros de su lealtad. ¿Algo habrá salido mal?»

—¿Que vaya adónde? —preguntó ser Barristan al chico—. ¿Adónde quiere el senescal que vaya su alteza?

—Afuera. —Miklaz pareció verlo por primera vez—. Afuera, a la t-t-terraza. A ver...

—A ver ¿qué?

—D-d-dragones. Los dragones están sueltos.

«Que los Siete nos amparen», pensó el anciano caballero.

El domador de dragones

La noche se arrastraba con sus pies negros. La hora del murciélago dio paso a la de la anguila; la de la anguila, a la de los fantasmas. El príncipe, tumbado en la cama, miraba al techo, soñaba despierto, recordaba, imaginaba y daba vueltas bajo la colcha de hilo. Su mente, enfebrecida, bullía con ideas de sangre y fuego.

Al final, perdida toda esperanza de descansar, Quentyn Martell se levantó y se sirvió una copa de vino para tomársela a oscuras. El sabor le proporcionó un dulce consuelo al paladar, de modo que prendió una vela y se escanció otra copa.

«El vino me ayudará a dormir», se dijo, pero sabía que se engañaba.

Permaneció largo rato mirando la vela; luego, dejó la copa y extendió la mano sobre la llama. Tuvo que apurar hasta la última gota de su fuerza de voluntad para bajarla hasta que el fuego lamiese la carne y, cuando lo consiguió, la retiró de golpe con un grito de dolor.

—¿Te has vuelto loco, Quentyn?

«No, solo estoy asustado. No quiero arder.»

—¿Gerris?

—Te he oído moverte.

—No podía dormir.

—¿Y el insomnio se cura con quemaduras? Prueba con leche caliente y una nana; o tengo una idea mejor: vamos al templo de las Gracias a buscar una chica.

—Querrás decir una puta.

—Aquí las llaman *gracias*. Las hay de muchos colores, pero las que follan son las rojas. —Gerris se sentó a la mesa frente a él—. Ya me gustaría que nuestras septas adoptasen esa costumbre. ¿Te has fijado en que de viejas se quedan arrugadas como pasas? A eso lleva la vida de castidad.

Quentyn paseó la mirada por la terraza, por las densas sombras nocturnas, entre los árboles. Se oía el susurro del agua al caer.

—¿Está lloviendo? La lluvia ahuyentará a las putas.

—No a todas. En los jardines del placer hay refugios en los que esperan por la noche hasta que llega algún hombre; las que no elige nadie tienen que quedarse hasta el amanecer, las pobres, solas y abandonadas; podríamos consolarlas.

—Di más bien que podrían consolarme.

—Bueno, eso también.

—No es el tipo de consuelo que necesito.

—¿Tú que sabes? Daenerys Targaryen no es la única mujer del mundo. ¿Es que quieres morir virgen?

«No quiero morir de ninguna manera. Lo que quiero es volver a Palosanto, besar a tus dos hermanas, casarme con Gwyneth Yronwood, ver como florece su belleza y tener hijos con ella. Quiero participar en torneos, dedicarme a la caza y la cetrería, ir a Norvos a visitar a mi madre, leer esos libros que me envía mi padre... Quiero que Cletus, Will y el maestre Kedry vuelvan a la vida.»

—¿Crees que a Daenerys le haría gracia saber que ando acostándome con rameras?

—Pues igual sí. Por mucho que a los hombres les gusten las doncellas, las mujeres prefieren que los hombres sepan desenvolverse en la alcoba. Es como con la espada: hay que entrenarse para ser bueno.

La pulla le escoció. Quentyn nunca se había sentido tan niño como cuando se vio frente a Daenerys Targaryen, suplicando su mano; la idea de llevársela a la cama lo aterraba casi tanto como los dragones. ¿Y si no lograba satisfacerla?

—Daenerys ya tiene un amante —respondió a la defensiva—. Mi padre no me envió a entretener a la reina en la alcoba; ya sabes a qué hemos venido.

—No puedes casarte con ella; tiene esposo.

—Pero no ama a Hizdahr zo Loraq.

—¿Qué tiene que ver el amor con el matrimonio? Un príncipe debe estar por encima de eso. Tengo entendido que tu padre se casó por amor. ¿Acaso encontró la felicidad?

«Más bien no. —Doran Martell y su esposa norvoshi habían pasado la mitad de su matrimonio separados, y la otra mitad, discutiendo. Por lo visto, había sido la única decisión impetuosa que su padre había tomado en la vida, la única vez que había permitido a su corazón primar sobre la razón, y nunca había dejado de lamentarlo—. Se supone que eres mi amigo, Gerris. ¿Por qué te mofas de mis esperanzas? Ya tengo bastantes dudas sin que eches más leña al fuego.»

—No todos los riesgos conducen al desastre —afirmó—. Es mi deber, mi destino; esta va a ser mi gran aventura.

—Las grandes aventuras están plagadas de muertes.

No le faltaba razón, a juzgar por los relatos: el héroe, con sus amigos y acompañantes, emprendía la misión y se enfrentaba al peligro para regresar triunfante, solo que varios amigos se quedaban por el camino.

«Pero el héroe no muere nunca, y ese tengo que ser yo.»

—Solo necesito valor. ¿Quieres que Dorne me recuerde como un fracasado?

—Con el tiempo, Dorne nos olvidará a todos.

—Aún se acuerda de Aegon y sus hermanas. —Se lamió la quemadura de la mano—. Igual que recordará a Daenerys; los dragones no se olvidan con facilidad.

—Eso, si no está muerta.

—Sigue viva; está perdida, pero la encontraré.

«Tiene que estar viva. Y cuando la encuentre, cuando haya demostrado que soy digno de ella, me mirará igual que antes miraba a su mercenario.»

—¿A lomos de un dragón?

—Llevo montando a caballo desde los seis años.

—Y también te has caído unas cuantas veces.

—Eso no me impidió nunca volver a montar.

—Quizá porque nunca tuviste una caída de quinientas varas —señaló Gerris—. Y los caballos no se caracterizan por convertir a sus jinetes en un montón de cenizas y huesos carbonizados.

«Ya sé que es peligroso.»

—No quiero seguir hablando de esto. Por mí, puedes irte; embarca y vuelve a casa. —El príncipe se levantó, apagó la vela y, a regañadientes, se metió en la cama, bajo las sábanas de lino empapadas de sudor.

«Ojalá hubiera besado a una gemela Del Manantial, o a las dos; ojalá las hubiese besado cuando aún podía. Ojalá hubiese viajado a Norvos, a ver a mi madre y el lugar donde nació; así sabría que no la he olvidado.» Fuera, la lluvia repiqueteaba contra los ladrillos.

A la hora del lobo se había desatado un temporal que se precipitaba en un torrente gélido y amenazaba con convertir en ríos las calles adoquinadas de Meereen. Envueltos en el fresco previo al amanecer, los tres dornienses tomaron un desayuno sencillo a base de pan, fruta y queso, acompañado con leche de cabra. Cuando Gerris fue a servirse una copa de vino, Quentyn lo detuvo.

—Nada de vino. Después tendremos tiempo de sobra para beber.

—Eso espero —repuso Gerris.

—Sabía que iba a llover —se lamentó el grandullón, con voz lúgubre, tras echar una ojeada a la terraza—. Anoche me dolían los huesos, y eso siempre presagia lluvia. A los dragones no les va a gustar. El agua y el fuego no se llevan bien, es un hecho; se enciende una buena hoguera, se aviva, y de pronto cae un aguacero que empapa la madera y adiós al fuego.

—Pero los dragones no son de madera —dijo Gerris con una risita.

—Algunos sí. El viejo rey Aegon, el mujeriego, construyó dragones de madera para conquistarnos; claro que eso acabó mal.

«Esto también puede acabar mal. —Al príncipe lo traían sin cuidado los desatinos y fracasos de Aegon el Indigno, pero no podía sacudirse los recelos y las dudas, y las rebuscadas chanzas de sus amigos solo conseguían provocarle dolor de cabeza—. No lo entienden. Puede que sean dornienses, pero yo soy Dorne. Dentro de muchos años, cuando haya muerto, esta será la canción que canten sobre mí.»

—Es la hora. —Quentyn se puso en pie de repente, y sus amigos lo imitaron.

—Voy a buscar los disfraces de titiritero —dijo ser Archibald tras apurar la leche y limpiarse el bigote blanco con el dorso de la manaza.

Regresó con el fardo que les había dado el Príncipe Desharrapado en su segunda reunión. Dentro, además de tres capas largas con capucha, confeccionadas con una miríada de cuadraditos de tela cosida, había tres garrotes, tres espadas cortas y tres máscaras de bronce bruñido: un toro, un león y un mono; todo lo necesario para convertirse en bestias de bronce.

—Si os piden el santo y seña —les había advertido el Príncipe Desharrapado al entregarles el fardo—, decid «perro».

—¿Estáis seguro? —había preguntado Gerris.

—Lo suficiente para apostar la vida.

—Os referís a la mía. —El príncipe comprendió el verdadero significado de aquellas palabras.

—En efecto.

—¿Cómo averiguasteis el santo y seña?

—Nos topamos por casualidad con unas bestias de bronce y Meris se lo preguntó amablemente; pero los príncipes no deberían interesarse por esas cosas, dorniense. En Pentos tenemos un dicho: «Cómete la empanada y no le preguntes al panadero qué lleva».

«Cómete la empanada.» A Quentyn le pareció acertado.

—Yo seré el toro —anunció Arch.

—Y yo el león —decidió Quentyn al tiempo que le tendía la máscara de toro.

—Así que me toca hacer el mono. —Gerris se colocó la máscara—. ¿Cómo pueden respirar con esto?

—Póntelo y calla. —El príncipe no estaba de humor para bromas.

El fardo contenía también un látigo de cuero gastado con mango de bronce y hueso que podría arrancarle el pellejo a un buey.

—¿Y esto? —quiso saber Arch.

—Daenerys empleó un látigo para intimidar a la bestia negra —explicó Quentyn, que lo enroscó y se lo colgó del cinto—. Coge también el martillo; tal vez lo necesitemos.

Entrar de noche en la Gran Pirámide de Meereen no era cosa fácil; las puertas se cerraban y atrancaban al ocaso y no se abrían hasta el alba. Había guardias apostados en todas las entradas, y otros que patrullaban la terraza inferior, desde donde alcanzaban a ver la calle; antes era misión de los Inmaculados, pero había pasado a las Bestias de Bronce, y Quentyn tenía la esperanza de que eso los beneficiara.

El cambio de guardia tenía lugar cuando despuntaba el sol; un rato antes, los tres dornienses bajaron por la escalera de servicio. A su alrededor, las paredes eran de ladrillos de medio centenar de colores, pero las sombras los tornaban grises hasta que los alcanzaba la luz de la antorcha de Gerris. No se toparon con nadie durante el largo descenso; solo se oía el roce de las botas contra las gastadas baldosas.

La puerta principal de la pirámide daba a la plaza central de Meereen, pero los dornienses se dirigieron a una entrada lateral que desembocaba en un callejón; la que utilizaban antes los esclavos cuando sus amos los enviaban a algún recado. También la utilizaba el pueblo llano, y por ella entraban y salían los comerciantes para hacer sus entregas.

La puerta doble, de bronce macizo, estaba cerrada con una gruesa barra de hierro; delante había dos bestias de bronce armadas con garrote, lanza y espada corta. La antorcha se reflejó en las máscaras bruñidas: una rata y un zorro. Quentyn indicó por señas al grandullón que permaneciese oculto entre las sombras, y avanzó acompañado de Gerris.

—Llegáis antes de tiempo —señaló el zorro.

—Si quieres, nos vamos por donde hemos venido —replicó Quentyn con un encogimiento de hombros—. Sois muy libres de hacer nuestro turno; mejor para nosotros. —Sabía que no hablaba como un ghiscario, pero muchas bestias de bronce eran libertos con un sinfín de lenguas nativas, de modo que su acento no llamaría la atención.

—¡Y una mierda! —exclamó la rata.

—Santo y seña de hoy —exigió el zorro.

—Perro.

Las bestias de bronce cruzaron una mirada durante un momento que se le hizo interminable. Quentyn temió que algo marchase mal, que Meris la Bella y el Príncipe Desharrapado les hubieran dado un santo y seña incorrecto.

—Está bien, «perro» —gruñó por fin el zorro—. La puerta es toda vuestra.

A medida que se alejaban, el príncipe consiguió recuperar el aliento. No disponían de mucho tiempo; el verdadero relevo estaría a punto de llegar.

—Arch —llamó, y el grandullón apareció con la máscara de toro reluciendo bajo la antorcha—. ¡Deprisa, la barra! —Era pesada, pero estaba bien engrasada, y ser Archibald la levantó con facilidad y la apoyó en el suelo. Quentyn abrió las puertas, y Gerris salió e hizo señales con la antorcha—. Traedlo ahora mismo, deprisa.

El carro del carnicero esperaba en el callejón, cargado con un buey descuartizado y dos ovejas muertas; el conductor arreó a la mula y entró, acompañado del estruendo producido por las llantas de hierro contra los adoquines. Media docena de hombres lo seguía a pie; cinco llevaban máscara y capa de bestias de bronce, pero Meris la Bella no se había molestado en disfrazarse.

—¿Dónde está tu señor? —preguntó Quentyn a Meris.

—No tengo ningún señor. Si te refieres al otro príncipe, aguarda aquí cerca con cincuenta hombres. Tú trae el dragón, y te sacará de aquí sano y salvo, tal como prometió. Daggo está al mando.

—¿Seguro que en ese carro cabe un dragón? —interrumpió ser Archibald, que lo miraba poco convencido.

—No veo por qué no; hay sitio para dos bueyes. —El Matamuertos iba disfrazado de bestia de bronce, con la cara surcada de cicatrices oculta tras una máscara de cobra, pero lo delataba el característico *arakh* negro que le colgaba del cinto—. Al parecer, estos bichos son más pequeños que el de la reina.

—La fosa ha decelerado su crecimiento. —Según había leído Quentyn, en los Siete Reinos había sucedido exactamente lo mismo; ninguno de los dragones nacidos y criados en el Pozo Dragón de Desembarco del Rey se había aproximado siquiera al tamaño de Vhagar o Meraxes, y mucho menos al del Terror Negro, el monstruo del rey Aegon—. ¿Traéis suficientes cadenas?

—¿Cuántos dragones tenéis? —repuso Meris la Bella—. Ahí, bajo la carne, hay de sobra para diez.

—Muy bien. —Quentyn sintió un vahído. Nada de aquello parecía real; tan pronto semejaba un juego como una pesadilla, un mal sueño en el que se veía abriendo una puerta oscura, incapaz de detenerse, aunque sabía que al otro lado esperaban el horror y la muerte. Tenía las palmas de las manos pegajosas de sudor; se las secó contra las piernas—. Habrá más guardias delante de la fosa.

—Ya lo sabemos —replicó Gerris—. Debemos estar preparados.

—Estamos preparados —lo tranquilizó Arch.

—Entonces, por aquí. —Quentyn tenía calambres en el estómago. Sintió la necesidad repentina de hacer de vientre, pero no se atrevía a excusarse en ese momento. Pocas veces se había sentido tan niño; aun así lo siguieron Gerris, el grandullón, Meris, Daggo y los demás hijos del viento. Dos mercenarios cogieron las ballestas que escondían en el carro.

Pasados los establos, la planta baja de la Gran Pirámide se transformaba en un laberinto, pero Quentyn Martell había pasado por allí con la reina y recordaba el camino. Franquearon tres enormes arcos de ladrillo, bajaron una empinada rampa de piedra que conducía a las profundidades y dejaron atrás mazmorras, cámaras de tortura y un par de hondas cisternas de piedra. Sus pasos resonaban en las paredes, acompañados por el traqueteo sordo del carro del carnicero. El grandullón agarró una antorcha de la pared para guiar la marcha.

Por fin llegaron ante un par de gruesas puertas de hierro, herrumbrosas e intimidatorias, cerradas con una cadena de eslabones anchos como brazos. Su tamaño y grosor bastó para que Quentyn Martell se cuestionase la prudencia de su plan; para colmo, ambas puertas mostraban abolladuras provocadas desde el interior por algo que quería salir. El grueso metal estaba agrietado y resquebrajado por tres sitios, y la parte superior de la puerta izquierda, medio derretida.

Cuatro bestias de bronce montaban guardia; tres llevaban lanza larga, y el cuarto, el sargento, espada corta y puñal. La máscara del oficial tenía forma de cabeza de basilisco; los otros tres llevaban máscaras de insecto.

«Langostas», comprendió Quentyn.

—Perro —dijo.

El sargento se tensó; aquello bastó para que Quentyn Martell comprendiese que algo había salido mal.

—Prendedlos —graznó mientras la mano del basilisco se lanzaba a por la espada.

El sargento era rápido, pero no tanto como el grandullón, que le tiró la antorcha a la langosta más cercana, se llevó la mano a la espalda y cogió el martillo. El basilisco apenas había alcanzado a sacar la espada de la vaina de cuero cuando el pincho del martillo se le estrelló contra la sien y aplastó la fina máscara de bronce, la carne y el hueso. Se tambaleó brevemente hacia un lado, se le doblaron las rodillas y a continuación se desplomó, presa de grotescas convulsiones.

Quentyn se quedó mirando petrificado, con el estómago revuelto. Seguía teniendo la espada envainada; ni siquiera había hecho ademán de desenfundar. Tenía los ojos clavados en el sargento, que agonizaba ante él entre espasmos. La antorcha aún parpadeaba en el suelo, haciendo que las sombras brincasen y se retorciesen en una parodia monstruosa de las sacudidas del caído. No vio la lanza que le arrojó la langosta hasta que Gerris lo apartó de un empujón, y la punta pasó rozando la mejilla de la máscara de león; pese a todo, el golpe fue tan fuerte que casi se la arrancó.

«Podía haberme atravesado el cuello», pensó, aturdido.

Gerris dejó escapar una maldición cuando las langostas lo rodearon. Quentyn oyó unos pasos apresurados, y los mercenarios salieron a la carrera de entre las sombras. Un guardia se paró a mirar el tiempo necesario para que Gerris esquivase la lanza y le hundiera la punta de la espada bajo la máscara de bronce, en la garganta, en el preciso momento en que a la segunda langosta le brotaba una saeta del pecho.

—¡Me rindo! ¡Me rindo! —La última langosta había soltado la lanza.

—No, te mueres. —El *arakh* de acero valyrio de Daggo atravesó carne, hueso y cartílago como si fueran sebo y le cercenó la cabeza—. Demasiado ruido —se quejó—. Cualquiera que tenga orejas nos habrá oído.

—Perro —murmuró Quentyn—. Se supone que el santo y seña de hoy era «perro». ¿Por qué no nos han dejado pasar? Nos dijisteis...

—Os dijimos que vuestro plan era una locura, ¿lo habéis olvidado? —atajó Meris la Bella—. Haced lo que habéis venido a hacer.

«Los dragones —pensó el príncipe Quentyn—. Sí, hemos venido a por los dragones. —Tenía náuseas—. ¿Qué hago aquí? ¿Por que, padre? Cuatro hombres muertos en menos tiempo del que se tarda en contarlos, y ¿para qué?»

—Sangre y fuego —susurró—. Fuego y sangre. —La sangre empapaba el suelo de ladrillo y formaba un charco a sus pies; el fuego estaba más allá de las puertas—. La cadena... No tenemos la llave...

—La tengo yo —dijo Arch. Blandió el martillo y, con un movimiento fuerte y rápido, lo estrelló contra el candado, haciendo saltar chispas; golpeó una vez, y otra, y otra; el quinto golpe lo hizo añicos, y la cadena cayó con un repiqueteo tan fuerte que Quentyn tuvo la certeza de que lo había oído media pirámide.

—Traed el carro. —Los dragones serían más dóciles después de haber comido.

«Que se atiborren de cordero chamuscado.»

Archibald Yronwood abrió las puertas de hierro. Las bisagras oxidadas gimieron lo suficiente para despertar a todos los que no hubiesen oído el candado al romperse. Los inundó una repentina ola de calor, cargada de un tufo de ceniza, azufre y carne quemada.

Al otro lado había una oscuridad infernal que parecía viva y amenazadora, hambrienta. Quentyn percibió algo en las sombras, algo que acechaba.

«Guerrero, dame coraje —rezó. No quería seguir adelante, pero no veía otro camino—. ¿Qué otro motivo pudo tener Daenerys para enseñarme los dragones? Quiere que demuestre que soy digno de ella.» Gerris le tendió una antorcha, y Quentyn entró.

«El verde es Rhaegal; el blanco, Viserion —se recordó—. Llámalos por sus nombres, dales órdenes, háblales con calma pero con firmeza; domínalos, como Daenerys dominó a Drogon en la fosa. —La muchacha estaba sola, sin más protección que las finas sedas que vestía, pero no tuvo miedo—. Yo tampoco debo tener miedo; si ella lo consiguió, yo también. —Lo principal era no mostrar temor—. Los animales huelen el miedo, y los dragones... —¿Qué sabía él de dragones?—. ¿Qué sabe nadie de dragones? Hace más de un siglo que desaparecieron de la faz de la Tierra.»

El borde de la fosa estaba justo delante. Quentyn se acercó poco a poco, dirigiendo la antorcha de un lado a otro. Las paredes, el suelo y el techo absorbieron la luz.

«Quemados —comprendió—. Ladrillos ennegrecidos que se desmoronan convertidos en ceniza.» El aire se volvía más caliente a cada paso. Empezó a sudar.

Dos ojos se alzaron ante él.

Eran broncíneos, más brillantes que escudos bruñidos, y relucían con su propio calor, ardiendo tras el velo de humo que salía de las fosas nasales del dragón. La antorcha de Quentyn iluminó las escamas oscuras, verdes como el musgo en la espesura del bosque al anochecer, justo antes de que se desvaneciera la última luz. Entonces, el dragón abrió la boca y lo bañó en luz y calor; alcanzó a ver un resplandor de horno cercado de dientes negros y afilados; el fulgor de un fuego dormido cien veces más luminoso que su antorcha. La cabeza del dragón era mayor que la de un caballo, y el cuello se estiraba interminablemente, desenroscándose como una gigantesca serpiente verde, hasta que el dragón irguió la cabeza y aquellos ojos de bronce reluciente se clavaron en él.

«Verdes —pensó el príncipe—, tiene las escamas verdes.»

—Rhaegal. —Tenía un nudo en la garganta y solo pudo emitir un sonido entrecortado, como si croase.

«Rana —se dijo—, he vuelto a convertirme en Rana.»

—La comida —pidió con voz ronca al acordarse—. ¡Traed la comida!

El grandullón lo oyó, cogió por dos patas una oveja del carro y, con un giro, la lanzó a la fosa.

Rhaegal la atrapó al vuelo; volvió rápidamente la cabeza y de entre sus fauces surgió una lanza de fuego, un remolino de llamas naranja y amarillas surcadas de vetas verdes; la oveja ardía antes de empezar a caer, y los dientes del dragón se cerraron en torno al cuerpo humeante, rodeado de un halo de llamas, antes de que se estrellase contra los ladrillos. El aire apestaba a azufre y lana quemada.

«Apesta a dragones.»

—¿No había dos? —preguntó el grandullón.

«Viserion, sí. ¿Dónde está Viserion? —El príncipe bajó la antorcha para iluminar la penumbra del fondo. Vio como el dragón verde desgarraba el cuerpo humeante de la oveja y azotaba la larga cola a los lados mientras comía; aún llevaba al cuello una gruesa argolla de hierro de la que colgaba una vara de cadena rota. Diseminados por la fosa había eslabones destrozados, trozos de metal retorcido y medio fundido mezclados con huesos carbonizados. —La otra vez que vine, Rhaegal estaba encadenado al suelo y la pared —recordó el príncipe—, pero Viserion estaba colgado del techo.»

Retrocedió, levantó la antorcha y echó la cabeza hacia atrás. Durante un momento no vio más que los arcos de ladrillo ennegrecido, tiznados por el fuego de los dragones. Le llamó la atención un poco de ceniza que caía, señal de movimiento. Algo pálido, semioculto, se rebullía.

«Ha excavado una cueva; se ha hecho una madriguera en los ladrillos —comprendió el príncipe. Los cimientos de la Gran Pirámide de Meereen eran suficientemente sólidos y gruesos para soportar el peso del enorme edificio; incluso las paredes interiores tenían una anchura tres veces mayor que el muro de ningún castillo, pero Viserion había excavado un agujero bastante grande para dormir en él, valiéndose del fuego y las garras—. Y yo acabo de despertarlo.»

Vislumbró algo que parecía una gigantesca serpiente blanca que se desenroscaba en el interior de la pared, en la parte que se curvaba hacia el techo. Se desprendió más ceniza, y unos fragmentos de ladrillo se desmoronaron. La serpiente se convirtió en un cuello y una cola, y después apareció la alargada cabeza cornuda, con unos ojos que brillaban en la oscuridad como brasas doradas. Oyó el batir de las alas al desplegarse.

Todos los planes de Quentyn se habían esfumado de su cabeza; oyó a Daggo Matamuertos gritar a los mercenarios.

«Las cadenas. Ha mandado traer las cadenas», pensó el príncipe dorniense. El plan era alimentar a las bestias y encadenarlas cuando se quedaran adormecidas, tal como había hecho la reina. A un dragón o, mejor, a los dos.

—Más carne —pidió Quentyn.

«Cuando hayan comido se volverán lentos.» Lo había visto en Dorne; funcionaba con las serpientes. Pero allí, con aquellos monstruos...

—Traed... traed...

Viserion se lanzó desde el techo, con las alas de cuero claro desplegadas. La cadena rota que le colgaba del cuello se mecía frenéticamente; las llamas iluminaron la fosa, oro pálido con vetas rojas y naranja, y el aire viciado estalló en una nube de azufre y ceniza caliente mientras las alas batían una y otra vez.

Una mano sujetó a Quentyn por el hombro; la antorcha se le escapó y rebotó contra el suelo antes de caer a la fosa, todavía encendida. Se encontró frente a frente con un mono de bronce.

«Gerris.»

—Quent, esto no va a salir bien. Son demasiado indómitos, están...

El dragón se interpuso entre los dornienses y la puerta con un rugido que habría puesto en fuga a un centenar de leones. Movió la cabeza de lado a lado mientras inspeccionaba a los intrusos. Pasó la mirada por los dornienses, los hijos del viento y Daggo, y por último la clavó en Meris la Bella y se puso a olfatear.

«Sabe que es una mujer —comprendió Quentyn—. Está buscando a Daenerys, quiere a su madre y no entiende por qué no ha venido.»

—Viserion —gritó, al tiempo que se liberaba del apretón de Gerris. «El blanco es Viserion.» Durante un instante tuvo miedo de haberse equivocado—. Viserion —llamó otra vez, buscando a tientas el látigo que le colgaba del cinto.

«Ella intimidó al negro con el látigo; yo tengo que hacer lo mismo.»

El dragón conocía su nombre; volvió la cabeza y detuvo la mirada en el príncipe dorniense durante el tiempo que tardó su corazón en latir tres veces; tras los cuchillos negros y relucientes que tenía por dientes ardían incendios blanquecinos; sus ojos eran lagos de oro fundido, y echaba humo por la nariz.

—Abajo —ordenó Quentyn. Entonces tosió, y volvió a toser.

El aire estaba cargado de humo, y el hedor del azufre era asfixiante. Viserion perdió el interés por él, se volvió hacia los hijos del viento y se dirigió a la puerta; quizá había captado el olor de los guardias muertos o la carne del carro; o quizá tan solo había visto que tenía el camino despejado.

Quentyn oyó los gritos de los mercenarios: Daggo pedía las cadenas, y Meris la Bella vociferaba, diciéndole a alguien que se apartase. En el suelo, el dragón se movía con torpeza, como un hombre que anduviese a gatas, pero más deprisa de lo que había supuesto el príncipe dorniense. Como los hijos del viento no acababan de apartarse de su camino, Viserion profirió otro rugido. Quentyn oyó el traqueteo de las cadenas y la fuerte vibración de una ballesta.

—¡No! —gritó—. No, no, ¡no! —Pero era demasiado tarde. Solo había tenido tiempo de pensar «¿Será imbécil?» cuando la saeta rebotó en el cuello de Viserion para desaparecer en la penumbra, dejando una estela de fuego a su paso: sangre de dragón, de resplandor rojo y dorado.

El ballestero buscaba a tientas otra saeta cuando los dientes del dragón se le cerraron en torno al cuello. Llevaba una máscara de bestia de bronce con las temibles facciones de un tigre. Cuando soltó el arma para tratar de separar las fauces de Viserion, la boca del tigre escupió un chorro de fuego. Se oyó un ligero estallido cuando reventaron los ojos del hombre, y el bronce empezó a gotear. El dragón arrancó un trozo de carne, casi todo el cuello del mercenario, y lo engulló mientras se desplomaba el cuerpo en llamas.

Los demás hijos del viento estaban retrocediendo; ni siquiera Meris la Bella tenía estómago para aquello. La cabeza cornuda de Viserion iba de ellos a su presa, pero al cabo de un momento se olvidó de los mercenarios y dobló el cuello para arrancar otro bocado de carne del muerto, esta vez la pantorrilla.

—¡Viserion! —exclamó Quentyn, más alto que antes, y desenrolló el látigo. Podía hacerlo, iba a hacerlo, su padre lo había enviado a los confines de la tierra para aquello; no le fallaría—. ¡VISERION! —Hizo restallar el látigo con un chasquido que resonó en las paredes ahumadas.

El dragón levantó la pálida cabeza y entrecerró los grandes ojos dorados. De la nariz le salían volutas de humo que se elevaban formando espirales.

—¡Abajo! —ordenó el príncipe. «No debe olerme el miedo»—. Abajo, abajo, ¡abajo! —Blandió el látigo y fustigó la cara del dragón. Viserion siseó.

Entonces, una ráfaga ardiente lo golpeó, y oyó unas alas de cuero; el aire se llenó de ceniza y carbonilla, y un rugido monstruoso resonó contra los ladrillos tiznados y abrasados. Sus amigos gritaban frenéticos.

—Detrás de ti, detrás de ti, ¡detrás de ti! —aulló el grandullón, mientras Gerris gritaba su nombre una y otra vez.

Quentyn se volvió y se cubrió la cara con el brazo para protegerse los ojos del viento tórrido.

«Rhaegal —se recordó—, el verde es Rhaegal.»

Cuando levantó el látigo vio que estaba ardiendo. También tenía la mano en llamas. Todo él, todo él se quemaba.

«Oh», pensó. Entonces se echó a gritar.

Jon

—Pues que se mueran —dijo la reina Selyse. Jon no esperaba otra respuesta.

«A la hora de decepcionar, esta reina no falla.» Pero eso no amortiguaba el golpe.

—Alteza —insistió—, en Casa Austera hay miles de personas que no tienen comida. Hay muchas mujeres...

—... y niños, ya. Una pena. —La reina atrajo a su hija hacia sí y la besó en la mejilla. «La que no está afectada por la psoriagrís», observó Jon—. Lamentamos la suerte de los pequeños, claro que sí, pero debemos ser sensatos. No tenemos con qué alimentarlos, y son demasiado pequeños para ayudar a mi esposo, el rey, en sus guerras. Más vale que renazcan en la luz.

Solo era una forma un poco más comedida de decir: «Pues que se mueran».

La estancia estaba abarrotada. La princesa Shireen estaba al lado de su madre, con Caramanchada cruzado de piernas en el suelo. Tras la reina se encontraba ser Axell Florent. Melisandre de Asshai estaba más cerca del fuego, y el rubí que llevaba al cuello latía al ritmo de su respiración. La mujer roja también tenía su escolta: el escudero Devan Seaworth y dos guardias que el rey había dejado a su cargo.

Los protectores de la reina Selyse se habían situado a lo largo de las paredes de la habitación, una hilera de caballeros deslumbrantes: ser Malegorn, ser Benethon, ser Narbert, ser Patrek, ser Dorden y ser Brus. Con el Castillo Negro atestado de salvajes sedientos de sangre, Selyse no se separaba de sus escudos juramentados de día ni de noche. Al enterarse, Tormund Matagigantes había estallado en carcajadas.

—Tiene miedo de que la violen, ¿eh? Espero que no le hayas dicho lo grande que la tengo, Jon Nieve, eso asustaría a cualquier mujer. Siempre he querido una con bigote. —Pasó largo rato riendo.

«Seguro que ahora no se reiría tanto.» Jon ya había perdido bastante tiempo.

—Siento haber molestado a vuestra alteza. La Guardia de la Noche se encargará de este asunto.

—Seguís teniendo la intención de ir a Casa Austera —resopló la reina—. Lo veo en vuestra expresión. He dicho que los dejéis morir, pero no cejáis en esta locura. No lo neguéis.

—Debo hacer lo que me parezca apropiado. Con todos mis respetos, alteza, el Muro está en mis manos, y esta decisión, también.

—Es cierto —reconoció Selyse—, y ya rendiréis cuentas cuando vuelva el rey. Por esta y por otras decisiones que habéis tomado, me temo. Pero ya veo que sois inmune al sentido común. Haced lo que queráis.

—Lord Nieve, ¿quién estará al mando de la expedición? —preguntó ser Malegorn.

—¿Os estáis ofreciendo?

—¿Tengo cara de idiota?

Caramanchada se levantó de un salto.

—¡Yo estaré al mando! —Sus cascabeles resonaron alegremente—. Nos adentraremos en el mar y luego saldremos. Bajo las olas montaremos en caballitos de mar, y las sirenas soplarán caracolas para anunciar nuestra llegada, je, je, je.

Todos rieron, e incluso la reina Selyse se permitió esbozar una escueta sonrisa. A Jon no le hizo tanta gracia.

—Nunca pediría a mis hombres que hagan nada a lo que yo no esté dispuesto. Encabezaré la expedición.

—Sois muy valiente —dijo la reina—. Está bien, lo aprobamos. Algún día, un bardo compondrá una canción conmovedora sobre vos, y tendremos un lord comandante más prudente. —Tomó un trago de vino—. Hablemos de otros asuntos. Axell, trae al rey de los salvajes, por favor.

—Ahora mismo, alteza.

Ser Axell salió por una puerta y al rato volvió con Gerrick Sangrerreal.

—Gerrick de la casa Barbarroja —anunció—. Rey de los salvajes.

Gerrick Sangrerreal era un hombre alto, de piernas largas y hombros anchos. Al parecer, la reina lo había vestido con ropa vieja del rey. Limpio y arreglado, ataviado con terciopelo verde y una capa corta de armiño, con el largo pelo rojo recién lavado y la barba de aspecto fiero recortada y cuidada, el salvaje tenía todo el aspecto de un caballero sureño.

«Si entrase en la sala del trono en Desembarco del Rey, nadie lo miraría dos veces», pensó Jon.

—Gerrick es el auténtico y legítimo rey de los salvajes —dijo la reina—, ya que desciende del gran rey Raymun Barbarroja por línea paterna, mientras que el usurpador Mance Rayder era hijo de una mujer normal y de uno de vuestros hermanos negros.

«No —podría haber dicho Jon—, Gerrick desciende de un hermano pequeño de Raymun Barbarroja. —Para el pueblo libre, aquello tenía tanto peso como ser descendiente del caballo de Raymun Barbarroja—. No saben nada, Ygritte. Y lo que es peor, no aprenderán nunca.»

—Gerrick ha accedido graciosamente a conceder la mano de su hija mayor a mi querido Axell, para que el Señor de Luz los una en sagrado matrimonio—continuó la reina Selyse—. Sus otras hijas se casarán a la vez: la mediana con ser Brus Buckler, y la pequeña, con ser Malegorn de Lagorrojo.

—Caballeros —Jon inclinó la cabeza ante los mencionados—. Os deseo felicidad con vuestras futuras esposas.

—En el fondo del mar, los hombres se casan con peces. —Caramanchada hizo un pequeño paso de baile que arrancó un tintineo a sus cascabeles—. Se casan, se casan, se casan.

La reina Selyse volvió a fruncir la nariz.

—Ya que vamos a celebrar tres matrimonios, tanto da que sean cuatro. Ya va siendo hora de que esa mujer, Val, siente la cabeza. He decidido que contraiga matrimonio con mi buen y leal caballero ser Patrek de la Montaña del Rey.

—¿Val lo sabe, alteza? —preguntó Jon—. Según las costumbres del pueblo libre, cuando un hombre desea a una mujer la rapta para demostrar su fuerza, su ingenio y su valor. Si la familia de la mujer lo atrapa, el pretendiente se arriesga a llevarse una paliza, y a algo peor si ella lo encuentra indigno.

—Es una tradición salvaje —apuntó Axell Florent.

—Ningún hombre ha puesto en duda mi valor, y no será una mujer quien lo haga—dijo ser Patrek con una risita.

—Lord Nieve, ya que lady Val es ajena a nuestras costumbres, haced el favor de traérmela para que la instruya en los deberes de una dama noble para con su esposo. —La reina Selyse apretó los labios.

«Eso va a salir de maravilla, seguro.» Jon se preguntó si la reina estaría igual de impaciente por ver a Val casada con uno de sus caballeros si supiera lo que opinaba de la princesa Shireen.

—Como deseéis —dijo—. Aunque, si puedo hablar con franqueza...

—No, mejor no. Podéis retiraros.

Jon hincó la rodilla, inclinó la cabeza y se retiró. Bajó los escalones de dos en dos, saludando a los guardias de la reina a su paso. Su alteza había apostado hombres en todos los pisos para que la guardaran de los salvajes asesinos. Se volvió a medio camino cuando oyó una voz que lo llamaba desde arriba.

—¡Jon Nieve!

—Lady Melisandre...

—Tenemos que hablar.

—¿Sí? —«No»—. Tengo cosas que hacer, mi señora.

—De eso quiero hablar. —Empezó a bajar hacia él, y el dobladillo de su vestido escarlata provocó un susurro al rozar los escalones. Casi parecía flotar—. ¿Dónde está vuestro huargo?

—En mis habitaciones, durmiendo. Su alteza no tolera a Fantasma en su presencia. Dice que asusta a la princesa. Y mientras estén por aquí Borroq y su jabalí, no me atrevo a soltarlo. —Se suponía que el cambiapieles acompañaría a Soren Rompescudos a Puertapiedra cuando regresaran los carros que habían llevado al clan del Desollafocas a Guardiaverde. Hasta entonces, Borroq se había asentado en una vieja cripta, junto al cementerio del castillo. Parecía más cómodo en compañía de los muertos que de los vivos, y su jabalí era feliz hurgando entre las sepulturas, lejos de cualquier otro animal—. Ese bicho tiene el tamaño de un toro y unos colmillos largos como espadas. Fantasma lo atacaría si anduviera suelto, y uno de los dos no sobreviviría al encuentro.

—Borroq es el menor de tus problemas. Esa expedición...

—Una palabra vuestra habría convencido a la reina.

—Selyse tiene razón, lord Nieve. Que se mueran. No podéis salvarlos. Habéis perdido los barcos...

—Aún quedan seis. Más de la mitad de la flota.

—Habéis perdido los barcos. Todos. No regresará ningún hombre, lo he visto en mis fuegos.

—No sería la primera vez que vuestros fuegos mienten.

—He cometido errores, lo reconozco, pero...

—Una muchacha vestida de gris, a lomos de un caballo moribundo. Puñales en la oscuridad. Un príncipe prometido, nacido de humo y sal. Tengo la impresión de que no hacéis más que cometer errores, mi señora. ¿Dónde está Stannis? ¿Qué hay de Casaca de Matraca y las mujeres de las lanzas? ¿Dónde está mi hermana?

—Todas vuestras preguntas serán respondidas. Mirad al cielo, lord Nieve. Y cuando tengáis vuestras respuestas, venid a buscarme. Tenemos el invierno casi encima. Soy vuestra única esperanza.

—Una esperanza vana. —Jon dio media vuelta y la dejó allí.

En el exterior, Pieles merodeaba por el patio.

—Toregg ha vuelto —informó cuando vio a Jon—. Su padre ha asentado a su gente en el Escudo de Roble y regresará esta tarde con ochenta guerreros. ¿Qué ha dicho la reina barbuda?

—Su alteza no puede ayudarnos.

—Está muy ocupada arrancándose los pelos de la barbilla, ¿verdad? —Pieles escupió—. No importa. Nos bastará con nuestros hombres y los de Tormund.

«Quizá para llegar allí. —Lo que preocupaba a Jon Nieve era el viaje de vuelta, entorpecido por miles de hambrientos y enfermos del pueblo libre—. Un río humano más lento que un río de hielo. —Aquello los dejaba expuestos—. Cosas muertas en el bosque. Cosas muertas en el agua.»

—¿Con cuántos nos bastará? —preguntó a Pieles—. ¿Ciento? ¿Doscientos? ¿Quinientos? ¿Mil? —«¿Sería mejor llevar muchos o pocos?» Una expedición más reducida llegaría antes a Casa Austera, pero ¿de qué les valdrían las espadas sin comida? Madre Topo y su gente ya habían llegado al extremo de comerse a los muertos. Para darles de comer tendría que transportar carros y animales que tirasen de ellos: caballos, bueyes, perros... En lugar de cruzar el bosque volando, estarían condenados a arrastrarse—. Aún queda mucho por decidir. Que corra la voz. Quiero que todos los cabecillas estén en el salón del escudo cuando empiece la guardia del atardecer. Para entonces, Tormund debería haber regresado. ¿Dónde se ha metido Toregg?

—Con el monstruito, supongo. Tengo entendido que se ha encariñado con una nodriza.

«Se ha encariñado con Val. Su hermana era reina, ¿por qué no va a serlo ella? —En cierta ocasión, antes de que Mance lo derrotara, Tormund había intentado convertirse en Rey-más-allá-del-Muro. Toregg el Alto bien podría tener el mismo sueño—. Mejor él que Gerrick Sangrerreal.»

—No los molestes, hablaré con Toregg más tarde. —Miró por encima de la Torre del Rey. El Muro lucía un blanco apagado, y el cielo, sobre él, estaba aún más blanco. «Cielo de nieve»—. Limítate a rezar para que no nos caiga otra tormenta.

Mully y el Pulga estaban de guardia en el exterior de la armería, temblando de frío.

—¿No estaríais mejor dentro, a cobijo del viento? —preguntó Jon.

—Sería muy de agradecer, mi señor —respondió Fulk el Pulga—, pero al parecer, vuestro huargo no quiere compañía.

—Ha intentado morderme —corroboró Mully.

—¿Fantasma? —preguntó Jon sorprendido.

—A no ser que su señoría tenga otro lobo blanco, sí. Nunca lo había visto así. Está hecho una furia.

No le faltaba razón, tal como descubrió Jon en cuanto cruzó la puerta. El gran huargo blanco era incapaz de estarse quieto. Iba constantemente de un extremo a otro de la armería, pasando cada vez junto a la forja.

—Tranquilo, Fantasma. Tranquilo. Siéntate, Fantasma. ¡Quieto! —El lobo incluso se erizó y enseñó los dientes cuando intentó tocarlo. «Es ese maldito jabalí. Percibe su hedor desde aquí.»

El cuervo de Mormont también parecía inquieto.

—Nieve. —No paraba de chillar lo mismo—. Nieve, nieve, nieve. —Jon lo apartó de un manotazo, y tras pedir a Seda que encendiese la chimenea, lo envió a buscar a Bowen Marsh y Othell Yarwyck.

—Trae también una frasca de vino especiado.

—¿Con tres copas, mi señor?

—Que sean seis. A Mully y al Pulga les sentará bien algo caliente, y a ti también.

Cuando Seda se fue, Jon tomó asiento y volvió a examinar los mapas del norte del Muro. El camino más rápido hasta Casa Austera transcurría por la costa... desde Guardiaoriente. Junto al mar, el bosque era más ralo y había sobre todo llanuras, colinas bajas y marismas. Cuando llegaban las tormentas de otoño con sus aullidos, en la costa caían más aguanieve, granizo y lluvia helada que nieve.

«Los gigantes están en Guardiaoriente, y Pieles dice que algunos nos ayudarán. —El trayecto desde el Castillo Negro era más tortuoso, ya que atravesaba el corazón del bosque Encantado—. Si la nieve alcanza tanta altura en el Muro, ¿hasta qué punto estará peor ahí arriba?»

Marsh entró entre resoplidos; Yarwyck, con gesto austero.

—Otra tormenta —anunció el capitán de constructores—. ¿Cómo se puede trabajar así? Necesito más hombres.

—Usa al pueblo libre —respondió Jon.

—Esos dan más problemas que otra cosa. —Yarwyck negó con la cabeza—. Son descuidados, negligentes, perezosos... Cierto es que alguno que otro es buen trabajador, pero es casi imposible encontrar un albañil, y no hay herreros. Serán fuertes, pero no saben seguir instrucciones. Y tenemos que convertir todas esas ruinas en fortalezas. No hay manera, mi señor, de verdad. No es posible.

—Lo será —dijo Jon—, o vivirán entre ruinas.

Un señor tenía que rodearse de hombres a los que pedir consejo. Ni Marsh ni Yarwyck tenían nada de lameculos, lo cual estaba bien... Pero rara vez servían de ayuda. Jon se había dado cuenta de que, últimamente, sabía qué iban a decir antes de preguntarles.

Sobre todo en cualquier asunto relativo al pueblo libre, donde su desaprobación era evidente. Cuando Jon instaló a Soren Rompescudos en Puertapiedra, Yarwyck se quejó de que el lugar estaba demasiado aislado. ¿Cómo iban a saber qué se traía Soren entre manos en aquellas colinas lejanas? Cuando asignó el Escudo de Roble a Tormund Matagigantes, y Puerta de la Reina a Morna Máscara Blanca, Marsh señaló que el Castillo Negro tendría enemigos a ambos lados, o bien podrían aislarlos del resto del Muro. En cuanto a Borroq, Othell Yarwyck proclamaba que, al norte de Puertapiedra el bosque estaba lleno de jabalíes, y ¿cómo evitar que el cambiapieles se hiciera con su propio ejército de cerdos salvajes?

Colina Escarcha y Puertaescarcha aún estaban sin guarnecer, así que Jon les había pedido opinión sobre los jefes salvajes y señores de la guerra más apropiados para asentarse allí.

—Tenemos a Brogg, a Gavin el Mercader, al Gran Morsa... Howd el Trotamundos va por libre, dice Tormund, pero nos quedan Harle el Cazador, Harle el Bello, Doss el Ciego... Ygon Oldfather está al mando de un grupo, pero casi todos sus miembros son hijos y nietos suyos. Tiene dieciocho esposas, la mitad de ellas robadas en los saqueos. ¿Cuáles de estos...?

—Ninguno —interrumpió Bowen Marsh—. Los conozco a todos por sus hazañas. Lo que tendríamos que hacer es ahorcarlos, no darles nuestros castillos.

—Sí —convino Othell Yarwyck—. Nos pedís que elijamos entre lo malo y lo peor. Es como si mi señor nos pusiese delante una manada de lobos y nos preguntase cuál nos gustaría que nos desgarrase la garganta.

Con Casa Austera pasó lo mismo. Seda servía vino mientras Jon relataba su audiencia con la reina. Marsh escuchaba con atención, sin fijarse siquiera en el vino especiado, mientras que Yarwyck bebía una copa tras otra. Pero Jon no había terminado de hablar cuando lo interrumpió el lord mayordomo.

—Su alteza es sabia. Que se mueran.

Jon se apoyó en el respaldo.

—¿Ese es el único consejo que puedes darme? Tormund viene con ochenta hombres. ¿A cuántos enviamos? ¿Deberíamos recurrir a los gigantes? ¿A las mujeres de las lanzas de Túmulo Largo? Puede que la gente de Madre Topo se tranquilice si llevamos mujeres.

—Pues enviad mujeres. Enviad gigantes. Enviad niños de pecho. ¿Eso es lo que quiere oír mi señor? —Bowen Marsh se frotó la cicatriz que se había ganado en el Puente de los Cráneos—. Enviadlos a todos. Cuantos más perdamos, menos bocas tendremos que alimentar.

Yarwyck no fue de mucha más ayuda.

—Si hay que socorrer a los salvajes de Casa Austera, que se encarguen los salvajes que tenemos aquí. Tormund conoce el camino y, a juzgar por lo que dice, es capaz de salvarlos a todos con su enorme miembro.

«Esto ha sido inútil —pensó Jon—. Inútil, infructuoso, absurdo.»

—Gracias por vuestros consejos, mis señores.

Seda los ayudó a ponerse las capas. Al pasar por la armería, Fantasma los olisqueó, con la cola levantada y el pelo erizado.

«Mis hermanos.»

La Guardia de la Noche necesitaba el mando de hombres con la sabiduría del maestre Aemon, la capacidad de aprendizaje de Samwell Tarly, el valor de Qhorin Mediamano, la fuerza perseverante del Viejo Oso y la empatía de Donal Noye. Pero solo los tenía a ellos.

Fuera, la nieve caía con fuerza.

—El viento sopla del sur —observó Yarwyck— y empuja la nieve contra el Muro. ¿Lo veis?

Tenía razón. Jon se fijó en que la escalera zigzagueante estaba enterrada casi hasta el primer descansillo, y las puertas de madera de las celdas de hielo y los almacenes habían desaparecido tras un muro blanco.

—¿Cuántos hombres tenemos en las celdas? —preguntó a Bowen Marsh.

—Cuatro vivos y dos muertos.

«Los cadáveres.» Casi se había olvidado de ellos. Había albergado la esperanza de averiguar algo gracias a los cadáveres con los que habían vuelto del bosque de arcianos, pero los muertos se habían obcecado en seguir muertos.

—Tenemos que despejar las puertas.

—Bastará con diez mayordomos y diez palas —dijo Marsh.

—Llévate también a Wun Wun.

—Como ordenéis.

Los diez mayordomos y el gigante tardaron poco en apartar la nieve, pero Jon siguió sin estar satisfecho cuando las puertas quedaron despejadas.

—Por la mañana, esas celdas estarán enterradas otra vez. Más nos vale cambiar de sitio a los prisioneros antes de que se asfixien.

—¿También a Karstark, mi señor? —preguntó Fulk el Pulga—. ¿No podemos dejar a ese temblando de frío hasta la primavera?

—Ojalá. —A Cregan Karstark le había dado por aullar de noche y lanzar heces congeladas a cualquiera que se acercase a llevarle comida, por lo que los guardas no le tenían mucho cariño—. Llevadlo al sótano de la Torre del Lord Comandante. —Aunque estaba parcialmente derruido, en el antiguo asentamiento del Viejo Oso haría más calor que en las celdas de hielo. Los sótanos estaban prácticamente intactos.

En cuanto los guardias cruzaron la puerta, Cregan se puso a darles patadas, y cuando trataron de agarrarlo, se revolvió, los empujó e incluso intentó morderlos. Pero el frío lo había debilitado, y los hombres de Jon eran más corpulentos, jóvenes y fuertes. Lo sacaron al exterior sin que dejara de debatirse, y lo arrastraron por la nieve hasta su nueva casa.

—¿Qué desea el lord comandante que hagamos con los cadáveres? —preguntó Marsh cuando ya se habían llevado a los vivos.

—Dejadlos aquí. —Si la tormenta los enterraba, estupendo. Al final tendría que quemarlos, pero por el momento estaban encadenados con grilletes de hierro dentro de las celdas. Entre eso y que estaban muertos, deberían ser inofensivos.

Tormund Matagigantes eligió muy bien el momento de su llegada: apareció con sus guerreros, montando un estruendo, cuando ya habían terminado de cavar. Solo se presentaron cincuenta, no los ochenta que Toregg había prometido a Pieles, pero por algo llamaban a Tormund el Gran Hablador. El salvaje llegó con el rostro congestionado, pidiendo a gritos un cuerno de cerveza y algo caliente para comer. Tenía hielo en la barba y escarcha en el bigote.

A Puño de Trueno ya le habían dado las noticias sobre Gerrick Sangrerreal y su nuevo cargo.

—¿Rey de los salvajes? —dijo entre carcajadas—. ¡Ja! Más bien, rey de mi culo peludo.

—Tiene un aire majestuoso —dijo Jon.

—Lo que tiene es una polla roja y pequeña, a juego con el pelo. Raymun Barbarroja y sus hijos murieron en Lago Largo, gracias a tus malditos Stark y al Gigante Borracho, pero su hermano pequeño sigue vivo. ¿Te has preguntado alguna vez por qué lo llaman Cuervo Rojo? *Rojo* está claro, pero *cuervo*... —La boca de Tormund formó una sonrisa desdentada—. Fue el primero en salir volando de la batalla. Años después, compusieron una canción sobre aquello, y el bardo necesitaba algo que rimara con *protervo*. —Se limpió la nariz—. Si los caballeros de tu reina quieren a esas chicas, que se las queden.

—Chicas —graznó el cuervo de Mormont—. Chicas, chicas.

Aquello hizo reír de nuevo a Tormund.

—Eso es un pájaro con sentido común. ¿Cuánto pides por él, Nieve? Yo te he dado a un hijo; lo mínimo que podrías hacer es darme ese pajarraco.

—Te lo daría si no supiera que te lo ibas a comer.

Aquello también lo hizo reír.

—Comer —dijo el cuervo en tono siniestro, batiendo las alas negras—. ¿Maíz? ¿Maíz?

—Tenemos que hablar de la expedición —dijo Jon—. Quiero que en el salón del escudo hablemos con una sola voz; debemos... —Se interrumpió cuando Mully asomó la nariz, con gesto sombrío, para anunciar que había llegado Clydas con una carta.

—Que te la entregue; la leeré más tarde.

—Como queráis, mi señor, pero... Clydas no parece el mismo... Está más blanco que rosa, no sé si me explico. Está temblando.

—Alas negras, palabras negras —murmuró Tormund—. ¿No es eso lo que decís los arrodillados?

—También decimos: «A la fiebre y al catarro, de aguardiente un buen jarro», y «Con un dorniense no bebas cuando la luna se eleva». Decimos un montón de cosas.

Mully aportó sus dos granitos de arena.

—Mi anciana abuela solía decir: «Los amigos de verano se derriten como la nieve de verano, pero los amigos de invierno son para siempre».

—Ya basta de sabiduría popular por hoy —dijo Jon Nieve—. Haz pasar a Clydas.

Mully no había exagerado: el viejo mayordomo estaba temblando y tenía el rostro blanco como la nieve del exterior.

—Puede que sean cosas mías, lord comandante, pero... esta carta me da mala espina. Mirad.

La única palabra escrita en el pergamino era «Bastardo». No *lord Nieve,* ni *Jon Nieve,* ni *lord comandante.* Solo «Bastardo». Y estaba sellado con lacre rosa.

—Has hecho bien en venir enseguida —dijo Jon. «Y tenías razón al estar asustado.» Rompió el sello, desplegó el pergamino y leyó:

> Tu falso rey ha muerto, bastardo. Lo aplastamos, junto con todo su ejército, tras siete días de batalla. Tengo su espada mágica. Díselo a su puta roja.
>
> Los amigos de tu falso rey han muerto. Sus cabezas adornan las murallas de Invernalia. Ven a verlas, bastardo. Tu falso rey mentía, y tú también. Anunciaste al mundo que habías quemado al Rey-más-allá-del-Muro, pero lo enviasteis a Invernalia a robar a mi mujer.

La recuperaré. Si quieres volver a ver a Mance Rayder, ven a buscarlo. Lo tengo en una jaula, para que lo vea todo el Norte, como prueba de tus mentiras. En la jaula hace frío, pero le he hecho una capa muy abrigada con la piel de las seis putas que se trajo a Invernalia.

Quiero recuperar a mi mujer. Quiero a la reina del falso rey. Quiero a su hija y a su bruja roja. Quiero a su princesa de los salvajes.

Quiero a su principito, el salvaje de teta. Y quiero a mi Hediondo. Envíamelos, bastardo, y no os molestaré ni a ti ni a tus cuervos negros. De lo contrario, te arrancaré ese corazón de bastardo y me lo comeré.

Ramsay Bolton
Legítimo señor de Invernalia

—¿Nieve? —dijo Tormund Matagigantes—. Cualquiera diría que la cabeza ensangrentada de tu padre acaba de salir rodando de esa carta.

Jon Nieve tardó un rato en responder.

—Mully, acompaña a Clydas a sus habitaciones. La noche es oscura, y los caminos estarán resbaladizos con tanta nieve. Seda, ve con ellos. —Le dio la carta a Tormund Matagigantes—. Toma, lee tú mismo.

El salvaje miró la carta con recelo y se la devolvió a Jon.

—Tiene mala pinta..., pero Tormund Puño de Trueno siempre ha tenido mejores cosas que hacer que aprender a que le hablen los papeles. Nunca dicen nada bueno, ¿verdad?

—Casi nunca —reconoció Jon. «Alas negras, palabras negras.» Los refranes le parecían cada vez más cargados de sabiduría—. La envía Ramsay Nieve. Te la leeré.

Cuando terminó, Tormund lanzó un silbido.

—Ja. Qué hijo de puta. ¿Qué es eso de Mance? ¿Lo tiene en una jaula? ¿Cómo es posible, si tu bruja roja lo quemó ante cientos de testigos?

«Ese era Casaca de Matraca —estuvo a punto de decir Jon—. Fue brujería. Un hechizo, dijo ella.»

—Melisandre... me dijo que mirase al cielo. —Dejó la carta en la mesa—. Un cuervo en una tormenta. Lo vio venir.

«Cuando tengáis vuestras respuestas, venid a buscarme.»

—A lo mejor no son más que mentiras. —Tormund se rascó la barba—. Si tuviera una buena pluma de ganso y un bote de tinta de maestre, podría escribir que tengo el miembro tan largo como el brazo, pero eso no lo haría verdad.

—Tiene a *Dueña de Luz*. Habla de cabezas en las murallas de Invernalia. Sabe lo de las mujeres de las lanzas y cuántas eran. —«Sabe lo de Mance Rayder»—. No. Hay verdad en estas palabras.

—Muy bien. ¿Qué piensas hacer, cuervo?

Jon flexionó los dedos de la mano de la espada.

«La Guardia de la Noche no toma partido. —Abrió y cerró el puño—. Lo que sugerís es poco menos que traición. —Vio a Robb, con el pelo lleno de nieve que se iba derritiendo—. "Mata al niño y que nazca el hombre." —Vio a Bran, trepando por las torres, ágil como un mono; oyó la risa de Rickon; vio a Sansa cepillando el pelaje de dama y cantando—. "No sabes nada, Jon Nieve." —Vio a Arya, con el pelo enmarañado como el nido de un pájaro—. "Le he hecho una capa muy abrigada con la piel de las seis putas que se trajo a Invernalia... Quiero recuperar a mi mujer... Quiero recuperar a mi mujer... Quiero recuperar a mi mujer...".»

—Creo que vamos a tener que cambiar de planes —dijo Jon Nieve.

Estuvieron hablando casi dos horas.

Con el cambio de guardia, Caballo y Rory habían reemplazado a Fulk y Mully en la puerta de la armería.

—Acompañadme —les dijo al llegar. Fantasma quería seguirlos, pero cuando empezó a caminar sigilosamente tras ellos, Jon lo agarró por el pescuezo y lo empujó al interior; quizá Borroq estuviera en la reunión del salón del escudo, y lo que menos falta le hacía era que su lobo atacase al jabalí del cambiapieles.

El salón del escudo era una de las partes más antiguas del Castillo Negro, un salón de banquetes alargado de piedra negra, surcado de corrientes de aire y con las vigas de roble ennegrecidas por largos siglos de humo. Cuando la Guardia de la Noche era mucho más numerosa había hileras de escudos de madera de colores vivos colgados de las paredes. Por aquel entonces, como en la actualidad, cuando un caballero vestía el negro, la tradición decretaba que abandonase sus viejas armas y adoptase el sencillo escudo negro de la hermandad. Los escudos descartados se colgaban de las paredes del salón.

Cientos de caballeros equivalía a cientos de escudos. Halcones, águilas, dragones, grifos, soles, venados, lobos, guivernos, mantícoras, toros, árboles, flores, arpas, lanzas, cangrejos, krákens, leones rojos, leones dorados, leones jaquelados, búhos, corderos, doncellas, tritones, caballos, estrellas, calderos, hebillas, hombres desollados, hombres ahorcados, hombres quemados, hachas, espadas largas, tortugas, unicornios, osos, plumas, arañas, serpientes, escorpiones y cientos de blasones distintos habían adornado los muros del salón del escudo, decorado con más colores de los que jamás hubiera soñado un arcoíris.

Pero cuando moría un caballero, se descolgaba su escudo para que lo acompañara a la pira o a la tumba; y a medida que pasaban los años, cada vez eran menos los caballeros que vestían el negro. Llegó un día en que dejó de tener sentido que los caballeros del Castillo Negro cenasen aparte, y se abandonó el salón del escudo. A lo largo del último siglo se había usado en muy pocas ocasiones. Como comedor dejaba mucho que desear: estaba sucio y era oscuro, con corrientes de aire y difícil de calentar en invierno; tenía los sótanos infestados de ratas, y las enormes vigas de madera, carcomidas y engalanadas de telarañas.

Pero era suficientemente amplio para dar cabida a doscientos hombres sentados, y a un centenar más si se apretaban un poco. Cuando entraron Jon y Tormund, un sonido parecido al de un enjambre de avispas recorrió la sala. A juzgar por el poco negro que se veía, había cinco salvajes por cada cuervo. Quedaba menos de una docena de escudos, grises y lastimosos, con la pintura desvaída y la madera agrietada. Pero en los candelabros de hierro de las paredes ardían teas nuevas, y Jon había ordenado que dispusieran bancos y mesas. Si los hombres estaban bien acomodados, serían más propensos a escuchar, como le había explicado el maestre Aemon en cierta ocasión: era más fácil que se pusieran a gritar si estaban de pie.

Dominaba la sala un estrado medio hundido. Jon subió, junto con Tormund Matagigantes, y alzó las manos para pedir silencio, pero solo consiguió que las avispas se agitaran más. Tormund se llevó el cuerno a los labios y dio un toque. El sonido llenó la sala, arrancando ecos de las vigas del techo. Los murmullos cesaron.

—Os he convocado aquí para planificar la liberación de Casa Austera —comenzó Jon Nieve—. Miles de personas del pueblo libre están allí, atrapadas y a punto de morir de hambre, y nos han llegado informes de cosas muertas en el bosque. —A la izquierda vio a Marsh y a Yarwyck. Othell estaba rodeado de sus constructores, y a Bowen lo acompañaban Wick Whittlestick, Lew el Zurdo y Alf del Pantanal. A su derecha estaba Soren Rompescudos, con los brazos cruzados. Más allá vio a Gavin el Mercader y Harle el Bello, que cuchicheaban entre sí. Ygon Oldfather estaba sentado entre sus esposas; Howd el Trotamundos, solo. Borroq estaba apoyado en una pared, en una esquina oscura. Afortunadamente, no había ni rastro de su jabalí—. Las tormentas han hecho naufragar los barcos que envié para recoger a Madre Topo y a su gente. Debemos enviar tanta ayuda como podamos por tierra, o dejarlos morir. —Se fijó en que también habían acudido dos caballeros de la reina Selyse: ser Narbert y ser Benethon se encontraban cerca de la puerta, al fondo de la sala, pero el resto de los hombres de la reina brillaba por su ausencia—. Tenía la intención de encabezar yo mismo la expedición y regresar con todos aquellos que pudieran sobrevivir al viaje. —Un fulgor rojo, al final de la sala, le llamó la atención. Había llegado lady Melisandre—. Pero acabo de enterarme de que no puedo ir a Casa Austera. La expedición estará a cargo de Tormund Matagigantes, al que todos conocéis. Le he prometido que pondré a su disposición a todos los hombres que precise.

—¿Y dónde estarás tú, cuervo? —bramó Borroq—. ¿Escondido aquí, en el Castillo Negro, con tu perro blanco?

—No. Yo cabalgaré hacia el sur. —Leyó la carta de Ramsay Nieve.

El salón del escudo enloqueció. Todos empezaron a gritar a la vez, al tiempo que se levantaban y agitaban los puños.

«Y hasta aquí ha llegado el efecto tranquilizador de la comodidad de los bancos.» Se blandieron espadas; las hachas chocaron contra los escudos. Jon Nieve miró a Tormund, que dio un nuevo toque al cuerno, el doble de largo y fuerte que el anterior.

—La Guardia de la Noche no toma partido en las guerras de los Siete Reinos —les recordó Jon cuando vio que volvía a reinar algo parecido a la calma—. No nos corresponde a nosotros oponernos al Bastardo de Bolton, ni vengar a Stannis Baratheon, ni defender a su viuda y a su hija. Esta... criatura que hace capas de piel de mujer ha jurado arrancarme el corazón, y pretendo hacerle pagar esas palabras..., pero no pediré a mis hermanos que rompan sus votos.

»La Guardia de la Noche irá a Casa Austera. Yo iré solo a Invernalia, a menos que... —Hizo una pausa—. ¿Hay algún hombre que quiera acompañarme?

El estruendo fue ensordecedor, más de lo que esperaba, y se armó tanto tumulto que dos antiguos escudos cayeron de la pared. Soren Rompescudos se había puesto en pie, igual que el Trotamundos, Toregg el Alto, Brogg, Harle el Cazador, Harle el Bello, Ygon Oldfather, Doss el Ciego e incluso el Gran Morsa.

«Ya tengo mis espadas —pensó Jon Nieve— y vamos a por ti, Bastardo. —Vio como Yarwyck y Marsh se escabullían hacia el exterior, seguidos de todos sus hombres. Daba igual. En aquel momento, ni los necesitaba ni los quería—. Nadie podrá decir que obligué a mis hermanos a romper sus votos. Si alguien los rompe, seré yo y solo yo.» Tormund le palmeó la espalda con una amplia sonrisa sin dientes.

—Bien dicho, cuervo. Ahora, ¡que traigan el hidromiel! Así se hace: primero te los ganas y luego los emborrachas. Acabaremos haciendo de ti un buen salvaje, muchacho. ¡Ja!

—Pediré cerveza —dijo Jon, distraído. Se dio cuenta de que Melisandre se había marchado, al igual que los caballeros de la reina.

«Tendría que haber ido a ver a Selyse en primer lugar —pensó—. Tenía derecho a saber que su esposo ha muerto.»

—Tengo que salir. Encárgate tú de emborracharlos.

—¡Ja! Una tarea para la que estoy más que preparado, cuervo. ¡Ve!

Caballo y Rory acompañaron a Jon cuando abandonó el salón del escudo.

«Cuando haya terminado de hablar con la reina iré a ver a Melisandre —pensó—. Si fue capaz de ver un cuervo en una tormenta, seguro que puede decirme dónde encontrar a Ramsay Nieve.» De repente oyó gritos... y un rugido tan fuerte que el Muro pareció estremecerse.

—Viene de la Torre de Hardin, mi señor —informó Caballo. Otro grito interrumpió lo que tuviera que añadir.

«Val —fue lo primero que pensó Jon. Pero aquello no era un grito de mujer—. Eso es un hombre que agoniza.» Echó a correr. Caballo y Rory lo siguieron.

—¿Son espectros? —preguntó Rory. Jon no lo sabía. ¿Era posible que los cadáveres se hubieran zafado de las cadenas?

Cuando llegaron a la Torre de Hardin ya no se oían gritos, pero Wun Weg Wun Dar Wun seguía rugiendo. El gigante tenía sujeto por la pierna un cadáver ensangrentado y lo hacía oscilar, igual que Arya de pequeña, cuando blandía su muñeca como si fuera un mangual cada vez que amenazaban con darle verdura.

«Pero Arya nunca desmembraba a las muñecas.» El brazo de la espada del muerto estaba a varios pasos de distancia, y bajo él, la nieve iba tiñéndose de rojo.

—Suéltalo —gritó Jon—. ¡Wun Wun, suéltalo!

Wun Wun no lo oía o no lo entendía. Él también estaba sangrando; tenía cortes de espada en el brazo y el estómago. Estampó al caballero muerto contra la piedra negra de la torre, una y otra vez, hasta que su cabeza quedó reducida a una pulpa rojiza, como una sandía de verano. El aire frío hacía revolotear la capa del caballero. Era de lana blanca, bordada con hilo de plata y adornada con estrellas azules. Por todas partes volaban sangre y huesos.

De las construcciones y torres cercanas afluían norteños, gente del pueblo libre, hombres de la reina...

—Formad una hilera —ordenó Jon—. Mantenedlos alejados, sobre todo a los hombres de la reina.

El muerto era ser Patrek de la Montaña del Rey; ya no quedaba ni rastro de su cabeza, pero se lo distinguía por los blasones. Jon no quería arriesgarse a que ser Malegorn o ser Brus o algún otro hombre de la reina intentara vengarlo.

Wun Weg Wun Dar Wun volvió a aullar y retorció el otro brazo de ser Patrek, que se desprendió con una nube de sangre roja y brillante.

«Como un niño que arranca los pétalos de una margarita», pensó Jon.

—Pieles, habla con él y que se calme. En la antigua lengua; entiende la antigua lengua. Los demás, apartaos. Y guardad el acero; estamos asustándolo.

¿No se daban cuenta de que el gigante también estaba herido? Tenía que poner fin a aquello, o morirían más hombres. No tenían ni idea de lo fuerte que era Wun Wun.

«Un cuerno, necesito un cuerno.» Vio el brillo del acero y se volvió hacia él.

—¡Nada de espadas! —gritó—. Wick, guarda ese...

... «cuchillo», quiso decir. Cuando Wick Whittlestick le lanzó un tajo a la garganta, la palabra se convirtió en un gruñido. Jon consiguió esquivar el puñal lo bastante para que apenas le hiciera un arañazo.

«Me ha herido.» Cuando se llevó la mano al cuello, la sangre le corrió entre los dedos.

—¿Por qué?

—Por la Guardia. —Wick volvió a atacar, pero Jon lo atrapó por la muñeca y le dobló el brazo hasta que soltó el puñal. El desgarbado mayordomo dio unos pasos atrás, con las manos en alto, como diciendo «Yo no he sido, yo no he sido». Los hombres gritaban. Jon echó mano de *Garra,* pero tenía los dedos entumecidos y torpes. Por algún motivo, no era capaz de desenvainar.

De pronto apareció Bowen Marsh frente a él, con las mejillas llenas de lágrimas.

—Por la Guardia. —Apuñaló a Jon en el vientre. Cuando retiró la mano, dejó el arma clavada.

Jon cayó de rodillas. A tientas, agarró el puñal y se lo arrancó. La herida despedía humo blanco en el frío aire nocturno.

—Fantasma —susurró. El dolor lo invadió.

«Hay que clavarla por el extremo puntiagudo.»

Cuando el tercer puñal se le hundió entre los omoplatos, dejó escapar un gruñido y cayó de bruces en la nieve. No llegó a sentir el cuarto. Solo el frío...

La mano de la reina

El príncipe dorniense tardó tres días en morir.

Exhaló el último aliento entrecortado en la sombría oscuridad previa al amanecer, mientras la lluvia fría que caía siseando del cielo negro convertía en ríos las calles adoquinadas de la vetusta ciudad. El temporal había sofocado los incendios en su mayor parte, pero todavía se elevaban volutas de humo de las ruinas calcinadas de la pirámide de Hazkar, y la gran pirámide negra de Yherizan, donde Rhaegal tenía su guarida, se alzaba en la penumbra como una gorda engalanada con joyas brillantes y anaranjadas.

«Igual resulta que los dioses no están tan sordos —reflexionó ser Barristan Selmy al contemplar los rescoldos lejanos—. Si no fuera por la lluvia, el fuego ya habría consumido todo Meereen.»

No vio ni rastro de los dragones, pero tampoco contaba con ello; no les gustaba la lluvia. Una fina raya roja señalaba el horizonte oriental, por donde pronto saldría el sol. Le recordó la primera sangre que manaba de una herida; a menudo, aunque el corte fuera profundo, llegaba antes que el dolor.

Inspeccionó el cielo desde el parapeto del escalón superior de la Gran Pirámide, como todas las mañanas. Aguardaba el amanecer con la esperanza de que la luz le devolviese a su reina.

«No puede habernos abandonado, nunca dejaría a su pueblo», se decía, cuando oyó los estertores del príncipe en las habitaciones de Daenerys.

Ser Barristan entró. La lluvia le chorreaba por la capa blanca, y las botas dejaban huellas húmedas en el suelo y las alfombras. Por orden suya, habían acostado a Quentyn Martell en la alcoba de la reina. Era un caballero, y un príncipe de Dorne por añadidura; al menos merecía morir en el lecho en pos del cual había recorrido medio mundo. El colchón, las sábanas, las mantas y las almohadas apestaban a sangre y a humo, y todo el lecho había quedado inservible, pero ser Barristan confiaba en que Daenerys lo perdonaría.

Missandei estaba a la cabecera de la cama; había permanecido con el príncipe día y noche, ocupada en atender las necesidades que lograba expresar, darle agua y la leche de la amapola cuando tenía fuerzas para beber, escuchar las pocas palabras que en ocasiones murmuraba tortuosamente, y leerle cuando se quedaba callado. Dormía en la silla, a su lado. Ser Barristan había pedido ayuda a los coperos de la reina, pero la visión del hombre quemado era insoportable hasta para los más audaces. Las gracias azules no habían acudido, pese a que las había mandado llamar en cuatro ocasiones; tal vez se las hubiera llevado a todas la yegua clara.

—Honorable señor. —La pequeña escriba naathi levantó la mirada al oír que se aproximaba—. El príncipe ya ha dejado atrás el dolor; sus dioses dornienses se lo han llevado a casa. ¿Lo veis? Está sonriendo.

«¿Cómo lo sabes? No tiene labios. —Habría sido más misericordioso que los dragones lo devorasen; al menos habría sido más rápido. En cambio, aquello... —Es horrible morir quemado. No me extraña que haya tantos infiernos de fuego.»

—Cúbrelo.

—¿Qué hacemos con él? —Missandei cubrió la cara del príncipe con la colcha—. Está tan lejos de casa...

—Me ocuparé de devolverlo a Dorne.

«Pero ¿cómo? ¿Sus cenizas?» Para eso hacía falta fuego, y ser Barristan no quería ni pensar en ello.

—Tendremos que descarnar los huesos; con escarabajos, nada de hervirlos. —En su tierra se habrían hecho cargo las hermanas silenciosas, pero estaban en la bahía de los Esclavos, a diez mil leguas de la más cercana—. Deberías irte a dormir, niña, en tu cama.

—Si perdonáis el atrevimiento, una cree que deberíais hacer lo mismo. Nunca dormís toda la noche.

«Desde hace ya muchos años, pequeña; desde el Tridente.» El Gran Maestre Pycelle le había dicho en cierta ocasión que los viejos no necesitaban dormir tanto como los jóvenes, pero no se trataba solo de eso; había llegado a una edad en que se resistía a cerrar los ojos por miedo a no volver a abrirlos. Había quien deseaba morir en la cama, durmiendo, pero ese no era un final digno para un caballero de la Guardia Real.

—Las noches son muy largas —dijo a Missandei—, y el trabajo no termina nunca, ni en los Siete Reinos ni aquí. Pero ya has hecho bastante por ahora: ve a descansar.

«Y quieran los dioses que no sueñes con dragones.»

Cuando la niña se hubo marchado, el anciano caballero retiró la colcha para observar por última vez el rostro de Quentyn Martell, o lo que quedaba de él. Había perdido tanta carne que se le veía el cráneo, y sus ojos eran charcos de pus.

«Debió quedarse en Dorne. Debió seguir siendo una rana. No todos los hombres están destinados a la danza de dragones.»

Mientras lo cubría de nuevo, se preguntó si habría alguien que hiciera lo mismo por su reina, o si su cadáver yacería en la alta hierba del mar dothraki con los ojos ciegos fijos en el cielo, sin nadie que lo velara, hasta que la carne se desprendiera de los huesos.

—No —dijo en voz alta—. Daenerys no está muerta; cabalgaba a lomos del dragón, la vi con mis propios ojos —se había repetido un centenar de veces, aunque cada día le resultaba más difícil creerlo.

«Tenía el pelo en llamas. Estaba ardiendo... y, aunque no la vi caer, cientos de personas juran haber visto como caía.»

La mañana avanzó sobre la ciudad. Seguía lloviendo, pero una tenue luz teñía el cielo oriental. Con el sol llegó el Cabeza Afeitada. Skahaz vestía su indumentaria acostumbrada: falda negra plisada, canilleras y coraza musculada, aunque bajo el brazo llevaba una máscara nueva: una cabeza de lobo con la lengua colgando.

—Así que ya se ha muerto ese imbécil, ¿eh? —dijo a modo de saludo.

—El príncipe Quentyn ha fallecido al despuntar el alba. —No lo sorprendió que Skahaz se hubiera enterado; las noticias viajaban deprisa en la pirámide—. ¿Se ha reunido el Consejo?

—Aguarda abajo a que la mano se digne aparecer.

«No soy la mano —quería gritar una parte de él— y nunca quise serlo. No soy más que un caballero, el protector de la reina.» Pero alguien debía asumir el gobierno con Daenerys desaparecida y el rey cargado de cadenas, y ser Barristan no se fiaba del Cabeza Afeitada.

—¿Se sabe algo de la gracia verde?

—Aún no ha regresado a la ciudad. —Skahaz se había opuesto a enviar a Galazza Galare, y a ella tampoco la entusiasmaba la misión; había accedido en aras de la paz, pero creía que Hizdahr zo Loraq era más indicado para tratar con los sabios amos. Sin embargo, ser Barristan no daba su brazo a torcer así como así, y al final, la gracia verde tuvo que agachar la cabeza y jurar que haría cuanto estuviera en su mano.

—¿Qué pasa en la ciudad? —preguntó Selmy.

—Todas las puertas están cerradas y atrancadas, como ordenasteis. Damos caza a todos los yunkios y mercenarios que puedan quedar dentro de las murallas, y los expulsamos o detenemos, pero a casi todos parece habérselos tragado la tierra. Están escondidos; en las pirámides, sin duda. Los Inmaculados patrullan la muralla y las torres, listos para responder en caso de asalto. Hay dos centenares de nobles reunidos en la plaza, con el *tokar* empapado por la lluvia, pidiendo a gritos una audiencia; exigen la liberación de Hizdahr y mi muerte, y que vos acabéis con los dragones, porque corre el rumor de que para eso están los caballeros. Todavía se siguen sacando cadáveres de la pirámide de Hazkar. Los grandes amos de Yherizan y Uhlez han abandonado las suyas a merced de los dragones.

—¿Y el recuento de asesinatos? —Ser Barristan ya sabía todo lo demás, pero temía formular aquella pregunta.

—Veintinueve.

—¿Veintinueve? —La cifra superaba sus peores temores. Los Hijos de la Arpía habían reanudado su guerra encubierta dos días atrás, con tres muertes la primera noche y nueve la segunda, pero pasar de nueve a veintinueve en una noche...

—Habrán superado la treintena antes del mediodía. ¿A qué viene esa cara tan triste, viejo? ¿Qué esperabais? La Arpía quiere la liberación de Hizdahr, de modo que ha enviado a sus hijos de vuelta a la calle, cuchillo en mano. Todos los muertos son libertos y cabezas afeitadas, igual que antes. Uno era de los míos, una bestia de bronce. Junto a todos los cadáveres estaba la marca de la Arpía, pintada con tiza en el suelo o marcada en la pared. También había mensajes: «Muerte a los dragones» y «Harghaz el Héroe»; antes de que la lluvia lo borrase, también se vio algún «Muerte a Daenerys».

—El impuesto de sangre...

—Recolectaremos dos mil novecientas monedas de oro por pirámide, sí —refunfuñó Skahaz—, pero la Arpía no se detendrá por un puñado de calderilla; eso solo se logrará con sangre.

«Otra vez el asunto de los rehenes. Si le dejase, los mataría uno por uno.»

—¿No os cansáis de repetirlo? Os he oído las cien primeras veces. No.

—La mano de la reina —masculló Skahaz—. Más bien parecéis la mano de una vieja, débil y arrugada. Rezo por que Daenerys vuelva pronto a nuestro lado. —Se cubrió la cara con la máscara de lobo—. Vuestro Consejo aguarda impaciente.

—Es el Consejo de la Reina, no el mío. —Selmy se cambió la capa húmeda por otra seca y se abrochó el cinto de la espada antes de seguir al Cabeza Afeitada escaleras abajo.

Aquella mañana no había peticionarios en la sala de las columnas. Pese a haber aceptado el título de mano, ser Barristan jamás se atrevería a convocar una audiencia sin la reina, ni estaba dispuesto a permitírselo a Skahaz mo Kandaq. Había retirado los grotescos tronos de dragón de Hizdahr, pero tampoco había vuelto a instalar el sencillo banco con cojines que usaba Daenerys, sino que instaló una gran mesa redonda en el centro de la sala, rodeada de sillas altas, para que los hombres se sentaran a hablar de igual a igual.

Se pusieron en pie cuando bajó ser Barristan por la escalera de mármol, con Skahaz el Cabeza Afeitada a su lado. Estaba Marselen, de los

Hombres de la Madre, y Symon Espalda Lacerada, de los Hermanos Libres. Los Escudos Fornidos habían nombrado un nuevo comandante, un isleño del Verano de piel negra llamado Tal Toraq, puesto que la yegua clara se había llevado a Mollono Yos Dob, su antiguo capitán. También había acudido Gusano Gris, de los Inmaculados, acompañado de tres sargentos eunucos con casco de bronce rematado en una púa. Representaban a los Cuervos de Tormenta dos mercenarios veteranos: un arquero llamado Jokin y un hombre avinagrado y surcado de cicatrices que luchaba con hacha, al que se conocía como el Viudo. Habían asumido el mando de la compañía en ausencia de Daario Naharis. La mayor parte del *khalasar* de la reina, con Aggo y Rakharo, había partido al mar dothraki en su búsqueda, pero el bizco y patizambo *jaqqa rhan* Rommo estaba presente para hablar en nombre de los jinetes que quedaban.

En el lado de la mesa opuesto al de ser Barristan se habían sentado cuatro de los antiguos guardias del rey Hizdahr: los luchadores de las arenas Goghor el Gigante, Belaquo Rompehuesos, Camarron de la Cuenta y el Gato Moteado. Selmy había insistido en que asistiesen, pese a las objeciones del Cabeza Afeitada. No podían olvidar que habían ayudado a Daenerys Targaryen a tomar la ciudad. Tal vez fuesen unos brutos sanguinarios, pero habían demostrado lealtad, a su manera. Al rey Hizdahr, cierto, pero también a la reina.

Por último, Belwas el Fuerte entró en la sala con pasos retumbantes.

El eunuco había mirado a la muerte tan de cerca que podría haberla besado en los labios, y eso lo había marcado. Parecía haber adelgazado una arroba, y la piel morena que antes se tensaba sobre el voluminoso torso, atravesada por un centenar de viejas cicatrices, colgaba en pliegues sueltos, flácida y temblorosa, como una túnica demasiado grande. También caminaba más despacio y parecía algo inseguro. Aun así, su aparición alegró el corazón del anciano caballero; Belwas y él habían cruzado el mundo juntos, y sabía que podía confiar en él si se desenvainaban las espadas.

—Nos alegramos de que hayas podido venir, Belwas.

—Barbablanca —saludó Belwas con una sonrisa—, ¿dónde está el hígado encebollado? Belwas ya no está tan fuerte como antes, necesita comer, hacerse grande otra vez. Alguien hizo enfermar a Belwas, alguien debe morir.

«Alguien morirá; seguramente, muchos.»

—Siéntate, amigo mío. —Ser Barristan esperó a que Belwas se sentara y se cruzara de brazos, y prosiguió—. Quentyn Martell ha fallecido esta mañana, antes del alba.

—El jinete de dragones —interrumpió el Viudo con una risotada.

—El imbécil, lo llamaría yo —repuso Symon Espalda Lacerada.

«Di más bien el chiquillo.» Ser Barristan no había olvidado sus propias locuras de juventud.

—No habléis mal de los muertos; el príncipe ha pagado un precio espantoso por sus actos.

—¿Qué pasa con los otros dornienses? —preguntó Tal Toraq.

—De momento están presos. —Los dornienses no habían ofrecido ninguna resistencia; cuando llegaron las bestias de bronce, Archibald Yronwood sostenía el cuerpo abrasado y humeante de Quentyn Martell. Tenía las manos quemadas porque las había usado para apagar las llamas que devoraban a su príncipe. Gerris del Manantial estaba junto a ellos con la espada desenvainada, pero la depuso al ver a las langostas—. Comparten celda.

—Que compartan horca —dijo Symon Espalda Lacerada—. Han soltado dos dragones por la ciudad.

—Abrid los reñideros y dadles espadas —suplicó el Gato Moteado—. Los mataré a los dos mientras Meereen me aclama.

—Las arenas de combate permanecerán cerradas —repuso Selmy—. La sangre y la algarabía podrían atraer a los dragones.

—Puede que a los tres —apuntó Marselen—. Si la bestia negra acudió una vez, ¿por qué no va a volver? Esta vez con nuestra reina.

«O sin ella.» Ser Barristan estaba seguro de que, si Drogon regresaba a Meereen y Daenerys no iba montada en su lomo, la ciudad estallaría en sangre y fuego. Hasta los hombres sentados a aquella mesa empuñarían los cuchillos unos contra otros. Daenerys Targaryen sería solo una niña, pero era lo único que los mantenía unidos.

—Su alteza volverá cuando vuelva —declaró ser Barristan—. Hemos llevado mil ovejas al reñidero de Daznak; el de Ghrazz lo hemos llenado de bueyes, y las Arenas Doradas, de animales que había traído Hizdahr zo Loraq para los juegos. —Por el momento, los dragones mostraban preferencia por el cordero, ya que volvían a Daznak cada vez que tenían hambre. Ser Barristan no había recibido noticia alguna de que se dedicaran a cazar hombres, ni dentro ni fuera de la ciudad. Los únicos meereenos que habían matado los dragones desde Harghaz el Héroe habían sido unos esclavistas que habían cometido la estupidez de enfrentarse a Rhaegal cuando se disponía a establecer su guarida en la pirámide de Hazkar—. Tenemos asuntos más apremiantes que tratar: he enviado a la gracia verde a negociar con los yunkios la liberación de nuestros rehenes, y está previsto que nos traiga la respuesta al mediodía.

—Palabras —señaló el Viudo—. Los cuervos de tormenta conocen a los yunkios; tienen por lengua gusanos que se retuercen según sople el viento. La gracia verde volverá con palabras de gusano, no con el capitán.

—Ruego a la mano de la reina que recuerde que los sabios amos retienen también a nuestro Héroe —intervino Gusano Gris—. Y al señor de los caballos Jhogo, jinete de sangre de la reina.

—Sangre de su sangre —asintió el dothraki Rommo—. El honor del *khalasar* exige que sea puesto en libertad.

—Lo liberaremos —prometió ser Barristan—, pero antes debemos esperar por si la gracia verde logra...

—¡La gracia verde no va a lograr nada! —gritó Skahaz el Cabeza Afeitada, y acompañó las palabras con un puñetazo en la mesa—. Puede que esté conspirando con los yunkios en este preciso momento. ¿Negociar, habéis dicho? ¿Qué tipo de acuerdo?

—Un rescate —respondió ser Barristan—. El peso de cada hombre en oro.

—Los sabios amos no necesitan nuestro oro —intervino Marselen—. Son más ricos que vuestros señores de Poniente.

—Pero sus mercenarios lo querrán. ¿Qué significan para ellos los rehenes? He dado instrucciones a la gracia verde de no presentar la oferta hasta que estén reunidos todos los comandantes. Si los yunkios se niegan, se creará una escisión entre ellos y sus espadas a sueldo.

«O eso espero. —La táctica había sido idea de Missandei; a él no se le habría ocurrido jamás. En Desembarco del Rey, los sobornos eran la especialidad de Meñique, mientras que lord Varys se encargaba de fomentar la división entre los enemigos de la corona. Sus obligaciones eran más sencillas—. Tiene once años, pero es tan inteligente como la mitad de los presentes juntos, y más sensata que cualquiera de ellos.»

—Aun así, la rechazarán —insistió Symon Espalda Lacerada—. Exigirán la muerte de los dragones y la liberación del rey.

—Rezo por que estéis equivocado.

«Aunque me temo que tienes razón.»

—Vuestros dioses están demasiado lejos, ser Abuelo —le recordó el Viudo—; no creo que oigan vuestras plegarias. ¿Qué haréis cuando la vieja vuelva del campamento yunkio con el recado de escupiros en el ojo?

—Fuego y sangre —dijo Barristan Selmy en voz bajísima.

Todos enmudecieron.

—¡Mejor que hígado y cebolla! —Belwas el Fuerte rompió el silencio al tiempo que se palmeaba el vientre.

—¿Estáis dispuesto a quebrantar la paz del rey Hizdahr, viejo? —preguntó Skahaz el Cabeza Afeitada con la mirada fija en él a través de los ojos de la máscara de lobo.

—Estoy dispuesto a hacerla añicos. —Mucho tiempo atrás, un príncipe lo había llamado Barristan el Bravo; una parte de aquel muchacho continuaba viva dentro de él—. Hemos construido una almenara en la pirámide, en el lugar donde se alzaba la arpía. Madera seca empapada en aceite, protegida contra la lluvia. Si llega el momento, y rezo para que no llegue, encenderemos el fuego; las llamas serán la señal para salir de la ciudad y atacar. Hasta el último de vuestros hombres deberá tomar parte, así que todos deben estar preparados en cualquier momento del día o de la noche. Destruiremos al enemigo, o moriremos en el intento. —Hizo una seña a sus escuderos para que se acercaran—. He preparado unos mapas que muestran la disposición de nuestros enemigos: campamentos, trabuquetes y líneas de asedio. Si conseguimos romper las defensas de los esclavistas, los mercenarios los abandonarán. Sé que tenéis dudas y preocupaciones; exponedlas aquí y ahora. Cuando nos levantemos de esta mesa, debe ser con una sola opinión y un propósito común.

—Entonces será mejor que traigan comida y bebida —le propuso Symon Espalda Lacerada—, porque nos va a llevar un buen rato.

Les llevó el resto de la mañana y la mayor parte de la tarde. Los capitanes y comandantes discutían sobre los mapas como verduleras sobre una cesta de coles. Los puntos fuertes y los débiles, la mejor forma de aprovechar su pequeña compañía de arqueros, si era mejor mandar a los elefantes a romper las líneas yunkias o mantenerlos en reserva, quién tendría el honor de capitanear la primera carga, si sería más conveniente desplegar la caballería por los flancos o conservarla en vanguardia...

Ser Barristan dejó que cada uno diese su opinión. Tal Toraq era partidario de marchar sobre Yunkai tras haber atravesado las líneas enemigas; la Ciudad Amarilla estaría casi indefensa, de modo que los yunkios no tendrían más remedio que levantar el asedio y regresar. El Gato Moteado proponía desafiar al enemigo a que enviase un campeón que se le enfrentase en combate singular; Belwas el Fuerte estaba de acuerdo, pero insistía en que debía luchar él, no el Gato. Camarron de la Cuenta explicó su plan para apoderarse de los barcos atracados en el río y transportar por el Skahazadhan a tres centenares de luchadores de las arenas sorteando la retaguardia yunkia. Todos coincidían en que los Inmaculados eran sus mejores soldados, pero no se ponían de acuerdo sobre la forma de desplegarlos. El Viudo quería utilizarlos como puño de hierro para aplastar el corazón de las defensas yunkias; Marselen opinaba que los eunucos estarían mejor situados en los extremos de la línea principal de batalla, donde podrían repeler cualquier intento del enemigo de rodear sus flancos. Symon Espalda Lacerada proponía que se dividiesen y se repartiesen entre las tres compañías de libertos; aseguraba que sus Hermanos Libres eran valientes y estaban dispuestos para la lucha, pero sin el refuerzo de los Inmaculados, temía que sus inexpertas tropas careciesen de la disciplina necesaria para enfrentarse a mercenarios curtidos en el combate. Gusano Gris dijo únicamente que los Inmaculados obedecerían cualquier orden que se les diese.

Cuando todo quedó dicho, debatido y decidido, Symon Espalda Lacerada planteó una última cuestión:

—Cuando era esclavo en Yunkai ayudaba a mi amo a negociar con las compañías libres y me ocupaba de pagarles el salario. Conozco a los mercenarios, y sé que los yunkios nunca podrán pagarles lo suficiente para que se enfrenten al fuego de dragón. Así que os pregunto: si la paz se rompiese y comenzase la batalla, ¿acudirían los dragones? ¿Se unirían a la lucha?

«Acudirán —pudo haber respondido ser Barristan—. El alboroto, los gritos y alaridos, el olor de la sangre los atraerán al campo de batalla, como el clamor del reñidero de Daznak atrajo a Drogon a las arenas escarlata. Pero cuando lleguen, ¿distinguirán entre un bando y otro?» Lo dudaba, así que se guardó sus pensamientos.

—No sabemos qué harán los dragones. Si vienen, puede que la sombra de sus alas baste para desalentar a los esclavistas y ponerlos en fuga. —Tras esas palabras, les agradeció su presencia y les dio permiso para retirarse. Gusano Gris se quedó después de que todos se hubieran marchado.

—Unos estarán preparados cuando se encienda la hoguera en la almenara; pero, sin duda, la mano sabe que, cuando ataquemos, los yunkios matarán a los rehenes.

—Haré cuanto esté en mi mano para impedirlo, amigo mío. Se me ha ocurrido... cierta idea. Pero te ruego que me disculpes; ya va siendo hora de que los dornienses se enteren de que su príncipe ha muerto.

—Uno obedece —repuso Gusano Gris con una inclinación de cabeza.

Ser Barristan bajó a las mazmorras en compañía de dos de sus caballeros recién armados. El dolor y la culpa podían enloquecer a hombres buenos, y Archibald Yronwood y Gerris del Manantial habían sido responsables en parte de la muerte de su amigo. Cuando llegó a la celda, ordenó a Tum y al Cordero Rojo que esperasen fuera y entró a solas, para informarlos de que el príncipe había dejado de sufrir.

Ser Archibald, el grandullón calvo, no dijo nada; se sentó en el camastro y se quedó mirándose fijamente las manos vendadas con tiras de lino. Ser Gerris dio un puñetazo a la pared.

—¡Le dije que era una locura! Le rogué que volviésemos a casa. Cualquiera se habría dado cuenta de que esa zorra de reina no quería saber nada de él. Cruzó el mundo para ofrecerle su amor y lealtad, y ella se echó a reír.

—No se rio —objetó Selmy—. Si la conocieseis, lo sabríais.

—Lo desdeñó; él le ofreció su corazón, y ella se lo tiró a la cara y se largó a follar con su mercenario.

—Será mejor que contengáis esa lengua. —A ser Barristan no le caía bien Gerris del Manantial, y no estaba dispuesto a permitirle que vilipendiase a Daenerys—. El príncipe fue el causante de su propia muerte, y vosotros también.

—¿Nosotros? ¿Qué hicimos nosotros? Es cierto que Quentyn era nuestro amigo, y tal vez estuviese un poco loco, como todos los soñadores, pero ante todo era nuestro príncipe. Le debíamos obediencia.

Barristan Selmy no pudo llevarle la contraria; se había pasado la mayor parte de la vida obedeciendo órdenes de locos y borrachos.

—Llegó demasiado tarde.

—Le ofreció su corazón —repitió ser Gerris.

—Lo que necesitaba eran espadas, no corazones.

—También le habría ofrecido las lanzas de Dorne.

—Ojalá hubiese sido así. —Nadie había deseado con más fervor que Selmy que Daenerys se inclinase por el príncipe dorniense—. Pero cuando llegó era tarde, y todo lo que hizo..., comprar mercenarios, soltar dos dragones en la ciudad..., fue una locura. Peor que locura: traición.

—Lo hizo por amor a la reina Daenerys —insistió Gerris del Manantial—; para demostrar que era digno de su mano.

—Lo hizo por Dorne —replicó el anciano caballero, que ya se había hartado de oírlo—. ¿Me tomáis por un viejo chocho? Me he pasado la vida rodeado de reyes, reinas y princesas. Lanza del Sol pretende alzarse en armas contra el Trono de Hierro. No, no os molestéis en negarlo; Doran Martell no es hombre que reúna sus lanzas sin esperanza de victoria. Lo que trajo aquí al príncipe Quentyn fue el deber; eso y el honor, y la sed de gloria..., no el amor. Quentyn vino por los dragones, no por Daenerys.

—Vos no lo conocíais. Era...

—¡Ha muerto, Manan! —Yronwood se puso en pie—. Las palabras no nos lo devolverán. Cletus y Will también han muerto, así que cierra la puta boca antes de que te la cierre yo de un puñetazo. —El corpulento caballero se volvió hacia Selmy—. ¿Qué vais a hacer con nosotros?

—Skahaz el Cabeza Afeitada quiere colgaros por haber matado a cuatro de los suyos; hombres de la reina. Dos eran libertos que habían seguido a su alteza desde Astapor.

—Ah, sí, los hombres bestia. —Yronwood no parecía sorprendido—. Yo solo maté a uno, al de cabeza de basilisco. Los mercenarios se encargaron del resto, aunque ya sé que da lo mismo.

—Teníamos que proteger a Quentyn —intervino ser Gerris—. Debíamos...

—Cállate, Manan; ya lo sabe. —El grandullón volvió a dirigirse a ser Barristan—. Si tuvierais intención de ahorcarnos, no habríais venido a hablar, así que tenéis otros planes, ¿verdad?

—Así es. —«Puede que no sea tan corto de entendederas como parece»—. Me seréis más útiles vivos que muertos. Servidme, y cuando todo haya acabado os conseguiré un barco para regresar a Dorne y llevar los huesos del príncipe Quentyn a su señor padre.

—¿Por qué siempre en barco? —dijo ser Archibald con un gesto de disgusto—. Pero es verdad, alguien tiene que llevar a Quent a casa. ¿Qué queréis de nosotros, caballero?

—Vuestras espadas.

—Ya tenéis espadas a millares.

—Los libertos de la reina aún no han probado la sangre; en los mercenarios no confío; los Inmaculados son soldados valientes..., pero no son guerreros. No son caballeros. —Hizo una pausa—. Decidme, ¿qué ocurrió cuando tratasteis de llevaros a los dragones?

Los dornienses cruzaron una mirada. Al final fue Gerris del Manantial el que habló.

—Quentyn le aseguró al Príncipe Desharrapado que podía controlarlos, que tenía sangre Targaryen.

—La sangre del dragón.

—Sí. Los mercenarios tenían que ayudarnos a encadenar a los dragones para llevarlos al puerto.

—Harapos había conseguido un barco —continuó Yronwood—. Grande, por si conseguíamos capturar a los dos. Y Quent iba a montar a uno. —Se miró las manos vendadas—. Pero en cuanto entramos fue evidente que no podía funcionar. Los dragones eran demasiado fieros. Las cadenas... Había trozos de cadenas por todas partes, eslabones del tamaño de una cabeza esparcidos entre todos esos huesos quebrados y astillados.

Y Quent, que los Siete lo tengan en su gloria, parecía a punto de cagarse en los calzones. Daggo y Meris no estaban ciegos, ellos también se dieron cuenta. Pero, entonces, un ballestero disparó. Puede que tuvieran intención de matarlos desde el principio y nos utilizaran para llegar a ellos; con Remiendos nunca se sabe. Se mire como se mire, no fue buena idea; la saeta solo sirvió para enfurecer a los dragones, y no es que antes estuviesen de muy buen humor. A partir de ahí... todo salió mal.

—Y los hijos del viento se esfumaron —dijo ser Gerris—. Quentyn gritaba, envuelto en llamas, y Daggo, Meris la Bella y todos los demás, menos el muerto, se habían escabullido.

—Ah, Manan, ¿qué esperabas? Los gatos matan ratones, los cerdos se revuelcan en la mierda y los mercenarios salen corriendo cuando más falta hacen. No los culpes, solo es la naturaleza de esas bestias.

—Tiene razón —opinó ser Barristan—. ¿Qué le había prometido Quentyn al Príncipe Desharrapado a cambio de la ayuda?

No obtuvo respuesta. Ser Gerris miró a ser Archibald; ser Archibald se miró las manos, luego el suelo, luego la puerta.

—Pentos —comprendió ser Barristan—. Le prometió Pentos. Decidlo; nada de lo que digáis puede ya ayudar ni perjudicar al príncipe Quentyn.

—Sí —convino ser Archibald con tristeza—. Fue Pentos. Los dos dejaron sus marcas en un papel.

«Esta puede ser la oportunidad.»

—Todavía tenemos a los falsos desertores de los hijos del viento en las mazmorras.

—Los recuerdo —dijo Yronwood—. Hungerford, Heno y esa panda. Algunos no eran malos tipos, para ser mercenarios. Otros, bueno..., digamos que no se pierde nada con matarlos. ¿Qué pasa con ellos?

—Voy a devolvérselos al Príncipe Desharrapado, y a vosotros con ellos. Seréis dos entre miles; vuestra presencia pasará inadvertida en el campamento yunkio. Quiero que le entreguéis un mensaje: decidle que os envío en nombre de la reina; decidle que pagaremos su precio si nos devuelve a los rehenes ilesos y de una pieza.

—Remiendos no aceptará; lo más probable es que nos ponga en manos de Meris la Bella —dijo ser Archibald con el entrecejo fruncido.

—¿Por qué no? Es bien sencillo. —«Comparado con robar dragones»—. Yo rescaté al padre de la reina del Valle Oscuro.

—En Poniente —objetó Gerris del Manantial—. Esto es Meereen, y Arch ni siquiera puede sostener la espada con esas manos.

—No le hará falta; tendréis a los mercenarios de vuestra parte, a no ser que haya juzgado mal al Príncipe Desharrapado.

—¿Podéis concedernos un rato para decidirlo? —pidió Gerris del Manantial, mientras se echaba hacia atrás la mata de pelo dorado por el sol.

—No —contestó Selmy.

—Estoy dispuesto —se ofreció ser Archibald—, siempre que no haya que montar en ningún puto barco. Y Manan también —aseguró con una sonrisa—. Aún no lo sabe, pero ya se enterará.

Y así quedó resuelto.

«Por lo menos, la parte fácil», pensó Barristan Selmy durante la larga subida hacia la cúspide de la pirámide. La parte difícil la había dejado en manos de los dornienses, aunque su abuelo se habría horrorizado. Eran caballeros, al menos formalmente, aunque solo Yronwood parecía hecho de verdadero acero; Gerris del Manantial no era más que una cara bonita con lengua locuaz y una hermosa cabellera.

Cuando el anciano caballero llegó a las habitaciones de la reina ya habían retirado el cadáver del príncipe Quentyn, y seis jóvenes coperos se entretenían con un juego infantil: sentados en círculo, hacían girar por turnos un puñal y, cuando se detenía, le cortaban un mechón de pelo al que estuviese en la dirección en que apuntase. De pequeño, ser Barristan jugaba a algo parecido con sus primos, en Torreón Cosecha..., aunque, si no recordaba mal, en Poniente la cosa iba de besos.

—Bhakaz, una copa de vino, si eres tan amable; Grazhar, Azzak, haceos cargo de la puerta. Espero la visita de la gracia verde; hacedla pasar en cuanto llegue, pero que no se me moleste por ningún otro motivo.

—Como ordenéis, lord mano —respondió Azzak, que se había levantado a toda prisa.

Ser Barristan salió a la terraza. Había dejado de llover, aunque el sol seguía oculto tras una barrera de nubes gris pizarra en su descenso hacia la bahía de los Esclavos. De las piedras ennegrecidas de la pirámide de Hazkar aún se elevaban volutas de humo, retorciéndose como cintas al viento. A lo lejos, al este, más allá de la muralla, vio unas alas blanquecinas que se movían sobre una hilera de colinas. Viserion estaba de caza, o tal vez volaba por simple placer. Se preguntó dónde estaría Rhaegal; hasta entonces, el dragón verde había demostrado ser más peligroso que el blanco.

Cuando Bhakaz le llevó el vino, bebió un largo trago y mandó al chico a por agua. Un par de copas de vino podía ayudarlo a conciliar el sueño, pero tenía que estar despejado cuando volviese Galazza Galare de negociar con el enemigo, así que se lo tomó muy aguado. El mundo fue oscureciéndose a su alrededor. Estaba muy cansado y lleno de dudas. Los dornienses, Hizdahr, Reznak, el ataque... ¿Estaba haciendo lo correcto? ¿Era aquello lo que Daenerys habría querido?

«No estoy hecho para esto.» No era el primer hombre de la Guardia Real que asumía el cargo de mano, pero sí uno de los pocos. Había leído la historia de sus predecesores en el Libro Blanco, y se preguntaba si se habrían sentido tan confusos y perdidos como él.

—Lord mano. —Grazhar estaba en la puerta y sostenía un cirio—. Ha llegado la gracia verde, y queríais que os avisara.

—Hazla pasar, y enciende unas velas.

Galazza Galare llegó acompañada de cuatro gracias rosa; Selmy no pudo por menos que admirar el halo de sabiduría y dignidad que la rodeaba.

«Esta mujer es fuerte, y ha sido una amiga fiel para Daenerys.»

—Lord mano —saludó con el rostro oculto por un velo verde de tela brillante—. ¿Puedo sentarme? Tengo los huesos viejos y cansados.

—Grazhar, trae una silla para la gracia verde. —Las gracias rosa se desplegaron detrás de ella, con la cabeza gacha y las manos entrelazadas en el regazo—. ¿Puedo ofreceros algún refrigerio?

—Os estaría muy agradecida, ser Barristan. Tengo la garganta seca de tanto hablar. ¿Tenéis zumo?

—Lo que deseéis. —Llamó a Kezmya y le pidió una jarra de zumo de limón endulzado con miel. La sacerdotisa tuvo que apartarse el velo para beberlo, y Selmy recordó entonces lo vieja que era: lo sobrepasaba en veinte años, si no más—. Si la reina estuviese aquí, sé que también os daría las gracias por todo lo que habéis hecho por nosotros.

—Su magnificencia siempre ha sido muy gentil. —Galazza Galare se terminó la bebida y volvió a cubrirse con el velo—. ¿Tenemos noticias de nuestra dulce reina?

—Ninguna, por el momento.

—Rezaré por ella. Y, si me permitís la audacia, ¿qué hay del rey Hizdahr? ¿Se me permitirá ver a su esplendor?

—Muy pronto, espero. Os garantizo que no ha sufrido ningún daño.

—Me alegra oír eso. Los sabios amos de Yunkai se interesaron por él; no os sorprenderá saber que quieren que se devuelva la corona de inmediato al noble Hizdahr.

—Así será, si se demuestra que no atentó contra la vida de la reina. Hasta entonces, un consejo de hombres leales y justos gobernará Meereen, y hay un sitio para vos. Sé que tenéis mucho que enseñarnos, vuestra benevolencia, y necesitamos vuestra sabiduría.

—Me temo que me aduláis con cortesías vacuas, lord mano —replicó la gracia verde—. Si de verdad me consideráis sabia, hacedme caso ahora: liberad al noble Hizdahr y devolvedle su trono.

—Solo la reina puede devolvérselo.

—La paz que forjamos con tanto trabajo se agita como una hoja a merced del viento de otoño. —Tras el velo, la gracia verde suspiró—. Vivimos días aciagos. La muerte acecha en nuestras calles, a lomos de la yegua clara de la tres veces maldita Astapor. Los dragones rondan por el cielo y devoran la carne de los niños. Cientos de personas embarcan hacia Yunkai, Tolos, Qarth o cualquier otro lugar donde puedan encontrar refugio. La pirámide de Hazkar se ha derrumbado y ahora es una ruina humeante, y muchos descendientes de su antiguo linaje yacen bajo las piedras calcinadas. Las pirámides de Uhlez y Yherizan se han convertido en guaridas de monstruos, y sus amos, en mendigos sin techo. Mi pueblo ha perdido toda esperanza y dado la espalda a los mismísimos dioses, y pasa las noches entregado a la bebida y el fornicio.

—Y al asesinato. Esta noche, los Hijos de la Arpía han dejado treinta víctimas.

—Me duele oír eso. Razón de más para liberar al noble Hizdahr zo Loraq, que fue capaz de detener la matanza.

«¿Y cómo lo consiguió, a menos que sea la propia Arpía?»

—Su alteza contrajo matrimonio con Hizdahr zo Loraq, lo hizo su rey y consorte y restauró el arte mortal porque él se lo pidió. A cambio, él le dio langostas envenenadas.

—A cambio le dio la paz. Por favor, caballero, no la desdeñéis. La paz es una perla de valor incalculable. Hizdahr es un Loraq; nunca se mancharía las manos de veneno. Es inocente.

—¿Por qué estáis tan segura?

«A lo mejor porque sabéis quién es el envenenador.»

—Me lo han dicho los dioses de Ghis.

—Mis dioses son los Siete, y guardan silencio. ¿Habéis presentado mi oferta, sabiduría?

—A todos los señores y capitanes de Yunkai, como pedisteis... Pero me temo que no os gustará la respuesta.

—¿Se han negado?

—En efecto. Dicen que no hay oro que pueda comprar el regreso de los vuestros, solo la sangre de los dragones.

Ser Barristan se lo esperaba, pero había albergado esperanzas de equivocarse. Apretó los labios.

—Sé que no son las palabras que deseabais oír —señaló Galazza Galare—, aunque he de decir que lo entiendo. Esos dragones son bestias malignas. Yunkai los teme... y con razón, no podéis negarlo. Nuestras historias hablan de los señores de los dragones de la terrible Valyria y de la desolación que llevaron a las gentes del Antiguo Ghis. Hasta vuestra joven reina, la hermosa Daenerys, que se hacía llamar Madre de Dragones... Aquel día, en la fosa, la vimos arder. Ni siquiera ella se libró de la ira de los dragones.

—Su alteza no... No...

—Está muerta, y quieran los dioses otorgarle un dulce sueño. —Las lágrimas brillaron tras el velo—. Que mueran también sus dragones.

Selmy trataba de hallar una respuesta cuando oyó unas fuertes pisadas. La puerta se abrió de golpe, y Skahaz mo Kandaq irrumpió en la estancia con cuatro bestias de bronce. Cuando Grazhar trató de cortarle el paso, lo apartó de un empellón.

—¿Qué ocurre? —Ser Barristan se incorporó de un salto.

—¡Los trabuquetes! —bramó el Cabeza Afeitada—. ¡Los seis!

—Así es como responde Yunkai a vuestra oferta. —Galazza Galare se levantó—. Os advertí que no os gustaría la respuesta.

«De modo que eligen la guerra. Pues la tendrán.» Ser Barristan sintió un extraño alivio; la guerra era algo que entendía.

—Si creen que pueden vencer a Meereen lanzando piedras...

—No lanzan piedras. —La voz de la anciana estaba impregnada de pesar, de miedo—. Lanzan cadáveres.

Daenerys

La colina era una isla de piedra en un mar de verde.

Dany tardó media mañana en bajar, y cuando terminó estaba agotada. Sentía los músculos doloridos, y le parecía que tenía un poco de fiebre. La roca le había dejado las manos en carne viva.

«Pero ya las tengo mejor», decidió mientras se pellizcaba una ampolla reventada. Tenía la piel rosada y sensible, y le manaba un líquido lechoso de las palmas agrietadas, pero las quemaduras se estaban curando.

La colina parecía más imponente desde abajo. A Dany le gustaba llamarla Rocadragón, como la antigua ciudadela que la había visto nacer. No conservaba ningún recuerdo de la Rocadragón original, pero aquella no iba a olvidarla fácilmente. La parte inferior de la ladera estaba cubierta de matorrales y arbustos espinosos; más arriba se alzaba hacia el cielo un escarpado y abrupto laberinto irregular de piedra desnuda. Allí, entre rocas quebradas, crestas afiladas como cuchillas y agujas pétreas, Drogon había construido su guarida en una gruta poco profunda. En cuanto la vio, Dany se dio cuenta de que el dragón llevaba un tiempo morando allí: el aire olía a ceniza; los árboles y rocas de las inmediaciones estaban chamuscados y ennegrecidos, y había huesos rotos y quemados por todo el suelo. Era su hogar.

Dany conocía muy bien la llamada del hogar.

Dos días atrás se había encaramado a una aguja de roca y había vislumbrado agua al sur, el fugaz destello de un reguero bajo el sol poniente.

«Un arroyo», pensó. Era minúsculo, pero la llevaría a otro más grande, que a su vez desembocaría en un riachuelo, y todos los ríos de esa parte del mundo eran afluentes del Skahazadhan; cuando lo encontrase, solo tendría que seguirlo corriente abajo para llegar a la bahía de los Esclavos.

Habría preferido volver a Meereen a lomos del dragón, pero Drogon no compartía su deseo.

Los señores de los dragones de la antigua Valyria controlaban a sus monturas con hechizos de atadura y cuernos mágicos; Daenerys había tenido que arreglárselas con una palabra y un látigo. Montada en él tenía la sensación de estar aprendiendo a cabalgar desde el principio. Cuando fustigaba a su yegua plateada en el flanco derecho, iba hacia la izquierda, puesto que la reacción instintiva de los caballos era la huida;

cuando azotaba a Drogon por la derecha, viraba a la derecha, porque el primer instinto de los dragones era el ataque. Aunque a veces no importaba dónde lo golpease: la llevaba adonde le daba la gana. No había látigo ni palabras que hiciesen cambiar de rumbo a Drogon si no le venía en gana. Había observado que el látigo le causaba más molestia que daño; sus escamas se habían vuelto más duras que el cuerno.

Y por muy lejos que volara durante el día, al caer la noche, el instinto lo impulsaba a regresar a Rocadragón.

«Su hogar, no el mío. —El suyo estaba en Meereen, con su esposo y su amante. Ese era su lugar—. Debo seguir caminando; si vuelvo la vista atrás, estoy perdida.»

Los recuerdos la acompañaban: las nubes vistas desde arriba; caballos del tamaño de hormigas que galopaban por la hierba; una luna de plata tan cercana que casi podía tocarla; ríos resplandecientes y azules que espejeaban al sol.

«¿Volveré a ver esas maravillas algún día?» A lomos de Drogon se sentía plena. En lo alto del cielo, los pesares del mundo no llegaban hasta ella. ¿Cómo podía renunciar a eso?

Sin embargo, había llegado el momento. Las niñas podían permitirse pasar la vida jugando, pero ella era una mujer, reina y esposa, con millares de hijos que la necesitaban. Drogon se había inclinado ante el látigo y ella debía hacer lo mismo: tenía que ponerse la corona y volver a su banco de ébano y a los brazos de su noble esposo.

«Hizdahr, el de los besos tibios.»

El sol calentaba la mañana y el cielo estaba azul y despejado, por fortuna. Solo llevaba unos harapos que poco podían abrigarla. Había perdido una sandalia durante el vuelo desenfrenado desde Meereen, y la otra la había dejado en la cueva de Drogon porque prefería ir descalza a ir medio calzada. El *tokar* y el velo se habían quedado en el reñidero, y la camisola de lino no era lo más indicado para soportar los días calurosos y las noches frías del mar dothraki. Estaba sucia de tierra, hierba y sudor, y había arrancado el dobladillo para vendarse la espinilla.

«Seguro que parezco una muerta de hambre, pero, si los días siguen siendo cálidos, no me moriré de frío.»

Allí había estado casi todo el tiempo sola, herida y hambrienta... y, pese a todo, había disfrutado de una extraña felicidad.

«Unos cuantos dolores, el estómago vacío, las noches frías... ¿Qué importa a cambio de volar? Lo repetiría.»

Se dijo que Irri y Jhiqui estarían esperándola en la cúspide de la pirámide, en Meereen. También estarían la cariñosa escriba Missandei y los pequeños pajes. Le llevarían comida y podría bañarse en el estanque, bajo el caqui, para sentirse limpia otra vez. No le hacía falta ningún espejo para saber que estaba mugrienta.

También estaba famélica. Una mañana había encontrado cebollas silvestres en la ladera sur, y más tarde, el mismo día, una verdura de hojas rojizas que tal vez fuera una extraña especie de repollo; fuera lo que fuese, no le había sentado mal. Aparte de eso, y del pez que había pescado en el estanque que formaba el manantial, frente a la cueva de Drogon, había sobrevivido como podía con las sobras del dragón, huesos quemados y trozos de carne humeante entre carbonizada y cruda. Sabía que no era suficiente. Un día le dio una patada al cráneo fracturado de una oveja con el pie descalzo y lo mandó rodando colina abajo. Mientras lo miraba caer por la empinada pendiente, hacia el mar de hierba, se dio cuenta de que debía seguirlo.

Emprendió el camino con paso ligero. Sentía el calor de la tierra entre los dedos de los pies. La hierba era tan alta como ella.

«No lo parecía cuando cabalgaba en la plata, junto a mi sol y estrellas, a la cabeza del *khalasar*.» Mientras caminaba se daba golpecitos en el muslo con el látigo del sobrestante. Eso y los harapos que la cubrían eran todo lo que se había llevado de Meereen.

Aunque avanzaba a través de un reino verde, no era el verde intenso del verano. Incluso allí se notaba la presencia del otoño, y el invierno no tardaría en llegar. La hierba era más clara de lo que recordaba, de un verde apagado y enfermizo a punto de amarillear; después, se pondría pardusca. La vegetación estaba muriendo.

Daenerys Targaryen conocía bien el mar de hierba dothraki, que se extendía desde el bosque de Qohor hasta la Madre de las Montañas y el Vientre del Mundo. Lo había visto por primera vez cuando era una niña, recién casada con Khal Drogo cuando se dirigió a Vaes Dothrak para presentarse ante las viejas del *dosh khaleen*. La visión de aquella inmensa pradera la había dejado sin aliento.

«El cielo era azul, la hierba era verde y yo estaba llena de esperanza. —Ser Jorah estaba a su lado, su viejo oso gruñón. Tenía a Irri, a Jhiqui y a Doreah para cuidar de ella, a su sol y estrellas para abrazarla por las noches, y al hijo que crecía en su interior—. Rhaego. Iba a llamarlo Rhaego, y el *dosh khaleen* dijo que sería el semental que montaría el mundo.» No había sido tan feliz desde aquellos días en Braavos que solo recordaba a medias, cuando vivía en la casa de la puerta roja.

Pero, en el desierto rojo, toda su alegría se convirtió en cenizas. Su sol y estrellas se cayó del caballo, la *maegi* Mirri Maz Duur mató a Rhaego en su vientre, y ella asfixió con sus propias manos a la cáscara vacía de Khal Drogo. Después, el gran *khalasar* de Drogo se había roto en pedazos. Ko Pono se nombró Khal Pono y se llevó a muchos jinetes y esclavos; Ko Jhaqo se nombró Khal Jhaqo y se llevó más; Mago, el jinete de sangre de Jhaqo, violó y asesinó a Eroeh, una chica a la que Daenerys ya había salvado una vez de sus garras. Solo el nacimiento de sus dragones, entre el fuego y el humo de la pira funeraria de Khal Drogo, la salvó de ser arrastrada a Vaes Dothrak para pasar el resto de sus días entre las viejas del *dosh khaleen*.

«El fuego me quemó el pelo, pero no me hizo ningún daño. —Lo mismo había ocurrido en el reñidero de Daznak; de eso se acordaba, aunque lo que llegó después lo veía a través de una neblina—. Toda aquella gente, los gritos, los empujones...» Recordaba caballos encabritados y sandías que se desparramaban desde un carro volcado. De abajo llegó una lanza, seguida de una lluvia de saetas. Una le pasó tan cerca que le rozó la mejilla; otras resbalaron en las escamas de Drogon, se alojaron entre ellas o le rasgaron la membrana de las alas. Recordaba como se retorcía el dragón, las sacudidas que daba a cada impacto, mientras ella, desesperada, trataba de aferrarse a las escamas de su lomo. Le salía humo de las heridas. Dany vio una saeta estallar en llamas y otra caer, desprendida por el batir de las alas. Abajo había hombres que corrían en círculos, envueltos en llamas y con los brazos alzados, como atrapados en una danza demencial. Una mujer con un *tokar* verde cogió a un niño que lloraba y lo protegió de las llamas con su cuerpo. Recordaba vívidamente el color, pero no el rostro de la mujer, que quedó tirada, abrazada al niño, en el suelo de adoquines, mientras la gente le pasaba por encima. Algunos estaban en llamas.

Después, todo se había desvanecido. Los sonidos quedaron ahogados, la gente empequeñeció, y las flechas y lanzas cayeron sin alcanzarlos cuando Drogon se abrió camino hacia el cielo. La llevó arriba, cada vez más arriba, muy por encima de las pirámides y las arenas de combate, con las alas extendidas para atrapar el aire caliente que se elevaba de los adoquines achicharrados al sol de la ciudad.

«Aunque me caiga y me mate, habrá merecido la pena», había pensado.

Volaron hacia el norte, más allá del río. Drogon planeaba con sus alas desgarradas y magulladas atravesando nubes que ondeaban al viento como los estandartes de un ejército fantasmal. Dany atisbó la orilla de la bahía de los Esclavos y la antigua calzada valyria que discurría a su lado, entre arena y desolación, hasta perderse en el oeste.

«El camino a casa.»

Bajo ellos solo estaba la hierba que se mecía al viento.

«¿Han pasado mil años desde la primera vez que volé?» A veces se lo parecía.

El sol calentaba más a medida que ascendía en el cielo, y al poco empezó a darle dolor de cabeza. El pelo volvía a crecerle, pero muy despacio.

«Necesito un sombrero —dijo en voz alta. Allá arriba, en Rocadragón, había intentado confeccionarse uno entretejiendo tallos de hierba, como había visto hacer a las dothrakis durante el tiempo que pasó con Drogo, pero o no usaba la hierba adecuada o, sencillamente, no sabía; el caso era que todos se le hacían pedazos entre las manos—. Tengo que volver a intentarlo —se decía—; el próximo me saldrá mejor. Soy de la sangre del dragón, tengo que ser capaz de hacer un sombrero.» Probó una y otra vez, pero el último intento fue tan infructuoso como el primero.

Pasado el mediodía llegó al arroyo que había visto desde la cima de la colina. Era un reguero, un hilillo de agua, no más ancho que su brazo... y el brazo se le había quedado más delgado con cada día que pasaba en Rocadragón. Cuando hizo cuenco con las manos para coger agua y echársela por la cara, se embarró los nudillos con el fondo. Le habría gustado que estuviese más fría, más clara... Pero no: puesta a cifrar sus esperanzas en deseos, más le valía desear que la rescataran.

Todavía confiaba en que fuesen en pos de ella. Quizá ser Barristan, que era el primero de su Guardia de la Reina y había jurado defenderla con su propia vida; o sus jinetes de sangre, que conocían el mar dothraki y estaban ligados a ella por lazos inquebrantables; o su esposo, el noble Hizdahr zo Loraq, que podía enviar una partida de búsqueda; o Daario... Dany lo imaginó cabalgando hacia ella a través de la pradera, con una sonrisa en los labios y el diente de oro destellando bajo los últimos rayos del sol poniente.

Solo que Daario estaba en manos de sus enemigos, como rehén, para garantizar la seguridad de los capitanes yunkios.

«Daario, Héroe, Jhogo, Groleo y tres parientes de Hizdahr.» Suponía que ya los habrían liberado a todos, pero...

Pensó en las espadas de su capitán, colgadas en la pared, al lado de su cama, esperando a que volviese a buscarlas. «Te dejo a mis chicas —había dicho—. Mantenlas a salvo en mi nombre, amada.» ¿Hasta qué punto sabrían los yunkios cuánto significaba Daario para ella? Se lo había preguntado a ser Barristan el día en que partieron los rehenes.

—Habrán oído rumores —le respondió—. Hasta puede que Naharis se haya jactado de... de vuestro gran... de cuánto lo aprecia vuestra alteza. Disculpadme si os digo que la modestia no es una de sus virtudes. Está muy orgulloso de su... habilidad con la espada.

«Queríais decir que se jacta de acostarse conmigo. —Pero Daario no habría cometido la estupidez de alardear ante el enemigo—. No tiene importancia; a estas alturas, los yunkios estarán de regreso.» Ese era el objetivo de todo lo que había hecho: la paz.

Se volvió para mirar el camino que había recorrido, hacia Rocadragón, que se alzaba sobre la pradera como un puño cerrado.

«Parece tan cerca... Llevo horas caminando, pero da la impresión de que podría tocarla si extendiese la mano.» No era demasiado tarde para volver. Había peces en el estanque, junto a la cueva de Drogon. Si había pescado uno el primer día, podría pescar más. Y estaban las sobras. Huesos carbonizados con restos de carne; su parte de las matanzas de Drogon.

«No —se dijo—. Si vuelvo la vista atrás, estoy perdida. —Podía subsistir durante años entre las piedras recalentadas de Rocadragón, cabalgar sobre Drogon de día y roer los restos que dejaba al anochecer, mientras el mar de hierba pasaba del oro al anaranjado a la luz del crepúsculo; pero esa no era la vida a la que estaba destinada. Así que, una vez más, dio la espalda a la colina e hizo oídos sordos a la canción de vuelo y libertad que entonaba el viento al juguetear entre sus crestas rocosas. Siguió el arroyo, que corría hacia el sursuroeste, o eso le parecía—. Llévame al río, es lo único que te pido. Llévame al río y yo me encargaré del resto.»

El tiempo transcurría despacio; el cauce serpenteaba, y Dany lo seguía, marcando el paso con golpecitos del látigo en la pierna, intentando no pensar en la distancia que quedaba, en el martilleo que sentía en la cabeza ni en el estómago vacío.

«Un paso. Y luego otro. Y el siguiente. Y otro más.» ¿Qué otra cosa podía hacer?

Su mar estaba en calma. Cuando soplaba el viento, la hierba suspiraba con el entrechocar de los tallos, susurrando en un idioma que solo entendían los dioses. De vez en cuando, el arroyuelo gorgoteaba al topar con una roca. Dany chapoteaba en el barro. A su alrededor zumbaban insectos: libélulas perezosas, brillantes avispas verdes y mosquitos punzantes, tan pequeños que casi no se veían; cuando se le posaban en los brazos los aplastaba a manotazos, distraída. Una vez se encontró con una rata bebiendo del arroyo, y al verla salió disparada y desapareció en la hierba. En ocasiones oía el trino de los pájaros, que le hacía rugir las tripas, pero no tenía una red para atraparlos y aún no había encontrado ningún nido.

«Antes soñaba con volar —pensó—, y ahora que he volado, sueño con robar huevos.» Aquello la hizo reír.

—Los hombres están locos; y los dioses, más locos todavía —le dijo a la hierba, y la hierba susurró su aprobación.

Divisó a Drogon tres veces a lo largo del día. La primera estaba tan lejos que podía haber sido un águila que entrara y saliera de las nubes lejanas, pero ya había aprendido a reconocerlo aunque no fuese más que una mota. La segunda vez pasó por delante del sol, con las alas negras desplegadas, y el mundo se oscureció. La última pasó volando por encima de ella, tan cerca que alcanzó a oír sus alas. Durante un instante creyó que iba a convertirse en su presa; pero el dragón pasó de largo sin reparar en ella y se perdió por el este.

«Menos mal.»

El crepúsculo la pilló casi por sorpresa. Cuando el sol doraba las lejanas crestas de Rocadragón, se topó con un muro bajo de piedra, medio desmoronado y cubierto de maleza. Quizá hubiese formado parte de un templo o del torreón del señor de aquel pueblo, ya que más allá había otras ruinas: un antiguo pozo y unos círculos en la hierba que seña- laban los lugares que habían ocupado las chozas. Le pareció que fueron de adobe y bálago, aunque largos años de viento y lluvias las habían hecho desaparecer casi por completo. Dany contó ocho hasta que se puso el sol, pero podía haber más, ocultas en la hierba.

El muro de piedra había resistido mejor; aunque en ninguna parte superaba una vara de altura, el ángulo que formaba con otra pared, más baja, aún ofrecía cierto refugio contra los elementos, y pronto caería la noche. Dany se instaló en aquel rincón, en un nido que se construyó con manojos de hierba que arrancó junto a las ruinas. Estaba agotada, y le habían salido más ampollas en los pies, incluidas dos ampollas gemelas en los meñiques.

«Tiene que ser por mi forma de caminar.» El pensamiento la hizo reír.

Cuando el mundo se oscureció, Dany se acurrucó y cerró los ojos; sin embargo, el sueño la rehuía. La noche era fría y la tierra dura, y tenía el estómago vacío. Pensó en Meereen; en Daario, su amado; en Hizdahr, su esposo; en Irri, Jhiqui y la dulce Missandei; en ser Barristan, Reznak y Skahaz el Cabeza Afeitada.

«¿Me creerán muerta? Salí volando a lomos de un dragón. ¿Pensarán que me ha devorado? —Se preguntó si Hizdahr seguiría siendo rey. Su corona dependía de la de ella. ¿Podría conservarla en su ausencia?—. Quería que matasen a Drogon. Le oí gritar: "Matadlo, matad a la bestia". Y tenía una expresión de deseo. —Y Belwas el Fuerte había caído de rodillas, presa de arcadas y temblores—. Veneno; seguro que era veneno. Las langostas con miel. Hizdahr estaba empeñado en que las probara, pero Belwas se las comió todas.» Había convertido a Hizdahr en su rey, lo había acogido en su cama y había abierto los reñideros por él; no tenía motivos para desearle la muerte. Sin embargo, ¿quién podía haber sido, si no? ¿Reznak, el senescal perfumado? ¿Los yunkios? ¿Los Hijos de la Arpía?

Un lobo aulló a lo lejos. El sonido hizo que se sintiera triste y sola, aunque no menos hambrienta. Mientras la luna se elevaba sobre la pradera, Dany cayó al fin en un sueño intranquilo.

Soñó. Todo el dolor, todas las preocupaciones se desvanecieron, y pareció flotar hacia el cielo. Volvía a volar, giraba, reía, bailaba, y las estrellas daban vueltas a su alrededor y le susurraban secretos al oído.

—Para ir al norte tenéis que viajar hacia el sur. Para llegar al oeste debéis ir al este. Para avanzar tendréis que retroceder, y para tocar la luz debéis pasar bajo la sombra.

—¿Quaithe? —llamó Dany—. ¿Dónde estás, Quaithe? —Entonces la vio.

«Su máscara es de luz de estrellas.»

—Recuerda quién eres, Daenerys —murmuraron las estrellas, con voz de mujer—. Los dragones lo saben. ¿Lo sabes tú?

A la mañana siguiente despertó agarrotada y dolorida, y llena de hormigas que le trepaban por la cara, los brazos y las piernas. Al darse cuenta, apartó a patadas la hierba seca y pardusca que le había servido de colchón y manta, y se levantó. Tenía picotazos por todas partes, bultitos rojos que le escocían.

«¿De dónde han salido tantas hormigas?» Dany se las sacudió de los brazos, las piernas y la tripa. Se pasó una mano por la pelusa que le cubría el cuero cabelludo y notó que tenía más hormigas en la cabeza y una que le bajaba por la nuca. Se las quitó a manotazos y las aplastó con los pies descalzos. Había muchísimas.

Resultó que el hormiguero estaba al otro lado del muro. ¿Cómo se las habrían arreglado las hormigas para escalarlo y llegar hasta ella? Las piedras en ruinas debían de parecerles tan altas como el Muro de Poniente. «El muro más grande del mundo», decía su hermano Viserys, tan orgulloso como si lo hubiese construido él mismo.

Viserys le había contado historias de caballeros tan pobres que tenían que dormir bajo los setos que crecían junto a los caminos de los Siete Reinos desde tiempos inmemoriales. Dany habría dado cualquier cosa por un buen seto frondoso.

«A poder ser, sin hormiguero.»

El sol comenzaba a despuntar. En el cielo cobalto todavía brillaban unas cuantas estrellas remolonas.

«Quizá una sea Khal Drogo, montado en su semental de fuego, que me sonríe desde las tierras de la noche. —Aún distinguía Rocadragón sobre la hierba—. Parece tan cercana... Ya tengo que estar a leguas de distancia, pero da la sensación de que podría regresar en una hora. —Quería volver a acostarse, cerrar los ojos y abandonarse al sueño—. No, no puedo parar. El arroyo, tengo que seguir el arroyo.»

Se detuvo un momento a comprobar el rumbo. No quería ir en dirección contraria y perder el riachuelo.

—Mi amigo —dijo en voz alta—. Si me quedo junto a mi amigo, no me perderé. —Habría dormido al lado del agua si se hubiera atrevido, pero había visto huellas de animales que bajaban a beber, y le daba miedo toparse con ellos por la noche. Dany sería una cena escasa para un lobo o un león, pero una cena escasa era mejor que ninguna.

Cuando supo a ciencia cierta dónde quedaba el sur, contó los pasos. El arroyo apareció al octavo. Hizo cuenco con las manos para beber agua, que le provocó un calambre en el estómago, pero prefería los calambres a la sed. No había nada más para beber, salvo el rocío matinal que refulgía en la alta maleza, y nada que comer, salvo que quisiera alimentarse de pasto.

«Podría comer hormigas.» Las amarillas eran demasiado pequeñas para considerarlas alimento, pero las rojas que andaban por la hierba eran más grandes.

—Estoy perdida en medio del mar —dijo mientras avanzaba junto al riachuelo serpenteante—, así que quizá encuentre cangrejos, o un pez bien gordo y sabroso. —El látigo le golpeaba el muslo con suavidad, *zas zas zas*. Un paso detrás de otro, y el cauce la llevaría a casa.

Poco después del mediodía se encontró con un arbusto que crecía junto al arroyo, con las ramas retorcidas cubiertas de bayas verdes y duras. Las miró con desconfianza, pero arrancó una y la mordisqueó. La pulpa era agria y correosa, y dejaba un regusto amargo que le resultó familiar.

—En el *khalasar* usaban esto para condimentar los asados —resolvió; decirlo en voz alta le daba más seguridad. Le rugía el estómago, y empezó a recoger bayas a dos manos para comérselas a puñados.

Una hora más tarde, los calambres eran tan fuertes que no podía seguir adelante. Pasó el resto del día vomitando una baba verde.

«Si me quedo aquí, moriré. Puede que ya esté muriendo. —¿Aparecería el dios caballo de los dothrakis, hendiendo la hierba, para llevarla a su *khalasar* estrellado, donde cabalgaría por las tierras de la noche con Khal Drogo? En Poniente, los Targaryen entregaban a sus muertos al fuego, pero allí, ¿quién encendería su pira?—. Mi carne será pasto de los lobos y los cuervos carroñeros —pensó con tristeza—, y mi vientre será un nido de gusanos. —Su mirada regresó a Rocadragón. Parecía más pequeña. Vio humo que se elevaba de la cumbre esculpida por el viento, a leguas de distancia—. Drogon ha vuelto de cazar.»

El ocaso la encontró acuclillada en la hierba, gimiendo. Cada deposición era más líquida y maloliente que la anterior. Cuando salió la luna, estaba cagando agua marrón. Cuanto más bebía, más cagaba, pero cuanto más cagaba, más sed tenía, y la sed la impulsaba a arrastrarse hacia el arroyo para sorber más agua. Cuando por fin cerró los ojos, no sabía si tendría fuerzas para volver a abrirlos.

Soñó con su hermano muerto.

Viserys tenía el mismo aspecto que la última vez que lo había visto: la boca desfigurada por el dolor, el pelo quemado, y la cara negra y humeante allá donde el oro fundido le había chorreado por la frente y las mejillas, metiéndosele en los ojos.

—Estás muerto —dijo Dany.

«Asesinado. —Aunque no movió los labios, de alguna forma oía su voz, que le susurraba al oído—: Nunca me lloraste, hermana. Es duro morir sin ser llorado.»

—Hubo un tiempo en que te quise.

«Un tiempo —respondió, con tal amargura que la hizo estremecerse—. Estabas destinada a ser mi esposa, a darme hijos de cabello plateado y ojos violeta, para mantener pura la sangre del dragón. Cuidé de ti. Te expliqué quién eras. Te di de comer. Vendí la corona de nuestra madre para darte de comer.»

—Me hacías daño. Me dabas miedo.

«Solo cuando despertabas al dragón. Te quería.»

—Me vendiste. Me traicionaste.

«No, la traidora fuiste tú. Te volviste contra mí, contra tu propia sangre. Me engañaron, tu esposo caballuno y sus salvajes fétidos, mentirosos y tramposos. Me prometieron una corona de oro y me dieron esto.» Se tocó el oro fundido que le corría por la cara, y le salió humo del dedo.

—Habrías tenido tu corona —replicó Dany—. Mi sol y estrellas la habría conquistado para ti, si hubieras esperado.

«Esperé mucho tiempo; esperé toda la vida. Yo era su rey, su rey legítimo. Se rieron de mí.»

—Debiste quedarte en Pentos con el magíster Illyrio. Khal Drogo tenía que llevarme ante el *dosh khaleen,* pero no era necesario que nos acompañaras. Fue tu elección; cometiste un error.

«¿Es que quieres despertar al dragón, putilla imbécil? El *khalasar* de Drogo me pertenecía. Le compré cien mil guerreros vociferantes; le di tu virginidad en pago.»

—No lo entendiste nunca. Los dothrakis no compran ni venden: dan y reciben regalos. Si hubieses esperado...

«Esperé. Mi corona, mi trono, a ti. Después de tantos años, lo único que conseguí fue un caldero de oro fundido. ¿Por qué te dieron a ti los huevos de dragón? Deberían haber sido míos. Si hubiese tenido un dragón, le habría enseñado al mundo el significado de nuestro lema.» Viserys se echó a reír hasta que se le cayó la mandíbula, envuelta en humo, y su boca chorreó sangre y oro fundido.

Cuando se despertó, con un grito ahogado, tenía los muslos pegajosos de sangre.

Al principio no supo qué era. En el mundo empezaba a clarear, y la alta hierba crepitaba suavemente al viento.

«No, por favor, quiero dormir un poco más. Estoy muy cansada. —Trató de refugiarse de nuevo bajo la pila de hierba que había arrancado antes de irse a dormir. Algunos tallos estaban húmedos. ¿Había vuelto a llover? Se sentó, temerosa de haberse ensuciado mientras dormía, y al llevarse los dedos a la cara olió la sangre—. ¿Me estoy muriendo?» Entonces vio la media luna, suspendida muy alta sobre la pradera, y se dio cuenta de que no era más que la sangre de la luna.

Si no se hubiera sentido tan enferma y asustada, habría sido un alivio, pero en vez de tranquilizarse se puso a temblar violentamente. Se frotó con los dedos con la tierra y cogió un puñado de hierba para limpiarse entre las piernas.

«El dragón no llora. —Estaba sangrando, pero era tan solo la sangre femenina—. Pero la luna sigue creciente, ¿cómo es posible? —Intentó recordar cuándo había sangrado por última vez. ¿La pasada luna llena? ¿O había sido la anterior? ¿O la anterior a la anterior?—. No, no puede hacer tanto tiempo.»

—Soy de la sangre del dragón —le dijo a la hierba.

«Lo fuiste —le respondió la hierba en un susurro—, hasta que encadenaste a tus dragones en la oscuridad.»

—Drogon mató a una niña. Se llamaba... Se llamaba... —Dany no se acordaba del nombre. Aquello la entristeció tanto que habría llorado si no hubiese consumido ya todas sus lágrimas—. No tendré nunca una niña. Era la Madre de Dragones.

«Sí —dijo la hierba—, pero te volviste contra tus hijos.»

Tenía el estómago vacío, y los pies, doloridos y llenos de ampollas, y le pareció que los calambres habían empeorado. Se sentía como si tuviese las tripas llenas de culebras que se retorcían y le mordían las entrañas. Cogió un poco de agua embarrada con manos temblorosas; a mediodía estaría tibia, pero en el frío del amanecer estaba casi fresca y la ayudaba a mantener los ojos abiertos. Mientras se lavaba la cara vio que volvía a tener sangre en los muslos, y también en la camisola desgarrada. Se asustó al ver tanto rojo.

«Sangre de la luna, no es más que la sangre de la luna. —Aunque no recordaba que hubiese sido nunca tan abundante—. ¿Será por culpa del agua?» Si era el agua, estaba condenada. Tenía que beberla, o moriría de sed.

—Camina —se ordenó—. Sigue el arroyo y te conducirá al Skahaza-dhan. Una vez allí, Daario te encontrará. —Pero necesitó todas sus fuerzas para ponerse en pie, y cuando lo consiguió, tan solo pudo quedarse parada, enfebrecida y sangrando. Levantó la mirada hacia el cielo azul y vacío, y miró al sol con los ojos entornados.

«Ya ha pasado media mañana», comprendió, consternada. Se obligó a dar un paso, y luego otro, y por fin volvió a caminar, siguiendo el pequeño arroyo.

El día era cada vez más caluroso, y el sol le caía a plomo en la cabeza y lo que le quedaba del cabello quemado. El agua le salpicaba los pies; estaba caminando por el arroyo. ¿Cuánto tiempo llevaba así? Le gustaba sentir el blando lodo marrón en los dedos: le aliviaba el dolor de las ampollas.

«La cuestión es seguir adelante, aunque sea por el cauce. El agua fluye cuesta abajo; el arroyo me llevará al río, y el río, a casa.»

Pero no sería así; sabía que no.

Meereen no era su hogar ni lo sería nunca. Era una ciudad de gentes extrañas, con dioses extraños y peinados más extraños todavía, de traficantes de esclavos envueltos en *tokars* con flecos, donde la gracia se alcanzaba a través de la prostitución, el asesinato era un arte, y el perro, un manjar. Meereen sería siempre la ciudad de la Arpía, y Daenerys no podía ser una arpía.

«Nunca —dijo la hierba, con la voz gruñona de Jorah Mormont—. Os lo advertí, alteza. Os dije que dejarais en paz esa ciudad; os dije que vuestra guerra estaba en Poniente.»

Pese a que la voz no era más que un susurro, Dany tuvo la sensación de que caminaba a su lado.

«Mi oso —pensó—, mi querido oso, que me amó y me traicionó.» Lo había echado mucho de menos; quería ver su feo rostro, rodearlo con los brazos y apretarse contra su pecho, pero sabía que, si se volvía, ser Jorah se habría marchado.

—Estoy soñando —dijo—. Sueño despierta, camino en sueños. Estoy sola y perdida.

«Perdida por haberos quedado donde no debíais estar —murmuró ser Jorah con una voz tan tenue como el viento—. Sola por haberme apartado de vuestro lado.»

—Me traicionaste; me espiabas por oro.

«Por mi hogar. Lo único que quería era regresar a mi hogar.»

—Y a mí. Me deseabas. —Dany lo había visto en sus ojos.

«Es cierto», susurró la hierba con voz triste.

—Me besaste, aunque no te di permiso. Me vendiste a mis enemigos, pero aquel beso fue de verdad.

«Os di buenos consejos. Os dije que reservarais vuestras lanzas y espadas para los Siete Reinos. Os dije que dejaseis Meereen para los meereenos y partieseis rumbo al oeste, pero no quisisteis escuchar.»

—Tenía que conquistar Meereen, o mis hijos se habrían muerto de hambre por el camino. —Dany aún veía el rastro de cadáveres que había dejado al cruzar el desierto rojo. No era un espectáculo que quisiera volver a presenciar—. Tenía que conquistar Meereen para dar de comer a mi pueblo.

«Y lo conseguisteis, pero os quedasteis allí», respondió él.

—Para ser reina.

«Ya sois reina —señaló su oso—. De Poniente.»

—Está muy lejos —protestó—. Estaba cansada, Jorah. Estaba harta de guerras. Quería descansar, reír, plantar árboles y verlos crecer. Solo soy una niña.

«No. Sois de la sangre del dragón. —El murmullo se iba haciendo más débil, como si ser Jorah estuviese quedándose atrás—. Los dragones no plantan árboles. Recordadlo. Recordad quién sois, para qué habéis nacido; recordad vuestro lema.»

—Sangre y fuego —les dijo Daenerys a los tallos que oscilaban.

Una piedra giró bajo su pie, y Dany se desplomó sobre una rodilla. Gritó de dolor, esperando contra toda esperanza que su oso la recogiese y la ayudase a levantar. Cuando giró la cabeza para buscarlo, no vio más que un reguero de agua marrón... y un ligero movimiento en la hierba.

«El viento —se dijo—, el viento agita los tallos y los hace oscilar...» Solo que no soplaba viento. El sol caía a plomo, y el mundo era todo silencio y calor. Por el aire pululaba una nube de mosquitos y sobre el arroyo, una libélula volaba de un lado a otro con rápidos movimientos. Y la hierba se movía sin motivo alguno.

Hurgó en el agua hasta encontrar una piedra del tamaño de su puño y la sacó del barro. Como arma no era gran cosa, pero era mejor que la mano vacía. Por el rabillo del ojo volvió a ver otro movimiento en la hierba, a la derecha. Los tallos se mecían y se inclinaban, como si estuviesen ante un rey, pero ningún rey se le apareció. Era un mundo verde y vacío. Era un mundo verde y silencioso. Era un mundo que amarilleaba, moribundo.

«Tengo que incorporarme —se dijo—. Debo caminar. Debo seguir el arroyo.»

A través de la hierba le llegó un suave tintineo de plata.

«Campanillas —pensó, y sonrió al recordar a Khal Drogo, su sol y estrellas, y las campanillas que llevaba en la trenza—. Cuando el sol salga por el oeste y se ponga por el este, cuando los mares se sequen y las montañas se mezan como hojas al viento, cuando mi vientre vuelva a agitarse y dé a luz a un niño vivo, Khal Drogo volverá a mi lado.»

Pero nada de eso había ocurrido.

«Campanillas», volvió a pensar. Sus jinetes de sangre la habían encontrado.

—Aggo —susurró—, Jhogo, Rakharo. —¿Iría Daario con ellos?

El mar verde se abrió y apareció un jinete. Tenía una trenza negra y brillante, la piel oscura como el cobre bruñido y los ojos rasgados como almendras amargas; las campanillas tintineaban en su pelo. Llevaba un cinturón de medallones, un chaleco pintado, un *arakh* en una cadera y un látigo en la otra; de la silla de montar colgaban un arco de caza y un carcaj.

«Un jinete, solo uno. Un explorador.» Era uno de los que cabalgaban por delante del *khalasar* para buscar la caza y la hierba más verde, y rastrear a los enemigos dondequiera que se ocultasen. Si la encontraba allí, la mataría, la violaría o la tomaría como esclava. En el mejor de los casos, la mandaría con las viejas del *dosh khaleen,* donde iban las *khaleesis* buenas cuando morían sus *khals.*

Sin embargo, no la vio. Estaba oculta en la hierba, y él miraba en otra dirección. Dany siguió su mirada y vio la sombra en el cielo, con las alas extendidas. El dragón estaba casi a media legua, pero el explorador se había quedado paralizado, hasta que su semental se puso a relinchar de miedo; entonces reaccionó, como si despertara de un sueño, hizo girar su montura y se lanzó al galope por la alta hierba.

Dany lo miró alejarse. Cuando el silenció engulló el sonido de los cascos, empezó a gritar. Gritó hasta quedarse ronca... y Drogon acudió, resoplando columnas de humo. La hierba se inclinó ante él, y Dany se encaramó a su lomo. Sabía que apestaba a sangre, sudor y miedo, pero daba igual.

—Para avanzar debo retroceder. —Apretó las piernas desnudas en torno al cuello del dragón y lo espoleó con el pie. Drogon se lanzó hacia el cielo. Había perdido el látigo, de modo que se valió de manos y pies para hacerlo girar hacia el noreste, por donde se había ido el explorador. Drogon no se hizo de rogar; tal vez oliese el miedo del jinete.

En lo que tardó en latirle el corazón una docena de veces, habían adelantado al dothraki, que galopaba muy por debajo de ellos. A izquierda y derecha, Dany vio lugares donde la hierba estaba quemada y cenicienta.

«Drogon ya ha pasado por aquí», comprendió. Las marcas de sus cacerías salpicaban el mar de hierba verde, como una cadena de islas grisáceas.

Bajo ellos apareció una enorme manada de caballos. También había jinetes, una veintena o más, pero dieron media vuelta y huyeron nada más ver al dragón. Los caballos echaron a correr cuando la sombra cayó sobre ellos, hoyando la tierra con los cascos en un galope desordenado por la hierba, hasta que los flancos se les cubrieron de espuma. Sin embargo, por muy veloces que fueran, no podían volar. Pronto, uno empezó a quedarse rezagado. El dragón descendió sobre él con un rugido, y al instante, el pobre animal estaba en llamas, aunque se las arregló para seguir corriendo, profiriendo un lamento a cada paso, hasta que Drogon se posó sobre él y le quebró el lomo. Dany se aferró con todas sus fuerzas al cuello del dragón para no caerse.

El cadáver era demasiado pesado para llevarlo a la guarida, así que Drogon se lo comió allí mismo, desgarrando la carne carbonizada rodeado de hierba en llamas, aire cargado de humo y olor de pelo quemado. Dany, muerta de hambre, se bajó y compartió su comida, arrancando trozos de carne humeante del caballo muerto con las manos desnudas y quemadas.

«En Meereen era una reina vestida de seda que picoteaba dátiles rellenos y cordero a la miel —recordó—. ¿Qué diría mi noble esposo si me viera ahora?» Hizdahr se quedaría horrorizado, sin duda. Sin embargo, Daario...

Daario se reiría, trincharía un pedazo de carne con el *arakh* y se acuclillaría a su lado para comer con ella.

Mientras el cielo occidental se teñía del color de la piel magullada, Dany oyó caballos que se acercaban. Se levantó, se limpió las manos en los jirones de la camisola y aguardó junto a su dragón.

Así la encontró Khal Jhaqo cuando medio centenar de guerreros a caballo salieron de la nube de humo.

Epílogo

—No soy ningún traidor —declaró el Caballero del Nido del Grifo—. Soy leal al rey Tommen y a vos.

El goteo constante de la nieve derretida que le caía de la capa para formar un charco en torno a sus pies iba subrayando sus palabras. Había nevado casi toda la noche en Desembarco del Rey, y había cuajado por la altura del tobillo. Ser Kevan Lannister se arrebujó en su capa.

—Eso decís vos, pero ¿qué valen las palabras?

—En ese caso, con la espada os mostraré cuán ciertas son. —La luz de las antorchas arrancaba destellos de fuego de la cabellera y la barba de Ronnet Connington—. Enviadme contra mi tío y os traeré su cabeza, junto con la de ese falso dragón.

Los lanceros de los Lannister, con sus capas rojas y sus cascos coronados por leones, estaban alineados a lo largo de la pared oeste del salón del trono. Los guardias de los Tyrell, con sus capas verdes, se encontraban en la pared opuesta. El frío de la estancia era palpable: aunque ni la reina Cersei ni la reina Margaery se encontraban allí, su presencia seguía envenenando el aire, como si fueran fantasmas en un banquete.

Tras la mesa a la que se habían sentado los cinco miembros del Consejo Privado del Rey, el Trono de Hierro se alzaba como una gigantesca bestia negra, con sus puntas, filos y zarpas semiamortajados por la oscuridad. Kevan Lannister lo percibía tras él, como un picor entre los omoplatos. No costaba nada imaginar al viejo rey Aerys sentado allí, sangrando por algún corte reciente, mirándolos con el ceño fruncido. Pero el trono estaba desierto. Kevan no había considerado necesaria la presencia de Tommen; era mejor que el chico siguiera con su madre. Solo los dioses sabían cuánto tiempo tenían para estar juntos antes del juicio de Cersei... y, probablemente, su ejecución.

—Ya nos encargaremos de vuestro tío y de ese impostor a su debido tiempo —estaba diciendo Mace Tyrell en aquel momento. La nueva mano del rey se había sentado en un trono de roble tallado en forma de mano, una absurda muestra de vanidad que había encargado su señoría el día en que ser Kevan accedió a nombrarlo para el cargo que tanto ansiaba—. Aquí seguiréis hasta que estemos en condiciones de partir, y entonces tendréis ocasión de demostrar vuestra lealtad.

Ser Kevan no lo discutió.

—Escoltad a ser Ronnet a sus estancias —dijo. No hizo falta que añadiera: «Y que no las abandone». Pese a sus estrepitosas protestas, el Caballero del Nido del Grifo seguía siendo sospechoso. Según los informes, los mercenarios que habían desembarcado en el sur estaban al mando de un miembro de su familia.

Cuando el eco de las pisadas de Connington se perdió en la distancia, el gran maestre Pycelle sacudió la cabeza con parsimonia.

—Hace muchos años, su tío estaba justo donde él estaba ahora cuando le dijo al rey Aerys que le entregaría la cabeza de Robert Baratheon.

«Es lo que pasa cuando un hombre se hace tan viejo como Pycelle. Todo cuanto ve y oye evoca escenas de su juventud.»

—¿Cuántos soldados acompañaban a ser Ronnet cuando llegó a la ciudad? —preguntó ser Kevan.

—Veinte —respondió Randyll Tarly—, la mayoría del antiguo grupo de Gregor Clegane. Vuestro sobrino Jaime se los entregó a Connington, supongo que para librarse de ellos. No llevaban ni un día en Poza de la Doncella cuando uno ya había matado a un hombre y otro estaba acusado de violación. Tuve que ahorcar al primero y castrar al segundo. Si por mí fuera, los habría mandado a todos a la Guardia de la Noche, con Connington a la cabeza. Semejante basura solo tiene cabida en el Muro.

—Los perros se parecen a sus amos —declaró Mace Tyrell—. Estoy de acuerdo en que la capa negra les habría quedado muy bien. No pienso tolerar a hombres de esa calaña en la Guardia de la Ciudad. —Ya había un centenar de hombres de Altojardín entre los capas doradas, pero era obvio que su señoría no estaba dispuesto a permitir el ingreso de ponientis como contrapeso.

«Cuanto más le doy, más quiere.» Kevan Lannister empezaba a comprender cómo había llegado Cersei a sentir tanto odio hacia los Tyrell, pero no era el momento de provocar una discusión. Randyll Tarly y Mace Tyrell habían llegado a Desembarco del Rey con sus respectivos ejércitos, mientras que la mayor parte de las fuerzas de la casa Lannister seguía en las tierras de los ríos, en número menguante.

—Los hombres de la Montaña siempre fueron buenos luchadores —dijo en tono conciliador—, y puede que nos hagan falta todas las espadas posibles contra esos mercenarios. Si de verdad se trata de la Compañía Dorada, tal como insisten en afirmar los susurradores de Qyburn...

—Llamadlos como queráis —bufó Randyll Tarly—, pero no son más que oportunistas.

—Puede —accedió ser Kevan—, pero cuanto más tiempo dejemos campar a sus anchas a esos oportunistas, más fuertes se harán. Hemos preparado un mapa de incursiones. Gran maestre, por favor.

El mapa era muy hermoso, trazado por un auténtico maestro sobre la más fina vitela, y tan grande que cubría la mesa entera.

—Aquí —señaló Pycelle con la mano llena de manchas. Al subírsele la manga de la túnica quedó a la vista la piel flácida del antebrazo—. Aquí y aquí. A lo largo de la costa y en las islas. En Tarth, en los Peldaños de Piedra, incluso en Estermont. Ahora nos llegan informes de que Connington avanza hacia Bastión de Tormentas.

—Si es que se trata de Jon Connington —apuntó Randyll Tarly.

—Bastión de Tormentas —gruñó lord Mace Tyrell—. No sería capaz de tomar Bastión de Tormentas ni aunque fuera Aegon el Conquistador. Y si lo consigue, ¿qué más da? Ahora es de Stannis; el castillo pasa de un aspirante a otro, ¿qué nos importa? Lo reconquistaré en cuanto quede demostrada la inocencia de mi hija.

«¿Cómo vas a reconquistar lo que no has conquistado nunca?»

—Comprendo vuestro punto de vista, mi señor, pero...

—Los cargos contra mi hija son sucias mentiras —interrumpió Tyrell—. Insisto, ¿por qué tenemos que representar esta farsa? Que el rey Tommen la declare inocente de inmediato y ponga fin a este sinsentido aquí y ahora.

«Sí, y los rumores perseguirán a Margaery toda la vida.»

—Nadie duda de la inocencia de vuestra hija, mi señor —mintió ser Kevan—. Pero su altísima santidad insiste en que se celebre un juicio.

—¡Adónde hemos llegado! —bufó lord Randyll—. Ahora, los reyes y los más grandes señores tienen que bailar cuando pían los gorriones.

—Estamos rodeados de enemigos, lord Tarly —le recordó ser Kevan—. Stannis está en el norte, y los hombres del hierro, en el oeste; y ahora hay mercenarios en el sur. Si plantamos cara al septón supremo, también correrá la sangre por las calles de Desembarco del Rey. Cualquier atisbo de que nos enfrentamos a los dioses arrojará a los beatos en brazos de alguno de esos aspirantes a usurpador.

Mace Tyrell no se dejaba convencer.

—En cuanto Paxter Redwyne limpie los mares de hombres del hierro, mis hijos volverán a tomar las Escudo. La nieve o Bolton se encargarán de Stannis. En lo que respecta a Connington...

—Si es que se trata de él —apuntó lord Randyll.

—En cuanto a Connington —prosiguió Tyrell—, ¿qué victorias ha conseguido para que le tengamos tanto miedo? Tuvo ocasión de aplastar la Rebelión de Robert en Septo de Piedra y fracasó, igual que ha fracasado siempre la Compañía Dorada. Puede que algunos corran a unirse a sus filas, sí; mejor para el reino, que se librará de unos cuantos imbéciles.

Ser Kevan habría dado cualquier cosa por compartir aquella seguridad. Había conocido a Jon Connington muy por encima: era un joven orgulloso, el más impetuoso de la bandada de jóvenes señores que se congregaban en torno al príncipe Rhaegar Targaryen y competían por su favor.

«Arrogante, pero competente y activo.» Eso y su habilidad con las armas fueron las razones de que Aerys, el Rey Loco, lo nombrara mano. La pasividad del viejo lord Merryweather había permitido que la rebelión arraigara y se extendiera, y Aerys buscaba a alguien joven y vigoroso para contrarrestar la juventud y el vigor de Robert.

—Demasiado pronto —había declarado lord Tywin cuando la noticia sobre la elección del rey llegó a Roca Casterly—. Connington es demasiado joven, demasiado atrevido, tiene demasiada hambre de gloria.

La batalla de las Campanas demostró que estaba en lo cierto. Ser Kevan había dado por hecho que, después de aquello, Aerys no tendría más remedio que recurrir de nuevo a Tywin, pero prefirió confiar en lord Chelsted y lord Rossart, y lo pagó con la vida y la corona.

«Pero todo eso fue hace mucho tiempo. Si de verdad se trata de Jon Connington, será un hombre diferente. Mayor, más duro, más curtido..., más peligroso.»

—Puede que la Compañía Dorada no sea lo único que tiene Connington. Se dice que trae un aspirante Targaryen.

—Otro impostor, nada más —bufó Randyll Tarly.

—Es posible. Y también que no lo sea. —Kevan Lannister estaba allí, en aquella misma estancia, cuando Tywin Lannister depositó los cadáveres de los hijos del príncipe Rhaegar al pie del Trono de Hierro, envueltos en capas rojas. La niña seguía reconocible: sin duda era la princesa Rhaenys; pero el niño... «Un espanto sin rostro, una masa de huesos, sesos y sangre con unos cuantos mechones de pelo rubio. Ninguno de nosotros lo miró con mucha atención. Tywin dijo que era el príncipe Aegon y confiamos en su palabra»—. Hay otras noticias que llegan del este, sobre otra Targaryen de cuya sangre no duda nadie: Daenerys de la Tormenta.

—Tan loca como su padre —declaró lord Mace Tyrell.

«¿Ese mismo padre al que Altojardín y la casa Tyrell apoyaron hasta el amargo final y más allá?»

—Es posible —asintió ser Kevan—, pero al oeste está llegando mucho humo, señal de que hay fuego en el este.

—Dragones. —El gran maestre Pycelle ladeó la cabeza—. Los mismos rumores corren por Antigua; son tantos que no podemos dejarlos de lado. Una reina de pelo de plata con tres dragones.

—Al otro lado del mundo —apuntó Mace Tyrell—. La reina de la bahía de los Esclavos, ¿no? Por mí, que se la quede.

—En eso estamos de acuerdo —dijo ser Kevan—, pero lleva la sangre de Aegon el Conquistador y dudo que se conforme con quedarse en Meereen. Si se le ocurre cruzar a esta orilla y aunar fuerzas con lord Connington y ese príncipe, impostor o no... No, tenemos que acabar de inmediato con Connington y con el aspirante, antes de que Daenerys de la Tormenta venga al oeste.

—Eso es lo que pienso hacer. —Mace Tyrell se cruzó de brazos—. Después de los juicios.

—Los mercenarios luchan por dinero —declaró el gran maestre Pycelle—. Con el oro suficiente puede que convenzamos a la Compañía Dorada para que entregue a lord Connington y al aspirante.

—Sí, pero para eso hace falta oro —intervino ser Harys Swyft—. Y lamento comunicaros que en nuestras arcas no hay más que ratas y cucarachas, mis señores. He vuelto a escribir a los banqueros de Myr. Si acceden a pagar la deuda que contrajo la corona con los braavosi y nos hacen otro préstamo, puede que no tengamos que subir los impuestos. De lo contrario...

—Los magísteres de Pentos también hacen préstamos —aportó ser Kevan—. Probad con ellos. —Los pentoshi serían aún más reacios a ayudar que los cambistas de Myr, pero había que intentarlo. Si no encontraban una nueva fuente de ingresos o convencían al Banco de Hierro para que cediera un poco, no le quedaría más remedio que pagar las deudas de la corona con el oro de los Lannister. No se atrevía a aprobar una subida de impuestos en aquel momento, con los Siete Reinos al borde de la rebelión. La mitad de los señores desconocía la diferencia entre impuestos y tiranía, y apoyaría al primer usurpador que apareciera con tal de ahorrarse una moneda de cobre—. Si todo falla, puede que tengáis que ir a Braavos para negociar en persona con el Banco de Hierro.

—¿Yo? —protestó ser Harys con voz chillona.

—Sois el consejero de la moneda, ¿no? —replicó lord Randyll con tono brusco.

—Sí. —El mechón de pelo blanco que lucía Swyft a modo de barba se estremeció de rabia—. Pero recuerdo a mi señor que este embrollo no es culpa mía, y que no todos hemos podido disfrutar de la oportunidad de rellenar las arcas con el saqueo de Poza de la Doncella y Rocadragón.

—No me gusta lo que insinuáis, Swyft —dijo Mace Tyrell encolerizado—. Os aseguro que en Rocadragón no se encontraron riquezas de ningún tipo. Los hombres de mi hijo han registrado esa espantosa isla lacustre palmo a palmo y no han encontrado ni una piedra preciosa, ni un ápice de oro. Tampoco había rastro de los famosos huevos de dragón.

Kevan Lannister había estado en Rocadragón y dudaba mucho de que Loras Tyrell hubiera registrado a fondo la antigua fortaleza. Al fin y al cabo, la habían construido los valyrios, y todo lo que hacían apestaba a hechicería, por no mencionar que ser Loras era joven, dado a cometer errores de criterio por su precipitación, y había resultado malherido en la toma del castillo. Pero recordarle a Tyrell que su hijo favorito no era perfecto no le serviría de nada.

—Si en Rocadragón hubiera riquezas, Stannis las habría encontrado —declaró—. Pasemos al siguiente asunto. Como sin duda sabéis, tenemos dos reinas acusadas de alta traición. Mi sobrina ha elegido un juicio por combate, según me ha informado. Su campeón será ser Robert Strong.

—El gigante silencioso. —Lord Randyll torció el gesto.

—Decidnos, ¿de dónde ha salido ese hombre? —preguntó Mace Tyrell—. ¿Por qué nadie había oído hablar de él hasta ahora? No habla, no muestra el rostro, nadie lo ha visto sin armadura... ¿Cómo sabemos siquiera que es caballero?

«Ni siquiera sabemos si está vivo. —Según Meryn Trant, Strong no comía ni bebía, y Boros Blount iba aún más lejos y aseguraba que nadie lo había visto ir al escusado—. Claro que no. Los muertos no cagan. —Kevan Lannister tenía una sospecha muy clara sobre la verdadera identidad del tal ser Robert bajo la deslumbrante armadura blanca, sospecha que sin duda compartían Mace Tyrell y Randyll Tarly. Fuera cual fuera el rostro que se ocultaba tras el yelmo de Strong, debía seguir oculto, al menos de momento. El gigante silencioso era la única esperanza de su sobrina—. Esperemos que sea tan temible como parece.»

Pero Mace Tyrell parecía incapaz de ver nada que no fuera el peligro que corría su hija.

—El rey Tommen ha elegido a ser Robert para la Guardia Real —le recordó ser Kevan—, y Qyburn también lo avala. Tal como están las cosas, necesitamos que ser Robert salga victorioso. Si se declara culpable de sus cargos a mi sobrina, se pondrá en duda la legitimidad de sus hijos, y si Tommen deja de ser rey, Margaery dejará de ser reina. —Dejó pasar unos instantes para que Tyrell lo digiriera—. Haya hecho lo que haya hecho, Cersei sigue siendo hija de la Roca y sangre de mi sangre. No permitiré que la ejecuten por traición, pero ya le he limado las garras. He sustituido a sus guardias por hombres de mi confianza, y en lugar de damas de compañía, ahora tiene a una septa y a tres novicias designadas por el septón supremo. No volverá a tener capacidad de decisión en el gobierno del reino ni en la educación de Tommen. Después del juicio la mandaré de vuelta a Roca Casterly y no volverá a salir de allí. Con eso bastará.

No hizo falta añadir más. Cersei valía menos que nada y carecía de poder. No había en la ciudad un aprendiz de panadero ni un mendigo que no hubiera presenciado su vergüenza; hasta el último curtidor, del Lecho de Pulgas al recodo del Meados la vio desnuda y recorrió con ojos ávidos sus pechos, su vientre, sus partes femeninas... Después de aquello, no había reina que pudiera gobernar. Cersei era una reina, poco menos que una diosa, cuando se mostraba cubierta de oro, seda y esmeraldas; desnuda era simplemente humana, una mujer madura con estrías en el vientre y tetas que empezaban a caer... como habían señalado con entusiasmo a sus maridos y amantes las mujeres de la turba.

«Más vale vivir sin honor que morir con orgullo», se dijo ser Kevan.

—Mi sobrina no volverá a tramar nada reprobable —prometió a Mace Tyrell—. Os doy mi palabra, mi señor.

—Como digáis. —Tyrell asintió de mala gana—. Mi Margaery prefiere que la juzgue la Fe, para que el reino entero sea testigo de su inocencia.

«Si tu hija es tan inocente como quieres hacernos creer, ¿por qué te empeñas en que esté presente todo tu ejército cuando se enfrente a sus acusadores?», podría haber preguntado ser Kevan.

—Espero que sea pronto —dijo, y se volvió hacia el gran maestre Pycelle—. ¿Algo más?

El gran maestre consultó los papeles que tenía delante.

—Hay que dilucidar el asunto de la herencia de Rosby. Se han presentado seis reclamaciones...

—Lo de Rosby puede esperar. ¿Qué más?

—Debemos hacer preparativos para la princesa Myrcella.

—Esto es lo que pasa por hacer tratos con los dornienses —señaló Mace Tyrell—. Seguro que se puede elegir un partido mejor para esa niña.

«Como tu hijo Willas, ¿no? A ella la desfiguró un dorniense, y un dorniense lo dejó tullido a él.»

—Sin duda, pero ya tenemos suficientes enemigos sin necesidad de ofender a Dorne. Si Doran Martell une sus fuerzas a las de Connington para apoyar al falso dragón, las cosas se nos pondrán muy feas.

—También podemos persuadir a nuestros amigos dornienses para que se encarguen de lord Connington —aportó Harys Swyft con una risita que empezaba a ser de lo más irritante—. Nos ahorraríamos mucha sangre y problemas.

—Cierto —convino ser Kevan con cansancio; ya era hora de poner fin a aquello—. Os doy las gracias, mis señores. Volveremos a reunirnos en cinco días, después del juicio de Cersei.

—Como deseéis, y que el Guerrero confiera fuerza al brazo de ser Robert. —La frase de Mace Tyrell salió forzada, y su inclinación de cabeza ante el lord regente fue casi imperceptible, pero menos era nada, y ser Kevan Lannister se lo agradeció.

Randyll Tarly abandonó la estancia junto con su señor, seguidos ambos por los lanceros de capa verde.

«El verdadero peligro estriba en Tarly —reflexionó ser Kevan al verlos partir—. Un hombre pequeño pero astuto y con una voluntad férrea, uno de los mejores soldados que ha dado el Dominio. Pero ¿cómo puedo atraerlo a nuestro bando?»

—No le caigo en gracia a lord Tyrell —comentó el gran maestre Pycelle con tono sombrío tras la salida de la mano—. El asunto del té de la luna... Yo no lo habría mencionado, ¡pero la reina madre me lo ordenó! La verdad, lord regente, dormiría más a gusto con unos cuantos guardias ante mi puerta.

—Lord Tyrell lo interpretaría como un insulto.

—Yo también necesito guardias. —Ser Harys Swyft se tiró de la barbita—. Corren tiempos peligrosos.

«Sí —pensó Kevan Lannister—, y Pycelle no es el único miembro del Consejo que la mano querría sustituir. —El candidato de Mace Tyrell para el puesto de lord tesorero era su tío, el lord senescal de Altojardín, a quien llamaban Garth el Tosco—. Lo último que necesito es un Tyrell más en el Consejo Privado.»

Ya lo superaban en número: ser Harys era el padre de su esposa, y también podía contar con Pycelle, pero Tarly era leal a Altojardín, al igual que Paxter Redwyne, lord almirante y consejero naval, que navegaba por las inmediaciones de Dorne para enfrentarse a los hombres del hierro de Euron Greyjoy. Cuando Redwyne volviera a Desembarco del Rey, el

Consejo se dividiría en tres contra tres, Lannister contra Tyrell. La séptima voz sería la de la dorniense que escoltaba a Myrcella en su regreso.

«Lady Nym. Que no es ninguna dama, si es cierta la mitad de lo que dicen los informes de Qyburn. —Era hija bastarda de la Víbora Roja, casi tan legendaria como su padre, y estaba decidida a ocupar el asiento del Consejo que tan brevemente había correspondido al príncipe Oberyn. Ser Kevan no había considerado necesario informar a Mace Tyrell de que se aproximaba; sabía que la mano no recibiría la noticia con entusiasmo—. El que hace falta aquí es Meñique. Petyr Baelish sí que tenía talento para sacar dragones de la nada.»

—Contratad a los hombres de la Montaña —sugirió ser Kevan—. Ronnet el Rojo ya no los necesita para nada. —No creía que Mace Tyrell cometiera la torpeza de intentar asesinar a Pycelle o a Swyft, pero si querían guardias para sentirse más seguros, que los tuvieran.

Los tres hombres salieron juntos del salón del trono. En el exterior, la nieve se arremolinaba en la liza como un animal enjaulado que aullara pidiendo libertad.

—¿Habíais pasado tanto frío alguna vez? —preguntó ser Harys.

—El momento adecuado para hablar del frío no es cuando se está a la intemperie, padeciéndolo —dijo el maestre Pycelle. Se dirigió con paso cansino hacia sus habitaciones, y los demás se quedaron un momento en los peldaños que llevaban al salón del trono.

—No tengo ninguna esperanza en los banqueros de Myr —dijo ser Kevan a su suegro—. Será mejor que os preparéis para ir a Braavos.

—Si es necesario... —Ser Harys no se mostró nada entusiasta—. Pero repito que yo no causé estos problemas.

—No, fue Cersei quien decidió hacer esperar al Banco de Hierro. ¿Sugerís que la mande a ella a Braavos?

¿A su alteza? —Ser Harys parpadeó—. Sería una... una...

—Era una broma —lo rescató ser Kevan—. No ha tenido gracia, lo sé. Id a calentaros junto a la chimenea, que yo voy a hacer lo mismo.

Se puso los guantes y cruzó el patio a zancadas, encorvado para protegerse del viento que hacía ondear su capa.

El foso seco que rodeaba el Torreón de Maegor tenía una vara de nieve, y las estacas afiladas del fondo brillaban cubiertas de escarcha. El único acceso del Torreón era el puente levadizo que salvaba aquel foso. Siempre había un caballero de la Guardia Real apostado allí, y aquella noche estaba de servicio ser Meryn Trant. Balon Swann había partido hacia Dorne en pos del caballero renegado Estrellaoscura;

Loras Tyrell se encontraba herido de gravedad en Rocadragón, y Jaime había desaparecido en las tierras de los ríos, con lo que solo quedaban cuatro espadas blancas en Desembarco del Rey, y ser Kevan había encerrado a Osmund Kettleblack y a su hermano Osfryd, a las pocas horas de que Cersei confesara que ambos habían sido sus amantes. Los únicos que quedaban para proteger al joven rey y a la familia real eran Trant, el débil Boros Blount y Robert Strong, el monstruo mudo de Qyburn.

«Tengo que buscar más espadas para la Guardia Real. —Tommen debería contar con siete buenos caballeros. En el pasado, la pertenencia a la guardia era un cargo de por vida, pero eso no había impedido a Joffrey expulsar a ser Barristan Selmy para dejar sitio a Sandor Clegane, su perro. Kevan podía aprovechar ese precedente—. Podría darle una capa blanca a Lancel —reflexionó—. Es más honorable que estar en los Hijos del Guerrero.»

Una vez en sus habitaciones, Kevan Lannister colgó la capa empapada de nieve, se quitó las botas y mandó al criado que echara más leña a la chimenea.

—Y me vendría bien una copa de vino caliente —pidió al tiempo que se sentaba junto al fuego—. Que me la traigan.

Entre el fuego y el vino, no tardó en entrar en calor, pero también empezó a sentirse somnoliento, por lo que no se atrevió a beber otra copa. Aún le quedaba mucho por hacer: tenía informes que leer, y cartas que escribir.

«Y ceno con Cersei y con el rey.» Gracias a los dioses, su sobrina se había mostrado dócil y sumisa desde que hiciera su ruta de penitencia, y según las novicias que estaban a su servicio, repartía las horas de vigilia entre su hijo, la oración y la bañera. Se bañaba cuatro o cinco veces al día, y se restregaba con cepillos de crin y jabón de sosa como si quisiera arrancarse la piel.

«No conseguirá quitarse esa mancha por mucho que se lave. —Ser Kevan recordó a la chiquilla que había sido, tan llena de vida, tan traviesa. Y más tarde, cuando floreció, jamás hubo doncella más hermosa—. Cuántas muertes se habrían evitado si Aerys hubiera accedido a casarla con Rhaegar.» Cersei habría dado al príncipe los hijos varones que tanto deseaba, leones de ojos violeta y melena de plata... Y con semejante esposa, jamás se habría fijado en Lyanna Stark. La norteña tenía una especie de belleza salvaje, creía recordar, pero por mucho resplandor que despidiera una antorcha, ¿cómo podía rivalizar con el sol naciente?

Pero no servía de nada lamentar las batallas perdidas y los caminos desechados. Eso era propio de viejos, de hombres acabados. Rhaegar se casó con Elia de Dorne; Lyanna Stark murió; Robert Baratheon tomó a Cersei como esposa, y así estaban las cosas. Aquella noche, el camino lo llevaría a las habitaciones de su sobrina, cara a cara con ella.

«No tengo por qué sentirme culpable —se dijo ser Kevan—. No me cabe duda de que Tywin lo comprendería. Fue su hija quien cubrió de oprobio nuestro nombre, no yo. Hice lo que hice por el bien de la casa Lannister.»

No era como si su hermano no hubiera hecho lo mismo. En sus años postreros, tras la muerte de su esposa, su padre había tomado como amante a la hermosa hija de un cerero. No era extraño que un señor viudo tuviera una plebeya que le calentara la cama, pero lo malo fue que lord Tytos pronto empezó a sentarla a su lado en los banquetes, a cubrirla de regalos y honores, y hasta a pedirle opinión en asuntos de estado. En menos de un año, la moza ya estaba despidiendo criados, dando órdenes a los caballeros de la casa y hasta hablando en nombre de su señoría cuando él se encontraba indispuesto. Llegó a ser tan influyente que en Lannisport se decía que, para que el señor escuchara una petición, había que formularla de rodillas ante el regazo de su amante, porque era entre sus piernas donde se encontraba la oreja de Tytos Lannister. Incluso tuvo la osadía de ponerse las joyas de la esposa fallecida.

La situación se prolongó hasta el día en que a su señor padre le estalló el corazón en el pecho cuando subía por las empinadas escaleras que llevaban a la cama de su amante. Todos los interesados que aseguraban ser amigos de la plebeya y buscaban su favor la abandonaron sin pensárselo dos veces cuando Tywin la obligó a recorrer desnuda todo Lannisport, hasta los muelles, como una vulgar prostituta. Ni un hombre la rozó, pero aquel recorrido puso fin a su poder. Tywin jamás habría imaginado que su adorada hija correría el mismo destino.

—No había otra salida —murmuró ser Kevan mientras contemplaba las últimas gotas de vino. Era imprescindible aplacar a su altísima santidad, porque Tommen necesitaría el respaldo de la Fe en las batallas que se avecinaban. En cuanto a Cersei... La niña dorada se había convertido en una mujer vanidosa, codiciosa y estúpida. Si se lo permitían, echaría a perder a Tommen igual que había hecho con Joffrey.

En el exterior se había levantado un viento que sacudía los postigos de su habitación. Ser Kevan hizo acopio de fuerzas y se puso en pie. Había llegado el momento de enfrentarse a la leona en su guarida.

«Le hemos limado las zarpas. Pero Jaime...» No, no podía pensar en aquello.

Se puso un jubón viejo, muy gastado, por si a su sobrina volvía a darle por tirarle una copa de vino a la cara, pero dejó el cinto de la espada colgado del respaldo de la silla. Solo los caballeros de la Guardia Real podían llevar espada en presencia de Tommen.

Ser Boros Blount estaba al cuidado del rey niño y de su madre cuando ser Kevan entró en las estancias reales. Blount llevaba lamas esmaltadas, capa blanca y un yelmo que le dejaba la cara al descubierto, y no tenía buen aspecto. En los últimos tiempos había engordado considerablemente, cosa que se hacía notar en el rostro y la barriga, y tenía un color enfermizo. Además, estaba apoyado en la pared, como si estar de pie le supusiera un gran esfuerzo.

Se encargaron de servir la cena tres novicias, tres doncellas bien aseadas, de buena familia, entre los doce y los dieciséis años. Con sus suaves túnicas blancas, cada una parecía más inocente y espiritual que la anterior, pero aun así, el septón supremo se había empecinado en que ninguna pasara más de siete días al servicio de Cersei, para evitar que se corrompieran. Se ocupaban del vestuario de la reina, le preparaban el baño y le servían el vino, y por la mañana le cambiaban la ropa de cama. Una de ellas siempre compartía lecho con la reina para asegurarse de que no tuviera otra compañía, y las otras dos dormían en una estancia adyacente con la septa que las supervisaba.

Una chica flaca y larguirucha con la cara marcada de viruelas lo acompañó ante Cersei, que se levantó y lo besó en la mejilla.

—Qué amable por tu parte venir a cenar con nosotros, querido tío. —La reina vestía tan recatadamente como cualquier matrona, con un vestido marrón oscuro abotonado hasta el cuello y un manto verde con capucha que le cubría la cabeza rapada. «Antes del paseo habría hecho alarde de la falta de pelo con una corona de oro»—. Ven, siéntate. ¿Quieres vino?

—Una copa. —Se sentó, aún desconfiado.

Una novicia pecosa les llenó las copas con vino caliente.

—Dice Tommen que lord Tyrell tiene intención de reconstruir la Torre de la mano —comentó Cersei.

—Y asegura que la nueva será el doble de alta que la que quemaste —asintió ser Kevan.

—Lanzas largas, torres altas... —Cersei dejó escapar una risa gutural—. ¿Crees que lord Tyrell insinúa algo?

«Me alegro de que recuerde qué es la risa.» Aquello lo hizo sonreír también a él. Preguntó a su sobrina si tenía todo lo que necesitaba.

—Me atienden bien. Las niñas son un encanto, y las buenas septas se encargan de que no me olvide de rezar. Pero cuando se haya demostrado mi inocencia, me gustaría volver a contar con Taena Merryweather. Podría traer a su hijo a la corte. A Tommen le hace falta estar con otros niños, tener amigos de alta cuna.

Era una petición modesta, y ser Kevan no vio motivo para negarse. El pequeño Merryweather sería su pupilo, y lady Taena acompañaría a Cersei a Roca Casterly.

—La haré llamar en cuanto acabe el juicio —prometió.

La cena empezó con una sopa de carne y cebada, seguida por un par de codornices por cabeza, un lucio asado de más de cuatro palmos de largo con guarnición de nabos y setas, y abundante pan caliente con mantequilla. Ser Boros probaba cada plato que se servía al rey. Era una tarea humillante para un caballero de la Guardia Real, pero tal vez no fuera capaz de otra cosa en sus actuales circunstancias... y, considerando cómo había muerto el hermano de Tommen, tal vez no fuera mala idea.

El rey parecía más contento de lo que lo había visto Kevan Lannister en mucho tiempo. Desde la sopa hasta los postres, Tommen no dejó de parlotear sobre sus gatitos al tiempo que les daba trocitos de lucio de su regio plato.

—El gato malo estaba anoche delante de mi ventana —informó a Kevan—, pero ser Garras le bufó y se fue corriendo por el tejado.

—¿El gato malo? —repitió ser Kevan, sonriente. «Es un chiquillo adorable.»

—Un gato negro, viejo, con una oreja desgarrada —le explicó Cersei—. Un bicho sucio y muy arisco. Una vez arañó a Joff. —Hizo un gesto de desagrado—. Los gatos nos libran de las ratas, ya lo sé, pero ese... Por lo que me han dicho, ha llegado a atacar a nuestros cuervos.

—Ordenaré que pongan trampas. —Ser Kevan no había visto nunca a su sobrina tan callada, tan mansa, tan recatada. Probablemente era mejor así, pero en cierto modo también lo entristecía. «Su fuego, que tan vivamente ardía, se ha apagado»—. No me has preguntado por tu hermano —comentó mientras esperaban a que les sirvieran los pasteles de crema, que eran los favoritos del rey.

Cersei alzó la vista, y sus ojos verdes brillaron a la luz de la vela.

—¿Jaime? ¿Hay noticias?

—No. Cersei, deberías prepararte para lo...

—Si estuviera muerto, lo sabría. Llegamos juntos a este mundo, y no se iría sin mí. —Bebió un trago de vino—. Tyrion puede marcharse cuando quiera. Supongo que tampoco sabes nada de él.

—No, hace tiempo que nadie intenta vendernos una cabeza de enano.

—¿Puedo hacerte una pregunta, tío?

—Las que quieras.

—¿Piensas traer a tu esposa a la corte?

—No. —Dorna era una mujer afable que solo estaba cómoda en su casa, rodeada de sus amigos y familiares. Había cuidado bien de sus hijos, soñaba con tener nietos, rezaba siete veces al día y le gustaba coser y cuidar de sus flores. En Desembarco del Rey sería tan feliz como los gatitos de Tommen en un nido de víboras—. A mi señora esposa no le gusta viajar. Su lugar está en Lannisport.

—Sabia mujer, aquella que sabe cuál es su lugar.

—¿Qué quieres decir? —No le gustaba cómo sonaba aquello.

—Yo creía saberlo. —Cersei tendió la copa para que la niña pecosa se la rellenara. En aquel momento llegaron los pasteles de crema, y la conversación tomó derroteros más animados. Más tarde, cuando ser Boros llevó a Tommen y a sus gatitos al dormitorio del rey, se centraron en el juicio de la reina.

—Los hermanos de Osney no se quedarán cruzados de brazos mientras lo ven morir —le advirtió Cersei.

—Ya me lo imagino. Por eso los he mandado detener.

—¿De qué se los acusa? —preguntó sorprendida.

—De fornicar con una reina. Su altísima santidad dice que confesaste haberte acostado con los dos, ¿lo has olvidado?

—No. —Se puso muy roja—. ¿Qué vas a hacer con ellos?

—Si reconocen que son culpables, mandarlos al Muro. Si lo niegan, pueden enfrentarse a ser Robert. Esos hombres no deberían haber recibido tales privilegios.

—Los... los juzgué mal. —Cersei bajó la cabeza.

—Al parecer has juzgado mal a muchos hombres.

Iba a añadir algo, pero en aquel momento entró la novicia de pelo oscuro y mejillas rellenas.

—Mis señores, siento interrumpir, pero ha llegado un mensajero. El gran maestre Pycelle ruega la presencia inmediata del lord regente.

«Alas negras, palabras negras —pensó ser Kevan—. ¿Habrá caído Bastión de Tormentas? ¿O serán noticias de Bolton, del Norte?»

—Puede que se sepa algo de Jaime —comentó la reina.

Solo había una manera de averiguarlo, así que ser Kevan se levantó.

—Discúlpame, por favor.

Antes de salir se dejó caer sobre una rodilla y besó la mano de su sobrina. Si el gigante silencioso fracasaba, podía ser el último beso que recibiera.

El mensajero era un chiquillo de ocho o nueve años, tan abrigado que parecía un cachorro de oso. Trant lo había hecho esperar en el puente levadizo en lugar de dejarlo entrar en el Torreón de Maegor.

—Ve a sentarte junto a una chimenea, chico —le dijo ser Kevan al tiempo que le ponía una moneda en la mano—. Ya sé ir a las pajareras.

Por fin había dejado de nevar. Tras un velo de jirones de nubes, la luna llena flotaba redonda y blanca como una bola de nieve, y las estrellas brillaban frías a lo lejos. Ser Kevan cruzó a zancadas el patio del castillo, que parecía un lugar nuevo y misterioso, con la torres llenas de colmillos de hielo; los caminos habían desaparecido bajo el manto blanco, y un carámbano largo como una lanza se desprendió de un tejado y fue a estrellarse a sus pies.

«Otoño en Desembarco del Rey —pensó—. ¿Cómo será en el Muro?»

Le abrió la puerta una criada, una niña flaca con una túnica forrada de piel que le quedaba muy grande. Ser Kevan dio unas patadas en el suelo para sacudirse la nieve de las botas, se quitó la capa y se la entregó.

—El gran maestre me espera —anunció.

La niña asintió, solemne y silenciosa, y señaló las escaleras.

Las estancias de Pycelle estaban bajo la pajarera y eran muy espaciosas, con estantes abarrotados de hierbas, emplastos y pócimas, así como libros y pergaminos. A ser Kevan siempre le había parecido que allí hacía un calor excesivo, pero no en aquella ocasión: sintió el frío nada más cruzar la puerta. En la chimenea solo quedaban cenizas negras y brasas moribundas, y unas pocas velas proyectaban lagos de luz mortecina aquí y allá.

Todo lo demás estaba envuelto en sombras... excepto alrededor de la ventana abierta, donde los cristales de hielo brillaban a la luz de la luna y formaban remolinos arrastrados por el viento. En el alféizar había un gigantesco cuervo blanco de plumas erizadas. Era el cuervo más grande que Kevan Lannister había visto en su vida, mayor incluso que los halcones de Roca Casterly, mayor que el búho más grande. La nieve danzaba en torno a él y la luna lo pintaba de plata.

«No, no es plata. Es blanco. Es un cuervo blanco.»

Los cuervos blancos de la Ciudadela no llevaban mensajes; eso era cosa de sus primos negros. Solo llegaban de Antigua con un cometido: anunciar el cambio de estación.

—Invierno —dijo ser Kevan. La palabra formó una nube blanquecina en el aire, y se apartó de la ventana.

En aquel momento, algo que bien podría ser el puño de un gigante lo golpeó en el centro del pecho. Lo dejó sin aliento y lo hizo recular. El cuervo blanco alzó el vuelo y sacudió las alas claras en torno a su cabeza. Ser Kevan se sentó, o cayó en el alféizar.

«¿Qué...? ¿Quién...? —Tenía una saeta clavada casi hasta las plumas—. No. No, así fue como murió mi hermano.» La sangre brotaba alrededor del asta.

—Pycelle —murmuró, confuso—. Ayudadme... yo...

En aquel momento lo vio. El gran maestre Pycelle estaba sentado a la mesa, con la cabeza apoyada en el gran libro encuadernado en cuero que tenía delante.

«Se ha dormido», pensó Kevan... hasta que parpadeó y vio la herida profunda y roja en el cráneo manchado del consejero, y la sangre que formaba un charco bajo su cabeza, empapando las páginas. Alrededor de la vela se veían fragmentos de hueso y cerebro, islas en un lago de cera derretida.

«Quería guardias —pensó Kevan—. Tendría que haberle puesto guardias.» ¿Era posible que Cersei hubiera tenido razón desde el principio? ¿Aquello era obra de su sobrino?

—Tyrion —llamó—. ¿Dónde...?

—Muy lejos —le respondió una voz conocida.

Estaba rodeado de un mar de sombras, junto a una estantería, gordo, pálido, de hombros caídos, con los pies embutidos en zapatillas y una ballesta en las suaves manos empolvadas.

—¿Varys?

—Ser Kevan. —El eunuco dejó la ballesta—. Perdonadme. No os deseo mal alguno, pero tenía que hacer esto por el reino. Por los niños.

«Yo tengo hijos. Tengo esposa. Oh, Dorna...» Sintió una oleada de dolor y cerró los ojos. Volvió a abrirlos.

—Hay... hay cientos de guardias de los Lannister en el castillo.

—Pero ninguno en esta habitación, por suerte. Me duele en el alma, mi señor. No merecéis morir a solas en una noche tan fría y oscura. Hay muchos como vos, hombres buenos al servicio de malas causas... Pero vos amenazabais con destruir el trabajo de la reina y reconciliar Altojardín con Roca Casterly, y unir la Fe y los Siete Reinos bajo el mando del pequeño rey, así que... —Entró una ráfaga de viento, y ser Kevan se estremeció—. ¿Tenéis frío, mi señor? No sabéis cuánto lo siento. El gran maestre se ha ensuciado al morir, y el hedor era tan insoportable que tenía miedo de asfixiarme.

Ser Kevan trató de incorporarse, pero lo habían abandonado las fuerzas, y apenas sentía las piernas.

—La ballesta me pareció lo más adecuado —prosiguió Varys—. ¡Teníais tanto en común con lord Tywin...! Vuestra sobrina pensará que os han asesinado los Tyrell, quizá en connivencia con el Gnomo. Los Tyrell sospecharán de ella. Alguien encontrará la manera de culpar a los dornienses. Las dudas, la división y la desconfianza minarán el terreno bajo los pies del niño rey mientras Aegon alza su estandarte sobre Bastión de Tormentas y los señores del reino se unen en torno a él.

—¿Aegon? —Durante un momento no entendió nada, pero de pronto lo recordó: un niño envuelto en una capa roja llena de sangre y restos de cerebro—. Está muerto. Muerto.

—No. —La voz del eunuco le sonó más grave—. Está aquí. Aegon ha sido instruido para reinar desde antes de que aprendiera a andar. Ha recibido entrenamiento con las armas, como corresponde a un caballero, pero además sabe leer y escribir, habla varios idiomas, y ha estudiado historia, leyes y poesía. Una septa lo ha instruido en los misterios de la Fe desde que tenía edad para comprender. Ha vivido entre pescadores, ha trabajado con las manos, ha nadado en ríos, ha remendado redes y se ha lavado la ropa cuando lo ha necesitado. Sabe pescar, cocinar y vendar una herida; sabe lo que es sufrir hambre y sentirse perseguido. Sabe lo que es tener miedo. A Tommen le han enseñado que ser rey es un derecho; Aegon sabe que es un deber, que un rey debe poner a su pueblo por delante de todo lo demás y vivir por él, gobernar para él.

Kevan Lannister trató de llamar a gritos a sus guardias, a su esposa, a su hermano... Pero de su boca no salían palabras, sino sangre, y sufrió una violenta convulsión.

—Lo siento mucho. —Varys se retorció las manos—. Estáis sufriendo, ya lo sé, y yo aquí, parloteando como una vieja cotorra. Es hora de acabar con vuestro dolor. —El eunuco lanzó un silbido.

Ser Kevan sentía un frío gélido, y cada bocanada de aire era como una cuchillada de dolor. Divisó un movimiento de reojo, y oyó el sonido quedo de unos pies calzados con zapatillas. De la oscuridad salió un niño, un chiquillo pálido con una túnica andrajosa, de nueve o diez años como mucho. Otro apareció de detrás de la silla del gran maestre. La niña que le había abierto la puerta también estaba allí. Estaban a su alrededor, media docena de niños y niñas de rostro muy blanco y ojos oscuros.

Armados con puñales.

APÉNDICE

PONIENTE

El Niño Rey

TOMMEN BARATHEON, el primero de su nombre, rey de los ándalos, los rhoynar y los primeros hombres, señor de los Siete Reinos, un niño de ocho años;

— LA REINA MARGAERY de la casa Tyrell, su esposa, casada tres veces y enviudada dos, acusada de alta traición, prisionera en el Gran Septo de Baelor;
— MEGGA, ALLA y ELINOR TYRELL, sus damas y primas, acusadas de fornicación;
— ALYN AMBROSE, prometido de Elinor, escudero;
— CERSEI de la casa Lannister, su madre, reina regente, señora do Roca Casterly, acusada de alta traición, prisionera en el Gran Septo de Baelor;
— sus hermanos y hermanas:
— [EL REY JOFFREY BARATHEON], el primero de su nombre, su hermano mayor, envenenado en su banquete nupcial;
— LA PRINCESA MYRCELLA BARATHEON, su hermana mayor, una niña de nueve años, pupila del príncipe Doran Martell en Lanza del Sol, prometida a su hijo Trystane;
— SER GARRAS, LADY BIGOTES, BOTAS, sus gatitos;

— sus tíos:
  — SER JAIME LANNISTER, apodado EL MATARREYES, mellizo
    de la reina Cersei, lord comandante de la Guardia Real;
  — TYRION LANNISTER, apodado EL GNOMO, un enano acusado
    y condenado por regicidio y parricidio;
— el resto de su familia:
  — [LORD TYWIN LANNISTER], su abuelo, señor de Roca Casterly,
    Guardián del Oeste y mano del rey, muerto en el retrete a
    manos de su hijo Tyrion;
  — SER KEVAN LANNISTER, su tío abuelo, regente y Protector
    del Reino, casado con Dorna Swyft;
    — sus hijos:
      — SER LANCEL LANNISTER, un caballero de la Sagrada
        Orden de los Hijos del Guerrero;
      — [WILLEM], hermano gemelo de Martyn, muerto en
        Aguasdulces;
      — MARTYN, escudero, hermano gemelo de Willem;
      — JANEI, una niña de tres años;
  — LADY GENNA LANNISTER, su tía abuela, casada con
    ser Emmon Frey;
    — [SER CLEOS FREY], hijo de lady Genna, abatido por unos
      bandidos;
      — SER TYWIN FREY, llamado TY, hijo de Cleos;
      — WILLEM FREY, escudero, hijo de Cleos;
    — SER LYONEL FREY, segundo hijo de lady Genna;
    — [TION FREY], hijo de lady Genna, escudero, muerto en
      Aguasdulces;
    — WALDER FREY, apodado WALDER EL ROJO, hijo menor
      de lady Genna, paje en Roca Casterly;
  — [SER TYGETT LANNISTER], su tío abuelo, casado con Darlessa
    Marbrand;
    — sus hijos:
    — TYREK LANNISTER, un escudero, desparecido en las
      revueltas por la comida en Desembarco del Rey;
      — LADY ERMESANDE HAYFORD, niña de pecho y esposa
        de Tyrek;
  — [GERION LANNISTER], su tío abuelo, desaparecido
    en el mar;
    — GLORIA COLINA, su hija bastarda;

— el Consejo Privado del rey Tommen:
  — SER KEVAN LANNISTER, regente;
  — LORD MACE TYRELL, mano del rey;
  — GRAN MAESTRE PYCELLE, consejero y sanador;
  — SER JAIME LANNISTER, lord comandante de la Guardia Real;
  — PAXTER REDWYNE, gran almirante y consejero naval;
  — QYBURN, maestre caído en desgracia y reconocido nigromante, consejero de los rumores;
— el Consejo Privado anterior de la reina Cersei:
  — [LORD GYLES ROSBY], lord tesorero y consejero de la moneda, muerto de un catarro;
  — LORD ORTON MERRYWEATHER, justicia mayor y consejero de leyes, que escapó a Granmesa a raíz de la detención de la reina Cersei;
  — AURANE MARES, apodado EL BASTARDO DE MARCADERIVA, gran almirante y consejero naval, que escapó al mar con la flota real a raíz de la detención de la reina Cersei;
— Guardia Real del rey Tommen:
  — SER JAIME LANNISTER, lord comandante;
  — SER MERYN TRANT;
  — SER BOROS BLOUNT, destituido y restituido desde entonces;
  — SER BALON SWANN, en Dorne con la princesa Myrcella;
  — SER OSMUND KETTLEBLACK;
  — SER LORAS TYRELL, apodado EL CABALLERO DE LAS FLORES;
  — [SER ARYS OAKHEART], muerto en Dorne;
— la corte de Tommen en Desembarco del Rey:
  — CHICO LUNA, bufón real, corto de entendederas;
  — PATE, de ocho años, niño de los azotes del rey Tommen;
  — ORMOND DE ANTIGUA, arpista y bardo real;
  — SER OSFRYD KETTLEBLACK, hermano de ser Osmund y ser Osney, capitán de la Guardia de la Ciudad;
  — NOHO DIMITTIS, enviado del Banco de Hierro de Braavos;
  — [SER GREGOR CLEGANE], apodado LA MONTAÑA QUE CABALGA, muerto por una herida envenenada;
  — RENNIFER MARESLARGOS, carcelero jefe de las mazmorras de la Fortaleza Roja;

— amantes conocidos de la reina Margaery:
  — WAT, un trovador apodado EL BARDO AZUL, prisionero
    enloquecido por la tortura;
  — [HAMISH EL ARPISTA], un anciano bardo, muerto prisionero;
  — SER MARK MULLENDORE, que perdió un mono y medio brazo
    en la batalla del Aguasnegras;
  — SER TALLAD, apodado EL TALLO; SER LAMBERT TURNBERRY;
    SER BAYARD NORCROSS; SER HUGH CLIFTON;
  — JALABHAR XHO, príncipe del Valle de la Flor Roja, exiliado
    de las islas del Verano;
  — SER HORAS REDWYNE, puesto en libertad tras resultar inocente;
  — SER HOBBER REDWYNE, puesto en libertad tras resultar
    inocente;
— el principal acusador de la reina Cersei:
  — SER OSNEY KETTLEBLACK, hermano de ser Osmund
    y ser Osfryd, prisionero de la Fe;
— miembros de la Fe:
  — EL SEPTÓN SUPREMO, Padre de los Fieles, Voz de los Siete
    en la Tierra, un anciano frágil;
    — SEPTA UNELLA, SEPTA MOELLE, SEPTA SCOLERA, las
      carceleras de la reina;
    — SEPTÓN TORBERT, SEPTÓN RAYNARD, SEPTÓN LUCEON,
      SEPTÓN OLLIDOR, de los Máximos Devotos;
    — SEPTA AGLANTINE, SEPTA HELICENT, servidoras de los Siete
      en el Gran Septo de Baclor;
    — SER THEODAN WELLS, apodado SER THEODAN EL FIEL,
      piadoso comandante de los Hijos del Guerrero;
    — los gorriones, los más humildes entre los hombres,
      fervientes devotos;
— habitantes de Desembarco del Rey:
  — CHATAYA, dueña de un burdel de lujo;
    — ALAYAYA, su hija;
    — DANCY, MAREI, dos chicas de Chataya;
  — TOBHO MOTT, maestro armero;
— señores de las tierras de la corona, vasallos del Trono de Hierro:
  — RENFRED RYKKER, señor del Valle Oscuro;
    — SER RUFUS LEEK, un caballero con una sola pierna, a su
      servicio, castellano del Fuerte Pardo en el Valle Oscuro;

— [LADY TANDA STOKEWORTH], señora de Stokeworth, muerta a causa de una lesión en la cadera;
— [FALYSE], su hija mayor, muerta mientras gritaba en las celdas negras;
— [SER BALMAN BYRCH], esposo de lady Falyse, muerto en una justa;
— LOLLYS, su hija menor, señora de Stokeworth, de pocas luces;
— TYRION CURTIDOR, su hijo recién nacido, de cien padres;
— SER BRONN DEL AGUASNEGRAS, su esposo, mercenario convertido en caballero;
— MAESTRE FRENKEN, al servicio de Stokeworth.

El estandarte del rey Tommen muestra, afrontados, el venado coronado de Baratheon, de sable sobre oro, y el león de los Lannister, de oro sobre gules.

El Rey en el Muro

STANNIS BARATHEON, el primero de su nombre, segundo hijo de lord Steffon Baratheon y lady Cassana de la casa Estermont, señor de Rocadragón, que se ha coronado rey de Poniente;

— con Stannis en el Castillo Negro:
  — LADY MELISANDRE DE ASSHAI, apodada LA MUJER ROJA, sacerdotisa de R'hllor, el Señor de Luz;
  — sus caballeros y espadas juramentadas:
    — SER RICHARD HORPE, su segundo al mando;
    — SER GODRY FARRING, conocido como EL MASACRAGIGANTES;
    — SER JUSTIN MASSEY;
    — LORD ROBIN PEASEBURY;
    — LORD HARWOOD FELL;
    — SER CLAYTON SUGGS, SER CORLISS PENNY, hombres de la reina y fervientes seguidores del Señor de Luz;
    — SER WILLAM FOXGLOVE, SER HUMFREY CLIFTON, SER ORMUND WYLDE, SER HARYS COBB, caballeros;
  — DEVAN SEAWORTH y BRYEN FARRING, sus escuderos;
  — MANCE RAYDER, su prisionero, el Rey-más-allá-del-Muro;
    — el hijo recién nacido de Rayder, el príncipe de los salvajes;
      — ELÍ, una salvaje, la nodriza del niño;
        — el monstruo, hijo recién nacido de Elí y [CRASTER], padre de esta;

— en Guardiaoriente del Mar:

    — LA REINA SELYSE de la casa Florent, su esposa;

        — LA PRINCESA SHIREEN, su hija, una niña de once años;

        — CARAMANCHADA, el bufón tatuado de Shireen;

        — SER AXELL FLORENT, su tío, el primero de los hombres de la reina, que se autoproclama mano de la reina;

        — SER NARBERT GRANDISON, SER BENETHON SCALES, SER PATREK DE LA MONTAÑA DEL REY, SER DORDEN EL ADUSTO, SER MALEGORN DE LAGORROJO, SER LAMBERT WHITEWATER, SER PERKIN FOLLARD, SER BRUS BUCKLER, sus caballeros y espadas juramentadas;

    — LORD DAVOS SEAWORTH, apodado EL CABALLERO DE LA CEBOLLA, señor de La Selva, almirante del mar Angosto y mano del rey;

    — SALLADHOR SAAN de Lys, pirata y mercenario, al mando de la *Valyria* y de una flota de galeras;

    — TYCHO NESTORIS, emisario del Banco del Hierro de Braavos.

El rey Stannis ha elegido para su estandarte el corazón ardiente del Señor de Luz, de gules entre llamas naranja en campo de oro brillante. Dentro del corazón figura el venado coronado de la casa Baratheon, de sable.

El Rey de las Islas y del Norte

Los Greyjoy de Pyke afirman descender del Rey Gris, de la Edad de los Héroes. Según la leyenda, el Rey Gris llegó a gobernar el mar y se desposó con una sirena. Aegon Lordragón acabó con la estirpe del último rey de las islas del Hierro, cosa que permitió a los hijos del hierro recuperar su antigua costumbre de designar un regente en asamblea. El elegido fue lord Vickon Greyjoy de Pyke. El blasón de los Greyjoy es un kraken de oro sobre campo de sable. Su lema es: Nosotros no Sembramos.

EURON GREYJOY, apodado OJO DE CUERVO, el tercero de su nombre desde el Rey Gris, Rey de las Islas del Hierro y del Norte, Rey de la Sal y de la Roca, Hijo del Viento Marino y Lord Segador de Pyke, capitán del *Silencio;*

— [BALON], su hermano mayor, Rey de las Islas del Hierro y del Norte, el noveno de su nombre desde el Rey Gris, muerto de una caída;

— LADY ALANNYS de la casa Harlaw, viuda de Balon;

— sus hijos:

— [RODRIK], caído durante la primera rebelión de Balon;

— [MARON], caído durante la primera rebelión de Balon;

— ASHA, su hija, capitana del *Viento Negro* y conquistadora de Bosquespeso, casada con Erik Ironmaker;

— THEON, apodado por los norteños THEON CAMBIACAPAS, prisionero en Fuerte Terror;

— VICTARION, su hermano menor, lord capitán de la Flota de Hierro, capitán del *Victoria de Hierro;*

— AERON, su hermano más pequeño, apodado PELOMOJADO, sacerdote del Dios Ahogado;

— sus capitanes y espadas juramentadas:
  — TORWOLD DIENTENEGRO; JON MYRE, CARAPICADA; RODRIK FREEBORN; EL REMERO ROJO; LUCAS CODD, EL ZURDO; QUELLON HUMBLE; HARREN MEDIO HOARE; KEMMETT PYKE, EL BASTARDO; QARL EL SIERVO; MANO DE PIEDRA; RALF EL PASTOR; RALF DE PUERTONOBLE;

— su tripulación:
  — [CRAGORN], que tocó el cuerno infernal y murió;

— sus señores vasallos:
  — ERIK IRONMAKER, apodado ERIK EL DESTROZAYUNQUES y ERIK EL JUSTO, lord mayordomo de las islas del Hierro, castellano de Pyke, un anciano que conoció la fama, casado con Asha Greyjoy;

  — señores de Pyke:
    — LORD GERMUND BOTLEY, señor de Puertonoble;
    — LORD WALDON WYNCH, señor de Castroferro;

  — señores del Viejo Wyk:
    — LORD DUNSTAN DRUMM, llamado EL DRUMM, señor del Viejo Wyk,
    — NORNE GOODBROTHER, de Piedraquebrada;
    — STONEHOUSE;

  — señores del Gran Wyk:
    — GOROLD GOODBROTHER, señor de Cuernomartillo;
    — TRISTON FARWYND, señor de Punta Piel de Foca;
    — SPARR;
    — MELDRED MERLYN, señor de Guijarra;

  — señores de Monteorca:
    — ALYN ORKWOOD, apodado ORKWOOD DE MONTEORCA;
    — LORD BALON TAWNEY;

  — señores de Acantilado de Sal:
    — LORD DONNOR SALTCLIFFE;
    — LORD SUNDERLY;

  — señores de Harlaw:
    — RODRIK HARLAW, apodado EL LECTOR, señor de Harlaw, señor de las Diez Torres, Harlaw de Harlaw;

— SIGFRYD HARLAW, su tío abuelo, apodado SIGFRYD PELOPLATA, señor del Torreón de Harlaw;

— HOTHO HARLAW, su primo, apodado HOTHO EL JOROBADO, de la Torre del Resplandor;

— BOREMUND HARLAW, su primo, apodado BOREMUND EL AZUL, señor de Colina de la Bruja;

— señores de islas menores y en las rocas:

— GYLBERT FARWYND, señor de Luz Solitaria;

— los conquistadores hijos del hierro:

— en las islas Escudo:

— ANDRIK EL TACITURNO, señor del Escudo del Sur;

— NUTE EL BARBERO, señor del Escudo de Roble;

— MARON VOLMARK, señor del Escudo Verde;

— SER HARRAS HARLAW, el caballero de Jardín Gris, señor del Escudo Gris;

— en Foso Cailin:

— RALF KENNING, castellano y comandante;

— ADRACK HUMBLE, al que le falta medio brazo;

— DAGON CODD, que no jura lealtad a ningún hombre;

— en la Ciudadela de Torrhen:

— DAGMER, apodado BARBARROTA, capitán del *Bebespuma;*

— en Bosquespeso:

— ASHA GREYJOY, la hija del kraken, capitana del *Viento Negro;*

— QARL LA DONCELLA, su amante, un guerrero;

— TRISTIFER BOTLEY, su antiguo amante, heredero de Puerto Noble, despojado de sus tierras;

— ROGGON BARBARROYA, LENGUAMARGA, ROLFE EL ENANO, LORREN HACHALARGA, GRAJO, DEDOS, HARL SEISDEDOS, DALE PARPADOPESADO, EARL HARLAW, CROMM, HAGEN EL CUERNO y su preciosa hija pelirroja, su tripulación;

— QUENTON GREYJOY, su primo;

— DAGON GREYJOY, su primo, apodado DAGON EL BORRACHO.

Casa Arryn

Los Arryn descienden de los Reyes de la Montaña y el Valle. Su estandarte muestra una luna y un halcón, de plata, sobre campo de azur.

La casa Arryn no participó en la guerra de los Cinco Reyes.

ROBERT ARRYN, señor del Nido de Águilas, Defensor del Valle, un niño enfermizo de ocho años, llamado a veces ROBALITO;

— [LADY LYSA de la casa Tully], su madre, viuda de lord Jon Arryn, despeñada de un empujón por la puerta de la Luna;

— PETYR BAELISH, su padrastro, apodado MEÑIQUE, señor de Harrenhal, Señor Supremo del Tridente y Lord Protector del Valle;

   — ALAYNE PIEDRA, hija natural de lord Petyr, una doncella de trece años, en realidad Sansa Stark;

   — SER LOTHOR BRUNE, un mercenario al servicio de lord Petyr, capitán de la guardia del Nido de Águilas;

   — OSWELL, un soldado canoso al servicio de lord Petyr, llamado a veces KETTLEBLACK;

   — SER SHADRICH DEL VALLE UMBRÍO, apodado EL RATÓN LOCO, un caballero errante al servicio de lord Petyr;

   — SER BYRON EL BELLO, SER MORGARTH EL FELIZ, caballeros errantes al servicio de Petyr;

— su casa y sus habitantes:

   — MAESTRE COLEMON, instructor, sanador y consejero;

— MORD, un carcelero brutal con dientes de oro;

— GRETCHEL, MADDY y MELA, sirvientas;

— los Señores del Valle, vasallos de lord Robert:

— YOHN ROYCE, apodado YOHN BRONCE, señor de Piedra de las Runas;

  — SER ANDAR, su hijo, heredero de Piedra de las Runas;

— LORD NESTOR ROYCE, mayordomo jefe del Valle y castellano de las Puertas de la Luna;

  — SER ALBAR, hijo y heredero de lord Nestor;

  — MYRANDA, llamada RANDA, hija de lord Nestor, viuda, pero casi sin usar;

  — MYA PIEDRA, hija bastarda del rey Robert Baratheon, el primero de su nombre, guía y mulera;

— LYONEL CORBRAY, señor del Hogar;

  — SER LYN CORBRAY, su hermano y heredero, que esgrime la famosa espada *Dama Desesperada;*

  — SER LUCAS CORBRAY, su hermano menor;

— TRISTON SUNDERLAND, señor de Tres Hermanas;

  — GODRIC BORRELL, señor de Hermana Dulce;

  — ROLLAND LONGTHORPE, señor de Hermana Larga;

  — ALESANDOR TORRENT, señor de Hermana Pequeña;

— ANYA WAYNWOOD, señora de Roble de Hierro;

  — SER MORTON, su hijo mayor y heredero;

  — SER DONNEL, su segundo hijo, el Caballero de la Puerta;

  — WALLACE, su hijo menor;

  — HARROLD HARDYNG, su pupilo, un escudero al que llaman a menudo HARRY EL HEREDERO;

— SER SYMOND TEMPLETON, el Caballero de Nuevestrellas;

— JON LYNDERLY, señor del Bosque de la Serpiente;

— EDMUND WAXLEY, el Caballero de Serbaledo;

— GEROLD GRAFTON, señor de Puerto Gaviota;

  — GYLES, su hijo menor, un escudero;

— [EON HUNTER], señor de Arcolargo, recientemente fallecido;

  — SER GILWOOD, hijo mayor y heredero de lord Eon, ahora llamado LORD HUNTER, EL JOVEN;

  — SER EUSTACE, segundo hijo de lord Eon;

  — SER HARLAN, hijo menor de lord Eon;

— la casa de lord Hunter, el Joven:
    — MAESTRE WILLAMEN, instructor, sanador y consejero;
— HORTON REDFORT, señor de Fuerterrojo, casado tres veces;
    — SER JASPER, SER CREIGHTON, SER JON, sus hijos;
    — SER MYCHEL, su hijo menor, recién nombrado caballero,
      casado con Ysilla Royce, de Piedra de las Runas;
— BENEDAR BELMORE, señor de Rapsodia;
— jefes de los clanes de las montañas de la Luna:
    — SHAGGA HIJO DE DOLF, DE LOS GRAJOS DE PIEDRA,
      en la actualidad al frente de una banda en el bosque Real;
    — TIMETT HIJO DE TIMETT, DE LOS HOMBRES QUEMADOS;
    — CHELLA HIJA DE CHEYK, DE LOS OREJAS NEGRAS;
    — CRAWN HIJO DE CALOR, DE LOS HERMANOS DE LA LUNA.

El lema de los Arryn es: Tan Alto como el Honor.

Casa Baratheon

La casa Baratheon es la más reciente de las grandes casas. Surge durante las guerras de la Conquista, cuando Orys Baratheon, del que se rumoreaba que era hermano bastardo de Aegon el Conquistador, derrotó y mató a Argilac el Arrogante, el último Rey de la Tormenta. Aegon lo recompensó con el castillo de Argilac, sus tierras y su hija. Orys contrajo matrimonio con la chica y adoptó el estandarte, los honores y el lema de su linaje.

En el año 283 tras la Conquista de Aegon, Robert de la casa Baratheon, señor de Bastión de Tormentas, derrotó a Aerys Targaryen, segundo de su nombre, el Rey Loco, para hacerse con el Trono de Hierro. Basó su derecho al trono en su abuela, una hija del rey Aegon Targaryen, quinto de su nombre, aunque Robert preferiría decir que su derecho al trono se basaba en su martillo de guerra.

[ROBERT BARATHEON], el primero de su nombre, rey de los ándalos, los rhoynar y los primeros hombres, señor de los Siete Reinos y Protector del Reino, muerto por un jabalí;

— LA REINA CERSEI de la casa Lannister, su esposa;

— sus hijos:

    — [EL REY JOFFREY BARATHEON], el primero de su nombre, muerto en su banquete de bodas;

    — LA PRINCESA MYRCELLA, pupila en Lanza de Sol, prometida del príncipe Trystane Martell;

    — EL REY TOMMEN BARATHEON, el primero de su nombre;

— sus hermanos:

— STANNIS BARATHEON, señor rebelde de Rocadragón y aspirante al Trono de Hierro;
  — SHIREEN, su hija, una niña de once años;
— [RENLY BARATHEON], señor rebelde de Bastión de Tormentas y aspirante al Trono de Hierro, muerto en Bastión de Tormentas rodeado de su ejército;

— sus hijos bastardos:
  — MYA PIEDRA, una doncella de diecinueve años al servicio de lord Nestor Royce, de las Puertas de la Luna;
  — GENDRY, un bandido de las tierras de los ríos, que desconoce su origen;
  — EDRIC TORMENTA, su bastardo reconocido, hijo de lady Delena de la casa Florent, que se esconde en Lys;
    — SER ANDREW ESTERMONT, su primo y guardián;
    — sus guardias y protectores:
      — SER GERALD GOWER; LEWYS, apodado EL PESCADERO; SER TRISTON DE COLINA CUENTA; OMER BLACKBERRY;
  — [BARRA], su bastarda, hija de una prostituta de Desembarco del Rey, muerta por orden de su viuda;

— el resto de su familia:
  — SER ELDON ESTERMONT, su tío abuelo, señor de Piedraverde;
    — SER AEMON ESTERMONT, su primo, hijo de Eldon;
      — SER ALYN ESTERMONT, su primo, hijo de Aemon;
    — SER LOMAS ESTERMONT, su primo, hijo de Eldon;
      — SER ANDREW ESTERMONT, su primo, hijo de Lomas;

— vasallos juramentados a Bastión de Tormentas, los señores de la tormenta;
  — LORD DAVOS SEAWORTH, apodado EL CABALLERO DE LA CEBOLLA, señor de La Selva, almirante del mar Angosto y mano del rey;
    — MARYA, su esposa, hija de un carpintero;
      — [DALE, ALLARD, MATTHOS, MARIC], sus cuatro hijos mayores, caídos en la batalla del Aguasnegras;
      — DEVAN, su hijo menor, escudero del rey Stannis;
      — STANNIS y STEFFON, sus hijos más pequeños;
  — SER GILBERT FARRING, castellano de Bastión de Tormentas;
    — BRYEN, su hijo, escudero del rey Stannis;
    — SER GODRY FARRING, su primo, apodado

EL MASACRAGIGANTES;

— ELWOOD MEADOWS, señor del Torreón de la Hierba, senescal
de Bastión de Tormentas;

— SELWYN TARTH, apodado EL LUCERO DE LA TARDE, señor
de Tarth;

  — BRIENNE, su hija, LA DONCELLA DE TARTH, también
apodada BRIENNE LA BELLA;

    — PODRICK PAYNE, su escudero, un niño de diez años;

— SER RONNET CONNINGTON, apodado RONNET EL ROJO, el
caballero del Nido del Grifo;

  — RAYMUND y ALYNNE, sus hermanos pequeños;

  — RONALD TORMENTA, su hijo bastardo;

  — JON CONNINGTON, su primo, anteriormente señor
de Bastión de Tormentas y mano del rey, exiliado
por Aerys Targaryen, el segundo de su nombre,
aparentemente muerto a causa de la bebida;

— LESTER MORRIGEN, señor del Nido de Cuervos;

  — SER RICHARD MORRIGEN, su hermano y heredero;

  — [SER GUYARD MORRIGEN], su hermano, apodado GUYARD
EL VERDE, muerto en la batalla del Aguasnegras;

— ARSTAN SELMY, señor de Torreón Cosecha;

  — SER BARRISTAN SELMY, su tío abuelo;

— CASPER WYLDE, señor de Aguasmil;

  — SER ORMUND WYLDE, su tío, un anciano caballero;

— HARWOOD FELL, señor de Bosquealto;

— HUGH GRANDISON, apodado BARBAGRÍS, señor de Buenavista;

— SEBASTION ERROL, señor de Pazo Pajar;

— CLIFFORD SWANN, señor de Timón de Piedra;

— BERIC DONDARRION, señor de Refugionegro, apodado
EL SEÑOR DEL RELÁMPAGO, un bandido de las tierras de los
ríos, asesinado frecuentemente y presumiblemente muerto;

— [BRYCE CARON], señor de Canto Nocturno, muerto a manos de
ser Philip Foote en el Aguasnegras;

  — SER PHILIP FOOTE, su asesino, un caballero tuerto, señor de
Canto Nocturno;

  — SER ROLLAND TORMENTA, su hermano paterno, apodado
EL BASTARDO DE CANTO NOCTURNO, aspirante a señor
de Canto Nocturno;

— ROBIN PEASEBURY, señor de Campoverde;

— MARY MERTYNS, señora de Bosquebruma;
— RALPH BUCKLER, señor de Puertabronce;
  — SER BRUS BRUCKLER, su primo.

El estandarte de los Baratheon es un venado coronado negro sobre campo dorado. Su lema es: Nuestra es la Furia.

Casa Frey

Los Frey son vasallos de la casa Tully, pero no siempre se han mostrado diligentes a la hora de cumplir con su deber. Cuando estalló la guerra de los Cinco Reyes, Robb Stark consiguió la lealtad de lord Walder dando su palabra de casarse con alguna de sus hijas o nietas. Cuando, pese a ello, se casó con Jeyne Westerling, los Frey conspiraron con Roose Bolton para asesinar al Joven Lobo y a sus seguidores en lo que pasó a conocerse como la Boda Roja.

WALDER FREY, señor del Cruce;
— de su primera esposa, [LADY PERHA de la casa Royce]:
  — [SER STEVRON FREY], muerto tras la batalla
    del Cruce de Bueyes;
  — SER EMMON FREY, su segundo hijo;
  — SER AENYS FREY, al mando del ejército de los Frey
    en el norte;
    — AEGON EL SANGRIENTO, hijo de Aenys, un bandido;
    — RHAEGAR, hijo de Aenys, enviado a Puerto Blanco;
  — PERRIANE, su hija mayor, casada con ser Leslyn Haigh;
— de su segunda esposa, [LADY CYRENNA de la casa Swann]:
  — SER JARED FREY, enviado a Puerto Blanco;
  — SEPTÓN LUCEON, su quinto hijo;
— de su tercera esposa, [LADY AMAREI de casa Crakehall]:
  — SER HOSTEEN FREY, un caballero de gran reputación;
  — LYENTHE, su segunda hija, casada con lord Lucias Vypren;

— Symond Frey, su séptimo hijo, un contable, enviado
a Puerto Blanco;

— ser Danwell Frey, su octavo hijo;

— [Merrett Frey], su noveno hijo, ahorcado en Piedrasviejas;

— Walda, hija de Merrett, apodada Walda la Gorda,
casada con Roose Bolton, señor de Fuerte Terror;

— Walder, el hijo de Merrett, apodado Walder
el Pequeño, de ocho años, escudero al servicio
de Ramsay Bolton;

— [ser Geremy Frey], su décimo hijo, ahogado;

— ser Raymund Frey, su decimoprimer hijo;

— de su cuarta esposa, [Lady Alyssa de la casa Blackwood]:

— Lothar Frey, su decimosegundo hijo, apodado Lothar
el Cojo;

— ser Jammos Frey, su decimotercer hijo;

— Walder, hijo de Jammos, apodado Walder el Mayor,
de ocho años, un escudero al servicio de Ramsay Bolton;

— ser Whalen Frey, su decimocuarto hijo;

— Morya, su tercera hija, casada con ser Flement Brax;

— Tyta, su cuarta hija, apodada Tyta la Doncella;

— de su quinta esposa, [Lady Sarya de la casa Whent]:

— sin descendientes;

— de su sexta esposa, [Lady Bethany de la casa Rosby]:

— ser Perwyn, el decimoquinto hijo de lord Walder;

— [ser Benfrey], el decimosexto hijo de lord Walder, muerto
de una herida recibida en la Boda Roja;

— maestre Willamen, el decimoséptimo hijo de lord Walder,
de servicio en Arcolargo;

— Olyvar Frey, el decimoctavo hijo de lord Walder, antes
escudero de Robb Stark;

— Roslin, de dieciséis años, casada con lord Edmure Tully
en la Boda Roja, embarazada de su hijo;

— de su séptima esposa, [Lady Annara de la casa Farring]:

— Arwyn, su sexta hija, una doncella de catorce años;

— Wendel, su decimonoveno hijo, acogido como paje
en Varamar;

— Colmar, su vigésimo hijo, de once años, prometido a la Fe;

— Waltyr, apodado Tyr, su vigesimoprimer hijo, de diez años;

— ELMAR, el vigésimo segundo y último hijo varón de lord Walder, un niño de nueve años que estuvo prometido con Arya Stark;

— SHIREI, su séptima hija, una niña de siete años;

— su octava esposa, LADY JOYEUSE de la casa Erenford, embarazada;

— hijos naturales de lord Walder con diferentes madres:

— WALDER RÍOS, apodado WALDER EL BASTARDO;

— MAESTRE MELWYS, de servicio en Rosby;

— JEYNE RÍOS, MARTYN RÍOS, RYGER RÍOS, RONEL RÍOS, MELLARA RÍOS, otros.

Casa Lannister

Los Lannister de Roca Casterly son el principal apoyo del rey Tommen para defender el Trono de Hierro. Aseguran descender de Lann el Astuto, el legendario embaucador de la Edad de los Héroes. El oro de Roca Casterly y del Colmillo Dorado hace de esta la más rica de las grandes casas. El blasón de los Lannister es un león de oro sobre campo de gules. Su lema es: ¡Oye mi Rugido!

[TYWIN LANNISTER], señor de Roca Casterly, Escudo de Lannisport, Guardián del Occidente y mano del rey, muerto a mano de su hijo enano cuando estaba en el retrete;

— los hijos de lord Tywin:
  — CERSEI, melliza de Jaime, viuda del rey Robert Baratheon, el primero de su nombre, prisionera en el Gran Septo de Baelor;
  — SER JAIME, mellizo de Cersei, apodado EL MATARREYES, lord comandante de la Guardia Real;
    — JOSMYN PECKLEDON, GARRETT PAEGE, LEW PIPER, sus escuderos;
    — SER ILYN PAYNE, un caballero sin lengua, anteriormente justicia del rey y verdugo;
    — SER RONNET CONNINGTON, apodado RONNET EL ROJO, el caballero del Nido del Grifo, enviado a Poza de la Doncella con un prisionero;
    — SER ADDAM MARBRAND; SER FLEMENT BRAX; SER ALYN STACKSPEAR; SER STEFFON SWYFT; SER HUMFREY SWYFT;

SER LYLE CRAKEHALL, apodado JABALÍ; SER JON BETTLEY, apodado JON EL LAMPIÑO; caballeros al servicio del ejército de ser Jaime en Aguasdulces;

— TYRION, apodado EL GNOMO, enano y parricida, un fugitivo exiliado más allá del mar Angosto;

— el servicio de Roca Casterly:

— MAESTRE CREYLEN, instructor, sanador y consejero;

— VYLARR, capitán de la guardia;

— SER BENEDICT BROOM, maestro de armas;

— WAT SONRISABLANCA, bardo;

— los hermanos de lord Tywin y sus vástagos:

— SER KEVAN LANNISTER, casado con Dorna de la casa Swyft;

— LADY GENNA, casada con ser Emmon Frey, ahora señor de Aguasdulces;

— [SER CLEOS FREY], hijo de Genna, casado con Jeyne Darry, muerto a manos de unos bandidos;

— SER TYWIN FREY, el hijo mayor de Cleos, llamado TY, ahora heredero de Aguasdulces;

— WILLEM FREY, el segundo hijo de Cleos, escudero;

— los hijos menores de lady Genna, SER LYONEL FREY, [TION FREY], WALDER FREY, apodado WALDER EL ROJO;

— [SER TYGETT LANNISTER], muerto de viruelas;

— TYREK, hijo de Tygett, desaparecido, se supone que muerto;

— LADY ERMESANDE HAYFORD, una niña de pecho, esposa de Tyrek;

— [GERION LANNISTER], desaparecido en el mar;

— GLORIA COLINA, hija bastarda de Gerion, de once años;

— otros parientes cercanos de lord Tywin:

— [SER STAFFORD LANNISTER], su primo, hermano de la esposa de lord Tywin, caído en la batalla del Cruce de Bueyes;

— CERENNA y MYRIELLE, hijas de Stafford;

— SER DAVEN LANNISTER, hijo de Stafford;

— SER DAMION LANNISTER, su primo, casado con lady Shiera Crakehall;

— SER LUCION, su hijo;

— LANNA, su hija, casada con lord Antario Jast;

— LADY MARGOT, su prima, casada con lord Titus Peake;

— los Señores del Occidente, vasallos y espadas juramentadas:
— DAMON MARBRAND, señor de Marcaceniza;
— ROLAND CRAKEHALL, señor de Refugio Quebrado;
— SEBASTON FARMAN, señor de isla Bella;
— TYTOS BRAX, señor de Valdelcuerno;
— QUENTEN BANEFORT, señor de Fuerte Desolación;
— SER HARYS SWYFT, suegro de ser Kevan Lannister;
— REGENARD ESTREN, señor de Refugio del Viento;
— GAWEN WESTERLING, señor del Risco;
— LORD SELMOND STACKSPEAR;
— TERRENCE KENNING, señor de Kayce;
— LORD ANTARIO JAST;
— LORD ROBIN MORELAND;
— LADY ALYSANNE LEFFORD;
— LEWYS LYDDEN, señor de Cuevahonda;
— LORD PHILIP PLUMM;
— LORD GARRISON PRESTER;
— SER LORENT LORCH, un caballero hacendado;
— SER GARTH GREENFIELD, un caballero hacendado;
— SER LYMOND VIKARY, un caballero hacendado;
— SER RAYNARD RUTTIGER, un caballero hacendado;
— SER MANFRYD YEW, un caballero hacendado;
— SER TYBOLT HETHERSPOON, un caballero hacendado.

Casa Martell

Dorne fue el último de los Siete Reinos que juró lealtad al Trono de Hierro. La sangre, las costumbres y la historia colocan a los dornienses a cierta distancia de los habitantes de otros reinos. Cuando comenzó la guerra de los Cinco Reyes, Dorne no tomó partido, pero con el compromiso entre Myrcella Baratheon y el príncipe Trystane, Lanza del Sol proclamó su apoyo al rey Joffrey. El blasón de los Martell es un sol de gules atravesado por una lanza de oro. Su lema es: Nunca Doblegado, nunca Roto.

DORAN NYMEROS MARTELL, señor de Lanza del Sol, príncipe de Dorne;
- su esposa, MELLARIO, de la Ciudad Libre de Norvos;
— sus hijos:
    — LA PRINCESA ARIANNE, heredera de Lanza del Sol;
    — EL PRÍNCIPE QUENTYN, recién nombrado caballero, pupilo de lord Yronwood;
    — EL PRÍNCIPE TRYSTANE, prometido de Myrcella Baratheon;
        — SER GASCOYNE DEL SANGREVERDE, su escudo juramentado;
— sus hermanos:
    — [LA PRINCESA ELIA], violada y muerta durante el saqueo de Desembarco del Rey;
        — [RHAENYS TARGARYEN], su hija pequeña, muerta durante el saqueo de Desembarco del Rey;
        — [AEGON TARGARYEN], su hijo, muerto durante el saqueo de Desembarco del Rey;

— [EL PRÍNCIPE OBERYN], apodado LA VÍBORA ROJA, muerto a
manos de ser Gregor Clegane durante un juicio por combate;
— ELLARIA ARENA, amante del príncipe Oberyn, hija natural
de lord Harmen Uller;
— LAS SERPIENTES DE ARENA, hijas bastardas de Oberyn:
— OBARA, de veintiocho años, hija de una prostituta
de Antigua;
— NYMERIA, apodada LADY NYM, de veinticinco años,
hija de una noble de Volantis;
— TYENE, hija de una septa;
— SARELLA, hija de una comerciante de las islas
del Verano,
— ELIA, de catorce años, hija de Ellaria Arena;
— OBELLA, de doce años, hija de Ellaria Arena;
— DOREA, de ocho años, hija de Ellaria Arena;
— LOREZA, de seis años, hija de Ellaria Arena;
— la corte del príncipe Doran:
— en los Jardines del Agua:
— AREO HOTAH, de Norvos, capitán de la guardia;
— MAESTRE CALEOTTE, instructor, sanador y consejero;
— en Lanza del Sol:
— MAESTRE MYLES, instructor, sanador y consejero;
— RICASSO, senescal en Lanza del Sol, anciano y ciego;
— SER MANFREY MARTELL, castellano de Lanza del Sol;
— LADY ALYSE LADYBRIGHT, lady tesorera;
— LA PRINCESA MYRCELLA BARATHEON, su pupila, prometida al
príncipe Trystane;
— [SER ARYS OAKHEART], su escudo juramentado, muerto
a manos de Areo Hotah;
— ROSAMUND LANNISTER, su doncella y acompañante,
una prima lejana;
— sus señores vasallos, los señores de Dorne:
— ANDERS YRONWOOD, apodado EL SANGRE REGIA, señor
de Palosanto, Guardián del Camino de Piedra;
— YNYS, su hija mayor, casada con Ryon Allyrion;
— SER CLETUS, su hijo y heredero;
— GWYNETH, su hija menor, una niña de doce años;
— HARMEN ULLER, señor de Sotoinferno;

— Delonne Allyrion, señora de Bondadivina;
— Ryon Allyrion, su hijo y heredero;
— Dagos Manwoody, señor de Sepulcro del Rey;
— Larra Blackmont, señora de Montenegro;
— Nymella Toland, señora de Colina Fantasma;
— Quentyn Qorgyle, señor de Asperón;
— ser Deziel Dalt, el Caballero de Limonar;
— Franklyn Fowler, señor del Dominio del Cielo, apodado el Viejo Halcón, Guardián del Paso del Príncipe;
— ser Symon Santagar, el Caballero de Bosquepinto;
— Edric Dayne, señor de Campoestrella, un escudero;
— Trebor Jordayne, señor de Tor;
— Tremond Gargalen, señor de Costa Salada;
— Daeron Vaith, señor de Dunas Rojas.

Casa Stark

El linaje de los Stark se remonta a Brandon el Constructor y los Reyes del Invierno. Fueron los Reyes en el Norte y gobernaron desde Invernalia durante miles de años, hasta que Torrhen Stark, el Rey que se Arrodilló, juró fidelidad a Aegon el Dragón para no tener que presentarle batalla. Cuando el rey Joffrey ejecutó a lord Eddard Stark de Invernalia, los norteños renegaron del Trono de Hierro y proclamaron Rey en el Norte a Robb, el hijo de Eddard. Durante la guerra de los Cinco Reyes venció en todas las batallas, pero los Frey y los Bolton lo traicionaron en Los Gemelos, durante la boda de su tío, y lo mataron.

[ROBB STARK], Rey en el Norte, Rey del Tridente, señor de Invernalia, apodado EL JOVEN LOBO, muerto en la Boda Roja;
— [VIENTO GRIS], su lobo huargo, sacrificado en la Boda Roja;
— sus hermanos legítimos:
— SANSA, su hermana, casada con Tyrion de la casa Lannister;
— [DAMA], su loba huargo, sacrificada en Castillo Darry;
— ARYA, una niña de once años, desaparecida y dada por muerta;
— NYMERIA, su loba huargo, que ronda por las tierras de los ríos;
— BRANDON, llamado BRAN, un niño tullido de nueve años, heredero de Invernalia, dado por muerto;
— VERANO, su lobo huargo;
— RICKON, un niño de cuatro años, dado por muerto;
— PELUDO, su lobo huargo, negro e indómito;

— Osha, acompañante de Rickon, una salvaje antes cautiva en Invernalia;

— Jon Nieve, su hermano bastardo, de la Guardia de la Noche;

— Fantasma, el lobo huargo de Jon, blanco y silencioso;

— el resto de su familia:

— Benjen Stark, su tío, capitán de exploradores de la Guardia de la Noche, desaparecido más allá del Muro, dado por muerto;

— [Lysa Arryn], su tía, señora del Nido de Águilas;

— Robert Arryn, su hijo, señor del Nido de Águilas y Defensor del Valle, un niño enfermizo;

— Edmure Tully, su tío, señor de Aguasdulces, hecho prisionero en la Boda Roja;

— Lady Roslin de la casa Frey, esposa de Edmure, embarazada;

— Ser Brynden Tully, su tío abuelo, apodado El Pez Negro, anteriormente castellano de Aguasdulces, proscrito;

— vasallos de Invernalia, los Señores del Norte:

— Jon Umber, apodado Gran Jon, señor de Último Hogar, prisionero en Los Gemelos;

— [Jon], apodado Pequeño Jon, su hijo mayor y heredero del Gran Jon, caído en la Boda Roja;

— Mors, apodado Carroña, tío del Gran Jon, castellano de Último Hogar;

— Hother, apodado Mataputas, tío del Gran Jon, castellano de Último Hogar;

— [Cley Cerwyn], señor de Cerwyn, caído en Invernalia;

— Jonelle, su hermana, una doncella de treinta y dos años;

— Roose Bolton, señor de Fuerte Terror;

— [Domeric], su heredero, muerto de un mal del estómago;

— Walton, apodado Patas de Acero, capitán de Roose;

— Ramsay Bolton, su hijo natural, apodado El Bastardo de Bolton, señor de Hornwood;

— Walder Frey y Walder Frey, apodados Walder el Mayor y Walder el Pequeño, escuderos de Ramsay;

— Ben Huesos, encargado de las perreras de Fuerte Terror;

— [Hediondo], un soldado conocido por su mal olor, muerto cuando se hacía pasar por Ramsay;

— los Bribones del Bastardo, soldados de Ramsay:

— Polla Amarilla, Damon Bailaparamí, Luton, Alyn el Amargo; Desollador, Gruñón;

— [Rickard Karstark], señor de Bastión Kar, decapitado por el Joven Lobo por matar prisioneros;

— [Eddard], su hijo, caído en el bosque Susurrante;

— [Torrhen], su hijo, caído en el bosque Susurrante;

— Harrion, su hijo, prisionero en Poza de la Doncella;

— Alys, la hija de lord Rickard, una doncella de quince años;

— Arnolf, el tío de Rickard, castellano de Bastión Kar;

— Cregan, el hijo mayor de Arnolf;

— Arthor, el hijo menor de Arnolf;

— Wyman Manderly, señor de Puerto Blanco, inmensamente gordo;

— ser Wylis Manderly, su hijo mayor y heredero, muy gordo, prisionero en Harrenhal;

— Leona de la casa Woolfield, esposa de Wylis;

— Wynafryd, su hija mayor;

— Wylla, su hija menor;

— [ser Wendel Manderly], su segundo hijo, caído en la Boda Roja;

— ser Marlon Manderly, su primo, comandante de la guarnición de Puerto Blanco;

— maestre Theomore, instructor, sanador y consejero;

— Wex, un niño de doce años, anteriormente escudero de Theon Greyjoy, mudo;

— ser Bartimus, un caballero anciano de una sola pierna, tuerto, y que suele estar borracho, castellano de la Guarida del Lobo;

— Garth, carcelero y verdugo;

— *Lady Lu,* su hacha;

— Therry, un joven carcelero;

— Maege Mormont, apodada la Osa, señora de la isla del Oso;

— [Dacey], su hija mayor, caída en la Boda Roja;

— Alysane, su hija, una joven apodada la Osa;

— Lyra, Jorelle, Lyanna, sus hijas jóvenes;

— [Jeor Mormont], su hermano, lord comandante de la Guardia de la Noche, asesinado por sus propios hombres;

— SER JORAH MORMONT, hijo de lord Jeor, exiliado;

— HOWLAND REED, señor de la Atalaya de Aguasgrises,
un lacustre;

  — JYANA, su esposa, una lacustre;

  — sus hijos:

    — MEERA, una joven cazadora;

    — JOJEN, un muchacho bendecido con el don
de la vista verde;

— GALBART GLOVER, señor de Bosquespeso, soltero;

  — ROBETT GLOVER, su hermano y heredero;

    — SYBELLE de la casa Locke, la esposa de Robett;

  — BENJICOT RAMA; NED WOODS, EL DESNARIGADO, hombres
del bosque de los Lobos, juramentados a Bosquespeso;

— [SER HELMAN TALLHART], de la Ciudadela de Torrhen, caído
en el Valle Oscuro;

  — [BENFRED], su hijo y heredero, muerto a manos de los
hombres del hierro en la Costa Pedregosa;

  — EDDARA, su hija, prisionera en la Ciudadela de Torrhen;

  — [LEOBALD], su hermano, caído en Invernalia;

    — BERENA de la casa Hornwood, la esposa de Leobald,
prisionera en la Ciudadela de Torrhen;

    — BRANDON y BEREN, sus hijos, también prisioneros
en la Ciudadela de Torrhen;

— RODRIK RYSWELL, señor de Los Riachuelos;

  — BARBREY DUSTIN, su hija, señora de Fuerte Túmulo, viuda
de [lord Willam Dustin];

    — HARWOOD STOUT, su vasallo, un señor menor
de Fuerte Túmulo;

  — [BETHANY BOLTON], su hija, segunda esposa de lord Roose
Bolton, fallecida de unas fiebres;

  — ROGER RYSWELL, RICKARD RYSWELL, ROOSE RYSWELL, sus
pendencieros primos y vasallos;

— LYESSA FLINT, señora de la Atalaya de la Viuda;

— ONDREW LOCKE, señor de Castillo Viejo, un anciano;

— los jefes de los clanes de las montañas:

  — HUGO WULL, apodado CUBO GRANDE, o EL WULL;

  — BRANDON NORREY, llamado EL NORREY;

    — BRANDON NORREY, EL JOVEN, su hijo;

— TORREN LIDDLE, llamado EL LIDDLE;
  — DUNCAN LIDDLE, su hijo mayor, apodado EL GRAN
  LIDDLE, un hombre de la Guardia de la Noche;
  — MORGAN LIDDLE, su segundo hijo, apodado LIDDLE
  EL DE ENMEDIO;
  — RICKARD LIDDLE, su tercer hijo, apodado LIDDLE
  EL PEQUEÑO;
— TORGHEN FLINT, de los primeros Flint, apodado EL FLINT
o EL VIEJO FLINT;
  — DONNEL FLINT EL NEGRO, su hijo y heredero;
  — ARTOS FLINT, su segundo hijo, hermano
  de Donnel Flint el Negro.

El escudo de los Stark representa un lobo huargo gris que corre sobre un campo de plata helada. Su lema es: Se Acerca el Invierno.

Casa Tully

Lord Edmyn Tully de Aguasdulces fue uno de los primeros señores de los ríos que juraron lealtad a Aegon el Conquistador. Aegon lo recompensó otorgando a la casa Tully el dominio de todas las tierras del Tridente. El blasón de los Tully es una trucha de plata, que salta, sobre campo ondulado de azur y gules. Su lema es: Familia, Deber, Honor.

EDMURE TULLY, señor de Aguasdulces, hecho prisionero por los Frey en la Boda Roja;

— LADY ROSLIN de la casa Frey, su joven esposa, embarazada;

— [LADY CATELYN STARK], su hermana, viuda de lord Eddard Stark de Invernalia, asesinada en la Boda Roja;

— [LADY LYSA de la casa Tully], su hermana, viuda de lord Jon Arryn del Valle, lanzada al vacío desde el Nido de Águilas;

— SER BRYNDEN TULLY, su tío, apodado EL PEZ NEGRO, anteriormente castellano de Aguasdulces, bandido;

— la casa de lord Edmure en Aguasdulces:

    — MAESTRE VYMAN, instructor, sanador y consejero;

    — SER DESMOND GRELL, maestro de armas;

    — SER ROBIN RYGER, capitán de la guardia;

        — LEW EL LARGO, ELWOOD, DELP, guardias;

    — UTHERYDES WAYN, mayordomo de Aguasdulces;

— los Señores del Tridente, vasallos de Edmure:

    — TYTOS BLACKWOOD, señor del Árbol de los Cuervos;

        — BRYNDEN, su hijo mayor y heredero;

— [Lucas], su segundo hijo, caído en la Boda Roja;

— Hoster, su tercer hijo, aficionado a la lectura;

— Edmund y Alyn, sus hijos menores;

— Bethany, su hija, una niña de ocho años;

— [Robert], su hijo menor, muerto por un mal de vientre;

— Jonos Bracken, señor del Seto de Piedra;

    — Barbara, Jayne, Catelyn, Bess, Alysanne, sus cinco hijas;

    — Hildy, una vivandera;

— Jason Mallister, señor de Varamar, prisionero en su propio castillo;

    — Patrek, su hijo, encerrado con su padre;

    — ser Denys Mallister, tío de lord Jason, miembro de la Guardia de la Noche;

— Clement Piper, señor del Castillo de la Princesa Rosada;

    — ser Marq Piper, su hijo y heredero, hecho prisionero en la Boda Roja;

— Karyl Vance, señor de Descanso del Caminante;

— Norbert Vance, el señor ciego de Atranta;

— Theomar Smallwood, señor de Torreón Bellota;

— William Mooton, señor de Poza de la Doncella;

    — Eleanor, su hija mayor y heredera, de trece años, casada con Dickon Tarly de Colina Cuerno;

— Shella Whent, señora despojada de Harrenhal;

— ser Halmon Paege;

— lord Lymond Goodbrook.

Casa Tyrell

Los Tyrell llegaron al poder como mayordomos de los Reyes del Dominio, aunque afirman descender de Garth Manoverde, el rey jardinero de los primeros hombres. Cuando el último rey de la casa Jardinero perdió la vida en el Campo de Fuego, Harlen Tyrell, su mayordomo, rindió Altojardín a Aegon el Conquistador, quien le concedió el castillo y el mando del Dominio. Al principio de la guerra de los Cinco Reyes, Mace Tyrell declaró su apoyo a Renly Baratheon y le otorgó la mano de su hija Margaery. Tras la muerte de Renly, Altojardín se alió con la casa Lannister, y Margaery quedó prometida al rey Joffrey.

MACE TYRELL, señor de Altojardín, Guardián del Sur, Defensor de las Marcas y Alto Mariscal del Dominio;
— su esposa, LADY ALERIE de la casa Hightower de Antigua;
— sus hijos:
    — WILLAS, el primogénito, heredero de Altojardín;
    — SER GARLAN, apodado EL GALANTE, su segundo hijo, recién nombrado señor de Aguasclaras;
        — la esposa de Garlan, LADY LEONETTE de la casa Fossoway;
    — SER LORAS TYRELL, apodado EL CABALLERO DE LAS FLORES, su hijo menor, hermano juramentado de la Guardia Real, herido en Rocadragón;
— MARGAERY, su hija, tres veces casada y dos veces viuda;
    — las acompañantes y damas de Margaery:
        — MEGGA, ALLA y ELINOR TYRELL, sus primas;
            — ALYN AMBROSE, prometido de Elinor, escudero;

— LADY ALYSANNE BULWER; LADY ALYCE GRACEFORD; LADY
    TAENA MERRYWEATHER; MEREDYTH CRANE, llamada
    MERRY; SEPTA NYSTERICA, sus acompañantes;
— LADY OLENNA de la casa Redwyne, la madre viuda de Mace,
  apodada LA REINA DE LAS ESPINAS;
— sus hermanas:
    — LADY MINA, casada con Paxter Redwyne, señor
      del Rejo;
        — SER HORAS REDWYNE, su hijo, apodado HORROR;
        — SER HOBBER REDWYNE, su hijo, apodado BABOSO;
        — DESMERA REDWYNE, su hija, de dieciséis años;
    — LADY JANNA, casada con ser Jon Fossoway;
— sus tíos:
    — GARTH, apodado EL GROSERO, tío de Mace, lord senescal de
      Altojardín;
        — GARSE y GARRETT FLORES, hijos bastardos de Garth;
    — SER MORYN, tío de Mace, lord comandante de la Guardia
      de la Ciudad de Antigua;
    — MAESTRE GORMON, tío de Mace, de servicio en la Ciudadela;
— la casa de Mace en Altojardín:
    — MAESTRE LOMYS, instructor, sanador y consejero;
    — IGON VYRWEL, capitán de la guardia;
    — SER VORTIMER CRANE, maestro de armas;
    — MANTECAS, un bufón gordísimo;
— los Señores del Dominio, vasallos de Mace:
    — RANDYLL TARLY, señor de Colina Cuerno, comandante
      del ejército del rey Tommen en el Tridente;
    — PAXTER REDWYNE, señor del Rejo;
        — SER HORAS y SER HOBBER, sus hijos gemelos;
        — MAESTRE BALLABAR, sanador de lord Paxter;
    — ARWYN OAKHEART, señora de Roble Viejo;
    — MATHIS ROWAN, señor de Sotodeoro;
    — LEYTON HIGHTOWER, Voz de Antigua, señor del Puerto;
    — HUMFREY HEWETT, señor del Escudo de Roble;
        — FALIA FLORES, su hija bastarda;
    — OSBERT SERRY, señor del Escudo del Sur;
    — GUTHOR GRIMM, señor del Escudo Gris;
    — MORIBALD CHESTER, señor del Escudo Verde;

— ORTON MERRYWEATHER, señor de Granmesa;

— LADY TAENA, su esposa, una mujer de Myr;

— RUSSELL, su hijo, un niño de ocho años;

— LORD ARTHUR AMBROSE;

— LORENT CASWELL, señor de Puenteamargo;

— sus caballeros y espadas juramentadas:

— SER JON FOSSOWAY, de los Fossoway de la manzana verde;

— SER TANTON FOSSOWAY, de los Fossoway de la manzana roja.

El blasón de los Tyrell es una rosa de oro sobre campo de sinople. Su lema es: Crecer Fuerte.

Los Hermanos Juramentados
de la Guardia de la Noche

JON NIEVE, el bastardo de Invernalia, lord comandante número novecientos noventa y ocho de la Guardia de la Noche;
— FANTASMA, su lobo huargo blanco;
— EDDISON TOLLETT, su mayordomo, apodado EDD EL PENAS;
— los hombres del Castillo Negro:
— MAESTRE AEMON (TARGARYEN), sanador y consejero, un ciego de ciento dos años;
— CLYDAS, mayordomo de Aemon;
— SAMWELL TARLY, mayordomo de Aemon, gordo y aficionado a los libros;
— BOWEN MARSH, lord mayordomo;
— HUBB TRESDEDOS, mayordomo y cocinero jefe;
— [DONAL NOYE], armero y herrero manco, muerto en la puerta a manos de Mag el Poderoso;
— OWEN, apodado EL BESTIA; TIM LENGUATRABADA; MULLY; CUGEN; DONNEL COLINA, apodado EL SUAVE; LEW EL ZURDO; JEREN; TY; DANNEL; WICK WHITTLESTICK, mayordomos;
— OTHELL YARWYCK, capitán de los constructores;
— BOTA DE SOBRA, HALDER, ALBETT, TONELETE, ALF DEL PANTANAL, constructores;
— SEPTÓN CELLADOR, un religioso borracho;

— JACK BULWER EL NEGRO, capitán de los exploradores;
  — DYWEN; KEDGE OJOBLANCO; BEDWYCK, apodado
    GIGANTE; MATTHAR; GARTH PLUMAGRÍS; ULMER
    DEL BOSQUE REAL; ELRON; GARRET LANZAVERDE;
    FULK EL PULGA; PYPAR, llamado PYP; GRENN,
    apodado URO; BERNARR, apodado BERNARR EL NEGRO;
    TIM PIEDRA; RORY; BEN BARBAS; TOM BARLEYCORN;
    GOADY GRAN LIDDLE; LUKE DE ALDEALARGA;
    HAL EL PELUDO; exploradores;
— PIELES, un salvaje convertido en cuervo;
— SER ALLISER THORNE, anteriormente maestro de armas;
— LORD JANOS SLYNT, anterior comandante de la Guardia
  de la Ciudad de Desembarco del Rey, durante breve
  tiempo señor de Harrenhal;
— FÉRREO EMMETT, antes de Guardiaoriente, maestro de armas;
  — HARETH, apodado CABALLO; los gemelos ARRON
    y EMRICK; SEDA; PETIRROJO SALTARÍN, reclutas
    en periodo de entrenamiento;
— los hombres de la Torre Sombría:
— SER DENYS MALLISTER, comandante de la Torre Sombría;
  — WALLACE MASSEY, su mayordomo y escudero;
  — MAESTRE MULLIN, sanador y consejero;
  — [QHORIN MEDIAMANO, ESCUDERO DALBRIDGE, EBBEN],
    exploradores caídos más allá del Muro;
  — SERPIENTE DE PIEDRA, explorador, desaparecido
    en el Paso Aullante;
— los hombres de Guardiaoriente del Mar:
— COTTER PYKE, un bastardo de las islas del Hierro,
  comandante;
  — MAESTRE HARMUNE, sanador y consejero;
  — VIEJO TRAPOSAL, capitán de la *Pájaro Negro;*
  — SER GLENDON HEWETT, maestro de armas;
  — SER MAYNARD HOLT, capitán de la *Garra;*
  — RUSS BARLEYCORN, capitán de la *Cuervo de Tormenta.*

Los Salvajes o Pueblo Libre

MANCE RAYDER, Rey-más-allá-del-Muro, prisionero en el Castillo Negro;

— su esposa, [DALLA], muerta de parto;

— su hijo, nacido durante la batalla, aún sin nombre;
  — VAL, la princesa salvaje, hermana menor de Dalla, prisionera en el Castillo Negro;
  — [JARL], amante de Val, muerto por una caída;

— jefes, capitanes y exploradores salvajes:
  — EL SEÑOR DE LOS HUESOS, apodado CASACA DE MATRACA; saqueador y cabecilla de una partida de guerra, prisionero en el Castillo Negro;
    — [YGRITTE], una mujer de las lanzas, amante de Jon Nieve, caída durante el ataque al Castillo Negro;
    — RYK, apodado LANZALARGA, miembro de su banda;
    — RAGWYLE, LENYL, miembros de su banda;
  — TORMUND, Rey del Hidromiel en el Salón Rojo, apodado MATAGIGANTES, GRAN HABLADOR, SOPLADOR DEL CUERNO y ROMPEDOR DEL HIELO, apodado también PUÑO DE TRUENO, MARIDO DE OSAS, PORTAVOZ ANTE LOS DIOSES y PADRE DE EJÉRCITOS;
    — los hijos de Tormund, TOREGG EL ALTO, TORWYRD EL MANSO, DORMUND y DRYN, su hija MUNDA;
  — EL LLORÓN, explorador y cabecilla de una partida de guerra;

— [HARMA], apodada CABEZA DE PERRO, caída junto al Muro;

   — HALLECK, su hermano;

— [STYR], magnar de Thenn, caído durante el ataque al Castillo Negro;

   — SIGORN, hijo de Styr, el nuevo magnar de Thenn;

— VARAMYR, apodado SEISPIELES, cambiapieles, apodado BULTO de pequeño;

   — UN OJO, CAZADOR y ASTUTA, sus lobos;

   — [CHICHÓN], su hermano, matado por un perro;

   — [HAGGON], su padre adoptivo, cambiapieles y cazador;

— ABROJO, una mujer de las lanzas, recia y poco agraciada;

— [BRIAR, GRISELLA], cambiapieles, muertas hace tiempo;

— BORROQ, apodado EL JABALÍ, un cambiapieles temido;

— GERRICK SANGRERREAL, del linaje de Raymun Barbarroja;

   — sus tres hijas;

— SOREN ROMPESCUDOS, un famoso guerrero;

— MORNA MÁSCARA BLANCA, guerrera bruja y exploradora;

— YGON OLDFATHER, jefe de un clan, con dieciocho esposas;

— EL GRAN MORSA, cabecilla de la Costa Helada;

— MADRE TOPO, la bruja de los bosques, profeta;

— BROGG, GAVIN EL MERCADER, HARLE EL CAZADOR, HARLE EL BELLO, HOWD EL TROTAMUNDOS, DOSS EL CIEGO, KYLEG DE LA OREJA DE MADERA, DEVYN DESUELLAFOCAS, jefes y cabecillas del pueblo libre;

— [ORELL], apodado ORELL EL ÁGUILA, cambiapieles muerto a manos de Jon Nieve en el Paso Aullante;

— [MAG MAR TUN DOH WEG], apodado MAG EL PODEROSO, de los gigantes, muerto a manos de Donal Noye ante las puertas del Castillo Negro;

— WUN WEG WUN DAR WUN, apodado WUN WUN, un gigante;

— SERBAL, ACEBO, ARDILLA, SAUCE OJO DE BRUJA, FRENYA, MIRTO, mujeres de las lanzas, prisioneras en el Muro.

Más allá del Muro

En el bosque Encantado:

— BRANDON STARK, llamado BRAN, príncipe de Invernalia y heredero del Norte, un niño tullido de nueve años;
  — sus acompañantes y protectores:
    — MEERA REED, una doncella de dieciséis años, hija de lord Howland Reed, de la Atalaya de Aguasgrises;
    — JOJEN REED, su hermano, de trece años, maldecido con el don de la vista verde;
    — HODOR, un mozo retrasado mental de dos varas y media de altura;
    — MANOSFRÍAS, su guía, vestido de negro, posiblemente anterior miembro de la Guardia de la Noche, en la actualidad un misterio.

En el Torreón de Craster:

— los traidores, anteriormente miembros de la Guardia de la Noche:
  — DAGA, que mató a Craster;
  — OLLO MANOMOCHA, que mató a Jeor Mormont, su lord comandante;
  — GARTH DE GREENAWAY, MAWNEY, GRUBBS, ALAN DE ROSBY, antes exploradores;
  — KARL EL PATIZAMBO, OSS EL HUÉRFANO, BILL EL REFUNFUÑÓN, antes mayordomos.

En las cavernas, bajo una colina hueca:

— EL CUERVO DE TRES OJOS, también conocido como EL ÚLTIMO VERDEVIDENTE, hechicero y soñador, antes un hombre llamado BRYNDEN, miembro de la Guardia de la Noche, y ahora más árbol que hombre;

— los hijos del bosque, aquellos que cantan la canción de la tierra, los últimos de una raza en extinción:

    — HOJA, CENIZA, ESCAMAS, CUCHILLO NEGRO, PELO DE NIEVE y TIZÓN.

MÁS ALLÁ DEL MAR ANGOSTO

En Braavos

FERREGO ANTARYON, Señor del Mar de Braavos, enfermo y a punto de morir;

— QARRO VOLENTIN, Primera Espada de Braavos, su protector;

— BELLEGERE OTHERYS, apodada LA PERLA NEGRA, una cortesana descendiente de la reina pirata del mismo nombre;

— LA DAMA VELADA, LA REINA PESCADILLA, LA SOMBRA DE LUNA, LA HIJA DEL OCASO, RUISEÑOR, LA POETISA, famosas cortesanas;

— EL HOMBRE BONDADOSO y LA NIÑA ABANDONADA, al servicio del Dios de Muchos Rostros en la Casa de Blanco y Negro;

    — UMMA, la cocinera del templo;

    — EL HOMBRE ATRACTIVO, EL GORDO, EL JOVEN SEÑOR, EL DEL ROSTRO SEVERO, EL BIZCO y EL HAMBRIENTO, sirvientes secretos del Dios de Muchos Rostros;

    — ARYA de la casa Stark, conocida también como ARRY, NAN, COMADREJA, PERDIZ, SALINA y GATA DE LOS CANALES, una novicia sirviente en la Casa de Blanco y Negro;

— BRUSCO, un pescadero;

    — TALEA y BREA, sus hijas;

— ALLEGIRA, apodada ALEGRÍA, propietaria del Puerto Feliz, un burdel cercano al puerto del Trapero;

    — LA ESPOSA DEL MARINERO, una prostituta del Puerto Feliz;

      — LANNA, su hija, una joven prostituta;

— Roggo el Rojo, Gyloro Dothare, Gyleno Dothare, un escritorzuelo apodado Plumín, Cossomo el Conjurador, clientes del Puerto Feliz;

— Tagganaro, un ratero de los muelles;

— Casso, apodado Rey de las Focas, su foca entrenada;

— S'vrone, una prostituta portuaria de tendencias asesinas;

— la Hija Borracha, una prostituta de temperamento voluble.

En la Antigua Volantis

Los triarcas reinantes:

— MALAQUO MAEGYR, triarca de Volantis, un tigre;

— DONIPHOS PAENYMION, triarca de Volantis, un elefante;

— NYESSOS VHASSAR, triarca de Volantis, un elefante.

Habitantes de Volantis:

— BENERRO, sumo sacerdote de R'hllor, el Señor de Luz;

   — MORROQO, su mano derecha, un sacerdote de R'hllor,

— LA VIUDA DEL PUERTO, también apodada LA PUTA DE VOGARRO, una liberta pudiente de la ciudad;

   — LOS HIJOS DE LA VIUDA, sus fieros protectores;

— PENNY, enana y titiritera;

   — CERDITA BONITA, su cerda;

   — CRUJO, su perro;

   — [CÉNTIMO], hermano de Penny, enano y titiritero, decapitado;

— ALIOS QHAEDAR, aspirante a triarca;

— PARQUELLO VAELAROS, aspirante a triarca;

— BELICHO STAEGONE, aspirante a triarca;

— GRAZDAN MO ERAZ, un mensajero de Yunkai.

En la bahía de los esclavos

En Yunkai, la Ciudad Amarilla:

— YURKHAZ ZO YUNZAK, comandante supremo de los ejércitos y aliados de Yunkai, esclavista y anciano de alta cuna;

— YEZZAN ZO QAGGAZ, apodado irónicamente LA BALLENA AMARILLA, enormemente gordo, enfermizo, inmensamente rico;

 — AYA, su capataz y esclavo;

 — GOLOSINAS, un esclavo hermafrodita, su tesoro;

 — CICATRIZ, sargento, soldado y esclavo;

 — MORGO, esclavo y soldado;

— MORGHAZ ZO ZHERZYN, un noble que suele pasarse con la bebida, apodado irónicamente EL CONQUISTADOR BORRACHO;

— GORZHAK ZO ERAZ, un noble esclavista, apodado irónicamente CARA DE FLAN;

— FAEZHAR ZO FAEZ, apodado irónicamente EL CONEJO, un noble esclavista;

— GHAZDOR ZO AHLAQ, un noble esclavista, apodado irónicamente LORD NALGASBLANDAS;

— PAEZHAR ZO MYRAQ, un noble esclavista, apodado irónicamente EL PICHÓN;

— CHEZDHAR ZO RHAEZN, MAEZON ZO RHAEZN, GRAZDHAN ZO RHAEZN, nobles y hermanos, apodados irónicamente SEÑORES DEL ESTRÉPITO;

— EL AURIGA, EL SEÑOR DE LAS BESTIAS, EL HÉROE PERFUMADO, nobles y esclavistas.

En Astapor, la Ciudad Roja:

— CLEON EL GRANDE, apodado EL REY CARNICERO;

— CLEON II, su sucesor, rey durante ocho días;

— EL REY ASESINO, un barbero, que degolló a Cleon II para robarle la corona;

— LA REINA PUTA, concubina del rey Cleon II, que reclamó el trono tras su asesinato.

La Reina al Otro Lado del Agua

DAENERYS TARGARYEN, la primera de su nombre, reina de Meereen, reina de los ándalos, los rhoynar y los primeros hombres, señora de los Siete Reinos, Protectora del Reino, *khaleesi* del gran mar de hierba, apodada DAENERYS DE LA TORMENTA, LA QUE NO ARDE, MADRE DE DRAGONES;

— sus dragones, DROGON, VISERION, RHAEGAL;

— [RHAEGAR], su hermano, príncipe de Rocadragón, muerto a manos de Robert Baratheon en el Tridente;

  — [RHAENYS], la hija de Rhaegar, muerta durante el saqueo de Desembarco del Rey;

  — [AEGON], el hijo de Rhaegar, un niño de pecho, muerto durante el saqueo de Desembarco del Rey;

— su hermano [VISERYS], el tercero de su nombre, apodado EL REY MENDIGO, coronado con oro fundido;

— su señor esposo, [DROGO], un *khal* de los dothrakis, muerto de una herida;

  — [RHAEGO], su hijo con Drogo, muerto en el vientre materno por obra de la maegi Mirri Maz Duur;

— sus protectores:

— SER BARRISTAN SELMY, apodado BARRISTAN EL BRAVO, lord comandante de la Guardia de la Reina;

  — sus muchachos, escuderos que aspiran a caballeros:

    — TUMCO LHO, de las islas del Basilisco;

— LARRAQ, apodado EL AZOTE, de Meereen;

— EL CORDERO ROJO, un liberto lhazareeno;

— LOS CHICOS, tres hermanos ghiscarios;

— BELWAS EL FUERTE, eunuco, antes esclavo en los reñideros;

— sus jinetes de sangre dothrakis:

— JHOGO, *ko* y jinete de sangre, el látigo;

— AGGO, *ko* y jinete de sangre, el arco;

— RAKHARO, *ko* y jinete de sangre, el *arakh;*

— sus capitanes y comandantes:

— DAARIO NAHARIS, un extravagante mercenario tyroshi, al mando de la compañía Cuervos de Tormenta;

— BEN PLUMM, apodado BEN EL MORENO, mercenario mestizo, al mando de la compañía Segundos Hijos;

— GUSANO GRIS, eunuco, al mando de los Inmaculados, una compañía de infantería de eunucos;

— HÉROE, capitán de los Inmaculados, segundo en el mando;

— ESCUDO FORNIDO, un lancero inmaculado;

— MOLLONO YOS DOB, comandante de la compañía de libertos Escudos Fornidos;

— SYMON ESPALDA LACERADA, comandante de la compañía de libertos Hermanos Libres;

— MARSELEN, hermano de Missandei, eunuco, comandante de la compañía de libertos Hombres de la Madre;

— GROLEO de Pentos, antes capitán de la gran coca *Saduleon,* almirante sin flota;

— ROMMO, *jaqqa rhan* de los dothrakis;

— su corte en Meereen.

— REZNAK MO REZNAK, su senescal, calvo y empalagoso;

— SKAHAZ MO KANDAQ, apodado CABEZA AFEITADA, comandante rapado de las Bestias de Bronce, la guardia de su ciudad;

— sus doncellas y sirvientes:

— IRRI y JHIQUI, dos muchachas dothrakis;

— MISSANDEI, escriba e intérprete naathi;

— GRAZDAR, QEZZA, MEZZARA, KEZMYA, AZZAK, BHAKAZ, MIKLAZ, DHAZZAR, DRAQAZ, JHEZANE, niños de las pirámides de Meereen, sus coperos y pajes;

— habitantes de Meereen, vulgo y nobles:
- — GALAZZA GALARE, la gracia verde, suma sacerdotisa
  del templo de las Gracias;
  - — GRAZDAM ZO GALARE, su primo, un noble;
- — HIZDAHR ZO LORAQ, un noble y acaudalado meereeno,
  de vieja estirpe;
  - — MARGHAZ ZO LORAQ, su primo;
- — RYLONA RHEE, liberta, arpista;
- — [HAZZEA], hija de un granjero;
- — GOGHOR EL GIGANTE, KHRAZZ, BELAQUO ROMPEHUESOS,
  CAMARRON DE LA CUENTA, ITHOKE EL TEMERARIO,
  EL GATO MOTEADO, BARSENA PELONEGRO, PIEL DE ACERO,
  luchadores del reñidero y esclavos liberados;

— sus aliados inciertos, amigos desleales y enemigos conocidos:
- — SER JORAH MORMONT, anteriormente señor de
  la isla del Oso;
- — [MIRRI MAZ DUUR], esposa del dios y *maegi,* sierva
  del Gran Pastor de Lhazar;
- — XARO XHOAN DAXOS, un príncipe mercader de Qarth;
- — QUAITHE, una portadora de sombras enmascarada de Asshai;
- — ILLYRIO MOPATIS, magíster de la Ciudad Libre de Pentos,
  que concertó su matrimonio con Khal Drogo;
- — CLEON EL GRANDE, apodado EL REY CARNICERO DE ASTAPOR;

— los pretendientes de la reina:
- — en la bahía de los Esclavos:
  - — DAARIO NAHARIS, nacido en Tyrosh, mercenario y capitán
    de los Cuervos de Tormenta;
  - — HIZDAHR ZO LORAQ, un noble acaudalado de Meereen;
  - — SKAHAZ MO KANDAQ, apodado CABEZA AFEITADA, un
    noble menor de Meereen;
  - — CLEON EL GRANDE, apodado EL REY CARNICERO
    DE ASTAPOR;
- — en Volantis:
  - — EL PRÍNCIPE QUENTYN MARTELL, hijo mayor de Doran
    Martell, señor de Lanza del Sol y príncipe de Dorne;
    - — sus escudos juramentados y acompañantes:
      - — [SER CLETUS YRONWOOD], heredero de Palosanto,
        muerto a manos de piratas;

— SER ARCHIBALD YRONWOOD, primo de Cletus,
apodado GRANDULLÓN;

— SER GERRIS DEL MANANTIAL;

— [SER WILLAM WELLS], muerto a manos de piratas;

— [MAESTRE KEDRY], muerto a manos de piratas;

— en el Rhoyne:

— GRIF EL JOVEN, un muchacho de dieciocho años y pelo azul;

— GRIF, su padre adoptivo, un mercenario de la compañía
dorada;

— sus acompañantes, maestros, y protectores:

— SER ROLLY CAMPODEPATOS, apodado PATO,
un caballero;

— SEPTA LEMORE, mujer de la Fe;

— HALDON, apodado MEDIOMAESTRE, su instructor;

— YANDRY, señor y capitán del *Doncella Tímida;*

— YSILLA, su esposa;

— en el mar:

— VICTARION GREYJOY, lord capitán de la Flota de Hierro,
apodado EL CAPITÁN DE HIERRO;

— su calientacamas, una mujer de piel oscura, sin lengua,
regalo de Euron Ojo de Cuervo;

— MAESTRE KERWIN de Escudo Verde, su sanador, regalo
de Euron Ojo de Cuervo;

— su tripulación en la *Victoria de Hierro:*

— WULF UNA OREJA, RAGNOR PYKE, LONGWATER PYKE,
TOM TIDEWOOD, BURTON HUMBLE, QUELLON HUMBLE,
STEFFAR STAMMERER;

— sus capitanes:

— RODRIK SPARR, apodado COBAYA, capitán de
El Dolor;

— RALF STONEHOUSE, EL ROJO, capitán del
Bufón Rojo;

— MANFRYD MERLYN, capitán del *Milano;*

— RALF EL COJO, capitán del *Lord Quellon;*

— TOM CODD, apodado TOM SIN SANGRE, capitán del
Lamento;

— DAEGON SHEPHERD, apodado EL PASTOR NEGRO,
capitán del *Puñal.*

Por las venas de los Targaryen corre la sangre del dragón: descienden de los grandes señores del antiguo Feudo Franco de Valyria; tienen los ojos color lila, índigo o violeta, y el pelo, plateado o dorado. Para preservar la pureza de su sangre, la casa Targaryen suele concertar sus matrimonios entre hermanos, primos, o tíos y sobrinos. El fundador de la dinastía, Aegon el Conquistador, se desposó con sus dos hermanas y engendró hijos varones con ambas. El estandarte de los Targaryen muestra un dragón de tres cabezas, de gules sobre campo de sable, que representa a Aegon y a sus hermanas. Su lema es: Fuego y Sangre.

Mercenarios de las compañías libres

COMPAÑÍA DORADA, compuesta por diez mil hombres, de lealtad incierta:

— HARRY STRICKLAND, apodado HARRY SINTIERRA, capitán general;

    — WATKYN, su escudero y copero;

— [SER MYLES TOYNE], apodado CORAZÓN NEGRO, que lleva muerto cuatro años y fue el anterior capitán general;

— BALAQ EL NEGRO, un hombre canoso de las islas del Verano, comandante de los arqueros de la compañía;

— LYSONO MAAR, un mercenario de la Ciudad Libre de Lys, capitán de los espías de la compañía;

— GORYS EDORYEN, un mercenario de la Ciudad Libre de Volantis, tesorero de la compañía;

— SER FRANKLYN FLORES, apodado EL BASTARDO DE LA SIDRA, un mercenario del Dominio;

— SER MARQ MANDRAKE, un exiliado que escapó de la esclavitud, marcado de viruelas;

— SER LASWELL PEAKE, un señor exiliado;

— TORMAN y PYKEWOOD, sus hermanos;

— SER TRISTAN RÍOS, bastardo, proscrito, exiliado;

— CASPOR COLINA, HUMFREY PIEDRA, MALO JAYN, DICK COLE, WILL COLE, LORIMAS MUDD, JON LOTHSTON, LYMOND PEASE,

SER BRENDEL BYRNE, DUNCAN STRONG, DENYS STRONG, CADENAS, JOHN MUDD EL JOVEN, sargentos de la compañía;

— [SER AEGOR RÍOS], apodado ACEROAMARGO, fundador de la compañía, hijo bastardo del rey Aegon Targaryen, el cuarto de su nombre;

— [MAELYS FUEGOSCURO], el primero de su nombre, apodado MAELYS EL MONSTRUOSO, capitán general de la compañía, aspirante al Trono de Hierro de Poniente, miembro de la compañía Banda de los Nueve, muerto en la guerra de los reyes Nuevepeniques.

HIJOS DEL VIENTO, dos mil hombres montados y a pie, leales a Yunkai:

— EL PRÍNCIPE DESHARRAPADO, antiguo noble de la ciudad libre de Pentos, capitán y fundador;
  — DAGGO, apodado MATAMUERTOS, su mano derecha;
  — DENZO D'HAN, el bardo guerrero, su mano izquierda;
  — HUGH HUNGERFORD, sargento, antiguo tesorero de la compañía, que pagó un robo con tres dedos;
  — SER ORSON PIEDRA, SER LUCIFER LONG, WILL DE LOS BOSQUES, DICK HENO, JACK EL BERMEJO, mercenarios ponientis;
  — MERIS LA BELLA, torturadora de la compañía;
  — LIBROS, un mercenario volantino y lector voraz;
  — HABAS, ballestero de Myr;
  — VIEJO BILL HUESOS, un hombre curtido de las islas del Verano;
  — MYRIO MYRAKIS, un mercenario de Pentos.

COMPAÑÍA DEL GATO, con tres mil hombres, leal a Yunkai:

— BARBASANGRE, capitán y comandante.

LANZAS LARGAS, ochocientos jinetes leales a Yunkai:

— GYLO RHEGAN, capitán y comandante.

SEGUNDOS HIJOS, quinientos jinetes leales a la reina Daenerys:

— BEN PLUMM, EL MORENO, capitán y comandante;
  — KASPORIO, apodado KASPORIO EL ASTUTO, un jaque, segundo en el mando;
  — TYBERO ISTARION, apodado TINTERO, tesorero de la compañía;

— MARTILLO, un herrero borracho, fabricante de armaduras;
   — CLAVO, su aprendiz;
— SNATCH, un sargento manco;
— KEM, un joven mercenario de Lecho de Pulgas;
— BOKKOKO, un hachero con fama de temible;
— UHLAN, sargento de la compañía.

CUERVOS DE TORMENTA, quinientos jinetes leales a la reina Daenerys:

— DAARIO NAHARIS, capitán y comandante;
   — EL HACEDOR DE VIUDAS, su segundo al mando;
   — JOKIN, comandante de los arqueros de la compañía.

Pesos y medidas

En esta edición de *Canción de hielo y fuego* se utiliza un sistema de pesos y medidas inspirado en el castellano del siglo XVIII. Las equivalencias de las unidades que aparecen con más frecuencia en la obra son las siguientes:

LONGITUD:

Dedo: 1.74 cm
Palmo: 12 dedos, o algo más de 20 cm
Codo: 2 palmos
Vara y **paso**: ambos equivalentes a 2 codos, o 4 palmos
Legua: 5 000 pasos, o algo más de 4 km

SUPERFICIE:

Fanega: 6 440 m², o algo más de ½ hectárea

VOLUMEN:

Cuartillo (líquidos): ¼ de azumbre, o ½ litro
Azumbre (líquidos): 4 cuartillos, o 2 litros
Cuartillo (áridos): ¼ de celemín, o algo más de 1 litro
Celemín (áridos): 4 cuartillos, o 4 625 litros

PESO:

Marco: 0.23 kg
Arroba: 11.5 kg
Quintal: 4 arrobas, o 46 kg

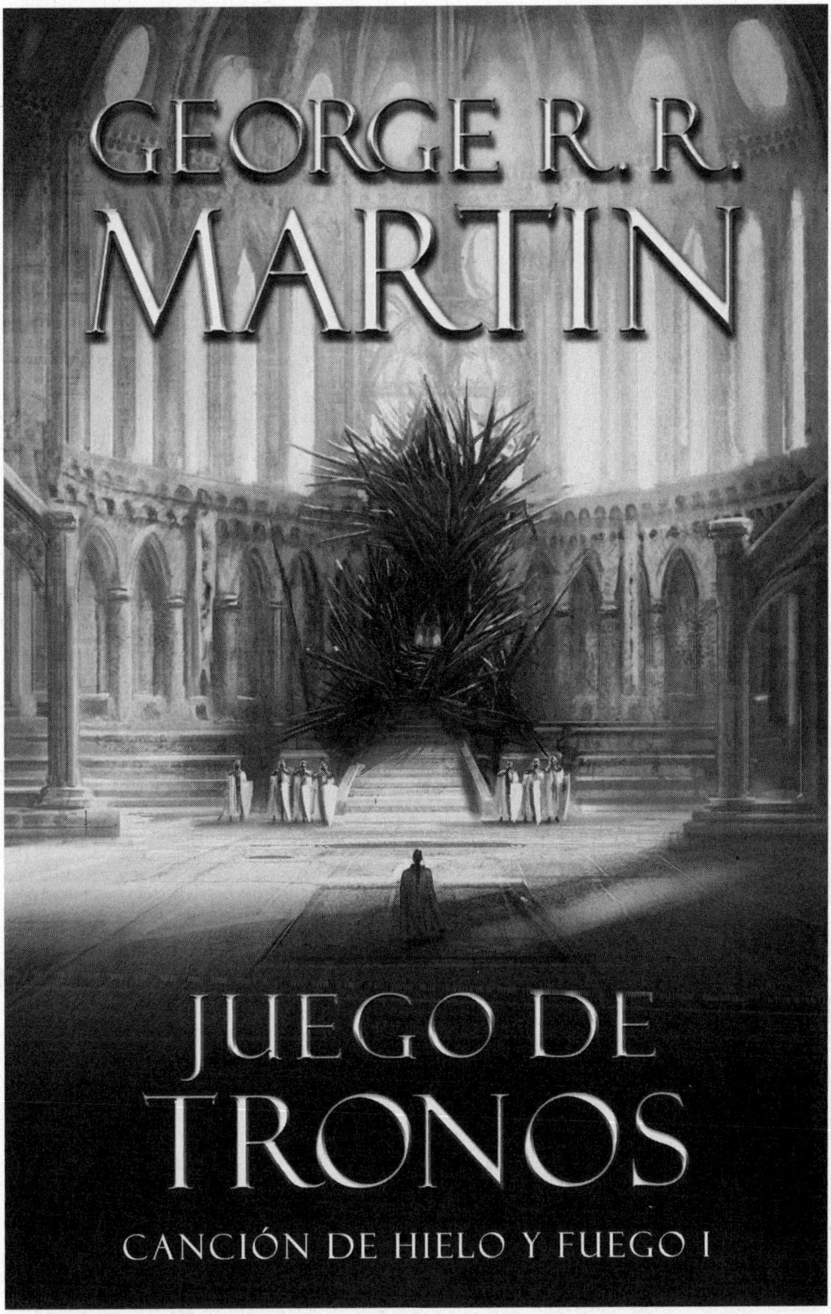
GEORGE R. R.
MARTIN
JUEGO DE
TRONOS
CANCIÓN DE HIELO Y FUEGO I

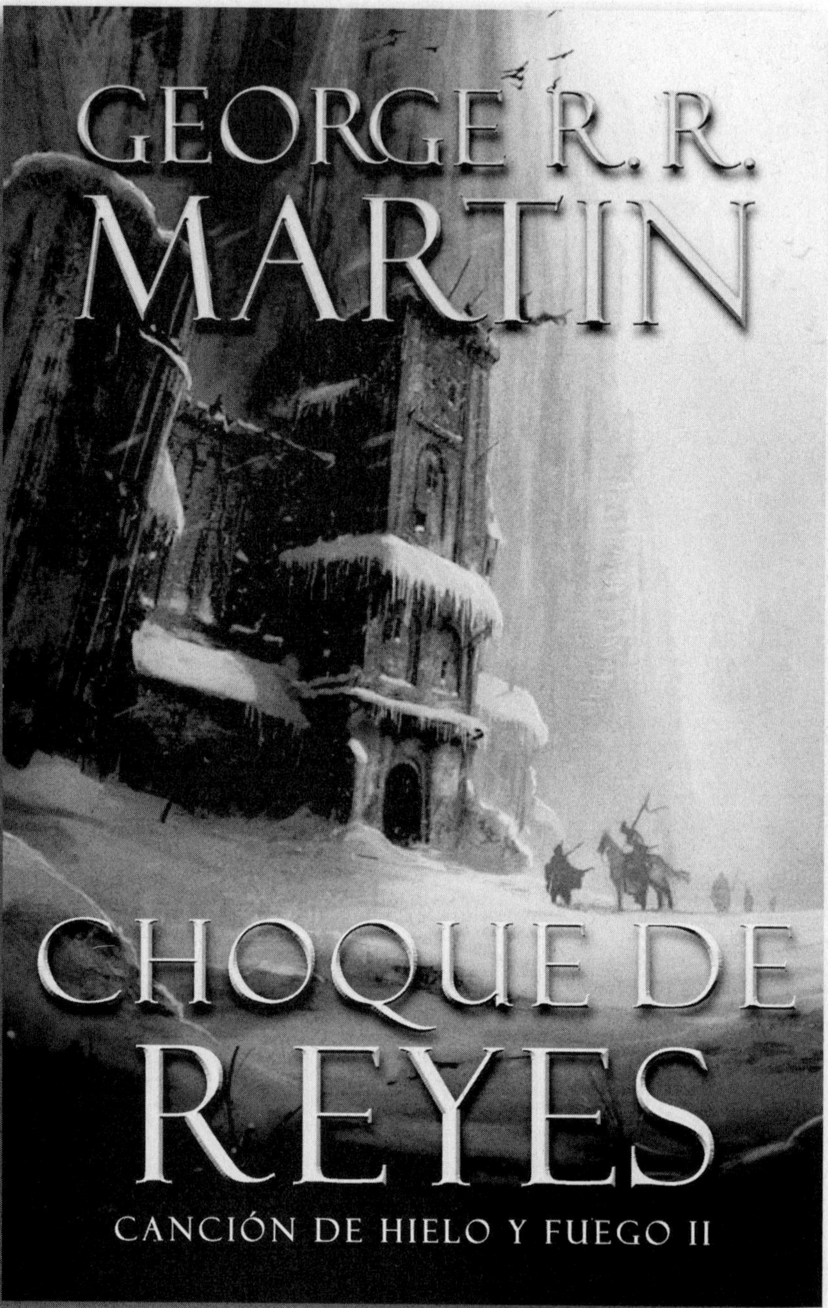
GEORGE R. R.
MARTIN
CHOQUE DE
REYES
CANCIÓN DE HIELO Y FUEGO II

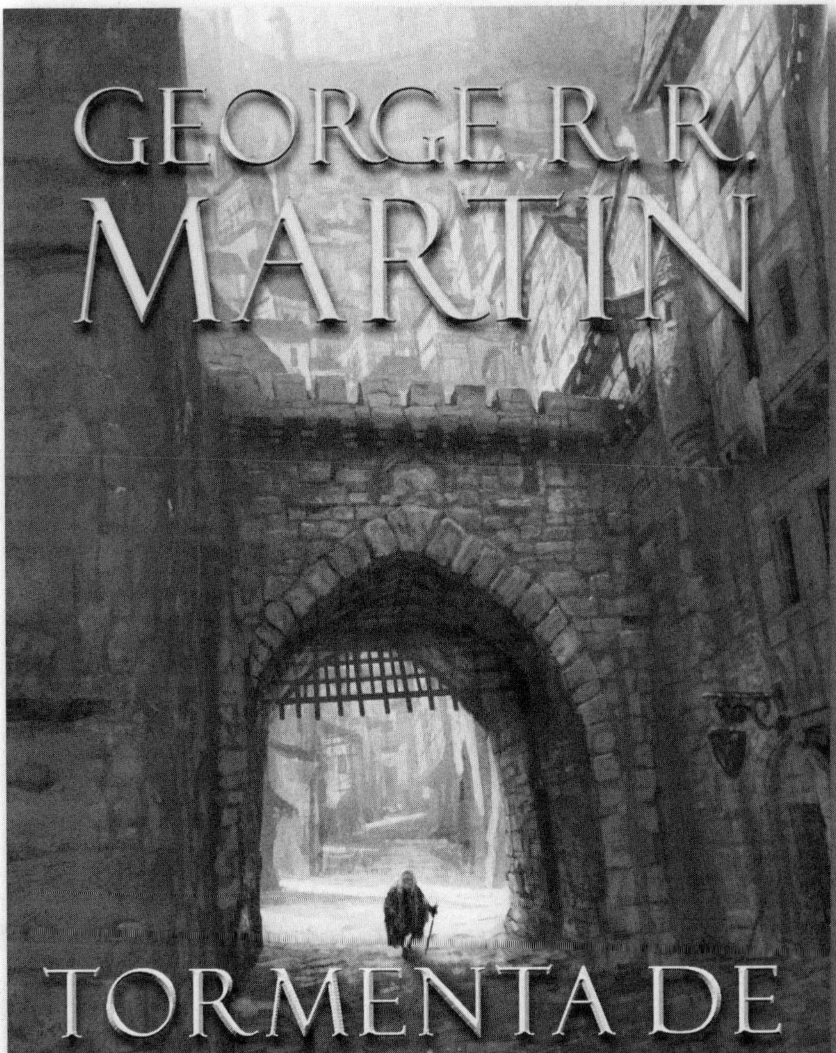
GEORGE R. R.
MARTIN
TORMENTA DE
ESPADAS
CANCIÓN DE HIELO Y FUEGO III

GEORGE R. R. MARTIN

FESTÍN DE CUERVOS

CANCIÓN DE HIELO Y FUEGO IV

Danza de dragones, de George R. R. Martin
se terminó de imprimir en enero de 2016
en los talleres de
Litográfica Ingramex, S.A. de C.V.
Centeno 162-1, Col. Granjas Esmeralda, C.P. 09810 México, D.F.